DER LETZTE PAPST

MALACHI MARTIN

DER LETZTE PAPST

Roman

Aus dem Amerikanischen
von Michael Iwoleit und Marion Vrbicky

Weltbild

Die amerikanische Originalausgabe erschien 1996 unter dem Titel
Windswept House bei Doubleday, New York.

Besuchen Sie uns im Internet:
www.weltbild.de

Genehmigte Lizenzausgabe für Verlagsgruppe Weltbild GmbH,
Steinerne Furt, 86167 Augsburg

Übersetzung: Michael Iwoleit und Marion Vrbicky
Umschlaggestaltung: Studio Höpfner-Thoma, München
Umschlagmotiv: Corbis, Düsseldorf
Gesamtherstellung: Oldenbourg Taschenbuch GmbH,
Hürderstr. 4, 85551 Kirchheim
ISBN 3-8289-7458-9

2007 2006 2005 2004
Die letzte Jahreszahl gibt die aktuelle Lizenzausgabe an.

Inhaltsverzeichnis

Geschichte als Prolog: Vorzeichen der Endzeit

1957

Diplomaten, die die Schule harter Zeiten und der rauen Sitten der Finanzwelt, der Wirtschaft und internationaler Rivalitäten durchschritten haben, geben nicht viel auf Vorzeichen. Dennoch war das Unternehmen jenes Tages so verheißungsvoll, dass die sechs Außenminister, die sich am 25. März 1957 in Rom trafen, das Gefühl überkam, alles, was sie umgab – die Unerschütterlichkeit der altehrwürdigen Hauptstadt Europas, die reinigenden Winde, der offene Himmel, das angenehm milde Wetter –, sei ein günstiger Fingerzeig des Schicksals, als sie den Grundstein für ein neues Gebäude der Nationen legten.

Als Partner beim Aufbau eines neuen Europas, das den zänkischen Nationalismus hinwegfegen sollte, der dieses uralte Dreieck so oft gespalten hatte, waren diese sechs Männer und ihre Regierungen eins in der Überzeugung, dass sie ihren Länder einen weiteren ökonomischen Horizont und ein höheres politisches Ziel erschließen würden, als man je für möglich gehalten hatte. Sie waren im Begriff die Verträge von Rom zu unterzeichnen. Sie standen vor der Gründung der Europäischen Wirtschaftsgemeinschaft.

In jüngster Vergangenheit war nichts als Tod und Zerstörung in ihren Hauptstädten gediehen. Noch vor einem Jahr hatten die Sowjets ihre expansionistische Entschlossenheit durch die blutige Niederschlagung des Aufstands in Ungarn unterstrichen; jeden Tag konnten die sowjetischen Panzer Europa überrollen. Niemand traute der USA oder deren Marshallplan zu für immer die Last des Aufbaus eines neuen Europa zu tragen. Außerdem konnte keiner europäischen Regierung daran gelegen sein, zwischen die Fronten einer amerikanisch-sowjetischen Rivalität zu geraten, die sich in den kommenden Jahren nur noch vertiefen konnte.

Als sei das Selbstverständlichste auf der Welt angesichts solcher Realitäten in einem Sinne zu handeln, unterzeichneten alle sechs Minister als Gründungsmitglieder der EWG: die drei Vertreter der Beneluxstaaten, weil Belgien, die Niederlande und Luxemburg die Idee eines neuen Europa einer Feuerprobe unterzogen und sie für vernünftig befunden hatten – oder zumindest als machbar; der Vertreter Frankreichs, weil sein Land das schlagende Herz des neuen Europa werden sollte, wie es stets das schlagende Herz des alten Europa gewesen war; der Vertreter Italiens, weil sein Land die lebende Seele Europas war; und der Vertreter Westdeutschlands, weil die Welt sein Land nie wieder ausgrenzen sollte.

So entstand die Europäische Gemeinschaft. Man brachte Trinksprüche auf die geopolitischen Visionäre aus, die dies möglich gemacht hatten: auf Robert Schuman und Jean Monnet aus Frankreich; auf Konrad Adenauer aus Westdeutschland; auf Paul-Henri Spaak aus Belgien. Und es wurde von allen Seiten gratuliert. Es sollte nicht lange dauern, bis auch Dänemark, Irland und England die Vorzüge des neuen Systems einsehen und, auch wenn es etwas geduldige Nachhilfe erfordern mochte, selbst Griechenland, Portugal und Spanien sich anschließen würden. Natürlich bestand immer noch das Problem die Sowjets im Zaum zu halten. Außerdem musste ein neuer Schwerpunkt gefunden werden. Aber an einem gab es keinen Zweifel: Die im Entstehen begriffene EWG war der Prüfstein des neuen Europa, das entstehen musste, wenn Europa überleben wollte.

Nach all dem Unterzeichnen, Besiegeln und Anstoßen war die Zeit reif für das typisch römische Ritual, das ein Privileg der Diplomaten ist: eine Audienz bei dem achtzigjährigen Papst in dessen Palast in der Vatikanstadt.

Auf seinem traditionellen Thron inmitten all des Pomps einer vatikanischen Zeremonie in einem reich geschmückten Saal empfing Seine Heiligkeit Pius XII. die sechs Minister und ihr Gefolge mit lächelndem Gesicht. Sein Willkommensgruß war aufrichtig, seine Bemerkungen knapp. Seine Haltung glich der eines langjährigen Besitzers und Bewohners eines riesigen Guts, der den neu eingetroffenen Mitbewohnern, die so viele Pläne für die Zukunft hatten, einige Ratschläge gab.

Europa, gemahnte sie der Heilige Vater, hatte seine großen Zeitalter erlebt, als ein gemeinsamer Glaube die Herzen seiner Menschen beseelte. Europa, drängte er, könne seine geopolitische Bedeutung zurückerlangen, in neuem Glanz erstrahlen, wenn in ihm ein neues Herz zu schlagen begänne. Europa, deutete er an, könne wieder einen überidischen, gemeinsamen und verbindenden Glauben schmieden.

Innerlich zuckten die Minister zusammen. Pius hatte auf die größte Schwierigkeit aufmerksam gemacht, der sich die EWG am Tage ihrer Geburt gegenübersah. In seinen Worten schwang die Warnung mit, dass weder demokratischer Sozialismus noch kapitalistische Demokratie, noch die Aussicht auf ein gutes Leben oder ein mystisches »Europa« des Humanismus die Triebkraft zur Verwirklichung ihres Traumes liefern könnten. Praktisch ausgedrückt fehlte ihrem neuen Europa ein strahlender Mittelpunkt, ein höheres Prinzip, eine höhere Kraft, die es einte und vorantrieb. Praktisch ausgedrückt fehlte ihrem Europa etwas, was der Papst anzubieten vermochte. Ihm fehlte, was *er* verkörperte.

Als er seine Ausführungen beendet hatte, schlug der Heilige Vater zum traditionellen päpstlichen Segen drei Kreuze. Einige wenige knieten nieder um ihn zu empfangen. Andere, die stehen blieben, senkten die Köpfe. Aber es war ihnen unmöglich, den Papst mit der heilsamen Kraft zu assoziieren, die er als Statthalter Christi zu repräsentieren behauptete, oder diese Kraft als einzigen einigenden Faktor zu akzeptieren, der die Seele der Welt zu heilen vermochte; auch mochten sie nicht zugestehen, dass ökonomische und politische Verträge nicht die Bindemittel waren, die die Herzen und Seelen der Menschheit zusammenhielten.

Doch so zerbrechlich er auch war, so konnten sie diesen einzigartigen, über ihnen thronenden Würdenträger nur beneiden. Denn er, so bemerkte der Belgier Paul-Henri Spaak später, war das Haupt einer universellen Organisation. Und er war mehr als der gewählte Repräsentant dieser Organisation. Er war der Inhaber ihrer Macht. Er war ihr Zentrum, ihr Schwerpunkt.

Aus dem Fenster seines Arbeitszimmer in der zweiten Etage des Papstpalastes sah der Heilige Vater zu, wie auf dem Platz unter ihm die Architekten des neuen Europa in ihre Limousinen stiegen.

»Was denken Sie, Euer Heiligkeit? Kann ihr neues Europa stark genug werden um Moskau aufzuhalten?«

Pius wandte sich seinem Begleiter zu – einem deutschen Jesuiten, seinem langjährigen Freund und bevorzugten Beichtvater. »Der Marxismus ist immer noch der Feind, Pater. Aber die Angelsachsen sind am Zug.« In der Diktion des Papstes war mit den Angelsachsen das angloamerikanische Establishment gemeint. »Ihr Europa wird weit kommen. Und es wird sich schnell entwickeln. Aber der größte Tag für Europa ist noch nicht angebrochen.«

Der Jesuit konnte der päpstlichen Vision nicht folgen. »Welches Europa, Euer Heiligkeit? Der größte Tag für wessen Europa?«

»Für das Europa, das heute geboren wurde.« Der Papst antwortete ohne zu zögern. »An dem Tag, da dieser Heilige Stuhl vor das neue Europa der Diplomaten und Politiker gespannt wird – ein Europa, dessen Mittelpunkte Brüssel und Paris sind –, an jenem Tag wird die Kirche in ernste Schwierigkeiten geraten.« Dann wandte er sich wieder dem Fenster zu und sah die Limousinen über den Petersplatz davonfahren. »Das neue Europa wird seinen kleinen Feiertag haben, Pater. Aber nur einen Tag.«

1960

Kein vielversprechenderes Unternehmen hatte je auf der Kippe gestanden und kein wichtigeres vatikanisches Geschäft war je zwischen einem Papst und seinen Beratern getätigt worden als jener Punkt auf der Tagesordnung des Papstes an diesem Februarmorgen des Jahres 1960. Seit dem Tag seiner Wahl zum Papst vor knapp einem Jahr hatte Seine Heiligkeit Johannes XXIII. – »der gute Papst Johannes«, wie er bald genannt wurde – den Heiligen Stuhl, die päpstliche Regierung und den Großteil der äußeren diplomatischen und religiösen Welt auf eine neue Ebene gehoben. Nun schien er auch die Welt selbst erheben zu wollen.

Schon zum Zeitpunkt seiner Wahl war dieser rundlich-bäuerliche Mann nur als Übergangspapst vorgesehen gewesen; als ein gangbarer Kompromiss, dessen kurze Regentschaft ein wenig Zeit verschaffen mochte – vier oder fünf Jahre wurden veranschlagt – um einen geeigneten Nachfolger zu finden, der die Kirche durch den Kalten Krieg führen sollte. Aber schon wenige Monate nach seiner Inthronisierung und zum Erstaunen aller hatte er im Vatikan zu einem ökumenischen Konzil eingeladen. Fast jeder vatikanische Beamte – darunter alle Berater, die zu dieser vertraulichen Sitzung in den päpstlichen Gemächern in der dritten Etage des Papstpalastes geladen waren – hatte bereits alle Hände voll zu tun mit den Vorbereitungen dieses Konzils.

Mit der ihm eigenen Direktheit weihte der Papst die Männer, die sich zu diesem Anlass versammelt hatten, in seine Gedanken ein – gut ein Dutzend seiner wichtigsten Kardinäle, dazu einige Bischöfe und *Monsignori* aus dem Staatssekretariat. Zwei versierte portugiesische Dolmetscher standen zu Verfügung.

»Wir haben eine Entscheidung zu fällen«, vertraute Seine Heiligkeit seinen Beratern an. »Und wir ziehen es vor, sie nicht allein zu fällen.« Zu Debatte stehe, erklärte er, ein inzwischen weltberühmter Brief, den sein Vorgänger auf dem Stuhl Petri empfangen hatte. Die Geschichte dieses Briefes, bemerkte er ferner, sei inzwischen so gut bekannt, dass er sie an diesem Morgen nur grob umreißen wolle.

Fatima, einst ein eher unbekanntes Städtchen in Portugal, hatte im Jahre 1917 unvermittelt Berühmtheit erlangt als jener Ort, wo drei kleine Bauernkinder – zwei Jungen und ein Mädchen – Zeugen von sechs Besuchen oder Erscheinuogen der Heiligen Jungfrau Maria geworden waren. Wie viele Millionen Katholiken wusste heute jeder der Anwesenden, dass die Jungfrau den Kindern von Fatima drei Geheimnisse anvertraut hatte. Jeder wusste, dass zwei der Kinder – wie ihre himmlische Besucherin prophezeit hatte – schon in jungen Jahren verstorben waren; nur Lucia, die Älteste, lebte noch. Jeder wusste, dass Lucia, die inzwischen in ein Kloster eingetreten war, schon vor langer Zeit die ersten beiden Geheimnisse von Fatima offenbart hatte. Aber es war Lucias Worten nach der Wunsch der Heiligen Jungfrau, dass »der Papst des Jahres 1960« jenes dritte Geheimnis öffentlich machte; und dass derselbe Papst zugleich »Russland« der Jungfrau Maria weihen sollte. Diese Weihe sollte von allen Bischöfen der Welt am selben Tag durchgeführt werden, von jedem in seiner eigenen Diözese, von jedem mit denselben Worten. Diese Weihe würde einer weltweiten öffentlichen Verurteilung der Sowjetunion gleichkommen.

Die Jungfrau hatte Lucia zufolge versprochen, dass »Russland« nach Vollzug dieser Weihe bekehrt wäre und keine Bedrohung mehr darstellen würde. Wenn ihr Wunsch vom »Papst des Jahres 1960« allerdings nicht erfüllt werden sollte, dann würde »Russland seine Verfehlungen über alle Nationen verbreiten«, Leid und Zerstörung die Folge sein und der Glaube der Kirche so weit verfallen, dass allein in Portugal »das Dogma des Glaubens« unangetastet bliebe.

»Was heute morgen als Erstes zu tun ist« – mit diesen Worten zog der gute Papst Johannes einen Umschlag aus einer kleinen Schachtel, die neben ihm auf dem Tisch stand – »dürfte auf der Hand liegen.« Seine Berater wurden unruhig. Sie hatten sich hier also zu einer privaten Lesung des geheimen Briefes von Lucia versammelt. Es war keine Übertreibung, zu behaupten, dass einige Dutzend Millionen Menschen überall auf der Welt darauf warteten, dass »der Papst des Jahres 1960« sein Wort hielt, den Inhalt des dritten Geheimnisses offenbarte, das bisher so ehern bewahrt worden war, und sich der Weisung der Jungfrau beugte. Mit diesem Gedanken im Hinterkopf unterstrich Seine Heiligkeit sein genaues und wörtliches Verständnis der Vokabel »privat«. Als er gewiss sein konnte, dass seine Mahnung zur Verschwiegenheit auf offene Ohren gestoßen war, reichte der Heilige Vater den Brief aus Fatima den beiden portugiesischen Übersetzern; diese wiederum trugen den geheimen Text mündlich auf Italienisch vor.

»Nun.« Nach dem Vortrag stellte der Papst die Entscheidung zur Debatte, die er vorzog nicht allein zu fällen. »Wir müssen gestehen, dass wir seit dem August 1959 heikle Verhandlungen mit der Sowjetunion führen. Unser Ziel ist es, dass wenigstens zwei Prälaten der orthodoxen Kirche der UDSSR unserem Konzil beiwohnen.« Papst Johannes betonte immer wieder, dass er das bevorstehende Zweite Vatikanische Konzil als »unser Konzil« betrachtete.

Was also sollte er tun, fragte seine Heiligkeit an diesem Morgen. Die Vorsehung hatte ihn zum »Papst des Jahres 1960« bestimmt. Doch wenn er sich dem fügte, was Schwester Lucia eindeutig als Weisung der Himmelskönigin beschrieben hatte – wenn er und seine Bischöfe öffentlich, offiziell und weltweit erklärten, dass »Russland« vielen verderblichen Irrtümern anhinge –, würde das seiner Initiative in Richtung Sowjetunion ein Ende setzen. Doch selbst abgesehen davon – abgesehen von seinem inbrünstigen Wunsch die orthodoxe Kirche im Konzil vertreten zu wissen –: Wenn der Pontifex die ganze Autorität seines Amtes und seiner Hierarchie dazu nutzen würde, die Weisung der Heiligen Jungfrau auszuführen, käme das einer Brandmarkung der Sowjetunion und ihres marxistischen Diktators Nikita Chruschtschow als Kriminellem gleich. Würden die Sowjets in ihrer Wut nicht Vergeltung üben? Wäre der Papst dann nicht für eine neue Welle von Verfolgungen – für den grausamen Tod von Millionen Menschen – überall in der Sowjetunion und ihren Satelliten- und Stellvertreterstaaten verantwortlich?

Um seine Sorge zu unterstreichen ließ Seine Heiligkeit einen Abschnitt des Briefes aus Fatima erneut vorlesen. Er sah in jedem Gesicht in der Runde Verständnis dämmern – und in einigen Erschrecken. Wenn jeder in diesem Raum diese Schlüsselpassage des dritten Geheimnisses so leicht verstanden hatte, fragte er, würden die Sowjets sie dann nicht ebenso schnell verstehen? Würden sie ihr nicht eine strategische Information entnehmen, die ihnen einen unschätzbaren Vorteil im Verhältnis zur freien Welt verschaffen würde?

»Wir können nach wie vor unser Konzil abhalten, aber ...« Seine Heiligkeit brauchte den Gedanken nicht auszusprechen.

Alles lag nun klar auf der Hand. Die Veröffentlichung des Geheimnisses würde überall heftige Reaktionen hervorrufen. Freundlich gesinnte Regierungen wären zutiefst beunruhigt. Die Sowjets wären einerseits ausgegrenzt, andererseits strategisch begünstigt. Die Entscheidung, die der gute Papst zu fällen hatte, war von grundlegender geopolitischer Bedeutung.

Niemand bezweifelte den guten Willen der Schwester Lucia. Aber einige Berater wiesen darauf hin, dass nahezu zwanzig Jahre zwischen dem Tag im Jahre 1917, als sie die Worte der Heiligen Jungfrau vernommen, und dem Zeitpunkt Mitte der Dreißigerjahre verstrichen waren, als sie diesen Brief geschrieben hatte. Welche Garantie hatte der Heilige Vater, dass die Zeit nicht ihre Erinnerungen getrübt hatte? Und welche Garantie gab es, dass drei ungebildete Bauernkinder – von denen damals keines älter als elf Jahre gewesen war – eine so komplizierte Botschaft gewissenhaft übermittelt hatten?

Könnte hier nicht eine von mündlicher Überlieferung geprägte kindliche Fantasie am Werk sein? Könnte es nicht sogar noch etwas ganz anderes geben, das die Wahrheit entstellte? Truppen aus der Sowjetunion hatten in den spanischen Bürgerkrieg eingegriffen, der nur wenige Kilometer weiter tobte, als Lucia ihren Brief schrieb. Hatte Lucias eigene Furcht vor den Sowjets ihre Worte gefärbt?

In dem Konsens, der sich bildete, gab es nur eine skeptische Stimme. Ein Kardinal – ein deutscher Jesuit, bis vor kurzem noch Freund und bevorzugter Beichtvater des Papstes – konnte nicht schweigen angesichts einer solchen Herabwürdigung der Rolle des göttlichen Eingreifens. Es war eine Sache, wenn Minister weltlicher Regierungen die praktische Bedeutung des Glaubens preisgaben. Doch Derartiges konnte kaum von Kirchenleuten hingenommen werden, die den Heiligen Vater berieten.

»Die Entscheidung, die wir hier zu fällen haben«, argumentierte der Jesuit, »ist einfach und auf den ersten Blick ersichtlich. Entweder akzeptieren wir diesen Brief, beugen uns seinem Wortlaut und warten die Konsequenzen ab. Oder wir ziehen seinen Inhalt ernsthaft in Zweifel. Wir vergessen alles. Wir unterdrükken den Brief als historisches Relikt; wir machen weiter wie bisher und berauben uns aus freier Entscheidung eines besonderen Schutzes. Aber wofür wir uns auch entscheiden, niemand hier sollte einen Zweifel daran hegen, dass wir über das Schicksal der gesamten Menschheit sprechen.«

1963

Die Inthronisation des gefallenen Erzengels Luzifer fand am 29. Juni 1963 in der römisch-katholischen Zitadelle statt: ein passendes Datum für die Erfüllung eines historischen Versprechens. Wie jeder Anhänger dieses Zeremoniells wusste, hatte die Tradition des Satanismus schon lange prophezeit, dass die Zeit des Fürsten in dem Moment anbräche, da ein Papst den Namen des Apostels Paulus annähme. Diese Voraussetzung – das Signal für die hereinbrechende Zeit der Ernte – war acht Tage zuvor mit der Wahl des jüngsten Nachfolgers Petri erfüllt worden.

Seit Beendigung des päpstlichen Konklaves war kaum genug Zeit für die komplexen Vorbereitungen geblieben, die getroffen werden mussten; aber das höchste Gericht hatte beschlossen, dass es keinen günstigeren Zeitpunkt für die Inthronisation des Fürsten gebe als eben jenen Feiertag der beiden Fürsten der Zitadelle, der Heiligen Petrus und Paulus. Und es konnte keinen passenderen Ort geben als die Kapelle des heiligen Paulus, die dem Papstpalast so nahe lag.

Die Schwierigkeiten bei den Vorbereitungen wurden vor allem von der Natur der bevorstehenden Zeremonie bestimmt. Die Sicherheitsvorkehrungen in jenem vatikanischen Bezirk, in dem sich dieses Schmuckstück von einer Kapelle befand, waren so gründlich, dass der ganze Aufwand zur Durchführung des Zeremoniells hier unmöglich einer Entdeckung entgehen konnte. Wenn das Ziel erreicht werden sollte – wenn sich die Heraufkunft des Fürsten tatsächlich am Tag der Ernte ereignen sollte –, dann musste jede Station des Kreuzwegs in ihr Gegenteil verkehrt werden. Das Heilige musste profanisiert, das Profane erhöht werden. Die unblutige Darstellung des Opfergangs des namenlosen Schwächlings am Kreuz musste durch eine erhabene und blutige Verletzung der Würde des Namenlosen ersetzt werden. Schuld musste zu Unschuld, Schmerz als Freude empfunden werden. Gnade, Reue, Vergebung mussten in einer Orgie der Gegensätze untergehen. Und all das musste ohne Fehler durchgeführt werden. Die Abfolge der Ereignisse, die Bedeutung der Worte, der Inhalt der Handlungen, alles musste sich zu einer perfekten Inszenierung des Sakrilegs, einem endgültigem Ritual der Niedertracht zusammenfügen.

Die ganze delikate Affäre wurde in die erfahrenen Hände des vertrauten Wächters des Fürsten in Rom gelegt. Als Meister des kunstvollen Zeremoniells der römischen Kirche war dieser granitgesichtige, scharfzüngige Prälat ebenso ein Meister der Zeremonie der Dunkelheit und des Feuers, die dem Fürsten galt. Das unmittelbare Ziel jeder Zeremonie, das wusste er, besteht darin, die »Gräuel der Trostlosigkeit« zu ehren. Aber ein weiteres Ziel musste nun darin bestehen, das Bollwerk des namenlosen Schwächlings zu erschüttern, die Zitadelle des Schwächlings zur Zeit der Ernte zu besetzen, die Heraufkunft des Fürsten in der Zitadelle gegen alle Widerstände durchzusetzen, den Hüter der Zitadelle zu verdrängen, alle Schlüssel in die Hand zu bekommen, die der Schwächling dem Hüter anvertraut hatte.

Der Wächter ging das Problem der Sicherheitsvorkehrungen frontal an. Solche unauffälligen Hilfsmittel wie das Pentagramm, die schwarzen Kerzen und die entsprechenden Dekorationen ließen sich problemlos als Teil des römischen Zeremoniells ausgeben. Für andere kultische Rubriken aber – die Knochenschale und die rituelle Kakophonie etwa, die Opfertiere und das eigentliche Opfer – galt das nicht mehr. Es musste also eine Parallelinthronisation stattfinden. Mit einer zeitgleich stattfindenden Parallelfeier vermochten die Brüder in einer dazu ermächtigten »zielenden« Kapelle dasselbe Resultat zu erzielen. Unter der Voraussetzung, dass alle Teilnehmer an beiden Schauplätzen auf jedes einzelne Element der Veranstaltung in der römischen Kapelle »zielten«, würde das Ereignis im »Ziel« den gewünschten Verlauf nehmen. Es wäre alles eine Frage des Gleichklangs der Herzen, der Einheit des Wollens und der perfekten Synchronisierung von Worten und Handlungen zwischen der »zielenden« Kapelle und dem »Ziel«. Der lebendige Wille und der tätige Verstand der Teilnehmer, konzentriert auf das eine Ziel des Fürsten, würde alle Entfernungen überwinden.

Einem so erfahrenen Mann wie dem Wächter fiel die Auswahl der »zielenden« Kapelle leicht; es bedürfte nur eines Telefonanrufs in den Vereinigten Staaten. Im Laufe der Jahre hatten die Anhänger des Fürsten in Rom einen solch makellosen Gleichklang der Herzen und eine ebenso nahtlose Einheit ihres Wollens mit einem Freund des Wächters entwickelt, mit Leo, dem Bischof der Kapelle in South Carolina.

Leo war nicht nur sein Name; es war eine Charakterisierung. Die silberweiße Mähne auf seinem großen Kopf erschien aller Welt wie eine zottige Löwenmähne. In den gut vierzig Jahren, seit Seine Exzellenz seine Kapelle aufgebaut hatte, hatten Anzahl und sozialer Rang der Anhänger, die er um sich versammelte, die unübertroffene Blasphemie seiner Zeremonien und seine häufige und bereitwillige Zusammenarbeit mit jenen, die seinen Standpunkt und sein letztendliches Ziel teilten, so beredtes Zeugnis von seinen überragenden Fähigkeiten abgelegt, dass sein Haus unter den Eingeweihten inzwischen weithin als die Mutterkapelle der Vereinigten Staaten galt.

Die Nachricht, dass seine Kapelle zur »zielenden« Kapelle eines so bedeutsamen Ereignisses wie der Inthronisation des Fürsten im Herzen der römischen Zitadelle erwählt worden war, stellte eine hohe Auszeichnung dar. Für Leo sprach außerdem, dass sein ausgeprägtes zeremonielles Wissen und seine Erfahrung viel Zeit sparten. Es war zum Beispiel nicht erforderlich, sein Wissen um die kontradiktorischen Prinzipien zu überprüfen, auf denen jede Anbetung des Erzengels fußte. Es bestand kein Zweifel an seinem Wunsch alles zu geben in jener letzten Schlacht – der Schlacht, die der römisch-katholischen Kirche als päpstlicher Institution, die sie seit ihrer Begründung durch den namenlosen Schwächling gewesen war, ein Ende setzen wollte.

Niemand musste ihm erklären, dass das oberste Ziel nicht direkt darin bestand, die römisch-katholische Organisation zu liquidieren. Leo begriff, wie dumm und verschwenderisch das wäre. Weit vernünftiger wäre es, diese Organisation in etwas wirklich Nützliches umzuwandeln, sie der großartigen, weltweiten Ordnung alles Menschlichen anzugleichen und sie mit ihr zu verschmelzen. Sie an das breite Spektrum humaner – und nur humaner – Ziele zu binden.

Als gleichermaßen Geistesverwandte und Experten konnten der Wächter und der amerikanische Bischof ihre Vereinbarungen für die zweifache Zeremonie auf eine Namensliste und ein Inventar von Rubriken beschränken.

Die Namensliste des Wächters – die Teilnehmer in der römischen Kapelle – umfasste Männer von höchstem Ansehen. Hochrangige Kirchenleute und Laien, deren Meinung Gewicht hatte. Wahrhaftige Diener des Fürsten in der Zitadelle. Einige waren im Laufe der Jahrzehnte in der römischen Phalanx ausgesucht, hinzugewählt, ausgebildet und befördert worden, während andere eine neue Generation repräsentierten, die es als ihre Aufgabe betrachtete, die Pläne des Fürsten über die nächsten Jahrzehnte fortzuführen. Alle begriffen sie die Notwendigkeit unentdeckt zu bleiben; denn das Gesetz, die Regel besagt, dass »die Gewissheit für unser Morgen unsere Überzeugung ist heute nicht zu existieren«.

Leos Teilnehmerliste – Männer und Frauen, die in Wirtschaft, Regierung und sozialem Leben ihre Spuren hinterlassen hatten – war in jeder Hinsicht so beeindruckend, wie es der Wächter erwartet hatte. Aber erst das Opfer, sagte Seine Exzellenz – ein Kind –, sei ein wirklich angemessener Preis für die Vergewaltigung der Unschuld.

Die Liste der Kultgegenstände und Anweisungen, die für die Parallelzeremonie erforderlich waren, konzentrierte sich im Wesentlichen auf jene Elemente, die in Rom nicht benutzt werden konnten. In Leos »zielender« Kapelle mussten vier Phiolen vorhanden sein, die Erde, Luft, Feuer und Wasser enthielten. Abgehakt. In ihr müsste die Knochenschale stehen. Abgehakt. Die roten und die schwarzen Säulen. Abgehakt. Der Schild. Abgehakt. Die Tiere. Abgehakt. Die ganze Liste hinunter. Abgehakt. Abgehakt.

Das Problem die Zeremonien in den beiden Kapellen zu synchronisieren war Leo vertraut. Wie üblich wurden für die Anhänger in beiden Kapellen Bündel bedruckten Papiers vorbereitet, die man blasphemisch Missale nannte; und wie üblich war ihr

Text in fehlerfreiem Latein abgefasst. Über eine telefonische Verbindung und einen zeremoniellen Boten sollten die Teilnehmer auf beiden Seiten jederzeit in die Lage versetzt werden ihre Aufgaben in perfekter Harmonie mit ihren kooperierenden Brüdern auszuführen.

Während des Ereignisses musste der Puls jedes einzelnen Teilnehmers perfekt auf Hass, nicht auf Liebe eingestimmt sein. Die freudige Hinnahme des Schmerzes und die Erfüllung mussten unter Leos Anleitung in dessen Kapelle bis zu Vollkommenheit getrieben werden. Die Ermächtigung die Anweisungen und das Zeugnis – die letzten und alles entscheidenden Elemente, die allein und einzig diesem Ereignis dienten – zu dirigieren, diese Ehre blieb dem Wächter im Vatikan persönlich vorbehalten.

Wenn jeder sich genau an das Gesetz hielt, würde der Fürst endlich seine alte Rache an dem Schwächling vollziehen, dem gnadenlosen Feind, der als der Gnadenreiche durch die Jahrhunderte gewandert war, dem die dunkelste aller Dunkelheiten nichts hatte verbergen können.

Alles Weitere konnte sich Leo vorstellen. Das Ereignis der Inthronisation würde eine perfekte Tarnung schaffen, undurchsichtig und samtweich, um den Fürsten innerhalb der offiziellen Kirchengemeinschaft der römischen Zitadelle zu verbergen. In Dunkelheit inthronisiert würde der Fürst eben diese Dunkelheit verströmen können wie nie zuvor. Freund und Feind wären gleichermaßen betroffen. Die Düsternis seines Willens würde so fundamental sein, dass sie selbst den eigentlichen Zweck der Existenz der Zitadelle unterhöhlen würde: die immer wahrende Verehrung des Namenlosen. Mit der Zeit und schlussendlich würde die Ziege das Lamm verjagen und in den Besitz der Zitadelle gelangen. Der Fürst würde sich selbst in den Besitz eines Hauses bringen – des Hauses schlechthin –, das nicht seines war.

»Denk darüber nach, mein Freund.« Bischof Leo war beinahe außer sich vor Vorfreude. »Das Unvollendbare wird vollendet. Dies wird der Schlussstein meiner Karriere. Der krönende Abschluss des Jahrhunderts!« Leo war nicht weit von der Wahrheit entfernt.

Es war Nacht. Der Wächter und einige wenige Akolythen waren in der Paulskapelle, dem »Ziel«, mit den letzten Vorbereitungen beschäftigt. Ein Halbkreis von Kniestühlen wurde dem Altar gegenüber aufgebaut. Auf dem Altar selbst wurden fünf Kerzenständer mit eleganten schwarzen Wachskerzen arrangiert. Ein silbernes Pentagramm wurde im Tabernakel platziert und mit einem blutroten Schleier bedeckt. Ein Thron, Symbol des regierenden Fürsten, wurde links vom Altar aufgestellt. Die Wände mit ihren schönen Fresken und Gemälden, die Szenen aus dem Leben Christi und der Apostel darstellten, wurden mit schwarzen Tüchern drapiert, passend verziert mit goldenen Symbolen aus der Geschichte des Fürsten.

Während die große Stunde näher rückte, trafen nach und nach die wahrhaftigen Diener des Fürsten in der Zitadelle ein, die römische Phalanx. Unter ihnen einige der herausragendsten Persönlichkeit, die derzeit im Kollegium, der Hierarchie und der Bürokratie der römisch-katholischen Kirche zu finden waren. Unter ihnen auch weltliche Vertreter der Phalanx, die auf ihre Art nicht weniger bedeutend waren als die Angehörigen der Hierarchie.

Man nehme etwa diesen Preußen, der gerade durch die Tür schritt: ein Musterbeispiel für eine neue Laiengeneration, falls es je dergleichen geben sollte. Noch unter vierzig hatte er bereits einige Bedeutung in kritischen internationalen Angelegenheiten erlangt. Selbst das Licht der schwarzen Kerzen schien von seiner stahlgerahmten Brille und seinem kahlen Schädel wider, als wollte es ihn besonders herausheben. Als internationaler Gesandter und außerordentlicher Generalbevollmächtigter der Inthronisation auserwählt, trug der Preuße in einer Ledertasche die Briefe mit der Ermächtigung und den Anweisungen zum Altar, bevor er seinen Platz im Halbkreis einnahm.

Etwa dreißig Minuten vor Mitternacht waren alle Kniestühle mit der neuen Ernte fürstlicher Tradition besetzt, die über einen Zeitraum von gut achtzig Jahren in der alten Zitadelle gesät, gehegt und gepflegt worden war.

Obwohl zunächst nur von geringer Zahl, hatte sich die Gruppe im Schutze der Dunkelheit als Fremdkörper und als fremder

Geist im Schoß ihres Wirts und Opfers festgesetzt. Sie durchdrang schließlich alle Dienste und Aktivitäten innerhalb der römischen Zitadelle, verbreitete ihre Symptome durch den Blutkreislauf der katholischen Kirche wie eine subkutane Infektion – Symptome wie Zynismus und Gleichgültigkeit, Gesetzesübertretungen und Machtmissbrauch in hohen Ämtern, Abweichung von der wahren Lehre, Missachtung des moralischen Urteils, Verwässerung der sakralen Vorschriften, die Trübung all der wesentlichen Erinnerungen und der Worte und Gesten, die von ihrer Anwesenheit zeugten.

Solcherart waren die Männer, die sich zur Inthronisation im Vatikan versammelt hatten; und solcherart war die Tradition, mit der sie die weltweite Administration, deren Mittelpunkt die Zitadelle bildete, infiltriert hatten. Missale in den Händen, den Blick auf Altar und Thron gerichtet, Wille und Gedanken in tiefer Konzentration warteten sie schweigend auf Mitternacht um zum Fest der Heiligen Petrus und Paulus den einzig wahren heiligen Tag Roms zu verkünden.

Die »zielende« Kapelle – ein großer Veranstaltungssaal im Erdgeschoss einer Pfarrschule – war streng den Regeln gemäß eingerichtet worden. Bischof Leo hatte sich um alles persönlich gekümmert. Nun, da seine handverlesenen Akolythen in schweigendem Eifer die letzten Einzelheiten richteten, überprüfte er noch einmal alles selbst.

Zunächst der Altar, aufgestellt am nördlichen Ende des Kapelle: flach auf dem Altar ein großes Kreuz, der Kopf des Körpers zeigte nach Norden. Direkt daneben das rot verhüllte Pentagramm, flankiert von zwei schwarzen Kerzen. Darüber eine rote Sanktuariumslampe, in der die rituelle Flamme leuchtete. Am Ostende des Altars ein Käfig; und in dem Käfig Flinnie, ein sieben Wochen alter Welpe, leicht ruhig gestellt für den kurzen Augenblick, den er dem Fürsten nützlich sein würde. Hinter dem Altar ebenholzfarbene Kerzen, deren Dochte der Berührung durch die rituellen Flamme harrten.

Eine schnelle Drehung zur südlichen Wand: auf einem Kredenztisch das Weihrauchfass und das Gefäß mit Knochenkohle und Räucherwerk. Vor dem Kredenztisch die rote und die schwarze Säule, mit dem Schlangenschild und der Glocke der Unendlichkeit. Eine Drehung zur Ostwand: Vier Phiolen mit Erde, Luft, Feuer und Wasser umgeben einen zweiten Käfig. In dem Käfig eine Taube, blind für das ihr zugedachte Schicksal als Parodie nicht nur des namenlosen Schwächlings, sondern der ganzen Dreieinigkeit. Lesepult und Buch einsatzbereit an der Westwand. Der Halbkreis der Kniestühle nach Norden auf den Altar ausgerichtet. Zu Seiten der Kniestühle die Embleme des Eintritts: die Knochenschale an der Westseite nahe der Tür; nach Osten hin die Mondsichel und der fünfzackige Stern mit nach oben gerichteten Ziegenhörnern. Auf jedem Stuhl ein Exemplar des Missale, für jeden der Teilnehmer.

Schließlich blickte Leo direkt zum Eingang der Kapelle. Besondere Messgewänder, identisch mit denen, die er und seine fleißigen Akolythen bereits angelegt hatten, hingen an einem Ständer neben der Tür. Er verglich gerade seine Armband- mit der großen Wanduhr, als die ersten Teilnehmer eintrafen. Zufrieden mit den Vorbereitungen begab er sich in die große angrenzende Garderobe, die als Sakristei diente. Der Erzpriester und der Bruder Medico sollten inzwischen das Opfer vorbereitet haben. Kaum dreißig Minuten noch und sein zeremonieller Bote würde die telefonische Verbindung zum »Ziel«, der Paulskapelle im Vatikan, herstellen. Dann würde die große Stunde anbrechen.

So unterschiedliche Anforderungen sich an die äußerlichen Arrangements in den beiden Kapellen stellten, so unterschiedlich waren auch die Anforderungen an die Teilnehmer. Jene in der Paulskapelle, durchweg Männer, trugen Soutanen und Schärpen, sofern sie ein kirchliches Amt innehatten, oder tadellos sitzende schwarze Anzüge, soweit es sich um weltliche Würdenträger handelte. Konzentriert und ihres Zieles bewusst, ihre Blicke geschärft für den Altar und den leeren Thron, erschienen sie tatsächlich als die frommen römischen Kleriker und gläubigen Laien, für die man sie im Allgemeinen hielt.

Von ihrem Rang her der römischen Phalanx zwar ähnlich unterschieden sich die amerikanischen Teilnehmer in der »zielenden« Kapelle doch erheblich von ihren Gefährten im Vatikan. Männer und Frauen traten hier ein. Und statt sich wohl gekleidet hinzusetzen oder niederzuknien, legte jeder beim Eintreten seine Kleidung vollständig ab und streifte das nahtlose Gewand über, das für die Inthronisation vorgeschrieben war – blutrot zum Opfer passend; knielang und ärmellos; mit v-förmigem Halsausschnitt und vorn offen. Aus- und Ankleiden gingen lautlos vonstatten, ohne Eile oder Aufregung, voller Konzentration und ritueller Gelassenheit.

Nach dem Umkleiden gingen die Teilnehmer an der Knochenschale vorbei und langten hinein um eine kleine Hand voll aufzunehmen, bevor sie ihre Plätze im Halbkreis der Stühle gegenüber den Altar einnahmen. Während die Knochenschale sich leerte und die Kniestühle sich füllten, begann die rituelle Kakophonie die Stille zu erschüttern. Zum unaufhörlichen Klappern der Knochen begannen alle Teilnehmer zu reden – mit sich selbst, mit anderen, mit dem Fürsten, mit niemandem. Ganz leise zu Anfang, doch in einer beunruhigenden rituellen Kadenz.

Weitere Teilnehmer trafen ein. Weitere Knochen wurden in die Hand genommen. Der Halbkreis vervollständigte sich. Die gemurmelte Kadenz, zuerst ein leises, misstönendes *sussuro*, schwoll an. Das unaufhörlich sich steigernde Kauderwelsch aus Gebeten, Bitten und Knochenrasseln entwickelte eine Art gebändigte Hitze. Das Geräusch gewann etwas Wütendes, nahezu Gewalttätiges, wurde zu einem kontrollierten Konzert des Chaos. Ein nervenzerfetzendes Konzert des Hasses und der Revolte. Ein konzentriertes Vorspiel zur Inthronisation des Fürsten dieser Welt in der Zitadelle des Schwächlings.

Seine blutrotes Gewand schwang elegant hin und her, als Leo in den Andachtsraum schritt. Für einen Augenblick hatte er den Eindruck, als sei alles perfekt vorbereitet. Sein Mitzelebrant, der fast kahle, Brille tragende Erzpriester, hatte zur Vorbereitung der Prozession bereits eine einzige schwarze Wachskerze entzündet. Er hatte einen großen goldenen Kelch mit rotem Wein gefüllt und mit einer versilberten und vergoldeten Patene bedeckt. Auf die Patene hatte er eine übergroße Scheibe weißes ungesäuertes Brot gelegt.

Ein dritter Mann, Bruder Medico, saß auf einer Bank. Gewandet wie die beiden anderen hielt er ein Kind auf dem Schoß. Seine Tochter Agnes. Leo nahm befriedigt zur Kenntnis, dass Agnes ruhig und für eine Veränderung offen zu sein schien. Diesmal schien sie wirklich für den Vorgang bereit zu sein. Sie trug ein weites weißes Gewand, das ihr bis zu den Knöcheln reichte. Und wie ihrem Welpen auf dem Altar war ihr eine leichte Dosis Beruhigungsmittel verabreicht worden um die Zeit durchzustehen, bis sie ihren Zweck für die Mysterien erfüllen sollte.

»Agnes«, flüsterte Bruder Medico dem Kind ins Ohr. »Bald wird's Zeit mit Vati zu gehen.«

»Ist nicht mein Vati ...« Trotz der Drogen schlug das Mädchen die Augen auf und starrte ihren Vater an. Ihre Stimme klang schwach, doch hörbar. »Gott ist mein Vati ...«

»BLASPHEMIE!« Agnes' Worte ließen Leos zufriedene Stimmung umschlagen wie elektrische Energie, die sich in einem Blitzschlag entlädt. *»Blasphemie!«* Er feuerte das Wort wie eine Kugel ab. Seine Mund verwandelte sich förmlich in ein Gewehr, das ein Sperrfeuer von Vorwürfen auf Bruder Medico abschoss. Ob Arzt oder nicht, der Mann war ein Tölpel! Das Kind hätte angemessen vorbereitet sein sollen! Dafür hatte er reichlich Zeit gehabt!

Bruder Medico wurde aschfahl unter Bischof Leos Angriff. Nicht so seine Tochter. Sie mühte sich ihre unvergesslichen Augen auf etwas anderes zu richten; versuchte Leos wildem, zornigem Blick zu begegnen; rang darum, das Wagnis zu wiederholen. »Gott ist mein Vati ...!«

Zitternd vor nervöser Erregung packte der Bruder Medico mit beiden Händen den Kopf seiner Tochter und zwang sie ihn wieder anzusehen. »Liebling«, redete er auf sie ein. »Ich bin dein Vati. Ich war immer dein Vati. Ja, und sogar deine Mami, seit sie fortgegangen ist.«

»Nicht mein Vati ... Du lässt mir Flinnie wegnehmen ... Darfst Flinnie nicht wehtun ... Ist doch nur ein kleiner Welpe ... Gott hat die kleinen Welpen gemacht ...«

»Agnes. Hör mir zu. Ich bin dein Vati. Es wird Zeit ...«

»Nicht mein Vati ... Gott ist mein Vati ... Gott ist meine Mami. Vatis machen keine Sachen, die Gott nicht gefallen ... Nicht mein ...«

Weil er wusste, dass man im »Ziel« im Vatikan sicher schon darauf wartete, dass die zeremonielle Verbindung telefonisch hergestellt wurde, gab Leo dem Erzpriester mit einem strengen Nicken einen Befehl. Wie so oft in der Vergangenheit war das Notverfahren die einzige Rettung; und weil es erforderlich war, dass das Opfer während des ersten rituellen Vollzugs bei Bewusstsein war, musste es unbedingt jetzt geschehen.

Der Erzpriester nahm seine priesterlichen Pflichten wahr, setzte sich neben Bruder Medico und hob Agnes' von Drogen geschwächten Körper auf seinen Schoß. »Agnes. Hör mir zu. Ich bin auch dein Vati. Erinnerst du dich, wie gern wir uns gehabt haben? Weißt du noch?«

Agnes wehrte sich störrisch weiter. »Nicht mein Vati ... Vatis tun keine schlimmen Sachen mit mir ... tun mir nicht weh ... tun Jesus nicht weh ...«

Die große Stunde brach an. Der Beginn der Zeit der Ernte für die Heraufkunft des Fürsten in der Zitadelle. Als die Glocke der Unendlichkeit tönte, standen alle Teilnehmer in Leos Kapelle gemeinsam auf. Die Missale in den Händen, das unaufhörliche Klappern und Klacken der Knochen als schreckliche Begleitung, stimmten sie aus voller Kehle ihre Prozessionshymne an, eine triumphale Profanisierung der Hymne des Apostels Paul. »*Mara Atha!* Komme, o Herr! Komme, o Fürst! Komme! O erscheine ...«

Akolythen, die alles sorgfältig einstudiert hatten, schritten aus der Sakristei zum Altar voraus. Hinter ihnen trug Bruder Medico, dürr, doch von würdevoller Erscheinung selbst in seinem roten Gewand, das Opfer zum Altar und legte es hingestreckt neben das Kruzifix. Im flackernden Schatten des verhängten Pentagramms berührte ihr Haar fast den Käfig, in dem ihr kleiner Hund hockte. Als Nächster in der Rangfolge trug der Erzpriester, die Augen hinter den Brillengläsern blinzelnd, die einzige schwarze Kerze aus der Sakristei und nahm seinen Platz links vom Altar ein. Als Letzter trat Bischof Leo vor, Kelch und Hostie in den Händen, und stimmte in die Prozessionshymne ein. »So sei es!« Die letzten Worte des uralten Gesangs schallten über den Altar hinweg in die »zielende« Kapelle hinein.

»So sei es! Amen! Amen!« Die uralten Worte schallten über den Altar hinweg in die Paulskapelle hinein. Ihr Herz und ihr Wille eins mit den »zielenden« Teilnehmern in Amerika stimmte die römische Phalanx den Refrain der Mysterien an, der für sie in ihren lateinischen Missalen niedergeschrieben stand, begannen mit der Hymne an die vergewaltigte Jungfrau und endeten mit der Anrufung der Dornenkrone.

In der »zielenden« Kapelle nahm Bischof Leo den Opferbeutel, den er um den Hals trug, und legte ihn ehrfurchtsvoll zwischen das Kopfende des Kruzifixes und das Fußende des Pentagramms. Dann legten Akolythen zum wieder aufgenommenen murmelnden und summenden Chor der Teilnehmer und dem Klappern der Knochen drei rechteckige Stücke Räucherwerk auf die glühende Holzkohle im Thuribulum. Fast im selben Augenblick trieben blaue Rauchfahnen durch den Saal und ihr beißender Geruch umschloss Opfer, Zelebranten und Teilnehmer gleichermaßen.

Auch ohne dass man ihm ein Zeichen gab, ließ der zeremonielle Bote, der seine Rolle gut einstudiert hatte, sein Gegenüber im Vatikan wissen, dass die Anrufungen gleich beginnen würden. Eine plötzliche Stille erfasste die amerikanische Kapelle. Bischof Leo hob mit ernster Miene das Kruzifix neben Agnes' Körper hoch, lehnte es verkehrt herum an die Vorderseite des Altars und hob, indem er sich der Versammlung zuwandte, zu einer ins Gegenteil verkehrten Segnung die linke Hand: der Handrücken den Teilnehmern zugewandt; der Daumen und die beiden mittleren Finger in die Handfläche gedrückt; Zeige- uod kleiner Finger als Symbol der Ziegenhörner nach oben gerichtet. »Lasst uns anrufen!«

Umgeben von Dunkelheit und Feuer intonierte in beiden Kapellen der jeweilige Hauptzelebrant eine Reihe von Anrufungen des Fürsten. Die Teilnehmer in beiden Kapellen sangen die Antwort. Jeder Antwort folgte in der »zielenden« Kapelle in Amerika, eine »geziemende« Handlung – eine dem Ritual folgende Darstellung des Geistes und der Bedeutung der Worte. Für den vollkommenen Einklang der Worte und der Willenskräfte in beiden Kapellen war der zeremonielle Bote verantwortlich, der die telefonische Verbindung betreute. Aus diesem vollkommenen Einklang sollte ein geeignetes Gewebe menschlicher Wünsche und Vorstellungen geknüpft werden, welches das Drama der Inthronisation des Fürsten umgab.

»Ich glaube an die eine Macht«, sang Bischof Leo voll innerer Überzeugung.

»Und ihr Name ist Kosmos«, sangen die Teilnehmer in beiden Kapellen die ins Gegenteil verkehrte Antwort aus den lateinischen Missalen. In der »zielenden« Kapelle folgten die »geziemenden« Handlungen. Zwei Akolythen schwenkten Weihrauch über den Altar. Zwei weitere holten die Phiolen mit Erde, Luft, Feuer und Wasser, legten sie auf den Altar, verbeugten sich vor dem Bischof und kehrten an ihre Plätze zurück.

»Ich glaube an den eingeborenen Sohn der kosmischen Dämmerung«, sang Leo.

»Und Sein Name ist Luzifer.« Die zweite uralte Antwort. Leos Akolythen entzündeten die Pentagrammkerzen und schwenkten Weihrauch über das Pentagramm.

Die dritte Anrufung: »Ich glaube an den geheimnisvollen Einen.«

Die dritte Antwort: »Und er ist die Giftschlange im Apfel des Lebens.« Unter dem unaufhörlichen Klappern der Knochen traten Diener an die rote Säule, drehten den Schlangenschild um und enthüllten so die Seite mit dem Baum des Wissens.

Der Wächter in Rom und der Bischof in Amerika intonierten die vierte Anrufung: »Ich glaube an den alten Leviathan.«

Zu beiden Seiten des Atlantiks, auf beiden Kontinenten tönte unisono die vierte Antwort: »Und sein Name ist Hass.« Die rote Säule und der Baum des Wissens wurden in Weihrauch gehüllt.

Die fünfte Anrufung: »Ich glaube an den alten Fuchs.«

Die fünfte energische Antwort: »Und sein Name ist Lüge.« Die schwarze Säule wurde als Symbol alles Hinfälligen und Widerwärtigen in Weihrauch gehüllt.

Im flackernden, von den Wachskerzen geworfenen Licht und im blauen Rauch, der sich um ihn kräuselte, richtete Leo den Blick auf Flinnies Käfig, der neben Agnes auf dem Altar stand. Der Welpe wurde nun reger, richtete sich auf, als habe ihn der Singsang, das Klicken und Klacken geweckt. »Ich glaube an die alte Krabbe«, las Leo die sechste lateinische Anrufung.

»Und ihr Name ist lebendiger Schmerz«, kam der eindringliche Singsang der sechsten Antwort, unterstrichen vom Klicken und Klacken der Knochen. Alle Blicke richteten sich auf einen Akolythen, der an den Altar trat, in den Käfig griff, wo der Welpe in freudiger Erwartung mit dem Schwanz wedelte, und das unselige Tier mit einer Hand niederhielt, während er mit der anderen eine perfekte Vivisektion ausführte, indem er dem schreienden Tier zunächst die Fortpflanzungsorgane amputierte. Der Diener ging dabei so geschickt vor, dass sich die Qual des Welpen, wie auch der rasende Jubel der Teilnehmer über das Ritual des Schmerzes, lange hinzog.

Auf jede Einzelheit bedacht sah Bischof Leo auf das Opfer hinab. Selbst in ihrem nahezu bewusstlosen Zustand sträubte sie sich. Immer noch war Widerstand in ihr. Immer noch empfand sie Schmerz. Immer noch ließ ihr unbeugsamer Starrsinn sie beten. Leo war zufrieden. Welch ein perfektes kleines Opfer. Wie es dem Fürsten schmeicheln würde. Gnadenlos und ohne innezuhalten führten Leo und der Wächter ihre Versammlungen durch die übrigen der vierzehn Anrufungen, während die »geziemenden« Handlungen, die ihnen folgten, sich zu einem wilden Theater der Perversion steigerten.

Schließlich beendete Bischof Leo den ersten Teil der Zeremonie mit der großen Anrufung: »Ich glaube, dass der Fürst dieser Welt heute nacht in der alten Zitadelle inthronisiert und von dort eine neue Gemeinschaft gründen wird.«

Die Antwort wurde in einem selbst für diese gespenstische Szenerie eindrucksvollem Gestus vorgetragen. »Und ihr Name wird ›Die eine universelle Kirche des Menschen‹ sein.«

Es wurde für Leo Zeit, Agnes vom Altar in die Arme zu nehmen. Es wurde Zeit für den Erzpriester, den Kelch in die rechte und die große Hostie in die linke Hand zu nehmen. Es wurde Zeit für Leo, das Opfergebet vorzusprechen und nach jeder rituellen Frage darauf zu warten, dass die Teilnehmer die Antwort aus ihren Missalen lasen.

»Wie lautete des Opfers Name, als es zum ersten Mal geboren wurde?«

»Agnes!«

»Wie lautete des Opfers Name, als es zum zweiten Mal geboren wurde?«

»Agnes Susannah!«

»Wie lautete des Opfers Name, als es zum dritten Mal geboren wurde?«

»Rahab Jericho!«

Leo legte Agnes wieder auf den Altar und stach in den Zeigefinger ihrer linken Hand, bis Blut aus der kleinen Wunde trat.

Von Kälte durchdrungen, Übelkeit in den Eingeweiden, spürte Agnes, wie sie vom Altar gehoben wurde, doch sie war nicht mehr imstande den Blick auf etwas zu richten. Sie zuckte unter dem scharfen Stich in ihrer linken Hand zusammen. Sie fing einzelne Worte auf, in denen etwas Bedrohliches mitschwang, das sie nicht benennen konnte. »Opfer ... Agnes ... zum dritten Mal ... Rahab Jericho ...«

Leo tauchte seinen linken Zeigefinger in Agnes' Blut und indem er ihn hochhob, damit die Teilnehmer ihn sehen konnten, stimmte er die Opfergesänge an.

> »Dies, unser Opfer Blut, ward vergossen * Um unseren Dienst am Fürsten zu vollenden * Auf dass er souverän in Jakobs Hause herrsche * Im neuen Land der Auserwählten.«

Nun war der Erzpriester an der Reihe. Kelch und Hostie noch immer hoch erhoben, sprach er die rituelle Opfererwiderung.

> »Ich nehme Dich mit mir, hochreines Opfer * Ich bringe dich zum unheiligen Norden * Ich bringe dich auf den Gipfel des Fürsten.«

Der Erzpriester legte die Hostie auf Agnes' Brust und hielt den Kelch voller Wein über ihren Unterleib.

Am Altar nun von seinem Erzpriester und dem Akolythen Medico flankiert, warf Bischof Leo dem zeremoniellen Boten einen Blick zu. Nachdem er sich vergewissert hatte, dass der steinern blickende Wächter und seine römische Phalanx in völliger Übereinstimmung mit ihm handelten, intonierten er und seine Teilnehmer das Bittgebet.

»Wir bitten Dich, Herr Luzifer, Fürst der Dunkelheit * Kornkammer all unserer Opfer * Unsere Gabe anzunehmen* Bis zur Übernahme der vielen Sünden.«

Und in vollkommenem Einklang, der von langer Übung herrührt, sprachen Bischof und Erzpriester die heiligsten Worte der lateinischen Messe. Beim Erheben der Hostie: »HOC EST ENIM CORPUS MEUM.« Beim Erheben des Kelches: »HICEST ENIM CALFIX SANGUINIS MEI, NOVI ET AETERNI TESTAMENTI, MYSTERIUM FIDEI QUI PRO VOBIS ET PRO MULTIS EFFUNDETUR IN REMISSIONEM PECCATORUM. HAEC QUOTIESCUMQUE FECERITIS IN MEI MEMORIAM FACIETIS.« Augenblicklich reagierten die Teilnehmer mit einem neuen Schwall ritueller Kakophonie, einer Sintflut der Verwirrung, einem Babel aus Worten und rasselnden Knochen, begleitet von lüsternen Ausbrüchen aller Art, während der Bischof ein winziges Bruchstück der Hostie aß und einen Schluck aus dem Kelch nippte.

Auf Leos Zeichen hin – wiederum einer ins Gegenteil verkehrten Segnung – ging die rituelle Kakophonie in ein etwas geordneteres Chaos über, als die Teilnehmer sich gehorsam in lockeren Reihen aufstellten. Als sie am Altar vorbeigingen um die Kommunion zu empfangen – einen Bissen der Hostie, einen Schluck aus dem Kelch –, hatten sie auch die Gelegenheit Agnes zu bewundern. Dann kehrten sie eilig, um nichts von der rituellen Züchtigung des Opfers zu versäumen, zu ihren Kniestühlen zurück und sahen erwartungsvoll zu, wie der Bischof seine ganze Aufmerksamkeit auf das Kind richtete.

Agnes schrie vor Entsetzen, aber niemand kam dem Kind zu Hilfe, als sich das Gewicht des Bischofs auf sie legte.

Leo stand wieder am Altar, sein schweißnasses Gesicht gerötet von neuer Vorfreude auf diesen einen Augenblick höchsten persönlichen Triumphes. Ein knappes Nicken zum zeremoniellen Boten am Telefon. Ein kurzes Warten. Eine Antwort in Form eines Nickens. Rom war bereit.

»Durch die Macht, die mir als paralleler Zelebrant des Opfers und paralleler Vollzieher der Inthronisation verliehen wurde, führe ich alle hier und in Rom zur Beschwörung Deiner, Fürst aller Geschöpfe! Im Namen aller in dieser Kapelle Versammelten und aller Brüder in der römischen Kapelle beschwöre ich Dich, o Fürst!«

Das zweite Gebet wurde vom Erzpriester vorgesprochen. Seine Rezitation, der Höhepunkt all dessen, worauf er gewartet hatte, war pure beherrschte Emotion:

> »Nimm Deines Feindes Haus in Besitz * Tritt ein, wo Dir der Boden bereitet * Steige zu Deinen gläubigen Dienern herab * Die Dir Dein Bett gerichtet * Die Dir Deinen Altar errichtet und ihn mit Schande gesegnet.«

Es entsprach dem geregelten Ablauf, dass Bischof Leo das letzte Gebet in der »zielenden« Kapelle sprach:

> »Gemäß den hochheiligen Weisungen vom Berge * Im Namen aller Brüder * Bete ich Dich an, Fürst der Dunkelheit * Mit der Stola alles Unheiligen * Lege ich nun in Deine Hände * Die dreifache Krone des Petrus * Auf Luzifers gnadenloses Geheiß * Auf dass Du hier herrschen mögest * Auf dass es die eine Kirche gebe * Die eine Kirche von Küste zu Küste * Die eine große und mächtige Gemeinde * Aus Mann und Frau * Aus Tier und Pflanze * Auf dass unser Kosmos wieder * Einig, frei und ungefesselt sei.«

Auf Leos letztes Wort und eine Geste hin nahmen alle Anwesenden in seiner Kapelle Platz. Das Ritual ging an das »Ziel« in Rom über.

Die Inthronisation des Fürsten in der Zitadelle des Schwächlings war nun nahezu abgeschlossen. Nur die Ermächtigung, die Anweisungen und das Zeugnis standen noch aus. Der Wächter blickte vom Altar auf und richtete einen freudlosen Blick auf den preußenhaften internationalen Gesandten, dessen Ledertasche die Briefe mit der Ermächtigung und den Anweisungen enthielt. Alle sahen zu, wie er seinen Platz verließ und zum Altar schritt, der Tasche die Papiere entnahm und mit einem starken Akzent die Ermächtigung vorlas:

»Im Auftrag der Versammlung und der hochheiligen Älteren erkläre, ermächtige und weihe ich diese Kapelle fortan zur inneren Kapelle, beansprucht, angeeignet und in Besitz genommen von Ihm, den wir als Herrn und Meister unseres menschlichen Schicksals inthronisiert haben.

Wer immer mithilfe dieser inneren Kapelle zum letzten Nachfolger des Amtes Petri erwählt und bestimmt wird, soll gemäß seinem Amtseid sich und alles, was er tut, zum willigen Instrument und Verschworenen des Einen weihen, der dem Menschen auf Erden und überall im menschlichen Kosmos ein Heim errichten wird. Er soll die alte Feindschaft in Freundschaft, Toleranz und Anpassung verwandeln, die ein Muster abgeben werden für Geburt, Erziehung, Arbeit, Finanzwesen, Handel, Industrie, Bildung, Kultur, Leben und Zeugung von Leben, Sterben und Umgang mit dem Tod. So wird die neue Epoche der Menschheit gestaltet.«

»So sei es!«

Der Wächter sprach der römischen Phalanx die rituelle Erwiderung vor.

»So sei es!«

Auf ein Zeichen des zeremoniellen Boten sprach Bischof Leo den Teilnehmern in seiner Kapelle ihre Bekräftigung vor.

Der nächste Schritt des Rituals, die Anweisungen, stellte eigentlich einen beschworenen Treuebruch dar, mit dem jeder der in der Paulskapelle anwesenden Kleriker – Kardinäle, Bischöfe und Monsignores gleichermaßen – seinen Willen und seine Entschlossenheit bekundete das Sakarament der Weihe zu schänden, das ihm einst die Gnade und die Macht verliehen hatte andere zu weihen.

Der internationale Gesandte hob die linke Hand zum Zeichen. »Schwört ihr alle hier«, las er den Eid vor, »nachdem ihr die Ermächtigung gehört habt, feierlich, ohne Vorbehalte und Einwände, ihr willig, eindeutig und unverzüglich Folge zu leisten?«

»Wir schwören!«

»Schwört jeder Einzelne von euch feierlich, dass ihr in Ausübung eures Amtes ausschließlich den Zielen der einen Kirche des Menschen dienen werdet?«

»Wir schwören es feierlich!«

»Ist jeder Einzelne von euch bereit diesen einmütigen Willen mit eurem eigenen Blut zu besiegeln, auf dass Luzifer euch strafen möge, wenn ihr seinem Gefolgschaftsschwur untreu werdet?«

»Wir sind willens und bereit.«

»Ist jeder Einzelne von euch uneingeschränkt damit einverstanden, dass durch diesen Eid Herrschaft über und Anspruch auf eure Seelen von dem alten Feind, dem großen Schwächling in die allmächtigen Hände eures Herrn Luzifer übergehen?«

»Wir sind einverstanden.«

Die Zeit für den letzten Abschnitt des Rituals war gekommen. Für das Zeugnis.

Die beiden Dokumente vor sich auf dem Altar streckte der Delegierte seine linke Hand dem Wächter entgegen. Mit einer goldenen Nadel stach der Römer mit dem steinernen Gesicht dem Gesandten in die linke Daumenkuppe und presste einen blutigen Fingerabdruck neben den Namen des Gesandten auf den Text der Ermächtigung.

Die vatikanischen Teilnehmer taten es ihm unverzüglich gleich. Als alle Mitglieder der Phalanx dieser letzten Anforderung des Rituals entsprochen hatten, wurde in der Paulskapelle eine kleine silberne Glocke angeschlagen.

In der amerikanischen Kapelle tönte die Glocke der Unendlichkeit dreimal mit zartem, melodischem Klang eine leise Bekräftigung. Ding! Dong! Ding! Eine ganz bezaubernde Note, dachte Leo, als beide Versammlungen den Schlussgesang anstimmten:

»Ding! Dong! Deng! * So werden die alten Stätten herrschen! * So werden Kreuz und Felsen scheitern * Für immer! * Ding! Dong! Deng!«

Die Anwesenden verließen ihrer Rangfolge entsprechend die Kapelle. Erst die Akolythen. Dann der Bruder Medico mit Agnes' schlaffer und erschreckend blasser Gestalt in den Armen. Schließlich sangen nur noch der Erzpriester und Bischof Leo, als sie auf demselben Wege, auf dem sie gekommen waren, in die Sakristei zurückgingen.

In den frühen Morgenstunden des Festtags der Heiligen Petrus und Paulus traten die Angehörigen der römischen Phalanx auf den Damasushof hinaus. Einige der Kardinäle und eine Hand voll Bischöfe nahmen die respektvollen Grüße der Wachen zur Kenntnis, indem sie mit abwesendem Blick das Kreuz schlugen, als sie in ihre Limousinen stiegen. Binnen Sekunden erstrahlten die Mauern der Paulskapelle, wie sie es immer getan hatten, mit ihren schönen Gemälden und Fresken Christi und des Apostels Paulus, dessen Name der jüngste Nachfolger Petri angenommen hatte.

1978

Für den Papst, der den Namen des Apostels angenommen hatte, war der Sommer des Jahres 1978 sein letzter auf Erden. Gleichermaßen ausgezehrt von den Turbulenzen seiner fünfzehnjährigen Amtszeit und den Schmerzen und dem körperlichen Verfall einer langen Krankheit wurde er am 6. August von seinem Gott aus dem höchsten Amt der römisch-katholischen Kirche abberufen.

Es gab Männer, die für ein neues Konzept des Papsttums und der römisch-katholischen Kirche eintraten. Ihrer Meinung nach sollten Papst und Kirche nicht mehr abseits stehen und bestenfalls das Menschengeschlecht in den Schoß des Katholizismus bitten. Es wurde Zeit, dass sich Papsttum und Kirche als Institution den Bemühungen der Menschheit anschlossen eine bessere Welt für alle zu schaffen. Das Papsttum sollte sein Vertrauen in dogmatische Autorität aufgeben und von seinem Beharren auf einen absoluten und ausschließlichen Wahrheitsanspruch abrükken.

Natürlich wurden solche Pläne nicht innerhalb des isolierten Vakuums vatikanischer Innenpolitik ausgebreitet. Der Kardinalstaatssekretär stand diesen Ideen jedoch mehr als nur ansatzweise nahe. Er und seine gleich gesinnten vatikanischen Bundesgenossen hatten mit ihren weltlichen Förderern einen Pakt geschlossen. Gemeinsam hatten sich sich darauf eingeschworen, jeweils ihren Teil zu der gewünschten und grundlegenden Umwandlung von Kirche und Papsttum beizutragen.

Als der Papst starb, waren sie sich darin einig, dass dieses Konklave genau zum richtigen Zeitpunkt stattfand um einen aufgeschlossenen Nachfolger auf den Stuhl Petri zu wählen. Da Kardinal Vincennes den Vorsitz führte, zweifelte niemand daran, dass der richtige Mann als Sieger – und damit als Papst – aus dem Konklave im August 1978 hervorgehen würde.

Angesichts dessen, was von seinem Erfolg abhing, war es nicht verwunderlich, dass Seine Eminenz alles andere beiseite geschoben hatte, darunter auch die persönlichen Unterlagen des alten Papstes. Der dicke Umschlag mit den päpstlichen Siegeln lag nun unbeachtet in einem geheimen Schubfach im Schreibtisch des Kardinals.

Aber der Kardinal hatte sich schwer verrechnet. Einmal hinter Schloss und Riegel, wie es für die Dauer eines Konklaves üblich ist, hatten die wahlberechtigten Kardinäle einen völlig ungeeigneten Mann zum Papst bestimmt. Einen Mann, der nicht im Mindesten mit den Plänen zu vereinbaren war, die der Kämmerer des Heiligen Stuhls und seine Verbündeten geschmiedet hatten. Wenige Menschen im Vatikan würden je den Tag vergessen, an dem der neue Papst gewählt wurde. Vincennes war buchstäblich aus dem Konklave gestürmt, als die schweren Türen wieder aufgeschlossen wurden. Statt wie üblich von einem »gesegneten Konklave« zu sprechen, stapfte er wie die Fleisch gewordene Vergeltung in seine Unterkunft.

Wie schwer die Fehlentscheidung seines Konklaves wog, ging Staatssekretär Kardinal Vincennes während der ersten Amtswochen des neuen Papstes auf. Es waren Wochen anhaltender Frustration für ihn gewesen. Wochen andauernder Streitigkeiten mit dem neuen Papst und hitziger Diskussionen mit seinen eigenen Kollegen. Die Sichtung der päpstlichen Dokumente hatte er über das Gefühl drohender Gefahr, das seine Tage erfüllte, völlig vergessen. Er hatte keine Möglichkeiten seinen Bundesgenossen zu prognostizieren, wie der neue Inhaber des Stuhles Petri agieren und reagieren würde. Seine Eminenz hatte die Fäden nicht mehr in der Hand.

Unsicherheit und Furcht hatten einen Höhepunkt erreicht, als das vollkommen Unerwartete eintrat. Dreiunddreißig Tage nach seiner Wahl starb der neue Papst und die Atmosphäre in Rom und Umgebung war voller hässlicher Gerüchte.

Als die Papiere des gerade gestorbenen Papstes in einem zweiten versiegelten Umschlag gesammelt wurden, hatte der Kardinal keine andere Wahl als sie zu dem ersten auf seinen Schreibtisch zu legen. Während er das zweite Konklave vorbereitete, das im Oktober stattfinden sollte, galten seine ganzen Bemühungen dem Ziel den Fehler vom August zu korrigieren. Seine Eminenz hatte einen Aufschub gewährt bekommen. Er zweifelte nicht, dass sein Leben davon abhing, ob er das Beste daraus machte. Diesmal musste er dafür sorgen, dass ein entsprechend nachgiebiger Papst gewählt wurde.

Dennoch widerfuhr ihm das Undenkbare. Trotz seiner enormen Anstrengungen ging das Oktoberkonklave ebenso katastrophal für ihn aus wie jenes im August. Hartnäckig hatten die Wahlberechtigen darauf bestanden, einen Mann zu wählen, der nicht im Entferntesten als entgegenkommend bezeichnet werden konnte. Hätten es die Umstände erlaubt, dann hätte Seine Eminenz sicher lange darüber nachgegrübelt, was zwischen den beiden Wahlen schief gegangen war. Doch die Zeit blieb ihm nicht.

Nachdem binnen weniger Monate nun schon der dritte Papst auf dem Stuhle Petri saß, war die Sichtung der Papiere in den beiden Umschlägen, jeder mit dem päpstlichen Siegel versehen, schließlich ganz besonders dringlich geworden. Trotz des Drucks, unter dem er stand, wollte Seine Eminenz diese beiden Pakete nicht ohne sorgfältige Prüfung aus seinen Händen geben.

Die Sichtung fand an einem Oktobertag an einem ovalen Konferenztisch im geräumigen Büro von Staatssekretär Kardinal Vincennes statt.

Wie es der Brauch verlangte, hatte der Kardinal zwei Männer als Zeugen und Gehilfen eingeladen. Der erste, Erzbischof Silvio Aureatini – ein verhältnismäßig junger Mann von einigem Ansehen und beträchtlichem Ehrgeiz – war ein aufmerksamer Norditaliener mit schneller Auffassungsgabe. Der zweite, Pater Aldo Carnesecca, war ein einfacher und unbedeutender Priester, der vier päpstliche Amtszeiten miterlebt und bereits zweimal bei einer Sichtung päpstlicher Papiere assistiert hatte. Pater Carnesecca galt bei seinen Vorgesetzten als »vertrauenswürdiger Mann«.

Männer wie Aldo Carnesecca mögen mit großen Ambitionen in den Vatikan kommen, doch ohne jegliche Lust an parteigängerischer Eifersucht und Hass – sich ihrer eigenen Sterblichkeit zu bewusst um über Leichen die Karriereleiter emporzusteigen, doch zu dankbar um die Hand zu beißen, die sie anfangs fütterte – halten sie an ihrem grundlegenden, lebenslangen Ehrgeiz fest, der sie hergeführt hat: dem tiefen Wunsch ein Römer zu sein.

Anfangs ging die Sichtung reibungslos vonstatten. Nach einem Pontifikat von fünfzehn Jahren war nichts anderes zu erwarten, als dass der erste Umschlag, der die Unterlagen des alten Papstes enthielt, prall gefüllt war. Aber es stellte sich heraus, dass er Kopien von Memoranden zwischen dem Pontifex und Seiner Eminenz enthielt, die dem Kardinal bereits vertraut waren. Vincennes behielt nicht alle Gedanken für sich, während er seinen beiden Gehilfen Seite um Seite zuwarf.

Schließlich blieben nur noch fünf Dokumente des alten Papstes zur Durchsicht übrig, bevor sie sich der Sichtung der zweiten Pontifikatspapiere zuwenden konnten. Jedes davon war in einem eigenen Umschlag versiegelt und mit dem Vermerk *»Personalissimo e Confidenzialissimo«* versehen. Von diesen Umschlägen hatten die vier für die dirketen Verwandten des alten

Papstes vorgesehenen keine weitere Bedeutung, abgesehen davon, dass es dem Kardinal wenig gefiel, sie nicht lesen zu dürfen. Der letzte der fünf Umschläge trug eine weitere Aufschrift: »Für Unseren Nachfolger auf dem Stuhl Petri«. Diese Worte, in der unverkennbaren Handschrift des alten Papstes geschrieben, rückten den Inhalt dieses Dokuments in die Kategorie jener Papiere, die ausschließlich für die Augen des neu gewählten jungen polnischen Papstes bestimmt waren.

Was jedoch augenblicklich die Aufmerksamkeit Seiner Eminenz fesselte, war der undenkbare, doch unübersehbare Umstand, dass jemand das ursprüngliche päpstliche Siegel erbrochen hatte. Der Umschlag war tatsächlich an der Oberkante aufgeschlitzt und geöffnet worden. Also hatte offensichtlich jemand seinen Inhalt gelesen. Ebenso offensichtlich war der Riss mit einem Stück Gewebeband geflickt worden. Eine neues päpstliches Siegel und eine neue Unterschrift waren vom Nachfolger des alten Papstes hinzugefügt worden; von jenem Papst, der so plötzlich gestorben war und dessen eigene Papiere immer noch der Sichtung harrten.

Aber da war noch etwas. Eine zweite Beschriftung in der weniger vertrauten Handschrift des zweiten Papstes: »Betreffend den Zustand der Heiligen Mutter Kirche nach dem 29. Juni 1963.«

In seiner Verblüffung betastete der Kardinal den Umschlag, als könne seine Dicke ihm Aufschluss über seinen Inhalt geben oder als könne er ihm das Geheimnis zuflüstern, wie er von seinem Schreibtisch verschwunden und wieder dorthin gelangt war. Indem er Pater Carnesecca ignorierte – was ihm nicht schwer fiel –, schob er Aureatini über den Tisch den Umschlag zu.

»Aber Eminenz ...« Aureatini fand als Erster seine Stimme wieder, doch erst danach sein Denkvermögen. »Wie zum Teufel hat er ...«

»Das weiß nicht einmal der Teufel.« Durch schiere Willensanstrengung gewann der Kardinal allmählich etwas von seiner inneren Ruhe wieder. Gebieterisch nahm er den Umschlag zurück und schlug ihn vor sich auf den Tisch. Was seine Gehilfen darüber dachten, kümmerte ihn nicht im Mindesten. Mit so vielen

Ungewissheiten konfrontiert musste er sich den Fragen widmen, die sich in seinem Kopf überschlugen.

Wie hatte der Dreiunddreißig-Tage-Papst die Unterlagen seines Vorgängers in die Hände bekommen? Gab es im Sekretariatspersonal Seiner Eminenz einen Verräter? Bei diesem Gedanken warf der Kardinal einen Blick auf Pater Carnesecca. Für ihn repräsentierte dieser schwarz gewandete, professionelle Untergebene die ganze vatikanische Unterschicht bürokratischer Nichtstuer.

Natürlich hatte der Papst theoretisch einen Anspruch auf jedes Dokument im Sekretariat; aber er hatte sich niemals an Vincennes' Angelegenheiten interessiert gezeigt. Und dann stellte sich auch die Frage, was der zweite Papst überhaupt gesehen hatte. Hatte er das gesamte Dossier des alten Pontifex erhalten – und alle Papiere gelesen? Oder nur den Umschlag mit dem fraglichen Datum 29. Juni 1963, das nun in seiner Handschrift auf der Oberseite stand? Wenn Letzteres zutraf, wie war der Umschlag wieder unter die Dokumente des alten Papstes geraten? Und wer hatte auf dem Schreibtisch des Kardinals alles wieder so hergerichtet, wie es vorher gewesen war? Wie hatte das jemandem gelingen können ohne Aufmerksamkeit zu erwecken?

Abrupt stand er vom Tisch auf, ging durch das Zimmer zu seinem Schreibtisch, griff nach seinem Terminkalender und schlug ihn an dem betreffenden Datum auf. Ja, er hatte die übliche morgendliche Besprechung mit dem Heiligen Vater gehabt, sich aber nichts Nennenswertes notiert. Am Nachmittag hatte eine Sitzung mit den Kardinälen stattgefunden, die die Vatikanbank verwalteten; auch dabei war nichts Interessantes vorgefallen. Doch eine andere Notiz erregte seine Aufmerksamkeit. Er hatte in der kubanischen Botschaft an einem Mittagessen für seinen Freund und Kollegen, den scheidenden Botschafter, teilgenommen. Nach dem Essen war er noch für ein privates Gespräch geblieben.

Der Kardinal bat seinen Sekretär den Dienstplan zu überprüfen. Wer hatte an diesem Tag am Empfangstisch des Sekretariats gesessen? Er musste nicht lang auf die Antwort warten; und als er sie erhielt, richtete er einen brütenden Blick auf den ovalen Tisch. In diesem Augenblick wurde Pater Aldo Carnesecca für

Seine Eminenz zu weit mehr als nur einem Symbol der vatikanischen Unterschicht.

In der Zeit, die es dauerte, den Hörer wieder aufzulegen und an den Tisch zurückzukehren, stahl sich ein fast kaltes Licht in die Gedanken des Kardinalsekretärs. Ein Licht auf die Vergangenheit; und ein Licht auf seine Zukunft. Seine massige Gestalt entspannte sich sogar etwas, als er die Teile zusammenfügte. Die beiden päpstlichen Dossiers auf seinem Schreibtisch, die der Sichtung harrten. Seine eigene lange Abwesenheit aus seinem Büro am 28. September. Carnesecca, der während der Mittagsstunden Dienst hatte. Vincennes begriff, wie alles zusammenhing. Er war von Niederträchtigkeit überlistet, von Arglist, die sich als Unschuld tarnte, übertölpelt worden. Sein Spiel war geplatzt. Er konnte nun nichts Besseres mehr tun, als dafür zu sorgen, dass der doppelt versiegelte päpstliche Umschlag dem polnischen Papst nie in die Hände fiel.

»Beenden wir unsere Arbeit!« Indem er nacheinander ins immer noch aschfahle Gesicht Aureatinis und dann in Carneseccas gelassene Züge blickte, wurde der Kardinal`wieder klar im Kopf und war nun ganz bei der Sache. In dem Ton, den er immer gegenüber Untergebenen angeschlagen hatte, rasselte er eine Reihe von Entscheidungen herunter, mit der er die Sichtung der alten Papstpapiere beendete. Carnesecca sollte sich darum kümmern, dass den Verwandten des Pontifex die vier entsprechend addressierten Umschläge zugingen. Aureatini sollte die anderen Papiere dem vatikanischen Archivar überbringen, der dafür zu sorgen hatte, dass sie in irgendeinem entsprechend obskuren Winkel Staub ansetzten. Um den doppelt versiegelten Umschlag wollte sich der Kardinal persönlich kümmern.

Danach machte Seine Eminenz sich eilig an die Sichtung der verhältnismäßig wenigen Papiere, die der zweite Papst während seiner allzu kurzen Amtszeit angesammelt hatte. Weil er keinen Zweifel hatte, dass das bedeutsamste Dokument, das jener Papst hinterlassen hatte, bereits vor ihm lag, blätterte er hastig durch den Inhalt des Dossiers. Binnen einer Viertelstunde hatte er es an Aureatini weitergereicht, der es dem Archivar bringen sollte.

Erster Teil

Abend

Wohlerwogene Pläne ...

I

Im Vatikan war niemand überrascht, dass der Heilige Vater Anfang Mai zu einem weiteren Pastoralbesuch abreiste. Es war schließlich nur einer von zahlreichen Besuchen, die er seit seiner Wahl im Jahre 1978 bisher gut fünfundneunzig Ländern auf allen fünf Kontinenten abgestattet hatte.

Es schien fast so, als habe dieser polnische Papst in seiner nun über zehnjährigen Amtszeit das Pontifikat zu einer einzigen langen Pilgerreise durch die Welt gemacht. Er war, leibhaftig oder durch die Medien, von über drei Milliarden Menschen gesehen oder gehört worden. Er hatte mit unzähligen Regierungschefs an einem Tisch gesessen. Er verblüffte mit einem Kenntnisreichtum über deren Länder und ihre Sprachen, der seinesgleichen suchte. Er hatte sie alle als ein Mann ohne sichtliche Vorurteile gegen irgendjemanden beeindruckt. Er wurde von diesen politischen Führern, wie von Männern und Frauen überall auf der Welt, selbst als Führergestalt anerkannt: als ein Mann, der sich der Hilflosen, Heimatlosen, Arbeitslosen und Kriegsopfer annahm. Ein Mann, der sich um die sorgte, denen sogar das Lebensrecht vorenthalten wurde – die abgetriebenen Babys und die, die nur zur Welt kamen um gleich wieder an Hunger und Krankheit zu sterben. Ein Mann, der sich um die Millionen in Somalia, Äthiopien und dem Sudan sorgte, die nur lebten um an einer von ihrer Regierung verschuldeten Hungersnot zugrunde zu gehen. Ein Mann, der sich um die Menschen in Afghanistan, Kambodscha und Kuwait Gedanken machte, wo noch über achtzig Millionen Landminen im Boden steckten.

Alles in allem war dieser Papst zu einem kristallklaren Spiegel geworden, der der Welt ihre Wirklichkeit und die wahren Nöte ihrer Völker vor Augen hielt.

Gemessen an solch übermenschlichen Anstrengungen sollte der päpstliche Ausflug, zu dem er an diesem Samstagmorgen aufbrach, ein verhältnismäßig kurzer werden: ein Pastoralbesuch des Wallfahrtsortes Sainte-Baume, hoch in den französischen Seealpen. Dort würde der Pontifex die traditionellen Andachten zu Ehren der heiligen Maria Magdalena leiten, die hier der Legende zufolge dreißig Jahre ihres Lebens als Büßerin in einer Höhle zugebracht hatte.

Der Samstag, an dem der Papst nach Sainte-Baume abreisen wollte, brach hell und klar herein. Als Staatssekretär Kardinal Cosimo Maestroianni mit dem slawischen Papst und seinem kleinen Gefolge aus einem der rückwärtigen Portale des päpstlichen Palastes trat und durch die Gärten zum vatikanischen Hubschrauberlandeplatz schritt, empfand Seine Eminenz, obwohl nicht als heiterer Mensch bekannt, doch eine gewisse glückliche Erleichterung. Denn wenn er den Heiligen Vater erst sicher auf den Weg nach Sainte-Baume gebracht hatte, wie es Pflicht und Anstand verlangten, hätte er endlich einige Tage wertvoller Zeit für sich.

Maestroianni hatte keine wirkliche Krise vor sich. Aber in gewissem Sinne war Zeit gerade jetzt besonders kostbar für ihn. Obwohl die Nachricht offiziell noch nicht verlautbart worden war, wollte der Kardinal nach vorheriger Absprache mit dem Papst von seinem Amt als Staatssekretär zurücktreten. Selbst nach seiner Pensionierung hätte er noch beträchtlichen Einfluss auf die hohe Politik des Vatikans – dafür hatten er und seine Kollegen gesorgt. Maestroiannis bereits gewählter Nachfolger war eine bekannte Größe; nicht der ideale Mann, aber lenksam. Dennoch sollte er besser einige Dinge regeln, solange er selbst noch offiziell ein hohes Amt bekleidete. Vor seinem Ausscheiden als Leiter des Päpstlichen Sekretariats hatte Seine Eminenz drei besonders wichtige Aufgaben zu erledigen. Jede war auf ihre Art heikel. Und alle drei standen kurz vor der Entscheidung: Nur noch ein paar Fortschritte hier, einige weitere Kleinigkeiten dort in Gang gesetzt und er konnte sicher sein, dass sein Zeitplan nicht umgestoßen werden konnte.

Der Zeitplan war jetzt das Wichtigste. Und die Zeit wurde knapp.

An diesem frühen Samstagmorgen, flankiert von den stets gegenwärtigen uniformierten Wachen, gefolgt von seiner Reisegesellschaft und dem persönlichen Sekretär des Pontifex, Monsignore Daniel Sadowski, an letzter Stelle, schritten der polnische Papst und sein Kardinalstaatssekretär über den schattigen Weg wie zwei synchrone Seiltänzer. Während er neben dem Heiligen Vater dahinhastete – seine kurzen Beine zwangen ihn zwei Schritte zu gehen, wenn der Papst einen tat – referierte Seine Eminenz die wichtigsten Punkte auf dem Besuchsplan des Pontifex für Sainte-Baume und verabschiedete sich mit den Worten: »Bittet die Heilige ihre Gnade über uns auszugießen, Euer Heiligkeit.«

Als er sich in nunmehr seliger Einsamkeit wieder dem Papstpalast zuwandte, gestattete sich Kardinal Maestroianni einige Augenblicke zusätzlichen Nachdenkens in diesen schönen Gärten. Nachdenklichkeit war nur natürlich für einen Mann, der den Umgang mit dem Vatikan und den Weltmächten gewöhnt war, und vor allem, wenn er kurz vor dem Ausscheiden aus seinem Amt stand. Es war auch keine Zeitverschwendung. Denn es waren nützliche Überlegungen, Überlegungen, die Veränderungen betrafen. Und die Einheit der Kirche.

In der Zusammenschau erschien es Seiner Eminenz so, als sei alles in seinem Leben, alles in der Welt, stets dem Prozess der Veränderung unterworfen und für Veränderungen bestimmt gewesen, als habe sich alles um die vielen Fassetten und den vielfältigen Nutzen der Einheit gedreht. Genau genommen hatte Seine Eminenz die späte, dafür umso klarere Einsicht gewonnen, dass schon damals in den Fünfzigerjahren, als er als junger, ehrgeiziger Kleriker in den diplomatischen Dienst des Vatikans trat, die Veränderung als einzige Konstante den Lauf der Welt bestimmt hatte.

Maestroianni kehrte in Gedanken zu dem letzten langen Gespräch zurück, das er mit seinem langjährigen Mentor Kardinal Jean-Claude de Vincennes geführt hatte. Es hatte genau hier in diesen Gärten an einem klaren Tag im Frühwinter des Jahres 1979 stattgefunden. Vincennes war damals mit den Vorbereitungen für die erste Auslandsreise des neu gewählten Papstes beschäftigt, die diesen zum ersten Mal nach seiner überraschenden Wahl auf den Stuhl Petri wieder in sein Heimatland Polen führen sollte.

Alle Welt hatte diese Reise als eine nostalgische Rückkehr des Papstes in sein Heimatland für ein angemessenes und endgültiges Lebewohl eines erfolgreichen Sohnes an sein Vaterland betrachtet. Nur Vincennes sah das anders. Vincennes' Stimmung während dieses Gesprächs vor so vielen Jahren war Maestroianni seltsam vorgekommen. Wie es seine Art war, wenn er seinem Protegé einen besonders wichtigen Punkt verdeutlichen wollte, hatte Vincennes einen scheinbar lockeren Konversationston gewählt. Er hatte über seine Zeit im Dienste des Vatikans gesprochen. »Der erste Tag«, wie Vincennes sie nannte: die lange, ermüdende Zeit des Kalten Krieges. Das Bemerkenswerte war dabei, dass seine Stimme bewusst prophetisch geklungen hatte; er schien in mehr als einer Hinsicht das Ende dieser Zeit vorherzusagen.

»Offen gesagt«, hatte Vincennes Maestroianni anvertraut, »Europas Rolle an diesem ersten Tag war die einer bedeutenden, doch hilflosen Schachfigur im tödlichen Spiel der Nationen. Das Spiel des Kalten Krieges. Es wurde immer befürchtet, dass jeden Augenblick das nukleare Inferno ausbrechen könne.«

Auch ohne solche rhetorischen Wendungen hatte Maestroianni dies alles längst begriffen. Er war immer ein eifriger Student der Geschichte gewesen. Und bis Anfang 1979 hatte er selbst aus erster Hand Erfahrungen mit den Regierungen und Mächtigen der Welt im Angesicht des Kalten Krieges sammeln können. Er wusste, dass die Vorzeichen des Kalten Krieges jedem innerhalb und außerhalb der Regierung zu schaffen machten. Selbst die sechs westeuropäischen Nationen, deren Minister 1957 die Verträge von Rom unterzeichnet und auf diese Weise so mutig die Europäische Gemeinschaft auf den Weg gebracht hatten – selbst ihre Schritte wurden in jeder Hinsicht von diesen Vorzeichen des Kalten Krieges gebremst.

Nach allem, was Maestroianni in jenen ersten Tagen des Jahres 1979 wusste, hatte sich an der geopolitischen Realität – der Realität dessen, was Vincennes den »ersten Tag« nannte – nichts geändert. Was ihn daher besonders erstaunte, war Vincennes' Überzeugung, dass ein Ende dieser Zeit nahe sei. Noch erstaunter war er, als ihm dämmerte, dass Vincennes ausgerechnet in diesem polnischen Eindringling ins Papstamt einen, wie er sich ausdrückte, »Engel der Veränderung« sah.

»Irren Sie sich nur nicht.« Vincennes hatte einen Aspekt besonders betont. »Es mag sein, dass viele diesen Mann als einen aufgeblasenen Dichterphilosophen betrachten, den es nur irrtümlich auf den Papststuhl verschlagen hat. Aber er denkt und isst und schläft und träumt geopolitisch. Ich habe die Entwürfe einiger Reden gesehen, die er in Warschau und Krakau halten will. Und ich habe mir die Zeit genommen einige seiner früheren Reden zu lesen. Seit 1976 redet er über unausweichliche Veränderungen – über den bevorstehenden Aufbruch der Nationen in eine neue Weltordnung.«

In seiner Verblüffung war Maestroianni unvermittelt neben Vincennes stehen geblieben.

»Ja.« Hünenhaft groß hatte Vincennes auf seinen kleinen Vertrauten herabgesehen. »Ja. Sie haben richtig gehört. Auch er sieht eine neue Weltordnung kommen. Und wenn ich mich in seinen Motiven für die Rückkehr in sein Heimatland nicht irre, dann könnte er derjenige sein, der das Ende des ersten Tages verkündet. Und wenn das zutrifft, wird sehr bald der zweite Tag heraufdämmern. Wenn es so weit ist und wenn ich nicht fehlgehe, wird dieser neue Papst der Meute voranschreiten. Aber Sie, mein Freund, müssen schneller laufen. Sie müssen diesen unseren Heiligen Vater umkreisen.«

Maestroianni war aus zwei Gründen sprachlos gewesen. Zunächst deshalb, weil Vincennes damit zu rechnen schien, dass er den »zweiten Tag« nicht mehr erleben würde; er gab offenbar Maestroianni als seinem Nachfolger Anweisungen. Und zweitens, weil Vincennes diesen Polen, der für das Papstamt so ungeeignet schien, für fähig hielt eine entscheidende Rolle in der Machtpolitik der Welt zu spielen.

Es war ein ganz anderer Maestroianni, der sich nun noch eine kleine Pause gönnte, ehe er wieder durch das rückwärtige Portal des päpstlichen Palastes trat. Vincennes' Stimme hatte die vergangenen zwölf Jahre geschwiegen. Aber eben diese Gärten, so wenig sie sich selbst verändert hatten, bezeugten die Genauigkeit seiner Vorhersage.

Der »zweite Tag« hatte so subtil begonnen, dass den politischen Führern des Ostens und des Westens nur langsam zu Bewusstsein gekommen war, was Vincennes bereits den frühen Reden jenes Mannes, der heute Papst war, entnommen hatte. Allmählich begannen die klügsten Kinder Mammons zu begreifen, was dieser Pontifex ihnen auf seine nie anklagende, doch beharrliche Art zu vermitteln versuchte.

Indem er in sein Heimatland reiste und die politischen Führer des Osten auf eigenem Territorium erfolgreich in die Schranken wies, hatte dieser Papst die Initialzündung für eine der grundlegendsten geopolitischen Umwälzungen der Geschichte gegeben. Doch es fiel den westlichen Regierungen schwer, dem Papst in die Richtung zu folgen, die er ihnen wies. Sie waren sich vollkommen sicher gewesen, dass ihr eigenes winziges und künstlich missgestaltes europäisches Dreieck der Dreh- und Angelpunkt der globalen Veränderungen sein würde. Es war schwer zu glauben, dass das Epizentrum der Veränderung in den besetzten Ländern zwischen der Oder im polnischen Westen und den Ostgrenzen der Ukraine liegen sollte.

Und wenn die Worte des Pontifex diese politischen Führer nicht überzeugt hatten, dann hatten es letztlich die Ereignisse getan. Und erst einmal überzeugt konnte sie nichts mehr vom Marsch in eine neue geschichtliche Epoche abhalten. Bis 1988 war die einst so kleine Europäische Gemeinschaft zu einem Bündnis von zwölf Staaten mit einer Gesamtbevölkerung von 324 Millionen Menschen angewachsen, das sich von Dänemark im Norden bis nach Portugal im Süden und von den Shetlandinseln im Westen bis nach Kreta im Osten erstreckte. Es war durchaus zu erwarten, dass sich mindestens fünf weitere Staaten und 130 Millionen Menschen der Gemeinschaft anschließen würden.

Dennoch blieb Westeuropa ein hartnäckig umzingeltes kleines Dreieck, das in der Angst lebte, seine alte Zivilisation könne in der Mutter aller Kriege in Schutt und Asche gelegt werden. Noch immer lauerte der Feind am Horizont und hemmte seinen Ehrgeiz.

Doch mit dem Fall der Berliner Mauer im Herbst 1989 fielen endlich auch alle Scheuklappen. Die Westeuropäer erlebten am eigenen Leib den Schub großer Veränderungen. Bis in die frühen Neunzigerjahre hatte sich dieses Gefühl zu einem tiefen europäischen Selbstverständnis verfestigt. Jenes Westeuropa, in das sie hineingeboren waren, gab es nun nicht mehr. Ihre lange Nacht der Furcht war vorüber. Der »zweite Tag« dämmerte herauf.

So unerwartet sie auch kam, hatte die neue Dynamik in Mitteleuropa doch weit reichende Konsequenzen. Sie sorgte Europas ostasiatischen Konkurrenten Japan. Und sie erfasste beide Supermächte. Wie der Bote in einem klassischen griechischen Drama, der auf der Bühne erscheint um einem ungläubigen Publikum kommende Ereignisse anzukündigen, betrat Michail Gorbatschow als sowjetischer Präsident die Szene um aller Welt mitzuteilen, dass seine Sowjetunion immer »ein integraler Bestandteil Europas« gewesen sei. Am anderen Ende der Welt sprach US-Präsident Bush von Amerika als einer »europäischen Macht«.

Auch im päpstlichen Rom war inzwischen der »zweite Tag« angebrochen. Im Drunter und Drüber des Wandels, der wie ein heißer Lavastrom die Gemeinschaft der Nationen durchpflügte, geschah es weitgehend unbemerkt und unspektakulär. Doch unter der klugen Führung Maestroiannis und seiner zahlreichen Helfer erfasste ein noch rascherer und grundlegender Strom des Wandels den Zustand und das irdische Geschick der römisch-katholischen Kirche und des päpstlichen Roms selbst.

Das Rom des alten Papstes, der noch dem Zweiten Weltkrieg getrotzt hatte, gab es nun nicht mehr. Sein päpstliches Rom, eine dicht gewobene, hierarchische Organisation, war verschwunden. All jene Kardinäle, Bischöfe und Priester, die religiösen Orden und Institutionen, die sich weltweit über Diözesen und Gemeinden spannten und die durch Treue und Gehorsam gegenüber einem Pontifex maximus, der Inkarnation des Papsttums, miteinander verknüpft waren – all das war verschwunden. Es gab auch nicht mehr jenes pfingstlich aufgeregte Rom des »guten Papstes«, der Fenster und Türen seiner altehrwürdigen Institution geöffnet hatte, damit der Wind der Veränderung durch jedes Zimmer und jeden Korridor fegen konnte. Sein päpstliches Rom war verschwunden, fortgeweht von eben jenen Winden, die er gesät hatte. Von seinem Traum war nichts geblieben, abgesehen von ein paar diffusen Erinnerungen und verzerrten Nachbildern und der Inspiration, die ihm Männer wie Maestroianni verdankten.

Selbst das turbulente päpstliche Rom jenes unglücklichen Pontifex, der den Namen des Apostels Paulus angenommen hatte, gab es nicht mehr. Nicht eine Spur des Pathos war übrig, mit dem dieser Heilige Vater erfolglos gegen die fortschreitende Entkatholisierung dessen protestiert hatte, worin man einst das heiligste Mysterium des päpstlichen Roms gesehen hatte. Dank Vincennes' und solch fähiger und hingebungsvoller Protegés wie unter anderem auch Maestroianni selbst war zum Zeitpunkt, als dieser Pontifex nach fünfzehn Jahren auf dem Stuhle`Petri vom Tode abberufen wurde, bereits ein neues Rom im Entstehen begriffen. Eine neue Form des Katholizismus nahm Gestalt an.

In der noch frischen Luft dieses Morgens hob der Staatssekretär Kardinal Maestroianni die Augen zu einem entschlossenen Blick über die Gärten und in den Himmel. Wie passend, dachte er – ein Omen geradezu dass von dem Helikopter, der den Papst forttrug, nichts mehr zu hören oder zu sehen war. Denn das neue Rom hatte sich gegen diesen polnischen Papst gerichtet. Dieses Rom war antipäpstlich eingestellt. Ja, nicht nur antipäpstlich eingestellt, sondern entschlossen eine antipäpstliche Kirche aufzubauen.

Eine neue Kirche in einer neuen Weltordnung. Das war das Ziel im neuen Rom. In Maestroiannis Rom.

Maestroianni hielt es immer noch für eine kuriose Begleiterscheinung, dass ausgerechnet jener Papst, den viele für kaum mehr als ein »Relikt vergangener Zeiten« hielten, sich als Hauptstolperstein herausgestellt hatte, der dem Erreichen dieses Ziels noch entgegenstand. Zu schlimm, grübelte Maestroianni, dass es dazu gekommen war. Denn in den frühen Tagen seines Pontifikats hatte das Auftreten des Papstes seinen Kardinal ermutigt. Er hatte sich selbst zur Verkörperung »des Geistes des Zweiten Vatikanischen Konzils« erklärt – in anderen Worten zum Schirmherrn des unerhörten Wandels, den die Kirche im Namen des Zweiten Vatikanischen Konzils durchmachte. So hatte er zum Beispiel der Ernennung Maestroiannis zu seinem Staatssekretär zugestimmt. Und er hatte Kardinal Noah Palombo in seiner mächtigen Stellung belassen. Er willigte in die Beförderung anderer ein, denen die Religiosität dieses Heiligen Vaters zuwider war. Und er störte auch die guten Freimaurer nicht, die sich in der vatikanischen Kanzlei abplagten. All das waren gute Zeichen für die Willfährigkeit, wenn nicht Komplizenschaft des Papstes gewesen. Und das Gesamtbild war viel versprechend. Nicht nur in Rom, sondern in allen Diözesen der katholischen Welt befand sich eine entschlossene Phalanx von Klerikern in den verantwortlichen Stellungen. Ein neuer Katholizismus breitete sich aus.

Natürlich war die Autorität Roms gefordert diesen neuen Katholizismus zu propagieren. Das war Maestroiannis Anteil am Täuschungsmanöver. Und ein behutsam revidiertes Kirchenrecht sollte seine Gebote durchsetzen. Damit war Maestroiannis Partei im vatikanischen Personalkarussell betraut. Aber die Absicht blieb immer einen Katholizismus zu fördern, der nichts mehr mit jenem Katholizismus gemein hatte, der ihm vorangegangen war.

Kardinalstaatssekretär Vincennes hatte diesen Fortschritt selbst ein ganzes Stück mit auf den Weg gebracht. Was noch erreicht werden musste, war die willfährige, ja mitwirkende Knechtschaft des Papstes im Dienste einer neuen Weltordung. Eine neue irdische Heimstatt. Eine wahrhaft neue Weltordnung. Wenn die Umwandlung abgeschlossen war, würde in einem irdischen Paradies der »dritte Tag« anbrechen.

Jeder vernünftige Mensch hatte damit gerechnet, dass dieser Papst, der so zielbewusst agiert, der den bevorstehenden Aufbruch der Nationen in eine neue Weltordnung heraufbeschworen hatte, der geeignete Mann sein müsste um die Umwandlung der römisch-katholischen Organisation in einen willigen Erfüllungsgehilfen der neuen Weltordnung zu befördern, um die kirchlichen Institutionen in völlige Übereinstimmung mit der Globalisierung der gesamten menschlichen Kultur zu bringen. Doch nun, so hatte der Kardinal und seine Kollegen – innerhalb und außerhalb der Kirche – erkannt, stand dieser polnische Papst dem nötigen Fortschritt unversöhnlich im Weg.

Denn dieser Papst wollte sich in gewissen grundlegenden Fragen – moralischen und doktrinären Fragen – nicht von der Stelle rühren. Er weigerte sich beharrlich Frauen zur Priesterweihe zuzulassen oder den priesterlichen Zölibat zu lockern. Er lehnte alle genetischen Experimente mit menschlichen Embryonen ab. Er duldete Empfängnisverhütung in keiner Form und Abtreibung unter keinen Umständen. Er bestand auf dem Recht seiner Kirche die Jugend zu erziehen. Und vor allem bestand er auf dem Recht seiner Kirche sich gegen jegliche zivile Rechtsprechung zu stellen, mit der er und seine Kirchenmänner aus moralischen oder doktrinären Gründen nicht einverstanden waren. Kurz gesagt, dieser Papst wollte keines der wichtigen traditionellen Dogmen der römisch-katholischen Kirche aufgeben.

Daher konnte es, solange er Papst blieb, keinen wahren Fortschritt in Richtung auf die großen Ziele einer neuen Weltordnung geben. Oder zumindest würde er den Fortschritt derart bremsen, dass man einen wichtigen Stichtag verfehlen würde, wenn es im gegenwärtigen Tempo weiterginge. Dieser Termin war dem Kardinal von seinen Kollegen in Politik, Finanzwesen und Wirtschaft als ein Datum von weltweiter Bedeutung genannt worden, als ein Datum, zu dem die völlige Umwandlung der römisch-katholischen Kirche eine unumstößliche Tatsache sein musste.

Der Papst wurde so unvermeidlich zu einem primären Ziel aller Veränderungsbestrebungen, eigentlich zu dem Ziel schlechthin.

Schließlich ließ Maestroianni von seinen Überlegungen inmitten des Gartens ab. Er hatte Arbeit zu erledigen. Bevor dieser Tag vorüber war, hoffte er – falls er nicht aufgehalten wurde – in allen drei Punkten, von denen die letzte Phase der Umwandlung abhing, echte Fortschritte gemacht zu haben. Er hatte das Vermächtnis Vincennes' würdig weitergeführt. Und ob er sich nun zur Ruhe setzten wollte oder nicht, er war bei weitem noch nicht fertig. Nicht einmal zur Hälfte.

Wenn es aber darauf ankam, sah der kleine Cosimo Maestroianni sich selbst als Riesen.

II

Der Papst entspannte sich, als er den Helikopter bestiegen hatte, und war für den Augenblick ganz allein mit seinem Privatsekretär Monsignore Daniel Sadowski, der um seine höchst prekäre Position als Pontifex wusste. Er war der Überwachung durch seinen verschlagenen Staatssekretär entkommen. Als der Helikopter abhob, warfen weder der Papst noch sein Sekretär einen Blick zurück auf Kardinal Maestroianni, der es offensichtlich nicht abwarten konnte, in sein Büro zu gelangen und sich seinem Tagwerk im Papstpalast zuwenden zu können. Worin dieses Tagwerk auch bestehen mochte, beide Männer hatten keinen Zweifel, dass es dem Heiligen Vater nur Ärger einbringen würde.

Binnen einer halben Stunde traf sein Helikopter in Fiumicino ein. Nach der Landung fand die übliche Zeremonie statt – kirchliche und zivile Würdenträger, ein Chor von Schulkindern, der eine Papsthymne sang, eine kurze Ansprache des Pontifex, eine förmliche Adresse des Provinzgouverneurs. Dann stiegen der Papst und sein Gefolge in die übliche weiße Alitalia-DC-10 und nahmen ihre Plätze in der päpstlichen Kabine ein. Eine kleine Anzahl handverlesener Reporter und Kameraleute befand sich bereits in der Passagierkabine. Bald hob das Flugzeug ab und binnen weniger Minuten befand es sich über dem Tyrrhenischen Meer und flog in nordwestlicher Richtung nach Marseille.

»Wissen Sie«, sagte der Papst zu Sadowski, »als wir – der Kardinal und ich – im Oktober 1978 für das Konklave nach Rom kamen, glaubten wir beide zu wissen, was dieser Posten mit sich bringt.« Für den Papst war und würde »der Kardinal« immer das damalige Oberhaupt der polnischen Kirche sein, der inzwischen verschiedene Stefan Wyszynski, genannt der »Fuchs von Europa«.

Schon bevor sie am zweiten Konklave binnen zwei Monaten teilnahmen, war den beiden polnischen Kardinälen klar gewesen, dass die päpstliche Führung grundlegend, wenn nicht endgültig und mit tödlicher Konsequenz vom so genannten »Geist des Zweiten Vatikanischen Konzils« kompromittiert worden war. Als die letzten Stunden dieses Konklaves anbrachen und der junge Geistliche sich der Möglichkeit stellen musste, dass man ihm das Papstamt antragen würde, hatten die beiden Männer sich zu einem Gespräch unter vier Augen getroffen.

»Wenn Sie die Wahl annehmen«, hatte der alte Kardinal damals gesagt, »werden Sie der letzten Papst des katholischen Zeitalters sein. Wie Simon Petrus selbst werden Sie an der Schwelle zwischen zwei Epochen stehen. Sie werden einem erhabenen päpstlichen Endspiel vorsitzen. Und Sie werden es in dem Moment tun, da die antipäpstliche Fraktion in der Kirche faktisch die Kontrolle über ihre Institutionen übernommen hat – und das im Namen des Vatikanischen Konzils.«

Beiden Kardinälen war deshalb klar, dass von dem jungen Prälaten erwartet wurde in seiner Rolle als Papst getreu dem viel gerühmten Geist des Zweiten Vatikanischen Konzils zu handeln. Aber unter diesem Vorzeichen seine Wahl anzunehmen hieße sich mit einer Kirche einverstanden zu erklären, die sich bereits fest, unwiderruflich und mit bürokratischem Eifer einer globalen soziopolitischen Tagesordnung verschrieben hatte, die von der überwältigenden Mehrheit seiner päpstlichen Vorgänger als der heiligen Mission der Kirche vollkommen fremd betrachtet worden wäre.

Aber selbst das war noch nicht alles. Die beiden Kardinäle mussten sich außerdem der Tatsache stellen, dass die innere Organisation und das öffentliche Leben der römisch-katholischen Kirche, wie sie bis in die Anfangsjahre des zwanzigsten Jahrhunderts bestanden hatten, im Jahre 1978 endgültig dahin waren. Beiden Kardinälen war klar, dass sie nicht wiederhergestellt werden konnten. Schon bevor er sich wieder dem Konklave angeschlossen hatte um seine Wahl anzunehmen, hatte der designierte Papst eingesehen, dass die Veränderungen, die seine kirchliche Organisation bereits durchgemacht hatte, unumkehrbar waren. Die traditionelle Struktur der katholischen Kirche als sichtbare

Institution und funktionierende Organisation hatte sich in etwas anderes verwandelt.

In seinem ersten Jahr auf dem Stuhle Petri hatte der polnische Papst erklärt, dass »ich dem Vorbild meiner drei Vorgänger folgen werde. Ich will es zu meiner Aufgabe als Papst machen, dem Geist und Wortlaut des Zweiten Vatikanischen Konzils gerecht zu werden. Ich will mit meinen Bischöfen arbeiten, so wie jeder Bischof mit seinen Kollegen arbeitet, sie in ihren Diözesen, ich als Bischof von Rom und wir alle gemeinsam im Dienste der einen Kirche«. Er hatte sich streng an dieses Versprechen gehalten. In seinen zwölf Jahren als Papst, ganz gleich wie nachlässig, häretisch oder gottlos die Bischöfe ihre Diözesen auch regieren mochten, war er nicht davon abgewichen.

Während Bischöfe zu Tausenden darin fortfuhren, von der Tradition abweichende Lehrinhalte in ihre Seminare einzuführen, es der Homosexualität erlaubten, sich unter ihrem Klerus auszubreiten, die römisch-katholischen Zeremonien an ein halbes Dutzend »Inkulturationen« anpassten – an Newage-Rituale, an eine »Hindualisierung«, an eine »Amerikanisierung« –, sah der polnische Papst davon ab, die Täter für ihre impliziten oder gewollten Häresien und Sittenverstöße zu verfolgen. Im Gegenteil: Er ließ sie gewähren.

Bemühten sich die Bischöfe am Aufbau der neuen weltlichen Strukturen mitzuwirken, die ihre jeweiligen Nationen und die sich abzeichnende Gemeinschaft der Nationen regieren sollten? Das tat auch der Papst, unter der ganzen schweren Last seines Amtes. Kooperierten die Bischöfe mit nicht katholischen Christen als gleichberechtigten Partnern in der Evangelisierung des Welt? Das tat auch der Papst, mit allem vatikanischen Pomp und Zeremoniell. Während die institutionelle Organisation seiner Kirche immer weiter in den Trümmerhaufen ihres eigenen Zusammenfalls abglitt, während er sich der Welt nur als ein weiterer »Sohn der Menschlichkeit« und seinen Bischöfen nur als ein weiterer brüderlicher Bischof in Rom darstellte – blieb der Papst der einmal anerkannten Lösung – Gespräch und Dialog mit allen Seiten – treu.

Er beharrte darauf, dass er die Kirche gemeinsam mit seinen Bischöfen regierte, als einer von ihnen. Selbst wenn er aufgefordert war seine wohl bekannte und etablierte petrinische Autorität in Fragen der Doktrin auszuüben, stieß er seine Freunde vor den Kopf, brachte er die Traditionalisten gegen sich auf und glättete die Wogen unter den Papstgegnern, indem er gelassen erklärte: »Mit der Petrus und seinen Nachfolgern übertragenen Autorität und in Übereinstimmung mit den Bischöfen der katholischen Kirche bestätige ich, dass« und so fort – worauf er sich zur fraglichen Doktrin äußerte.

Er besuchte alle Arten von Tempeln, Schreinen, heiligen Hainen, heiligen Höhlen, trank Zaubertränke, nahm kultische Speisen zu sich, ließ sich die Zeichen heidnischer Gottheiten auf die Stirn malen, sprach als Gleicher unter Gleichen mit häretischen Patriarchen, schismatischen Bischöfen, doktrinär abtrünnigen Theologen, empfing sie sogar im Petersdom und feierte die heilige Messe mit ihnen.

Aber so unerhört er sich als Papst auch benahm, er rechtfertigte sich nie. Er entschuldigte sich nie dafür, dass er sich nicht rechtfertigte. Er nahm selten den heiligen Namen Jesu Christi in den Mund, wenn er vor einem großen Publikum sprach; er entfernte bereitwillig das Kruzifix und sogar das geheiligte Sakrament der Hostie, wenn seine nicht katholischen oder nicht christlichen Gäste diese Symbole des römischen Katholizismus als zu unangenehm empfanden. Ja, er sprach nicht einmal von sich selbst je als römischem Katholiken oder von seiner Kirche als der römisch-katholischen Kirche.

Eine schwerwiegende Folge seiner Lässlichkeit und der »Demokratisierung« seines Papsttums war eine allgemeine Aufweichung seiner päpstlichen Autorität über die Bischöfe. In einem vertraulichen Bericht klagten beispielsweise mehrere Bischöfe offen, wenn auch nicht öffentlich, »wenn dieser Papst nicht weiter über Abtreibung reden, Verhütungsmittel als verwerflich abtun und die Homosexualität verteufeln würde, könnte die Kirche ein heiterer und erfolgreicher Partner in der sich abzeichnenden Gemeinschaft der Nationen werden«. In den USA erklärte der modebewusste Bischof Bruce Longbottham aus Michigan vollmundig: »Wenn dieser dilettantische Schauspieler, der unseren Papst spielt, nur das gleiche Recht der Frauen auf das Priester- und Bischofsamt – sogar auf den Papststuhl – anerkennen würde, könnte die Kirche in das letzte glorreiche Stadium der Evangelisierung eintreten.«

»In der Tat«, hatte ihm der alte amerikanische Kardinal beigepflichtet: »Wenn dieser Papst nur auf seinen frommem Unsinn über Erscheinungen der Jungfrau Maria verzichten und sich daran machen würde, realen Frauen in der realen Kirche reale Macht zu verleihen, würde die ganze Welt christlich werden.«

Auf diese oder jene Weise – ob über die zaghaften Bitten gutwilliger Männer und Frauen oder durch Personen, von denen er wusste, dass sie seinem Papsttum nur das Schlechteste und ein gründliches Scheitern wünschten – drangen all diese Einwände und Kritiken an das Ohr des Papstes; und er bezog sie alle beharrlich in seine Gebete an den Heiligen Geist ein.

»Sagen Sie, Daniel ...« Nach dreißig Flugminuten wandte er sich seinem Sekretär zu. »Warum, meinen Sie, pilgere ich zur Maria Magdalena in Baume – und warum ausgerechnet jetzt?« Er richtete einen herausfordernden Blick auf Sadowski. »Ich meine, was sind meine wahren Beweggründe?«

»Euer Heiligkeit, ich kann nur annehmen, dass es mehr aus persönlicher Hingabe denn aus allgemeinen kirchlichen Gründen geschieht.«

»Ganz richtig!« Der Papst schaute aus dem Fenster. »Kurz gesagt, ich möchte mit einer Heiligen sprechen, die wegen der Herrlichkeit, die sie im Antlitz Christi am Tage seiner Wiederauferstehung sah, ins Exil ging. Ich möchte sie auf eine besondere Weise ehren in der Hoffnung, dass sie bei Christus Fürsprache einlegt und mir die Kraft verleiht mein eigenes Exil zu tragen, das im Grunde gerade erst beginnt.«

III

Ein missgelaunter Monsignore Taco Manuguerra, Sekretär des allmächtigen Kardinals Maestroianni, saß in seinem Büro, das den Zugang zum Allerheiligsten Seiner Eminenz bewachte. Versunken in die Wochenendstille, die im Sekretariatsflügel des

Papstpalastes herrschte, blätterte der Monsignore durch die Morgenzeitungen und brummte vor sich hin, weil der Kardinal ihn wieder einmal zu einem Samstagsdienst eingeteilt hatte. Dies sollte ein *dies non* werden, hatte Maestroianni ihm gesagt. Ein Tag, an dem der Kardinal im Büro für niemanden zu sprechen war, nicht einmal telefonisch.

Als der Kardinal unvermittelt eintrat, verkniff der Monsignore sich klugerweise sein Gemurmel, ließ die Zeitung sinken und fuhr von seinem Stuhl hoch. Mit einer mahnenden Geste als einzigem Gruß hielt Seine Eminenz kurz inne um eine knappe Frage zu stellen. »Chin?« Er war also wegen Pater Chin Byonbang gekommen. Der Koreaner Chin, ein Mann von bemerkenswerten Fähigkeiten und Seiner Eminenz persönlicher Stenograf, war an diesem Morgen auch im Dienst. Manuguerra antwortete mit einem Nicken. Chin wartete in einem benachbarten Büro auf Anweisungen. Zufrieden entschwand Maestroianni durch die Tür in sein Privatbüro.

In eben diesem Büro rieb sich der Kardinalstaatssekretär angesichts der lebenswichtigen und vielschichtigen Arbeit, die ihn an diesem Samstagmorgen erwartete, befriedigt die Hände. Von diesem ehrwürdigen Büro aus war es ihm als Staatssekretär gelungen, die unterschwelligen Beben zu steuern, die die weltweite katholische Organisation beim Übergang in eine neue Weltordnung zwangsläufig erschütterten. Unter seiner Leitung schritten die Dinge zügig von einem geplanten Zwischenziel zum nächsten voran. Niemand konnte behaupten, dass Cosimo Maestroianni nicht an einem Überleben der römischen Kirche als Institution gelegen sei. Im Gegenteil, er wusste, dass der universelle Charakter der katholischen Organisation und die kulturelle Stabilität, die sie mit sich brachte, dazu bestimmt waren, eine bedeutende Rolle in der neuen Weltordnung zu spielen.

Gleichzeitig stand dieser Organisation nun ein Papst vor, der trotz all seiner Hilflosigkeit und seiner unbeholfenen öffentlichen Auftritte niemals der wichtigsten aller Säuberungen zustimmen würde – der Säuberung seines eigenen päpstlichen Büros. Dieses Büro musste aufgeräumt und von aller persönlichen Autorität befreit werden und sein Inhaber – der Papst – musste in die Gemeinschaft der Bischöfe eingegliedert werden, dieselbe Autorität ausüben wie alle anderen Bischöfe und nicht mehr als jeder einzelne von ihnen.

Theoretisch gab es eine einfache Lösung für dieses Problem: Der gegenwärtige Inhaber des Papstamtes musste von der Bühne verschwinden. Doch die Entmachtung eines lebenden Papstes ist keine einfache Sache. Wie bei der Entfernung einer scharfen Sprengladung musste man geduldig vorgehen; stets vertraulich und stets mit einer ruhigen Hand. Und weil gerade dieser Papst sich eine solide Position als weltweite Führungsgestalt erarbeitet hatte, war darauf zu achten, dass seine Absetzung nicht das einvernehmliche und unentbehrliche Gleichgewicht der internationalen Politik kippte.

In der hierarchischen Kirchenstruktur selbst gab es indessen die kritische Frage der Einheit zu beachten. Weil die Einheit des Papstes und der Bischöfe eine unabdingbare Voraussetzung für die Stabilität der Kirche als institutionalisierte Organisation darstellte, durfte diese Einheit auf keinen Fall gefährdet werden. Diesen Morgen wollte der Kardinal seiner Sorge um die Einheit widmen. Wenn Taco Manuguerra ihn vor Störungen bewahrte und Chin Byonbang ihm als Stenograf zur Verfügung stand, könnte er, so nahm der Kardinal an, gegen Mittag fertig sein.

Kurz nach seinem Eintreffen hatte der Kardinal alle relevanten Materialien auf seinem Schreibtisch ausgebreitet. Unmittelbar danach und wie auf ein Stichwort klopfte Chin leise an die Tür und nahm ohne umständliche Begrüßungen auf dem Stuhl dem Kardinal gegenüber Platz, stellte seine Stenomaschine auf und wartete.

Maestroianni sah sorgfältig seine provisorischen Entwürfe durch. Der Wortlaut eines so heiklen Briefes musste genau erwogen werden. Das Ziel bestand darin, die diplomatischen Vertreter des Heiligen Stuhls in zweiundachtzig Nationen rund um die Welt danach zu befragen, wie zufrieden die viertausend Bischöfe der katholischen Kirche mit ihrem gegenwärtigen Heiligen Vater waren. Nach der Theologie des Kardinals wären die Antworten, die er erhielte, von entscheidender Bedeutung. Der Papst hatte die Bischöfe zu einen; und die Bischöfe mussten imstande sein ihn als »einen Papst der Einheit« zu akzeptieren.

Natürlich plante der Kardinalstaatssekretär seine Umfrage lediglich als eine Ermittlung persönlicher Auffassungen. Als einen Schritt, könnte man sagen, auf dem Wege zu einem realistischeren Dialog zwischen dem Heiligen Stuhl und den Bischöfen. Beispielsweise hielt er es für wichtig, sich ein Bild davon zu machen, welche Art von Einheit wünschenswert sei. Und er wollte feststellen, in welchem Maße sich der Papst dieser erwünschten und notwendigen Einheit mit den Bischöfen erfreute – oder was, falls die Einheit auf dem Spiel stand, getan werden konnte um die erwünschte und notwendige Einheit herzustellen. Der Kardinal hätte niemals einen so parlamentarischen Ausdruck wie »Vertrauensvotum« gebraucht um den Zweck seiner kleinen Umfrage zu beschreiben. Sollte sich aber durch irgendwelche Umstände herausstellen, dass eine Mehrheit der Bischöfe Seine Heiligkeit nicht als einen Papst der Einheit ansah, dann konnten weitere Maßnahmen ergriffen werden um eine geschlossene Front zu bilden, die auf seine Verabschiedung aus dem höchsten kirchlichen Amt drängte.

Der Trick bestand nun darin, die Situation so zugunsten der neuen Kirche zu wenden, dass nicht einmal im Entferntesten der Eindruck entstand, der gegenwärtige Papst sei tatsächlich – oder auch nur möglicherweise – nie ein Papst der Einheit gewesen. Offiziell durfte es in dieser Hinsicht keinerlei Mehrdeutigkeiten geben. Offiziell sollten Papst und Bischöfe sich nie einiger gewesen sein. Zugleich war es durchaus möglich, wenn nicht wahrscheinlich, dass eine erkleckliche Anzahl von Bischöfen, die gewisse Zweifel hegten, nie die Gelegenheit gehabt hatten sich offen zur Frage der Einheit zu äußern. Der Kardinal beabsichtigte den Bischöfen beides zu ermöglichen.

Weil kein Kardinalstaatssekretär, der noch bei Verstand war, mit einem solchen Vorhaben direkt an die Bischöfe herantreten konnte, hatte Maestroianni einen stufenweisen Plan im Sinn. Der Brief, den er heute früh zu schreiben beabsichtigte, sollte an sein diplomatisches Personal gehen, Männer, deren Politik vom Sekretariat diktiert wurde – Nuntien, Delegierte, apostolische Gesandte, Vikare, Sondergesandte. Den Anweisungen in seinem Brief gemäß würden sie sich nacheinander an die verschiedenen nationalen Bischofskonferenzen überall auf der Welt wenden. Denn inzwischen war es fester Brauch, dass die Bischöfe, die während des Zweiten Vatikanischen Konzils von einem Kreis sachkundiger Berater umgeben worden waren, sich auch auf solche Experten zu Hause verließen.

Alles in allem war der Brief an seine diplomatischen Kollegen, den der Kardinalstaatssekretär an diesem Samstagmorgen aufsetzen wollte, nur ein Schritt eines langen Weges. Aber es war ein entscheidender und heikler Schritt. Er erforderte den geschickten Einsatz blumiger Worte um zu verhüllen, was auf eine brutale Entscheidungsfrage hinauslief.

Genau in diesem Augenblick der Konzentration, als nichts auf der Welt für ihn existierte als die Worte vor seinen Augen, explodierte ein Klopfen an der Tür in den Ohren des Kardinalstaatssekretärs wie ein Donnerschlag. Noch immer über einen Stapel von Notizen in seinen Händen gebeugt, lief er rot an. Maestroianni starrte über seine Brille hinweg finster zur Tür. Taco Manuguerra steckte, zu ängstlich um ganz einzutreten, den Kopf herein und stammelte die Worte, die sein Vorgesetzter ihm heute früh ausdrücklich untersagt hatte. »Das Telefon, Eminenz.«

»Ich dachte, ich hätte ganz deutlich gesagt, dass ich nicht gestört ...«

»Seine Heiligkeit, Eminenz«, stotterte Taco.

Ein elektrischer Schlag hätte das Rückgrat des Kardinals nicht schneller aufrichten können. »Seine Heiligkeit!« Er ließ die Papiere fallen. Wut und Gereiztheit ließen seine Stimme überschlagen. »Er sollte doch eigentlich in den französischen Alpen sein und beten!«

Maestroianni verharrte für einige Sekunden um seine Fassung wieder zu finden, dann hob er den Telefonhörer. »Heiligkeit! Euer Diener! ... Nein, Euer Heiligkeit, ganz und gar nicht. Nur ein paar Kleinigkeiten ... Ja, Euer Heiligkeit. Um was geht es?«

Chin beobachtete mit weit aufgerissenen Augen den Kardinal. »Ich verstehe, Euer Heiligkeit. Ich verstehe.« Maestroianni griff nach Stift und Notizblock. »Bernini? Lassen Sie mich den Namen notieren. *Noli me tangere* ... Ich verstehe ... Nein, Euer Heiligkeit, das kann ich nicht behaupten. Ich dachte, Bernini führte vor allem Großaufträge aus. Säulen, Altäre, dergleichen ... Wo, Euer Heiligkeit? ... Oh ja. Das Angelikum ... Euer Heiligkeit hat sie dort gesehen? Darf ich fragen, wann das war, Euer Heiligkeit? ... Ja. Schon 1948 ... Ja. Natürlich. Ein Triumph künstlerischer Kraft ...« Der Kardinal rollte mit den Augen gen Himmel, als wollte er sagen: Siehst du, Herr, womit ich mich herumschlagen muss?

»... Ich werde mich gleich darum kümmern ... Auf der Stelle, sagte ich, Euer Heiligkeit. Wir müssten da flüchtige Kontakte haben ... Können Sie das noch einmal wiederholen, Euer Heiligkeit? ... Ja, natürlich, sie muss noch da sein ... Um es deutlich zu machen, Euer Heiligkeit, Sainte-Baume ist auch noch da. Ich meinte die Bernini-Statue ... Ganz richtig, Euer Heiligkeit. Statuen laufen nicht einfach weg ... Wie war das, Euer Heiligkeit? Sagte Euer Heiligkeit zwei Stunden? ...« Maestroianni warf einen Blick auf seine Uhr. »Entschuldigen Sie, Euer Heiligkeit. Hilfe von wem? ... Von den Hunden, sagten Sie, Euer Heiligkeit? ... Oh, ich verstehe. Den Hunden des Herrn. *Domini canes*. Die Dominikaner, die für das Angelicum verantwortlich sind. Euer Heiligkeit Sinn für Humor ist von der frischen Bergluft geschärft worden ...« Seine Eminenz brachte ein freudloses Lachen zustande. Aber den Falten um seinen Mund merkte Chin an, welche Anstrengungen ihn dieses Lachen kostete.

»Ja, Euer Heiligkeit, wir haben die Faxnummer ... zwei Stunden ... Gewiss, Euer Heiligkeit ... Wir alle erwarten die Rückkehr Euer Heiligkeit ... Danke, Euer Heiligkeit ... Guten Heimflug.«

Der Kardinal legte den Hörer auf. Zorn und Frustration hatten seine Züge gefrieren lassen, und während er eine Zeit lang reglos dasaß, überlegte er sich eine möglichst schnelle und praktikable Methode den Anweisungen des Pontifex nachzukommen, bevor er sich wieder an die äußerst wichtige Aufgabe machen konnte diesen Brief zur Frage der Einheit aufzusetzen. Plötzlich, und vielleicht ein wenig widerwillig, kam Maestroianni zum Schluss, dass der Papst Recht hatte. Wenn diese Statue, diese – er warf einen Blick auf den Namen, den er auf den Notizblock gekritzelt hatte – dieses *Noli me tangere* von Bernini sich im Angelicum befand und dieses Angelicum Sitz der Dominikaner war, warum sollte man die ganze lächerliche Angelegenheit dann nicht ihnen überlassen?

Seine Eminenz betätigte die Wechselsprechanlage. »Monsignore. Machen Sie den Ordensgeneral der Dominikaner ausfindig. Holen Sie ihn sofort ans Telefon.«

Den Zorn etwas durch seinen Entschluss gemildert nahm Maestroianni den Entwurf seines Einheitsbriefs in die Hand und bemühte sich seine Konzentration wieder zu finden. Aber gerade als sich die perfekten Worte in seinem Kopf zu formen begannen, ließ Manuguerra das Wechselsprechgerät summen.

»Der Generalmagister ist aus, Eminenz.«

»Aus wohin?«

»Das war nicht genau festzustellen, Eminenz. Es ist Samstag ...«

»Ja, Monsignore.« Die Stimme des Kardinals klang alles andere als geduldig. »Ich weiß, welcher Tag es ist.« Maestroainni hatte keinen Zweifel, dass derjenige, der im Angelicum Manuguerras Anruf entgegengenommen hatte, genau wusste, wo sich der Generalmagister aufhielt. In seinem gegenwärtigen Gemütszustand glaubte er gern, dass der gesamte Dominikanerorden wusste, wo Generalmagister Damien Slattery zu finden war; dass außer dem Kardinalstaatssekretär jeder auf der Welt wusste, wo Slattery sich herumtrieb.

Der Kardinal beruhigte sich. Die Frage war, wie man diesen verschlagenen Iren heranschaffen könne ohne Zeit mit Pförtnern und Telefonisten zu verschwenden. Als er seine Gedanken erst einmal auf die Logistik des Problems eingestimmt hatte, dämmerte der Ausweg für eine Situation dieser Art wie der Morgen in ihm.

»Bringen Sie mir Pater Aldo Carnesecca. Hierher. Auf der Stelle. Er ist wahrscheinlich gerade ins Heilige Offizium unterwegs, selbst an einem Sonntagmorgen. Dann bestellen Sie in seinem Namen einen Wagen mit Fahrer, der in zehn Minuten unten am Haupteingang sein soll. Nun los, Monsignore! Sofort!«

»Sì, sì, Eminenza! Sùbito! Sùbito!«

Chin bezweifelte, dass sich der Kardinal wieder seinem Diktat zuwenden würde, ehe er sich diese Störung ganz vom Hals geschafft hätte. Er sank in seinen Stuhl zurück um zu warten. In seiner privilegierten Position als persönlicher Stenograf des Staatssekretärs wusste der Koreaner, dass zwischen Seiner Eminenz und Seiner Heiligkeit längst die Messer gezückt waren. Während er Zeuge wurde, wie Seine Eminenz noch immer gegen die Aufregung ankämpfte, verzeichnete er einen Rundensieg für Seine Heiligkeit.

IV

Die Versuchungen, denen Pater Aldo Carnesecca ausgesetzt war, ließen sich wahrscheinlich nicht mit denen anderer Menschen vergleichen.

In den zwölf Jahren, seit der Kardinalstaatssekretär – damals noch Jean-Claude de Vincennes – ihn zu jener zweifachen Sichtung päpstlicher Unterlagen gebeten hatte, war Carnesecca zu dem Schluss gekommen, dass Vincennes höchstwahrscheinlich das Geheimnis dieses doppelt versiegelten, von zwei Päpsten als »persönlich und streng vertraulich« gekennzeichneten Umschlags ergründet hatte. Und Pater Carnesecca hatte genug Erfahrungen im Vatikan gesammelt um zu begreifen, dass für Männer wie Vincennes und seinen Nachfolger die Rache eine Mahlzeit war, die man am besten kalt genoss – aber irgendwann würde man sie servieren.

Dennoch wusste Carnesecca auch, dass die einzigartigen Kenntnisse und Erfahrungen, die er in so vielen Jahren als berufener Untergebener kultiviert hatte, ihren Nutzen für solche Männer wie Vincennes und seinen Nachfolger hatten, wie auch ihren Nutzen für den Heiligen Stuhl. Gut ausgebildete und erfahrene Untergebene waren eine Seltenheit. So konnte er viele Jahre lang zugleich nützlich sein und daneben auf seine letztendliche Belohnung hinarbeiten, bis plötzlich und ohne Vorankündigung der entscheidende Moment gekommen wäre. Bis dahin dürfte er mit einer gewissen Immunität rechnen.

Doch Pater Carnesecca blieb trotz allem vorsichtig. In seinem fortgeschrittenem Alter – über siebzig inzwischen, doch gesund und einigermaßen vital – war er das, was er immer gewesen war: Von ungeschmälerter Integrität, noch immer geschätzt von jenen, die für ihn als »vertrauenswürdige Männer« zählten, blieb er ein pflichttreuer Priester des ewigen Rom. Er war deshalb nicht in dem Sinne vorsichtig wie ein weltlicher Geheimagent; vielmehr in dem Sinne vorsichtig, wie es einem Priester zukam. Er achtete weniger auf die Gefahr in seinem Rücken als auf die Gefahr für seine unsterbliche Seele.

All das hatte dazu beigetragen, dass Carnesecca auf Kardinalstaatssekretär Maestroiannis unerwartete Vorladung an diesem Samstagmorgen wie immer reagiert hatte – prompt und ohne Überraschung oder gar Aufregung. Der Kardinal hatte ihm einige präzise Anweisungen erteilt, die keinen Widerspruch duldeten: Carnesecca sollte den dominikanischen Generalmagister Damien Slattery ausfindig machen, wo immer er sich auch aufhielt, und den Generalmagister unverzüglich mit dem Sekretariat telefonisch in Verbindung bringen. Da ihm keine weiteren ähnlich präzisen Anweisungen vorlagen, war Carnesecca heute morgen versucht den dringenden Auftrag des Kardinals zum Vorwand für einen angenehmen Ausflug zu nehmen; es sich in dem Wagen, den der Kardinalstaatssekretär ihm bestellt hatte, einmal richtig gemütlich zu machen und sich zum offiziellen Sitz – dem Haupthaus, wie er in Rom genannt wurde – des besagten wie überhaupt jedes dominikanischen Generalmagisters fahren zu lassen: zum Kloster Santa Sabina an den Hängen des Aventin-Hügels im südwestlichen Teil der Stadt.

Das einzige Problem an einer so verführerischen Idee war die Gewissheit, dass Carnesecca den Pater Damien Slattery im Kloster Santa Sabina nicht antreffen würde. Denn der Kardinalstaatssekretär hatte völlig zu Recht angenommen, dass der ganze geistliche Orden der Dominikaner wusste, wo der Generalmagister zu finden war. Auch Aldo Carnesecca wusste es. Und angesichts der Tatsache, dass es Maestroianni eilig hatte, erklärte Vater Carnesecca mit einem leisen Seufzen des Bedauerns dem

Fahrer den Weg zu einem kleinen Kellerlokal namens Springy's unweit des Pantheons.

Das Springy's gehörte nicht zu den Lokalen, die Carnesecca selbst frequentierte. Aber wenn man Damien Slattery so gut kannte wie er, lernte man das Springy's zwangsläufig kennen. Wie der Generalmagister Damien Slattery selbst war Harry Springy mit der Zeit zu einer lokalen Legende geworden. Der Australier war in den Siebzigerjahren nach Rom gekommen und hatte sich einer einzigen Aufgabe verschrieben. »Kerle brauchen ein anständiges Frühstück«, wie Harry immer sagte. Mit diesem Motto als seinem Kredo und Leitfaden bereitete Harry Frühstücksplatten mit Bergen von Spiegeleiern, knusprigem Speck, Schweinswürsten, weißem und schwarzem Presssack, Hühnernieren und -lebern, Stapeln von Toast mit Butter und Marmelade und Strömen von kräftigem schwarzen Tee zu um alles hinunterzuspülen.

Selbstverständlich gehörten zu den Kerlen, die im Laufe der Jahre zu Springys Stammgästen wurden, die gesamte englischsprachige Studenten- und Klerikergemeinschaft von Rom. Und unter diesen Stammgästen war Harrys liebster der Pater Damien Duncan Slattery. Wenn es überhaupt zwei Männer gab, die besser für eine lange und fruchtbare Freundschaft zueinander passten als Harry Springy und Damien Slattery, dann hatte Vater Carnesecca sie jedenfalls noch nicht kennen gelernt.

Pater Damien war ein Mann von außergewöhnlichem Appetit und entsprechenden Körpermaßen. Über zwei Meter groß und mit einem Lebendgewicht von deutlich über einhundertfünfzig Kilo gehörte der Generalmagister zu jenen großartigen Exemplaren prachtvoller Männlichkeit, die jeder Schneider und Herrenausstatter in seiner irischen Heimat liebend gern in Donegal-Tweed gekleidet hätte. Doch glücklicherweise, zumindest aus Carneseccas Sicht, hatte Damien Slattery sich für die cremefarbenen Roben des Dominikanerordens entschieden. In die schwungvollen Falten eines großzügig geschnittenen Gewandes gehüllt und mit seinen balkenartigen Armen, den spatenförmigen Händen, der ausladenden Brust und dem massigen Bauch, all das bekrönt von einem rosigen Gesicht und einem widerspenstigen weißen Schopf, wirkte Slattery wie ein schwerfälliger Erzengel, den es unter die Sterblichen verschlagen hatte.

Im Laufe der Jahre hatte Carnesecca diesen Damien Slattery allerdings als den sanftmütigsten Menschen kennen gelernt, den er sich vorstellen konnte. Für sein Alter – etwa Mitte fünfzig, schätzte Carnesecca – ging, redete und trug Slattery seinen Rang als dominikanischer Generalmagister mit einer grandiosen Würde. Seine physische Erscheinung allein sicherte ihm Anerkennung und Respekt. Er brauchte keine Gewalt anzuwenden, er war selbst reine Gewalt. Er sah aus wie die Fleisch gewordene Autorität – wie ein wandelnder Berg.

Vater Slatterys Fähigkeiten als Rugbystürmer in seinen Schultagen – »Knochenbrecher« nannten ihn damals seine wohlwollenden Brüder – hatten seine Popularität und seine Legende ins Wunderbare gesteigert. Und auch in seinen Studien waren ihm die Erfolge nur so zugeflogen. Als sein Orden ihn für weitere Studien nach Oxford schickte, hatte Slattery sämtliche akademischen Ehren einstreichen können. Und er hatte in einer weiteren Hinsicht hinzugewonnen: seine Erfahrung im Umgang mit dämonischer Besessenheit. Wie er es Carnesecca gegenüber einmal ausgedrückt hatte, war ihm in diesen frühen Tagen seiner Priesterschaft »ein Durchbruch« als Exorzist gelungen. Er konnte sich zugute halten, dass er damals draußen in der Wohngegend von Woodstock einen ganzen Haushalt leergefegt hatte. »Sie sehen also, Pater Aldo« – und dabei hatte Slattery mit dieser tiefen Baritonstimme gelacht, wie er es immer tat, wenn er Carnesecca von seiner Vergangenheit erzählte – »ich habe mehr zu bieten als nur ein hübsches Gesicht!«

Nach Oxford und weiteren fünfzehn Jahren daheim in Irland als Professor der Theologie und als lokaler Superior war Slattery zum Superior der dominikanischen Universität im Angelicum ernannt worden. Während Pater Slatterys frühen Tagen in Rom waren es vor allem die Italiener gewesen, die drauflos kicherten, wenn sie ihn das erste Mal sahen. Wie von Italienern nicht anders zu erwarten hatte ihre Fantasie angesichts seiner Leibesfülle Kapriolen geschlagen. Sehr bald aber hatten sie ihn mit aufrichtigem Staunen als *»il nòstro colòsso«* in ihre Herzen geschlossen. So überraschte es niemanden, auch wenn es nicht jedem gefiel, dass Damien Slatterys geistliche Brüder ihn 1987 einstimmig zum General seines Ordens gewählt hatten. Vater Slattery hatte die Dominikanerbrüder allerdings damit überrascht, dass er eine seltsame Bedingung stellte, ehe er die Wahl annahm. Während er bei Tage im Büro des Generalmagisters im Kloster Santa Sabina auf dem Aventin-Hügel arbeitete, wollte er doch nicht dort wohnen, wie es bisher üblich gewesen war. Er wollte seine Unterkunft im Rektorquartier des Angelicums beibehalten.

Bis 1987 war Aldo Carnesecca bereits einige Male flüchtig mit Pater Slattery zusammengetroffen. Um diese Zeit hatte auch der slawische Papst den Iren kennen gelernt und ihm einige heikle und beschwerliche Aufträge anvertraut. Pater Carnesecca kannte nicht alle Einzelheiten, aber er wusste, dass Slattery der persönliche Beichtvater und Theologe des Pontifex geworden war; das war kein Geheimnis. Er wusste, dass der Dominikaner einige Monate im Jahr in privater päpstlicher Mission verreiste; und er wusste, dass Slattery einige der unangenehmsten und gefährlichsten Aufträge für den Heiligen Vater seinen frühen Erfolgen als Exorzist zu verdanken hatte. Ihm war sogar zu Ohren gekommen, dass die Kardinalerzbischöfe von Turin und Mailand, den beiden europäischen Städten, die am intensivsten von rituellem Satanismus und dämonischer Besessenheit heimgesucht wurden, Pater Slattery als Fachmann in Sachen Exorzismus zurate gezogen hatten.

Im Laufe der Zeit, während Carnesecca immer wieder aus diesem oder jenem Grund mit Damien Slattery zusammenarbeitete, hatte er erkannt, dass es gewisse Dinge gab, die sich an diesem Mann nie änderten. Zunächst – was für Pater Carnesecca das Wichtigste war – hielt Damien Slattery unverrückbar fest an seinem römisch-katholischen Glauben an Gott und an die Macht, die mit dem göttlichen Wesen einhergeht. Das war von entscheidender Bedeutung für seinen Erfolg in der anhaltenden Konfrontation mit dem Dämonischen. Die wenigsten wussten allerdings – und würden es von Carnesecca auch nicht erfahren –, dass er aus dem Grunde weiter im Rektorquartier des Angelicums wohnen wollte, weil er als Antidot gegen eine frühere dämonische Heimsuchung dieser Räumlichkeiten wirken wollte.

Die zweite unverrückbare Konstante an Damien Slattery war, dass er bis ins Mark ein Ire blieb. Sein Oxfordakzent schlug selten durch; und wenn es doch einmal geschah, wirkte Slattery ihm gern mit einem Ausbruch gälischer Schimpfwörter entgegen, in einem Akzent, als komme er geradewegs aus Donegal. Das Dritte, was sich an ihm nie ändern würde, war seine Hingabe an Harry Springy und sein Kellerlokal. Dort war er an jedem Samstagmorgen zu finden, an seinem Stammtisch ein Stück abseits der anderen Gäste, umgeben von Platten, die Harry Springy für seinen Lieblingsgast persönlich liebevoll angerichtet hatte.

»Ah!« Slattery hob eine Hand. »Sie sind's, Pater Aldo.« Damien legte mit einem ausladenden Schwung seiner weiten Ärmel und mit würdevoller Gelassenheit Messer und Gabel weg und bedeutete dem Priester gegenüber seiner massigen Erscheinung Platz zu nehmen. »Sie nehmen doch ein kleines Frühstück, ja?«

Die Ungeduld seines Vorgesetzten im Nacken, lehnte Carnesecca die Einladung dankend ab. Er überbrachte dem Generalmagister die dringende Bitte des Kardinals Seine Eminenz im Sekretariat anzurufen. »Sofort, Pater General. Es handelt sich um eine dringende Angelegenheit, die mit dem Heiligen Vater zu tun hat. Aber das ist alles, was Seine Eminenz mir verraten wollte.«

Das genügte dem Dominikaner. Er ließ den Rest seines Frühstücks in den Ofen stellen, damit es warm und frisch blieb. Dann begab er sich zu Springys einzigem Telefon, das unweit der geschäftig klappernden Küche zu finden war. Pater Damien freute sich nie auf ein Gespräch mit Cosimo Maestroianni. Die beiden Männer trafen sich oft unter förmlichen Umständen und kannten einander als entgegengesetzte Seiten der gegenwärtigen Schaukel römischer Machtpolitik. Doch selbst in diesem Dschungel des Parteiengeistes gab es etwas viel Tieferes und Persönlicheres als politische Loyalitäten, das diese beiden Männer voneinander trennte. Damien wusste es. Und der Kardinal wusste es auch.

Pater Slattery wählte die Nummer des Büros des Kardinalstaatssekretärs. Taco Manuguerra stellte ihn sofort zu Seiner Eminenz durch. Weder Kardinal noch Dominikaner verschwendeten Zeit mit mehr als den nötigsten Höflichkeiten und Grüßen. Doch wie immer blieben beide ihren förmlichen Pflichten im System treu.

»Seine Heiligkeit ist in Sainte-Baume, Generalmagister. In der Höhle der heiligen Maria Magdalena. Er leitet die dortigen Feierlichkeiten. Er hat mir eben telefonisch mitgeteilt, dass wir ihm ein Foto einer gewissen Bernini-Statue der Maria Magdalena zufaxen sollen. *Noli me tangere* heißt sie.«

»Ja, Euer Eminenz. Und wie können wir Seiner Heiligkeit behilflich sein? Euer Eminenz weiß, dass wir bereits ...«

»Indem Sie ein Foto der Statue besorgen und besagtes Foto an den Heiligen Vater in Sainte-Baume faxen, Pater General. Innerhalb einer Stunde bitte.«

Für Slattery war der gereizte Unterton in der Stimme des Kardinals eine ausreichende Entschuldigung dafür, dass man ihn beim Frühstück gestört hatte. Dennoch hatte er nicht die geringste Ahnung, warum der Kardinal sich mit dieser Bitte an ihn wandte. »Aber natürlich sind wir bereit sofort zu handeln, Eminenz. Aber eine Fotografie der ...«

Seine Eminenz schien das Problem des Generalmagisters nicht zu verstehen. »Ihnen steht unser offizieller Fotograf zur Verfügung. Mein Sekretär hat ihn bereits unterrichtet. Aber ich bestehe darauf, Pater General. Seine Heiligkeit besteht darauf. Erledigen Sie es sofort.«

»Aber natürlich, Eminenz. Natürlich. Die einzige Schwierigkeit ...«

»Welche Schwierigkeit, Pater General? Dafür benötigen Sie nicht die Zustimmung des Generalkapitels.«

Slattery runzelte die Stirn über diese Bemerkung. Wie die gesamte Führung des Dominikanerordens war auch das Generalkapitel dafür bekannt, mit dem Tempo einer lahmen Schildkröte zu handeln. »Selbstverständlich!« Vater Damien erhob seine tiefe Stimme über ein plötzliches Tellerklirren. »Sofort! Nur habe noch nie etwas von dieser wie hieß sie doch gleich? – Noli ...«

»Berninis *Noli me tangere*, Pater General. Erinnern Sie sich an die Evangelienszene? Christus und die Magdalena im Garten? Nach der Wiederauferstehung? *Noli me tangere.* ›Rühr mich nicht an‹ – Christi Worte. Wissen Sie noch? Die Statue befindet sich in im *Cortile* des geistlichen Hauses, dem Sie als Superior vorstehen, Generalmagister. Oder besuchen Sie den *Cortile* nicht gelegentlich?«

Die zunehmende Ungehaltenheit des Kardinals war nicht zu überhören. Doch Slattery war nun vollkommen durcheinander. Wie viele geistliche Häuser in Rom verfügte das Angelicum über einen schönen Innenhof; einen friedlichen Garten mit einem hübschen Brunnen in der Mitte, wo Pater Damien tatsächlich oft sein Brevier rezitierte. Aber in seinen vielen Jahren im Angelicum hatte er dort noch nie eine Bernini-Statue gesehen. Und das sagte er Maestroianni auch.

»Unmöglich, Pater General«, beharrte der Sekretär. »Der Heilige Vater hat sie selbst dort gesehen.«

In ihrer gemeinsamen Verwirrung – eines der wenigen Gefühle, die sie je teilten – entglitt Slattery und Maestroianni ihre förmliche Gesprächsführung.

»Der Heilige Vater hat sie dort gesehen? Wann?«

»In den späten Vierzigerjahren, sagte er.«

»In den späten Vierzigern ...«

»Sie haben richtig gehört. Aber Statuen laufen nicht davon. Eine Bernini-Statue schmilzt nicht weg.«

»Das kann ich Ihnen versichern. Aber jetzt ist sie nicht mehr hier.«

Nach einer kurzen Pause wurde die Stimme des Kardinalstaatssekretärs etwas weicher. »Hören Sie, Pater General. Unter uns und der heiligen Maria Magdalena, Sie haben keine Vorstellung davon, wie dieser lächerliche Auftrag die offiziellen Geschäfte am heutigen Morgen durcheinander gebracht hat. Diese Statue muss irgendwo sein. Sie können sie doch sicher finden.«

»Hat Seine Heiligkeit erwähnt, warum er diese Fotografie so dringend benötigt?«

»Offensichtlich zur Inspiration.« Eine Spur von Sarkasmus stahl sich in die Stimme des Kardinals. »Der Heilige Vater schätzt den Ausdruck frommer Hingabe, den Bernini dem Gesicht Maria Magdalenas verliehen hat. Es ist eine Frage der Inspiration für seine Predigt heute abend in Sainte-Baume.«

»Ich verstehe.« Damien verstand es wirklich. Und er machte seinerseits eine Pause, während man überlegte, wie er das Problem angehen könne.

»Jemand muss wissen, wo die Statue ist«, drängte der Kardinal. »Können Sie nicht die älteren Mönche fragen, die im Angelicum`wohnen?«

»Nicht am Wochenende. Der Lehrkörper ist aus. Alle, die sonst dort wohnen, sind unterwegs – sie besuchen ihre Verwandten in Campania. Außer mir selbst ist nur ein blinder, greiser Mönch zugegen, der in seinem Bett schläft; außerdem ein Besucher aus unserer Mission in Tahiti, der auf eine Bananendiät eingeschworen zu sein scheint; eine Gruppe chinesischer Schwestern, die ein Stück auf Mandarin in unserem *Cortile* proben; und ein junger Amerikaner ...

Einen Augenblick, Eminenz! Ich hab's. Ich glaube, ich habe den richtigen Mann für uns. Der junge amerikanische Priester. Er kommt jedes Jahr zum zweiten Semester her. Er lehrt dogmatische Theologie. Ein ruhiger Bursche, der als Hausarchivar fungiert. Er ist an den Wochenenden immer zu Hause; und erst gestern hat er mich noch nach den Aufzeichnungen gefragt, die bis ins Jahr 1945 zurückreichen.«

Maestroianni stürzte sich sofort auf diese Möglichkeit. »Das ist der richtige Mann. Rufen Sie ihn über die zweite Leitung an. Ich warte solange.«

Slattery zog ein Gesicht in Richtung Harry Springy, der sich gerade aus der Küche an ihm vorbeischob. »Ich muss gestehen, dass ich überhaupt nicht aus dem Angelicum anrufe.«

»Aha.« Der Kardinal gab seiner Neugier nach. »Ich habe mich schon über den ganzen Krach gewundert, den ich im Hintergrund höre.«

»Nur ein plötzlicher Ansturm von Gemeindemitgliedern, Eminenz.« Slattery verschanzte sich sofort wieder hinter einem förmlichen Gesprächston. »Ich nehme an, Pater Carnesecca verfügt über alle nötigen Informationen? Die Telefonnummer des Fotografen und die Faxnummer in Sainte-Baume?«

»Das liegt ihm alles vor, Pater General.« In seiner offensichtlichen Erleichterung – und indem er, wie so oft, den Erfolg für selbstverständlich hielt – schüttete der Kardinalsekretär einen ganzen Schwall von Befehlen über Slattery. »Wenn Ihr Mann die Statue aufgefunden hat, soll er mich anrufen. So wie es heute früh zugeht, rechne ich damit, dass ich dann noch hier sein werde. Ich werde Monsignore Manuguerra anweisen ihn gleich durchzustellen. Und wenn er dem Heiligen Vater die Fotografie zugefaxt hat, soll er mir das Original herschaffen. Wie heißt ihr Mann?«

»Gladstone, Eminenz. Pater Christian Thomas Gladstone.«

Kaum dass sein Wagen das Angelicum erreicht hatte, stieg Carnesecca auch schon die ausgetretenen weißen Marmorstufen zur Priorei hinauf. Drinnen am Schaltbrett telefonierte der Pförtner gerade, dem Plauderton nach zu urteilen mit seiner Freundin. Und nach einigen Minuten qualvollen Wartens und mehreren Versuchen die Situation höflich zu bereinigen ging der sonst so sanfte und wenig autoritäre Pater Carnesecca direkter zur Sache. Er legte eine Hand auf die Gabel und brach das Telefonat des jungen Mannes kurzerhand ab.

»Ich bin in päpstlichem Auftrag hier. Ich bin von Generalmagister Slattery geschickt worden; und vom Staatssekretär, dem Hochehrwürdigen Kardinal Cosimo Maestroianni. Hier ist mein Ausweis. Rufen Sie diese Nummer an um sich zu vergewissern. Aber danach werden Sie für den Rest des Tages zu tun haben.«

Der Pförtner war zu verblüfft um über den Abbruch seines Gesprächs wütend zu sein. *»Sì, Reverìendo.* Um was geht es?«

»Ich bin hier um Pater Christian Gladstone zu sehen. Wo kann ich ihn finden?«

»Es tut mir Leid, Pater.« Das Gesicht des armen Burschen hatte sich inzwischen aschgrau verfärbt. »Ich kann den Professor nicht anrufen. Er ist gerade auf dem Dach um seine Gebete zu sprechen. Da oben gibt's kein Haustelefon. Es tut mir Leid, *Reveìrendo* ...«

»Wo ist der Aufzug?«

In den Zügen des jungen Mannes zeichnete sich Erleichterung ab, als er aufsprang. Die *»per favore«* und *»s'accomodi«* sprudelten nur so aus ihm hervor, als er Carnesecca zum Aufzug führte. Als er das Dach erreicht hatte, erblickte Carnesecca sofort die schwarz gewandete, große und hagere Gestalt, die sich gegen die Kulisse der Stadt abzeichnete. Der Mann ging langsam hin und her, den Kopf übers Gebetbuch gebeugt, und seine Lippen bewegten sich tonlos. Der Anblick eines jungen Priesters, der seine vorgeschriebenen Gebete sprach, war heutzutage eine Seltenheit. Carnesecca bedauerte es, ihn stören zu müssen.

Der Kleriker hielt inne und wandte sich um; er hatte Carneseccas Anwesenheit gespürt. Pater Aldo fand sich von einem Paar ruhiger blauer Augen betrachtet. Das Gesicht sah noch jung aus, zeigte aber bereits einige deutliche Falten um den Mund. Doch offenbar hatte der Amerikaner auf eine unausgesprochene Frage eine zufrieden stellende Antwort gefunden, denn er schlug das Gebetbuch zu und trat mit ausgestreckter Hand vor. »Ich bin Christian Gladstone, *Reverìendo*«, sagte er in passablem Italienisch, wobei ein leichtes Lächeln seine Mundwinkel umspielte.

»Carnesecca.« Der Handschlag zwischen den beiden Klerikern war fest und aufrichtig. »Aldo Carnesecca aus dem Sekretariat. Ich habe eben mit dem Generalmeister im ...«

Ein breites Lächeln erhellte Gladstones Gesicht. »Im Springy's! Willkommen, Pater. Jeder, der sowohl Freund wie Manns genug ist um den Ordensgeneral am Samstagmorgen im Springy's zu stören, verdient es, mit offenen Armen empfangen zu werden!«

Obwohl er an solch lockere Umgangsformen nicht gewöhnt war, antwortete Carnesecca ebenso freundlich, als er mit knappen Worten den ihm anvertrauten Auftrag erläuterte. Doch wieder war ihm der junge Amerikaner einen Schritt voraus. Der Generalmagister hatte ihn telefonisch unterrichtet, erklärte er.

Während sie zur Dachtür gingen und dann mit dem Aufzug hinunterfuhren, wiederholte Gladstone, was Carnesecca bereits von Pater Slattery über die fehlende Bernini-Statue und über die seltsame Bitte des Pontifex an den Kardinalstaatssekretär, ihm eine Fotografie der Statue nach Baume faxen zu lassen, erfahren hatte. Er finde es interessant, gestand Gladstone, dass der Heilige Vater aus dem Anblick einer Bernini-Statue – oder überhaupt eines Kunstwerks – Inspiration beziehe. »Ich dachte, er sei eher mystisch veranlagt«, sagte er. »Aber ich hätte einigen seiner Schriften durchaus entnehmen können, dass er über zutiefst humanistische Empfindungen verfügt.«

Carnesecca nahm diese Meinung über den polnischen Papst mit einigem Interesse zur Kenntnis, unterbrach aber Christians Ausführungen nicht.

»Wie auch immer«, fuhr der Amerikaner fort, »nachdem Generalmagister Slattery mir erklärt hatte, worin das Problem bestand, habe ich einige der Aufzeichnungen des Hauses überprüft um die ich ihn gestern gebeten habe. Ich glaube, wir können der Bitte des Heiligen Vaters um eine Fotografie der *Noli me tangere* leicht nachkommen. Wenn Sie bitte den Fotografen des Kardinals verständigen, können wir uns an die Arbeit machen. Wenn wir Seiner Heiligkeit das Foto zugefaxt haben, soll ich dem Kardinal das Original offenbar ins Sekretariat bringen. Wenn Sie mich fragen, Pater Carnesecca, ist dies das Seltsamste daran. Wären Sie dafür nicht eher der geeignete Mann, was meinen Sie? Schließlich haben Sie viel mehr mit dem Sekretariat zu schaffen.«

Das Interesse des Kardinals an allen, die auch nur im Entferntesten mit Damien Slattery zu tun hatten, überraschte Carnesecca nicht. Aber weder der Zeitpunkt noch die Umstände waren dazu geeignet, sich mit seinem neuen Bekannten in solche politischen Untiefen zu wagen. Alles hatte seine Zeit. Wenn die Angelegenheit mit der Bernini-Statue erst erledigt war, würde er sich mit diesem interessanten jungen Mann vielleicht noch einmal zu einem Gedankenaustausch treffen.

Wieder im Erdgeschoss ging Carnesecca, der den Zeitdruck und das dringende Bedürfnis des Heiligen Vaters ständig im Hinterkopf hatte, gleich ans Telefon. »Wo soll der Fotograf auf uns warten?« Er wandte sich Gladstone zu. »Wo haben Sie die *Noli me tangere* gefunden?«

»Wenn die Aufzeichnungen korrekt sind, ist sie weggeschafft

worden – können Sie sich vorstellen, dass eine Bernini-Statue einfach so weggeschafft wird, Pater? –, und zwar in eine Kellerkapelle im Haupthaus. Im Kloster Santa Sabina auf dem Aventin-Hügel.«

V

»GLADSTONE. Christian Thomas.« Kardinalstaatssekretär Maestroianni las den Titel der Akte, die vor ihm lag. Dank seiner professionellen Entschlossenheit und seiner hohen Konzentrationsfähigkeit hatte er den straffen Zeitplan dieses Samstags schließlich doch bewältigt.

Er sprach nicht gern mit Generalmagister Damien Slattery. Es missfiel ihm besonders, wie der Dominikaner in Gesprächen immer das Wort »wir« gebrauchte. Aber immerhin hatte die Fron sich mit dem Oberhaupt der Dominikaner unterhalten zu müssen ein positives Ergebnis gehabt. Sein junger Protegé, dieser Pater Gladstone, hatte sich als so gut erwiesen, wie der Generalmagister behauptete. Er hatte ziemlich bald angerufen und ihm mitgeteilt, dass die Bernini-Statue aufgefunden worden und er mit Carnesecca unterwegs sei um die Fotografie aufzunehmen und nach Baume zu faxen. Falls nichts dazwischen kam, rechnete der Kardinal damit, dass Gladstone ihm das Original binnen einer Stunde ins Sekretariat bringen würde.

Nachdem diese Sache auf den Weg gebracht war, hatte sich Maestroiannis Sorge um einen möglichen Aufschub seines überaus wichtigen Briefes, der die Einheit der Kirche betraf, wieder in den Vordergrund gedrängt. Der letzte Entwurf des Briefes lag für eine letzte Korrektur sicher in seinen Händen. Wenn das Gespräch mit diesem jungen amerikanischen Kleriker erst hinter ihm lag – es dürfte nicht mehr als ein paar Minuten dauern –, hatte er in der Frage der Einheit noch ein Telefonat zu tätigen. Dann konnte er sich endlich in seine Wohngemächer zurückziehen.

Maestroiannis Interesse an Christian Gladstone war in erster Linie der Form halber begründet, doch nicht ausschließlich. Der

Kardinal hatte immer ein gewisses Interesse an den jungen Aspiranten in der kirchlichen Hierarchie. Schließlich bewältigen sie einen Großteil der Arbeit; und unvermeidlich drängten sich ihre Namen für mögliche Beförderungen auf. Weil er selbst schon seit fünfzig Jahren der vatikanischen Bürokratie angehörte, wusste der Kardinalstaatssekretär, wie man das kommende Kontingent im Blick hielt, so wie er auch wusste, wie er Gleichrangige und Vorgesetzte innerhalb des Systems zu beobachten hatte. Und weil dies so war, hatte er Taco Manuguerra, während er selbst seine Arbeit mit Chin beendete, aus der Personalabteilung die Akte über diesen amerikanischen Priester und Professor holen lassen.

»Gladstone. Christian Thomas«, wiederholte der Kardinal den Namen bei sich, als er das Dossier aufschlug. Wieder so ein *Anglosassone* um dessen Sündenregister er sich kümmern musste. Mit geübtem Blick überflog Seine Eminenz die Papiere, die die klerikale Karriere des Amerikaners umrissen.

Neununddreißig Jahre alt. Zwölf Jahre kirchliche Karriere, wenn man die Studienjahre hinzuzählte. Frühe Universitätsarbeit in Europa. Vorbereitung zum Priesteramt im Navarra-Seminar in Spanien. Abschlüsse mit Auszeichnung in Theologie und Philosophie. Priesterweihe am 24. März 1984. Pater Gladstones klerikale Heimat war die Diözese von New Orleans, unter der Zuständigkeit von Erzbischof Kardinal John Jay O'Cleary. Während der zweiten Hälfte des akademischen Jahres fungierte er vornehmlich als beamteter Professor für Theologie am Hauptseminar von New Orleans.

Wie Slattery heute Morgen bereits erwähnt hatte, verbrachte er gegenwärtig die andere Hälfte des Jahres, indem er in Rom im Angelicum unterrichtete, während er an seinem theologischen Doktorat arbeitete. Obwohl er kein Dominikaner war, schien Generalmagister Slattery einen starken Einfluss auf Gladstones Doktorarbeit zu nehmen. Kein Wunder, dachte Maestroianni säuerlich, als er die Notiz las, die darauf hindeutete, dass Gladstones Professur im Angelicum von seiner Familie mit finanziert wurde. Slattery ließ wirklich nichts aus.

»Sémplice«, bemerkte der Kardinal bei sich. »Der Mann ist

ein Einfaltspinsel. Unpolitisch, nicht auf die Karriere bedacht, kein Anhänger irgendeiner Partei in Rom oder Amerika. Ein Arbeitstier. Eine Drohne.«

Dennoch konnte es nicht schaden, wenn er sich noch einige Minuten Gladstones Familiendaten widmete. Die Beziehungen sagen oft mehr über den Nutzen eines Menschen aus als seine persönlichen Daten. Der Familienwohnsitz war offenbar ein gewisses Windswept House in Galveston, Texas. Der Name hatte etwas Romantisches; als stamme er aus einem jener englischen Romane, die die Amerikaner so schätzten. Vater: verschieden. Mutter: Signora Francesca Gladstone. Die Daten, die dem Namen folgten, waren spärlich. Aber was vorlag – in Zusammenhang mit den fünf Millionen Dollar Zuwendung in Frankreich und der vollständigen Finanzierung einer Professur im Angelicum durch diese nette Dame – ließ auf wahre Reichtümer schließen. Altes Geld, das immer noch etwas abwarf. Eine Schwester: Patricia Gladstone. Nichts Wichtiges über sie. Unverheiratet. Offenbar eine recht angesehene Künstlerin. Lebte im Familienwohnsitz in Galveston.

Ein Bruder, Paul Thomas Gladstone, war für Maestroianni schon interessanter. Er hatte selbst einige Seminararbeit geleistet war aber offenbar nach Harvard gewechselt. Hauptwohnsitz jetzt in London. Paul galt als Experte für internationale Beziehungen und war zur Zeit bei der renommierten transnationalen Anwaltskanzlei Crowther, Benthoek, Gish, Jen & Ekeus angestellt.

Welch ein glückliches Zusammentreffen. Cyrus Benthoeks Firma.

Maestroianni schätzte Cyrus Benthoek seit Jahren als außerordentlich wertvollen Verbündeten in seinen Bemühungen seine Kirche an die vorderste Front der neuen Weltordnung zu führen. Und weil seine Arbeit am heutigen Nachmittag ohnehin einen Anruf bei Benthoek erforderte, wollte er sich eine Notiz in seinen Kalender machen über diesen Paul Thomas Gladstone Erkundigungen einzuziehen. Es war nur ein Detail, aber es würde ihn nichts kosten, gründlich zu sein. Wie Kardinal Vincennes oft betont hatte, kam es auf die Details an.

Maestroianni wandte sich wieder dem Dossier zu und überflog

eilig die wenigen übrigen Dokumente. Seine Gründlichkeit wurde durch die wichtigste Information überhaupt belohnt. Die Gladstones rangierten im Vatikan offensichtlich als *»privilegiati di Stato«*. Das bedeutete, dass die Gladstones in die ständige Kartei der für den Vatikan bedeutsamen Personen im Sekretariat aufgenommen worden waren; und dass über die Familie Gladstone eine eigene Akte in den offiziellen Sekretariatsarchiven vorlag.

Verständlicherweise wurden in Christian Gladstones persönlicher Akte wenige Details genannt. Aber die praktische Bedeutung des Vermerks *»privilegiati di Stato«* war für einen Mann mit der Erfahrung des Staatssekretärs sofort ersichtlich. Knapp zusammengefasst lief die Verwicklung der Familie Gladstone in die Finanzen des Heiligen Stuhls darauf hinaus, dass der Heilige Stuhl ihr im Gegenzug alle finanziellen Dienste leistete, die ihm zu Gebote standen. Daher gehörte das nominelle Oberhaupt der Familie Gladstone sicher zu dem kleinen Kreis – insgesamt wohl nicht mehr als fünfzig oder sechzig Personen –, denen Bankdienste von der hauseigenen Bank des Vatikan eingeräumt wurden, die der Heilige Stuhl in den Vierzigerjahren eingerichtet hatte. Außerdem gehörten sie zu den wenigen, denen bei besonderen Anlässen ein vatikanischer Reisepass ausgestellt werden konnte.

Maestroianni schloss die Akte und erhob sich von seinem Stuhl. Während er ziellos auf den Petersplatz hinausblickte, grübelte er mit einem Interesse über Christian Gladstone nach, mit dem er nicht gerechnet hatte. Einerseits hatte er einen Bruder, der – in welchem Maße, würde er noch herausfinden – mit dem überaus weitsichtigen, ja visionären Cyrus Benthoek zu tun hatte. Und andererseits schien hinter ihm eine alteingesessene und angesehene katholische Familie zu stehen, die sich tadelloser Referenzen durch den Heiligen Stuhl rühmen dürfte.

Christian Gladstone selbst schien nicht viel zu zählen. Persönlich war er vermutlich ein Millionenerbe. Als Priester machte er den Eindruck eines schlichten Gemüts, allem Anschein nach fromm bis zur Zurückgebliebenheit. Er las immer noch die alte lateinische Messe, machte aber nicht viel Aufhebens darum. Vielleicht würde er sich doch noch als interessanter Typ herausstellen. Für Kardinal Maestroianni war »interessant« ein Synonym für »nützlich«. Solche frommen, doch mit wertvollen Beziehungen gesegneten Arbeitstiere hatten sich – so ungeschliffen, formbar und »unschuldig« sie auch waren – mehr als einmal als gutes Material zur Unterfütterung der Brücke zwischen der erschöpften alten Ordnung der Dinge und dem progressiven Neuen herausgestellt.

Nein, schloss er, mit diesem sanftmütigen jungen Priester würde er keine Überraschungen erleben. Bestenfalls mochte er zu jenen *Anglosassone* gehören, die einem gerade in die Augen blickten. Sein zeremonielles Auftreten würde wohl ein unbeholfener Abklatsch römischer Formen sein, für die Amerikaner nicht geboren sind und an die sie sich nie gewöhnen können. Zum Glück aber würde er weder langen Reden halten noch fromme Verweise auf Gott, die Kirche oder die Heiligen in seine Worte einflechten.

Taco Manuguerras leises Klopfen an der Tür enthob den Kardinal aller weiteren Spekulationen. »Pater Christian Gladstone, Eminenz.«

Maestroianni nahm seinen Besucher in Augenschein. Abgesehen davon, dass er eine aus gutem Stoff geschneiderte Soutane trug, war an seinem Aufzug, ganz wie der Kardinal erwartet hatte, nichts Auffälliges. Aber an diesem Amerikaner wirkte die Soutane ebenso natürlich wie bei einem Römer. In einer gleichermaßen automatischen wie autoritären Bewegung – betont, doch in keiner Weise übertrieben – streckte Seine Eminenz die Hand mit dem Bischofsring aus.

»Eminenz.« Gladstone fiel auf ein Knie um den Ring leicht zu küssen. Im Aufstehen sagte er: »Verzeihen Sie die Verspätung. Wir haben diese Abzüge so schnell fertig gestellt wie wir konnten.«

Mit seinem besten Besucherlächeln nahm Maestroianni den Umschlag entgegen, den der Amerikaner ihm hinhielt. Das Italienisch des jungen Mannes war erträglich. Sein zeremonielles Gebaren hatte nichts Unbeholfenes. Wie er Titel gebrauchte, klang weder verlegen noch zögerlich. Gladstone übertraf die Erwartungen des Kardinals um die eine oder andere Nuance.

»Wir können Ihnen gar nicht genug danken, *Reverèndo.*« Der Kardinalstaatssekretär schüttelte seinem Besucher langsam, bedächtig die Hand. Starke Hände, weder kalt wie ein Fisch noch schlaff wie Spagetti. Keine feuchten Handflächen. Kein Anzeichen von Nervosität. Maestroianni gönnte Christian noch ein Lächeln und deutete auf einen Stuhl. »Nehmen Sie Platz, Pater. Bitte setzen Sie sich doch einen Moment.«

Seine Eminenz nahm wieder hinter dem Schreibtisch Platz. Er zog die Abzüge aus dem Umschlag, den Pater Gladstone ihm überreicht hatte, und betrachtete sie flüchtig. Es waren drei verschiedene Ansichten der *Noli me tangere*. Wie gewissenhaft von diesem Burschen. Ein guter, verlässlicher Helfer. Einer, der tat, was man ihm sagt, und sogar noch etwas mehr.

»Ich nehme an, Sie haben diese Aufnahmen auch schon nach Sainte-Baume geschickt, Pater?«

»Vor einer halben Stunde, Euer Eminenz.«

»Ich verstehe. Ende gut, alles gut, wie?« Der Kardinal legte die Fotos weg. »Ich habe vor einiger Zeit erfahren, Pater Gladstone, dass Sie einen Bruder haben, der für einen meiner alten Freunde arbeitet. Cyrus Benthoek.«

»Ja, Eminenz.« Gladstone sah dem Kardinalstaatssekretär unverwandt in die Augen, wie es für einen Angelsachsen typisch war. »Paul ist begeistert von seiner Arbeit. Er hat versprochen mich in Rom zu besuchen, solange ich noch hier bin.«

»Solange Sie noch hier sind, Pater? Haben Sie denn vor uns zu verlassen?«

»Das ist noch nicht entscheiden, Euer Eminenz. Jedenfalls nicht sofort. Ich habe noch viel zu tun, bis meine Doktorarbeit abgeschlossen ist. Aber ich habe festgestellt, dass ich dem Wesen nach kein Römer bin.«

»Ja. Ganz richtig.« Eine weitere Vermutung, die sich bestätigte. Und doch hatte dieser *Anglosassone* etwas Besonderes an sich. Etwas, das doch nicht ins Schema passte. Es hing weniger damit zusammen, was Gladstone tat oder sagte, als damit, was er war. Es stimmte schon, er hatte kein mediterranes Feuer in sich. Das wäre zu viel verlangt. Aber der Kardinalstaatssekretär beneidete diesen jungen Mann fast um seine ruhige, selbstsichere Reserviertheit. Sein Auftreten unterschied sich von dem Verhalten der meisten Angelsachsen, das sie eigens für Rom einstudiert hatten. Er war ein überraschend eleganter Bursche.

»Sagen Sie, Pater.« Maestroianni langte wieder nach den Fotografien, wandte den Blick aber nicht von Gladstones Gesicht ab. »Wo haben Sie die *Noli me tangere* gefunden?«

»In einer Kellerkapelle, Eminenz. Im dominikanischen Haupthaus.«

»Nun« – der Sekretär stand hinter seinem Schreibtisch auf – »wir können Ihnen gar nicht genug danken. Wenn Ihr Bruder Rom besucht, würde ich mich sehr freuen seine Bekanntschaft zu machen, Pater.«

Gladstone folgte dem Beispiel des Kardinals und erhob sich. »Danke, Eminenz.«

»Interessant«, murmelte der Kardinal bei sich, als Christian Gladstone die Tür hinter sich geschlossen hatte. »Eine interessante Sippschaft.« Natürlich war er ein Mann ohne Leidenschaften. Und zu unpolitisch um es in Rom zu etwas zu bringen. Aber er hörte aufmerksam zu. Aus diesem einen Gespräch ließ sich kaum schließen, ob er fantasielos oder nur zurückhaltend war. Geschliffener als die meisten seiner Art; sogar in einem unerwarteten Maße kultiviert, könnte man sagen. Aber wie geschliffen auch immer, wie die meisten Angelsachsen war er manipulierbar.

Dass Gladstone für Maestroianni dennoch interessant blieb, lag fast ausschließlich an der Tatsache, dass der Priester andererseits unzweifelhaft über weitreichende familiäre Beziehungen verfügte. Er stammte aus einer Sippe, die noch immer tief im Sumpf des alten päpstlichen Katholizismus steckte. Was im Blute gezeugt wird, kommt im Fleische zum Vorschein, sagen die Engländer. Doch Gladstones Bruder war mit Cyrus Benthoeks Unternehmen verbunden, einem Unternehmen, das keinerlei Nutzen für den Heiligen Stuhl hatte, soweit das einem arglosen Betrachter ersichtlich war. Wer wusste es schon? Möglicherweise würde sich herausstellen, dass der Pontifex mit seiner Bitte um Fotografien der Bernini-Statue Maestroianni sogar einen kleinen, wenn auch ungewollten Gefallen getan hatte.

Nun aber war es hohe Zeit, den Brief zur Einheit der Kirche zum Abschluss zu bringen. Seine Eminenz wandte sich seinem abhörsicheren Telefon zu und wählte eine Nummer in Belgien. Als er Kardinal Piet Svensens vertraute Stimme am anderen Ende der Leitung hörte, hellte sich sein Gesicht auf. Hier hatte er es wenigstens mit einer bekannten Größe zu tun, mit einem Mann von unzweifelhaftem Urteilsvermögen. Kardinal Svensen war ein alter und vertrauenswürdiger Weggefährte. Obwohl er sich aus offiziellen Ämtern zurückgezogen hatte, so wie Maestroianni es selbst bald tun würde, blieb Svensen eine unangefochtene Führungsgestalt und ein Experte für die Ökumene und die charismatische Bewegung. Und weil er in Brüssel lebte, verfügte er über einige eindrucksvolle Beziehungen zu den höheren Ebenen der Europäischen Wirtschaftsgemeinschaft.

Svensen war kein Freund des Papstes und hatte sich vehement gegen die Wahl dieses Pontifex ausgesprochen. In privaten Diskussionsrunden während des Konklaves hatte er die anderen wahlberechtigten Kardinäle gewarnt, dass ein Mann wie dieser Pole die drängendsten Probleme der Kirche nicht lösen könne. Auf Maestroiannis Liste gab es daher niemanden, der besser als der belgische Kardinal verstehen konnte, wie wichtig es war, dass die Bischöfe behutsam, doch bestimmt auf ein fruchtbareres Verständnis ihrer episkopalen Einheit mit dem Heiligen Vater hingelenkt wurden.

»Ein Volltreffer, Eminenz!«, tönte Svensen vor Begeisterung, nachdem Maestroianni ihm seinen Entwurf des Briefes vorgelesen hatte. »Ein Volltreffer! Ein wahres Meisterstück. Und Ihr Feingefühl die Bischöfe zum Thema der Einheit indirekt zu befragen, nämlich durch ihr diplomatisches Personal – durch die Nuntien und dergleichen – ist genial. Das bringt den Bischöfen garantiert zu Bewusstsein, dass ihre Macht auf den Heiligen Geist zurückgeht!«

»Grazie, Eminenza.« Maestroianni legte den Brief auf den Schreibtisch. »Aber nur der Herr im Himmel weiß, was ich heute morgen durchgemacht habe um diesen Entwurf fertig zu stellen.« Ohne dass der Belgier ihn lang dazu auffordern musste, gab der Kardinalstaatssekretär eine farbige Schilderung der Suche

nach der Bernini-Statue zum Besten, die dem Pontifex so wichtig gewesen war.

»Gottverdummelte!« Mit dieser Verwünschung fasste Svensen sein Urteil über die ganze Sache zusammen. Seiner Ansicht nach war es für diesen Papst nicht nur typisch, dass er solche Aufregung verursacht, sondern dass er sich überhaupt zu einem päpstlichen Ausflug nach Sainte-Baume entschlossen hatte. »Diese Höhle ist nichts als ein frommer Schwindel, Eminenz. Ich würde dem Heiligen Vater gern einige meiner engen Vertrauten präsentieren – angesehene Gelehrte, wie ich hinzufügen darf –, die überzeugende Beweise für die Auffassung haben, dass Maria Magdalena nie einen Fuß außerhalb Palästinas gesetzt hat. Und wir wären alle besser daran, Eminenz, wenn unser Pontifex nie einen Fuß außerhalb Krakaus gesetzt hätte! Fromme Meditationen, auch wenn sie ein Papst praktiziert, werden die Probleme der Kirche nicht lösen.«

Der Kardinalstaatssekretär war ganz seiner Meinung. »Um ehrlich zu sein«, gestand er, »hat mich der ganze Vorfall mit dem Pontifex heute morgen nur in meiner persönlichen Überzeugung bestärkt, dass wir nur zwei Alternativen haben. Entweder ändert der Papst seine Einstellung und seine Politik, was den sakrosankten Primat des Papstamtes angeht. Oder ...« Der Kardinal holte einmal tief und theatralisch Luft. »Oder wir verfolgen die Idee weiter, die wir in früheren Gesprächen schon angedacht haben. Die Idee den Pontifex abzulösen.«

Svensen gegenüber waren dramatische Gesten nicht vonnöten. »Unbedingt, Eminenz. Umso mehr als unsere Freunde in Straßburg und hier in Brüssel nervös werden. Sie sind der Überzeugung, dass die ständigen Anspielungen das Papstes – sein Beharren darauf, dass es kein Europa ohne den Glauben als sein Fundament geben könne – ihrer tiefen Sorge um die ökonomische und finanzielle Stärke als Grundgerüst eines neuen Europa zuwiderlaufen. Und weil ich seit unserem letzten Gespräch über die ganze Angelegenheit angestrengt nachgedacht habe, möchte ich gern einen kleinen Vorschlag machen.«

»Nur zu, Eminenz.«

»Der Brief, dessen Inhalt Sie mir eben freundlicherweise anvertraut haben, trifft genau ins Schwarze. In Anbetracht Ihrer gekonnten Formulierungen habe ich alle Hoffnung, dass er ein für uns erfreuliches Echo auslösen wird. Aber selbst wenn, wie ziehen wir einen Nutzen aus der Situation? Angenommen die Bischöfe sind unzufrieden mit ihrer gegenwärtigen Beziehung zum Heiligen Stuhl – und ich habe keine Zweifel, dass der Brief Euer Eminenz ihnen diese Unzufriedenheit vor Augen führen wird. Dann werden wir dieses Ergebnis immer noch in einen konkreten Plan umsetzen müssen. Das Konzept, das ich im Sinn habe, ist ganz einfach. Die Bischöfe selbst werden das Instrument sein, das wir brauchen um uns den gegenwärtigen Pontifex vom Hals zu schaffen.

Wie Sie sicher wissen, wollen die europäischen Bischöfe unbedingt Teil der Wirtschaftsgemeinschaft werden. Sie sind sich darüber im Klaren, dass die EG im Verhältnis zur lokalen, nationalen Politik im Laufe der Jahre nur größer werden und an Bedeutung zunehmen wird. Und es ist wichtig, dass sie, wie es eine populäre Floskel ausdrückt, politisch korrekt und sozial akzeptabel sind; oder sich zumindest dafür halten – was auf dasselbe hinausläuft. Wichtiger ist die Tatsache, dass die Bischöfe ihr Stück vom Kuchen wollen. Sie brauchen ihre Hypotheken ebenso wie große Unternehmen. Sie brauchen langfristige, niedrig verzinste Darlehen. Sie brauchen geografische Ungleichgewichte für ihre Bauprojekte. Ihre Schulen und Universitäten benötigen öffentliche Gelder. Sie brauchen Berater für ihre Portefeuilles. Sie brauchen Autoritäten, die einmal ein Auge zudrücken, wenn Kleriker ihre kleinen Fehler machen.«

»Also, Euer Eminenz?« Maestroianni warf einen Blick auf seine Armbanduhr. Der Belgier war während seiner langen Karriere dafür bekannt geworden, dass er seine eigenen Ideen auf eine gewisse weitschweifig dramatische Art anzukündigen pflegte.

»Gedulden Sie sich noch einen Moment, Eminenz«, fuhr Svensen fort. »Bedenken Sie zunächst, was für uns arbeitet. Auf der einen Seite werden die Bischöfe mit ein wenig Hilfestellung einsehen, welchen Nutzen es für die Kirche hat, wenn sie mit der EG zusammenarbeiten. Schließlich ist sie die kommende Kraft in

Europa. All diese kleinen Gefälligkeiten und Zugeständnisse, die die Bischöfe benötigen, hängen vom politischen Wohlwollen der EG-Staaten ab. Auf der anderen Seite haben wir den Pontifex. Er ist in dreierlei Hinsicht beharrlich und konsequent.

Zunächst beharrt er auf seinem undemokratischen petrinischen Anspruch auf den Primat der päpstlichen Autorität. Zweitens besteht er auf der Bedeutung der ›Bande der Einheit‹, wie er es nennt, zwischen ihm selbst und den Bischöfen. Er wird sehr weit gehen, ehe er einen offenen Bruch mit ihnen zulässt oder zugibt. Und drittens ist das neue Europa in den Augen dieses Papstes so wertvoll, dass er kaum einen Absatz spricht ohne sich darauf zu beziehen.

Wenn wir nun Euer Eminenz großartige Idee die Bischöfe zu befragen einen Schritt weiterführen – wenn wir die europäischen Bischöfe tatsächlich auf eine gemeinsame Linie einschwören können, die unserer Einstellung zu Europa entspricht; wenn wir ihre Verständnis dafür vertiefen können, wie sie von einer weiteren Annäherung an die EG und ihre Ziele profitieren können – dann könnte ich mir vorstellen, dass die Bischöfe selbst auf eine andere Haltung des Heiligen Stuhls drängen werden. Doch sollte sich der Heilige Stuhl weiter so hartnäckig zeigen – und das ist der entscheidende Punkt, Eminenz –, halte ich es für möglich, dass die Bischöfe selbst zu jeder ... äh, Veränderung entschlossen sein werden, die wir für ratsam halten.«

Maestroianni reagierte im ersten Moment skeptisch. »Ja, ich verstehe, was Sie meinen. Aber die Bischöfe ›auf eine gemeinsame Linie einzuschwören‹, wie Sie es ausgedrückt haben, ist in etwa dasselbe, als wollte man Katzen und Mäuse zu einer friedlichen Koexistenz bewegen. Und es wäre ein kompliziertes Unterfangen, Euer Eminenz. Es wäre erforderlich, die Bedürfnisse jedes Bischofs genau einzuschätzen und ebenso, welche Einstellung jeder einzelne zu Fragen hat, die noch weit heikler sind als die der Einheit.«

»Einverstanden.« Svensen kannte die Probleme. »Es würde nicht nur bedeuten die Situation jedes Bischofs einzuschätzen. Es würde bedeuten einen Weg in die EG zu finden, der zugleich den praktischeren Interessen der Bischöfe gerecht würde, um es einmal so auszudrücken. Es wäre eine Beziehung zwischen den Bischöfen und der EG erforderlich, die wechselseitige Zugeständnisse auf einem zivilisierten Niveau garantieren könnte.«

Maestroianni musste über das plötzliche Taktgefühl des Belgiers lächeln. »Praktische Interessen wie diese Hypotheken und niedrig verzinsten Darlehen, die Euer Eminenz vorhin erwähnt haben.«

»Ganz genau. Ich stimme Euer Eminenz aber zu. Es wäre ein kompliziertes Unterfangen. Und es könnte uns misslingen. Allerdings muss ich zugeben, dass wir in diesem Fall nicht schlimmer dastünden als jetzt. Wenn uns aber ein so großes Wunder gelingen würde wie das, die Bischöfe auf eine wünschenswerte ›gemeinsame Linie‹ einzuschwören – dann hätten wir das Instrument, das wir brauchen.

Wenn es Ihrem Brief, Eminenz, tatsächlich gelingen sollte, die Bischöfe zu einem Ausdruck ihrer Unzufriedenheit zu bewegen, was die Frage ihrer Einheit mit dem gegenwärtigen Papst angeht, dann könnte die Einschwörung der Bischöfe auf eine ›gemeinsame Linie‹ sofort eine ganze neue Brisanz in die Angelegenheit bringen. Dann wären wir auf dem denkbar sichersten Boden um uns ein für alle Mal dieses Pontifex zu entledigen.«

»Ja. Ich verstehe.« Maestroianni konnte sich allmählich mit Svensens Sichtweise anfreunden. »Es könnte funktionieren. Natürlich unter der Voraussetzung, dass die Amerikaner mit den Europäern Hand in Hand arbeiten. Mit einhundertachtzig eingesessenen Bischöfen, ganz zu schweigen von den Weihbischöfen und allen anderen, fallen die Amerikaner stark ins Gewicht. Und sie stehen für einen beträchtlichen Teil des Geldes, das der Vatikan einnimmt. Ohne sie stünde die ganze Sache auf wackeligen Füßen.«

»Einverstanden. Was immer unseren amerikanischen Brüdern theologisch, kulturell und traditionell fehlen mag, wird von ihrer finanziellen Rückendeckung und, was wir nicht vergessen sollten, dem Status ihrer Vereinigten Staaten als Supermacht mehr als wettgemacht. Diplomatisch und geopolitisch sind sie ein bedeutsamer Faktor.«

»Es könnte funktionieren«, lenkte der Kardinalstaatssekretär schließlich ein. Aber er blieb trotzdem vorsichtig. »Geben Sie mir Zeit mich mit einigen Kollegen über diese Idee zu beraten. Vielleicht können wir uns während der alljährlichen Robert-Schuman-Gedächtnisfeiern nächsten Monat in Straßburg noch etwas darüber unterhalten. Werden Sie dort sein, Eminenz?«

»Ich freue mich darauf, mein Freund.«

Als Maestroianni den Hörer auflegte, gingen ihm keineswegs etwa Worte wie »die Bischöfe zu offener Meuterei anstacheln« durch den Sinn. Die Bischöfe waren ohnehin schon auf diesem Weg, wenn auch auf ihre zänkische und uneinige Art. Im Gegenteil, es kam ihm sehr angemessen vor, dass eine so revolutionäre Idee – ein konkreter Plan die Bischöfe zu einem Instrument zu formen, das eine neue, nahtlose Einheit der Welt voranbrachte – während der alljährlichen Feierlichkeiten zu Ehren des großen Robert Schuman und seiner Leistungen diskutiert werden sollte.

Schuman war einer der ersten Europäer gewesen, die sich ein geeintes Westeuropa vorzustellen vermochten. Schon in den Vierzigerjahren hatte er als Frankreichs Außenminister damit begonnen, die ersten Brücken zwischen Frankreich und Deutschland zu schlagen, den Schlüsselstaaten jeder künftigen Einheit. Sein Gedächtnis wurde verständlicherweise von vielen in Ehren gehalten. Maestroiannis Ansicht nach nahm Robert Schuman, wie es der Römer gern ausdrückte, keinen geringeren Rang als den eines »Gründervaters« ein.

Inzwischen völlig eingenommen für Svensens grandiose Idee die Bischöfe »auf eine gemeinsame Linie einzuschwören« begann der Kardinal seine Papiere zusammenzusuchen um möglichst bald in seine ruhige Wohnung an der Via Aurelia aufbrechen zu können. Dort würde er ungestört nachdenken und arbeiten können. Keine Telefone, die schrillten. Keine unerwarteten Gesprächstermine. Keine Albernheiten wie päpstliche Frömmigkeit und fehlende Statuen. Zum letzten Mal an diesem Tag rief Maestroianni den Monsignore Manuguerra herein und sorgte dafür, dass sein Einheitsbrief mit der diplomatischen Post verschickt wurde. Und als er schließlich aufstand, fiel sein Blick auf Christian Gladstones Personalakte. Die hatte er fast vergessen.

Er gab das Dossier an Manuguerra zurück. »Bringen Sie das in die Personalabteilung zurück, Monsignore. Und noch etwas: Holen Sie die Akte über die Familie Gladstone aus dem Sekretariatsarchiv. Sie soll Montag früh als Erstes auf meinem Schreibtisch liegen.«

VI

Christian Gladstone war gleichermaßen amüsiert wie verblüfft von seinem kuriosen Gespräch mit dem Staatssekretär Kardinal Maestroianni. Während er in gespielter Fassungslosigkeit den Kopf schüttelte, trat er durch das Portal des Sekretariats in die grelle Mittagssonne Roms, die inzwischen hoch über dem Hof der Damasus-Kapelle stand. Pater Carnesecca wartete mit dem Chauffeur neben dem Wagen.

»Diese Römer!« Gladstone machte es sich neben Carnesecca auf dem Rücksitz bequem. »Ich weiß ja, dass Sie im Sekretariat arbeiten, *Reverèndo*.« Christian lächelte seinen Begleiter verlegen an. »Aber ich hoffe, Sie nehmen es mir nicht übel, wenn ich behaupte, dass man nach einem Händedruck Seiner Eminenz versucht ist seine Finger durchzuzählen, ob auch noch alle vorhanden sind.«

»Das nimmt Ihnen niemand übel«, erwiderte Carnesecca gelassen.

Während ihr Wagen sich vorsichtig durch das Gewühl der sonnabendlichen Besucher auf dem Petersplatz schob, rollte in entgegengesetzter Richtung ein Mercedes-Benz an ihnen vorbei, der offensichtlich zum Sekretariat unterwegs war. »Offenbar waren Sie, *Reverèndo*, der letzte Termin auf dem Sekretariatskalender am heutigen Morgen. Das ist sein Wagen. Er bringt ihn sicherlich nach Hause. Bis sieben Uhr früh am Montag wird Seine Eminenz außer für den Sicherheitsdienst für niemanden erreichbar sein.«

Christian warf einen Blick auf die Limousine. »Ich nehme an, ich sollte mich geehrt fühlen, dass eine so hoch stehende Persönlichkeit des Vatikans für mich ihren Zeitplan umgestoßen hat.

Aber um die Wahrheit zu sagen hat das Gespräch mit dem Kardinalstaatssekretär mich hungrig gemacht. Hätten Sie vielleicht Lust statt gleich ins Angelikum zurückzufahren mit mir zu Mittag zu essen?«

Carnesecca, überrascht von dem beinahe bübischen Grinsen in Gladstones Gesicht, freute sich über die Einladung. Und ihm fiel auch gleich ein passendes Lokal ein. »Casa Maggi heißt es. Mailändische Küche. Das wird Sie die Zumutungen durch uns Römer ein wenig vergessen lassen. Und von dort bis zum Angelikum ist es zu Fuß gar nicht weit.«

Zu dem Zeitpunkt, als die beiden Kleriker in der angenehmen Kühle der Casa Maggi Platz nahmen, hatten sie die Förmlichkeiten des offiziellen Rom schon hinter sich gelassen und plauderten über die turbulenten Ereignisse am heutigen Tage, die sie im Dienste des Heiligen Vaters zusammengeführt hatten. Das steife *Reverèndo* machte bald einem vertraulicheren *Padre* Platz und die Vornamen traten an die Stelle der Familiennamen. Jetzt waren die beiden einfach nur noch Aldo und Christian.

Christian war fasziniert eine solche lebende Enzyklopädie von Kenntnissen über den Vatikan wie Vater Aldo kennen zu lernen und wurde für sein Interesse belohnt. Carnesecca stellte sich als meisterhafter Chronist früherer Päpste und ihrer Politik heraus. Seine Schilderungen einiger der berühmtesten Besucher des Papstpalastes erfüllten vertraute Namen mit neuem Leben. Und manche seiner Geschichten über schauderhafte klerikale Bockschüsse des Sekretariats trieben dem jungen Mann vor Lachen Tränen in die Augen.

Pater Aldo wiederum war nicht weniger fasziniert etwas über den Hintergrund eines so *simpàtico* jungen Priesters zu erfahren. Anders als die meisten Amerikaner, die er kennen gelernt hatte, war Christian wie durchdrungen von der Geschichte seiner Familie. Es schien, als sei diese Familie, ähnlich wie auch Carnesecca selbst, stets in kirchliche Wirren verstrickt gewesen. Jedenfalls war dies der Teil der Familiengeschichte, der ihn immer am meisten interessiert hatte.

Die ursprünglichen Gladstones waren Engländer, erklärte Christian seinem Gegenüber. Oder, um genauer zu sein, es waren normannische Sachsen gewesen, die sich im vierzehnten Jahrhundert in Cornwall niedergelassen hatten. Sie hatten im Laufe der Jahrhunderte in die Sippen der Trevelyans, Pencanibers und Pollocks eingeheiratet. Aber sie vergaßen nie ihre normannisch-sächsische Herkunft. Und vor allem vergaßen sie nie, dass sie römische Katholiken waren. Das Herrschaftshaus der Gladstones hatte in Launceston in Cornwall gestanden. Sie waren Erbeigentümer ausgedehnter Ländereien, Fischgründe und Zinnminen in Camborne. Sie waren präreformatorische Katholiken, deren religiöse Überzeugungen stark von der keltischen Tradition in Irland beeinflusst wurden.

Als das sechzehnte Jahrhundert anbrach, weigerten sich die Gladstones, wie nicht anders zu erwarten, König Heinrich VIII. als geistliches Oberhaupt der Kirche anzuerkennen. Fest verwurzelt in ihrem römischen Katholizismus – und getreu dem Wahlspruch der Gladstones: »Kein Pardon!« – harrten sie auf ihrem Herrschaftssitz, den Ländereien in Launceston und den Zinnminen von Camborne aus. Dank der räumlichen Entfernung zwischen Cornwall und London und der unerschütterlichen Loyalität ihrer Freunde, Arbeiter und Pächter – durchweg Katholiken im sehr katholischen Cornwall – überstanden sie die Zeit bis ins späte siebzehnte Jahrhundert weitgehend unbeschadet. Allein das nackte Überleben war, angesichts des rigorosen Vorgehens Elisabeths I. gegen die Katholiken, keine geringe Leistung. Schließlich blieben ihnen nur noch finstere Alternativen. Sie konnten sich in ihr Herrschaftshaus zurückziehen, wie es viele alteingesessene Katholiken taten, düsteren, nostalgischen Sehnsüchten nachhängen und darauf warten, dass die Schinderkarren kämen und man sie zu Londons Galgen in Tyburn fahren und dort aufhängen würde. Oder sie konnten fliehen.

»Kein Pardon!« bedeutete, dass sie zu keinen Kompromissen bereit waren. Doch sie waren bereit den Kampf ums Überleben aufzunehmen und so rafften sie ihr Geld und ihre Waffen zusammen, bestiegen eines ihrer Handelsschiffe und segelten in die Neue Welt, nach Amerika. 1668 landeten sie in St. Augustine, Florida. Bis ins frühe neunzehnte Jahrhundert hatten sich die Familienmitglieder in alle Himmelsrichtungen verstreut. Ein kleiner Kern siedelte sich unter Führung von Paul Thomas Gladstone mit der ersten Gruppe amerikanischer Kolonisten auf Galveston Island an.

Paul Thomas Gladstone hatte aus seinem Anteil am Familienerbe bereits nennenswert, wenn nicht fürstlich Kapital geschlagen, indem er in einige profitable Weinberge im Süden Frankreichs investierte.

Nachdem er sich in Galveston niedergelassen hatte, vergrößerte er sein Vermögen Jahr für Jahr, indem er einen Weinimport aufbaute. Christians liebster Vorfahr war indes sein Großvater – der auch Paul Thomas hieß. »Der ›alte Glad‹, wie alle ihn nannten«, erzählte Christian dem Pater Aldo mit offenkundigem Vergnügen. »So nennt man ihn auch heute noch. Er ist noch immer eine Legende in Galveston. Er hat ein Tagebuch geführt, etwas, was ihm sehr lag. Während wir auf Windswept House aufwuchsen, haben meine Schwester, mein Bruder – der auch Paul Thomas heißt – und ich an stürmischen Tagen Stunden in der Bibliothek zugebracht und einander aus diesen Tagebüchern vorgelesen.«

»Windswept House?« Carnesecca genoss diese entspannte kleine Führung durch die englisch-amerikanische Geschichte.

Christian lachte. »Das ist der Name des Hauses, das der alte Glad gebaut hat. Es ist mehr ein Schloss als ein Haus, würde ich sagen. So ganz nach dem Geschmack der Menschen von Galveston Island. Es ist ein wirklich Ehrfurcht gebietender alter Bau. Sechs Geschosse hoch. An allen Wänden Porträts von Familienmitgliedern. Ein Raum ist sogar der großen Halle im ursprünglichen Herrschaftshaus in Launceston nachempfunden und es gibt einen mit Sparrenwerk ausgestatteten Speisesaal. Und über das Ganze erhebt sich ein kreisrunder Turm mit einer wundervollen Kapelle, wo das Sakrament verwahrt wird. Es ist das neue Herrschaftshaus der Gladstones, könnte man wohl sagen. Jeder findet, ›Windswept House‹ sei ein romantischer Name. Aber er war nicht romantisch gemeint. Er hat eine ganz andere Bedeutung, die aus den ganz und gar nicht romantischen Zeiten des päpstlichen Rom herrührt.«

Die Tagebücher seines Lieblingsvorfahren, die Christian immer schon mehr als alle anderen fasziniert hatten, behandelten die Jahre ab 1870. In diesem Jahr war der alte Glad siebenunddreißig Jahre alt, unverheiratet und längst vielfacher Millionär. Ebenfalls in diesem Jahr wurde der Mann, den der alte Glad in seinen Aufzeichnungen als Vikar Christi auf Erden bezeichnete, nämlich Papst Pius IX., all seiner Besitztümer in Italien beraubt und von den italienischen Nationalisten unter der Führung von Garibaldi und Graf Cavour praktisch im päpstlichen Palast eingesperrt.

Diese schockierenden Neuigkeiten und das Gerücht von einer international organisierten Kampagne zur finanziellen Unterstützung eines plötzlich isolierten und verarmten Papsttums erreichten Galveston im Jahre 1871. Binnen kürzester Zeit brachte Paul Gladstone Kreditbriefe im Wert von einer Million US-Dollar zusammen, besorgte sich ein persönliches Empfehlungsschreiben vom Erzbischof von New Orleans und brach auf nach Rom, wo er am Ostersonntag 1872 eintraf.

Zu behaupten, dass der alte Glad im Vatikan Pius' IX. willkommen gewesen sei, wäre eine krasse Untertreibung. Der Papst ernannte seinen amerikanischen Retter zu einem Ritter des Heiligen Grabes, übertrug ihm und seiner Familie das lebenslange Privileg einer Privatkapelle in ihrem Heim, wo das heilige Sakrament verwahrt werden sollte, und überreichte ihm eine besonderes Reliquienstück vom wahren Kreuz für den Altarstein in eben dieser Kapelle. Pius begrüßte außerdem eine für alle Zeiten gültige Verbindung zwischen dem Papsttum und dem Oberhaupt der Familie Gladstone, wer immer das in Zukunft sein würde. Darüber hinaus sollte es eine ständige »Gladstone-Karte« in der Kartei der für den Vatikan bedeutsamen Personen im Staatssekretariat geben. Kurz, die Gladstones sollten auf Dauer den Status von *privilegiati de Stato* erhalten, womit sie sich zu allen finanziellen Diensten bereit erklärten, die sie dem Heiligen Stuhl gegenüber leisten konnten, und im Gegenzug vom Heiligen Stuhl jegliche vergleichbare Leistung zugesichert bekamen.

Der Papst gewährte Paul Thomas zwei ausgiebige Privataudienzen und führte ihn persönlich zu einer Besichtigung durch den Vatikan, darunter in einen der privatesten und geheimnisvollsten

Räume. Der Turm der Winde wurde er genannt – oder auch das Zimmer des Meridians. Er war von einem Papst des sechzehnten Jahrhunderts mitten in den vatikanischen Gärten als astronomisches Observatorium erbaut worden. In der zweiten Hälfte des neunzehnten Jahrhunderts hatte man das Observatorium verlegt. Während des Aufruhrs in Rom in den Siebzigerjahren des neunzehnten Jahrhunderts hatte der Pontifex hier aus Sicherheitsgründen das heilige Sakrament verwahrt.

Seine Schilderung dieser Räumlichkeit gehörte zu den lebhaftesten Einträgen im Tagebuch des alten Glad. Er beschrieb die Fresken an den Wänden, die Sonnenuhr auf dem Boden, das Windrad, das konische Dach, das unablässige Flüstern der acht Winde. Diese Ort wirkte auf ihn wie ein Symbol der Zeit und Ewigkeit; denn Gott war im Sakrament zugegen. Aber er lenkte seine Gedanken auch auf die Flüchtigkeit der Zeit. Denn so wie der Turm von seinen unablässig flüsternden Winden umtost wurde, so wurde die Kirche in jenen Tagen von den rauen Winden der Verfolgung und des Hasses fortgerissen.

Noch an Ort und Stelle, Seite an Seite mit dem Heiligen Vater, beschloss der alte Glad eine Nachbildung eben dieses Turms als seine Privatkapelle zu bauen, wo das heilige Sakrament auf ewige Zeiten verwahrt werden sollte. Und er würde ein angemessenes Haus bauen, damit die Kapelle hoch über ihnen sei, damit jeder Einwohner von Galveston zu ihr emporblicken könne in dem Wissen, dass Gott bei ihnen sei. Seine Kapelle sollte Galvestons Turm der Winde sein. Und sein Haus das windumtoste Haus, das »Windswept House«.

»Also war Windswept House immer ein Bindeglied für Sie.« Carnesecca verfolgte Christians Geschichte mit zunehmendem Interesse. »Eine Bindeglied zu Rom. Zum Vatikan. Zum Papsttum.«

»So ist es.« Christian nickte. »Und natürlich auch zum alten Glad. Wann immer ich nach Windswept House komme, lese ich in dieser Nachbildung des Turms der Winde die Messe.«

Aufgewachsen und erzogen in der römisch-katholischen Kirche, die das Zweite Vatikanische Konzil des »guten Papstes« so in Mitleidenschaft gezogen hatte, war Christian der Ansicht, dass vor allem zwei Umstände sein Überleben als römischer Katholik gesichert hatten, zwei Umstände, die er und seine Familie beide der hellseherischen Voraussicht des alten Glad verdankten: das Vermögen und der päpstliche Katholizismus der Gladstones. Die Finanzen der Familie, für die der alte Paul Thomas die Grundlage geschaffen hatte, standen auf derart soliden Fundamenten, dass es sich nur wenige – innerhalb und außerhalb der Kirche – leisten konnten, die Gladstones zu ignorieren. Das Familienvermögen war ständig angewachsen, so wie altes Geld eben anwächst. Unaufhörlich.

Doch im selben Maße war Christians Dasein als überzeugter römischer Katholik von der Entschlossenheit seiner Mutter Cessi geprägt worden. Francesca lautete ihr Geburtsname, nach der Frau des alten Glad. Aber ebenso wie ihr Vermögen ging auch Cessis Charakter direkt auf Paul Thomas zurück. Ja, sie war so durch und durch eine Gladstone, dass sie nach dem unerwartet frühen Tod ihres Mannes wieder ihren Mädchennamen für sich und ihre Kinder angenommen hatte.

»Sie ist von Kopf bis Fuß eine gläubige römische Katholikin.« Christians Zuneigung zu Cessi war seinem warmen Ton deutlich anzumerken. »Es ist ihr Werk, dass ich heute an dieselben Wahrheiten glaube und dieselbe Religion ausübe, die ich von ihr gelernt habe.«

Während Cessis drei Kinder aufwuchsen, wurde die Kirche in allen Diözesen der Vereinigten Staaten überschwemmt von dem, was sie als »neuerungssüchtige Anpassung« bezeichnete. Ein grundlegender Wandel gedieh wie ein ungutes Pflänzchen unter den hegenden und pflegenden Händen von selbst ernannten »liturgischen Experten« und »katechetischen Lehrern«. Unter diesen Umständen – und solange es ihr angesichts der neuen Anforderungen der modernen Technik an die Erziehung sinnvoll erschien – hatte Cessi ihre Kinder zu Hause unterrichtet. Als diese Möglichkeit nicht mehr praktikabel war, hatte sie dafür gesorgt, dass die Ordensbrüder und -schwestern in den Schulen, in die sie ihre beiden Jungen und deren Schwester Tricia schickte, sich ausnahmslos darüber im Klaren waren, dass Widerstand gegen die Wünsche Francesca Gladstones oder gar offene Kritik ihre großzügigen finanziellen Zuwendungen gefährden würden.

Wenn es um religiöse Praxis und Erziehung ging, lief es ähnlich. Private Religionsstunden traten an die Stelle des anstößigen »katechetischen Unterrichts«, der in der Kirche der Stadt erteilt wurde. So weit wie möglich mied die Familie die Kirchen der Gegend, die Cessi von unkatholischem Zeremoniell beeinflusst sah; stattdessen besuchten sie private Messen im Turm der Winde des alten Glad.

Gegen 1970 aber waren traditionelle Priester – Priester, von denen Cessi, wie sie oft betont hatte, eine »gültige und authentische römische Messe« erwarten dürfte – immer seltener geworden und schwer zu finden. Sie war deshalb über die Maßen erfreut, als eine Gruppe von sechzig römisch-katholischen Familien aus Galveston und vom Festland mit der Idee an sie herantrat, eine neue Gemeinde zu gründen. Mit Cessis finanziellem Hintergrund und ihren eigenen Beiträgen, ganz abgesehen von den dauerhaften Privilegien der Gladstones in Rom, sollte es machbar sein, sich ökonomisch und kanonisch von der lokalen Diözese unabhängig zu machen. Die Sache wurde auf der Stelle beschlossen. In Danbury wurde eine alte Kapelle gefunden und den Methodisten, denen sie bisher gehört hatte, abgekauft. Ab nun hieß sie Kapelle des Erzengels Michael. Und weil man sich nicht darauf verlassen konnte, dass ein Priester der Diözese oder der Bischof eine gültige Messe lasen, nahmen sie mit Erzbischof Marcel Lefebvre in der Schweiz Kontakt auf und arrangierten es, dass ihre Kapelle in dessen Bruderschaft des heiligen Pius x. aufgenommen wurde. Aber nicht einmal Lefebvres Organisation war in der Lage auf lange Sicht einen Priester für die Kapelle abzustellen.

Das Problem löste sich allerdings von selbst, als die neu gegründete Gemeinde von Danbury Pater Angelo Gutmacher fand.

»Pater Angelo.« Christian sann über den Namen nach wie über eine lieb gewonnene Erinnerung. »Er war ein Gottesgeschenk an uns, ein eigentümlicher und wundervoller Mann. Menschlich gesehen war er allein auf der Welt. Als kleiner Junge war er das einzige Mitglied seiner Familie gewesen, das einen nächtlichen Brandanschlag auf ihr Haus in Leipzig überlebte. Er trägt immer noch die Narben dieses schrecklichen Feuers im Gesicht und in der Seele. Er konnte den ostdeutschen Kommunisten entkommen und hat bei Verwandten in Westdeutschland Zuflucht gefunden. Später trat er in ein Seminar ein, das noch in intaktem Zustand war, und reifte zu einem Exemplar einer heutzutage äußerst seltenen Spezies heran – einem orthodoxen, doch nicht aufrührerischen Priester.

Als er in die Michaelskapelle in Danbury kam, war Lefebvres Organisation bereits auf ihn aufmerksam geworden. Das ist so seine Art. Ohne dass er es selbst je beabsichtigt, werden die Menschen auf ihn aufmerksam.«

Es hatte Gutmacher nicht viel Zeit gekostet, den Respekt seiner kleinen Gemeinde in Danbury zu gewinnen – und ebenso ihre Zuneigung. Ohne je seine Orthodoxie preiszugeben stellte er sich als weise genug heraus um über allen Kontroversen zu stehen, die die Kirche erschütterten. Und er schien freundlich genug um auch die heftigsten Wogen in seiner Gemeinde in Danbury zu glätten. So gewann er auch den Respekt und die Zuneigung aller Gladstones. Er wurde ihr aller Priester, Beichtvater und Freund. Er las oft die Messe in der Turmkapelle auf Windswept House. Er stand Cessi bei der Erziehung ihrer drei Kinder sanft und verlässlich zur Seite. Für Cessi selbst wurde er zu einem hoch geschätzten persönlichen Freund und Berater. Und für Christian wurde er ein besonderes Vorbild und sein Mentor.

Unter der rauen Kirchenpolitik, die dem Zweiten Vatikanischen Konzil folgte, konnte eine so himmelschreiend orthodoxe Einrichtung wie die Kapelle des Erzengels Michael nicht ohne einschlägige Scherereien davonkommen. Die örtliche Kirchenverwaltung wertete es als einen »diözesanen Skandal«, dass eine der angesehensten Familien des südwestlichen Texas in Gestalt Francesca Gladstones die Michaelskapelle offen förderte und damit ihr Misstrauen gegenüber dem offiziell gebilligten Zeremoniell der Kirche offen kundtat. Die lokale Diözese bat sogar den Kardinalerzbischof von New Orleans um Unterstützung, denn die Gladstones genossen dort nach wie vor großes Ansehen.

Aber als eine Auseinandersetzung zwischen der Herrin auf Windswept House und dem Kardinalerzbischof von New Orleans drohte, kam Seine Eminenz zu dem Schluss, dass es am klügsten sei, die Angelegenheit seinem Generalvikar zu überlassen. Und der Generalvikar – angesichts Cessi Gladstones brillanter und wohl begründeter Verteidigung des Wertes und der Rechtmäßigkeit der traditionellen römischen Messe, der finanziellen Unterstützung, die die Gladstones Seiner Eminenz nach wie vor zukommen ließen, und des Status, den die Gladstones nach wie vor im Vatikan genossen – kam zu dem Schluss, dass es am klügsten sei, sich mit so viel Anstand wie gerade noch möglich von diesem heiklen Schlachtfeld zurückzuziehen. Francesca Gladstone hatte triumphiert und sich von den Anfeindungen nicht im Mindesten einschüchtern lassen.

»Und eine Folge all dessen, Pater Aldo ...« Christian bat den Kellner mit einem Wink um die Rechnung. »Eine Folge all dessen ist, wie ich gestehen muss, dass ich mich einem Mann wie Seiner Eminenz Kardinal Maestroianni nur mit Vorbehalten nähere.«

Ganz selbstverständlich – so selbstverständlich wie alles zwischen ihnen geworden war – wandte sich das Gespräch zwischen Christian Gladstone und Aldo Carnesecca wieder dem Rom der Neunzigerjahre zu – einem Rom, das mindestens ebenso antikatholisch und antipäpstlich eingestellt war wie jenes Rom, das der alte Glad in seinen Tagebüchern geschildert hatte.

»Offen gesagt«, gestand Christian, als sie ihren letzten Cappuccino ausgetrunken hatten und gemächlichen Schrittes zum Angelicum aufbrachen, »weiß ich nicht recht, was ich von Kirchenleuten wie Seiner Eminenz halten soll. Und, um die Wahrheit zu sagen, ich will's auch gar nicht wissen. Ich habe nichts Priesterliches an ihm festgestellt. Nichts Aufrichtiges, Gelassenes. Er hat eine Art mit einem zu reden ohne wirklich etwas mitzuteilen.«

Trotz der Ernsthaftigkeit – und der Genauigkeit –, mit der dieser Amerikaner einen für die Kirche so bedeutsamen Mann beschrieb, musste Carnesecca lächeln. »Für einen Mann, der nicht recht weiß, klingt ihr Urteil aber sehr entschieden, *Padre*.«

»Ich nehme an, Sie haben Recht.« Der Amerikaner nickte. »Wem versuche ich mit meiner Offenheit eigentlich etwas vorzumachen? Ich kann Ihnen versichern, dass mein kleiner Besuch beim Kardinalstaatssekretär nicht lang gedauert hat. Aber am meisten beunruhigt hat mich, dass Seiner Eminenz offenbar nicht die kleinste meiner Bewegungen entging.«

Christian ging in Gedanken noch einmal sein kurzes Gespräch mit Maestroianni durch. Ihm war der gleichgültige Blick des`Kardinals auf die Fotos der Bernini-Statue aufgefallen. Und sein offenkundiges Interesse, dass Christian über seinen Bruder Paul mit Cyrus Benthoek in Verbindung stand. Gladstone hätte jede Summe darauf gewettet, dass die offenherzige Einladung Seiner Eminenz mehr mit Paul als mit ihm selbst zu tun hatte. »Ich kam mir vor wie eine Probe unter einem Mikroskop. Seine Eminenz schien sich so sehr für den Schnitt meiner Soutane zu interessieren, dass ich ihm beinahe den Namen meines Schneiders genannt hätte. Oder ich hätte vielleicht nach dem Namen seines Schneiders fragen sollen!«

Pater Aldo nahm ebenfalls mit Interesse zur Kenntnis, dass Christians Bruder für Cyrus Benthoek arbeitete. Jeder, der so eng mit dem Heiligen Stuhl zusammenarbeitete, kannte Benthoek oder wusste um dessen Ruf. Und jeder, der so eng mit dem Staatssekretariat zusammenarbeitete, kannte vom Sehen her Cyrus Benthoek als regelmäßigen Besucher in Kardinal Maestroiannis Büro.

Der geborene Amerikaner Benthoek war zum Weltbürger geworden. Seine intensiven Beziehungen bis in die höchsten Ränge der internationalen Freimaurerei überraschten ebenso wenig wie seine tiefe persönliche Verstrickung in die Arbeit der Europäischen Gemeinschaft und seine lebenslange Hingabe an eine ausschließlich weltliche Variante der Globalisierung.

Für Aldo Carnesecca war deshalb Maestroiannis Interesse an Paul Gladstone so schlüssig wie eine mathematische Gleichung, die nur darauf wartete, bewiesen zu werden.

Der Kardinal warf sein Netz immer weiter aus; war immer bereit einen kleinen Fisch einzuholen und ihn in seinem eigenen Interesse zu füttern. Wenn Christians Bruder von irgendwelchem

Nutzen für Cyrus Benthoek war, nähme es nicht Wunder, wenn Cosimo Maestroianni für Christian selbst ein mehr als durchschnittliches Interesse hegte. Dennoch war die Verbindung zwischen den Gladstones und Benthoek und ihre Bedeutung für den Kardinalstaatssekretär bislang nicht mehr als eine Spekulation. Und in jedem Fall gehörte das nicht zu den Dingen, über die Carnesecca ohne dabei höchst vertrauliche Dinge preiszugeben mit Christian diskutieren konnte.

Wenn Christian Pater Aldos Zurückhaltung in diesem Punkt überhaupt bemerkte, dann bereitete sie ihm jedenfalls kein Kopfzerbrechen. Der jüngere Mann schien mehr mit einer eigenen wachsenden Überzeugung beschäftigt, dass es – wie für den alten Gladstone damals – Zeit wurde für immer heimzukehren – ein Gedanke, den er mit einem schiefen, leicht bitteren Lächeln auf den Lippen ansprach, als sei er im Begriff sich einer riskanten Investition zu entledigen.

»Ich nehme an, der Kardinal hat mich genau in die Kategorie eingeordnet, in die ich gehöre, *Padre*. Immer noch ein *nòrdico*. Ein *straniero*. Ein Fremder, der im Palast der römischen Hofbeamten fehl am Platze ist. Oh, ich gebe zu, dass die Kirche in den Vereinigten Staaten in keiner besseren Verfassung ist als hier. Aber in Amerika verstehe ich wenigstens, was vor sich geht.«

Carnesecca hörte die Traurigkeit in der Stimme des jungen Priesters. Angespornt von dieser Traurigkeit und in der festen Überzeugung, dass Pater Christian ein Mann von genau dem Schlag war, der in diesem Rom der Neunzigerjahre benötigt wurde, widersprach Pater Aldo ihm sofort.

»Es stimmt, Sie haben noch Ihr ganzes Leben vor sich. Aber Sie haben jenes Stadium Ihrer Karriere erreicht, in dem die Entscheidungen, die Sie als Priester fällen, Ihren weiteren Lebensweg vorzeichnen werden. Sie reden davon, dem alten Glad zu folgen und nach Amerika zurückzukehren. Aber soweit es mein altes Priesterhirn verstanden hat, kehrte der alte Glad mit dem Entschluss zurück auf einer Seite einer spirituellen Schlacht zu kämpfen. Und wenn ich mich nicht schwer irre, kämpfen Sie in derselben Schlacht. Und wenn ich mich nicht noch einmal schwer irre, wissen wir beide, dass über den wahren Sieg – oder die wahre Niederlage – geistig entschieden wird.

Ich glaube, ich begehe keinen Vertrauensbruch, wenn ich behaupte, dass Sie in Ihrem kurzen Gespräch mit Seiner Eminenz heute Morgen einen der Führer der – wie ich es nennen würde – dunklen Seite dieser Schlacht kennen gelernt haben. Und Sie haben die rechten Schlüsse gezogen. Staatssekretär Kardinal Maestroianni ist ein wahrer Meister in der bürokratischen Vetternwirtschaft Roms. Und diese Vetternwirtschaft hat mit der Erlösung der Seelen ungefähr so viel zu tun wie Mammon mit der Heiligen Dreifaltigkeit.

Sie sagen, dass es um die Kirche in Amerika genauso schlecht steht. Aber das Entscheidende ist, dass es in jeder Gemeinde, in jeder Diözese, in jedem Kloster und jeder Bischofskanzlei auf der Welt genauso aussieht. Überall wird dieselbe Schlacht ausgefochten. Und die bürokratische Vetternwirtschaft, von der Sie sich heute Morgen einen Eindruck machen konnten, bestimmt die allgemeine Strategie und jegliche Taktik in dieser globalen Schlacht des Geistes. Doch eines sollten Sie nicht übersehen, mein junger Freund: Im Mittelpunkt der Schlacht steht Rom.«

Carnesecca ging so weit, wie es seine Besonnenheit erlaubte. Er verriet, dass der Papst nicht deshalb Cosimo Maestroianni zu seinem Staatssekretär bestimmt hatte, weil die beiden gut miteinander zurechtkamen oder weil sie dieselben politischen Ziele verfolgten. Tatsächlich hatten die greisen Kardinäle im Vatikan des Jahres 1978 auf Maestroianni bestanden und Seine Heiligkeit hatte sich Ihnen gefügt um keine neuen Auseinandersetzungen zu riskieren. Er hatte seine Kräfte bereits auf eine breitere und in diesem kritischen Moment dringliche Front konzentriert.

Realistischerweise war, selbst wenn Maestroianni bald zurücktrat, kaum damit zu rechnen, dass sich die Lage aus der Sicht des Heiligen Vaters bessern würde. Dem bereits als Maestroiannis Nachfolger benannten Mann, Seine Eminenz Kardinal Giacomo Graziani, lag mehr an seiner eigenen Karriere als an der Unterstützung einer Partei in irgendeiner Auseinandersetzung. Er würde sich auf die Seite des Siegers schlagen, wer immer das sein mochte. Seine Wahl zum Staatssekretär stellte für den Pontifex nicht gerade einen Erfolg dar. Sie war eher ein den Umständen entsprechender Kompromiss.

Gladstone nickte verstehend. Aber zugleich hob er in einer ratlosen Geste die Hände. »Sie sprechen mir aus der Seele, Pater Aldo. Es ist Seiner Heiligkeit Neigung zu solchen Strategien, die seine ganze Kirche in ein derartiges Schlachtfeld verwandelt hat.«

Doch dann wechselte Christian das Thema. »Erklären Sie mir, wenn Sie können, *Padre*, warum der Papst überhaupt zu solchen Strategien Zuflucht nimmt! Vielleicht hat Seine Heiligkeit den Eindruck in tieferen Gewässern zu fischen. Aber nach meinem Dafürhalten gibt es keine tieferen Gewässer als das spirituelle Leben oder den spirituellen Tod von Millionen Menschen. Oder auch das spirituelle Leben oder den spirituelle Tod eines Landes oder einer Stadt oder eines Individuums.

Erklären Sie mir, warum dieser Heilige Vater aus unseren Seminaren nicht einfach all jene Theologen ausschließt, die offen Häresien und moralische Irrlehren vertreten. Warum unternimmt er nichts gegen blasphemische Messen, gegen weibliche Geistliche, gegen Nonnen, die jegliches religiöse Leben aufgegeben haben, gegen Bischöfe, die mit Frauen zusammenleben, gegen offen homosexuelle Priester, die Gemeinden aus offen homosexuellen Männern und Frauen vorstehen, gegen Kardinäle, die Nachsicht gegenüber satanischen Riten üben, gegen so genannte anullierte Ehen, die in Wirklichkeit Vorwände für echte Scheidungen sind, gegen so genannte katholische Universitäten, die Atheisten und antikatholische Professoren und Lehrkräfte beschäftigen. Sie können nicht abstreiten, dass dies alles der Wahrheit entspricht, *Padre*. Und mein Unbehagen dürfte Sie nicht überraschen.«

»Natürlich entspricht es der Wahrheit.« Christians Ausbruch ließ Carnesecca erbleichen. »Und natürlich überrascht mich Ihr Unbehagen nicht. Aber in Anbetracht der Zustände, die in der Kirche herrschen, der wir hier dienen, ist Unbehagen ein kleiner Preis. Es ist kaum ein Martyrium. Sie haben sich vor wenigen Minuten selbst als einen Fremden beschrieben, der im Palast der römischen Hofbeamten fehl am Platze ist. Ich könnte diese Feststellung auch unterschreiben, Pater Christian. Dasselbe gilt für Generalmeister Damien Slattery. Und das gilt für jeden im Vatikan – und überall sonst –, der sich noch dem Apostel Petrus verbunden fühlt.

Aber es gibt noch etwas Wichtiges, das Sie nicht vergessen dürfen. Angesichts offener Opposition ist der Heilige Vater nicht nur ein Fremder, so wie Sie sich fühlen. Männer wie Kardinal Maestroianni und seine Bundesgenossen haben Seine Heiligkeit buchstäblich zum Gefangenen des Vatikans gemacht – zu einem ebensolchen Gefangenen, wie es Pius IX. in den Tagen Ihres geliebten alten Glad war. Nur dienen die Mauern des päpstlichen Palastes diesmal nicht der Verteidigung – denn diesmal wird die vatikanische Hierarchie von innen heraus belagert.«

Carnesecca brach seine Ausführungen ab um nicht zu weit zu gehen. Aber das Bisherige hatte schon genügt um Christian verstummen zu lassen. Der Gedanke bestürzte ihn, dass dieser Papst trotz seiner unablässigen Reisen um die Welt in gewisser Weise ein Gefangener des Vatikans war.

Doch selbst wenn Carnesecca Recht behielt, hatte er vielleicht einen Finger auf das Problem gelegt, das Gladstone am meisten beunruhigte. »Das Verhalten des Heiligen Vaters – die von Ihnen beschriebene Art politischer Entscheidungen, die es ihm überhaupt erst möglich gemacht hat, Kardinal Maestroianni als seinen Staatssekretär zu akzeptieren –, derlei ist keine große Hilfe. Wenn er ein Gefangener des Palastes ist, wie Sie behaupten, liegt es vielleicht daran, dass er sich längst gefügt hat. Vielleicht lässt er all diesen Machtmissbrauch und alle Abweichungen von der apostolischen Pflicht in Rom und quer durch alle Provinzen der Kirche einfach so zu.«

In den länger werdenden Schatten des späten Nachmittags hielt Christian inne und sah auf die Vatikanstadt zurück. Carnesecca sah in Gladstones Augen Tränen glänzen und bemerkte, dass er offenbar schon eine ganze Zeit geweint hatte.

»Verstehen Sie mich nicht falsch, Pater Aldo. Ich stehe zum Apostel Petrus und seinem Nachfolger ebenso wie Sie. Ebenso wie Pater Damien und jeder andere. Es ist nur so, dass irgendetwas gründlich aus dem Gleichgewicht geraten ist ...« Christians ausladende Geste bezog ganz Rom ein. »Ich fürchte, ich kann hier einfach nicht meine Orientierung finden. Ich weiß nicht, wer sich hinter wem verbirgt. All die pseudohöflichen, samtweichen Floskeln und Sitten der *romanità*, die alles wie ein verderblicher Saft durchdringen. Die Hälfte der Zeit weiß ich nicht, wer Feind oder Freund ist. Doch selbst ich kann deutlich erkennen, dass alles in Rom derart aus dem Tritt, aus dem Gleichgewicht geraten ist, dass man es nicht mehr in Worte fassen kann.«

In diesem Augenblick hätte Carnesecca viel um die Freiheit gegeben Christian Gladstone zu der dringend benötigten Orientierung zu verhelfen. Denn er hatte keinen Zweifel, dass es das war, worum sein junger Freund ihn auf seine Art anflehte. Er brauchte einen vernünftigen Grund dafür, in dieser Stadt zu bleiben. Oder – wie die Gladstones in Cornwall – einen vernünftigen Grund sie zu verlassen und anderswo für seinen Glauben und seine Kirche einzutreten.

Wäre es ihm möglich gewesen, hätte Carnesecca Christian gern eine ganze Reihe von Gründen genannt, warum er bleiben sollte. Er hätte ihn über einige vatikanische Töpfe aufgeklärt, in denen es nur so vor antipäpstlichen Ränken kochte, und ihm wenigstens etwas von dem anvertraut, was er über die Parteien wusste, die entschlossen gegen den polnischen Papst Front machten. Doch als der vertrauenswürdige Mann, der er nun einmal war, wusste Pater Carnesecca, dass er Christian nicht in mehr einweihen durfte, als er ohnehin schon getan hatte. So spazierten die beiden Priester in schweigendem Einverständnis zum Angelicum weiter, jeder tief in seine eigenen Gedanken versunken.

Wenn Carnesecca etwas während seiner Karriere in Rom gelernt hatte, dann war es Geduld. Aber Geduld erforderte Zeit. Und im Falle Christian Gladstones wusste er nicht recht, wie viel Zeit ihm noch bliebe, bis dem Heiligen Stuhl ein weiterer standfester Anhänger des Papsttums verloren ginge. Aller Wahrscheinlichkeit nach genug Zeit für Kardinal Maestroianni, seufzte Pater Carnesecca, um herauszufinden, ob Paul Gladstones Beziehung zu Cyrus Benthoek auch eine weitere Beschäftigung Seiner Eminenz mit Pater Christian rechtfertigte. In diesem Fall, vermutete Carnesecca, würde Christian sich mit einer Versetzung nach Rom abfinden müssen, ob es ihm gefiel oder nicht.

VII

Wie alle klügeren Kardinäle, die mit dem Papst unter einem Dach arbeiteten, legte Maestroianni Wert darauf, in angenehmer Entfernung von Roms Innenstadt, doch in unmittelbarer Nähe zu den Verbindungsstraßen in die Vatikanstadt zu wohnen. Im Falle Seiner Eminenz handelte es sich um eine Dachwohnung hoch über dem Collegio di Mindanao draußen an der Via Aurelia. Das halbrunde Foyer, über das man in die Wohnräume Seiner Eminenz gelangte, war pflichtschuldig mit Ölgemälden früherer Päpste dekoriert. Doch eigentlich dienten Eingangsbereich und Porträts gleichermaßen dazu, einen behutsamen Übergang von der offiziellen Welt des päpstlichen Roms in die Privatsphäre zu schaffen.

Die Welt, die den Geist des Kardinals wirklich beseelte – die weitere Welt, die wahre Welt –, spiegelte sich in einer erstaunlichen Reihe von Fotografien wider, die nahezu jeden Zoll der langen, hohen Wände des Korridors einnahmen, der sich vom Foyer aus über die ganze Länge der Dachwohnung hinzog. Die beeindruckendsten dieser Fotografien – deckenhohe Panoramaaufnahmen von Helsinki – waren so groß, dass der schmächtige Kardinal neben ihnen wie ein Zwerg wirkte. Und doch halfen sie ihm seinen Geist zu weiten. Von der Decke hell beleuchtet ließen sie Helsinkis weiße Granitbauten eine Aura verströmen, ein makelloses Fluidum, das die ganze Stadt umhüllte. Es erstaunte Kardinal Maestroianni nicht im Mindesten, dass die Skandinavier diesen Ort »die große weiße Stadt des Nordens« nannten. Für ihn war die physische Qualität dieser Stadt – diese unbefleckte Anmut – auch zu ihrer geistigen Qualität geworden. Ja, wann immer er durch diesen Korridor schritt oder aber Helsinki besuchte, fühlte er sich an eine mittelalterliche Hymne an das himmlische

Jerusalem erinnert. »Himmlische Stadt Jerusalem, gesegnete Vision des Friedens ...«

Die Gelegenheit, bei der diese Stadt einen so unauslöschlichen Eindruck in der Seele Seiner Eminenz hinterlassen hatte, war die Unterzeichnung des Abkommens von Helsinki durch fünfunddreißig Nationen am 1. August 1975 gewesen. Das war die Geburtsstunde dessen gewesen, was fortan als Helsinki-Prozess bezeichnet wurde, und der Ursprung der Konferenz für Sicherheit und Zusammenarbeit in Europa – der KSZE. Es war eines der herausragendsten Ereignisse in Maestroiannis Leben gewesen, ein Ereignis, das bis ins kleinste Detail in seinem »Helsinki-Korridor« dokumentiert wurde, wie Cyrus Benthoek ihn einmal passend genannt hatte. Denn rings um die riesigen Fotografien Helsinkis waren zahlreiche andere, kleiner gruppiert – ein einzigartiges Dokument des großen historischen Ereignisses und Erinnerungen, die der Kardinal zu den wertvollsten in seiner produktiven Karriere zählte.

In dieser großen weißen Stadt des Nordens war mit der Unterzeichnung der Schlussakte durch alle bedeutenden Nationen dieser großen Landmasse der alte Traum von Europa wieder geboren worden. Cosimo Maestroianni hatte selbst an dieser Geburt mitgewirkt. Und so fand es der Kardinal bis zum heutigen Tag gleichermaßen angenehm wie inspirierend – vielleicht ein wenig so, als besuche er eine Kapelle –, auf dem Weg in sein Arbeitszimmer am anderen Ende dieser Dachwohnung durch diesen Korridor zu schreiten.

1975 war er noch Erzbischof gewesen und hatte als Leiter der zweiten Abteilung des Sekretariats unter Staatssekretär Kardinal Jean-Claude de Vincennes gedient. Gerne hatte er die Delegation des Heiligen Stuhls zu dieser historischen Konferenz angeführt. Die Schlussakte trug seine eigene Unterschrift als Vertreter der Vatikanstadt. Wer konnte Maestroianni also einen Vorwurf daraus machen, wenn er selbst an seinen geschäftigsten Tagen in diesem Korridor gern innehielt; wenn er sich für einige Augenblicke in diese Schatzkammer eines wahr gewordenen Traumes vertiefte? Diese Fotografien bestätigten auf wundervolle Weise, dass alle Nationen der Erde eines Tages zur ursprünglichen Einheit des Menschengeschlechts finden – oder besser zurückfinden – würden.

Ein Foto, das der Kardinal am anderen Ende des Korridors unmittelbar neben der Tür zu seinem Arbeitszimmer aufgehängt hatte, zeigte ihn mit Cyrus Benthoek vor Väinä Aaltonens berühmter Bronzestatue des finnischen Meisterläufers Paavo Nurmi auf dem Gelände des Olympiastadions. In einem Augenblick kindlicher Ausgelassenheit hatten beide Männer als Läufer posiert und mit Armen, Beinen und Rumpf die vorwärts gewandte Haltung der Nurmi-Statue nachgeahmt. Über den unteren Rand des Photos hatte Benthoek mit energischer Schrift gekritzelt: »Damit die Nachgeborenen wissen, dass wir im selben Rennen dasselbe Ziel haben. Wir müssen gewinnen!«

Wie kurz Kardinal Maestroianni sich hier auch immer aufhielt, gewöhnlich genügte es um ihn zu beleben. Nur heute nicht. Seine Gedanken kehrten immer wieder hartnäckig zum Papst und seinem frommen Ausflug nach Sainte-Baume zurück. Welch ein Kontrast, einerseits an das Abkommen von Helsinki erinnert zu werden und andererseits daran denken zu müssen, wie der Pontifex heute früh das Sekretariat auf den Kopf gestellt hatte, nur weil er für seine Predigt die Inspiration durch einige Fotografien einer Statue von Bernini benötigte.

Die morgendlichen Ereignisse, die der Pontifex durch seinen Telefonanruf aus Sainte-Baume auslöste, hatte den Kardinal ein weiteres Mal in seiner Überzeugung bekräftigt, wie wenig der gegenwärtige Papst dafür geeignet war, die Kirche in die kommende neue Weltordnung zu führen. Ja, die Wahrheit war, dass der Kardinalstaatssekretär die Erinnerung an einen anderen Papst in Ehren hielt: den guten Papst. Was die Kirche brauchte, war ein zweiter Pontifex, der – wie der gute Papst – nicht nur über geistige Reife und diplomatisches Geschick, sondern auch über eine ungewöhnliche profane Weisheit verfügte. Weisheit – das war der Schlüssel gewesen.

Ob es ihm gefiel oder nicht, Maestroianni musste sich nun einmal mit diesem polnischen Papst auseinander setzen. Oh, er wusste recht gut, was in diesem Papst vorging. Er war zumindest imstande gewesen die Strategien des Pontifex vorauszuahnen und ihre Auswirkungen abzufangen, wie es nur wenigen anderen in der Kirchenhierarchie möglich war. Maestroianni hatte vor allem begriffen, dass diesen Pontifex immer noch die Last der alten römisch-katholischen Vorstellungen vom himmlischen Königreich Christi, von der Königswürde Marias oder der festen Dreiheit – Himmel, Erde, Hölle – als des Menschen Bestimmung beugte. Dieser Papst stellte sich die Kraft, die hinter den geschichtlichen Ereignissen stand, immer noch als die Hand Christi als des Königs des Menschengeschlechts und des Retters dieses Geschlechts von den Sünden und der Bestrafung aller Sünden in der Hölle vor.

Staatssekretär Kardinal Maestroianni war nicht der Ansicht, er selbst habe den römischen Katholizismus verraten oder aufgegeben. Er hatte eher den Eindruck, sein ursprünglicher Glaube, zu dem er in den nun verfallenden Bastionen der alten Kirche gefunden hatte, sei, indem er ihn vermenschlicht hatte, geläutert und erleuchtet worden. Er hatte unter den konkreten Umständen des zwanzigsten Jahrhunderts reale Gestalt angenommen.

Vieles von dem, was er früher einfach als gegeben hingenommen hatte, war überladen mit Elementen, die lediglich aus verschiedenen kulturellen Perioden der Kirchengeschichte stammten. Solch überwucherten Konzepte hatten nichts mit der gegenwärtigen Realität zu tun, nichts mit dem Prozess. Inzwischen hatte er zu einem Verständnis der Geschichte und der menschlichen Erlösung gefunden, die dem derzeitigen Papst für immer verschlossen sein würde. Nun wusste er, dass Konzepte, wie sie nach wie vor das Handeln des Papstes bestimmten, keinen Einfluss auf die Arbeit und Verwaltung der Kirche haben, nicht den geringsten Niederschlag in ihr finden durften.

Denn die wahre Rolle der Kirche, hatte Maestroianni inzwischen verstanden, war die eines Spielers in einer umfassenderen Evolution – einem umfassenderen Prozess –, als das der Pontifex begreifen zu können schien. Einem umfassenden Prozess, und zwar einem sehr natürlichen, der auf die Tatsache Rücksicht nahm, dass alles Leid der menschlichen Gemeinschaft in letzter Ursache nicht von einer primitiven Vorstellung namens Erbsünde herrührte, sondern von Mangel, Bedürfnissen und Unbildung.

Ein Prozess, der die Menschheit schließlich von diesen Nöten befreien und eine geistige Harmonie zwischen Mensch, Gott und dem Kosmos herstellen würde. Wenn dieser Prozess in der neuen politischen Ordnung der Menschheit seinen Abschluss fände, wäre die Kirche eins mit der Welt. Denn erst dann würde die Kirche ihre stolze und rechtmäßige Position als Teil des Erbes der Menschheit einnehmen: als ein stabilisierender Faktor in der neuen Weltordnung. Als ein wahrhaft strahlender Widerschein des ungetrübten Geistes Gottes.

Der Kardinal bedauerte immer noch das frühe Dahinscheiden des guten Papstes in – so dachte er jetzt – »die kalte Stille der Ewigkeit«. Noch mehr bedauerte es Seine Eminenz, dass er es in diesem letzten Jahrzehnt des zwanzigsten Jahrhunderts mit einem rückwärts gewandten Papst zu tun hatte, der nichts von den wahren Triebkräften hinter der Geschichte ahnte.

Andererseits hatte Maestroianni, als er den Höhepunkt seiner Macht im Staatssekretariat des Vatikans erreichte, die ganze administrative Maschinerie der römischen Kirchenorganisation eingesetzt um eine größere Übereinstimmung mit dem Prozess herbeizuführen. Nichts verließ den päpstlichen Schreibtisch ohne vorher durch das Büro des Kardinalstaatssekretärs zu gehen. Seine Autorität war in allen anderen päpstlichen Ministerien des Vatikans zu spüren. Sein Wille wurde von allen nationalen und regionalen Bischofskonferenzen überall auf der Welt respektiert und berücksichtigt. Ja, viele seiner klerikalen Kollegen hatten denselben grundlegenden Geisteswandel durchgemacht wie Maestroianni selbst.

Eben diese Tatsache riss Maestroianni aus seinen mürrischen Gedanken. Es wäre sehr viel lohnender, seine Gedanken auf die zweite wichtige Aufgabe zu konzentrieren, die er sich für diesen Samstag vorgenommen hatte – die Überarbeitung eines Papiers, das der Kardinal Cyrus Benthoeks Wünschen gemäß der bevorstehenden Versammlung des amerikanischen Rechtsanwaltsverbandes überbringen sollte.

Wie der Brief, den er heute morgen aufgesetzt hatte, war das Thema des Papiers, das der Überarbeitung durch den Kardinal harrte, ebenso heikel wie bedeutsam: die ethische Notwendigkeit zur Aufgabe der nationalen Souveränität.

Wie Benthoek betont hatte, konnte nur ein wahrhaft spiritueller Mensch wie Maestroianni behutsam, doch entschieden mit einem so delikaten Thema umgehen. Maestroianni machte sich sofort an die Arbeit. Binnen Sekunden war er wieder in seinem Element und hielt nur von Zeit zu Zeit in seinen Bemühungen inne um einige hilfreiche Materialen aus der Schatzkammer des Wissens hervorzuholen, die ihn hier umgab.

Er arbeitete vor allem mit einer Monografie – »Die Herrschaft des Gesetzes und die neue Weltordnung« lautete der Titel –, die er vor einigen Tagen an einem Schlüsselzitat aufgeschlagen hatte. Es stammte aus einer Erklärung, die David Rockefeller Anfang des Jahres abgegeben hatte, und wirkte so passend, dass Maestroianni anerkennend lächeln musste, als er es noch einmal las: »Nachdem diese Bedrohung [durch die Sowjetunion] beseitigt worden ist, sind andere Probleme in den Vordergrund gerückt ... Es besteht ein enormer Anreiz zur Zusammenarbeit. Aber die Kräfte des Nationalismus, des Protektionismus und der religiösen Konflikte weisen in eine andere Richtung. Die neue Weltordnung muss eine kooperative Welt hervorbringen und eine Möglichkeit finden diese entzweienden Kräfte zu unterdrücken.«

Als er das Rockefeller-Zitat in seinen eigenen Text einarbeitete, hob Seine Eminenz bestimmte Wörter und Phrasen durch Unterstreichen hervor: *»Nationalismus – religiöse Konflikte – eine kooperative Welt – diese entzweienden Kräfte unterdrücken.«* Der ganze Inhalt der Abhandlung war in diesen wenigen Worten zusammengefasst. Wenn organisierte Religionen und Nationalgefühl in ihrem Konfliktpotenzial entschärft werden konnten, dann wäre unweigerlich der Weg für einen neuen und kooperativen Geist frei. Er wusste, dass es in jedem beliebigen Augenblick der Geschichte nur eine begrenzte Anzahl von Menschen gab, die die Natur des Prozesses ganz verstanden. Und noch weniger – vermutlich kaum ein Dutzend in jeder Epoche, das war zumindest die Einschätzung des Kardinals – genossen das Privileg als Konstrukteure den Verlauf des Prozesses zu bestimmen.

Nicht einmal er selbst hatte diese Stufe je erreicht, obwohl er nach wie vor danach strebte. In seinen Augen war er zu nichts Geringerem als dem Apostel des Prozesses geworden.

Cosimo Maestroianni war gerade als Diplomat flügge geworden, als er erstmals in den Bannkreis des Prozesses geriet. Scheinbar durch puren Zufall waren zwei Männer auf ihn aufmerksam geworden: Einer war Erzbischof Roncalli, ein hochrangiger vatikanischer Diplomat. Der andere war Cyrus Benthoek. Beide Männer zeigten sich von Maestroiannis Scharfsinn beeindruckt. Sie hatten selbst Platz geschaffen um seiner Karriere auf die Sprünge und ihm bei der Hege und Pflege des Prozesses zu helfen. Beide Männer hatten Maestroianni an ihrer Macht und ihrer Weisheit teilhaben lassen.

Roncalli ebnete den Weg für Maestroiannis kirchliche Karriere. Erst in Paris, dann als angesehener Kardinalpatriarch von Venedig und schließlich als Papst war es ihm möglich gewesen, Maestroianni bei tausend kleinen, aber für den Fortgang wichtigen Gelegenheiten Vorteile zu verschaffen. Der junge Mann wurde auf allen Kandidatenlisten des Sekretariats für mögliche Beförderungen stets an erster Stelle und mit den besten Empfehlungen genannt. Ihm wurde Zugriff auf geheime Informationen gewährt, Teilnahme an äußerst vertraulichen Diskussionen, rechtzeitige Ankündigung bevorstehender Ereignisse. Aber vor allem erhielt er diskrete Hilfestellung im Umgang mit dem wertvollsten Aktivposten des Vatikans, der *romanità*.

Cyrus Benthoek dagegen versorgte Maestroianni mit allem, was zur Steuerung, Beschreibung und genaueren Untersuchung des Prozesses verfügbar war. Als enger und vertrauter Freund fand Benthoek unendlich viele Gelegenheiten die Neugier der jungen Diplomaten auf alles, was den Prozess betraf, zu fördern.

Als Monsignore Maestroianni in die Reihen des vatikanischen Staatssekretariats aufstieg, arrangierte Benthoek unablässig Kontakte und Besuche, die seinem begierigen Protegé einen immer umfangreicheren und fruchtbareren Zugang zum Denken heimlicher Bundesgenossen verschafften. Indem er ihn zu Versammlungen einlud und in Regierungskreise einführte, die dem jungen Mann sonst verschlossen geblieben wären, brachte er Maestroianni problemlos mit Geistesverwandten in Verbindung – einige darunter in der Tat richtungsweisende Konstrukteure –, die aktiv am Prozess mitarbeiteten. Kurz gesagt verschaffte Benthoek ihm Einblicke in eine Welt, die einem vatikanischen Diplomaten normalerweise nicht zugänglich war.

Seit er in den Vatikan eingezogen war, hatte Maestroianni den Höhepunkt seiner Karriere als Staatssekretär unmittelbar vor Augen. Er wurde zu einer einflussreichen Persönlichkeit in der Vatikankanzlei. Auf innerkirchlicher Ebene leitete der Erzbischof beispielsweise die Reform des alten kanonischen Gesetzeskodex ein und damit näherte er die juristische Struktur der Kirche immer stärker an seine eigene neue Auffassung von der Notwendigkeit die Kirche im Lichte der kommenden neuen Ordnung im Leben der Nationen von innen her zu reformieren an.

Auf der politischen Bühne erwies sich Erzbischof Maestroianni unterdessen als vollendeter weltläufiger Diplomat. Er überwachte umsichtig alle vatikanischen Verhandlungen mit der Sowjetunion und mit ihren osteuropäischen Satellitenstaaten. Sein letztendliches Ziel in dieser heiklen Angelegenheit war die Unterzeichnung einer Reihe protokollarischer Vereinbarungen zwischen dem Heiligen Stuhl und den »souveränen Demokratien sozialistischer Bruderstaaten«, wie diese politischen Gebilde sich selbst nannten. Ob in Moskau oder Sofia, Bukarest oder Belgrad, man kannte Erzbischof Cosimo Maestroianni als Vermittler unter den Regierungen, als Brückenbauer zwischen den herrschenden Schichten.

Die ganze Zeit über sorgte Cyrus Benthoek dafür, dass sich Maestroianni tiefer und tiefer in den Prozess einarbeitete. In diesem fortgeschrittenen Stadium der Ausbildung des Erzbischofs berief sich Benthoek immer wieder auf Elihu Root als den Schutzheiligen des Prozesses. Elihu Root hatte im frühen zwanzigsten Jahrhundert als prominenter Wall-Street-Anwalt, der als Kriegsminister für Präsident William McKinley und Präsident Theodore Roosevelt und später als Roosevelts Außenminister diente, bleibenden Eindruck hinterlassen. Er war 1912 für den Friedensnobelpreis nominiert worden und wurde der erste Ehrenvorsitzende des prestigeträchtigen Rats für auswärtige Beziehungen.

Elihu Root und ähnlich gesinnte Anwälte, die auf dem Gebiet des internationalen Finanzwesens und der internationalen Beziehungen arbeiteten, waren davon überzeugt, dass die inhärente Logik der Geschichte – Cyrus Benthoek fand besonderen Gefallen an dieser Formulierung – den Vereinigten Staaten eine globale Schlüsselrolle zuwies. Root und die anderen waren die eigentlichen Urheber einer bestimmten Mentalität des Establishments, die nicht zuletzt dank solch ehrwürdiger Gestalten – »Weisen«, wie Benthoek sie stets pointiert nannte – wie Henry Stimson, Robert A. Lovett, John J. McCloy und Henry Kissinger weitergegeben wurde. Es geschah während eines seiner Besuche in Benthoeks Büro in New York, dass Maestroianni schließlich eine offenbarungsartige Einsicht in den Prozess gewann, als er Root den Begründer des Globalismus im zwanzigsten Jahrhundert und den ursprünglichen Schöpfer des Prozesses nannte.

»Nein, mein Freund. Root war kein Begründer. Aber er war einzigartig in seiner Bewertung des Prozesses. Denn aus dieser Bewertung zog er den Schluss, dass das letztendliche Ziel der geschichtlichen Triebkräfte – das Ziel der Kraft, die hinter allen Kräften steht – eine wahrhaft weltweite Ökonomie und Regierungsform sei. Root fand, dass dies die einzige Grundlage sei, auf der sich die Nationen entgegenkommen könnten. Die organisierte Aufteilung der Erde und ihrer Reichtümer – das ist die Vorraussetzung für alles Gute in der Welt.

Der Prozess ist das Medium, durch das die Kraft wirkt. Aus diesem Grund ist der Prozess ein sakrosanktes Konzept – ein Weltkodex, wenn Sie so wollen – für alle echten Globalisten unter uns. Das ist die Einsicht, die Elihu Root uns hinterlassen hat. Das ist das bleibende Geschenk, sein Vermächtnis, die Verantwortung, die er allen ›Weisen‹ hinterlassen hat, die seither seinen Spuren gefolgt sind – allen, die sich demselben Ideal verpflichtet fühlen.«

In ebendiesem Augenblick überschritt Maestroianni eine weitere Schwelle, an die Benthoek ihn mit großer Hingabe und Geduld herangeführt hatte. Ein Lächeln breitete sich über das Gesicht des Erzbischofs wie die ersten Sonnenstrahlen eines neuen Morgens. Denn mit einem Mal ging ihm das Offensichtliche auf. Plötzlich begriff er, dass der Prozess nichts Fernes und Unpersönliches ist. Plötzlich verstand er – wie Benthoek ihm begreiflich machen wollte –, dass nicht nur eine Kraft hinter dem Prozess steht, sondern dass hinter der Kraft wiederum richtungsweise Konstrukteure stehen. Und plötzlich wusste er, dass Elihu Root kein Erfinder, sondern ein Konstrukteur war. Ein Meisterkonstrukteur sogar, einer derjenigen, die in den jeweiligen Stadien des Prozesses eine besondere Rolle als Erfinder, Kultivierer, Führer und Förderer im beständigen, fortschreitenden Wirkmuster der Kraft spielen.

Das war der Grund, erkannte Maestroianni schließlich, warum Benthoek immer wieder von diesen »Weisen« redete. Sie waren die Meisterkonstrukteure.

Es war für Cosimo Maestroianni eine erstaunliche Erkenntnis. Sie ließ ihn den Prozess wundervoll menschlich und greifbar erscheinen. Ja, sie ließ, wie er Benthoek aus tiefstem Herzen gestand, sogar ein dogmatisches Festgeläute für ihn ertönen. Und das Ziel all dieser Meisterkonstrukteure war immer dasselbe: die Bestimmung der Gemeinschaft der Nationen als eine *Familie* zu erfüllen! Eine menschliche *Familie!* Eine neue und allumfassende heilige Familie. Verwirklichte sich so nicht die christliche Nächstenliebe, die *Caritas*, die *Agape*, die der Apostel Paulus gepredigt hatte?

»Ja, lieber Kollege!« Benthoek wusste genau, welchen Knopf er jetzt drücken musste. »Es entspricht der Lehre. Ja, sogar der Heiligen Schrift. Denn wir *sind* nun einmal eine Familie! Alle Nationen gehören einer Familie an. Das ist unsere Bestimmung. Wir alle sind bestimmt wieder eins zu werden! Wer weiß, mein Freund?«

Benthoek hob die Hände und richtete die Handflächen gen Himmel. »Wer weiß, ob nicht Sie in Ihrer vatikanischen Zitadelle auch einmal dazu berufen sein werden, zu einem dieser Meister aufzusteigen?« In Maestroiannis Augen wurde diese Geste fast zu einem Gebet, ganz in der Tradition der Orantendarstellungen der klassischen christlichen Ikonographie, zur liturgischen Geste par excellence.

Für Erzbischof Maestroianni war die »Kraft hinter den Kräften« der Geschichte nicht länger die Hand Christi als des Herrn der menschlichen Geschichte. Für ihn, wie für Benthoek, wandelte sich die »Kraft hinter den Kräften« zu einem Abbild des geheimnisvollen Unbekannten. Sie wurde zu einer unbekannten Größe, dem alles bestimmenden, doch selbst unbestimmbaren Faktor x im Schicksal der Menschheit. Alles Handeln des Erzbischofs rührte von seiner tieferen Einsicht in den Prozess her; und von seinem tiefen Respekt vor dem mysteriösen Faktor x – »der Kraft hinter den Kräften«. Für ihn passte alles sehr gut ineinander. Die einzige Möglichkeit der urtümlichen »Kraft« zu dienen bestand darin, den Prozess zu fördern. Es ging also darum, den Prozess ein Stück weiter dem letzten Ziel jener Kraft entgegenzuführen: der kulturellen, politischen, sozialen und ökonomischen Angleichung aller Nationen dieser Erde.

Angesichts dieses Endziels leuchtete es ein, dass einer der primären »kulturellen« Schauplätze, die für den Prozess gewonnen werden müssten, die römisch-katholische Kirche war. Oder, um genauer zu sein, dass dem Prozess an einer systematischen Umgestaltung der römisch-katholischen Kirche gelegen war. Nicht mehr annehmbar war dabei – und musste deshalb restlos aus der organisatorischen Struktur getilgt werden – der traditionelle Anspruch des römischen Katholizismus auf die absolute Autorität in allen menschlichen Fragen.

Denn dieser Anspruch war mit den Anforderungen des Prozesses nicht zu vereinbaren.

Eine Tatsache war ferner, dass der Prozess in seinem Bestreben den absoluten moralischen Anspruch der römisch-katholischen Kirche aufzuheben auch die traditionelle Autorität des Papstes beseitigen musste. Denn die Kirche erhebt ihren absolutistischen Anspruch und vollzieht ihr absolutistisches Mandat vermittels – und ausschließlich kraft – der einzigartigen und traditionellen Autorität, die das Papsttum verkörpert. Daher war die Entmachtung des Papsttums in der römisch-katholischen Kirche ein unverzichtbarer Teil des Prozesses

War dies einmal erreicht, wäre es für solche Realisten wie Maestroianni eine realitiv einfache Sache, die Kirche – ihre globale organisatorische Struktur, ihr Personal und ihre nahezu eine Milliarde Anhänger – von Anschauungen und Verhaltensweisen zu säubern, die gegenwärtig nur Schranken und Stolpersteine bildeten für eine Harmonisierung des Denkens und der Politik, wie sie in der neuen Gemeinschaft der Nationen vonnöten war.

Als Seine Eminenz den letzten beschwörenden Satz seiner Rede über »die ethische Notwendigkeit zur Aufgabe der nationalen Souveränität« in seine endgültige, perfekte Form gebracht hatte, konnte er endlich von jenem Bücherstapel aufblicken, den er für sein Tagwerk zurate gezogen hatte. Es blieb ihm noch eine Viertelstunde, bis er Cyrus Benthoek in London anrufen sollte. Dieser Anruf war die letzte und angenehmste der drei Aufgaben, die der Kardinal sich für diesen Samstag vorgenommen hatte. Die Uhr im Kopf Seiner Eminenz verriet ihm, dass ihn diese Plauderei mit Benthoek wahrscheinlich bis zur Sicherheitskontrolle im Vatikan um sechs Uhr aufhalten würde.

Maestroianni nutzte die verbliebenen Minuten bis zum verabredeten Zeitpunkt um den Berg von Nachschlagewerken abzutragen, der sich über seinen gesamten Schreibtisch, einschließlich seines abhörsicheren Telefons, ausgebreitet hatte. Nachdem die Bände nach einem System, das nur er durchschaute, in seinem Arbeitszimmer verteilt waren, ging er in Gedanken noch einmal die wichtigsten Themen durch, die er mit Benthoek diskutieren wollte. Dazu gehörte natürlich die Ausarbeitung seiner Rede vor dem Anwaltsverband. Da Benthoek sie angeregt hatte, wollte er sie gewiss auch als erster hören, so wie Kardinal Svensen der ideale Widerpart für seinen Brief zur Einheit von Papst und Bischöfen gewesen war.

Was Svensen betraf, würde Benthoek ihm sicher auch einen guten Rat zum Vorschlag des belgischen Kardinals geben können eine engere Beziehung zwischen den europäischen Bischöfen und der Europäischen Gemeinschaft aufzubauen. Und zum Vorschlag mithilfe dieser Beziehung – wenn sie überhaupt realisierbar war – die Bischöfe auf »eine gemeinsame Linie einzuschwören«, die den Prinzipien der EG den Vorzug vor dem Primat der päpstlichen Autorität gab.

Als er nach London durchwählte, erinnerte sich Maestroianni schließlich noch daran, dass es außerdem ein privates Treffen Seiner Eminenz mit Benthoek zu besprechen gab, das der Vorbereitung ihres persönlichen Beitrags zum Gedenken an Robert Schuman während der alljährlichen Feierlichkeiten nächsten Monat in Straßburg dienen sollte.

»Eminenz!« Cyrus Benthoek hatte wie verabredet auf den Anruf gewartet. Seine volle Stimme klang so klar, als stehe er persönlich im Arbeitszimmer des Kardinals. »Was gibt's Neues?«

Maestroianni konnte der Versuchung nicht widerstehen seinen alten Freund mit dem Abenteuer um den Papst und die Bernini-Statue zu erheitern. Ein paar Ausschmückungen hier und dort und der Vorfall nahm schnell märchenhafte Züge an.

Als sein Lachen verklungen war, referierte Seine Eminenz die wesentlichen Änderungen, die er an der Rede für den Anwaltsverband vorgenommen hatte. Wie der Kardinal selbst fand es der Amerikaner sehr gelungen, wie das Zitat David Rockefellers die Notwendigkeit unterstrich die in Nationalismus und Religion sichtbaren entzweienden Tendenzen zu unterdrücken. »Meine Hochachtung! Eine wahrhaft spirituelle Ansprache, wie ich es nicht anders erwartet habe.«

»Freut mich, dass sie Ihnen gefällt.« Maestroianni errötete vor Zufriedenheit. Selbst nach den langen Jahren ihrer Zusammenarbeit war ein solch uneingeschränktes Lob von seinem Mentor noch immer eine Seltenheit.

»Wo wir schon von entzweienden Tendenzen in der Religion reden ...« Die Uhr in Maestroiannis Kopf mahnte ihn sich dem nächsten Punkt auf seiner Tagesordnung zuzuwenden. »Ich hatte heute morgen ein interessantes Gespräch mit einem alten Freund, Kardinal Svensen aus Belgien.« Indem er die Notizen in seinem Terminkalender zurate zog, beschrieb Seine Eminenz in einiger Ausführlichkeit die Argumente des Belgiers für eine gut gepflegte Beziehung zwischen den europäischen Bischöfen und der EG.

Benthoek begriff sofort, welche Möglichkeiten darin steckten. Er erkannte, wie ein systematisches Arrangement den Bischöfen auf Dauer »weltliche Vorteile« verschaffen könnte, wie er es ausdrückte – niedrig verzinste Darlehen, Steuererleichterungen und dergleichen. Und er hatte keinen Zweifel, dass ein solches Arrangement die Bischöfe anlocken würde wie der Nektar die Bienen. Es könnte die Bischöfe sogar noch weiter vom slawischen Papst mit seinem Beharren auf dem Glauben als dem Fundament eines neuen Europas abrücken lassen.

Wie Kardinal Svensen heute morgen schon erwähnt hatte, sah Benthoek allerdings, dass der Vorschlag einen ernst zu nehmenden Mangel aufwies. »Wir brauchen eine perfekte Anlaufstelle, Eminenz. Wir müssen diese Beziehungen von Ihrer Seite des Vatikans aus organisieren. Wir brauchen einen Mann oder eine Gruppe von Männern, die das Vertrauen der Bischöfe genießen – und feststellen, was sie brauchen; wo ihre Schwächen liegen. Etwas in der Art. Und sie dann davon überzeugen, dass ihre Zukunft in der Zusammenarbeit mit der EG liegt.«

»Das ist nur die Hälfte dessen, was wir brauchen! Wir brauchen auch einen Mann, der von Ihrer Seite aus arbeitet. Jemanden, der ebensolches Vertrauen unter den Ministern aller zwölf EG-Nationen genießt. Jemanden mit genügend Glaubwürdigkeit, dass er sie dazu bewegen könnte, den Bischöfen diese ›weltlichen Vorteile‹ auf einer Vertrauensbasis zu gewähren, besiegelt nur durch einen Handschlag als Garantie einer Gegenleistung für ihre Investitionen. Wie ich Svensen bereits gesagt habe, könnte es sich einfach als zu kompliziert herausstellen.«

»Kompliziert ja«, stimmte Benthoek zu. »Aber interessant. Zu interessant um nicht wenigstens einen ernsthaften Versuch zu wagen.«

»Svensen wird nächsten Monat am Schuman-Tag bei den Feierlichkeiten in Straßburg sein. Ich schlage vor, wir beziehen ihn in unsere kleine private Unterredung ein.«

Der Amerikaner zögerte. »Trauen Sie ihm so weit über den Weg, Eminenz?«

Maestroianni war sich, im Gegensatz zu Benthoek, seiner Sache sicher. »Ich schätze ihn als diskret ein. Und ich vertraue seiner Abneigung gegen das Papsttum, wie es sich gegenwärtig darstellt, und im Besonderen gegen den derzeitigen Papst.

Ich versichere Ihnen, dass Svensen wenig oder nichts über den Prozess weiß. Aber das gilt auch für alle anderen, die wir zu der

Sitzung eingeladen haben. Wie ich die Sache sehe, folgt diese Sitzung einem der wichtigsten Prinzipien, die ich von Ihnen gelernt habe. Nicht jeder muss den Prozess verstehen um seinen Zielen dienen zu können.«

Das war eine starke Empfehlung zu Svensens Gunsten. Benthoek war fast überzeugt. »Reden wir besser später noch einmal darüber, bevor wir uns endgültig entscheiden, ob wir Ihren belgischen Kollegen zu der Sitzung wirklich einladen wollen, ja? Jedenfalls würde ich ihn zumindest gern kennen lernen, wenn wir in Straßburg sind. Einverstanden?«

»Einverstanden, mein Freund.« Der Kardinal verstand ihn. Benthoek wollte sich selbst ein Urteil über Svensen bilden.

Der Amerikaner wandte sich einem anderen Thema zu, das ihn besonders beschäftigte. Er wollte sich noch einmal Maestroiannis bevorstehenden Rücktritts vergewissern.

»Natürlich weiß ich, dass derlei geschieht, Eminenz. Aber dennoch, ich hoffe, ich gehe nicht fehl in meiner Annahme, dass Ihr Rücktritt vom Amt des Staatssekretärs nichts Grundlegendes an unseres Plänen ändert? Darf ich mich darauf verlassen, dass Euer Eminenz in dieser Hinsicht Ihre Meinung nicht geändert haben?«

»Es macht nicht den geringsten Unterschied. Die Neuigkeit ist noch nicht öffentlich gemacht worden. Ich sagte schon, dass Giacomo Graziani aus unserer Sicht nicht der ideale Staatssekretär ist. Aber ich versichere Ihnen, dass seine Wahl für den Pontifex keinen Triumph darstellt. Er wird gern für uns den Laufburschen spielen. Und ich möchte Sie daran erinnern, mein alter Freund, dass ich mich ja gar nicht ganz zurückziehe.«

Maestroianni machte eine kurze Pause. Natürlich fiel es ihm nicht leicht, das prestigeträchtige Staatssekretariat abzutreten. Aber schon dieses Gespräch mit Cyrus bewies, dass er noch nicht aus dem Spiel war. Der Brief zur Frage der Einheit, den er heute morgen aufgesetzt hatte, war nur einer der Sprengsätze, die er unter dem Stuhl Petri gelegt hatte.

»In gewisser Weise«, fuhr er fort, »freue ich mich sogar auf mein Abschiedsgespräch mit dem Pontifex. Ich weiß schon, welchen Schlussakkord ich in seiner Gegenwart anschlagen werde.«

»Der arme Heilige Vater! Wann findet die offizielle Verabschiedung statt?«

»Kurz vor unserer Sitzung während der Schuman-Gedenkfeiern in Straßburg.«

Obwohl er das Datum auswendig wusste, hatte der Kardinal die Angewohnheit nach seinem Terminkalender zu greifen. Als er ihn durchblätterte, fiel sein Blick auf die Bemerkung, die er heute morgen nach dem Gespräch mit dem jungen amerikanischen Priester notiert hatte. »Ich habe fast etwas vergessen, Cyrus. Während der Aufregung um die Bernini-Statue heute morgen habe ich einen jungen Kleriker hier aus Rom kennen gelernt, dessen Bruder für Ihre Firma arbeitet. Sagt Ihnen der Name Paul Thomas Gladstone zufällig etwas?«

»Eine ganze Menge! Wir betrachten Paul Gladstone als einen jungen Mann von großem Potenzial.« Er machte eine Pause. »Ich frage mich ob Pauls Bruder – wie ist sein Name?«

»Christian.« Maestroianni warf noch einmal einen Blick auf seine Notizen. »Christian Thomas Gladstone.«

»Richtig, Christian. Ich frage mich, ob er vom selben Kaliber wie unser Gladstone hier in London ist. Sollte dies der Fall sein, haben wir in diesen zwei Brüdern das Rohmaterial für die Art von Beziehung, über die wir vorhin spekuliert haben. Es sollte uns doch möglich sein, für einen so talentierten Mann wie Paul Gladstone den richtigen Platz in der EG-Maschinerie zu finden. Eine vertrauenswürdige Position, die ihn in Kontakt mit allen zwölf Außenministern bringen würde.

Also, wie sieht es aus? Würde sich Pater Gladstone als unser Verbindungsmann zu den Bischöfen eignen? Könnte er in einem Maße ihr Vertrauen gewinnen, wie es für unser Vorhaben erforderlich wäre?«

Anfangs erstaunte Maestroianni diese Idee. Aber aus Benthoeks Mund klang alles so plausibel, so nahe liegend, dass es ihm am Ende beinahe verlegen machte, dass er nicht allein darauf gekommen war. Der Gedanke einen von Benthoeks talentiertesten Leuten mit einem Mann im Vatikan als Kontaktpersonen zwischen der EG und den Bischöfen zusammenzubringen hatte wirklich etwas Verführerisches. Und wenn diese beiden Männer zufällig auch noch Brüder waren, sollte die Symbiose nur umso besser funktionieren.

Benthoek fand die Idee offenbar sehr anregend. Die konkrete Umsetzung von Svensens Vorschlag nahm in seinen Gedanken bereits Gestalt an. »Dann halten Sie mich am besten auf dem Laufenden, Eminenz, wie Sie diesen Pater Christian Gladstone einschätzen. Diese Angelegenheit sollte Priorität genießen. In der Zwischenzeit werden wir etwas in der EG-Maschinerie herumstochern um einen für Paul Gladstones Talente geeigneten Posten zu finden. Diesen Sommer wird sogar der Posten des Generalsekretärs im EG-Ministerrat frei. Das wäre ideal. Würden Sie auf Ihrer Seite so kurzfristig alles hinbekommen?«

Benthoeks Enthusiasmus hatte Maestroianni inzwischen wie ein Fieber angesteckt. »Ich bin bereits dabei, Pater Gladstones Hintergrund zu überprüfen; er scheint sauber zu sein. Er ist gegenwärtig nur die Hälfte des Jahres in Rom. Und wenn er für uns der geeignete Mann sein sollte, bin ich mir sicher, dass wir seinen Bischof in den Staaten davon überzeugen können, ihn für einen, sagen wir es mal so, Vollzeitdienst am Heiligen Stuhl freizugeben.«

»Nett ausgedrückt, Eminenz. Ich bin überzeugt, dass wir rasche Fortschritte machen werden.«

VIII

An diesem Freitag, dem zehnten Mai, trieb die frühe Morgensonne schelmische Schattenspiele mit dem Stift des Pontifex, als er an seinem Schreibtisch arbeitete. Sie wärmte das Gesicht des Heiligen Vaters. Sie hob die Spuren vorzeitigen Alterns hervor, die in den letzten Monaten vielen in seinem Gefolge aufgefallen waren. Der polnische Papst hatte die Straffheit seiner Muskeln und seiner Haut und den perfekten Schnitt seiner Gesichtszüge eingebüßt. Ein körperlicher Verfall hatte eingesetzt, sagte jeder. Er zerstörte oder entstellte seine Gesichtszüge nicht etwa. Aber für jene, die sich um den Papst sorgten, zeugte er von einer gewissen Zerbrechlichkeit des Heiligen Vaters, wie das sichtbare Anzeichen eines inneren, geistigen Schmerzes.

Ein Klopfen an der Tür seines Arbeitszimmers riss Seine Heiligkeit aus seiner Versenkung. Sein Stift blieb mitten im Satz über dem Papier schweben, das vor ihm lag. Er warf einen Blick auf die Uhr auf dem Kaminsims seines Arbeitszimmers und erstarrte kurz. Schon Viertel vor acht! Dann war das sicher Kardinal Cosimo Maestroianni. Pünktlich wie in den ganzen letzten zwölf Jahren für die zum Ritual gewordene Morgenbesprechung zwischen dem Pontifex und dem Staatssekretär.

»*Avanti!*« Der Papst legte den Stift hin, lehnte sich in seinen`Stuhl zurück, als brauche er eine Stütze, und sah Maestroianni, die Ordner in seinen Händen wie üblich prall gefüllt mit Papieren, zu seiner offiziellen Abschiedsunterredung als scheidender Staatssekretär nervös ins Arbeitszimmer treten.

Sie verzichteten untereinander auf Formalitäten. Der Pontifex blieb hinter seinem Schreibtisch sitzen. Seine Eminenz verbeugte sich nicht und beugte auch nicht das Knie um den Ring des Fischers an der Hand des Papstes zu küssen. Dank des Einflusses von Maestroiannis Vorgänger waren derart undemokratische Gepflogenheiten bereits 1978 aus diesen morgendlichen Arbeitsbesprechungen verschwunden.

Seine Heiligkeit hörte sich Maestroiannis angespannten und wenig aufschlussreichen Monolog auch an diesem Morgen mit gewohnter Gelassenheit an. Diese vom Pontifex so offen zur Schau gestellte Geduld war für den Kardinal immer ein wenig zermürbend. Der Staatssekretär hatte das Gefühl, dass der Papst während dieser Sitzungen nicht deshalb so wenig Fragen stellte, weil er die Dinge gern in Maestroiannis Händen beließ. Er schien ihm eher daran zu liegen, dass der Papst die Antworten schon kannte.

Im Wesentlichen hatte Maestroianni mit seiner Vermutung Recht. Der Pontifex hatte von Anfang an gewusst, dass sein Staatssekretär kein Kollege, sondern ein Widersacher der schlimmsten Sorte war. Ein Telefongespräch mit gewissen Personen in verschiedenen Städten in aller Herren Ländern quer über die fünf Kontinente hätte dem Heiligen Vater mehr über aktuelle oder bevorstehende Ereignisse überall auf der Welt verraten als alles, was Maestroianni in seinem Abriss von Angelegenheiten zweitrangiger Bedeutung anschneiden konnte. Ein Bericht von Kommandant Giustino Lucadamo, dem Chef des päpstlichen Sicherheitsdienstes und einem Mann von unerschöpflicher Loyalität und Begabung, verriet Seiner Heiligkeit oft mehr, als er wissen wollte.

Lucadamo war 1981 nach dem Anschlag auf das Leben des Papstes damit beauftragt worden, alle nötigen Maßnahmen zum Schutz der körperlichen Unversehrtheit des Heiligen Vaters zu ergreifen. Er hatte dafür einen heiligen Eid auf das Sakrament geschworen. Auf unbegrenzte Zeit von den italienischen Sondereinheiten, Abteilung Aufklärung, freigestellt, war er weithin bekannt für seine rasche Auffassungsgabe und seine stählernen Nerven. Er hatte den staatlichen Sicherheitsdienst Italiens im Rücken und konnte auf das Entgegenkommen dreier ausländischer Regierungen zählen. Darüber hinaus umgab er sich mit handverlesenen Adjutanten, die ebenso entschlossen waren wie er. Zu jedem beliebigen Zeitpunkt konnte er sagen, welche schusssichere Weste Seine Heiligkeit gerade trug, wer zur Zeit als Vorkoster im Dienst war oder was sonst über jede Person interessieren mochte, die auch nur den geringsten Kontakt mit dem päpstlichen Haushalt hatte. Kurz gesagt zählte Giustino Lucadamo zu den Männern, die Gott selbst dem Papst unter den schwierigen Umständen in diesem Rom der Neunzigerjahre zur Seite gestellt hatte.

Noch an diesem Morgen, nach der Messe in seiner Privatkapelle, hatte Lucadamo sich mit Damien Slattery dem Heiligen Vater zum Frühstück in seinen Gemächern im dritten Stock des Papstpalastes angeschlossen. Ihr Gespräch hatte sich um zwei Themen gedreht, die unter Sicherheitsaspekten von besonderem Interesse waren.

Zunächst galt es die Vorbereitungen zum Schutz Seiner Heiligkeit während der Andachten zu beurteilen, die er in drei Tagen in Fatima in Portugal leiten wollte. Die Feierlichkeiten, zu denen eine Massentreffen Jugendlicher gehörte, das in alle Welt übertragen werden sollte, würden am Montag dem Dreizehnten stattfinden. Lucadamo hatte von Anfang bis Ende jeden Augenblick durchgeplant. Der Heilige Vater würde am Vierzehnten wieder wohlbehalten an seinem Schreibtisch sitzen.

Das zweite Thema waren gewisse Einzelheiten über eine merkwürdige Privatsitzung, die Staatssekretär Kardinal Maestroianni für dasselbe Datum – den 13. Mai – in Straßburg, kurz nach Abschluss der Robert-Schuman-Gedächtnisfeiern, anberaumt hatte. Zufälligerweise hatte Damien Slattery von der Sache Wind bekommen. »Ein Treffen von Wölfen und Schakalen«, hatte er diese private Versammlung genannt. »Man kann sich ja denken, wer dort zusammenkommt.«

Der Papst hatte sich angehört, welche Personen Slattery und Lucadamo als mögliche Gäste Maestroiannis auf ihrer Liste hatten: Erzbischof Giacomo Graziani – in Kürze Kardinal Graziani, wenn er das Amt des Staatssekretärs antrat; Kardinal Leo Pensabene, Führer der größten Kardinalsfraktion; Kardinal Silvio Aureatini, einer von Maestroiannis treusten Anhängern im Vatikan; Kardinal Noah Palombo, der schon greise, doch immer noch maßgebliche Mann für das römisch-katholische Zeremoniell; der Ordensgeneral der Jesuiten; der Generalminister der Franziskaner.

»Noch ein Komplott.« Den Pontifex ermüdete es allmählich, immer wieder dieselben Namen zu hören. In Zusammenhang mit diesen oder jenen antipäpstlichen Aktionen taten sich immer wieder dieselben Männer hervor. »Noch mehr Kontakte. Noch mehr Gerede. Werden sie denn nie müde?«

»›Das Feuer sagt nie: Es ist genug‹, Euer Heiligkeit«, zitierte Damien aus der Heiligen Schrift. Aber er und Lucadamo zeigten sich besorgt, dass diese Versammlung sich merklich von den anderen unterscheiden könnte, zumindest was den vatikanischen Anteil auf der Teilnehmerliste für den Schuman-Tag anging. »Der Wille jedes Einzelnen dieser Männer ist stark wie der Tod«, hatte Slattery seine Sorge unterstrichen. »Sie arbeiten vierundzwanzig Stunden am Tag daran. Aber normalerweise findet man selbst ernannte Diener Gottes dieser Sorte selten zur selben Zeit unter demselben Dach.«

»Auch wir arbeiten vierundzwanzig Stunden am Tag, Pater. Wir werden ihnen auf den Fersen bleiben.« Obwohl er Slattery damit beruhigen wollte, war auf Lucadamos Gesicht deutlich seine Beunruhigung über den plötzlichen Überdruss des Papstes abzulesen.

Der Pontifex achtete darauf, sich nichts von seiner Überdrüssigkeit anmerken zu lassen, während er zuhörte, wie Maestroianni sich systematisch durch seine Unterlagen arbeitete. Er zeigte sich ernst und geduldig – beides Bestandteile seines schrumpfenden Arsenals zur Verteidigung seines Papsttums. Der Papst lehnte den Kopf gegen die Stuhllehne. Er beobachtete Maestroiannis Gesicht; lauschte aufmerksam jedem Wort, das der Kardinal sagte; nahm jede Geste zur Kenntnis. Die ganze Zeit über bereitete er sich auf das vor, was unausweichlich auf ihn zukam. Maestroianni würde diese letzte offizielle Besprechung nicht vorübergehen lassen ohne noch einmal als Staatssekretär sein Messer zu zücken.

Angesichts der Menge an Material, das er ins Arbeitszimmer des Papstes geschleppt hatte, waren die Ausführungen des Kardinalsekretärs angenehm knapp. Hatte Seine Heiligkeit sich vielleicht geirrt? Vielleicht würde der Kardinal in seiner letzten Besprechung doch nicht zum Abschied noch einmal zum Messer greifen.

»Wie Sie wissen, Heiliger Vater, werde ich die offizielle vatikanische Delegation zu den jährlichen Gedächtnisfeiern am Schuman-Tag in Straßburg anführen.«

»Ja, Eminenz. Ich erinnere mich.« Mit gleichmütiger Miene beugte der Papst sich vor um einen Blick in seinen Terminkalender zu werfen. »Sie reisen heute nachmittag nach Straßburg ab, nicht wahr?«

»Aber ja, Euer Heiligkeit.« Der Kardinal zog ein Blatt aus den Ordnern auf seinem Schoß. »Ich habe hier eine Liste der Personen, die unserer Delegation angehören.« Das Protokoll verlangte es, dass der Pontifex über die Zusammensetzung der Delegation informiert wurde. Selbst in der Schlacht galt das vatikanische Protokoll.

Ohne dass sein Gesichtsausdruck sich im Geringsten änderte, nahm der slawische Papst die Liste aus der Hand seines Sekretärs entgegen und überflog die Spalten mit den Namen. Sie stimmte vollkommen mit der Liste überein, die Damien Slattery und Giustino Lucadamo ihm während ihrer Frühstückssitzung vorgelesen hatten. »Sie haben alle meinen Segen für diese Veranstaltung, Eminenz. Es wäre eine günstige Gelegenheit für Erzbischof Graziani, sich bekannt zu machen, während er sich darauf vorbereitet, seinen Dienst im Staatssekretariat anzutreten.«

»So habe ich mir das gedacht, Euer Heiligkeit.«

Nicht zum ersten Mal in ihrer langwährenden Auseinandersetzung sah Maestroianni sich gezwungen des Pontifex meisterhafte Beherrschung der *romanità* zu bewundern. In der Stimme des Papstes klangen weder Bitterkeit noch die geringste Spur von Ironie mit. Doch beide wussten, dass Graziani – als einer von Maestroiannis Männern, wenn auch keiner seiner engsten Vertrauten – gut genug geschult war um den derzeitigen Inhaber des Stuhles Petri als einen Unglücksfall und als nur vorübergehend zu betrachten. Nachdem seine Zusammenstellung der Delegation abgesegnet worden war, erwartete der Kardinalstaatssekretär, dass der ihm das Papier über den Schreibtisch zurückreichte. Stattdessen legte seine Heiligkeit die Liste jedoch wie beiläufig unter seiner Hand auf den Tisch.

Maestroianni stürzte die Bewegung des Pontifex in einige Verwirrung. »Natürlich würde ich meine Gastgeber im Robert-Schuman-Haus gern mündlich über den Segen Euer Heiligkeit unterrichten.«

»Bitte tun Sie das, Eminenz«, stimmte der Papst zu. »Grüßen Sie alle im Namen des Heiligen Stuhls. Sie arbeiten an einem bedeutenden Projekt. Das Europa, an dem sie bauen, ist die Zukunftshoffnung vieler Millionen Menschen.« Schließlich reichte der Papst dem Kardinal das Blatt doch zurück. Mit derselben Bewegung griff er nach einem Ordner auf seinem Schreibtisch. Indem er darauf achtete, dass die vertrauliche Notiz nicht herausfiel, die ihm bezüglich eines gewissen Paters Christian Thomas Gladstone zur Kenntnisnahme vorgelegt worden war, entnahm der Pontifex dem Ordner eines der mittlerweile vertrauten Fotos von Berninis *Noli me tangere*.

»Ich habe fast vergessen Ihnen davon zu berichten, Eminenz. Letzten Samstag in Sainte-Baume habe ich die ganze Pilgerfahrt zu Gott als eine Weise dargestellt ihn um besondere Gnade für all meine Bischöfe zu bitten. Die Fotos waren eine große Inspiration. Sie werden ganz sicher einige der französischen Bischöfe in Straßburg kennen lernen. Bitte überbringen Sie auch ihnen allen meinen Segen.«

Der Kardinal begegnete dem offenen, unschuldigen Blick des Papstes so gut er konnte. Die Bernini-Fotos war wie ein rotes Tuch für ihn, doch die Situation erlaubte ihm weder zu seufzen noch gar zu lachen. Er fuhr zusammen, als der Papst die französischen Bischöfe erwähnte. Er würde sicher einige von ihnen in Straßburg treffen – und einige darunter betrachtete er bereits als enge Verbündete, eine Hand voll schienen sogar geeignet sich mit ihnen gründlich abzustimmen.

Seine Verwirrung rührte nun daher, dass es stets schwer einzuschätzen war, wie viel dieser Papst eigentlich wusste. »Ja, Euer Heiligkeit.« Seine Eminenz schaffte es, ganz ruhig zu antworten. »Ich bete selbst dafür, dass sie die richtige Wahl treffen ... äh, die Wahl, die der katholischen Kirche am meisten nützt.«

Da sie schon beim Thema waren, hatte der polnische Papst einen weiteren Vorschlag zu unterbreiten. »Und vergessen Sie nicht, Eminenz, unsere französischen Bischöfe darum zu bitten, dass sie auch mich in ihre Gebete einbeziehen. Sie wissen ja, dass ich mich, während Sie in Straßburg sind, auf einer Pilgerreise nach Fatima für das Fest der Heiligen Mutter am dreizehnten Mai befinden werde.«

Wenn mit diesem Ansinnen beabsichtigt war den Kardinal zu provozieren, tat es seine Wirkung. Es lag nicht daran, dass der Pontifex wieder einmal mit Nachdruck auf seine beklagenswerte Neigung zu frommen Reisen hingewiesen hatte. Es war eher die Erwähnung Fatimas, die Maestroiannis tiefste Abneigungen weckte. Er war über das Thema Fatima oft mit diesem Papst aneinander geraten, hatte erfolgreich viele wichtige päpstliche Initiativen zugunsten Fatimas und aller anderen angeblichen Marienerscheinungen blockiert, die überall in der Kirche wie Pilze emporschossen.

Lucia dos Santos, die Einzige der drei kindlichen Seher von Fatima, die das Erwachsenenalter erreicht hatte, war inzwischen über achtzig. Als Schwester Lucia, als Nonne, die zurückgezogen in einem Karmeliterkloster lebte, behauptete sie nach wie vor von der Heiligen Jungfrau besucht zu werden und stand seit 1981, als der Anschlag auf sein Leben ihn zu eigenen Nachforschungen in Sachen Fatima veranlasst hatte, brieflich oder über Boten mit dem Papst in Kontakt.

Der Kardinalstaatssekretär wusste wenig oder gar nichts über die Korrespondenz zwischen dem Papst und der Nonne. Was er wusste, tat er als irrelevant, unziemlich oder gefährlich ab. Aus Maestroiannis Sicht konnte es sich in diesen Zeiten kein anständiges Pontifikat leisten, seinen Kurs von Berichten über angebliche Visionen einer übereifrigen, allzu fantasievollen und senilen Nonne bestimmen zu lassen.

»Euer Heiligkeit.« Der Kardinal hatte eine gewisse Schärfe in seine Stimme gelegt. »Ich halte es für keine gute Idee, Ihre Bischöfe in Frankreich um eine so intensive Mitwirkung an Euer Heiligkeit Besuch in Fatima zu bitten. Niemand, am allerwenigsten diese Bischöfe, dürfte etwas gegen persönliche Ergebenheiten Euer Heiligkeit haben. Aber weil Sie nun einmal in erster Linie der Papst aller Christen sind, hat alles, was Sie tun, auch als Privatperson, notwendigerweise Auswirkungen auf Ihre Rolle als Papst. Euer Heiligkeit wird deshalb Verständnis dafür haben, dass es unklug von mir wäre, die Bischöfe von Frankreich in diesem Punkt zu beunruhigen.«

Den Papst überraschte weniger Maestroiannis Aufregung als die Tatsache, dass der Sekretär seine Meinung so deutlich artikulierte. Er war fast versucht es dabei zu belassen. Dennoch berührte diese Sache den Kern der Feindseligkeiten zwischen ihnen. Zumindest das war es wert, vertieft zu werden. »Wären die Folgen denn wirklich so entsetzlich, wie Euer Eminenz andeuten, wenn Sie meine Bitte um Gebete an die Bischöfe überbrächten?« Die Frage des Heiligen Vaters klang weder empört noch bestürzt. Seinem Tonfall nach hätte er genauso gut irgendjemanden aus seinem Gefolge um einen Rat bitten können.

Maestroianni zögerte keine Sekunde, bevor er schroff erwiderte: »Offen gestanden, Euer Heiligkeit, könnte eine solche Bitte – wenn wir alle Begleitumstände berücksichtigen – die Toleranz einiger Personen erschöpfen.«

Der polnische Papst richtete sich in seinem Stuhl auf. Er hatte immer noch die Fotos der Bernini-Statue in der Hand, aber seine Augen wichen dem Blick des Kardinals nicht aus. »Ja, Eminenz. Bitte fahren Sie fort.«

»Euer Heiligkeit, aus Pflichtgefühl habe ich in den letzten fünf Jahren immer wieder darauf hingewiesen, dass das kostbarste Element in der heutigen Kirche Christi – die Einheit zwischen dem Papst und den Bischöfen – auf dem Spiel steht. Mindestens zwei Drittel der Bischöfe sind der Ansicht, dass dieses Pontifikat ihnen nicht die Art von päpstlicher Führerschaft bieten kann, die sie brauchen. All das ist in meinen Augen von solcher Dringlichkeit, Euer Heiligkeit, dass wir, fürchte ich, in nächster Zeit darüber nachdenken müssen, ob – dieser kostbaren Einheit zuliebe – dieses Pontifikat ...«

Der Kardinalstaatssekretär spürte auf einmal, dass er heftig schwitzte, und das beunruhigte ihn. Er wusste, dass er im Vorteil war. Was hatte dieser Papst dann so unnahbar Fremdes oder Unzugängliches an sich, dass es den Kardinal in ein Nervenbündel verwandelte? Mehr um sich selbst zu beruhigen als um dem Pontifex etwas mitzuteilen versuchte Maestroianni ein Lächeln. »... nun, wie können wir es ausdrücken, Euer Heiligkeit? Der Einheit zuliebe muss dieses Pontifikat von Euer Heiligkeit und den Bischöfen neu ausgestaltet werden. Denn ich bin mir sicher, dass auch Euer Heiligkeit daran gelegen ist, dass diese kostbare Einheit gewahrt bleibt.«

»Euer Eminenz.« Der Heilige Vater erhob sich von seinem Stuhl. Sein Gesicht war bleich. In Maestroiannis Innerem ertönten Alarmsirenen. Das Protokoll ließ ihm keine andere Wahl als seinerseits aufzustehen. Hatte er zu viel zu früh gesagt?

»Eminenz«, wiederholte Seine Heiligkeit. »Natürlich müssen wir über das Thema Einheit reden, auf das Sie so loyal meine

Aufmerksamkeit gelenkt haben. Ich verlasse mich auf das Urteilsvermögen Euer Eminenz, was die Bischöfe von Frankreich angeht. Gehen Sie in Frieden.«

»Euer Heiligkeit.« Ob es ihm gefiel oder nicht, die Abschiedsbesprechung war beendet. Er wandte sich ab um durchs Arbeitszimmer zur Tür zu gehen und schob dabei die Papiere in seinem Ordner zurecht.

Maestroianni fühlte sich zum Teil hilflos und enttäuscht. Er hatte seinen Schlussakkord in seiner letzten Unterredung mit dem Papst ungefähr so angeschlagen, wie er es beabsichtigt hatte. Aber mit welchem Ergebnis?, fragte er sich. Schlussendlich gab es einfach keine Möglichkeit, sich mit dem Papst zu verständigen!

Als er an Monsignore Taco Manuguerra vorbei in sein eigenes Büro hastete, waren all diese seine Gefühle – sofern es sich um Gefühle handelte – bereits abgeflaut. Er hatte eben deshalb überlebt, weil er ebenso immun gegen tiefe seelische Qualen wie unfähig zu höherer Ekstase war. Er hatte sich immer an greifbare Fakten gehalten. In den Turbulenzen der Staatskunst war er immer sicher in Sichtweite eines vertrauten Horizonts gelandet. Nur wenn die Ereignisse zu einem Sprung über diese Horizonte ansetzten, hätte das Schicksal Seine Eminenz überrumpelt.

Doch bis heute hatten die Ereignisse diesen Sprung noch nicht geschafft.

Der Pontifex rieb sich die Stirn, als wollte er den freudlos bleichen Schleier von seinen Gedanken reißen. Er begann in seinem Arbeitszimmer auf und ab zu gehen und zwang sich die Bedeutung dieser Abschiedsbesprechung mit dem scheidenden Kardinalstaatssekretär zu ergründen.

Im Grunde hatte sich in dem erregten Gespräch zwischen ihm und Maestroianni am heutigen Morgen nichts Neues ergeben. Selbst das kleine Geplänkel um die Liste von vatikanischen Delegierten, die der Kardinal für die Feierlichkeiten zum Schuman-Tag zusammengestellt hatte, passte ins gleich bleibende Muster der Auseinandersetzungen zwischen dem Pontifex und seinem Sekretär.

Der Heilige Vater hielt inne und kehrte unzufrieden an seinen Schreibtisch zurück. Ein Gedanke begann vom Horizont seines Geistes auf ihn einzuflüstern, so wie es in den letzten Wochen einige Male geschehen war. Der Druck war so unendlich groß, sagte ihm dieses Flüstern. Es lief so viel falsch und er schien nichts dagegen unternehmen zu können. Vielleicht hatte Maestroianni in gewisser Weise Recht. Vielleicht war die Zeit gekommen eine Alternative zu seinem Pontifikat in Betracht zu ziehen.

Der Papst betrachtete ein weiteres Mal die Fotografie der Bernini-Statue. Er ließ den Ausdruck im Gesicht der heiligen Maria Magdalena auf sich wirken: ein Ausdruck reiner Transzendenz. »Wenn es keine Transzendenz gibt«, erinnerte sich der Pontifex an eine Zeile bei Friedrich Nietzsche, »müssen wir die Vernunft abschaffen, geistige Gesundheit aufgeben.«

Das, überlegte er, war Inhalt und Gegenstand der Auseinandersetzung zwischen ihm und Kardinal Maestroianni. Entweder war das Leben vollkommen von Gottes Vorsehung durchdrungen – die vom Glauben an Gott wahrgenommen, von der menschlichen Vernunft akzeptiert und vom Willen erwählt werden konnte – oder eben nicht. Wenn Letzteres der Fall war, dann unterlag alles blinden Zufällen. Dann war das Leben eine hässliche Demütigung, ein erniedrigender kosmischer Scherz gegenüber jedem, der dumm genug war noch Hoffnung zu haben. Der Papst hatte vor langer Zeit beschlossen an Gottes Vorsehung zu glauben. Mehr als einmal, glaubte er, hatte diese Vorsehung ihn vor einer Katastrophe bewahrt. Wie an jenem Tag in Krakau während des Zweiten Weltkriegs, als er auf dem Heimweg von der Arbeit Halt gemacht hatte um das Herbstlaub beiseite zu räumen, das ein kleine Figur der Heiligen Jungfrau am Wegesrand beinahe unter sich begraben hatte. Freunde hatten ihn dort gefunden und gewarnt, dass die Nazipolizei vor seinem Haus warte. Nur so hatte er sich in Sicherheit bringen können.

Oder an jenem Tag auf dem Petersplatz, als ein Bild der Seligen Jungfrau von Fatima, das ein Kind, die Tochter eines Zimmermanns, sich an die Bluse geheftet hatte, ihn dazu veranlasste, sich hinunterzubeugen um das Kind zu segnen und so die Kugeln aus Ali Agcas Browning-Automatik seinen Schädel verfehlten.

Hätte er in solchen glücklichen Umständen nicht göttliches Wirken gesehen, dann hätte er zu glauben aufgehört. Der Heilige Vater zog bei dem Gedanken scharf Luft ein wie jemand, der einen plötzlichen Schmerz verspürt.

Augenblicklich richtete sich der Papst auf seinem Stuhl auf. Hatte Maestroianni während ihrer Besprechung nicht genau darauf angespielt? Während der vielen Begegnungen dieser beiden Feinde, die einander so gut kannten, hatte der Kardinal in der Absicht, dass der Papst irgendwann bereit sein würde freiwillig aus dem Amt zu scheiden, die Klinge immer näher an seine Kehle herangeführt. Aber diesmal hatte etwas anderes mitgeschwungen. Irgendetwas nagte an dem Papst. Er langte hinüber zur Wechselsprechanlage und gab seinem Sekretär im benachbarten Büro ein Signal.

»Monsignore Daniel, ich nehme doch an, Sie haben meine Unterhaltung mit dem Kardinalstaatssekretär auf Band aufgenommen?« Der Papst erklärte seinem Sekretär, er benötige eine Aufzeichnung der letzten zwei, drei Minuten ihre Besprechung.

»Kein Problem, Euer Heiligkeit.« Monsignore Daniel spulte den letzten Abschnitt des Bandes zurück und schaltete den Ton durch.

Der Pontifex erinnerte sich an die Schweißperlen, die auf Maestroiannis Gesicht erschienen waren, als habe den Mann ein plötzliches Fieber erfasst. Er lauschte ein zweites Mal aufmerksam den Worten des Kardinals. »... nun, wie können wir es ausdrücken, Euer Heiligkeit? Der Einheit zuliebe muss dieses Pontifikat von Euer Heiligkeit und den Bischöfen neu ausgestaltet werden ...«

Monsignore Daniel hatte das Arbeitszimmer des Papstes betreten, als die Aufnahme noch lief. Während er näher trat, wartete er höflich ab, bis sich der Papst die Äußerungen des Kardinalstaatssekretärs konzentriert zu Ende angehört hatte. Mit einem Klicken blieb das Band stehen.

»Monsignore.« Seine Heiligkeit blickte zu Sadowski auf. Der Sekretär hielt den Atem an, als er die Müdigkeit im aschfahlen Gesicht des Pontifex bemerkte. »Monsignore, wir haben gerade eine erste Ausfertigung des Todesurteils für dieses Pontifikat erhalten. Ich bin gebeten worden es zu unterzeichnen.«

IX

Sein Stützpunkt, den sich der Kardinal für dieses Stadium seiner anlaufenden Kampagne gegen den Papst ausgewählt hatte, war Straßburgs ältestes und bestes Hotel.

»Ich habe nicht gewusst, dass Euer Eminenz so *fin de siècle* sind!«, neckte Cyrus Benthoek den Kardinal, als die beiden sich am Freitagabend zum Essen trafen.

Maestroianni war nicht zu Scherzen aufgelegt. »Das einzige *Fin-de-siècle*-Gemäße, was Sie an mir feststellen werden, ist meine chiliastische Mentalität!« Obwohl der Kardinal die Worte hervorpresste, klangen sie deutlich und waren für Benthoek klar verständlich. Seine Eminenz war ganz und gar geschäftsmäßig. Seine Aufmerksamkeit – seine chiliastische Mentalität – konzentrierte sich auf die private Sitzung, die er und dieser amerikanische Vermittler transnationaler Macht in drei Tagen veranstalten wollten, unmittelbar nach Abschluss der offiziellen Gedächtnisfeiern zum Robert-Schuman-Tag.

Angesichts der explosiven Mischung konträrer Persönlichkeiten, die an diesem kleinen Stelldichein teilnehmen sollten, kam es darauf an, sowohl Maestroiannis wie Benthoeks Delegation davon zu überzeugen, dass sie besser ihre persönlichen Ambitionen und Abneigungen beiseite ließen und sich stattdessen auf eine gemeinsame Linie einigten und ihre Handlungen mit mächtigen Gestalten außerhalb des engeren Kreises des Katholizismus und des Christentums abstimmten.

Der Kardinalstaatssekretär referierte vor Benthoek ein weiteres Mal den Hintergrund, die Besonderheiten und den Wert jedes Einzelnen der sieben vatikanischen Weisen, die jene neue Allianz von seiner Seite aus verankern sollten. Der Kardinal begann seinen Überblick mit einer knappen Skizze von Kardinal Silvio Aureatini.

Als Maestroiannis Mann für alle Fälle im Sekretariat gehörte Aureatini zu den Personen, auf deren globalen Einfluss man bauen konnte. Als Leiter des vatikanischen Neuerungsprogramm, das unter der Bezeichnung Erneuerung des Christlichen Zeremoniells – kurz ECZ – bekannt war, hatte Kardinal Aureatini über lange Zeit hinweg Einfluss auf Diözesen und Gemeinden in aller Welt genommen. Unter Aureatinis Anleitung, versicherte Maestroianni Benthoek, hatte sich die Zielrichtung des katholischen Zeremoniells so weit geändert, dass es nun für die allgemeine, nicht katholische christliche Bevölkerung annehmbarer war denn je.

»Und das ist nicht seine einzige Leistung. Aureatini ist außerdem intensiv an der heiklen und langwierigen Reformierung des kanonischen Rechts beteiligt und bemüht sich darum, die päpstlichen Privilegien abzubauen und den Einfluss der Bischöfe zu stärken, damit dieses Recht auf allen Ebenen des kirchlichen Lebens zur Anwendung kommt.«

Das Thema des kanonischen Rechts führte Kardinal Maestroianni zum nächsten Mitglied seiner Delegation. Der sauergesichtige und stets mürrische Kardinal Noah Palombo behauptete nach wie vor die Stellung, die er seit Jahrzehnten innehatte – er war Roms führender Mann in Fragen der Liturgie. Palombo war offiziell mit der Leitung des vatikanischen IRCL betraut, des Internationalen Rats für Christliche Liturgie. Wie der Name andeutete, befasste sich der IRCL mit den allgemein gültigen katholischen Gebeten und Andachtsübungen. Wie Aureatinis ECZ unter den Laien trieb Palombo unter Priestern und Geistlichen die Angleichung zwischen Priestern und Laien, Katholiken und Nichtkatholiken voran.

Der dritte Mann auf Maestroiannis Liste, Seine Eminenz Kardinal Leo Pensabene, war ein Ein-Mann-Kraftwerk. Pensabene hatte über zwanzig Jahre lang diplomatische Ämter in Nord- und Südamerika bekleidet. Wieder in Rom und in den Rang eines Kardinals befördert hatte er schnell herausragende Bedeutung als Anführer einer der mächtigsten Gruppen im Kardinalskollegium gewonnen – jene Kardinäle, die das größte Mitspracherecht hätten, wenn das nächste Konklave den Nachfolger des derzeitigen Papstes wählen würde.

Als Zuständiger für die Kommissionen für Gerechtigkeit und Frieden in Rom und überall in der katholischen Kirche war Kardinal Pensabene außerdem ein versierter Kenner der sozialpolitischen Aktivitäten von Staat und Kirche. Durch die Bischöfe der

Welt hatte Leo Pensabene unablässig die soziale und politische Tagesordnung der Kirche umgestellt und neu geschrieben, sodass sie seiner Vision eines gründlich verwalteten, diesseitigen Königreichs der Einheit, des Friedens und des Wohlstands entsprach.

»Und Ihr Nachfolger als Staatssekretär, Eminenz?« Benthoek wandte seine Aufmerksamkeit Erzbischof Giacomo Grazini zu. »Wie sehen Sie seine Rolle in der Sitzung?«

»Still und nicht mit Ärger verbunden, Cyrus. Wie der slawische Papst mir gegenüber schon so treffend sagte, ist diese Sitzung eine günstige Gelegenheit für Erzbischof Graziani sich bekannt zu machen, während er sich darauf vorbereitet, seinen Dienst im Staatssekretariat anzutreten.«

Damit waren noch drei Namen auf Maestroiannis Delegiertenliste übrig: Michael Coutinho, General des Jesuitenordens, Generalminister Viktor Venable, Ordensgeneral der Franziskaner, und nicht zuletzt der alte und sturmerprobte Kardinal Svensen aus Belgien, von dem die nette Idee stammte die Bischöfe von Europas Kernland näher an die lukrativen Zirkel – und die politischen Schmelztiegel – der Europäischen Gemeinschaft heranzuführen.

Als Ordensgeneral der Jesuiten galt Michael Coutinho im Vatikan zum Beispiel traditionell als das Haupt aller Oberen der großen geistlichen Orden. Sein Einfluss auf die anderen Orden und religiösen Vereinigungen war immens. Und wenn jemand den Einfluss der Jesuiten auf das gemeine Volk in der Welt unterschätzte, dann konnte ihn ein Blick in die Länder der Dritten Welt eines Besseren belehren. Vor allem durch ihren Beitrag zur Befreiungstheologie hatten die Jesuiten eine führende Rolle gespielt, als es darum ging, den lateinamerikanischen und philippinischen Katholizismus aus ihrer willigen Akzeptanz der traditionellen Autoritäten heraus- und in die Kontroverse um bewaffnete Guerillabewegungen und politisches Handeln auf militanter Ebene hineinzuführen. Die antipäpstliche Gesinnung war inzwischen zum Markenzeichen der Jesuiten geworden.

Victor Venable, Generalminister der Franziskaner, war eine ebenso beeindruckende Gestalt. Während die Jesuiten Millionen

Katholiken von einer Theologie des transzendentalen Glaubens abgebracht hatten, und zwar zugunsten einer humanistischen Theologie im Westen und einer Theologie der diesseitigen sozialpolitischen Revolution in der Dritten Welt, hatten die Franziskaner mindestens ebenso viele Millionen vom Personenkult weggeführt, wie er früher für die römischen Katholiken in aller Welt so typisch gewesen war.

Indem sie die charismatische Bewegung förderten, hatten sich die Franziskaner stattdessen die nunmehr revidierten und entpersonifizierten Konzepte eines »neuen Himmels« und einer »neuen Erde« und – als durchaus erreichbares Ziel – des Friedens unter allen Menschen zu Eigen gemacht. Der Einfluss der Franziskaner auf die Newage-Bewegung und ihre breite Anerkennung unter den Protestanten hatten bereits ökumenische Brücken geschlagen, die sonst unmöglich gewesen wären.

Einig in ihrer Überzeugung, dass der Jesuit Coutinho und der Franziskaner Venable zu der Sorte von Brückenbauern gehörten, die unbedingt in die neue Allianz eingebracht werden mussten, wandten Maestroianni und Benthoek ihre Aufmerksamkeit dem pensionierten, doch noch immer energischen belgischen Kardinal Piet Svensen zu.

Wie Maestroianni vermutet hatte, war Svensen von Benthoek bereits gründlich unter die Lupe genommen worden. Offenbar hatte Svensen die Prüfung bestanden. Und das aus gutem Grund: In seinen jungen Jahren war der Belgier der maßgebliche Architekt und Konstrukteur der rücksichtslosen parlamentarischen Taktik gewesen, die den vatikanischen Rat zur Zeit des guten Papstes von seinem ursprünglichen Kurs gebracht hatten. Klug, wagemutig, stets selbstsicher, in seiner Seele entschieden antirömisch, mit lückenhaften theologischen Grundkenntnissen, doch fast messianisch in seiner Überzeugung von der eigenen historischen Rolle hatte Svensen Kontakte zu den höchsten Rängen der Europäischen Gemeinschaft und war überall beliebt.

»Seine Frömmigkeit hat etwas Pfingstliches.« Benthoek lachte. »Man sagt, er habe die Angewohnheit von der Kanzel gelegentlich minutenlang unzusammenhängendes Zeug zu brabbeln – eine ihm eigene Gabe, ›mit fremden Zungen zu sprechen‹ behauptet er. Aber Ihre Einschätzung des Belgiers hat den Nagel auf den Kopf getroffen, Eminenz. Er ist als so brutal ehrlich und rational bekannt, wie man es nur von einem guten Flamen erwarten kann. Wir müssen ihn unter allen Umständen für unser Bündnis gewinnen. Und bevor wir Straßburg verlassen, müssen wir unsere Pläne für Svensens Brückenschlag zwischen den europäischen Bischöfen und der EG konkretisieren.«

Am Sonntag, dem zwölften Mai, als ihnen noch ein Tag blieb, bis das offizielle Programm für die Schuman-Feierlichkeiten ihre ganze Zeit beanspruchen würde, brachte ein Mietwagen mit Chauffeur die beiden zu einer weiteren Arbeitssitzung hinaus in den Sandgau. Entlang der »Rue de la Carpe frite« wo sie auch jenen schmackhaften Fisch probierten, der sie so berühmt gemacht hatte, drehten sich ihre Diskussionen vornehmlich um Cyrus Benthoeks Gäste auf der Sitzung im Anschluss an die offiziellen Feierlichkeiten. Unter den fünf Personen, die Benthoek aus diesem Anlass um sich versammelt hatte, befanden sich vier Laien.

Nicholas Clatterbuck war ein Mann, der dem Kardinalstaatssekretär schon einige Male begegnet war. Er war der leitende Angestellte der Londoner Hauptgeschäftsstelle von Cyrus' transnationaler Anwaltskanzlei Crowther, Benthoek, Gish, Jen & Ekeus. Als Benthoeks rechte Hand in seinem Stammbüro war er ganz selbstverständlich an einem solchen Unternehmen beteiligt.

Außerdem nahmen zwei Mitglieder von Benthoeks internationalem Beraterstab teil: Serjoscha Gafin, ein Moskowiter, und Otto Sekuler aus Deutschland. Cyrus beschränkte sich auf einige knappe Bemerkungen über die beiden. »Zusammengenommen kennen sie jeden, der im neuen System der UDSSR, das sich allmählich herausbildet, einen Namen hat; und das wird für jedes Ostblockland von Bedeutung gelten.«

Der vierte Laie war in letzter Minute hinzugenommen worden. »Gibson Appleyard lautet sein Name, Eminenz. Seine Empfehlungen sind interessant: Nachrichtendienst der US-Marine, ausgeliehen an das amerikanische Außenministerium. Er macht ständig an den unmöglichsten Orten Urlaub um zu angeln. Er soll natürlich kein stimmberechtigtes Mitglied der Gruppe sein.

Ich meine, er wird keine Regierungsstelle vertreten. Aber er hat mich zufällig aus Washington angerufen und es erschiene mir – nun, ich würde sagen – nützlich, wenn er sich uns in einer inoffiziellen Funktion anschließt, falls Sie wissen, was ich meine.«

Maestroianni wusste durchaus, was sein Freund meinte. Und er teilte Cyrus Benthoeks Hoffnung, dass Appleyard selbst als inoffizieller Vertreter der Regierung der Vereinigten Staaten zumindest einige wertvolle Eindrücke von der geschlossenen Sitzung in Straßburg mit nach Hause nehmen würde. Appleyard hätte mindestens die Gelegenheit sich selbst eine Meinung zu bilden, warum der gegenwärtige Papst der neuen Weltordnung im Weg stand. Und er würde auch erfahren, dass alles, was Benthoek und Maestroianni vorschlugen, mit der aktuellen US-Politik vereinbar war.

Der einzige Geistliche unter Benthoeks Gästen in Straßburg war ein Mann, den Kardinal Maestroianni mit besonderer Freude einführte. Der Reverend Herbert Tartley war Mitglied der Kirche von England, der gegenwärtig der englischen Krone und dem Erzbischof von Canterbury als Sonderberater diente. Es bestand kein Zweifel, dass er sich früher oder später auf den Stuhl von Canterbury hochdienen würde.

Maestroianni wusste, dass es immer Spekulationen über das Vermögen der englischen Krone geben würde. Aber der Kardinalstaatssekretär glaubte in der englischen Krone die charakteristischen Züge eines Machtsystems zu erkennen, das sich auf profundeste Kenntnisse all dessen, was auf der Welt vor sich ging, stützte. Einer Macht, die auf Fundamenten ruht, die so tief in der westlichen Zivilisation verankert waren, dass sie so lange wie diese Zivilisation selbst zu überdauern vermochte. Maestroianni wusste auch, dass das Machtsystem, in das die englische Krone eingebettet war, nichts mit einem transzendenten Gott zu tun hatte, geschweige denn damit, sich einem Jesus von Nazareth, dem Gekreuzigten, als der zentralen Gestalt der Heilsgeschichte zu unterwerfen; dass Reverend Herbert Tarley ein aufgehender Stern in der Kirche von England war; dass es sich bei der Kirche von England um ein historisches Anhängsel des Throns handelte; und dass alle drei zusammengenommen eine

Art Eintrittskarte in die ausschließlich menschenbezogene Zukunft in der kommenden neuen Ordnung der Menschheit darstellten.

Als er am Sonntagabend schließlich in seine Suite im Palais d'Alsace zurückkehrte, war Staatssekretär Kardinal Maestroianni mit der Arbeit dieses Wochenendes ungemein zufrieden. Seine Eminenz schlief immer gut, wenn er auf den kommenden Tag vorbereitet war.

Es gibt keine »Straße der gebackenen Karpfen« im Vatikan. Und auf der Tagesordnung des polnischen Papstes für Sonntag, den zwöften Mai, standen keine müßigen Ausflüge. Heute war der Tag seiner Abreise zu den Feierlichkeiten in Fatima, über die der Kardinalstaatssekretär sich so erregt hatte. Um halb vier Uhr nachmittags begaben sich der Papst und sein Sekretär Monsignore Daniel Sadowski gemeinsam mit einigen persönlichen Untergebenen des Heiligen Vaters eiligen Schrittes zum wartenden Helikopter der Alitalia. Ihr Abflug nach Fiumicino fand genau zum vorgesehenen Zeitpunkt statt, so wie auch ihre Weiterreise von Fiumicino nach Portugal. Gegen halb neun an diesem Abend hatte Seine Heiligkeit wohlbehalten seine Unterkunft in Fatima erreicht.

Nach einem verspäteten Abendessen trafen sich der Papst und Sadowski mit dem Bischof von Fatima-Leiria und den örtlichen Organisatoren, um sich über den Ablauf der morgigen Ereignisse anlässlich des vierundsiebzigsten Jahrestages der ersten Erscheinung der Heiligen Jungfrau Maria vor drei Hirtenkindern aus Fatima zu informieren. Am Morgen sollte das Pontifikalhochamt stattfinden. Die Privataudienzen, die darauf folgten, waren so zahlreich, dass sie sich bis weit in die Nachmittagsstunden hinziehen würden. Das Treffen der Jugend – für diesen Papst immer ein wichtiger Bestandteil – war für den frühen Abend vorgesehen. Nach Einbruch der Dämmerung sollte der öffentliche Teil des Papstbesuches in einer Messe und Prozession bei Kerzenlicht ihren Höhepunkt finden.

»Alles in allem, Euer Heiligkeit«, hob der Bischof mit sichtlicher Zufriedenheit hervor, »werden morgen gut anderthalb Millionen Menschen zugegen sein. Zu dem Jugendtreffen allein erwarten wir eine Million. Und zur Messe bei Kerzenlicht eine Viertelmillion bis dreihunderttausend. Und all das wird von Radio und Fernsehen in ganz Europa und anderen Kontinenten übertragen.«

»Etwas Wichtiges, Exzellenz.« Es war der Papst, der eine Frage an den Bischof richtete. »Ich finde hier mein Treffen mit Schwester Lucia nicht erwähnt. Das war sicher ein Versehen, Exzellenz. Wann wird es stattfinden?«

»Ich dachte, Euer Heiligkeit sind sich bewusst ...« Der Bischof war um die rechten Worte verlegen.

Seine sichtbare Verwirrung erfüllte den Pontifex mit plötzlicher Sorge. Lucia lebte in den Seelen von Hunderten Millionen Menschen überall auf der Welt als die einzige Überlebende der drei kindlichen Seher von Fatima. Aber sie war inzwischen eine greise Frau, weit über achtzig. Deshalb war es verständlich, dass Seine Heiligkeit sich im ersten Moment um die Gesundheit der Nonne sorgte. »Bewusst?«, griff Seine Heiligkeit das letzte Wort auf. »Wessen bewusst, Exzellenz? Wo ist die Schwester? Ist sie krank?«

»Schwester Lucia geht es gut, Heiliger Vater. Damit hat es nichts zu tun.« Der Bischof blinzelte. »Sie ist in ihrem Nonnenkloster in Coimbra, einige Kilometer nördlich von hier.«

»Womit hat es dann zu tun, Exzellenz? Also noch einmal: Wann wird Schwester Lucia in Fatima eintreffen?«

Völlig außer Fassung tastete der Bischof nach seiner Aktentasche. »Ich dachte, Euer Heiligkeit wüssten davon ... Ich habe sie hier ... irgendwo unter diesen Papieren ... Da ist sie ja. Eine Kabeldepesche vom Kardinalstaatssekretär, die den Bann erneuert ...«

Er brauchte nichts weiter zu erklären. Als der Papst ihm die Kabeldepesche abnahm und durchlas, verstand er alles. Vor vier Jahren hatte Seine Eminenz Kardinal Maestroianni der Schwester Lucia jeglichen Kontakt zur äußeren Welt untersagt. Unter Androhung der Exkommunizierung durfte Lucia keine Besucher mehr empfangen. Sie durfte keine öffentlichen Erklärungen über die Botschaft von Fatima und damit verbundene Themen abgeben. Und vor allem war es ihr verboten, ohne die ausdrückliche Erlaubnis des Kardinals ihr Nonnenkloster zu verlassen oder auch nur einen Fuß nach Fatima zu setzen. Mit grimmiger Miene gab der Pontifex die Kabeldepesche an Monsignore Daniel weiter.

Monsignore wählte Generalmeister Damien Slatterys Nummer im Angelicum in Rom und reichte dann dem Papst das Telefon. Binnen wenigen Sekunden begriff Slattery die Situation. Er bat den Heiligen Vater ihm das Datum und die Codenummer auf der Kabeldepesche vorzulesen.

»Ich rufe Euer Heiligkeit in spätestens einer Stunde zurück. Über die private Leitung natürlich.«

Slattery befahl sofort seinen Wagen vorzufahren. Dann rief er Maestroiannis Sekretär Monsignore Taco Manuguerra an um herauszufinden, wen Seine Eminenz als Stellvertreter während seine Abwesenheit eingesetzt hatte.

Manuguerra wand sich. »Seine Eminenz ist bis Dienstag unterwegs, Pater General ...«

»Ja, Monsignore, das weiss ich selbst.« Slattery war seine Aufregung deutlich anzuhören. »Erzbischof Buttafuoco ist als stellvertretender Staatssekretär eingesprungen. Finden Sie ihn und richten Sie ihm aus, dass ich ihn in zwanzig Minuten in seinem Büro im Sekretariat sehen will.«

»Um diese Stunde, Pater General? Wie soll ich ihm erklären ...?«

»In zwanzig Minuten, Monsignore!«

Als der weiß gewandete Riese von einem Dominikaner wie ein zorniger Geist in Canizio Buttafuocos Büro im verwaisten zweiten Stock des Papstpalastes stürmte, ging der Erzbischof auf dem Teppich auf und ab um seine Nerven zu beruhigen. Wie Taco Manuguerra und jeder andere im Vatikan kannte er Damien Slatterys privilegierte Position im päpstlichen Haushalt. Slattery kam gleich zur Sache.

»Bitte lesen Sie mir Kabeldepesche Nummer 207[illegible]3L vor.«

Buttafuoco gehorchte.

»Auf wessen Geheiß ist diese Depesche geschickt worden?«

»Auf Geheiß des Kardinalstaatssekretärs, Pater.«

»Sehr gut, Exzellenz. Als stellvertretender Sekretär werden Sie mich freundlicherweise in den Senderaum begleiten, wo Sie mit einer zweiten Depesche diese hier aufheben sollen.«

Erzbischof Buttafuoco fing an zu schwitzen. »Das kann ich nicht tun ohne mich vorher mit Seiner Eminenz zu beraten.«

Slattery stand bereits an der Tür. »Damit Ihnen eines ganz klar ist, Exzellenz: Dies ist ein Befehl des Heiligen Vaters. Wenn Sie sich weigern, werden Sie für den Rest Ihrer Dienstjahre Säuglinge in Bangladesch taufen. Und wenn jemand Ärger bekommen wird, dann bin ich das. Und wenn Sie nicht vorsichtig sind, könnten Sie sich sogar als Held erweisen – ganz gegen Ihre Natur.«

Binnen fünfundvierzig Minuten nach dem Anruf des Heiligen Vaters konnte ein zufriedener Generalmagister Seine Heiligkeit telefonisch darüber unterrichten, dass eine Kabeldepesche an die Mutter Oberin von Schwester Lucias Kloster in Coimbra geschickt worden sei. Kurz darauf hatte die Mutter Oberin den stellvertretenden Staatssekretär angerufen um sich zu vergewissern, dass die Depesche aus dem Sekretariat stammte und offiziellen Charakter hatte.

Die Stimme des Pontifex klang gelöst. »Dann wird Schwester Lucia morgen zum Hochamt in Fatima sein, Pater General?«

»Das wird sie, Heiliger Vater. Sie wird morgen an dem Hochamt teilnehmen. Und sie wird für eine Privataudienz mit Euer Heiligkeit bleiben.«

In den frühen Morgenstunden wurde Staatssekretär Kardinal Maestroianni im Palais d'Alsace in Straßburg von einem Anruf der Hotelrezeption aus seinem traumlosen Schlaf gerissen.

»Verzeihen Sie, Eminenz«, entschuldigte sich der Nachtportier. »Aber aus Rom ist eine dringende Kabeldepesche für Sie eingetroffen.«

Der Kardinal griff nach seinem Morgenrock. »Lassen Sie sie sofort heraufbringen.«

Die Nachricht stammte von Erzbischof Canizio Buttafuoco. Sie enthielt im Wesentlichen den Text einer Depesche, die er an Schwester Lucias Kloster in Coimbra geschickt hatte und die anordnete, dass die Nonne am folgenden Morgen, dem dreizehnten Mai, in Fatima erscheinen solle. »Der Generalmagister«, hatte Buttafuoco als einzige Erklärung hinzugefügt.

»Schon wieder Slattery.« Maestroianni schüttelte den Kopf und legte die Depesche beiseite. Realist, der er war, stieg er ins Bett zurück und schloss die Augen. Ein kleines Scharmützel würde nicht die große Schlacht entscheiden. Und mit Slattery würde er schon noch fertig werden. Früher oder später wäre auch er aus dem Weg geräumt.

X

Jeder Augenblick der offiziellen Gedächtnisfeiern zum Schuman-Tag am Montag, dem 13. Mai, war, so schien es Kardinal Maestroianni, ganz vom Geist Robert Schumans erfüllt. Von seinem Platz irgendwo in Gottes Ewigkeit sah dieser ruhige, geduldige Mann durch seine Hornbrille herab und lächelte.

Der erste Teil der offiziellen Feiern – ein Kongress aller Delegierten – fand im großen Palais de l'Europe am Ufer der Ill statt. Es herrschte eine so herzliche, ja freundschaftliche Atmosphäre, dass selbst der übliche und akzeptierte Chauvinismus unter den Nationen beiseite blieb.

Die Franzosen gaben sich zurückhaltend. Der Deutschen nahmen eine Haltung des Leben-und-leben-Lassens an. Die Italiener priesen Robert Schuman ohne auch nur den geringsten italienischen Anteil an seiner Kultur zu behaupten. Die Briten redeten, als seien sie nicht weniger Europäer als alle anderen und als bedeute ihnen Schuman so viel wie Winston Churchill.

In seiner eigenen kurzen Ansprache überbrachte Staatssekretär Kardinal Maestroianni den Segen des Heiligen Vaters beinahe Wort für Wort, so wie ihm vom Pontifex erst vor drei Tagen aufgetragen. »Jeder Teilnehmer an diesem Kongress« – dabei lächelte der Kardinal alle an – »arbeitet an einem bedeutenden

Projekt. Das Europa, an dem wir bauen, ist die Zukunftshoffnung vieler Millionen Menschen.«

Kardinal Maestroianni fand Cyrus Benthoek schnell in der sich nach dem Mittagessen verstreuenden Menschenmenge. Gemeinsam spazierten sie durch die Gärten, genossen beide die Gegenwart des anderen, wie es nur alten Freunde können, und schwelgten in der Vorfreude auf das private Treffen, das endlich beginnen sollte.

»Hören Sie, Eminenz.« Benthoek hob beide Hände zur vertrauten *Orans*-Geste, als huldige er einer unsichtbaren Präsenz. »Lauschen Sie einfach der Stille!«

Als sie sich der Stelle näherten, die sie für ihr zurückgezogenes Gespräch ausgesucht hatten, reagierte Seine Eminenz mehr auf die Stimme als auf die Worte seines Begleiters. »Ich glaube, in diesen Tagen genießen wir alle einen besonderen Segen.«

In der großen Halle war unter Nicholas Clatterbucks Anleitung alles perfekt hergerichtet worden. Vor jedem Stuhl lag auf einem langen Konferenztisch ein Ordner mit biografischen Notizen zu jedem der wichtigsten Teilnehmer. Obwohl alle wussten, warum sie hier waren, hatte Clatterbuck eine kurze Zusammenfassung der allgemeinen Tagesordnung für diese Sitzung beigefügt. Die Assistenten einiger Delegierter blätterten noch ein letztes Mal durch die Unterlagen, bevor die Veranstaltung begann. Bald würden sie auf den Stühlen Platz nehmen, die für das Personal ein Stück abseits an der Wand bereitstanden. An der gegenüberliegenden Wand standen Tischreihen, großzügig mit Straßburger Delikatessen und einer Auswahl von Weinen und Mineralwasser angerichtet.

Unter den Gruppen, die sich bereits in der Halle befanden, sah Maestroianni seine drei römischen Kardinäle und Erzbischof Graziani, die gemeinsam dem belgischen Kardinal Piet Svensen zulächelten. Mit seiner massigen Gestalt und den großen, hervorstehenden Augen im ernsten Gesicht war Svensen, während er die vatikanischen Vertreter mit seinen bunt schillernden Erinnerungen unterhielt, ganz offensichtlich in seinem Element. Kardinal Silvio Aureatini – tadellos gekleidet in die prachtvollen

Amtstracht, die seinem Rang als dem jüngsten unter den vatikanischen Kardinälen entsprach – hörte mit offenkundigem Vergnügen zu. Aureatini wurde allmählich etwas pausbäckig.

Selbst die sonst so säuerlichen Züge des Kardinals Noah Polombo, des für Liturgie und kanonisches Recht Zuständigen, lösten sich so weit, dass man fast von einem Lächeln reden konnte, als er sich Seite an Seite mit dem leichenblassen und hageren Pensabene Svensens Geschichten anhörte. Auch Erzbischof Giacomo Graziani, der designierte Staatssekretär, hatte sich der Gruppe angeschlossen. Geschäftsmäßig, von beeindruckender Größe und angenehmer Erscheinung, hatte er bereits schwer an der Last des Amtes zu tragen, das ihn bald zum zweiten Mann nach dem Papst machen würde.

Maestroianni und Benthoek waren gerade im Begriff sich der Gruppe anzuschließen, als Cyrus seinen Namen rufen hörte. Die beiden drehten sich um und sahen einen kleinen, kräftig gebauten, breitschultrigen Burschen, ein Glas Wein in der Hand, vom Tisch mit den Erfrischungen auf sie zukommen.

»Darf ich Ihnen Serjoscha Gafin vorstellen, Eminenz.« Benthoek klopfte dem russischen Vertreter in seinem internationalen Stab freundlich auf die Schulter. »Er ist ein bezaubernder Konzertpianist. Und er kann Sie mit Schilderungen aus seinem geliebten Russland und alles Slawischen regelrecht in seinen Bann schlagen.«

Benthoeks zweiter internationaler Berater schloss sich den dreien an. Statt abzuwarten bis Cyrus ihn vorstellte, machte er eine steife Verbeugung. »Seine Ehrwürdige Eminenz, ich bin Otto Sekuler.« Die Stimme des Deutschen klang schneidend scharf und herausfordernd. Der kerzengerade Rumpf und die breiten Schultern, der Stiernacken, die stahlgerahmte Brille und der spiegelglatte kahle Schädel erinnerten Seine Eminenz an all die Nazibeamten, von denen er in seiner langen Karriere gehört hatte. Immer noch lächelnd wandte der Kardinalstaatssekretär den Blick von Sekuler ab und sah Cyrus fragend an. Luchsäugig wie immer, wenn es um die Reaktioneo des Kardinals ging, nickte Benthoek einfach leicht mit dem Kopf, als wolle er sagen: »Warten Sie's ab.«

Zu der schnell wachsenden Gruppe um den römischen Kardinal und den amerikanischen Transnationalisten gesellte sich ein weiterer Gast Benthoeks. Noch bevor er ihm vorgestellt wurde, erkannte Maestroianni alle klassischen Merkmale eines *Anglosassone*. Gibson Appleyard war der Amerikaner schlechthin – muskulös gebaut, mit glatter Haut, sandfarbenem, mit grauen Strähnen durchzogenem Haar und einem offenen Blick.

»Freut mich Euer Eminenz kennen zu lernen.« Appleyard erwiderte Cyrus' Vorstellung mit einem gewöhnlichen, keineswegs scherzhaft gemeinten Händedruck. Als Mann von Mitte fünfzig schien er dem Kardinal der ideale Nachrichtendienstler. Abgesehen von seiner ungewöhnlichen Größe hatte er nichts Bemerkenswertes an sich. Wie die meisten Angelsachsen vergaß man Appleyard schnell wieder.

»Nun, dies ist ein historischer Augenblick, meine Herren.« Mit der ihm eigenen, quasiliturgischen Geste segnete Benthoek die seltsam bunt gemischte Versammlung von Fremden und Klerikern aus dem inneren Kreis des römischen Katholizismus. »Er wird Früchte tragen. In rauen Mengen.«

Wie auf ein Stichwort hin erschien Nicholas Clatterbuck in Begleitung Reverend Herbert Tartleys, des Vertreters der Kirche von England, der sich, adrett und bei bester Laune, mit seinem runden Kragen, dem schwarzen Priestergewand und den Gamaschen, ob seiner Verspätung vielmals entschuldigte. Vor der Halle und entlang der Wände des kleinen Trianon nahm Clatterbucks kleine, bis dahin unauffällige Armee aus Leibwächtern ihre zugewiesenen Posten ein.

Die Sitzordnung war einfach und übersichtlich. Auf der einen Seite des Tisches nahm Kardinal Maestroianni den Ehrenplatz in der Mitte ein. Die Mitglieder seiner Delegation zu beiden Seiten von ihm bildeten eine farbenfrohe Phalanx mit ihren juwelenbesetzten Kreuzen vor der Brust, ihren Soutanen mit den roten Knöpfen, ihren Schärpen und Käppchen. An der Wand hinter der vatikanischen Abordnung saßen, wie eine Reihe menschlicher Zimmerpflänzchen, schweigend die zwei bis drei Assistenten und Berater, die jeder Teilnehmer mitgebracht hatte.

Maestroianni gleich gegenüber saß Cyrus Benthoek. Er hatte Reverend Tartley als Ehrengast unmittelbar zu seiner Rechten gesetzt. Eher Beobachter denn Delegierter ignorierte Gibson Appleyard die Sitzordnung und suchte sich einen Platz ein Stück abseits von den anderen.

Angesichts der antipäpstlichen Ausrichtung dieser Sitzung war es den beiden Veranstaltern sinnvoll erschienen, dass Cyrus Benthoek den Vorsitz übernahm. Er stand auf um die Veranstaltung zu eröffnen und sah die versammelten Delegierten nacheinander an.

Was er vor sich hatte, war in Wirklichkeit eine bunte Mischung von Leuten, die untereinander ebenso zerstritten waren wie mit dem Papsttum. Die reservierte Stimmung – das tief empfundene Misstrauen – schwebte wie eine Wolke über der Versammlung. Dennoch spürte jeder Anwesende die Autorität in den starren blauen Augen des Amerikaners. »Wenn ich Ihre Namen aufrufe, meine lieben Freunde«, begann Benthoek mit klarer, lauter Stimme das Eis zu brechen, »erheben Sie sich bitte, damit wir Sie sehen können. Sofern Sie Assistenten und Berater mitgebracht haben, möchten Sie sie uns bitte vorstellen.«

Nachdem diese Prozedur beendet war, kam Benthoek zum eigentlichen Thema. »Der Grund, meine Freunde, warum wir uns auf eine so formlose Weise getroffen haben, ist zunächst einmal der, dass wir uns kennen lernen wollen. Dass wir uns der Ressourcen und Stärken bewusst werden wollen, die wir in ein lohnenswertes Unternehmen einbringen können. Dann wollen wir uns einen Eindruck – wenn auch vielleicht keine endgültige Aufklärung – verschaffen, ob wir alle als Individuen oder als Gruppe schon zu einer Einstellung gefunden haben, was dieses besondere und wichtige Unternehmen angeht.« Benthoek schlug nun einen vertraulichen Ton an, der dennoch um keine Spur weniger autoritär klang. »Freunde, wir können heute Abend in völliger Offenheit reden. Ohne Ausnahme sind wir alle hier am Wohlergehen der römisch-katholischen Kirche interessiert.« Es entstand ein wenig Unruhe, als Kardinal Palombo sich in seinem Stuhl zurechtrückte.

»Wir alle schätzen diese Kirche« – Benthoek gönnte Noah

Palombo ein brüderliches Lächeln – »nicht nur als eine verehrungswürdige und jahrtausendealte Institution. Für die Mehrheit unserer ehrwürdigen Gäste heute Abend ist die Kirche von Rom die Kirche ihrer Wahl.« Ein Blick aus blauen Augen überflog all die Schärpen und Knopfreihen auf Maestroiannis Seite des Tisches und richtete sich dann auf die ganze Versammlung. »Aber was noch wichtiger ist: Diese römisch-katholische Kirche hat einen unschätzbaren Wert für uns alle. Einen überaus wichtigen Wert als ein stabilisierender Faktor – sozial, politisch und ethisch.« Benthoek machte eine Pause und ließ seine Worte wirken. »Und vor allem ist diese Kirche eine *conditio sine qua non* für die Etablierung der neuen Weltordnung unter den Menschen.«

Seine Stimme hatte nichts Leichtes mehr, als der Amerikaner zu seiner ersten Hauptaussage kam. »In der Tat, meine lieben Freunde. Obwohl ich selbst kein römischer Katholik bin, wage ich zu behaupten, dass in dem Fall, dass die Kirche durch irgendwelche unglücklichen Umstände von einem Tag zum anderen verschwände, ein klaffender Riss in der Gemeinschaft der Nationen zurückbliebe. All unsere menschlichen Institutionen würden von diesem Riss verschlungen wie von einem schwarzen Loch des Nichts. Nichts – nicht einmal eine menschliche Kulturlandschaft – bliebe noch übrig. Ich akzeptiere dies als eine harte, unbestreitbare Tatsache unseres Lebens, ob sie uns gefällt oder nicht. Also, meine lieben Freude: Freuen Sie sich wie ich darüber, dass wir die Schlüsselgestalten dieser wertvollen und verehrungswürdigen Institution heute Abend bei uns haben.«

Kardinal Maestroianni führte in Gedanken eine Checkliste der Punkte, die Benthoek ansprach. Erstens: Für die praktischen Erwägungen der neuen Allianz blieb die römisch-katholische Kirche als institutionelle Organisation unentbehrlich. Als Institution war die Kirche nicht das Ziel. Abgehakt. Zweitens: Der Kardinal und seine Delegation waren hier als potenzielle Verbündete in dem Bestreben diese Organisation nach den Zielen dessen auszurichten, was Benthoek »eine neue Weltordnung unter den Menschen« genannt hatte. Abgehakt. Drittens: Der erste Schritt ihrer Zusammenarbeit bestand darin, die historische Trennung zwischen den Personengruppen zu beiden Seiten des Tisches aufzuheben. Abgehakt.

Seine Eminenz wurde von seiner Liste abgelenkt, als die Aufmerksamkeit im Saal sich Michael Coutinho zuwandte, dem Ordensgeneral der Jesuiten. Coutinho hatte die Hand gehoben um anzudeuten, dass er etwas zu sagen hatte, bevor es weiterging.

»Ja, Pater General.«

Michael Coutinho saß steif da. Wie jeder Jesuit trug er weder Schmuck noch Zeichen seiner Würde auf dem schwarzen Amtskleid. Anders als andere Jesuiten allerdings war der Ordensgeneral der Gesellschaft Jesu – was besonders für Coutinho galt – im Vatikan und überall auf der Welt als »der schwarze Papst« bekannt. Jahrhundertelang war damit zutreffend die enorme weltweite Macht und das Ansehen des Jesuitenordens in seinem verschworenen Eintreten für Papst und Papsttum beschrieben worden. In letzter Zeit allerdings war es eine ebenso zutreffende Beschreibung der gemeinschaftlichen jesuitischen Opposition gegen den Heiligen Stuhl geworden. So wie schwarz weiß entgegengesetzt ist, so stand der schwarze Papst in Opposition zum weißen Papst.

Der Jesuit versuchte seine Ungeduld nicht zu verhehlen. »Wir haben nur wenig Zeit, Mr. Benthoek. Ich glaube, wir sollten gleich zur Sache kommen. Seien wir offen. Unter den verschiedenen Gruppen, die hier vertreten sind« – Coutinhos Blick ließ niemanden zu beiden Seiten des Konferenztisches aus – »gibt es meiner Meinung nach keine zwei, die sich darüber einig wären, wie die Politik des Heiligen Stuhls – und die Verwaltung der Kirche – in Zukunft aussehen soll. Ich bin der Überzeugung, dass jeder von uns für eine andere Organisationsform der Kirche stimmen würde.

Zugleich hat unser geschätzter Mr. Benthoek begriffen, dass wir trotz all unserer Differenzen in einem entscheidenden Punkt übereinstimmen: Wir sind uns alle darin einig, dass ein radikaler Wandel erforderlich ist. Ein radikaler Wandel auf höchster Ebene.« Wie schon zuvor pflichteten einige mit einem Nicken bei. »Was wir jetzt unternehmen müssen, ist deshalb leicht zu sagen. Wir müssen uns in einem entscheidenden Punkt einig sein: dass ein radikaler Wechsel an der Spitze der Kirche nötig ist. Wenn uns wenigstens das heute Abend gelänge, dann könnten wir als Konsequenz daraus Richtlinien formulieren, mit welchen Maßnahmen dieser Wandel herbeigeführt werden kann und welche Reichweite diese Maßnahmen haben sollten.«

Hervorragend!, dachte Maestroianni. Nicht einmal Cyrus selbst hätte das Ziel dieser Sitzung besser oder deutlicher formulieren können. Wenn sie sich heute Abend über ihre Mission einig wurden, konnten sie einen Mechanismus ausarbeiten um alles, was nun folgen müsste, möglichst elegant auszuführen. Aber warum setzte sich der Jesuit nicht?

»Nachdem das klar ist«, fuhr der schwarze Papst fort, »gibt es einen wesentlichen Vorbehalt, den zu äußern ich wohl eher berufen bin als jeder Einzelne unter meinen Zuhörern. Wenn wir einen falschen Schritt tun – entweder durch unsere grundsätzlichen Entscheidungen am heutigen Abend oder durch eine der Maßnahmen, auf die wir uns in den kommenden Tagen hoffentlich einigen werden –, dann können wir damit rechnen, dass wir überlegene Mächte auf den Plan rufen, die uns gnadenlos zermalmen werden. Glauben Sie mir! Wir in der Gesellschaft Jesu wissen alles über diese Mächte. Und über deren Gnadenlosigkeit.«

Alle Anwesenden waren gefangen von der Leidenschaft in Michael Coutinhos Blick, als er die gegenwärtige Position seines weltweiten Ordens klarstellte. »Wir in unserer Gemeinschaft leben völlig ruhigen Gewissens. Wir sind mit unserem Eid an Christus gebunden. Wir sind verpflichtet dem Vikar Petri zu dienen, dem Bischof von Rom. Sofern wir der Meinung sind, dass er dem manifesten Willen Christi gehorcht, wie er sich in den irdischen Zeitläuften äußert, sind wir verpflichtet ihm zu dienen. Das ist alles, was ich zu sagen habe.«

Ruhig und kühlen Kopfes wie immer wollte Benthoek schon aufstehen und die Leitung der Sitzung wieder zu übernehmen, als sich der grimmige Noah Palombo erhob. Kardinal Palombo war ein Mann für schnelle Verfahren. Er hielt nicht viel von langwierigen Abwägungen des Für und Wider. Und er würde sich nicht von den Gefahren abschrecken lassen, die der Jesuitengeneral angedeutet hatte.

Der Kardinal hatte eine einfache Empfehlung vorzubringen. »Einer von uns«, schlug er vor, »sollte den entscheidenden Punkt formulieren, wie Pater General Coutinho es am Anfang seiner Bemerkungen empfohlen hat: die Notwendigkeit für einen radikalen Wechsel auf der höchsten Ebene der kirchlichen Hierarchie. Wenn niemand hier am Tisch diesen Gedanken klar und annehmbar – und im Hinblick auf seine praktische Umsetzung – formulieren kann, dann verschwenden wir unsere Zeit. Wenn sich allerdings jemand unter uns an diese Aufgabe macht und wir in dieser Hinsicht Übereinstimmung erzielen können – dann habe ich noch einen weiteren Vorschlag.«

Noch bevor Palombo sich wieder gesetzt hatte und fast wie auf ein Stichwort – so kam es Maestroianni zumindest vor –, erhob Kardinal Leo Pensabene seine große, knochige Gestalt mit der selbstgewissen Haltung eines Mannes, der davon ausgeht, dass ihm alle zustimmen werden. Zu Maestroiannis Erleichterung gab Leo Pensabene sich heute weniger streitbar denn väterlich. »Ohne mir selbst allzu sehr schmeicheln zu wollen«, begann er, »glaube ich von mir behaupten zu können, dass ich mich in der idealen Position befinde um diese Übereinkunft zu formulieren, wie der Pater General und mein verehrter Bruder Kardinal angeregt haben.« Eine kleine Verbeugung vor Couthino und eine weitere vor Palombo.

»Ich habe mich darüber sogar schon mit meinen Mitbrüdern im Kollegium beraten. Auch sie sind der Ansicht, dass ich unsere Haltung am besten formulieren könnte.« Da Kardinal Pensabene eine bedeutende Fraktion im Kardinalskollegium anführte, war die letzte, scheinbar beiläufige Information ein ermutigendes Anzeichen für Unterstützung in jenen Teilen des Vatikans, von denen Macht und Einfluss ausgingen. »Wenn sie praktischen Nutzen haben soll, muss unsere Übereinkunft sich auf Fakten gründen. Auf die Fakten der konkreten Situation. Worauf könnten wir sonst aufbauen?

Die primäre Tatsache ist folgende: Durch Anwendung der Prinzipien des Zweiten Vatikanischen Konzils war seit 1965 das Leben und die Entwicklung des Volkes Gottes – aller römischen Katholiken – vor allem von drei neuen Strukturen bestimmt, die in der institutionellen Organisation der Kirche am Werk sind. Da ist zunächst« – Pensabene hob einen knochigen Finger seiner rechten Hand – »der Internationale Rat für christliche Liturgie.« Eine zweite Verbeugung vor Palombo als dem Vorsitzenden dieses Rats. »Der IRCL ist heute für alle Katholiken die verbindliche Autorität in allen Fragen des Gottesdienstes und der Liturgie. Wenn wir also über den IRCL sprechen, berühren wie den Kern der individuellen Moral jedes Katholiken.

Zweitens« – er ließ einen zweiten knochigen Finger seiner rechten Hand hochschnellen – »gibt es die Erneuerung des christlichen Zeremoniells, die vom jüngsten Kardinal unter uns geleitet wird. Die Funktion der ECZ«, fuhr er rasch fort, »besteht darin, die neuen Formulierungen unseres Glaubens einzuführen; und dafür zu sorgen, dass sie nicht nur in der Spende der Sakramente, sondern in der religiösen Erziehung der Kinder und Erwachsenen gleichermaßen Anwendung finden. Wenn wir also von der ECZ sprechen, berühren wir die soziale Moral des katholischen Lebens an der Wurzel.

Und drittens« – Pensabene hielt nun drei Finger in die Höhe – »drittens müssen wir die Kommissionen für Gerechtigkeit und Frieden überall auf der Welt, einschließlich Roms, in Betracht ziehen.

Aufgrund meine eigenen engen Verbundenheit mit den KGF kann ich Ihnen versichern, dass sie in ihrer genauen Funktion und Zielrichtung ein großer Erfolg waren. Sie sorgen dafür, dass die neuen demokratischen Prinzipien, die in die Philosophie und ins politische Handeln der heutigen Kirche eingegangen sind, von jedem verstanden werden. Außerdem stellen sie sicher, dass man diese Prinzipien überall in der katholischen Kirche propagiert. Besonders in den von Armut heimgesuchten Ländern der Dritten Welt haben die KGF große Fortschritte erzielt. Es liegt daher auf der Hand, dass wir, wenn wir über die KGF sprechen, von der politischen Moral der katholischen Gläubigen in aller Welt sprechen.«

Pensabene wandte den Kopf um nacheinander alle Anwesenden anzusehen. »Rund um die Welt sind also drei maßgebliche Strukturen an Werk – der IRCL, die ECZ und die KGF. Sie stehen für drei wesentliche moralische Sphären – die persönliche, die soziale und die politische. Deshalb haben sie auch in dreierlei Hinsicht Konsequenzen für den Zweck unserer heutigen Sitzung. Jede dieser drei innovativen Strukturen geht vom Heiligen Stuhl aus. Entsprechend werden diese Strukturen und ihre Aktivitäten von einer großen Mehrheit der Bischöfe in unserer Kirche gebilligt. Und durch den IRCL, die ECZ und die KGF spricht dieselbe Mehrheit der Bischöfe zunehmend im Namen des Heiligen Stuhls! Der Trend geht mehr und mehr dahin, dass diese Bischöfe – über die Gesetzgebung und in beratender Funktion – *anstelle* des Heiligen Stuhls sprechen!«

Die wenigsten hatten Pensabene je so enthusiastisch erlebt. »So entscheiden diese Bischöfe bereits über grundlegende moralische Fragen für alle Katholiken. Für das Volk Gottes. Entscheidungen über grundlegende Fragen der individuellen, sozialen und politischen Moral sind *de facto* von den Bischöfen getroffen worden. Oder, um es anders auszudrücken: In allen praktischen Belangen haben die Bischöfe die erhabene Lehrautorität der Kirche übernommen – das Magisterium, wie es in früheren Zeiten genannt wurde. *De facto* werden die Bischöfe als Sprachrohr Gottes anerkannt.

Was ich Ihnen hier schildere – und was Sie inzwischen sicher alle eingesehen haben dürften –, ist ein evolutionärer Zustand, der nur darauf wartet, institutionell festgeschrieben zu werden. Denn wenn die Bischöfe und das Volk Gottes uns etwas vor Augen führen, dann sicherlich, dass kein Bedarf mehr an der alten Grundlage für Autorität und Weiterentwicklung in der Kirche besteht. Diese alten Fundamente sind brüchig geworden. So bald wie möglich benötigen wir ein Papsttum, das der neuen Realität entspricht. Ein Papsttum, das der konkreten Situation *de facto* Tribut zollt. Ja, ein Papsttum, das diese Situation *de jure* anerkennt.«

Nachdem er so geendet wie angefangen hatte – mit beiden Beinen fest auf dem Boden der konkreten Situation – und sicher sein konnte, dass er sich praktisch, überzeugend und eloquent ausgedrückt hatte, ließ Kardinal Pensabene sich langsam, geradezu majestätisch nieder. Wenn Pensabenes Entschlossenheit

Früchte trug – und die Allianz von Straßburg Erfolg hatte –, würde der Papst sich den Umständen, wie der Kardinal sie dargelegt hatte, *de facto* beugen müssen; sonst wäre der Papst bald kein Papst mehr.

Nachdem nun Pensabenes Vorschlag auf dem Tisch lag, schien es nur logisch, die erste Abstimmung durchzuführen. Aber weil sich die Dinge etwas rascher entwickelten, als Benthoek erwartet hatte, war keine Gelegenheit geblieben die Stimmung in der Gruppe verlässlich auszuloten. Gut, einige hatten hin und wieder zustimmend genickt – aber auch das nicht durchweg.

Weil er sich bewusst war, dass eine erfolglose Abstimmung zu einer ausgedehnten Debatte führen würde – und aller Wahrscheinlichkeit nach zu einem frühen und unrühmlichen Ende der mit so vielen Hoffnungen verbundenen Allianz von Straßburg –, sah Benthoek über den Tisch hinweg Kardinal Maestroianni an. Die vage Bewegung von Maestroiannis Kopf bedeutete ihm vorsichtig zu sein. Das genügte Benthoek. Offenbar war eine wohl überlegte Werbung um Stimmen angeraten, ehe es zu einer Abstimmung kam.

»Meine Freunde.« Cyrus schob seinen Stuhl zurück und bedeutete damit allen es ihm gleichzutun. »Ich würde sagen, wir gönnen uns ein wenig Bedenkzeit. Ich bin mir sicher, dass einige von Ihnen ihre Notizen und Schlussfolgerungen gern untereinander und mit ihren Beratern abgleichen würden. Fünfzehn oder zwanzig Minuten dürften genügen.«

XI

»Zwanzig Minuten sind vielleicht nicht genug, Heiliger Vater.«

Als er neben dem Pontifex in der päpstlichen Limousine saß, drehten sich Monsignore Daniel Sadowskis Gedanken schon nicht mehr um das Massentreffen Jugendlicher in Fatima, wo Seine Heiligkeit vor wenigen Minuten seine Abendpredigt gehalten hatte. Stattdessen galt seine Aufmerksamkeit der kurzen Pause vor der Kerzenlichtprozession, die später am Abend stattfinden sollte. Obwohl gerade zwanzig Minuten zur Verfügung standen, hatte man in den gedrängten Zeitplan des Heiligen Vaters noch eine Privataudienz für Schwester Lucia eingeschoben.

»Ganz richtig, Monsignore.« Der Papst wandte sich gerade lange genug von der Menschenmenge links und rechts der Straße ab um seinen Sekretär beruhigen zu können. »Zwanzig Minuten sind nicht viel. Aber vielleicht werden sie reichen. Warten wir's ab.« Dann fügte er mit einem überraschenden Augenzwinkern und einer Vertraulichkeit hinzu, die noch auf ihre gemeinsamen Tage in Krakau zurückging: »Keine Sorge, Daniel. Es steht noch nicht so schlecht um uns, dass sie die Prozession ohne uns beginnen werden.«

Sadowski antwortete mit einem leisen Lachen. Er nahm mit Freude zur Kenntnis, dass der Papst etwas von seiner alten Heiterkeit und seinem Humor zurückgewonnen hatte. Aber dem Pontifex blieb tatsächlich nicht viel Zeit für sein Gespräch mit Lucia. Zu wenig Zeit für ein Gespräch, an dessen Bedeutung der Monsignore keinen Zweifel hatte.

Aus der Sicht des Papstes war seine kirchliche Organisation dem Niedergang und dem Tod preisgegeben worden. Aber das galt auch für die Gemeinschaft der Nationen – den Nationen je für sich genommen und als Gemeinschaft. Sowohl die kirchliche Organisation als auch diese Gemeinschaft der Nationen steuerten geradewegs auf eine Zeit schwerer Strafen durch die Mächte der Natur zu – und letztendlich durch die Hand Gottes, dessen unzweifelhafter Liebe zu all seinen Geschöpfen seine Gerechtigkeit gegenüberstand. Denn Liebe ohne Gerechtigkeit ist nicht möglich. Kirchliche Prälaten und die Nationen waren Gottes Liebe gleichermaßen unwürdig geworden. Daher würde seine Gerechtigkeit unweigerlich in die Welt der Menschen eingreifen und diese Abweichung vom wahren Glauben korrigieren.

Obwohl er zur Überzeugung gelangt war, dass dieser fürchterliche Eingriff Gottes in die Welt der Menschen in den Neunzigerjahren stattfinden würde, hatte der Papst wenig Anhaltspunkte, wann genau es geschehen sollte. Aus dem dritten Brief von Fatima wusste er, dass Russland im Mittelpunkt dieser Strafen stehen würde. Er wusste außerdem, dass sein Pastoralbesuch in Russland eine Rolle im göttlichen Zeitplan spielte. Er wusste auch, dass der Zeitpunkt dieser Reise von Michail Gorbatschows Schicksal abhing. Er hatte deshalb auf eine Korrespondenz mit dem Russen großen Wert gelegt. Aber von diesen Eckdaten abgesehen gab es nur Vieldeutigkeiten und Unbestimmtheit. Er bedurfte einer Erleuchtung. Schwester Lucia war vielleicht in der Lage die Vieldeutigkeiten etwas zu klären und diese fatale Unbestimmtheit zu vertreiben, die ihn im Hinblick auf die Zukunft, auf alle wichtigen Entscheidungen so unsicher machte.

Unter diesen Umständen hatte es Monsignore Daniel kaum überrascht, dass Kardinalsekretär`Maestroianni alles in seiner Macht Stehende unternommen hatte um das private Zusammentreffen zwischen dem Papst und der einzigen überlebenden Seherin von Fatima zu sabotieren. Maestroianni wusste wie viele andere, dass die Jungfrau Maria in den vierundsiebzig Jahren seit den fraglichen Ereignissen Schwester Lucia immer wieder Besuche abgestattet oder Botschaften übermittelt hatte. Und der Kardinalstaatssekretär wusste auch wie viele andere, dass die Heilige Jungfrau zwei Päpsten – darunter dem gegenwärtigen Papst – selbst die Gunst eines Besuchs erwiesen hatte. Er wusste ferner, dass jeder dieser Besuche unmissverständlich etwas mit Fatima zu tun gehabt hatte.

Monsignore Daniel musste erkennen, dass der Papst in Gedanken den Kern seiner päpstlichen Politik infrage stellte.

Ende der Achtzigerjahre war ihm aufgegangen, dass er es unwissentlich zugelassen hatte, dass sich eine gewisse Düsternis der Seelen derer ermächtigte, die man gemeinhin zu den orthodoxen Prälaten, den orthodoxen Priester und orthodoxen Laien zählte. Er hatte es zugelassen, dass die vieldeutigen Lehrsätze des Zweiten Vatikanischen Konzils weithin auf eine nicht katholische Art interpretiert wurden. Er hatte es hier und da ganzen Hierarchien von Bischöfen gestattet, sich hinter klerikaler Bürokratie zu verschanzen und die Grundlagen des römisch-katholischen Lebens zu verleugnen.

Alles in allem hatte seine Herrschaft über die Institution Kirche dazu beigetragen, dass nur ein einziger Einfluss diese Institution davor bewahren konnte, endgültig und völlig unterzugehen und als wirksame Kraft aus der menschlichen Gesellschaft zu verschwinden: das Eingreifen der Heiligen Jungfrau, das – wie in Fatima vorausgesagt – von schweren Züchtigungen begleitet sein würde.

Von daher rührte seine Sehnsucht, von Schwester Lucia etwas mehr über den göttlichen Zeitplan zu erfahren. Als sie sich der Casa Regina Pacis näherten, wo Lucia wartete, zitterte Monsignore Daniel unwillkürlich.

»Es ist doch nicht kalt, Monsignore Daniel«, neckte ihn der Pontifex, als sie ihr Ziel erreichten. »Warum also zittern Sie? Fürchten Sie sich etwa davor, einer lebenden Heiligen wie unserer Schwester Lucia zu begegnen?«

»Nein, Heiliger Vater. Es ist nur gerade jemand über mein Grab gelaufen.« Daniel benutzte das alte Sprichwort um seine Verlegenheit zu überspielen, aber eigentlich wusste er gar nicht, warum er gezittert hatte.

Seine Heiligkeit wurde in der Casa Regina Pacis von der Mutter Oberin mit glückstrahlendem und cherubinisch engelsgleichem Gesicht begrüßt. Sie stellte dem Heiligen Vater voller Demut und heiterer Herzlichkeit ihre Nonnen vor und der Pontifex sprach jeder einzelnen leise ein paar ermutigende Worte zu. Wenig später führte die Mutter Oberin den Papst und seinen Sekretär durch einen hohen Korridor, der sich durch das ganze Gebäude zog. Sie erklärte Seiner Heiligkeit und Monsignore Daniel, dass die Sakristei am anderen Ende des Korridors, gleich neben der Hauskapelle, für die Audienz hergerichtet worden sei.

Der Raum war schmucklos. Es waren keine Kerzenhalter vorhanden; aber die geloste Atmosphäre wirkte ansteckend und einladend. Die Ausgestaltung beschränkte sich, wie in der ganzen Casa, weitgehend auf die »Seelen in den Mauern« In einigen Abstand zur Tür, nahe des Bogenfensters, das auf die Gärten der Casa hinausging, waren drei Stühle für die päpstliche Audienz aufgestellt worden. Der größte Stuhl in der Mitte war offensichtlich für den Pontifex gedacht. Jene zu beiden Seite dienten als Sitzgelegenheit für Schwester Lucia und ihre Oberin und Pflegerin, die sie von Coimbra nach Fatima begleitet hatte.

»Ehrwürdige Mutter.« Der Pontifex wandte sich der Nonne

mit dem glückstrahlenden Gesicht zu. »Zwei Stühle werden genügen. Ich will allein mit Schwester Lucia sprechen.«

»Wie Sie wünschen, Euer Heiligkeit.«

Mit einem Lächeln in den Augen entfernte die ehrwürdige Mutter den Stuhl auf der linken Seite und entschuldigte sich dann beim Papst um nachzuschauen, was ihre Gäste aufgehalten haben mochte. Der Heilige Vater nahm wartend Platz, ganz dankbar für die kurze Verschnaufpause. Er konnte Monsignore Daniel hören, der draußen im Korridor mit dem Fotografen redete.

Schließlich wurde Schwester Lucia von ihrer finster blickenden Oberin aus Coimbra aus dem Korridor hereingeführt. Der Pontifex erhob sich von seinem Stuhl und breitete beide Arme zu einer innigen Begrüßung aus. »Schwester Lucia«, sprach der Heilige Vater die Seherin von Fatima in ihrer Muttersprache Portugiesisch an. »Ich begrüße Sie im Namen unseres Herrn und seiner gebenedeiten Mutter.«

Die kleine alte Nonne schien nicht im Mindesten verstimmt durch die strengen Einschränkungen, die ihr das Sekretariat in Rom auferlegt hatte. Sie unterschied sich nicht sehr von der Person, die der Pontifex von ihrem letzten Gespräch in Erinnerung hatte. Sie war vielleicht noch etwas schmächtiger geworden, hatte aber immer noch ein volles Gesicht. Ihre Mimik war lebhaft, ihre Schritte zügig und zielstrebig für eine Frau von so fortgeschrittenem Alter. Ihre dunklen Augen glänzten hinter der Brille in großer und reiner Freude, als sie vortrat um den Gruß des Heiligen Vaters zu erwidern. Sie kniete nieder und küsste den Ring des Pontifex.

Weil sie keinen Stuhl für sich fand und auch`vom Papst nicht freundlicher als angemessen begrüßt wurde, streifte die Mutter Oberin pflichtbewusst mit den Lippen den päpstlichen Ring und zog sich würdevoll in den Korridor zurück.

Lucia saß aufrecht in ihrem Stuhl, um die Hände den Rosenkranz geschlungen. Wenn er selbst nichts sagte, beugte Seine Heiligkeit sich vor, stützte die Ellbogen auf die Knie und barg den Kopf in beide Hände, während er der Seherin von Fatima in angestrengter Konzentration zuhörte. Die ganze Zeit über blickte der Pontifex, obwohl er sich der Uhrzeit und der wohlwollenden

Gegenwart seines Sekretärs bewusst war, nur ein einziges Mal zu Daniel auf. Dieser Blick genügte und Daniel wusste, dass die Kerzenlichtprozession später beginnen würde.

Es dauerte fast eine Stunde, bis Seine Heiligkeit und Schwester Lucia sich von ihren Stühlen am Fenster erhoben. Als die Nonne erneut niederkniete um den Ring des Fischers zu küssen, schoss der Fotograf sein letztes Bild und Monsignore Daniel trat vor um Lucia zur Tür der Sakristei zu geleiten und wieder der Obhut ihrer finsteren Mutter Oberin aus Coimbra zu übergeben. Daniel fand die Änderung im Gesicht des Heiligen Vaters elektrisierend. Aus den Augen des Pontifex strahlte dieses durchdringende, lebhafte Licht, das einst so lange Zeit sein Markenzeichen gewesen war. Der Pontifex wirkte belebt, gestärkt. Das Lächeln, das seine Züge erhellte, ging weniger von den Lippen als von der Seele aus. Der Pontifex bedeutete dem Sekretär sich für einen Augenblick neben ihn zu setzen.

»Sie hatten Recht, Monsignore.« Der Papst lachte. »Zwanzig Minuten können sehr knapp sein.« Es blieb keine Zeit Monsignore Daniel den Inhalt seines Gesprächs mit Lucia zusammenzufassen. Das musste bis später warten. Er und die heilige Schwester hatten alle wesentlichen Fragen geklärt, die ihn interessierten. Wie nicht anders zu erwarten hatte er die Beruhigung gefunden, die er brauchte, doch noch musste er gläubig und vertrauensvoll ausharren. »Noch etwas Dringendes. Wann ist der letzte Brief von Signor Gorbatschow eingetroffen?«

»Letzte Woche, Euer Heiligkeit.«

»Es ist wichtig, dass ich ihm sofort antworte, wenn wir wieder in Rom sind. Dieser arme kleine Mann ist ein unfreiwilliges Werkzeug der Jungfrau gewesen, aber wir dürfen nicht zulassen, dass seine Ungeduld und Verzweiflung alles ruiniert.« Und als wollte er das unterstreichen, fügte er hinzu: »Wir haben keine schweren Fehler begangen, Monsignore. Aber die Zeit wird knapp. Wir haben sehr viel weniger Zeit, als ich dachte. Die Schwester sieht den Anfang vom Ende kommen. Wir werden es durchstehen – wenn Gott will.«

»Wenn Gott will, Heiliger Vater.« Daniel antwortete prompt. »Wenn Gott will.«

XII

Weil Männer auf den höheren Ebenen der Macht daran gewöhnt sind, unter schwierigen Umständen zu improvisieren, genügten Cyrus Benthoek und Cosimo Maestroianni zwanzig Minuten um sich einen Eindruck von der Stimmung zu verschaffen. Sie gingen jeder für sich lässig von Gruppe zu Gruppe, stellten hier eine Frage, provozierten da eine Reaktion. Beide waren nah am Puls der Dinge; stets mit offenem Ohr; stets mit offenen Augen; stets hilfreich. Benthoek verbrachte etwas mehr Zeit mit seinem Ehrengast, Reverend Herbert Tartley, dem Vertreter der Kirche von England. Dann schloss er sich seinem russischen Mitarbeiter Serjoscha Gafin an, der in ein Gespräch mit dem Amerikaner Gibson Appleyard vertieft war. Weil Otto Sekuler während der Diskussion geschwiegen hatte, war auch ein kurzes Gespräch mit ihm angeraten.

Maestroianni kümmerte sich um die Seinen und widmete denen besondere Aufmerksamkeit, die sich bisher nicht zu Wort gemeldet hatten. Um Kardinal Aureatini brauchte er sich natürlich keine Sorgen zu machen, auch nicht um den Belgier Svensen. Aber der politisch zurückhaltende Erzbischof Giacomo Graziani konnte wohl etwas Rückendeckung gebrauchen. Außerdem wäre es unklug, Victor Venable, den zuweilen etwas quichottischen Generalminister der Franziskaner, zu vernachlässigen.

Cyrus Benthoek und der Kardinalstaatssekretär kamen zu dem Schluss, dass ein gemeinsame Entschließung in Reichweite war. Ganz gleich, wie sehr die Auffassungen der Delegierten in tausend verschiedenen Fragen voneinander abweichen mochten, eine gemeinsame Allianz zu diesem einen Zweck – nämlich Form und Funktion des Papsttums zu ändern – war das Ei, das darauf wartete, ausgebrütet zu werden. Dazu versammelten die beiden Initiatoren wie ein Paar Glucken ihre Gäste wieder am Konferenztisch. Benthoek wandte sich dem Ehrendelegierten der Kirche von England zu, der zu seiner Rechten saß. Sicher, wandte sich Cyrus mit einem freundlichen Lächeln an die Versammlung, hätten einige Worte von Reverend Tartley als »Berater der

Krone und Sonderberater des Bischofs von Canterbury« eine besondere Bedeutung.

Tartley erhob sich artig von seinem Stuhl. Er war eine wenig aufdringliche Erscheinung. Ein großer, breit gebauter Mann mit dicker Bifokalbrille, einer Mopsnase, rosigem Gesicht und sehr wenig Haar, der wie ein Mittelding zwischen der traditionellen Gestalt des John Bull und der alten Varieté-Karikatur eines englischen Pfaffen wirkte. In seinem von Cockney-Englisch geprägtem nasalen Ton begrüßte er die Versammlung.

Nachdem er klargestellt hatte, dass er als eine Art inoffizieller Gesandter nicht nur für die Kirche von England, sondern auch für die Krone sprach, kam er schnell zur Sache. Es konnte, erklärte er an Beispielen, keine wirkliche Zusammenarbeit zwischen »dem Heiligen Stuhl und der großen Mehrheit der Christen« geben, bis Rom nicht seine starren Ansichten über so grundlegende Fragen wie Scheidung, Abtreibung, Verhütung, Homosexualität, das Frauenordinariat, Priesterehe und pränatale Medizin geändert hatte.

Dafür sei aber ein »Wechsel an der Spitze der Kirche« unabdingbar. Bis dahin wollte der aufrichtige Reverend »ein Auge auf neue Auffassungen in hohen Ämtern haben«. Mit einem brüderlichen Blick auf Benthoeks weltliche Gäste – auf Gafin und Sekuler, auf Nicholas Clatterbuck und Gibson Appleyard – gestand Tarley ein, dass dieser fortschrittliche Kreis klein sein mochte, wenn man nur die Anzahl seiner Mitglieder betrachte. Aber er betrachtete solche statistischen Daten als unbedeutend verglichen mit der Tatsache, dass seine Kirche, von Ihrer Majestät abwärts, dem verpflichtet war, was er als »die brüderliche Gemeinschaft der Menschheit« bezeichnete, »ob im Westen oder Osten, im Kapitalismus oder Sozialismus«.

»Ich gebe auch gern zu, dass diese freundlichen Gentlemen und ich – vor dieser Sitzung und auch während der Pause eben – unsere Aussprachen hatten.« Er richtete seine dicke Bifokalbrille wieder auf die Laien.

»Wir sind uns über das Ziel einig, das uns zu diesem historischen Abend zusammengeführt hat. Und wir sind bereit alle Pläne zu unterstützen, die zum Erreichen dieses lohnenden Ziels geschmiedet werden. Lassen Sie uns alle am selben Strang ziehen! Gott segne uns alle.« Irgendwie erinnerte diese Rede an den millenorischen Anspruch des Heiligen Stuhls, von ewiger Dauer und gottgeben gegen den Untergang gefeit zu sein. Irgendwie nahmen seine Worte den Erfolg vorweg, der die neue Allianz erwartete.

Cyrus Benthoek fing die Stimmung der Kardinäle auf, als Tartley wieder Platz nahm. Dem Blick aller Zuhörer war Anerkennung anzumerken. Benthoek sah zu Kardinal Maestroianni hinüber. Diesmal blieb die warnende Regung aus. Ungemein zufrieden mit seiner List stand Cyrus auf und bedeutete dem englischen Kleriker mit seiner gewohnten *Orans*-Geste, dass er voller Lob für ihn war. »Liebe Freunde, ich merke der Stimmung aller Anwesenden an, dass unsere Übereinkunft erfrischend wie neuer Wein auf unsere Gemüter wirkt. Bevor wir fortfahren, schlage ich daher vor, dass wir über die entscheidende Frage abstimmen. Sind wir uns über das grundsätzliche Ziel einig, dass wir einen Wechsel an der Spitze der römischen Kirche herbeiführen wollen, zum Wohl der ganzen Menschheit, wie sie sich gegenwärtig entwickelt?«

Auf seiner Seite des Tisches hob Maestroianni als Erster die Hand. Seine vier Kardinalsbrüder taten es ihm gleich. Palombo war der Schnellste. Pensabenes knochige Hand schoss empor. Dann Aureatinis Hand und die Svensens. An einem Ende der römischen Phalanx stimmte der ruhige Generalminister Victor Venable von den Franziskanern dafür. Am anderen Ende des Tisches reihte der schwarze Papst, Ordensgeneral Michael Coutinho, sich und seine Jesuiten ein. Gegenüber dem Kardinalstaatssekretär waren alle Hände oben, die Benthoeks eingeschlossen. Gibson Appleyard bildete die einzige Ausnahme. Aber als inoffizieller Beobachter erwartete niemand von dem Amerikaner, dass er an der Abstimmung teilnahm. Als letzter schloss sich Erzbischof Giacomo Graziani an, Maestroiannis designierter Nachfolger als Staatssekretär. Er rang sich erst nach einigem nachdenklichen Blinzeln dazu durch.

»Also keine Gegenstimme«, stellte Benthoek für das Protokoll das Offenkundige fest. Zufrieden richtete Cyrus seine Augen wie blaue Lichter auf Kardinal Noah Palombo. »Euer Eminenz wollte einen zweiten Vorschlag machen. Dürfen wir Euer Eminenz noch einmal um seine Stellungnahme bitten?«

Kardinal Palombo erhob sich langsam, wie üblich einen unnachgiebig strengen und ernsten Ausdruck im Gesicht. »Die Situation ist klar«, begann Palombo. »Und meine zweite Empfehlung ist dementsprechend einfach. Der Hauptgrund für den Konsens, den wir hier eben bekundet haben, ist der Druck – die Kraft –, die von den weltlichen Ereignissen ausgeht. Ereignissen, die außerhalb der Einflussnahme der heute Abend anwesenden Kirchenleute stehen. Ich rede vom Ringen der Männer und Frauen überall auf der Welt um eine neue Einheit. Um eine neues Verhältnis unter den Nationen und unter allen Menschen in unserer modernen Gesellschaft.

Wir sind gezwungen uns diesen Ereignissen und ihrer positiven Kraft zu stellen. Wir sind gezwungen uns mit ihr zu identifizieren. Sie von ganzem Herzen zu begrüßen. Diese Kraft hat bereits vitale – man sollte eigentlich sagen tödliche – Auswirkungen auf die klassische Glaubensformel der Kirche gehabt. Obwohl sie heute Abend noch nicht gesprochen haben, wissen zwei unter uns – Victor Venable, der ehrwürdige Generalminister der Franziskaner, und Seine Eminenz Kardinal Svensen – bereits aus eigener Erfahrung, wie diese Kraft, verkörpert durch die charismatische Bewegung, viele Millionen Katholiken von der pseudopersönlichen Anbetung des historischen Christus abgebracht hat. Und von dem frommen Geschwätz um Engel, Heilige und die Marienverehrung. Diese Millionen Katholiken stehen nun in direktem und persönlichem Kontakt mit dem Heiligen Geist.« Als ob er selbst den Heiligen Geist verkörpere, nahm Palombo direkten, persönlichen Blickkontakt mit dem Franziskaner und dem belgischen Kardinal auf. Beide bezeugten mit einem strahlenden Lächeln ihre Zustimmung.

Als Nächstes wandte Kardinal Palombo seine Aufmerksamkeit Michael Coutinho zu. »Sicher kann uns auch der Generalobere der Gesellschaft Jesu von dem Erfolg berichten, den die Jesuiten in Lateinamerika mit der Befreiungstheologie hatten. Wieder können wir von Millionen – Massen von Christen – reden, die sich nicht mehr von einer saccharinsüßen Christusfigur oder einer tränenreichen und frömmelnden Madonna verstümmeln lassen wollen.

In diesen Ländern der Dritten Welt haben Generationen imperialistisch gesinnte Kleriker einst eine pazifistische Hasenfußtheologie gepredigt. Aber nun sind diese Millionen von Männern und Frauen ihrer Machtlosigkeit überdrüssig. Sie haben sich für ihre längst überfällige finanzielle, ökonomische und politische Befreiung entschieden. Diese Millionen kämpfen jetzt, nicht mit Rosenkränzen oder Novenen, sondern mit der Kraft ihrer eigenen Arme. Und mit der Kraft ihrer Stimmzettel. Aber eigentlich – und vor allem – kämpfen`sie mit der Kraft des Heiligen Geistes.«

Ein Funkeln in den Augen des schwarzen Papstes zeugte von seiner Zustimmung.

Konzentriert und mit säuerlichem Gesicht wandte Palombo sich nun nacheinander seinen Kardinalskollegen zu. »Wir haben heute Abend zum Beispiel von meinem geschätzten Bruder Kardinal Pensabene erfahren, dass der Geist der Katholiken sich von seiner früheren Abhängigkeit von der Meinung des Papstes freigemacht hat. Dieser Geist hat sich auch von dem ganzen konfusen Durcheinander von Geisteshaltungen freigemacht, das einst die Katholiken zum Vorbild menschlichen Verhaltens erziehen sollte, das aber heute von einer überwältigenden Mehrheit der Männer und Frauen abgelehnt und bekämpft wird. Dank der fortschrittlichen psychologischen Techniken – Sie alle kennen Verfahren und Namen verschiedener Techniken, sodass ich hier nicht weiter darauf eingehen muss –, lehnt auch die überwältigende Mehrheit der heutigen Katholiken diese alten Verhaltensmodelle ab.

Und was noch wichtiger ist: Eben diese Verfahren haben die Katholiken selbst – wieder spreche ich von Millionen Männern und Frauen – den Ideen näher gebracht, die wir in diesem Saal für die neue Weltordnung entwickelt haben. Die Katholiken leiden nicht mehr unter dem Wahn einer besonderen Gruppierung anzugehören oder alleinige Hüter der Moral und der religiösen Werte zu sein, nach denen Männer und Frauen ihr Leben ausrichten müssen, um – um zu ...« Nur dieses eine Mal war Noah Palombo um Worte verlegen. »... um – wie es früher hieß – erlöst zu werden.«

Es dauerte nur einen Sekundenbruchteil, bis er seine Fassung zurückgewann. »In diesem Moment fließt durch die römische Welt – durch jede Diözese und Gemeinde, durch jedes Seminar, jede Universität und jede Schule, die sich katholisch nennt – eine ganz neue Strömung. In allen Teilen der Kirche wird ein neuer Typ des Katholiken geboren. Endlich sind die Katholiken befreit und reif sich all den anderen Männern und Frauen der Welt anzugleichen. Endlich ersehnen auch Katholiken, was wir uns ersehnen. Endlich sind die Katholiken bereit, an der neuen Weltordnung teilzuhaben, die wir in diesem Saal verwirklichen wollen.«

Alle Anwesenden waren fasziniert von Palombos Worten und warteten auf sein Finale. »Meine zweite Empfehlung ist daher ebenso dringlich wie praktisch. Als katholische Kirchenleute sind meine Kollegen und ich allein ein ganzes Stück vorangekommen. Was uns jetzt noch fehlt, ist der letzte Brückenschlag zur äußeren Welt. Der Bau einer Brücke, über die viele Millionen Katholiken sich, so schnell sie ihre Füße tragen, dem Rest der Menschheit anschließen können. Dem neuen Verhältnis der Nationen als eine aktive, gestalterische Kraft in unserer neuen und modernen Welt.«

Noah Palombo sah jetzt Cyrus Benthoek direkt an, dann nacheinander jeden Angehörigen seiner Delegation, darunter den reservierten Gibson Appleyard. »Dieser Brückenschlag ist das Einzige, was wir nicht allein bewältigen können. Sie, Signor Benthoek. Und Sie, Signor Clatterbuck. Und sie, Signor Gafin. Und Sie, Signor Sekuler.« Der Kardinal sah wieder Gibson Appleyard an, unterließ es aber, auch seinen Namen auszusprechen. »Sie alle verfügen über die Möglichkeiten uns bei diesem Brükkenschlag zu helfen. Helfen Sie uns den Stolperstein auf dem Weg zu unserer Einigung beiseite zu räumen. Helfen Sie uns unsere Brücke in die Welt zu bauen. Helfen Sie uns sie zu überschreiten.«

In seiner langen und glänzenden Karriere war für Cyrus Benthoek selten etwas so gut gelaufen. Wieder allein mit Kardinal Maestroianni in dem kleinen Trianon, ließ er sich in seinen Stuhl zurücksinken und streckte die langen Beine aus. Benthoek und Kardinal Maestroianni hatten noch eine Kleinigkeit auf den Weg zu bringen. Keiner von beiden hatte Kardinal Svensens Vorschlag vergessen, den er vor zehn Tagen in einem Telefongespräch mit Maestroianni in Rom geäußert hatte, nämlich eine vitale Beziehung zwischen den katholischen Bischöfen in Europas Kernland und den einflussreichen Bevollmächtigten der Europäischen Gemeinschaft aufzubauen.

Der Amerikaner berichtete Maestroianni von den Fortschritten, die er von seiner Seite aus gemacht hatte. Wie versprochen hatte Benthoeks Anwaltskanzlei sich darum gekümmert, ihrem talentierten jungen Internationalisten Paul Thomas Gladstone zum Posten des Generalsekretärs im Ministerrat zu verhelfen, der das zentrale Regierungsorgan der Europäischen Gemeinschaft darstellte. Dieser Posten würde ab Juni vakant sein. »Es wird einige kleine Absprachen erfordern«, gestand Cyrus dem Kardinalsekretär. »Aber es dürfte im Bereich unserer Möglichkeiten liegen, unserem Mann den Job zu sichern. Und wie sieht's mit Christian Gladstone aus, Eminenz? Es geht nichts über ein bisschen Vetternwirtschaft um einen solchen Plan zu verwirklichen.«

Auch Maestroianni hatte seine Hausaufgaben gemacht. Seine weiteren Erkundigungen hatten seinen ersten Eindruck von Pater Christian Gladstone als einem fügsamen, unpolitischen Naivling bestätigt. Seine Jugend wurde von seinem persönlichen Schliff und seinen familiären Beziehung angenehm ausgeglichen. Solche Qualitäten würden die Bischöfe sicher beeindrucken und ihr Vertrauen gewinnen – vor allem, wenn ihm vom vatikanischen Staatssekretariat der Rücken gestärkt wurde. Hinter der Fassade hatte Christian Gladstone sich indes als perfekte Mann für diesen Job herausgestellt. Seine Akte charakterisierte ihn als intelligenten, doch gehorsamen Kleriker, der immer eine Möglichkeit fand zu erledigen, was ihm aufgetragen wurde, wenn man es ihm auf die richtige Weise nahe brachte.

»Es ist nur eine Frage seiner Verfügbarkeit. Formal gesehen unterliegt er immer noch der Rechtsprechung des Bischofs von

New Orleans. Einem Kardinalerzbischof namens John Jay O'Cleary. Aber wie Sie schon sagten, Cyrus, dürfte es im Bereich unserer Möglichkeiten liegen.«

Schließlich verließen die beiden alten Freunde den Trianon. Der Kardinal warf einen letzten Blick auf das nun verwaiste, der Stille und dem Mondschein überlassene Haus. »Es wird gelingen.« Seine Eminenz wiederholte die Prophezeiung, die Benthoek vorhin gewagt hatte. »Es wird glänzend gelingen.«

Im Gegensatz zur öden, stillen Dunkelheit, die sich über das Schuman-Haus legte, verwandelte Fatima sich in ein dunkles, samtiges Meer, durch das sich ein Strom winziger Flammen zu den steigenden und fallenden Kadenzen der Ave Maria aus den Kehlen tausender Pilgerer wand, von denen jeder, der an der Prozession um die Basilika teilnahm, eine entzündete Kerze trug.

Diese Prozession drückte etwas Besonderes aus, überlegte Monsignore Daniel, als er langsam hinter dem Papst herging; etwas Symbolisches über die Verfassung der Menschheit. Den Christen war nie ein weltweiter Triumph prophezeit worden. Der Bibel zufolge würden sie nie mehr als ein Überbleibsel sein, der Stumpf eines einstmals großen Baumes, zurechtgestutzt und niedergehalten von der Hand Gottes, die Liebe belohnte, doch die Gerechtigkeit seines Gesetzes durchsetzte.

All jene, die heute abend dem Heiligen Vater folgten, befanden sich auf dem einzig sicheren Weg zur Erlösung. Für Monsignore Daniel, für alle, die dem römischen Papst folgten, für den römischen Papst selbst stellten diese kostbaren Minuten singender Anbetung der Heiligen Jungfrau von Fatima einen süßen Augenblick des Innehaltens dar – für die müden Seelen, die verängstigten Seelen, die schwankenden Seelen, die inbrünstigen Seelen. Trotz der Dunkelheit um sie herum schien genug Licht für ihre Tröstung; und das Licht um sie herum war schwach genug, dass der Stahl ihres Glaubens das irdische Firmament durchdrang und den Thron des himmlischen Vaters erreicht.

Freunde von Freunden

XIII

Nicholas Clatterbuck änderte sich nie. Ob er nun Gäste aus dem Vatikan oder andere Besucher während dieser einzigartigen Sitzung in Straßburg betreute oder ob er Tag für Tag als Leiter von Benthoeks Zentrale in London die weit gestreuten Aktivitäten lenkte – er war immer derselbe. Stets etwas großväterlich wirkend, aber immer mit einer eigenartig anmutenden Autorität.

Selbst der nachmittägliche Berufsverkehr in der Upper West Side von New York City konnte ihn nicht aus der Ruhe bringen. Dr. Ralph Channing und die anderen würden zweifellos in Channings Domizil, Cliffview House, auf ihn warten. Aber nicht einmal Clatterbuck – nicht einmal der Teufel persönlich – konnte etwas gegen den Müllwagen unternehmen, der den Riverside Drive entlangkroch, oder gegen den hupenden Autoverkehr, der sich dem Lastwagen ab der 96. Straße in nördlicher Richtung anschloss.

»Hier ist es, Fahrer«, forderte Clatterbuck seinen Chauffeur mit der üblichen freundlichen Stimme auf hinter den Limousinen anzuhalten, die schon in zwei Reihen geparkt hatten. »Halten Sie hier an.«

Cliffview. Der Name war auf einer Messingplatte eingraviert, doch der Engländer beachtete das Schild kaum, als er das dreizehngeschossige Wohnhaus betrat. Er kannte diesen typischen Jahrhundertwendebau, ebenso seinen Besitzer. Tatsächlich kannte Cliffview fast jeder, dem New Yorks Upper West Side vertraut war – wenn nicht vom Namen her, dann doch wegen seiner charakteristischen Dachtraufe und der Glaskuppel, von welcher aus man den Hudson River überblicken konnte.

»Ah, Clatterbuck, mein Verehrtester.«

Die raue Stimme, die Nicholas begrüßte, als er sich zu den anderen in dem Penthouse-Studio gesellte, war unverkennbar wie alles, was zu dieser Stimme gehörte: der völlig kahle Kopf, die hohe Stirn, die stechenden blauen Augen, der Ziegenbart, die Kraft seiner Autorität und seiner Unbeirrbarkeit, der sich weder Clatterbuck noch irgendein anderer der Anwesenden jemals hatte entziehen können. All das gehörte zu Dr. Ralph S. Channing.

»Entschuldigen Sie die Verspätung, Professor. Der Berufsverkehr hat mich aufgehalten.«

»Sie kommen gerade richtig. Wir haben uns eben über Sie unterhalten. Ich habe allen erzählt, wie erfolgreich Sie und Benthoek bei der Sitzung letzte Woche in Straßburg waren. Doch ich habe wohl auch einiges aufgerührt. Unser französicher Kollege hier ist der Meinung, dass der gesamte römische Vorschlag in extremster Weise geschmacklos sei.« Channing setzte sein Weinglas auf den marmornen Beistelltisch neben seinem Stuhl ab und taxierte jeden Einzelnen seiner elf Kollegen, bis seine Laseraugen mit einer gewissen Herablassung Jacques Deneuve fixierten. »Deneuve meint, Rom sei eine Jauchegrube, Clatterbuck. Was sagen Sie dazu?«

Clatterbuck nahm sich etwas Zeit, bevor er antwortete. Ein allgemeiner Blick auf die zehn Herren, die es sich, neben Dr. Channing, im Studio bequem gemacht hatten, reichte als Begrüßung aus. Er goss sich noch etwas Wein aus einer der Karaffen auf dem Kredenztisch nach.

»Wieso, selbstverständlich ist Rom eine Jauchegrube«, antwortete er. Seine freundlichen Augen blickten auf Deneuve. »Niemand hier mag Rom, Jacques. Der ganze päpstliche Verein ist eine riesige Müllkippe menschenunwürdiger Pläne und Verschwörungen und unmenschlicher Machenschaften, die von schmuddeligen kleinen Männern mit schmuddeligen kleinen Vorstellungen gelenkt wird. Wir alle wissen das. Aber das ist nicht der Punkt, auf den wir uns konzentrieren wollen. Es hat sich für uns nicht einfach nur eine günstige Gelegenheit ergeben. Vielmehr haben wir jetzt einen Fuß im Vatikan.«

Seine Ausführungen trafen zumindest den Kern, Deneuve war es zufrieden. Sein Stolz war wiederhergestellt. Channing konnte sich auf Clatterbuck verlassen, wenn es darum ging, Wunden zu heilen. Mit dem Weinglas in der Hand begab sich der Engländer in den Kreis der Männer und setzte sich in einen massiven, gepolsterten Ohrensessel. Zwischen ihm und Channing blieb ein dreizehnter Stuhl leer – bis auf eine rote Lederkladde, die auf dem Sitz lag. Dieser Platz blieb stets leer, als sei er reserviert für eine unsichtbare Macht mitten unter ihnen, die der versammelten Gruppe noch mehr Kraft verleihen sollte; eine Macht, die aus der Gruppe mehr als nur die Summe ihrer zwölf Körper und Hirne machte.

Für Clatterbuck war dies schon immer ein angenehmer Ort gewesen, ein herrlicher, geschmackvoller Zufluchtsort – »verraucht und belesen und männlich«, wie Virginia Woolf einst das private Arbeitszimmer eines ihrer Bewunderer beschrieb. Von seinem Platz aus konnte er durch die Fenster die hereinbrechende Dunkelheit und die tausend Lichter auf der anderen Seite des Hudson sehen.

Unvermittelt fand er sich in einem Gespräch über die Weltereignisse, wie es, wann immer sich diese zwölf in Cliffview trafen, ihren geschäftlichen Unterredungen voranging. Clatterbuck brauchte nicht, wie das in Straßburg der Fall gewesen war, von Cyrus Benthoek instruiert werden um Näheres über die Mitglieder dieser Gruppe zu erfahren. Tatsächlich wäre Benthoek, obgleich er Channing und einige der anderen Anwesenden schon im Rahmen seiner üblichen Geschäfte getroffen hatte, überrascht gewesen, hätte er all das erfahren, was Clatterbuck über sie wusste.

Oberflächlich betrachtet bildeten Ralph Channings Gäste in Cliffview das Who's Who der Mächtigen und Erfolgreichen dieser Welt. Jacques Deneuve, zum Beispiel, dem sich ob des römischen Vorschlags in Straßburg die Haare gesträubt hatten, galt als Europas wichtigster Bankier. Gynneth Blashford war Englands größter Zeitungsmagnat. Brad Gerstein-Snell galt als dominierende Figur im Bereich internationaler Kommunikationssysteme. Sir Jimmie Blackburn kontrollierte uneingeschränkt den südafrikanischen Diamantenmarkt. Und Kyun Kia Moi beherrschte das fernöstliche Frachtschifffahrtswesen.

Diese fünf Männer allein waren die Königsmacher der neuen Weltordnung. Sie spielten täglich mit Milliarden, die auf den internationalen Geldmärkten von Tokio, London, New York, Singapur, Paris und Hongkong bewegt wurden. Sie waren die tonangebenden Persönlichkeiten, die die Geld- und Warenströme regulierten. Letztendlich bestimmten sie über Leben und Tod einzelner Regierungen und den Wohlstand der Nationen.

Nun hätte man annehmen können, dass einem Dr. Ralph Channing in einer solchen Gruppe eher eine Außenseiterrolle zugefallen wäre. Stattdessen jedoch war er eindeutig mehr als nur ebenbürtig. Er entstammte einer alteingesessenen Hugenotten-Familie aus Maine und hatte an der Universität von Yale vergleichende Religionswissenschaften und Theologie studiert. Er war berühmt für sein enzyklopädisches Wissen über die Geschichte der Tempelritter, die Tradition des Heiligen Grals und des Freimaurertums – insbesondere über den *Ordo Templi Orientis*, dem OTO oder Tempel des Ostens. Bekannt war auch sein Archiv verschiedenster Gruppen, die sich mit humanistischen Lehren befassten. Als ordentlicher Professor an einer sehr angesehenen amerikanischen Universität hatte er sich, dank einer respektablen Liste von Büchern, Schriften, Artikeln, Vorlesungen und Seminaren, weltweiten Einfluss erworben.

Wegen seiner fundierten geschichtlichen Kenntnisse und seiner Fähigkeit die Religionsgemeinschaften als soziokulturellen und politischen Faktor in der Welt zu würdigen war er in bestimmten Kreisen sehr hoch angesehen. Er war von der Washingtoner Administration mit der – im übrigen erfolgreichen – Planung des Bildungsministeriums beauftragt worden und er fand darüber hinaus auch noch Zeit Jahr für Jahr zwei Monate im Ausland zu verbringen, wo er als Berater für verschiedene humanistische Organisationen in Europa und im Fernen Osten tätig war.

Daher war es nicht von Bedeutung, dass Ralph Channing weder Bankier noch Reeder war. In dieser Gruppe gab es niemanden, der seine Führungsqualitäten hätte anfechten wollen – oder können.

Was diese zwölf Männer tatsächlich verband, hatte in Wirklichkeit nichts mit dem Bankgewerbe, dem Schifffahrtswesen oder dem Diamantenhandel zu tun. Alle hatten sie im Übermaß vom Erfolg gekostet und jeder Einzelne hatte ein anderes Ziel vor Augen gehabt. Und jeder von ihnen hatte herausgefunden, dass der Dienst am Fürsten dieser Welt das einzig wirklich befriedigende Ziel war. Jeder hatte die Prüfungen des Feuers, des Schmerzes und des Todes bestanden. Sie hatten das Siegel des letzten Wortes in ihrer Seele empfangen. Alle waren sie Geweissagte. Das war die einigende Kraft in Cliffview House.

Obwohl die Hingabe an den Fürsten die alle einigende Eigenschaft von Ralph Channings kleiner Runde in Cliffview war, hatte ihre Hingabe nichts zu tun mit einer ziegenhaften Gestalt mit spitzen Ohren und gespaltenen Hufen, die zudem wie ein Stinktier riecht. Jeder dieser Männer hatte schon lange festgestellt, dass die Realität ganz anders aussah. Was jeder hier herausgefunden und wem sich jeder ganz verschrieben hatte, das war eine Intelligenz, die allem Menschlichen weit überlegen war. Ihre immer innigere Verwicklung in den Prozess hatte ganz spezielle Formen angenommen. Ausgerechnet diesen Männern – und niemandem sonst – war es möglich geworden, die charakteristischen Eigenschaften dieser höheren Intelligenz im Prozess wahrzunehmen, sich dieser Intelligenz in jeder nur erdenklichen Weise zu unterwerfen und so dem Weg der Geschichte zu folgen.

Niemand würde je eine der in Cliffview anwesenden Personen als böse betrachten, jedenfalls nicht nach heutigem Verständnis. Ein Händedruck jedes Einzelnen hier war so wertvoll wie ein Vertrag. In politischen Dingen verhielten sie sich korrekt, das heißt, sie neigten nie zu Extremen. In sozialer Hinsicht waren sie anerkannt; das bedeutete, dass sie ihre humanitäre Haltung und ihre philanthropische Großzügigkeit unter Beweis gestellt hatten. Und was die eheliche Treue betraf, so hielten sich alle an die gültigen Normen der Wohlanständigkeit.

Am allerwenigsten aber hätte sie wohl irgendjemand einer Verschwörung verdächtigt. Diese zwölf Männer bewegten sich innerhalb der anerkannten Grenzen demokratischer Freiheiten um ihre hehren Ideale durchzusetzen. Zugegeben, die Gruppe genoss gewisse Vorteile, wie sie den wenigsten vergönnt waren.

Der überwältigende Erfolg jedes Einzelnen machte es der gesamten Gruppe möglich, sowohl im sozialen als auch im politischen Bereich auf allerhöchster Ebene zu operieren. Aber ihre Macht und der Erfolg waren nicht ihre größte Stärke.

Ihre eigentliche Überlegenheit, und das würde jeder von ihnen bestätigen, hatte eine einzige Wurzel: die Hingabe eines jeden Einzelnen an den Geist als solchen, an jenes Wesen also, das sie den Fürsten nannten. Die Überlegenheit, die ihrem beharrlichen Streben entsprang, schien ihnen unendlich zu sein. Die einfache Tatsache, dass ihr Interesse nicht mit dem der großen Religionen einherging, bedeutete, dass sie in einer viel universelleren Weise zu denken vermochten, als ein Jude, Christ oder Moslems – dass sie also toleranter und auch humaner waren.

Ihr zweiter Vorteil war ihre Fähigkeit den Prozess zu verstehen. Ihre besonderen Qualifikationen erhoben sie in den Rang von Meisterkonstrukteuren. Sie wussten, dass sie zu den wenigen Privilegierten zählten, die die`übermenschliche Qualität und das Maß an Fortschritt, die im Prozess am Werke waren, jemals zu verstehen vermochten.

Ihre Stellung erlaubte ihnen auch zu verstehen, dass der Prozess nicht die Angelegenheit einer Generation oder eines Jahrhunderts ist. Und obwohl sie inzwischen so hoch über der Tag für Tag, Jahr um Jahr voranschreitenden Arbeit des Prozesses standen, dass sie das wahre Gesicht jener Intelligenz erkannten, die hinter dem Prozess stand, akzeptierten sie doch die Tatsache, dass der Großteil der Menschheit – darunter auch die meisten Anhänger und Sympathisanten auf den unteren Ebenen – den Prozess nur in seinen Auswirkungen wahrnahm.

Für sie als Meisterkonstrukteure war von Bedeutung, dass sich diese Auswirkungen ständig veränderten. Der Prozess musste sich stetig auf das letzte Ziel zu bewegen. Theoretisch war das eine Art Kettenreaktion, für die die Gesellschaft das Reaktionsgefäß darstellt.

So gesehen müsste die Evolution und damit der Prozesses mehr und mehr akzeptiert werden, mehr und mehr respektiert werden, mehr und mehr als unvermeidlich angesehen werden.

»Nun, meine Herren.« Wie ein Hammer, mit dem man eine

Sitzung zur Ordnung ruft, beendete Ralph Channings raue Stimme die Gespräche. »Lassen Sie uns zum entscheidenden Punkt kommen.« Wie jeder wusste, war der entscheidende Punkt die Verlesung des kategorischen Berichts. Aber erfahrungsgemäß würde Channing zunächst einige Vorbemerkungen anbringen.

»Wie einige von Ihnen schon vermutet haben, basieren die endgültigen Weisungen des kategorischen Berichtes auf der bedeutenden Sitzung, die diesen Monat in Straßburg stattgefunden hat. Unser Nicholas Clatterbuck hat eine Zusammenfassung dieser Sitzung für Cyrus Benthoek aufgestellt. Ich hoffe, meine Herren, dass Sie, wenn Sie erst die Bedeutung der in Straßburg vorgeschlagenen Allianz verstanden haben, für unsere Vorschläge umso empfänglicher sein werden.

Einige Vertreter des Vatikans haben in Straßburg anscheinend nicht überblickt, wie weit die von ihnen eingebrachten Vorschläge tatsächlich reichen. Wer hätte auch davon zu träumen gewagt, dass die Heraufkunft der Regentschaft des Fürsten etwas erforderlich machen würde, was der kategorische Bericht die ›Phase der Religion‹ in der Entwicklung hin zur Gemeinschaft der Nationen nennt? Man kann die Religionsgemeinschaften nicht einfach zugunsten okkulter Praktiken verurteilen und übergehen. Sie alle sind selbstverständlich Teil des Prozesses. Wir erkennen jetzt, dass die Religion eine Manifestation des Geistes darstellt.«

Es kam etwas Unruhe auf, aber niemand wollte Channing als einem Experten von Weltrang in Sachen Weltreligionen widersprechen. »Ja, ich gebe zu, es ist eine irregeleitete und missgestaltete Manifestation, aber – und darauf bestehe ich – es ist in der Tat eine Manifestation. Ein fortschrittlicher Geist im Menschen bedeutet Fortschritt in der Religion – und Fortschritt, wie wir wissen, führt immer vom Besonderen und Lokalen zum Universellen. Mit anderen Worten, es muss – einfach weil Religionen existieren – logischerweise eine Phase der Religion im evolutionären Prozess der Menschheit geben.

Wir müssen verstehen, dass wir heute mit einer neuen Phase in diesem evolutionären Prozess konfrontiert sind. Es ist die letzte Phase! Es ist die Schöpfung einer wahren Weltreligion, die Vernichtung aller Nationalismen, Partikularismen und Kulturalismen der Vergangenheit. In seiner letzten Phase verlangt dieser evolutionäre Prozess nach einem Mechanismus, in dem die Phase der Religion so umgestaltet wird, dass sie dem Globalismus – der Universalität – dieser neuen Ordnung gerecht wird.

Indem wir den Prozess unterstützen, ist es unser Bestreben uns der Unterstützung der großen Religionen dahingehend zu versichern, dass sie allesamt zu einer universellen Vereinigung finden – zu einer universellen Religion, bei der man die eine Religion nicht von der anderen unterscheiden kann. Die perfekte Dienerin der neuen Ordnung der Zeiten! Stimmen Sie mir zu, meine Herren?« Channing lächelte in die Runde lächelnder Gesichter.

»Wenn wir das verstanden haben – sogar wenn man Jacques Deneuves Auffassung zustimmt, Rom sei eine Jauchegrube –, muss eine weitere Tatsache einleuchten: Wenn wir die Phase der Religion der Menschheit zum Gipfel ihrer Evolution bringen wollen – bis zum völligen Aufgehen in den Prozess –, dann müssen wir die Rolle des römischen Katholizismus berücksichtigen. Nein,« – Channing unterbrach seine Einleitung, blickte auf die rote Lederkladde, die auf dem dreizehnten Stuhl lag, und berichtigte sich sofort – »vielmehr müssen wir die Rolle des päpstlichen Katholizismus im Allgemeinen und die des päpstlichen Amtes im Besonderen berücksichtigen.

Und jetzt sind wir an dem Punkt angelangt, an dem der kategorische Bericht verlesen werden kann«, schloss Channing, beugte sich zu dem leeren Stuhl neben ihm um die Lederkladde aufzunehmen und reichte sie Nicholas Clatterbuck. Clatterbuck las den Bericht mit weicher, angenehmer Stimme vor.

»Folgendes ist der kategorische Bericht, in dem der, den man den ›Schlussstein‹ nennt, die unbedingt notwendigen Maßnahmen zusammenfasst, die das Konzilium der 13 angesichts der bevorstehenden Heraufkunft des Fürsten dieser Welt ergreifen muss.«

Als hätte man einen Schalter betätigt, verkehrte dieser erste Satz die Stimmung in Dr. Channings Studio ins Surreale. Selbst aus Clatterbucks Mund wirkten des »Schlusssteins« Worte wie dunkler Samt, wie ein Schleier, gewoben aus vergangenen Errungenschaften und gegenwärtigen Hoffnungen. Die Lippen der

Zuhörer verzogen sich zu einem Lächeln, das nichts Heiteres hatte – einem Lächeln des Todes, freudig empfangen und von neuem voller Ungeduld erwartet.

»Dank der rituellen Inthronisation des Fürsten, vollzogen von den Dienern der inneren Phalanx in der Zitadelle des Feindes, haben Sie immer gewusst, dass Sie das Privileg genießen in der Zeit der Ernte zu dienen um den endgültigen Triumph des Fürsten der Welt zu befördern. Der Augenblick ist gekommen, da uns die Pflicht auferlegt ist die Kräfte des Feindes in seiner eigenen Festung in unseren Dienst zu nehmen.

Bei dieser Gelegenheit möchten wir Sie daran erinnern, dass uns ein Zeitraum von fünf bis sieben Jahren gegeben ist, bevor wir die uns durch die Inthronisation zuteil gewordene Überlegenheit eingebüßt haben. Das ist unsere unumstößliche Überzeugung.« Angesichts einer solchen Warnung warfen alle Mitglieder des Konziliums – auch Clatterbuck – einen verstohlenen Blick auf Dr. Channing. Doch dessen Autorität genügte um alle Beteiligten mit einer einzigen Handbewegung zu beruhigen. Die Lesung wurde fortgesetzt.

»Nachdem die Dringlichkeit unserer Verpflichtung geklärt ist, möchten wir hinzufügen, dass der uns zur Kenntnis gelangte Zeitraum – fünf bis sieben Jahre – ausreichend sein wird, allerdings nur unter zwei Voraussetzungen. Erstens müssen wir eine realistische Einschätzung des uns noch verbliebenen Hindernisses vornehmen. Und zweitens müssen wir ebenso realistisch bei der Beseitigung dieses Hindernisses vorgehen.

Zunächst das Erste: Das älteste und hartnäckigste Hindernis – und eigentlich das einzige, das allseitigen Respekt und Schutz genießt –, das der Herankunft im Wege steht, war und ist bis zum heutigen Tage das römisch-katholische Papsttum.« Clatterbuck befand sich jetzt wieder auf vertrautem Terrain. Seine Stimme klang ausgeglichen, angenehm fürs Ohr und emotionslos im Ton.

»Lassen Sie uns dabei zuvor festhalten, dass wir Autorität an sich nicht infrage stellen. Ganz im Gegenteil, es muss Autorität geben. Doch lassen Sie uns ebenso festhalten, dass Autorität nicht mit persönlicher Unfehlbarkeit und persönlicher Repräsentation des Namenlosen einhergehen kann. Diese personalisierte

Autorität ist uns fremd – und letztlich unseren Interessen abträglich –, weil sie der Herankunft abträglich ist. Wir aber fühlen uns der Herankunft verpflichtet.

Einige Werkzeuge des päpstlichen Büros können ohne weiteres als Instrumente zur Beförderung der Heraufkunft übernommen werden. Trotzdem steht uns mit dem Papsttum selbst ein Hindernis im Weg, welches wir zu fürchten haben. Es stellt eine tödliche Bedrohung dar, denn bei diesem Papsttum haben wir es mit einer gefährlichen Realität zu tun, einer Realität des Geistes, einem Brocken Andersartigkeit, die einzigartig ist. Diese Realität ist unvereinbar mit dem Voranschreiten der neuen Weltordnung, wie wir sie vor Augen haben; und damit ist sie unvereinbar mit der Herankunft, deren Künder wir sind.

Wir sollten uns daran erinnern, wie unverwüstlich das Papsttum in der Vergangenheit gewesen ist. Man kann das Amt selbst mit Korruption jeder Art vergiften. Man kann seine Inhaber vom Rest der menschlichen Rasse isolieren. Man kann sie auslöschen – sanft oder mit Gewalt, heimlich oder vor den Augen von Millionen. Aber niemand hat dieses Amt je vernichten können. Nichts und niemand.

Dieser Fels von Andersartigkeit muss, da er sich als so wirkungsvoll und ausdauernd erweist, seine Kraft, seine Stärke und seine Fähigkeit zur Wiederherstellung aus einer Quelle schöpfen, die uns völlig fremd ist. Sie müssen von etwas herrühren, das uns, dem ›Schlussstein‹, und der Herankunft fremd ist. Sie müssen auf den Namenlosen zurückgehen. In diesem kritischen Moment unseres Feldzugs müssen wir, die wir vom Geist erfüllt sind, uns bewusst machen, dass wir gegen die Realität des Geistes ankämpfen, gegen einen widrigen Geist zwar – dennoch gegen den Geist.

In dieser letzten glorreichen Phase der Heraufkunft muss unser gemeinsames Handeln gegen den Hort des Widerstands gerichtet sein, der unserem Ziel entgegensteht. Folgerichtig behandelt unser kategorischer Bericht die eine entscheidende Frage: Was kann gegen das personifizierte Papsttum in seiner verstockten Beharrlichkeit unternommen werden?

Unsere Antwort zwingt uns zu einer völligen Umkehr unserer

Strategien. Oder besser, unsere Strategien müssen auf einer Ebene ausgetragen werden, die nicht einmal Sie, die Mitglieder des Konziliums, je für möglich gehalten haben. Wir haben betont, dass das päpstliche Amt respektiert, gefürchtet und geschützt wird. Allerdings, das haben wir ebenfalls festgestellt, können wir nicht länger in der Defensive verharren. Statt uns gegen die Macht dieses Amtes zu schützen, werden wir von ihm Besitz ergreifen.

Unsere unumstößliche Entscheidung – das Ziel unseres Zeitplans für die fünf bis sieben uns günstigen Jahre, die uns bleiben – muss folgendermaßen aussehen: Wir müssen das päpstliche Amt in all seiner Beharrlichkeit für uns gewinnen. Und dafür müssen wir sicherstellen, dass dieses Amt mit einem Mann besetzt wird, der sich zuverlässig unseren Vorstellungen unterwirft. Wir möchten nun die wenigen Möglichkeiten darlegen, wie wir dieses Ziel erreichen können. Es gibt im Grunde nur drei: Überzeugung, Liquidierung, Rücktritt.

Betrachten wir zunächst die Überzeugung: Damit ist die Möglichkeit gemeint, den gegenwärtigen Inhaber des Amtes selbst zu einem solchen Entgegenkommen und solcher Billigung zu bewegen, wie es unser eingeschworenes Vorhaben verlangt. Leider müssen wir Ihnen mitteilen, dass nach dem einmütigen Urteil unserer eingeweihten Experten – darunter Mitglieder der Phalanx, die in unmittelbarer Nähe des Papstes residieren – der jetzige Inhaber niemals die Weisheit unseres Vorhabens erkennen wird.

Wir haben aber auch nicht die Zeit zu warten, bis er dahinscheidet. Auf der Grundlage statistischer und persönlicher Gesundheitsdaten müssen wir davon ausgehen, dass der jetzige Inhaber weitere vier bis sieben Jahre am Leben bleibt. Bleiben wir bei unserer unumstößlichen Überzeugung, wonach uns ein begrenzter Spielraum von nur fünf bis sieben Jahren zur Verfügung steht, so müssen wir uns den beiden anderen Optionen zuwenden: der Liquidierung oder dem Rücktritt des gegenwärtigen Inhabers des Papstamtes.

Praktisch gesehen kann jede dieser beiden Optionen das Ergebnis bringen, welches uns vorschwebt, und uns die Möglichkeit verschaffen einen neuen entgegenkommenden Amtsinhaber einzusetzen. Wie so oft bei wichtigen Unternehmen ist der scheinbar schwierigste Schritt – die Einführung eines uns geneigten Inhabers – auch in unserem Fall der leichtere. Wir brauchen niemandem in diesem Konzilium zu erklären, dass wir uns dank der zunehmenden Anzahl von Anhängern unserer inneren Phalanx in einer ausgezeichneten Lage befinden. Daher werden wir den gegnerischen Geist nicht etwa nur zwingen ein uns geneigtes Haus von seiner Gegenwart zu befreien, nur damit er sich in ein anderes, uns ebenso geneigtes Haus begibt. Davon haben wir überhaupt nichts.

Nein, der Kandidat, der den gegenwärtigen Amtsinhaber ersetzen soll, wird mit unseren Zielen vertraut sein, er wird mit dem Vorhaben vollkommen einverstanden und sogar bereit sein diese Ziele durchzusetzen.

Daher muss die Möglichkeit einer Beseitigung im Mittelpunkt unserer dringlichsten und unermüdlichen Überlegungen stehen. Die erste der beiden Alternativen, mit der dies erreicht werden könnte, wäre die befriedigendste. Oberflächlich betrachtet wäre es die einfachste Art und deswegen auch die verlockendste. Wir meinen die persönliche Liquidierung.

Sollte eine schnelle und offen durchgeführte Liquidierung für uns selbst von Nachteil sein, könnte man sich fragen, ob es nicht gemäßigtere, aber dennoch effektive Möglichkeiten einer Liquidierung gäbe. Wir wissen von konkreten Plänen, die auf eine schrittweise und vorsichtige Liquidierung hinauslaufen. Aber all diese Pläne werden durch die Sicherheitsvorkehrungen, die das päpstliche Büro seit 1981 eingeführt hat, erheblich verkompliziert; diese Schutzmaßnahmen sind derart umfassend und detailliert, dass sogar die gesamte Nahrungsaufnahme kontrolliert wird.

Die bloße Tatsache, dass es solche Pläne gibt, ist ein hinreichender Grund, warum wir nicht selbst derartigen Versuchungen erliegen sollten. Es gibt auf der Welt keine Geheimnisse. Letztlich wird alles verraten, alles wird aufgedeckt, alles wird bekannt. Vergessen wir nicht, dass wir es mit dem Geist zu tun haben – er ist unbeständig, unberechenbar, wild in seiner Art und, wenn es sein muss, auch zerstörerisch.

Wir haben diesbezüglich ein unumstößliches Urteil gefällt: Wer uns Vorschläge für eine derartige Lösung unterbreitet, reicht uns in Wirklichkeit eine scharfe Handgranate und fordert uns auf den Zünder zu ziehen und uns so in die Selbstliquidierung hinabzureißen.

Daher gibt es nur noch den auserwählten Weg. Die unumstößliche Wahl, die uns zum Erfolg verhilft, wird der Amtsverzicht sein. Kurz gesagt soll der gegenwärtige Amtsinhaber dazu veranlasst werden, von seinem Amt zurückzutreten – und zwar ohne jeden Vorbehalt.

Ein freiwilliger päpstlicher Amtsverzicht wäre für den gemeinen römisch-katholischen Laienstand und die Kirchenleute selbst, die uneinig und zerstritten sind, ein wichtiges Signal. Es wäre nichts anderes als das Eingeständnis einer Niederlage wichtiger Kräfte, die uns im Wege stehen. Ein Amtsverzicht wäre eine Erklärung an die verbliebenen Hüter der alten Ordnung, dass die Vergangenheit nicht mehr wieder zu beleben ist. Das Klima ist bereits so weit gediehen, dass es innerhalb der alten Ordnung Sympathien für unseren auserwählten Weg gibt. Eine offen gehegte Sympathie, dürfen wir hinzufügen, in den strategisch bedeutsamen Rängen.

Wenn wir davon reden, dass der Amtsinhaber zu einem Amtsverzicht bewegt werden soll, dann muss dies auf die unaufdringlichste Art und Weise erfolgen. Dabei sollten alle Möglichkeiten ausgeschöpft werden, die uns zur Verfügung stehen. Das wirksamste Mittel wird der Druck unumkehrbarer Ereignisse sein sowie das Entstehen mächtiger Kraftfelder. Ereignisse und Kraftfelder müssen so ausgelegt sein, dass der Amtsinhaber in seinen Handlungen eingeschränkt wird. Das Einzige, was ihm dann noch bleibt, ist der Rücktritt.

In dem Bericht, der uns über die von Mr. Cyrus Benthoek geleitete Sitzung in Straßburg vorliegt, weist unser verehrter Nicholas Clatterbuck darauf hin, dass wir potenzielle Verbündete haben, die bislang nicht als sicher galten. Es sind Individuen, die innerhalb der Zitadelle einen sehr großen Einfluss genießen und die sich mit den Mitgliedern der inneren Phalanx zusammengetan haben. Sie waren ebenfalls in Straßburg anwesend. Sie haben betont, dass sie einen radikalen Wechsel auf allerhöchster Ebene der Administration erwarten. Und in ihrem Eifer haben sie uns ihren eigenen globalen Einfluss zur Unterstützung angeboten.

Überdies ist noch eine viel wichtigere Initiative ins Leben gerufen worden, bei der auch wir – wiederum von Cyrus Benthoek – zur Mitarbeit aufgefordert worden sind. Bei dieser Initiative handelt es sich um die Bildung einer engen und systematischen Allianz zwischen praktisch allen kirchlichen Würdenträgern Mitteleuropas und der Europäischen Gemeinschaft. Diese Initiative gilt es zu unterstützen.

Alles in allem ist also der Weg frei, dass der jetzige Amtsinhaber in strikter Übereinstimmung mit dem kanonischen Gesetz der Zitadelle friedlich abdanken kann. Ihre Aufgabe besteht nun darin, die beiden bedeutenden Vorteile, die sich uns bieten, auch zu nutzen. Ihre Aufgabe besteht darin, den Vorschlag von Straßburg in die Tat umzusetzen und die geplante Union zwischen der Zitadelle und der Europäischen Gemeinschaft voranzutreiben. Ihre Aufgabe besteht darin, mithilfe dieser beiden Vorteile die unumkehrbaren Ereignisse und die mächtigen Kraftfelder zu schaffen, dank derer das Papstamt für den namenlosen Anderen nutzlos werden und den Dienern des Fürsten in die Hände fallen wird.«

Clatterbuck musste seinen Verbündeten nun nur noch den Plan erläutern, wie man die europäischen Bischöfe an die Interessen der Europäischen Gemeinschaft anbinden könne. Ein junger talentierter Mitarbeiter der Firma – Paul Thomas Gladstone – sollte den mächtigen Posten des Generalsekretärs beim Ministerrat der EG übernehmen. Gladstones Bruder, Pater Christian Thomas Gladstone, sollte die Verbindung zum Vatikan herstellen. Unter römischer Führung und mit seinem Bruder als Verbindungsmann zu den Kommissaren sollte Pater Gladstone die Bischöfe zu einer professionellen Zusammenarbeit gemäß den Plänen und Zielen der EG führen.

Nicholas Clatterbuck beendete seine Erläuterungen, indem er noch einen allerletzten Punkt betonte. Sowohl die EG-Initiative als auch die Allianz von Straßburg waren im Moment noch abhängig von der Zuverlässigkeit Seiner Eminenz Kardinal Cosimo Maestroiannis. Pater Christian Gladstone war sein Zögling. Zwar war der bald aus dem Amt scheidende Staatssekretär ein sehr guter Freund von Cyrus Benthoek, Cyrus Benthoek wiederum aber kein Mitglied des Konziliums. Und da Benthoek nicht zu den Eingeweihten zählte, durfte seine Einschätzung der Integrität und Zuverlässigkeit des Kardinals nicht als völlig verlässlich gelten. Selbst gewöhnliche Umsicht erforderte es daher, dass einer der ihren den Kardinal unter die Lupe nahm.

Dr. Ralph Channing wollte diese Aufgabe persönlich übernehmen und niemand hatte etwas dagegen einzuwenden. »Um unsere Beziehung zu festigen«, meinte er, »und um die Sache ein wenig zu forcieren.«

Falls der Kardinal den Test bestünde – das heißt, wenn sein Einverständnis außer Frage stünde und er als getreuer und verlässlicher Verbündeter gelten dürfte –, könnten sich die Dinge sehr schnell entwickeln. Gynneth Blashford erwähnte, dass Clatterbuck problemlos ein Treffen zwischen Cyrus Benthoek, dem Professor und ihrem neuen römischen Freund arrangieren könne. »Die Freunde von Freunden helfen doch eigentlich immer aus, nicht wahr?«

Damit war die Sache erledigt. Wenn alles gut ginge, sollten diejenigen in Rom, die Hilfe für einen radikalen Wechsel an der Spitze der Macht erbeten hatten, mehr bekommen, als die meisten unter ihnen je erhofft hatten.

XIV

Weltgewandt wie er war – und vertraut mit den höchsten Machtebenen, wo man auszieht, die Gedanken des Gegners zu bezwingen und Strategien für weltumspannende Kriege ersinnt –, fühlte Dr. Ralph S. Channing sich Kardinal Cosimo Maestroianni weit überlegen.

Channings größte Sorge bei der »Sicherung der Stabilität in Rom« betraf weniger die Fähigkeiten des Kardinals oder dessen Zugriff auf die Macht innerhalb der Zitadelle, sondern die Frage, ob Seine Eminenz nicht ein hochrangiger Wendehals war, der sich heute dem einem und morgen dem nächsten Meister zuwandte. Bevor der Professor aus New York abreiste, verschaffte er sich deshalb Einblick in die Leistungen des Kardinals in seinem derzeitigen Amt. Auf dem Weg nach Rom traf er sich in London mit Cyrus Benthoek und erhielt von ihm ein lebendiges, überzeugendes und leidenschaftliches Bild des römischen Kirchenmannes, der mit Benthoek schon sehr lange befreundet war. Schließlich vermittelte ihm dieser einen Besuch in Maestroiannis Penthouse-Wohnung, wo sich alle Hoffnungen auf eine künftige Zusammenarbeit erfüllen sollten.

Während er noch mit Benthoek im Arbeitszimmer des Kardinals wartete, studierte Channing seine Umgebung mit unverhohlenem Interesse. Als herausragender Gelehrter konnte er eine erstklassige Bibliothek auf den ersten Blick erkennen. Es war eine viel benutzte Bibliothek, die den innersten Kern der Leidenschaft offenbarte, mit der Seine Eminenz offenbar den Gang der Geschichte verfolgte. »Eine ausgezeichnete Sammlung«, bemerkte Channing angetan zu Benthoek, als er einige seiner eigenen Monografien entdeckte, die auf dem großen Tisch in der Mitte des Raumes gestapelt lagen.

Schließlich eilte Kardinal Maestroianni persönlich aus dem angrenzenden Zimmer herein. »Wie sie sehen, Dr. Channing, sind Sie hier nicht ganz unbekannt. Ich lese gerade Ihre Monografie über die geopolitischen Aspekte der Demografie. Ein ausgezeichnetes Werk. Ich stehe tief in Cyrus' Schuld, dass er diese Begegnung ermöglicht hat.«

Kardinal Maestroianni führte die Gäste zu drei bequemen Stühlen um einen Teetisch, auf dem Mineralwasser und Eiswürfel bereitstanden. Eine angenehme Brise wehte durch die geöffneten Fenster. Ganz seinen römischen Instinkten folgend verweilte Maestroianni einige Momente beim Smalltalk; obwohl er Channing kannte, waren letzten Endes persönliche Eindrücke und Beurteilungen ausschlaggebend.

Cyrus Benthoek verlor als Erster die Geduld. »Ich habe beschlossen mich an sie zu wenden, Eminenz«, unterbrach er, »weil wir alle ein gemeinsames Ziel haben. Dr. Channing hat mir gegenüber betont, dass er nicht nur die Ziele unterstützt, die in Straßburg formuliert wurden, sondern persönlich alle erforderlichen Voraussetzungen schaffen kann.«

Maestroianni nickte, blieb aber reserviert. Er wollte seine Karten nicht zu früh auf den Tisch legen. Cyrus legte entschlossen nach: »Ich habe mir die Freiheit genommen Dr. Channing die Einzelheiten unser Sitzung in Straßburg zu erläutern. Ich muss Ihnen sagen, Eminenz, es war eine angenehme Aufgabe. Es hatte den Anschein, als habe der Professor schon vorher alles über Kardinal Aureatinis Erneuerung des christlichen Zeremoniells gewusst, ebenso über Kardinal Palombos Internationalen Rat für christliche Liturgie. Es war sehr beruhigend, Eminenz. Viel versprechend.«

»Ich verstehe.« Nichts anderes hatte Maestroianni erwartet. Er wandte sich Channing zu, denn er wollte von diesem Außenseiter eine klare Aussage hören.

Channing verstand dies. Seine Stimme klang so kategorisch wie die Wahl seiner Worte. »Euer Eminenz wissen, wie weit der Prozess darin vorangeschritten ist, die westlichen Nationen in wirtschaftlicher, finanzieller und kultureller Hinsicht einander anzunähern. Dabei geht es um mehr als ein Dutzend Nationen mit beinahe einer Milliarde Einwohner.

Wenn alles nach Plan läuft, werden in zwei bis vier Jahren in den Staaten der Europäischen Gemeinschaft große Veränderungen eintreten. Jedes Land wird die Kontrolle über die meisten Bereiche seiner Wirtschaft und seiner Wirtschaftspolitik verlieren. Die Außen- und die Verteidigungspolitik werden ohnehin schon zum Teil von überstaatlichen Notwendigkeiten und Zwängen bestimmt. Der souveräne Nationalstaat wird bald der Vergangenheit angehören.«

Maestroianni nickte mit geduldiger Zustimmung. Er benötigte keine Vorträge über die Möglichkeiten und Erfolge des Prozesses.

Channing spürte, dass es von Vorteil wäre, wenn er die persönlichen Leistungen des Kardinalstaatssekretärs anspräche. »Nun, wärend der Amtszeit Seiner Eminenz als Staatssekretär hat sich die Außenpolitik des Heiligen Stuhls in Bezug auf den

Prozess als äußerst verlässlich erwiesen. Um mit Ihren eigenen geheiligten katholischen Worten zu sprechen war Ihre Kirche in den letzten fünfundzwanzig Jahren bestrebt ›zusammen mit den Menschen die irdische Heimstatt der Menschheit zu errichten‹. Sogar die Basis ihres religiösen Anhangs – die Masse selbst – trägt jetzt den Stempel unseres allerhöchsten Ziels. Sie nennen es den *Novus Ordo*, die neue Ordnung.

Ich möchte nicht Eulen nach Athen tragen, Eminenz, wenn ich darauf hinweise, dass die von Ihrem Sekretariat ausgegangene Politik eine tiefe Kluft in Ihre katholische Hierarchie gerissen hat. Meine Kollegen und ich stellen fest, dass die Mehrzahl ihrer Bischöfe – besonders im Westen – wegen dieser neuen Orientierung der Kirche sehr erwartungsvoll gestimmt ist. Immerhin sind es sehr praktisch denkende Männer. Und diese Bischöfe genießen nicht das luxuriöse Leben der Vatikanstadt.« Dr. Channing deutete mit einer ausladenden Geste zum Fenster der Dachwohnung hinaus. »Sie beginnen bereits den Druck zu spüren, der von der EG, der KSZE und der Freihandelsabkommen zwischen Europa, Nordamerika und Asien ausgeht.

Wie jeder andere haben sicher auch Ihre römisch-katholischen Bischöfe erkannt, dass sie entweder aktiv an der Errichtung der neuen Weltordnung teilhaben oder aus dem alltäglichen Leben ihrer eigenen Landsleute verschwinden werden. Welch eine Kirche wäre denn das, Eminenz? Eine Kirche der neuen Katakomben! Etwa so einflussreich wie tibetische Astrologen bei der NASA?

Und hier liegt das Problem«, erklärte Channing weiter und beugte sich vor. »Der gegenwärtige Inhaber des Stuhles Petri leitet seine Energien in eine ganz andere Richtung. Meine Kollegen und ich sehen in ihm den Erben der unannehmbaren Auffassung, dass seine Kirche als Verkörperung einer vollkommenen Autorität den Katholiken *ex cathedra* verbieten darf ihren Mitmenschen in dieser Welt auf ihrem Weg zu folgen.

Der entscheidende Punkt für die meisten Gläubigen ist folgender: Der derzeitige Inhaber des Papstamtes hat, so scheint es, noch mehr als ein paar Jahre aktiven Lebens vor sich, während Ihrer Kirche keine fünf oder zehn Jahre bleiben um sich den richtigen Platz in der neuen Weltordnung zu sichern.« Obwohl er trotz seiner langen Rede den eigentlichen Anlass ihres Treffens noch gar nicht angesprochen hatte – die Absicht, den gegenwärtigen Papst aus seinem Amt zu entfernen –, lehnte sich Dr. Channing in nachdenklichem Schweigen zurück.

Laut Clatterbuck hatten sich Maestroianni und seine Kollegen in Straßburg darauf verständigt, dass eine Änderung an der päpstlichen Struktur ihrer Kirche unbedingt erforderlich war; und sie waren es auch gewesen, die nach genau der Hilfe gesucht hatten, die Channing ihnen bieten konnte. Doch außer einem gelegentlichen zustimmenden Nicken und einigen anerkennenden Lachern blieb der Kardinal ruhig und zurückhaltend. Was musste denn noch passieren um diesen kleinen, anmaßenden Prälaten aus der Ruhe zu bringen? Wie weit sollte Channing noch gehen um Bewegung in die Sache zubringen?

Vielleicht einen Schritt noch. Professor Channing beugte sich erneut vor. »Das Timing, Eminenz, hat uns hier zusammengebracht. Ich bin mir wohl bewusst, wo ich mich an diesem Nachmittag befinde. Und ich hoffe, dass ich nicht die Grenzen des Anstands überschreite. Aber ich fühle, dass ich nun offen wie unter Brüdern sprechen muss.« Channing schloss Benthoeck in diesen symbolischen Schulterschluss ein.

»Ohne dass ich auf vertrauliche Details eingehe, werden Sie verstehen, dass auch unsere Seite innerhalb eines abgesteckten Zeitrahmens arbeitet. Wir glauben, dass in dieser Welt der Nationen ein sehr großes Ereignis stattfinden wird. Wir rechnen damit, dass wir nur noch fünf Jahre Zeit haben. Höchstens sieben. Selbstverständlich ist dieses Ereignis eng mit der entstehenden neuen Ordnung der Nationen verknüpft. Aber es ist genau genommen kein rein ökonomisches, soziales oder politisches Ereignis. Lassen sie mich nur so viel sagen: Es ist seinem Wesen nach eine humanistische Erfüllung der spirituellsten Art.«

Maestroianni schaute Benthoek fragend an. Doch von ihm kam keine Antwort. Cyrus war sich über das von Channing angekündigte »große Ereignis« offenbar genauso im Unklaren wie der Kardinal selbst. »In diesem Fall, Doktor« – der Kardinalstaatssekretär stieß einen schweren Seufzer aus –, »lassen

Sie uns unsere notwendigen Handlungen aufeinander abstimmen.«

Channing blickte befriedigt auf.

»Sehen sie, Dr. Channing, zu behaupten, dass viele unserer Bischöfe den Innovationen enthusiastisch gegenüberstehen, die wir in unserer Kirche eingeführt haben, ist eine Sache. Andererseits ist die päpstliche Autorität auch heute noch für Millionen von Katholiken verbindlich und sie ist auch außerhalb der katholischen Kirche sehr einflussreich. Das Papstamt ist weiterhin der exkluxive Hort autoritärer Macht über das Denken und Wollen der Gläubigen. Diese autoritäre Macht entscheidet darüber, woran die Gläubigen zu glauben haben; und sie bestimmt ihre Verhaltensmaßregeln im privaten Bereich und in der Öffentlichkeit.

Unser Konzept ist relativ einfach. Cyrus würde sagen, es ist eine bürokratische Lösung für ein komplexes bürokratisches Problem. Wenn wir sowohl die religiöse als auch die politische Souveränität als schädliche Einflüsse auf die menschlichen Beziehungen eliminieren wollen, müssen wir einen überzeugenden und rechtlich akzeptablen Mechanismus entwerfen, der zwei Zielen gerecht wird: Er muss sich mit der Lehre und der jahrhundertealten Tradition dieser Kirche auseinander setzen, der zufolge sich die Macht und die Autorität auf das Amt Petri konzentriert; und derselbe Mechanismus muss sicherstellen, dass die Einheit zwichen dem Papst und den Bischöfen nicht erschüttert wird. Ohne Einheit kann es so etwas wie eine universelle Kirche nicht geben. Ihr Nutzen als globaler Partner ginge dann verloren.

Deswegen sieht unser Vorschlag die Durchführung eines Programms vor, das den Schwerpunkt der autoritären Macht vom Papst weg verlagert. Ein Programm, das die Einheit selbst zu einem wichtigen operativen Faktor zu unseren Gunsten umwandelt, während wir voranschreiten.

Die Bischöfe des Zweiten Vatikanischen Konzils haben betont, dass sie als Nachfolger der zwölf Apostel die Regierungsautorität in der universellen Kirche mit dem Bischof von Rom teilen. Die Bischöfe kehrten nach dem Konzil heim und gründeten ihre nationalen Bischofskonferenzen«, fasste Maestroianni die Umverteilung der Macht zusammen. »Und in bestimmten

Regionen der Welt bildeten sich aus den nationalen Bischofskonferenzen regionale Bischofskonferenzen. Fünfundzwanzig Jahre später haben wir damit eine neue Kirchenstruktur. Anstelle eines einzigartigen, eingleisigen, exklusiven Machtgefüges, das vom Papst abwärts die ganz universelle Kirche gliedert, haben wir nun vielfältige Ebenen, auf denen einzelne Machtströmungen kollidieren. Es gibt so viele Machtströmungen, wie es nationale und regionale Konferenzen gibt.

Mit einem Wort, die universelle Kirche ist jetzt ein Gitter, ein Netzwerk, das diese Bischofskonferenzen gebildet haben. Ihrer Natur und ihrem Mandat nach sind diese Konferenzen zu ständiger Aktion und Reaktion im Verhältnis zur vatikanischen Vormundschaft und dem Papsttum verdammt. Und während jeder Bischofskonferenz ein lokaler Bischof vorsitzt, sind alle Bischöfe auf die *Periti* angewiesen, wie sie genannt werden, auf ausgezeichnete Berater. Ich nehme an, Sie kennen den Einfluss, den die *Periti* auf die Bischöfe des Zweiten Vatikanischen Konzil hatten?«

Channing nickte.

»Das Ergebnis sieht so aus, dass viele unserer Bischöfe sich nicht mit der Politik des gegenwärtigen Pontifikats anfreunden können. Und sie schränken jetzt schon die Reichweite und den Einfluss der ehemals einzigartigen Machtsphäre des Papsttums ein. Wir sind zu dem Schluss gelangt, dass es höchste Zeit sei, diese Unzufriedenheit mit Rom auszunutzen.«

Channing glaubte Maestroianni folgen zu können. »Ihr Ziel ist es, den gegenwärtigen Papst aus seinem Amt zu entfernen.«

»Nein, Professor. Natürlich betrachten wir den freiwilligen Rücktritt des jetzigen Papstes als unbedingt notwendig. Aber unser letztes Ziel ist ein viel ehrgeizigeres. Wir werden den Bischöfen selbst etwas entlocken – und ich spreche von der überwältigenden Mehrheit der viertausend Bischöfe in aller Welt – und zwar ein formales Instrument mit kanonischer Gültigkeit, das wir ganz passend die ›Gemeinsamen Gedanken der Bischöfe‹ nennen werden.

Falls wir Erfolg haben sollten, wird der Papst nicht mehr über die Einheit bestimmen, sondern es werden die Bischöfe sein, die einen Papst der Einheit benötigen. Ein Papst, der ihnen das Gefühl eines episkopalen Ganzen vermittelt. Damit will ich sagen, dass die ›Gemeinsamen Gedanken der Bischöfe‹ logischerweise darauf zielen sollen, im Papst nicht mehr den Vikar Jesu zu sehen, sondern den Vikar Petri, den ersten Bischof von Rom. Und darüber hinaus sollen die ›Gemeinsamen Gedanken‹ konsequenterweise alle Bischöfe – gemeinsam und gleichberechtigt – zum kollektiven Vikar Christi erheben.«

Ralph Channing war beeindruckt. Sollten die Vorstellungen Seiner Eminenz als offizielle Kirchenlehre angenommen werden, würde sich die Herrschaftsstruktur der Kirche grundlegend ändern. Die zentrale Rolle des Vatikans würde entfallen. In religiösen Fragen wäre der Papst nicht mehr der Oberhirte. Auf politischer Ebene wäre er nicht mehr souverän. Etwaige Reformen müssten nicht mehr vom Papst abgesegnet werden um Gültigkeit zu erlangen.

»Nun gut, Euer Eminenz. Nachdem Sie ihre Ziele dargelegt haben, könnten wir jetzt darüber reden, mit welchen Schritten Sie diese Ziele erreichen wollen? Ich denke, dafür benötigen Sie unsere Unterstützung?«

»Ganz genau«, antwortete Maestroianni. Da er schon so weit vorgeprescht war, fiel es dem Kardinal nicht weiter schwer die drei Phasen zu beschreiben, nach denen verfahren werden sollte. »Der erste Schritt ist der mühseligste. Wir müssen uns durch die Mühlen ihrer Konferenzen arbeiten, wo wir den Bischöfen die vielen praktischen Vorteile und Vergünstigungen der neuen Weltordnung vorstellen werden. Unsere Strategie sieht vor, dass wir zunächst die Konferenzen aufsuchen, die von den einflussreichsten Bischöfen angeführt werden.« Nach Mastroiannis Meinung waren diese Schlüsselkonferenzen unbestreitbar diejenigen Westeuropas.

»Und warum?« Die Frage des Kardinals war offensichtlich rhetorischer Natur. »Ganz einfach weil die Bischöfe in diesen Ländern die längste und die reichste Tradition haben. Weil dort, wo diese Bischöfe residieren, die Bevölkerung gegenwärtig in einem heraufziehenden größeren Europa vereinheitlicht und geeint wird. Und weil diese Bischöfe verstehen, dass ihre Eingliederung in die neuen gesellschaftlichen Rahmenbedingungen für alle wichtigen Fragen ihrer Organisation von Bedeutung sein wird.

Natürlich müssen wir Gegenleistungen anbieten können, die für ihre Belange lebenswichtig sind. Vorteile im Finanzwesen zum Beispiel. Und Sozialeinrichtungen für ihre Evangelisierungsbemühungen. Und eine Rechtsprechung, die ihren bürgerlichen Rechten entgegenkommt; die ihre Position im Bildungsbereich absichert; die ihren privilegierten Steuerstatus aufrechterhält; und die eine wohlwollende Handhabung von Justizverfahren gegen straffällig gewordene Geistliche garantiert.

Während sich dieser Konsens entwickelt, werden sich die Bischöfe zunehmend weniger mit der Politik des Papstes einverstanden zeigen. Und mithilfe dieser vielschichtigen Bischofskonferenzen wird man einen weiteren Konsens erreichen. Einen solide geformten, formal beschlossenen und offen ausgedrückten Konsens: die ›Gemeinsamen Gedanken der Bischöfe‹. Dieses Instrument wird durch solche kategorischen Aussagen auf sich aufmerksam machen wie etwa: ›Der gegenwärtige Heilige Vater ist kein Papst der Einheit. Die Bischöfe sind der Meinung, dass wir einen Papst der Einheit brauchen. Die Bischöfe vertreten die Auffassung, dass er wie jeder andere Bischof im Alter von fünfundsiebzig Jahren seinen Rücktritt einreichen sollte.‹«

Maestroianni lächelte Channing verschwörerisch zu. »Es gibt gar keinen Zweifel, der Papst ist ein sturer Mann. Dennoch ist es nicht einmal in seinem Fall vorstellbar, dass er dem außerordentlichen Druck widerstehen kann, den dieses formale Instrument seiner Kirche auf ihn ausüben wird. Diese ›Gemeinsamen Gedanken der Bischöfe‹, offiziell von den Bischofskonferenzen vorgetragen, werden deutlich machen, dass jeder Bereich des Episkopats seinen Amtsverzicht verlangt. Alles in allem habe ich persönlich keinen Zweifel, dass wir innerhalb einer Zeitspanne von zwei bis drei Jahren den Amtsverzicht des derzeitigen Heiligen Vaters erleben werden.

Kommen wir nun zum zweiten Schritt«, fuhr Kardinal Maestroianni rasch fort. »Wenn irgendein anderer Bischof seinen Rücktritt einreicht, erhält der Papst sein Rücktrittsschreiben und er bestätigt es oder lehnt es ab. Wir können jedoch nicht erwarten, dass dieser Mann sein eigenes Rücktrittsgesuch entgegennimmt und es auch bestätigt. Wir müssen uns eines anderen Mittels bedienen – wir müssen einen Rat der Bischöfe einberufen, der grundsätzlich genauso legitimiert ist – um das päpstliche Rücktrittsgesuch entgegenzunehmen und zu bestätigen. Nur selten urteilen die Bischöfe in ihrer episkopalen Rechtsprechung einstimmig und treten als eine Einheit auf. Aber wir haben einen solchen Rat der Bischöfe! Es ist die Internationale Bischofssynode, die hin und wieder in Rom tagt. Weil die Synode im Namen des gesamten Episkopats und in Verantwortung für die universelle Kirche auftritt, wäre sie die nahe liegende Instanz, die den Rücktritt des Papstes entgegennehmen und bestätigen könnte.

Und das, meine Herren, führt uns zum dritten Schritt, dem leichtesten. Die Organisation eines Konklaves um auf hergebrachte Weise einen neuen Papst zu wählen.«

Cyrus Benthoek stellte zum ersten Mal fest, wie ausführliche und detailliert der Plan bereits ausgearbeitet worden war. Er war überaus beeindruckt. »Nun gut, Eminenz! Ich denke, wir sind aber noch beim ersten Schritt ihres Plans oder? Und ich nehme an, wir sollten uns zunächst auf die Bischöfe in Europa konzentrieren, nicht wahr?«

»Und« – Channing war nicht weniger enthusiastisch – »ich gehe davon aus, dass meine Kollegen und ich an dieser Stelle behilflich sein könnten.«

»Korrekt.« Maestroianni antwortete beiden mit einem Wort »Die vorgesehenen ›Gemeinsamen Gedanken der Bischöfe‹ werden ohne Nutzen sein, wenn wir nicht sicherstellen können, dass die Bischöfe selbst frühzeitig eine aktive und profitable Rolle in den übergeordneten Strukturen Großeuropas spielen werden. Und zu diesem Zweck, Dr. Channing, haben uns günstige Umstände zwei Zahnrädchen in die Hand gegeben, die gut in unseren Mechanismus passen. Es sind zwei Brüder.

Einer von ihnen, Pater Christian Gladstone, steht in Diensten des Vatikans – oder wird es bald sein. Paul Gladstone hingegen hat sich seine Sporen als exzellenter Internationalist in Cyrus

Benthoeks Unternehmen verdient. Wir werden dafür sorgen, dass unser geistlicher Bruder in eine Position in der Bischofsynode befördert wird, wo er mit der notwendigen Autorität ausgestattet ist. Unter unserer strengen Anleitung wird er als reisender Botschafter des Vatikans tätig sein um die genauen Bedürfnisse eines jeden der betreffenden Bischöfe unter den praktischen Aspekten zu ermitteln, die ich vorher erwähnt habe.

Um unsere Versprechungen gegenüber den Bischöfen einhalten zu können, ist es erforderlich, dass Pater Christian Gladstone unter unserer Leitung agiert. Und da der Posten des Generalsekretärs im Ministerrat der Europäischen Union günstigerweise bald frei wird, schlagen wir vor, dass Paul Gladstone allen anderen Kandidaten vorzuziehen ist, die gegenwärtig für diese Position in Betracht kommen.

Also, Dr. Channing, wir kommen nun zu den praktischen Aspekten unseres Vorhabens, zur Hauptsache. Wir können die gesamte Diskussion auf zwei einfache Fragen reduzieren: Können Sie garantieren, dass der Posten des Generalsekretärs im EG-Ministerrat durch Mr Paul Gladstone besetzt wird? Und wenn ja, werden Sie es tun?«

Das Trio in Kardinal Maestroiannis Arbeitszimmer saß für einige Zeit schweigend da. Es schien, als habe jeder seinen Kollegen Zeit gegeben sich zum Nachdenken hinter den Schleier seiner eigenen Gedanken zurückzuziehen.

Maestroianni bat nicht wie üblich Cyrus Benthoek mit einem Blick um Unterstützung oder Zustimmung. Ausnahmsweise war es Benthoek, der sich nicht ganz wohl fühlte. Die anhaltende Stille machte ihn äußerst nervös. Benthoek hatte nie behauptet die Dinge so zu verstehen, wie dies dem Professor möglich war; natürlich konnte er die Gedanken eines Meisterkonstrukteurs nicht lesen. Doch ebenso wenig konnte er sich vorstellen, was einen solch hellen Kopf wie Channing von einer sofortigen Zuzustimmung abhielt.

In Wahrheit gab es nicht viel, was Channing zurückhielt. Jegliche Zweifel, die Maestroiannis Person betreffen mochten, waren gänzlich unbegründet. Trotzdem, war Maestroiannis Einschätzung der Bischöfe nicht zu optimistisch? Hatten die Bischöfe sich wirklich in einer solchen Wüste verlaufen? Hatte sich ihr Pflichtbewusstsein gegenüber ihrem Papst so sehr verflüchtigt, dass sich jetzt so leicht eine Mehrheit für ihre eigenen individuellen Interessen fände?

Schließlich konnte Benthoek die Stille nicht mehr ertragen. In der Hoffnung, es möge wie die herniederstürzenden Wassermassen der Niagarafälle klingen, ließ er frische Eiswürfel in sein Glas fallen und füllte es geräuschvoll bis zum Rand mit Mineralwasser auf.

Aufgeschreckt ergriff Channing das Wort. »Nun gut.« Der Professor setzte das Gespräch fort, als habe es überhaupt keine Pause gegeben.

»Sie haben die Sache überzeugend auf zwei Fragen reduziert, Eminenz. Und ich kann beide Fragen eindeutig bejahen. Wir können Paul Gladstone den EG-Posten garantieren. Und wir werden dies auch tun.« Selbstverständlich gab es da noch einige Details ... »Nichts Ernstes«, versicherte Channing seinen Bundesgenossen.

»Zum Beispiel?«, fragte Maestroianni, dem mit diesem Fremden in seiner Welt immer noch nicht wohl war.

»Zum Beispiel ein komplettes Dossier über beide Gladstone-Brüder.« Channing fing mit dem Nächstliegenden an.

Maestroianni musste darüber lächeln. »Noch etwas, Dr. Channing?«

»Jetzt, wo Sie fragen, gibt es da noch etwas, Eminenz.« Er hatte keinen Zweifel, dass der Kardinal der Erste wäre, der seine Anspielung auf die immensen Mittel der Bruderschaft verstehen würde; und dass er um einen zeitlichen Aufschub bat. Irgendein handfester Beleg für die Bereitschaft Seiner Eminenz zur Zusammenarbeit wäre sehr hilfreich.

Kardinal Maestroianni fuhr so abrupt aus seinem Stuhl hoch, dass Benthoek überlegte, ob Channings Ansinnen ihn beleidigt haben mochte. Er sah, wie Maestroianni zu seinem Schreibtisch ging, eine Schublade öffnete und an einem Gerät mit Schaltern zu hantieren schien. Wenig später war Channings Stimme aus einem Lautsprecher zu hören. Der Kardinal spulte das Band zurück, nahm die Kassette heraus und hielt sie zwischen zwei Fingern hoch. »Ich nehme an, dass Ihnen eine Aufnahme unseres Gesprächs genügen wird, oder?« Diese Frage bedurfte keine Antwort. Maestroianni steckte die Kassette in einen unbeschrifteten Umschlag und hielt ihn in der Hand wie eine Möhre, mit der man einen Esel lockt.

»Ich habe noch einen letzten Vorschlag zu machen, bevor wir unser Gespräch beenden.« Der Kardinal machte keine Anstalten sich wieder zu seinen Besuchern zu setzen. »Ich habe Sie schon darauf hingewiesen, dass unser gegenwärtiger Papst sehr starrsinnig ist; starrsinnig und versessen darauf, das Papstamt zu verteidigen. Ich habe außerdem erwähnt, dass er ein gewisses Maß an Unterstützung genießt. Und in der Vergangenheit ist er verschlagen und auch entschlossen genug gewesen sogar Regierungen zu stürzen.«

Channing sah ihn finster an. »Haben Sie jetzt schon Bedenken, Eminenz?«

»Keinesfalls«, erwiderte Maestroianni sanft. »Ich habe kaum Zweifel, dass wir in naher Zukunft die Unterstützung der überwiegenden Mehrheit der Bischöfe genießen werden. Allerdings haben wir es hier mit einem halsstarrigen Heiligen Vater zu tun und für alle Fälle sollten wir dafür sorgen, etwas mehr Druck ausüben zu können. Ein zusätzlicher geschickter Schachzug, damit der Rücktritt des Papstes endgültig und unwiderruflich auf den Weg gebracht wird.

Sie haben gesagt, Dr. Channing, dass wir hier als Mitglieder einer Bruderschaft zusammengekommen sind, die etwas Großartiges im Sinn hat. In dieser Stimmung möchte ich Ihnen einschärfen, dass wir in einer entscheidenden Situation, wie wir sie uns ausgemalt haben – in der heikelsten und empfindlichsten Phase unseres Unternehmens –, sehr wahrscheinlich zusätzliche Hilfe weiterer gleich gesinnter Gruppierungen benötigen werden, die zur Zeit nicht näher beschrieben werden können und auf die wir hier nicht eingehen wollen.«

Channing war erleichtert. Wenn es um eine »entscheidende Situation« oder um einen »geschickten Schachzug« ging, sprach der Kardinalstaatssekretär mit dem richtigen Mann. »Wir werden Sie nicht enttäuschen, Eminenz.«

Maestroianni wandte sich seinem alten Mitstreiter zu. Auch Benthoek sollte ein wichtiger Teil des Unternehmens sein.

»Einverstanden, Cyrus?«

»Einverstanden, mein Freund.«

XV

Seit diesem seltsamen Samstagmorgen Anfang Mai, als die dringende Bitte des Heiligen Vaters um Fotografien von Berninis *Noli me tangere* ihn in persönlichen Kontakt mit Staatssekretär Kardinal Cosimo Maestroianni brachte, hatte sich – obwohl Pater Aldo Carnesecca ihn seit diesem Tag vom Gegenteil überzeugen wollte – Christian Gladstones Gefühl nur verstärkt, dass er in diesem Rom der Päpste fehl am Platz, ein Außenstehender war.

Seit den ersten heißen Sommertagen unternahmen Pater Aldo und Christian samstagnachmittags ausgedehnte Spaziergänge, meistens auf der Via Appia. Dort fanden die beiden Freunde zwischen Grabsteinen, Statuen und Olivenhainen Ruhe und Abgeschiedenheit. Gladstone hielt Carnesecca für einen ehrenwerten Mann, dem er alles anvertrauen konnte und dessen Deutung der Politik des gegenwärtigen Papstes ihn ständig zu Widersprüchen herausforderte.

Gladstone wollte wissen, warum der Papst sich nicht einfach der ganzen Schismatiker und unkeuschen Priester entledigte. Warum hatte er erst kürzlich einen offensichtlich ketzerischen Bischof zum Vorsitzenden einer der wichtigsten päpstlichen Kongregationen ernannt? Warum hatte er, statt die Ketzer zu verfolgen, ausgerechnet Erzbischof Lefebvre an den Pranger gestellt, wenn dieser doch nur die Kirche verteidigen wollte? Warum hatte sich dieser Papst so abfällig über Amerikas Operation Wüstensturm geäußert?

Carnesecca kam immer wieder auf die Schlüsselfrage zurück, um die sich die Politik des Heiligen Stuhls in den Neunzigerjahren drehte: Dem Papst waren durch die Bischöfe und die internen Beamten des Vatikans praktisch die Hände gebunden. »Er steckt in einer Zwangsjacke, Chris. Er hat eigentlich nicht viel zu sagen.«

»Das kann ich so nicht akzeptieren, Aldo. Dieser Mann ist der Papst.«

Doch diese Spaziergänge und die Gespräche mit Carnesecca waren kaum dazu angetan, dass Christian seine Einstellung zu einer möglichen Karriere in Rom änderte. Tatsächlich konnte er während der hektischen Wochen im Mai und Juni seine Ungeduld Rom zu verlassen kaum verbergen. Wie jedes Jahr seit 1984, als er zum ersten Mal das zweite Semester des akademischen Jahres im Angelicum verbracht hatte, würde Gladstone Ende Juni wieder in die nordostfranzösische Stadt Colmar zurückkehren. Dort hatte er schon vor langer Zeit den großartigen Schatz des Unterlindenmuseums kennen gelernt – das unübertroffene Meisterwerk des Malers Mathias Grünewald aus dem sechzehnten Jahrhundert, den riesigen Isenheimer Altar mit seiner Darstellung der Leiden und des Todes Christi.

Grünewald hatte fast zehn Jahre an diesem großartigen Werk gearbeitet. Da Christian gleichzeitig in Rom und in New Orleans lehrte, brauchte er genauso lang um seine von Grünewalds Meisterwerk inspirierte Dissertation zu beenden. Jedes Jahr genoss er die wenigen ungestörten Wochen, in denen er ganz in diese Arbeit eintauchen konnte – es war ein Werk der Liebe. In der dritten Augustwoche reiste er dann, ganz gleich wie beansprucht er sein mochte, nach Windswept House in Galveston ab, wo ihn ein Wiedersehen mit seiner Mutter und seiner jüngeren Schwester Tricia erwartete. Wenn er Glück hatte, schaffte es diesmal vielleicht auch sein Bruder Paul, mit seiner Frau Yusai und ihrem kleinen Sohn Declan die Heimat zu besuchen.

Alle akademischen Aktivitäten ruhten und die meisten Studenten hatten die verschiedenen Universitäten verlassen, als Pater Christian sich endlich zu seinem obligatorischen Gespräch zum Semesterende mit dem Superior des Angelicum, dem Generalmagister Damien Duncan Slattery, durchringen konnte.

»Ah, da sind Sie ja, mein Junge.« Trotz der späten Stunde öffnete Pater Damien die Tür seines Arbeitszimmers und lud Christian mit einer ausladenden Geste einer seiner riesigen Arme dazu ein, es sich in dem großen Stuhl neben dem Schreibtisch bequem zu machen. Pater Damien nahm auf seinem eigenen Stuhl Platz und sein weißer Haarschopf glänzte im Lampenlicht wie ein widerspenstiger Heiligenschein.

Trotz des lockeren Tons seiner Begrüßung hatte Gladstone bald das Gefühl, dass irgendetwas dem Generalmagister Sorgen bereitete. Der junge Amerikaner war nicht scharfsinnig genug um festzustellen, welches Problem er haben mochte, und es kam einem untergeordneten Priester auch nicht zu seinen Vorgesetzten auszufragen. Ein ungeschriebenes Gesetz besagte, dass eine solche Initiative vom geistlichen Vorgesetzten ausgehen musste.

Etwa eine Viertelstunde lang hörte Slattery sich mit fast übertriebener Nüchternheit Gladstones Zusammenfassung des akademischen Jahres im Angelicum an. Hin und wieder unterbrach er Gladstone und erkundige sich nach einigen viel versprechenden Priestern, die im nächsten Jahr weiterstudieren wollten. Er sprach mit Christian über die Priester, die die Erwartungen nicht erfüllt hatten. Da er im nächsten Semester, von September bis Januar, in New Orleans lehren wollte, lenkte der Amerikaner seine Aufmerksamkeit auf die Archive des Angelicums. »Sie sind auf dem neuesten Stand, Pater General. Das heißt, abgesehen von den internen Bestandslisten, die ich mir Anfang Mai vorgenommen habe. Da ist noch einiges zu erledigen.«

Der Dominikaner nahm Gladstones Papiere mit einer großen Hand entgegen und legte sie für einen Moment auf den Schreibtisch. »Wir werden versuchen die Dinge in Ordnung zu halten, während sie weg sind, *Padre*.«

Da war es wieder; dieses Gefühl tief in seinem Inneren, dass Slattery etwas im Schilde führte.

»Sie fahren also nach Colmar, Pater Christian?«

Die Frage lenkte die Unterhaltung auf die Arbeit über den Isenheimer Altar, die der junge Mann noch vor sich hatte. Christian wusste, dass er die bisher abgeschlossenen Teile seiner Doktorarbeit nicht zu referieren brauchte. Er wollte jedoch wissen, was der Generalmagister von einigen Aspekten seiner Argumentation hielt, und er wollte seinen Arbeitsplan für die nächsten Wochen in Colmar darlegen.

Wieder brachte Slattery Christian mit einigen präzisen Fragen behutsam auf den richtigen Weg. Das war Pater Damiens Art als Doktorvater. »Wenn Sie in Colmar fertig sind, werden sie dann direkt in die Vereinigten Staaten fliegen, Pater Christian?«

»Ja, Pater General. Wenn ich bis Ende August nicht zu Hause bin, wird meine Mutter mir den Kopf abreißen.«

Normalerweise hätte ein solcher Anflug von Humor Slattery zu einer entsprechenden Antwort ermuntert. Doch diesmal wich der dominikanische Rektor, statt auf Gladstones Bemerkung überhaupt einzugehen, in eine scheinbar völlig andere Richtung ab. »Sagen sie, *Padre*. Haben Sie in Ihrer ganzen Zeit in Rom jemals persönlichen Kontakt mit dem Heiligen Vater gehabt?«

Christians Verwirrung war so offenkundig wie seine Antwort kurz. »Nein, Pater General.« Und als er die unangenehme Absicht hinter der Frage verstanden hatte, fügte er ahnungsvoll hinzu: »Jedenfalls bis jetzt noch nicht ...«

Der Tonfall des jungen Amerikaners sagte Slattery genug. Gladstone würde alles tun, was sein priesterlicher Gehorsam von ihm verlangte. Aber ein Zusammentreffen mit Seiner Heiligkeit, geschweige denn eine engere Verbindung mit den besonderen päpstlichen Aufgaben des Heiligen Stuhls, war ihm zutiefst zuwider. Pater Damien zögerte einen Moment, bevor er eine Art Entscheidung zu treffen schien. »Nun, Pater.« Er stand auf. »Vielleicht unterhalten wir uns ein anderes Mal darüber.«

Christian stand ebenfalls auf, wie es das Protokoll verlangte, und verabschiedete sich. Er war schon durch die Tür, als Pater Damiens herzlicher Bariton ihm einen alten irischen Abschiedsgruß mit auf den Weg gab.

»Mögen die süßen Winde des Himmels Sie zu uns zurücktragen, Pater Christian.«

Damien Slattery fühlte sich mit seiner Unentschlossenheit, ob er Christian Gladstone über die Veränderungen unterrichten sollte, die ihn in nächster Zukunft wahrscheinlich erwarteten, nicht besonders wohl. Gleich nachdem die Affäre um die Bernini-Statue Kardinal Maestroianni auf Christian aufmerksam gemacht hatte, war im Staatssekretariat ein ungewöhnliches Interesse an dem Amerikaner erwacht. Es war nicht Maestroiannis Art, sich mit Leuten zu beschäftigen, für die er keine praktische Verwendung hatte. Welche Pläne Seine Eminenz auch im Sinn haben mochte: Damien rechnete fest damit, dass sie diesen unvorbereiteten und ahnungslosen Amerikaner geradewegs ins Zentrum des allgemeinen Aufruhrs werfen würden. Eher früher als später würde der Moment kommen, da man Gladstones Geist und Gedanken irgendwie auf die kommenden Ereignisse einstellen musste. War es daher falsch, dass Slattery heute abend mit entsprechenden Vorbereitungen begonnen hatte?

Ganz gleich wie oft Gladstone das Unterlindenmuseum in Colmar, ein ehemaliges Kloster, betrat und die Bildtafeln des Isenheimer Altars betrachtete, jedes Mal überwältigten ihn dieselben Gefühle fassungslosen Staunens und demütiger Bewunderung. Als er das erste Mal vor den Altar getreten war, hatte er sich nicht mehr rühren können. Ohne Vorwarnung hatten die heftigsten Gefühle sein Herz, seine Seele und seinen Verstand erfasst. Was Christian an diesem Tag sah, war eine so aufrüttelnde Darstellung der Leiden und des Todes Christi – so atemberaubend in ihrer Schönheit und so brutal in ihrem Realismus –, dass er einige Sekunden brauchte, bis er wieder Luft holen konnte.

Der geschnitzte und bemalte Altar bestand aus zwei festen Tafeln und vier beweglichen Flügeln. Grünewald hatte jede Szene der Ereignisse, von Gethsemane bis Golgatha, in Farben getaucht, die selbst Licht auszustrahlen schienen. Und dieses Licht schien das Schockierende zu verklären und das Schöne zu transzendieren. Es war, als sei der *rétable* von Isenheim kein bemaltes Stück Holz, sondern ein transparenter Schleier, durch den man die überwältigende Hässlichkeit und Verkommenheit des Bösen in der Welt mit dem Auge Gottes – in einer übernatürlichen Ekstase – betrachten konnte.

All dies nahm aus dem Licht heraus Gestalt an. Es wuchs aus dem Licht hervor, erfüllte Christians Seele mit Licht. Es gab keine Möglichkeit, die Vision zu fassen, so überwältigend war sie. Doch er hatte es versucht. An diesem Nachmittag musste er es versuchen. Nach und nach stellte er fest, dass er selbst vom Licht durchdrungen war – und von den Farben – und von der schieren Essenz des dargestellten Leids. Bis schließlich selbst das Leid im Gesicht des gekreuzigten Christus sich wandelte.

Christian Gladstone hatte sein Wunder gefunden.

In diesem Juni war Gladstone nach einer gut durchschlafenen Nacht sehr früh bei der Arbeit und hatte Fotografien von Grünewalds Meisterwerk bei sich. Zunächst wollte er die Fotografien mit dem Original auf ihre Genauigkeit hin vergleichen; diese Fotografien sollten in Gladstones Doktorarbeit aufgenommen werden. Doch plötzlich tauchte ein neuer Gedanke an seinem geistigen Horizont auf wie ein ungebetener Gast, der nicht weiß, ob er willkommen ist. Plötzlich eröffneten sich ihm ganz neue Perspektiven.

Es war wieder Anfang Mai, und er stand neben Pater Aldo Carnesecca in der Kellerkapelle des dominikanischen Haupthauses. Er arbeitete wieder mit dem Fotografen des Vatikans, um möglichst gute Bilder von Berninis *Noli me tangere* zu erhalten. Er faxte dem Heiligen Vater die gelungensten Bilder nach Sainte-Baume durch. »Natürlich!«, flüsterte Gladstone hörbar, als er sich an den Ausdruck erinnerte, den Bernini im Gesicht der Magdelena eingefangen hatte.

Natürlich. Es musste so sein. Der Heilige Vater hatte ebenfalls einer Inspiration bedurft. Vielleicht sogar eines Wunders. Vielleicht eines ähnlichen Wunders, wie es Christian vor Jahren so unerwartet in den Klostergewölben des Unterlindenmuseums entdeckt hatte. Nur gab es da einen bedeutenden Unterschied. Christian hatte unwissentlich nach einem Wunder gesucht. Aber wenn sein unwillkommener Gedanke zutraf, musste der slawische Papst gewusst haben, dass er nach einem Wunder suchte.

Seine plötzliche Einsicht kam für Christian einer Demütigung gleich. Wie arrogant kam er sich jetzt selbst vor, als er an die kompromisslos strengen Urteile dachte, die er in Carneseccas Gegenwart über die Politik des Heiligen Stuhls und darüber gefällt hatte, wie der Papsts sich scheinbar den üblen Machenschaften in der Kirche fügte. Vielleicht hatte Carnesecca doch Recht.

Vielleicht konnte man in den ganzen Vorgängen viel mehr erkennen, als Gladstone bislang zugeben wollte. Chris fiel ein, wie oft sein Bruder Paul bemerkt hatte, Arroganz sei ein Charakterzug der Gladstones. Paul hatte wohl Recht. In einer Familie, deren Motto »Kein Pardon!« lautete, durfte man Arroganz durchaus erwarten. Erst recht, wenn es um die Söhne von Cessi Gladstone ging. Dennoch war kein Gladstone je so arrogant gewesen, dass er zu schroffer Ungerechtigkeit neigte. Er war aber noch nicht so weit, dass er zugeben konnte falsch geurteilt zu haben. Doch zumindest konnte er zugeben, dass er sich vom Papst vielleicht ein zu einseitiges Bild gemacht hatte. Und ein zu voreiliges.

XVI

Es gab keinen Zweifel, dass Paul Gladstone bis Ende des Sommers den Posten des Generalsekretärs im EG-Ministerrat besetzen würde. Maestroianni widmete seine unmittelbare Aufmerksamkeit und die seiner wichtigsten Bundesgenossen, der heiklen Aufgabe, die römische Seite der Gladstone-Gleichung zu lösen.

Die Nachforschungen des Kardinalstaatssekretärs über Reverend Christian Gladstone bestätigten, was er von Anfang an vermutet hatte: Er war ein politischer Einfaltspinsel und ein Niemand im Gefüge der Macht. Dennoch mussten wenigstens *pro forma* alle rechtlichen Vorschriften beachtet werden, auch wenn man nur einem Zwerg wie Gladstone zu einer Karriere in Rom verhelfen wollte. Selbst das kanonische Recht spielte bei Pater Gladstones Versetzung nach Rom eine Rolle. Es schrieb vor, dass eine dauerhafte Versetzung eines Priesters aus seiner Heimatdiözese vollständig vom Einverständnis seines Bischofs abhängig war.

In diesem Fall war der zuständige Bischof der ehrwürdige Kardinal John Jay O'Cleary, Erzbischof von New Orleans. Unter den Prälaten des Vatikans, die ihn am besten kannten, galt O'Cleary als ein Mann, dem beträchtliche Geldmittel zur Verfügung standen; daher würde er für den Verzicht auf einen so guten Mann wie Gladstone sicher keinen finanziellen Ausgleich erwarten. In O'Clearys Fall, schien es, waren Ehrgeiz und Status eher das Problem als Geld.

Es hatte den Anschein, als sei der Kardinal von New Orleans auf eine diplomatischer Karriere in Rom aus. Von seiner fachlichen Unfähigkeit abgesehen gab es noch andere Aspekte, die Kardinal O'Cleary für das vatikanische Staatssekretariat unannehmbar erscheinen ließen, etwa seine Orthodoxie in Fragen der Lehre und seine Unterstützung für den gegenwärtigen Papst. Wenn der amerikanische Kardinal also forderte für die Freigabe Pater Gladstones ebenfalls nach Rom geholt zu werden, war dieser Preis sicher zu hoch. Die Forderungen mussten sich im Rahmen halten.

Angesichts der grundlegenden Fragen dieses Problems war es unvermeidlich, dass Kardinal Maestroianni sich für eine Lösung an Seine frisch gebackene Eminenz Kardinal Silvio Aureatini wandte. Vom Temperament und von der Erfahrung her – und aufgrund des glücklichen Umstands, dass er und Kardinal O'Cleary gewöhnlich den Sommerurlaub gemeinsam in der norditalienischen Stadt Stresa verbrachten –, schien kein Mann besser als Aureatini geeignet O'Cleary den Gefallen, den er dem Heiligen Stuhl mit einer Freigabe Christian Gladstones erweisen würde, schmackhaft zu machen.

Cosimo Maestroiannis nächtlicher Anruf bei Seiner Eminenz Kardinal Aureatini über eine geheime Sitzung der Kardinäle, welche am frühen Morgen in Aureatinis Privatwohnung stattfinden sollte, erreichte Seine Eminenz in einem ungünstigen Moment. Er hatte sich darauf gefreut, am nächsten Morgen in das Land der Blumen und des sanften Regens abreisen zu können, wo er aufgewachsen war. Normalerweise wären die Namen, die der Kardinalstaatssekretär am Telefon aufzählte, für Aureatini von unwiderstehlicher Anziehungskraft gewesen. Unter allen anderen Umständen hätte er keine Zeit verloren sich mit solch hochrangigen Kardinälen wie Pensabene und Moradian, Karmel und Boff, Aviola, Sturz und Leonardine zu treffen. Aber ausgerechnet jetzt, und sollte der Grund noch so wichtig sein, behagte ihm die Vorstellung überhaupt nicht Maestroianni und seine ehrwürdigen Brüder empfangen zu müssen.

Die Männer, die Kardinal Aureatini an diesem Morgen mit einiger Nervosität erwartete, gehörten zum festen Bestand jener alten Tradition, in deren Mittelpunkt das Rom der Päpste stand. In Aureatinis Augen war diese Tradition eine Tradition der Macht. Aber schließlich war der enge Vertraute Maestroiannis, Aureatini selbst, von Anfang an kein Mann von Bescheidenheit gewesen. Er hatte überall seine Finger im Spiel. Er war dafür bekannt, dass er mit Bundesgenossen großzügig und mit Feinden gnadenlos verfuhr. Er hatte keine richtigen Freunde, und das war ihm ganz recht so. Sein Gedächtnis war ein Archiv, aus dem er`Fakten, Personen, Namen und Daten mit geradezu unheimlicher Präzision abrufen konnte. Er merkte sich jedes Gesicht und jede Stimme. Er galt als gefährlich – eine in seiner Welt beneidenswerte Qualität.

»Schalom diesem heiligen Haus, mein ehrwürdiger Bruder!« Der Franzose Joseph Karmel, Kardinal von Lille, begrüßte Silvio Aureatini mit dröhnender Stimme. Dann stürmte er auf seinen Spazierstock gestützt ins Wohnzimmer und ließ sich mit einem zufriedenen Seufzer in den nächstbesten Sessel fallen. Ihm folgte mit einer Aktentasche in der Hand Cosimo Maestroianni, der dem Segen Karmels eine wesentlich prosaischere Wendung gab. »Gott segne den Erfinder der Klimaanlage!« Vier weitere Kardinäle marschierten herein ohne einen Blick auf das jüngst signierte Papstporträt zu werfen, welches jetzt Aureatinis Eingangshalle zierte.

Während es sich seine Gäste bequem machten, hielt es Aureatini für das Beste, sich seine Ungeduld nicht anmerken zu lassen. Er wusste, dass diese sechs Männer in der Welt der Mächtigen, in die es auch ihn zog, schon viel weiter gekommen waren. Erst nach einiger Zeit und als wolle er sich selbst daran erinnern, dass dieser Grünschnabel von Kardinal ja in seinen eigenen vier Wänden zugegen war, wandte Maestroianni sich schließlich Aureatini zu.

»Wenn ich mich nicht irre, sind Sie auf dem Sprung nach Stresa, ehrwürdiger Bruder?«

»In weniger als einer Stunde, hoffe ich, Eminenz.« Er hatte

den Satz kaum ausgesprochen, als er merkte, dass er einen Fehler gemacht hatte.

»Keine Sorge.« Maestroianni wurde höflich kühl. »Wir werden hier schnell fertig sein und dann steht der Abreise Eurer Eminenz nichts mehr im Weg.« Dann ging er, indem er sich an alle wandte, zur Tagesordnung über. Von den nackten Fakten her waren alle Anwesenden schon seit längerem an der Kampagne zur Beendigung des gegenwärtigen Papsttums beteiligt. Alle wussten von den Beschlüssen, die im vergangenen Monat auf der Sitzung in Straßburg verabschiedet worden waren. Und Maestroianni hatte sich beeilt seine engsten Kollegen knapp über die entscheidende Unterstützung zu unterrichten, die Dr. Channing ihm vor wenigen Tagen zugesichert hatte.

Maestroianni hatte die ungeteilte Aufmerksamkeit aller, als er ruhig einen Punkt nach dem anderen abhandelte. Um Zeit zu sparen und um alle Beteiligten vollständig zu informieren hatte er für jeden seiner Kollegen einen Ordner mit einem Positionspapier vorbereitet. Und er führte einen neuen Ausdruck ins Wörterbuch der Konspiration ein. »Auserwählter Weg« beschrieb den Plan, den sie dem Papst zugedacht hatten, so genau, dass Kardinal Maestroianni sich diesen Begriff sofort angeeignet hatte, als ihn Dr. Channing das erste Mal ausgesprochen hatte.

»Unser auserwählter Weg hängt von der Verpflichtung zweier Amerikaner ab, die als Pfeiler für unsere Brücke in die äußere Welt dienen sollen. Wie ich bereits jedem hier erklärt habe, wird Dr. Channing dafür sorgen, dass Cyrus Benthoeks fähiger junger Protegé Paul Gladstone der europäische Pfeiler dieser Brücke wird. Sie finden sein Profil unter den Positionspapieren. Und auf unserer Seite wird unser Juniorpartner hier« – Maestroianni lenkte die Aufmerksamkeit auf Aureatini – »damit beauftragt, unseren Mann in die Position zu befördern, die gemäß des auserwählten Weges für ihn vorgesehen ist.«

Die Frage, die Aureatinis Seele in diesem Moment am meisten bewegte, war ein klagendes »Warum ausgerechnet ich«. Aber weil niemand in einem Kreis wie diesem es wagen würde, solche Worte in den Mund zu nehmen, und weil er noch nicht über diese jüngste Fortentwicklung unterrichtet worden war, stellte er eine ganz geschäftismäßige Frage.

»Sémplice o no?« War »unser Mann« ein Naivling oder nicht?

Statt zu antworten griff Maestroianni erneut in seinen Aktenkoffer und holte einen weiteren Stapel Ordner hervor, die er an seine Kollegen verteilte. »Gladstone, Christian Thomas.« Kardinal Pensabene las den Namen laut vor und verdaute dann die Informationen mit dem ihm eigenen Scharfsinn. »Einige Überraschungen«, nuschelte er in den Raum. »Aber sie kommen uns entgegen.«

Andere waren da schon skeptischer. Untereinander hatten sich die wichtigsten Kardinäle bereits darüber verständigt, dass Christian Gladstone selbst von seinem familiären Hindergrund abgesehen kein Problem darstellte. Doch dann kam Aureatinis besondere Rolle in dieser Initiative zur Sprache.

Maestroianni setzte seine Lesebrille auf und bat die Anwesenden das Positionspapier über Pater Gladstones Ordinarius, Seine Eminenz Kardinal O'Cleary von New Orleans, zur Hand zu nehmen. »Unser ehrwürdiger Bruder aus Amerika scheint die Vorzüge Ihres geliebten Lago Maggiore als Sommerresidenz sehr zu schätzen.«

»Ja, Eminenz.« Aureatini brauchte das Dossier nicht durchzusehen. »Er kommt seit drei Jahren nach Stresa und logiert von Ende Juli bis Mitte August im Hotel Excelsior.«

»Ich nehme an, dass Sie ihn kennen.«

»Ja, Eminenz. Er will immer die letzten Neuigkeiten hören ...«

»Kennen Sie ihn so gut, dass Sie ihn dazu überreden könnten, diesen jungen Pater Gladstone ganzjährig für Rom freizugeben?«

Aureatini behielt sein Pokerface bei. Einen kurzen Augenblick lang überdachte er kühl, dass der gesamte Plan für die neuen Brücken und den auserwählten Weg von seiner Antwort abhinge. Der Gedanke war so befriedigend, dass er beschloss etwas mit der offensichtlichen Anspannung zu spielen, die seine mächtigen Gäste plötzlich erfasst hatte. »Da wird es Probleme geben, Eminenz.«

Kardinal Maestroianni starrte in eisiger Ungläubigkeit über

den Rand seiner Lesebrille. Es sah Silvio Aureatini nicht ähnlich, dass er binnen eines Jahrzehnts zwei Fehler beging, geschweige den binnen einer Stunde. »Und die wären?«

Obwohl Maestroianni seine Frage kaum mehr als flüsterte, brachte der Warnschuss Aureatini sofort zur Besinnung.

»Schlicht gesagt«, erwiderte der untergeordnete Kardinal gedehnt, »ist Seine Eminenz O'Cleary derjenige, der nach Rom kommen möchte.«

»So?« Dieses eine Wort stellte klar, dass solcherart Einzelheiten dem Erfindungsreichtum Aureatinis überlassen blieben.

»Wie immer Sie es anstellen, verehrter Bruder Silvio, wir wollen nicht damit rechnen, dass Kardinal O'Cleary irgendwann bei uns vor der Tür steht. Außerdem bin ich sicher, dass Ihnen etwas einfallen wird um Seine Eminenz in New Orleans für seine Zusammenarbeit angemessen zu entlohnen und Pater Gladstones Bedürfnisse zu befriedigen. Jeder hier wird Ihnen den Rücken stärken. Ich selbst werde die Rolle des Sahnehäubchens auf dem Kuchen übernehmen, falls es einen Kuchen gibt. Verstanden?«

»Verstanden, Euer Eminenz.«

Nachdem er Aureatini den Kopf zurechtgerückt hatte, löste Seine Eminenz Maestroianni die Anspannung. Er erhob sich von seinem Stuhl und klopfte sich zufrieden auf die Brust. »Das war sehr anregend, verehrte Brüder! Doch jetzt sollten wir Bruder Silvio mit seinen Vorbereitungen allein lassen, nicht wahr? Er kann's kaum erwarten, in sein geliebtes Stresa aufzubrechen.«

Aureatini schüttelte seinen Kopf, aber diesmal blieb er wohlweislich still. Er hatte heute Morgen mehr als einen Fehler begangen. Und es würde lange dauern, bis ihm der nächste unterlief.

XVII

Die warmen Strahlen der Nachmittagssonne fielen auf die Terrasse des exklusiven Hotels Excelsior in Stresa und Kardinal O'Cleary schloss die Augen, ließ den Kopf gegen die Stuhllehne zurücksinken und glitt in die angenehme Grauzone zwischen Schlafen und Wachen. Er war kurz davor, ganz einzuschlafen, als plötzlich ein Schatten das rötliche Glühen hinter seinen Augenlidern verdunkelte und die kühle Brise vom Lago Maggiore her auffrischte. O'Cleary fröstelte ein wenig und schlug die Augen auf.

»Habe ich Euer Eminenz gestört?«

Der amerikanische Kardinal schielte empor und hatte das Gefühl den salopp gekleideten Mann, der über ihm stand, kennen zu müssen. Die eisblauen Augen und die scharf geschnittenen Gesichtszüge weckten Erinnerungen, aber er konnte sie nicht ganz konkretisieren.

Diskret wie er war – und dank seines alles bestimmenden Gefühls eine wichtige Aufgabe zu erfüllen –, ließ sich Aureatini die Verärgerung nicht sofort erkannt worden zu sein nicht weiter anmerken. Stattdessen stellte er sich, und zwar überaus freundlich, ein zweites Mal namentlich und mit seinem Rang als Kardinal vor und er vergaß nicht, seine enge Beziehung zu Seiner Eminenz Kardinal Maestroianni im vatikanischen Staatssekretariat zu erwähnen. Und als er auf dem Gesicht seines Gegenübers ein leises Wiedererkennen entdecken konnte, zog Aureatini einen Stuhl heran und machte es sich an O'Clearys Seite bequem. Er frischte das Gedächtnis seines Kollegen weiter auf, indem er ihn an ihre zwei oder drei Begegnungen in den vergangenen Sommern erinnerte, wobei er sich unaufhörlich darüber beklagte, dass er den amerikanischen Prälaten nur so selten zu Gesicht bekäme. Obwohl sie sich nur flüchtig unterhalten hatten, gestand Aureatini, die Anmerkungen Seiner Eminenz seien so interessant und sein selbstloses Interesse an Rom so erfrischend gewesen, dass ihm jede dieser Unterhaltungen besonderes Vergnügen bereitet hatte.

O'Cleary bestellte zwei Drinks – einen Jack Daniel's für sich und einen Campari für den Italiener – und bemühte sich nach Kräften herauszufinden, welche Bemerkungen vergangener Jahre bei einem Kollegen des großen Kardinals Maestroianni solchen Eindruck hinterlassen haben mochten. Zu seiner Erleichterung stellte er jedoch fest, dass Aureatini nur ein zwangloses Gespräch führen wollte.

Für Aureatini war dieser Ort ein sicherer sommerlicher Hafen. Hier konnte er für eine kleine Weile das Leben, das er in Rom führte – und den Menschen, der er dort geworden war –, vergessen. Doch leider schien in diesem Sommer alles anders zu laufen. Eine offizielle und zynische Pflichtübung, die Seine Eminenz John Jay O'Cleary aus New Orleans – Jay Jay, wie man ihn zu Hause nannte – betraf, zwang ihn die Spannungen aus dem Vatikan in seinen sonst so sicheren Hafen mitzubringen. Doch selbst nachdem alles gesagt und getan war, fühlte sich Aureatini ob seiner Aufdringlichkeit unwohl.

Wo immer sie während Jay Jays dreiwöchigem Urlaub unterwegs waren, konnte es Aureatini nicht lassen, immer wieder eine pointierte Bemerkung über seine Arbeit, seine Beziehungen zu den höchsten Rängen der Kirchenhierarchie oder zu aktuellen Krisen anzubringen, die die Kirche in Mitleidenschaft zogen. Und bei jeder derartigen Bemerkung fuhr O'Cleary aufs Neue die Antennen seines persönlichen Ehrgeizes aus. Doch jedes Mal wechselte Aureatini das Thema so plötzlich, wie er es angesprochen hatte.

Bis zum zweiten Augustsonntag, dem Vorabend seiner Abreise nach Amerika, wurde die Spannung beinahe unerträglich. John O'Cleary war von Natur aus nicht besonders wortgewandt. Er tat am besten daran, immer unverhohlen auszusprechen, was ihm gerade durch den Kopf ging. Und das tat er denn bei einem letzten gemeinsamen Essen auf der Hotelterrasse auch.

»Ich habe über alles nachgedacht, was Sie mir gesagt haben, Eminenz, seit ich Ihr Vertrauen gewinnen konnte. Sie hatten völlig Recht, als Sie sagten, wir sollten alle bereit sein für den Heiligen Stuhl in seiner jetzigen eingeschränkten Verfassung Opfer zu erbringen. Ich habe großes Mitleid mit dem Heiligen Vater. Er hat wirklich einen schmutzigen Job!«

Obwohl O'Cleary einige Jahre älter war, nickte Aureatini voll väterlicher Zustimmung.

»Ich denke« – O'Cleary lächelte bescheiden – »es gibt nicht viel, was ein armer Provinzkardinal wie ich über seine gewöhnlichen Pflichten hinaus tun kann. Trotzdem, äh ... ich will sagen, ich hoffe, Seine Eminenz weiß, das ich persönlich dem Heiligen Stuhl uneingeschränkt zur Verfügung stehe.«

Aureatini gestattete sich ein anerkennendes Lächeln. Er wollte nicht unbescheiden sein, aber jetzt wusste er, dass er den Amerikaner am Haken hatte. »Was wir im Vatikan brauchen, Eminenz, sind Arbeitskräfte. Einfach Leute.«

Nach einer Pause fuhr Aureatini fort: »Es gibt vielleicht etwas, das Euer Eminenz für uns arme Schreiberlinge in Rom tun könnte. Was ich Euer Eminenz jetzt sage, ist höchst vertraulich. Viele Regierungen in Europa sind davon betroffen – und folglich natürlich auch Ihre Regierung in den Vereinigten Staaten.«

Aureatini senkte die Stimme, sodass O'Cleary sich vorbeugen musste um ihn überhaupt verstehen zu können. »Ich habe von Seiner Eminenz Maestroianni erfahren ...«

Die Erwähnung dieses Namens hatte genau die Wirkung, die Aureatini erhofft hatte. »Kardinal Maestroianni ist hier?«

O'Cleary war ganz ergriffen.

Der Italiener legte einen Finger auf die Lippen um nochmals den vertraulichen Charakter dieser Unterhaltung zu betonen.

Eigentlich war es nicht nötig gewesen, Maestroiannis Sommerurlaub durch einen Anruf zu stören, denn Seine Eminenz war nach Stresa gekommen. Dennoch wäre es nicht verkehrt, sich O'Clearys Kooperation durch eine kleine Rückversicherung zu vergewissern. Schließlich hatte Maestroianni gesagt, dass diese Mission seine volle Rückendeckung genieße. Und Aureatini hatte eine gewisse Befriedigung empfunden, als er für den alten Kardinal ein Zimmer in einer etwas zweifelhaften Pension auf der Isola dei Pescatori buchte.

»Ja, allerdings«, flüsterte Aureatini. »Seine Eminenz ist gestern erst angekommen. Und zwar um eben diese Angelegenheit mit Ihnen zu besprechen. Er reist selbstverständlich inkognito. Er wohnt auf der Isola dei Pescatori. Dieser Mann hat eine Vorliebe für einfache Umgebungen. Er läuft gern in Hemd und Jeans herum und trinkt in den Cafés Wein mit gewöhnlichen Leuten, die er in Rom niemals kennen lernen würde.«

O'Cleary war gerührt. »Also das, Eminenz, zeugt von wahrer Größe!«

»Wahre Größe, in der Tat, Eminenz. Was den Kardinal so eilig hergeführt hat, ist unser dringender Bedarf an einem Mann mittleren Rangs. Und Euer Eminenz ist der Einzige, der uns helfen kann diesen Mann für uns zu gewinnen.«

O'Cleary war hin- und hergerissen zwischen seinem Bestreben sich als nützlich zu erweisen und seiner heftigen Enttäuschung, dass offenbar nicht er selbst im Mittelpunkt eines so intensiven Interesses des Vatikans stand. Daher konnte er nicht anders, als Aureatinis weiteren Ausführungen zuzuhören.

»Der Name des Mannes, den Seine Eminenz im Sinn hat, ist Pater Christian Thomas Gladstone. Erinnert sich Euer Eminenz an ihn?«

Kardinal O'Cleary hatte seine widersprüchlichen Gefühle einigermaßen unter Kontrolle gebracht, als er energisch nickte.

»Selbstverständlich, Eminenz. Ein hervorragender junger Priester. Ich kenne seine Familie schon sehr lange. Aber Pater Gladstone verbringt bereits die Hälfte des Jahres in Rom.«

»Ja, ja. Das wissen wir, Eminenz. Aber der Kardinal hat mir zu verstehen gegeben, dass wir ihren jungen Mann ganzjährig brauchen. Und zwar ab kommenden September.«

Als sich O'Clearys Blick für einen Moment verfinsterte, so als käme ihm gerade ein zwingender Gedanke, schüttelte Aureatini verständnisvoll den Kopf. »Ich weiß ja, es ist unmöglich. Und ziemlich ungerecht. Rom sollte die Diözesen nicht ihrer besten Leute ...«

»Nein, nein, Eminenz.« O'Cleary wirkte aufrichtig erschrokken. »Ich will damit nur Folgendes sagen, Eminenz: Wenn Rom Gladstone braucht, dann wird Rom Gladstone auch bekommen. Als sein direkter Vorgesetzter kann ich dafür garantieren.«

Jetzt war Aureatini derjenige, dem die Gefühle durchzugehen schienen: »*Dio mio!* Der Kardinal wird von Ihrer Opferbereitschaft begeistert sein! Ich bin sicher, dass er sich persönlich bei Ihnen bedanken wird. Ich habe für heute abend ein Essen mit ihm arrangiert. Bei Mammaletto an der Via Ugo Ara. Der Kardinal mag Hummer. Aber Seine Eminenz wird sicher den ausgezeichneten Streifenbarrel vorziehen.«

O'Cleary traute seinen Ohren kaum. »Wollen sie damit sagen ...?«

»Ich glaube, Eminenz, dass Kardinal Maestroianni sicherlich

verärgert wäre, sollten Sie uns nicht Gesellschaft leisten können. Eine Absage kann ich nicht annehmen.«

Es wäre O'Cleary nie in den Sinn gekommen, einen Abend privater Gespräche mit dem berühmten Cosimo Maestroianni auszuschlagen. Doch als er für einen kurzen Moment die Augen schloss, nahm der schmerzliche Gedanke, der ihm eben durch den Kopf geschossen war, plötzlich Gestalt an. Das stolze Gesicht der tapferen Francesca Gladstone kam ihm in den Sinn, die ihn warnte ein übereiltes Versprechen zu machen. Es hätte eines Wunders bedurft um die unversöhnliche Abneigung dieser Matriarchin gegen Rom zu überwinden, vor allem wenn es um eine Vollzeitkarriere ihres Sohnes Christian in eben diesem Rom ging.

»Soll ich Sie hier abholen?«, hakte Aureatini nach. »Sagen wir, gegen acht Uhr heute abend?«

»Streifenbarrel, sagen Sie?« Kardinal O'Cleary schlug die Augen auf und es gelang ihm, wenigstens für den Moment das Gesicht und die Macht Francesca Gladstones aus seinem Kopf zu verbannen.

Wieder allein in seiner Suite im Excelsior war Jay Jay O'Cleary überrascht, wie schnell sämtliche Hochgefühle verflogen. Er hatte zwar nicht das Gefühl, dass Aureatini ihn in irgendeiner Weise benutzt hatte. Doch im tiefsten Winkel seines Herzens wusste er, dass diese Römer zu raffiniert für ihn waren.

Seine Eminenz ließ sich müde in den Armsessel fallen. Allmählich schien ihn das Leben zu überfordern. Es war schon eine Ironie sondergleichen, dass ausgerechnet Christian Gladstone, der kein Geheimnis aus seiner Abneigung gegen das klerikale Leben in Rom machte, dort aus ebenso unerfindlichen wie dringenden Gründen benötigt wurde, während O'Cleary selbst im kirchlichen Hinterhof von New Orleans ausharren musste.

O'Cleary machte sich keine Illusionen über Rom. Und doch hatte er es stets vorgezogen, Rom so zu sehen, wie es in seinen jungen Jahren war, als er erstmals die Kanzlei besucht hatte. Damals lief man bei einem Aufenthalt in Rom noch nicht Gefahr seinen Glauben zu verlieren oder die Überzeugung, dass nach wie vor Gottes und Christi Liebe vorherrschten. In O'Clearys Rom hatte es weder allgegenwärtigen Zynismus noch penetrante Herzlosigkeit gegeben. Zu seiner Zeit hatte noch die Solidarität der christlichen Liebe regiert.

O'Cleary zog es immer noch vor, seine Welt mit solchen Augen zu sehen. Natürlich war ihm nicht entgangen, dass sich etwas verändert hatte. Er ging mit diesen Veränderungen nur anders um als die meisten seiner bischöflichen Kollegen. Noch heute, nach fast zehn Jahren als Kardinalerzbischof von New Orleans, war O'Cleary überzeugt, dass seine Botschaft einfach gehört und akzeptiert werden musste, solange sie sich nur auf Gerechtigkeit und Liebe und auf die Kraft seiner Autorität stützte.

Während seiner gesamten Amtszeit in New Orleans hatte O'Cleary sich oft genug mit dem Problem der Gladstones von Windswept House befassen müssen. Doch mit der ihm eigenen Weisheit hatte er begriffen, dass es besser sei, jeder Konfrontation mit ihnen aus dem Weg zu gehen. Daher beging er auch nie den Fehler seines Vorgängers, des mächtigen und extravaganten Kardinals Jean de Bourgogne, dem man einen Hang zum Größenwahnsinn nachsagte.

Bourgogne hatte in seiner Arroganz einen Brief an Francesca Gladstone, der Herrin auf Windswept House geschrieben, in dem er fälschlich behauptete, dass »der Heilige Vater und das Vatikanische Konzil die alte römische Messe abgeschafft und allen römischen Katholiken verboten haben sich weiterhin damit zu befassen«.

Francesca hatte ihm daraufhin postwendend eine Antwort zukommen lassen, mit der er nie gerechnet hatte: »Als Herrin auf Windswept House«, schrieb sie, »werde ich diese Vergewaltigung der römischen Messe in meiner Kapelle nicht dulden. Ich beanspruche unser dauerhaftes Privileg gemäß Paragraph 77 des kanonischen Rechts, wonach wir Gladstones ein päpstlich verbrieftes Recht genießen, das von keiner kirchlichen Verordnung welcher Institutionen der Kirche auch immer außer Kraft gesetzt, eingeschränkt oder aufgehoben werden kann, sondern nur durch direkte und persönliche Weisung des Papstes. Darüber hinaus beabsichtige ich zivile oder kanonische Rechtsmittel einzulegen, falls es erforderlich sein sollte.«

Bourgogne unternahm daraufhin durch seinen Vertreter in Rom einen Versuch, das Privileg der Gladstones aufzuheben. Rom riet ihm aus guten Gründen davon Abstand zu nehmen.

Seit 1982, als O'Cleary die Nachfolge Bourgognes als Kardinalerzbischof von New Orleans angetreten hatte, folgte er einer klügeren und sanfteren Strategie im Umgang mit den Gladstones. Sein natürliches Interesse bestand darin, die Herrin auf Windswept House von seinem Standpunkt zu überzeugen. Zu seiner Enttäuschung hatte jedoch Cessi Gladstone sich immer wieder entschlossen gezeigt »den besten und schlimmsten Anstrengungen von Kirchenleuten aus dem Weg zu gehen, die Kirche um ihre übernatürliche Bestimmung als der einzigen und wahren Kirche Christi zu bringen«.

Wie so oft hatte auch diesmal O'Clearys angeborenes Interesse seiner ebenso angeborenen Vorsicht Platz gemacht. Er hielt sich im Allgemeinen von Windswept House fern.

An diesem Sonntagnachmittag in Stresa, als er über die unangenehme Tatsache nachgrübelte, dass sein Verhältnis zu den Gladstones von Windswept House zugleich zum Schlüssel und zum Stolperstein seiner römischen Ambitionen geworden war, hatte John O'Cleary mehr und mehr das Gefühl, als irre er durch ein Labyrinth. Es stand völlig außer Zweifel, dass Francesca Gladstone ihren Einfluss auf ihren Sohn nutzen würde um ihm einen dauerhaften Wechsel nach Rom auszureden.

»Die Menschen gehen nach Rom und verlieren ihren Glauben«, hatte sie mehr als einmal gesagt. Schlimmer noch, weil Christian Gladstone seine eigenen Erfahrungen in Rom gemacht hatte, konnte man es ihm nicht zum Vorwurf machen, wenn er diese Auffassung teilte. Doch wenn es O'Cleary nicht gelang, Christian Kardinal Maestroiannis Obhut zu übergeben, dürfte er wohl alle Hoffnungen auf eine Karriere am Tiber begraben.

O'Clearys Ehrgeiz überwog schließlich seine Abneigungen gegen die Gladstones. Damit stand er nun vor einem neuen Problem: Er musste Christian Gladstone ausfindig machen und seine Zustimmung für eine dauerhafte Versetzung nach Rom erhalten.

Er warf einen Blick auf die Uhr: schon vier Uhr nachmittags; in New Orleans demnach neun Uhr morgens. Er beschloss mithilfe des wunderlichen Telefonnetzes von Stresa den Generalvikar seiner Diözese in New Orleans, Monsignore Pat Sheehan, zu verständigen. Nachdem er eine Stunde lang gewartet und dabei mehrere Damen vom Amt mit einem Mischmasch aus Englisch und Italienisch angefleht und ihnen gut zugeredet hatte, brach Seine Eminenz beinahe in Freudentränn aus, als er am anderen Ende der Leitung die ruhige und »heimelige« Stimme Pat Sheehans hörte.

»Pat?«, schrie O'Cleary über ein plötzliches Knistern in Stresas korrodierten Leitungen hinweg.

»Ja, wer spricht da?«

»Ich bin's, Pat. Jay Jay.«

»Im Namen aller Heiligen, Mann, wo sind Sie? Hört sich an, als sprächen Sie durch eine Blechbüchse mit Schnur.«

O'Cleary lachte so unvermittelt freudig auf, dass er sich fragte, ob Aureatini nicht vielleicht doch Recht hatte. Vielleicht vermisste er New Orleans wirklich. »Ich bin noch in Stresa. Hier gibt es zahllose Paläste und einige ausgezeichnete Angelplätze. Aber ich glaube nicht, dass man hier schon einmal etwas von Glasfasertechnik gehört hat.«

Einer der vielen Vorzüge Pat Sheehans als Generalvikar bestand darin, dass er über eine rasche Auffassungsgabe verfügte. Der Monsignor war im Handumdrehen im Bilde. Jay Jay befand sich in einer Zwickmühle. Und wie nicht anders zu erwarten wusste Sheehan ganz genau, wo Pater Gladstone zu finden war. »Er befindet sich bei den Dominikanern in Colmar, Jay Jay, arbeitet dort an seiner Dissertation. Dem Zeitplan nach, den er telefonisch durchgegeben hat, wird er innerhalb der nächsten Tage die Rückreise nach Galveston antreten.«

O'Cleary stöhnte. Für Pater Christian bedeutete eine Heimkehr nach Galveston zugleich eine Heimkehr nach Windswept House. Und das wiederum bedeutete, dass er aufs Neue unter den Einfluss jenes traditionellen Geistes geriete, der dort noch immer herrschte. O'Cleary spielte mit dem mittlerweile verführerischen Gedanken die ganze Sache um Gladstones Versetzung nach Rom bis zum September zu vertagen – bis Gladstone seinen Urlaub bei der Familie beendet hatte. Dann musste er sich ohnehin in New Orleans melden, weil er dort semesterweise im Priesterseminar unterrichtete. Vielleicht blieb dann noch genug Zeit ihn über die bevorstehende Wende in seiner Karriere zu unterrichten.

Sheehan lehnte diese Idee entschlossen, aber leidenschaftlos ab. »Wenn es um irgendeinen anderen Kleriker in der Diözese ginge, wäre es gleichgültig, wie Sie die Sache angehen. Aber die Gladstones sind nicht ohne Einfluss.«

»Erzählen Sie mir etwas Neues«, murmelte O'Cleary.

»Wenn Sie mich fragen, Jay Jay, könnten Sie nichts Schlimmeres tun als Pater Christian erst dann mit diesem Ansinnen zu überfallen, wenn weder Ihnen noch ihm viel Zeit bleibt, bis er in Rom erscheinen soll. Wenn Sie warten und er sich als widerspenstig erweisen sollte, hätten Sie keinen Spielraum mehr. Und außerdem, Jay Jay« – Sheehan versuchte aufmunternd zu klingen – »glaube ich, dass Sie den Jungen verraten und verkaufen. Er wird Zeit brauchen um Ihren Vorschlag zu überdenken. Das sollten Sie berücksichtigen. Und er wird die Sache, wann immer er von Ihrem Vorschlag erfährt, in jedem Fall mit seiner Mutter besprechen. Aber Gladstone ist genauso eigensinnig wie seine Mutter. Er wird eine eigene Entscheidung fällen.«

Ein Blick auf die Uhr, und O'Cleary hatte sich entschieden. Es blieb ihm gerade noch genug Zeit um sich frisch zu machen, bevor Aureatini ihn zu ihrem Abendessen mit Kardinal Maestroianni abholen würde.

»Hören Sie, Pat. Haben Sie Gladstones Nummer in Colmar?«

»Einen Moment.« Eine kurze Pause trat ein, während Sheehan einige Papiere durchblätterte. »Ja, hier ist sie. 32 – 84 ...«

»Nein, Pat.« Jay Jay beschloss die Sache abzukürzen.

»Die Ehre überlasse ich Ihnen. Fragen Sie den jungen Gladstone, ob er einige Minuten seines Urlaubs auf der Heimreise nach Galveston für seinen armen Erzbischof erübrigen kann. Ich werde morgen aus Stresa nach New Orleans abreisen. Notiere Sie nach Ihrem Gutdünken einen Termin für ihn.«

XVIII

Kurz vor sieben Uhr am Montagabend – dem Zeitpunkt, den er mit Monsignore Pat Sheehan verabredet hatte, als der Generalvikar ihn unerwartet in Colmar anrief – stieg Christian Gladstone aus einem Taxi, huschte durch den herniederprasselnden Augustschauer und klingelte an der Pforte von Kardinal Jay Jay O'Clearys Residenz in New Orleans.

Die modisch gekleidete und merkwürdig frisierte Schwester Claudia Tuite öffnete Christian die Tür und bat ihn einzutreten. Mit der ihr eigenen Herablassung, die sie jedem Kirchenmann unterhalb des Ranges eines Kardinals entgegenbrachte, nahm sie Gladstones Begrüßung mit einem knappen Nicken zur Kenntnis, nahm ihm mit spitzen Fingern den Regenmantel ab, als wolle sie ihn möglichst schnell in eine antiseptische Lösung stecken, und eilte lautlos davon um Seiner Eminenz die Ankunft Gladstones mitzuteilen.

»Pater Christian! Seien Sie willkommen!«, platzte Kardinalerzbischof O'Cleary wenig später in sein Arbeitszimmer.

»Euer Eminenz.«

Zu O'Cleary Überraschung beugte der schlaksige junge Priester das Knie und küsste den Bischofsring an seiner Hand. Diese Gladstones!

»Kommen Sie, Pater, nehmen Sie Platz.«

Seine Eminenz deutete auf einen abgewetzten Stuhl und setzte sich selbst in einen hohen Lehnsessel, der ihm das Gefühl gab auf sein Gegenüber herabblicken zu können. »Nun, Pater, erzählen Sie, wie geht es dieser bemerkenswerten Dame, Ihrer geliebten Mutter?«

»Mutter geht es gut, Eminenz.« Weil er für den unbequemen Stuhl zu groß war, sortierte Gladstone notdürftig seine Beine. »Sie schlachtet gerade das fetteste Kalb um meine Heimkehr zu feiern.«

Wenn Jay Jay Cessi Gladstone auch nur annähernd richtig einschätzte, bereitete sie gerade ein Festmahl à la Belsazar vor. »Ich hoffe, dass dieser unerwartete kleine Abstecher nach New Orleans Ihre Pläne nicht durcheinander gebracht hat, mein Junge.«

»Ich bin sicher, dass sie Verständnis dafür hat, Eminenz. So wie immer.« Christian rückte seine Beine zurecht und bereitete sich auf ein weiteres Ritual des Kardinals vor. Bei O'Cleary deutete Smalltalk immer darauf hin, dass Seine Eminenz zu einem Gespräch ansetzte, das Gladstone an eine jener Seemöven erinnerte, wie er sie oft durch die meerwärts gerichteten Fenster von Windswept House beobachtet hatte. Der Kardinal würde eine ganze Weile in der Luft hin und her flattern, bis plötzlich all das Segeln und Gleiten mit einem Sturzflug auf das anvisierte Ziel ein Ende nahm.

»Pater Christian.« Seine Eminenz setzte sein großherziges Lächeln auf, das in den Medien von New Orleans zu einem Markenzeichen geworden war. »Ich kann Ihnen gar nicht sagen, wie lieb und teuer mir Ihre Familie geworden ist. Wie lieb und teuer die Gladstones über ein Jahrhundert dem Heiligen Stuhl und dem Heiligen Vater gewesen sind; und wie viel sie für die Erhaltung der Kirche Gottes getan haben.«

»Seine Eminenz sind zu gütig.«

»New Orleans dürfte Ihnen mittlerweile sehr provinziell vorkommen, nach all der Zeit, die Sie in Rom verbracht haben.«

Christian fand diese Bemerkung höchst merkwürdig, bis ihm einfiel, dass O'Cleary bekanntermaßen schon immer ein Auge auf Rom geworfen hatte. »In mancher Hinsicht«, antwortete Gladstone, »unterscheiden sich die beiden Städte gar nicht so sehr voneinander, Euer Eminenz. New Orleans ist so sündig und so heilig, so sauber und so schmutzig, so glücklich und zugleich so furchtbar traurig. Wie im Falle Roms kann man nur noch erahnen, wie wunderschön New Orleans in seiner großartigen katholischen Blütezeit einmal gewesen sein muss.«

Das Lächeln, mit dem Jay Jay anfangs zuhörte, wich einer gewissen Verwirrung. Er fühlte sich wie ein gutmütiger Professor, den sein begabtester Schüler gerade schwer enttäuscht hatte. »Betrachten Sie Rom nach so langer Zeit immer noch mit denselben Augen?« O'Clearys Frage klang so herzlich und zugleich so herablassend, dass Gladstone plötzlich begriff: Er war zu diesem Gespräch eingeladen worden um über Rom zu sprechen. Der Gedanke kam ihm so unglaubhaft vor, dass er gerade deswegen der Wahrheit entsprechen musste. Voller Unbehagen und Widerwillen konnte er die Frage nur mit Schweigen beantworten.

Der Ton des Kardinals klang nun fast tadelnd, als er fortfuhr. »Wie Sie wissen, bin ich gerade von einer ausgedehnten Europareise zurückgekehrt. Wir Kirchenfürsten müssen im Hinblick auf die weltweiten Probleme ständig miteinander in Kontakt bleiben, wie Sie sich vorstellen können. Ich hatte zunächst eine Audienz beim Heiligen Vater. Sehr tröstlich, Pater Christian. Welch einen Mann hat Christus der Kirche in ihrer Stunde der Not geschenkt! Und während meines Aufenthalts in der Ewigen Stadt hatte ich ein langes Gespräch mit dem Rektor des Angelicums. Ich kann Ihnen gar nicht sagen, wie hoch Generalmagister Slattery ihre Dienste schätzt, die Sie dort während ihres alljährlichen Semesters leisten.«

O'Cleary betrachtete Gladstone mit einem Ausdruck liebevoller Zufriedenheit. »Es überrascht Sie vielleicht nicht – vor allem, wenn man den Status Ihrer Familie in den Annalen des Heiligen Stuhls bedenkt –, dass Ihr Name drüben im Staatssekretariat hoch im Kurs steht. Wirklich sehr hoch! Raten Sie mal, worum ich gebeten worden bin, Pater Christian!«

Gladstone schaute Seine Eminenz unverwandt an, sagte aber immer noch nichts.

»Mein lieber Pater, man hat mich um das größte Opfer gebeten, dass man einem Bischof abverlangen kann: Ich soll einen guten Mann aufgeben.« Da er nun zum Sturzflug auf sein Ziel ansetzte, nahm O'Clearys Miene einen tiefernsten Ausdruck an. »Ab September soll ich Sie für einen dauerhaften Aufenthalt in Rom freigeben. Sie sollen als vollwertiger Professor für Theologie im Angelicum und als Theologe im päpstlichen Haushalt tätig werden.«

Da sich nun seine schlimmsten Vermutungen bestätigt hatten, bedrängten Gladstone innerlich so viele Fragen, dass er sie kaum ordnen konnte. So viel er wusste, hatte das Angelicum keinen ganzjährigen Bedarf an seinen Diensten. Und es gab bereits Hunderte von Theologen im »päpstlichen Haushalt« – ein bestenfalls salopper Ausdruck in diesem Zusammenhang –, sodass ein weiterer sicher nicht dringend gebraucht wurde. Dazu kam, dass trotz O'Clearys Versicherung, welch hohes Ansehen er im Sekretariat genieße, kein Würdenträger in Rom Christian auch nur eines Blickes gewürdigt hätte. Oh, natürlich hatte es jenes unbedeutende Zusammentreffen mit Kardinal Maestroianni gegeben. Andererseits galt wohl Generalmagister Slattery als Intimus des Papstes, doch es war unwahrscheinlich, dass er hinter dieser sonderbaren Sache steckte.

Wer in Rom konnte sonst nach ihm verlangen? Und warum so dringend? Das Ganze ergab keinen Sinn. Gladstone war sich plötzlich einer Sache sicher: Jay Jay steckte in der Klemme; und aus welchen Gründen auch immer war Christian die einzige Hoffnung des Kardinals dieser Falle zu entkommen. Er klammerte sich so heftig an ihn, dass er sogar den Zorn von Christians Mutter riskierte um seine Haut zu retten. Ja, O'Cleary war so angespannt, so nervös wegen der ganzen Angelegenheit, dass der junge Priester vermutete, es sei nur O'Clearys Scheu vor der willensstarken Cessi Gladstone, die den Kardinal davon abhielt, ihn auf der Stelle nach Rom zu beordern.

»Euer Eminenz.« Es war Christian, der das Schweigen brach. Ein paar Fragen würden genügen um feststellen, wie entschlossen O'Cleary tatsächlich war ihn nach Rom zu schicken; und um zu testen, wie schwierig es sich gestalten könnte, dieser Vorsetzung zu entgehen. »Euer Eminenz, erweisen Sie mir die Gnade eines kleinen Rats. Ich bin nur ein ganz kleiner Fisch im großen Teich. Ich unterrichte am Angelicum nur Nebenfächer. Ich spende den polnischen Nonnen an der Via Sistina die Sakramente. Ich verhelfe den irischen Nonnen von der Via di Sebastianello zu etwas Abgeschiedenheit. Ich kenne Rom eigentlich nicht; auch nicht den päpstlichen Haushalt. Ich spreche ein unverzeihlich schlechtes Italienisch. Ich bin Amerikaner. Welchen so wichtigen Posten könnte es für einen Kleriker mit solche Referenzen geben?«

Jay Jay nahm die pontifikalste Haltung ein, die ihm möglich war. »Trotz ihrer lobenswerten Bescheidenheit, Pater Christian, bin ich der Meinung, dass Sie sich diese Sache ganz genau überlegen sollten. Auch auf die Gefahr hin, dass ich etwas Vertrauliches ausplaudere, sollten Sie, glaube ich, wissen, dass keine geringere Persönlichkeit in unserer Kirche auf Sie aufmerksam geworden ist als Seine Eminenz Cosimo Maestroianni persönlich.« Die Ungläubigkeit, mit der Gladstone diese Information aufnahm, schrieb O'Cleary der Ehrfurcht zu, die er selbst gegenüber dem großen Kardinal empfand. »Also gut, Pater. Legen wir die Karten auf den Tisch, ja? Sowohl im Sekretariat wie sonst wo in der Heiligen Stadt« – der weise Blick des Kardinals sollte im Zusammenhang mit Rom die Tatsache unterstreichen, das mit den Worten »sonst wo« nur der Heilige Vater gemeint sein konnte – »sehe ich bedeutende Entwicklungen auf uns zukommen. Man stimmt darin überein, dass neue Initiativen anstehen. Und ich beobachte dieselbe Bewegung unter meinen Kardinalsbrüdern. Unter uns gesagt, dies könnte die größte Chance in Ihrer kirchlichen Karriere sein.«

Überzeugt davon, dass es um die Karriere des Kardinals ging und er selbst der Köder war, machte sich Christian dennoch einige Gedanken über Jay Jays Eindruck, es stünden neue Entwicklungen bevor. Aus Gladstones Sicht spielte sich die größte globale Krise derzeit innerhalb der katholischen Kirche ab. Nein. Christian kam zum Schluss, dass es das Beste für ihn sei, sein Studium zu beenden und in die Vereinigten Staaten zurückzukehren, wo er noch etwas bewirken konnte. Zumindest konnte er hier den Gläubigen dienen, die verzweifelt guter Priester bedurften. Hier konnte er dem römischen Karrierismus den Rücken kehren.

»Daher sage ich noch einmal«, drängte der Kardinal, »dass Sie sich diese Sache sehr gut überlegen sollten. Die Zeit spielt für Ihre Entscheidung natürlich auch eine Rolle. Aber« – Jay Jay lächelte tapfer – »Sie sollten sich nicht beeinflussen lassen.«

»Das werde ich, Eminenz. Darauf können Sie sich verlassen.«

Zum ersten Mal warf Jay Jay einen Blick auf ein Blatt mit maschinengeschriebenen Notizen auf seinem Schreibtisch. »Man würde es gern sehen, wenn Sie bis Ende September für ein Gespräch nach Rom kämen – um einen Zeitplan ausarbeiten und eine Unterkunft zu finden. Solche Dinge eben. Wenn Sie möchten, mein Junge, können Sie ab sofort ein Zimmer auf dem Hügel haben. Ich habe das persönlich für Sie mit dem Rektor abgesprochen.« Der »Hügel« war in Rom die übliche Bezeichnung für das amerikanische College und Christian verstand den Schachzug als einen zusätzlichen Ansporn.

Weil er spürte, dass von Christians selbstgewisser Antwort der gesamten römische Plan abhing, fügte Jay Jay sich dem Umstand, dass er heute abend keine endgültige Antwort erhalten würde.

Etwa fünfzehnhundert Kilometer nördlich von New Orleans, in der schönen mittsommerlichen Landschaft Virginias unweit von Washington D.C. steuerte Gibson Appleyard gerade auf die Einfahrt seines Hauses zu, als seine Frau Genie mit ihrem Wagen herausfuhr.

»Ich muss zur Sitzung des Eastern Star, Liebling.« Sie warf ihm eine Kusshand zu. »Wir sehen uns beim Abendessen.«

Appleyard winkte und warf ihr seinerseits eine Kusshand zu. Er ging nach hinten in den Garten, von wo er, trotz der Verlokkung seinen wundervollen Rosen ein wenig Aufmerksamkeit zu schenken, durch die Glastüren in sein lichtdurchflutetes Arbeitszimmer trat, dort die Aktentasche auf den Schreibtisch legte, Krawatte und Jacke auf einen Stuhl warf, *Die Zauberflöte* aus der Stereoanlage tönen ließ und sich daran machte, einige, so hoffte er wenigstens, ungestörte Stunden zu arbeiten.

Von Beruf Marineoffizier bei der Spionageabwehr war dieser ungewöhnlich hoch gewachsene Mann mit dem sandfarbenen Haar – jener Angelsachse, den Kardinal Maestroianni so farblos gefunden hatte, als Cyrus Benthoek ihn auf der geheimen Sitzung anlässlich des Schuman-Tages in Straßburg vorstellte – auf Wunsch des Präsidenten der Vereinigten Staaten seit Januar 1990 mit besonderen Aufgaben betraut worden.

Gegen Ende Dezember 1989 waren zehn Männer an den Präsidenten herangetreten, die als wahre Riesen in den größten, wichtigsten und wohlhabendsten transnationalen Unternehmen galten. Männer, die die Kontrolle über Telekommunikation und Elektronik und Öl, Agrarwirtschaft, Finanz-, Versicherungs- und Rückversicherungswesen hatten.

Diese Herren hatten sich mit einer klaren Analyse der US-amerikanischen Position in einer sich unvermittelt ändernden Welt an das Weiße Haus gewandt. Der Zerfall der Sowjetunion in Einzelstaaten, sagten sie, sei so sicher wie der nächste Sonnenaufgang. Die natürlichste Alternative für diese Staaten sei der Eintritt in den europäischen Binnenmarkt. Gorbatschow – ganz zu schweigen von Vertretern Europas – sagte bereits einen solchen Kurswechsel voraus.

»Herr Präsident«, lautete ihre gemeinsame Aussage, »wenn es in absehbarer Zukunft dazu kommen sollte – wenn wir es bis zum gegenwärtig vorgesehenen Stichtag im Januar 1993 mit einem Großeuropa zu tun hätten, könnten die Vereinigten Staaten in keiner Weise mehr mithalten. Wir stünden mit dem Rücken zur Wand.«

Natürlich hatten diese Herrschaften auch einen Vorschlag parat: »Geben Sie uns die Vollmacht eine Kommission zu bilden, die über die allgemeinen wirtschaftlichen Interessen der USA angesichts dieser neuen Situation wacht; und die vor allem beizeiten Maßnahmen gegen die rasante Entwicklung eines solch unschlagbaren wirtschaftlichen Konkurrenten ergreift.«

Der Präsident hatte ihr Argument verstanden. Kein Präsident konnte es sich leisten, den Rat solcher Männer zu missachten; und kein Präsident konnte ihrer gemeinsamen Stimme widersprechen.

Binnen eines Monats nahm die ad hoc gebildete Zehnerkommission des Präsidenten, die nur der obersten Exekutive Rechenschaft schuldete, ihre Arbeit auf. Und wie so viele Kommissionen in Washington erlangte sie bald einen solch dauerhaften Status, dass der den Zusatz »ad hoc« zu einem Widerspruch in sich wurde. Im selben Monat wurde Gibson Appleyard von seinem Posten im Spionageabwehrdienst der Marine abkommandiert. Er und sein vorgesetzter Offizier Edward »Bud« Vance, Admiral im Ruhestand, fungierten als die ausführenden Organe der Kommission. Sie sollten installieren, was der Präsident locker als »Haltegriffe und Trittstufen« in der Europäischen Gemeinschaft beschrieben hatte. »Eine kleine Vorsichtsmaßnahme«, wie der Präsident den beiden Geheimdienstmännern während ihrer ersten Sitzung erklärte, »damit wir ein wenig

Kontrolle über unsere Verbündeten haben und Druck ausüben können, sollte es je erforderlich sein.«

Appleyard war ein Meister im Auffinden von Haltegriffen und Trittstufen. Auch wenn ihn die Situation in Europa in gewisser Weise unter Druck setzte, hatte er noch nie vor einer Aufgabe gestanden, die seine Möglichkeiten überstieg. Pragmatisch und erfinderisch, hatte er schon vor langer Zeit herausgefunden, dass der Charakter der Politik und der Politiker sich nicht sonderlich änderte, auch wenn sie auf transnationaler Ebene agierten.

Fest stand, dass die Europäische Gemeinschaft dreihundertzwanzig Millionen Menschen in zwölf Nationen repräsentierte. Rechnete man die sieben Nationen der Europäischen Freihandelszone EFTA hinzu, stand man einer Marktwirtschaft von nahezu dreihundertsiebzig Millionen Menschen auf hohem soziokulturellen und technologischen Niveau gegenüber. Die »Europäer« hatten in den Achtzigerjahren von einer kommenden finanziellen und politischen Einigung Europas gesprochen – möglicherweise bis Mitte der Neunziger. Dieses Großeuropa war ihr Ziel.

Für diesen Sommer allerdings – und das trotz der strahlenden Prognosen der EG – schätzte Appleyard die Chancen als eher gering ein, dass dieses Großeuropa zum Stichtag Mitte der Neunziger einig und harmonisch vollendet sein könnte. Die verschiedenen Mitgliedstaaten der Europäischen Gemeinschaft hatten ihre nationalen Identitäten nicht ganz an die EG hingegeben. Deutschland begann seine politischen Muskeln spielen zu lassen und, wenn auch sehr zaghaft, seine militärischen Muskeln. Die Franzosen hingen immer noch der Vorstellung von einem Frankreich als Herz und Seele der europäischen Demokratie an. Und trotz der jüngsten entschlossenen Worte des englischen Premierministers wollte das englische Volk in seiner Mehrheit nicht als Europäer gelten. England war England, zum Teufel!

Hinzu kam, dass die größte Konkurrenz der EG – die Konferenz für Sicherheit und Zusammenarbeit in Europa – kaum an Einfluss eingebüßt hatte. Seit der Unterzeichnung der Schlussakte 1975 in Helsinki wurde die KSZE von einer großen Personengruppe als die maßgebliche Instanz Großeuropas betrachtet. Schließlich waren die Vereinigten Staaten – deren Einfluss auf

Europa von der EG ungern gesehen wurde – nicht nur ein gleichberechtigtes Mitglied der konkurrierenden KSZE, sondern zudem Hauptsponsor der Europäischen Bank für Aufbau und Entwicklung.

Bis August dieses Jahres hatte Gibson Appleyard nach anderthalb Jahren mühsamer, doch erfolgreicher Nachforschungen zahlreiche Haltegriffe und Trittstufen in der Gesamtstruktur des innereuropäischen Wettbewerbs entdeckt. Er wurde von seinen Vorgesetzten zu Recht als ein Mann geschätzt, dessen geübtem Auge so schnell nichts entging und der stellvertretend für Amerika seine Position verteidigte, während die Zehnerkommission sich an ihre Ad-hoc-Arbeit machte den globalen Frieden und die amerikanische Vorherrschaft in der sich abzeichnenden neuen Ordnung Europas zu sichern.

An diesem sonnigen Nachmittag, als ihm der langsame *Siciliano*-Rhythmus von Paminas Arie in g-Moll um ihren verlorenen Tamino ins Ohr drang, hatte Appleyard sich über die aktuelle Situation in jedem einzelnen Mitgliedsland der EG auf den neuesten Stand gebracht. Eine letzte Durchsicht der Ordner widmete er der bevorstehenden Wahl des neuen Generalsekretärs beim Ministerrat der Europäischen Gemeinschaft, dann hatte er es geschafft.

Der Posten des Generalsekretärs war seit Juni vakant. Der Besetzungsausschuss der EG war zweimal zusammengetreten. Beide Male hatte Appleyard der Sitzung als Vertreter der USA und Verbindungsoffizier beigewohnt. Und beide Male war die Zahl der Bewerber – natürlich durchweg Europäer und alle von verschiedenen Mitgliedern des Ministerrats oder durch die Kommission vorgeschlagen – reduziert worden. Die dritte und letzte Sitzung des Besetzungsausschusses sollte im September in Brüssel stattfinden. Daher war Mitte August der ideale Zeitpunkt für eine letzte Durchsicht der Dossiers der wenigen Männer, die es in die engere Wahl geschafft hatten – Männer, die wussten, wie man das »europäische Spiel« zum eigenen Vorteil spielte ohne heikle Gleichgewichte zu gefährden.

Die Akten verrieten nichts Unerwartetes. Appleyard hatte fast die letzte Seite des letzten Dossiers erreicht, als das private Telefon auf seinem Schreibtisch zu klingeln begann.

»Ich weiß, dass Sie nicht gestört werden wollen, Kommandant ...«

Gibson lächelte über Mary Ellens vertraute geschäftige Stimme vor sich hin. Seine Sekretärin hatte ein gutes Gefühl dafür, was wichtig war, und Gib war so klug ihrem Urteil zu trauen. »Was liegt an, Mary?«

»Admiral Vances Assistent hat gerade noch einen großen, dikken Ordner vorbeigebracht, Sir. Es scheint, dass noch ein weiterer Name für den Posten des Generalsekretärs in der EG im Gespräch ist.«

Gibson pfiff überrascht. »Ist es jemand, den wir schon kennen, oder ein unbeschriebenes Blatt für uns?«

»Ich habe noch nie von ihm gehört, Sir. Aber er arbeitet für Cyrus Benthoek. Und der Präsident persönlich hat die Empfehlung unterschrieben.«

Gib sah sehnsuchtsvoll durch die Glastüren. Es klang ganz so, als könne er seinen Rosengarten für heute vergessen. »Am besten faxen Sie mir die Akte hierher durch, Mary Ellen.«

»Gladstone. Paul Thomas.«

Appleyard las den Namen auf dem Titelblatt des Dossiers mit professioneller Neugier. Die Seiten, die Mary Ellen durchgefaxt hatte, beschrieben den Hintergrund des Kandidaten so gründlich und detailliert, dass man kaum von einer hastig zusammengestellten Akte reden konnte.

Am angenehmsten wurde Appleyard von der Tatsache überrascht, dass überhaupt ein Amerikaner für einen Posten von solcher Bedeutung für die EG in Betracht gezogen wurde.

Eine weniger angenehme Überraschung war, dass es sich bei diesem Gladstone um einen in der Wolle gefärbten Katholiken handelte.

Gib hegte keine Vorurteile. Dafür war er zu klug. Andererseits bildete die Freimaurerei Inhalt und Substanz seines privaten Lebens. Er runzelte die Stirn, als er die obligatorischen Teile der Akte las, die sich mit Gladstones Abstammung befassten. Gladstones Mutter Francesca war so durch und durch katholisch, wie es nicht einmal der Papst von sich behaupten konnte. Und sein älterer Bruder Christian hatte sich für den Priesterberuf entschieden.

Auf der Habenseite stand allerdings, dass in der Familie niemand außer Paul selbst politisch aktiv zu sein schien.

Wie sein Bruder Christian schien auch Paul anfangs mit dem Priesterberuf geliebäugelt zu haben; aber er war vernünftig genug gewesen sein Seminar zu verlassen. Mit seinen Harvard-Abschlüssen in Jura und Finanzwissenschaft hatte dieser Gladstone selbst die Voraussetzungen für eine steile Karriere geschaffen. Cyrus Benthoeks Anwaltskanzlei hatte sich rasch seine Dienste gesichert.

Nach eindrucksvollen internen Einsätzen in Brüssel und Straßburg war er nun mit kaum sechsunddreißig ein Juniorpartner. Sprach flüssig Französisch, Deutsch, Italienisch, Russisch und Mandarin-Chinesisch. War sogar mit einer Chinesin verheiratet. Ein Kind: ein Sohn. Hauptwohnsitz in London. Ein Anwesen in Irland. Ein Apartment in Paris. Kein Problem mit seinem Sicherheitsstatus.

Das war alles interessant; einiges davon sogar faszinierend. Aber es ergab zusammengenommen nichts, was den EG-Besetzungsausschuss bewegen konnte einer so späten Bewerbung oder überhaupt einem Amerikaner den europäischen Kandidaten gegenüber den Vorzug einzuräumen.

Was allerdings für Gladstone sprach, hatte er aus Appleyards Sicht selbst auf den Seiten formuliert, die der Überschrift »Persönliche Stellungnahme« folgten. Auf Seite sechs hatte Gladstone beispielsweise mit bemerkenswerter Einsicht von der »Errichtung völlig neuer Grundlagen für Zusammenarbeit und transnationale Beziehungen« geschrieben. Er hatte einige ausgesprochen gute Abschnitte dem »gegenwärtigen Bedarf nach einer grundlegend neuen ... nicht nationalistischen und nicht sektiererischen Haltung« gewidmet.

Außerdem vertrat Gladstone einen bemerkenswert ausgeglichenen Standpunkt. Seine persönliche Stellungnahme endete mit den Worten: »... nie aus den Augen verlieren, dass das angloamerikanische Establishment seine Vorherrschaft beibehalten sollte, bis das transnationale Gleichgewicht alle anderen Faktoren ausgleicht.« Diese Phrase allein verlieh Paul Gladstone nach Appleyards Einschätzung eine Sonderstellung. Diese Worte hätten aus seiner eigenen Feder stammen können. Oder direkt aus der Zehnerkommission.

Nun blieben nur noch Gladstones Referenzen zu prüfen. Wie erwartet lag ein Empfehlungsschreiben von Cyrus Benthoek bei. Aber was war mit der Empfehlung aus dem Weißen Haus? Oder besser der Tatsache, dass der Präsident persönlich das Schreiben unterzeichnet hatte? Gewöhnlich widmete der Alte solchen Angelegenheiten keine sonderliche Aufmerksamkeit.

Was also, fragte sich Appleyard, steckte hinter der Unterschrift des Präsidenten?

Wieder unterbrach sein privates Telefon seine Gedanken.

»In letzter Zeit mal ein paar interessante Dossiers gelesen, Gib?« Admiral Vances Stimme klang entspannt und offiziell zugleich.

»Hallo, Bud. Ich dachte mir schon, dass Sie bald anrufen würden. Ich habe gerade die Lebensgeschichte Paul Thomas Gladstones gelesen.«

»Und ...?«

Appleyard lieferte seinem Chef die Einschätzung, die er hören wollte. Unter professionellen Aspekten, sagte er, als ausführendes Organ der Zehnerkommission, könne er nichts Bedenkliches an dieser späten Bewerbung um den Posten des EG-Generalsekretärs finden. Und selbst in persönlicher Hinsicht könne er eine gewisse Begeisterung für einen solchen Außenseiter nicht unterdrücken. Ein nicht mehr praktizierender römischer Katholik. Ein Yankee, der mehr wie ein Europäer als wie ein Amerikaner wirkte und mit der internationalen Politik bestens vertraut war. Starke familiäre Bindungen in seinem Leben. Keine Anzeichen für Frauengeschichten oder Probleme mit Alkohol oder anderen Drogen. In Anbetracht des Familienvermögens vermutlich weitgehend unbestechlich.

»Stört es Sie, Gib, dass er ein Katholik ist?« Weil ihn alle Personen in hohen Ämtern beunruhigten, die etwas um das, wie er es gern nannte, »ganze Larifari des Papstes« gaben, war Vance von Gladstones Stellungnahme offenbar nicht überzeugt.

»Es ist ohne Bedeutung, ob es mich stört«, antwortete Appleyard. »Der Präsident will ihn und nur das zählt. Und wo wir schon beim Thema sind: Was ist an dieser Sache eigentlich so interessant, dass der Alte sich ihrer persönlich angenommen hat? Warum hat er seinen Namen unter das Empfehlungsschreiben gesetzt?«

»Fragen Sie mich nicht.« Vance klang wenig überzeugend. »Da greift wohl ein Rädchen ins andere, schätze ich. Der Präsident verfügt über seine eigenen Kanäle. Um wieder zur Sache zu kommen: Wie schätzen Sie Gladstones Chancen vor dem Besetzungsausschuss der EG ein?«

Appleyards gab ihm keine bis bestenfalls dürftige Chancen. »Sie kennen die Voraussetzungen. Bis auf den einen Briten ist der Ausschuss durch und durch europäisch besetzt, so wie die EG selbst. Das spricht nicht gerade für einen Amerikaner als Generalsekretär. Der Posten ist zu einflussreich. Er bringt einen mit zu vielen Menschen in Kontakt. Mit den zwölf Regierungschefs und den siebzehn EG-Kommissaren.«

»Genau darum geht's, Commander.« Vance klang jetzt ganz geschäftsmäßig. »Wir dürfen uns keine Gelegenheit für einen amerikanischen Einfluss auf die höchsten Ebenen der EG entgehen lassen. Sie werden an der Sitzung im September teilnehmen. Natürlich verfügen wir über kein Stimmrecht. Aber wenn es für Gladstone schlecht aussehen sollte, drängen Sie darauf, dass die Abstimmung verschoben wird. Lassen Sie sich etwas einfallen. Verschaffen Sie uns etwas Zeit um den einen oder anderen umzustimmen. Wir brauchen ...«

»Ich weiß, Bud.« Appleyard lachte und imitierte den Präsidenten so gut er konnte. »Wir brauchen Haltegriffe und Trittstufen.«

Windswept House

XIX

In den ganzen siebzig Jahren ihres Leben war Windswept House für Francesca Gladstone immer ein Haus Gottes und ein Tor zu jenem Himmel gewesen, den sie einmal zu erreichen hoffte.

Das bedeutete nicht, dass Cessi Gladstones Dasein auf Windswept House stets von Engelsgesichtern umgeben gewesen wäre, wie man sie vielleicht von Skulpturen della Robbias kennt, oder dass sie Tragödien nicht erlebt hätte. Im Gegenteil: Ihre Mutter war gestorben, als Cessi gerade fünf Jahre alt war. Ihre eigene Ehe – überdies keine glückliche – hatte mit dem frühen Tod ihres Mannes durch einen dummen und blutigen Unfall geendet. Und trotz des soliden Bollwerks, als das sich das Vermögen der Gladstones und ihr Familienstatus als *privilegiati di Stato* erwiesen hatten, war die Erziehung ihrer drei Kinder während der Sechziger- und Siebzigerjahre einem steten Abwehrkampf – mit wechselndem Erfolg, wie sie gern zugab – gegen eine feindliche Belagerung ihres Glaubens gleichgekommen – eine Belagerung ihrer gesamten Lebensweise.

Aller Tragödien und Schwierigkeiten ungeachtet aber hatte ein inneres Glück Cessis Jahre auf Windswept House überstrahlt und beschützt. Sie hatte Unzufriedenheit, Enttäuschung, Bedauern und Zorn kennen gelernt. Aber sie hatte etwas nie verloren, was man nur als Glückseligkeit bezeichnen konnte.

Cessi Gladstone verfügte über ein dunkles, intuitives Wissen um zukünftige Ereignisse. Es war nicht so klar wie eine Vision oder eine genaue Vorausschau dessen, was geschehen würde. Es waren eher Vorahnungen; ein Vorgeschmack der Auswirkungen bevorstehender Veränderungen. Es war mehr ihre Stimmung als ihr Geist, die Kommendes widerspiegelte. Und öfter als ihr lieb war – öfter als sie es im Interesse ihrer Kinder erträglich fand –, hatten Cessis Ahnungen sich als zutreffend erwiesen.

In Frühling dieses Jahres, als Christians Karriere in Rom einen Wendepunkt erreichte, bemerkte Patricia, Cessis jüngstes Kind und einzige Tochter, als Erste, dass sich wieder einmal eine solche Stimmung ankündigte. Tricia hätte es nicht in Worte fassen können. Ihr Mutter hatte an jenem Morgen nicht anders ausgesehen als sonst. Mit siebzig war Cessi Gladstone immer noch einen Meter siebzig groß. Mit ihren langen Beinen, ihrer schmalen Hüfte und ohne überflüssige Fettpolster wirkte sie wie eine Frau von fünfzig; und sie bewegte sich immer noch mit der kraftvollen Eleganz der Primaballerina, die sie einmal gewesen war. Sie war nie einfach nur gegangen: Sie schritt. Jede Bewegung schien von einem unmerklichen, unerschütterlichen inneren Gleichgewicht auszugehen.

An diesem Morgen aber, in dem sonnigen Frühstückszimmer, wo die beiden Gladstone-Frauen ihren Tag begannen, hatte Tricia erkannt, dass das innere Barometer ihrer Mutter Änderungen zu registrieren begann. Vielleicht hatte es daran gelegen, dass das gotische Gesicht ihre Mutter mit seiner sonst völlig weißen Haut an diesem Tag zu rosig erschienen war. Vielleicht hatten Cessis starker Mund und ihre leicht gebogenen Nase, wie sie alle echten Gladstones auszeichnete, zu eingefallen gewirkt. Vielleicht hatten diese großen, gewöhnlich weichen blauen Augen das blitzende Grün ihrer empfänglichen Stimmungen angenommen. Oder vielleicht hatte es an der Art gelegen, wie Cessi ihr kastanienbraunes, von grauen Strähnen durchzogenes Haar so streng zurückband. Was immer es sein mochte, Tricias eigener empfindsamer Intuition konnte nicht entgehen, dass etwas ihrer Mutter Sorgen bereitete.

»Unsinn, Liebling«, hatte Cessi Patricias Beunruhigung mit einem Naserümpfen abgetan. »Es könnte mir nicht besser gehen.« Aber sie hätte sich die Mühe sparen können. Cessis Worte überzeugten Tricia so wenig wie Cessi selbst.

»Sie reden selbst Unsinn, Miss Cessi«, bemerkte Beulah Thompson, die gerade mit einer frischen Kanne dampfenden Kaffees in der Hand und einem Runzeln auf der Stirn aus der

Küche hereinkam. »Jeder Einäugige könnte sehen, dass etwas nicht stimmt.«

Beulah, eine stattliche, knochige Mutter von vier Kindern und Großmutter von drei Enkeln, war seit nahezu zwanzig Jahren Haushälterin und Vertraute der Gladstones. Sie verstand sich selbst als gläubiges und gewissenhaftes Mitglied der örtlichen Baptistengemeinde. Doch in erster Linie und vor allem anderen verstand sich Beulah als eine Gladstone, die, wann immer in ihrer Gegenwart ein Familiengespräch stattfand, ein Mitspracherecht hatte.

Angesichts dieser beider Frauen, die sie so gut kannten, musste Cessi schließlich die Wahrheit zugeben. Ein Gefühl, dass eine grundlegende Veränderung bevorstand, hatte sie erfasst, aber sie konnte noch nichts Konkretes dazu sagen. Bis die Ereignisse ihren Ahnungen Gestalt verliehen, konnte sie nichts tun als zu warten.

Kaum hatte sie dieses unangenehme Gefühl der Hilflosigkeit zugegeben, rebellierte Cessi schon gegen ihre eigenen Worte. Ob in Cornwall, England, oder in Galveston, Texas, die Gladstones hatten nie einfach so dagegessen und auf etwas gewartet, erklärte sie; und sie wollte nicht die Erste sein, die damit anfing. Das diesjährige Familientreffen versprach ein ganz besonderes zu werden und keine Ahnungen oder Stimmungen oder Veränderungen sollten sich dem in den Weg stellen. Christian würde Ende August für zwei Wochen aus Italien nach Hause kommen. Und dieses Jahr wollte auch Paul seine Heimat besuchen, gemeinsam mit seinem kleinen Sohn Declan, der zu den größten Freuden in Cessis Leben gehörte. Natürlich würde Paul auch seine Frau Yusai mitbringen; doch damit würde sich Cessi wohl abfinden.

»Fort mit all diesen Vorahnungen!« Cessis Miene war plötzlich in einem Feuer solch enthusiastischer Entschlossenheit erstrahlt, dass die Flammen auf Tricia und Beulah Thompson übergriffen, bevor sie noch wussten, wie ihnen geschah. »Wir werden diesen alten Bau vom Dach bis zum Keller aufputzen. Es soll ein Sommer werden, den Galveston nie vergessen wird!«

Kaum hatte sie beschlossen Windswept House wieder zum Leben zu erwecken, hatte sie sich auch schon an die Arbeit gemacht. Cessi stellte eine Liste mit allem auf, was zu erledigen war. Bei der Ankunft ihrer beiden Söhne Ende August sollte jedes einzelne Zimmer im Haus in neuem Glanz erstrahlen.

Den Sommer über, während sie in jeden Winkel des Herrenhauses des alten Glad schaute, durchlebte Cessi noch einmal ihr ganzes Leben. Indem sie durchs Haus streifte, seine Treppen erklomm, dort eine Fotografie betrachtete, hier vor einem Porträt innehielt, begriff sie, was der heilige Paulus in einem seiner Briefe so treffend ausgedrückt hatte: dass unsere irdische Existenz von einem »Schwarm von Zeugen« begleitet wird. Von all unseren Ahnen und von allen, die ihren Teil zum Guten oder zum Bösen beitragen, dem Heiligen und dem Unheiligen in uns. Ohne Nostalgie, ohne Selbstzufriedenheit, nur mit der Zufriedenheit und Glückseligkeit der Seele, die sie nie verlassen hatten, ging sie in Gegenwart all jener Menschen zu Werke, deren Gesichter und Stimmen nun ein Teil des Erbes von Windswept House waren.

Trotz all des Wirbels von Arbeit und Aufregung ging Cessi abends nie zu Bett ohne zuvor die Wendeltreppe in die Turmkapelle hinaufgestiegen zu sein. Dort verbrachte sie eine stille Stunde, so wie sie es seit ihrer frühesten Kindheit getan hatte: Sie besprach ihre Probleme und Sorgen – und vor allem diese hartnäckigen Ahnungen, die sie wieder einmal heimsuchten – mit Christus im Tabernakel, mit der Heiligen Jungfrau und all den Heiligen und Engeln, die sich hier versammelt hatten.

Alle Familienmitglieder wussten, dass Cessi sich am liebsten in der Turmkapelle aufhielt. Es hing nicht nur damit zusammen, dass hier ihre Kinder getauft worden waren und sie hier geheiratet hatte oder dass die Totenfeiern für alle Gladstones seit dem alten Glad, darunter auch die für ihre Mutter Elizabeth und ihren Vater Declan, hier abgehalten worden waren. Es hatte auch damit zu tun, dass jede Erfahrung, die sie mit ihrer wundersamen Gabe der Vorahnung gemacht hatte, auf diese oder jene Weise eng mit der Kapelle verknüpft war.

Cessi hatte ihre erste bewusste Erfahrung mit dieser Gabe in einem Alter gemacht, als sie sich noch nicht mit Worten mitteilen konnte. Sie hing mit ihrer Mutter zusammen, deren Porträt sie genauso zeigte, wie Cessi sie im Gedächtnis hatte: eine zerbrechliche junge Frau mit pechschwarzem Haar, hohen Wangenknochen, einem sanften Mund und lachenden blauen Augen. Sie erinnerte sich noch an das düstere Vorgefühl, das ihr Herz ergriffen hatte, Monate bevor ihre Mutter ernsthaft krank geworden war. Sie hatte noch das Gesicht ihres Vaters vor Augen, tränenfeucht und doch so voller Liebe und Glauben, als er ihr in ebendieser Kapelle sagte, was sie bereits wusste. »Unser lachender Engel«, hatte Declan seiner kleinen Cessi erklärt, »ist zum Herrn gegangen um glücklich in seinem Himmelreich zu leben.«

Die zweite derartige Erfahrung in ihrem jungen Leben war von fast erhabener Natur gewesen. Cessi war zu diesem Zeitpunkt acht Jahre alt. Die Karwoche war fast vorbei und überall wich der Winter bereits den ersten Anzeichen des Frühlings. Cessi hatte mit ihrem Vater und ihrer Tante Dotsie die Karfreitagsliturgie in der Marienkathedrale besucht. Dotsie war auf Windswept House eingezogen um die Kinder zu betreuen.

Während sie zwischen ihrem Vater und Dotsie auf der Familienbank kniete, hatte Cessi zugehört. Zu jeder Station des Kreuzweges wurde ein Vers aus dem *Stabat Mater* gesungen, gefolgt von einer kurzen Meditation und einem Gebet. *»... schenk mir Deine Gnade und Deine Liebe, Herr Jesus«,* betete die Gemeinde laut wie aus einem Mund, *»und dann verfahre mit mir, wie es Dir beliebt.«* Natürlich hörte sie dieses Gebet; doch in einem bestimmten Moment hörte sie auch eine andere Stimme. Klanglos, klar, weich. Von behutsamer Wirkung, nur für sie bestimmt. Die Stimme von jemandem, der immer bei ihr, immer in ihrer Nähe gewesen war; der ihr noch näher als ihr Vater stand. Eine Stimme, die ihr versprach, dass ihr tatsächlich Seine Gnade und Seine Liebe zuteil werden sollte. Eine Stimme, die ihr versprach, dass Er mit ihr verfahren würde, wie es Ihm beliebte. Es war ein kostbarer Augenblick, der mit einem Wimpernschlag vorüberging; eine Ankündigung, die Cessis Geist und Seele überfließen ließ.

Ihr Vater verstand, als sie ihm von ihrem Erlebnis erzählte, denn auch er war mit einer besonderen Gabe gesegnet. Er wusste, dass ihr eine Erfahrung zuteil geworden war, die weit über das hinausging, was unserem Verstand zugänglich ist.

Cessi betrachtete dieses Erlebnis später als mehr denn eine Vorahnung. Sie sah in ihm nichts weniger als eine schicksalhafte Einstimmung auf ein Leben, das sich beinahe sofort der Welt außerhalb der Mauern von Windswept House öffnen sollte.

Es kam ganz unerwartet, dass ausgerechnet Tante Dotsie die erste Phase in Cessis neuem Leben einleitete. Cessi, befand Dotsie, sei zu sehr ein Wildfang geworden. Aber für die künftige Herrin von Windswept House sei es nie zu früh, zu lernen, »wie sich eine Dame benimmt«. Es sei daher an der Zeit, dass sie Ballettstunden nehme.

Zu aller Erstaunen ging Cessi so in ihrem Ballettunterricht auf, als habe jeder Tag ihrer ersten acht Lebensjahre sie darauf vorbereitet – als sei Tanz genau der körperliche Ausdruck jener übernatürlichen Gnade, die nun den Mittelpunkt ihres spirituellen Gleichgewichts bildete.

Als Cessi zwölf wurde, erkannte sie, dass ihre tänzerische Begabung mehr war als eine Gabe der Natur. Sie stelle eine Verantwortung dar, erklärte sie ihrem Vater, eine Berufung, die sie verpflichte aus den Bewegungen des menschlichen Körpers eine sichtbare, wenn auch vergängliche Schönheit zu schaffen. Von dieser Zeit an fand eine ganz eigentümliche Verschmelzung statt: Eine einzigartige Vereinigung des Schwerpunkts, den sie als Tänzerin benötigte, mit jenem, den sie in ihrem religiösen Leben bereits gefunden hatte, wurde zum Mittelpunkt und zur leitenden Instanz ihres Lebens; zu einer dauerhaften Verfassung ihres Seins. Von einer einzigen Ausnahme in ihrem Leben abgesehen verlor Cessi nie das Gefühl für diese beiden inneren Schwerpunkte ihres Seins; von dort schienen all ihr Glück und all ihre Freiheit zu entspringen.

So stolz Declan auch auf seine Tochter war, er konnte sich nie ganz mit ihren langen Abwesenheiten von Windswept House anfreunden. Er war deshalb ebenso erfreut wie erstaunt, als Cessi unvermittelt beschloss sich der öffentlichen Aufmerksamkeit zu entziehen, die ihre Karriere allmählich erregte. Sie kehrte eines

Tages von einer Tournee zurück und erklärte ihrem Vater, dass Gott sie nicht mehr auf der Bühne sehen wolle. »Er will, dass ich unterrichte.«

Declan nahm sich Cessis Worte zu Herzen. Wenn sie sagte, Gott wolle, dass sie unterrichte, dann sollte sie unterrichten. Er half seiner Tochter nicht nur bei der Gründung und Einrichtung ihrer eigenen Tanzschule, sondern blieb auch ihr Partner, was die geschäftliche Seite der Akademie anging. Und da Cessi nun für immer zu Hause war, begann Declan sanften Druck auf sie auszuüben, damit sie sich endlich für einen der vielen Männer entschied, die ihr den Hof machten. Es wurde Zeit, dass sie heiratete.

Sie sei nicht im Mindesten an einer Heirat interessiert, erklärte Cessi ihrem Vater frank und frei. Es gab einen einfachen Grund, warum sie es schließlich doch tat. Mit einunddreißig, insofern musste sie ihrem Vater Recht geben, wurde es allmählich Zeit, wenn sie noch Kinder haben wollte. Warum sie aber ausgerechnet Evan Wilson zu ihrem Ehemann erwählte, konnte niemand je begreifen.

Die eheliche Zuneigung zwischen Cessi und Evan, wenn davon überhaupt die Rede sein konnte, war bestenfalls lau gewesen. Sie zeugten in rascher Folge drei Kinder – 1954 zuerst Christian, im Jahr darauf Paul und 1956 dann Patricia. Aber mit der Geburt eines jeden Kindes wurde Evan immer mürrischer und unausstehlicher. Mit Tricias Geburt gaben die morschen Fundamente, auf denen ihre Ehe ruhte, schließlich ganz nach.

Evans Trunksucht wuchs sich zum Skandal aus. Und spätestens nach einigen gewalttätigen Szenen musste Cessi ernsthaft um die Sicherheit ihrer Kinder fürchten. Schließlich zog er sich mehr oder weniger auf den Hof seiner Familie auf dem Festland zurück. Am Ende war es ein Vetter, der Windswept House die Nachricht von dem Unfall überbrachte. Cessi blieben die Einzelheiten unklar. Sie verstand nur, dass Evans Tod eine trunkene und blutige Angelegenheit gewesen war.

Christian war gerade fünf, als sein Vater starb, Paul erst vier, Tricia kaum drei. Doch weil sie nie vergaß, dass sie selbst nicht älter als Christian gewesen war, als ihre eigene Mutter starb, machte Cessi der Gedanke traurig, dass ihre Kinder nie dieselbe Gewissheit haben würden, ob Evan die letzte Gnade zuteil geworden sei, wie sie sie im Falle ihrer Mutter hatte. Es war eine berechtigte Sorge, denn Cessi war sich ziemlich sicher, dass zumindest Christian und vielleicht auch Paul und Tricia sich des Verhaltens ihres Vaters sehr viel deutlicher bewusst waren, als sie das ausdrücken konnten. Deshalb sandte sie Dankgebete gen Himmel – als es allen dreien irgendwie gelang ihrem Vater einen friedvollen Platz in ihren Herzen einzuräumen. Sie gaben sich niemals falschen und kindlichen Erinnerungen an ihren Vater hin. Aber sie vergaßen auch nie für seine unsterbliche Seele zu beten.

XX

»Es ist bald Ende August, Mutter, und trotz deiner Vorahnungen ist bei uns noch kein Blitz eingeschlagen.« Den Kopf in den Nacken gelegt und den Blick ins frühmorgendliche Licht emporgerichtet, hockte Patricia Gladstone auf der Kante des Liegesofas in ihrem Schlafzimmer. »Bevor du dich versiehst, ist Chris wieder daheim; und dann Paul und seine Familie.«

»Halt still, Tricia, sonst fallen dir diese Tropfen ins Haar und nicht in die Augen!«

Gehorsam lehnte Tricia sich nach hinten, legte den Kopf schräg und hielt, obwohl es ihr Schmerzen bereitete, die Augen weit offen, damit Cessi die neuesten künstlichen Tränen einträufeln konnte, die man ihr für ihren fortwährenden Kampf um ihr Augenlicht verschrieben hatte. Seit über einem Jahrzehnt litt Tricia nun schon unter qualvollen Beschwerden, für die die Ärzte zwar einen Namen hatten – Keratoconjunctivitis sicca –, für die bislang aber niemand ein Gegenmittel oder eine wirksame Behandlung gefunden hatte.

Kurz gesagt bestanden diese Beschwerden in einer zunehmenden Trockenheit ihrer Augen, die das Augenlicht beeinträchtigte und sogar in eine lebensgefährliche Krankheit münden konnte. Sie verurteilten Patricia Gladstone zu einem tagtäglichen Kampf gegen den Schmerz und einem ständigen Bemühen das Schlimmste abzuwenden. Es war ein Wunder, dass Tricia über genug Kraft verfügte ihre Wunschkarriere als Künstlerin weiterzuverfolgen und dass sie trotz ihrer Qualen nie diese gewisse Schärfe ihres Charakters einbüßte, die so sehr an Cessi erinnerte.

»Das war das eine Auge.« Cessi träufelte die künstlichen Tränen mit einem Geschick ein, das von langer Übung herrührte. »Und das war das zweite.«

»Es wird nicht mehr lang dauern.« Tricia wollte sich nicht von dem Thema abbringen lassen, das ihr wichtig war. »Du musst zugeben, Mutter, dass bisher alles gut gelaufen ist. Chris kommt nächstes Wochenende heim. Und ein paar Tage danach werden Paul und seine Familie hier sein. Wenn Windswept House so funkelt, kann uns eigentlich nichts Schlimmeres passieren, als dass sie glauben, sie hätten das falsche Haus erreicht, und wieder umkehren!«

Cessi wünschte, sie könne ihr beipflichten. Doch so sehr sie sich auch anstrengte, den ganzen Tag über war Cessi wie eine nervöse Katze aufgesprungen, sobald das Telefon läutete, immer in Erwartung einer Nachricht, die ihrer düsteren Ahnung Gestalt verlieh.

»Sehen wir der Sache doch ins Auge, Mutter!« Tricia stand auf und tauschte ihren Morgenmantel gegen ihren Malerkittel. »Vielleicht sind deine Vorahnungen dieses eine Mal nicht mehr als die Folge von Verdauungsstörungen.«

»Lass das bloß Beulah nicht hören!« Cessi musste bei dem Gedanken laut lachen.

Trotz ihres Lachens und ihrer gutmütigen Scherze über Beulah Thompson schwang in Cessis Stimme ein Unterton mit, der Tricia davon abhielt, ihre Stimmung mit ein paar tröstenden Worten abzutun. Schließlich konnte Tricia ihre Mutter dazu bewegen, ihr ihre Vorahnungen anzuvertrauen.

Zunächst einmal, erklärte Cessi ihrer Tochter, waren ihre Gefühle nicht mit denen zu vergleichen, die sie einst vor den unangenehmen Konsequenzen ihrer Heirat mit Evan Wilson gewarnt hatten. Aber sie hatte keinen Zweifel, dass, was immer ihr bevorstehen mochte, es ausschließlich mit ihrer Familie zu tun hatte. Und sie hatte das beharrliche Gefühl, dass ihre Ahnungen nicht nur von äußeren Ereignissen im nachhinein bestätigt, sondern dass sie vielmehr von solchen Ereignissen auf irgendeine Weise angekündigt würden.

Alles in allem, gestand Cessi ihrer Tochter, fühle sie sich jetzt – nach über dreißig Jahren – fast genauso wie damals zu Beginn jener schrecklichen Ereignisse, die 1960 ihren Anfang genommen hatten.

Weil die berühmten Weissagungen von Fatima dem »Papst des Jahres 1960« befohlen hatten der Welt das Geheimnis um die dritte Prophezeiung von Fatima zu offenbaren und gemeinsam mit den Bischöfen der katholischen Kirche Russlands der Heiligen Jungfrau im Namen der Unbefleckten Empfängnis zu weihen, erwartete jeder von dem guten Papst Johannes eben dies zu tun. Aber der Papst weigerte sich der Weisung zu entsprechen. Die Weihe Russlands fand nicht statt. Das berühmte dritte Geheimnis blieb Millionen erwartungsvoller römischer Katholiken verschlossen.

Cessi wurde von Vorahnungen heimgesucht. »Meinetwegen kann ihn jeder den guten Papst nennen«, hatte sie gewarnt. »Aber nicht einmal ein Papst kann sich weigern dem Wort der Königin des Himmels zu gehorchen und glauben, er könne damit davonkommen.« Von der beunruhigenden und unfassbaren Tatsache, dass der gute Papst trotzdem eine solche Entscheidung gefällt hatte, erfuhren Cessi und Declan, als sie in ihrer Eigenschaft als *pivilegiati di Stato* der feierlichen Eröffnung des Zweiten Vatikanischen Konzils am 11. Oktober 1962 im Petersdom beiwohnten.

Die beiden Gladstones hörten, wie der Pontifex den Bischöfen, die sich aus allen Diözesen versammelt hatten, der katholischen Kirche und der Welt ausführlich erklärte, welche Ziele dieses Konzil seiner Ansicht nach erreichen sollte. Er sprach von der Modernisierung seiner kirchlichen Organisation; von der Öffnung der Kirche gegenüber Nichtkatholiken und Nichtchristen; von der Notwendigkeit, die strengen Vorschriften zu lokkern, die jeden Verstoß gegen das Kirchenrecht und die Ablehnung ihrer heiligen Doktrinen unter Strafe stellten.

Für Cessi und Declan klang all das wie eine Aufgabe des unnachgiebigen Standpunkts, den ihre Kirche immer eingenommen hatte. Schlimmer noch, es klang, als wolle der gute Papst sich dafür entschuldigen statt stolz darauf zu sein, was ihre Kirche geleistet hatte und was sie bislang gewesen war. Es klang, als sei dem guten Papst eingeredet worden, die Kirche habe sich heutzutage der Welt zuzuwenden um zu lernen, was eine wahre Kirche sei.

Cessi hatte die Neuerungen, die von den Bischöfen im Konzil eingeführt wurden, mit einem Misstrauen beobachtet, das ihr bis ins Mark ging. Zuerst gingen diese Neuerungen nur stückweise vonstatten. Doch bald steigerten sich die Reformen zu einem beständigen Tröpfeln, dann zu einer Flut. Ohne ein Nicken oder ein Wort des Papstes oder der Bischöfen des Konzils gingen ganze Armeen selbst ernannter »Liturgiker«, »Katecheten« und »Kirchen-Architekten« ans Werk. Alle Diözesen Amerikas, darunter Galveston, wurden von einem Geist durchdrungen, den Cessi und Declan als liberalistische Bewegung betrachteten, eine unkatholische Liturgie, die die Kirche bloßstellte und den Glauben unterhöhlte. Selbst die Messen in der Marienkathedrale, inzwischen auf Englisch gelesen, wurden häufig zu volkstümelnden Feiern lokaler oder politischer Anlässe statt zu Ausübungen und Feiern des zentralen Aktes des katholischen Glaubens. In Galveston, wie überall sonst, wurden die Gemeinden angehalten erst aufzustehen, sich dann wieder zu setzen und sich die Hände zu reichen. Nur selten kniete man noch im Angesicht Gottes nieder.

Cessi erkannte, dass die Veränderungen, die von Rom ausgingen, die Gesellschaft in einem solchen Maße zu überschwemmen drohten, dass auch ihre Kinder, trotz aller Vorsichtsmaßnahmen, davon stark beeinflusst würden.

Deshalb hatte sie geschickt und hingebungsvoll den Rhythmus des häuslichen Lebens auf Windswept House geändert. Sie und Declan nahmen immer weniger Anteil am gesellschaftlichen Leben von Galveston. Cessis ganzes Leben drehte sich nun um die Erziehung ihrer Kinder, um die Verteidigung des katholischen Glaubens in ihrem Leben als die papsttreuen Gladstones, die sie nun einmal waren, und um die Fortsetzung ihrer eigenen Karriere als Tanzlehrerin.

Als die Auswirkungen des Zweiten Vatikanischen Konzils immer deutlicher zu spüren waren, besuchten die Gladstones nur noch die Messen in der Turmkapelle von Windswept House. Private Religionsstunden für die drei Kinder traten an die Stelle des neumodischen »katechetischen Unterrichts«. Als es nicht länger praktikabel war, ihre drei Kinder weiter zu Hause zu unterrichten, sorgte Cessi dafür, dass die Mutter Oberin von Tricias Schule und die Ordensbrüder an der Schule, die sie für Christian und Paul ausgesucht hatte, sich darüber im Klaren waren, dass ihre großzügige finanzielle Unterstützung nur so lange andauern würde, wie sie der humanistischen Bildung und der unverbrüchlichen katholischen Lehre treu blieben.

Gegen Ende der Sechzigerjahre begann sich Cessis Einschätzung, dass sich ein grundlegender Wandel in der Welt ankündigte, zu bewahrheiten. Das private und öffentliche Leben der Gesellschaft löste sich von seinen moralischen Fundamenten und es gab keine Möglichkeit ihre Kinder davon abzuschirmen. Das Beste, was Cessi tun konnte, so erklärte sie Declan, bestand darin, Christian, Paul und Tricia ständig auf die Gefahren der neuen säkularistischen Konformität hinzuweisen, die sich ihrer Ansicht nach zu einer neuen Staatsreligion herausbildete; ihnen weiter zu einem deutlichen Verständnis ihres römischen, katholischen und apostolischen Glaubens zu verhelfen; und immer jene geistige Unabhängigkeit zu fördern, die grundlegendes Element ihrer aller Leben und Charakter war.

Bis ins Jahr 1969 hatten Cessi und Declan ihr Leben auf Windswept House so selbstgenügsam und mit sich zufrieden eingerichtet, dass es so schien, als könne es eigentlich durch nichts mehr beeinflusst werden. Es geschah aber ungefähr zu dieser Zeit, dass eine scheinbar routinemäßige Angelegenheit fast zu einer Lawine anschwoll, die Cessis Haltung gegenüber den weit reichenden Konsequenzen des Zweiten Vatikanischen Konzils jenes guten Papstes nur weiter verhärtete.

Cessi und Declan waren nach Washington D.C. zu einer Sitzung mit Finanzbeamten eingeladen worden, um über einige Besitztümer der Gladstones in den damals krisengeschüttelten Gebieten Lateinamerikas zu sprechen. Obwohl sie zeitig eine Suite im Hay-Adams-Hotel gebucht hatten, stellten sie nach ihrer Ankunft fest, dass ihre Zimmer noch nicht fertig waren. Das Problem, so schien es, war eine gut besuchte Zusammenkunft von Priestern zur Unterstützung eines verheirateten Klerikers.

Ein verheirateter Kleriker war für Cessi und Declan ein ebenso schockierender und unmöglicher Widerspruch in sich wie Satan ohne Sünde. Declan war so außer sich vor Wut, dass er in dieser Nacht nicht schlafen konnte. Am nächsten Morgen fand Cessi ihren Vater, kalkweiß und zitternd, immer noch am Schreibtisch sitzend. Unverzügliche medizinische Untersuchungen in Washington blieben ohne Ergebnis. Dagegen stellten Spezialisten, die Cessi unmittelbar nach ihrer Rückkehr nach Galveston konsultierte, fest, dass Declan einen leichten Schlaganfall erlitten hatte.

Er erholte sich nie wieder davon. Er hielt noch acht Monate lang durch, doch die Sturzflut so genannter »Reformen«, die die Bürokratie im Anschluss an das Konzil entfesselte, war zu viel für ihn. Declan starb friedlich im Kreis seiner Familie. Francesca Gladstone war nun die Herrin auf Windswept House. Und so wie sie einst ihre Kinder vor der Gewalttätigkeit ihres Ehemannes beschützt hatte, verteidigte sie nun sich, ihre Kinder und alle, die Windswept House treu ergeben waren, gegen die Gewalt, die der aus Urzeiten überlieferten römisch-katholischen Messe angetan wurde. Der *Novus Ordo* würde in der Turmkapelle nie Einzug finden. Mehr denn je wurde Cessi zur Verkörperung ihres Familienwahlspruchs: Niemals würde sie in ihrem lebenslangen Kampf um den römischen Katholizismus ihrer papsttreuen Vorfahren den geringsten Pardon geben.

XXI

Ende der Sechzigerjahre hatte Cessi ihre Teilhabe am gesellschaftlichen Leben der Insel noch weiter eingeschränkt als zu Declans Lebzeiten. Die Gästezimmer im dritten Geschoss genügten vollauf für die wenigen Freunde und Familienangehörigen, die zuweilen nach Windswept House eingeladen wurden. Die Zimmer im vierten Geschoss blieben abgeschlossen. Von Beulah Thompsen einmal abgesehen wurden Angehörige des Personals, die kündigten oder in den Ruhestand traten, kaum ersetzt. Am schlimmsten zu ertragen war dabei für Cessi die Tatsache, dass es um 1970 nahezu unmöglich geworden war, einen Priester zu finden, der in der Turmkapelle von Windswept House regelmäßig eine unverfälschte römisch-katholische Messe lesen konnte.

»Es ist so schwierig geworden«, gestand Cessi ihrer Tochter, als vertraue sie ihr ein hässliches Geheimnis an, »dass ich angefangen habe unseren Herrn während meiner Gebete oben in der Kapelle an ein paar Tatsachen zu erinnern. Er hat uns einen Bärendienst damit erwiesen, sagte ich Ihm, dass der päpstliche Erlass es uns erlaubt, die gnädige Hingabe Seines Leibes und Seines Blutes auf Windswept House zu feiern, wenn Er gleichzeitig zulässt, dass diese Narren in Rom uns unsere gläubigen Priester wegnehmen und durch eine Bande wollüstiger Possenreißer mit runden Kragen ersetzen.«

»Ich hoffe, du hast es nicht so ausgedrückt!« Wie alle in der Familie war Tricia immer fest davon überzeugt gewesen, dass Cessi mit den Bewohnern des Himmels einen besonders vertrauten Umgang pflegte.

»Aber natürlich, Liebling.« Cessi setzte ihr unschuldigstes Lächeln auf, als sie die Kaffeetasse an ihre Lippen hob. »Und ich habe gut daran getan. Warum sonst, meinst du, ist unser brillanter Freund Traxler Le Voisin aus heiterem Himmel in unser Leben getreten?«

Tricia wusste keine Antwort darauf. Aber sie erinnerte sich natürlich an den Tag, als Traxler – »Jeder nennt mich Traxi« – Le Voisin nach Windswept House gekommen war. »Brillant« war nur ein passendes Wort um diesen Bildhauer und Vater von sieben Kindern zu beschreiben. »Aufregend« war ein anderes, das ihr in den Sinn kam. Fest davon überzeugt, dass weder der gute Papst noch sein unmittelbarer Nachfolger es verdienten, von ihm und seinesgleichen als »wahre Päpste« anerkannt zu werden, gehörte Traxi Le Voisin zu jenen römischen Katholiken, die sich als »Sedisvakantisten« einen Namen gemacht hatten. Sie vertraten mit anderen Worten die Überzeugung, dass der Stuhl Petri rechtlich gesehen seit den späten Fünfzigerjahren unbesetzt sei.

Als Papstanhängerin, die sie war, hatte Cessi in diesem Punkt Traxi nie zugestimmt. Als er Windswept House das erste Mal als Kopf einer Delegation betreten hatte, die gut sechzig gläubige katholischen Familien aus der Umgebung vertrat, entsetzte er sie erst einmal mit seiner Behauptung, »dass der wahre Papst – nämlich Papst Pius XIII. – sich irgendwo in der Welt verstecken muss.« Traxi rettete sich allerdings mit einem weiteren Beispiel taktloser Aufrichtigkeit. Er und die anderen, sagte er, hätten um diese Zusammenkunft gebeten, »weil jeder weiß, dass die Herrin auf Windswept House die Nase voll hat von dieser neumodischen Liturgie, die dem gemeinen Volk von den Hochstaplern im Vatikan aufgeschwatzt wird«.

Es hatte weitreichendere Folgen für sie und ihre Kinder als jede andere Entscheidung, die sie je getroffen hatte, als Cessi sich auf der Stelle bereit erklärte am Aufbau einer neuen Gemeinde mitzuwirken und jegliche Unterstützung zusagte, die den Gladstones möglich war, damit bald wieder regelmäßig eine unverfälschte römische Messe von einem wirklichen römisch-katholischen Priester zum Nutzen aller Gläubigen gelesen werden konnte.

Nachdem er erreicht hatte, weswegen er und seine kleine Abordnung gekommen waren, verließ Traxi Windswept House mit dem festen Entschluss die neue Gemeinde mit Leben zu füllen. Der erste Schritt – eine geeignetes und bezahlbares Kirchengebäude zu finden – war der einfachste. Eine kleine Kapelle wurde ihren methodistischen Eigentümern, die sie nicht mehr brauchten, abgekauft, renoviert und umbenannt. Sie hieß nun Kapelle des Erzengels Michael.

Mit demselben Eifer, der ihn zu Cessi Gladstone geführt hatte, ging Traxi unverzüglich daran, mit Erzbischof Marcel Lefebvre in der Schweiz Kontakt aufzunehmen. Berühmt – oder berüchtigt, was vom jeweiligen Standpunkt in der Kirchenpolitik abhing – als einer von nur vier Bischöfen in der Kirche seiner Zeit, die sich weigerten die neue Form der Messe anzuerkennen, war Lefebvre gegen die Neuerungen in der kirchlichen Liturgie und Doktrin eingetreten und hatte die Bruderschaft des heiligen Pius x. als eine Anlaufstelle und einen Prüfstein für alle traditionell gesinnten römischen Katholiken gegründet. In kürzester Zeit waren Lefebvre und seine Bruderschaft in den Mittelpunkt einer heftigen Kontroverse in einer tief gespaltenen Kirche gerückt. Weil er sich darüber im Klaren war, dass nicht einmal der Status der Gladstones in Rom ausreichte, um die kanonische Gültigkeit zu sichern, die für die neue Kapelle lebenswichtig war, oder um sie vor Vertretern der örtlichen Diözese zu schützen, die einer solchen traditionalistischen Gemeinde sicherlich Schwierigkeiten bereiten würden, wünschte Traxi sich von Erzbischof Lefebvre zweierlei: Er wollte die Michaelskapelle unter den Schirm der Bruderschaft Pius' x. stellen und hoffte, dass die Gesellschaft einen gültig ordinierten, strenggläubigen Priester für den regelmäßigen Gottesdienst in der Kapelle abstellen würde.

Lefebvre erfüllte Traxi zumindest einen der beiden Wünsche: Er nahm die neue Kapelle gern in seine Bruderschaft auf. Und obwohl es ihm nicht möglich gewesen war, Traxis zweiten Wunsch zu erfüllen, konnte er immerhin einen höchst bemerkenswerten Kleriker für diesen Posten empfehlen.

Trotz des Schocks, den alle beim ersten Anblick seines schwer vernarbten Gesichts empfanden, war das Erstaunlichste an Pater Angelo Gutmacher die Sicherheit, mit der er kirchliche Orthodoxie mit seiner priesterlichen Güte und Weisheit verband.

Als Flüchtling aus dem kommunistischen Ostdeutschland war Gutmacher der einzige Angehörige seiner Familie gewesen, der einen nächtlichen Brandanschlag auf ihr Haus in Leipzig überlebte. Ihr unerschütterlicher Katholizismus und ihr unversöhnlicher Widerstand gegen das kommunistische Regime hatte die

Gutmachers zum Ziel eines Vergeltungsschlages durch die ostdeutsche Geheimpolizei gemacht. Dank der Fürsorge einiger weniger tapferer Freunde erholte der Junge sich von den schrecklichen Verbrennungen im Gesicht und am Körper und einige Zeit später gelang ihm die Flucht nach Westdeutschland. Nach einigen Jahren im Haus betagter Verwandter hatte er das Erwachsenenalter erreicht, woraufhin er einem Seminar beitrat, das sich immer fest gegen den Strom bizarrer und unorthodoxer Curricula stellte, wie sie in vielen Seminaren rund um den Globus eingeführt worden waren.

Nach seiner Ordination schickte Gutmacher einen förmlichen Brief nach Rom und bat um einen Posten unter der Ägide der Klerikerkongregation; er rechnete fest damit, wahrscheinlich irgendwo nach Südamerika oder nach Indonesien geschickt zu werden. Er reiste nach Rom um seine Sache vorzubringen.

Als Gutmacher in Rom eintraf, war sein Dossier bereits dem Papst mit der Anmerkung vorgelegt worden, es könne lohnend sein, einen so loyalen Papstanhänger und orthodoxen Priester gewissermaßen auf Dauer nach Amerika zu entsenden. Es wäre zumindest eine Garantie dafür, dass der Pontifex und die Klerikerkongregation über die dortigen Entwicklungen auf dem Laufenden blieben.

Als Pater Gutmacher seine seltsame Mission in Amerika antrat, sicherten ihm seine engen Kontakte zum Heiligen Stuhl eine gewisse Immunität gegenüber Scharen von unfreundlichen Diözesanbeamten. Es gelang ihm, sich durchs Land zu arbeiten, indem er für abwesende oder beurlaubte Priester in vielen unterbesetzten Gemeinden einsprang. Bis 1970, während seine Abenteuer ihn bis nach Houston führten, hatte Pater Angelo so die schlechtesten ebenso wie die besten Seiten des postkonziliaren Katholizismus, wie er in den Vereinigten Staaten praktiziert wurde kennen gelernt. Auf seinem Weg und ohne dass er es beabsichtigt hatte, war er der Bruderschaft Pius' x. positiv aufgefallen. Es war daher ganz selbstverständlich, dass Erzbischof Lefebvre ihn an Traxi Le Voisin weiterempfohlen hatte.

Und so kam es, dass Pater Angelo der Michaelsgemeinde inzwischen seit nahezu zweiundzwanzig Jahren als Priester und

Seelsorger diente. In dieser ganzen Zeit war er so freundlich, so weise, priesterlich und orthodox geblieben, dass er nicht nur Traxi Le Voisins Exzesse in Zaum hielt, sondern es außerdem fertig brachte, die Michaelsgemeinde aus den schlimmsten Kontroversen herauszuhalten, die sich wie eine liturgische Seuche in der ganzen Kirche ausbreiteten. Auch war es Pater Angelo in vielerlei Hinsicht gelungen, einen Teil der Lücke auszufüllen, die Declan Gladstones Tod im Leben seiner Tochter und seiner drei Enkel unbestreitbar hinterlassen hatte. Doch Pater Gutmacher blieb auch allen anderen einen Freund; und wie beständig er selbst als Persönlichkeit auch sein mochte, hatte er das unheimliche Talent in die Herzen von Menschen zu schauen, auch wenn sie sich grundlegend voneinander unterscheiden mochten.

Man nehme die drei Kinder der Gladstones. Die beiden Jungen hatten abwechselnd als Ministranten in Pater Angelos Messen gedient, sowohl in Danbury wie auf Windswept House. Doch Cessi und Tricia waren sich einig in ihrer Erinnerung, dass Christian spontan die größere Zuneigung zu Pater Angelo gefasst hatte. Aus Christians Sicht nahm Gutmacher bald eine besondere Stellung ein. Er kam aus einer völlig anderen Welt, nämlich aus dem »Reich des Bösen«, dem Einflussbereich der Sowjetunion. Er war sanftmütig, doch ohne Zweifel tapfer; und Gutmachers persönliche Hingabe, wenn er die Messe las, erfüllte Christian im tiefsten Innern mit Ehrfurcht.

Diese Wertschätzung war nicht ganz einseitig: Gutmacher glaubte in dem jungen Teenager eine besondere moralische Qualität zu erkennen. Zwar hatte niemand Anlass Christian für ein braves Muttersöhnchen zu halten; er stellte denselben kindlichen Unfug an wie seine Altersgenossen. Doch sein Verhalten blieb immer von gewissen moralischen Neigung geprägt. Darauf, erkannt Gutmacher, ließ sich ein ehrfürchtiges Interesse am Priesteramt aufbauen. Und nach einiger Zeit erzählte Christian jedem, dass er für das Priesteramt studieren wolle.

Zu jedem anderen Zeitpunkt in der jüngeren Geschichte der Kirche wäre Cessi außer sich vor Freude gewesen, dass einer ihrer Söhne sich für den Priesterberuf entschieden hatte. Unter den gegebenen Umtänden musste sie Pater Angelo jedoch gestehen, dass sie befürchte, die Ausbildung zum Priester könne ihren ältesten Sohn in gefährlich engen Kontakt mit »diesen schwarzen Käfern« bringen, »die unsere Seminare durchwühlen, als seien es Misthaufen«. Aber Pater Angelos Antwort war immer dieselbe. Die einzige wahre Lösung für Cessi Problem, beharrte er, bestünde nicht darin, gute Männer wie Christian von einem Dienst an der Kirche abzuhalten, sondern einfach, wie es Gutmacher selbst getan hatte, nach dem richtigen Seminar zu suchen.

Zu Cessis Überraschung hatte Gutmacher sogar angedeutet, dass sie mehr Grund habe sich um Paul als um Christian Sorgen zu machen. Es hatte nicht lang gedauert, bis dieser ungewöhnliche Priester den unnachgiebigen, störrischen Zug in Pauls Charakter erkannte und befürchten musste, dass eine solche Eigenart seinen Glauben stärker unterhöhlen könnte, als es bei Christian möglich war. Im Moment stand allerdings Christians Entscheidung sich zum Priester ausbilden zu lassen im Vordergrund.

Als die Entscheidung ihres Sohnes erst einmal feststand, war es nicht mehr nötig, dass Pater Gutmacher Cessi den richtigen Weg wies. Sie bat alle um Hilfe, auf die sie zurückgreifen konnte, um jene Seminare auszusuchen, die gegen den anschwellenden Strom liturgischer und dogmatischer Neuerungen an der wahren Lehre festhielten. Am Ende stimmte Chris zu, dass Navarra im Norden Spaniens die beste Wahl unter einem spärlichen Rest sei, und freute sich, als seine Mutter sämtliche bürokratischen Hindernisse überwunden hatte, damit er dort als Kandidat für die Priesterausbildung angenommen wurde.

In den frühen Achtzigerjahren, als Chris vor der Priesterweihe stand, waren aber selbst die spanischen Bischöfe in Cessis Augen verdächtig geworden. Sie wollte sicher sein, dass Christians Ordination gültig war. Sie stattete daher einen aufschlussreichen Besuch in Ecône in der Schweiz ab, wo Erzbischof Lefebvre ihr den Namen des Bischofs von Santa Fé in Argentinien nannte. Sie vergewisserte sich persönlich, dass er ihr einen guten Rat gegeben hatte, und arrangierte mit dem Bischof von Santa Fé Christians Priesterweihe.

Cessi war sich unschlüssig über Christians Wunsch seine Doktorarbeit in Rom zu beenden. Sie befürchtete – damals wie heute –, dass Christian unter den Einfluss der dortigen klerikalen Bürokratie geraten und vom rechten Weg abkommen könnte. Andererseits kam sie beim besten Willen nicht gegen Christians Wunsch an, den Rector Magnificus der Dominikaneruniversität im Angelicum als seinen Doktorvater und Prüfer zu gewinnen. In der kirchlichen Wüste der frühen Achtzigerjahre genoss Pater Damien Slattery weit über die Grenzen des Vatikans hinaus einen Ruf als erstklassiger Theologe und seine Loyalität zum Heiligen Stuhl hatte ihm längst mehr Feinde als Freunde eingebracht.

Christian aber war allerdings noch nicht lange in Navarra, da begann sich Pater Angelos Sorge um Pauls spirituelles Wohlergehen zu bestätigen.

Unglücklicherweise entwickelten sich die Dinge für Paul Gladstone so, wie Pater Gutmacher befürchtet hatte. Zu Cessis unendlichem Kummer war sein Fall weit typischer als der seines Bruders. In nur achtzehn Monaten – der Zeit, die er im Unterseminar von New Orleans verbrachte – wurde Paul zu dem, was in den Siebzigern aus vielen wohlmeinenden, doch führungslosen römischen Katholiken geworden war: ein Opfer von Umständen, auf die er keinen wirklichen Einfluss hatte.

Er war weitgehend vor den jähen und destruktiven Neuerungen in der Kirche beschützt worden. Der Sturm der Veränderung, so mächtig er auch war, traf nicht jeden auf der Stelle. Es war eine Entwicklung, die von der Gesamtheit des römisch-katholischen Systems getragen wurde – auf Gemeindeebene, auf Diözesenebene, auf nationaler und regionaler Ebene und letztlich auf römischer Ebene. Es war ein bewusst und willentlich herbeigeführter Vorgang, der die Liquidierung der traditionellen kirchlichen Struktur zum Ziel hatte. Und er hatte Erfolg.

Paul trat 1972 dem Unterseminar der Diözese von New Orleans bei. Während seines ersten Semesters wurden er und seine Studienkollegen aufgefordert ihre Priestersoutanen abzulegen und normale Straßenkleidung zu tragen. Sie brauchten für ihre Studien kein Latein mehr zu beherrschen. Sie wurden von der Mehrheit ihrer Professoren offen dazu ermuntert, sich ihre eigenen Gedanken über vormals sakrosankte und fundamentale Lehrinhalte zu machen: über die Existenz Gottes, über die Heiligkeit Jesu, über die Gegenwart Christi im Heiligen Sakrament, über die Autorität des Papstes, über das ganze Gebäude des römisch-katholischen Glaubens und Rechts.

Außerhalb des Hörsaals wurden die Seminaristen ermutigt ihre Erfahrungen zu erweitern, indem sie sich mit Frauen verabredeten. Gleichzeitig fanden viele unter ihnen nichts dabei, homosexuelle Beziehungen miteinander einzugehen, weil man ihnen sagte, dass eine positive Einstellung zur Homosexualität sie »seelsorgerisch sensibler« mache.

Im Zuge der Umwandlung der alten Kirche in das Haus der ökumenischen Winde erlebte Paul, wie im Seminar alles Vertraute in Vergessenheit geriet. Seminaristen waren nicht mehr verpflichtet zum Morgengebet oder zur täglichen Messe zu erscheinen. Aber jene, die wie Paul nicht darauf verzichten wollten, mussten feststellen, dass selbst in der Seminarkapelle ein gemeinsamer Tisch den Altar ersetzt hatte. Statuen, Kreuzwegstationen, Bänke, Mosaiken – selbst der Tabernakel, Altargitter und Kruzifixe – waren nirgendwo zu finden. Beichtstühle, die man noch nicht abgebaut hatte, wurden selten mit einem Pfarrer besetzt, dienten eher dem Hausmeister zum Verstauen seiner Putzmittelvorräte. Natürlich wurden ständig die Sünden der Gesellschaft und der Menschheit beklagt; von persönlichen Sünden sprach niemand.

Seminaristen und die Öffentlichkeit wurden gleichermaßen zu den neuen Zeremonien von einem Priester in Jeans und T-Shirt – und vielleicht einer Stola oder einem Schultervelum – begrüßt, der die Veranstaltung mit einem herzlichen »Guten Morgen zusammen!« eröffnete.

Die Seminaristen wurden aufgefordert Vorbilder als freie Menschen und Kinder Gottes zu sein. Sie durften sitzen oder stehen, wie es ihnen beliebte, aber sie sollten nicht knien. »Liturgische« Tänzerinnen in ärmellosen Trikots wurden von Kirchenmusik begleitet, die man auf Gitarren, Banjos, Ukulelen, Tamburins und Kastagnetten spielte.

Im Laufe der Monate wurde Paul Zeuge, wie sich die liturgischen Zusammenkünfte in etwas verwandelten, was an das »königliche Gelage« oder den Großen Potlach der Kwakiutl-Indianer im Nordwesten Amerikas erinnerte, bei dem der Häuptling einen Großteil seinen Reichtümer verschenkt um immer mehr Gäste anzuziehen und zu beeindrucken, bis ihm am Ende nichts mehr bleibt als sein Status und sein Ansehen als »der große Schenker«. In diesen Zusammenkünften waren beliebige Elemente aus anderen Religionen auf gleichberechtigter Grundlage zugelassen. Paul wurde mit einem Wirrwarr aus buddhistischer Meditation, taoistischem Dualismus, Sufi-Gebeten, tibetischen Gebetsmühlen, nordamerikanischer Indianermythologie, altgriechischen Göttern und Göttinnen, Hardrock- und Heavymetal-Musik, hinduistischen Anbetungen Shivas und Kalis und Kultriten für die alten Erdgöttinnen Gaia und Sophia zugesetzt.

Paul Gladstone fand all das gemessen am wahren katholischen Glauben widersprüchlich, heuchlerisch und letztlich zerstörerisch. Soweit er feststellen konnte, nahmen die meisten Katholiken es als ein Bemühen um die völlige Demokratisierung der traditionellen römisch-katholischen Religion hin. Wohin er sich wandte, im Mittelpunkt der katholischen Kirchen standen nun der »Abendmahltisch« und »das Volk Gottes«, das sich um ihn versammelt hatte um seine Freiheit mit einem Gelage zu feiern.

Am Ende musste Paul Gladstone für seine kurze Berühung mit der »konziliaren Kirche« einen bitteren Preis zahlen. Nicht mehr imstande die unzüchtige, zügellose Atmosphäre in dem einst geordneten Seminar zu ertragen, erklärte er dem Rektor eines Morgens seinen Austritt mit solch offenen Worten, dass selbst Cessi Mühe gehabt hätte mitzuhalten. »Ich werde hier nicht im Entferntesten zu einem opferbereiten Priester ausgebildet, der den Sündern vergeben kann.« Pauls Augen glühten förmlich. »Wenn ich bleibe, werde ich zu einem abgerissenen Schenker nutzlosen Tands im großem Potlach der amerikanischen Katholiken.«

Cessi erfuhr vom Entschluss ihres Sohnes das Seminar zu verlassen erst an dem Tag, als Paul mit Sack und Pack vor den Toren von Windswept House stand. Erst da wurde sie drastisch und mit offenen Worten, wie sie sie schätzte, darüber aufgeklärt, in welche Jauchegrube von Verderbtheit und Unglauben ihr Sohn für anderthalb Jahre abgetaucht war. Unmittelbar nach seiner Rückkehr aus New Orleans entschied Paul, sich unverzüglich für den Rest des Semesters an der Universität von Austin einzuschreiben um im Folgesemester ein Studium in Harvard zu beginnen – was ihm gelang. Es war keine Frage, dass Paul in Harvard zum Akademiker wurde. Oder dass diese Universität alle in ihm verbliebenen Bande zur alten katholischen Kirche und viele der Bande – von seiner beständigen Liebe abgesehen – zu seiner Familie kappte. Er war reif für das grundlegende Prinzip jedes Harvard-Intellektuellen: den so genannten Kartesianismus. Nur klare Ideen entsprachen der Wahrheit.

Die klarste Idee an Pauls Horizont war die einer einigen Welt, einer internationalen Annäherung aller Nationen bis hin zu einem Superstaat. Er konzentrierte seine Karriere daher auf das Gebiet der internationalen Beziehungen und auf einen harten, zielstrebigen Studienverlauf, der ihn an die Spitze der Fachwelt führen sollte. Nach einer brillanten und kometenhaften Karriere an der juristischen Fakultät von Harvard erlangte Paul die Doktorwürde auf dem Gebiet der internationalen Beziehungen und gleichzeitig einen Magistergrad in Betriebswirtschaft. Jede Sommerferien verbrachte er mit Studien der Sprachen, von denen er annahm, dass sie ihm für seine Wunschkarriere am nützlichsten sein würden. Er bewies ein geradezu unheimliches Talent sich neue Sprachen anzueignen. Als seine plastische Anpassungsfähigkeit von Ohr und Gaumen nachließen und seine erstaunliche Begabung sich auf ein Normalmaß reduzierte, hatte er bereits in Moskau Russisch und in Taiwan und Peking Mandarin-Chinesisch gelernt. Er hatte sein Deutsch, Französisch und Italienisch auf dem Kontinent vervollkommnet. Und er hatte in Kairo Arabisch gelernt.

Im relativ jungen Alter von sechsundzwanzig – ungefähr zur selben Zeit, als Christian ordiniert wurde und seinen ersten Posten im Angelicum in Rom antrat – hatte Paul nicht nur seine Studien abgeschlossen, sondern war als aufgehender Stern von Cyrus Benthoeks transnationaler Anwaltskanzlei verpflichtet worden. Von Anfang an für die Hauptgeschäftstelle der Firma in London vorgesehen, kam er nur gelegentlich für einen kurzen Urlaub heim nach Galveston. Aber es fanden einfach zu viele komplizierte und manchmal heftige Diskussionen zwischen Mutter und Sohn statt; und beide waren geradezu brutal ehrlich zueinander.

Trotz seiner Fähigkeiten war Paul seiner Mutter nie gewachsen, wenn es zu Diskussionen über die klaren und genauen dogmatischen Positionen des Katholizismus kam. Die Unversöhnlichkeit erreichte jedoch erst dann auf beiden Seiten ihren Höhepunkt, als Paul aus besonderem Anlass von London herüberflog und Cessi über seine geplante Heirat mit einer chinesischen Konfuzianistin namens Yusai Kiang unterrichtete. Es stimmte durchaus, dass Paul alles gemäß der Heiligen Schrift arrangiert hatte. Er hatte einen außerordentlichen kirchlichen Dispens vom Vatikan erbeten und erhalten um seine geliebte Yusai in einem katholischen Zeremoniell ehelichen zu können. Und Yusai hatte sich mit Freuden bereit erklärt ihr Leben mit Paul in Übereinstimmung mit dem römisch-katholischen Eherecht zu führen.

Dennoch konnte Cessi sich nicht mit dem Gedanken anfreunden, dass ihr Sohn »eine chinesische Konfuzianistin mit buddhistischen Tendenzen« heiraten wollte. Der alte Leitspruch »Kein Pardon!« stand nun zwischen Mutter und Sohn. Paul hatte Yusai nicht aufgegeben. Und Cessi hatte der Trauung in Paris nicht beigewohnt.

Nach einem kurzen Gebet vor dem Tabernakel der Turmkapelle, wo das heilige Sakrament verwahrt wurde, küsste Cessi den Altarstein. Dann nahm sie ein kleines Silberdiadem von einem Seitentisch, setzte es auf den Kopf der Statue, die die Madonna von Fatima darstellte, und begann dann mit einem langsamen, von Gebeten erfüllten Rundgang durch die Kapelle. Den Rosenkranz um die Finger gewickelt wechselte sie ein paar offene Worte mit einigen von Gottes liebsten Geschöpfen. Weil ihre Vorahnungen sich diesmal auf ihre Familie richteten, richtete auch Cessi ihre Gebete auf ihre drei Kinder. Während der nächsten Stunde waren die einzigen Laute außer Cessis Gebeten – die einzigen Laute aus der äußeren Welt – das Sausen des Windes, der vom Golf herüberwehte.

So auf die Sekunde genau, dass man meinen konnte, der Himmel habe sie zu einer Fortsetzung ihres Gesprächs gebeten, rief Paul in dem Augenblick aus London an, als Cessi die Wendeltreppe aus der Kapelle herabgestiegen war. Doch die Neuigkeiten, die ihr mitgeteilt wurden, waren alles andere als himmlisch.

»Ich bin untröstlich.« Paul hörte sich nicht so an. »Yusai und ich haben uns so darauf gefreut, mit Declan mal wieder Windswept House zu besuchen. Und einige Tage mit dir und Chris und Tricia zu verbringen. Doch der Chef persönlich hat mich gebeten, in der Nähe der Hauptgeschäftsstelle zu bleiben ...«

»Der Chef?« Cessi wusste, wen Paul meinte. Aber sie musste ihn bremsen. Sie brauchte Zeit um zu begreifen, dass er nicht nach Hause kommen würde. Zeit um darin eine natürliche Folge des Jahres 1960 zu sehen – als das erwartete Ereignis, das nicht eintreten würde, als der Auslöser alles anderen – was immer das sein mochte.

»Cyrus Benthoek, Mutter. Es sieht so aus, als sei ich für den Posten eines Generalsekretärs bei der Europäischen Gemeinschaft in die engere Wahl gezogen worden. Kannst du das glauben?«

Cessi wünschte, sie könne Pauls Aufregung über die jüngste Trumpfkarte teilen, die er gezogen hatte. Wie sie doch wünschte, sie könne sich über sein Glück freuen. »Ja, Paul«, war alles, was sie hervorbrachte. »Ich kann es glauben.«

»Ich werd's wieder gutmachen, Mutter.« Paul hörte die Enttäuschung in der Stimme seiner Mutter.

»Natürlich, Liebling.« Cessi hob den Blick und sah Tricia durch ihre Ateliertür hereinlugen. »Sag mir, Liebling. Wie geht's meinem kleinen Declan?«

»Er ist ein fünfjähriger Wunderknabe! Ich kann's kaum abwarten, bis du ihn wieder siehst. Er und Yusai warten auf mich in unserem Haus in Irland. Ich selbst werde dort in einigen Stunden eintreffen. Ich werde beiden einen dicken Kuss von dir geben.«

Cessis Augen waren tränennass, aber sie sprach weiter mit klarer und fester Stimme. »Ja, mein Schatz. Gib ihnen beiden einen dicken Kuss von mir. Und behalte einen für dich.«

»Ich werd's wieder gutmachen, Mutter«, wiederholte Paul.

»Das weiß ich doch, Liebling«, sagte Cessi.

XXII

Inmitten der finstersten Nacht, an die er sich erinnern konnte, schritt Christian Gladstone auf den Petersdom zu. Pater Aldo Carnesecca, der ihn begleitete, deutete auf den schattigen Klotz des Papstpalastes. Auf den dritten Stock. Auf das letzte Fenster zur Rechten. Auf das bunte Glasfenster mit der Darstellung zweier weißer Säulen, die aus dunklen Wassern emporzuragen schien, und dem Bug eines kleinen Bootes, welches hindurchzusteuern versuchte. Er hörte den Klang von Stimmen. Das Rauschen des starken Windes. Dann ein römisches Taxi, das von nirgendwo herannahte, seine Hupe heulen ließ und Cessi mit Pater Damien Slattery über die Via della Concilliazone trug. Chris jagte hinter dem Taxi her, fort vom Petersplatz, fort von Carnesecca. Aber auch Carnesecca lief, hielt Schritt, deutete weiter auf dieses bunte Fenster, wo Damien Slatterys *cappa magna* sich plötzlich wie ein Segel bauschte. Dann fing alles wieder von vorne an ... Christian, der durch die Dunkelheit auf den Petersdom zuging ... Carneseccas wortlose Geste ... das bunte Fenster ... das wie irre herausschießende Taxi ... Cessi und Slattery und der Klang der Hupe ...

In Schweiß gebadet fuhr Christian im Bett hoch. Im ersten Moment glaubte er, die irrsinnige Hupe habe ihn aus dem Traum geschreckt. Doch es war nur der raue Klang von »Oakey Paul«, der Standuhr des alten Glad, die durch die stillen Zimmer von Windswept House hallte.

Christian neigte sonst nicht dazu, seinen Träumen sonderliche Beachtung zu schenken. Doch in diesem Fall verblassten, trotz des Wirbelwinds von Aktivitäten und Feierlichkeiten, die Cessi arangiert hatte, weder die Einzelheiten des Traums noch das intensive Gefühl der Belastung, das er nach dem ersten Erwachen verspürt hatte.

Er hatte damit gerechnet, dass er nach seiner Ankunft zu Hause zunächst eine ausgiebige Diskussion mit seiner Mutter über den römischen Vorschlag, den Kardinal O'Cleary in New Orleans vorgebracht hatte, zu erwarten habe.

Darauf hatte er sich sogar gefreut. Gerade jetzt konnte ihm

eine ordentliche Dosis ihrer klaren Sprache und ihres kompromisslosen Glaubens helfen, seine Gedanken zu ordnen. Es war ja nicht so, dass Jay Jay ihm einen Befehl erteilt, ihn zu frommem Gehorsam gedrängt hatte, den ganzjährigen Posten in Rom anzutreten. In welche Schwierigkeiten Jay Jay sich auch hineinmanövriert haben mochte, das kanonische Recht verpflichtete einen Priester keineswegs seinem Kardinal aus der Klemme zu helfen.

Außerdem hatte Christian das deutliche Gefühl, er sei seiner Mutter etwas schuldig. Sie hatte ihren drei Kindern ihre ganze erstaunliche Energie und Begabung gewidmet. Deshalb waren die Rollen jetzt zweifellos vertauscht. Nun schuldeten die Kinder ihr etwas. Welche Gegenleistung hatte Christian zu erwarten, wenn er es zuließ, dass man ihn in eine vatikanische Karriere drängte?

Solchen Überlegungen standen allerdings einige ernsthafte Gründe entgegen, weshalb Chris Kardinal O'Clearys Vorschlag zumindest in Erwägung zog. Einer der wichtigsten war Aldo Carneseccas beharrliches Argument, dass Rom nicht aller guter Priester verlustig gehen durfte. Es war eine ernüchternde Tatsache, dass man ihn in die Stadt der Päpste berufen hatte. Vielleicht verdankte er diese Berufung dem unscheinbaren John O'Cleary; aber Jay Jay war immerhin ein Kardinal und Gott hatte Seinem Willen schon viele Male auf unterschiedliche Weise Ausdruck verliehen. In Anbetracht dessen musste Chris sogar seine vorgeblich edlen Motive für seine Heimkehr infrage stellen. War es nicht, wenn er bei der Wahrheit blieb, einfach nur angenehm, wieder in den Staaten zu sein?

Das Seltsame war nur, dass Cessi zwar bei der bloßen Erwähnung Roms förmlich explodiert war, als er aus New Orleans angerufen hatte, hier in Galveston aber nicht gleich nachhakte. Anfangs schrieb Christian das ungewöhnliche Schweigen seiner Mutter in einer so wichtigen Angelegenheit den unermüdlichen Vorbereitungen zu, die sie für das Familientreffen in Gang gesetzt hatte. Im Laufe der Zeit aber erkannte Christian, dass die Umstände viel nachdrücklicher für Cessis Einstellung sprachen, als es ihr selbst möglich gewesen wäre. Denn so sorgfältig sie auch alles geplant hatte, selbst Cessi Gladstone hätte die Dinge nicht perfekter arrangieren können, dass sie Chris die unendlich vielen Gründe vor Augen führten, warum er Rom besser für immer den Rücken kehrte und ein wirklich nützliches Apostolat dort annahm, wo er hingehörte.

Seit sich Anfang Mai herumgesprochen hatte, dass Francesca Gladstone eine besondere Willkommensfeier für ihre beiden Söhne vorbereitete, hatte eine seltsam neugierige Unruhe die Menschen von Galveston erfasst; eine Unruhe, die sich vor allem um die bevorstehende Rückkehr Pater Christian Gladstones nach Windswept House drehte. Eine Unruhe, die manchmal aufwallte, als würde sie von einer tiefen, unerkannten Strömung gespeist und emporgetrieben. So verbrachte Beulah Thompson von Christians erstem Tag zu Hause bis zum Tag vor seiner Abreise so viel Zeit damit, Telefongespräche entgegenzunehmen oder Besuchern die Tür zu öffnen, dass es einem Wunder gleichkam, wie sie ihre Arbeiten bewältigte.

Chris versuchte so vielen Bittstellern zur Verfügung zu stehen, wie es ihm überhaupt möglich war. Er verbrachte den Großteil jedes Morgens mit Beichten und Seelsorge. Einige Erdgeschosszimmer im hinteren Teil des Hauses mussten für die zahllosen Gäste hergerichtet werden, die vorher anriefen oder unangemeldet zur althergebrachten Beichte oder um einen profunden theologischen Rat erschienen. Doch selbst mit der Hilfe Angelo Gutmachers – denn Pater Angelo war für die Dauer von Christians Aufenthalt in Galveston der häufigste und beliebteste Gast auf Windswept House – war es Christian unmöglich, jeden zu empfangen, der ihn sehen wollte.

Bei all der Aufmerksamkeit, die ihm so urplötzlich abverlangt wurde, zeigte Chris sich nicht für eine Sekunde hochmütig. Das Ganze machte ihn eher traurig. Denn in jedem Fall, ob er nun mit Männern oder Frauen, Reichen oder Armen, Arbeitern, Anwälten oder Taxifahrern, Müttern oder Vätern oder den Fischern zu tun hatte, die sich bei schlechtem Wetter zuweilen an den Lichtern der Turmkapelle von Windswept House orientierten, war es dasselbe. Sie alle hungerten nach Führung, Klarheit, Glaube und Hoffung.

Die Misere dieser Menschen verhalf Christian unvermittelt zu einer neuen Einsicht. Er begriff so deutlich wie nie zuvor, dass die Leere, die diese Menschen in ihrem alltäglichen Leben empfanden, von Millionen Menschen überall auf der Welt empfunden wurde. Wenn sie die Kirchen aufsuchten – falls sie sie noch aufsuchten –, wurde ihnen eine Kost aus Freud für ihren persönlichen Kummer, Piaget für ihre Probleme mit ihren Kindern, Marx für ihre soziale Unzufriedenheit und der heimtückisch subjektiven und zunehmend populäreren Gruppentherapie als die neue Religion aufgetischt, die sie in Berührung mit ihrem »inneren Selbst« bringen sollte.

Mitte der zweiten Woche seines Heimaturlaubs veranstaltete Cessi ein Festessen als Krönung von Christians Aufenthalt. Seine Eminenz Kardinal O'Cleary machte sich durch seine Abwesenheit verdächtig. Chris beeindruckte am meisten, wie entspannt sich die vielen Kleriker gaben, die Cessi eingeladen hatte um ihren Sohn kennen zu lernen und wieder zu sehen. Sie alle waren über die Maßen neugierig, »wie Rom die großen Themen anpacken« würde, wie es ein junger Hilfsbischof ausdrückte. Und weil Christian sich häufig in Rom, also gewissermaßen in Reichweite des Papstes aufhielt, rückte er in den Mittelpunkt ihrer Aufmerksamkeit.

Doch weil er die Stimmung spürte, die hinter den Fragen stand, beschloss er die offenbar latente Abneigung gegen den Pontifex herauszufordern. »Sie alle sind Seelsorger.« Er sah in die Runde am Tisch. »Sie stehen an der Front. Ich arbeite in einem Elfenbeinturm. Also sagen Sie mir eines. Was könnte dieser Heilige Vater zum Wohl der Kirche unternehmen?«

Mit Rücksicht auf Cessi Gladstones Anwesenheit wurde die Fülle von Vorschlägen mit frömmelnder Besorgnis vorgetragen. Aber die Stoßrichtung war klar. Der Pontifex hatte ein furchtbares Durcheinander angerichtet. Es bestand Bedarf nach einem Papst, der vernünftig denken konnte; einem Papst, der eine positivere Haltung zu solchen Fragen wie Ehelosigkeit der Priester, einer ausschließlich männlichen Priesterschaft, Verhütung und Abtreibung einnehmen würde; einem Papst, der mit dem Strom schwimmen konnte. Vielleicht war die Zeit sogar reif, dass dieser Papst zurücktrat um einem fähigeren Nachfolger Platz zu machen.

Als die Aufregung sich legte, hatte Christian selbst einen ernsten Vorschlag zu machen. »Ich stehe nicht direkt mit dem Heiligen Vater in Kontakt; ich habe keine Möglichkeit ihm Ihre Vorschläge zu überbringen. Aber da Sie offensichtlich Probleme haben, warum nehmen Sie sich der Sache nicht selbst an? Warum schreiben Sie ihm nicht? Einzeln oder als Gruppe, warum nicht ...«

»Ganz unter uns und dem Heiligen Geist, Pater Chris«, meldete der junge Hilfsbischof sich wieder zu Wort, »es gibt drüben einige geschickte und intelligente Kirchenleute, denen der Heilige Vater sein Ohr leiht. Sie werden ihn dazu bewegen, das Richtige zu tun. Wir müssen einfach nur seinen Rücktritt abwarten.«

Christian sah in Cessis grünen Augen Zorn aufblitzen. Aber sie sagte noch nichts. Zu seiner völligen Verblüffung hielt sie den Mund.

Am Tag vor seiner Abreise stand Christian schon um vier Uhr morgens auf. Eine Viertelstunde später begab er sich, geduscht, rasiert und angekleidet, durch den Korridor im dritten Geschoss und über die Wendeltreppe in Glads Turmkapelle. Gegen halb sechs würde Pater Gutmacher nachkommen, wie er es an jedem Morgen seines Besuchs getan hatte, um ihm bei der Messe zu assistieren; auch Cessi und Tricia würden kommen. Aber wie seine Mutter regelmäßig zu einer bestimmten Zeit in die Kapelle kam, die jeder als »Cessis Stunde« kannte, hatte diese stille Zeit sich zu Christians Stunde entwickelt. Eine Zeit, in der er sein Brevier, seinen Rosenkranz und seine Morgengebete sprechen konnte. Eine Zeit, in der er erneut alle Argumente abwägen konnte, die einerseits für ein Verlassen Roms und andererseits für eine endgültige Rückkehr nach Rom sprachen.

Und während dieser Morgenstunden in der Kapelle schien sich auch die herzliche Zuneigung, die Christian schon immer für seinen Lieblingsahnen empfunden hatte, zu erneuern. Er konnte gar nicht anders, als immer wieder aufs Neue Liebe, Bewunderung und Dankbarkeit für jenen Mann zu empfinden, der diese Haus und damit die Zuflucht, die es heute darstellte, geschaffen hatte. Und als erwidere er einen Segen, schien der Geist dieses alten Patriarchen die süßen Augenblicke zu erfüllen, die Chris allein, in seine Erinnerungen vertieft, in der Kapelle zubrachte: Windswept House schien dann fast wieder das Haus zu sein, an das er sich aus seiner Kindheit erinnerte.

»Verzeihen Sie mir, alter Freund.«

Aufgeschreckt von den sanften Worten blickte Christian von seinen Gebeten auf und in die schrecklichen Narben in Angelo Gutmachers Gesicht.

»Verzeihen Sie mir. Ich weiß, ich bin zu früh. Aber ich dachte mir, wir könnten vor der Messe etwas Zeit miteinander verbringen. Bevor Sie nach Rom zurückkehren ...«

Nun war Chris so verwirrt, dass er den älteren Priester mitten im Satz unterbrach und sich aus seiner knienden Haltung aufrichtete. »Sie können mich gar nicht stören, Pater.« Der Satz war nicht nur eine höfliche Floskel. Christian betrachtete diesen Mann im buchstäblichsten Sinne als von Gott gesandt, als einen seltsamen und wunderbaren Freund, den Gott selbst zu beschützen und dessen Schritte Er im priesterlichen Dienst zu lenken schien. Christian deutete auf eine kleine Gruppe von Schemeln unweit der Tür und mit einem Lächeln, so sanft wie seine Stimme, setzte Gutmacher sich neben seinen langbeinigen jungen Protegé.

»Ich nehme an, Mutter hat Ihnen von meinem Anruf erzählt. Aber sie muss Ihnen auch gesagt haben, dass noch nichts entschieden ist. Ob ich nach Rom gehe, meine ich.« Chris klang wie ein Mann, der seine Unabhängigkeit verteidigte. »Ich habe versucht, das klarzustellen. Ich will die ganze Sache erst einmal mit ihr besprechen. Hat sie Ihnen das gesagt?«

»Sie hat es nicht genau so ausgedrückt.« Gutmacher schien seine Worte vorsichtig abzuwägen. »Sie hatte nur eine aufrichtige Frage. Sie wollte wissen, ob es Gottes Wille sein kann, dass Sie Ihr Leben in der Gesellschaft von Menschen verbringen, die ihre Fundamente vergessen haben.«

Christian überraschte es, dass Cessi sich immerhin so weit der

Möglichkeit seines dauerhaften Umzugs nach Rom geöffnet hatte. Trotzdem war es noch ein gewaltiger Schritt von einer solchen Frage hin zur offenen Annahme, dass Chris dem Plan Kardinal O'Clearys zustimmen würde. Wenn er sich nicht irrte, hatte Pater Angelo aber genau das im Sinn. »Sagen Sie mir, Pater Angelo, was haben Sie meiner Mutter geantwortet?«

»Dasselbe, was Sie an meiner Stelle geantwortet hätten, mein Freund.« Gutmachers Lächeln verwirrte ihn. »So aufrichtig und so vollständig wie ich konnte. Ich habe sie darauf aufmerksam gemacht, dass man diesen Augenblick schon lange Zeit kommen sehen konnte und dass er eine Zeit wichtiger Entscheidungen über die Zukunft – und nicht nur Ihre Zukunft – für uns alle sei.«

Man habe diesen Augenblick schon lange Zeit kommen sehen können? Eine seltsame Bemerkung, dachte Christian. Die ganze Haltung seiner Freundes kam ihm merkwürdig vor. »Sonst noch etwas?«

»Ich sagte ihr, ich teile ihre Sorge um jeden guten Priester, der in diesen Tagen nach Rom berufen wird. Aber ich sagte Cessi auch, dass sie so wenig wie ich wissen könne, was Gottes Gnade zu bewirken vermag.«

In den vielen Jahren, die sie sich schon kannten, war es nie Angelos Art gewesen, sich um eine klare Aussage zu drücken. Aber Chris hatte keinen Zeifel, dass er noch nicht alles gehört habe.

Als habe er die Gedanken des jungen Mannes gelesen, zog Gutmacher einen Brief aus seiner Innentasche und hielt ihn Christian hin.

Chris erkannte die Vatikanstempel auf dem Umschlag, aber das überraschte ihn nicht im Mindesten. Pater Angelos Beziehungen zur Klerikerkongregation und zum päpstlichen Haushalt waren kaum ein Geheimnis. Die Adresse des Absenders war allerdings eine andere Sache. »Kloster Santa Sabina«, las Gladstone laut die Adresse des dominikanischen Hauptsitzes vor. »Roma 00921, Italia.«

»Lesen Sie ihn.«

Chris erkannte die Handschrift im selben Augenblick, als er das einzige Blatt aus dem Umschlag zog. Doch um sich zu vergewissern warf er einen Blick auf die großen, mit schwungvollen Strichen verzierten Initialien, die ihm so vertraut waren. DDS, OP. »Damien Slattery?« Es war mehr ein Ausruf als eine Frage.

Weil von Gutmacher keine Antwort kam, gab Christian den Brief zurück. Ein einziger Absatz, gerade einmal zwei Sätze: »Eine neue Initiative Seiner Heiligkeit erfordert Ihre Anwesenheit hier Mitte Herbst. Wenn ich nicht binnen zehn Tagen nach Absenden dieses Briefes persönlich von Ihnen gehört habe, gehe ich davon aus, dass Sie keine Einwände haben.«

Weder ärgerte noch wunderte sich Christian über den gebieterischen Ton von Pater Slatterys Notiz, denn so wurden derartige Dinge in Rom nun einmal geregelt. Die Aufforderungen fielen stets deutlich und meist knapp aus und glänzten selten mit Erklärungen oder Ermunterungen. Eine Antwort blieb dem Empfänger selbst überlassen; sie erfolgte auf freiwilliger Basis. Was Christian aber empfand, waren ungewöhnlich heftige Gewissensbisse. Diesmal hatte er Grund sich zu entschuldigen. Wie hatte er nur so selbstversessen sein können? Wie hatte er nur annehmen können, dass nur seine persönliche Situation zählte? Dass Gutmacher nur gekommen war um über Christian zu reden? Dass seine Bemerkungen zur möglichen Versetzung nach Rom nur mit Christian`zu tun haben konnten?

Pater Angelo nahm Christians viel sagende Antwort mit einem ebenso viel sagenden kleinen Achselzucken zur Kenntnis.

»Sie werden also gehen, Pater?« Die Frage kam Christian nur als ein Flüstern über die Lippen.

»An dem Tag, als Cessi mich aufsuchte« – Gutmacher nickte – »habe ich auch diesen Brief erhalten. Und am selben Tag habe ich meine Antwort abgeschickt. Ich werde gehen.«

Dieser Morgen nahm überraschende Wendungen. »Weiß Mutter davon? Haben Sie es ihr noch am selben Tag gesagt?«

»Sie weiß es.«

»Dann waren Ihre offenen Ratschläge, die Sie ihr in diesem Moment gegeben haben – was Sie über den Augenblick sagten, den man so lange kommen sehen konnte, dass dies eine Zeit wichtiger Entscheidungen sei und was Gottes Gnade bewirken könne –, also eigentlich auf Sie bezogen?«

»Auch auf Sie.« Gutmacher hatte nicht vor Christian so leicht wieder vom Haken zu lassen.

Chris drückte ihm den Brief wieder in die Hand, als wolle er nichts mehr damit zu tun haben. »Für Sie sieht die Sache anders aus. Bis eben war ich, trotz all meiner Bedenken, schon halb entschlossen Kardinal O'Clearys Angebot anzunehmen.«

»Und jetzt?«

Christian versuchte sein Bestes, damit seine Antwort nicht zu brutal klang. Angelo war fast ein Mitglied der Familie, aber er verfügte nicht über dieselben Blutbande wie Christian. Er war Cessi und Tricia nicht im selben Maße verpflichtet. Er konnte ohne weiteres gehen, wenn er es für das Beste hielt. Aber von Christian konnte man kaum erwarten, dass er seiner Mutter und Tricia einen Schlag versetzte, indem er O'Clearys Angebot annahm. »Und außerdem« – Christian suchte nach einer Möglichkeit ein seinem Empfinden nach unabweisbares Argument nicht so hart klingen zu lassen – »sind Sie von einem guten Mann nach Rom berufen worden. Es gibt im Vatikan – oder vielleicht in der ganzen Welt – keinen solideren Papstanhänger mehr als Damien Slattery. Aber wenn ich Kardinal O'Clearys Hinweisen glauben darf, die er mir in New Orleans anvertraute, hat Seine Eminenz Cosimo Maestroianni etwas mit Roms plötzlichem Interesse an meiner Existenz zu schaffen. Und das ist etwas ganz anderes.«

»Tatsächlich?« Pater Angelos Stimme hatte die Wirkung eines heißen Schürhakens.

»Aber natürlich, Gutmacher! Sie erinnern sich doch gewiss an den Brief, den ich Ihnen schrieb, nachdem Kardinal Maestroianni mich letzten Mai ins Sekretariat bestellte. Dieser Mann ist aalglatt. Aber er ist kein Damien Slattery. Und kein Freund des Papstes. Ein Mann wie er verspeist wahrscheinlich jeden Tag ein Dutzend Männer wie mich zum Frühstück.«

Pater Angelo stand lächelnd auf, blieb aber wachsam. »Ich widerspreche Ihnen in keinem Punkt.«

»Dann sind wir ja einer Meinung.« Christian entspannte sich etwas. »Damien Slatterys Stimme ist die Stimme Roms.«

»Ganz genau!« Pater Angelo griff diesen Gedanken dankbar

auf. »Generalmeister Slattery ist die Stimme Roms. Die Stimme Roms, die um Hilfe ruft. Können Sie zögern ...?«

»Das ist nicht dasselbe!« erwiderte Chris. »Sie können doch nicht behaupten, von einem so guten Mann wie Pater Slattery nach Rom berufen zu werden sei in irgendeiner Weise vergleichbar mit ...«

»Doch, Christian. Das behaupte ich. Ganz gleich, von wem sie kommt oder wer sie ausspricht, die Berufung ist immer gleich wichtig. Die Frage ist nicht, ob Pater Slattery oder Kardinal Maestroianni loyale Papstanhänger sind oder nicht. Die Frage ist, ob Sie es sind. Und ich kann Ihnen versichern, dass es Glauben erfordert – priesterlichen Glauben, Chris – um in dieser Berufung zu sehen, was sie ist.«

Mit einer ganz und gar unpriesterlichen Geste – die aber zu einer vollkommen ehrlichen Antwort aufforderte – trat Gutmacher einen Schritt vor und legte seine Hände auf Christians Schultern. »Sagen Sie mir die Wahrheit, Pater Christian. Können Sie wirklich zögern diesem Ruf zu folgen?«

Auf einmal erinnerte sich Christian an Pater Aldo Carneseccas Prophezeiung, dass er in seiner Karriere ein Stadium erreichen würde, in dem die Entscheidungen, die er als Priester fällte, seinen weiteren Lebensweg vorzeichnen würden. »Die bürokratische Vetternwirtschaft, von der Sie sich einen Eindruck machen konnten«, hatte Pater Aldo gesagt, »bestimmt die allgemeine Strategie und jegliche Taktik in dieser globalen Schlacht des Geistes. Doch eines sollten Sie nicht übersehen: Im Mittelpunkt der Schlacht steht Rom.«

Pater Angelo verstärkte seinen Griff um die Schultern des jungen Mannes und holte ihn mit Gewalt in die Gegenwart zurück, zwang ihn zu der Entscheidung, die seine Priesterschaft in diese oder jene Richtung lenken würde. »Sagen Sie es mir.« Gutmacher sprach es langsam und bedächtig aus. »Können Sie wirklich zögern diesem Ruf zu folgen?«

»... es erfordert Glauben – priesterlichen Glauben, Chris – um in dieser Berufung zu sehen, was sie ist.«

Cessi blieb so abrupt an der Tür zur Turmkapelle stehen, dass

Tricia, die ihr folgte, fast auf sie geprallt wäre. Sie schloss die Augen vor dem Anblick von Gutmachers Gesicht und dem Klang seiner Stimme; schloss sie vor den hervorquellenden Tränen; spürte Tricias warme Hand in der plötzlichen Eisigkeit ihrer eigenen.

»Sagen Sie es mir.« Es traf Cessi wie eine kalte Dusche, als sie hörte, wie Pater Angelo ihren Sohn herausforderte. »Können Sie wirklich zögern diesem Ruf zu folgen?«

Bis jetzt hatte Cessi geglaubt, sie sei diesem Augenblick gewachsen. An dem Tag, als Chris aus New Orleans anrief, hatte sie sich um Rat und Trost an Pater Gutmacher gewandt nur um zu erfahren, dass auch er mitten in diese klerikale Verwahrlosung nach Rom abberufen worden war. An diesem Tag hatte sie die Gründe erfahren, warum er die Michaelskapelle verlassen würde. Und seitdem hatte sie gewusst, dass auch Christian diese Gründe erfahren und so darauf reagieren würde wie sie.

Mehr als eine Nacht hatte Cessi in ihrem Bett wachgelegen und sich gefragt, aus welcher Tiefe sie die Kraft zutage fördern musste, die sie brauchte um loszulassen; ob sie wirklich eine gute Mutter, ob sie jemals mehr als eine verrückte Töpferin gewesen war, die nicht aufhören konnte ihre Kinder zu formen.

»Mutter!«

Cessi riss die Augen auf und sah Christian auf sich zukommen, sein Gesicht ein Ausdruck derselben Anspannung und Qual, die ihr zu schaffen machten.

»Chris.« Sie befreite ihre Hand sanft aus Tricias Griff und trat mit solcher Grazie und Beherrschung in die Kapelle, dass ihre Bewegung einem schlichten Ausruf gleichkam. Gutmacher hatte die einzige Frage gestellt, auf die es ankam. Nur Christian konnte die Antwort geben. Cessi wusste, dass sie in wenigen Minuten beim Heiligen Opfer der Messe Christi Leib und Blut aus den gesegneten Händen ihres Priestersohns empfangen würde. Bis dahin wusste sie nicht, wie weit er bereit war sich von der stillen und großen alten Bastion namens Windswept House zu entfernen.

Auch Tricias Gedanken drehten sich um Christian. Aber ebenso um Pater Angelo. Unter allen Experten, die sie kannte, hatte nur dieser Priester ihr gezeigt, wie sie mit ihrem Leiden einen nützlichen Zweck erfüllen könne. Mit seinem außerordentlichen Einfühlungsvermögen und seiner liebevollen Strenge hatte er sie die Regeln der traditionellen Askese gelehrt. Würde sie nun ihr Leiden noch weiter Gott dem Vater in Einklang mit dem Leiden Christi des Sohnes widmen können? Würde sie weiter dem Satan entgegentreten und Vergebung für die vielen Sünden erwirken können? Würde sie weiter zu den Auserwählten gehören, die sich durch alle Zeiten hindurch als Opfer dargeboten hatten, Hand in Hand mit dem erhabenen Opfer, das unter großen körperlichen Schmerzen am Kreuz zur Vergebung der Sünden der Menschheit erbracht worden ist?

Und auf einmal war Christian wieder von den dunklen Bildern jenes Traumes umfangen, aus dem er in seiner ersten Nacht zu Hause schweißgebadet erwacht war. Nur war es nicht mehr Pater Aldo Carnesecca, der neben ihm ging und auf den päpstlichen Palast deutete. Es war Angelo Gutmacher, der ihn zu priesterlicher Selbstverleugnung und zu dem Vertrauen anhielt, das solche Selbstverleugnung voraussetzte. Chris überlegte, wie es eigentlich um ihn bestellt sei, wenn Gutmacher ihn daran überhaupt erinnern müsse. Es war der Anblick seiner Mutter, die so kühl auf seine Antwort wartete; und es waren all die Lektionen, die er von ihr über die Tiefe und den Atem und die Majestät und die Freiheit seines Glaubens gelernt hatte. Es war die allzu lebhafte Erinnerung an all die Menschen, die in ihrer Wehrlosigkeit gegen die Zumutungen durch Rom nach Windswept House gekommen waren.

Und es war das Erbe des alten Thomas Gladstone, das an diesem Ort weiterlebte. Und sicher wog dieses Erbe mehr als eine aus netten alten Erinnerungen gewobene Decke. Hatte das nicht auch Carnesecca gesagt? Es war seltsam, dachte Chris, wie ihm immer wieder Pater Aldo in den Sinn kam. Aber so waren wohl Propheten nun einmal. Ohne je einen Fuß in dieses Haus gesetzt zu haben hatte Carnesecca begriffen, dass der alte Glad und sein Windswept House immer Christians Bindeglieder zu Rom gewesen waren. Zum Vatikan. Zum Papsttum.

Dann also Rom.

Cessi war die Erste, die Christians Entscheidung seinen Augen ansah und sie aussprach. »Es wird Zeit, dass wieder ein Gladstone zur Rettung des Papstes eilt.« Sie sah ihrem Sohn ins Gesicht und ihre eigenen Augen waren nicht grün. »Vergiss nur nicht, junger Mann, dass dies nicht mehr das neunzehnte Jahrhundert ist und dass du nicht der alte Glad bist. Eine Million kalter amerikanischer Dollars wird diesmal nicht helfen. Was Rom braucht, ist ein reinigendes Gewitter.«

Hätte Cessi sich nicht plötzlich in der unvergleichlich süßen Umarmung ihres Sohnes wieder gefunden, hätte sie wohl endgültig die Fassung verloren.

»Nur der lebt wirklich im Exil« – mit diesen Worten Joseph Conrads flüsterte Christian seiner Mutter seinen Dank für ihren »Kein Pardon!«-Segen ins Ohr – »nur der lebt wirklich im Exil, der nicht wieder heimkehren kann, sei es in eine Hütte oder in einen Palast.«

Den Kopf an Christians Schulter hob Francesca Gladstone den Blick zum Tabernakel. Nur der Himmel hörte das Flüstern ihres Herzens. Der Himmel und all die Engel, die sich, die ganzen siebzig Jahre ihres Lebens schon, am Fuß der Jakobsleiter versammelt hatten, die in die Turmkapelle des alten Glad herabreichte. »Siehst du, Herr! Ich habe es Dir doch gesagt!«

Von Mäusen und Menschen

XXIII

Am zweiten Freitag im September während Michail Sergejewitsch Gorbatschow vor dem sowjetischen Präsidium in Moskau um alles kämpfte, was er je zu erreichen gehofft hatte, spazierte Gibson Appleyard ohne Eile zum Sitz der Europäischen Kommission, in das vierzigstöckige Berlaymont-Gebäude im Osten Brüssels zwischen dem Boulevard Charlemagne und der Rue Archimède. Mehr aus Gewohnheit denn aus Notwendigkeit warf er einen Blick auf seine Armbanduhr, als er mit dem Fahrstuhl in den neunundzwanzigsten Stock fuhr. Ihm blieb noch reichlich Zeit, bis der Besetzungsausschuss mit seiner morgendlichen Sitzung begann, in der über die Besetzung der Generalsekretärsposten entschieden werden sollte.

»Die ganze Idee ist absolut lächerlich und unannehmbar!« Nicole Cressons schrille Stimme fuhr Gib Appleyard wie ein Messer ins Ohr, als er in den Konferenzsaal schlüpfte. Cresson gehörte zu den wenigen Frühankömmlingen unter den zwölf Delegierten, die sich bereits in kleinen Gruppen versammelt hatten. »Der Gedanke, diesen Amerikaner ... diesen ... wie hieß er doch gleich ...« Nicole Cresson fuchtelte vor ihren Kollegen aus den Niederlanden und Spanien mit dem Gladstone-Dossier herum wie ein Staatsanwalt, der einen Kriminellen vor den Geschworenen niedermacht.

»Paul Thomas Gladstone.« Der geduldige Holländer Robert Albers nannte den Namen, der der Französin nicht einfiel.

»N'est-ce pas!«, schnaubte Madame Cresson. »Diese Amerikaner und ihre kostbaren Mittelnamen! Das Ganze ist einfach lachhaft!«

Appleyard beschloss der Französin aus dem Weg zu gehen.

Nicole Cresson wusste wahrscheinlich ebenso gut wie er, dass bei einem Gespräch zwischen ihnen nichts herauskommen konnte. Es war wohl lohnender und mit weit weniger Stress verbunden, sich abseits zu halten und zu beobachten, wie sich Gruppen bildeten und veränderten.

Im Laufe der letzten Monate, während er den bisherigen Sitzungen dieses Besetzungsausschusses beiwohnte, hatte Appleyard über die zwölf Wahlmänner und -frauen in etwa das erfahren, was sie selbst voneinander wussten. Natürlich kannte er sie dem Namen nach; aber er kannte auch ihre Spitznamen, die sie untereinander freimütig benutzten und die ebenso viel über ihre Qualitäten wie über ihre Eigentümlichkeiten aussagten. Und warum man Nicole Cresson »Vinaigre« nannte, wurde an diesem Morgen nur allzu offensichtlich.

»Ah, mein lieber Appleyard. Na, sind Sie gekommen um den Geschmack des Sieges zu kosten?« Der belgische Delegierte – Jan Borliuth sein eigentlicher Name, »Stropelaars« sein Spitzname – hieß Gib auf seine eigentümliche Art willkommen. »Sie dürfen nicht viel um Vinaigres Wutausbrüche geben. Sie kommt gerade aus dem Urlaub und musste heute morgen feststellen, dass die Kandidaten, für die wir uns in den vorherigen Sitzungen entschieden hatten, ihre Bewerbungen zurückgezogen haben. Ich bezweifle, dass schon einmal etwas Vergleichbares vorgekommen ist. Und um dem Ganzen die Krone aufzusetzen haben die Kommissare uns einen völlig neuen Kandidaten für den Posten des Generalsekretärs präsentiert. So etwas hat es noch nie gegeben.«

Gib hob die Augenbrauen und hoffte, dass Borliuth ihm das lakonische Erstaunen eines Amerikaners abnehmen würde. Aber bevor er die Gelegenheit bekam auch nur ein Wort zu sagen, gesellte sich der Italiener Corrado Del Iudice zu ihnen – ein so attraktiver Mann, dass er natürlich nur »Il Bello« heißen konnte.

»Aber Madame Cresson hat nicht Unrecht, wissen Sie.« Il Bello sah, anders als Borliuth, keinen Anlass das Verhalten der Französin zu entschuldigen. »Die Ernennung eines neuen Generalsekretärs erfolgt zu einem heiklen Zeitpunkt. Die Ereignisse dieses Jahres haben ohnehin schon die Türen zu völlig neuem

Terrain geöffnet. Angesichts aller Verwicklungen und Feinheiten habe ich meine Zweifel, dass ein Amerikaner damit fertig wird.«

»Das ist noch behutsam ausgedrückt!« Als der wahrscheinlich einzige praktizierende Katholik in dieser Runde trug der Portugiese Francisco Dos Santos seinen Spitznamen »Caplão« – der »Kaplan« – mit wahrhaft christlicher Geduld. »Wenn unser neuer Generalsekretär erst ins Amt eingeführt ist und seine Administration reibungslos läuft, werden die EG-Kommissare *und* der Ministerrat vor sehr schwierigen neuen Entscheidungen stehen. Und die Arbeit des Generalsekretärs wird um ein Vielfaches umfangreicher sein.«

»Sagen Sie, Appleyard.« Dos Santos wandte sich dem hoch gewachsenen Amerikaner zu. »Können Sie uns Näheres über diesen Paul Gladstone verraten? Natürlich haben wir alle sein Dossier gelesen. Aber diese Entwicklung kommt so unerwartet, dass wir keine Gelegenheit hatten eigene Nachforschungen anzustellen.«

Gib überlegte einen Moment. Für einen so gestandenen Diplomaten hatte Dos Santos eine reichlich unbeholfene Frage gestellt. Eine Frage, die offensichtlich andeuten sollte, dass Appleyard die Fliege in der Suppe dieses Gremiums war. »Ich weiß, was ich in dieser Akte gelesen habe«, antwortete Appleyard wahrheitsgemäß. »Ich habe diesen Mann noch nicht persönlich kennen gelernt. Aber nach allem, was ich sagen kann, haben Sie es bei diesem Gladstone mit keinem geopolitischen Einfaltspinsel zu tun. Er hat sich seine Sporen verdient.«

»Also sollten wir uns keine Sorgen machen?« Jan Borliuth schien entschlossen die Sache weiterzuverfolgen, da mischte sich Deutschland unter die Gruppe.

Emil Schenker – der »Pfennig«, wie ihn seine Kollegen in Anspielung auf die Währung seines Landes nannten – war vom Temperament her Nicole Cressons genaues Gegenteil. Außerdem empfand er ihre Auffassung von einem Europa ausschließlich für Europäer als höchst anstößig. »Entschuldigen Sie! Ich habe ungewollt Ihre anregende Diskussion mitgehört, meine Freunde. Und ich muss sagen, dass Sie sich meiner Meinung nach viel zu viele Gedanken machen. Die Welt ändert sich eben, und das ist alles, worum es hier geht. Wir müssen die Realitäten zur Kenntnis nehmen.«

Pfennigs Kollegen konnten nur zusammenzucken, denn es gab keinen Zweifel, wie dieser Satz zu verstehen war. Dreh- und Angelpunkt der europäischen Industrie und des europäischen Finanzwesens war Westdeutschland. Natürlich würde die Wiedervereinigung der beiden deutschen Staaten – eine Vernunftehe, wie Schenker im Privaten zugestand – Westdeutschland in naher Zukunft finanziell und sozial auslaugen. Aber für Pfenning waren die großen neuen Realitäten nur wieder aufgewärmte alte Realitäten. »Wir Deutschen haben einen uns innewohnenden *Drang nach Osten*«, betonte er seit einiger Zeit bei jeder Gelegenheit. »Wir sind ostwärts orientiert. Menschen können nicht aus ihrer Haut und Nationen nicht aus ihrer Geschichte. Die historische Rolle des deutschen Volkes als eine europäische Macht stand immer in Zusammenhang mit unseren mächtigen Nachbarn im Osten.«

Schenkers entschlossenes Eintreten für diesen natürlichen Drang der Deutschen nach Osten war durchaus nicht unvereinbar mit der offiziellen Politik der meisten der elf Staaten, deren Vertreter als Wahlmänner und -frauen an der heutigen Sitzung teilnahmen.

Dennoch glaubte Appleyard, dass er Pfennig und seine Regierung in dieser Hinsicht recht gut verstand. Bei jeder sich bietenden Gelegenheit erklärte Schenker, was es für ihn als Deutschen bedeutete, mit Russland konfrontiert zu werden. Nach Gibs Einschätzung hatte die Zehnerkommission des Präsidenten allerdings gut daran getan, die Gefahr für die Vereinigten Staaten einzuschätzen. Das einzig Gute an Pfennigs nebulösem »Drang nach Osten« war der Umstand, dass er offensichtlich dem Lager innerhalb der EG angehörte, das für eine Politik intensiver und dauerhafter Beziehungen zwischen Europa und außereuropäischen Ländern eintrat. Im geopolitischen Jargon der EG galt Schenker als ein Euro-Atlantiker.

Bezogen auf die heutige Tagesordnung lief seine Einstellung jeweils auf eine sichere Stimme zugunsten Paul Thomas Gladstones hinaus.

»... und deshalb, geschätzte Freunde«, schloss Schenker seine nicht unerwartete Rede an die anderen Delegierten, »machen Sie sich zu viele Sorgen. Was könnte dieser Gladstone im schlimmsten Fall schon anrichten? Schließlich gibt es nicht wenige, die den Generalsekretär nur für einen überschätzten Strohmann der allmächtigen EG-Kommissare halten ...«

»Pah!« Del Iudice aus Italien hatte genug gehört. Es bereitete ihm körperliche Schmerzen, wenn er daran dachte, welchen Schaden Gladstone anrichten konnte. »Die Kommissare – und zwar alle siebzehn – verfügen über wirkliche Macht. Eine enorme Macht. Und der Generalsekretär hat Anteil an dieser Macht und an allem, was sie bewirken kann.«

Es geschah nicht oft, dass Schenker sich unversehens in einer Minderheitenrolle wiederfand. Aber genau das war nun geschehen, als er sich dieser kleinen Diskussionsrunde anschloss.

»Ich kann Il Bellos Standpunkt nur beipflichten, mein lieber Pfenning«, ergriff Jan Borliuth aus Belgien wieder das Wort. »Die EG ist nicht mehr das Flaggschiff Westeuropas. Sie nicht mehr das Europa der sechs. Heutzutage erweist sich doch jeder als Europäer! In sehr naher Zukunft sollten wir in der EG uns mit dem Gedanken befassen den Nationen der Europäischen Freihandelszone eine engere Beziehung mit unserer Organisation zuzugestehen. Norwegen, Schweden, Finnland, die Schweiz, Liechtenstein und Österreich decken einen beträchtlichen Marktanteil ab, den wir nicht ignorieren können. Aber sie stellen die EG auch vor enorme politische Komplikationen.

Und da Sie schon den Osten ins Gespräch gebracht haben, Emil« – der Belgier warf einen scharfen Blick auf Pfennig –, »Gorbatschow klopft schon ziemlich laut an die Tür unseres neuen Europas. Ja, er hat sogar seine Forderungen im Namen Europas gestellt!«

»Stimmt, Stropelaars. Aber ...«, versuchte Schenker sich zu verteidigen, doch Borliuth blieb hart.

»Diesmal kein Aber, alter Freund. Jeder hier hat Grund sich an Gorbatschows eigenes Europa zu erinnern. ›Ihr neues Europa wird unmöglich sein‹, hatte er die Stirn zu behaupten, ›ohne enge Bande zur Sowjetunion.‹ Und jeder hier hat Grund zur Annahme, dass Gorbatschow damit nicht nur eine enge Zusammenarbeit mit seiner neuen sowjetischen Föderation, sondern mit all ihren Bündnisstaaten in Osteuropa gemeint hat, die ohne ihre eigenen engen Bande zur Sowjetunion nicht überleben können. In praktischer Hinsicht kommt es nicht darauf an, dass Gorbatschow in Moskau zur Zeit selbst in den Seilen hängt. Denn in praktischer Hinsicht hat er zu uns über einen riesigen neuen Markt von über zweihundert Millionen Menschen gesprochen.

Was immer also mit Gorbatschow geschieht, seine Behauptung, dass es kein Europa ohne die UDSSR – oder die GUS oder wie immer sie am Ende heißen wird – geben kann, ist gleichermaßen eine Feststellung wie eine Drohung. Er hat die Gussform Europas geändert, ob er will oder nicht.«

Aber inzwischen hatte die Diskussion, die um Gibson Appleyard wogte, so heftige Züge angenommen und ein so entscheidendes Thema für die Zukunft der EG angeschnitten, dass einige andere Mitglieder des Besetzungsausschusses sich ihr anschlossen. Denn schlussendlich waren ihre Karrieren vom Wohlergehen dieser Institution abhängig.

»Stropelaars hat Recht, Pfennig.« Die neue Stimme gehörte zu Fernan de Marais aus Luxemburg. Seine Mitstreiter nannten ihn »den Grafen« aus dem einfachen Grund, dass er tatsächlich einer war. »Wir erinnern uns alle an die ersten Jahre. Nach der Gründung der EG war die Lage eine ganze Zeit lang sehr übersichtlich. Damals gehörten nur sechs Nationen dem europäischen Kernland an. Aber nun muss die EG Rücksicht auf die Wünsche der KSZE, der Nationen der Europäischen Freihandelszone, der Westeuropäischen Union, der G-7, der Brügge-Gruppe und etlicher anderer nehmen, deren Namen und Abkürzungen jeder von uns hier in einem Atemzug herunterbeten kann ...«

Als er sich die Ausführungen des Grafen über das haarige Thema des geopolitischen Wettbewerbs anhörte, überlegte Appleyard, dass das haarigste Thema die ernst zu nehmende Rivalität war, die sich zwischen der Europäischen Gemeinschaft auf der einen und der Konferenz für Sicherheit und Zusammenarbeit in Europa auf der anderen Seite herausgebildet hatte. Aus der Sicht »europäischer Europäer« – wie etwa Italiens Del

Iudice, des Belgiers Borliuth, des Portugiesen Dos Santos, der Französin Cresson und der Spanierin Dolores »Viva« Urrutia – konnte die KSZE mit der langen Ahnenreihe der EG nicht mithalten. In ihren Augen war die KSZE eine Missgeburt, die aus der Verbindung US-amerikanischer mit sowjetischen Interessen in Westeuropa gezeugt worden war.

Die geopolitische Stoßrichtung der KSZE war daher voraussagbar euro-atlantisch, voraussagbar an einer Politik orientiert, die Beziehungen zu den Vereinigten Staaten aufrechterhielt und pflegte. Und das bedeutete, dass die EG und die KSZE nicht dieselbe Blutgruppe hatten.

Es war eine schlichte Tatsache, dass die geopolitischen Entwicklungen die EG überrascht hatten, und jeder hier wusste das. Bei den stetigen Versuchen ein neues Europa zu errichten konnte niemand vorhersagen, welche von beiden Institutionen – die EG oder die KSZE – dominieren, welche tatsächlich die Regierung dieses neuen Europa stellen würde.

»Ich weiß nicht, wie Sie darüber denken, meine Freunde.« Marais sah jeden außer Appleyard nacheinander an und sprach aus, was alle dachten. »Aber diese seltsamen Umstände, die die plötzliche und alleinige Kandidatur dieses Amerikaners Paul Gladstone begleiten, erwecken bei mir den Eindruck, dass diese illustren Kommissare unserer EG ihre Ansichten nicht mehr den zwölf Mitgliedsstaaten anvertrauen ...«

»Der entscheidende Punkt ist«, warf der Ire Pierce Wall ein, »dass das Europa, das wir kennen, in dem wir zur Zeit leben, bereits ein Relikt ist. Wir müssen mit dem Europa Schritt halten, wie es bald sein wird – wie es gerade im Entstehen begriffen ist.«

Beinahe jeder in der Gruppe stimmte dem Iren mit einem Nikken zu. Aber Gibson Appleyard sah in allen Gesichtern Spuren des Bedauerns.

Kaum zehn Minuten blieben bis zur Eröffnung der morgendlichen Sitzung. Doch der Mann, der den Hammer schwingen sollte, der Engländer Herbert Featherstone-Haugh, war als einziger Delegierter noch nicht eingetroffen.

Das war schon merkwürdig, grübelte Gib. Featherstone-Haugh – in gut britischer Tradition wurde der Name Fan-Shaw ausgeprochen, also nannten ihn alle selbstverständlich »Fanny« – sondierte gern die Lage im Voraus, wenn eine wichtige Sitzung anstand. Die manchmal übertriebene Aktivität dieses verdienten Aristokraten und Parlamentariers im Vorfeld von Sitzungen hatte schon so manche EG-Initiative davor bewahrt, Schiffbruch zu erleiden. Gib konnte sich deshalb kaum etwas vorstellen, was wichtig genug wäre um ihn von seiner heutigen Aufgabe abzuhalten.

Als wolle er Appleyards Neugier zuvorkommen, platzte Featherstone-Haugh in eben diesem Augenblick in den Konferenzraum, einen mit Papieren vollgestopften Lederordner an die Brust gedrückt und einen Ausdruck offensichtlicher Anspannung im Gesicht. Er grüßte verschiedene Delegierte auf dem Weg zu dem langen Konferenztisch und hielt kurz inne um ein paar Worte mit dem Dänen Henrik Borcht zu wechseln – »Ost«, wie er wegen des köstlichen Käses genannt wurde, den er stets von den Reisen in sein Heimatland mitbrachte. Und dann blieb er ein zweites Mal stehen um die reizbare Französin Nicole Cresson in ein etwas längeres Geplauder zu verwickeln.

Als die Wahlmänner und -frauen, die sich um Appleyard versammelt hatten, allmählich ihren Plätzen zustrebten, warf der Engländer dem Amerikaner einen flüchtigen, harten Blick zu. Gib starrte ihn an ohne zu blinzeln, und nickte, als hätten sie zu einer unausgesprochenen Übereinkunft gefunden.

»Commander Appleyard!« Der erste der beiden Nachzügler, die in Fannys Kielwasser den Konferenzraum betreten hatten, kam mit zum Gruß ausgestreckter Hand auf Gib zu. »Serjoscha Gafin«, stellte sich der Russe mit einem breiten Lächeln auf vollen Lippen vor.

»Ja.« Appleyard schüttelte dem jungen Gafin kräftig die Hand. »Ich erinnere mich an unser interessantes Gespräch während der Sitzungspause ins Straßburg.«

Gafin zwinkerte mit den Augen. »Gespräche sind immer farbiger, wenn sie von so wundervollem *Foie gras* und Wein begleitet werden.«

Gafins Begleiter unterbrach das Gespräch mit einer Verbeugung und knallte, ganz Preuße, die Hacken zusammen. Der glänzende Kahlkopf und der straffe Torso ließen keine Missverständnisse zu. Trotzdem stellte sich der zweite Mann vor. »Otto Sekuler, Herr Appleyard. Außerordentlicher Delegierter der Konferenz für Sicherheit und Zusammenarbeit in Europa.«

Als er in die starren schwarzen Augen hinter der stahlgefassten Brille blickte, war Gib versucht Sekulers Begrüßung zu parodieren, indem er seinerseits die Hacken`zusammenschlug. Doch er beherrschte sich und antwortete mit einem schlichten: »Herr Sekuler.«

Featherstone-Haugh rief die Sitzung bereits zur Ordnung und so begaben sich Appleyard, Gafin und Sekuler zu den Stühlen, die für sie bereitstanden. Weil sie nicht stimmberechtigt waren – oder vielleicht auch, weil es Wahlberechtigte gab, die Einflüsse der euro-atlantischen Positionen zu vermeiden suchten, die sie repräsentierten –, saßen die drei Besucher einige Meter abseits vom Konferenztisch an der Wand. Bevor Fanny sich dem ersten Punkt der Tagesordnung zuwenden konnte, brachte der schöne Italiener Corrado Del Iudice eine Beschwerde vor. Warum hatte das Ausschussmandat eine so plötzliche und drastische Änderung erfahren? Warum gab es nur einen Kandidaten? Und schließlich, wer steckte überhaupt hinter diesem Paul Gladstone?

»Auf all das werden wir noch beizeiten zu sprechen kommen, mein lieber Kollege.« Fanny rief den unwilligen Del Iudice mit einigen energischen Hammerschlägen zur Ordnung. »Aber wir sollten unsere gute Kinderstube nicht vergessen.«

»N'est-ce pas!«

Nicole Cressons bühnenreifes Flüstern ließ den Vorsitzenden die Stirn runzeln.

»Wie es die Statuten vorschreiben, sind heute einige außerordentliche Delegierte bei uns. Alle nehmen auf Veranlassung ihrer jeweiligen Heimatbüros teil. Und, wie ich hinzufügen darf, auf Veranlassung unserer geschätzten Kommissare persönlich. Wir freuen uns alle Commander Gibson Appleyard aus Washington wieder bei uns begrüßen zu dürfen. Ich bin mir sicher ...«

»N'est-ce pas!«

Ein weiteres Stirnrunzeln in Richtung Vinaigre; aber der Vorsitzende war entschlossen keine Unterbrechung zu dulden. »Lassen Sie uns unsere beiden neuen Gäste begrüßen. Möchten Sie sich bitte vorstellen, meine Herren?«

Der Russe war der Erste, der sich auf Fannys Aufforderung hin erhob. »Serjoscha Gafin. Sonderattaché für soziokulturelle Beziehungen mit der europäischen Gemeinschaft. Ich überbringe Ihnen Grüße von Präsident Michail Sergejewitsch Gorbatschow. Die Sowjetunion und ihre Bruderstaaten waren immer ein Teil Europas. Nun, da wir eine neue demokratische Föderation aller Russen errichten, halten wir es für an der Zeit, uns wieder auf unsere tiefe, uns angeborene europäische Natur zu besinnen.«

Als Gafin wieder Platz nahm, war es diesmal Jan Borliuth aus Belgien, der ein derbes *»N'est-ce pas!«* von sich gab. Dann warf er Appleyard einen scharfen Blick zu, als betrachte er Gafin als einen lebenden Beweis für die Bedrohung, die Gorbatschow darstellte.

Mit einem weiteren kurzen Klopfen wandte Fanny sich Sekuler zu.

»Otto Sekuler!« Der deutsche Besucher stand seinerseits auf und knallte noch einmal die Hacken zusammen. »Sonderdelegierter der KSZE, zu Ihren Diensten!«

Aus Appleyards Sicht schienen sich die Wahlmänner und -frauen irgendwo in einem seltsamen Niemandsland zwischen milder Belustigung über den leibhaftigen Anblick eines alten Preußen und scharfer Ablehnung gegen Sekulers Beziehung zur konkurrierenden KSZE zu bewegen.

»Sehr gut.« Fanny richtete sich in seinem Stuhl auf. »Noch eins, bevor wir unsere verantwortungsvolle Aufgabe in Angriff nehmen. Seit unserer letzten Sitzung sind die extraterritorialen Empfehlungen eingetroffen. Aus der Republik China. Und aus dem Sekretariat der Arabischen Liga. Hat jemand etwas dazu anzumerken?«

Schweigen.

»Gut.« Featherstone-Hugh begann die Papiere in seinem Lederkoffer zu durchwühlen. »Aber wir haben zwei weitere interessante Briefe erhalten. Das war auch der Grund, warum ich mich heute Morgen verspätet habe ... Ah! Da sind sie ja!« Der Vorsitzende hielt zwei Umschläge hoch und drehte sie so, dass jeder sie sehen konnte.

Selbst aus der Ferne erkannten alle den karminroten Stempel mit der päpstlichen Tiara und den Schlüsseln in der linken oberen Ecke beider Umschläge und ebenso deutlich erkannten sie den subtilen Unterschied zwischen beiden. Den ersten hatten sie hunderte Male auf förmlichen Einladungskarten, Umschlägen und Dokumenten gesehen und kannten ihn als Zeichen des Heiligen Stuhls. Der zweite allerdings war eine Variante dieses Stempels, die nur die persönliche Korrespondenz des Heiligen Vaters zierte.

Gibson Appleyard war ebenso überrascht wie alle anderen, dass der Vatikan diesem Gremium nicht ein, sondern zwei Empfehlungsschreiben geschickt hatte. Doch im Moment – jedenfalls bis er gehört hatte, was in diesen Briefen stand – interessierten ihn zuallererst die Reaktionen der Anwesenden. Er hörte den einen oder anderen erstaunt durchatmen. Otto Sekuler erstarrte sichtlich auf seinem Stuhl und ballte die Hände zu Fäusten. Serjoscha Gafin bewahrte dagegen seine undurchsichtige Miene.

Featherstone-Haugh zog zunächst ein einzelnes Blatt aus dem Umschlag mit dem persönlichen Papstsiegel. »Nun, natürlich.« Der Vorsitzende hielt es für ausreichend, einen Großteil des Inhalts zusammenzufassen. »Natürlich empfiehlt der Heilige Vater, dessen humanitäre und religiöse Größe wir alle schätzen und bewundern, dass wir uns für einen Kandidaten entscheiden, der am besten geeignet ist den Ministern und Kommissaren bei ihrer herkulischen Aufgabe beizustehen unser altes Europa als unsere gemeinsame Heimat neu zu gestalten ...« Fanny überflog mit Blicken die Seite und las einige Brocken wörtlich vor. »›Stets eingedenk der langen christlichen Geschichte Europas und inspiriert von der sicheren Aussicht auf Wohlstand und Heil, die nur der Erlöser der Menschheit garantieren kann ...‹«

Featherstone-Haughs Brauen begannen auf und ab zu hüpfen, doch er fuhr tapfer fort. »Der Heilige Vater sagt, dass ihm ›das Herz' blute für das arme, arme Europa, das zunehmend von seinem Erbe und seiner festgelegten Bestimmung entfremdet wird, während seine edle Tradition sich in etwas verwandelt, das ...‹ Er warnt uns und den neuen Generalsekretär, den Ministerrat und die Kommissare vor den überhand nehmenden Gefahren des Materialimus und des Hedonismus. Danach endet sein Brief mit folgenden Worten: ›Europa muss eine Zukunft der Einheit zum Nutzen der ganzen menschlichen Familie suchen, indem es zu seinen christlichen Wurzeln zurückkehrt.‹ Und natürlich« – Fanny faltete das päpstliche Dokument bereits wieder zusammen – »erteilt der Heilige Vater gern und mit Freuden diesem Gremium seinen apostolischen Segen *et cetera* und so weiter.«

Der Holländer Robert Albers' unterbrach das momentane Schweigen unter den Delegierten. Er sei normalerweise ein geduldiger Mensch, brummte er. Aber er sehe keinen Grund, warum die Wahlmänner und -frauen eine Einmischung des Papstes in die Arbeit der EG dulden sollten.

Appleyard nahm Albers' Einwand und auch den der anderen Wahlberechtigten, die seiner Entrüstung mit einem Klopfen auf den Tisch oder einem obligatorischen »Hört, hört!« beipflichteten, zur Kenntnis. Gib dagegen beunruhigte ein einziger Absatz in dem ansonsten vorhersehbaren Brief des Pontifex. Der Abschnitt, in dem es um das »arme, arme Europa« ging. Hatte Appleyard selbst sich nicht vor kurzer Zeit genauso geäußert? Ganz offensichtlich hatte die allgemeine Euphorie über das neue Europa diesen Papst nicht angesteckt, ebenso wenig wie Gib. Das wies den Pontifex als einen unabhängigen Denker aus – als einen Mann, der sich seine eigenen Meinungen bildete.

Doch wie weit reichten die Bedenken des Papstes? Teilte der Heilige Vater Appleyards Ansicht, dass Europa zum Spielball geworden war? Hatte das Denken des Papstes überhaupt eine realistische geopolitische Grundlage? Oder interpretierte Gib zu viel in diese kurze Passage hinein? Wie lautete doch diese andere Phrase, die Fanny vorgelesen hatte? Etwas in der Art, dass Europa zu seinen christlichen Wurzeln zurückkehren solle. Blutete das Herz des Papstes vielleicht nur aus Sehnsucht nach früherem Ruhm? Das waren die Fragen, die Appleyard gern einmal mit dem Heiligen Vater erörtert hätte, wenn er je die Gelegenheit dazu bekäme. Aber zumindest gab es jetzt einen Grund dem polnischen Papst verstärktes Interesse zu widmen.

An dieser Stelle wurde Appleyard von Featherstone-Haughs Stimme aus seinen Grübeleien gerissen, der seine Kollegen darüber informierte, dass die beiden Dokumente aus dem Vatikan in allen Einzelheiten miteinander übereinstimmten. »Mit der Ausnahme ...« Fanny zog den zweiten Brief aus seinem festen Papierumschlag. »Mit der Ausnahme, dass dieser zweite Brief, der angeblich aus dem Staatssekretariat stammt, die Unterschrift des Kardinalstaatssekretärs, Seiner Eminenz Cosimo Maestroianni, trägt. Außerdem enthält er einen zusätzlichen Absatz, den ich vollständig vorlesen möchte ...

›Der Ministerrat und die Kommissare der großen Europäischen Gemeinschaft müssen dahin kommen, dass sie ihre Mitgliedsstaaten in die Lage versetzen können sich dem großen Weg der Geschichte nicht nur in Europa, sondern auf allen Kontinenten der Welt anzuschließen. Daher ist der Heilige Stuhl nach gründlicher Kenntnisnahme der Referenzen und Einschätzung der Perspektiven des neuen Kandidaten für den Posten des Generalsekretärs beim Ministerrat – Referenzen und dokumentarische Belege, die der Rat dem Heiligen Stuhl freundlicherweise zur Information vorgelegt hat – zu dem Schluss gekommen, dass Herr Paul Thomas Gladstone bewundernswerte Voraussetzungen für den Posten mitbringt, der in einem für die Europäische Gemeinschaft so kritischen Moment vakant geworden ist. Der Heilige Stuhl empfiehlt aus ganzem Herzen diesen Kandidaten, überlässt die Entscheidung aber selbstverständlich dem besten Wissen und Gewissen der ernannten Wahlmänner und -frauen.«

In der Stille, die der Lesung dieses Abschnitts folgte, war eine ganz eigentümliche Spannung spürbar, die Spannung geopolitischer Interessen. Die Delegierten hatten natürlich die Gerüchte über eine Spaltung in der vatikanischen Hierarchie gehört. Aber sie waren noch nie mit einer so offenen und eklatanten Opposition gegen den Heiligen Vater auf höchster Ebene seiner Administration konfrontiert worden.

Es gab keinen Zweifel, dass die Geringschätzung und Respektlosigkeit, die der Holländer Robert Albers eben noch gegenüber dem Vatikan zum Ausdruck gebracht hatte, mit Meinungsverschiedenheiten in grundsätzlichen Fragen zu tun hatte. Aber sie hatten nichts mit jener rohen und entschieden weltlichen Macht zu tun, die der Heilige Stuhl noch innehatte, wenn er sie auch nicht immer ausübte. In dieser Hinsicht sollte man das Papstbüro ernstlich im Auge behalten. Für die Gruppe, die diese Ansicht vertrat, warf Maestroiannis Brief ein Licht auf interne Zustände in den obersten Dienststrängen des Vatikans. Auf dieser Ebene – was immer auch hinter seinem Einsatz für Gladstones Ernennung stecken mochte – war die Tatsache, dass der Kardinal einen Brief geschickt hatte, der über den Inhalt des Papstbriefes hinausging, so viel sagend, weil sie von einem Schisma im eigenen Hause zeugte. Sehr entlarvend; und sehr ermutigend.

Appleyard war nach eigenem Abwägen weder überrascht noch erfreut über Kardinal Maestroiannis Brief. Genauso wenig, nahm er an, wie Serjoscha Gafin und Otto Sekuler. Jene Sitzung, an der sie letzten Mai in Straßburg teilgenommen hatten, war eine lebhafte Demonstration der Auseinandersetzung gewesen, die im Vatikan tobte. Appleyard hatte nicht nur erfahren, wie weit Seine Eminenz bereits gegangen war im Namen der Einheit konzertierte Aktionen gegen den Papst zu organisieren. Er hatte außerdem feststellen können, wie eng Maestroianni mit Cyrus Benthoek verbündet war. Und Gib hatte auch nicht vergessen, dass Benthoeks überschwängliche Empfehlung Teil von Paul Gladstones offiziellem Dossier war. Wie war das noch einmal mit den Rädchen, die ineinander greifen?

»Herr Vorsitzender!« Der Deutsche Emil Schenker stand auf um den vatikanischen Standpunkt zu verteidigen. Zunächst einmal, betonte Pfennig ein wenig legalistisch, verfügte der Heilige Stuhl als ein souveräner Staat in Europa über das formale Recht diesem Ausschuss seine Empfehlungen vorzulegen oder, falls gewünscht, seine eigenen außerordenlichen Delegierten zu entsenden. Aber weit wichtiger waren aus Schenkers Sicht die beiden Mahnungen, die diese Briefe enthielten. »Worin sie sich auch unterscheiden mögen, der Papst erinnert uns an die lange europäische Geschichte. Und der Staatssekretär erinnert uns daran, dass die EG, ob es ihr gefällt oder nicht, imstande sein muss mit und auf allen Kontinenten der Erde effektiv zu handeln ...«

»Wäre mein geschätzter Kollege aus Deutschland bitte so freundlich ...?«

Mit einem Nicken überließ Pfennig dem Italiener Il Bello das Wort.

»Über eine breitere Akzeptanz des neuen Europa zu reden ist schön und gut.« Del Iudice sprach mit offenkundiger Erregung. »Aber ich mache mir immer noch sehr viel mehr Gedanken über die Fragen, die ich zu Beginn dieser Sitzung gestellt habe. Alle Kandidaten, die wir so sorgfältig unter die Lupen nehmen konnten, haben aus unerfindlichen Gründen ihre Bewerbung zurückgezogen. Mit einem Mal steht nur noch dieser Paul Gladstone als möglicher neuer Generalsekretär zur Verfügung. Wenn Sie mich fragen, ist diese ganze Wahlprozedur geschoben.«

»Nein, nein, mein lieber Corrado.« Das kam aus dem Munde Featherstone-Haughs fast schon einer offenen Konfrontation gleich. »Nein, überhaupt nicht. Die Kommissare haben uns einfach nur einen einstimmig verabschiedeten Wahlvorschlag zur Prüfung vorgelegt. Die Entscheidung liegt bei uns, mein Junge.«

»Nun denn.« Der Italiener hielt es für sinnvoll, Fanny die Stirn zu bieten. »Können wir unsere Entscheidung wenigstens vertagen?«

Zum zweiten Mal an diesem Morgen war von den verschiedenen Wahlmännern und -frauen eine deutliches Aufstöhnen zu hören. Aber es lag an Fanny, ihre Reaktion in Worte zu fassen.

»Mein lieber Del Iudice.« Er wirkte nun wie die Nachsicht in Person. »Wir stehen vor folgender Schwierigkeit. Falls wir der Fürsprache der Kommissare für Paul Gladstone nicht entsprechen wollen *und* falls wir keine vernünftigen Gründe für eine solche Ablehnung anführen können, die auf Gladstones moralischen oder beruflichen Qualifikationen basieren, *und* falls wir unsere Entscheidung über den Termin in dieser Woche hinauszögern« – Fanny warf allen Anwesenden im Allgemeinen und Del Iudice im Besonderen einen langen, warnenden Blick zu – »dann können die Kommissare gemäß dem EG-Recht die Entscheidung an unserer Stelle fällen.«

Featherstone hatte alles Wesentliche gesagt. Schließlich hing das Vertrauen, das jeder Angehörige dieses Gremiums allen anderen entgegenbrachte, von ihrem gemeinsamen und allgemein anerkannten Status als Architekten hinter den Kulissen ab, als Funktionäre und Berufskollegen in der wuchernden Bürokratie ihres neuen Europa. Sie kannten nicht nur die komplexen Wechselbeziehungen und Rivalitäten unter den verschiedenen Gliedern der EG-Organisation, dem Ministerrat, der Kommission und dem europäischen Parlament selbst, sie waren selbst Teil davon.

Angesichts solcher Rivalitäten – und im Hinblick darauf, dass sie in Zukunft in anderen Ausschüssen sitzen wollten – würden diese Wahlmänner und -frauen wohl kaum einen gefährlichen Präzedenzfall schaffen und zulassen, dass ihre heutige Wahlentscheidung in die Hände der Kommissare überging. Verglichen mit einem möglichen Machtverlust innerhalb der EG waren alle anderen Unannehmlichkeiten – selbst die Beförderung eines Amerikaners auf den Posten des Generalsekretärs – von untergeordneter Bedeutung.

Fanny lächelte Corrado Del Iudice an, dann in die Runde seiner Kollegen und warf schließlich einen Blick auf seine Armbanduhr. »Sollen wir dann eine inoffizielle Abstimmung durchführen nur um zu wissen, wie die Dinge stehen? Wie ich sehe, sind wir schon spät dran. Ich schlage vor, wir schenken uns die schriftliche Abstimmung und geben unsere Stimme per Handzeichen ab.« Jeder hätte das Ergebnis der ersten und inoffiziellen Sondierung der Stimmung voraussagen können. Fünf Stimmen zugunsten Gladstones, alle aus den Reihen der euro-atlantischen Ausschussmitglieder – Holland, Deutschland, Dänemark, Luxemburg und Irland. Zusammen mit Fannys Stimme in Vertretung Englands ergaben das sechs Befürworter.

Wie erwartet stammten die Gegenstimmen durchweg von Eurozentristen – Vinaigre aus Frankreich, Stropelaars aus Belgien, Il Bello aus Italien, Viva aus Spanien, Capelão aus Portugal und Eugenia Louverdos aus Griechenland.

Fanny seufzte. In gewisser Weise entsprach die Spaltung, die diese provisorische Abstimmung zum Vorschein brachte, einer Spaltung, die mitten durch die so genannte EG ging. Norden gegen Süden, Euro-Atlantiker gegen Eurozentristen. Die offenkundig verfahrene Lage erübrigte jeden Kommentar außer einem leichten Schulterzucken von Featherstone-Haugh. »Gibt es vielleicht eine gut eurozentrische Stimme hören, die sich für Mr. Gladstones Kandidatur ausspricht?«

»Noch eine inoffizielle Abstimmung, Fanny?« Diese praktische Frage kam von dem Iren Pierce Wall.

»Nein, Paddy. Ich brauche eine Entscheidung.«

»Ich schlage Mr. Paul Thomas Gladstone vor.« Zur völligen Verblüffung aller kam diese Nominierung von Nicole Cresson, deren lautstarke Empörung über den bloßen Gedanken einen Amerikaner zum Generalsekretär zu wählen noch vor wenigen Minuten den ganzen Konferenzsaal ausgefüllt hatte.

»Ich schließe mich an.« Obwohl der Däne Borcht ein bekennender Euro-Atlantiker war, zog er eine Grimasse, als habe er in eine Zitrone gebissen.

Hätte Gibson Appleyard einen Hut getragen, dann hätte er ihn jetzt vor Bewunderung über Fannys parlamentarische Darbietung an diesem Morgen gezogen. »Also, was ist denn?«, fragte der Engländer theatralisch. »Ich will Ihre Hände sehen. Jetzt fürs Protokoll bitte.« Während alle noch die Hände in die Luft hielten – bevor jemand seine Meinung ändern oder rechtliche Einwände erheben, bevor auch nur jemand *n'est-ce pas* sagen konnte –, beeilte Fanny sich die Abstimmung zu beenden. »Ich stelle hiermit fest, dass Mr. Gladstones Kandidatur einstimmig angenommen ist.« Mit einem weiteren Hammerschlag erklärte Featherstone-Haugh die letzte Sitzung dieses Gremiums für geschlossen.

Gib Appleyard hatte seine Trittstufen und Haltegriffe gefunden, ganz wie er es Admiral Vance versprochen hatte. Und er würde sie geschickt nutzen. Nachdem er seine Mission erfolgreich beendet hatte, blieb er noch eine Weile um diesem oder jenem Kollegen die Hand zu schütteln, als sie wieder lockere Gruppen bildeten oder aufbrachen. Wie Featherstone-Haugh litt Appleyard selbst unter einer inneren Spaltung. Und das Wort des Papstes vom »armen, armen Europa« hatte diese Spaltung offenkundig gemacht.

Gib erinnerte sich an seine Geschichte. Und deshalb beschäftigten diese drei Worte – »armes, armes Europa« – seine Gedanken noch immer wie ein Rätsel, für das er keine Lösung wusste. Oder vielleicht eher wie ein Klagelied, das aus unerwarteter Richtung ertönte.

Als mystischer Rosenkreuzer, der er im Grunde seines Herzens war, hatte Gib Appleyard nichts übrig für ein mächtiges Papsttum und wünschte es sich gewiss nicht zurück. Aber als leidenschaftsloser Vollzugsbeamter des präsidialen Zehnerkommitees wünschte er Antworten auf die Fragen nach dem Geisteszustand des Papstes, den diese drei Worte aufgeworfen hatten. Es war keinesfalls nur eine Frage bloßer Neugier. Der Heilige Stuhl hatte Zugriff auf Kenntnisse, für die jede Nation ein Drittel ihres Vermögens hergegeben hätte. Und ob sein Haus nun gespalten war oder nicht, dieser Papst hatte sich fähig gezeigt seine Kenntnisse in geopolitischen Schachzügen der höchsten Kategorie auszuspielen.

Allein diese Tatsachen – diese Tatsachen und Thomas Jeffersons berühmte Warnung, dass jeder, der davon träumt, einfältig und frei zu sein, von etwas träumt, das es nie gab und nie geben wird – ließen erwarten, dass Appleyard noch lange darüber nachgrübeln würde, welche Kenntnisse sich hinter dem elegischen Abgesang des Papstes auf das »arme, arme Europa« verbergen mochten.

XXIV

»DECKEL! ... Deckel! ... Deckel!«

Mit halb geschlossenen Augen wandte Paul Thomas Gladstone den Kopf in die Richtung, aus der das aufgeregte Geschrei kam, und er lächelte vor schierer Freude. Sein Sohn tanzte fröhlich herum und schrie so ausgelassen, wie es nur ein Fünfjähriger kann, als sein Name von den Ruinen O'Connor Castles widerhallte, dessen Festungsmauern sich etwa vierzig Meter vom Ufer aus dem Shannon River erhoben.

Als Paul an diesem dritten Montag des Septembers am Flussufer lag – am Rand seines abgelegenen Privatgruodstücks rund um Liselton Manor im Südwesten der irischen Grafschaft Kerry, dem westlichsten Zipfel Europas an der Atlantikküste – hatte er nicht die leisesten Zweifel, dass das Leben – das Leben, wie er es mochte – für ihn jetzt erst begann. Declans fröhliches Geschrei in den Ohren, in der warmen Umarmung der frühen Nachmittagssonne und in dem Wissen, dass seine Frau Yusai im Herrenhaus gespannt auf das Fax wartete, das über ihre Zukunft entscheiden würde, war es Paul Gladstone, als sei das Füllhorn des Lebens bis zum Rand mit Freude gefüllt.

»Deckel! ... Deckel!« Declan vollführte die erstaunlichsten Luftsprünge, als das Schloss seinen Namen mit einer Stimme zurückwarf, die auf wundersame Weise wie seine eigene klang. Natürlich kannte er seinen richtigen Namen; und er wusste, dass man ihn nach Großvater Declan getauft hatte. Aber für ein Kleinkind wie ihn war »Deckel« so viel leichter auszusprechen, dass das Wort zu seinem Spitznamen geworden war.

Paul hob den Kopf und sah, dass sich sein Sohn weit über das Flussufer hinausbeugte. »Declan!« Gladstone sprang auf und stand mit ein paar Riesenschritten hinter ihm. »Was ist los? Habe ich dir nicht gesagt, dass du dich nicht übers Wasser beugen sollst?« Er schloss den Jungen in die Arme. »Wird Zeit, dass wir wieder ins Haus gehen, Sohnemann.«

»Da war ein Fisch, Vater«, protestierte Deckel. »Ein grüner Fisch. Er hat mich angeguckt!«

»Er hat dich nicht angesehen, mein Sohn.« Trotzdem zitterte Paul unwillkürlich, als er sich an einen in der Gegend verbreiteten Aberglauben erinnerte, wonach ein Fisch, der jemanden anschaut, nur bedeuteten könne, dass einer sich bald zu ihm gesellen werde. »Fische schlafen in der Sonne mit offenen Augen.«

»Aber Vater!« Declan bewies, dass er etwas von der Dickköpfigkeit seines Vaters geerbt hatte, indem er ein zweites Mal protestierte. »Als ich mich bewegte, hat der Fisch mit dem Schwanz gewedelt.«

Paul zauste dem Jungen das schwarze Haar und drückte ihn an sich. »Kleine Fische tun das um an einer Stelle zu bleiben. Wenn nicht, würde das Wasser, das zum Meer fließt, sie von dort wegtragen, wo sie schlafen wollen. Verstehst du?« Er drehte Declan so, dass er aus seiner sicheren Umarmung in den Shannon blikken konnte. »Diese flachen Steine da werden in der Sonne warm und die kleinen Firsche schlafen gern an einem warmen Ort.«

Das galt wohl auch für kleine Jungen. Paul spürte bereits, wie Deckel sich entspannte, als er sein Gesicht an die Schulter seines Vaters lehnen konnte. Paul wandte sich um und ging zum Herrenhaus hinauf. Als er die Carraig Road erreichte, erblickte er Yusai, die gerade die steile Auffahrt entlangeilte und mit einer Hand voll Papier winkte. Auf ihrem Gesicht lag dieselbe freudige Erregung wie in Declans Stimme, als er dem Schloss im Shannon seinen Namen entgegengerufen hatte.

»Paul! Liebling!«, rief Yusai in ihrem wohlklingenden Englisch. »Sie verlangen schon nach dir! Die Bonzen aus Brüssel! Sie wollen, dass du in der vierten Woche dieses Monats dort erscheinst!« Jetzt, als sie ihm näher war, versetzte der seltsame Ausdruck in Pauls Gesicht Yusai einen plötzlichen Schreck. Stimmte etwas nicht? War dem kleinen Deckel vielleicht etwas passiert?

»Alles in Ordnung, Liebling.« Paul warf einen Seitenblick auf seinen Sohn. »Nur etwas erschöpft nach all der Sonne und Aufregung, nehme ich an. Er konnte nicht aufhören, sich mit Mr. Echo zu unterhalten!«

»Hier.« Mit offensichtlicher Erleichterung übergab Yusai ihrem Mann das Fax und streckte die Arme nach ihrem Sohn aus. »Gib mir meinen müden kleinen Jungen.«

Deckel schlug ziemlich schläfrig die Augen auf. »Ich habe einen Fisch gesehen, Mami ...« Mit kindlichem Ernst schaute er zum Fluss zurück.

Pauls Furcht erfasste ihr eigenes Herz. »Was ist da unten passiert, Paul?«

»Überhaupt nichts.« Wieder ganz bei sich überflog Paul bereits das Fax, das seine Frau in solche Aufregung versetzt hatte. »Na also! Jetzt werden wir die Gladstones von Brüssel! Und hast du das gesehen? Die Nachricht ist von Cyrus Benthoek persönlich unterzeichnet.« Paul war außer sich vor Begeisterung. »Der Bonze aller Bonzen! Höher geht's gar nicht mehr!«

»Kommen kleine Fische in den Himmel, Mami? Mag der liebe Gott sie auch?«

Yusai zog die Decke über ihren schläfrigen Jungen. »Natürlich, mein Kleiner. Natürlich mag er sie.«

»Genau derselbe Himmel, wo die Engel und der kleine Hänfling sind?« Der kleine Hänfling, Deckels Kanarienvogel, war im letzten Winter gestorben.

»Ja, Liebling. Genau derselbe.« Yusai sprach langsam und beruhigend, doch ohne sonderliche Überzeugung. Sie hätte genauso gut ein Schlaflied singen können. »Alle Engel Gottes passen auf die kleinen Fische und Vögel auf ...«

Yusais Stimme verstummte. Erschöpft von seinen heutigen Abenteuern war Declan schon fast eingeschlafen. Sie streichelte dem Kind, das seinem Vater so ähnlich war, noch einmal sanft und liebevoll über die Wangen.

Yusai musste lächeln. Aus Liebe zu ihrem Mann hatte sie sich seiner Entscheidung gefügt, dass ihr Kind in katholischem Glauben und Gebet erzogen werden sollte. Deshalb kannte sie zumindest Bruchstücke des katholischen Katechismus; und deshalb konnte sie Deckels Fragen über Gott und kleine Fische beantworten. Sie selbst aber blieb das Kind konfuzianischer Kultur und Weltanschauung, einmal abgesehen von jenen so bildhaften aber unsichtbaren Kräften, die noch immer das Denken einfacher Chinesen bestimmte.

Yusai Kiang hatte schon Mitte der Achtzigerjahre ein Auge auf Paul Thomas Gladstone geworfen. Als fünfundzwanzigjährige graduierte Studentin an der Pariser Sorbonne war sie Gast der belgischen Regierung bei einer internationalen Konferenz über chinesisch-europäische Beziehungen in Brüssel gewesen. Sie hatte sich fast auf den ersten Blick in ihn verliebt. Er war ihr wie eine Art Gott in Menschengestalt vorgekommen oder, wie sie ihm in einem späteren zärtlichen Moment gestand, wie einer jener »Himmelsboten« in der traditionellen chinesischen Mythologie, von denen man sagte, sie stiegen zu den Sterblichen herab, um ihre Mühsal zu teilen und ihnen Glück zu bringen.

Jedenfalls hatte die Zeit nicht einmal ihren romantischen ersten Eindruck von Paul trüben können. Das Mandarin-Chinesisch, das er in Peking gelernt hatte, ging ihm so glatt, verständlich und fehlerlos über die Lippen wie sein Französisch. Sie amüsierte sich über die Spur texanischen Akzents, die sein Ostküsten-Englisch färbte. Er betrachtete die Gemeinschaft der Nationen aus einem wahrhaft globalen Blickwinkel und sie sah in Paul eine Dimension, die ganz ihrer eigenen Familientradition entsprach. Eine Dimension, welche man nur bei Menschen antraf, die seit Generationen einer aller menschlichen Existenz innewohnenden Not ihren anhaltenden Erfolg und Wohlstand entgegenstellten.

Yusai war außerstande sich von dem Fenster vor Declans Zimmer abzuwenden. Es war, als sei sie wie verzaubert von der Verwundbarkeit, die Paul heute für einen kurzen Augenblick gezeigt hatte. Und es war, als habe diese Verwundbarkeit etwas mit den Geheimnissen dieses isolierten Zufluchtsorts zu tun. Es war dumm, einfach hier zu sitzen, sagte sie sich, als könne sie urplötzlich die Dinge in einem neuen Licht sehen, sie begreifen und sich ihnen stellen. Mit einem weiteren Blick über die Carraig Road und die Flussmündung beschloss Yusai sich mit diesem unbehaglichen Gefühl abzufinden. Es geschah ja nicht zum ersten Mal und es würde wohl auch kaum das letzte Mal sein.

Paul ging in sein Arbeitszimmer im hinteren Teil des Hauses. Cyrus Benthoek hatte darauf bestanden, dass Gladstone sich direkt bei ihm in London melden würde, bevor er zu seinem neuen Posten als Generalsekretär – und zu seinem neuen Leben – nach Brüssel abreiste.

Während er seine Antwort aufsetzte, hatte er Deckels Begegnung mit dem »grünen Fisch« schon fast vergessen. Stattdessen überlegte er, zu Recht mit sich zufrieden, wie weit er in so kurzer Zeit mit seiner geplanten Karriere vorangekommen war. Und als er an sein bevorstehendes Zusammentreffen mit dem unverwüstlichen Cyrus Benthoek dachte, ging ihm auch durch den Kopf, mit welcher Sorgfalt der alte Knabe ihn von Anfang an auf einen politisch korrekten und ideologisch sauberen Lebensweg in einer transnationalen Welt dirigiert hatte. Natürlich hatte Paul damals auf solche Anleitung nicht viel Wert gelegt. Genauso wenig übrigens wie heute.

Nachdem er seine Antwort an Cyrus Benthoeks Büro in London gefaxt hatte, war Paul reif für eine Dusche und freute sich auf einen Drink mit Yusai vor dem Abendessen. Der erste Schauer warmen Wassers auf seinem Körper erinnerte ihn wieder daran, wie gefährlich weit sich Deckel über diesen flachen Felsen im Shannon hinausgebeugt hatte um seinen »grünen Fisch« zu untersuchen. Unsinn, entschied er, und spülte sich die Seife ab, als könne er so den Vorfall den Abfluss hinunterspülen. Yusai hatte die richtige Einstellung zu solchen Dingen, sagte er sich. Ihre konfuzianische Weltanschauung – ihre Vorstellung von Ordnung und Ruhe, ihre entschiedene Ablehnung von Rätseln und Aberglauben –, das war es, was er an ihr schätzte.

Natürlich schätzte er mehr als nur das. Sie hatte ihn immer fasziniert. Yusai hatte jedes Stereotyp über chinesische Frauen infrage gestellt, das Paul noch mit sich herumgeschleppt haben mochte. Sie war eleganter und geschliffener als alle jungen Frauen, die er vor ihr kennen gelernt hatte. Sie war außerordentlich gebildet, sprach drei westliche Sprachen ebenso flüssig wie Japanisch, Russisch und natürlich ihre Muttersprache Mandarin. Sie schien keinerlei Vorurteile zu hegen und sich doch den meisten überlegen zu fühlen und dies auch zu sein. Und wie Cessi und Tricia war Yusai alles Geschmacklose und Kitschige ein Gräuel.

Als Paul Yusai kennen lernte, war die transnationale Idee und Lebensweise bereits zu seinem höchsten Ideal geworden. Für Paul war Yusai deshalb nicht einfach nur elegant und geschliffen, schön, witzig und wundervoll provokativ. Im buchständlichen Sinne war sein Traum in Fleisch und Blut in sein Leben spaziert. Yusai war sein Ideal.

Das galt aber nicht für andere – insbesondere nicht für Cessi. Die schreckliche Szene in Windswept House, als Paul nach Hause geflogen war um seine Mutter über die geplante Hochzeit zu unterrichten, hatte ihm dies schmerzhaft klargemacht. Überraschenderweise hatten auch einige enge Kollegen Pauls Bedenken gegen Yusai Kiang als die zukünftige Mrs. Paul Gladstone gehabt. Besonders ein Seniorpartner hatte rundheraus behauptet, dass die Kiangs wahrscheinlich »internationale Betrüger seien«. Wie sonst, hatte er gefragt, hätte der alte Kiang mit Mao Tsetung *und* mit Tschou En-lai *und* mit Deng Xiaoping auf gutem Fuße stehen können?

Cyrus Benthoek hatte sich aus den Auseinandersetzungen um Pauls geplante Heirat mit Yusai herausgehalten.

Aber Nicholas Clatterbuck, Benthoeks Verwaltungschef, hatte Gladstone seine Unterstützung zugesichert, und das war fast genauso wichtig. Wie jeder andere in der Firma hatte er Clatterbuck als eine Art Großvaterfigur in Tweed betrachtet. Aber niemand in der Firma hatte Zweifel an Cyrus Benthoeks Wertschätzung für Clatterbuck. Und niemand stellte seine Autorität infrage oder seine Fähigkeit jede Situation im Großen wie im Kleinen zu bewältigen. Und so hatte Paul auch auf seinen Wink hin und mit seinem stillen Einverständnis alle Partner der Firma noch vor der Hochzeit zu einem Essen eingeladen. An diesem Abend hatte Yusai sie bis zum letzten Mann mit ihrem Charme für sich gewinnen können.

»Guter Auftritt, Gladstone! Oder soll ich sagen, Herr Generalsekretär?«

Paul hatte kaum sein Eckbüro im dreiunddreißigsten Stock des Londoner Firmensitzes betreten, da stand auch schon Nicholas Clatterbuck vor ihm.

»Danke, Nicholas.« Paul nahm die Gratulation mit einem breiten Lächeln entgegen. »Ist Benthoek schon hier?« Es war kaum acht Uhr.

»Er ist bereits da und hat mich gebeten Sie persönlich zu ihm hinaufzubringen, wenn Sie eingetroffen sind.« Die beiden Männer begaben sich zum Privataufzug, der sie in Cyrus Benthoeks Penthouse-Büro bringen sollte. »Nachdem Sie mit Benthock alles besprochen haben, werden wir Sie ein paar Tage hier in London brauchen. Es gibt einiges zu erledigen. Danach werden Sie in erster Linie über Benthoek persönlich mit uns in Verbindung stehen. Er hat einen ausschließlichen Anspruch auf Sie, solange Sie für diese Europäerbande arbeiten.«

Die Aufzugtüren glitten im Penthouse-Geschoss lautlos auseinander. Cyrus Benthoeks Privatsekretärin steckte, als sie ihre Stimmen hörte, den Kopf in den Korridor und rief die beiden ins innere Heiligtum hinein.

In den zehn Jahren seit Pauls erstem Gespräch hatte sich in Benthoeks Büro nicht das Geringste geändert. Immer noch stand dort dieser riesige Schreibtisch mit seiner eigentümlichen Einlegearbeit, die das Großsiegel der Vereinigten Staaten darstellte. Wie immer lagen einige Stöße von Dokumenten sorgfältig auf der übergroßen Tischplatte aufgestapelt. Und immer noch überwachte das Porträt von Elihu Root die Szene wie ein Mahner, der nie alterte. Und vor allem hatte Cyrus Benthoek selbst sich nicht verändert. Er war immer noch groß und von aufrechter Haltung und der Blick seiner blauen Augen so unerschütterlich ruhig wie seine kräftigen Hände.

»Ich habe Sie kommen lassen, junger Mann ...« Von Benthoeck waren offenbar keine Gratulationen zu erwarten. »Ich habe Sie kommen lassen um Sie darüber zu unterrichten, dass Sie durch das Zusammentreffen einiger unerwarteter Umstände, auf die keiner Ihrer Vorgesetzten einen direkten Einfluss hatte, auf eine Position von außerordentlicher Bedeutung befördert worden sind. Und das erste wichtige Datum in Ihrem Terminkalender wird der zehnte Dezember sein.« Er fixierte Paul mit einem Blick wie eine Eule eine Maus. »Sie wissen Bescheid über die Sitzung in Maastricht, ja?«

»Nur das Wichtigste, Sir.« Wie jeder, der sich für transnationale Angelegenheiten interessierte, wusste Paul, dass die EG-Ratsminister sich am zehnten Dezember im holländischen Maastricht treffen würden um ihre Planungen für die endgültige politische und finanzielle Einigung der Staaten der Europäischen Gemeinschaft abzuschließen.

»Gut!« Benthoek lächelte seinen jungen Protegé gönnerhaft an. »Sie wissen also, was Sie nicht wissen. Und das ist aus meiner Sicht der erste Schritt zur Weisheit. In diesem kritischen Stadium – nachdem Sie sich mit Ihren Amtspflichten in Brüssel vertraut gemacht und ihre persönlichen Assistenten ernannt haben – besteht Ihre dringlichste Aufgabe zwischen dem heutigen Tag und dem zehnten Dezember darin, sich gründlich über jeden Einzelnen der zwölf Minister im Rat zu informieren. Und ebenso gründlich über die siebzehn EG-Kommissare.«

Benthoek stand hinter seinem Schreibtisch auf und stellte sich unter das Porträt Elihu Roots. »Ich kann gar nicht genug betonen, wie wichtig das ist, Mr. Gladstone. Sie müssen jeden Einzelnen dieser neunundzwanzig Männer individuell kennen lernen. Im Detail. Persönlich. Politisch. Finanziell. Lernen Sie sie kennen – ihre Bundesgenossen, ihre Gehilfen, ihre Freunde, ihre Feinde, ihre Vorlieben und ihre Abneigungen, ihre Schwächen und ihre Stärken. Und vor allem im Fall der Minister: ihre Beziehungen zu den Regierungen in ihrer Heimat, und zwar in allen Einzelheiten. Verstanden?«

»Ja, Sir.«

Zufrieden, dass seine wichtigste Warnung angekommen war, entspannte Benthoeck sich ein wenig und ging die wenigen Schritte zu seinem Schreibtisch zurück, um näher darzulegen, was ihn sorgte. Er fuhr damit fort, die entscheidende Spaltung innerhalb der EG zu schildern – die Tatsache, dass die eine Hälfte der Mitgliedsstaaten für eine enge Zusammenarbeit über den Atlantik hinweg eintrat, während die andere dagegen opponierte. »Und natürlich« – Cyrus klang jetzt fast verschwörerisch – »gibt es noch die Konkurrenzorganisation zur EG. Unserer Meinung nach, Mr. Gladstone, ist die Konferenz für Sicherheit und Zusammenarbeit in Europa unter allen heute tätigen Organen dasjenige, dem in Zukunft am ehesten eine Führungsrolle in Großeuropa zuzutrauen ist. Wir dürfen unser Heimatland nicht ganz vergessen, nicht wahr? Die Vereinigten Staaten sind ein voll berechtigtes Mitglied der KSZE. Und sie sind der größte Geldgeber hinter der Europäischen Bank für Aufbau und Entwicklung.

Worauf ich Sie aufmerksam machen möchte, Mr. Gladstone, ist der Umstand, dass wir in dieser Anwaltskanzlei überzeugte Euro-Atlantiker sind. Wir widmen uns dem Aufbau einer voll entwickelten globalen Ökonomie, die auf einem globalisierten Bankwesen aufbaut. Natürlich müssen Sie den EG-Kommissaren und dem Ministerrat dienen. Aber Sie dürfen die Position Ihrer Firma nicht vergessen. Wir erwarten von Ihnen, dass Sie weiter eng mit uns zusammenarbeiten – und zwar *ausschließlich* über mein Büro. Natürlich ...« Benthoek lächelte wie ein Professor, der sich freut einen begabten Schüler unterrichten zu dürfen. »Es gibt keinen Zweifel, wem Sie offiziell zur Loyalität verpflichtet sind.«

»Offiziell, Sir?«

»Offiziell, genau, Mr. Gladstone. Wenn Sie aus dem Tal auf den Berg hinaufsteigen, haben Sie eine Sicht auf die Talbewohner, die sich von ihrer eigenen sehr unterscheidet. Vom Gipfel aus, Mr. Gladstone, haben Sie ein vollständiges Bild.« Der Alte beäugte Paul mit einem gleichermaßen eindringlichen wie befangenen Blick. »Ich nehme an, Sie wissen, wie ich das meine.«

Gladstone verfügte nicht über genug Erfahrung, um alles zu verstehen, was Benthoeck mit diesen Worten anzudeuten versuchte. Zumindest nicht mit seinem Verstand. Doch es war eine natürliche Gabe von Cyrus Benthoeks eigentümlichem Charakter und Temperament, dass es ihm mit so einfachen Worten und in einem solch kurzen Augenblick gelungen war, in Pauls private Gefühlswelt einzubrechen. Mit diesem Blick hatte er es geschafft, in Pauls Herz zu dringen, jenen Teil von ihm, den jeder von uns vor den unvermeidlichen Verheerungen zu bewahren versucht, die gewöhnliche zwischenmenschliche Beziehungen uns allen zufügen.

In diesem Augenblick und nach diesen wenigen Worten hatte Paul den Eindruck, als habe er eine plötzliche innere Veränderung durchgemacht, gegen die er hier und jetzt nichts ausrichten konnte. Es war, als sei ihm der vertraute Boden – die vertraute und geliebte Szenerie seines familiären Umfelds, seine Yusai, sein Declan, sein Liselton, sein Windswept House, seine Familie – unter den Füßen weggezogen worden und vor seinen Augen verschwunden.

Pauls unerwartete und unfreiwillige Reaktion war teils Panik, teils Belustigung. Das Gefühl der Belustigung sagte ihm: Ohne persönliches Gepäck kann man höher und höher fliegen. Das Gefühl der Panik sagte ihm: Du wirst zu niemandem gehören; niemanden wird es kümmern, was mit dir geschicht. Und eine leise Stimme flüsterte traurige Selbstvorwürfe: Dieser Dämon des lieblosen Höhenflugs hat dich immer begleitet, war immer Teil von dir.

Cyrus Benthoek bemerkte offensichtlich den verwirrten Ausdruck im Gesicht des jungen Mannes. »Es kostet Zeit, Mr. Gladstone.« Er klang jetzt fast väterlich, fürsorglich und verständnisvoll. »Es kostet Zeit, sich daran zu gewöhnen. Machen Sie einen Schritt nach dem anderen.« Er schob die schon sorgfältig aufgestapelten Dokumente auf seinem Schreibtisch zurecht. »Lassen Sie's mich Ihnen auf eine andere Art nahe bringen. Inzwischen haben Sie doch sicher schon bemerkt, dass die Dinge nie ganz das sind, was sie auf dem ersten Blick zu sein scheinen, nicht wahr? Zumindest nicht in diesem Leben. Stimmen Sie da mit mir überein?«

Obwohl er die Worte hörte und dem kühlen Blick begegnete, den Benthoek auf ihn richtete, war dies hier aus Pauls Sicht kein Gespräch mehr zwischen ihm selbst und dem Präsidenten dieser renommierten und mächtigen transnationalen Anwaltskanzlei. In diesem Augenblick wirkte Cyrus Benthoek eher wie ein ehrwürdiges, Mensch gewordenes Museum spröder Wahrheiten über die menschliche Befindlichkeit. Wie jemand, der an einem Ort lebt, wo man nicht über die Blindheiten dieser Befindlichkeit urteilt oder ihre schwächlichen Züge bemitleidet. Gladstone versuchte sich zu räuspern, versuchte etwas zu sagen. Aber sein Mund war völlig trocken geworden.

Benthoek fuhr ungerührt fort. »Sie und ich und unser Mr. Clatterbuck – wir alle, die wir auf so hoher Ebene agieren – sind nicht mehr bloß ehrgeizige und fähige Kollegen in einer wichtigen transnationalen Firma. Und wir reagieren nicht mehr nur nach bestem Vermögen auf zufällige Ereignisse im tagtäglichen internationalen Wettbewerb.

Wenn es so wäre, Mr. Gladstone, säßen Sie nicht dort, wo Sie jetzt sitzen. Noch säße ich da, wo ich jetzt sitze. Instinktiv wissen Sie das. Oder nicht, Mr. Gladstone?« Es war weniger eine Frage als ein Befehl; jedenfalls fasste Paul den Satz als eine rhetorische Frage auf.

»Nun.« Unausweichlich war der Augenblick gekommen, da Cyrus Benthoek die Hände zu seiner typischen Oranten-Geste hob. »Damit schließt sich der Kreis. Sie wissen sicher noch, dass ich unser kleines Gespräch mit einem Hinweis auf die außerordentliche Bedeutung Ihres neuen Postens begonnen habe. Ich bin mir außerdem sicher, dass Sie nicht glauben nur wegen ihrer schönen blauen Augen, wie man so sagt, zum EG-Generalsekretär ernannt worden zu sein. Und nicht einmal wegen ihrer Talente, die zugegebenermaßen bewundernswert sind.

Es ist einfach nur so, dass Ihr Hintergrund – die Person, die Sie durch Familie, Ausbildung, Karriere und Ehe geworden sind – Sie zufällig zum geeigneten Mann für einen Posten macht, der von entscheidender Bedeutung für den weiteren Verlauf der gesamten menschlichen Entwicklung ist. Wie *er* sagen würde, Mr. Gladstone« – Benthoek stand langsam auf und lächelte erst das Porträt von Elihu Root hinter und dann Paul vor sich an – »bewahren Sie Ihren Glauben und folgen Sie den Fußstapfen unser aller Herrin Geschichte durch den Sand der menschlichen Zeiten. Wenn Sie das weiterhin tun, habe ich nicht den leisesten Zweifel, dass Ihnen noch die ganze Bedeutung dessen aufgehen wird, was ich Ihnen heute Morgen gesagt habe.

Viel Glück, Mr. Gladstone. Und Gott segne Sie.«

XXV

Am ersten Montag im Oktober, nachdem er sich in seinem neuen Eckbüro im zweiten Stock des päpstlichen Palastes bequem eingerichtet hatte, war Seine Eminenz so weit sich dem ersten Punkt seines drei stufigen Plans zuzuwenden, den er vor kaum fünf Monaten Cyrus Benthoek und Dr. Ralph Channing beschrieben hatte. Jegliches Heimweh nach seinem früheren Amt, dem der kleine Kardinal vielleicht noch nachgehangen haben mochte, wurde gründlich hinweggefegt von der Größe seiner Aufgabe eine neue Form von Einheit in seine kirchliche Organisation einzuführen und dieser Organisation zu einer neuen Form von Einheit mit der Gemeinschaft der Nationen zu verhelfen.

Es war deshalb keine übertriebene Behauptung, dass sein Rücktritt von den zehrenden Pflichten eines vatikanischen

Staatssekretärs, der die inneren und äußeren Angelegenheiten des Heiligen Stuhls zu dirigieren hatte, kaum zu einem günstigeren Zeitpunkt hätte erfolgen können. Noch hätte sein Übergang zu einer höheren Ebene der Aktivität, wie er es empfand, kaum müheloser und vielversprechender vonstatten gehen können. Paul Gladstone befand sich in Brüssel und leistete als neu eingesetzter EG-Generalsekretär bereits gute Arbeit. Von Kardinal John Jay O'Cleary hatte er erfahren, dass Pater Christian Gladstone das Angebot eines ganzjährigen Postens in Rom angenommen hatte. Und am meisten freute ihn, dass er auf seinen letzten offiziellen Brief als Staatssekretär an die diplomatischen Vertreter des Heiligen Stuhls in zweiundachtzig Ländern überall auf der Welt genau die gewünschten Antworten erhalten hatte.

Dieser behutsam formulierte Brief hatte sich als eine der reifsten Arbeiten herausgestellt, die er je geleistet hatte. Ja, er hätte gar nicht erfolgreicher seinen Zweck erfüllen können die zentrale Frage des ganzen Plans zu beantworten. Und diese Frage lautete: Wie sehr fühlten sich die viertausend Bischöfe der katholischen Kirche tatsächlich eins mit dem Papst?

Wie Maestroianni erwartetet hatte, betonte die formlose Umfrage, die die diplomatischen Vertreter auf seine Bitte hin durchgeführt hatten, nicht nur die mangelnde Einheit zwischen dem Papst und seinen Bischöfen.

Sie verhalf Kardinal Maestroianni außerdem zu einer Liste jener Bischöfe, deren Einstellung zu diesem Thema noch ein gründliches Überdenken erforderte. Ebenso deutlich wurde die mangelnde Einigkeit unter den Bischöfen selber, welche Form von Einheit zwischen ihnen und dem Heiligen Stuhl am wünschenswertesten sei.

Antworten, die zusammengenommen von einem so völligen Mangel an Übereinkunft zeugten, hätten auf bloßes Chaos schließen lassen können. Doch dem kleinen Kardinal lieferten sie eine nützliche Karte, nach welcher er den Kurs, auf den man sich in Straßburg geeinigt hatte, ausrichten konnte. Schon Anfang Oktober hatte Kardinal Maestroianni die beiden hauptsächlichen Marschrichtungen der Arbeit abgesteckt, die vor ihm lag.

Die erste und leichtere Initiative umfasste nichts Aufwendigeres als ein wenig altmodische Feldforschung. Mit Pater Christian Gladstone in Rom und seinem Bruder Paul als Generalsekretär der Europäischen Gemeinschaft hatte Maestroianni jetzt die Möglichkeit die Bedürfnisse und die Schwächen jedes wichtigen Bischofs einzuschätzen. Und mit entsprechenden politischen Zuwendungen wäre es ihm möglich, sich gleichermaßen ihrer Bedürfnisse und ihrer Schwächen zu bedienen.

Mit anderen Worten der Kardinal hatte, wie Channing und Benthoek gegenüber angekündigt, einen Prozess angestoßen, durch den er selbst die konservativsten Bischöfen zu einem tiefen Verständnis dessen hinlenken konnte, wie die Zuwendungen und Rücksichtnahmen, die sie von weltlichen Autoritäten erwarteten, konkret von einem neuartigen Brückenschlag zur äußeren Welt abhingen und somit auch von einer neuen Form der Kirchenleitung.

Die zweite Initiative Kardinal Maestroiannis war komplizierter. Dabei handelte es sich um das bürokratische Vorhaben, das er Channing und Benthoek so offen dargelegt hatte. Der Plan, die vielschichtigen Bischofskonferenzen überall auf der Welt zu einem Sprachrohr der »Gemeinsamen Gedanken der Bischöfe« umzufunktionieren. Obwohl die Einzelheiten des Prozesses nach wie vor erste Beachtung erforderten, verfügte Seine Eminenz über einen fein abgestimmten Instinkt für die perfekte bürokratische Maschinerie.

Der letzte Schritt – die Umgestaltung der »Gemeinsamen Gedanken der Bischöfe« zu einem kanonisch gültigen Instrument, mit dem man ein Ende des gegenwärtigen Pontifikats herbeiführen konnte und damit ein Ende des Papsttums, wie man es bisher kannte – würde sich dagegen auf einige zusätzliche bürokratische Eingriffe reduzieren, wenn das Verfahren erst einmal in Gang gesetzt war. Das Vorgehen, wie Maestroianni es umrissen hatte, würde alle Aufmerksamkeit benötigen. Es in der relativen kurzen Zeitspanne durchzuführen, auf der Dr. Channing bestanden hatte, würde selbst Cosimo Maestroiannis Talente und Erfahrung auf eine harte Belastungsprobe stellen. Der Kardinal würde die Zügel persönlich fest in der Hand halten müssen. Alles musste umgehend erledigt werden, aber mit Methode und professioneller Sorgfalt.

Der Terminkalender Seiner Eminenz war daher schon randvoll mit wichtigen Konferenzen, Planungssitzungen und privaten Terminen. Natürlich würde er dem gesellschaftlich gewandten, aber politisch naiven Christian Gladstone seine Anweisungen geben müssen. Aber in dieser Hinsicht rechnete Maestroianni mit keinerlei Komplikationen. Zuerst würde er ihn damit beauftragen, sich über die Bedürfnisse wichtiger europäischer Bischöfe, dann der amerikanischen Bischöfe zu unterrichten. Und mit ein wenig Hilfe von Cyrus Benthoek hinter den Kulissen würde er sich die Unterstützung seines Bruders sichern um diese Bedürfnisse durch die bedeutenden Kontakte zur EG, die der Posten des Generalsekretärs mit sich brachte, zu befriedigen.

Die revolutionäre Arbeit innerhalb der Bischofskonferenzen – insbesondere die Arbeit, die ersten überzeugenden Vorreiter im Lager der Bischöfe auszuwählen und einzuweisen – würde einige heikle Urteile erfordern. Die Strategie musste immer darin bestehen, auf Stärke zu bauen. In der gegebenen Situation bedeutete das sich zunächst auf jene Konferenzen zu konzentrieren, die von solchen Bischöfen geleitet wurden, deren Namen weit über ihren Amtsbereich hinaus Autorität genossen. Bischöfe wie jener bemerkenswerte Kardinal von Centurycity in den Vereinigten Staaten zum Beispiel. Ein Jammer, dass es nicht mehr von seiner Sorte in den Weinbergen der Kirche gab.

Weiter verkompliziert wurde Maestroiannis Plan durch den Umstand, dass die nicht klerikale Seite der ganzen Angelegenheit beachtet und ausbalanciert werden musste. Cyrus Benthoek war ebenso Teil dieses brillanten Plans wie Maestroianni selbst und schließlich galt es, die potenziell mächtige neue Allianz mit Dr. Ralph Channing zu fördern.

So wichtig all das auch war, so wusste doch niemand besser als Kardinal Maestroianni, dass es selbstmörderisch wäre, in den weltweiten Weinbergen der Kirche zu arbeiten ohne den Kardinalstaatssekretär einigermaßen auf dem Laufenden zu halten. Natürlich stand es nicht zu Debatte, Seine Eminenz Graziani in die näheren Einzelheiten des Plans einzuweihen. Das wäre zu viel verlangt von einem politisch so zurückhaltenden Mann wie dem neuen Staatssekretär. Nichtsdestotrotz war Graziani inzwischen der zweitmächtigste Mann im Vatikan – zumindest dem Titel nach. Die politische Realität verlangte es daher, dass er informiert blieb. Praktische Notwendigkeiten erforderten seine Kooperation in einigen peripheren Details. Und weise Voraussicht verlieh einem persönlichen Gespräch mit dem Staatssekretär höchste Priorität.

»Äußerst wichtige Nachrichten, Euer Eminenz!« Am frühen Morgen dieses ersten Montags im Oktober betrat Kardinal Maestroianni mit einer Selbstverständlichkeit, als gehöre es noch ihm, sein altes Büro.

Der neue und unerfahrene Staatssekretär nahm diesen frühmorgendlichen Enthusiasmus souverän auf. Schon vor seiner Beförderung hatte Giacomo Graziani begonnen sich der Last seines neuen Amtes entsprechend zu verhalten. Jetzt, mit dem roten Kardinalshut versehen und seines neuen Amtes sicher, ähnelte seine Erscheinung auf positive Weise der einer Buddhastatue. Die Hände über dem massigen Bauch verschränkt reagierte er auf Kardinal Maestroiannis gehobene Stimmung mit einem freundlichen Lächeln, einem langsamen, doch unverbindlichen Blinzeln und einem Nicken zur Begrüßung in Richtung des Besuchersessels auf der anderen Seite jenes Schreibtisches, der nun ihm gehörte.

Trotz seines ungewohnten Verhaltens machte sich Kardinal Maestroianni keine Illusionen über Giacomo Graziani. Um sich in seinem Verhältnis zum polnischen Papst nicht in eine Sackgasse zu manövrieren, hatte er Grazianis Beförderung zum Staatssekretär unterstützt, aber er betrachtete ihn nicht als seine Schöpfung. Graziani war keine Marionette. Er war ein ruhiger und konservativer Mann. Ein Diplomat durch und durch, ohne Neigung zu Extremen in seinem Denken oder seiner Arbeit; niemals Günstling, doch zugänglich und lernwillig. Seine größte Stärke bestand darin, dass er keiner anderen Ideologie anhing als der, am Ende immer auf der Gewinnerseite zu stehen.

»Äußerst wichtige Nachrichten«, wiederholte Maestroianni

und zog seine Aufstellungen aus einem Ordner, den er mitgebracht hatte. »Ich bin sicher, Euer Eminenz erinnern sich an den Brief, den ich letzten Mai an unsere diplomatischen Vertreter überall auf der Welt geschickt habe.«

Graziani betätigte es mit einem einzigen langsamen Blinzeln. Er erinnerte sich gut an Maestroiannis Absicht hinter blumigen Worten brutale Fragen zu verbergen.

Lässig wie ein Pokerspieler, der vier Asse auf der Hand hat, legte Maestroianni die maschinengeschriebenen Seiten auf den florentinischen Schreibtisch aus dem achtzehnten Jahrhundert.

Graziani beugte sich kaum vor um mit einer Hand die Seiten umzudrehen, während er sie überflog. »Diese Aufstellungen sind hochinteressant, Eminenz. Chaotisch, aber interessant, daran habe ich keinen Zweifel. ›Äußerst wichtig‹ waren Ihre Worte, glaube ich. Was wollen Sie Sinnvolles mit diesen Daten anfangen?«

»Die Absicht ist die, Eminenz«, erklärte der ältere Kardinal, »auf Grundlage dieser Daten in nächster Zukunft genau zu ermitteln, was die Bischöfe als Gesamtkollegium für die Einheit der Kirche als notwendig erachten.«

Buddha blinzelte. So viel hatte er immerhin zur Kenntnis genommen. »Und nach welchen Maßgaben soll dies vonstatten gehen?«

Maestroianni hatte alles durchdacht und er wollte, dass der Staatssekretär dies wusste. »Wenn Euer Eminenz nach dem Ziel fragen, auf das wir hinarbeiten, dann lautet die Antwort, dass wir die Bischöfe fördern wollen. Wir wollen es ihnen leichter machen. Wir wollen ihnen helfen alle möglicherweise vorhandenen Bedenken abzulegen um ihre eigenen Meinungen und Gedanken zu dieser alles entscheidenden Frage zu klären.

Aber vielleicht möchten Euer Eminenz verstehen, wie wir diese Erhebung durchzuführen gedenken. Unser wichtigstes Instrument wird das riesige weltumspannende Netzwerk der regionalen und nationalen Bischofskonferenzen sein, das seit dem Zweiten Vatikanischen Konzil herangewachsen ist. Ich neige dazu, jede Bischofskonferenz als eine Wesenheit für sich zu betrachten. Wir werden auf dieser Ebene der Gliederung arbeiten.

Mit jeder einzelnen Konferenz wird diese Sache als gewöhnliche interne Angelegenheit abgehandelt. Wie immer werden wir Ausschüsse einberufen – Ausschüsse für innere Angelegenheiten. Unser Ziel ist ein Ausschuss für jede Konferenz.«

Graziani sah noch einmal die von zweiundachtzig vatikanischen Diplomaten gesammelten Daten durch. »Aha.« Der Staatssekretär hob eine Braue. »Wir haben es also bald mit einer ganzen Reihe von Ausschüssen für innere Angelegenheiten zu tun? Mit einem weltweiten Netzwerk solcher Ausschüsse?«

Kardinal Grazianis Wertschätzung für die enorme Komplexität eines solchen Vorhabens sei begrüßenswert, sagte Maestroianni. Sehr erfreulich sogar. Im selben Atemzug jedoch und mit einer Spur von Schärfe in der Stimme versicherte er Graziani, dass das gute dutzend Jahre, die er selbst die Leitung des Staatssekretariats innehatte, seine Fähigkeiten bestätigt und ihm vertrauliche Kenntnisse über das Personal verschafft hatten.

»Glücklicherweise« – Maestroiannis Lächeln milderte die Bemerkung ein wenig – »haben wir bereits eine Anzahl guter Männer an den richtigen Stellen, die ihren Bischofskollegen sicher gern nahe legen werden die Frage der Einheit zu durchdenken. Gute Männer in europäischen Schlüsselgebieten natürlich. Und in den Vereinigten Staaten können wir sicher auf Seine Eminenz von Centurycity zählen. Ich wünschte nur, wir hätten mehr solche wie ihn.«

»Ah ja. Seine Eminenz.« Eine dunkle Wolke der Nachdenklichkeit überflog Grazianis Stirn wie die eines Buddhas. Der Kardinalstaatssekretär schien nun nicht mehr nur Interesse, sondern auch Verständnis für die Maschinerie aufzubringen, durch die Maestroianni die Bischöfe, was die Frage der episkopalen Einheit mit dem slawischen Papst anging, auf eine gemeinsame Linie zwingen wollte. Es gab aber noch einen anderen Bereich, der ihn interessierte: ein Bereich, der über die Frage der Amtsdauer des polnischen Papstes hinausging und das Amt selbst und die Rechtshoheit jedes Papstes als Vikar Christi auf Erden, die päpstliche Autorität als eine religiöse und soziale Kraft betraf.

»Einige Korrespondenten Euer Eminenz – nicht alle aus angelsächsischen Ländern – sprechen vom Papst als dem Vikar Petri.« Graziniani blätterte mit den Fingerspitzen durch Maestroiannis Bericht. »Natürlich erinnere ich mich, dass auf der Sitzung in Straßburg, zu der mich Euer Eminenz im letzten Mai so großzügig eingeladen haben, dieser Begriff vom Jesuitengeneral, Pater Michael Coutinho, in seinen Ausführungen beiläufig erwähnt worden ist. Aber ist es nicht beunruhigend, dass er unter so vielen unserer Bischöfe kursiert?«

Ah, Giacomo, dachte Maestroianni, wie scharfsinnig du doch bist. »Beunruhigend, Eminenz? Nicht im Mindesten. Aufschlussreich und anregend, ja. Aber nicht beunruhigend. Das ist nun einmal die entscheidende Frage.«

Unnötig zu erklären, dass für den Fall, wenn der Papst in Rom nur Vikar des Apostels Petrus als des ersten Bischofs von Rom war, die Logik zu dem Schluss zwang, dass kein individueller Bischof über oder unter ihm stand. Schließlich reichten die Wurzeln jedes Bischofs bis zu den Aposteln zurück; jeder Einzelne war der Vikar eines apostolischen Vorgängers. Wenn eine solche Betrachtungsweise in die offizielle Lehre Eingang fände, würde sie das Fundament für eine neue Autoritätsstruktur der Kirche bilden. Die zentralisierende Rolle des Papstes – darunter seine Rolle als offizieller, letzter und unfehlbarer Richter in Fragen des Glaubens und der Moral – wäre dann hinfällig. Die Macht würde von Rom auf die Gesamtheit der Bischöfe übergehen.

Der Blick, den die beiden Kardinäle jetzt wechselten, war berechnend. Beide begriffen, was auf dem Spiel stand. Wie üblich schätzte Graziani die Chancen ab. Und wie üblich war Maestroianni sich seiner Sache sicher.

»Euer Eminenz.« Kardinal Graziani war nun mit jedem Zoll ein vatikanischer Diplomat. »Die Kirche – die Stimme der Kirche – muss sich in diesem Punkt eindeutig äußern.«

Maestroianni war ruhig, aber wachsam. Für den Augenblick war es nicht erforderlich, dass der Staatssekretär in dieser zentralen Frage mehr als eine neutrale Position bezog. »Genau das, Euer Eminenz, ist der Zweck dieses völlig neuen Vorhabens. Die Kirche wird entscheiden! Und übrigens«, fügte Kardinal Maestroianni wie eine Koda hinzu, »spricht das neue Messbuch, das zur Zeit überall in der Kirche eingeführt wird, vom Bischof von Rom als dem Vikar Petri.«

»Das ist mir auch aufgefallen. Aber wir wissen alle, dass dieses neue Messbuch von Rom noch nicht offiziell abgesegnet ist. Wenn ich mich recht entsinne, wurde es von der Internationalen Kommission für die englische Sprache in der Liturgie ausgewählt. Oder zumindest von ihrem Anhängsel, den Beratern für englischsprachige Liturgie. Aber der Status der IKESL als eine päpstliche Vertretung steht noch zur Debatte.«

»Das ist der springende Punkt«, stimmte Maestroianni prompt zu. »Die Daten, die ich Euer Eminenz vorhin vorgelegt habe, deuten darauf hin, dass viele Bischöfe im Bischof von Rom nicht den alleinigen Vikar Christi auf Erden sehen, sondern lediglich den Vikar Petri. Das neue Messbuch entspricht diesem Glauben. Wenn nun der Bischof von Rom den Anspruch erhebt diese Frage entscheiden zu können, weil er der alleinige Vikar Christi zu sein glaubt, haben wir dann nicht den alten logischen Zirkelschluss einer Frage vor uns, die sich selbst beantwortet? Ist dies nicht die *petitio princi pii* des Thomas von Aquin oder des Aristoteles?«

»Vielleicht.« Graziani musste dem Kardinal Recht geben. Der war nicht einmal rot geworden, als er sich auf den heiligen Thomas von Aquin berief. »Dennoch, Eminenz, um es endgültig zu entscheiden, müssen wir die Meinung der Kirche erfahren.«

»Ganz sicher, Eminenz!« Maestroianni entschied, dass es an der Zeit sei, den Kreis ihrer Diskussion zu schließen. »Und wie sonst sollten wir diese Meinung erfahren, wenn nicht von den Bischöfen der Kirche? Von den Nachfolgern der Apostel?«

Die Andeutung eines Lächelns umspielte Grazianis Augen. »Und das aktuelle Vorhaben Euer Eminenz hat dies zum Ziel?«

»Genau das, Eminenz, und nur das! Bis es so weit ist, werden wir natürlich in der Lage sein den gegenwärtig angeschlagenen Zustand der kirchlichen Einheit einschätzen und verbessern zu können.«

Ein weiteres Mal zog Graziani sich hinter ein vorübergehendes Schweigen zurück. »Sagen Sie, Eminenz. Wie ist dieses Dokument eingestuft, das Sie mir heute Morgen vorgelegt haben?«

»Im Moment ›himmlisch‹. Abteilungsinterne Vertraulichkeit genießt zur Zeit höchste Priorität.«

Als »himmlisch« eingestufte Schriftstücke waren nur auf Kardinalsebene, wenn Bedarf danach bestand und nach dem letztlichen Gutdünken von Papst und Staatssekretär zugänglich. Abteilungsinterne Geheimhaltung war, wenn auch keine Eigenheit des Vatikans, so doch von ihm als ältester politischer Organisation der Welt zu höchster Vollendung entwickelt worden.

»Also unterliegen auch Folgemaßnahmen dieser Sicherheitsstufe und die Richtlinien abteilungsinterner Geheimhaltung sind streng einzuhalten?« Graziani wollte eine eindeutige mündliche Bestätigung.

»Ja. Strengstens.« Als wolle er seine Bestätigung unterstreichen, nahm Maestroianni den Bericht zurück, der den Stoff für ihre Diskussion geliefert hatte. »Und aus offenkundigen Gründen. Wir reden hier über das Papsttum und letztendlich über die Kandidatur zum Papstamt. Gemäß kanonischem Recht ist dies ausschließlich und spezifisch eine Sache des Kardinalskollegiums.«

»In welchem Stadium werden die Dinge nach Meinung Euer Eminenz auf päpstlicher Ebene eingreifen?« Maestroianni wusste nur zu gut, dass dies in der Sprache der *romanità* so viel bedeutete wie: »Wann werden Sie den Pontifex mit dem Aufstand im eigenen Haus konfrontieren?«

»Wenn wir über genaue Anhaltspunkte verfügen, was die Bischöfe als Gesamtkollegium für die Einheit der Kirche als notwendig erachten.« Nach Grazianis Verständnis sagte Maestroianni damit nach Art der *romanità*: »Wenn wir den Alten in die Enge gedrängt haben und ihm keine Wahl mehr bleibt als die totale Kapitulation in seiner Politik oder der Rücktritt vom Papstamt.«

Staatssekretär Kardinal Graziani blieb kühl. »Ich nehme an«, sagte er fast so, als sei er in Gedanken versunken, »dass Euer Eminenz wie üblich mit Kardinal Aureatini arbeiten?«

Maestroianni füllte seine Lungen mit einem tiefen Atemzug. Graziani hatte keinen Zweifel gelassen, dass er wusste, was hier vor sich ging. Seine unvermittelte Fragen lief auf eine vorläufige

Übereinkunft hinaus, bis sich geklärt hatte, wie die Chancen stünden. »Aureatini steht zur Verfügung und er weiß, wie ich arbeite. Aber ich werde mich auch stark auf Kardinal Pensabene stützen. In einer Stunde treffe ich mich mit beiden in meinem Büro.«

Weil er von seinem Wesen und seiner Erfahrung her zu denen gehörte, die über Chancen entschieden, hatte Maestroianni den Namen Pensabenes nicht umsonst genannt. Denn wie jeder andere wusste Graziani, dass der leichenblasse, knochenfingrige Kardinal Pensabene sich wirklich bis an die Spitze emporgearbeitet hatte. Inzwischen war er so weit, dass in der Kanzlei des Vatikans nicht mehr viel ohne seinen Segen ging. Mehr noch, seine Stimmung würde jede Diskussion dominieren und er galt als aussichtsreichster Kandidat für ein zukünftiges Pontifikat.

Nachdem er diese Karte geschickt ausgespielt und alles angesprochen hatte, was ihm nötig schien, drängte es Maestroianni wieder an die Arbeit.

Es hatte allerdings den Eindruck, als sei der flügge gewordene Staatssekretär noch nicht ganz zufrieden. »Noch ein letztes, Eminenz. Ich habe gestern aus dem Büro Euer Eminenz einen Passantrag für einen jungen Amerikaner erhalten. Pater Christian Thomas Gladstone.«

»Sì, sì. Infatti.« Von Maestroiannis Lippen bedeutete dieser Ausdruck, dass er verlegen war. Und dass er in dieser Beziehung mit Schwierigkeiten rechnete. Niemand wusste besser als er, dass das Privileg eines vatikanischen Passes nur sehr wenigen Individuen gewährt wurde, die nicht für das Staatssekretariat arbeiteten. Aber er hielt eine detaillierte Diskussion für unnötig.

»Ich war nur neugierig«, hakte Graziani vorsichtig nach, »warum dieser junge Mann auf der Stelle einen vatikanischen Pass braucht ...«

»Der Pater wird unser Verbindungsmann zu vielen Bischöfen in der Europäischen Gemeinschaft und zu bestimmten Regierungsbereichen. Er braucht den Status, der ihm durch einen offiziellen Pass verliehen wird. Und es könnte gute Gründe für ihn geben, sich einen Pass der Europäischen Gemeinschaft ausstellen zu lassen. Wir müssen allen erdenklichen Eventualitäten vorbeugen. Mit einem vatikanischen Pass in der Tasche wird er leicht an einen EG-Pass kommen.«

»Bene! Bene!« Vorläufig gab Graziani sich mit den sachlichen Erklärungen des Kardinals zufrieden. Vielleicht war es besser, nicht zu viele Einzelheiten über diese düstere Angelegenheit zu wissen. Dennoch, die Tatsache, dass dieser Gladstone wichtig genug war um Maestroiannis Protektion zu genießen, machte ihn interessant.

Schließlich erhob sich der Staatssekretär aus seinem Stuhl. »Schicken Sie Pater Gladstone vorbei um seine Papiere abzuholen. Ich würde diesen Neuling unter den Mitarbeitern Euer Eminenz gern kennen lernen. Was den Rest angeht, halten mich Euer Eminenz natürlich *au courant.*«

»Natürlich.« Weil er seine Ungeduld endlich zu gehen, kaum noch beherrschen konnte, war Maestroianni aufgesprungen. »Euer Eminenz waren sehr großzügig mit Ihrer Zeit.«

Maestroianni dankte dem Himmel, dass ihm Kardinal Silvio Aureatinis ausdauernde Arbeitskraft und Kardinal Leo Pensabenes Wissen über die ekklesiastische Maschinerie und ihr Personal zur Verfügung standen. Beide Kollegen teilten Maestroiannis Enthusiasmus und seine Interessen. Aber es war Pensabene, der über die meisten Quellen verfügte. Und als es um den verwickelten Plan ging, besondere Ausschüsse für innere Angelegenheiten – AIA – innerhalb der verschiedenen nationalen und regionalen Bischofskonferenzen einzurichten, brachte Pensabene den Schlüsselfaktor zur Sprache.

»›Agenten des Wandels!‹« Kardinal Pensabene tadelte Maestroianni und Aureatini zu Beginn ihrer ersten Arbeitssitzung mit einem knochigen Zeigefinger. »Wenn es uns gelänge, ›Agenten des Wandels‹ und ›hochrangige Förderer‹ in jeden AIA in jeder Bischofskonferenz einzuführen, könnten wir unseren knappen Zeitplan einhalten. Ohne sie können wir nur beten – wenn Sie mir die Formulierung verzeihen.«

Pensabene bemerkte, dass noch einiges zu erklären war, bevor seine beiden Kollegen seine Erkenntnis zu teilen vermochten. Er war zu dem Schluss gekommen, dass ein Schlüssel zur Lösung ihrer Probleme in verschiedensten Erscheinungsformen jenes abstrakten Zweiges der Philosophie namens Phänomenologie zu finden war.

»Als ein leidenschaftlicher Student der Geschichte wissen Euer Eminenz sicher noch, dass diese Phänomenologie sich unter den Intellektuellen Mittel- und Osteuropas während der Zwanziger- und Dreißigerjahre großer Beliebtheit erfreute.«

»Allerdings, Eminenz.« Maestroianni behagte der Gedanke sehr, die Lösung für sein bürokratischen Problem könne unmittelbar aus dem Prozess der Geschichte hervorgehen. »Fahren Sie fort.«

Pensabene kam seinem Wunsch nach. »Es ist eigentlich ganz einfach. Die Lösung, zu der politische Bewegungen in den Zwanziger- und Dreißigerjahren bei ähnlichen Problemen wie unserem gegriffen haben, bestand in den schon erwähnten ›Agenten des Wandels‹ oder ›Förderern‹. Ein ›Agent des Wandels‹ kann vielerlei sein: eine Institution, eine Organisation, ein einzelnes Individuum. Er kann aus dem öffentlich oder privaten Bereich stammen – oder manchmal aus beiden. Es ist sogar denkbar« – Pensabene konnte ein seltenes Lächeln nicht unterdrücken – »dass unser Netzwerk von Ausschüssen für innere Angelegenheiten, welches wir innerhalb der Bischofskonferenzen aufbauen, als ein solcher ›Agent des Wandels‹ agiert. Ein derartiger Agent hat die Aufgabe, ›alte‹ Werte und Verhaltensweisen durch ›neue‹ zu ersetzen. Und dazu soll er psychologisch fundierte Techniken einsetzen, die speziell zur Überwindung gewohnheitsmäßigen Widerstands entwickelt wurden.

Der ›Agent des Wandels‹ versucht eine Gruppe von Individuen oder Organisationen zu rekrutieren, die am ehesten für die gewünschte und stets attraktiv verpackte neue Geisteshaltung empfänglich scheinen. Wenn der Agent geschickt vorgeht, werden nur wenige diese neue Geisteshaltung als eine Pervertierung des Denkens betrachten. Solche Abweichler werden nicht weiter beachtet. Die erfolgreichen Schüler indessen, die aus der Vormundschaft des Agenten in völliger Hinnahme des neuen Denkens hervorgegangen, die mit anderen Worten ›gefördert‹ worden sind, können nun ihrerseits zu Recht als ›Förderer‹ betrachtet werden. In seiner Rolle als ›hochrangiger Förderer‹ beauftragt der ›Agent des Wandels‹ die neu Bekehrten damit, den Prozess zu wiederholen, also in die Welt hinauszugehen und ihren neuen Glauben zu verbreiten, so viele Menschen wie möglich vom ›Alten‹ abzubringen und vom ›Neuen‹ zu überzeugen. Während immer breitere Fundamente die Pyramide des Wandels aufstocken, so formt das gewünschte ›neue‹ Denken Werte, Glauben, Einstellungen und Verhalten um.«

An diesem Punkt hielt es Maestroianni für angebracht, die Diskussion zu beenden. Er hatte betont, dass die Zeit ein entscheidender Faktor sei; und es traf wohl zu, dass kein anderes praktikables Handlungsmodell als das von Pensabene vorgeschlagene zur Verfügung stand. Aber was ihn eigentlich drängte die Debatte zu beenden und mit der praktischen Planung und Ausführung fortzufahren, war die Erkenntnis, wie nahtlos seine jüngst gesammelten Daten über die Bischöfe mit der ganzen Struktur und dem Prozess der »Förderung« zusammenpassten.

»Sie haben beide die Ergebnisse der inoffiziellen Umfrage studiert, die von Vertretern des Heiligen Stuhls durchgeführt worden ist.« Maestroianni breitete die maschinengeschriebenen Seiten vor sich aus. »Korrigieren Sie mich, wenn ich mich irre, Eminenz. Aber es scheint mir, als sei der erste Schritt dieser ›Förderung‹ – die Bestimmung unseres ideologischen Ziels – bereits vollzogen.«

Ein zufriedener Pensabene stimmte zu. »Unser Ziel ist es, dass der Papst freiwillig zurücktritt, damit unsere Kirche einen Papst bekommt, der die kostbare Einheit der Bischöfe mit dem Papsttum stützt – und nicht gefährdet.«

»Genau.« Maestroianni drängte jetzt energisch vorwärts. »Wir benutzen eine leicht unterschiedliche Terminologie. Was Euer Eminenz als ›die neue Geisteshaltung‹ bezeichnen, habe ich in der Vergangenheit die ›wünschenswerte Einigheit‹ unter den Bischöfen genannt. Dank der Daten aus dieser inoffiziellen Umfrage können wir bereits eine Einteilung vornehmen, in welch unterschiedlichem Maße unsere Bischöfe von der Einheit überzeugt sind. Ohne Ausnahme sind sie weiterhin der Ansicht, dass die Einheit zwischen ihnen als Bischöfen und dem Papsttum von lebenswichtiger Bedeutung sei. Das ist der niedrigste Grad der Überzeugung, die unterste Ebene der Übereinstimmung. Aber die Daten beweisen, dass wir in einigen Bereichen bereits vier höhere Ebenen der Überzeugung unterscheiden können.

Auf der zweiten Ebene ist es vielen Bischöfen aufgefallen, dass die gewünschte Einheit zur Zeit nicht besteht und dass etwas unternommen werden muss um eine derartige Einheit wiederherzustellen.

Auf der dritten Ebene ist eine geringere, doch immer noch nennenswerte Anzahl von Bischöfen der Ansicht, dass die gewünschte Einheit nicht als eine Beziehung zwischen dem Papst und individuellen Bischöfen, sondern zwischen dem Papst und den regionalen und nationalen Bischofskonferenzen betrachtet werden sollte. Das kommt uns sehr entgegen, denn innerhalb dieser Gruppe kann jedes Scheitern dieser Beziehung auf eine Frage bürokratischer Komplikationen reduziert werden.

Ebenso viel versprechend ist eine kleinere Gruppe von Bischöfen, die ein Versagen der Einheit einem persönlichen Versagen zuschreiben. Einfach ausgedrückt glauben diese Bischöfe, dass die Persönlichkeit des Papstes der ersehnten Einheit entgegensteht.

Und das führt uns zur höchsten Ebene der Einsicht, die bisher nur eine verschwindende Minderheit der Bischöfe erreicht hat. Die rare Überzeugung, dass der polnische Papst zum Segen der Einheit und mit gutem päpstlichen Gewissen zurücktreten und den Heiligen Geist erlauben sollte einen Papst zu erwählen, der diese Einheit gewährleisten und stärken kann.«

Kardinal Pensabene hob den Blick von den Datenreihen. »Gute Arbeit, Eminenz! Sie haben Ordnung in eine oberflächlich betrachtet chaotische Situation unter den Bischöfen gebracht. Und Sie haben zu Recht darauf hingewiesen, dass eine erhebliche Anzahl von Bischöfen das Scheitern der episkopalen Einheit mit dem Papsttum als eine Frage bürokratischer Komplikationen betrachten. Ihr ursprünglicher AIA-Plan ist offensichtlich machbar. Wir wissen, wo wir anfangen müssen um unsere Ausschüsse für innere Angelegenheiten innerhalb der bürokratischen Maschinerie der Bischofskonferenzen einzurichten.«

»Mein Gedanke, Eminenz.« Maestroianni lächelte. »Wir werden uns auch nicht lange auf jene Bischöfe beschränken müssen, die das Einheitsproblem bereits in bürokratischen Begriffen sehen. Im Moment können die leitenden Ausschüsse jeder dieser regionalen und nationalen Konferenzen im Verein mit den zentralen Ausschüssen jedem Bischof das Leben schwer machen, der aus der Reihe tanzt. Mit anderen Worten, der einzelne Bischof ist heute weit weniger frei autonom zu handeln.«

Maestroianni war offensichtlich zufrieden mit sich. Er erklärte die Einrichtung der ersten und einflussreichsten AIAS zur dringendsten Aufgabe seines Teams. Aber schon jetzt gratulierte er sich laut für seine weise Voraussicht, als er Paul und Christian Gladstone – »den amerikanische Doppelpfeil«, wie er sie beschrieb – auf den Bogen der episkopalen Überzeugungsarbeit gelegt hatte. Wenn Pater Gladstone die Bedürfnisse und Schwächen der Bischöfe ermittelte und sein Bruder sich in einer Position befand um aus diesen Informationen mit Unterstützung der EG konkreten Nutzen zu ziehen, konnte eine beliebige Anzahl ansonsten widerwilliger Bischöfe zur Zusammenarbeit bewegt werden.

In den nächsten Wochen spornte Kardinal Maestroianni sein kleines Team zentraler Mitarbeiter zu unermüdlicher Arbeit an.

Mit abteilungsinterner Geheimhaltung als Richtlinie, mit Pensabenes intimen Kenntnissen der verschiedenen Bischofskonferenzen und mit seiner eigenen langen Erfahrung als Staatssekretär bestand Maestroiannis erste Aufgabe darin, eine Liste potenzieller »Agenten des Wandels« zusammenzustellen. Es bestand Bedarf nach Prälaten – Kirchenleuten vom Rang eines Bischofs und darüber –, die leicht beeinflusst und dann selbst als verlässliche »Förderer« und als Sekretäre der ersten Ausschüsse für innere Angelegenheiten in Schlüsselbereichen eingesetzt werden konnten.

Noch während die Liste entstand, wurde durch einen Zeitplan bestimmt, wann die Auserwählten – für den Anfang etwa fünfzehn Bischöfe, Erzbischöfe und Kardinäle – angesprochen und nach Rom zu einer vorgeblich »theologischen Konsultation« eingeladen werden sollten. Man einigte sich auf Ende Oktober bis Anfang November als Zieldatum für diese Sitzung. Nach einer Woche intensiver Überzeugungsarbeit konnte davon ausgegangen werden, dass die Angehörigen dieses Stammkaders nach der Rückkehr in ihre jeweiligen Diözesen bereit wären, das erste Netzwerk von AIAS aufzubauen und mit ihrer Hilfe die Pyramide des neuen Denkens auf ein breites Fundament zu stellen.

Unvermeidlich entbrannten hitzige Diskussionen über einige der Namen, die für den Anfang vorgesehen waren. Ein Name rief allerdings prompte und enthusiastische Zustimmung hervor. Die Kardinäle Maestroianni, Pensabene und Aureatini hatten überhaupt keinen Zweifel, dass Seine Eminenz der Kardinal von Centurycity der hervorragendste »Agent des Wandels« wäre.

Nur wenige kirchliche Persönlichkeiten Amerikas hatten je die Machtposition erreicht, in die der Kardinal von Centurycity sich in einem Zeitraum von weniger als dreißig Jahren selbst »befördert« hatte. Dabei fanden es viele seiner Zeitgenossen bemerkenswert, wie mühelos Seine Eminenz den Aufstieg bewältigt hatte. Es war umso bemerkenswerter, weil ihm nichts dergleichen in die Wiege gelegt worden war. Er genoss keine besondere Rückendeckung durch seine Familie und konnte auf kein ererbtes Vermögen zurückgreifen. Er konnte keine überdurchschnittlichen intellektuellen Leistungen als Theologe vorweisen; auch war er kaum als rechtgläubiger Katholik aufgefallen. Noch hatte er sich in seinen ersten Jahren nennenswerter Beziehungen zu Rom erfreut.

In den Worten einer seiner Kollegen in der amerikanischen Hierarchie war Seine Eminenz von Centurycity ein »ekklesiastisches Phänomen vom Range eines Flamingos, den gewöhnliche, aufgescheuchte Haushühner ausgebrütet haben«.

Maestroianni, Pensabene und Aureatini kannten ihren amerikanischen Vorzeigekandidaten. Er hatte seinen kometenhaften Aufstieg tatsächlich in einer unbedeutenden südlichen Diözese begonnen. Nach einer Versetzung an einen wichtigeren Bischofssitz an der Ostküste war Seine Eminenz unversehens zum Kardinalerzbischof von Centurycity befördert worden – einer Erzdiözese, die einst für ihre soliden Finanzen, ihre Papsttreue und ihren überwältigenden, wenn auch gelegentlich halsstarrigen römischen Katholizismus berühmt gewesen war. Binnen kürzester Zeit hatte er seine amerikanischen Kardinalskollegen überflügelt und in diesem kritischen Moment nahm er die Rolle des Spötters in der seltsamsten aller ekklesiastischen Schöpfungen ein: der Nationalen Katholischen Bischofskonferenz – der NKBK – und in ihrem, auch wenn niemand viel Aufhebens darum machte, linksgerichteten politischen Flügel, der Katholischen Konferenz der Vereinigten Staaten – der KKVS. Niemand gab viel um die geistreiche Bemerkung eines Kommentators, dass im Verhältnis dieser beiden Zweige des amerikanischen Episkopats die rechte Hand nicht immer wusste, was die linke tat. Der Kardinal wusste immer, was beide Hände taten. Seine Eminenz von Centurycity hatte die ganze Maschinerie zur Verfügung. Seine Eminenz *war* diese Maschinerie.

Auch wenn die Persönlichkeit dieses Mannes vielen, die ihn kaum kannten, gewöhnlich und sogar banal erschien, stachen drei Charakterzüge besonders hervor. Seine Eminenz schien stets von kirchlichen Autoritäten, die in der Hierarchie einen Rang über ihm standen, akzeptiert worden zu sein. Offensichtlich hatte er Freunde mit einflussreichen Freunden. Dennoch war der Grund für seine einzigartige Akzeptanz für einen uneingeweihten Beobachter mehr als rätselhaft.

Eine zweite Eigenart war seine Autorität innerhalb des episkopalen Establishments Amerikas; eine Autorität, die niemand infrage stellte und wohl auch niemand infrage stellen konnte. Kardinal O'Cleary von New Orleans war dafür bekannt, dass er seine Taktiken bewunderte, ihnen aber nichts Gleichwertiges entgegensetzen konnte. Die Kardinäle der Ostküste fürchteten seine Beziehungen zu Kirche und Staat. Die Kardinäle der Westküste hielten es für ratsam, an seinem Rockzipfel zu hängen. Ob innerhalb oder außerhalb von Centurycity, mit allen Sanktionen und internen Disziplinarmaßnahmen der Maschinerie in Reichweite seiner samtenen Fingerspitzen konnte Seine Eminenz einen widerspenstigen Kleriker ohne weiteres kaltstellen und ihn damit von aller wirklichen Macht innerhalb des Establishments isolieren.

Das dritte Merkmal des amerikanischen Kardinals war eine Umkehrung des zweiten. Denn so tödlich er selbst sich für die Karriere anderer Kleriker erweisen konnte, so genoss er selbst doch eine unangreifbare Immunität gegen jeden Versuch sein eigenes Ansehen bei den vatikanischen Autoritäten und seinen kirchlichen Kollegen in Amerika zu erschüttern. Ganz gleich wie viele Beschwerden in Rom von der katholischen Kirche in den Vereinigten Staaten eingingen – und ganz gleich ob diese Beschwerden von einem Kardinalskollegen, einem Gemeindepriester oder Laien stammten –, irgendwie endeten sie alle unter einem Stapel unerledigter Korrespondenz oder in einer von Tausenden »inaktiven« vatikanischen Akten. Offenbar hatte der Kardinal auf allen Rängen bis hin zum Papstthron Freunde sitzen.

Daher war es verständlich, dass der amerikanische Kardinal den Standard bildete, an dem Maestroianni alle Namen auf seiner kritischen Liste maß.

XXVI

Christian Gladstone fühlte sich in Rom wie ein Emporkömmling. Wie ein Fußball, der plötzlich in einen reißenden Fluss geschossen wurde und nun hilflos herumhüpfte, ohne dass er eine Möglichkeit hatte sich aus eigener Kraft über Wasser zu halten. Er hatte gehofft von Pater Damien Slattery einige einführende Ratschläge zu erhalten. Aber der *portiere* an der Pforte des Angelicums hatte diese Hoffnung zerschlagen. »Der Pater General ist erst heute abend wieder da, *Reverèndo*.« Er kam also nicht darum herum. Die nachdrücklichen Vorladungen, die ganz oben auf dem kleinen Stapel von Nachrichten und Briefen lagen, die bei seiner Ankunft auf ihn warteten, bedeuteten ihm, dass er sich heute zuerst mit Seiner Eminenz Kardinal Maestroianni zu treffen hatte.

Auch wenn Christian sich auf ein so frühes Zusammentreffen mit Maestroinni nicht gerade freute, überraschte es ihn nicht. »Auf Sie ist kein Geringerer als Seine Eminenz Cosimo Maestroianni persönlich aufmerksam geworden«, hatte O'Cleary gesagt. Dennoch half ihm sein Termin bei Kardinal Maestroianni am frühen Nachmittag nicht, seine Orientierung zu finden.

Im Gegenteil: In dem Moment, als er im zweiten Geschoss des päpstlichen Palastes aus dem Fahrstuhl trat und in die neue Bürosuite Seiner Eminenz gewiesen wurde, kam ihm die ganze Atmosphäre dieser Räumlichkeiten seltsam verändert vor. Selbst der kleine Kardinal wirkte irgendwie anders. Wie bei ihrer ersten Begegnung im Mai erwies Seine Eminenz sich als ein Meister herablassenden Entgegenkommens und arroganter Überheblichkeit. Aber da war etwas Neues. Chris hatte erwartet, dass Maestroiannis Aura der Macht außerhalb des Staatssekretariats an Wirkung einbüßen würde. Was er allerdings feststellte, war genau das Gegenteil. Nicht eine Aura gewachsener faktischer Macht, sondern eine schiere Ausstrahlung von Macht ohne die einschränkenden Fesseln eines Amtes.

Nachdem er dem Amerikaner seinen Ring zum Kuss geboten hatte, versuchte Maestroianni sich an einer herzlichen Begrüßung; aber sie traf Gladstone wie ein Stachel. »Wie schön Sie so schnell wieder in Rom zu sehen, Pater.«

Und als er sich hinter seinen Schreibtisch gesetzt und seinem neuen Protegé bedeutet hatte auf dem nächstbesten Stuhl Platz zu nehmen, beglückwünschte der Kardinal den jungen Gladstone zum energischen Einsatz seiner Mutter für die Interessen der Kirche. »Wir alle sind äußerst dankbar für die Unterstützung, die diese bewundernswerte Frau jüngst in der traurigen Affäre um die BNL geleistet hat.« Völlig ratlos konnte Chris nur das Lächeln des Kardinals erwidern und ihm für das beabsichtigte Kompliment danken. Er wusste nicht mehr als das, was er in den Zeitungen über den Skandal um den Zusammenbruch der italienischen Banca Nazionale del Lavoro gelesen hatte. Aber es war undenkbar, dass seine Mutter etwas mit solchen Angelegenheiten zu tun haben konnte.

»Und nun, *caro Reverèndo*« – Maestroianni reichte das lockere Geplauder nun offensichtlich – »sind auch Sie angehalten wie ein Mann für das Wohl der Kirche einzutreten.« Knapp, aber mit einer Geduld, die er unter anderen Umständen nicht gezeigt hätte, beschrieb Seine Eminenz in groben Umrissen die Aufgabe, die er für Gladstone im Sinn hatte. Christian würde seinen Vollzeitdienst in Rom als eine Art fliegender Abgesandter des Vatikans für einen Kreis ausgewählter Bischöfe beginnen. Maestroianni schob eine Aktentasche über den Tisch, ließ aber eine Hand darauf liegen. »Hierin finden Sie Informationen über Ihre erste Gruppe von Bischöfen. Natürlich müssen Sie sich nicht gleich die Mühe machen das Material durchzusehen. Dafür bleibt sicher noch reichlich Zeit, denke ich. Lassen Sie mich nur so viel sagen, dass Sie für uns zuerst in Frankreich, Belgien, den Niederlanden und Deutschland arbeiten. Wir haben zu jedem Bischof ein Dossier zusammengestellt – persönlich und beruflich. Und es liegt auch eine Analyse der Diözese jedes Bischofs bei. Das Übliche im Detail – Finanzen, Demographie, Medien, soziale Einrichtungen von Kindergärten über Universitäten bis zu Seminaren. Das Übliche eben, wie ich schon sagte.

»Bevor Sie Rom verlassen« – Maestroianni hob jetzt die Hand von der Aktentasche – »studieren Sie dieses Material und eignen es sich an. Sie sollen jede Diözese, die Ihnen zugewiesen wurde, und jeden Bischof, den Sie treffen werden, so gut kennen lernen wie sich selbst. Während jedes Besuchs werden Sie unsere grundlegenden demographischen Daten aktualisieren. Wir sind ständig an solchen Daten wie der Anzahl katholischer Familien interessiert, die noch in einem Gebiet wohnen; die Anzahl der Konversionen und Taufen; die Häufigkeit von Beichten, Kommunionen und annulierten Ehen; die Anzahl der Geburten und der Kinder, die Diözesanschulen besuchen; Berufungen zur Priesterschaft; Bücher, die im Religionsunterricht verwendet werden. Es ist alles für Sie vorbereitet. Und die Beamten in jeder Diözesankanzlei werden Ihnen derartige Daten sicher bereitwillig *en bloc* zur Verfügung stellen.

Es gibt allerdings andere Daten, die nur von einem vertrauten vatikanischen Gesandten in einem Gespräch unter vier Augen mit dem jeweiligen Bischof ermittelt werden können. Daten, die uns helfen werden Probleme zu überwinden, die unseren Bischöfen offenbar zu schaffen machen. Habe ich mich klar ausgedrückt, *Reverèndo?*«

Nicht einmal halbwegs, dachte Chris bei sich. »In gewissem Maße, Euer Eminenz. Ich weiß natürlich noch nicht, von welcher Art vertraulicher Daten die Rede ist. Aber mir ist nicht ganz klar, warum ein Bischof einem Außenstehenden überhaupt Vertrauliches offenbaren sollte.«

»Mein lieber Pater!« Ein so grundlegendes Missverständnis schien seine Eminenz zu schockieren. »Sie sind kein Außenstehender. Zumindest nicht mehr. Sie sind jetzt einer von uns. Jeder ihrer Besuche bei einem Bischof wird von unserer Kanzlei im Voraus angekündigt. Von meinem eigenen Personal, um genau zu sein. Und ich versichere Ihnen, dass die Tatsache den Mantel eines vatikanischen Abgesandten zu tragen wahre Wunder wirken wird um Ihnen Türen zu öffnen. Dieser Mantel wird Ihnen sogar Zugriff auf Informationen ermöglichen, die anderen verborgen bleiben.«

Je länger er Maestroianni zuhörte, umso ratloser wurde Gladstone. Diese Gedanke widersprach dem Bild, das er von sich selbst hatte, so sehr, dass Christian alle Vorsicht fahren ließ. Er stellte eine direkte Frage. Das war sein einziger Fehler. »Wenn Sie die Frage gestatten, Eminenz: Was ist der eigentliche Zweck meiner ganzjährigen Versetzung nach Rom? Die Arbeit, die seine Eminenz beschrieben haben, scheint mir von vorübergehender Natur zu sein – schließlich gibt es nicht unendlich viele Bischöfe. Und Kardinal O'Cleary hat von einer ganzjährigen Lehrtätigkeit im Angelicum gesprochen.«

Maestroianni erwiderte das Feuer dieser freimütigen Frage mit einem Blick, der hätte töten können, einem abschätzigen Zungenschnalzen und einem milden Tadel, der in einem rauen Ton ausgesprochen wurde. »Mein lieber Pater! Natürlich schätzen wir Ihre Leistungen als Lehrkraft. Auf diesem Gebiet haben Sie sich bereits das höchsten Lob der römischen Autoritäten verdient. Nun werden allerdings neue Aufgaben Sie in Gebiete führen, wo Sie sich bewähren müssen. Was die Zukunft angeht ...« Seine Eminenz starrte Gladstone für einen Augenblick mit großen Augen an, dann wurde seine Miene weicher. »Was die Zukunft angeht, wer weiß? Wir müssen Gottes Willen täglich neu ergründen. Oder sind Sie anderer Meinung?«

Christian empfand Maestroiannis Berufung auf Gottes Willen fast als abstoßend. Der Rest der Botschaft war jedoch klar und unmissverständlich. Offenbar hatte der Kardinal ihn als einen einfältigen, gelehrten Priester eingeschätzt, der sich von bedingungsloser Loyalität und einem kindlichen Vertrauen in die Autorität seiner Vorgesetzten leiten ließ. Das Einzige, was Gladstone davon abhielt, die Vorstellung einer »römischen Karriere« nicht auf der Stelle zu verwerfen, war eine plötzliche Erinnerung an Pater Aldo Carnesecca. Vor allem erinnerte er sich an Pater Aldos passive Art und seinen klaglosen Gehorsam, wenn er mit Männern wie Maestroianni zu tun hatte. Doch Christian kannte Carnesecca als den unabhängigsten Geist, den er sich nur vorstellen konnte; und er hatte in seinem langen Dienst an der Kirche wahrscheinlich mehr Gutes geleistet als Heerscharen von Aufrührern.

»Nun, Pater Gladstone.« Maestroianni fasste das Schweigen des jungen Priesters als gehorsame Zustimmung auf. »Sie werden in nächster Zeit sicher den Großteil ihrer Zeit reisen. Ein vatikanischer Pass wird Ihnen ... äh, viele Grenzüberquerungen erleichtern. Ja!« Maestroianni reagierte auf die völlige Verblüffung in Gladstones Blick. »Ein seltenes Privileg! Aber ich habe persönlich mit unserem neuen Staatssekretär darüber gesprochen. Kardinal Graziani ist über ihren Termin bei mir unterrichtet und es wäre ihm ein Vergnügen, Ihnen das wertvolle Dokument heute Nachmittag persönlich überreichen zu können.«

Da war sie wieder, dachte Chris, diese Ausstrahlung von Überlegenheit, selbst über das Staatssekretariat. Doch ihm blieb keine Zeit weiter darüber nachzudenken, denn die Besprechung war fast vorüber. Gladstone sollte im Laufe der Woche noch zu einer letzten Besprechung eingeladen werden, erklärte Maestroianni. In der Zwischenzeit sollte er sich mit den Unterlagen beschäftigen, die man für ihn vorbereitet hatte. Die Aktentasche unterm Arm wurde der gehorsame neue Diener Seiner Eminenz daraufhin mit einer Geste, als habe er sich zu beeilen, zu seinem zweiten heutigen Termin bei einem hochrangigen Vorgesetzten losgeschickt. Zu einem weiteren Friss-Vogel-oder-stirb-Gespräch, diesmal mit dem neuen Staatssekretär.

Christian musste zugeben, dass Kardinal Graziani einen recht umgänglichen, sogar freundlichen Eindruck machte. Der Staatssekretär hatte die komische Angewohnheit ständig zu blinzeln. Aber sein Händedruck war fest und sicher.

Als sei auch er sich bewusst, welche Macht Maestroianni mit sich genommen hatte, als er dieses Büro verließ, schien der Kardinalstaatssekretär mehr daran interessiert, eine eigene Beziehung mit dem Neuling aufzubauen.

»Unser beider Meilenstein, Pater.«

Der Sekretär schob Gladstone den druckfrischen Pass über den Schreibtisch zu. »Das ist einer der ersten, die ich ausgestellt habe.«

Dann fügte er mit einem Lächeln hinzu: »Ich hatte Gelegenheit, die Familienakte der Gladstones zu lesen. Sehr eindrucksvoll. Angesichts dieser engen und langen Bindungen zum Heiligen Stuhl verwundert es nicht, dass Ihre geschätzte Mutter in dieser leidigen Sache um die BNL wieder einmal zum Wohle der Kirche tätig werden konnte.«

Jetzt war Gladstone mit dem Blinzeln an der Reihe, doch nicht mit der Weisheit eines Buddhas. Dies war das zweite Mal binnen einer Stunde, dass Cessis Name in Zusammenhang mit dem internationalen Skandal um die Banca Nazionale del Lavoro fiel. Ebenso beunruhigend für Christian war die Erkenntnis, dass sein Familiendossier in den höchsten Rängen des Heiligen Stuhls kursierte. Vielleicht war das eine unvermeidliche Begleiterscheinung, wenn man, und sei es nur peripher, mit dem mächtigen Kardinal Maestroianni zu tun hatte. Aber er vermisste schmerzlich den schützenden Mantel der Anonymität, wie er sie als Teilzeitprofessor im Angelicum genossen hatte.

»Bevor Sie gehen, Pater«, Graziani sprach jetzt mit zwingender Aufrichtigkeit, »lassen Sie mich Ihnen versichern, dass Sie sich, falls Sie je Hilfe benötigen sollten, vertrauensvoll an mich wenden können. In diesem Büro genießen Sie volles Vertrauen, ganz gleich, wer oder was beteiligt ist.«

Der Kardinal konnte nicht unumwunden sagen, dass jeder in Maestroiannis Machtspiel zum Gefolgsmann Ausersehene wissen sollte, wo ein Ausweg zu finden war; oder dass Maestroianni sich übernehmen könnte. Aber er konnte darauf hinweisen, dass jetzt nicht mehr Maestroiannis Gönnerschaft zählte, sondern seine eigene in seiner Rolle als Staatssekretär. Und er konnte diesen Aspekt betonen, indem er sein Angebot wiederholte.

»Jegliche Hilfe, Pater Gladstone. Sie brauchen nur zu fragen.« Danach stand Graziani auf und führte Christian auf liebenswürdigste Weise zur Tür. »Sie werden natürlich für uns alle beten. Besonders für den Heiligen Vater, damit er für seine schweren Entscheidungen Zuspruch erfährt.«

Gladstone brauchte nicht bis zum Abend zu warten um Damien Slattery schließlich doch noch zu treffen. Er lief dem Generalmagister in einem Korridor im Obergeschoss über den Weg, als er in sein Zimmer im Angelicum zurückkehrte. Typischerweise hatte Slattery das erste Wort. »Genau der Mann, nach dem ich gesucht habe. Können wir uns in Ihrem Quartier kurz unterhalten?«

Besser spät als nie, dachte Christian, als Pater Damien sich neben ihm auf einen Stuhl niederließ, der nicht für seine massige Gestalt gebaut war.

»Gerade wieder hier und schon eifrig in den Weinbergen beschäftigt, häh?« Slattery sah zu, wie Chris seine Aktentasche auf den Schreibtisch legte und ihm gegenüber Platz nahm. »Ich habe nur eine kurze Nachricht für Sie, Pater Gladstone. Vor einigen Tagen hat Seine Heiligkeit den Wunsch geäußert sich einige Minuten mit Ihnen zu unterhalten. Im Moment sind Sie sicher erschöpft, es ist ja Ihr erster Tag. Haben Sie trotzdem heute Abend etwas Zeit? Sagen wir, gegen viertel nach acht?« Als der junge Amerikaner keine Antwort gab, wurde Slattery doch stutzig. »Halt, Pater. Ihnen geht doch etwas durch den Kopf.«

Christians Lachen hatte nichts Heiteres. Es war eine Sache, von Maestroianni, Graziani und ihresgleichen wie ein geistloser Spielball behandelt zu werden. Aber bei Pater Damien gefiel ihm diese Taktik schon weit weniger. Und hier saß der Dominikaner vor ihm und erteilte ohne Erklärung Befehle. Ja, mit Slattery erging es ihm sogar noch schlimmer. Maestroianni hatte sich immerhin zu einem Willkommensgruß aufgerafft, wie unaufrichtig auch immer. Und Graziani hatte zumindest seine Hilfe angeboten, was immer er auch im Hinterkopf gehabt haben mochte.

»Das Einzige, was mir durch den Kopf geht, Pater General«, erwiderte Chris wahrheitsgemäß, »ist eine lange Liste von Fragen und keine Antworten.«

Slattery schlug unter einem Meer wallender Gewänder seine gewaltigen Beine übereinander. »Lassen Sie uns einige dieser Fragen hören.«

In seinem Unbehagen begann Christian auf und ab zu gehen. Zum ersten Mal versuchte er sein Gefühl in Worte zu fassen, er sei in einen Fluss geworfen worden und hätte im Umkreis von vielen Kilometern keinen festen Boden unter den Füßen. »Die eigentliche Frage ist, was ich hier überhaupt soll. Auf lange Sicht, meine ich. Vielleicht geht das Ganze weit über meine Möglichkeiten hinaus. Je mehr ich darüber erfahre, welche Rolle ich spielen soll, desto mehr habe ich das Gefühl, ich sei unter die kleinen grünen Männchen vom Mars geraten.«

»Heilige Muttergottes, Gladstone!« In einer Mischung aus Zorn und Ungeduld, so schien es, verfiel der Dominikaner in seinen irischen Dialekt. »Was glauben Sie, wo Sie sind? In einem klerikalen Kindergarten? Sie sollten langsam mal erwachsen werden! Und wo Sie schon dabei sind, sollten Sie besser gleich lernen, dass es keinen festen Boden gibt. Nicht in Rom! Nicht jetzt! Und Sie lernen besser, dass Sie in dem reißenden Fluss, von dem Sie gesprochen haben, nicht mit kleinen grünen Männchen herumtollen! Sie schwimmen in einem Schwarm Barrakudas!«

Obwohl ihn Slatterys Ungestüm verblüffte und ihn die Einsicht schmerzte, dass der Pater die Wahrheit sagte, war Christian zumindest erleichtert darüber, dass Pater Damien nicht wie ein vatikanischer Roboter redete, der die *romanità* virtuos beherrschte. Er hielt inne und setzte sich wieder. »Ich schätze, ich bin so lernwillig und -fähig wie jeder andere auch. Aber die Hoffnung kam mir nicht abwegig vor, dass zumindest etwas von dem, was Kardinal O'Cleary mir in New Orleans sagte, der Wahrheit entsprach. Als er sagte, dass ich im Angelicum unterrichten sollte, war ich nicht so dumm anzunehmen, das sei alles.

Aber die akademische Welt hat eine eigene Art auf das Leben eines Mannes einzuwirken. Selbst in Rom.«

»Hören Sie, Pater.« Slattery hatte sich nun wieder besser im Griff. Sein Dialekt verschwand. »Kurz- und langfristig gibt es nichts, was einen Mann mit Ihren Anlagen überfordern könnte. Ich weiß nicht, was O'Cleary Ihnen über Ihre Lehrtätigkeit im Angelicum gesagt hat. Aber Tatsache ist, dass Ihnen eine besondere Aufgabe anvertraut wurde. Im vatikanischen Jargon sind Sie ›für besondere Einsätze vom Staatssekretariat freigestellt‹. Sie brauchen also keinen Stundenplan für Aufnahmeprüfungen, Vorlesungen und Seminare. Was Sie brauchen, ist etwas gegen die Barrakudas.

Befassen wir uns für einen Moment mit den beiden, die Sie erwähnt haben. Ich nehme an, Sie waren heute bei Kardinal Graziani. Als Diplomat wird er recht gute Arbeit leisten. Aber wie man so sagt: Tief drinnen ist er seicht. Er ist jedermanns Freund und niemandes Verbündeter. Auch nicht Kardinal Maestroiannis Verbündeter. Er ist einnehmend und verschlagen. Er hat keine Ethik, aber er hält sich an die Spielregeln – selbst wenn es um seinen eigenen Vorteil geht. Es überrascht mich nicht, dass Sie mit ihm arbeiten werden. Ich habe eigentlich sogar damit gerechnet. Und ich kann Ihnen keinen besseren Rat geben als ihre Gebete zu sprechen, auf jedes Wort zu hören und keine Fragen zu stellen. Nicht einmal die nächstliegenden.«

Obwohl Slatterys Ratschläge recht düster klangen, musste Chris lachen. »Darauf bin ich selbst gekommen.«

»Sie haben also schon zu viele Fragen gestellt?«

»Ich habe *eine* Frage gestellt, mehr nicht. Dabei habe ich mir fast die Finger verbrannt. Aber ich stelle Ihnen eine. Sie wissen doch von dieser Affäre um die BNL, die durch die Medien gegangen ist? Nun, heute fiel zweimal der Name meiner Mutter in Zusammenhang mir dieser Sache. Ich blicke da nicht durch. Ich meine, wissen Sie etwas darüber?«

»Eine komplizierte Sache, *Padre*.« Slattery wollte Christian nicht vertrösten. Die Frage war in seinen Augen legitim. Aber er konnte eine Antwort auf die Sorge des jungen Priesters um seine Mutter nur erraten. »Ich versuche es in der Sprache, die wir finanztechnischen Fußgänger verstehen können. Die Vatikanbank arbeitet mit der BNL zusammen. Die BNL hat mit Saddam Hussein zusammengearbeitet und die Verlängerung von bis zu fünf Milliarden Dollar in illegalen Darlehen und Krediten unterstützt um Saddam bei der Finanzierung seines Condor-II-Raketenprojekts unter die Arme zu greifen. Und mit Billigung der BNL hat Saddam Geld für den illegalen Kauf strategischer Waffen gewaschen. Die BNL war natürlich nicht allein aktiv. Einige andere westeuropäische Banken waren an dem gemeinsamen irakisch-argentinisch-ägyptischen Raketenprojekt beteiligt. Auch einige unserer US-Banken. Und einige hohe Beamte in der US-Administration. Die Bush-Bande. Jede Menge illegales Treiben auf allen Seiten.

Als die Sache durch die Medien ans Licht kam, war eine Rettungsaktion nötig um die Vatikanbank aus der Schusslinie zu holen. Was genau Ihre Mutter damit zu tun hatte, kann ich nur raten. Aber schließlich kann man die Gladstones kaum als arme Schlucker bezeichnen. Und Sie sind *privilegiati di Stato*. Deshalb vermute ich, dass sie für diese Rettungsaktion um finanzielle Unterstützung gebeten wurde.«

Gladstone schüttelte den Kopf. Wann würde endlich einmal jemand seine Mutter verstehen, fragte er sich. Cessi verabscheute Roms gegenwärtige Einstellung zu religiösen Fragen. Aber wenn Slattery Recht behielt, dann hatte sie die Bank des Papstes unterstützt. Unversehens kam Chris ein anderer Gedanke. Ein Gedanke, der zu zynisch war, zu sehr mit der Sicht eines Eingeweihten im Einklang stand, wie sie sich allmählich in seinen Gedanken zusammenfügte. Der Gedanke, dass der Wunsch des Heiligen Vaters ihn zu sehen etwas mit der Vatikanbank und der finanziellen Nützlichkeit seiner Familie zu tun haben könnte.

Christian hatte Slattery seine Idee kaum anvertraut, da fuhr der Generalmeister von seinem Stuhl hoch. Mit zornigem, hochrotem Gesicht beugte er sich über Gladstone, dass ihre Nasen sich fast berührten und er sich in seinem Stuhl gefangen fand. »Wie können Sie so etwas glauben, Pater? Wir führen gegen Satan persönlich Krieg! Vielleicht ist dieser Krieg schon zu unseren Gunsten entschieden worden. Aber im Moment haben wir verloren, verlieren noch und werden weiter Schlacht um Schlacht verlieren! Und da glauben Sie, der Heilige Vater habe nichts Besseres zu tun als Sie um Geld anzuhalten wie ein windiger Politiker? Überlegen Sie doch mal! Vielleicht sind Sie noch zu jung um zu wissen, was vor sich geht. Aber Sie sind nicht zu jung um zu lernen, dass viel kompliziertere Dinge vor sich gehen, als Sie ahnen. Viel höllischere, viel göttlichere, viel gefährlichere Dinge, als Sie sich auch nur vorzustellen vermögen!«

Slattery richtete sich zu seiner ganzen imposanten Größe auf und starrte mit glühend blauen Augen auf Chris hinunter. »Wenn Sie für eine Weile auf ihr halbwüchsiges Schutzbedürfnis verzichten würden, könnten Sie sich diesem Krieg vielleicht anschließen. Aber ich warne Sie: Sie werden mit jeder Schlacht dazulernen. Wenn Sie nur etwas Ordnung in ihrem armseligen Leben brauchen und wenn Sie meinen, dass eine kleine akademische Nische der richtige Ort sei sie zu finden, dann, sage ich Ihnen, sind Sie ein Haufen Müll, der nur Platz wegnimmt. Es gibt hunderte Akademiker dieser Sorte in Rom. Und wissen Sie, was ihr eigentliches Ziel ist? Ich sag's Ihnen in einem Wort: der Tod. Sie könnten denselben Weg einschlagen. Und Sie wären aus demselben Grunde verflucht ...«

Slattery brach mitten im Satz ab, das Gesicht von den hässlichen und abstoßenden Gedanken verzerrt, die er fast ausgesprochen hätte; von seinen Kenntnissen als Exorzist und seinen eigenen Erfahrungen mit den Verfluchten. Er trat von Gladstone zurück und ging ans Fenster. Als er weitersprach, klang seine Stimme weicher, doch umso eindringlicher. »In der Schlacht, die zur Zeit stattfindet, sind durchaus noch einige von uns auf der Seite der Engel. Aber es sind nicht viele, verglichen mit der Masse der Mitläufer, die sich sich bereitwillig an die Rockzipfel derer hängen, die zerstören wollen, was wir zu retten hoffen.

Ich weiß nicht, vor welche Wahl Kardinal O'Cleray Sie gestellt hat, *Padre*. Aber ich stelle Sie vor eine Wahl und ich mache es ganz einfach. Sind Sie einer von uns oder nicht? Wenn die Antwort Ja ist, dann marschieren Sie von Schlacht zu Schlacht wie die anderen von uns. Wenn die Antwort Nein ist, dann verschwinden Sie von hier.«

Chris hielt Slatterys starrem Blick noch eine ganze Weile

stand. Der Dominikaner hatte ihn nicht nur vor eine klare Wahl gestellt; er hatte sie auch in Worte gefasst, die ihm unheimlich vertraut waren. »Sagen Sie, Pater General. Ist Pater Carnesecca einer von ... äh, einer von uns?«

»Warum fragen Sie?«

»Mir ist nur etwas eingefallen. Ihre Äußerungen über die Schlacht und den Satan erinnern mich daran, wie er mir vor langer Zeit einmal sagte, dass wir mitten in einer globalen Schlacht des Geistes stünden. Und über das spirituelle Wesen, das über den wahren Sieg oder die Niederlage entscheide. Er sagte, im Mittelpunkt dieser Schlacht stehe Rom, es sei aber aus der vatikanischen Hierarchie heraus eine Belagerung gegen den Pontifex im Gange.«

»Dann im Namen des Himmels, Gladstone!« Slattery ließ seine ganze Körpermasse so schwer auf den Stuhl fallen, dass er unter der plötzlichen Belastung knackte. »Wenn Sie so viel begriffen haben, warum verstehen Sie dann das Gesamtbild nicht?«

»Ist Carnesecca einer von uns?«, Christian brauchte seine Antwort.

»In dem Sinne, wie Sie die Frage gemeint haben, lautet die Antwort ja. In einem größeren Zusammenhang müsste ich antworten, dass Pater Aldo ein besonderer Fall ist. Er gehört bereits ganz und gar Gott. Aber hier steht nicht Pater Carnesecca zur Debatte.« Slattery war entschlossen die Sache auf die eine oder andere Art zu entscheiden. »Die Frage ist, *Padre*, ob *Sie* einer von uns sind!«

»Ja!« Seine Antwort kam so spontan, als detoniere eine scharfe Ladung. »Ich bin einer von Ihnen!«

»Aha! Sie wollen also heute abend mit Seiner Heiligkeit reden?«

»Ja! Das werde ich tun!«

»Gut! Warum haben Sie das nicht gleich gesagt, Junge?« Der Generalmagister erhob sich aus seinem Stuhl, ging zur Tür hinaus und ließ sie hinter sich offen stehen. »Um viertel nach acht wird unten an der Tür ein Wagen auf Sie warten«, rief er aus dem Korridor.

Als Monsignore Daniel an diesem Abend Christian ins private Arbeitszimmer des Papstes im dritten Geschoss des päpstlichen Palastes führte, verflog jede Spur von Zynismus gegenüber dem polnischen Papst, die trotz Damien Slatterys Ausbruch noch übrig geblieben sein mochte, wie Rauch.

Der Pontifex saß in einem Lichtkegel an seinem Schreibtisch und hob fast unmerklich den Kopf, als sie leise eintraten. Den Stift noch in der Hand sah er ihm anfangs fragend, dann gleich freundlich in die Augen. Es schien so, als habe Christian, indem er nur in diesem Zimmer erschien, die Aufmerksamkeit für sich gewonnen und alles, was ihn sonst beschäftigen mochte, aus seinen Gedanken verdrängt. Mit einfachen Bewegungen, zügig, doch ohne Hast, legte Seine Heiligkeit den Stift weg und kam mit ausgestreckten Händen hinter dem Schreibtisch hervor. Das Lächeln in seinen Augen ließ seine Züge weich erscheinen.

In dem Augenblick als er niederkniete um den Papstring zu küssen, hatte Gladstone keinen Zweifel, dass er selbst dann, wenn er diesen Mann nie wieder sehen würde, dennoch immer unter dem Einfluss dieses lächelnden Blicks und der Erhabenheit stehen würde, die die Persönlichkeit dieses Papstes ausstrahlte. Mit beidem drückte der Pontifex auf seine persönliche Art die grundlegende Beziehung eines jeden Papstes zu allen Priestern aufrechten Glaubens aus. So zerbrechlich sie auch in ihrer scheinbaren Immaterialität wirkte, so sollte diese Beziehung sich für Christian doch als dauerhafter erweisen als gehärteter Stahl; als so ursprünglich wie das Gefühl, das einst den Apostel Paulus zu seinem Aufschrei »*Abba!* Vater!« bewegt hatte; als so vergeistigt wie Kardinal Newmans kindlicher Seufzer, als er in die Kirche aufgenommen wurde: »Unglaublich – endlich daheim!«

Im persönlichen Gegenüber wirkte dieser weißgewandete Mann, der Christian an der Hand nahm und zu einem der beiden Armstühle in einer Ecke des Zimmers führte, nicht anders als jeder andere Mensch, den er bisher kennen gelernt hatte. Der Heilige Vater war offensichtlich vorzeitig gealtert. Er hatte eher ein hageres Gesicht als volle Wangen, wirkte eher zerbrechlich als lebhaft, strahlte mehr aus sich selbst heraus, als dass er durch sein Auftreten beeindruckte. Seine tiefe Stimme, sein akzentbehaftetes Italienisch, der slawische Rhythmus seiner Aussprache waren ähnlich bei zahllosen anderen Menschen anzutreffen. Doch er hatte einen eigentümlichen Zug an sich. So wie ein fernes Licht auf eine Lampe hindeutet, eine gesprochenes Wort auf einen Sprecher, eine auslaufende Welle am Strand auf einen tiefen Ozean, so deutete alles an diesem slawischen Papst – Sprache, Blick, Ausdruck von Auge und Hand – auf eine größere, ungesehene Präsenz hin.

Als Erstes dankte der Heilige Vater seinem jungen amerikanischen Besucher für seine Hilfe bei der Beschaffung von Fotos der Bernini-Statue *Noli me tangere*. »Es ist ein Segen, den wir immer teilen werden, Pater Gladstone.«

»Das war doch eine Kleinigkeit, Euer Heiligkeit.«

»Vielleicht.« Der Papst schürzte die Lippen. »Trotzdem, als Priester wird von Ihnen erwartet, dass Sie immer der Sache unseres Herrn dienen, auf diese oder jene Weise. Das bedeutet, dass Ihnen immer Sein besonderes Wohlwollen gilt. Doch Pater Slattery sagt mir, dass Sie sich im Rom unserer Tage orientierungslos fühlen.«

Ohne Kardinal Maestroiannis Namen zu erwähnen beantworte Christian die unausgesprochene Frage des Heiligen Vaters mit einer vorsichtige Beschwerde über das »Geschiebe und Gezerre«, das er zu erdulden hatte. Der Druck, gestand er, war schwer zu verkraften.

»Allerdings.« Der Heilige Vater verlagerte sein Gewicht im Stuhl, als bereite ihm der Gedanke körperliche Schmerzen. »Ich verstehe das, glauben Sie mir. Aber man sollte nie vergessen, Pater Gladstone, dass Gott mit dem Schwanz des Hundes wedelt; und ohne ihn kann der Hund nicht einmal das!«

Chris konnte sich ein Lächeln nicht verkneifen, als er sich den mächtigen, rot gewandeten Maestroianni als einen Hund vorstellte, der mit dem Schwanz wedelte.

»Sagen Sie mir, Pater.« Der Papst schien sich wieder zu entspannen. »Könnte Ihr Unbehagen Sie davon abhalten, uns mit allen Kräften beim Aufbau des neuen Jerusalem zu helfen? Bei der Neuschaffung des Leibes unseres Erlösers? Wir sind nur wenige. Aber Christus ist der große Baumeister. Und« – der Pontifex lächelte nun sogar ein wenig – »Seine Mutter hat die Hände im Spiel.«

Chris konnte sich nie genau an die Worte erinnern, mit denen er Seiner Heiligkeit versicherte, dass nichts als sein Tod ihn davon abhalten könne, jeden Dienst zu leisten, zu dem er fähig sei. Und er wurde sich auch nie ganz darüber klar, was der Heilige Vater gemeint hatte. Woran er sich aber erinnerte – was ihm über sein Verstehen hinaus Gewissheit spendete und von da an ein ständiger Refrain in seinen Gedanken blieb –, waren die genauen Worten, mit denen der Papst ihn in diesem Krieg begrüßte. »Dann kommen Sie, Pater Gladstone! Kommen Sie! Leiden Sie ein Weilchen mit uns und ertragen Sie den gegenwärtigen Schmerz zum Segen der einen großen Hoffnung!«

»Jerusalem!« Generalsekretär Paul Thomas Gladstone hielt den Telefonhörer für eine Sekunde vom Ohr weg und starrte ihn ungläubig an.

»Jerusalem, Mr. Gladstone!« Die Erbitterung in Cyrus Benthoeks Stimme war dick wie ein Londoner Nebel. »Haben wir eine schlechte Leitung erwischt? Ich sagte Jerusalem. Freitag abend wird am Flughafen von Brüssel ein Privatflugzeug auf Sie warten. Wir haben für Sie eine Suite im König-David-Hotel gebucht. Sie werden früh genug zurück sein um Ihren Termin am Montag wahrzunehmen.«

»Wir, Mr. Benthoek?« Paul war zu klug um zu widersprechen. Aber die Frage schien ihm unter den gegebenen Umständen legitim.

»Ja.« Benthoek klang wieder wie sein normales, herrisches Ich. »Einer meiner wichtigsten Vertrauten wird sich uns anschließen. Dr. Ralph Channing. Sie haben vielleicht einige seiner Monografien gelesen. Wenn nicht, sollten Sie es nachholen. Auf jeden Fall werden Sie diese kleine Pilgerreise zu schätzen wissen und nicht für eine Vergeudung Ihrer Arbeitszeit halten.« Benthoek legte auf und ließ Gladstone verstimmt über diese Störung seiner knappen Terminplanung für die EG zurück.

Paul hatte nicht damit gerechnet, mit ähnlichen Schwierigkeiten wie sein Bruder kämpfen zu müssen, während er sich in seinen neuen Job einarbeitete. Er steckte täglich fünfzehn Stunden in sein Amt im Berlaymont-Gebäude. Und obwohl es noch Anfang Oktober war, hatte er bereits der ersten Plenarsitzung der EG-Ratsminister beigewohnt. Er hatte noch die Protokolle früherer Sitzungen zu lesen; deshalb war er über einige der Einzelheiten, die unter den Ministern diskutiert wurden, nicht auf dem Laufenden. Aber er hatte insofern Glück gehabt, als der wichtigste Tagesordnungspunkt die allgemeine Vereinbarung über Handel und Zölle betraf.

Diese Sitzung hatte deutlich gemacht, dass die Blockade in der so genannten Uruguay-Runde der GATT-Verhandlungen weit weniger mit dem Preis landwirtschaftlicher Erzeugnisse als mit dem Streit zwischen Euro-Atlantikern und Eurozentristen zu tun hatte. Paul hielt es für wenig wahrscheinlich, dass das viel gerühmte Ziel der politischen und finanziellen Einigung Europas schon zum ersten Januar 1993 zu erreichen wäre.

Gladstone war allerdings so klug gewesen während der Sitzung zu diesem Thema zu schweigen und hatte dieselbe vorsichtige Politik während eines kleines Empfangs eingeschlagen, den die Minister unmittelbar danach zur förmlichen Begrüßung des neuen Generalsekretärs veranstaltet hatten. Er hatte mühelos in die Gemeinschaft dieser hochrangigen Diplomaten hineingefunden und mit jedem in seiner eigenen Sprache gesprochen.

Dieser Empfang hatte Gladstone außerdem eine Gelegenheit verschafft die EG-Mitglieder des Besetzungsausschusses zu begrüßen, die ihn gewählt hatten. Als parlamentarische Staatssekretäre begleiteten sie ihre Außenminister zu jeder Plenarsitzung; und sie schienen ebenso neugierig darauf zu sein, einen Blick auf diesen amerikanischen Eindringling zu werfen, wie er neugierig darauf war, jeden Einzelnen von ihnen kennen zu lernen.

Paul hatte bereits eine ziemlich klare Vorstellung, was er von diesen zwölf Männern und Frauen erwarten konnte, die ihm gemeinsam den Weg geebnet hatten. Er hatte jedem Einzelnen die Hände geschüttelt. Aber nur mit dem Belgier Jan Borliuth hatte er spontan und aufrichtig Freundschaft geschlossen.

Paul Gladstone einziges echtes Problem bestand zu Anfang

darin, eine dauerhafte Bleibe zu finden. Unter den gegebenen Umständen hatte er sich an einen örtlichen Immobilienmakler gewandt und ein Wochenende mit der Suche nach einem geeigneten Haus verbracht. Das war auch der wirkliche Grund für seine Bestürzung über Benthoeks unverschämtes Ansinnen. Er täte viel besser daran, brummte er bei sich, noch ein paar verfügbare Grundstücke in der Umgebung unter die Lupe zu nehmen, als eine Pilgerfahrt nach Jerusalem zu unternehmen.

Glücklicherweise wollte Paul heute mit Jan Borliuth zu Mittag essen. Als fünffacher Großvater schien Borliuth von Natur aus ein väterliches Interesse an jedem zu haben, der seiner Hilfe bedurfte. Während sie`zusammensaßen, erfuhr der Belgier zu seinem Kummer, dass Gladstone dieses Wochenende verlieren würde. Deshalb war er umso entschlossener, seine Hilfe anzubieten. »Wenn Ihre Frau nichts dagegen hat und Sie mir Ihre Familie anvertrauen, setzen sie und ich an diesem Wochenende die Suche fort.«

Paul war begeistert von dieser Idee. Er rief Yusai an, um ihr seine missliche Lage und Jans Angebot zu erklären. Und auf ihre konfuzianische Art stimmte Yusai dem Plan mit einer Mischung aus weiser Hoffnung und klaren praktischen Erwartungen zu. »Der Himmel muss auf uns herablächeln, Paul. Denn sonst könnte das wohl nie funktionieren.«

»Dann also abgemacht!« Borliuth hob ein Glas, als Paul an den Tisch zurückkehrte. »Wenn wir Glück haben, wird Sonntag Abend nach Ihrer Rückkehr nach Brüssel Ihr Problem gelöst sein!«

Als Paul Gladstone sich am Freitagabend kurz nach neun Uhr im König-David-Hotel in Jerusalem anmeldete, wartete an der Rezeption eine handschriftliche Notiz von Benthoek auf ihn. »Wenn Sie nach dem Flug nicht zu müde sind, erwarten Dr. Channing und ich Sie zu einem leichten Abendessen im Speisesaal.« Das war keine höfliche Einladung, sondern ein Befehl. Paul faltete die Notiz zusammen, ließ seine Tasche auf die Suite bringen und begab sich in den Speisesaal.

»Freut mich Sie in Jerusalem zu begrüßen, Paul!« Benthoek

war beeindruckend in seiner körperlichen Haltung und der Ausstrahlung seiner Weisheit von achtzig Jahren, als er Paul an seinem Tisch begrüßte. »Dr. Channing hat sich schon geraume Zeit auf unser kleines Treffen gefreut.«

»Das stimmt, Mr. Gladstone.« Ralph Channing lächelte durch seinen tadellos geschnittenen Spitzbart und hob ein Glas israelischen Weins. »Willkommen in der Königin der Städte.«

Paul konnte sein Erstaunen über Channings Trinkspruch kaum verhehlen. Er hatte nicht gewusst, was er sich von dieser so genannten Pilgerfahrt erwarten sollte; aber er hatte nicht erwartet, dass sie mit den Worten aus einem Gebet beginnen würde, das schon in den Tagen Davids uralt gewesen war.

Er fühlte sich mit Channing geistesverwandt. Der Professor hatte offensichtlich seinen Spaß an akademischer Konversation. Aber er erwies sich auch als ein Mann, der in großen Begriffen zu denken gewohnt ist, und war über alle vulgäre Eingenommenheit oder geschmackloses Parteiendenken erhaben. Während sie über Gladstones Arbeit in Brüssel diskutierten, nannte Professor Channing die EG beispielsweise »diese kontinentale Organisation«, ihr Ziel »Großeuropa« und die Gemeinschaft der Nationen »unsere menschliche Familie«. Paul fand all das sehr anregend.

So wie das Arbeitsfeld des jungen Amerikaners betrachtete er auch die Religion. »Ihre eigene Tradition, Mr. Gladstone«, behauptete Channing, »war eine ganze Zeit lang eine Art Globalismus in komprimierter Form. Trotz einiger Überreste früherer Idiosynkrasieren ist die römisch-katholische Tradition sicher unsere größte Verbündete in der letzten Phase der Globalisierung unserer Zivilisation. Würden Sie dem zustimmen?«

Trotz eines langsamen, aufmunternden Nickens von Benthoek hielt Paul es für das Beste, Zurückhaltung zu bewahren. Es war nicht schwer, wahrheitsgemäß und vage zugleich zu antworten. »Wo immer ich mich selbst vom Katholizismus entfernt habe, Professor, lag dies in gewissen Idiosynkrasien begründet. Besonders in Fragen der persönlichen Moral.«

Channing brachte eine so vorsichtige Erwiderung nicht aus der Fassung. »Ich muss offen zu Ihnen sein. Uns allen läuft die Zeit davon. Und es sind so viel fruchtbare Zusammenarbeiten möglich, um eine bessere Welt zu schaffen. Viele unserer Freunde in Rom glauben, dass es höchste Zeit für einer Veränderung sei. Und sie hoffen, dass sich eine Lösung finden lässt.« Gleichzeitig musste Professor Channing zugeben, dass die Situation ein wenig kompliziert war. »Wenn der Vatikan beteiligt ist, wird die Situation immer kompliziert. Aber so weit es Ihre beschränkte Rolle betrifft, kann die Sache ganz einfach formuliert werden.«

Die zweite Überraschung war für Paul der Umstand, dass er, ob beschränkt oder nicht, überhaupt eine Rolle in Angelegenheiten des Vatikans spielen sollte.

Das sei verständlich, gestand Dr. Channing ein. Aber vielleicht sei Gladstone mit der Karriere des berühmten Kardinals Maestroianni vertraut, der kürzlich als Staatssekretär des Vatikans zurückgetreten war ... Nein? Nun, das mache nichts. Es gehe darum, dass Seine Eminenz nicht nur einer der höchstgeschätzten Freunde Cyrus Benthoeks, sondern auch ein Freund Channings war. Und entscheidend sei, dass Seine Eminenz, wenn es um das künftige Europa ging, die Meinung der drei Männer teile, die sich an diesem Tisch hier versammelt hatten. Seine Eminenz wolle die Jahre seines Ruhestands dem Wohlergehen und der intensiveren Ausbildung der römisch-katholischen Bischöfe in Fragen der großeuropäischen Gemeinschaft widmen.

»Ich gebe gern zu, dass eine solche Ausbildung dringend vonnöten ist«, fügte Benthoek hinzu. »Römisch-katholischen Bischöfen mangelt es in beklagenswertem Maße an einem echten Geist der Zusammenarbeit mit diesem großen Ideal eines Europas, das größer sein wird denn je zuvor. Sie sind sicher sehr erfreut darüber, dass Ihr Bruder eng mit Kardinal Maestroianni zusammenarbeitet.«

»Christian?« Paul versuchte nicht einmal seine Bestürzung zu verbergen. Soviel er wusste, konnte es Chris nach wie vor nicht erwarten, seine Doktorarbeit über den Isenheimer Altar zu beenden und Rom für immer zu verlassen. Zur Zeit sollte Christian eigentlich im Seminar von New Orleans unterrichten.

»Ich sehe, wir haben Sie auf dem falschen Fuß erwischt, Mr. Gladstone.« Professor Channing war ein aalglatter Typ. »Aber ich versichere Ihnen, Ihr Bruder arbeitet jetzt ganzjährig im Rom. Ich glaube, Sie und Pater Gladstone werden oft miteinander zu tun haben.«

Diese dritte Überraschung stürzte Gladstone in völlige Verwirrung. Paul begriff nicht, was die Beteiligung seines älteren Bruders an Kardinal Maestroiannis Bildungsprojekten mit seiner eigenen Arbeit zu tun haben sollte. Es freute ihn, dass sein Bruder irgendwo an der Spitze der vatikanischen Hierarchie auf die Füße gefallen war. Aber ...

Paul durchlebte eine unruhige Nacht, in der er erneut von jenen unermüdlichen Dämonen heimgesucht wurde, die ihm seit seinem Einführungsgespräch mit Benthoek in London nachsetzten. Aber am Samstagmorgen war er ausgeruht und begierig das Gespräch fortzuführen, das sie am Abend zuvor mittendrin abgebrochen hatten. Zu seiner großen Enttäuschung aber hatten Benthoek und Dr. Channing anderes im Sinn.

»Wir haben eine Limousine gemietet, Mr. Gladstone«, verriet Channing mit gurrender Stimme über Kaffee und Eiern.

»Allerdings!«, stimmte Benthoek begeistert zu. »Ich habe Ihnen eine Pilgerfahrt versprochen. Und heute wird sie beginnen. Wir haben eine Rundfahrt zu den archäologischen Sehenswürdigkeiten der Heiligen Stadt vorbereitet.«

So begann ein offenbar genauestens geplanter Ausflug. Während seiner früheren Reisen um die Welt hatte Paul all diese Sehenswürdigkeiten natürlich schon einmal besucht. Doch mit Channings professionellen Anmerkungen als unablässigem Hintergrund und mit Benthoek als griechischem Ein-Mann-Chor begann Gladstone alles an diesen antiken Stätten mit tieferem Verständnis zu betrachten.

Während der Rückfahrt ins Hotel sann Channing über die Kraft der Tradition und das von allen religiös gesonnenen Menschen empfundene Bedürfnis nach die – wie er es nannte – »grundlegenden Ereignisse ihrer Tradition« wieder zu beleben. Gladstone empfand ein Gefühl der Zugehörigkeit. Ein Gefühl privilegiert zu sein. Ein Gefühl der Kameradschaft, gemeinsamer Ideale und Sympathien. Alle Überraschungen und Verwirrungen des gestrigen Abends machten einem angenehmen, nachdenklichen Frieden Platz.

Erst als die drei Weggefährten sich zum Abendessen wieder trafen, kam zur Sprache, was diese beiden bemerkenswerten Männer mit Paul Gladstone im Sinn hatten. Der Professor wandte sich mit herrisch erhobenem Kopf an Paul. »Wir haben gehofft«, begann er mit einem Unterton von Mitgefühl in der Stimme, »dass dieser Papst den Universalismus Ihrer Kirche auf eine wahrhaft globale Ebene ausweiten könnte. Sagen Sie, Mr. Gladstone, wie schätzen Sie den gegenwärtigen Pontifex ein?«

»Ich sehe ihn in einem widersprüchlichen Licht. In mancher Hinsicht scheint er der letzte Papst der alten Schule zu sein. Aber er nimmt einiges vorweg, was wir wohl von zukünftigen Päpsten erwarten dürfen. Im Ganzen, würde ich sagen, betrachte ich ihn als eine Übergangsgestalt.«

»Eine hochinteressante Ansicht.« Channing fuhr sich mit einer Hand über den kahlen Schädel. »Unserer eigenen Auffassung nicht unähnlich. Aber sagen Sie mir eins, junger Mann. Wie sieht es mit Ihnen selbst aus? Stehen Sie auch noch mit einem Fuß in der Vergangenheit?«

»Sir?« Paul wusste, dass dieses Gespräch ebenso bis ins Detail geplant war wie ihre Fahrt durch Jerusalem. Es machte ihm nicht mehr viel aus. Aber er brauchte noch einige zusätzliche Hinweise.

»Lassen Sie mich die Frage deutlicher stellen«, gab Channing nach. »Soweit Cyrus und ich feststellen konnten, haben Sie die Grundlagen ihrer Arbeit als Generalsekretär schnell gemeistert. Die Außenminister und die EG-Kommissare haben durchweg eine hohe Meinung von Ihnen. Es geht daher um Folgendes. Sind Sie bereit auf eine höhere Ebene des Verständnisses zu gelangen? Fühlen Sie sich imstande sich dem zu stellen, was in unseren Bemühungen um eine globalisierte Zivilisation wirklich auf dem Spiel steht? Natürlich können Sie Ihren Pflichten in Brüssel auch ohne einen solchen Übergang nachkommen. Viele Ihrer Vorgänger haben genau dies getan und sind doch auf fettere Weiden gelangt. Gewöhnliche, doch fette Weiden.«

Eben diese fetten Weiden hatte Paul im Sinn. Aber er hielt es für besser zu schweigen.

»Oder«, fuhr Channing fort, »Sie können in einen Bereich privilegierten Wissens und der Zusammenarbeit mit jenen eintreten, die die ganze globalistische Bewegung überwachen. Das würde eine gewisse Unparteilichkeit auf Ihrer Seite voraussetzen. Eine gewisse Unabhängigkeit des Urteils. Cyrus und ich wollen Sie nicht über Gebühr beeinflussen.« Dr. Channing betonte diesen Punkt mit einstudierter Gelassenheit. »Aber nach allem, was ich gesehen habe, verfügen Sie über all diese Qualitäten und mehr.«

»Ganz richtig!« Benthoek lächelte großmütig. »Ganz richtig! Aber ist es nicht an der Zeit, unserem jungen Bundesgenossen etwas mehr Klarheit zu verschaffen?« Cyrus wandte sich Gladstone zu, wie ein Digirent seinem Orchester. »So wie Ihre Fähigkeiten in der EG hoch geschätzt werden, genießen auch die Fähigkeiten Ihres Bruders als Gelehrter und Kirchenmann bei seinen Vorgesetzten im Vatikan hohes Ansehen. Wie es das Schicksal will, hat mein lieber Freund Kardinal Maestroianni unserem Pater Gladstone eine äußerst heikle und wichtige Mission anvertraut. Eine Mission, an der viele mächtige Männer ein vitales Interesse haben.«

Es gab keinen Zweifel, dass Benthoek sich und Professor Channing zu diesen mächtigen Männern zählte. Paul staunte allerdings, dass auch er selbst gemeint zu sein schien; und ebenso sein Bruder.

In vollem Bewusstsein seines Vorteils – ja, er war überhaupt nur nach Jerusalem gekommen um sich diesen Vorteil zu sichern – beugte Cyrus sich vor. In vertraulichstem Ton erklärte er, dass Pater Christian Gladstone im Laufe seiner Arbeit in Europa Pauls Hilfe in Zusammengang mit bestimmten Bischöfen brauchen würde. »Beschaffung von Bankdarlehen und Hypotheken, Beratung in Fragen wie Grundbesitz, Steuererleichterungen und so weiter. Lassen Sie mich Ihnen jetzt ein Szenario vorstellen. Eine Vision von mir, in der es Ihre engen Beziehungen mit dem europäischen Ministerrat Pater Gladstone ermöglichen werden, den Bischöfen in diesen Dingen Gefälligkeiten zu erweisen. Eine Vision, in der die so begünstigten Bischöfe ihrerseits den Ministern gegenüber zu Entgegenkommen bereit sind; in der sie eher geneigt sind sich einem echten Geist der Zusammenarbeit mit unserem großen Ideal einer Europäischen Gemeinschaft anzunähern; eher geneigt die Kirche durch diese, wie Sie richtig erkannt haben, Übergangsphase zu führen, über die noch der gegenwärtige Pontifex wacht.«

Gladstone hörte aufmerksam zu. Obwohl ihm einige Lücken und Auslassungen in Benthoeks Schilderung seiner Vision auffielen, freute es ihn, dass sich Christian offenbar sehr viel mehr auf Globalisierungstendenzen des Weltgeschehens eingestimmt hatte, als er je angenommen hätte. Dennoch hatte Paul seine Zweifel. Dass die Außenminister der EG von ihm als Generalsekretär eine hohe Meinung hatten, war eine Sache. Aber es schien unwahrscheinlich, dass solche Männer einem Neuling leichthin Gefälligkeiten erweisen würden, wie Benthoek sie beschrieben hatte. Zumindest nicht so ohne weiteres, wie das Gespräch implizierte; und vor allem nicht zugunsten Roms. Ob es einem gefiel oder nicht, solche Türen öffneten sich nicht so einfach.

Indem er seine Bedenken offen zur Sprache brachte, öffnete Paul Gladstone, ob er wollte oder nicht, die Tür zu seiner letzten Versuchung. Der Weg war frei in ihm einen Geist heranzuziehen, der den Zwängen seines Tun und Handelns als EG-Generalsekretär gewachsen war.

Cyrus Benthoek brachte den Ball mit einem scheinbar neuen Thema wieder ins Spiel, das Gladstone ebenso überraschte wie der Umstand, dass man ihn vertraulich beim Vornamen angesprach.

»Dr. Channing und ich haben Sie deshalb gebeten sich uns anzuschließen, Paul, weil wir ihnen viele Türen öffnen können. Türen der Zusammenarbeit, des Vertrauens, der Sorge und der gemeinsamen Interessen. Und wir haben Sie gerade jetzt gebeten sich uns anzuschließen – und gerade in diesem Teil der Welt –, weil hier zur Zeit die Zusammenkunft einer hoch angesehenen Loge stattfindet. Ist Ihnen bewusst, Paul, dass viele hochrangige Prälaten im Vatikan der Loge angehören?«

Es kostet Paul einige Sekunden, um zu antworten. »Ja. Aber

offiziell bestehen immer noch einige Vorbehalte gegenüber der Freimaurerei.«

Dr. Channing beeilte sich ihn zu verbessern. »Der einzige nennenswerte Grund für Verstimmungen ist der gegenwärtige Heilige Vater. Aber – wie Sie so klug bemerkt haben – er ist in vieler Hinsicht der letzte Papst der alten Schule.«

Benthoek hakte mit einem väterlichen Lächeln nach. »Professor Channing und ich haben beschlossen Sie zu einem Teil unserer kleinen Enklave zu machen. Denn Sie gehören zur Familie, mein Junge. Das sind wir doch ab heute oder? Mitglieder derselben Familie.«

Allmählich dämmerte aus den tiefsten Winkeln von Pauls mühelos eingenommener Seele die Einsicht empor, dass er nicht in diese uralte Stadt eingeladen worden war um auf die verstaubte Vergangenheit zurückzublicken, sondern um den Übergang in eine neue Lebensweise zu vollziehen; um sich der privilegierten Gemeinschaft der Männer anzuschließen, die am neuen Jerusalem bauten; um sich einer kleinen Anzahl von Individuen anzuschließen, die einander für dieses edle Ziel Türen öffnen konnten und jederzeit öffnen würden; um die Voraussetzungen für seinen Erfolg zu schaffen.

Alles, was Benthoek sagte, bestätigte Gladstones Annahmen. »Während des ganzen Tages, Paul, sind wir an die Bedeutung brüderlicher Liebe unter allen Menschen guten Willens erinnert worden. Das ist Bethlehems Botschaft und die Botschaft Golgathas. Aber am Fuße des Kreuzes – in der Kirche des Heiligen Grabmals – sind wir auch daran erinnert worden, wie schwer fassbar diese Botschaft für die Bürger dieser alltäglichen Welt ist.

Was mich so stolz macht, mit Ihnen verbündet zu sein – und ich weiß, dass Dr. Channing mir darin zustimmt –, ist die universalistische Sichtweise, die Sie uns bewiesen haben. Denn dies ist das Wesen unserer Sichtweise; das Wesen unserer Lebensarbeit. Sie sind sehr weit gekommen, mein junger Freund. Erst letzten Monat in London haben wir uns darüber unterhalten, was es bedeutet, das Tal zu verlassen und auf den Berggipfel zu steigen. Doch Sie werden bereits auf die Höhen berufen, wo es keine

Konflikte mit rivalisierenden Glaubensrichtungen gibt. Keine Streitereien um den Vorrang oder um besondere Privilegien oder religiöse Exklusivität. Morgen werden Dr. Channing und ich Sie zum Höhepunkt ihrer Pilgerreise führen. Wir werden Sie auf den Berg bringen, wo alle dieselbe göttliche Macht und Autorität unter den Menschen anerkennen. Wir werden Sie in eine Welt vollkommener Ökumene geleiten.« Cyrus machte eine kurze Pause, dann beugte er sich vor, als hingen alle Hoffnungen der Welt, die er eben beschrieben hatte, von Pauls Antwort ab. »Werden Sie mit uns diesen Berg besteigen?«

Paul spürte kein Gezerre unermüdlicher Dämonen mehr, keine Spur von Panik oder Selbstvorwürfen, wie sie ihn in London heimgesucht hatten.

Statt dessen war ihm, als müsse er seine Zustimmung laut hinausschreien. Dennoch gab Paul Gladstone einfach die Antwort, die ihn zu einer ungewollten, aber bedeutsamen Zusammenarbeit an seinen Bruder binden würde um die Bischöfe seiner Kirche zu einem gemeinsamen Beschluss gegen den derzeitigen, polnischen Papst zu bewegen.

»Ich werden Ihnen folgen, Mr. Benthoek. Aus ganzem Herzen.«

Es stellte sich heraus, dass die Einladung auf den Berggipfel mehr als eine Metapher war.

»Aminadab«, erklärte Ralph Channing, als die drei Amerikaner am nächsten Morgen gemeinsam ihr Hotel verließen, »ist einer der höchsten Punkte in der Umgebung von Jerusalem.«

Auf dem letzten Stück Weg nach Aminadab brach mit voller Gewalt ein Sturm über sie herein. Der schwere Nebelschleier, die scharfen Donnerschläge und die für Sekundenbruchteile aufflackernden Lichtblitze über der grauschwarzen Landschaft erweckten den Eindruck, als sei eine alte lokale Gottheit über ihr Erscheinen erzürnt und allem Menschlichen, Wohltuenden und Gastlichen feindlich gesinnt. Dann brach plötzlich, als die Straße auf eine flache Ebene einschwenkte, die Sonne durch und breitete ihre goldroten Banner über den Himmel aus.

»Sehen Sie mal!«, lachte Cyrus in ausgelassener Laune. »Der

Himmel selbst lächelt auf unsere Fahrt herab! Es wird alles gut enden!«

In diesem magischen Augenblick trug der Wagen sie sicher in das kleine, friedlich auf dem Berggipfel liegende Dörfchen Aminadab.

Paul sah sich etwas enttäuscht um. Nach den Wundern Jerusalems war dies kein anregender Ort. Etwa ein halbes Dutzend Schlackensteinhäuser gruppierten sich um eine Hand voll etwas eindrucksvollerer Gebäude. Von den dreißig, vierzig Fahrzeugen abgesehen, die auf dem Parkplatz gleich neben dem größten Gebäude parkten, schien der Ort verlassen.

Vor diesem Gebäude brachte ihr israelischer Fahrer Hal den Wagen zum Stehen. Gladstone stieg aus dem Jeep und folgte Channing und Benthoek zur Tür, wo der Professor seine Aufmerksamkeit auf eine Plakette über dem Eingang lenkte.

»Wie Sie sehen, sind der Davidstern, das christliche Kreuz und der Halbmond vom Kreis und Rechteck der Freimaurerei umschlossen. Und jetzt folgen Sie Cyrus und mir um dieses überaus menschliche Wunder in Fleisch und Blut zu sehen.«

Channing ging eine Treppe voraus, die in einen lichten, geräumigen, spärlich möblierten Raum führte, der die ganze Grundfläche des Gebäudes einnahm. In der Mitte des Raums stand eine Art Miniaturarche. Solide gezimmert, etwa einen halben Meter hoch, einen halben Meter breit und vielleicht einen Meter lang, ruhte sie auf einem königsblauen Kissen und war umgeben von Ständern mit je einer entzündeten Wachskerze. Eine riesige Bibel lag aufgeschlagen auf der Arche und nahm ihr ganzes Deck ein.

Stirn- und Rückwand des Saals waren fast vom Boden bis zu Decke mit schwarzen Samtvorhängen drapiert, von denen der eine in silbernen Fäden mit den Emblemen des Judentums, der Christenheit und des Islam bestickt war, der andere mit Kreis und Rechteck der Freimaurerei. An den langen Seitenwänden standen je drei Reihen von Kirchenbänken, auf denen schweigende Männer, als Paul zwischen Channing und Benthoek eintrat, sich den Neuankömmlingen zuwandten. Ein Mann mit sanftem Gesicht und einem üppigen weißen Schopf trat vor und streckte die Hände aus.

»Willkommen, Brüder.« Er wandte sich zuerst an Channing, dann an Benthoek.

»Bitte heißen Sie Paul Thomas Gladstone willkommen.« Dr. Channing richtete einen ernsten Blick auf Paul. »Mr. Gladstone, ich habe die Ehre, Ihnen den Allerhöchsten Groß-Kommandeur Shlomo Goshen-Gottstein vorzustellen.«

»Sie sind uns sehr willkommen, Mr. Gladstone«, erwiderte der Groß-Kommandeur hochherzig. »Bitte setzen Sie sich doch alle zu uns.«

Von seinem Platz in der Mitte des Saals neben der Miniaturarche richtete der Groß-Kommandeur eine kleine Ansprache an Paul. »Wie Sie vielleicht wissen, wurde unsere Loge 1953 gegründet, gerade fünf Jahre nach der Gründung des Staates Israel selbst. Wir verfügen inzwischen über fünfundsiebzig Freimaurerlogen, die in drei verschiedenen Zeremoniellen und in acht Sprachen arbeiten – Hebräisch, Arabisch, Englisch, Französisch, Deutsch, Rumänisch, Spanisch und Türkisch. Die Männer, die Sie hier sitzen sehen, sind eins in ihren Anstrengungen die Botschaft des Freimaurertums zu verbreiten. Die Botschaft brüderlicher Liebe, Fürsorge und Wahrheit. So bauen sie Brücken des Verstehens zwischen sich und ihren Völkern.«

Ohne Eile standen ein halbes Dutzend Männer, die ebenso viele Traditionen vertraten, nacheinander auf und boten Paul mit ernsten Worten an ein ordnungsgemäß initiierter Bruder zu werden.

»Ich bin Lev Natanyahu«, erklärte der Erste. »Der Gott Israels ist der Eine Gott. Nehmen Sie unsere brüderliche Umarmung an, Paul Thomas Gladstone.«

»Ich bin Hassan El-Obeidi.« Der zweite Mann stand auf. »Es gibt nur den Einen Gott und Mohammed ist sein Prophet. Nehmen Sie unsere brüderliche Umarmung an, Paul Thomas Gladstone.«

»Ich bin Pater Michael Lannaux, Priester und Benediktinermönch.« Ein dritter Mann stand auf und wandte sich dem Neubekehrten zu. »Gott liebt die Welt so, dass er Seinen Sohn geschickt hat um Seine Kirche unter den Menschen zu gründen. Nehmen Sie unsere brüderliche Umarmung an, Paul Thomas Gladstone.«

Paul Gladstone fielen die Schleier vom inneren Auge. Ihm wurde fast schwindlig, als er in diesem ruhigen und beruhigenden Moment die Einheit aller Religionen begriff. Er begriff die Gründe für ihre Verschiedenheit. Und, ja, sogar ihre traditionelle Opposition gegeneinander. Und in diesem höchsten Augenblick seiner Versuchung fehlten Paul die Worte oder geistigen Bilder, in die er sein neues Verständnis kleiden konnte. Doch endlich stand er so hoch über den Partikularismen der Katholiken, Protestanten, Juden und Muslime, wie Aminadab hoch über der Heiligen Stadt Jerusalem lag. Nie zuvor hatte er sich Gott und seinen Mitmenschen näher gefühlt. Nie zuvor hatte er einen so sicheren Hafen für seinen Geist und sein Wesen gekannt.

Als die letzte ernste Einladungsformel ausgesprochen war, antwortete Paul mit Entschlossenheit und großer Freude. »Ja!«

Er stand von seinem Platz neben seinen beiden Mentoren auf. »Ja! Ich nehme Ihre brüderliche Umarmung an!«

Die angebotene und angenommene Vereinbarung wurde mit einem kurzen Ritual besiegelt. Der Groß-Kommandeur forderte von der Versammlung eine Antwort auf eine einzige Frage. »Gibt es einen Grund, warum Paul Thomas Gladstone nicht in unsere Gemeinschaft aufgenommen werden sollte?«

»Nein«, antwortete die Versammlung wie aus einem Munde. »Es gibt nichts, was gegen ihn spricht.«

»Mr. Gladstone.« Der Kommandeur bedeutete Paul einen Schritt vorzutreten.

»Zu einem passenden Zeitpunkt wird in einem angemessenen Ritual eine förmlichere Aufnahme durchgeführt werden. Aber kommen Sie jetzt bitte nach vorn. Knien Sie nieder, legen Sie Ihre Hände auf das Buch mit Gottes Wort und wiederholen Sie unseren schlichten Eid.«

Paul sah, dass man in eine Seite des archeartigen Gebildes das Siegel der Großloge von Israel geprägt hatte. Die Bibel lag so aufgeschlagen, dass auf der linken Seite die Heilige Schrift, auf der rechten der Buchstabe G, umrahmt von Kreis und Rechteck der Freimaurer, zu sehen war. Indem er eine Hand auf jede Seite legte, wiederholte Paul die Worte des Eides, die ihm der Groß-Kommandeur vorsprach.

»Ich, Paul Thomas Gladstone, der den Söhnen des Lichts ewige Treue gelobt hat, erkläre mich ernsthaft bereit dieser Gemeinschaft beizutreten, so wahr mir Gott, der Vater aller Menschen, helfe.«

»Und Weisheit ist Sein Name!« Der Kommandeur senkte den Kopf.

»So sei es!«, fiel der Chor ein.

Es lag nun am Groß-Kommandeur, den jungen Generalsekretär in der Rolle zu bestätigen, die er in Jerusalem auf sich genommen hatte, und zu bestätigen, dass diese schwer zu öffnenden Türen, von denen er vor nicht einmal vierundzwanzig Stunden gesprochen hatte, kein Hindernis darstellen würden.

»Von heute an, Bruder Gladstone, wenn so schwerer Staub auf die Herzen der Menschen zu fallen scheint, werden Sie in Frieden Ihrer Wege gehen. Denn Sie haben den Tempel des Verständnisses unter allen Menschen betreten.«

Als er wieder allein in seiner Suite im König-David-Hotel saß und seine gepackte Tasche im Foyer bereits auf ihn wartete, nahm Cyrus Benthoek sich einige Augenblicke Zeit um Kardinal Maestroiannis Privatnummer im Collegio Mindinao in`Rom zu wählen.

Seine Eminenz war erfreut zu hören, welch ein fabelhaftes Wochenende sein alter Freund in Jerusalem verbracht hatte.

Und er war ebenso erfreut zu hören, dass sein zweiter amerikanischer Pfeil platziert war.

Als er wieder allein in seiner Suite im König-David-Hotel saß und seine gepackte Tasche im Foyer bereits auf ihn wartete, nahm Paul Gladstone sich einige Minuten Zeit um seine Frau in Brüssel anzurufen.

»Paul, Liebling. Wunderbare Neuigkeiten!« Yusai war nicht in der Stimmung für Untertreibungen. »Jan hat sich als unser privater Engel erwiesen.«

»Jan?« Paul musste lachen, als er sich vorstellte, wie dem großen Belgier Engelsflügel wuchsen.

»Du wirst schon sehen!« Yusai lachte auch. »Wir können's kaum erwarten, dir das Haus zu zeigen, das er für uns gefunden hat! Oh, Paul, es ist einfach wundervoll. Es heißt Guidohuis nach einem Ahnen Jans, der im frühen neunzehnten Jahrhundert gelebt hat. Der größte Lyriker, den Flandern je hervorgebracht hat, sagt er. Jedenfalls steht Guidohuis draußen in Gent. Nun, eigentlich ist es eine kleine Gemeinde namens Deurle. Über die *autostrade* sind wir im Handumdrehen da, deshalb brauchst du dich um deine Termine nicht zu sorgen.«

Ein Blick auf seine Armbanduhr mahnte Gladstone, dass er auflegen musste, wenn er noch rechtzeitig den Flughafen von Tel Aviv erreichen wollte.

»Aber, Paul«, klagte Yusai. »Ich muss dir so viel erzählen! Warum hast du es denn so eilig?«

»Ich will schnell wieder bei dir zu Hause sein, Liebling! Ich steige vom Gipfel herab.«

Als er allein in seinem Zimmer im Angelikum saß und seine Tasche bereits gepackt hatte, las Christian Gladstone noch einmal die Notiz, die er gerade noch rechtzeitig von Pater Angelo Gutmacher erhalten hatte.

Chris fand, dass er bereit für seine Jungfernfahrt im Auftrag Kardinal Cosimo Maestroiannis sei. Er hatte sich alle Daten einverleibt und war von Kardinal Aureatini näher unterrichtet worden, wie er die Bischöfe so subtil befragen könne, dass sie Vertrauen fassten und ihre Hoffnungen bestärkt fanden. Seine Audienz mit dem Papst beschäftigte Christian noch immer und hatte seine schlimmsten Befürchtungen im Hinblick auf Rom besänftigt. Chris wusste jetzt, dass Rom der Ort war, an den er gehörte.

Doch in anderer Hinsicht war er verwirrter denn je. Er spürte instinktiv, dass vor seiner Nase eine Nebenhandlung ablief, doch er hatte keinen Hinweis, in was er da hineingeraten war.

Er hatte es geschafft, sich etwas Zeit für ein Gespräch mit Aldo Carnesecca freizuhalten. Aber weil auch Carneseca im Begriff war zu einer zweiwöchigen Mission für den Heiligen Stuhl nach Spanien abzureisen, hatten sie kaum Gelegenheit gehabt solche Rätsel zu ergründen wie die Frage, was der Papst gemeint haben könnte, als er vom Aufbau des neuen Jerusalem und von der Neuschaffung des Leibes unseres Erlösers sprach.

Doch von solchen Fragen abgesehen hatte Christian gehofft etwas Zeit mit seinem alten Freund und Beichtvater Pater Angelo zu verbringen, bevor er sich ins Ungewisse stürzte. Gutmacher war gerade aus Galveston eingetroffen und selbst ein Neuling im römischen Eingeweihtenspiel. Dennoch gab es niemanden, der besser wusste, wie man sich im unbekannten Gelände einen Weg suchte. Und es gab in Christians Leben keinen Menschen, dessen Urteil er mehr vertraute. So sehr er es aber auch versucht hatte, es war Christian nicht gelungen, Pater Angelo in Rom ausfindig zu machen. Er hatte für ihn eine Reihe von Nachrichten im Collegium Teutonicum hinterlassen, da er wusste, dass Gutmacher dort einquartiert war; doch ohne Ergebnis.

Schließlich hatte er in der Post eine wenn auch kurze Notiz gefunden. Obwohl Pater Angelo nur wenige Worte flüchtig hingekritzelt hatte, boten sie ihm den besten Fingerzeig, den Christian sich vorstellen konnte. Sie waren voller priesterlicher Anteilnahme. Sie lieferten den Kompass, den seine Seele brauchte.

»Verzeihen Sie mir.« Chris las sich Pater Angelos Notiz ein letztes Mal laut vor, ehe er nach Frankreich abreiste.

»Ich hatte gehofft Sie nach Ihrer Rückkehr in die Ewige Stadt wieder zu sehen. Doch auf Anweisung des Heiligen Vaters musste ich kurzfristig in mein Heimatland reisen. Erst in Königsberg, dann in anderen Städten soll ich Kapellen einrichten, die Unserer Lieben Frau von Fatima geweiht sind. Unterrichten Sie bitte Ihre Mutter über diese Neuigkeit, denn ich werde keine Zeit haben, ihr zu schreiben. Vielleicht wird es ihre Sorge um die Kirche und um Sie als ihren Sohn mildern, wenn sie erfährt, wie ernst der Pontifex solche Unternehmungen nimmt. Beten Sie für mich, so wie ich für Sie bete. Dienen Sie Petrus, Christian. In allem, was Sie tun, dienen Sie ihm treu. Dienen Sie Petrus im Heiland und dem Heiland in Petrus. Denn das ist der Grund, warum Sie nach Rom zurückgekehrt sind.«

XXVII

Trotz ihres Ruhms Kardinälen, Bischöfen, Priestern und irrigen Politikern getrotzt zu haben hatte Cessi Gladstone niemals ernsthaft daran gedacht, sich mit dem Papst anzulegen.

Doch nicht lang nach Christians Abreise nach Rom hatten scheinbar unzusammenhängende Ereignisse während einer verheerenden Woche Anfang Oktober ihre Aufmerksamkeit unter einem neuen Blickwinkel auf den Vatikan gelenkt.

Der Besuch Traxi Le Voisins auf Windswept House markierte den Beginn dieses Umschwungs. So wie er vor über zwanzig Jahren die Gründung der Kapelle des Erzengels Michael in Danbury vorangetrieben und so wie er ihr Pater Anglo Gutmacher als Seelsorger gesichert hatte, so hatte Traxi sich erneut in die undankbare Arbeit gestürzt nach Pater Angelos unerwarteter Berufung in den Dienst des Vatikans einen neuen Priester für die Michaelskapelle zu finden.

Traxis Schwierigkeit bestand nicht darin, Bewerber zu finden. Auf eine einzige Anzeige in einer militant traditionalistischen katholischen Publikation hatte er mehr Antworten erhalten, als er bearbeiten konnte. Das Problem bestand darin, dass Traxi trotz der überraschenden Anzahl von Priestern da draußen, die sich nach traditionellen römischen Sakramenten und Bräuchen sehnten, und trotz der Tatsache, dass viele von den Bischöfen, die nicht bereit`waren, ihre traditionalistischen Neigungen zu dulden, aus ihren Gemeinden verjagt worden waren, keinen einzigen Mann gefunden hatte, der an Gutmachers praktizierte Priesterlichkeit, seine solide Theologie, seine seelsorgerische Erfahrung und seine Hingabe heranreichte.

»Ich sage Ihnen, Cessi« – Traxi ging im Arbeitszimmer von Windswept House auf und ab – »wenn dieser Scharlatan von einem Papst die Dinge weiter so schleifen lässt, wird es nicht mehr lange dauern, bis wir überhaupt keine Priester mehr haben!« Traxi blieb ein Sedisvakantist, mehr denn je davon überzeugt, dass die Kirche seit 1958 keinen echten Papst mehr hatte.

Cessi nahm anfangs an, dass sie nur einen seiner üblichen übertrieben dramatischen und leidenschaftlichen Auftritte erlebte.

Doch als sie die Dossiers einiger Bewerber durchsah, die er mitgebracht hatte, begann sie eine andere Dimension der kirchlichen Tragödie zu erkennen, gegen die sie auf Windswept House so lang gekämpft hatte. Sie bekam einen Eindruck von der Anzahl guter und williger Priester, die von ihren eigenen Bischöfen fortgeschickt worden waren. Als aufsässige Kleriker gebrandmarkt und deshalb außerstande einen Bischof zu finden, der sie eingestellt hätte, blieb ihnen keine Möglichkeit ihrer göttlichen Berufung nachzukommen. Traurig musste Cessi zugeben, dass sie keine Lösung für ihr Problem wusste.

Selbst die Nachricht, dass der Pontifex Pater Angelo damit beauftragt hatte, eine Reihe von Kapellen einzurichten, die Unserer Lieben Frau von Fatima geweiht waren, hatten ihr die Sorge um die Kirche, von der auch Gutmacher wusste, nicht nehmen können. Denn es ergab für Cessi keinen Sinn, wie ein Papst, der Fatima solch innige Hingabe entgegenbrachte, es überhaupt zulassen konnte, dass Priester von untadeligem Glauben unzureichend ausgebildet und dann, ohne dass Rom protestierte, von ihren eigenen Bischöfen kaltgestellt wurden.

So sehr Cessi diese Entwicklungen auch beunruhigten, eine plötzliche gesundheitliche Krise Tricias zwang sie für ein paar Tage alles andere beiseite zu schieben. Ihr wurde ein Spezialist in Toronto empfohlen, der einigen Erfolg damit hatte, zumindest die Symptome der Keratoconjunctivitis sicca zu behandeln. Weil er in seiner Therapie Substanzen verwendete, die die amerikanische Gesundheitsbehörde nicht zugelassen hatte, reisten Cessi und Tricia gemeinsam nach Kanada.

Unmittelbar nach ihrer Rückkehr wurde Cessis Aufmerksamkeit durch einen dringenden Anruf ihres New Yorker Finanzberaters Glenn Roche v. gewaltsam wieder auf den Vatikan gerichtet. Er hatte viele Male bewiesen, was er wert war. Unter seiner Anleitung hatte sich das Vermögen der Gladstones von etwa 143 Millionen Dollar, die der alte Declan bei seinem Tod im Jahre 1968 hinterlassen hatte, mühelos vervielfacht. Dies und die Tatsache, dass die Roches zu den führenden katholischen Familien New Yorks gehörten, hatte dazu beigetragen, dass er Cessis unerschütterliches Vertrauen genoss.

»Ich bin froh, dass ich Sie zu Hause angetroffen habe.«

»Hört sich ernst an.« Cessi reagierte mehr auf die Spannung in Roches Stimme als auf seine Worte.

»Eine neue Krise des IRA, fürchte ich.«

»Großer Gott, Glenn!« Als sie die Initialen des vatikanischen Instituts für Religiöse Arbeiten vernahm, traute Cessi kaum ihren Ohren. »Wieder die Vatikanbank? Es ist doch kaum die Tinte meiner Unterschrift unter der Darlehensbürgschaft trocken, mit der ich ihnen aus dieser dummen Geschichte rausgeholfen habe, in die uns die BNL wegen Saddam Husseins Condor-Rakete oder was immer es war, verwickelt hat. Sie können doch nicht schon wieder in Schwierigkeiten geraten sein!«

»Sieht so aus, Cessi.«

Nach ihren Problemen mit Tricia, ihrer Sorge um Christians Wohlergehen und Traxi Le Voisins ständigen Anrufen sah Cessi eigentlich keine Veranlassung sich wieder in etwas hineinziehen zu lassen. Wieder einmal wurde von ihr erwartet dem IRA unter die Arme zu greifen.

Unter gewöhnlichen Umständen hätte Cessi keine Bedenken gehabt die finanziellen Mittel bereitzustellen, die Glenn vorschlug. Aber die konkreten Begleitumstände, unter denen der Vatikan um ein neuerliches Eingreifen der Familie Gladstone bat, verliehen der Situation unvermittelt einen ganz neuen Reiz. Cessi kam der Gedanke, dass die Gladstones, nachdem ihre Millionen dem IRA jahrelang nützlich gewesen waren, durchaus erwarten konnten ein Wörtchen mitzureden. Schließlich, überlegte sie, arbeitete einer ihrer Söhne inzwischen fest im Rom der Päpste. Und zu Hause hatten sich die Dinge so unglücklich entwickelt, dass Traxi Le Voisin trotz seines Eifers als Sedisvakantist vermutlich Recht hatte. Es würde nicht mehr lange dauern, bis den Gläubigen überhaupt keine Priester mehr blieben.

»Ich sage Ihnen etwas, Glenn.« Der scharfe Unterton in Cessis Stimme war nicht zu überhören. »Ich werde die neuen Dokumente unterzeichnen. Aber diesmal will ich es in Rom tun. Und diesmal will ich Dr. Giorgio Maldonado persönlich gegenübersitzen. Und Kardinal Amedeo Sanstefano.« Maldonado, ein Laie und Bankier, war Direktor des IRA. Und als Vorsitzender der vatikanischen Präfektur für die wirtschaftlichen Angelegenheiten – der legendären Finanzpräfektur – verwaltete Kardinal Sanstefano Ökonomie und Finanzen des Heiligen Stuhls und übte innerhalb und außerhalb von Rom beträchtlichen Einfluss aus.

»Meinen Sie, man würde mich empfangen, Glenn?« Cessi hielt es für das Beste, die Sache frontal anzugehen.

»Sie empfangen?« Roche lachte vor Erstaunen über diese Frage. »Bei den Schwierigkeiten, in denen sie im Moment stecken, würden sie um drei Uhr morgens aus den Betten springen, wenn Sie plötzlich vor der Tür stünden.«

»Dann sind wir uns also einig. Natürlich werden Sie mich etwas einweisen müssen, damit ich vernünftig mit den IRA-Beamten reden kann. Wenn nötig, mache ich auf dem Weg zum Vatikan einen Abstecher nach New York.«

Roche bereitete ihr Vorschlag einigen Kummer. »Lassen Sie sich von den Römern nicht einschüchtern«, warnte er. »Manche haben es sich zu einfach vorgestellt, in die inneren Angelegenheiten des IRA einzugreifen. Aber da drüben geht mehr vor sich. Mehr als die Machenschaften geschickter Bankiers.«

»Wenn sie geschickte Bankiers hätten, Glenn«, wandte Cessi ein, »würden wir so kurz nach dem BNL-Debakel kein solches Gespräch führen. Aber in einem sind wir uns einig: Da drüben geht Größeres vor sich. Jedenfalls sollte dem so sein. Vielleicht wird es Zeit, dass man sie daran erinnert. Werden Sie die nötigen Absprachen mit dem IRA treffen?«

Roche hatte keine Ahnung, welchen Plan Cessi ausbrüten mochte; aber er wusste, dass er kaum eine Wahl hatte. Er würde die nötigen Absprachen treffen. Er würde Cessi sogar begleiten. Aber er stellte selbst eine Bedingung. »Ich habe unseren ausländischen Freunden zahlreiche solcher Besuche abgestattet, Cessi. Ich meine, äußerst vertrauliche Besuche um über Angelegenheiten von ernster internationaler Bedeutung zu beraten. Uns selbst und dem Vatikan zuliebe sollte unser Besuch kurz und geheim sein. Grundsätzlich darf niemand erfahren, was vor sich geht. Das bedeutet auch kein Besuch bei Christian, während Sie dort sind, nicht einmal ein Telefonanruf oder eine kurze Begrüßung. Wir gehen rein, wir tun das Nötige für das IRA und wir verschwinden wieder. Alles in einer römischen Stunde. Einverstanden?«

»Einverstanden«, schnurrte Cessi ins Telefon. »Wir tun das Nötige für das IRA. Und vielleicht auch ein bisschen für die Kirche.«

Cessi Gladstone war nicht die Einzige, die von dringlichen Umständen gezwungen wurde den Vorgängen im Vatikan ein lebhaftes Interesse zu widmen. Noch war sie die Mächtigste. Im Drama des weltweiten Sturms auf eine neue ökonomische und politische Ordnung unter der Nationen begriffen alle Hauptprotagonisten, dass die kommenden zwei bis vier Jahre von grundlegender Bedeutung für die konkurrierenden Pläne der Vereinigten Staaten, Europas und der Gemeinschaft aller Nationen wären. Bis zum Herbst dieses Jahres hatte einer dieser Protagonisten – das Zehnerkommitee des Präsidenten in Washington – sich der Aufgabe gestellt die Politik des Heiligen Stuhls zu klären, insbesondere im Hinblick auf die kurzfristige Politik des Pontifex in Beziehung zur Sowjetunion und deren veränderter Rolle im Weltgeschehen. Der Mann, der dieses Vorhaben in die Tat umsetzen wollte, war Admiral Bud Vance, der geschäftsführende Direktor des Kommitees. Und der Mann, der die Beinarbeit erledigen sollte – der Mann, den man für ein ernsthaftes Gespräch mit dem polnischen Papst ausersehen hatte –, war Gibson Appleyard, der stellvertretende Direktor.

Im offiziellen Washington, wo das Verständnis für die vatikanische Politik so tief ging wie eine Wasserpfütze, ergab diese Verfahrensweise einen Sinn. Appleyard hatte als früherer Geheimdienstmitarbeiter der Marine nicht nur ausgiebige Erfahrungen mit der Sowjetunion. Außerdem war er derjenige, den Cyrus Benthoek angehalten hatte dieser seltsamen antipäpstlichen Sitzung in Straßburg beizuwohnen. Und nachdem während der EG-Sitzung in Brüssel der Papstbrief über das »arme, arme Europa« verlesen worden war, hatte Gib als erster ernste Fragen über die Europapolitik des Pontifex gestellt. Das genügte um Gib Appleyard als Experten von Rang zu qualifizieren.

Das Treffen, bei dem Appleyard von Admiral Vance seine Anweisungen erhielt, hatte einen besonderen Zweck und behandelte weit reichende Themen. »Wir beide kennen die Lage in der Sowjetunion, Gib.« Bud Vance setzte sich hinter den Schreibtisch in seinem Washingtoner Büro und trank einen Schluck schwarzen Kaffee. Er hielt nicht viel von Einsatzbesprechungen bei Sonnenaufgang. »Dennoch ist mir aufgetragen worden Ihnen alles darzulegen; also hier das Wesentliche in Kürze:

Wir kennen die wacklige Position Michail Gorbatschows seit dem Putschversuch im August. Wir kennen den Ehrgeiz Boris Jelzins. Wir kennen die beharrliche Stärke dessen, was der Westen ›die Rechte‹ oder ›die konservative Partei‹ nennt – und wir wissen, dass das noch Beschönigungen für die Reste der kommunistischen Partei sind, zu denen auch der immer noch existierende bewaffnete zivile Apparat des leninistischen Parteienstaats gehört. Wir kennen das ökonomische Dilemma der UDSSR. Wir wissen, wie ehrgeizig, wankelmütig und unzuverlässig die Offiziellen der russisch-orthodoxen Kirche in diesem politischen Durcheinander sind. Und wir wissen, dass die Bevölkerung als Ganzes – nahezu einhundertfünfzig Millionen Menschen – keine Ahnung hat, was der Westen mit ›demokratischen Freiheiten‹ meint; und dass sie nicht einmal wissen, was sie selbst wollen, ganz zu schweigen davon, wie sie es bekommen können.

Angesichts all dessen weiß das Zehnerkommitee, dass es nur eine Frage der Zeit ist, bis die persönlichen Abneigungen und die politischer Rivalitäten zwischen Gorbatschow und Jelzin offen zutage treten. In anderen Worten, sie wissen, dass da drüben eine Entscheidung über die politische Vorherrschaft fallen muss.«

Appleyard lächelte seinen Vorgesetzten an. Als leidenschaftlicher Frühaufsteher war er bei besserer Laune als sein Chef. »Verzeihen Sie, wenn ich das sage, Bud. Aber es braucht kein Zehnerkommitee um sich vorzustellen, dass Jelzin nicht vergessen wird, wie Gorbatschow ihn als Moskauer Parteichef gestürzt und dann aus dem Moskauer Politbüro geworfen hat.«

»Das mag sein, wie es will«, gestand Vance zu. »Seit diesem missglückten Staatsstreich haben sich die Beziehungen zwischen diesen beiden Männern sichtlich verschlechtert. Solange Gorbatschow an der Macht bleibt, kann Jelzin sich nicht sicher fühlen. Solange Jelzin weiter Macht und Popularität zuwächst, wird Gorbatschow geschadet. Bisher hat es die Administration geschafft, sich um dieses Problem herumzulavieren. Andererseits haben wir Gorbatschow ganz offensichtlich den Rücken gestärkt. Als führender Staatsmann Europas hat sich der Deutsche Helmut Kohl uns angeschlossen. Gleichzeitig haben wir Jelzin hofiert. Natürlich geschah das sehr diskret. Zum Beispiel gab es einige aus dem inneren Kreis der Macht, die unter der Schirmherrschaft des Esalen-Instituts im kalifornischen Big-Sur-Gebiet als Jelzins Gastgeber hervorgetreten sind.«

Gib Appleyard kannte die verquere amerikanische Politik so gut wie Vance. Gut genug, dass ihn einige der Details, die er gerade erfuhr, ungeduldig machten. »Seien wir offen. Es ist eine Tatsache, dass unsere Leute sich nicht darauf einigen können, wie die Welt nach dem Kalten Krieg aussehen oder welche Rolle die Vereinigten Staaten in dieser Welt spielen sollen.

Erst haben sie dieses Positionspapier vorgelegt, in dem sie uns zu einer Art Weltpolizist erklärten. Dann traten sie für eine neue Position der Vereinigten Staaten als diplomatische Supermacht ein, bestanden auf einer Politik kollektiven Handelns durch alle Nationen und ließen uns wenig Raum für einseitige Aktionen. Wenn wir diesem Weg folgen, werden wir natürlich ein Teil der Nationengemeinschaft; doch nur als ein Land von vielen.

Mit einem Wort, Bud, unsere Leute sind uneins. Einige gehören Gorbatschows Lager an und andere sind für Jelzin. Aber wie wir zu diesen beiden Männern stehen, zählt in weiterem Zusammenhang. Zum Beispiel in Fragen der EG. Doch selbst dabei scheinen wir keine klare Politik zu vertreten. Innerhalb der Administration – und auch im Außenministerium, was das angeht – herrscht fast eine Blutfehde zwischen Befürwortern, Gegnern und Skeptikern der EG.«

»Gut, Gib.« Aber Vance seufzte. »Bei uns herrscht erhebliches Durcheinander. Aber da Sie es schon zur Sprache gebracht haben, lassen Sie uns eine Verbindungungslinie zwischen der Sowjetunion und der EG ziehen. Und lassen Sie uns vor allem über die Entscheidung des Kommitees reden Paul Gladstone den Rücken zu stärken.

Trotz des Einflusses, den die Gladstones ausüben, oder gerade deswegen, ist dies eine der Fragen, die wir beantworten müssen – der neue Eroberungs- und Expansionsgeist der EG bedroht uns noch erheblich mehr als früher. Wenn ihre Planer von einem Großeuropa sprechen, gibt es keinen Zweifel, dass sie nicht nur die ursprünglichen EG-Staaten meinen, sondern alle europäischen Staaten, die noch nicht Teil der EG sind, außerdem die jüngst befreiten sowjetischen Satellitenstaaten und unter Umständen einige, wenn nicht alle Sowjetrepubliken selbst.

In anderen Worten besteht gegenwärtig immer noch die Möglichkeit, dass uns hier ein Konkurrent erwächst, dem die Vereinigten Staaten nicht mehr gewachsen sind. Wir müssen immer noch damit rechnen, dass der Marsch der EG hin auf ein Großeuropa den ganzen Ostblock einbezieht.«

Appleyard konnte dem nur zustimmen. »Wir stehen genau da, wo wir schon letztes Frühjahr standen. Wir wollen die EG, aber nicht sofort.«

»Nicht sofort.« Vance nahm Gibs Gedanken auf. »Nicht bevor Gorbatschow für seine neue Position bereit ist. Wir können dieses neue Europa der EG nur durch die Konferenz für Sicherheit und Zusammenarbeit in Europa in Schach halten. Das heißt nur durch eine KSZE, der Gorbatschow vorsitzt.«

Appleyard war verblüfft von Vances beiläufiger Ankündigung, dass die Vereinigten Staaten ihre geopolitischen Karten, und somit auch Gorbatschow, auf die KSZE setzen wollten. Doch gleichzeitig war er erleichtert, dass die hohen Tiere endlich überhaupt eine Politik im Umgang mit der Sowjetunion vorweisen konnten. »Wenn Gorbatschow also langfristig in Europa gebraucht wird, dann gilt dasselbe für Jelzin innerhalb Russlands. Zumindest im Moment. Ich begreife allerdings nicht, welche Rolle ein persönliches Gespräch mit dem Papst in den Plänen des Zehnerkommitees spielen sollte. Sie halten den Pontifex für einen Idioten. Und was noch wichtiger ist, sie mögen ihn ganz einfach nicht.«

»Genau genommen mögen sie Jelzin auch nicht.« Vance runzelte die Stirn. »Aber darum geht es nicht. Der polnische Papst – und ich betone das Wort ›polnisch‹ – hat bewiesen, dass er ein geopolitischer Spieler ersten Ranges ist. Und was Osteuropa und

Russland angeht, hat er so intensive, so ausführliche und detaillierte Erfahrungen gesammelt, dass er wahrscheinlich den Besten von uns noch etwas vormachen kann. In unserer Strategie, Jelzin innerhalb Russlands zu unterstützen, können wir den Papst deshalb nicht einfach übergehen. Ob's uns gefällt oder nicht, er ist im Spiel. Also brauchen wir zweierlei.

Wir müssen wissen, wo der Papst stehen wird – in welche Richtung er am ehesten neigt –, wenn es zu den bevorstehenden Veränderungen in der Sowjetunion kommt. Und wir müssen ihm zu verstehen geben, dass die Vereinigten Staaten keine ernsthafte Einmischung des Heiligen Stuhls in die Angelegenheiten Gorbatschows dulden werden.«

Appleyard stöhnte. »Und all das sollte natürlich auf eine unmissverständliche, aber diplomatische Weise geschehen.«

»Natürlich. Aber es kommt noch etwas hinzu.«

Das hätte ich mir denken können, dachte Gib. Es wäre wenig sinnvoll gewesen, einen Geheimdienstoffizier mit einer im Grunde nur diplomatischen Mission zu beauftragen.

Vance wirbelte auf seinem Stuhl herum und zog eine Akte aus dem Schrank hinter seinem Schreibtisch. »Unsere Mitarbeiter sind in letzter Zeit auf einige Hinweise gestoßen, dass der Heilige Stuhl in vielen Vorgängen die Hände im Spiel hatte. Nehmen Sie zum Beispiel unseren Freund Paul Gladstone. Erinnern Sie sich noch an die Daten über seinen Bruder, die in seinem Dossier enthalten waren?«

Gib erinnerte sich daran. »Ein Priester mit dem passenden Namen Christian, wenn ich mich nicht irre. Hat eine Teilzeitprofessur in Rom.«

Admiral Vance blätterte mit dem Daumen durch die Akte, bis er die gewünschte Seite gefunden hatte. »Er ist offenbar kein Professor mehr. Er ist unversehens für einen Vollzeitposten ins vatikanische Staatssekretariat versetzt worden. Er ist sofort eifrig durch Europa gereist. Und er hat in irgendeiner offiziellen Angelegenheit des Vatikans viel mit seinem Bruder zu tun.

Wir wüssten gern mehr darüber, was dort vor sich geht. Abgesehen davon ist in den Meldungen unserer Geheimdienste ein weiterer Name aufgetaucht. Ein Priester namens Angelo Gutmacher. Er scheint ein enger persönlicher Freund der Gladstones zu sein. Und es scheint, dass er wie Christian Gladstone ebenfalls kürzlich vom Heiligen Stuhl vereinnahmt worden ist.

Ich glaube nicht an Zufälle. Seine Beziehung zu dem slawischen Papst auf der einen und zu den Gladstones auf der anderen Seite sind zu auffällig um sie zu übersehen. Wir wissen nicht recht, was wir von ihm halten sollen. Wie Pater Christian reist er viel. Er richtet Fatima-Kapellen ein. Aber wir glauben nicht, dass das schon alles ist. Gutmacher reist von Deutschland über Litauen und Russland bis in die Ukraine. Er bleibt an jedem Ort nur kurze Zeit, betet, segnet Statuen. Solche Dinge eben. Dann fährt er weiter und fängt wieder von vorn an.«

Appleyard konnte Vances Logik ohne Schwierigkeiten folgen. »Sie glauben also, dass die beiden so etwas wie päpstliche Kuriere sind? Vielleicht erledigen sie auch Geheimdienstarbeit – beeinflussen Leute, platzieren Spione, legen Netzwerke an.«

»Vielleicht etwas von beidem.« Vance nickte. »Aber wir wissen aus aufgefangenen Funkmeldungen, dass der Papst mit Gorbatschow in Kontakt steht. Und das ist für uns im Moment von Vorteil. Wir wissen, dass sie Briefkontakt haben; aber sie benutzen nicht die Diplomatenpost oder andere gebräuchliche Mittel. Wie machen sie's also? Wenn die Antwort auf diese Frage Angelo Gutmacher ist, dann haben wir es nicht mit einem unbedeutenden reisenden Priester zu tun.« Mit plötzlicher Ungeduld blätterte Vance die Seiten der Geheimdienstakte um. »Um Ihnen die Wahrheit zu sagen, Gib, die ganze Idee an den Papst heranzutreten macht mich nervös. Wir wissen einfach nicht genug über ihn oder über die Menschen in seinem Umfeld. Ich komme immer wieder zu dieser Sitzung in Straßburg zurück, an der Sie im letzten Frühjahr teilgenommen haben. Wenn es dieser Gruppe ernst ist mit einem internen Aufstand gegen den Papst, dann müsste einiges aufzuschnappen sein. Aber wir finden einfach keinen roten Faden. Das alles scheint nirgendwo hinzuführen. Wir haben die alten vatikanischen Haudegen beobachten lassen, die zur Zeit vor Ort waren – Kardinal Pensabene und Kardinal Aureatini und all die anderen. Aber für mich sieht es so aus, als gingen sie ihren gewöhnlichen Geschäften nach. Kardinal Maestroianni ist als

Staatssekretär zurückgetreten, also hat er vielleicht nichts mehr mit der Sache zu tun. Und der Papst persönlich hat einen gewissen Graziani zum Kardinal ernannt und ihn kurzerhand zum neuen Staatssekretär befördert.

Was Maestroiannis Spezi Cyrus Benthoek angeht, so hat der hier mehr Beziehungen zu höheren Stellen, als Sie sich vorstellen können. Und sie alle bürgen hundertprozentig für ihn. Mit anderen Worten, alle machen einen anständigen Eindruck. Der einzige mysteriöse Mann, der an dieser Sitzung in Straßburg teilgenommen hat, ist Otto Sekuler. Wir arbeiten noch daran, aber im Moment ist er für uns ein unbeschriebenes Blatt. Was wir herausbekommen haben, werden Sie sehen, wenn Sie die Unterlagen selbst durchgehen.«

Appleyard hörte sich Vances besorgte Überlegungen mit einem mitfühlenden Ohr an. Ihm waren unklare Situationen ebenso unangenehm wie dem Admiral. Sicher war er zu dieser Sitzung in Straßburg eingeladen worden um eine inoffizielle Botschaft zu erhalten. Doch wenn Bud Recht hatte – wenn seit Mai von der Straßburger Verschwörung nichts mehr zu hören gewesen war –, dann bestand die Botschaft einfach darin, dass man in der vatikanischen Administration die Messer gezückt hatte. Das war interessant; andererseits aber traf dasselbe auf praktisch jede Administration in der Welt zu.

»Hören Sie, Bud«, unterbrach Gib schließlich die Spekulationen seines Partners. »Die Tatsache, dass wir wissen, welcher Ärger sich um den Papst zusammenbrauen könnte, bringt uns schon einen ganzen Schritt weiter. Wir wissen genug um auf der Hut zu sein. Aber zur Zeit ist dieser Pontifex noch am Ruder. Also hat das Kommitee recht. Er ist der Mann, um den wir uns kümmern müssen. Lassen Sie uns unseren Mann in Rom eine Audienz beim Papst arrangieren. Ich reise ein paar Tage früher nach Rom und versuche etwas über diese beiden Wanderpriester Gladstone und Gutmacher herauszufinden. Wer weiß? Wenn ich lange genug bohre, wird vielleicht das eine zum anderen führen.«

»Hoffen wir's.« Vance schob seinem Kollegen die Geheimdienstakte, so dürftig sie auch war, über den Schreibtisch zu. »So, Commander.« Ein schelmisches Glitzern in Buds Augen löste die Spannung. »Damit bleibt heute morgen nur noch eine Frage zu beantworten. Sind Sie bereit für ein vertrauliches Gespräch über die Sowjetpolitik mit dem Mann, der die Berliner Mauer zu Fall gebracht hat?«

»Ob ich dafür bereit bin?« Gib grinste. »Ich kann's kaum erwarten!«

Appleyard konnte sein Glück nicht fassen. Es war nicht nur die Sitzung in Straßburg, die den Papst in den Mittelpunkt des Interesses gerückt hatte. Seit jenem Tag in Brüssel, als der nervöse Engländer Herbert Featherstone-Haugh den rätselhaften persönlichen Brief des Papstes an den Besetzungsausschuss der EG vorgelesen, seit Gib die Worte des Papstes gehört hatte, die seinen eigenen Gedanken über das »arme, arme Europa« so nahe kamen, hatte Gib auf eine Gelegenheit gewartet die Gedanken des Papstes zu ergründen und herauszufinden, ob er tatsächlich ein unabhängiger geopolitischer Denker war; und ob auch er so wenig von Europas gegenwärtigem Eifer hielt, eine führende Rolle beim Aufbau der neuen Weltordnung zu spielen.

Natürlich hatte Appleyard mit einer solchen Gelegenheit nicht gerechnet. Deshalb hatte er beschlossen den Gedanken des Papstes durch ein gründliches Studium seiner wichtigsten Reden und veröffentlichten Schriften auf den Grund zu gehen. Und je mehr er gelesen hatte, umso mehr hatte es ihn fasziniert.

Insbesondere im weltlichen Bereich gab es Hinweise, dass der Papst all den Gaia-Propheten, Anthroposophen und Newage-Enthusiasten weit voraus war. Und Anzeichen dafür, dass er auch den Global-2000-Kram Jimmy Carters und den Club of Rome in den Schatten stellte.

Dennoch fand Appleyard in den veröffentlichten Schriften des Papstes zahlreiche Belege für die schroffen und grundsätzlichen Differenzen, die die Kirche in jüngerer Zeit in solche Konflikte mit dem Freimaurertum gestürzt hatten. Und auch in Konflikte mit der US-Politik. Wie die Loge – und wie die Kirche selbst trotz ihrer Erfahrungen aus der Geschichte – weigerte sich der Papst Grenzen zwischen Territorien, Menschen oder Kulturen anzuerkennen. Als geborener Universalist schloss der Pontifex sämtliche Länder, Nationen und Individuen in seine Bemühungen ein. Er beharrte auf den transzendentalen Anspruch seiner Kirche. Er hielt sie für fähig die spirituelle und moralische Natur des Menschen zu nähren und zu entwickeln. Er hielt sie für berufen die Menschheit zu lehren, wie man zusammenlebte, spirituelle und ethische Werte entwickelte und so Frieden und Wohlstand auf Erden schuf. Darin war der polnische Papst mit der Loge einig. Doch als er die Schriften und Reden des Papstes durcharbeitete, stieß Appleyard auf eine grundlegende Differenz, die alle Gemeinsamkeiten überschattete.

Immer wieder kam der Pontifex auf die römisch-katholische Absicht zurück allen Männern und Frauen zu einem Gewinn zu verhelfen, der über die menschliche Natur und die menschlichen Möglichkeiten entschieden hinausging. Er beschrieb diesen Gewinn als das übernatürliche Leben der Seele, das erst dann erreicht wird, wenn der physische Tod eintritt und das Individuum durch einen gnädigen Akt Gottes in eine andere Dimension übergeht. Auf diese Übernatur kam es den römischen Katholiken und offenbar auch diesem Papst an, und die ließ sich nicht mit dem modernen Freimaurerideal vereinbaren die menschliche Natur innerhalb der beobacht- und erreichbaren Grenzen des Kosmos zu vervollkommnen.

Einer der vielen Gründe, warum Appleyard die Freimaurerei und die Lebensweise der Freimaurer schätzte, war ihr aus menschlicher Sicht schönes Denken und Sprechen. Die Freimaurerei war kein metaphysisches System, kein Dogma, keine letztgültige mystische Enthüllung einer einzigen unveränderlichen Wahrheit. Sie war eine Lebensweise, durch die das Individuum in den Gebrauch unerlässlicher symbolischer Instrumente eingeführt wird, die es immer mehr dazu befähigen, die überlegende Intelligenz hinter der Fassade des Kosmos aufzuspüren und zu erkennen.

Im Gegensatz dazu beruhte der römische Katholizismus trotz der Schönheit und des wundervollen Humanismus seiner Tradition auf einer widersprüchlichen Spannung, die in der Freimaurerei nicht zu finden ist. Da gab es den Säugling, der bei seinen armen und heimatlosen Eltern in einer Krippe fror. Da gab es das

Kruzifix mit dem gekrümmten Körper eines Mannes, der in seinem eigenen Blut starb. Da gab es einen wieder auferstandenen Christus, der unter einem goldenen Heiligenschein in die Wolken entschwebte. Und da gab es dieses absolutistische Dogma, das einer von Appleyards vulgäreren Freunden einmal als »leere Versprechung vom Leben nach dem Tod« bezeichnet hatte.

Für Appleyard als Mensch und als Freimaurer war es von wesentlicher Bedeutung, dass er in den Schriften des polnischen Papstes eine gewisse Seelenverwandtschaft entdeckte. Der Charakter dieses Mannes wies eine Dimension auf, die sich in Appleyards Gedankengänge fügte wie ein Schlüssel ins Schloss. Eine Reinheit der Weltsicht und ein Zielbewusstsein, das er bei keiner anderen führenden Gestalt in der Welt beobachtet hatte.

Was einen so idealistischen Mann wie Appleyard ebenso überraschte wie begeisterte, war die unablässige professionelle Sorgfalt, die dieser Papst nicht nur der geopolitischen Strategie, sondern auch den strategischen Notwendigkeiten des Lebens widmete. Dieser Pontifex beschäftigte sich mit allem. Mit der Rücksichtslosigkeit der Agrarpolitik. Mit den Verantwortlichkeiten und Werten einer demokratischen Gesellschaft. Mit wissenschaftlicher Verantwortungslosigkeit, Wassernutzungsrechten, Arbeitsbündnissen, Wohnen, medizinischer Versorgung, Genetik, Astrophysik, Sport, der Oper. Die schiere Wucht, mit der seine Worte sich den Kulturen von über achtzig Nationen gewachsen zeigten, war bewundernswert.

Appleyard war so beeindruckt, dass er sich, als der Tag seiner Abreise nach Rom näher rückte, daran erinnern musste, in seinem Gespräch mit dem Heiligen Vater nicht ohne gute und hinreichende politische Gründe diese antipäpstliche Sitzung in Straßburg ansprechen zu dürfen. Dennoch konnte er nicht anders als sich zu fragen, wie den Prälaten, die er kennen gelernt hatte, entgangen sein konnte, welch einen Riesen von einem Führer sie in dem derzeitigen Papst hatten. Und er konnte nicht anders als seinem Treffen mit dem Pontifex mit den hoffnungsvollsten Gedanken entgegenzusehen.

Anders als die Hauptprotagonisten in dem globalen Sturm auf eine neue Weltordnung erwartete der Kardinal von Centurycity von Rom überhaupt nichts. Außer einem gewissen Maß wechselseitigen Schutzes erhoffte Seine Eminenz vom Vatikan nicht mehr, als dass man seine gut geölte Maschinerie ungestört arbeiten ließ.

Natürlich mussten von Zeit zu Zeit Ausnahmen gemacht werden. Zum Beispiel während dieser besonderen theologischen Konsultation, zu der er nach Rom eingeladen worden war. Seiner Eminenz gute Freunde Kardinal Maestroianni und Kardinal Pensabene hatten alle Überzeugungskraft aufgewandt um ihn für eine enge Zusammenarbeit beim Aufbau eines neuen Ausschusses für innere Angelegenheiten in der Nationalen Katholischen Bischofskonferenz zu bewegen.

Der Kardinal von Centurycity fand den Plan verlockend. Im Herzen der NKBK konnte der neue AIA Seiner Eminenz wesentlich zur Formulierung der »Gemeinsamen Gedanken« der US-Bischöfe und aller Bischöfe quer durch die Kirche zur alles entscheidenden Frage der apostolischen Einheit zwischen ihnen und dem Papst beitragen.

Seine erste Aufgabe nach seine Rückkehr nach Centurycity hatte darin bestanden, die Voraussetzungen für seinen neuen AIA zu schaffen. Das bedeutete jene Bischöfe einzuweihen, die dem Kardinal als seine wichtigsten »hochrangigen Förderer« dienen sollten. Jeder der fünf ausgewählten Ortsbischöfe wusste, warum Seine Eminenz an ihn herangetreten war. Die erste Überlegung hatte in jedem Fall moralischen Charakter. Seine Eminenz kannte die Schwächen jedes Bischofs und hatte keine Bedenken diese Informationen zu nutzen. Die zweite Überlegung galt der Einstellung jedes dieser Männer zu kirchlichen Fragen.

Es war erstaunlich, wie zügig Seine Eminenz von Centurycity diese fünf grundlegenden Mitglieder seines im Entstehen begriffenen Ausschusses für innere Angelegenheiten in ihre Aufgaben einwies. Zugegeben, der Kardinal war in seinem Element, wenn er mit eiserner Hand im Samthandschuh irrgläubige Kleriker untergeordneten Rangs zurechtwies. So dauerte es nicht einmal bis zum ersten Frost, ehe der Kardinal zu einer letzten Einsatzbesprechung mit seinen handverlesenen episkopalen »Förderern«

in die Gemeinde St. Olaf in der Diözese von Rosedale in Minnesota reiste. Unmittelbar nach dieser Besprechung wollte er seine Mitarbeiter in die erste offizielle Sitzung seines neu gebildeten Ausschusses für innere Angelegenheiten führen, der im Festsaal von St. Olaf stattfand.

Die Wahl dieses abgelegenen Veranstaltungsorts für ihre erste Versammlung war ungewöhnlich, doch klug. Wäre sie in der Washingtoner Zentrale der NKBK abgehalten worden, hätte sie ganz sicher wesentlich größeres Interesse der Medien hervorgerufen. Und der AIA sollte, solange er tätig war, seine internen Vorgänge streng vertraulich behandeln.

Der Kardinal legte großen Wert darauf, dass seine wichtigsten Mitarbeiter sich über die Methoden im Klaren waren, durch die er die geistige Haltung jedes US-Bischofs zu beeinflussen gedachte. Klarheit war ausschlaggebend für ihren Erfolg. Daher war zunächst streng darauf zu achten, dass die interne Geheimhaltung gewahrt wurde. Maestroianni und Pensabene hatten dies nachdrücklich betont; und so bestand auch der Kardinal von Centurycity darauf.

»Dieser AIA wird auf episkopaler Ebene arbeiten.« Seine Eminenz sah jeden der fünf Bischöfe nacheinander an. »Obwohl Sie die höheren Ränge auf dem Laufenden halten werden, ist niemand mit höherem als dem Rang eines Bischofs maßgeblich beteiligt – von den Anwesenden abgesehen. Die Bischöfe selbst müssen lernen auf amerikanische Art zu denken. Letztendlich werden alle Aktionen unseres AIA diesem Ziel dienen. Und wie immer stehen dabei entscheidende Fragen der Kirche und der Lehre zur Debatte. Zum Beispiel wird einer unserer Auxiliarbischöfe einen Artikel schreiben, in dem er in gutem, gleichmacherischen amerikanischen Stil erklärt, dass es höchste Zeit sei, Frauen zur Priesterschaft zuzulassen. Unmittelbar darauf muss er durch eine Flut zustimmender Erklärungen in Diözesanzeitungen, öffentlichen Konferenzen und den allgemeinen Medien unterstützt werden. Der Bischof wird seine Erklärung – natürlich vorübergehend – auf Druck des Papstbüros, mit dem sicher zu rechnen ist, zurückziehen müssen. Das kümmert uns nicht. Es ist nicht besonders wichtig.

Ich betone, dass der Schwerpunkt dieses Ausschusses für innere Angelegenheiten schon seinem Namen zu entnehmen ist: *innere* Angelegenheiten. Innerhalb der Grenzen der Vereinigten Staaten sind wir die Kirche. Rom liegt außerhalb unserer Grenzen und hat hier keine Rechte. Die der Nationalen Katholischen Bischofskonferenz überlassen es diesem neuen AIA, die offizielle Haltung in Fragen der Einigkeit oder Uneinigkeit mit dem Heiligen Stuhl zu bestimmen.«

Alle Köpfe wandten sich, als der persönliche Sekretär Seiner Eminenz, der attraktive Pater Oswald Avonodor, den Kopf in den Saal steckte und erklärte, dass sich alle zur allgemeinen AIA-Sitzung eingeladenen Personen versammelt hätten und warteten. Das Zeichen kam zur rechten Zeit. Seine Eminenz wusste, dass er alles gesagt hatte, was zu sagen war.

Die Bischöfe waren froh dem Kardinal geschlossen in den Festsaal im Erdgeschoss folgen zu können, wo die beißende Kälte weniger von der dürftigen Heizung gemildert wurde als von der Aufregung der gut dreißig Personen, die sie begrüßten. Alle waren sie von einem Eifer erfüllt wie Kreuzfahrer, wie Pioniere oder wie eine Vorhut von Elitesoldaten. Zumindest im Hinblick auf das zentrale Anliegen dieser Sitzung – die Überzeugung, dass der polnische Papst zum Wohl der Kirche zurücktreten müsse – schlugen alle Herzen im selben Takt.

Die Sitzung ging ordnungsgemäß vonstatten. Als Seine Eminenz ihre Namen aufrief, erhoben sich nacheinander die drei prominentesten Wortführerinnen der US-amerikanischen feministischen Bewegung unter den religiös gesinnten Frauen um Lob für ihre bemerkenswerten Beiträge zur amerikanischen Kirche entgegenzunehmen. Als Nächstes wurde ein Vertreter der größten amerikanischen Vereinigung von Männern vorgestellt, die sich »Expriester« nannten, und dann ein prominentes Mitglied der römisch-katholischen Organisation aktiver homosexueller Kleriker und Laien.

Nachdem er die Ehrengäste vorgestellt und begrüßt hatte, wandte Seine Eminenz seine Aufmerksamkeit der Versammlung von Auxiliar- und Residenzialbischöfen aus gut zwanzig Diözesen in allen Teilen der Nation zu. Jeder Einzelne war vom Kardinal persönlich als Stammglied dieses AIAs handverlesen oder mit seiner letztendlichen Zustimmung von einem anderen Angehörigen seiner fünfköpfigen Kerngruppe ausgesucht worden. »Willkommen!«, begrüßte Seine Eminenz sie alle mit einem geschäftsmäßigen Lächeln. »Willkommen«, begann er ein zweites Mal, »Mitglieder und Gäste des AIA der USA.« Applaus.

»Auf meine Bitte hat Erzbischof Delish einen Hintergrundbericht vorbereitet, der Ihnen sicher nützlich sein wird.« Erzbischof Cuthbert Delish stand wie die Gerechtigkeit in Person von seinem Stuhl auf und war bereit die Ziegen von den Schafen zu trennen. »Zweierlei können wir sicher annehmen«, erklärte er. »Erstens gibt es gegenwärtig eine leichte Mehrheit unter den Bischöfen dieses Landes, die Zweifel an der Möglichkeit einer wirklich erfolgreichen Einheit zwischen ihnen und dem gegenwärtigen Papst hat. Zweitens gibt es nur wenige, die offen gegen diese Mehrheit opponieren. Das ist ein solides Fundament, auf dem wir unsere Arbeit aufbauen können.« Es sei sicher richtig, betonte Delish, dass »eine gewisse Quote an Andersdenkenden ein gutes Zeichen« sei. Dennoch hielt er es für sinnvoll, eine kurze Liste der lästigsten Abweichler vorzulesen und eine längere Liste von Personen, die er als »Zaungäste« umschrieb.

Das führte den Erzbischof zum zweiten Teil seines Hintergrundberichts. »Bisher hatte jeder von uns einen gewissen Erfolg in seinen Bemühungen neue Sitten und Einstellungen unter Klerikern und Laien durchzusetzen und weiterzuentwickeln. Nun müssen sie allerdings wie nie zuvor daran gewöhnt werden, dass wir uns offen Anweisungen aus dem päpstlichen Büro widersetzen. Es muss eine normale Erscheinung im katholischen Leben werden, dass unsere lokalen Kirchen mit römischen Direktiven nicht einverstanden sind und sich unbeirrt dafür entscheiden, ihren eigenen Weg zu gehen.«

Erzbischof Delish erläuterte das Prinzip an Beispielen für Predigten, die gehalten, Artikel, die veröffentlicht, Interviews, die gegeben, öffentliche Begegnungsgruppen, die gegründet, Medien, die unmittelbar genutzt werden könnten. »Dabei sollten Sie eines nicht vergessen«, fasste Delish knapp zusammen. »Gegen einmal etablierte Bräuche und einmal verinnerlichte Haltungen kann Rom nicht mehr viel ausrichten, oder?« Die Antwort war ein zurückhaltendes, doch zuversichtliches Gelächter.

Seine Eminenz von Centurycity erhob sich, wie es seine Art war, ohne weitere Umschweife, klatschte zum Zeichen des allgemeinen Aufbruchs in die Hände und marschierte mit Pater Oswald Afonodor im Schlepptau zur Tür hinaus.

Zweiter Teil

Dämmerung

Im Dienste Roms

XXVIII

Dass es Gibson Appleyard gelungen war, zumindest ansatzweise ein Gefühl für die konsequente Politik des Papstes zu entwikkeln, hätte ihm einen Vorteil gegenüber jedem weltpolitischen Strategen in Washington und auf der ganzen Welt verschaffen müssen, von den Experten im Vatikan ganz zu schweigen. Und doch lag vielleicht sein größter Vorteil darin, zu verstehen, dass die Dämmerung über das römische Papsttum hereingebrochen war, so sicher wie über die NATO, die Europäische Gemeinschaft, das angloamerikanische Establishment, die Welthegemonie der USA und die Träume von marxistisch-sozialistischen Utopien in diesem sich dem Ende zuneigenden zwanzigsten Jahrhundert. Ein langer, mühsamer und schmerzhafter Tag ging über den Häuptern der Nationen jetzt zu Ende. Die klare, verlässliche Perspektive des Tageslichts wich dem Zwielicht. Genaue Wahrnehmung selbst der vertrautesten Dinge wurde schwierig. Angst vor Auflösung, das Bewusstsein vom Vorhandensein noch unbekannter tödlicher Feinde, mangelndes Wissen über die nahe Zukunft, wachsendes Unbehagen gegenüber den gegenwärtigen Zuständen griffen jetzt um sich und begannen vor den sich verdüsternden Wegen der Staaten aufzusteigen.

So würde ein Appleyard die Leichtfertigkeit im Wollen und Handeln jener Staaten, die sich Bosnien und Ruanda gegenübersahen, charakterisieren: Die ethische Klarheit des Zweiten Weltkrieges war erloschen. So würde er die wankende Politik des Papstes beurteilen: Vollkommenes und stures Festhalten an der Sexualmoral wechselte mit einer augenscheinlichen Lockerung früherer dogmatischer Grundsätze, wer vom Himmel gerettet werden könne und wer auf Erden das letzte Wort habe. Die Dämmerung über seinem Pontifikat griff rasch um sich, spielte mit jedermanns Wahrnehmung und ließ jedes Voranschreiten von Minute zu Minute gefährlicher werden. So erfasste das päpstliche Zwielicht alle, Freunde, Mitarbeiter und Feinde, die mit seinem Pontifikat zu tun hatten. Und am Ende der Jagd, wenn sich die Dunkelheit der Nacht über sein Pontifikat senkte, würde es schwer werden zu entscheiden, wer die tragischste Gestalt war: Die Massen der gläubigen Katholiken? Jene, die dem derzeitigen Papst unter großen persönlichen Opfern gedient hatten? Oder der polnischen Papst selbst?

Natürlich gab es im Vatikan und auf der ganzen Welt solche, die das Zwielicht als guten Gefährten auf ihrer eigenen Reise in die Schattenzonen der Welt willkommen hießen. Tatsächlich schien die Sonne bereits über ihren Plänen aufzugehen, soweit Kardinal Cosimo Maestroianni und seine wachsende Gruppe von Mitverschwörern dies sehen konnten. Schließlich war der Papst nicht in der Lage die katholische Kirche wirksam zu regieren.

Mehr noch, die Maschinerie, die aufgebaut worden war um Druck auf den Papst auszuüben, damit er um der Einheit der Kirche und seines eigenen Seelenfriedens willen zurückzutrat, nahm langsam ein Eigenleben an. Die neuen Ausschüsse für innere Angelegenheiten innerhalb der nationalen und regionalen Bischofskonferenzen entwickelten sich zum größten und besten Schwungrad dieser Maschinerie gegen den Papst.

Niemand begriff besser als Maestroianni, dass Europa der Dreh- und Angelpunkt dieses Mechanismus sein musste. Der Katholizismus in diesem alten Herzland des Christentums besaß ein besonderes Ansehen, das weit über Theologie und Gläubigkeit hinausging und tief in das gesellschaftliche Leben, die Kultur und die Politik reichte. Tatsächlich hatte es nie eine Zeit gegeben, in der die europäische Kirchenhierarchie nicht bis über beide Ohren in die nationale, europäische und weltweite Politik verstrickt gewesen wäre.

Daher sollte es im Prinzip leicht fallen, die nationalen und regionalen Bischofskonferenzen in der Sache der »Gemeinsamen Gedanken« auf eine Linie zu bringen. Nütze ihre Differenzen, bring sie zur gleichen Zeit in eine Machtsituation und sie würden vorhersagbar reagieren. Sobald Europa gewonnen war, würden die »Gemeinsamen Gedanken« überall auf der Welt zu einer der wenigen Sicherheiten in einer unsicheren Welt werden.

Seine Eminenz von Centurycity würde die Dinge in den Vereinigten Staaten überwachen, denn die nationalen und regionalen Bischofskonferenzen gehörten praktisch ihm.

Was die Kanadier betraf, so lautete die allgemeine Ansicht im Vatikan, dass man sich darauf verlassen konnte, dass sie sich innerhalb von sechs Monaten den Amerikanern anschließen würden.

In Lateinamerika hatten sich die Theologie der Befreiung und die nachkonziliare neue Spiritualität verbunden um einen tiefen Keil zwischen den Papst und die Bischofskonferenzen zu treiben. Und was Asien und Afrika anging, so würden die Bischofskonferenzen dieser Kontinente bereitwilligst Schritt halten. Denn wie die Amerikaner folgten die Afrikaner und die Asiaten traditionell dem, was Europa vorexerziert hatte.

Wenn es stimmte, dass die europäischen Bischöfe die Schlüsselfiguren für eine erfolgreiche Abstimmung über die »Gemeinsamen Gedanken« auf der ganzen Welt waren, dann war doppelt richtig, dass Cyrus Benthoeks großartige Idee, die Europäische Gemeinschaft als wichtigsten Punkt des bischöflichen Interesses zu präsentieren, der Schlüssel zu den europäischen Bischöfen war. Nicht viele selbst unter den zurückhaltendsten Bischöfen konnten lange den politischen und praktischen Vorteilen widerstehen, welche ins Spiel gebracht werden konnten. Nicht viele würden sich wünschen von dem größeren Europa, an welchem die Europäische Gemeinschaft baute, übergangen zu werden. Nicht viele würden lange daran zweifeln, dass es klug war, sich den »Gemeinsamen Gedanken« ihrer Kollegen anzuschließen. Mit Pater Christian Gladstone, der die europäischen Bischöfe nach Maestroiannis Anweisungen bearbeitete, und Generalsekretär Paul Gladstones leichtem Zugriff auf die EG-Kommissare und den Ministerrat war der Tisch bereitet für das Bankett.

Klugerweise begann Seine Eminenz Maestroianni darüber nachzudenken, den Kreis passender Nachfolger des Papstes zu erweitern. Sicherlich war es Zeit für Maestroianni mit Staatssekretär Kardinal Giacomo Graziani darüber zu sprechen, wie man dem Jesuitengeneral Coutinho den roten Kardinalshut verschaffen konnte. Und es war auch nicht zu früh, einen Mann wie den Generalmagister des Dominikanerordens loszuwerden. Pater Damien Slattery war für Maestroianni mehr als nur ein persönliches Ärgernis. Er war einer der wenigen Getreuen auf Seiten dieses Papstes, die einen Rang innehatten.

Wie vorteilhaft, dass im März nächsten Jahres das Generalkapitel der Dominikaner stattfinden würde. Ein solches Generalkapitel hatte Slattery zum Generalmagister gemacht. Und wenn Maestroiannis Einfluss wirklich zählte, dann würde das kommende Generalkapitel ihn aus Rom ins dauernde Exil schicken. Und dann war Slattery eine leichte Beute.

Maestroianni war nicht der einzige Kardinal, der sich Gedanken über das Personal im Vatikan machte. Seine Eminenz Silvio Aureatini wurde wegen Pater Aldo Carnesecca immer nervöser. Seit jenem Tag im Oktober 1978, als er und Carnesecca gemeinsam mit dem Staatssekretär Kardinal Jean-Claude de Vincennes die Sichtung der persönlichen Papiere zweier toter Päpste vorgenommen hatten, wusste er, dass Beweise für die Inthronisation des Fürsten in der Zitadelle entdeckt und dem September-Papst gezeigt worden sein könnten. Aureatinis Verdacht war sofort auf Aldo Carnesecca gefallen.

Aureatinis Verdacht war nie zur Gewissheit geworden. Die gefährlichen Beweise waren in den Geheimarchiven der Vatikanbibliothek begraben geblieben. Nicht das Geringste davon war an die Oberfläche gedrungen. Trotzdem hatte er das Gefühl, es ginge nicht länger an, auf Carneseccas natürlichen Tod zu warten. Ein klügerer Weg musste gefunden werden diese Sache in Ordnung zu bringen, eine Aufgabe, die Seine Eminenz an einem Nachmittag in seinem Büro mit bewundernswerter Leichtigkeit erledigte.

Der Kardinal mit der sicheren Nase erklärte Carnesecca, dass der Erzbischof von Palermo und die andere Bischöfe Siziliens entschieden hatten mit der italienischen Polizei und dem Geheimdienst der Armee bei einem Großangriff auf die sizilianische Mafia zusammenzuarbeiten. Der Vatikan würde die Drehscheibe der Kommunikation zwischen den Bischöfen, der Polizei und den Geheimdienstleuten sein. Eine Person im Vatikan sollte die Aufgabe als Koordinator der Kommunikation und der Operationen übernehmen. Denn das empfindlichste Glied betraf, wie Pater Carnesecca sicher einsah, die Kommunikation. Jeder wusste, dass Telefon und Post unzuverlässig waren. Daher wurde ein Kurier gebraucht. Jemand, der schon Erfahrung mit dieser Art von Arbeit hatte und unbemerkt hin- und herreisen konnte, solange es nötig war, um alle Kontaktpunkte zwischen den beteiligten offiziellen Stellen und den Bischöfen abzusichern.

Der Zeitplan war immer noch sehr vage. Bis das Kuriersystem wirklich funktionierte, würde es nicht möglich sein, den exakten Tag für den Angriff festzulegen, den Tag, an dem eine groß angelegte Verhaftung aller aktiven Mafiosi durch Spezialeinheiten stattfinden sollte. Aber am Morgen dieses nahen Tages würden die Bischöfe selbst mit einem Hirtenbrief, der alle Mafiosi verdammte und exkommunizierte, das Signal zum Losschlagen geben. Und das Fernsehen und die Radiosender würden einbezogen werden um mit dem doppelten Schlag von öffentlicher Verdammung und Massenverhaftungen dieser kriminellen Organisation das Genick zu brechen.

Carnesecca wusste todsicher, dass irgendetwas nicht stimmte. Sein Instinkt sagte ihm, dass es irgendwo eine tödliche Falle gab, eine gefährliche Maßnahme, ein unscheinbares Detail, das seinen Rücken bloßließ. Aber nichts schien zweifelhaft an Aureatinis Erklärungen oder den Plänen, welche sie zusammen durchgingen. Er konnte keinen guten Grund finden, der seine Besorgnis stützte, und keine vernünftige Entschuldigung um sich aus der Situation zurückzuziehen.

»Nun gut.« Aureatini beendete seinen Auftritt. »Wenn Sie dieser Mission zustimmen, sollten Sie keinen Grund zur Sorge über die vatikanische Seite der Angelegenheiten haben. Ich werde der Koordinator auf unserer Seite sein. Also, was sagen Sie, Pater? Machen Sie mit?«

Pater Carnesecca zuckte beinahe sichtbar zusammen, als er

hörte, dass Aureatini der Koordinator des Vatikans sein würde. Er war auch unzufrieden mit dem knappen Zeitrahmen, den man ihm gelassen hatte. Er schwieg zum ersten Punkt, nicht aber zum zweiten. »Wenn bereits alles zum Start bereit ist, Eminenz, werde ich kaum Zeit zur Vorbereitung haben. Hast und Eile sind die Eltern tödlicher Fehler ...«

Doch Aureatini wollte nichts davon hören und widersprach eilig. »Kein Grund zur Sorge, Pater. Sie kennen alle Pläne. Die Unterstützung für Sie ist professionell. Auf dem letzten Stand der Dinge.«

»... aber«, fuhr Carnesecca fort, als hätte der Kardinal nichts gesagt, »angesichts des Drucks der Ereignisse, Eure Eminenz, werde ich diese Mission für den Heiligen Stuhl übernehmen.«

Der Kardinal schlug mit der flachen Hand auf seinen Schreibtisch. Welch ein Jammer, dachte er, dass Staatssekretär Kardinal Vincennes diesen Tag nicht miterleben durfte.

Während der ersten Monate, die er im Zentrum der tief greifenden Verwirrung im Rom der Dämmerung dieses Pontifikats verbrachte, war es für Christian Gladstone schwierig, die verschiedenen Fraktionen des Vatikans, die ihn zu verschlingen drohten, auseinander zu halten. Jeder schien eine Aufgabe für ihn zu haben. Trotz seiner instinktiven Abneigung gegen Kardinal Maestroianni faszinierte den jungen Mann die Klarheit der Anweisungen Seiner Eminenz. Und es war ein wirklicher Segen für ihn, dass das Projekt M, wie er seine Arbeit für den Kardinal für sich nannte, ihn so sehr forderte.

Zu Anfang ließ der Kardinal Gladstone eine neue Liste von europäischen Bischöfen zukommen, die alle paar Wochen besucht werden sollten, und jede Liste kam gemeinsam mit einem Berg von Hintergrundinformationen, die vorher verarbeitet werden mussten. Der Zweck eines jeden Besuches war Christian in die Lage zu versetzen einen einfach formulierten Fragebogen auszufüllen. Natürlich bekam keiner der Bischöfe das Dokument zu Gesicht, sie wussten nicht einmal von seiner Existenz. Aber bei allen Fragen, die er kreuz und quer auf dem Kontinent gestellt hatte, wurde Christian von diesem Fragebogen geleitet.

Christian stellte fest, dass die meisten Bischöfe, die er besuchte, ihm gegenüber eine Offenheit an den Tag legten, welche er beunruhigend fand. Vielleicht war es dieser Mantel der vatikanischen Autorität, von dem Maestroianni gesprochen hatte. Was immer es auch war, Christians Ohren hörten auf all seinen Reisen viel über die Kirche. Unter den Bischöfen Europas fand er ein allgemeines Gefühl vor, dass der Kirche etwas fehle. Ein allgemeines Gefühl, dass die Kirche in Gefahr sei. Aber solche Gefühle machten auf Christian genau diesen Eindruck; es waren Gefühle, nicht mehr. Er fand keine klaren Gedanken, keine neuen Visionen. Selbst die Sehnsucht nach größerer Einheit mit dem Papst war nur vage. Alle Aussagen wurden mit einem »Vielleicht« versehen. Vielleicht würden die Bischöfe wieder zu jener Festigkeit finden, der sie sich einmal erfreut hatten. Vielleicht würde der Heilige Geist dem Papst ein neues Verständnis für ihre Schwierigkeiten schenken mit einer neuen Welt umzugehen, die sich selbst in Begriffen der Finanzen und der Wirtschaft definierte. Vielleicht ... Vielleicht ...

Zur gleichen Zeit und trotz des Gejammers über die verlorene Einheit mit dem Heiligen Vater sah Christian aber auch die Stärke der nationalen und regionalen Bischofskonferenzen, die nach den Zweiten Vatikanischen Konzil überall gegründet worden waren. Jeder Bischof, den er getroffen hatte, schien diesen Konferenzen mehr praktisches Gewicht zuzusprechen als dem Heiligen Stuhl. Rom war nicht länger der Mittelpunkt der Autorität, es war einer von vielen Punkten.

Und bei all seinen Entdeckungen fand Christian nirgendwo eine Spur von Liebe oder ein Gefühl des Respekts für den Papst.

So sehr ihn das Bild der Kirche auch beunruhigte, welches sich in seinem Kopf formte, ließ es ihn doch auch hoffen, dass seine Aufgabe genau dazu diente, zu tun, was seine Eminenz am Anfang gesagt hatte: »Helfen Probleme zu überwinden, die unseren Bischöfen offenbar zu schaffen machen.« Mit diesem Gedanken im Hinterkopf gelang es Christian, bei einem Besuch in einer Region drei oder vier Bischöfe aufzusuchen. Und nach jedem kräftezehrenden Besuch eilte er nach Rom zurück, wo er die verlangten Fragebögen fertig ausfüllte und sich auf die gründlichen Befragungen durch Kardinal Maestroianni und andere Mitglieder der höheren Ebenen der Administration des Vatikans vorbereitete.

Diese Befragungen verschafften ihm einen ersten direkten Einblick in die Machtstrukturen des Heiligen Stuhls. Es gab sogar einzelne Augenblicke, in denen er sich der sanften Hoffnung hingab auf dem Weg ins Herz Roms zu sein. Augenblicke, in denen er beinahe dachte, Rom als die Ewige Stadt würde sich ihm öffnen als die schönste, die ehrwürdigste an Wissen, die väterlichste an Gefühl. Augenblicke, in denen er fühlte, er könnte vielleicht einen Blick auf ihre Tore ins Universum erhaschen, zu Gottes Unsterblichkeit und auf den strahlenden Glorienschein, welcher den Felsen der Ewigkeit umgab. Aber jeder dieser Augenblicke wich schnell genug der Realität. Es gab immer irgendetwas, das Christian daran erinnerte, dass er ein zwergenhafter Außenseiter war, ein unpersönliches Rädchen in einer gleichgültigen Maschine, ein Handlanger, der nie diese Tore der Privilegien durchschreiten oder in diesem Glorienschein baden würde.

Nach über einem Monat intensiver Tätigkeit brach ein Tag herein, der Christian beispielhaft jene zwei Extreme vor Augen führte, die seine erste Zeit in Rom bestimmten, ein Tag, der mit einer Befragung begann. Er wurde ohne Vorwarnung am frühen Morgen zu einer Konferenz ins Staatssekretariat gerufen, wo Seine Eminenz Maestroianni ihn nicht weniger als sieben wichtigen Kardinälen als »unseren geschätzten neuen Mitstreiter« vorstellte.

Die Kardinäle zeigten ohne Ausnahme großes Interesse an Christians Einschätzung jener Bischöfe, die er bis jetzt in Frankreich, Belgien, Holland, Österreich und Deutschland besucht hatte. Alle schienen besorgt, dass der Heilige Vater von einigen seiner Bischöfe nicht verstanden wurde.

Christian verließ den Papstpalast an diesem Morgen in mehr als gehobener Stimmung. Er hatte den Petersplatz schon halb überquert, als er den Bariton von Pater Damien Slattery seinen Namen rufen hörte.

»Waren Sie schon beim Mittagessen, mein Junge?« Der Generalmeister zwang sich zu einem Lächeln, als er neben Christian herging.

Die ganze Autofahrt bis zu Springy's Restaurant und fast das gesamte Mittagessen über musste Slattery sich alles über die wichtigen Kardinäle anhören, die an diesem Morgen so ernsthaft Christians Rat gesucht hatten. Damien war alarmiert, dass Christian beeindruckt war von den Kardinälen, die sich so für seine Arbeit für Maestroianni interessiert hatten. Es war offensichtlich, dass der junge Amerikaner wieder jener Enttäuschung über das verfiel, was ihm als Gleichgültigkeit des Heiligen Vaters gegenüber dem Zustand des Verfalls in der institutionellen Kirche erschien.

»Hören Sie, *Padre*.« Der Generalmagister nützte die erste längere Pause in Christians aufgeregtem Monolog. »Ich möchte Ihre Seifenblasen nicht zum Platzen bringen. Aber diese Wichtigtuer, die Sie heute Morgen getroffen haben, hätten schon viele Dinge in der Kirche wieder an den rechten Platz rücken können, wenn sie das wirklich wollten.«

Gladstone schüttelte den Kopf. »Genau das ist es, Pater Damien. Niemand ist überraschter als ich. Ich würde für das Papsttum mein Leben geben, wenn es notwendig wäre. Aber man muss gerecht sein und soweit ich sehe, versuchen Maestroianni und die anderen wenigstens die Dinge in den Griff zu bekommen. Es ist der Heilige Vater, der sich dafür verantworten sollte, wie er die Dinge hat außer Kontrolle geraten lassen.«

Slattery hatte keine Antwort darauf, denn im Grunde beschwerte sich hier jemand über die päpstliche Politik, die er selbst nicht verstand. Bestenfalls konnte er seine eigenen Beschwerden über die Bande von Kardinälen vorbringen, die heute morgen Christians Kopf mit ihren zivilisierten Umgangsformen in einem rauen Spiel verdreht hatten. »Lassen Sie mich etwas fragen, Gladstone.« Damien legte sich voll ins Zeug. »So, wie Sie es sich vorstellen, wollen Maestroianni und seine Freunde das Gleichgewicht in der Kirche wiederherstellen. Habe ich das richtig verstanden?«

Mit unwilliger Zustimmung neigte Christian den Kopf zur Seite.

»Nun gut. Lassen Sie uns für den Augenblick annehmen, das sei Kardinal Maestroianni.« Slattery stellte sein unberührtes Wasserglas in die Mitte des Tisches. »Und das hier Kardinal Palombo.« Damien trank den restlichen Wein aus, bevor er das Glas neben das andere stellte. »Er mag kein schöner Anblick sein, aber im Vatikan wenden sich viele Köpfe nach ihm um, wenn er vorbeigeht. Hier ist Pensabene.« Der Dominikaner nahm Christians Wasserglas für seinen symbolischen Kreis der vatikanischen Macht. »Pensabene ist der anerkannte Führer der Mehrheitsfraktion unter den Kurienkardinälen. Und hier ist Aureatini.« Dieses Mal musste Christians Weinglas herhalten. »Er ist noch nicht so wichtig wie die anderen. Aber Maestroianni hat ihn als aufgehenden Stern bezeichnet und seine Arbeit im IRCL, den katholischen Ritus zu entkatholisieren, hat das Muster vorgezeichnet und ihm jede Menge Einfluss in diesen Bischofskonferenzen rund um die Welt verschafft. Solange er nicht über seine eigene rote Schärpe stolpert, könnte er irgendwann später zum Thronanwärter werden.

Und das bringt uns zu unserem alten Freund Kardinal Giacomo Graziani.« Der Generalmagister wählte dieses Mal den Korken einer Weinflasche um den fünften Mann zu symbolisieren. »Als Staatssekretär ist er dem Papst ungefähr genauso nützlich wie das da. Es ist ihm egal, aus welcher Richtung der Wind weht, solange er zu den Gewinnern gehört.«

Slattery gingen die Gläser und Korken aus, aber das kümmerte ihn nicht weiter. Soweit es ihn betraf, konnte man Männer wie Boff und Schuytteneer vergessen.

»Und vergessen Sie auch Azande«, fügte er hinzu. »Es stimmt, er hat anders angefangen als die anderen und er ist ein liebenswerter Mann, wenn es je einen gegeben hat. Aber er ist auch ein Speichellecker geworden. Wie so viele andere werden diese drei alles essen, was Maestroianni auftischt.

Nun.« Slattery griff nach dem Salzstreuer und setzte ihn heftig in den Kreis, den er geformt hatte. »Und hier ist der Heilige Vater, auf allen Seiten von den Männern umgeben, in die Sie sich heute Morgen verliebt haben.«

Christian wollte protestieren, aber der Generalmagister schlug jedes Glas scharf mit einer Gabel an, ein kleines misstönendes Konzert. »Wenn diese fünf vatikanischen Machthaber wirklich Harmonie und Gleichgewicht in der Kirche wollten, dann verspreche ich Ihnen, dass sich Boff, Azande und Schuyttenceer dem Chor innerhalb einer Minute anschließen würden. Tatsächlich haben Sie auf Ihren Reisen im Laufe der letzten Monate keine Menschenseele getroffen, die es wagen würde, die Stimme dagegen zu erheben.«

»Jetzt lassen Sie mich etwas fragen, Slattery.« Christian gab die Herausforderung des Dominikaners zurück. »So wie Sie sich das vorstellen, ist der Heilige Vater von einer Art Verschwörung umgeben. Habe ich das richtig verstanden? Der Mann, den wir als Papst haben, der Mann, der eine Million Kilometer rund um den Globus zurückgelegt hat, der Mann, der jeden nur erdenklichen politischen und religiösen Führer kennt, den vermutlich mehr Menschen auf der Straße sofort erkennen würden als alle anderen großen Namen, der Mann ist so hilflos und so eingeengt wie dieser Salzstreuer.«

Der Dominikaner lehnte sich zurück. Zu welchem Ende auch immer, er hatte seine Meinung verständlich gemacht.

»Das glaube ich nicht, Pater Slattery. Erstens kann ich mir nicht vorstellen, was Maestroianni und die anderen davon hätten, dem Papst die Hände zu binden, während die Kirche in solch einen traurigen Zustand verfällt. Ich behaupte nicht, dass ich die Antwort auf das Papsträtsel habe. Aber Ihre Theorie ist es nicht.« Chris' Schwierigkeiten lagen im Moment darin, dass er nicht die wichtigen Fragen über seine Mission für das Staatssekretariat stellen konnte ohne das Schweigegebot zu brechen, das man ihm auferlegt hatte. Slatterys Schwierigkeit war die, dass er die Antworten ohnehin nicht gewusst hätte. Maestroianni war ein Meister darin, seine Karten bedeckt zu halten. Damien hatte keine Ahnung, was der kleine schlaue Prälat sich davon erwartete.

Daher entschied er schließlich, dass es das Nützlichste sei, Gladstone einen Rat zu geben, an den er sich erinnern würde, wenn die Lage es erforderte. »Hören Sie zu, Junge.« Der Geistliche seufzte. »Ich habe Ihnen gesagt, was ich von den Leuten halte, mit denen Sie zur Zeit im Staatssekretariat zusammenarbeiten. Nun lassen Sie mich auch noch zwei Dinge über die Arbeit für den Heiligen Vater sagen. Das Erste ist und erinnern Sie sich immer daran: Der Heilige Vater vertraut Ihnen. Und zweitens: Es gibt kein Handbuch für die Arbeit beim Papst.

Sie beschweren sich über die geistlosen Dinge, welche Sie tun mussten, seit Sie den Papst getroffen haben, und ich kann Ihre Ungeduld verstehen, an die wirklich wichtigen Dinge zu kommen. Da geht es nicht nur Ihnen so, das können Sie mir glauben. Aber Tatsache ist, dass der Heilige Vater Sie rufen wird, wenn er glaubt, Sie könnten helfen. Sobald er das tut – wenn er es tut –, liegt die Antwort bei Ihnen. Ganz bei Ihnen. Und wenn man Sie einmal gerufen hat, könnte dies das erste von vielen Malen sein – und dann werden Sie Schritt für Schritt lernen. Oder es ist das erste und das letzte Mal.«

In erschrockenem Schweigen sah Christian seinen Gefährten an. Nicht dass Slatterys Rat so unerwartet kam oder dass er ihn etwa beleidigt hätte, weil Christian plötzlich seinen ständigen Wunsch nach einem Auftrag des Papstes als Stolz begriff. Eher kamen Damiens Worte wie ein guter Rat zum Abschied, ähnlich einem Testament. Gladstone hielt nicht viel von Tratsch, aber noch nicht einmal ein Fremder hätte die ständigen Gerüchte überhören können, dass der Oberboss der Dominikaner auf der Abschussliste stand. Stimmte das also?

Pater Damien versüßte eine bittere Pille auch dann nicht, wenn er sie selbst schlucken musste. »Die Gerüchteküche hat Recht, *Padre*. Das Generalkapitel tagt nächsten März in Mexico City. Wenn es vorbei ist, hat der Orden der Dominikaner einen neuen Oberen.«

»Und dann?« Christian kannte die Antwort, aber er musste einfach fragen.

»Und dann erwarte ich, dass ich von hier wegversetzt werde. In ein paar Monaten werde ich so weit weg sein, wie es meinen Feinden nur möglich ist. Höchstwahrscheinlich in irgendeinem Höllenloch, wie es nur korrupte Söhne des heiligen Dominik erfinden konnten.«

»Sie könnten sich irren, Pater.« Christian war entsetzt. Er hatte jedes leise Gefühl der Hoffnung verloren, jeden Gedanken, dass

Rom die ehrwürdigste Stadt an Wissen oder die väterlichste an Gefühl war.

»Träumen Sie weiter.« Slatterys Schmerz war deutlich in seinen Augen zu lesen, als er den stummen Kreis aus Gläsern betrachtete, die immer noch so standen, wie er sie angeordnet hatte. »Sie wissen, wie Pater Carnesecca immer sagt, dass der Feind innerhalb der Tore steht? Nun, er hat alles gesehen und er hat`es so ausgedrückt, wie es ist. Sie halten die Hebel der Macht in der Hand. Und wenn sie noch länger tun können, was sie wollen, dann werden wir alle ausgeschaltet. Wir haben an diesem Ort ohnehin nie viel bedeutet. Das wissen Sie sicher.«

Christian zitterte vor Empörung. »Aber Sie müssen doch etwas sagen können, Pater. Es muss doch etwas geben, das Sie tun können. Warum appellieren Sie nicht direkt an den Heiligen Vater ...« Christian blieben die Worte im Hals stecken, als er auf das Bild päpstlicher Ohnmacht starrte, das Slattery auf dem Tisch aufgebaut hatte.

Pater Damien sah zu, wie sich Christians ursprünglicher Unglaube in Empörung verwandelte und dann in Zorn. Er sah zu, bis er fühlte, dass er es nicht länger ertragen konnte. Abrupt winkte er Springy zu die Rechnung zu bringen. »Kommen Sie, mein Junge.« Der Generalmagister legte eine riesenhafte Hand auf Gladstones Schulter, als sie sich zwischen den voll besetzten Tischen hindurch und hinaus in das schwache Sonnenlicht des Winters schoben. »Vergessen Sie nicht, ich habe noch ein wenig Zeit. Rom ist mich noch nicht los.«

Aber selbst in seiner Arbeit fand Christian an diesem Tag keine Ruhe. Dieses Mal ließ ihn sogar sein geschulter Verstand im Stich. Wieder und wieder wurde seine Konzentration von der Erinnerung an den Schmerz unterbrochen, den er in Slatterys Augen gesehen hatte. Wieder und wieder versuchte er sich vorzustellen, wie es für einen Mann sein musste, sich vorzustellen, dass man ihm alles nehmen würde – die innerste Struktur seines Lebens. Denn genau das war es. Alles, was für Pater Damien Slattery von Bedeutung war, ließ sich über sein Leben als dominikanischer Priester und seine Arbeit für den Heiligen Vater definieren. Jetzt hatte Rom eingegriffen um ihn auf eine Art zu misshandeln, die sich Christian niemals hätte vorstellen können. Und Slattery war nicht der Einzige, der so misshandelt wurde. Binnen weniger Stunden hatte Rom ihn von den Höhen seiner törichten Begeisterung herabgeholt. Eines der Leuchtfeuer seines eigenen Lebens sollte erlöschen. Einer seiner wenigen Anker der Stabilität sollte ihm genommen werden.

Chris warf seinen Füllfederhalter auf den Tisch und schob die ordentlich aufgeschichteten Papierstapel durcheinander. Damien hatte Recht. Niemand zählte am Ende viel an diesem Ort. Wenn ein Mann von der Bedeutung Slatterys entbehrlich war, dann war ein Mann wie Christian Gladstone erst recht eine Null.

Weil ein Dutzend Kardinäle wertvolle Auskünfte vom ihm erwarteten und Bischöfe in ganz Europa mit ihm ihre privaten Gedanken besprachen, hatte er sich vorgestellt, er sei nun jemand. Aber jetzt hatte er Grund genug wegen seines Stolzes und seiner Schwäche mit sich ins Gericht zu gehen. Er war jemand, ja! Ein gehorsames, blind ergebenes Maultier unter Tausenden von anderen genauso unwichtigen Maultieren, die Tausende von unwichtigen Nischen in der gewaltigen Bürokratie des Vatikans besetzten. Jemand, der sich wie ein Tourist mit rosa Brille von Roms großartiger Architektur hatte täuschen und von seinen Altertümern hatte beeindrucken lassen.

Das Läuten des Telefons, das irgendwo unter den auf seinem Schreibtisch verstreuten Papierbergen stand, riss Chris aus seinen schweren Gedanken. Erst beim dritten Läuten nahm er ab und hörte die willkommene Stimme Pater Carneseccas. Aber Gladstones Freude war nur kurz. Sein Freund rief aus einer Telefonzelle an, sagte er, um den für Samstag geplanten Spaziergang abzusagen. »Ich bin dabei Rom zu verlassen, Chris. Ich habe seit heute Morgen versucht Sie zu erreichen um es Ihnen zu sagen.«

Trotz seiner eigenen schlechten Stimmung oder gerade deswegen bemerkte Christian sofort den angespannten Unterton in der Stimme des anderen. »Ist alles in Ordnung, Pater?«

»Nichts allzu Ungewöhnliches.« Unter diesen Umständen durfte Pater Aldo nur sagen, dass er sich auf einer Mission befand. Die Sicherheitsregeln besagten, dass er *incommunicado* war, bis er den ersten Teil seiner Mission erledigt hatte.

»Ich verstehe. Ich verstehe alles über Geheimhaltung und Sicherheitsregeln.«

Jetzt fragte Carnesecca, ob alles in Ordnung sei. »Ist was los, *Padre?* Sie klingen nicht wie Sie selbst.«

»Hören Sie nicht auf mich, Aldo«, entschuldigte sich Chris, »ich überlebe das schon. Und überleben Sie es auch, bitte.«

»Ich tue, was ich kann um Ihnen den Gefallen zu tun.«

Kaum hatte Chris aufgelegt, rief Kardinal Maestroianni an. Ganz im Gegensatz zu Christian klang Seine Eminenz äußerst fröhlich. »Wenn Sie vielleicht Zeit hätten, *Reverèndo*«, schnurrte Maestroianni, »vielleicht könnten Sie dann morgen früh in mein Büro kommen. Aber ich möchte Sie nicht auf die Folter spannen. Ich habe mir die Freiheit genommen einen meiner Freunde zu bitten Kontakt mit dem Generalsekretär bei der Europäischen Gemeinschaft aufzunehmen ...«

»Paul?« Ein überraschter Ausruf entschlüpfte Christian, bevor er sich besinnen konnte.

»Ich wusste, das würde Sie freuen.« Ausnahmsweise schien es Seine Eminenz nicht zu stören, dass man ihn unterbrochen hatte. »Es kommt selten vor, dass unsere anstrengende Arbeit für den Heiligen Stuhl uns in die Arme unserer Lieben führt. Sie haben wirklich Glück, Pater Gladstone. Sagen wir, morgen um acht Uhr? Sie sind für den Mittagsflug nach Brüssel gebucht. Da haben wir noch Zeit genug um uns über die Einzelheiten zu unterhalten.«

Christian starrte noch lange auf das Telefon, nachdem Maestroianni aufgelegt hatte. Es schien, als habe Maestroianni seine Finger in Pauls neuer Karriere als Generalsekretär der EG gehabt. Nun, seufzte Chris in Gedanken, er mochte sich vielleicht Sorgen um Pauls religiöses Leben machen, aber niemals um seine geistige Unabhängigkeit. Sei es nun gut oder schlecht, Paul hatte es sogar geschafft, sich von Cessi zu distanzieren. Nun, nachdem er offensichtlich auf den Füßen gelandet war, wurde er sicherlich niemands blind ergebener Maulesel. Paul war ein Mann, der auf sich selbst Acht geben konnte.

Cessi war wie Christian mit Gefühlen wie Empörung und unerklärlichen, düsteren Vorahnungen vertraut. Tatsächlich war ein Grund für ihren Blitzbesuch mit Glenn Roche in Rom ihr Zorn über den bedauerlichen Zustand der Priesterschaft, der dazu geführt hatte, dass die Michaelskapelle in Danbury ohne Gemeindepriester war, und ihre ständigen, dunklen Vorahnungen über die Zukunft der Kirche im Allgemeinen.

Aber im Gegensatz zu ihrem Sohn erfreute sich Cessi einiger Vorteile. Erstens würde sie innerhalb weniger Stunden den päpstlichen Palast wieder verlassen haben, wie sie es Roche versprochen hatte, als er sie auf Windswept House angerufen hatte. Zweitens brauchte das Institut für religiöse Arbeiten – die Vatikanbank – jede Menge Kredit von ihr. Drittens wusste sie ganz genau, welches Ziel sie als Gegenleistung für ihre Hilfe erreichen wollte. Und viertens hatte sie einen Tag in Manhattan verbracht, damit Glenn sie darauf vorbereiten konnte, worauf sie sich hier einließ.

Wie geplant landeten Cessi und Glenn Roche mit einem frühen Flug in Fiumicino, Roms Flughafen. Ein schweigsamer Sicherheitsmann aus dem Vatikan erwartete sie am Ausgang des Flugsteigs und brachte sie schnell zu einer wartenden Limousine. Ein ebenso schweigsamer Chauffeur fuhr sie eilig in den Papstpalast. Und dort endlich trafen sie auf das lächelnde Gesicht eines jungen Priester-Bankiers, der sie vor dem Eingang zum Sekretariat erwartete.

Cessi und Roche folgten ihrem Führer durch die Gänge, die den Papstpalast mit jenem Turm aus dem sechzehnten Jahrhundert verbanden, in welchem sich die Zentrale des IRA befand. Und sie versuchte nicht zu seufzen, als sie an Reihen von Computerschirmen und klickenden Tastaturen vorbeigeführt wurden. Mit einem Seitenblick auf Roche dachte sie, dass diese römischen elektronischen Dingsdas ganz sicher mit den Racol-Guardata-Dingsdas verbunden waren, die sie in Manhattan gesehen hatte.

Sie hatte keine Zeit lange darüber nachzudenken, denn ihr Begleiter öffnete die Türen zu einem geräumigen Büro mit Aussicht auf die vatikanischen Gärten. Dort warteten jene beiden Männer auf sie, derentwegen Cessi 8000 Kilometer hinter sich gebracht hatte. Roches Beschreibungen waren so genau gewesen, dass Cessi die beiden überall erkannt hätte. An Pier Giorgio Maldonado, dem Generaldirektor des IRA, war nichts, was ihn herausgehoben hätte. Er war gekleidet wie jeder andere Bankier, den sie je getroffen hatte, und konnte wahrscheinlich genauso freundlich sein, wenn es die Gelegenheit erforderte. Aber Seine Eminenz Amedeo Sanstefano war eine ganz andere Art von Mensch. Als er seinen Kopf nach seinen Besuchern umwandte, dachte Cessi, dass er genauso aussah, wie ein Kardinal aussehen sollte. Ehrfurcht gebietend war das Wort, das ihr sofort einfiel.

Die Amerikanerin war kaum durch die Türe getreten, als Dr. Maldonado aus seinem Sessel aufsprang und herbeieilte um sie zu begrüßen. »Sie sind uns überaus willkommen, Signora. Wir sind alle außerordentlich dankbar für Ihre Mithilfe in dieser äußerst traurigen Angelegenheit. Außerordentlich dankbar, nicht wahr, Eminenz?« Maldonado führte Cessi durch sein Büro und stellte sie dem Kardinal vor.

Seine Eminenz blieb einen Augenblick lang schweigend sitzen. Aber ein Lächeln überflog sein Gesicht, als Cessi niederkniete um seinen Ring zu küssen. »Wir sind wirklich dankbar, Signora Gladstone.« Das Englisch des Kardinals war anfangs schwer zu verstehen. Aber seine Augen strahlten, als er mühsam auf seine arthritischen Beine kam und Cessi zu einem Stuhl neben Maldonados Schreibtisch führte. »In diesen unruhigen Zeiten ist es wirklich ein gutes Gefühl, einer Tochter der Kirche zu begegnen, die so fromm und von Gott so sehr mit materiellen Gütern gesegnet ist. Wir wissen, dass tiefste Sorge um die Kirche und um die Rettung von Seelen Ihr Handeln bestimmt.

Und Sie, Signor Roche.« Seine Eminenz wandte seine Aufmerksamkeit Cessis Begleiter zu. »Es ist immer schön, Sie hier willkommen zu heißen.«

»Ich bin Euer Eminenz Diener«, antwortete Glenn ernst auf die ehrliche Begrüßung.

Cessi war überrascht, wie wohl sie sich an diesem seltsamen Ort fühlte. Vielleicht war es das Vertrauen, welches sie durch

Glenns gute Vorbereitung gewonnen hatte. Oder vielleicht war es, nach so vielen langen Kämpfen mit so vielen kraftlosen Prälaten zu Hause, die Freude einem Kardinal gegenüberzusitzen, der ein wirklicher Kirchenfürst war. Wie auch immer, sie hielt sich jedenfalls ganz gut in jenem kurzen Smalltalk, der jedem zivilisierten Verhandlungsgespräch vorausging. Natürlich kam dann der Moment, an dem Dr. Maldonado das Dokument erwähnte, welches er für Signora Gladstones Unterschrift vorbereitet hatte. Vielleicht würde sie es gerne ein paar Augenblicke studieren.

»Ich bin überzeugt, es ist völlig in Ordnung, Professor.« Cessi nahm die beiden Blätter, die Maldonado ihr hinhielt, und reichte sie an Glenn zur Durchsicht weiter.

»Natürlich.« Glenn las die Vereinbarung schnell durch und legte sie dann vor Cessi auf den Tisch. »Alles ist in Ordnung, wie immer, Dr. Maldonado.«

»Nun, dann ...« Der Generaldirektor bot seinen Füllfederhalter an. Zu seiner Überraschung unterschrieb Cessi aber nicht, sondern legte den Füllfederhalter auf die Dokumente, auf die sich die gesamte Aufmerksamkeit konzentrierte.

Dann wandte sie sich mit ihrer ganzen natürlichen Anmut an den Kardinal.

»Euer Eminenz.« Sie lächelte. »Ich hätte eine kleine Bitte an Sie.«

Verzweifelt sah Maldonado Roche an. Sollte es irgendeinen Handel geben? Roche zuckte nur die Achseln und hörte zu; er wusste, wie solche Geschäfte normalerweise abliefen, aber Cessi begab sich jetzt außerhalb seiner Geschäftskenntnisse.

Von den drei Männern im Raum war der Kardinal der einzige, den Cessis unerwartete Abweichung nicht beunruhigte. Sanstefano hatte sein halbes Leben damit verbracht, für den Heiligen Stuhl Geschäfte auszuhandeln. Er und Cessi waren zwei hartgesottene Menschen, die oft mit dem Leben einen Handel abgeschlossen hatten und die sich auf den ersten Blick mochten. »Zu Ihren Diensten, Signora.«

»Es ist eine kleine Bitte, Eminenz. Es würde mich sehr freuen, wenn der Heilige Vater mir in näherer Zukunft ein paar Augenblicke seiner Zeit in einer Privataudienz schenken könnte.«

Erfreut lächelte Seine Eminenz Cessi an. Er erkannte einen guten Handel auf den ersten Blick. »Wirklich eine kleine Bitte, Signora Gladstone. Und eine sehr passende. Natürlich geschehen solche Dinge nicht über Nacht. Der Terminplan Seiner Heiligkeit ist äußerst gedrängt. Auch deswegen, weil er so oft unterwegs auf seinen Pastoralreisen ist. Im Augenblick etwa ist er in Afrika.«

Der Kardinal wollte sie nicht zu lange warten lassen. Er kannte die Akte über die Gladstones. Und wenn ihn seine Augen nicht täuschten, dann war diese Frau durch und durch eine Gladstone.

»Dennoch«, brach Seine Eminenz schließlich die Spannung, »bezweifle ich nicht, dass für Sie eine Audienz arrangiert werden kann. Es ist nur eine Frage der Zeit.«

Es war nicht Cessi, sondern Dr. Maldonado, der vor Erleichterung seufzte, als er endlich den Namen der Gladstones auf einem Dokument stehen sah, das der Vatikanbank eine weitere Unannehmlichkeit ersparte.

Wenn nur ein paar Männer in seinem Stab so viel Klugheit und Rückgrat hätten wie diese Frau. Was würde er nicht darum geben, zu wissen, was die charmante Signora mit dem Heiligen Vater vorhatte!

XXIX

»Kardinal Reinvernunft von der Kongregation für die Glaubenslehre ist gekommen, Heiligkeit. Er bat mich, dafür zu sorgen, dass Euer Heiligkeit wissen, dass er hier ist.« Monsignore Sadowski sah den Heiligen Vater mit kaum verhohlener Besorgnis an, als er den anstrengenden Terminplan für diesen Tag wiederholte. »Kardinal Graziani weiß, dass seine gewöhnliche Unterredung ein wenig verspätet beginnen wird. Er kommt um 9 Uhr 30. Das gibt Ihnen ungefähr eine Stunde Zeit vor dem Konsistorium der Kardinäle um 10 Uhr 30 ...«

»Reinvernunft ist etwas früh dran.« Der polnische Papst sah auf seine Armbanduhr, als er sich vom Fenster seines Arbeitszimmers im zweiten Stock abwandte. »Er hätte erst um acht Uhr kommen sollen, soweit ich mich erinnere. Es ist noch nicht einmal 7 Uhr 30.«

Obwohl er vor drei Monaten einen leichten Schlaganfall erlitten hatte, hatte Kardinal Johann Reinvernunft weder seine tödliche Logik noch seine treffsichere Ausdrucksweise verloren. Als Präfekten der Glaubenskongregation beschäftigte Seine Eminenz an diesem Morgen am meisten die Notwendigkeit eine Direktive bezüglich der Bürgerrechte erklärt homosexueller Männer und Frauen an die Bischöfe zu erlassen. Es sei vorhersehbar gewesen, sagte er, als er dem Heiligen Vater gegenübersaß, dass diese Sache in den USA, in Kanada und in einigen europäischen Staaten so wichtig geworden war, wo es bereits Gesetzesvorschläge zu diesem Thema gab oder sogar schon entsprechende Gesetze in Kraft waren. »Es ist noch nicht so lange her«, meinte Reinvernunft, »dass es keinen Grund gegeben hätte, die Antwort der Kirche auf solche Gesetze von Regierungen zu diskutieren oder gar eine Direktive der Glaubenskongregation an die Bischöfe, homosexuelles Verhalten betreffend, herauszugeben. Aber in diesen Tagen ...« Der Kardinal zeigte ein trauriges kleines Lächeln.

Als Seine Eminenz vergangene Zeiten erwähnte, sah der Papst rasch auf. Aber er antwortete auf einen anderen Teil des Satzes. »Euer Eminenz wissen und ich weiß, dass, wenn man die Bischöfe sich selbst überlässt, eine Minderheit gar nichts gegen diese Gesetze tun wird. Eine noch kleinere Minderheit wird sich dagegenstellen. Und die große Mehrheit wird sie schlicht gutheißen.«

Diese Einschätzung entsprach genau jener des Kardinals. Aber dabei wollte es der Pontifex nicht belassen. »Tatsächlich, Eminenz«, der Papst ließ seine Hand auf einem dicken Aktenordner auf seinem Schreibtisch ruhen, »bin ich besonders besorgt wegen einer Reihe von Berichten, die mir von Privatpersonen zugeschickt wurden, über die Ausbreitung aktiver Homosexualität in den Seminaren Nordamerikas und unter der ganzen Geistlichkeit. Haben wir irgendeine verlässliche Angabe, wie ernst das Problem in dieser Region ist? Haben wir Zahlen?«

Der Kardinal schüttelte den Kopf. »Ich sehe keinen Weg an

Daten heranzukommen, es sei denn, wir führen eine spezielle Untersuchung durch.«

Der Heilige Vater hatte schon öfter darüber nachgedacht, jemanden solch eine Untersuchung durchführen zu lassen. Vorerst aber, so wünschte er, sollte Reinvernunft eine Direktive an die Bischöfe senden. Nichts sollte sich an der kirchlichen Einstellung ändern, sagte er, dass homosexuelles Handeln ein wahrliches Übel ist, das die Kirche nicht gutheißen kann.

Seine Eminenz hatte eine Frage: »Heiligkeit, angenommen, die Bischöfe behandeln diese Direktive wie Ihre anderen päpstlichen Direktiven. Was dann?«

»Sie haben ganz Recht diese Frage zu stellen, Eminenz.« Der Pontifex stand auf und begann in seinem Arbeitszimmer auf und ab zu gehen. »Ich bin verwirrt durch ein plötzliches Ansteigen des ohnehin schon unbeschreiblichen Unwillens unter den Bischöfen mit dem Heiligen Stuhl zusammenzuarbeiten. In letzter Zeit scheint sich die Kluft zwischen Papst und Bischöfen noch zu erweitern, zwischen dem päpstlichen Rom und den Provinzen der Kirche, gleichgültig, welche Anstrengungen wir unternehmen. Aber da hört das Problem noch nicht auf. Auch der Niedergang der Priesterschaft und des religiösen Lebens scheint kein Ende zu nehmen. Der Niedergang der katholischen Glaubenspraxis scheint gar noch fortzuschreiten. Und der Fehlschlag in der Evangelisierung ist einfach niederschmetternd.

Mit einem Wort, Eminenz«, der Papst blieb plötzlich stehen, »und wie man es auch betrachtet, wir haben Berichte von solchen Fehlschlägen in der Evangelisierung aus der gesamten katholischen Kirche, sodass ich langsam davon überzeugt bin, dass es dafür einen bestimmten Grund geben muss. Ein neues Element ist unter uns gekommen. Es hinterlässt Zerstörungen in der Priesterschaft, unter meinen Bischöfen, unter meinen Kardinälen, in den Klöstern und unter der katholischen Bevölkerung.

Denken Sie eine Minute nach. Selbst das Bild des Niedergangs, welches ich gerade gezeichnet habe, entspricht nicht der wirklichen Größe. Wir haben kaum den neuen homosexuellen Lebensstil unter den Laien und der Geistlichkeit berührt. Und wir haben noch nicht einmal das außergewöhnliche Ansteigen der satanistischen Rituale erwähnt.«

Ernst sah der Kardinal den Pontifex an. Auf seinem Weg die Karriereleiter hinauf hatte er vage Gerüchte, unzuverlässige Berichte und Geflüster gehört, von denen ihm sein Bauch sagte, dass sie nur die Spitze eines Eisbergs seien. Dinge, die man einem regierenden Papst nicht erzählte, wenn man nicht willens war alles aufs Spiel zu setzen.

Der Pontifex erwiderte Reinvernunfts ernsten Blick. Dies war nicht das erste Mal, dass er den Kardinal gewissermaßen zu entschiedener Mitarbeit aufforderte. In der Vergangenheit, wenn es um die Wahl zwischen der Förderung seines eigenen kirchlichen Ehrgeizes und harten Taten gegangen war, hatte sich Seine Eminenz stets bedeckt gehalten. Wie so viele, die die Dinge im Vatikan hätten ändern können, hatte er stattdessen seine Karriere auf Kompromissen aufgebaut. Als der Kardinal sich daher nicht zu einer Antwort entschließen konnte, beschloss der Papst seine Aufforderung noch zu erweitern.

»Welcher neue Faktor ist zu der Gleichung dazugekommen, Eminenz? Seit einiger Zeit stelle ich mir diese Frage. Persönlich bin ich davon überzeugt, dass irgendetwas geschehen ist, was unserem alten Feind eine schreckliche Freiheit verliehen hat. Ich bin mir nicht sicher, Eminenz«, gestand der Papst ein, »aber wenn ich Recht habe, dann ist da etwas, das ungeschehen gemacht werden muss ...«

Das Summen der Gegensprechanlage auf seinem Schreibtisch unterbrach die Spekulationen des Papstes und beendete, zu Reinvernunfts Erleichterung, die Unterhaltung.

»Ja, Monsignore Daniel?« Der Heilige Vater verriet seine Enttäuschung nicht, als er zum Schreibtisch zurückging und den Hörer abhob.

»Der Staatssekretär ist unterwegs, Heiligkeit.«

»Gut.« Der offene Blick des Papstes auf seinen Besucher unterstrich seine Worte. »Seine Eminenz und ich waren gerade dabei, unser Gespräch abzuschließen. Gibt es noch etwas?«

»Eine wichtige Sache noch, Heiligkeit. Der Gesandte der Vereinigten Staaten beim Heiligen Stuhl hat angerufen um Euer

Heiligkeit vertraulich mitzuteilen, dass seine Regierung einen Sondergesandten schickt um die päpstliche Politik gegenüber der Sowjetunion zu besprechen. Einer der Männer des Präsidenten, soweit ich verstanden habe, namens Gibson Appleyard. Ich habe ihn für Mitte Dezember eingeteilt, wenn seine Ankunft bestätigt wird.«

Sadowski hatte kaum aufgelegt, als mit einem leichten Klopfen an der Türe Staatssekretär Graziani bewaffnet mit Aktenordnern und einem Lächeln hereinkam und Kardinal Reinvernunft die Türe zum Gehen aufhielt.

Sobald die dringenden Angelegenheiten des Staatssekretariats behandelt worden waren, schnitt der Pontifex jede längere Diskussion mit Staatssekretär Kardinal Graziani ab. Er besprach kurz seinen Wunsch und seine Absicht eine Pilgerreise in die Sowjetunion zu unternehmen. Papst und Sekretär wussten beide, dass der Freund Seiner Heiligkeit, Michail Gorbatschow, am Ende des Jahres nicht mehr an der Macht sein würde, wahrscheinlich nicht einmal mehr in Russland. Boris Jelzin würde der neue Mann an der Spitze sein und der war kein Freund dieses Papstes.

»Wir müssen für meine Pilgerfahrt nach Russland den richtigen Zeitpunkt auswählen. Doch nun«, Seine Heiligkeit durchsuchte die Papiere und Dokumente auf seinem Schreibtisch, »haben Sie das schon gesehen, Eminenz?«

Ein plötzlich angespannter Graziani nahm das Dokument, welches der Papst ihm entgegenhielt. Obwohl er mit der Planung nichts zu tun gehabt hatte, hatte er es gelesen. Alle Kardinäle hatten es gelesen. Es trug keine Unterschrift, aber der Stil Seiner Eminenz, des Kardinals Silvio Aureatini, war unverkennbar.

Der kurze Text begann mit einer Frage: Welcher Apparat würde die Regierungsgeschäfte übernehmen, falls der Papst auf absehbar längere Zeit amtsunfähig wäre? Was, wenn Seine Heiligkeit in seinen geistigen Fähigkeiten beeinträchtigt wäre? Das Dokument bot keine Lösung dieser aufgezeigten Fragen an.

»Was halten Sie davon, Eminenz?«

»Ich habe mir nie vorgestellt, dass Eure Heiligkeit über die

Möglichkeit eines Rücktritts nachgedacht haben könnten.« Graziani fuhr mit einer Hand durch die Luft wie um den absurden Gedanken zu verjagen. Er schlug vor, dass Seine Heiligkeit die Kardinäle im Konsistorium an diesem Vormittag befragen sollte.

»Ein rechtzeitiger Gedanke, Euer Eminenz.« Der Pontifex klopfte mit dem Finger leicht auf seine Armbanduhr. »Die Kardinäle werden uns schon erwarten.«

Als das Paar sich auf den Weg zum Konferenzraum in einem der unteren Stockwerke machte, wollte der Heilige Vater lieber die Treppen benutzen als den Aufzug. Als sie im nächsten Stockwerk ankamen, musste er einen Augenblick stehen bleiben und lehnte sich gegen die Wand.

»Geht es Ihnen gut, Heiligkeit?« Graziani erschrak ob der bleichen Gesichtsfarbe und der Atemlosigkeit des Papstes. »Möchten Sie das Konsistorium verschieben?«

»Nein, nein.« Seine Heiligkeit zwang sich aufrecht zu stehen. »Die Jahre haben mich gelehrt, Eminenz, dass Treppen hinabzusteigen genauso anstrengend ist wie Treppen hinaufzusteigen.« Er versuchte zu lächeln. »Der arme alte Körper protestiert.«

Geheime Konsistorien oder, einfacher ausgedrückt, private Treffen zwischen dem Papst und den in Rom anwesenden Mitgliedern des Kardinalskollegiums waren über tausend Jahre lang ein viel benutztes Instrument päpstlicher Regierung. Während dem Papst kraft Gesetz absolute Autorität und das Recht auf Entscheidungen zusteht, hatten und haben die Kardinäle stets eine beratende Rolle.

Heute hatten sich viele dieser Berater in vorhersehbaren kleinen Gruppen um den Konferenztisch versammelt. Die Kardinäle Pensabene, Aureatini, Palombo und Azande saßen mit zwei oder drei unbedeutenderen Kardinälen zusammen, unter ihnen Onorio Fizzi-Monti, dessen roter Hut mehr zu tun hatte mit altem Geldadel als mit persönlichen Fähigkeiten oder starkem Glauben. Kardinal Reinvernunft von der Glaubenskongregation war das Zentrum einer anderen Gruppe, die den alten Kardinal Ghislani, den Präfekten der Kongregation für den Gottesdienst, einschloss. Sie und ein paar andere unterstützten das Papsttum auf ihre Art.

Was bedeutete, dass sie zwar zu dem großen Vatikankontingent gehörten, das nominell propäpstlich war, die meiste Zeit aber damit verbrachten, ihre loyalen Köpfe zufrieden in den Sand zu stecken.

Wie immer waren auch einige ungebundene Kardinäle anwesend. Der mächtige Kardinal Sanstefano von der Finanzpräfektur unterhielt sich freundlich mit Seiner Eminenz Odile Cappucci. Cappucci, ein Veteran von fünf Pontifikaten, hatte sich keiner politischen Gruppe angeschlossen. Er war Traditionalist bis in die Knochen, war aber nicht so weit gegangen wie viele andere seiner Art, die sich vom Heiligen Stuhl und der Kurie isoliert hatten. Als Papstanhänger sehnte er sich nach der offenen Führerschaft, die vom slawischen Papst nicht zu erwarten war. Als Überlebenskünstler hing er an der Hoffnung, dass er vielleicht doch noch eine Chance bekäme etwas Gutes zu tun. Am anderen Ende des Tisches und entfernt von allen politischen Gruppierungen saß Kardinal Alphonse Sabongo. Er war Präfekt der Kongregation für Heiligsprechungen und neben Azande der einzige anwesende Schwarzafrikaner, ein zäher und papsttreuer Mann, der abzuwarten schien, während er versuchte herauszufinden, was dieser Papst tat.

Langsam ging der Papst zum Kopf des Konferenztisches und tauschte Grüße mit jedem Prälaten, an dem er vorbeiging. Seine Bewegungen schienen ihm immer noch eine gewisse Mühe zu bereiten, die gewohnte Leichtigkeit fehlte. Aber der Heilige Vater hatte sich wieder einigermaßen in der Hand. Als alle pflichtschuldigst begrüßt worden waren, sprach Seine Heiligkeit ein Gebet an den Heiligen Geist, setzte sich und verlor keine Zeit das erste Thema anzusprechen, das ihm an diesem Tag besonders am Herzen lag: die inzwischen drängende Frage eines baldigen päpstlichen Besuches im Osten, der ihn über Polen hinaus nach Russland und in drei weitere wichtige Staaten der Region führen sollte.

Einige Kardinäle verliehen ihrer Sorge Ausdruck, dass die körperliche Verfassung des Pontifex labil sei und eine solche Hirtenreise sie in inakzeptablem Ausmaß gefährden würde. Aber Kardinal Pensabene sprach über die politischen Dimensionen der vorgeschlagenen Reise. »In der jetzigen gespannten Atmosphäre zwischen Gorbatschow und Jelzin«, seine Eminenz reckte zwei seiner knöchernen Finger in die Luft, um die beiden Rivalen zu repräsentieren, als er sie nannte, »würde ein Besuch Euer Heiligkeit als Begünstigung Gorbatschows ausgelegt werden. Und dann, wenn Gorbatschow gehen muss, was nur mehr eine Frage der Zeit ist, wie steht der Heilige Stuhl dann da?«

Kardinal Ghislani erschien ungeduldig ob der ganzen Diskussion. Da Seine Heiligkeit einen solchen päpstlichen Besuch stets im Zusammenhang mit den Aussagen der drei Kinder von Fatima über die Absichten der Heiligen Jungfrau gesehen hatte, warum also befragte der Heilige Vater seine Kardinäle überhaupt?

Der Pontifex beantwortete Ghislanis offene Frage mit einer Antwort, die vielen rätselhaft erschien und die am ganzen Tisch hochgezogene Augenbrauen verursachte. »Ich befrage Sie in dieser Angelegenheit, Eminenz, weil der Zusammenhang nicht so einfach ist, wie Euer Eminenz annehmen. Nach diesen Anweisungen muss ich den Absichten der Heiligen Jungfrau mithilfe des Rates meiner Kardinäle entsprechen. Zu dieser Zeit sagt sie anscheinend Nein zu mir. Schlussendlich wird sie uns auf ihre eigene Art das Nötige über die Russlandreise wissen lassen.«

Diese Angelegenheit war für den Augenblick erledigt und mit einem unauffälligen Nicken zu Kardinal Graziani wagte sich der Heilige Vater an jenen Versuchsballon, der vorsichtig mit »betreffend einige gesetzliche Maßnahmen für den Fall einer zur Amtsunfähigkeit führenden Krankheit des Papstes« umschrieben worden war.

»Was soll das!« Empört über den bloßen Gedanken an ein solches Gesetz erhob sich Cappucci von seinem Platz neben Sanstefano. »Stehen wir einem offenen Versuch gegenüber einen Rücktritt zu erzwingen? Glaubt denn hier jemand, in der Vergangenheit habe es keine Situationen gegeben, in denen der Heilige Vater amtsunfähig war? Das ist widerwärtig!«

Wenn jemand in der Lage war Cappuccis eisigem Blick standzuhalten, dann Kardinal Palombo. »Aber ganz und gar nicht, Eminenz. Es ist nur realistisch. Das Leben von Weltführern ist gefährlich geworden und sich auf der ganzen Welt unter Menschenmassen zu begeben verstärkt diese Gefahr noch. Es scheint höchste Zeit, dass irgendeine gesetzliche Maßnahme getroffen wird.«

Aureatini war schnell dabei, den Gedankengang fortzuführen. »Auf jeden Fall lehrt uns schlichte Klugheit, dass wir vorher gesetzliche Maßnahmen treffen, wenn der Heilige Vater jemals diese Reise nach Russland unternimmt.«

Kardinal Cappucci war nicht besänftigt. »Wenn hier schlichte Klugheit am Werk wäre«, schoss er zurück, »hätte sich eine solche Frage nie gestellt.« Vielleicht war es schlichte Klugheit, weswegen es alle anderen rund um Tisch vorzogen zu schweigen. Weil nur Cappucci sich offen dagegen aussprach, blieb es vorerst dabei, dass die Angelegenheit eines möglichen Rücktritts weiterschwelen konnte.

Als Nächstes ging der Pontifex die Frage einer möglichen Untersuchung homosexueller Aktivitäten innerhalb des Klerus an.

Dieses Mal war es der sonst eher kurz angebundene Kardinal Fizzi-Monti, der sich aufregte. Er begann, indem er vor Hexenjagden und einer neuerlichen Inquisition warnte – diese beiden Stichworte halfen immer. Und dann wies er darauf hin, dass zumindest einige Kardinäle in der Sache bereits eigene Schritte unternahmen.

»Seine Eminenz von Centurycity ist ein gutes Beispiel. Seine Eminenz denkt über die Notwendigkeit eines speziellen Diözesankomitees nach, das alle Fälle homophiler Geistlicher behandeln soll.« Fizzi-Monti war nicht der klügste Kopf, aber als seine Begeisterung für den Kardinal von Centurycity bei den meisten seiner Kollegen nicht zündete, griff er wieder auf seine Empörung gegenüber jeder ungerechten und spaltenden Hexenjagd zurück. »Der Tag, an dem wir in Rom jeden einzelnen Bischof überprüfen müssen, wird der Tag der echten Krise sein.«

Kardinal Sabongo, der unsagbar enttäuscht war von der Lähmung des Vatikans, konterte direkt. »Falls Sie es noch nicht bemerkt haben, Eminenz, dieser Tag der Krise hat schon begonnen. Und Diözesankomitees sind nicht die Antwort darauf!« Mit Ausnahme dieses einen hitzigen Wortwechsels waren die Reaktionen auf das Thema Homosexualität innerhalb des Klerus, wie nicht anders zu erwarten, eher vorsichtig.

Der Pontifex beendete das Konsistorium. »Darf ich Sie alle, meine verehrten Brüder, bitten um das Licht des Heiligen Geistes zu beten?« Und damit segnete Seine Heiligkeit die Anwesenden und verließ den Konferenzraum.

»Auf ein Wort, Heiligkeit?«

Kardinal Sanstefano von der Finanzpräfektur folgte dem Papst durch die Tür, so schnell es ihm seine arthritischen Beine gestatteten. Bei jedem Konsistorium liegt die Tagesordnung einzig und allein beim Papst. Und weil der Pontifex nichts über finanzielle Angelegenheiten hatte verlauten lassen, hoffte Sanstefano ein paar Minuten nicht verplanter Zeit zu ergattern.

Der Pontifex wandte sich mit einem Lächeln um. »Haben Sie jemals solch blutleere Auseinandersetzungen bei einem Konsistorium miterlebt, Eminenz? Ich weiß nicht, was Sie denken, aber als ich heute morgen den Kardinälen zuhörte, fühlte ich mich an einen kleinen Ausspruch erinnert, den Margaret Thatcher von Zeit zu Zeit verwendete. Sie bräuchte sechs gute, treue Männer um ihre Politik durchzubringen. Mein Problem scheint zu sein, dass die guten Männer im Vatikan nicht länger treu sind und zu viele treue Männer Angst haben nach dem zu handeln, was sie als gut erkannt haben. Aber vergeben Sie mir, Eminenz. Sie möchten Angelegenheiten der Finanzpräfektur besprechen, nehme ich an?«

»Einige Entscheidungen, die abgeschlossen werden müssen, Heiligkeit. Und ein oder zwei Probleme, die ich Euer Heiligkeit zur Überlegung unterbreiten möchte.«

Sobald er an seinem Schreibtisch saß, bestätigte der Papst einige Ernennungen im Stab der Präfektur nach dem Vorschlag des Kardinals. Schließlich sprach Seine Eminenz die Besorgnis des Papstes in der Frage der Homosexualität an.

»Nachdem die Diskussion an diesem Morgen sich nicht um finanzielle Fragen drehte, habe ich das Problem im Konsistorium nicht angesprochen. Aber ich bin alarmiert durch die Anzahl der Gesuche um Bestätigung durch den Heiligen Stuhl für außergerichtliche Vereinbarungen. Eine solche Zahl und die Verschiedenheit der Verstöße hat es noch nie gegeben. Der ausbezahlte Betrag erreicht langsam eine Milliarde Dollar. Ich muss Kardinal Sabongo zustimmen, dass wir vor einer Krise stehen.«

»Ich nehme an, Euer Eminenz sind für eine Untersuchung?«

»Je früher, desto besser, Heiligkeit. Aber«, die Miene Seiner Eminenz wurde heller, »wenn wir schon von guten und treuen Männern sprechen, Heiliger Vater – ich wurde von einer großzügigen Unterstützerin der Kirche gebeten um eine Privataudienz bei Euer Heiligkeit zu ersuchen. Signora Francesca Gladstone hat vor ein paar Wochen die Vatikanbank besucht ...«

»Ah!« Aus vielen Gründen erinnerte sich der Papst an diesen Namen und antwortete mit einem Lächeln. Pater Christian Gladstone zeige schon alle Anzeichen einmal ein wertvoller Kirchenmann zu werden. Und Signora Gladstone sei, wie schon frühere Mitglieder ihrer Familie, dem Heiligen Stuhl mehr als einmal finanziell zu Hilfe gekommen.

»Sie hat es wieder getan, sehr großzügig sogar«, betonte Sanstefano.

»Ich nehme an, Eminenz, Sie raten mir zu.«

»Wie die Dame zu mir gesagt hat, Heiliger Vater, ist es nur eine kleine Bitte. Mit der Erlaubnis Euer Heiligkeit kann Monsignore Sadowski dem Terminkalender in den ersten Monaten des nächsten Jahres vielleicht ein wenig Zeit abringen.«

Mit der freundlichen Zustimmung des Papstes ging Kardinal Sanstefano noch zu Sadowski, bevor er in sein eigenes Büro zu seinem eigenen vollen Terminkalender zurückkehrte. Die ganze Zeit über und noch im weiteren Verlauf des Tages saß der kurze Ausspruch, auf den sich der Heilige Vater bezogen hatte, wie ein spitzer Dorn in seinen Gedanken. Je länger er darüber nachdachte, je mehr er die ständige Verfügbarkeit des Papstes, seine Offenheit oder sein politisches Geschick bedachte und je mehr er diese Qualitäten gegen die Talente einer Margaret Thatcher oder anderer politischer Führer aufrechnete, desto mehr war der Kardinal überzeugt davon, dass der Papst den Finger zwar auf den richtigen Punkt gelegt hatte, aber aus den falschen Gründen.

Selbst wenn es stimmte, dass der Papst keine sechs guten und treuen Männer finden konnte, zählte doch nur der tiefer liegende Grund dieses Problems. Und der Grund war, dass es wahrscheinlich keine sechs Männer auf der Welt gab, treu oder nicht, die bis jetzt in der Lage gewesen wären festzustellen, was die Politik des Papstes sein mochte.

Trotz seiner eigenen großen Erfahrung gestand sich Sanstefano mit einem traurigen und beunruhigten Seufzen ein, dass dies ein Problem war, für das er in der Geschichte des Papsttums weder eine Parallele noch eine Rechtfertigung fand. Und trotz seines eigenen guten Willens war es auch ein Problem, für das er keine Lösung sehen konnte.

XXX

Früh am Abend des 17. Dezember betrat Pater Angelo Gutmacher das private Arbeitszimmer des Heiligen Vaters in der dritten Etage des Papstpalastes. Todmüde nach einer seiner ständigen Reisen als päpstlicher Kurier im Osten trug er die übliche Menge an sehr vertraulicher Post für den Papst bei sich. Und wie üblich saß er auch schweigend da, während der Pontifex jeden Brief las. In der Stunde ungestörter Unterhaltung, welche folgte, beantwortete Gutmacher die Fragen Seiner Heiligkeit und sagte auch offen seine Meinung, wenn er darum gebeten wurde. Dann ging er, um ein paar Stunden dringend benötigten Schlaf zu finden, mit neuen Anweisungen, die ihn früh am nächsten Morgen wieder abreisen lassen würden, dieses Mal nach Polen.

Der Papst blieb noch einige Zeit an seinem Schreibtisch sitzen. Er las noch einmal die Briefe, die ihm Gutmacher gebracht hatte, besonders die beiden, welche Michail Gorbatschow ihm an zwei verschiedenen Tagen geschrieben hatte, und seine Gedanken galten in erster Linie den Veränderungen. Im ersten Brief vertraute ihm der sowjetische Präsident an, dass er am 25. Dezember würde zurücktreten müssen. »Ich habe die Unterstützung des Westens verloren«, schrieb er. »Sie wollen mich kaltstellen. Boris Jelzin wird mir folgen. Die Sowjetunion wird legal aufgelöst werden, wird innerhalb einiger Wochen aufhören zu existieren. Nur das wird meinen Gönnern im Westen genügen. Die Sowjetunion als solche passt nicht in ihre gemeinsame Front der Staaten in der neuen Weltordnung. Und diese Situation wird man bis irgendwann nach dem 1. Januar 1996 beibehalten wollen.«

Der zweite Brief Gorbatschows war eine Ausweitung seiner Gedanken über die gemeinsame Front der Staaten in der neuen Weltordnung, mit Betonung darauf, dass seine so genannten Gönner im Westen eine arbeitsfähige Beziehung zwischen den ehemaligen Sowjetrepubliken und den Vereinigten Staaten förderten, welche wesentlich enger sein würde als alles, was Gorbatschow sich je vorgestellt hatte.

War das also die Erklärung? War Gorbatschow deswegen als führende Gestalt in dieser neuen Maschinerie übergangen worden, zumindest für jetzt? »Das ist nur ein Teil der Erklärung«, sagte der Heilige Vater zu sich selbst, »nur ein Teil davon.«

Gorbatschow hatte die Vereinigten Staaten erwähnt und das brachte ihn zu seinen eigenen gegenwärtigen und besonderen Sorgen über dieses Gebiet. Morgen würde er den Sondergesandten des Präsidenten treffen. Der dicke Ordner voller Berichte über Homosexualität unter den Geistlichen Nordamerikas bedrückte sein Gemüt. Die Unterlagen berichteten von Einzelfällen und waren alles andere als vollständig. Aber es sah so aus, als sei der amerikanische Klerus in einer wesentlich schlimmeren moralischen Verfassung, als das irgendjemand bislang begriffen hatte. Wesentlich schlimmer als Europa. Und auch da hatte sich vieles verändert.

Je länger er über die Art und die Geschwindigkeit der Veranderungen nachdachte, desto deutlicher erinnerte er sich wieder an jenen anonymen Brief, der unter den Kardinälen im Haus die Runde gemacht hatte. Wenigstens deutete solch ein offener Zug, eine neue und besondere gesetzliche Handhabe für einen möglichen Papstrücktritt zu schaffen, auf eine deutliche Veränderung in der Stimmung seiner Gegner innerhalb des Vatikans hin. Dazu passte auch, dass Pater Damien Slattery, einer der engsten persönlichen Berater des Pontifex seit einem Jahrzehnt, bald nicht mehr Generalmagister der Dominikaner sein würde.

Vielleicht würde ein längeres Treffen mit Slattery und seinen anderen Beratern ein neues Licht auf einige Dinge werfen. Eine Konferenz mit diesen Beratern war möglicherweise fruchtbarer als ein Dutzend Konsistorien mit seinen Kardinälen.

Monsignore Sadowskis telefonische Aufforderung erreichte Pater Damien Duncan Slattery, als er nach der Vesper gerade die Kapelle des Angelicum verließ. Der Heilige Vater wolle den Generalmagister sofort sehen und er solle Christian Gladstone mitbringen.

Weil es keinen erkennbaren Grund für seinen plötzlichen Einschluss in ein vertrauliches Treffen mit dem Papst gab, schien es Gladstone, als habe Pater Damiens Hinweis genau ins Ziel getroffen. Es gibt kein Handbuch zur Arbeit für den Papst, hatte Slattery zu ihm gesagt. Der Pontifex wird Sie rufen, wenn er glaubt, dass Sie helfen können, und wenn er das tut, liegt die Antwort ganz bei Ihnen.

Als er Slattery in das Arbeitszimmer des Papstes in der dritten Etage folgte, waren vier der sechs Lehnstühle, die in einem Halbkreis vor dem Papst standen, schon besetzt. Natürlich war Monsignore Sadowski anwesend und zu Chris' Überraschung auch Aldo Carnesecca. Die beiden Männer links und rechts von Carnesecca waren ihm fremd. Giustino Lucadamo kannte er dem Namen nach und wusste um seinen Ruf als Sicherheitschef des Vatikans. Der vierte Mann in der Gruppe war aber kein Mann aus dem Vatikan. Sein Akzent verriet den Iren. Und nach seiner Kleidung gehörte er zum Lehrorden der Brüder der christlichen Schulen. Augustine, wie ihn jeder nannte, schien Ende dreißig oder Anfang vierzig zu sein.

»Ich muss ein paar Entscheidungen treffen, meine Brüder.« Der Pontifex erläuterte den beiden Neuankömmlingen schnell die Diskussion, indem er die wichtigsten Passagen aus Gorbatschows erstem Brief wiederholte. Er machte deutlich, dass keine von Gorbatschows Nachrichten ihn wirklich überrascht hatte; weder der kommende Rücktritt noch die bevorstehende Auflösung der Sowjetunion oder die Verwicklung jener, die Gorbatschow »seine Gönner im Westen« nannte, in diese Auflösung.

»Ich nehme an, niemand hier muss daran erinnert werden,

dass Boris Jelzin kein Freund des Papsttums oder der Kirche ist. Oder dass all die seltsame Spiritualität, die man ihm bei seinem Besuch im Esalen-Zentrum in Kalifornien serviert hat, stark auf Jelzins Geist abgefärbt hat. Oder dass einer von Jelzins stärksten Verbündeten der neue russisch-orthodoxe Patriarch von Moskau, Kyrill, ist, der all die Jahre ein ›Maulwurf‹ des KGB und für uns kein besserer Freund als Jelzin gewesen ist. In Anbetracht dieser Situation steht mein Pastoralbesuch im Osten in Frage. Nicht der Besuch selbst, das möchte ich betonen, sondern nur der Zeitpunkt. Wenn wir irgendeinen Hinweis des Himmels haben, so ist das der, dass die wahre Bekehrung Russlands, wie die Mutter Gottes sie genannt hat, von der Ukraine ausgehen wird und dass meine Pilgerfahrt in den Osten der Auslöser sein wird.

Die Frage, die ich Ihnen daher stellen möchte, lautet, ob wir den Zeitpunkt meines Besuches beschleunigen sollen, trotz Gorbatschows Rücktritt zugunsten Boris Jelzins.«

In der die folgenden zwanzig Minuten andauernden Diskussion war Gladstone der Einzige, der schwieg. Er konnte kaum den Details der Unterhaltung folgen und er erkannte nur ein paar der Namen, die hin und wieder genannt wurden. Aber als die Analyse an Tiefe gewann und jeder gesagt hatte, was er sagen wollte, begriff Chris, dass die Politiker unter jenen Gönnern Gorbatschows im Westen, von denen hier die Rede war, nur kleine Lichter waren im Vergleich zu den Industriellen und den führenden Köpfen der Finanzwelt. Es war genug um dem alten Sprichwort, dass Geld die Welt regiert, neue Bedeutung zu verleihen.

Als sich das Gespräch der Situation zuwandte, die Gorbatschow nach der Auflösung der Sowjetunion erwartete und von der er annahm, dass sie bis kurz nach dem 1. Januar 1996 andauern würde, meldete sich Bruder Augustine als Erster zu Wort. »Dieses Datum können wir vergessen, meine Freunde!« Er zeigte ein bissiges Lächeln. »Wenn die Europäische Gemeinschaft bis Januar 1996 ihre politische und die Währungseinheit erreicht, esse ich Gorbatschows Melone!«

»Gorbatschow trägt doch keine Melone, Sie irischer Bauer!« Slattery lachte. »Aber Sie sprechen da einen interessanten Punkt an. Der Besuch des Heiligen Vaters im Osten wird ja nicht im stillen Kämmerlein stattfinden. Wenn die Dinge in der Schwebe gehalten werden sollen, bis die EG ihre Einheit erreicht, dann sollten wir uns über die logistischen Probleme dieses Papstbesuchs unterhalten. Sollten wir uns nicht fragen, was mit den fünfzehn Teilrepubliken der UDSSR geschehen wird?«

Giustino Lucadamo warf schnell ein: »Beschränken wir uns doch auf die Republiken, die in der Pilgerfahrt eingeschlossen sind: die Ukraine, Weißrussland und Kasachstan. Ein beträchtlicher Teil des nuklearen Arsenals der Sowjetunion lagert in diesen Staaten. Bis das Problem gelöst ist, wie dieses Arsenal gesichert werden soll, gibt es auf der Welt kein Land, welches diese Republiken nicht genau im Auge behalten wird.«

Es war interessant für Chris, dass Pater Carnesecca der Erste war, der Lucadamos Punkt verstand. Er hatte immer gedacht, Carnesecca sei kein Mann, der öffentlich die Initiative ergriff.

»Wenn ich Sie richtig verstehe, Giusti, dann erinnern Sie uns daran, dass der Himmel ein langes Gedächtnis hat. Ist es denn nicht Vorsehung, dass die Heilige Jungfrau auf die Ukraine als das Epizentrum der Bekehrung Russlands hinwies? Und ich meine das Wort ›Vorsehung‹ in unserem klassischen christlichen Sinn. Im Sinne von Gottes allweisem Plan für das Universum und Seine allbarmherzige Erfüllung dieses Plans. Ich gebe zu, dass die Mächtigen der Welt in diesen Tagen zu sehr mit anderen Überlegungen beschäftigt sind um den Vorhersagen des Himmels viel Aufmerksamkeit zu schenken. Aber Sie können wetten, dass sie begreifen, dass die päpstliche Reise in den Osten nicht zu irgendwelchen Schafweiden in der russischen Steppe führen wird. Sie könnten sogar begreifen, dass die Weisung von Fatima vor mehr als siebzig Jahren ein Gebiet zum Ziel hatte, das nunmehr zu einer der heißesten Stellen der Weltpolitik geworden ist. Und weil dem so ist«, Carnesecca lehnte sich wieder in seinen Stuhl zurück, »erwarte ich, dass die Pilgerreise des Heiligen Vaters stattfinden wird, bevor Pater Damien eine Antwort auf seine Frage hat. Bevor der Status der fünfzehn Teilrepubliken feststeht.«

»Das ist immer noch ein sehr weiter Zeitrahmen, Pater Aldo.« Der Papst wollte Genaueres. »Gorbatschows Einschätzung ist realistisch. Und auch die von Bruder Augustine. Dieser Schwebezustand wird sich über Jahre hinziehen, sobald die UDSSR aufgelöst ist. Daher bleibt meine Frage bestehen. Soll ich Jelzin wegen eines frühen Datums unter Druck setzen? Oder soll ich auf irgendein Zeichen warten, irgendeinen Hinweis im Weltgeschehen?«

Dieses Mal war Carneseccas Antwort eine Gegenfrage. »Was hat Ihnen Angelo Gutmacher geraten, Heiligkeit?«

Gladstone blieb vor Staunen der Mund offen. Bei der Weltpolitik ins Schwimmen zu geraten war eine Sache, aber bei einem lebenslangen, engen Freund wie Gutmacher war das etwas ganz anderes. Soweit er wusste, tat Pater Angelo die fromme Arbeit eines wandernden Priesters, wie er es in der gekritzelten Nachricht, die er im Oktober ins Angelicum geschickt hatte, ausgedrückt hatte. War denn nichts in Rom so, wie es zu sein schien?

Der Pontifex beantwortete Carneseccas Frage, während er den jungen Amerikaner interessiert betrachtete. »Pater Angelo denkt, wir sollten uns jetzt ruhig verhalten. Seiner Ansicht nach ist Gorbatschow das erwählte Instrument für wirkliche Veränderungen und wir sollten Jelzin abwarten.« Dann, während Gladstones Verwirrung immer noch deutlich auf seinem Gesicht zu lesen stand – erwische einen Mann in so einem Augenblick und du erkennst wahrscheinlich die wahre Stärke seines Geistes –, wandte sich der Papst mit der Frage an ihn. »Und Sie, Pater Gladstone. Was denken Sie?«

»Ich bin kein Politiker, Euer Heiligkeit«, gestand Chris. »Tatsächlich lerne ich gerade Dinge, die ich zuvor nie erraten hätte. So kann ich nur auf Basis dessen urteilen, was ich über die gegenwärtige Geschichte gelesen habe. Auf der Basis von öffentlichem Wissen. Soweit es Boris Jelzin betrifft, sagt mir das Gelesene, dass er der kommende Mann für viele Russen ist, welche in Wohnungen hausen, die wenig besser als Schweineställe sind, und siebzig Prozent ihrer täglichen Kalorien aus Kartoffeln, Brot, Zucker und großen Mengen Wodka beziehen. Für diese Russen ist Jelzin ein Nationalheld.

Aber er kommt mir nicht so vor, als sei er ein zweiter Michail Gorbatschow. Wenn ich einbeziehe, was ich heute über Gorbatschows Behandlung durch seine so genannten westlichen Gönner gehört habe, dann geht mein Urteil tatsächlich dahin, dass es Jelzin nicht besser ergehen wird. Sobald er ihren Zwekken gedient hat, welche auch immer das sein mögen, wird er zweifellos wieder von der politischen Bühne verschwinden, im besten Fall. Und wegen des Zeitpunkts für die Pilgerfahrt Euer Heiligkeit nach Osten würde ich Pater Aldos Beobachtung als Ausgangspunkt für mein eigenes Urteil wählen. Wir haben es hier nicht mit Zufall zu tun, sondern mit Vorsehung. Nach allem menschlichen Ermessen hätte Gorbatschow bei diesem Staatsstreich im August ums Leben kommen müssen ...«

»Er hat Recht, Heiligkeit.« Bruder Augustine unterbrach Chris. »Eine Partei in diesem Staatsstreich war hinter Gorbatschows Leben her und sie meinte es ernst.«

»Das ist wahr. Aber sprechen Sie weiter, Pater Gladstone. Ihre Schlussfolgerung ist also, dass nicht der Zufall, sondern die Vorsehung Gorbatschow zu Hilfe gekommen ist.«

»Und, Heiligkeit, es war auch Vorsehung, dass Gorbatschow am 22. August nach Moskau zurückgekehrt ist, dem Festtag Marias als der Himmelskönigin. Es scheint mir, als wache die Mutter Gottes in bestimmter Form und aus einem bestimmten Grund über Gorbatschow. Mit der Logik des Glaubens, Heiligkeit, könnte ich argumentieren, dass die Heilige Jungfrau, so wie die Russen im Augenblick Jelzin als ihren Nationalhelden haben, eine Art internationaler Marionette in Gorbatschow hat. Und ich kann das Argument anführen, dass er, wenn der rechte Zeitpunkt gekommen ist, derjenige sein wird, der benutzt werden wird um die Pilgerfahrt Euer Heiligkeit nach Osten möglich zu machen.«

Als Chris schwieg, machte sich unter seinen Gefährten offensichtlich Aufregung breit.

»Es ist also entschieden.« Der Papst hatte alles gehört, was er brauchte. »Wir werden den Zeitpunkt meiner Pilgerreise nach Osten nicht forcieren.« Dann, mit einem Blinzeln zu Carnesecca und einem Nicken zu Christian, sagte er: »Wenn Gott in Seiner Vorsehung es gut findet, Gorbatschow zu beschützen, wird er es sicher auch gut finden, Seinem Stellvertreter einen kleinen Wink zukommen zu lassen, wann der Zeitpunkt der richtige ist.«

Seine Heiligkeit erhob sich aus seinem Stuhl und ging die wenigen Schritte bis zu seinem Schreibtisch. »Wenn wir schon von Vorsehung in unserem klassisch-christlichen Sinn sprechen, so brauchen wir dringend voraussehende Anleitung in einer anderen Sache, welche ich an diesem Abend besprechen möchte.«

Der Pontifex legte Gorbatschows Brief in einen Aktenordner, griff nach dem viel dickeren Ordner, welcher die Berichte, die ihn über homosexuelle Aktivitäten unter dem Klerus Nordamerikas erreicht hatten, enthielt, und begann mit einer ernsten, vollkommen offenen Zusammenfassung dieser Berichte. Ein ungeschöntes Bild von Homosexualität und Pädophilie innerhalb einer Geistlichkeit, die scheinbar Amok lief. Ein Bild einer tiefen moralischen Krise.

»Ich glaube nicht, dass die Mehrheit meiner Kardinäle, vor allem jene hier im Haus, das Ausmaß dessen begreifen, was geschieht. Tatsächlich besteht ein Teil der Tragödie darin, dass sie hinter ihren Bürotüren in ihrer eigenen Welt leben. Das entschuldigt sie nicht. Und ganz sicher lindert es nicht im Geringsten die Katastrophe für jene Katholiken, die in der Flut von Homosexualität und Pädophilie ihres Klerus ertrinken.

Aber selbst das ist nicht das ganze Ausmaß des Schreckens. In der gesamten Kirche, auch wenn Nordamerika scheinbar wieder das Zentrum ist, kommt es mehr und mehr zu satanistischen Ritualen, unter den Laien und unter der Geistlichkeit. Ich denke, Bruder Augustine kann uns erklären, wie tödlich ernst auch diese Sache in den Vereinigten Staaten geworden ist. Die organisierte Aktivität von Satanisten in Amerika scheint uns in eine weitere Dimension des ungezügelten Bösen zu führen.«

Mit einem Nicken des Papstes lieferte Augustine eine kurze Übersicht über den detaillierten Report, den er dem Heiligen Vater übergeben hatte. »Vergessen Sie dabei nicht, ich wollte eigentlich nur ein bisschen stöbern. Aber es ist eine schlimme Sache. Da gibt es den Fall des Paters Sebastian Scalabrini, eines Mitglieds der Erzdiözese von Centurycity, der vor ein paar Monaten in seiner Wohnung umgebracht wurde. Die Polizei hat den Fall sehr vorsichtig behandelt und alles wurde unter den Teppich gekehrt. Dann wurde vor kurzer Zeit ein weiterer Priester, auch ein Mitglied der Erzdiözese, auf die gleiche brutale Art ermordet.« Mit wenigen Worten berichtete Augustine Einzelheiten der beiden Morde.

»Der Zusammenhang zwischen diesen beiden Fällen ist der, dass beide Priester mit Beamten der Polizei Centurycitys gesprochen haben. Es sieht so aus, als gäbe es in dieser Erzdiözese ein ganzes Nest von Korruption und Dreck, aber sie halten den Dekkel drauf.«

Damien Slattery war überrascht, dass Augustine so viel über diese Aktivitäten hatte erfahren können und es lebend überstanden hatte.

Augustines Lächeln war ohne Wärme. »Die Wahrheit ist, dass ich über diese ganze Sache gestolpert bin. Einer meiner Kuriere ist Feuerwehrhauptmann in Centurycity. Er ist mit der Schwester eines jüngst in Pension gegangenen Polizeiinspektors verheiratet. Einer dieser seltsamen amerikanischen Namen. Ich habe ihn irgendwo in meinem Bericht ...«

»Wodgila!« Der Papst seufzte in vorgetäuschter Verzweiflung. »Inspektor Silvester Wodgila! Das ist ein polnisch-amerikanischer Name.« Das leise Lachen auf Augustines Kosten milderte die schlimmste Spannung, aber nach wenigen Sekunden war diese Erholungspause vorbei.

»Ich habe dargelegt, dass dieses Problem kritisch ist.« Der Heilige Vater kam zu dem Schluss, den er gezogen hatte. »Es ist eine Tatsache, dass spontane Berichte nicht immer zuverlässig sind. Sie sind auch nicht systematisch. Bruder Augustines Entdeckung zeigt, dass sie bei weitem nicht das volle Ausmaß des Problems abdecken. Und ich bin mir nicht in jedem Fall sicher, dass die Informanten vertrauenswürdig sind.«

Inzwischen verstand jeder, worauf der Papst hinauswollte. Giustino Lucadamo sprach es aus. »Die einzige Möglichkeit diesen Dingen zu begegnen und gleichzeitig eine Hexenjagd zu vermeiden ist die, einen vertrauenswürdigen Mann in die Staaten zu senden um die Situation zu untersuchen und zu überprüfen.«

»Einspruch, Giusti.« Damien Slattery sprach als Exorzist. »Was wir brauchen, sind zwei Untersuchungen. Jeder rituelle Satanist mag auch ein Pädophiler sein. Aber nicht jeder Pädophile gehört einem satanistischen Kult an. Es gibt wahrscheinlich jede Menge Männer, die eine systematische Untersuchung von homosexuellem Verhalten der normalen Art durchführen können. Alles, was man dazu braucht, ist ein Mann, den nichts so leicht umwirft und der weiß, wie man Spuren verfolgt. Aber wenn Sie von rituellem Satanskult sprechen, kommen Sie auf ein Gebiet, wo Sie einige Erfahrung brauchen. Bruder Augustine hat deutlich gemacht, dass satanistische Anbetung zu untersuchen bedeutet das eigene Leben aufs Spiel zu setzen.«

Seine Heiligkeit wusste, dass Slattery Recht hatte. »Verstehe ich Sie richtig, Pater Damien, dass Sie die Untersuchung vorerst auf das, was sie homosexuelles Verhalten der normalen Art unter dem amerikanischen Klerus nennen, beschränken würden?«

Slattery fuhr bei dieser Frage beinahe aus seinen weißen Gewändern. »Ich will sagen, Heiliger Vater, dass ich Ihr Mann für die satanistische Seite der Sache bin. Ich erkenne echte Besessenheit, wenn ich sie sehe. Ich habe genug Erfahrung mit Kulten um zu wissen, dass man mit beiden Füßen in dämonischer Besessenheit landet, wenn man es mit Teufelsanbetern zu tun bekommt. Und außerdem bin ich sowieso, sobald meine dominikanischen Brüder im nächsten März ihr Generalkapitel abgehalten haben, auf der Suche nach Arbeit.«

Slatterys Argumente waren logisch. Aber sie warfen zwei praktische Fragen auf. Wie konnte man erstens die Dominikaner dazu überreden, Slattery in die Staaten zu versetzen, sobald er als Generalmagister abgesetzt worden war? Und wie konnte man angesichts der tödlichen Gefahren bei dieser Aufgabe die Versetzung arrangieren ohne dabei jemandem einen Tip zu geben, dass eine päpstliche Untersuchung bevorstünde?

»Ich denke, diesen Teil der Angelegenheit kann ich erledigen«, bot Lucadamo an. »Als Sicherheitschef des Vatikans kann ich Ihnen sagen, dass nicht alle von Pater Damiens dominikanischen Brüdern blütenweiß sind.« Er wollte dies zwar nicht in der Gegenwart des Papstes sagen, aber er war sicher, dass ein wenig klug eingesetzte Erpressung für eine gute Sache genügen würde. Giusti wandte sich an Slattery. »Ich finde wahrscheinlich keinen passenden Stützpunkt für Sie in den Vereinigten Staaten. Aber ich kann Sie hinbringen. Und ich verspreche Ihnen, wir finden auch eine gute Deckung für Ihre Arbeit.«

Die weniger gefährliche Seite der päpstlichen Untersuchung in den Staaten bot das größere Problem. Augustine fiel durch seine Tätigkeit für den Heiligen Stuhl anderswo aus. Carnesecca wäre ideal gewesen, aber niemand wusste zu sagen, wann er seine gegenwärtige Aufgabe erledigt haben würde. Und der Sicherheitschef war völlig gegen Gladstone aus dem einfachen Grund, weil er zu unerfahren war. »Und außerdem, *Padre* Christian, Kardinal Maestroianni hält Sie damit in Trab, in Europa herumzuspringen. Ich bezweifle, dass er damit einverstanden wäre, Sie in die Staaten zu schicken.«

»Seien Sie sich da nicht so sicher.« Gladstone wollte sich nicht so einfach übergehen lassen. »Er hat davon gesprochen, mich irgendwann dorthin zu entsenden. Kein Zeitpunkt oder dergleichen. Eigentlich gar nichts Definitives. Aber es ist nicht ganz unmöglich. Vielleicht könnte ich sogar ein wenig nachhelfen.«

Bruder Augustine sprach sich für Gladstone aus. »Vielleicht sollten wir es inzwischen bei ›vielleicht‹ belassen, Giusti. Wenn es funktioniert, wäre es keine schlechte Sache, einen Amerikaner die Wahrheit finden zu lassen. Pater Christians Tätigkeit für Kardinal Maestroianni wäre die perfekte Tarnung. Unerfahren ist er vielleicht. Aber er kennt das Gebiet und wir kennen ihn.«

»Ich nehme an, Sie haben Recht.« Lucadamo war von dem Vorschlag nicht begeistert. »Belassen wir es für jetzt bei ›vielleicht‹.«

»Es ist spät, meine Brüder.« Der Pontifex kannte seinen Sicherheitschef gut genug um seine Unruhe zu spüren. Offensichtlich war Lucadamo nicht bereit den Amerikaner zu akzeptieren ohne ihn vorher gründlicher studiert zu haben. »Wir haben einen guten Anfang gemacht. Nachdem Pater Damien vor März nicht frei sein wird, sollten wir uns diesen Monat als Datum für beide Missionen setzen. Das lässt uns Zeit genug für letzte Entscheidungen und notwendige Vorbereitungen. Stimmen mir alle zu?«

XXXI

Als sich der Papst am Abend des 17. Dezember mit seinen vertraulichen Beratern traf, war Gibson Appleyard bereits seit einigen Tagen in Rom, hatte sich im Raffaele eingerichtet und bereitete sich auf sein Treffen mit dem Heiligen Vater vor.

Das Raffaele lag ganz unauffällig an der Piazza della Pilota am Rand der Altstadt Roms und hätte nicht bequemer, nicht teurer und nicht besser für die Bedürfnisse seiner exklusiven ausländischen Gäste, Diplomaten und Gesandte von Regierungen, ausgestattet sein können. Abgesehen von seiner ausgezeichneten Küche bot es so ungewöhnliche Dinge wie abhörsichere Telefone, eine große Auswahl an elektronischen Spielereien, Sekretärinnen der vertrauenswürdigsten Art, besondere Kuriere, gut ausgebildete Leibwächter und kugelsichere Limousinen, die von Chauffeuren mit ungewöhnlichen Fähigkeiten gefahren wurden.

Aber das wirklich Besondere am Raffaele war sein Besitzer, Giovanni Battista Lucadamo. Weil er über ein außergewöhnlich großes Wissen über klassifizierte Informationen verfügte – und zwar erhielt er die von seinen früheren Armeekameraden, die nun Schlüsselpositionen in Regierungsämtern innehatten –, war dieser Lucadamo, der Onkel von Giustino Lucadamo und das große Vorbild des Sicherheitschefs des Vatikans, berühmt-berüchtigt als »Macher«. Er konnte die meisten Schwierigkeiten seiner Gäste lösen, vorausgesetzt sie stimmten mit seinen eigenen Sympathien überein. Wenn ihm dagegen jemand nicht gefiel, dann konnte er jede Bitte um Hilfe mit deutlich zur Schau getragenem Desinteresse ablehnen. *»Non c'entra«,* sagte er dann, »die Sache ist nicht relevant.« Und dabei blieb es.

Appleyard und der ältere Lucadamo waren seit den frühen Siebzigerjahren befreundet, als Gib sich gerade die Zähne an jenem Antiamerikanismus ausbiss, der damals in einem von einer immer verzweifelteren Sowjetunion bedrohten Europa tobte. Zum Glück für den hoch gewachsenen Yankee-Beamten war Lucadamo nicht der Mann, der sich irgendwelchen doktrinären Modeerscheinungen anschloss. In den mehr als zwanzig Jahren ihrer

Freundschaft hatte er Gib nicht einmal mit einem *»non c'entra«* zurückgewiesen.

Wegen der vielseitigen Vorbereitungen auf seine gegenwärtige Mission war das Raffaele in diesem Dezember der ideale Stützpunkt für Appleyard. Als »Chefproblemlöser« des Zehnerkomitees des Präsidenten vergaß er nie, dass sein Hauptziel darin bestand, die päpstliche Politik gegenüber der Sowjetunion einzuschätzen und wenn möglich zu beeinflussen. Aber das hieß nicht, dass es ihm genügte, einen freien Platz auf dem Terminkalender des Papstes zu bekommen und dann einfach in den päpstlichen Palast zu spazieren.

Appleyard hatte seit langem etwas schätzen gelernt, was unter französische Bauern *gout de terre* hieß – ein undefinierbares, aber unbedingt notwendiges Gefühl für das Land, welches über Erfolg oder Misserfolg entschied –, und er hatte es seiner eigenen Tätigkeit angepasst. Für ihn bedeutete das Wissen über die Menschen. Und deswegen hatte Bud Vance Recht gehabt, als er darauf hinwies, dass sie so gut wie nichts über jene Männer wussten, welche eng mit dem Pontifex zusammenarbeiteten. Wie immer die Einzelheiten der Sowjetpolitik des Heiligen Vaters aussahen, so war es nur vernünftig anzunehmen, dass ein grundsätzliches Wissen über diese Politik und vielleicht ein Mittel, sie zu beeinflussen, aus einem besseren Verständnis für die Männer in der Umgebung des Papstes erwachsen würde.

Daher hatte er, lange bevor er sich auf den Weg nach Rom machte und sogar während seiner Vorbereitungen in Washington, die sicheren Leitungen des Raffaele in Anspruch genommen um Giovanni Batista Lucadamo eine Anfrage nach Daten über jene Männer und über andere zu schicken, die für amerikanische Interessen von Bedeutung waren. Weil diese Bitte selbst für Giovanni Lucadamo schwierig war, war Appleyard auf eine Enttäuschung gefasst, als die beiden Männer sich im Hightech-Durcheinander des Büros seines alten Freundes im zweiten Stock des Raffaele niederließen.

Natürlich begann die Besprechung mit freundlichem Geplauder über die letzte Zeit. Zu Gibs Freude war der Italiener seit ihrem letzten Treffen kaum gealtert. Wie die wundervolle alte Kirche der zwölf Apostel, die sich ganz in der Nähe befand, schien Giovanni ein fester Bestandteil Roms zu sein. Seine Adlernase war scharf wie immer. Und seine großen Ohren fingen immer noch jede Nuance von Gerüchten und Tratsch auf.

Sobald das persönliche Gespräch vorbei war, zog Lucadamo einen Stapel Aktenmappen aus einer Lade und ging methodisch die Informationen durch, um die Appleyard gebeten hatte. »Beginnen wir bei Seiner Eminenz Kardinal Maestroianni.« Giovanni reichte Gib die erste und dickste Mappe. »Viele Dinge in Rom fangen bei ihm an, wie Sie sehen werden, wenn Sie dieses Dossier lesen. Er mag sich als Staatssekretär zurückgezogen haben, aber Sie können sicher sein, dass er deswegen nicht in einer Ecke verrostet.

Unter anderem ist er auch der Schlüssel zu Ihrem jungen amerikanischen Priester.« Lucadamo nahm die nächste Mappe von seinem Stapel auf. »Pater Christian Gladstone arbeitet mit Kardinal Maestroiannis Büro zusammen. Wie Sie gesagt haben, reist er sehr viel herum. Und er ist gut in dem, was er tut. Aber es ist alles völlig normal. Man könnte sogar sagen, es ist Routine. Er besucht Bischöfe um ein Bild über den Zustand der Kirche in Europa zu erstellen. Wenn er eine freie Minute hat, studiert er am liebsten örtliche Kirchengemälde. Sie haben hier eine vollständige Übersicht über seine Tätigkeiten.«

»Haben Sie etwas über Pater Gladstones Besuch bei seinem Bruder bei der EG?«

»Nicht, was man nicht erwarten würde. Als EG-Generalsekretär ist Paul Gladstone in einer Position um einige kleinere Probleme in Ordnung zu bringen, in die ein paar Bischöfe geraten sind. Es ist nur eine dieser normalen kleinen Annehmlichkeiten des Lebens im Vatikan, dass Christian als Pauls Bruder an der richtigen Stelle ist um die Dinge zu beschleunigen.«

»So unschuldig?« Gibson zog eine Augenbraue hoch.

»Ich habe nichts von Unschuld gesagt, alter Freund.« Lucadamo lachte. »Nicht in dieser Stadt. Aber trotzdem sind beide Gladstones in Ordnung. Keine Frauen, außer Paul Gladstones Ehefrau. Keine kleinen Jungen. Kein Gold. Und das Gleiche gilt für den nächsten Mann, nach dem Sie gefragt haben. Ich gestehe zu, es ist seltsam, dass ein so enger und langjähriger Freund der Familie Gladstone wie Pater Angelo Gutmacher genau in jenem Moment in Rom auftaucht, in dem auch Pater Christian sich zu einer Karriere in Rom entschließt. Er ist zwar ein Freund der Gladstones, doch es gibt keine berufliche Verbindung zwischen den beiden. Nicht einmal einen Kontakt zwischen den beiden, seit sie im Herbst hier ankamen.«

Appleyard konnte diese Tatsachen nicht leugnen. Aber er war weniger an Gutmachers Verbindung zu Gladstone interessiert als an der Theorie von Bud Vance, dass der Flüchtling aus Ostdeutschland einer der wichtigsten Kuriere des Heiligen Vaters war.

Dieses Mal zog Lucadamo eine Augenbraue hoch. Die Frage war interessant genug, dass er sie für späteren Gebrauch in seinem Gedächtnis verstaute. »Es kann sein«, stimmte er zu, »aber in den Daten, die ich habe, ist keine Spur von solchen Aktivitäten zu finden. Eher noch macht Gutmacher den Eindruck einer rührenden Figur. Er lebt aus dem Koffer. Ein Priester als echter Handelsreisender.«

Appleyard schüttelte den Kopf. Obwohl Gutmacher viel Zeit in der UDSSR zubrachte, deutete seine Tätigkeit dort auf nichts Nützliches: aller Wahrscheinlichkeit nicht mehr als das Interesse des Heiligen Vaters an den Vorhersagen von Fatima, und das war keine vernünftige Basis für Politik bei einem so intelligenten und so tief in die Affären dieser Welt verstrickten Mann wie diesem Papst.

»Es ist ein Rätsel, was?« Lucadamo bedauerte das ernsthaft. »Ich habe Dossiers über andere erstellt, die dem Heiligen Vater nahe stehen. Aber für Ihre Zwecke ist es nicht hilfreich.«

»Zum Beispiel?« Appleyard streckte seine langen Beine aus.

»Zum Beispiel haben Sie vielleicht vom Generalmagister des Dominikanerordens gehört. Pater Damien Duncan Slattery. Er ist seit Jahren einer der engsten Vertrauten des Pontifex. Sogar ein Beichtvater Seiner Heiligkeit. Er ist der Kopf eines Teams von Exorzisten für den Heiligen Stuhl und hat einen sehr guten Ruf in dieser Sache. Er hat viele Freunde und viele Feinde. Das Gerücht besagt, dass seine Feinde es jetzt geschafft haben. Wie auch immer, er ist nicht mehr lange das Haupt des Ordens.«

Enttäuscht winkte Appleyard ab. »Sagen Sie mir, Giovanni, gibt es denn nicht einen Mann in Rom, der ein bisschen Licht in die Sache bringen kann? Einen Mann, der Sinn in die Sache bringt, wenn es um die Ostpolitik des Vatikans geht?«

»Nun.« Lucadamo lächelte. »Es gibt einen Mann, der wahrscheinlich alle Ihre Fragen beantworten könnte. Ein Priester, eigentlich eher ein Schwerarbeiter, mit Namen Aldo Carnesecca. Er ist schon immer hier gewesen. Arbeitet im Sekretariat und dessen Umkreis. Er weiß alles, was es über Rom zu wissen gibt. Aber in diesen Tagen ist er die meiste Zeit in Sizilien. Und ich sage es Ihnen nicht gerne, Gibson, aber ich glaube, er würde auch in einer Million Jahren nicht mit Ihnen reden.«

Appleyard wollte noch einige Zeit vor seinem Treffen mit dem Papst dazu nützen, all die Informationen zu studieren, welche Lucadamo für ihn zusammengestellt hatte. Aber weil er davon überzeugt war, dass nichts in diesem Berg von Akten etwas Brauchbares über die Russlandpolitik des Pontifex hergeben würde, wandte er sich dem Rätsel zu, welches das Treffen am Schuman-Tag in Straßburg aufgab, an dem er selbst teilgenommen hatte.

Hierzu hatte Lucadamo auch einige Akten für seinen Freund zusammengestellt. Aber sie konnten dem wenigen, das Gib schon wusste, eigentlich nichts hinzufügen. Die einzige Ausnahme war das Material über Otto Sekuler. Und selbst da waren die Daten spärlich.

Weder die Informationen über Sekuler noch über andere in der Straßburger Gruppe konnten Appleyards Hauptsorge beantworten. Vor allem wollte er wissen, ob die Pläne bei diesem Treffen, den polnischen Papst loszuwerden und die Regierungsstruktur der Kirche zu verändern, ernst gewesen waren. »Falls sie es sind, würden sie das gesamte Aussehen der Dinge verändern.«

»Ja, sie sind ernst gemeint«, bestätigte Lucadamo. »Auf jener Ebene, wo das Spiel wirklich zählt, halten sie es so geheim, dass es, man könnte fast sagen, hermetisch abgeschlossen ist. Aber sie wollen ihn loswerden.«

An dem kühlen, aber sonnigen Morgen des 18. Dezember wurde Gibson Appleyard mit allem vatikanischen Protokoll als willkommener Gesandter des Präsidenten der Vereinigten Staaten von Amerika begrüßt. Ein junger Monsignore begrüßte ihn mit formeller Herzlichkeit an der Türe seiner Limousine und begleitete ihn zu Staatssekretär Kardinal Giacomo Grazianis Büro in der zweiten Etage. Seine Eminenz blinzelte sich durch eine Konversation, während der eine Menge netter Dinge gesagt, aber von beiden keine wirklich wichtigen Dinge angesprochen wurden. Dann brachte der Kardinal selbst Appleyard zum Arbeitszimmer des Papstes, stellte ihn mit einem Lächeln dem Heiligen Vater vor und zog sich zurück.

Als der Papst die ausgestreckte Hand seines Besuchers zur Begrüßung in beide Hände nahm, war Appleyard beeindruckt von der dem Papst innewohnenden Stärke, der breiten Brust und den festen Schultern. Aber was ihn faszinierte, ja sogar fesselte, waren die Augen des Papstes. Nichts hätte ihn auf diese Augen vorbereiten können. Von klarstem Blau – weder feindselig noch ängstlich, noch gleichgültig, sondern lächelnd – waren sie die Augen eines Mannes, der keine Furcht hat. Augen, die eine Botschaft in sich trugen, die gar nicht unangenehm war, aber zu fein um auf den ersten Blick gelesen zu werden

Der Heilige Vater sprach ein paar begrüßende Worte, während er seinen Besucher zu zwei Lehnstühlen führte, die sich in der Nähe des Fensters gegenüberstanden. Appleyard beantwortete die Begrüßung genauso freundlich. Er überbrachte die Grüße seiner Regierung. Er beglückwünschte den Papst zu seinen Reisen in diesem Jahr nach Frankreich, Polen, Ungarn und Brasilien. Und er sagte mit ehrlichem Ernst, dass er keinen anderen religiösen oder politischen Führer kenne, der 1,3 Millionen junger Leute nach Fatima hätte bringen können, wie der Papst es im Mai getan hatte, und weitere 1,5 Millionen nach Tschenstochau in Polen. »Es war äußerst beeindruckend, Euer Heiligkeit. Wirklich inspirierend.«

Der Papst antwortete mit einem bescheidenen Lächeln und fragte dann nach einigen Leuten im Außenministerium, die er persönlich kannte. Obwohl ihre Unterhaltung ganz zwanglos verlief, kam der Augenblick, in dem der Papst Appleyard mit einer unbestimmbaren Geste dazu einlud, zu sagen, weswegen er gekommen war.

»Ich möchte mit Euer Heiligkeit im Interesse meiner Regierung einige bestimmte Themen diskutieren.« Appleyard hatte ein angenehmes Gefühl, als er auf diese Einladung einging. »Aber als ganz gewöhnlicher Mensch muss ich gestehen, dass so viel mehr meinen Geist und mein Herz belastet, wie es sicher auch bei Euer Heiligkeit der Fall ist. Es gibt so viel Elend unter unseren Mitmenschen. Die eindringlichen Interventionen Euer Heiligkeit wegen der tragischen Lebensumstände der sudanesischen Christen, der Menschen von Ost-Timor, der Somalis und des Schreckens, welcher sich gerade in Jugoslawien ausbreitet, haben den Gefühlen aller Männer und Frauen guten Willens eine Stimme verliehen.«

Einen Augenblick lang sah der Papst ein wenig in die Ferne, als könne er dort sehen, was er in jenen Ländern, wo der Tod herrschte, gesehen hatte. »Offensichtlich, Mr. Appleyard, fürchten Sie und ich – und die Menschen, die wir vertreten –, was der Oberste Richter und Herr über unser Schicksal zu menschlicher Unmenschlichkeit gegenüber Menschen sagen wird.«

Eine plötzliche, ärgerliche Erinnerung zupfte an Appleyards Gedanken. Eine flüchtige Erinnerung an seine so lange vergangene Einführung in die Freimauererei und die zeremoniellen Worte des Kadosch-Ritters über »dieses gefürchtete Gericht ... mein Oberster Richter«. Aber der Augenblick verflüchtigte sich schnell in eine unausgesprochene, gefühlsmäßige Gemeinschaft mit diesem Mann im weißen Gewand, die er tief in seinem Innern entdeckt hatte.

Der Heilige Vater sah seinen Besucher wieder an. »Und wir sind besorgt über die Entwicklung in Europa und in der UDSSR Mr. Gorbatschows.« So einfach brachte der Pontifex Appleyard zum eigentlichen Grund seines Besuches.

Nachdem das Hauptthema seiner Mission in Rom angesprochen worden war, fragte Appleyard den Papst, ob er über den baldigen Wechsel an der Führungsspitze der Sowjets informiert war, der die Machtübernahme Boris Jelzins von Michail Gorbatschow bringen würde. Ja, deutete Seine Heiligkeit durch ein Kopfnicken an. Er war informiert. Angesichts der Dynamik der Lage war es zu erwarten gewesen, dass die Dinge sich zuspitzen würden.

Das war zu interessant und zu einladend für Appleyard um darüber ohne weitere Erklärung hinwegzugehen. »Und was ist nach Meinung Euer Heiligkeit das Wesen dieser Dynamik?«

Die Antwort kam ohne Zögern und ganz direkt und doch tat der düstere Realismus dem darin mitschwingenden Mitgefühl keinen Abbruch. »Sobald auf höchster Ebene die Entscheidung gefallen war, dass der Kalte Krieg zu beenden sei und der Sowjetblock aktiv an der ökonomischen und finanziellen Sphäre der westlichen Nationen teilnehmen würde, war der Wechsel an der Führungsspitze, von dem wir beide wissen, dass er kommen wird, unvermeidlich.«

Seine Heiligkeit unterbrach sich angesichts der leichten, aber erkennbaren Überraschung auf dem Gesicht des Gesandten. Er hatte den Blickwinkel der Unterhaltung nur leicht verschoben. Er sagte eigentlich nur, dass etwas anderes als nur blinde, irrationale Naturkräfte in der UDSSR am Werk waren. Aber er fragte sich, ob der Amerikaner ihn wirklich verstanden hatte.

»Wir wissen beide, Mr. Appleyard, dass es 1989 keine spontane Revolution unter den Menschen der früheren Satellitenstaaten oder der UDSSR gegeben hat. Das Sowjetsystem ist nicht implodiert und in sich zusammengefallen. Die Sowjets haben nicht plötzlich die Nerven verloren. Nicht etwas Unvorhersagbares und Unüberlegtes ist plötzlich über unsere Köpfe hereingebrochen. Jede solche Analyse ist ein Schwindel. Es ist wenigstens ein Mythos, wenn nicht eine glatte Erfindung, welche den Zeitung lesenden und fernsehenden Menschen dieser Welt aufgetischt wurde.

Etwas wesentlich Bedeutenderes für den Lauf der Geschichte ist geschehen. Menschlicher Wille – der Wille bestimmter Männer – hat das verursacht. Es gab ein ›Arrangement‹, oder nicht? Lassen wir für den Augenblick beiseite, durch wen oder aus welchen Gründen. Einverstanden?«

Die Frage des Pontifex war offensichtlich nur rhetorisch, denn er fuhr fort über Dinge zu sprechen, über die andere Menschen nur flüsterten. »Was da war, konkret gesagt, war eine Reihe von Telefonanrufen aus Büros im Kreml, welche den kommunistischen Diktatoren und starken Männern in den Satellitenstaaten gesagt haben, sie sollen sich rar machen, verschwinden. Und all das geschah unter den Anweisungen Präsident Gorbatschows. Aber wir begreifen alle, oder nicht, Mr. Appleyard, dass er nicht aus eigener Initiative handelte, sondern in gehorsamem Gleichklang mit jenen Männern der Macht, welche in der Gesellschaft der Staaten über Leben und Tod entscheiden und, sofern wir über Makromanagement sprechen, auch im Kosmos.«

Appleyard holte tief Atem. Er war wie betäubt, dass dieser Papst, welcher der Welt so rätselhaft erschien, so bereitwillig seine Gedanken ausgesprochen hatte. »Wir hatten gehofft«, bot er vorsichtig an, »dass Präsident Gorbatschows verzweifelter Versuch die Staaten der UDSSR zusammenzuhalten Erfolg haben würde.«

»Aber er konnte keinen Erfolg haben.« Seine Heiligkeit breitete beide Hände aus, als ob er ihm seine lange Erfahrung in den Dingen, welche sie gerade besprachen, zum Geschenk machen wollte. »Ich glaube, dass unsere Planer sehr früh begriffen, dass wir es, wenn durch irgendeinen wilden Zufall dieser Plan Erfolg gehabt hätte, nur mit einer bloßen Namensänderung in der UDSSR zu tun gehabt hätten. Der alte ideologische Status der Dinge hätte nur ein neues Gewand angelegt.

Nein, Mr. Appleyard, Gorbatschows Föderation der Sozialistischen Sowjetstaaten war ein Nachtgewächs. Geboren um Mitternacht und bei Sonnenaufgang tot. Und Gorbatschows Mitternacht kam, so denke ich, mit dem ernsten Realismus, der das Treffen der G-7 letzten Juli in London beherrschte, wo er sich mit den Häuptern der sieben am weitesten industrialisierten Nationen der Welt traf. Die sieben Weisen hatten die Botschaft verstanden, welche die Juniwahl Boris Jelzins zum Präsidenten von Gorbatschows Föderation in einer allgemeinen Wahl der sowjetischen Bürger mitteilen wollte. Und Mitternacht ging für Gorbatschow in dem vorgetäuschten scheinbaren Coup im August zu Ende. Seit damals war es nur eine Frage der Zeit, bis er beiseite treten und Jelzin sein Glück versuchen lassen würde.«

Appleyards Erstaunen hatte nun etwas anderem Platz gemacht. Er musste sich nicht länger fragen, welche Intelligenz hinter dem »Armes, armes Europa«-Brief stand, den der Pontifex an die EG nach Brüssel geschickt hatte. Statt dessen las er, als er in diese steten blauen Augen sah, jene Botschaft, die ihm zuerst entgangen war. Ich kann mich nicht nur auf Weihwasser, Gebete und wunderbare lateinische Choräle stützen, sagte diese Botschaft, ich habe auch beste Information und Kommunikation zu meiner Verfügung, so wie Sie. Ich bin ein Pole, sagte diese Botschaft. Als Pole ist die slawische Gemeinschaft von der Oder bis zum Japanischen Meer mein Erbe. Ich bin Papst, sagte diese Botschaft. Und als Papst gehören alle Staaten zu meinem Amtsbezirk.

Appleyard lernte schnell. »Ich verstehe, Euer Heiligkeit«, sagte er. Und mit diesen Worten akzeptierte er nicht nur die Prämissen für die Aussagen des Papstes, sondern auch alles, was sich unausgesprochen zwischen ihnen abgespielt hatte. Jetzt konnte er sich der Politik des Zehnerkomitees zuwenden, die ihn hierher gebracht hatte. »Was meine Regierung wirklich beschäftigt, Euer Heiligkeit, ist das Schicksal der Teilstaaten der UDSSR, sobald zu Weihnachten um Mitternacht die rote Fahne auf dem Kreml eingezogen werden wird.«

Wieder antwortete der Papst mit den grundlegenden Tatsachen. »Die alte offizielle Politik des Kreml, das Vermischen aller ethnischen Gruppen in die herrliche Homogenität des leninistischen Einparteienstaates war immer eine Illusion. Trotz des ökonomischen und militärischen Drucks durch Moskau haben die baltischen Staaten bereits ihre Absicht angekündigt sich unabhängig zu erklären. Auch die Ukraine. Auch die Volksfront in Weißrussland. Und die Moslemstaaten wie Tadschikistan, Usbekistan und Kirgisistan brauche ich nicht zu erwähnen; innerhalb der nächsten fünf Jahre könnten sie in die Bedeutungslosigkeit zurückfallen. Aber derselbe Sezessionsgeist herrscht unter den

Tataren, den Baschkiren, den Tschuwaschen und den Tschetschenen im Nordkaukasus.«

Inzwischen fragte sich Appleyard, ob die Experten im Außenministerium, die mit der Beobachtung des Ostens beauftragt waren, so viel wussten wie dieser Papst. »Zweifellos werden die verbleibenden Sowjetstaaten den gleichen Weg einschlagen. Aber sie sind allein nicht lebensfähig. Nicht jene, welche Euer Heiligkeit erwähnt haben. Und auch nicht Estland, Lettland oder Litauen oder einer der anderen. Auf uns kommt eine Periode des Zerfalls, der Auseinandersetzung und der Experimente zu. Und während dieser Zeit, dieser gefährlichen Zeit des Übergangs, scheint uns Boris Jelzin der sicherste Mann zu sein, den wir unterstützen können. Er wird verfolgt werden von Hyperinflation, schweren Produktions- und Einkommensrückgängen. Aber er sollte ein paar Jahre durchhalten. Vielleicht sogar länger.

Die enge Beziehung Euer Heiligkeit mit Präsident Gorbatschow ist uns ...« Die hochgezogene Augenbraue des Papstes sagte Appleyard, dass er danebengegriffen hatte. »Wir wissen«, begann er erneut, »von dem ungewöhnlichen Austausch, der zwischen Euer Heiligkeit und Präsident Gorbatschow stattgefunden hat.« Ein leichtes Schulterzucken des Papstes zeigte, dass er die veränderte Bemerkung so akzeptierte. »Trotzdem, Euer Heiligkeit, würde es uns erleichtern zu wissen, dass wir die Unterstützung Euer Heiligkeit haben und, sollte es notwendig werden, auch die Mitarbeit Euer Heiligkeit daran, das Regime Jelzins so erfolgreich wie möglich zu machen.«

»Aber natürlich. Ich habe auch während der Gorbatschow-Periode mit den USA zusammengearbeitet. Ich habe den römischen Ritus in Weißrussland wiedereingesetzt. Ich habe mir dadurch das Missfallen von Premier Stanislaw Suskiewitsch in einem solchen Ausmaß zugezogen, dass er sich öffentlich im Parlament und im Fernsehen Luft gemacht hat. Aber ich habe in Übereinstimmung mit Moskaus Wünschen gehandelt, nicht den Wünschen der sehr patriotischen Bevölkerung Weißrusslands. Und wie es in der Vergangenheit war, wird es auch in der Zukunft sein. Wir haben die Absicht unsere Verpflichtungen als Signatarstaat des Abkommens von Helsinki zu erfüllen.

Aber, Mr. Appleyard, ich muss sie auch an die enttäuschenden Erfahrungen erinnern, die der Heilige Stuhl im zwanzigsten Jahrhundert mit den Westmächten gemacht hat. Im Zweiten Weltkrieg und während der mühevollen Jahre des Kalten Krieges, der folgte, hat dieser Heilige Stuhl mehr als nur das getan, was Sie Mitarbeit nennen, um das militärische Ergebnis und den Frieden zu erreichen, den die Westmächte wollten.« Der Papst sprach über die ungewöhnlichen Bemühungen des Papstes im Zweiten Weltkrieg, der im Geheimen mit den westlichen Alliierten zusammengearbeitet hatte. »Dieser Papst und seine Dienste wurden von den Alliierten benutzt, Mr. Appleyard. Trotzdem hatte der Heilige Stuhl in den Vereinbarungen nach dem Krieg nichts zu sagen.«

Der Papst musste nur daran erinnern, wie während des Kalten Krieges die Solidarnosc, welche mit dem Segen des Heiligen Stuhls organisiert worden war, von den Westmächten benutzt wurde um eine erste Bresche in das ›Reich des Bösen‹ zu schlagen, wie manche das sowjetische Imperium genannt hatten. »Wieder gab es die volle Mitarbeit des Heiligen Stuhles. Jetzt aber, wo dieses ›Reich des Bösen‹ nicht mehr existiert, wurde und wird der Heilige Stuhl, den ich als Papst vertrete, aus der Planung der westlichen Führer über die Welt nach dem Kalten Krieg ausgeschlossen. Sie wissen vielleicht nicht, dass gegen Ende des Ersten Weltkriegs Großbritannien, Frankreich, Italien und Ihre Vereinigten Staaten den geheimen Vertrag von London schlossen mit dem ausdrücklichen Ziel den Heiligen Stuhl aus jeder und allen Friedensverhandlungen auszuschließen.

Mit anderen Worten, Mr. Appleyard, jene, welche die größeren weltpolitischen Entscheidungen treffen, haben ein festes Prinzip: diesen Heiligen Stuhl auszuschließen, ganz gleich, wie kooperativ er sich auch zeigen mag. Das ist ein brutales Faktum unserer Zeit, Mr. Appleyard. Sie werden verstehen, dass ich als Papst nicht die Absicht habe mich ein weiteres Mal benutzen zu lassen, solange dieses Prinzip noch gilt.«

Appleyard verstand. Er hätte nicht um größere Offenheit ersuchen können. Aber der Papst hatte jeden weiteren Fortschritt, die päpstlichen Ziele in Russland zu identifizieren und vielleicht zu beeinflussen, blockiert.

Und nachdem er seinem Besucher den diplomatischen Teppich unter den Füßen weggezogen hatte, baute der Papst eine kleine Brücke der Hoffnung auf. »Denken Sie daran, Sir«, es schien nicht mehr als ein verspäteter Gedanke zu sein, »meine Aussagen bedeuten nicht, dass wir die üblichen diplomatischen Höflichkeiten nicht weiter gewähren wollen. Die Radiostation in Moskau, welche allein es Jelzin möglich machte, während des Staatsstreichs im August zur sowjetischen Bevölkerung zu sprechen, gehört der Kirche. Ich selbst habe die Erlaubnis erteilt. Und zweifellos wissen Sie auch von unserer Mitarbeit in finanzieller und diplomatischer Hinsicht während Ihrer Invasion in Panama. Und auch vor und während des Golfkrieges. Diese Liste könnte verlängert werden.«

Appleyard begann sich zu fragen, ob es eine gute Idee des Zehnerkomitees gewesen war, einen Spion als Botschafter auf eine diplomatische Mission zu schicken. Bis jetzt tanzte ihm der Papst auf der Nase herum. Also entschloss er sich einen Vorstoß über diese Brücke der Hoffnung zu wagen.

»Wir haben keine Zweifel an der freundschaftlichen und zuvorkommenden Haltung des Heiligen Stuhles«, begann Appleyard vorsichtig. »Weil das so ist, gibt es in der gegenwärtigen Lage natürlich ein paar Aspekte, zu denen wir die Einschätzung Euer Heiligkeit zu schätzen wüssten. Vor wenigen Augenblicken haben Euer Heiligkeit auf die Wiedereinführung des römischen Ritus in Weißrussland hingewiesen. Euer Heiligkeit haben auch die Hierarchie der Bischöfe des römisch-katholischen Ritus in Russland und Kasachstan wiederhergestellt. Und wir haben auch gehört, dass Euer Heiligkeit in Kürze fünf neue Bischöfe für Albanien ernennen werden.

Natürlich begreifen wir, dass diese Dinge alle apostolischer Natur sind. Trotzdem müssen Euer Heiligkeit wissen, dass sie dem Patriarchen von Moskau gar nicht gefallen. Darf ich Euer Heiligkeit dann nach der generellen Politik des Heiligen Stuhles gegenüber der russisch-orthodoxen Kirche fragen?«

Appleyards Versuch eine Frage zur Orthodoxie und zum

Moskauer Patriarchat als Zugang zur Ostpolitik des Papstes zu benutzen rief eine unmissverständliche Antwort hervor. Niemand verstehe besser als der jetzige Papst, dass der Patriarch von Moskau, Kyrill, einer von Jelzins Verbündeten sei und dass das Interesse des Westens an der Orthodoxie darin liege, Jelzins Regime zu stützen. »Ihre Regierung weiß von der langjährigen Bindung des Moskauer Patriarchats an die Belange des alten leninistischen Einparteienstaates. Und wie mit den Mitgliedern aus den höheren Rängen des nun offiziell toten Systems, so ist es auch mit den Mitgliedern der russischen Orthodoxie. Sie werden ihre Bindungen vielleicht ändern, vielleicht aber auch nicht. Es kann sein, dass sowohl die orthodoxen Autoritäten als auch die leninistischen Spitzenleute vielleicht noch weich werden. Aber das ist nicht die Frage. Sondern die Täuschung! Denn trotz der neuen Namen sitzt immer noch die gleiche alte Bande im Zentrum der Macht. Und ganz ehrlich, ist das denn nicht die Krux der Schwierigkeiten mit dem gegenwärtigen Zerfall der Sowjetunion? Dass die Wahrheit herauskommen könnte? Sie müssen nur sich selbst fragen: Was hat sich denn wirklich geändert?

Haben wir irgendeine Wiedergutmachung der Völkermorde gesehen? Für die Täuschungen? Für die Weiterführung der großen Lüge? Für die ungezählten Millionen, die ihr Leben in Agonie verbracht haben und langsame, qualvolle Tode gestorben sind? Sollen wir glauben, dass das leninistische System mit seinen Agenten und Spionen, seinen Propagandisten, seinen Kommandanten der Konzentrationslager, seinen Gefängniswärtern und Wächtern und Folterknechten, dass der gesamte Apparat des bösen, lügnerischen Überwachungsstaates aufgehört hat zu existieren?

Wir alle haben einem Taschenspielertrick zugeschaut, Mr. Appleyard. *Prèsto!* Nun sehen wir die UDSSR unter der Führung Michail Gorbatschows. *Prèsto!* Nun sehen wir Gorbatschows Föderation. *Prèsto!* Nun sehen wir ein von Jelzin regiertes Russland. Soll der Heilige Stuhl an der Aufrechterhaltung dieses Taschenspielertricks mitarbeiten?«

Appleyard setzte sich ein wenig gerader auf um seine diplomatische Entschlossenheit zu zeigen. »Angesichts dessen, Heiligkeit, sollte meine Regierung daraus schließen, dass es dem Heiligen Stuhl schwer fallen wird, Einigkeit mit den anderen Signatarstaaten des Helsinki-Abkommens zu wahren? Zumindest in einigen Punkten?«

Die Antwort des Papstes kam sofort, glatt und ohne Lächeln. Er war bei diplomatischen Verhandlungen schon zu oft an einer solchen Weggabelung gestanden um die Wahl anzunehmen, die man ihm angeboten hatte. »Mr. Appleyard, dieses Abkommen bietet Klauseln an, derer sich jeder Signatarstaat bedienen kann, wenn seine eigenen nationalen Interessen betroffen sind. Daher haben Sie meine Antwort bereits gehört. Der Heilige Stuhl wird es nicht schwer finden, seinen Verpflichtungen nachzukommen.«

Danach gab es keinen Grund mehr etwas zu sagen. Schweigen war auch eine Art zu fragen. Wenn der Amerikaner es wollte, konnte er die Diskussion hier und jetzt beenden.

Gibson wählte diese Möglichkeit nicht. Vielleicht war es dieses Gefühl der Gemeinsamkeit, das zu Anfang ihres Treffen entstanden war, oder das Bild, welches er sich in seinem Geist von diesem Papst gemacht hatte, als einem Mann von einiger Einsicht, das ihn die Unterhaltung fortsetzen ließ.

»Heiligkeit, schlussendlich haben wir alle das Ziel aus dieser Welt eine so friedliche und wohlhabende Wohnstätte zu machen, wie es nur möglich ist. Da stimmen wir einander sicherlich zu.«

Es fiel dem Heiligen Vater nicht schwer, den Gedankensprung nachzuvollziehen. Solche Männer wie Appleyard hatte er auch im Vatikan. Prälaten, die er selbst als »gute Freimaurer« bezeichnete. Männer guten Glaubens, die tatsächlich unschuldig waren. Sie wussten nichts von den tieferen Strömungen und Absichten in den Elementen der Freimaurerei oder waren nicht davon überzeugt, also hatten sie keine Schwierigkeiten ihren Katholizismus mit ihren freimaurerischen Idealen zu verbinden. »Ja, Mr. Appleyard. Wenn wir dabei auch an unsere Ewige Wohnstatt bei Gott denken, ja. Dann stimme ich zu. Aber nicht darin, aus dieser Welt den einzigen, letztendlichen Tempel der Menschheit zu machen.«

Ein kurzer Blick sagte Appleyard genug um zu wissen, dass er sich in seiner Beurteilung des Papstes nicht völlig geirrt hatte. Der Heilige Vater verstand und akzeptierte ihn als das, was er war. Daher war er ermutigt, weiter parallele Interessen zwischen seiner Regierung und dem Heiligen Stuhl zu erkunden. »Unser pluralistisches System, Heiligkeit, hat Standards, die von allen akzeptiert werden können. Von jenen, deren Ziel die Ewige Heimstatt ist, von der Euer Heiligkeit sprechen, und von jenen, deren Ziel der ideale, irdische Tempel der Menschheit ist.«

Wieder nahm der Papst die angebotene Gemeinsamkeit als Ansatz für seine Antwort. »Im abstrakten Prinzip sind solche Standards gut. Die Trennung zwischen Kirche und Staat ist einer der Ecksteine Ihres amerikanischen Gesellschaftsvertrags Leben, Freiheit und Glück als ideale Ziele zu verfolgen. Das Konzept ist natürlich utopisch. Immer versucht, nie erreicht. Sie selbst teilen offensichtlich dieses utopische Ideal, Sie glauben an dieses Ideal. Aber da gibt es andere, die das Erreichen dieses Ideals unter ein Banner in diesem Kosmos stellen, welches jene, die wie der Heilige Stuhl nach der Ewigen Heimstatt streben, nicht toleriert und nicht tolerieren will.«

Der Gesichtsausdruck des Amerikaners zeigte eher Bestürzung als Überraschung. Das war genug um dem Papst zu sagen, dass er mit diesem Mann guten Glaubens so weit gegangen war, wie es ging.

Appleyard hatte anscheinend denselben Schluss gezogen, denn er nahm eine persönliche Bitte zum Anlass die Unterhaltung abzubrechen. Er bat um Zutritt zu einigem Archivmaterial für seinen Bericht und er erwähnte einen seiner Kollegen an der Stanford University, der eine Einführung in die Päpstliche Akademie der Wissenschaften im Vatikan brauchte.

»Gerne, Mr. Appleyard.« Der Papst ging durch sein Arbeitszimmer zum Schreibtisch und schrieb eine Notiz mit der Anweisung die Bitten des Amerikaners zu erfüllen. Dann äußerte der Heilige Vater seinerseits eine Bitte. Er war besorgt wegen Untersuchungen, die sich mit angeblichen illegalen Aktivitäten der US Regierung in Verbindung mit der Vatikanbank und der Banca

Nazionale del Lavoro beschäftigten. »Vielleicht übertrete ich jetzt gerade die Grenzen unserer Unterredung«, gab Seine Heiligkeit zu, »aber auf der vatikanischen Seite dieser BNL-Affäre wäre es der Präfektur für die wirtschaftlichen Angelegenheiten eine große Hilfe, wenn diese finanziellen Dinge geklärt werden könnten.«

»Kein Problem, Heiligkeit. Ihre Finanzpräfektur war den Vereinigten Staaten eine Hilfe. Sobald ich zurückgekehrt bin, werde ich mich darum kümmern.«

Der Heilige Vater erhob sich und nahm ein kleines Päckchen von einem Beistelltisch in der Nähe. Vorsichtig entfernte er die Verpackung und hielt eine Ikone hoch, welche die Belagerung des Klosters von Tschenstochau im sechzehnten Jahrhundert durch die Schweden zeigte. »Das ist ein Stück aus dem frühen achtzehnten Jahrhundert, Mr. Appleyard.« Deutlich konnte man den Stolz in der Stimme des Papstes hören. »Ein ganz persönliches Geschenk von mir an Sie und Ihre Familie.«

Appleyard nahm das Geschenk aus der Hand des Papstes mit aufrichtiger Freude entgegen. »Ein wunderbares Kunstwerk, Heiligkeit.« Appleyard verstand vollkommen das Gefühl hinter diesem Schatz, den er vorsichtig hielt. Ein Gefühl, das auf der dauerhaften Liebe zum eigenen Land beruhte. »Euer Heiligkeit waren wirklich äußerst großzügig mit ...«

Der polnische Papst hob eine Hand, wie um gegen eine solche Endgültigkeit in ihrem Abschied Einspruch zu erheben. »Vielleicht wird uns die Vorsehung wieder zusammenführen, Mr. Appleyard.« Langsam ging der Papst neben seinem Besucher bis zum Aufzug. »Vielleicht werden wir eine andere Gelegenheit haben diese schwerwiegenden Dinge zu besprechen.«

Appleyard antwortete ernsthaft: »Ich für meinen Teil, Heiligkeit, schätze den Gedanken, dass dies nicht das letzte Mal war, an dem wir uns getroffen haben.«

Gib Appleyard schlüpfte in bequemere Hosen und ein Sweatshirt und ging ins Wohnzimmer seiner Suite im Raffaele. Er musste sich noch über vieles klar werden, bevor er seinen telefonischen Vorabbericht an Bud Vance abgeben konnte. Er hatte an diesem

Morgen viele Lektionen gelernt. Aber er wusste noch immer so gut wie nichts über die Ostpolitik des Heiligen Stuhls.

Gib verbrachte eine gute Stunde damit, die Audienz beim Papst in Gedanken noch einmal ablaufen zu lassen. Auf der objektiven Ebene hatte er es mit einem Staatsmann zu tun gehabt, der sich von allen anderen unterschied, die er je getroffen hatte. In einer Welt, in der der demokratische Kapitalismus die Eintrittskarte in die Gemeinschaft der Staaten geworden war, regierte der Papst politisch, diplomatisch und religiös immer noch wie ein absoluter Monarch.

Trotzdem war der Pontifex ein Mann dieser Zeit. Er stand einer weltweiten Organisation vor, die einmalig war in der Tiefe ihrer Beziehungen zu anderen Staatsmännern und in der Größe ihres Einflusses auf Hunderte von Millionen Menschen auf dieser Welt. Und er hatte deutlich gemacht, dass er alle Vorteile der ältesten und erfahrensten Kanzlei der Welt zu seiner Verfügung hatte und sie auch zu nutzen wusste. Der Papst hatte auch gezeigt, dass er kein Feind des demokratischen Kapitalismus war. Es stimmte schon, er hatte deutlich die Toleranz des Kapitalismus für eine religiöse Basis seiner moralischen Anschauungen bezweifelt. Er hatte auch große Vorbehalte gegen die kapitalistische Moral selbst geäußert. Aber zumindest zog er das westliche System jedem marxistischen oder sozialistischen Standpunkt vor.

Auf einer subjektiveren Ebene gab es für Appleyard keinen Grund, seinen ersten unmittelbaren Eindruck in Zweifel zu ziehen. Diese Augen hatten alles gesagt, denn sie waren in der Lage gewesen hinter all die großen Differenzen zu schauen, die an diesem Morgen zu einer Barriere hätten werden können, und stattdessen eine seltsame tiefe Verständigung aufzubauen: die Augen eines Mannes, der nicht weniger wollte als Frieden und ein besseres Leben für die gesamte Menschheit.

Und wenn er schon darüber nachdachte, so war der Heilige Vater ihm um einen Schritt voraus, wenn es um die Hintergrundfaktoren ging, welche die abrupte Veränderung der Sowjetunion von der Supermacht des Kalten Krieges zum Bittsteller um Aufnahme in das finanzielle und ökonomische Leben des Westens ausgelöst hatten. Der Papst hatte davon gesprochen, dass Gorbatschow in gehorsamer Übereinstimmung mit den wirklichen Männern der Macht in der Staatengemeinschaft gehandelt hatte. Gibson wusste, dass Befehle und Entscheidungen von weiter oben kamen. Er hatte sein berufliches Leben in dieser Atmosphäre verbracht. Aber er war nicht dumm genug zu glauben, dass der Papst nur über Staatskunst im gewöhnlichen Sinn gesprochen hatte.

Appleyard kämpfte wieder mit dem Problem der Straßburger Verschwörung, welche den slawischen Papst zum Rücktritt zwingen wollte. Die Männer bei diesem Treffen hatten von einer radikalen Veränderung auf der höchsten Ebene der Kirche gesprochen und vom Bedürfnis nach einem Pontifikat, das sich den heutigen Realitäten anpassen würde. Aber je mehr er über den slawischen Papst wusste, desto weniger Sinn ergab das. Er konnte sich keine größere Veränderung im Führungsstil des Papstes vorstellen, als dieser Pontifex bereits vorgenommen hatte. Und jetzt, da er den Heiligen Vater selbst getroffen hatte, konnte er die Überlegungen hinter einer solchen Verschwörung überhaupt nicht mehr nachvollziehen.

Ganz sicher konnte der Mann, den er heute morgen getroffen hatte, kein größeres Gefühl für die Realität haben. Er konnte weder der Unterdrückung noch der Häresie noch anderer Verbrechen beschuldigt werden. Trotzdem musste Gibson Giovanni Lucadamos Urteil in Betracht ziehen. »Sie meinen es ernst«, hatte sein alter Freund gesagt, »auf der Ebene, auf der es zählt ... wollen sie ihn loswerden.«

»Nun«, sagte Appleyard sich, »was auch immer das Wer und das Warum dieser Verschwörung ist, ich werde die Antwort nicht in Rom finden.« Weil dem so war und weil auch die vereinbarte Stunde gekommen war, griff er nach dem abhörsicheren Telefon und rief Bud Vance in D.C. an. »Was haben Sie für mich, Gib?« Der Admiral klang munter, aber ganz geschäftlich. »Wie war es im Palast?«

»Ich denke, ich habe, weswegen ich gekommen bin.« Appleyard wollte alle Erklärungen auf ein paar Worte beschränken. »Der Heilige Vater hat seine Politik nicht erklärt. Aber wenn jemand weiß, wie hoch der Einsatz ist, dann er. Soweit ich herausgefunden habe, ist er genau im Bilde, welche Pläne existieren und was sich unsere Planer erwarten. Tatsächlich vermittelt er den Eindruck von Stärke in seinen Überzeugungen und Sicherheit in seiner Voraussicht. Auf lange Sicht, sagen wir, länger als vier oder fünf Jahre, kann ich den Standpunkt des Papstes nicht vorhersagen. Aber er wird es vermeiden, die Staaten in Verlegenheit zu bringen.«

»Wird er unsere Pro-Jelzin-Politik unterstützen?«

»Das kann man so nicht sagen. Er ist wohlwollend. Sogar entgegenkommend. Aber er hat nicht alles auf eine Karte gesetzt, so wie wir. Das heißt aber nicht, dass er nicht mit uns zusammenarbeiten wird, zumindest für einige Zeit.«

»Sie klingen schon wie ein vatikanischer Gesandter, Gib. Sprechen Sie Englisch. Was heißt das?«

Appleyard sah beinahe die Augen des slawischen Papstes vor sich, als er es Vance noch einmal erklärte. »Es heißt, Admiral, dass es diesem Heiligen Stuhl nicht schwer fallen wird, seine Verpflichtungen zu erfüllen, wenn es um Sicherheitsinteressen geht.«

»Damit können wir leben.« Vance klang erfreut. »Aber das führt zu einer weiteren Frage. Ich mache mir immer noch Sorgen wegen Straßburg. Haben Ihre Quellen in Rom Ihnen dazu etwas gesagt?«

»Nicht viel, Bud. Aber es ist ernst genug um besorgt zu sein. Die Institution ist uns so nützlich, wie sie ist. Wenn es jemandem gelingt, die Art und Weise zu ändern, wie sie regiert wird, und darum ging es in Straßburg schließlich, dann können Sie wetten, dass das unseren Zugang zu einer Menge Dinge sehr stören würde.«

»Das denke ich auch. Also bleiben wir dran.«

»Das habe ich vor.« Appleyards Versicherung an seinen Chef klang beinahe lässig, aber es war ihm Ernst. »Ich habe dem Heiligen Vater sozusagen versprochen zurückzukommen um ihn wieder zu sehen. Ich möchte gerne, dass er noch da ist, wenn ich das tue.«

Unvorstellbare Wahrheiten und die Politik der Extreme

XXXII

Als Christian eine Woche vor Weihnachten im Haus seines Bruders in Deurle eintraf, lag Flandern unter einer Schneedecke.

Er hatte auf seinen verschiedenen Besuchen in den Diözesen Hollands und Belgieos schon oft in Guidohuis übernachtet. Aber das war die erste wirkliche Gelegenheit Yusais Hausfrauenkünste zu genießen. Wie Cessi hatte sie einen ausgeprägtes Gefühl für die Würde alter Häuser. Die meisten Räume waren bereits wieder in ihren ursprünglichen heimeligen Zustand versetzt worden. Sie hatte Gent nach Mobiliar abgesucht, das ebenso schön wie passend und praktisch war. Und die Räume, die sie für ihren Schwager reserviert hatte – ein Schlafzimmer und ein angrenzender Raum, in dem er an jedem Tag dieses seines ersten wirklichen Besuches die Messe lesen konnte –, hießen in der Familie schon »Christians Klause«.

Die Tage vor Weihnachten verliefen genauso, wie Paul es versprochen hatte, und Christian beteiligte sich nur allzu gern daran. Jeden Morgen brachen die vier gemeinsam auf. Klein Deckel umklammerte die Hand seines Onkels und steigerte damit noch Christians Freude. Sie erkundeten jede Straße und Gasse, jeden Platz des stolzen mittelalterlichen Gent, die alle vom Glauben, von den Erfolgen und vom Ruhm, von den Heldinnen und Helden der Stadt zeugten. Sie besuchten Kirchen aus dem Mittelalter und der Hochrenaissance wie St. Nicholas und St. Jacques, St. Michel und St. Pierre, deren bunte Glasfenster in großartigen Farben leuchteten. Sie zeigten Declan die fröhlich geschmückten Auslagen der Geschäfte. Sie standen in der Kälte um Straßensängern zuzuhören und wärmten sich mit Tellern voll heißer Suppe in netten kleinen Restaurants. Sie verbrachten sogar einige Zeit in den Überresten des Beginenhofes von ter Hoyen, wo Chris Declan und einer faszinierten Yusai alles über solche Orte erzählte – Gemeinschaften, in denen Laienschwestern, die »Beginen«, einst ihr Leben mit Gebet und guten Werken verbracht hatten, sich ihren Lebensunterhalt mit Nähen und Kunsthandwerk verdient hatten, bis Korruption und die Revolution Napoleons dem ein Ende gesetzt hatten.

In der Kathedrale St. Bavon erwartete sie der Dechant um sie mit all seinem beträchtlichen Charme willkommen zu heißen. Dann aber erschien Pauls Freund, der Domherr Jadot, der sich nun ganz besonders um die Gladstones kümmerte. Der elegant gekleidete Jadot lud die vier ein mit ihm die Kathedrale zu besichtigen und auch den mehr als hundert Meter hohen Turm, der ein Stück abseits der Kirche im Zentrum der Stadt stand. »In der Christnacht, Pater Gladstone, wird unser Glockenspiel aus zweiundfünfzig Glocken mit seiner Musik die Seelen der Menschen erfreuen«, erzählte Jadot stolz seinem Besucher aus dem Vatikan. »Die Luft in Gent wird erfüllt sein von der Musik unserer fröhlichen Feier.«

Die besondere Überraschung, welche Paul versprochen hatte, kam zuletzt: eine ungestörte Besichtigung des mehrteiligen Altares von St. Bavon, *Die Anbetung des Lammes* der Brüder Hubert und Jan van Eyck. Aber während Jadot jedes kleine Detail des großartigen Werkes erklärte, begann Chris sich unwohl zu fühlen. Er begriff, dass Jadot bei diesem Bild nicht Verehrung für das dargestellte Thema empfand, sondern Stolz, dass seine Kathedrale im Besitz eines solch unbezahlbaren Schatzes war.

Als er später darüber nachdachte, kam Chris der Gedanke, dass dieser Stimmungswechsel schon vor Jadots unpassendem Verhalten begonnen haben könnte. Vielleicht hatten ihn all die Fragen ausgelöst, die der kleine Declan während ihrer Besichtigung der heiligen Stätten gestellt hatte. Fragen, die deutlich machten, wie wenig der kleine Junge über seine eigene Religion wusste. Wahrscheinlich aber war es die Leere in all diesen Kirchen und Kapellen, die er mit seiner Familie besichtigt hatte. Alle diese Orte hätten die unvergessliche Ehrfurcht vor dem Wunder, welches an Weihnachten gefeiert wurde, hervorrufen sollen. Stattdessen ließ alles, was er sah, die leeren Kirchen, die verlassenen, Unserer Lieben Frau von Flandern geweihten Kapellen, die Votivgaben vergangener Generationen, auf denen sich der Staub sammelte, und die zerstörten Gebäude des Beginenhofs, nur traurige Erinnerungen aufsteigen.

Es war noch nicht so lange her, dass Gent eifrig katholisch gewesen war. Die heiligen Stätten waren voll von Gläubigen, Schwaden von Weihrauch, die Gesänge der Messe und der Segnungen und das Murmeln der Betenden in den Beichtstühlen hatten die Luft erfüllt. Nun, in Gent wie anderswo, führten Eltern ihre Kinder nicht mehr zu den Krippen, die in den Kirchen aufgestellt worden waren, oder bestaunten gemeinsam mit ihnen das Wunder, dass das Christkind den Menschen geboren worden war. Sie gingen in Geschäfte und Einkaufszentren und bestaunten nur noch die Computer, die technischen Spielzeuge und den elektronischen Kram, den man für sie geschaffen hatte.

Zu Chris' Erleichterung war Declan dem verrückten Treiben der Vorweihnachtszeit nicht ganz verfallen. Er liebte die Aufregung und die Lichter und Lieder und er konnte es kaum erwarten, beim Aufputz des Tannenbaums mitzuhelfen und seine Geschenke auszupacken. Aber als Paul und Yusai ohne ihn einkaufen wollten, nahm er seinen Onkel genauso glücklich bei der Hand und plapperte über seine neuen Freunde in der Internationalen Schule in der Nähe von Deurle und über all jene Erlebnisse, die das Leben für einen aufgeweckten und abenteuerlustigen Fünfjährigen bereithält. Einer von Deckels neuen Freunden, der den Jungen wirklich faszinierte, war ein junger Professor namens De Bleuven. »Er ist nicht so steif wie manche von den anderen, Onkel Chris«, sagte Deckel stolz. »Er zeigt uns Höhlen und andere Sachen und erzählt uns alles darüber.«

Chris begriff, dass dieser De Bleuven eine Höhlenforschergruppe für Kinder gegründet hatte und jede Woche, wenn es das Wetter erlaubte, mit seinen kleinen Enthusiasten das Labyrinth von Höhlen erforschte, die Deurle berühmt gemacht hatten. Chris war besorgt, weil Declan eigentlich noch zu jung für die Gefahren einer Höhlenwanderung war, und überlegte darüber vielleicht ein paar Worte zu Paul und Yusai zu sagen.

Das Wochende vor Weihnachten brachte eine Änderung im Lebensrhythmus von Christian und Paul Gladstone.

Am Samstagnachmittag ging es los, jeder stürzte sich in Festvorbereitungen. Hannah Dowd bereitete mithilfe Maggie Mulvahills das Weihnachtsgebäck vor und das Haus füllte sich mit dem Aroma von Kuchen, Keksen und Broten, die auf den Backblechen dampften. Chris, Declan und Yusai schmückten den Weihnachtsbaum. Paul, der in solchen Dingen zwei linke Hände hatte, stand daneben und zeigte auf die leeren Stellen, die noch aufgeputzt werden wollten.

Es gab eine kurze Unterbrechung, als Jan Borliuth eintraf um ein paar Geschenke für Deckel abzuliefern. Stolzer Großvater, der er war, hatte er noch drei seiner Enkel mitgebracht und wenig später tollten sie draußen mit Declan herum, bauten Schneeburgen und verteidigten sie mit lautem Geschrei und begeistertem Kreischen gegen unsichtbare Angreifer.

Seine Enkel waren nicht die einzigen Besucher, die Jan Borliuth mitgebracht hatte. »Das ist Gibson Appleyard. Er ist gerade von Geschäften in Rom für ein paar Tage nach Brüssel gekommen. Wir fahren dann gleich zum Flughafen, damit er rechtzeitig zu Weihnachten wieder zu Hause ist.«

»Freunde von Jan sind hier immer willkommen, Mr. Appleyard.« Pauls Worte waren ehrlich gemeint. Jan war inzwischen beinahe ein Mitglied der Familie geworden. Sie unterhielten sich freundschaftlich und unbeschwert, während sie heißen Kaffee tranken und Hannahs noch warme Schokoladenkekse aßen. Auch Gib Appleyard schien ein alter Bekannter zu sein. Er hatte natürlich einen Vorteil. Weder erwähnte er, welche Rolle er bei Pauls Ernennung zum Generalsekretär gespielt hatte, noch dass er viel über Christian wusste. Aber er verbarg auch sein lebhaftes Interesse an den beiden Brüdern nicht. Er mochte Paul sofort und bewunderte seinen schnellen Verstand. Er war bezaubert von Yusai und angenehm überrascht von ihrem weltgewandten Auftreten. Aber der Priester beeindruckte ihn am stärksten. Er erkannte in Christian eine ehrliche und unkomplizierte Ernsthaftigkeit. Dies, fühlte er, war ein Mann des Vatikans, mit dem er sprechen konnte, wenn er eine Gelegenheit fand. Er musste sein Flugzeug erreichen, daher sollte es für den Augenblick genügen, dass ein erster Kontakt hergestellt war.

Die Festvorbereitungen waren beendet, als Chris am Sonntagmorgen für den ganzen Haushalt die Heilige Messe zelebrierte. An den *Novus-Ordo*-Ritus, die »neumodische, häretische Messe«, wie Cessi sie nannte, gewöhnt, vernahm Paul zum ersten Mal seit vielen Jahren die Worte der lateinischen Messe, die so sehr Teil seiner Kindheit gewesen waren. Guidohuis war nicht Windswept House und Christians Klause konnte man nicht mit der Kapelle des alten Glad vergleichen. Trotzdem stiegen bittersüße Erinnerungen in ihm auf, als er Christian in seinen Priestergewändern sah. Der Augenblick kam, in dem Christian die geweihte Hostie in der linken Hand hielt, sich an die Brust schlug und jene Worte wiederholte, die einst ein heidnischer Zenturio zu Christus gesagt hatte: *»Domine, non sum dignus ...«* Dreimal hörte Paul diese Worte, gesprochen über dem geweihten Kelch, der das Blut des Erlösers enthielt. »Herr, ich bin nicht würdig ...«

Vor nicht allzu langer Zeit hatte Paul sich danach gesehnt, als Priester diese Hostie zu halten und die Worte der Reue und des Glaubens zu sprechen. Jetzt brachte er es nicht über sich, aus den Händen seines Bruders die Kommunion zu empfangen oder wenigstens ein stilles Gebet zu sprechen. Mit gesenktem Kopf, die Hände vor dem Gesicht, kämpfte er mit den unerwarteten Tränen, die in seinen Augen brannten. Als Paul wieder aufsah, kniete Christian vor dem Altar. Die Dankgebete wurden gesprochen und Paul blieb allein zurück, nachdenklich und still, während er seinem Bruder zusah, der den Altar aufräumte und die Messgewänder faltete.

»Für dich ist es immer noch dasselbe, Christian, oder nicht?« Erstaunt sah Chris seinen Bruder an. »Ich meine die ganze Idee von der Krippe und dem Kreuz«, erklärte Paul. »Die Idee von Demut und Armut und Opfern und all das. Für dich hat sich nichts geändert, oder?«

»In diesen grundlegenden Dingen ändert sich die Kirche nicht, Paul.« Chris schloss die Türen des Kleiderschranks, in dem seine Messgewänder hingen. »Und ich bin schließlich Priester.«

»Aber die Kirche ändert sich doch. Sie hat sich schon geändert. Es heißt nicht mehr ›Wir und Sie‹. Wohin man auch sieht, streckt die Kirche ihre Hände aus wie nie zuvor. Sogar der Papst erkennt das. Er umarmt Juden und Moslems und Hindus ...«

Chris setzte sich rittlings auf einen der hölzernen Betstühle. »Woran denkst du wirklich, Paul?«

Der jüngere Gladstone musste lächeln. Christian hatte immer schon seine kleinen Ablenkungsmanöver durchschaut. Obwohl er ahnte, dass es deswegen Streit geben würde, wollte er in Wahrheit über seine vor kurzem erfolgte Einführung in die Loge sprechen. »Es ist nicht irgendeine Loge, bitte denk daran«, verteidigte er sich schon vorher.

»Cyrus Benthoek und einer seiner Partner, ein beeindruckender Mann namens Dr. Ralph Channing, haben meine Aufnahme in die Großloge von Israel möglich gemacht.« Begeistert erzählte er von seiner Reise nach Jerusalem, dem Ausflug auf die Spitze des Berges Aminadab und wie er sich dort oben Gott und seinen Mitmenschen unendlich nahe gefühlt hatte. »Verstehst du, Chris? Wir glauben an das Gleiche. Nicht die Mitgliedschaft in der römisch-katholischen Kirche, sondern die Mitgliedschaft in der Menschenfamilie ist wichtig.«

Still hörte Christian zu. Als sein Bruder endete, hatte er nur eine Frage an ihn. »Was ist mit der Erlösung, Paul?«

Der jüngere Gladstone konnte ihn nur anstarren. Niemand und schon gar nicht sein eigener Bruder konnte in diesen Zeiten so mittelalterlich denken. Selbst er musste doch verstehen, dass sein Privileg als Priester nicht mehr das alte war, dass jeder einen Anteil am Priestertum hatte. Und ganz sicher musste Chris inzwischen, nach all den Monaten der Zusammenarbeit, erkannt haben, dass die Ziele der Loge und der Kirche gar nicht so verschieden waren. »Das Wichtigste daran – das, was Christus am ähnlichsten ist – ist doch das Bauen von Brücken der Verständigung. Man muss kein Priester sein, nicht einmal ein Katholik, um das zu tun. Und das ist nicht nur meine Meinung, Chris. Ich meine, du musst dir nur die Dokumente des Zweiten Vatikanischen Konzils ansehen und weißt, dass ich Recht habe.«

»Oh, ich weiß ...« Paul hob eine Hand, um die Einwände seines Bruders abzuwehren. »Ich weiß. Ich habe das Seminar verlassen und ich bin nicht Theologe wie du. Aber selbst ich kenne das *Gaudium et Spes* genannte Dokument. Und ich weiß, es könnte keinen besseren Namen haben. Freude und Hoffnung. Freude über den neuen Geist, der Nichtkatholiken und Nichtchristen die Hände reichen will. Hoffnung, dass all die alten Barrieren aus Misstrauen beiseite geräumt und durch eine neue Einheit ersetzt werden können. Tatsächlich sagt *Gaudium et Spes* eine ganze Menge über die Erlösung, wenn du dieses Thema schon anschneiden willst. Es sagt, daß Christus die Erlösung aller erreicht hat. Es sagt, dass Gott will, dass alle gerettet werden und dass niemand davon ausgeschlossen ist. Oder nicht, großer Bruder?«

»Ja, aber ...«

»Kein Aber. Du weißt, dass ich Recht habe. Und du weißt auch, dass *Gaudium et Spes* darauf besteht, dass alle Religionen von großem Wert sind. Es wird uns gesagt, dass wir sie alle respektieren sollen, vor allem, weil Gott gestattet hat, dass es sich so entwickelt.

Dieses Dokument drückt genau das aus, was ich auf Aminadab zu tun versprochen habe. Es spricht nicht von der katholischen Kirche, sondern vom Volk Gottes. Als Christen sind wir dazu aufgefordert, zum Aufbau der Lebenswelt der Menschheit beizutragen, Wohlstand für alle zu schaffen. Wir sollen nicht länger abseits stehen. Die alten Vorurteile sollen endlich fallen dürfen. Einschließlich unserer Differenzen mit dem Judentum. Endlich sollen wir die Bedeutung der Juden für die Erlösung akzeptieren. Es waren nicht die Juden, die für die Kreuzigung Christi verantwortlich waren. Das waren unsere Sünden.

Die Grundidee hinter dem Konzil – der Geist des Zweiten Vatikanums – ist die Vereinigung mit der gesamten Menschheit um eine bessere Welt zu schaffen. Und ob es dir nun gefällt oder nicht, Chris, meine Mitgliedschaft in der Loge hat mir Türen geöffnet, die es mir erlauben werden, viel mehr daran teilzuhaben, als ich das allein je gekonnt hätte.«

Einen Augenblick lang betrachtete Chris das Gesicht seines

Bruders, seine Begeisterung über die utopische Vision, die er gerade mit so viel Leidenschaft vorgetragen hatte. Sie war so verführerisch, dachte Chris. Was er stattdessen anzubieten hatte, war nicht so anziehend für jene – und würde es ohne die Gnade Gottes auch nie sein –, deren Leben von der Ansicht durchdrungen war, die Paul gerade geäußert hatte. Aber er konnte nicht umhin es trotzdem zu versuchen: »Sieh doch, Paul, im gesamten christlichen Glauben ist nicht *eine* Aufforderung enthalten ein weltliches Paradies zu schaffen. Menschlich betrachtet ist das sicher eine sehr düstere Aussage. Aber es ist eine Tatsache. Und viel schlimmer ist, dass es von deinem Standpunkt aus nie Frieden zwischen dem Christentum und der Welt geben kann. Dafür haben wir Gottes Wort. Die Welt unterliegt der Herrschaft des Fürsten, sagt Jesus zu uns. Er sagt uns auch, dass der Grund für unser Leben hier nicht der Bau eines irdischen Paradieses ist, sondern dass wir uns unsere Erlösung im Himmel verdienen sollen. Er sagt uns, dass der einzige Weg, das zu tun, der Weg gemeinsam mit Ihm ist. Mit den Verdiensten, die Er für uns erworben hat, von denen Er uns durch Seine Werke und Seine Worte überzeugt hat und die Er uns durch Seine Sakramente übermittelt.

Der Gegensatz ist also klar und deutlich. Hingabe an die schönen Dinge dieser Welt oder Hingabe an Gott, der uns Seine Gesetze gegeben hat, damit wir danach leben. Es ist eine schwierige Lehre, weil sie sich gegen unsere Leidenschaften richtet. In den Worten des Evangeliums: Sie widerspricht den Wünschen unseres Fleisches und der Begierde unserer Augen und dem Stolz unseres Lebens. Sie fordert Opfer und Schmerz und Verluste.

Die Schönheit der christlichen Lehre liegt darin, dass sie ewiges Leben verspricht für alle, die an sie glauben. Sie versichert uns, dass wir in der Gemeinschaft mit Gott leben werden, in alle Ewigkeit, und dass wir teilhaben werden an Seiner Schönheit, Seiner Wahrheit und Seiner unendlichen Glückseligkeit. Du hast Recht, Paul. Die Krippe, das Kreuz und die Idee – das Ziel –, die hinter Demut und heiliger Armut liegt, sind für mich immer noch dasselbe.

Und ich muss dir sagen, dass das strenge Verbot der Mitgliedschaft in einer Loge immer noch in Kraft ist. Ganz egal, wie hochanständig deine Absichten sind, du lebst in Todsünde.«

Paul musste seinen Blick von Christian abwenden oder sein Entschluss hätte auf dem Spiel gestanden. Er musste sich an dieses neue Bewusstsein erinnern, das er in Jerusalem gefunden hatte. Das Bewusstsein von Privilegien, Kameradschaft und gemeinsamen Idealen.

Das Bewusstsein, dass er jetzt für Größeres arbeitete als nur für ein besseres Leben für sich, Yusai und Declan. Und vor allem musste er sich selbst wieder seiner Unabhängigkeit vom Urteil anderer versichern, wie er sie in der Gesellschaft von Benthoek und Channing gespürt hatte.

Und wenn er daran dachte, hatte er Grund genug sich an Benthoeks Worte zu erinnern und er wiederholte sie fast wörtlich: »Ist dir bewusst, Chris, dass viele hochrangige Prälaten im Vatikan Logenmitglieder sind?«

Christians Blick wurde hart, aber er antwortete nicht. Er wusste ganz gut Bescheid über die Verfehlungen von Kirchenmännern im Vatikan, er hat sich oft genug darüber im Gespräch mit Aldo Carnesecca beklagt. Aber dies war kein Spiel mit Zahlen. Er machte sich keine Sorgen um den Vatikan, sondern um seinen Bruder.

Um die entstandene Stille zu füllen sprach Paul weiter. »Wenn ich in Todsünde lebe, dann befinde ich mich in guter Gesellschaft. Und ich weiß aus guter Quelle, dass meine Mitgliedschaft bei der Loge mich nicht zu einem aus der Kirche Ausgestoßenen macht. Am Tag nach meiner Rückkehr aus Jerusalem ging ich in die Dompfarrei um Domherr Jadot zu sprechen. Ich hatte die alten Bestimmungen gegen den Beitritt zu einer Loge nicht ganz vergessen, daher war es ein Beichtbesuch.«

»Lass mich raten«, unterbrach Chris ihn. Er sah die Szene beinahe vor sich. Statt in den alten katholischen Beichstuhl hatte der weltgewandte Priester Paul wahrscheinlich in einen gemütlichen kleinen Beichtraum gebeten, wie diese Zimmer heute genannt wurden, ausgestattet mit bequemen Stühlen, angenehmer Beleuchtung und Heizung. »Ich bezweifle nicht, dass dein

Freund mit deinen Jerusalemer Freunden völlig übereingestimmt hat. Mit Benthoek und Channing und wen du dort sonst noch getroffen hast. Ich bezweifle nicht, dass er dir gesagt hat, die katholische Kirche habe sich in dieser Frage weiterentwickelt. Und falls er dir irgendeine Buße auferlegt hat, so war es die, dich um deine Mitmenschen zu kümmern.«

Paul lachte. »Du hast es ganz genau erraten, Chris. Wenn ich es nicht besser wüsste, hielte ich dich für einen Konzilskatholiken. Aber da war noch mehr. Aus seiner eigenen Erfahrung als Logenmitglied hat Jadot mir den Rat gegeben sehr vorsichtig zu sein.`Und nach dieser kleinen Unterhaltung mit dir weiß ich auch, warum.

Doch wenn wir schon darüber reden, es war Domherr Jadot, der mich an *Gaudium et Spes* erinnert hat. Und er hat mich auch an noch etwas erinnert, dass ich fast schon vergessen hatte. Damals, als er noch ein kleiner Bischof war, der am Zweiten Vatikanischen Konzil teilnahm, war der slawische Papst selbst einer der Hauptarchitekten dieses Dokuments. Und weil das Hauptziel der Großloge von Israel genau das ist, was uns das Dokument zu tun heißt, könntest du sogar sagen, dass ich die Bestätigung des Heiligen Vaters selbst für meine Logenmitgliedschaft habe!«

»Das würde ich nicht einmal in einer Million Jahre sagen«, widersprach Chris. »Aber wenn du es so sehen willst, dann lass mich Punkt für Punkt auf das antworten, was du mir gerade gesagt hast. Erstens, falls du irgendwann wieder zur Beichte gehen willst, meide Jadot als einen Mann, der seinen Glauben verloren hat. Das ist traurig. Aber er ist nicht der erste Geistliche, dem das passiert, und in der Zeit, in der wir leben, wird er auch nicht der letzte sein. Zweitens hat Jadot bei einigen Tatsachen Recht, aber seine Urteil darüber ist ganz falsch. Er hat Recht, dass unser Pontifex einer der Architekten von *Gaudium et Spes* war. Das stimmt. Aber viele Männer hatten einmal heterodoxe Ansichten und mussten sie korrigieren, als sie Papst wurden. Der Fischer Petrus ging sogar so weit Jesus zu verleugnen, erinnerst du dich?

Und das bringt mich zu Punkt Nummer drei. Jetzt, wo unser Papst Christi Stellvertreter auf Erden ist, wird er seine früheren

Irrtümer, die zu so viel Verwirrung in der Kirche geführt haben, ausräumen müssen.«

Ungeduldig riss Paul seine Arme in die Höhe. »Und *Gaudium et Spes* war so ein Irrtum, nehme ich an.«

»Hör auf damit, Paul!« Chris nahm Pauls Ausbruch nicht ernst. Und er ließ sich jetzt auch nicht mehr ablenken. »Es mag schon länger her sein, dass du *Gaudium et Spes* gelesen hast. Aber du weißt genauso gut wie ich, dass das Dokument schlampig vorbereitet und schlecht und in zweideutigster Art und Weise formuliert ist. Was noch zu tun bleibt, ist, dieses Durcheinander mit dem traditionellen Glauben und den Lehren der Kirche in Übereinstimmung zu bringen. Seine Heiligkeit wird das bald tun oder dafür im Fegefeuer schmoren müssen.

Nach der Lehre bitten wir Gott um Seine Hilfe uns von der Welt zu lösen und den Dingen unserer wahren Heimat im Himmel zuzuwenden. Wie soll das mit einem Aufruf sich an der Schaffung eines irdischen Paradieses zu beteiligen zusammenpassen? Wir glauben, dass die Erlösung durch unser Streben nach der Gnade Gottes erfolgt, um vor den Folgen unserer Sünden gerettet zu werden. Mit anderen Worten, vor dem Tod. Und wir glauben, dass Gott uns diese Gnade durch die Kirche zukommen lässt, die er zu diesem Zweck gestiftet hat. Wie passt das zu der Idee, dass niemand von der Erlösung ausgeschlossen ist? All das und noch viel mehr muss noch mit dem traditionellen katholischen Glauben in Übereinstimmung gebracht werden. Und es liegt in der Verantwortung des Papstes, das zu tun, vor allem weil er einer der Schöpfer dieses sehr missverständlichen Dokumentes war.«

Paul wusste, dass es keinen Zweck hatte, seinen Bruder auf theologischem Gebiet herauszufordern. Aber sein Sinn fürs Praktische konnte hinterfragt werden. »Wenn du mich fragst, dann ist der Papst mehr daran interessiert, rund um den Globus zu reisen und uns zu zeigen, wie man mit Voodoo-Zauberern zusammenarbeitet. Vielleicht schafft er es noch, das Zweite Vatikanische Konzil mit deiner kostbaren Tradition zusammenzubringen. Aber was sollen wir inzwischen tun? Das Zweite Vatikanische Konzil und *Gaudium et Spes* einfach ignorieren?«

»In der Zwischenzeit und nur zum Anfangen könntest du dich daran erinnern, Paul, dass das Zweite Vatikanum nicht als dogmatisches Konzil einberufen wurde. Weder *Gaudium et Spes* noch irgendein anderes Dokument, das aus diesem Konzil heraus entstand, ist Dogma.«

»In der Zwischenzeit, mein geliebter Schwager ...« Yusais laute Stimme von der anderen Seite des Zimmers ließ Chris und Paul zusammenzucken wie ertappte Sünder. »In der Zwischenzeit könntet ihr beide kommen und frühstücken!«

Paul wusste nicht, wann Yusai still und leise in Christians Klause gekommen war, aber der Ausdruck in ihren Augen sagte ihm, dass sie schon längere Zeit an der Tür gestanden hatte. Sie hatte in letzter Zeit ernsthaft daran gedacht, Katholikin zu werden um besser mit der Welt, in der sie in Guidohuis und Lisleton lebte, vertraut zu werden, daher war diese Angelegenheit für sie von Bedeutung. Aber schließlich war es besser gewesen, einzugreifen, bevor die Auseinandersetzung einen Punkt erreicht hatte, von dem es kein Zurück mehr gab.

Die restlichen Tage zusammen in Guidohuis verliefen genauso geschäftig und fast genauso glücklich. Aber irgendwo im Innern Christians hatten sich Trauer und ein Gefühl des Verlusts eingenistet. Es schien ihm, als stünde der ernste Wunsch seines Bruders, die Welt aus ihrem Elend und ihrer Armut zu erlösen, außer Frage. Aber wie war es geschehen, dass Paul die Bedeutung der Geburt Christi, die sie in diesen Tagen feierten, vergessen hatte? Warum denn hatten sie sich hier alle versammelt, wenn nicht um Gottes Geburt in die Zeit, die Ewigkeit dieses Gottes und die Verbindung der Menschheit mit diesen beiden fundamentalen Dingen zu feiern?

Nur nach und nach fand Christian den Mut das Offensichtliche einzugestehen. Nur nach und nach konnte er sich selbst mit vielen, vielen Worten eingestehen, dass Paul, wie der Domherr Jadot, seinen Glauben verloren hatte.

XXXIII

Der erste Mensch in Rom, der von Pater Aldo Carneseccas beinahe tödlichem Unfall in Sizilien erfuhr, war Christian Gladstone.

Als Chris am Sonntag vor dem Dreikönigstag in das Angelicum zurückkehrte, war die Meldung überall in den Nachrichten in Radio und Fernsehen und in den Schlagzeilen der Zeitungen: Eine gemeinsame Truppe von Milizen und Carabinieri hatte mithilfe von Sondereinheiten der Armee die größte und gründlichste Operation begonnen, die je gegen die sizilianische Mafia unternommen worden war. Dieses eine Mal waren die Vorbereitungen der Regierung nicht verraten worden. Die Überraschung war vollkommen gelungen.

Über zweitausend Mafiosi waren bei einem Angriff vor Morgengrauen gefangen genommen worden. In ganz Sizilien und Süditalien hatten sich die Bischöfe und viele Gemeindepriester von ihren Kanzeln zu diesem Angriff geäußert, die Mafia als Krebsgeschwür verdammt und Sizilien einen tumorverseuchten Körper genannt.

Während im Hintergrund die neuesten Nachrichten liefen, packte Christian aus und las noch einmal seine Notizen für die Befragung durch die Kardinäle Maestroianni und Aureatini. Er unterbrach mehrere Male und versuchte Carnesecca telefonisch zu erreichen, doch ohne Erfolg. Erst als der überraschende Anruf kam, begann Chris zwei und zwei zusammenzuzählen. Zuerst war in der Leitung nichts als Rauschen zu hören. Dann, als die weit entfernte Stimme seines Freundes erklang, vernahm er schlimme Nachrichten. Carneseccas Auto war bei einem Zusammenstoß auf der Hauptküstenstraße im Nordwesten Siziliens völlig zertrümmert worden. Der andere Fahrer war geflohen. Carnesecca befand sich im Haus eines Priesters in der Stadt Caltagirone vorerst in Sicherheit, aber er war schwer verletzt und hatte viel Blut verloren.

»Schreiben Sie sich den Namen auf, Chris. Caltagirone. Die Stadt liegt im Landesinneren, südwestlich von Catania.« Carneseccas leiser werdende Stimme wurde fast vom Rauschen übertönt. »Setzen Sie sich so schnell wie möglich mit Giustino Lucadamo in Verbindung, aber sonst sagen Sie niemandem etwas. Sagen Sie Lucadamo, ich habe höchstens ein paar Stunden, bis sie mich finden ...«

Langes Rauschen. Dann war die Verbindung ganz unterbrochen. Aber Christian hatte genug gehört um sich fieberhaft auf die Jagd nach Giustino Lucadamo zu begeben. Er zweifelte nicht daran, dass der Sicherheitschef tief in die Anti-Mafia-Operation verwickelt war, und nach einer angestrengten Stunde des Telefonierens erreichte er ihn endlich auf dem Flughafen von Neapel. Nachdem Lucadamo sich alles angehört hatte, was Carnesecca Christian hatte mitteilen können, und eine Reihe von malerischen Flüchen über den »Aufpasser in Rom« von sich gegeben hatte, übernahm er die Sache. Er unterbrach nur um Christian eine sichere Telefonnummer zu geben, die er im Notfall verwenden konnte, und um ihn noch einmal zu ermahnen mit niemandem zu sprechen. »Sie wissen gar nichts, Pater!«, bellte er seine Befehle hervor. »Keine Telefonanrufe mehr. Stellen Sie keine Fragen und beantworten sie auch keine.«

Chris saß nun da, ohne weitere Nachrichten über Carnesecca's Schicksal. Später am Abend kam ein Anruf von Kardinal Aureatini. »Es geht um Pater Carnesecca«, sagte seine Eminenz sofort ohne auf Gladstones Meldung zu warten. »Wir haben an diesem Morgen Nachrichten von Pater Carnesecca erwartet. Haben Sie etwas von ihm gehört, Pater Christian?«

Beinahe wäre er mit seinen eigenen Fragen herausgeplatzt, aber er fing sich noch rechtzeitig. »Natürlich, Eminenz.« Er ließ seine Stimme klingen, als sei er gerade aus tiefem Schlaf aufgewacht. »Ich werde sofort am Morgen bei Ihnen sein.«

»Pater Gladstone!« Der Tonfall des Kardinals wurde scharf. »Sind Sie wach? Haben Sie etwas von Pater Carnesecca gehört?«

»Aber Eminenz«, kam die verschlafene Antwort zurück, »ich habe nichts davon gehört, dass wir fasten und kein Fleisch essen dürfen.«

»Pater! Ich rede nicht von Fleisch und von Fasten! Ich frage Sie über Pater C-a-r-n-e-s-e-c-c-a! Hören Sie mich, Pater Christian?« Christian schnarchte leise ins Telefon und hörte gerade noch Aureatinis frustrierte Bemerkung, als er angewidert auflegte. »Diese *Anglosassoni!* Die schlafen wie ihre eigenen Ochsen!«

Nach ein paar Minuten angestrengten Nachdenkens war Gladstone klar, dass Aureatini von der sizilianischen Operation gewusst haben musste, wenn er an diesem Morgen auf Nachricht von Carnesecca gewartet hatte. Vielleicht war er sogar der »römische Aufpasser«, den Giusti verflucht hatte. Auf jeden Fall wusste der Kardinal jetzt weniger als er, und das war seltsam. Es war nicht wirklich ein Notfall, aber trotzdem wählte Chris die Nummer, die Lucadamo ihm gegeben hatte. Binnen Sekunden wurde er durchgestellt und berichtete von Aureatinis Anruf. So wie es klang, befand sich der Sicherheitschef gerade in einem Helikopter in der Luft. »Das glaube ich, dass der Kardinal gerne wüsste, wo Carnesecca ist!«, schrie Lucadamo über den Lärm der Maschine hinweg. »Aber das Schlimmste ist überstanden. Bleiben Sie ruhig und stellen Sie sich dumm.«

Am Montagnachmittag erfuhr Chris von Lucadamo, dass Pater Carnesecca zurück nach Rom und in die Gemelli-Klinik gebracht worden war, wo sich ein Ärzteteam um ihn kümmerte und bewaffnete Posten sein Zimmer rund um die Uhr bewachten. Als Gladstone am Dienstag Pater Aldo besuchen durfte, erschrak er heftig.

»Was haben Sie erwartet, Chris? Mein Unfall war kein Unfall. Ich hätte nicht überleben sollen.«

Pater Aldo erzählte ihm nichts über seine Arbeit in den Monaten der Vorbereitung auf den Schlag in Sizilien, außer dass er als Kurier tätig gewesen war. Aber er schien ungewöhnlich interessiert daran, Chris alle Einzelheiten seines »Unfalls« zu berichten. Er hatte Glück gehabt. Als sein Auto von der Straße gedrängt worden war, war der Wagen in eine unzugängliche Schlucht gestürzt. Bis die Gauner endlich herabgeklettert waren, war es Carnesecca gelungen, aus dem Wrack in eine sichere Deckung zu kriechen. Seine Verfolger hatten ihn noch eine Weile gesucht und waren dann gegangen um Hilfe zu holen.

Pater Aldo konnte sich kaum daran erinnern, wie er zurück auf die Straße gelangt war oder wer ihn in das Haus des Priesters in Caltagirone getragen hatte. Aber von da an war es ein Wettlauf gegen die Zeit gewesen. »Sie wussten, dass ich noch am Leben war, und sie wollten mich immer noch tot sehen.«

Carneseccas Problem war seine Sicherheit nicht zu gefährden und trotzdem den Sicherheitschef des Vatikans rechtzeitig zu erreichen. Sein Anruf im Angelicum war ein verzweifelter Versuch gewesen, aber immer noch der beste, den er hatte. »Ich erinnerte mich daran, dass Sie gesagt hatten, Sie wollten zum Dreikönigstag zurücksein. Ich wusste, dass es keinen Grund gab Sie zu überwachen. Und ich dachte, wenn ich Sie erreiche, würden Sie mir helfen oder bei dem Versuch sterben. Ich verdanke Ihnen mein Leben, Chris.« Der verletzte Priester bewegte sich unruhig in seinem Krankenbett. »Aber ich fürchte, das war noch nicht alles.«

»Die Operation in Sizilien war doch ein Erfolg, Aldo. Die Gefahr ist sicher vorbei, es sei denn, Sie denken, dass sich die sizilianische Mafia an Ihnen rächen will.«

Carnesecca gab ihm zu verstehen, dass weder er noch Lucadamo diesen Unfall für einen Racheakt der Mafia hielten. »Giustino hat seine eigene Theorie. Ich habe geschworen Stillschweigen zu bewahren. Vielleicht erzählt er Ihnen selbst davon. Er hat für seinen Gedankengang auch Beweise. Chris, ich möchte aber, dass Sie wissen, dass Lucadamo dieses eine Mal aus den falschen Gründen Recht haben könnte.«

Gladstone wusste, dass es vergeblich gewesen wäre, von Pater Aldo ein Geheimnis erfahren zu wollen, welches dieser zu bewahren verpflichtet war. Aber wenn sowohl Carnesecca als auch Lucadamo davon überzeugt waren, dass die Mafia nichts mit dieser blutigen Affäre zu tun hatte, was steckte dann dahinter?

»Es ist eine Geschichte – eine vatikanische Geschichte, die aus längst vergangenen Zeiten stammt, Chris. Genauer gesagt aus den frühen Sechzigerjahren. Ich weiß es natürlich nicht ganz genau. Aber ich würde sagen, dieser ›Unfall‹ bedeutet, dass irgendjemand glaubt, ich wüsste viel mehr, als ihnen dieser Tage angenehm sein kann.«

»Haben sie damit Recht?«

»Ich hoffe, Sie haben niemals einen Grund die Antwort auf diese Frage zu finden.« Pater Aldo wurde sichtlich schwächer. »Aber sollte es so weit kommen – falls ich jemals einen erfolgreichen ›Unfall‹ habe –, verschaffen Sie sich mein Tagebuch und geben Sie es Lucadamo.«

Obwohl ihm der Gedanke`zuwider war, zwang Galdstones logisch arbeitender Verstand ihn zur unausweichlichen Frage: »Wo finde ich dieses Tagebuch?«

»Immer bei mir, Christian.« Carnesecca glitt langsam in den Schlaf hinüber. »Immer bei mir. Finden Sie mich und Sie finden mein Tagebuch ...«

Nach einer Beratung mit Giustino Lucadamo in der relativen Stille, die jeden Samstagmorgen im päpstlichen Palast Einzug hält, legte der Papst das Notizbuch aus der Hand, rief über das Haustelefon seinen Sekretär und verlangte, dass man auf der Stelle den Generalmagister Damien Slattery herbeirufen sollte. Monsignore Daniel rief im Springy's an. Nach einer Viertelstunde stand Slattery vor den beiden im päpstlichen Arbeitszimmer. Die deutliche Blässe im Gesicht des Heiligen Vaters sagte ihm, dass, was immer es auch sei, große Schwierigkeiten bevorstanden.

»Schwierigkeiten kommen immer alle auf einmal, Pater.« Lucadamos einleitende Worte bestätigten Slatterys Vermutungen. »Carnesecca wäre diese Woche in Sizilien beinahe draufgegangen. Und jetzt ist auch noch etwas anderes aufgetaucht und verfolgt uns.«

»Lassen Sie hören.« Damien wählte einen Sessel nahe dem Schreibtisch, an dem der Heilige Vater in stummer Erregung saß.

»Erinnern Sie sich noch an den letzten Mai, als wir herausfanden, dass Kardinal Maestroianni in Straßburg ein geheimes Treffen arrangiert hatte? ›Eine Versammlung von Wölfen und Schakalen‹ haben Sie es damals genannt.«

Slattery erinnerte sich. »Sind sie schon wieder dran?«

»Sie waren es die ganze Zeit, Pater.« Lucadamo nahm das Notizbuch vom Schreibtisch Seiner Heiligkeit und warf einen kurzen Blick hinein. »Wir haben noch nicht alle Teile des Puzzles.

Aber im Großen und Ganzen wissen wir Folgendes: Das Treffen in Straßburg war der Anfangspunkt einer systematischen Initiative innerhalb unseres Hauses um die Frage der episkopalen Einheit mit dem Heiligen Stuhl zu forcieren. Anscheinend ist irgendein Mechanismus in Gang gesetzt worden um eine Reihe von Abstimmungen verschiedener nationaler und regionaler Bischofskonferenzen zu organisieren. Bis jetzt wissen wir nicht, wie dieser Mechanismus aussieht. Aber wir kennen das Ziel und wir haben eine Ahnung vom Zeitplan. Das Ergebnis der Abstimmungen soll eine Petition an den Heiligen Vater sein im Namen der Einheit der Kirche abzudanken. Und der Zeitplan scheint auf den fünfundsiebzigsten Geburtstag Seiner Heiligkeit abzuzielen.«

Wie festgefroren in seinem Sessel, das Gesicht dunkelrot vor Zorn, feuerte Slattery eine Frage auf Lucadamo ab: »Wie viele von der Straßburger Bande sind dabei?«

»Zuerst einmal die gesamte Liste von Vatikanleuten, die wir im Mai erstellt haben. Und, soweit wir herausgefunden haben, mehr oder weniger jeder einzelne Mistkerl, der an Kardinal Maestroiannis privater Feier im Schuman-Haus teilgenommen hat.«

»Mit anderen Worten, Pater Damien, die gleiche alte Clique.« Der polnische Papst sprach zum ersten Mal seit Slatterys Ankunft. »Aber wenn ich diesem Bericht Glauben schenken soll, reicht sie schon weit über den Vatikan hinaus. Es gibt Anzeichen, dass Kardinal Maestroianni enge Verbindungen zu mächtigen nicht katholischen und sogar nicht christlichen Stellen geknüpft hat. Wie diese Stellen zusammenarbeiten, wer genau daran beteiligt ist oder wohin all die Spuren führen, welcher Art ihre Beiträge sein könnten und was sie sich als Belohnung für ihre Zusammenarbeit erwarten, das ist alles sehr ungenau. Aber die nackte Tatsache, dass solche Stellen von außerhalb sich an dem Komplott gegen mein Pontifikat beteiligen, steht fest.«

Je mehr Slattery hörte, desto größer wurde sein Zorn. Er hatte die Gedanken des Papstes nie wirklich ergründet, er hatte auch nie die Strategie hinter manchen verwirrenden Worten und Taten des Pontifex erkannt; er selbst war von einigen seiner Aktionen sehr schockiert gewesen. Trotzdem war der Papst für Slattery der Nachfolger des heiligen Petrus und Christi Stellvertreter auf Erden. Er hatte es sich niemals gestattet, dass irgendetwas, was der Papst sagte oder tat, seine eigene Loyalität erschütterte. Aber an diesem Morgen fehlten sogar Slattery die Worte.

Wenn Lucadamos Informationen korrekt waren, ging die Sache schon weit über bloße Kritik hinaus. Sie ging auch hinaus über den kleinen Privatkrieg, den manche der Prälaten des Vatikans seit so vielen Jahren gegen den Heiligen Vater führten.

»Sind Sie sich der hauptsächlichen Fakten ganz sicher?« Mit dieser Frage an Lucadamo griff Damien nach einem Strohhalm.

»Ganz sicher. Alle sind überprüft und noch einmal überprüft worden. Und dies erklärt auch viele Dinge. Es wirft ein ganz anderes Licht auf die plötzliche Welle des Ungehorsams verschiedener Bischöfe gegenüber dem Papst. Es liefert uns eine vernünftige Erklärung für die Flut von Zeitungsartikeln und Büchern, die aus allen Ecken zugleich zu kommen scheinen und anscheinend den Rücktritt des Heiligen Vaters als sicher und kurz bevorstehend annehmen. Und es verleiht diesem anonymen Brief ein gefährliches Gewicht, der vor einigen Wochen unter den Kardinälen hier im Haus zirkulierte und davon sprach, über einen Rücktritt des Papstes aus Gründen der Amtsunfähigkeit nachzudenken. Wir müssen nur an den armen Pater Carnesecca denken um zu wissen, wie gefährlich das Gewicht sein kann.«

»Carnesecca!« Slattery erholte sich nicht mehr von den Überraschungen. »Sie glauben also, das steckt hinter diesem ›Unfall‹!«

»Wir können nichts beweisen. Aber ich kann Ihnen mitteilen, dass Pater Carnesecca die Quelle für einige Details dieser Informationen über eine Verschwörung gegen den Papst war. Er hört zufällig Unterhaltungen, liest Memoranden und ist der Adressat für Gemurre und Beschwerden. Sie wissen, wie er ist. Und zweitens weist dieser Zwischenfall in Sizilien überhaupt nicht auf die Mafia hin. Ich bezweifle auch, dass die ihn überhaupt bemerkt hat. Er ist im Feld ein kluger Mann und so gut wie unsichtbar.«

Der Heilige Vater ergriff wieder das Wort. »Aldo Carnesecca ist nicht der Einzige, um den wir uns sorgen, Pater Damien. Ich befürchte, dass unser Problem noch eine weitere Fassette hat. Es könnte sein, dass Pater Christian Gladstone zu Maestroiannis Verschwörung gehört.«

»Nein!« Jetzt war Slattery vollständig und schmerzlich verwirrt. »Ich kenne Pater Chris! Es ist mir egal, welche Beweise vorliegen, Heiligkeit! Ich kann einfach nicht glauben ...«

»Langsam, langsam.« Lucadamo versuchte die Situation zu beruhigen. »Ich glaube nicht eine Minute lang, dass er irgendetwas mit dem Attentat auf Carnesecca zu tun hat. Aber es ist eine Tatsache, dass sein Einsatz für Maestroianni unter den Bischöfen verdächtig nach Beteiligung riecht. Vielleicht ist Gladstone nur ein Strohmann. Vielleicht ist er mehr als das. Wir wissen es nicht und bis wir es wissen, bleibt er verdächtig.

Und weil diese ganze Verschwörung gegen den Papst eine so verwickelte und verschlungene Angelegenheit ist, muss ich auch noch eine andere Sache zur Sprache bringen. Pater Christian scheint ein wenig zu interessiert daran zu sein, die päpstliche Untersuchung über homosexuelle und satanistische Umtriebe unter dem Klerus der Vereinigten Staaten zu übernehmen. Ich muss Sie nicht daran erinnern, Pater Damien, dass Ihre Aufgabe in dieser Untersuchung äußerst gefährlich ist. Es sind schon zwei Priester im Zusammenhang mit satanistischen Kulten ermordet worden. Das heißt zwei, von denen wir wissen.

Nehmen wir an, Gladstone erhält Maestroiannis Zustimmung in die Staaten zu gehen; er hat sich nämlich schon darum beworben. Und nehmen wir an, wir benützen seine Arbeit für den Kardinal als Deckung für unsere Untersuchung. Unschuldig oder nicht, müssen wir uns nicht fragen, wer da wen benutzt? Ich meine, bedenken Sie doch, wem wir gegenüberstehen! Denken Sie daran, was beinahe mit Carnesecca geschehen wäre. Und was dem nun ziemlich toten Pater Sebastian Scalabrini in Centurycity passiert ist. Und denken Sie auch daran, wie sehr Maestroianni Sie liebt! Wenn Pater Christian wirklich zu den Verschwörern gehört, selbst wenn er nur als unwissender Strohmann seine Berichte an Maestroianni abliefert, was glauben Sie, wie lange Sie dann in den Staaten überleben werden?«

Slattery erhob sich schwerfällig aus dem Stuhl und ging zum Fenster. »Das ist verrückt, Giustino, und das ist alles, was es dazu zu sagen gibt!« Slatterys Gewänder umwogten ihn wie eine weiße Wolke, als er sich wieder umwandte. »Es braucht nicht viel und ich glaube alles, was Maestroianni angeht. Aber Christian Gladstone würde ich mein Leben anvertrauen.«

»Würden Sie auch die gesamte Untersuchung in den Staaten darauf setzen, Pater Slattery?«

»Ohne auch nur eine Minute zu zögern!«

Unentschieden also. Die Frage um Christian Gladstone würde vom Papst entschieden werden.

Die Stille, die den Raum erfasst hatte, zehrte an den Nerven. Der Heilige Vater gab sich einige Momente tiefen und privaten Überlegungen hin. Es war für ihn beinahe ein automatischer Reflex, ein Dilemma in einem größeren Zusammenhang zu betrachten. Die päpstliche Untersuchung in den Vereinigten Staaten wurde immer bedeutender. Die Frage, über die entschieden werden musste, war im Wesentlichen dieselbe Frage, die sich dem Papst in seiner Politik der Extreme immer wieder stellte. Es war immer die Frage, wo das größere Risiko lag.

Angenommen, Slattery konnte sich um sich selbst kümmern – dieses Mal war die Auswahl klar. Ein mögliches Durchsickern der amerikanischen Untersuchung würde eine Verzögerung bedeuten, aber das konnte repariert werden. Aber Gladstone kaltzustellen ohne ihm die Chance zu geben sich zu beweisen, das war eine irreparable Ungerechtigkeit.

Zuletzt entschied der Pontifex die Frage Christian Gladstone genauso, wie er die gesamte Politik seiner Amtszeit entschieden hatte: Er würde mit den Karten spielen, die er bekommen hatte.

»Vorgewarnt ist auch gewappnet, oder nicht, Giustino?«, brach der Papst endlich das Schweigen. »Zumindest werden wir diesen Vorteil haben – angenommen Maestroianni stimmt überhaupt zu Pater Gladstone in die Staaten zu entsenden. Ob nun Pater Damiens Einschätzung von Christian Gladstone stimmt oder nicht – und ich muss sagen, dass ich sein Urteil teile –, unser junger Amerikaner wird sehr bald dadurch Farbe bekennen, was er aus der Untersuchung macht.

Wenn Pater Damien und ich mit unserem Urteil Recht behalten, habe ich einen weiteren guten Priester für den Dienst an der Kirche und eine weitere starke Stütze des Heiligen Stuhles gewonnen.

In der Zwischenzeit werde ich die Integrität des Heiligen Stuhles genauso verteidigen wie bisher. Ich werde meine Politik sogar noch verstärken. Ich werde jede Gelegenheit nutzen hinter dem Rücken seiner Eminenz Maestroianni und der anderen zu arbeiten. Ich werde jede Möglichkeit benutzen ihnen den Boden unter den Füßen wegzuziehen.«

In den ersten Monaten des neuen Jahres beschränkten sich die Schwierigkeiten nicht nur auf die Vorhalle des Himmels. Auch Dr. Ralph S. Channing sah sie vor sich, als er an einem ansonsten ruhigen Wintermorgen im Cliffview House eine schmerzlichen Anruf entgegennehmen musste.

»Mein lieber Doktor Channing, unter uns müssen wir den Tatsachen ins Auge sehen.« Die Stimme des »Schlusssteins« war ganz ruhig, nichts deutete auf Zorn hin. Aber die Drohung hinter den scharf betonten Worten und dem herrischen Tonfall war nicht zu überhören.

»Aber Sir!«, versuchte Channing sich zu verteidigen. »Haben Sie meine Berichte nicht gelesen? Alles verläuft nach Plan. Die Interessenverbindung zwischen den europäischen Bischöfen und der Europäischen Gemeinschaft, welche wir geschaffen haben, ist bereits sehr fest. Wir benutzen sie als Keil zwischen den Bischöfen und dem jetzigen Inhaber des Papstamtes. Gynneth Blashfords Zeitungen und Brad Gerstein-Snells Multimedia-Netzwerk haben immer wieder überzeugende Berichte gebracht um den Druck hin zu einem Rücktritt des Papstes zu verstärken. Und Kardinal Maestroianni hat eine geniale Methode entwickelt, durch die es die Bischöfe auf der ganzen Welt dem jetzigen Inhaber des Papstamtes fast unmöglich machen werden zu regieren ...«

»Doktor Channing.« Die leise Stimme gebot Schweigen. »Sie

müssen Ihre Litanei nicht fortsetzen. Ihre Berichte wurden gelesen. Aber Zufriedenheit mit Ihren Fortschritten ist nicht angebracht. Besonders diese geniale Methode, wie Sie es nannten, bereitet uns Sorgen. Diese so genannten Ausschüsse für innere Angelegenheiten, die in den verschiedenen regionalen und nationalen Bischofskonferenzen eingesetzt worden sind, sollten dazu dienen, ein zeitlich abgestimmtes und universelles Ergebnis für den Rücktritt des Papstes zu erzielen. Man nennt es die ›Gemeinsamen Gedanken der Bischöfe‹, glaube ich.«

»Ja, Sir«, bestätigte Channing.

»Danke.« Keine Spur von Dankbarkeit war zu hören. »Ich möchte Ihre Aufmerksamkeit auf zwei Worte richten, welche ich gerade benutzt habe: zeitlich abgestimmt und universell. Diese beiden Worte sind der Schlüssel zu unserer Besorgnis. Im Augenblick sind wir mit den Fortschritten in Europa zufrieden. Wir haben allen Grund, Ihnen zuzustimmen, dass die Komitees zunehmend wirksam werden.

Aber die europäischen Komitees können uns die ›Gemeinsamen Gedanken der Bischöfe‹ nicht in der geforderten Weise liefern, wenn die Vereinigten Staaten dabei nicht vorangehen. Die finanzielle und politische Macht in den Händen der amerikanischen Bischöfe und die Tatsache, dass sie für eine Bevölkerung von sechzig Millionen Katholiken sprechen, werden ein entscheidender Faktor sein. Daher ist unsere Frage eindeutig. Was bremst die Dinge in Ihrem eigenen Hinterhof?«

Normalerweise behandelte Ralph Channing Fragen ganz überlegen. Aber in diesem Fall hatte er keine Antwort parat. Er wischte sich den Schweiß von der Stirn und musste eingestehen, dass es gewisse Hindernisse für den Fortschritt der amerikanischen Ausschüsse gab, aber er hatte keine Erklärung zur Hand.

»Wir wünschen keine Erklärungen. Lassen Sie es mich Ihnen verdeutlichen. Die Zeit der Ernte, der Zeitpunkt für die Heraufkunft des Fürsten beruht auf einem die ganze Welt betreffenden Zeitplan, auf Entwicklungen in den finanziellen und wirtschaftlichen Strukturen der Staatengemeinschaft. Im Großen und Ganzen laufen diese Entwicklungen gut für uns. Die nachsowjetischen Zustände in den osteuropäischen Staaten und den verschiedenen Republiken der aufgelösten UDSSR, die Vorstöße der Politik von EG und KSZE, die Bildung eines ostasiatischen Paktes, eine ähnlich Entwicklung im Mittleren Osten – all das und mehr schreitet, von unserem Standpunkt aus gesehen, gut voran.

Aber wir dürfen uns von Teilsiegen nicht blenden lassen. Die einzige echte und fassbare Bedrohung der neuen Ordnung ist die andauernde Existenz des päpstliches Amtes als Zitadelle des Feindes. Wir haben Ihren Plan zur Sicherung dieses Ziels akzeptiert. Die Verzögerungen dieses Plans in Amerika akzeptieren wir nicht.

Wir erwarten, dass das Problem gelöst wird.«

Weil Panik ansteckend ist, hatte Channing sie wie einen Virus in ein paar Tagen in London und in Rom verbreitet.

Zuerst flog er nach England, wo er sich mit Nicholas Clatterbuck in dessen Büro zurückzog. Anschließend stürmten Channing und Clatterbuck in Benthoeks Büro im Penthouse und schlossen sich mit ihm dort ein.

Sie erwähnten nichts von der Heraufkunft des Fürsten, dem bindenden Zeitplan oder gar der Zitadelle des Feindes. Andere Begriffe standen ihnen dafür zur Verfügung. Begriffe wie der beschleunigte Gang der Geschichte, das Diktat der Intelligenz im Universum und die Notwendigkeit den Glauben an die Bestimmung im Kosmos aufrechtzuerhalten sowie ihre gemeinsame Loyalität als Diener – als Meisterkonstrukteure – des Prozesses.

Channing und Benthoek flogen nach Rom und überfielen den großen Apostel des Prozesses, Kardinal Cosimo Maestroianni, im Arbeitszimmer seiner Penthouse-Wohnung. Alles ging gut in Europa und anderswo, gurrten sie. Was konnte dann schuld sein an der seltsamen Situation in den Staaten? Warum funktionierte der Mechanismus der Ausschüsse in dieser Region so schlecht? »Lassen sich Ihre Leute absichtlich Zeit?«, fragte Channing scharf. »Oder gibt es irgendein Problem, das der Aufmerksamkeit Seiner Eminenz möglicherweise entgangen sein könnte?«

Der kleine Kardinal hastete in seine Amtsräume und befahl Seine Eminenz Silvio Aureatini zu sich. »Wir sind in echten Schwierigkeiten. Sie sollten doch die Ausschüsse in den Staaten überwachen. Muss ich mich denn um alles selbst kümmern?«

Und logischerweise verteidigte sich Seine Eminenz Aureatini, indem er die Schuld jemand anderem zuschob. »Die Ausschüsse für innere Angelegenheiten der Nationalen katholischen Bischofsynode in Amerika stehen unter der Aufsicht unseres verehrten Amtsbruders in Centurycity«, erinnerte er Maestroianni.

»Und?«

»Der Kardinal von Centurycity befand sich in letzter Zeit nicht bei guter Gesundheit, Eure Eminenz.« Aureatini versuchte Mitgefühl zu demonstrieren, während er den Yankee-Kardinal ans Messer lieferte. »Und er war auch – äh – abgelenkt. Er hat mit mehreren Zivilprozessen gegen einige seiner Priester zu kämpfen. Sie werden des Missbrauchs Minderjähriger beschuldigt. Wenn man bedenkt, dass in den letzten elf Jahren fast eine Milliarde Dollar für außergerichtliche Vergleiche bezahlt worden ist, und wenn man die Fülle von Anklagen in Centurycity in Betracht zieht, muss ich mich fragen, ob der Kardinal nicht selbst langsam zum Problem wird.«

Schweigend starrte Maestroianni den jüngeren Kardinal an, während er seine Prioritäten festlegte. Wenn seine Eminenz von Centurycity so starken Ablenkungen ausgesetzt war, bot das durchaus eine Erklärung für den mangelnden Fortschritt der Ausschüsse in seinem Gebiet. Aber ohne den Kardinal als Anführer würde wahrscheinlich gar nichts zeitgerecht geschehen. In dieser Hinsicht war der Kardinal von Centurycity unentbehrlich. Wer sonst konnte all die kirchlichen und bischöflichen Wandschränke öffnen, in denen noch Leichen verborgen waren? Wer außer ihm kannte sich aus, welche Angebote man wem machen musste um sich einer Mitarbeit zu versichern?

»Wenn ich einen Vorschlag machen dürfte, Euer Eminenz.« Silvio Aureatini verstand das Problem. »Beim Vorgehen mit den europäischen Bischöfen sind wir ausgezeichnet damit gefahren, unseren persönlichen Gesandten zu schicken um sich ihrer Sorgen und Nöte anzunehmen und ihnen bei der Lösung ihrer Probleme zu helfen. Könnten wir nicht als letzte Möglichkeit, natürlich nur bis Seine Eminenz von Centurycity seine rechtlichen Probleme gelöst hat, dieselbe Methode anwenden? Wir haben den perfekten Kandidaten für diese Aufgabe.«

»Und wer sollte das sein?«

»Pater Christian Gladstone. Euer Eminenz werden sich an Pater Gladstones Interesse erinnern seine Tätigkeit für uns auf die Vereinigten Staaten auszudehnen. Er hat sich als fähiger Arbeiter erwiesen. Als einfacher Priester ist er keine Bedrohung für seine bischöflichen Ansprechpartner. Gleichzeitig hat er es aber gelernt, wie ein echter Römer die Aura des Vatikans bei Unterhandlungen mit rangmäßig über ihm stehenden Personen einzusetzen. Und weil er selbst *Anglosassone* ist, sollte er keine Schwierigkeiten haben die Meinung der amerikanischen Bischöfe zur kirchlichen Einheit zu erkunden.

Wenn Gladstone als persönlicher Abgesandter Euer Eminenz reist, wenn er den Namen Euer Eminenz diskret erwähnt um Ihr Interesse und Ihre Besorgnis anzudeuten, bin ich sicher, dass wir ihr kirchliches Wohlergehen in einer Weise verbessern können, die sehr überzeugend wirken würde. Ich bezweifle, dass es in Amerika viele Bischöfe gibt, die die besonderen Möglichkeiten, welche die Vatikanbank bietet, ablehnen würden. Sie wären sicher auch nicht undankbar, wenn komplizierte Fälle des kanonischen Rechts gelöst würden. Oder vielleicht eine Berufung nach Rom in Aussicht gestellt würde. Es gibt unendlich viele Beispiele, Eminenz.«

»Unendlich viele, tatsächlich.« Endlich konnte Maestroianni wieder lächeln. »Sagen Sie mir, wo hält sich unser talentierter junger Pater Gladstone gerade auf?«

Kardinal Maestroianni streckte seine Hand aus um Christian Gladstones bei dem üblichen Ritual des Ringküssens entgegenzukommen. Es war ein kleiner Preis um so einen viel versprechenden jungen Protegé glücklich zu machen. »Wie freundlich von Ihnen Ihre Reise so kurzfristig zu unterbrechen, Pater.«

Christian berührte den bischöflichen Ring kurz mit den Lippen und ließ sich dann auf seinem üblichen Stuhl neben Maestroiannis Schreibtisch nieder. »Kein Problem, Eminenz. Ihr Sekretär erweckte den Eindruck, es sei dringend.«

Der Kardinal schien amüsiert. »Monsignore Manuguerra ist ein wenig leicht erregbar, fürchte ich. Der Gesundheitszustand Ihrer Schwester hat sich nicht gebessert, nehme ich an?«

»Leider nein, Eminenz.« Dieser Teil von Gladstones Begründung für seinen Wunsch nach Amerika entsandt zu werden war kein Trick. Die Nachrichten aus Windswept House besagten, dass Tricia ständig unter Schmerzen litt, und Chris wollte einige Zeit mit ihr verbringen, falls es ihm möglich war.

Seine Eminenz schnalzte bedauernd mit der Zunge. Ein paar nett gewählte Worte drückten seine Wertschätzung aus, dass Pater Gladstone den Vorschlag gemacht hatte, seine Arbeit für die Kirche mit einem kleinen Besuch bei seiner Familie zu verbinden. »Natürlich«, kehrte der Kardinal binnen Sekunden zu seinem Hauptanliegen zurück, »ist der Zeitplan von größter Bedeutung. Ich fürchte, wir haben die Bedürfnisse unserer Bischöfe in Amerika vernachlässigt. Aber wir dürfen auch Ihren jetzigen Reiseplan durch die europäischen Diözesen nicht umstoßen. Die Reiseroute, welche wir für Sie in Europa geplant haben, muss absolviert werden, bevor Sie in Ihr Heimatland fliegen können. Außerdem werden wir noch ein wenig Zeit brauchen um eine Liste jener Bischöfe zu erstellen, die Sie für uns aufsuchen sollen.«

»Natürlich.« Maestroianni hatte Chris genau jene Möglichkeit geboten, die er brauchte um seinen Zeitplan auf Damien Slatterys Abreise aus dem Angelicum abzustimmen, und er ergriff sie. »Ich erwarte, dass ich den größten Teil des Februars unterwegs sein werde, Eminenz. Dann brauche ich noch ein wenig Zeit um meine Berichte abzufassen und mich auf unsere üblichen Besprechungen vorzubereiten. Ich glaube, Anfang März wäre realistisch.«

Maestroianni nickte zustimmend. Dieser Gladstone war so ein kluger Kopf. Wenn man alles in Betracht zog, war er hervorragendes Material. Ein äußerst geeigneter Kandidat für den Prozess. Aber darüber zu sprechen war noch zu früh. Doch ein paar interessante Anspielungen mochten sicher angebracht sein. »Sagen Sie mir, Pater«, fragte Maestroianni in vertraulichem Ton, »haben Sie schon bedacht, wie wichtig Ihr Anteil an unserer Arbeit im Hinblick auf die glücklichen Erfolge des Zweiten Vatikanums ist?«

Chris hatte keine Lust das Minenfeld zu betreten, in das man ihn gerade eingeladen hatte, und sah den Kardinal daher mit verständnislosem Blick an.

»Vielleicht sind Sie noch zu jung um diese Sache in ihrer ganzen Tragweite zu überblicken, aber in meinem Alter habe ich erkannt, dass das Konzil uns einen ganz neuen Kirchenbegriff gegeben hat. Einen Neuanfang. Eine neue konstitutionelle Struktur der Kirche. Eine Kirche, in der die Macht Christi als Haupt dieser Kirche von allen Bischöfen richtig und harmonisch ausgeübt wird, der verehrungswürdige Bischof von Rom eingeschlossen. Und Sie, Pater Gladstone, sogar Sie, durch ihre Arbeit für dieses Amt, helfen dabei, diese neue Struktur herbeizuführen.

Wir haben es beide jetzt ein wenig eilig. Ich denke jedoch, dass der Augenblick kommen wird, wo wir diese Dinge in gebührender Ausführlichkeit besprechen können. Inzwischen denken Sie sorgfältig über meine Worte nach. Denken Sie über die Arbeit nach, die Sie für dieses Amt in Europa getan haben und die Sie für uns in Amerika tun werden. Denken Sie über dieses eine Wort, Einheit, nach. Über die Vorzüge, die diese Einheit unseren Bischöfen und dem Bischof von Rom – unserem Heiligen Vater – bringen wird, während sie zusammen die Kirche in ein neues Jahrtausend führen.«

Auf seinem Weg durch die Gänge des Papstpalastes zog Chris Bilanz. Er musste sich eingestehen, dass es ihm in all den Monaten der Arbeit für den Kardinal nicht gelungen war, den dichten Schleier der *romanità* zu durchdringen, der die Gedanken dieses undurchsichtigen Administrators im Vatikan verbarg. Aber wenn er die Zeichen heute richtig gedeutet hatte, war er auf dem besten Weg jene Puzzleteile zu finden, die ihn schon so lange beunruhigten und über die er so oft mit Aldo Carnesecca gesprochen hatte. Er fand, dass er seine Sache gut gemacht hatte. Er hatte es erreicht, die Arbeit für den Kardinal als Tarnung für seine Bemühungen im Sinne des Heiligen Stuhles in Amerika benutzen zu können. Er hatte es sogar geschafft, seine Abreise auf Anfang März festzulegen. Der Rest sollte leicht sein. Wenn er in der Lage war sogar mit jemandem wie Kardinal Cosimo Maestroianni fertig zu werden, sollte es ihm auch leicht fallen, seinen Teil an der päpstlichen Untersuchung jener kirchlichen Skandale durchzuführen, die in Amerika wie Misthaufen zum Himmel stanken.

Jetzt war sein einziges Problem Giustino Lucadamo zu finden und ihm seinen Plan zu erklären.

XXXIV

Während der Papst sein neuestes Spiel damit begann, seine ohnehin umstrittene Politik noch zu forcieren, bereitete Giustino Lucadamo Damien Slattery und Christian Gladstone auf die päpstliche Untersuchung von satanistischen und homosexuellen Vorfällen innerhalb des amerikanischen Klerus vor.

Lucadamo zweifelte noch immer an Christians Loyalität. Für den Augenblick war er aber damit zufrieden, dass Pater Christian die Grundlagen seiner Mission so gut vorbereitet hatte. Indem er die amerikanischen Bischöfe in seine Arbeit für Maestroianni einbezog, kam er in offiziellem Auftrag in die Staaten. Die Reisen, die dazu notwendig waren, boten ihm die perfekte Tarnung für eine groß angelegte Untersuchung der homosexuellen Aktivitäten innerhalb des Klerus und der Laien. Und seine familiären Sorgen rechtfertigten seinen Aufenthalt auf Windswept House als seiner Ausgangsbasis.

Im Falle Slatterys verliefen die Dinge genauso gut und beinahe von selbst. Als der Tag der Versammlung des Generalkapitels des Dominikanerordens kam, wurde offensichtlich, dass ein anderer irischer Bruder, ein gewisser Donal McGinty, Slattery als General des Ordens nachfolgen sollte. McGinty, ein erstaunlich freizügiger Mann, dessen einziges Interesse das Golf spielen war, schien äußerst zufrieden damit, seinen Mitbruder in die weit entfernte Priorei des Ordens in Centurycity zu schicken.

Damien freute sich nicht annähernd so sehr wie McGinty nach Centurycity zu übersiedeln. Gerüchte besagten, dass das Haus der Heiligen Engel, wie das Kloster genannt wurde, zum Zufluchtsort für einige homosexuelle Mitglieder des Ordens geworden sei. Und da gab es noch die Sache mit Pater George Haneberry, dem Mann, der in Centurycity Damiens Vorgesetzter sein würde.

»Er hasst meinen bloßen Anblick, Giustino.« Slattery sprach ganz offen mit dem Sicherheitschef. »Seit ich damals mit ihm Streit hatte wegen eines skandalösen Artikels, den er veröffentlicht hat – ›Homosexualität und Menschlichkeit‹ hat er ihn genannt, es war ein ganz offensichtliches Eintreten für die Rechte der Homosexuellen. Er wird alles tun um mir zu schaden. Wenn er die Chance bekommt, nimmt er mich in die Zange.«

Lucadamo zeigte sich mitfühlend, aber unnachgiebig. »Er wird diese Chance nicht bekommen, Pater. Sie sind im offiziellen Auftrag des Heiligen Vaters in den Staaten. Soviel Haneberry weiß, haben Sie die Aufgabe, Lesungen für Gruppen der Aktion Leben sowie für Priester und religiöse Laien Exerzitien abzuhalten. Diese Arbeit werden Sie auch wirklich tun. Dadurch haben Sie genauso viele Gelegenheiten im Land herumzureisen wie Pater Christian. Und die Tatsache, dass Sie als offizieller Vertreter des Pontifex arbeiten, sollte Mahnung genug für Haneberry sein – für jeden mit ein bisschen Hirn im Kopf – die Finger von Ihnen zu lassen.«

Da nun die notwendigen Voraussetzungen für die beiden angehenden Priester-Spione geschaffen waren, bestand Lucadamo darauf, in kürzester Zeit einige Instruktionssitzungen einzuberufen. »Seine Heiligkeit braucht mehr als nur eine Liste von Namen und Orten«, begann er seine Erklärungen über den Auftrag des Papstes. »Er glaubt, dass satanistische Praktiken unter dem amerikanischen Klerus zu einer Art Modeerscheinung geworden sind. Wir brauchen ein möglichst vollständiges Bild. Und das Gleiche gilt auch für die Homosexualität. Wir müssen wissen, bis zu welchem Ausmaß Homosexualität zu einer Art Lebenstil geworden ist oder vom Klerus zumindest akzeptiert und toleriert wird. Anders gefragt: Gibt es dort drüben so etwas wie ein homosexuelles Netzwerk unter dem Klerus?«

Weil sich beide Priester auf fremdes Gebiet vorwagen mussten und weil sie blutige Anfänger auf dem Gebiet verdeckter Operationen waren, drillte sie der Sicherheitschef noch härter als gewöhnlich in den Sicherheitsmaßnahmen, die sie unbedingt beachten mussten. »Vergessen Sie niemals«, sagte er ihnen wieder und wieder, »dass Homosexualität und Satanismus so etwas wie Sprengstoff in menschlichen Beziehungen sind. Das heißt, Sie beide werden es mit der Leichtfertigkeit von Lügnern und der Unvernunft blinder Leidenschaft zu tun bekommen.

Sie werden mit Informanten zusammentreffen. Am Anfang mit solchen, die wir kennen, die wir überprüfen konnten. Aber das ist nur der Anfang. Wenn Sie neue Informanten rekrutieren müssen, geben Sie sich nur mit Einzelpersonen ab. Es muss immer ein Schritt nach dem anderen ablaufen. Immer von einer Person zur nächsten. Niemals aus Gruppen rekrutieren – und zwei sind auch schon eine Gruppe.

Falls Sie der falschen Person vertraut haben, müssen Sie schon vorher jede nur erdenkliche Sicherheitsmaßnahme getroffen haben um den Schaden zu begrenzen. Ihr Ruf kann zerstört werden. Ihr Einsatz bei dieser Mission – und Ihre gesamte Karriere – könnte kompromittiert werden. Wann immer es möglich ist, treffen Sie sich mit zweifelhaften Personen in der Öffentlichkeit. Wohin immer Sie auch gehen, versuchen Sie unauffällig auffallend zu sein. Wenn Sie zum Beispiel mit dem Taxi fahren, fragen Sie den Fahrer nach seiner Gesundheit, seiner Familie, der Uhrzeit oder nach dem Wetter. Alles, was ihn dazu bringt, sich im Fall der Fälle an Sie zu erinnern. Geben Sie in Restaurants zu viel Trinkgeld. Oder gar keines. Oder werfen Sie ein Glas Wasser um. Beklagen Sie sich über die Bedienung oder machen Sie übertriebene Komplimente. Es geht darum, dass man sich an Sie erinnert, darum, nachweisen zu können, wo Sie waren, wenn falsche Beschuldigungen gegen Sie erhoben werden.

Sorgen Sie für sichere Telefonleitungen. Pater Chris dürfte das auf Windswept House nicht schwer fallen, aber Sie könnten ein

Problem haben, Pater Damien, so wie Sie die Situation in der Priorei von Centurycity beschreiben. Wenn es möglich ist, lassen Sie den anderen immer vorher wissen, wo Sie hingehen werden, wann Sie abreisen und wann Sie zurückkommen – falls Sie einmal nicht zurückkommen. Und lassen Sie sich einen einfachen Code einfallen, damit Sie keine Namen von Personen und Orten verwenden müssen.

Im Zusammenhang mit dieser päpstliche Untersuchung dürfen Sie sich an keinen der kirchlichen Amtsträger um Hilfe wenden, auch nicht sich mit ihnen beraten. Ganz egal, was Sie herausfinden, konfrontieren Sie sie nicht damit und lassen Sie auf jeden Fall ihre offiziellen Befugnisse unangetastet. Machen Sie sich niemanden von ihnen zum Feind. Begeben Sie sich nicht in ihre Amtsbereiche. Die haben das kanonische Recht auf ihrer Seite, denken Sie daran. Und wenn man den Grund für diese Mission in Betracht zieht, denken Sie immer – immer! – daran, dass jeder kirchliche Amtsträger von zwei Albträumen geplagt wird: von finanziellen Schwierigkeiten und öffentlichen Skandalen. Davor haben sie mehr Angst als vor dem Urteil des Himmels oder den Qualen der Hölle.«

Als Gladstone und Damien so gut wie nur möglich vorbereitet waren, gab Lucadamo ihnen Dokumente, die sie auswendig lernen und dann vernichten sollten. Dann gab er ihnen auch noch ihren jeweils ersten Kontaktmann bekannt.

Slattery würde in Centurycity bei dem Polizeiinspektor im Ruhestand Sylvester Wodgila beginnen, jenem Mann, der den Mordfall Scalabrini übernommen und die geplante offizielle Untersuchung hatte durchführen wollen. Unter Slatterys Unterlagen befand sich ein Schreiben, das er nicht vernichten würde. Durch die Hilfe des Papstes hatte ein gewisser Pater Danitski, ein Mönch im Kloster von Tschenstochau und Cousin Wodgilas, einen kurzen Empfehlungsbrief an den vorzeitig in den Ruhestand getretenen Inspektor verfasst. Der Brief ließ Slattery hell auflachen. »Leiste dem Überbringer dieses Briefes jede Hilfe, die dir möglich ist«, hatte Pater Danitski geschrieben, »denn er möchte die Sehenswürdigkeiten deines berühmten Centurycity besuchen.«

Christian Gladstones Anfangspunkt war schwieriger und gar nicht zum Lachen. Pater Michael O'Reilly war vor kurzem in der Erzdiözese von New Orleans von niemand anderem als Chris' früherem Vorgesetzten, Kardinal John Jay O'Cleary, zum Priester geweiht worden. Aber am Ende seines ersten Jahres als Hilfsgeistlicher hatte er festgestellt, dass drei Studenten des Seminars der Erzdiözese im vierten Jahrgang Homosexuelle waren. Mutig hatte er Jay Jay O'Cleary darüber informiert. Und noch mutiger hatte er Seiner Eminenz gesagt, dass die drei Männer aus dem Seminar geworfen werden sollten.

Nach einer kurzen Untersuchung, in der die drei Seminaristen die Wahrheit der Vorwürfe bestätigt hatten, hatte Jay Jay ihrer Weihe als Priester seiner Diözese zugestimmt.

Für O'Reilly war die Angelegenheit zu einem Desaster ausgeartet. Er wurde aus seiner Pfarre abberufen, einer sechsmonatigen Probezeit unterworfen und man befahl ihm, sich einer psychosexuellen Untersuchung zu stellen. Als er das verweigerte, wurde er ins Seminar gesteckt, wo er untätig herumsaß und keinen neuen Posten in der Diözese erhielt. O'Reilly hatte sich entschieden den Fall der vatikanischen Kongregation für den Klerus vorzutragen. Er wollte einen detaillierten Bericht schreiben und ihn über die diplomatische Post des Apostolischen Gesandten in Washington D.C. nach Rom schicken.

Er machte den Fehler sich genau an die Regeln des Seminars zu halten: Er gab den Brief im Büro des Rektors ab, wie es für Botschaften nach Washington üblich war. Wenig überraschend fand der Brief sehr schnell seinen Weg in die Kanzlei der Erzdiözese und dort wurde er von dem rothaarigen Untersekretär des Kardinals, Pater Eddie McPherson, der sich um die Post aus dem Seminar kümmern musste, die der Aufmerksamkeit des Kardinals zugänglich gemacht werden sollte, abgefangen. Jay Jay selbst hatte in dem Brief O'Reillys Namen, Orte und Daten gefunden und O'Reillys Beschwerde gelesen, dass Kardinal O'Cleary in voller Absicht drei nachgewiesen homosexuelle Männer zu Priestern geweiht und damit die ohnehin schon große Anzahl homosexueller Priester vergrößert hatte.

O'Reilly war zum Kardinal zitiert worden, ihm wurde gesagt,

er sei ein sehr kranker junger Mann, und man befahl ihm nochmals sich einer psychischen Untersuchung im Raphael Institute in New Orleans zu unterziehen. Als O'Reilly sich weigerte, hatte Jay Jay ihn »ungehorsam und psychisch unzuverlässig genannt« und ihm gesagt, dass man ihm die priesterliche Befugnis entziehen und ihn aus der Diözese entfernen würde. In seinem hilflosen Zorn hatte O'Reilly den Kardinal verflucht, Pater McPherson mit einem linken Haken zu Boden geschickt und war aus der Kanzlei hinausgestürmt.

Nach diesem Eklat war er für ein paar Monate von der Bildfläche verschwunden. Schließlich tauchte er auf der lange aufgegebenen Western Bordeaux Plantage in Louisiana wieder auf, wo er, unterstützt durch einen monatlichen Geldbetrag von seiner Familie, das Leben eines Einsiedlers führte.

»Was halten Sie davon, Pater Christian? Kommt Ihnen als altem Protegé von Kardinal O'Cleary das glaubhaft vor? Und glauben Sie, O'Reilly ist zuverlässig genug als erste Spur für Ihre Ermittlungen zu dienen?«

Chris dachte zuerst an die angebliche Rolle Pater McPhersons bei der schmählichen Behandlung O'Reillys. »Das ist sicherlich glaubwürdig«, sagte er. »McPherson wacht eifersüchtig genug über seine Stellung um jeden Skandal zu unterdrücken, der die Kanzlei in ein schlechtes Licht rücken würde. Und er ist immer darauf bedacht, Seiner Eminenz gefällig zu sein. Dank seiner Pflichten dem Kardinal gegenüber verschaffte ihm O'Reillys Brief eine gute Gelegenheit.«

Was Jay Jay O'Clearys Rolle betraf, bestätigte der Bericht die Meinung Gladstones über den Charakter des Kardinals. Seine Eminenz war als ein Mann bekannt, der von allen geliebt werden wollte. In diesem Fall war ihm die Liebe dreier dankbarer Seminaristen, die ihre Priesterweihe erlangt hatten, sicher. Und die jedes Mitglieds der Fakultät, welches entweder selbst aktiv homosexuell war oder einfach nur Schwierigkeiten nicht mochte.

»Und was ist mit O'Reilly?«, wiederholte Lucadamo seine Frage. »Nachdem, was er durchgemacht hat, ist er da noch ein verlässlicher Ausgangspunkt für die Untersuchung?«

Gladstone lächelte traurig. »Ich denke, das hängt davon ab, ob er noch irgendwelches objektives Beweismaterial besitzt vergleichbar dem, das er Kardinal O'Cleary vorgelegt hat.«

»Vielleicht.« Damien hatte Einwände. »Aber wenn ich so von meinen Vorgesetzten behandelt worden wäre wie dieser junge Mann, würde ich auf jeden römisch-katholischen Kirchenmann im Umkreis einer Meile schießen. Die erste Frage ist, ob Sie überhaupt an ihn herankommen können.«

»Ich denke, das schaffe ich.« Jetzt lächelte Chris beinahe schelmisch. »Zufällig gehört die Plantage, auf die O'Reilly sich verkrochen hat, der Bank of Southern Credit in New Orleans. Und zufällig sind ein paar der Gladstone-Millionen, mit denen Sie mich immer aufziehen, an dieser Bank beteiligt. Und zufällig ist Thomas Barr Rollins, der Vorsitzende dieser Bank, ein regelmäßiger Gast auf Windswept House.«

»Und«, fügte Slattery noch grinsend hinzu, »dieser Rollins hat Sie zufällig auf seinen Knien geschaukelt, als Sie noch kurze Hosen getragen haben, also wird er alles tun, was Sie wollen, keine Frage.«

»Ich habe nie kurze Hosen getragen!«, lachte Gladstone. »Aber Sie haben schon Recht. Vor nicht allzu langer Zeit habe ich einen seiner Enkel getauft.«

Nachdem die Frage O'Reilly geklärt war, ging Lucadamo daran, das zu erklären, was er seine »SOS-Maßnahmen« nannte. Er grinste wölfisch. »Meine Herren, es geht nicht darum, dass Sie sich selbst aus Schwierigkeiten befreien sollen. Es geht vor allem darum, gar nicht erst in Schwierigkeiten zu kommen. Aber für den Fall, dass dieses explosive Gemisch aus Homosexualität und Satanismus in Ihren Händen explodiert und Sie wirklich in Schwierigkeiten sind, versuchen Sie keinen Alleingang.« Der Sicherheitschef gab ihnen ein letztes Blatt Papier. »Merken Sie sich diesen Namen, die Adresse und die Telefonnummern. Dann vernichten Sie den Zettel mit allen anderen zusammen.«

»Len Connel«, las Slattery laut vor. »Einer Ihrer Freunde, Giustino?«

»Ein Freund, ein Kollege und ein hundertprozentiger Katholik!«, betonte Lucadamo heftig. »Aber das Wichtigste für Sie ist, dass er zum FBI gehört. Er weiß, wie man Anfänger wie Sie aus dem Kochtopf holt.«

Der letzte Punkt, der besprochen wurde, galt der Kommunikation mit dem Heiligen Vater. Slattery und Gladstone würden gegen Ende des Frühlings nach Rom zurückkehren um dem Pontifex selbst von ihren ersten Ergebnissen zu berichten, bevor Seine Heiligkeit in die päpstliche Residenz in Castel Gandolfo übersiedelte. Gab es verzögernde Umstände, sollten sie am Ende des Sommers einen endgültigen Bericht abliefern. Mussten sie vorher mit ihm in Kontakt treten, würde die Verbindung über Pater Aldo Carnesecca laufen.

»Er wird eine Weile nach Barcelona gehen«, sagte Lucadamo zu ihnen. »Aus der Schusslinie, könnte man sagen. Wenn es so weit ist, haben Sie sichere tote Briefkästen zur Verfügung.«

Als Carneseccas Name fiel, wurde Chris' Gesicht plötzlich ernst. »Jetzt, nach dieser Besprechungen mit Ihnen, Giustino, jetzt, da ich eine Ahnung davon bekommen habe, welches Leben Carnesecca in all den Jahren seines Dienstes beim Heiligen Stuhl gelebt hat, jetzt erst verstehe ich langsam, was für ein Mann er wirklich ist.«

Diese Bemerkung verbuchte Lucadamo auf der Habenseite seiner Einschätzung Gladstones. Er konnte nur hoffen, dass dieser unschuldig aussehende Amerikaner sich wenigstens zur Hälfte als ein Mann erwies, wie Pater Aldo einer war.

XXXV

Beim ersten Tageslicht öffnete Cessi Gladstone die Augen, blickte sich verwirrt um und erinnerte sich nach einigen Sekunden daran, wo sie war. Im Hotel Excelsior in der Via Veneto in Rom.

Der Handel, den sie bei ihrem Blitzbesuch in der Vatikanbank mit Kardinal Amedeo Sanstefano abgeschlossen hatte, zahlte sich jetzt aus. Die Unterstützung der Gladstones im letzten Herbst war nun ihre Eintrittskarte für eine Privataudienz beim Papst. Wie Sanstefano gesagt hatte, hatte es lange gedauert, diese Audienz zu arrangieren – vom vorigen Herbst bis zu diesem

Frühling. Aber ein Vorteil dieser Verzögerung war, dass Cessi in Sanstefano einen neuen Freund gefunden hatte. Er war zu einem unschätzbar wertvollen Verbündeten in ihrer Mission beim Papst geworden.

Um genau 15 Uhr 30 trat Cessi elegant gekleidet und frisiert aus dem Fahrstuhl in die Lobby des Excelsior. Während sich alle Augen nach ihr umwandten, spazierte die anmutige Frau zum Eingang, wo eine Limousine mit den unverwechselbaren Kennzeichen des Vatikans auf sie wartete.

Während der Fahrt zum Papstpalast tauschte Cessi mit dem freundlichen jungen Fahrer belanglose Floskeln aus, aber ihre Gedanken waren ganz woanders. Bei den Verkehrstaus, die ihre Fahrt behinderten. Bei dem Treffen mit dem Papst. Bei ihren Sorgen um Tricia. Bei ihren Fragen über Chris und wohin ihn seine Karriere als römischer Priester führen würde. Bei den Hinweisen und Ratschlägen, die Kardinal Sanstefano ihr erteilt hatte.

Endlich fuhr das Auto über die Viktor-Emmanuel-Brücke.

Beim vertrauten Anblick der Engelsburg, überragt von der berühmten Statue des Erzengels Michael mit dem Schwert in der einen Hand, sprach Cessi ein stummes und ebenso vertrautes Gebet um den Erzengel um seine Hilfe und seinen fürsorglichen Schutz zu bitten. Anscheinend hörte Michael ihr zu, denn der Verkehr in der Via della Conciliazione bewegte sich so flüssig, dass ihr Fahrer pünktlich um 15 Uhr 45 den Petersplatz erreichte und schließlich im Damasushof anhielt.

In Rom pünktlich zu sein, dachte sie und lächelte den Chauffeur dankbar an, war an sich schon ein kleines Wunder.

Der Kämmerer wartete auf sie auf dem Gehsteig und half ihr aus der Limousine. Sie gingen durch die Türen des Sekretariats. Hinein in den alten, knarrenden Aufzug. Hinauf in die zweite Etage und in einen großzügigen Empfangsraum mit Aussicht auf den Platz, wo ihr Begleiter sie mit einer Verbeugung und einem angedeuteten Lächeln verließ. Schnell, aber gründlich blickte Cessi sich um. Sie strich mit der Hand über das dunkle Holz des Konferenztisches, betrachtete die Gruppe von Lehnsesseln nahe am Fenster und bewunderte die fein gearbeiteten Gesimse über ihrem Kopf.

Die Türe öffnete sich. Begleitet von Kardinal Sanstefano und einem weiteren Mann, einem Monsignore, betrat Seine Heiligkeit den Raum.

Cessi staunte über das Gefühl fröhlicher Gelassenheit, welches sie erfüllte, als Seine Eminenz die formelle Vorstellung übernahm. Sie kniete nieder um den Ring des Fischers zu küssen und gestattete dem Heiligen Vater dann ihre Hand in seine beiden Hände zu nehmen und sie aufzurichten.

»Signora Gladstone.« Die blauen Augen des Pontifex blickten sie offen an. »Ich freue mich, dass ich die Gelegenheit habe mit einer so treuen Tochter der Kirche und der Mutter eines so guten Priesters wie Pater Christian zu sprechen.«

Die Wärme dieser Begrüßung des Papstes umgab Cessi wie ein Mantel, als Kardinal Sanstefano sie geschickt und unauffällig zu dem Konferenztisch führte. Sie wartete, bis der Papst Platz genommen hatte, und setzte sich dann in den Sessel, den der Mann, der als Monsignore Sadowski vorgestellt worden war, für sie bereithielt. Es folgten ein paar Minuten freundlicher Unterhaltung. Sanstefano erinnerte an die Großzügigkeit der guten Signora gegenüber der Vatikanbank, der Heilige Vater sagte ein paar Worte über den selbstlosen Pater Angelo Gutmacher, der den Gladstones so nahe stand, und ein paar Sätze über die wertvollen Dienste Pater Christians. Cessi fühlte sich, als würde der Himmel selbst das segnen, was sie vorzuschlagen hatte.

An einem bestimmten Punkt gab Seine Heiligkeit seinem verehrten Gast mit einer leichten Handbewegung zu verstehen, dass nun sie an der Reihe sei. Cessi begann mit einer Formalität, die im Vatikan dieser Tage selten zu hören war. »Christus unser Herr möge Euer Heiligkeit dafür segnen, dass Sie mir dieses Privileg gewähren. Und wenn Euer Heiligkeit es gestatten, möchte ich eine doppelte Bitte vortragen.«

Der Papst nickte zustimmend.

»Ich weiß, dass wir unterschiedliche Sichtweisen haben. Notwendigerweise müssen Euer Heiligkeit die ganze Welt in Betracht ziehen. Notwendigerweise muss ich als Frau, als Mutter und als Privatperson die Dinge auf einer einfacheren Ebene betrachten. Trotzdem glaube ich, dass wir in einem entscheidenden Punkt einer Meinung sind. Jeden Monat tauchen neue Beweise auf, dass der Verfall der äußeren Struktur der Kirche immer schneller voranschreitet. Seit fünfundzwanzig Jahren geht das so, ohne Anzeichen einer Wende.« Fragend hob Cessi ganz leicht eine Augenbraue.

Der Papst nickte ernst.

»Wie Euer Heiligkeit habe ich keine Schwierigkeiten, diesem Verfall des Katholizismus – dieser Dekadenz und dem allmählichen Dahinschwinden – gegenüberzutreten, unter einer Bedingung. Nämlich der, dass wir, die wir jetzt so oft das Volk Gottes genannt werden, Zugang zu den Sakramenten haben. Gültigen Sakramenten, Euer Heiligkeit.« Der Papst versteifte sich, als hätte er Schmerzen, und sah nacheinander Kardinal Sanstefano und Sadowski an. Jeder verstand diese Geste anders und jeder hatte Recht. Sadowski war sicher, dass der Pontifex wieder körperliche Schmerzen hatte. Sanstefano war sicher, dass der Papst diese Wendung in Cessi Gladstones Rede nicht erwartet hatte.

»Unglücklicherweise, Heiliger Vater, nimmt die Versorgung mit gültig geweihten Priestern und daher gültig verabreichten Sakramenten genauso rapide ab, wie die Struktur der Kirche in sich zusammenfällt und zu Staub wird.«

Ganz offensichtlich faszinierte den Pontifex die Selbstsicherheit dieser Signora Gladstone. Sie hielt den Kopf leicht gesenkt und wandte ihren Blick während ihrer Rede nicht einen Augenblick von ihm ab. Sie machte auch außer für stumme Fragen kaum Pausen. Sie schien ihre innere Besorgnis ohne Hast oder Zögern zu äußern, mit einer Andeutung von Leidenschaft, die ihren Worten Kraft verlieh. Weil er selbst aus Stahl war, erkannte der Papst den Stahl in ihr.

»Wie ich gesagt habe, ist meine Betrachtungsweise sicher ganz anders als die Ihre, Heiligkeit. Und daher habe ich einen Vorteil. Denn trotz aller Pilgerfahrten Euer Heiligkeit, müssen Sie sich mit einem Meer von Menschen auseinander setzen und mit gefühllosen Berechnungen und Diagrammen, die wenig über die Unzufriedenheit und die moralische Verwirrung der Menschen aussagen. Mit gesichtslosen, sprachlosen Briefen über Kummer und Verständnislosigkeit. Ich aber muss nur zuhören um die Klagen meiner römisch-katholischen Brüder und Schwestern zu vernehmen. Ich habe das Leid Pater James Horans mitangesehen, eines durch und durch guten, rechtgläubig und päpstlich eingestellten Priesters in meiner eigenen Diözese. Mit fünfundvierzig ist er von unserem Bischof seines Amtes enthoben und verbannt worden. Und warum? Weil er darauf besteht, römisch-katholische Moral in der Ehe zu predigen. Weil er es ablehnt, die vielen verschiedenen Strömungen der modernen Häresie zu akzeptieren, die von der Konzilskirche angenommen und unterstützt wurde. Weil er die Homosexualität anprangert, die in manchen seiner Priesterkollegen an die Oberfläche gekommen ist. Weil er keusch und im Zölibat lebt.

Pater Horan ist in Vergessenheit geraten, ohne Freund in unserer Kanzlei und ohne Fürsprecher oder Verteidiger in der Kanzlei Euer Heiligkeit. Er und andere wie er leiden unter dem Druck der Korruption, während unsere Bischöfe Krokodilstränen vergießen, weil es nicht genügend Priester gibt.

Und ich kenne auch aus eigener Erfahrung die Gefahr für jene, die zur Erstkommunion kommen. Zweien meiner eigenen Patenkinder ist es verboten worden, vor ihrer Erstkommunion zu ihrer ersten Beichte zu gehen. Die Rosenkränze, welche ich ihnen gegeben habe, wurden ihnen als abergläubischer Unsinn weggenommen. Stattdessen gab der Priester jedem Kind einen roten, einen weißen und einen blauen Luftballon in die eine und eine Schnitte gewöhnliches Brot in die andere Hand. Ihnen wurde gesagt: ›Esst mit Jesus!‹ Die ganze Gemeinde klatschte in die Hände und wiederholte: ›Esst mit Jesus.‹

Diese beiden Kinder, Heiliger Vater, haben nicht den Leib und das Blut, die Seele und die Göttlichkeit Unseres Herrn und Erlösers empfangen. Statt in einen Zustand der Gnade wurden sie vielleicht in einen Zustand der Todsünde geführt. Denn wenn sie an diesem Tag irgendetwas angebetet haben, so war es ein einfaches Stück Brot. Und das ist Götzendienst.«

Alle Farbe war aus dem Gesicht des Pontifex gewichen. Er hob seine Hände in einer Geste zwischen Gebet und Protest. »Aber Signora! Sie müssen die beiden Kleinen den Katechismus lehren! Sie müssen sie unterrichten ...«

»Natürlich, Heiliger Vater.« Cessi kannte kein Mitleid. »Aber sie zu unterrichten ist nicht genug. Denn wo sollen sie hingehen, wo soll irgendjemand von uns hingehen um gültige Sakramente zu empfangen? Diese Beispiele sind keine Ausnahmen. Sie sind nicht einmal die Regel, denn es gibt noch viel schlimmere Fälle. Euer Heiligkeit wissen sicher, dass es ganze Landstriche gibt, in denen die Gültigkeit aller Sakramente, beginnend bei der Priesterweihe, stark angezweifelt werden muss, wo der Leib und das Blut Christi nicht länger im Tabernakel sind. Wo das Brot auf dem Altar nur Brot ist und der Wein nur Wein – wenn er nicht durch so etwas wie Grapefruitsaft ersetzt wurde.

Euer Heiligkeit wissen sicher von all diesen Dingen. Aber wenn Sie es nicht wissen, weiß ich nicht, wer die größere Sünde begangen hat: Jene, die die Wahrheit vor Euer Heiligkeit verbergen wollen, oder Euer Heiligkeit selbst, weil Sie sich nicht stärker um die Tatsachen in der Kirche und ihre Preisgabe der Gläubigen gekümmert haben.«

Jetzt hob Cessi keine Augenbraue in stummer Frage. Weder wollte noch erwartete sie eine Antwort auf ihre angedeuteten Fragen. Auch wenn sie das Wort nicht benutzt hatte, so hatte sie doch ihrem Papst Dinge ins Gesicht gesagt, die dem Vorwurf des Amtsmissbrauchs nahe kamen. Es hatte ihr keinen Spaß gemacht, aber sie waren die felsenfeste Grundlage jener zwei Petitionen, die sie dem Heiligen Vater nun vorlegen wollte.

»Meine beiden Bitten an Eurer Heiligkeit werden den bitteren Kummer nicht lösen können, in den die Kirche hinabgestiegen ist. Aber in einer Zeit, in der die Gnade Gottes beinahe vollständig von der Welt genommen wurde, könnten sie wenigstens einen kleinen Teil des reichen Schatzes unseres Glaubens aufrechterhalten. In meinem Besitz befindet sich eine Liste von vierundfünfzig Priestern, die in der selben Lage sind wie der gute Pater Horan. Es gibt hunderte mehr. Vielleicht tausende. Aber dies sind Männer, mit denen ich gesprochen und über die ich Erkundigungen eingezogen habe. Ich stehe für jeden von ihnen ein. Daher lautet mein erstes Bittgesuch mit einer Person Ihres Vertrauens arbeiten zu können um diese Männer auf vertraulicher und privater Basis zu organisieren, ohne jede gesetzliche Vorschrift, welche die örtlichen Bischöfe daran beteiligen würde.«

Er stieg in Cessis Achtung, als der Heilige Vater mit einer direkten Frage antwortete: »Was wollen Sie mit diesem Gesuch erreichen?«

»Etwas ganz Einfaches, Heiligkeit. In wenigstens einigen Gebieten soll es Gruppen von gültig geweihten, apostolisch autorisierten Priestern geben mit der vollen Befähigung die Messe zu lesen, die Beichte abzunehmen und den Sterbenden die Letzte Ölung zu erteilen. Und, wenn der örtliche Bischof häretisch oder *de facto* schismatisch ist, auch die Firmung durchzuführen.«

»Signora«, warf der Pontifex ein, »so ein Schritt würde die kanonische Mitarbeit verschiedener römischer Kongregationen erfordern. Und da gibt es auch noch andere Probleme. Ernste Probleme.«

Cessi hatte ihre Hausaufgaben gemacht. »Mit allem Respekt, Euer Heiligkeit haben die sofortige, direkte und absolute Rechtshoheit über jede einzelne Diözese und jede einzelne Pfarrgemeinde. Unter diesen Umständen wird eine direkte Berufung notwendig, und zwar von Euer Heiligkeit an jeden Einzelnen dieser Priester und unter Eid.«

Beeindruckt, dass diese Bittstellerin sich sogar im Kirchenrecht auskannte, fragte der polnische Papst mit professionellem Interesse nach. »Sagen Sie mir, Signora, haben Sie sich auch überlegt, welche Art von Kontrolle notwendig wäre um zu garantieren, dass diese Priester nicht in die Fehler der anderen verfallen?«

»Ja, Heiliger Vater.« Cessi wusste, dass religiöser Eifer allein keine Garantie für die Integrität eines Priesters war. »Ein vertrauenswürdiger Priester sollte als Vorgesetzter all dieser Priester ernannt werden und regelmäßig und direkt Euer Heiligkeit selbst berichten. Und zwei eherne Regeln sind unbedingt notwendig:

erstens keine Benutzung von Diözesankirchen oder Versammlungsräumen oder anderen Einrichtungen und keine Inanspruchnahme von Hilfe durch die Diözese. Kurz gesagt, keine Verbindung zwischen diesen Priestern und den örtlichen Bischöfen auf den Gebieten bischöflicher Autorität. Und zweitens ein verpflichtendes System von Beichte und offenen Berichten. Jeder Priester sollte einen bestimmten Beichtvater haben, den er regelmäßig für das Sakrament der Beichte aufsuchen müsste. Jeder müsste zustimmen, dass es seinem Beichtvater freisteht, direkt und ausschließlich an Euer Heiligkeit zu berichten, wenn bestimmte Todsünden vorgefallen sind. Zum Beispiel sexuelle Aktivität. Oder polititsche Aktivitäten, die eine Sünde gegen den Gehorsam gegenüber päpstlichen Anordnungen wären. Oder finanzielle Motive und Gewinne über die notwendigen Mittel hinaus.«

Cessi gestand ein, dass diese Maßnahmen keine unfehlbare Garantie für Integrität waren. Aber sie würden potenziellen Missbrauch auf ein Minimum reduzieren und sie würden eine ständige Kontrolle über priesterliche Handlungen in heiklen Bereichen bieten.

Der Papst verschwendete keine Zeit mehr mit kleinlichen Einwänden. »Und wie lautet der zweite Teil Ihres Bittgesuches, Signora?«

Cessi war so ruhig, als verhandelte sie gerade ein Geschäftsangebot. »In jenen Gebieten, in denen diese Priester tätig wären, könnte das Sakrament nicht den Diözesankirchen vorbehalten bleiben, Heiliger Vater. Vor allem gibt es schon zu viele Gebiete, in denen man beinahe mit Sicherheit nicht mehr vom Heiligen Sakrament sprechen kann, als dass sie alle von einer Hand voll Priester betreut werden können. Daher lautet der zweite Teil meiner Petition, dass erprobte und vertrauenswürdige Laien das Heilige Sakrament in ihren Heimen aufbewahren dürfen. Unter strengsten Auflagen.«

Der Heilige Vater erschrak sichtlich. Er äußerte Bedenken gegen die Durchführbarkeit einer solchen Idee.

»Es wird bereits gemacht, Heiligkeit.« Cessi ließ sich nicht einschüchtern. »Daher ist es auch durchfürbar.«

Der Pontifex verfiel in ein langes und nachdenkliches Schweigen. Zum zweiten Mal betrachtete er das ernste Gesicht des Kardinals Sanstefano. Seine Eminenz musste gewusst haben, was ihm bevorstand. Stimmte er Signora Gladstones Beurteilung zu? Und wenn diese Beurteilung der Kirche und seiner Politik als Papst auch Sanstefanos Meinung war, wie viele mehr wie ihn gab es in Rom und anderswo? Männer, die nichts mit jener Sorte von Kardinälen wie Maestroianni und Pensabene, Aureatini und Palombo zu tun hatten. Männer, die dem Heiligen Stuhl gegenüber und daher auch ihm als Papst gegenüber loyal waren, auch wenn sie seine Poltik als schädlich für die Kirche ansahen. Männer wie jene Priester, von denen Francesca Gladstone gesprochen hatte. Sie waren zwar nicht ihres Amtes enthoben oder abgeschoben worden, aber sie hatten auch keine Möglichkeit mehr ihrer Meinung Gehör zu verschaffen.

Doch sobald dieser Gedankengang sich in seinem Geist geformt hatte, verwarf ihn der Papst als gefährlichen Selbstzweifel. Die Gültigkeit von Signora Gladstones Sorgen anzuerkennen, darüber nachzudenken und sie entsprechend zu behandeln, das war eine simple Frage der Gerechtigkeit. Aber sich selbst zu gestatten sich auch nur einen Augenblick dem Gedanken hinzugeben, dass er sich in seiner päpstlichen Strategie verrechnet hatte, das war unvernünftig bis zum Ruin.

»Nun gut, Signora.« Der Papst tat einen tiefen Atemzug, wie es Menschen tun, wenn sie sich darauf vorbereiten, große Zugeständnisse zu machen. »Lassen Sie uns mit einem ersten Schritt beginnen. Monsignore Sadowski wird Ihnen eine spezielle Postfachnummer geben, sodass Sie mir in aller Vertraulichkeit diese Liste von Priestern zusenden können, welche Sie als Kandidaten für Ihren Vorschlag betrachten. Aber nur die Namen. Schreiben Sie sonst nichts dazu.

Und zum zweiten Teil Ihrer Petition senden Sie mir die Namen jener Laien, von denen Sie wissen, dass man ihnen das Heilige Sakrament anvertrauen kann. Aber in diesem Fall schreiben Sie bitte alle wichtigen Daten dazu. Lebensläufe, Tauf- und Firmbestätigungen, Hochzeitsurkunden, wenn es angebracht ist, und schriftliche Zeugnisse. Alles, was man braucht um eine solch schwere Verantwortung zu rechtfertigen. Gibt es noch etwas, Signora?«

Jetzt war der Papst nicht mehr nur rätselhaft. Er wurde vollkommen undurchschaubar. Wie jemand, der mit seinen Fehlern konfrontiert wurde, zog er sich sichtlich von seiner Besucherin zurück.

Cessis grüne Augen blitzten zornig und sie biss die Zähne zusammen um nicht laut herauszuschreien. Das ist nicht genug! Eine Liste soll ich schicken! Damit ich zehn Jahre auf eine Antwort warte! Ich schicke Ihnen alle Listen der Welt, Heiliger Vater! Aber geben Sie mir eine Antwort. Ein Zeichen. Warten Sie nicht, bis es keine Taufen mehr gibt. Bis unsere Kinder, ob abgetrieben oder geboren, gezeugt werden ohne einen Gedanken an ihre unsterblichen Seelen. Bis es keine Beichten mehr gibt, keine gültigen Messen mehr. Warten Sie nicht, bis niemand mehr da ist um die Sterbenden zu salben. Warten Sie nicht, bis der arme Pater Horan, alle Horans dieser Welt und auch der Rest von uns unter den Ruinen Ihrer Kirche begraben liegen!

»Signora Gladstone?« Kardinal Sanstefano rettete Cessi vor ihrem plötzlichen Zorn. Er antwortete dem Feuer in ihren Augen mit einem warnenden Blick. Ein Blick, der ihr sagte, dass sie an eine Grenze gelangt war. Wenigstens wurden ihre Bittgesuche ernsthaft in Erwägung gezogen.

Durch die sanfte Nennung ihres Namens von Seiner Eminenz beruhigt, wandte sich Cessi wieder der Frage des Papstes zu. »Ja, Heiligkeit. Da ist noch etwas.« So stark ihr plötzlicher Zorn auch gewesen war, er hatte nicht an ihren Glauben gerührt, dass sich im Papst als dem Stellvertreter Christi die Macht Gottes manifestierte. »Meine Kinder, Heiligkeit. Ich möchte um besonderen Segen für sie bitten, für jedes aus anderen Gründen.«

»Gerne, Signora Gladstone.« Der Pontifex erhob sich aus seinem Stuhl. Cessi kniete nieder um den erbetenen Segen zu empfangen. Und dann sagte der Papst mit einer Stimme, die nicht mehr als ein Flüstern war, noch mehr. »Pater Christian hat Ihre Tochter erwähnt und um Gebete für ihre Gesundheit gebeten. Ich werde während der Fürbitten in der Heiligen Messe an Ihren

Sohn Paul denken. Und Pater Christian, er und seine wichtige Aufgabe für den Heiligen Stuhl sind ständig in meinen Gebeten. Seien Sie dessen versichert, Signora.«

Chris Gladstone wäre glücklich gewesen, hätte er von den versprochenen Gebeten des Pontifex gewusst.

Für diesen Morgen hat er mit Tom Rollins vereinbart Michael O'Reilly zu treffen. Wenn alles gut ging, dann wusste er um zehn Uhr wahrscheinlich schon, ob O'Reilly beweisen konnte, dass es kirchliche Deckung für homosexuelle Aktivitäten in den Reihen des örtlichen Klerus gab.

Eigentlich stand Christian seinen beiden Aufgaben in den Staaten positiv gegenüber. Denn bei allem Respekt für Damien Slattery konnte er doch nicht glauben, dass seine Tätigkeit für Maestroianni in den Staaten irgendwie darauf abzielte, dem slawischen Papst Schwierigkeiten zu bereiten. Schließlich, so sagte sich Chris, hatte er sehen können, wie all die Daten, die er unter den europäischen Bischöfen gesammelt hatte, schon dazu beigetragen hatten, kirchliche Probleme zu lösen – zum Teil dank Pauls Hilfe in der EG. Und es war nicht Maestroianni, sondern Christian selbst gewesen, der vorgeschlagen hatte seine Arbeit auch auf die Staaten auszudehnen.

Und außerdem, jetzt, da der Papst entschlossen schien sich einiger sehr schwerwiegender Probleme anzunehmen, hatte Christian die seiner Meinung nach begründete Erwartung, dass seine und Slatterys Arbeit den lange überfälligen Weckruf an den Heiligen Stuhl bringen würde. Wenn er und Slattery die erwarteten Fakten liefern konnten, würde der Heilige Vater selbst ganz sicher fest und eindeutig Stellung gegen den Missbrauch beziehen, der die Kirche in Teilen lahm legte. Sicher würde er die Gesetze für die Seminare bestätigen. Sicher würde er seine säumigen Bischöfe zur Ordnung rufen und seine Priester an die volle Erfüllung ihrer Gelübde erinnern.

Als er sich in diesen ersten Tagen auf Windswept House einrichtete, trübte eigentlich nur eine Sache seine gute Stimmung. Cessi hatte ihn mehr oder weniger über die medizinischen Fakten auf dem Laufenden gehalten, aber das hatte ihn nicht auf Tricias körperliche Veränderung durch den sie nun ständig begleitenden Schmerz vorbereitet. Nicht dass Tricia sich jemals beklagt hätte. Aber sie konnte nicht mehr malen. Sie bestand darauf, hinauszugehen. Aber selbst an den klarsten Tagen ließ die Luftverschmutzung ihre Schmerzen unerträglich werden.

Pater Michael O'Reilly war ein grobknochiger, athletischer Mann mit dunklem Haar und ruhigen braunen Augen, die kaum zu blinzeln schienen. Laut Tom Rollins war der junge Priester von deutsch-irischer Abstammung. Der Ire in ihm konnte vor Zorn explodieren, während der Deutsche sich in eine Idee verbiss und alles in Flammen aufgehen ließ.

Schließlich waren sie allein und O'Reilly wirkte, als ob er jeden Moment aus seinem Sessel aufspringen und zur Tür hinausstürmen würde. Gladstone war daher sehr vorsichtig um ihn nicht zurückzustoßen.

Aber er hätte sich die Mühe sparen können. Als O'Reilly begriff, warum Chris gekommen war und auf wessen Seite er stand, änderte er sich. Er war immer noch wütend. Immer noch voll Zorn, dass er von seinem Kardinal so ungerecht behandelt worden war. Aber nicht ein einziges Mal hörte Chris ein Schimpfwort über Seine Eminenz oder Pater McPherson oder die Erzdiözese.

Ja, sagte O'Reilly als Antwort auf Christians wichtigste Frage. Er hatte Kopien all der Fotos und Dokumente aufbewahrt, welche er Kardinal O'Cleary übergeben hatte. Aber da war noch mehr. Und deswegen, so erklärte er, habe er auch nicht mehr versucht mit Rom Kontakt aufzunehmen. »Jeder glaubt, dass ich mich wie ein Einsiedler auf dieser alten Plantage verkrochen habe. Und das wollte ich auch erreichen. Aber ich bin nicht nur in den Sümpfen und Dickichten Louisianas spazieren gegangen. Auch an anderen Orten gibt es viele Schlangen und Alligatoren und ich war mitten unter ihnen.«

Was O'Reilly Christian unterbreitete, machte ihn krank, aber es erwies sich auch als unerwartete Goldmine für seine Untersuchung. O'Reillys Informationen über jene drei Seminaristen waren nur der Anfang von Spuren, die zu anderen Kirchenmännern führten. Er hatte hauptsächlich eine Liste von Informanten erstellt, aber auch von Männern, die er »Sympathisanten und seltsame Gewächse, welche diese stinkende Frage von aktiver Homosexualität im Klerus hervorbringt«, nannte. Und wenn man ihm zuhörte, dann reichte diese Liste von einfachen Priestern bis zu Erzbischöfen und von Amerika bis Rom.

»Was glauben Sie, warum sie mich so leicht kaltstellen konnten, Pater? Und warum, glauben Sie, hat Jay Jay nachgegeben und sich vor seiner heiligen Pflicht gedrückt? Es ist ein System. Ein gegenseitiges Schutzsystem, das von O'Clearys Kanzlei bis zum Kardinalskollegium reicht. Und viele der Burschen, die da aussteigen wollen, haben nicht genug Mut.«

O'Reilly wollte nicht sagen, dass Jay Jay selbst so ein seltsames Gewächs war. »Aber die Wahrheit, oder das, was ich für die Wahrheit halte, ist nicht viel besser. Seine Eminenz möchte nach Rom berufen werden. So, statt dass er sich einem Riesenskandal stellt, wirft er lieber die Moralvorstellungen seiner Kirche über Bord und überlässt seine Priester und seine Herde den Wölfen. Mich auch.«

Wutentbrannt über O'Reillys Status als Priester ohne Amtsbefugnisse und dieses Bild des Missbrauchs, das er vor ihm ausgebreitet hatte, schlug Chris vor, dass er über den Heiligen Vater O'Reillys persönliche Situation in Ordnung bringen könnte.

»Nein!« Pater O'Reillys irisches Temperament explodierte. »Ich bin nur einer der Gläubigen, die von dem Mann vernachlässigt werden, der ›Seine Lämmer und Seine Schafe weiden‹ sollte. Wenn der Heilige Vater in dieser Diözese seine Pflicht erfüllt, was er bis jetzt nicht getan hat, dann kann er meinen Fall in Ordnung bringen. Bis dahin – danke, nein danke.«

Nachdem er seiner bitteren persönlichen Enttäuschung und seinem Zorn auf den Papst Luft gemacht hatte, beruhigte sich O'Reilly wieder. »Eines können Sie für mich tun, Pater Gladstone. Wenn Sie den Mut und den Willen haben diesen Sumpf aufzurühren und ihn dem Heiligen Vater schonungslos zu zeigen, dann möchte ich Ihnen helfen.«

Chris war es damit Ernst und die beiden schüttelten sich die Hände.

O'Reilly stimmte zu Chris alles Material zu übergeben, das er hatte.

Chris erinnerte sich an Lucadamos Regel, dass die simpelste Methode oft die beste sei, und sagte seinem neuen Rekruten, er solle die normale Post benutzen. »Hier sind meine Adresse und meine Telefonnumer. Wenn Sie anrufen und ich nicht da bin, hinterlassen Sie nur Ihren Namen. Ich werde viel unterwegs sein, aber ich werde die Nachrichten für mich abrufen. Wenn ich Sie brauche, sage ich es Tom Rollins, also setzen Sie sich gelegentlich mit ihm in Verbindung. Und noch etwas, O'Reilly.« Als er in die starren, zornigen Augen sah, konnte Chris sich ganz leicht die Szene in der Kanzlei vorstellen, als O'Reilly McPherson niedergeschlagen hatte.

»Wir wissen beide, dass wir noch durch eine Menge Schlamm waten müssen.«

»Und?« Sofort war O'Reilly wieder vorsichtig.

»Und daher«, bestimmte Gladstone, »ist es, wenn Sie mit mir arbeiten wollen, Ihre Aufgabe, diese Schlangen und Alligatoren zu finden, von denen Sie gesprochen haben. Finden Sie so viele, wie Sie können. Aber halten Sie den Mund und beherrschen Sie sich. Sie sind nicht mehr allein, Pater. Also drehen Sie nicht wieder durch. Und versuchen Sie nicht, den Sumpf trockenzulegen.«

»Seine Heiligkeit kann so nicht mehr lange weitermachen, Monsignore!« Trotz der Dringlichkeit, mit der man Doktor Fanarote herbeigerufen hatte, war es dem Arzt nicht gelungen, den slawischen Papst zu den notwendigen Untersuchungen zu überreden. Fanarote tobte vor Zorn und Besorgnis und ließ sein Temperament am päpstlichen Sekretär aus. »Ich habe ihm ein stärkeres Schmerzmittel gegeben. Aber er hat immer wieder Schwindelanfälle und er gibt zu schwächer geworden zu sein. Ich mache mir Sorgen wegen des Megalovirus, den wir '81 entdeckt haben. Das gefällt mir nicht, Monsignore Daniel!«

Sadowski ertrug Fanarotes Tirade resigniert und mit tiefer Sorge. Er hatte es aufgegeben, irgendjemandem diesen Papst erklaren zu wollen. Wie würde es sich denn anhören, Fanarotes Warnung damit zu beantworten, dass dieser Papst, der seine Kirche entlang des schmalen Grates der neuen Weltordnung steuerte, seine Lektionen für sich immer noch aus den Schriften mittelalterlicher Mystiker bezog? Oder dass er seinen Körper als Frater Asinus bezeichnete? Den Bruder Esel? Es`wäre Fanarote keine Beruhigung zu wissen, dass er dies schon seit seinen Tagen als Seminarist tat. Seine Idee war diesen Körper anzutreiben. Ihn zu reiten. Ihn zu füttern, ihn ein wenig zu schonen, wenn er verletzt war, aber sonst keinen Unsinn von ihm zu akzeptieren.

»Das erste Anzeichen einer Änderung im Zustand des Heiligen Vaters«, knurrte Fanarote, während er zur Tür ging, »und ich will es sofort wissen! Seine Heiligkeit kann so nicht mehr lange weitermachen!«

XXXVI

Bei Pater Damiens Ankunft in Centurycity gab es keine Überraschungen und keine freundlichen Hände, die ihm seinen Weg in der Dominikanerpriorei leichter gemacht hätten. Das Haus der Heiligen Engel empfing den einstmals mächtigen Generalmagister wie einen »schmutzigen Bettler«, beschwerte er sich bei Christian während eines der ersten Telefonate. Er hatte einst Männern das Leben schwer gemacht, die jetzt in Amerika seine Vorgesetzten waren, und sie wollten die alte Rechnung begleichen.

Das feuchte kleine Loch, welches man ihm als Quartier zugewiesen hatte, war das erste Zeichen, dass Slattery von der Gemeinschaft als Paria angesehen wurde. Es war ein einzelner Raum im Erdgeschoss und kaum groß genug für eine altertümliche Waschschüssel, einen winzigen Tisch, ein Bücherregal mit zwei Brettern und ein eisernes Bett, das für Zwerge gemacht worden war. Der nackte Fußboden bestand aus denselben Fliesen wie der des Badezimmers draußen im Vorraum und des Duschraums mit zehn Kabinen am anderen Ende des Ganges. Licht kam von zwei Lampen am Schreibtisch und beim Bett und aus einem kleinen vergitterten Fenster, aus dem man in einen düsteren Hinterhof sah.

Der Erste, der Slattery seinen neuen Status wortreich erklärte, war der dominikanische Provinzial für die Vereinigten Staaten – der gleiche Pater George Haneberry, von dem er zu Giustino gesagt hatte, dass er schon seinen bloßen Anblick hasste. Er musste sich bei Haneberry melden, also bereitete er seine Seele so gut es ging vor und klopfte an die Tür des Rektorats.

Obwohl Haneberry an diesem Tag der Überlegene war, fiel es ihm immer noch schwer, einen Mann von oben herab zu behandeln, der ihn wie ein übergroßer Prophet aus dem Alten Testament überragte. Er stand mit dem Rücken zum Fenster gewandt und bot dem riesigen Iren einen Sessel an. So ging es besser.

»Wir haben gehört, Pater Damien, dass es da ein paar kleine Hobbys des Papstes gibt, um die Sie sich kümmern werden.« Abgesehen von seiner Angewohnheit Speichel durch den Spalt zwischen seinen Vorderzähnen zu saugen war das Benehmen des Provinzials aalglatt.

»Nun, wir haben von unserem neuen Generalmagister in Rom die Anweisung erhalten, dass es Ihnen freisteht, diese Projekte nach den Wünschen des Heiligen Vaters durchzuführen. Aber ich muss betonen, dass die Regeln der Erzdiözese, die der Kardinal aufgestellt hat, beachtet werden müssen. Als Erzbischof dieser Diözese ist der Kardinal ein Nachfolger der Apostel. Unser Orden hat einen guten Stand bei Seiner Eminenz. Wir arbeiten gerne mit dem Heiligen Vater zusammen, aber immer innerhalb der Richtlinien Seiner Eminenz.«

Haneberry fuhr fort sich mit dieser seltsamen Person zu beschäftigen, die wie ein unwillkommener Stier in heikle und zerbrechliche Abmachungen hineingestürmt war. Wegen der vielen Reisen, die Slatterys Tätigkeit für den Papst erfordern würde, befreite er Damien von den üblichen Pflichten der Gemeinschaft. Trotzdem würde Damien zu den monatlichen Kapitelversammlungen erscheinen müssen. Und wenn es seine Arbeit für den Papst erlaubte, sollte er rund um die Uhr als Kaplan von St. Anne, einem Krankenhaus nahe der Priorei, aber mit recht seltsamem Ruf in der Gegend, zur Verfügung stehen.

Nachdem das und einige andere Kleinigkeiten gesagt worden waren, speichelte sich Haneberry durch eine kleine Kraftprobe, bei der es um Damiens Tätigkeit für den Heiligen Stuhl ging. »Sie werden Lesungen für die Aktion Leben halten, nicht wahr, Pater Damien?«

Der Hohn in Haneberrys Stimme, wie tief doch der einst Mächtige gefallen war, war gerade noch erträglich. Aber der Wunsch des Provinzials, den diese Frage zeigte, nämlich ihn zu kontrollieren, der war es nicht.

»Lesungen, Pater«, konterte Damien. »Und Exerzitien für Priester und Laien. Aber seien Sie unbesorgt. All das Geld für meine Arbeit kommt aus Rom.« Slattery nahm an, dass der unausgesprochene Teil, seine Unabhängigkeitserklärung, und zwar finanziell und in allen anderen Belangen, verstanden worden war.

»Natürlich, Pater.«

Haneberry verstand nur zu gut die Finger-weg!-Botschaft in Slatterys Antwort. Und er war so empört darüber, dass er beinahe alles verraten hätte. Beinahe hätte er in die Lade gegriffen und die Ausschlusspapiere hervorgeholt, die schon auf den Namen des »großmächtigen« Paters Damien Duncan Slattery lauteten. Beinahe hätte er ihm gesagt, dass die Kapitelversammlung im März ihn nicht nur als Generalmagister hatte absetzen, sondern ganz aus dem Orden werfen und am besten vergessen wollen.

Unglücklicherweise brauchte er dafür Slatterys Unterschrift auf der Urkunde. Haneberrys Auftrag als Provinzial war ihm das Leben so schwer zu machen, dass Pater Damien selbst verlangen würde aus dem Orden entlassen zu werden. Haneberry schluckte hart. Der Augenblick würde kommen. Die Zeit arbeitete für ihn. Die Zeit und Seine Eminenz von Centurycity.

Wegen der Unterlagen, die er würde aufbewahren müssen, wenn seine Untersuchungen über den Satanismus erst einmal begonnen hatten, ließ Slattery das stärkste Schloss, das er auftreiben konnte, an der Türe seiner Besenkammer anbringen. Und weil er abhörsichere Leitungen brauchte, ließ er ein Telefon und einen Anrufbeantworter installieren und kaufte sich ein kleines Mobiltelefon, das er mit sich herumtragen konnte. Und weil seine Situation wirklich erbarmungswürdig war, durfte es nicht wundern, wenn seine Gespräche mit Christian in der ersten Zeit, als er seine Deckung aufbaute, hauptsächlich aus Klagen über seine täglichen Schwierigkeiten bestanden.

Was ihn am meisten verletzte, so erzählte er Christian, war weder sein Quartier noch der Hochmut Haneberrys. Aber es schmerzte ihn in`der Seele, dass Dominikaner sich gegen Dominikaner wandten. Es beunruhigte ihn, dass seine Brüder im Haus der Heiligen Engel eine Gruppe von Männern waren, die unter sich bleiben wollten und jeden Fremden ausschlossen. »Und damit meinen sie mich«, knurrte er ins Telefon. »Sie beobachten mich wie die Luchse.«

Christian schnitt eine Grimasse des Bedauerns für seinen Freund. Aber bald wurden die Berichte aus Centurycity hoffnungsfroher. Slattery verlor, wie es seine Art war, keine Zeit um mit seinen Lesungen und den gelegentlichen Exerzitien zu beginnen, die seiner eigentlichen Aufgabe als Tarnung dienen sollten. Am Anfang blieb er in der Nähe der Stadt, aber er sah bald, dass der Plan gut war.

»Nicht nur dass Haneberry diese Idee hasst«, lachte er eines Tages ins Telefon, »nicht nur dass mich das aus dieser Höhle von einer Priorei herausbringt. Aber würden Sie glauben, dass ich langsam einen gewissen Ruf als Prediger habe? Ich glaube, ich könnte sogar davon leben, wenn ich es müsste.«

»Nicht so schnell, Slattery.« Chris war froh Damien wieder lachen zu hören. »Vergessen Sie nicht, warum Sie überhaupt nach Centurycity gekommen sind!«

»Keine Angst, mein Junge!«

Der Dominikaner akzeptierte die Mahnung gutmütig. »Ich habe mir selbst einen Zeitplan gemacht. Ehe Sie sich versehen, wird es hier ganz schön lebhaft werden.«

Auf sich allein gestellt, weil seine Frau ihre Verwandten in New York besuchte, stellte der Polizeiinspektor im Ruhestand Sylvester Wodgila die Kaffeemaschine an, nahm die Bestandteile eines ausgiebigen Frühstücks aus dem Kühlschrank und klapperte mit den Töpfen und Pfannen in der Küche seines zweistöckigen Fachwerkhauses in Holland, einem Stadtteil von Centurycity, als die Türglocke läutete. »Welcher unzivilisierte Bauer«, wunderte sich Wodgila, »wagt es, einen friedliebenden Mann bei Tagesanbruch stören?«

»Ihnen einen guten Morgen, Inspektor Wodgila! Ich bin Pater Damien Duncan Slattery, direkt aus Rom. Ich bin gekommen um die kirchlichen Satanisten zu finden.«

Während der breite irische Akzent ihn einhüllte wie das helle Licht der Morgensonne, blinzelte Wodgila, selbst alles andere als ein Zwerg, zu diesem Berg von einem Priester mit der außergewöhnlichen weißen Mähne und dem außergewöhnlich freundlichen Lächeln hinauf. In einer riesigen Hand hielt ihm der Hüne einen Umschlag entgegen. Der Brief, wie sich bald herausstellte, war den weiten Weg vom Kloster in Tschenstochau, vom Cousin des Inspektors aus dem Danitski-Zweig der Familie, gekommen.

»Wieso kommen Sie erst jetzt, Pater?« Wodgila öffnete die Türe weit. »Diese Bastarde werden mit ihren Morden davonkommen!«

Die beiden Männer passten ausgezeichnet zueinander. Denn wenn Damien Slattery für Sylvester Wodgila ein Abgesandter Gottes war, so war der Inspektor eine Goldmine für den Dominikaner. Und nicht nur wegen des guten, christlichen Frühstücks, das er servierte. Während er dampfende Portionen Ei und polnische Wurst auftischte und seinen Gast fragte, ob er Sahne oder Zucker wolle – »Beides, wenn es Ihnen recht ist!«, Slattery leckte sich die Lippen –, sagte Wodgila ganz offen, dass er eine Menge Informationen mitzuteilen hatte.

Er begann mit einem detaillierten Bericht über den Scalabrini-Mordfall. Es hatte den Inspektor nicht im Geringsten gestört, dass er in den Ruhestand versetzt worden war oder der Generalstaatsanwalt ihn davor gewarnt hatte, seine Finger in die blutige Geschichte zu stecken.

»Sie haben die Untersuchung weitergeführt?« Slattery verspeiste seinen dritten Toast.

»Der Ruhestand hat seine Vorteile, Pater. Ein Mann hat dann viel freie Zeit. Und er verliert auch nicht seine Kontakte, örtliche und andere, die er sich im Lauf eines Lebens bei der Polizei aufgebaut hat.« Der Inspektor schob seinen geleerten Teller zur Seite, entzündete seine anscheinend viel benutzte Pfeife und führte, mit der Kaffeetasse in der Hand, den Pater in seinen Fuchsbau, wo ein gut versteckter Safe zum Bersten mit Aktenmappen gefüllt war.

»Die Früchte meiner Arbeit, Pater.« Inspektor Wodgila schichtete das Material zu einem Turm auf dem Tisch neben Damiens Sessel auf. »Hier ist die Akte Scalabrini, wenn Sie sie sehen wollen. Aber hier ist eine andere, die ich Ihnen gerne zeigen möchte. Das ist Pater George Connolly.« Wodgila öffnete die Mappe. »Er war nicht von hier. Er diente in einer Kirche in der Careysville Street. Wie diese Fotos zeigen, fand er das gleiche Ende wie Scalabrini. Genau die gleichen Merkmale. Verstümmelt und ermordet. Ritualmord.«

Damien zuckte zusammen. Er hatte das Treffen im Arbeitszimmer des Papstes nicht vergessen und auch nicht Bruder Augustines Beschreibung eines zweiten Mordes an einem Priester in Centurycity. Aber kein Wort konnte ihn auf diese Polizeifotos vorbereiten, die Pater Connolly verstümmelt und blutig auf dem Boden seines Wohnzimmers zeigten.

In dem Polizeiton, der ihm zur zweiten Natur geworden war, erzählte Wodgila, was über die beiden Morde bekannt war. »Wir hatten Scalabrini umgedreht. Er hatte als Informant für uns gearbeitet. Wir wissen nicht, wer die beiden Morde angeordnet hat. Aber wir wissen, dass beide Morde eine Botschaft sein sollen. Und wir wissen, dass Connolly Scalabrini umgebracht hat.«

Slattery sah von den grausigen Fotos auf. »So weit konnten Sie die Spur also verfolgen?«

»Bis zu einem gewissen Punkt. Wir wussten, Scalabrini hatte in der Nacht seines Todes nur einen einzigen Besucher. Als ich Connolly endlich gestellt hatte, hatte er schreckliche Angst und wollte alles gestehen. Er wollte aus der ganzen Schweinerei aussteigen, sagte er. Wollte damit an die Öffentlichkeit. Alles sagen. Aber ich hatte eine bessere Idee. Ich überredete ihn Scalabrinis Stelle einzunehmen, Informant zu sein. Ich wollte mehr als nur Namen, sagte ich ihm. Mehr als nur sein Wort, ohne Beweise.

Ich wollte die Art von Daten, die man auch durch Lügen und Leugnen nicht mehr umstoßen kann. Es gibt eine interessante Sache bei diesen Satanisten, Pater Damien. Sie haben fotografische Aufzeichnungen von ihren wichtigsten Zusammenkünften, wenn man sie so nennen kann.

Und ich wollte, dass Connolly mir dieses Beweismaterial verschafft.«

»Und?«

»Und ich hätte es beinahe geschafft˘ Pater. Connolly wollte ein Treffen. Aber es kam nicht mehr dazu. Er wurde vorher ermordet. Wie Scalabrini starb er mit seinen dreckigen Sünden. Und das ist meine Schuld.«

»Hören Sie mir zu!« In seinem Eifer beugte sich Damien vor. »Als Männer und als Geistliche waren Scalabrini und Connolly Schleimhaufen! Sie lebten ihr Leben in Kübeln voll Dreck. Das war ihre Entscheidung. Und als sie sich entschieden hatten aus dem Kübel herauszuklettern, wurden sie umgebracht. Das war die Entscheidung von jemand anderem. Als guter Katholik und gesetzestreuer Mann taten Sie das einzig Richtige, das getan werden konnte. Das war Ihre Entscheidung. Und jetzt sind Sie es, der in Selbstvorwürfen badet. Und der Teufel lacht zuletzt!«

»Vielleicht.« Wodgila rieb sich fest die Stirn. »Das wäre schon seine Art, denke ich. Alles verdreht und verkehrt herum. Man sagt, das sei eines seiner Markenzeichen.«

»Ist es auch. Und ich als gelernter Exorzist sage Ihnen, das ist eine tödliche Falle!«

»Sie sind ein Exorzist, Pater Damien?«

Wodgila stand vor Staunen der Mund offen. »Warum haben Sie das nicht gleich gesagt?« Durch diese überraschende Neuigkeit gestärkt und auch durch seine Einschätzung Slatterys als einen Priester, der Gott, die Wahrheit und gutes Essen liebte – und zwar in dieser Reihenfolge –, war der Inspektor bereit zum Kampf. »Wir haben einen Berg von Arbeit vor uns. Also lassen Sie uns anfangen.«

Eine Stunde lang, mit Kaffeetasse und rauchender Pfeife in den Händen, gab Wodgila Slattery einen Überblick über alles, was er herausgefunden hatte. Er hatte Namen. Er hatte Daten und Fakten und Hintergrundinformationen. Aber sie waren nichts wert. Ohne seine beiden priesterlichen Informanten hatte er keine Zeugen.

»Aber es gibt noch eine Verbindung, Pater. Ein Priester namens Oswald Avonodor. Er arbeitetet für Seine Eminenz in der Kanzlei in Centurycity. Er ist sein Privatsekretär. Das heißt, er weiß über alles Bescheid, was in der Erzdiözese vor sich geht.« Der Inspektor griff nach einer anderen Mappe.

»Wir haben viele Informationen über Avonodor. Seine pädophilen Neigungen gehen zurück bis in seine Jugend und sind auch jetzt noch vorhanden. Er ist ein Kind der Armee. Mit neunzehn ließ er sich rekrutieren und durchlief die Ausbildung für Offiziersanwärter. Mit sechsundzwanzig wurde er bei den Special Forces angenommen und erhielt eine hochgeheime Ausbildung in Tiefenpsychologie in North Carolina. Er nahm an mehreren vertraulichen Missionen im Ausland teil. Dann, '79, wurde er entlassen, ohne Angabe von Gründen.

Mit einundreißig, vor zwölf Jahren, trat er ins Priesterseminar von Centurycity ein. '86 wurde er durch Seine Eminenz zum Priester geweiht und sofort in den privaten Stab in der Kanzlei des Kardinals übernommen. Seitdem war er immer dort und der Job hat ihm gut getan.«

»Anscheinend zu gut, so wie Sie das sagen.« Slattery runzelte die Stirn.

»Stimmt. Aber ich wollte Avonodor niemals bloßstellen. Ich wollte ihn einziehen. All die Namen in diesen Akten sind genau das. Namen. Aber ich habe keinen Witz gemacht, als ich sagte, dass ich dahinter ein kompliziertes Netzwerk vermute, und ...«

»Und Sie glauben, Avonodor ist der Schlüssel dazu.«

»Ich glaube, er ist das schwächste Glied in einer langen Kette.« Wodgila erschien diese Korrektur wichtig. »Ich glaube, man könnte ihn benutzen um die anderen Kettenglieder zu finden, bis wir eines Tages an ihrem Anfang stehen.«

»Irgendeine Idee, Sylvester, wohin diese Kette reichen könnte?«

»Vancouver ist eine gute Möglichkeit.« Wodgila starrte seinen

Aktenturm an. »Die meisten der Geistlichen aus diesen Akten verbringen dort anscheinend sehr viel Zeit.«

»Auch Avonodor?«

»Schon komisch, dass Sie das fragen.« Wodgila lächelte und entzündete ein neues Streichholz für seine Pfeife.

»Der Sekretär des Kardinals wird an diesem Wochenende ein paar Tage Ferien machen. Und raten Sie mal, wo er hinfährt.«

Glücklich darüber, all die läutenden Telefone und Notfälle der Diözese hinter sich lassen zu können, fuhr Pater Oswald Avonodor auf dem Highway 93 in nördlicher Richtung zur Staatsgrenze, bis er zu einem seiner bevorzugten Rastplätze kam, einem netten Motel, das auf einem bewaldeten Hügel einige Meilen von den Außenbezirken Centurycitys entfernt lag. Ein schnelles Abendessen, ein heißes Bad und eine Nacht ruhigen Schlafes würden ihn für die lange Fahrt nach Vancouver am nächsten Tag bereitmachen. Er hatte die Badewanne halb voll laufen lassen und sich bis auf seine Unterhosen ausgezogen, als laut an die Tür geklopft wurde. Wer zur Hölle ...? Avonodor öffnete und erstarrte beim Anblick einer riesigen Gestalt – eines weißen Geistes mit riesigen Augen und wildem Haar.

»Wie schön, Sie anzutreffen, Pater Avonodor.«

Völlig überrascht hatte Avonodor seinen zweiten Besucher gar nicht bemerkt, jenen, der ihm eine Polizeimarke entgegenhielt. In seinem Kopf schrillten die Alarmglocken und er versuchte die Tür zuzuwerfen. Aber es war zu spät. Der Geist und die Polizeimarke waren schon drinnen.

»Vielleicht erinnern Sie sich an mich, Pater.« Wodgila steckte seine Marke wieder weg. »Es war im Fall des armen Pater Scalabrini, glaube ich. Sie riefen mich aus der Kanzlei mit Nachrichten von Seiner Eminenz an. Darf ich Ihnen Pater Damien Duncan Slattery vorstellen, Gesandter Seiner Heiligkeit.«

»Sollten Sie sich nicht lieber etwas anziehen, Pater?« Slattery starrte den dürren Geistlichen mit seinen Boxershorts und seinem unnatürlich flachsgelben Haar an.

»Sie wollen sich doch nicht erkälten.«

Avonodor schlüpfte ganz schnell in eine Hose und zog sich ein

T-Shirt über das goldene Phallussymbol, das an einer Kette um seinen Hals hing. Slattery drehte den laufenden Wasserhahn im Badezimmer ab. Wodgila dirigierte den Priester zu einem Sessel zwischen sich selbst und dem hünenhaften Geist, der sich als nur allzu wirklich herausgestellt hatte.

»Nun, Pater Oswald – es macht Ihnen doch nichts aus, wenn ich Sie Pater Oswald nenne?« Wodgila bot ein Bild geduldiger Ruhe. »Wir müssen uns nicht einmal um Durchsuchungsbefehle kümmern. Wir wollen nur, dass Sie sich ein paar Fotos ansehen. Und wir wollen, dass Sie gut zuhören, denn danach gibt es ein Frage-und-Antwort-Spiel.«

Wodgila schob ein glänzendes Foto nach dem anderen dem unwillig blickenden Pater Avonodor hin. Todesfotos. Fotos von Pater Scalabrinis nacktem Körper, der verkrümmt auf dem Teppich seines Wohnzimmers lag. Scalabrinis Brust mit den rasiermesserdünnen Schnitten, jeder mit seinem eigenen kleinen Bach aus schwarzem, getrocknetem Blut. Scalabrinis abgeschnittene Finger. Scalabrinis verstümmeltes Geschlecht mit Blutergüssen und Flecken. Scalabrinis Gesicht, seine Genitalien in seinen Mund gestopft, seine Augen erstarrt in den Schmerzen seines entsetzlichen Todes.

Der Schweiß rann über Avonodors Stirn. Er hielt seinen Blick auf Wodgilas Hände gerichtet. Er sah zu, wie eine zweite Serie von Fotos hingelegt wurde. Entsetzt starrte er auf sein eigenes Gesicht, das ihn anlächelte. Eine Hochzeit, erinnerte er sich. Ja. Da waren er und ein paar andere Priester, sie saßen gemeinsam mit Seiner Eminenz in einer Kirchenbank. Das glückliche Paar – zwei junge Männer in lavendelfarbenen Roben mit Blumenkränzen auf den Köpfen. Der amtierende Priester, auch mit lavendelfarbenem Ornat, der der Hochzeit mit Glocke, Buch und Kerze Gültigkeit verlieh. Der Austausch der Ringe. Der Brautkuss.

»Die Kirche des heiligen Johannes, des Lieblingsjüngers, wenn ich mich nicht irre.« Wodgilas leise Stimme war das einzige Geräusch in dem Raum. »Wir kennen natürlich all die Gesichter. Wir kennen Ihres. Wir kennen das Seiner Eminenz. Und wir kennen den Mann, der neben Ihnen sitzt. Pater George Connolly.

Erinnern Sie sich? Und was ist nur mit Pater Connolly geschehen, Pater Oswald?«

Mit trockenem Mund starrte Avonodor auf eine dritte Serie von Fotos. Connollys nackter Körper, der sich auf dem Wohnzimmerboden krümmte. Connollys Brust. Die rasiermesserdünnen Schnitte. Die kleinen Bäche aus Blut. Die abgetrennten Finger. Das verstümmelte Geschlecht. Die in den Mund gestopften Genitalien. Die Augen. Oh Gott! Die Augen ... Verdammt sollten diese Bastarde sein! Was wollten sie nur von ihm? Avonodors Magen revoltierte. Sein Gesicht wurde gelb. Erbrochenes – ein Strom aus Abendessen, Panik und Raserei – strömte aus seinem Mund.

Als die Krämpfe aufhörten, fühlte der Priester, wie etwas Nasses in sein Gesicht klatschte. »Reinigen Sie sich, Pater. Wir sind noch nicht fertig.« Avonodor hob den Kopf und sah Slattery, der ein paar Handtücher über das Durcheinander warf, und dann hörte er wieder Wodgilas Stimme, klinisch kühl und ruhig, als sei nichts geschehen.

»Es ist Zeit für das Frage-und-Antwort-Spiel, von dem ich gesprochen habe, Pater Oswald. Wir wissen sehr viel über Scalabrini und Connolly. Wir wissen, dass Scalabrinis Geheimzirkel an seinem Tod beteiligt war. Wir wissen, dass es Connolly war, der ihn umgebracht hat. Wir wissen alles über die rituelle Anzahl an Stichwunden. Wir wissen, dass Seine Eminenz wenigstens der Komplizenschaft schuldig ist, weil er die Untersuchung der beiden Mordfälle blockiert hat. Was wir von Ihnen wollen, sind Informationen. Wenn Sie mit uns zusammenarbeiten, können wir Ihnen helfen. Wenn Sie nicht mit uns zusammenarbeiten, wir es aber trotzdem so aussehen lassen, als seien Sie zum Informanten geworden wie Scalabrini und Connolly, wie lange, glauben Sie, wird es dauern, bis man Sie im gleichen Zustand findet?«

Avonodor warf dem Inspektor einen hasserfüllten Blick zu, dann sah er wieder die Fotos an. »Ich bin so oder so tot. Sie werden es erfahren. Sie werden kommen. Wenn ich in die Stadt zurückkehre ...«

»Sie werden nicht zurückkehren. Nicht weit von hier wartet

ein Ambulanzwagen auf Sie, der Sie in ein Armeehospital für besondere Fälle bringen wird. Es wird von einem Mann geleitet, der sich auskennt. Dr. Joseph Paly. Glauben Sie mir, es ist wirklich sehr sicher. Nicht einmal der Präsident kommt da hinein. Kommen wir also zum Geschäft. Das Erste, was wir von Ihnen möchten, ist ein kleines Gespräch mit Ihrem Mann in Vancouver. Da wollten Sie doch hin?« Avonodor antwortete mit Schweigen. »Sagen Sie ihm, dass Sie durch eine Lebensmittelsvergiftung so krank geworden sind, dass sie ärztliche Hilfe brauchten. Nur das und kein Wort mehr. Wenn Sie irgendetwas hinzufügen oder weglassen, ist es vorbei mit unserem Geschäft. Verstanden?«

Als Pater Avonodor in seinem Sessel unsicher schwankte, dachte Slattery, der Kerl würde in Ohnmacht fallen. Aber Wodgila griff nach dem Telefon und stellte es zwischen sich und Avonodor. »Sie müssen nicht einmal wählen. Das machen wir für Sie. Sie schreiben nur die Telefonnummer auf und Namen und Adresse.«

»Er wird wissen wollen, wo ich bin.« Avonodors Stimme war heiser. »Ich muß ihm die Telefonnummer von hier geben. Das ist seine Garantie.« Mit zitternden Fingern nahm er den Stift, den Wodgila ihm anbot, und schrieb eine Nummer, einen Namen und eine Adresse auf – ein Haus in einem Vorort von Vancouver, wie Wodgila es erwartet hatte.

Es lief ab wie ein Uhrwerk. Der Inspektor rief eine bestimmte Polizeistation in Centurycity an, welche die Verbindung nach Vancouver herstellte und den Anruf in Avonodors Zimmer umleitete. Als er in der Leitung eine leise Männerstimme hörte, reichte er den Hörer seinem Opfer, das mit glasigen Augen dasaß. Avonodor teilte seinen Aufenthaltsort und die Telefonnummer mit. Er habe eine schwere Lebensmittelvergiftung, sagte er. Brauche eine Behandlung. Habe einen Ambulanzwagen gerufen. Dann legte er auf. Ein paar Sekunden vergingen. Das Telefon klingelte.

»Hier ist Pater Avonodor.«

»Ich wollte es nur überprüfen«, antwortete dieselbe Männerstimme. »Seien Sie vorsichtig.«

Die Verbindung brach ab. Der Inspektor rief die Polizeistation an. Zufrieden, dass der Anruf aufgezeichnet worden war, übergab er die Sache an Damien Slattery.

»Für den Anfang war das schon ganz gut, Pater.« Slattery stand auf und sah den harten Ausdruck, der über Avonodors Gesicht huschte. »Jetzt frage ich mich, ob Sie uns sagen können, von wie vielen geistlichen Geheimzirkeln in dieser Gegend Sie noch wissen, außer Ihrem eigenen.«

Pater Oswald schwieg.

»Sie haben doch keine Wahl, Mann.« Er trat leicht gegen die Fotos neben Pater Oswalds Sessel.

»Drei.« Avonodors Flüstern hatte einen unnatürlichen Klang. »Ich weiß von dreien. Aber ich kenne die Namen der Mitglieder nicht. Ich schwöre es.«

»Aber Sie kennen die Organisatoren. Und Sie kennen die Treffpunkte. Reden Sie schon, Avonodor! Und ich möchte die echten Namen hören, nicht die Decknamen in den Zirkeln.«

Pater Oswald gehorchte, seine Stimme immer noch ein gequältes Flüstern. Willowship, Harding und Roantree waren die Namen der Orte. Und in allen dreien war der Pfarrer der Organisator. »Lotzinger, Keraly und Tomkins«, krächzte er die Namen hervor.

»Sind alle drei pädophil?« Seine Haltung änderte sich kaum, aber jetzt stellte Slattery, der Exorzist, dem jüngeren Priester die Fragen.

Ein groteskes Lächeln verzerrte Avonodors Mund. »Kleine Jungs sind immer die Ehrengäste, Pater Slattery. Ich hätte gedacht, Sie wissen das.«

»Ist einer dieser Zirkel die Mutterkapelle?«

»Nein.«

»Waren Sie schon in der Mutterkapelle?«

»Ja.«

»Kennen Sie den Gründer?«

»Ja.«

»Wo ist die Mutterkapelle, Pater Oswald?«

»Norden. Süden. Osten. Westen.« Avonodor verfiel in einen seidenweichen Singsang. Sein grässliches Lächeln wurde zu einer zähnefletschenden Grimasse.

Slattery lehnte sich nach vorn. Er erkannte die Anzeichen und er wollte Avonodor nicht verlieren. »Ich befehle Dir im Namen Jesu Christi. Sage mir, wo ich die Mutterkapelle finde.«

Es war zu spät! Avonodors Augen waren glasig und traten hervor. Seine Lippen verzerrten sich. Er hob den Kopf und riss den Mund auf, so weit es ihm möglich war.

»Eine Jungfrau lebt auf den Wegen der Jungfräulichkeit. Eine Jungfrau jungfraut auf den Abwegen der Jungfräulichkeit ...«

Bei seinem ersten Schrei gellenden, wahnsinnigen Gelächters stürzte sich Wodgila auf ihn und stopfte ihm ein Handtuch in den Mund. Dann, genauso plötzlich, wurde sein Körper schlaff. Er war nun nur noch ein schweigender Beobachter. Er fühlte, wie das Handtuch aus seinem Mund gezogen wurde. Bewegungslos beobachtete er wie aus großer Ferne die bei den Fremden, die in sein Leben eingedrungen waren.

Slattery packte Avonodors Sachen und steckte die Fotos ein. Wodgila machte einen letzten Anruf, dieses Mal nach dem Ambulanzwagen, und ging dann ins Büro des Verwalters um die plötzliche Erkrankung des armen Paters Avonodor zu erklären.

»Lebensmittelvergiftung.« Der Inspektor schnalzte mit der Zunge, zeigte kurz seine Polizeimarke und zahlte die Rechnung. »Natürlich wollen wir Sie nicht in irgendetwas verwickeln, was Sie Ihre Lizenz kosten könnte. Aber ich wäre bei allen Fragen sehr vorsichtig. Halten Sie sich da raus, wenn Sie verstehen, was ich meine.«

Der Verwalter war grau im Gesicht. Er stempelte die Rechnung ab und gab Wodgila eine Kopie. Er hatte keine Ahnung, was hier ablief, aber er wusste, was eine ernst gemeinte Warnung war.

In Minutenschnelle wurde der keinen Widerstand leistende Pater Avonodor in den Ambulanzwagen geschafft und fuhr in eine Nacht hinaus, die plötzlich so dunkel geworden war. So furchtbar dunkel.

XXXVII

Am Beginn seiner päpstlichen Untersuchung waren Christian Gladstones beste Informanten Männer wie Pater O'Reilly. Idealistische junge Priester, die es hassten, Seite an Seite mit dem homosexuellen Klerus zu leben, in ihrer Empörung aber vollkommen hilflos waren, weil die Bischöfe ihre Liebhaber zwischen den Pfarren und Kirchen hin- und herschoben und Kirche um Kirche geschlossen und verkauft werden musste, damit die steigenden Kosten außergerichtlicher Vergleiche bezahlt werden konnten.

Nach einiger Zeit führte ihn jeder Hinweis, den er von O'Reilly bekam, auf die Spur von zwei oder drei weiteren, bis er schließlich einen ganzen Kader von homosexuellen Priester-Informanten hatte, die ihm alle Beweise für gebrochene Gelübde, gescheiterte Berufungen und unglaublichen Verrat am Vertrauen ihrer Gemeinden lieferten.

In einer Stadt nach der anderen hörte Gladstone von diesem oder jenem Mann, wie er vor zwei oder drei oder zehn Jahren in die Falle der Leidenschaft für einen seiner Mitbrüder geraten war. Wie er einem größeren Kreis vorgestellt wurde, wo jeder über den anderen die schlimmsten Dinge wusste. Wie er sich immer weiter in der Falle verstrickt hatte durch den Platz, den er in der Kirchehierarchie einnahm, durch Geldfragen, durch Freundschaft und Gesellschaft. Warum er weder den sozialen noch den moralischen oder den körperlichen Mut aufbrachte damit zu brechen.

Gladstone begann zu begreifen, wie das funktionierte, was O'Reilly »ein Sicherheitssystem, das von O'Clearys Kanzlei bis zum Kardinalskollegium, von Amerika bis nach Rom reicht«, genannt hatte. Nur war System nicht das richtige Wort dafür, entschied Chris. Nein. Es war eher wie ein gemeinsames Verstehen. Ein schmutziges kleines Geheimnis, das laut genug geflüstert wurde um jene anzuziehen, welche die gleichen Interessen hatten. Gerade bedrohlich genug um das Geheimnis zu bewahren. Aber auf eine Art, ganz gleich wie man sie nannte, funktionierte die ganze Angelegenheit wie ein kirchliches Schutzsystem. Und so war O'Reillys Beschreibung auch durchaus zutreffend. Unschuldig oder nicht, jeder, der irgendetwas offenbaren wollte, würde so enden wie Michael O'Reilly, isoliert und unter einer Lawine ruinöser Gegenbeschuldigungen begraben.

Jene, die bei diesem Spiel wirklich mitmachten, beschützten und beförderten einander die Stufen der Hierarchie hinauf. Und das endete auch nicht bei Professuren an Seminaren oder Ähnlichem. Was Gladstone wie ein Tiefschlag traf, waren die glaubhaften Beweise über hochrangige Kirchenmänner, einschließlich Auxiliar- und Residential-Bischöfen, die an diesem kirchlichen Club homosexueller und pädophiler Aktivitäten beteiligt waren.

Wenn sein wachsendes Verständnis für das Ausmaß geistlichen Fehlverhaltens Christian auch die Augen öffnete, so waren die Besprechungen, die er im Auftrag Kardinal Maestroiannis mit amerikanischen Bischöfen führen musste, doch`eine echte Prüfung. Inzwischen war er ein Experte auf dem Gebiet der Befragung von Bischöfen und er fand eine Teilantwort auf sein Dilemma, indem er einen Katalog von Fragen zusammenstellte, scheinbar statistischen, demographischen und finanziellen Fragen, um Homosexualität als – wie er es nannte – »mögliche Schwächung der Ressourcen einer Diözese« zu untersuchen.

Der Plan war beinahe zu gut, Christian brachte fast mehr in Erfahrung, als er eigentlich wissen wollte. In den Antworten der Bischöfe fand sich kein Stottern oder Erröten. Aber auch nicht mehr viel traditionelle römisch-katholische Moral.

Christus, so argumentierten sie, hatte vom Besuch Gefangener gesprochen, von der Sorge für die Kranken und der Hilfe für Witwen und Waisen. Homosexuelle Priester taten all das und waren eine sehr fürsorgliche Gruppe von Geistlichen. Und Christus hatte nie über Homosexualität gesprochen. Nur noch selten sorgte sich ein Bischof darum, dass die homosexuellen Priester in seiner Obhut in Sünde lebten. Dass Verhältnisse mit Männern und der Missbrauch kleiner Jungen es unmöglich machte, das Priesteramt zu erfüllen. Dass sie tagtäglich in ihren Leben und im Leben anderer eine Sünde auf die andere, ein Sakrileg auf das andere häuften.

Als einige Bischöfe versucht hatten dem Einhalt zu gebieten, fanden sie sich mit einem Mal isoliert von den regionalen und nationalen Bischofskonferenzen, aus wichtigen Ausschüssen ausgeschlossen und nicht in der Lage ihre dringenden Gesuche nach Rom weiterzuleiten.

Weil er das alles wusste, hatte Chris beinahe das deutliche Muster erwartet, das sich aus seinen Befragungen der amerikanischen Bischöfe ergab. Aber was er sich niemals hätte vorstellen können, war, dass das Magisterium – der Mutterboden der Lehre der Kirche in Einheit mit dem Papst – so durch und durch zerrissen war. Ganze zwei Drittel der Bischöfe, die er besuchte, waren erklärte Gegner des Papstes. Seine Heiligkeit sei »altmodisch«, beklagten sie sich. Seine Heiligkeit sei »mittelalterlich«. Seine Heiligkeit sei »ein Schnorrer«. Seine Heiligkeit sei »der falsche Mann an der Spitze der Kirche«. Er habe einen »schwachen Willen«. Er sei »nicht in der Lage mit seiner Hierarchie umzugehen«. Er sei »unfähig zur päpstlichen Amtsführung«.

Christian fand auch heraus, dass die amerikanischen Bischöfe in einer weiteren Sache einer Meinung waren: in ihrer extremen Abneigung gegen Rom. Sie lehnten jeden Außenseiter ab, der ihnen vorschrieb, was sie zu tun hatten.

Die Botschaft, die Christian dem allem entnehmen konnte, war die von der Auflösung der administrativen Strukturen der Kirche, wie schon frühere Generationen sie gekannt hatten. Es war eine Rebellion gegen die zentrale Autorität. Regionalisierung war das neue Schlagwort. Jede Diözese arbeitete mehr oder weniger als unabhängiges Gebiet. Und jedes Gebiet drehte Rom eine lange Nase. »Sagen Sie in Rom, sie sollen uns in Ruhe lassen!«, war die Hauptidee, die Christian nach dem Willen der Bischöfe dem Vatikan überbringen sollte. Je mehr er sah, desto mehr wurde Christian von Fragen gequält. Was war nur mit dem Magisterium geschehen? Was hatte es möglich gemacht, dass so viele Irrtümer, Zweideutigkeiten und Verwirrung die Weisheit des Heiligen Geistes aus den Köpfen so vieler Geistlicher verdrängt hatte? Was war es, das es den Geistlichen unmöglich machte, zwischen wahr und falsch zu unterscheiden? Weil ihm selbst so viel an diesen Fragen lag, weil er langsam von derselben Verwirrung über den Zerfall des hierarchischen Systems heimgesucht war wie der Papst, suchte Chris in seiner Liste von Bischöfen nach einem Mann, der ihm erklären konnte, wie es zu diesem massiven Verfalls des Glaubens auf den höheren Ebenen der amerikanischen Hierarchie kommen konnte. Und dieser Mann war Bischof James McGregor in Hardcastle in Kansas.

Am dem Tag, als Chris in McGregors Kanzlei eintraf und der Bischof zu ahnen begann, welche Art von Informationen sein junger Freund suchte, ging er mit ihm in einen großen Garten. Es sei besser, sagte er, über solche Dinge zu plaudern, wenn man ungestört sei.

In der sonnendurchfluteten Einsamkeit dieses Ortes berichtete Chris, was er über das wusste, was so viele Bischöfe inzwischen die »amerikanische Kirche« nannten. Ganz offen sprach er über die wachsende Anzahl homosexueller Geistlicher, über die Mittäterschaft mancher Bischöfe und die Mitwisserschaft anderer, die nicht direkt darin verwickelt waren. Aus allem setzte er ein Gesamtbild der Kirche in Amerika zusammen – ein Porträt des verwässerten Glaubens und der veränderten Geisteshaltung einer einst so starken römisch-katholischen Hierarchie.

»Nun gut, Chris.« Während sie zum anderen Ende des Gartens ging, stocherte der Bischof hie und da in der Erde. »Wenn Sie den Verfall des Glaubens verstehen wollen, müssen Sie zuerst einmal den zerstörerischen Effekt des Selbstschutzes begreifen. Die Mehrheit der Bischöfe ist gut im gewöhnlichen Sinn dieses Wortes. Wie viele andere anständige Männer wollen sie ihren Job behalten und vorwärts kommen. Sie sind insofern korrupt, als sie ihre Stimme nicht gegen die Korruption rund um sie herum erheben. Sie sind korrupt in der Art, dass sie die Kirche verfallen lassen, während ihre Gemeindemitglieder blöken wie die Schafe, die von den Hunden zur Schlachtbank getrieben werden.«

»Aber warum? Was ist mit unseren Bischöfen geschehen? Sie haben nicht aufgegeben, Exzellenz, und die anderen mussten das auch nicht tun.«

»Habe ich das nicht?« McGregor steckte seine Hände in die Hosentaschen. »Ach, ich schaffe es immer noch, in der Stille meiner Privatkapelle eine lateinische Messe zu lesen. Ich schaffe es, das Sakrament gültig zu weihen, damit ich meine Gemeindemitglieder mit dem wahren Leib Christi versorgen kann. Ich spiele viel Golf mit meinen Priestern und gebe ihnen achtzehn Löcher guter Theologie um sie bei der Stange zu halten. Mit anderen Worten, ich bemühe mich so gut ich kann dem Beispiel des heiligen Paulus zu folgen und den Glauben so weiterzugeben, wie er von den Aposteln auf mich gekommen ist.

Aber das war's auch schon. In allen anderen Belangen habe ich mich den Vorschriften der Nachkonzilskirche gebeugt. Ihre Freunde in Rom haben dafür gesorgt. Ihre Freunde, die die ECZ leiten, haben den katholischen Ritus bis ins Mark verändert. Ihre Freunde, die den IRCL leiten, haben uns eine vollkommen neue Liturgie in den Hals gestopft. Untereinander haben sie meine Kirche für mich verändert und hier draußen in der Prärie kann ich nicht viel dagegen tun.«

Aber Chris ließ sich nicht davon abbringen, dass McGregor wenigstens irgendeine Art von Lösung gefunden hatte. Ja, er hatte sich eine Reihe von Manövern einfallen lassen müssen, damit alles ruhig blieb. Aber wenigstens sorgte er dafür, dass seine Gemeindemitglieder gültige Sakramente erhielten und dass die Priester und Laien in seiner Obhut die Wahrheiten ihres römisch-katholischen Glaubens hörten. Warum also, wollte Christian wissen, hatten die anderen Bischöfen nicht wenigstens so viel getan?

»Ich werde Ihnen zeigen, warum.« McGregor führte ihn zurück in`seine Kanzlei. »Sie sind schon dahintergekommen, dass die meisten Bischöfen jetzt leben und arbeiten, als gäbe es so etwas wie eine ›amerikanische Kirche‹. Aber hinter dieser Idee der Unabhängigkeit von Rom steckt noch mehr.

Es ist eine Tatsache, dass sich in dieser Kirche eine andere Art des Glaubens festgesetzt hat. Es ist eine Logik ohne den Logos. Es ist nicht mehr der Glaube aus dem Evangelium des Johannes, des Wortes, das bei Gott war und Gott war. Nicht mehr der Glaube, dass das Wort Fleisch geworden ist. In diesem verballhornten

Glauben der so genannten ›amerikanischen Kirche‹ wurde das Fleisch zum Wort. Und das Wort heißt ›Digital‹.«

McGregor riss die Türe zu seinem Arbeitszimmer auf und ging zu einer Reihe von Aktenschränken. »Hier, Pater Chris. Sehen Sie sich das neue Evangelium an, nach dem wir Bischöfe dieser Tage leben. Verschaffen Sie sich einen Überblick darüber, wie unsere Hirtentätigkeit aussieht.« Mit jedem Wort schichtete McGregor Papiere auf, Computerausdrucke voller elektronischer Daten und Bilder. »Wir leben von Datenerhebungen, Grafiken, Diagrammen, statistischen Berichten und numerischen Schätzungen. Wir bekommen psychosexuelle Profile und Diagramme über Drogen- und Alkoholmissbrauch. Wir bekommen analytische Tabellen und Balkendiagramme von allen gesellschaftlichen Übeln, die Sie sich vorstellen können. Wir bekommen dieses Zeug jeden Tag von liturgischen Ausschüssen. Von sakramentalen Ausschüssen. Von Frauenkommissionen und Kinderkommissionen und Umweltkommissionen und Bevölkerungskommissionen und Kommissionen für Wirtschaftspolitik. Sie kommen zu uns von Komitees auf Gemeindeebene, auf Diözesan- und Erzdiözesanebene und von den regionalen und nationalen Bischofskonferenzen. Wir bekommen so viel von diesem Müll und unsere Köpfe werde so voll gestopft damit, dass es tatsächlich unsere Art zu denken beeinflusst.

Sie sind auf der Suche nach der Wahrheit hierher gekommen, Chris.« Endlich wandte sich McGregor von den Akten ab. »Und bei allem, was mir heilig ist, die Wahrheit ist, dass das Leben, das Denken und selbst der Glaube digitalisiert werden.

Dieses eine Wort – digital – ist wie einer dieser Computerviren, von denen wir hören und die wie der Blitz rund um den Erdball huschen und ganze Datenbanken zerstören. Nur zerstört dieser Virus das Wörterbuch des Glaubens. Er verwandelt den römischen Katholizismus von einer Religion, die entweder der Wahrheit dienen oder sterben wollte, in eine Kultur, die sich entweder mit der Welt ändern muss oder zurückgelassen wird.

Es wird unmöglich, sich mit Dingen wie Christi Worten über die Dreieinigkeit zu beschäftigen. Unmöglich über Dinge wie die übernatürliche Gabe der Gnade nachzudenken. Dinge wie

Demut und Reinheit. Dinge wie Gehorsam und Keuschheit und Frömmigkeit und Heiligkeit. Dinge wie das Leiden und die Selbstverleugnung Christi am Kreuz als göttliches Vorbild des Gottesvertrauens. Dinge wie Nächstenliebe als dem menschlichen Antlitz der göttlichen und daher fehlerlosen Liebe. Und am Ende wird es auch unmöglich, über Dinge wie Gut und Böse, Sünde und Reue nachzudenken. Und all das kommt aus dem alten Wörterbuch unseres Glaubens.

Und das, Pater Chris, bringt uns zu den Antworten, die Sie hier suchen. Bringt uns zur Korruption. Wenn alles gesagt und getan worden ist, wenn die endlosen Schichten von Zähigkeit, Reichtum und Subtilität, die in Gottes Offenbarung enthalten sind, von den Nullen und Einsen der neuen digitalen Geisteshaltung bis auf die Knochen zerlegt worden sind, dann stehen die Bischöfe vor einem Problem mit den ewigen Lehren und moralischen Einstellungen dieser Kirche, die auf dieser Offenbarung beruhen.

Sie wissen selbst, dass sogar der Glaube an die Anwesenheit Christi im Sakrament immer schwächer wird. Eine unbefleckt empfangende Jungfrau ist ein Problem. Engel und Heilige sind etwas geradezu Peinliches. Die Unfehlbarkeit des Papstes ist unerträglich. Der Himmel selbst, die Idee, dass wir am Leben Gottes, den noch kein Mensch gesehen hat, teilnehmen können, wird behandelt wie ein kulturbedingter Mythos. Es ist in Ordnung, die Hölle und das Fegefeuer in Kursen über vergleichende Kulturgeschichte zu studieren. Aber es ist nicht praktisch, sein Leben – auch das sexuelle Leben – so zu leben, als ob diese Begriffe wirklich irgendeine Bedeutung hätten. Als ob die Sünde genauso echt wäre wie – wie Virtual Reality.

Ich habe Ihnen die besten Antworten über Korruption gegeben, die ich habe, Pater Chris. Jetzt frage ich mich, ob ich die Sache umdrehen und Ihnen ein Rätsel aufgeben darf?«

»Fragen Sie mich alles, was Sie möchten, Exzellenz.«

»Vielleicht ist diese Ihre Untersuchung eine gute Sache. Aber warum hat der Papst diese Farce überhaupt so weit kommen lassen? Warum hat er so lange zugesehen? Warum hat er nicht das Übel an der Wurzel gepackt? Und warum weicht er so weit vom

Weg ab um mitten in all dieser Verwirrung auch noch unverständliche Botschaften an die Vereinten Nationen und überhaupt an alle Welt zu richten?

Soweit ich das verstehe, soweit wir alle das verstehen, die hier draußen versuchen durchzuhalten, sind das die zentralen Fragen, die gestellt werden müssen. Und die Antworten darauf werden Sie nicht hier in Hardcastle in Kansas finden.«

»Er stellt viel zu viele Fragen, Silvio!« Verärgert über das Rauschen in der Leitung schrie seine Eminenz von Centurycity in den Telefonhörer. »Als ich zugestimmt habe Damien Slattery in dieser Erzdiözese aufzunehmen, bis wir ihn endgültig loswerden können, haben Sie und Maestroianni mir gesagt, er sei ohnehin nur mehr ein gestrandeter Wal. Aber wenn Sie mich fragen, dann ist er ein gefährlicher Unruhestifter.«

Kardinal Aureatini beherrschte seinen Zorn. Er mochte es nicht, wenn jemand ihn so aufdringlich bei seinem Vornamen nannte. Und er mochte es ganz und gar nicht, vom Krankenbett seiner Mutter geholt zu werden, und das von einem Kardinal, dem er nichts schuldete. Aber er und Centurycity hatten gewisse gemeinsame Ziele und er hatte von Pater Avonodors plötzlichem Verschwinden kurz nach der Ankunft Slatterys in den Staaten gehört. Wenn auch noch andere Dinge schief gelaufen waren, war es wohl besser, gleich das Schlimmste zu hören.

»Sie erinnern sich sicher an Lotzinger? Den Pfarrer in Willowship?«

Woran Aureatini sich erinnerte, war hauptsächlich, wie oft Seine Eminenz von Centurycity ihn von einer Gemeinde in die nächste hatte versetzen müssen um seine Haut zu retten und an die Gerüchte von Kindesmissbrauch, die ihm immer gefolgt waren. Woran er sich erinnerte, war diese Exnonne, eine frühere Schwester Angela, die immer wieder als Direktorin von Lotzingers Gemeindeschulen aufgetaucht war. Die Anwälte des Kardinals hatten Lotzinger bis jetzt immer beschützen können. Wo also lag das Problem?

»Das Problem liegt darin, Silvio, dass Pater Keraly aus Harding mit den gleichen Beschwerden zu mir gekommen ist. Und ebenso Pater Tomkins aus Roantree. Slattery hat sich in allen drei Gemeinden herumgetrieben.«

»Das ist aber seltsam.« Langsam sah Aureatini die Schwierigkeiten in einem ernsteren Licht.

»Genau das denke ich auch, Eminenz. Aber da ist noch mehr. Es sieht so aus, als habe Slattery zu einem pensionierten Polizeiinspektor names Sylvester Wodgila Kontakt. Er hat die Scalabrini-Sache untersucht.«

»Ich verstehe.« Kardinal Aureatini holte tief Atem. »Noch mehr Zufälle?«

»Vielleicht. Was ich weiß, ist, dass Slattery hin und wieder große Umwege macht um einen anderen Mann aus dem Vatikan zu treffen, der sich in den ganzen Staaten herumtreibt. Haben Sie je von einem Pater Christian Gladstone gehört?«

»Pah!« Der italienische Kardinal zuckte verbal mit den Achseln. »Gladstone ist ein Schoßhündchen und Maestroianni hat ihn fest an der Leine. Er ist in unserem Auftrag drüben um für die ›Gemeinsamen Gedanken der Bischöfe‹ zu arbeiten.«

»Nun gut.« Centurycity blieb bei seiner Ansicht. »Und wieso hat Slattery Verbindung mit Gladstone?«

»Sie kennen einander aus dem Angelicum und Slattery braucht vielleicht jemanden, der ihm beim Trinken Gesellschaft leistet«, vermutete Aureatini. »Meiner Erfahrung nach sind Amerikaner mit Gladstones Reichtum und gesellschaftlichem Ansehen immer höflich, selbst zu Bauern wie Slattery.«

Verdammter Snob, murmelte Centurycity, übertönt vom Rauschen, vor sich hin. »Ich nehme Sie beim Wort, Silvio. Aber das ändert nichts an dem Problem, das wir mit dem Iren haben. Die Lesungen für die Aktion Leben führen ihn überall hin. Meine Leute können keinen Schritt tun ohne über ihn zu stolpern. Es würde das Leben hier sehr erleichtern, wenn wir ihn dazu bringen könnten, seine Ausschlusspapiere zu unterzeichnen. Oder noch besser, warum bekommt Pater Haneberry nicht einfach die Befugnis ihn aus dem Orden zu werfen?«

Sturer Yankee-Narr, dachte Aureatini. »Ich wünschte, es wäre so einfach, verehrter Amtsbruder. Aber in diesem Fall müssen Sie sich mit Rom auseinander setzen. Als früherer Generalmagister hat Slattery einen gewissen Status. Es wäre wesentlich besser, wenn Sie die Sache auf lokaler Ebene beschleunigen könnten. Es wird Haneberrys Aufgabe erleichtern, wenn Sie ihre Position als Erzbischof einsetzen. Rufen Sie Slattery zu sich. Lesen Sie ihm die Gehorsamsregeln vor. Ärgern Sie ihn. Kitzeln Sie den Iren aus ihm raus, wie man bei Ihnen drüben so sagt.«

Aureatini kicherte über seinen kleinen Scherz, aber der Amerikaner fand das nicht lustig. Er hatte es mit Rom zu tun, natürlich, und wie immer war Rom keine große Hilfe. Wie üblich würde es Centurycitys Aufgabe sein, für Damien Duncan Slatterys Ende als Priester zu sorgen. »Ich danke Euer Eminenz für Ihre Vorschläge.«

»Aber nicht doch, Eminenz. Wozu hat man denn Freunde?«

Oberflächlich betrachtet hatten Damien Slattery und Sylvester Wodgila keine Schwierigkeiten aus Pater Avonodors Informationen Kapital zu schlagen. Es war meist nur eine Sache von Überwachung, Geduld, Fahrerei und eifriger Mitarbeit von Wodgilas endlosem Netz an Kontaktleuten, das er während seiner aktiven Zeit bei der Polizei von Centurycity aufgebaut hatte.

Während sich der Inspektor darum bemühte, so viel wie möglich über Avonodors Freund in Vancouver herauszufinden, konzentrierte sich Slattery auf den ersten der drei Zirkel in Willowship, Harding und Roantree.

Mit seinen Lesungen als Tarnung und mit seinen Referenzen als Freund Inspektor Wodgilas, die ihm das Vertrauen von interessierten Gesetzeshütern bis weit außerhalb der Grenzen von Centurycity sicherten, dauerte es nicht lange, bis eine Flut von Berichten wie ein Wolkenbruch von saurem Regen in Damiens Hände zu fließen begann.

Ihm wurden so genannte »graue Akten« gezeigt, dicke Ordner, die routinemäßig in einem Bezirk nach dem anderen aufbewahrt wurden und Berichte von Vorfällen enthielten, die nur deswegen nicht verfolgt worden waren, weil niemands Rechte verletzt worden waren und keine strafbaren Tatbestände festgestellt werden konnten. Mehr als einmal von Polizisten angerufen, die frustriert darüber waren, dass von ihnen verhaftete pädophile Priester nicht unter Anklage gestellt wurden, hörte er Berichte aus erster Hand über satanistischen Kindesmissbrauch und rituelle Opferungen. Er hörte von Abtreibungsärzten, die ein einträgliches Nebengeschäft mit Säuglingen machten, die zwar noch am Leben, aber ohne jeden gesetzlichen Status waren, und sie an die örtlichen Zirkel lieferten. Er hörte Berichte von Folterung und Verzweiflung, von verstümmelten Körpern auf Altären und von Knochen, die in tragbaren Krematorien verbrannt wurden; und er hörte das Jammern von Seelen, die unter ihrer eigenen Reue Qualen litten.

Und während seine Aufzeichnungen immer weiter anwuchsen, wurde Damien von einem Namen aufgestört, der immer und immer wieder genannt wurde. »Mr. F ...« schien bei den pädophilen Priestern ein so häufiges Synonym für Satan zu sein, dass es Slattery durch das ganze Land verfolgte.

Da war diese entsetzliche Nacht in Iowa und die Beichte eines nicht mehr jungen Gemeindepriesters, der bei einem Frontalzusammenstoß mit einem Lastwagen in einem Regensturm tödlich verletzt worden war. »Um all der Kleinen willen, denen wir wehtun. Bitte, Pater ... um all der Kleinen willen, denen wir wehtun ... vergeben Sie mir ... bitte, Pater ... um all der Kleinen wegen, denen wir wehtun ...«

Die Anzeichen waren deutlich, aber es blieb nur wenig Zeit. Slattery brauchte eine klare Aussage von dem Mann. »Bist du ein Diener Satans?«

»Ich bin sein Sklave, Pater ... sein Sklave .... Mr. F ... – sein Sklave ... vergeben Sie mir, Pater ...«

Angestrahlt von den Lichtern eines Polizeiautos kniete Slattery im strömenden Regen und erteilte dem Priester die Absolution, tröstete ihn und sandte ihn in Gottes Ewigkeit mit Worten der Reue auf seinen Lippen und Hoffnung in seinem Herzen.

Trotz all der dramatischen Beweise, die Slattery in die Hände fielen, wusste er Mitte Juni immer noch nicht, wie all die Teile zusammenpassten.

Alles wies auf ein Netzwerk satanistischer Geistlicher hin. Von dem Augenblick an, als Avonodor die Existenz von nicht weniger als drei Zirkeln in der näheren Umgebung von Centurycity zugegeben hatte, sagten ihm die Logik und seine Erfahrung als Exorzist, dass es ein größeres Netzwerk von Zirkeln geben musste. Deswegen hatte er Avonodor auch die Fragen über die Mutterkapelle gestellt. Es musste diese Mutterkapelle geben, in der all die Zirkel vereinigt waren. Aber wo war sie? Wenn er die Teile zusammensetzen wollte, wenn er die letzten Beweise für die systematische Verwicklung von amerikanischen Geistlichen in satanistische Rituale erbringen wollte, musste er diese Kapelle ganz einfach finden.

Ganz gleich, wie weit er reiste, ganz gleich, wie viele »graue Akten« er las oder wie viele verzweifelte Beichten er abnahm, der einzige Hinweis auf die Mutterkapelle waren die irren Worte Pater Avonodors in jener Nacht im Motel. »Eine Jungfrau lebt auf den Wegen der Jungfräulichkeit. Eine Jungfrau jungfraut auf den Abwegen der Jungfräulichkeit.« Slattery hatte schon früher mit dieser Art programmierter Reaktionen zu tun gehabt. Sie zeigte alle Anzeichen jenes Mechanismus, mithilfe dessen ein Besessener einer Frage des Exorzisten ausweichen konnte. Aber darin befand sich auch immer ein Schlüssel, ein Hinweis auf die Antwort zu der gestellten Frage. In diesem Fall war Slattery davon überzeugt, dass der Schlüssel das wiederholte Wort Jungfrau war. Aber es gelang ihm nicht, den Sinn dahinter zu begreifen.

Obwohl er genauso frustriert war wie Slattery, hielt sich der Inspektor an seine Polizeiweisheit. »Abwarten und mit den Spuren arbeiten, die wir haben«, schlug Wodgila vor. »Wenn wir den Beweisspuren folgen, die wir haben, finden wir schon etwas.« Aber Slattery wurde die Zeit zu knapp. In allerspätestens sechs Wochen würde er all seine Energie in einen detaillierten, wasserdichten, wirklich überzeugenden Bericht packen müssen, der den slawischen Papst dazu brachte, schnell und wirkungsvoll zu reagieren.

Später in dieser Woche kehrte Slattery in seinen Kerker in Centurycity zurück und hörte die Nachrichten auf dem Anrufbeantworter ab. Ein Kontrollanruf kam von Gladstone, den er sofort erwiderte. Um einige Anfragen nach Lesungsterminen würde er sich kümmern müssen. Die kurz angebundene »Machen Sie, was ich Ihnen sage«-Stimme von Pater George Haneberry befahl ihm zu einem Treffen mit Seiner Eminenz von Centurycity am nächsten Nachmittag Punkt 16 Uhr zu erscheinen. Und die aufgeregte Stimme Sylvester Wodgilas, der früher als erwartet von seinen eigenen Nachforschungen zurückgekommen war, schlug vor bei nächster Gelegenheit zum Abendessen vorbeizuschauen.

Auch wenn Martha Wodgila sich über Slatterys Appetit freute, war sie doch lange genug mit einem Polizisten verheiratet um zu wissen, dass es an diesem Abend nicht um freundschaftliche Unterhaltung gehen würde.

»Nun gut.« Slattery folgte Wodgila nach dem Abendessen in dessen Fuchsbau. »Was hat Sie so schnell zurückgebracht? Was haben Sie herausgefunden, Mann?«

»Alles! Ich habe den Jackpot geknackt!«

»In Vancouver! Die Mutterkapelle ist in Vancouver?«

»Nein.« Wodgila wählte eine Pfeife aus seiner Sammlung. »Vancouver ist etwas ganz anderes. Die Sicherheitsmaßnahmen sind dort oben strenger, als ich es je erlebt habe, aber meine Quellen geben an, dass Vancouver die nationale Drehscheibe für eine internationale Satanistenorganisation ist. Doch die Spur, die wir dort oben entdeckt haben, führt zu einer gut verborgenen Gruppe in South Carolina. Wie in Vancouver herrschen dort strengste Sicherheitsmaßnahmen, aber es handelt sich ganz sicher um die Mutterkapelle, die wir gesucht haben, und Sie werden nicht glauben, welche Namen in den dortigen Akten auftauchen.«

»Sie haben ihre Akten gesehen, Sylvester?«

»Nicht ganz.« Wodgila genoss diesen Augenblick sichtlich. »Aber ich habe die Antwort auf unser Rätsel über ›die Jungfrau auf den Abwegen‹ gefunden. Und Sie hatten Recht, Pater. Das war der Schlüssel, den wir gebraucht haben.«

Als seine Bemühungen den zuständigen Mann in der Kapelle in South Carolina zu erreichen keine Früchte trugen, hatte Wodgila entschieden nach Kirchenmännern zu suchen, die in Pension gegangen waren oder aus diesem Gebiet versetzt worden waren, immer in der Hoffnung irgendjemanden zu finden, der reden würde. »Die logische Wahl schien Erzbischof James Russeton zu sein. Jeder nannte ihn Bischof Leo. Er hatte Jahrzehnte in South Carolina gewirkt, bevor er in Pension ging und sich in den schönen Staat Virginia zurückzog.« Schweigend wartete Wodgila, bis Damien diese Information verdaut hatte.

»Natürlich!« Slattery war erstaunt, wie klar das Rätsel plötzlich wurde. »Avonodor konnte den Ort der Mutterkapelle in South Carolina nicht verraten, aber er konnte auch den Hinweis nicht vermeiden. ›Eine Jungfrau auf den Abwegen der Jungfräulichkeit‹. Wenn Sie sagen, dass dieser Bischof Leo ein Teil der Mutterkapelle war, und Avonodor wusste das, dann passt das Rätsel wie eine Faust aufs Auge. Ersetzen Sie ›Jungfräulichkeit‹ durch ›Virginia – Land der Jungfrau‹ und es passt.« In seiner Aufregung wäre es Slattery beinahe entgangen, dass Wodgila in der Vergangenheitsform gesprochen hatte. War Russeton also tot?

»Schlechtes Timing.« Der Inspektor nickte. »Seine Leiche wurde gerade in den Leichenwagen geschafft, als ich dort ankam. Aber ich habe ihn wenigstens gesehen.«

»Natürliche Todesursache?«

Wodgila nickte wieder. »Meine Freunde in Virginia schicken den Bericht des Leichenbeschauers, sobald er fertig ist, aber es sieht so aus. Lebte seine Tage in einem großartigen Haus zu Ende. Teil einer Anlage namens Fantasia-Stiftung. Können Sie sich das vorstellen?

Aber sein Spitzname passte zu ihm. Er hatte eine graue Löwenmähne. Das hat mich an einen Satz in den Petrus-Briefen erinnert, über Satan, der seiner Beute wie ein Löwe nachstellt. War überdurchschnittlich groß. Gut aussehend, abgesehen von einem seltsamen Ausdruck in seinem Gesicht. Irgendetwas zwischen Zorn und Verwirrung, als wäre er im letzten Augenblick von einem verhassten Besucher überrascht worden, den er nicht erwartet hatte.

Ich habe schnell einen meiner Kontaktmänner angerufen und erklärt, wonach ich suche. Ich durfte mich den Leuten anschließen, die das Haus des Bischofs untersuchen sollten. Und es stellte sich heraus, dass Leo ein sehr ordentlicher Mensch war. Die Sorte, die gründliche Aufzeichnungen über ihre größten Erfolge sammelt.« Gründlich war eigentlich nicht das richtige Wort um die Schachteln voll Material zu beschreiben, die Wodgila aus einem versperrten Wandschrank holte. Die Akten, deren Kopien Wodgila aus Virginia mitgebracht hatte, enthüllten alles, einschließlich der Struktur der Mutterkapelle und ihrer ständigen Kontakte zu anderen Kapellen im ganzen Land.

Wie abgebrüht die beiden auch immer sein mochten, so bedrückend und entmutigend war es doch für sie zu sehen, wie weit diese niederen, erschreckenden und gierigen Elemente des Bösen in der römisch-katholischen Kirche Amerikas schon um sich gegriffen hatten. Sie vertieften sich gemeinsam in peinlich genaue Aufzeichnungen von Neueintritten und in Mitgliederlisten, die Jahrzehnte zurückreichten und die wirklichen Namen der Anhänger der Mutterkapelle neben ihren angenommenen Decknamen aufführten. Russeton hatte alles darangesetzt, kirchliche Gebräuche nachzuahmen und zu pervertieren. Ebenso wie die Kirche Aufzeichnungen führt über die vielen Priester, Brüder und Nonnen, die die Namen von Engeln oder Heiligen annehmen, so hatte Bischof Leo seine eigenen Aufzeichnungen geführt über die illustren Persönlichkeiten, die er für seine Mutterkapelle geworben hatte.

So wichtig diese Aufzeichnungen auch waren, Wodgila hatte noch mehr für Damien. Er zeigte ihm datierte Berichte über schwarze Messen mit Fotomaterial über Menschen- und Tieropfer, die so schlimm waren, dass sie den Verstand bis in seine Grundfesten erschüttern konnten.

Aber es kam noch schlimmer. Wodgila reichte Slattery eine Fotografie nach der anderen. »Zu Anfang dachte ich, ich sei übergeschnappt, als ich sie sah. Aber dann habe ich die offiziellen Aufzeichnungen überprüft und wusste, dass es stimmt. Zu Beginn seiner Karriere, als er noch ein Monsignore war, war Seine Eminenz von Centurycity Kanzler bei Bischof Leo.«

»Nein.« Slatterys spürte einen üblen Geschmack im Mund und tiefe Melancholie hatte seine Seele befallen. »Nein, es besteht kein Zweifel.« Das Gesicht war jünger, aber die Gesichtszüge des Kardinals hinter der Brille waren unverkennbar. Da war er, mit nicht mehr am Leib als einem vorn offenen Gewand. Einige Aufnahmen zeigten ihn, wie er Bischof Leo voranschritt, in einer bösen Parodie auf kirchliche Prozessionen, mit einer schwarzen Kerze in der Hand. Auf anderen griff er nach dem Pentagramm auf dem Altar oder stand zwischen der roten und der schwarzen Säule auf der Kanzel. Auf noch anderen war er in so widerliche, bestialische und blasphemische Zeremonien verwickelt, dass Damien Slattery sich zwingen musste hinzusehen.

Aber selbst damit war es noch nicht genug. Wodgila führte Slattery durch einen ganzen Berg von Notizen und Briefen, die er in einem Bodensafe im Keller von Bischof Leos Haus gefunden hatte. Diese Sammlung von Dokumenten, sagte der Inspektor, bestätigten Slatterys Annahme, dass der Satanismus unter den Geistlichen Amerikas eine hochgradig organisierte Angelegenheit war. Das meiste Material bestand mehr aus verschlüsselten Botschaften denn aus normalem Text. Aber auch wenn sie schwer zu entziffern waren, so war doch nicht zu bezweifeln, dass es sich um Aufzeichnungen von Feiern handelte, die Bischof Leos Mutterkapelle mit anderen Kapellen abgehalten hatte. Wodgila hoffte mit der Hilfe seiner Freunde unter den Polizeikryptologen die Namen und Standorte dieser Kapellen herauszufinden.

Als beide Männer zu erschöpft waren um mit ihren Nachforschungen weiterzumachen, verstauten sie das Material wieder in den Schachteln. In seiner trockenen Art gab Wodgila zu verstehen, dass er so manche Dinge in einem neuen Licht sah. »Kein Wunder, dass ich vom Fall Scalabrini abgezogen wurde, kein Wunder, dass Seine Eminenz meine vorzeitige Pensionierung begrüßt hat.«

»Nach dem, was Scalabrini passiert ist«, sagte Slattery, und das war ein eher zweifelhafter Trost, »hatten Sie noch Glück, dass Seine Eminenz damit zufrieden war, Sie nur in Pension zu schicken.«

Sylvester stellte die letzten Schachteln zurück in den Schrank und schenkte zwei Brandys ein. »Seit ich aus Virginia zurück bin, muss ich die ganze Zeit an das Foto denken, das wir Pater Avonodor gezeigt haben. Das, wo Seine Eminenz auf der Homosexuellenhochzeit zu Gast war.«

»Was ist damit?«

»Die Verbindung, das ist damit«, antwortete der Inspektor. »Seine Eminenz scheint ein Bindeglied zu sein. Ein Funktionär in einem viel größeren Netzwerk, als einer von uns zu finden erwartete.«

Um genau 16 Uhr, als er einem schweigsamen jungen Priester über die Korridore der Kanzlei von Centurycity folgte und schließlich in einem Vorzimmer zum Arbeitszimmer des Kardinals Platz nahm, betrat Damien Slattery einen heraufdämmernden Albtraum, der den Bereich bloßer Träume weit hinter sich ließ.

Kurz nach 16 Uhr 30 endlich erschien ein Pförtner und winkte Slattery heran. Seine Eminenz wolle ihn nun empfangen. Doch selbst im Arbeitszimmer dauerte diese traumähnliche Stille an, denn der Kardinal arbeitete sich, ohne die geringste Notiz von Damien zu nehmen, durch einen Stapel Papier. Erst als ein dritter Mann das Arbeitszimmer betrat, sah Seine Eminenz schließlich auf.

»Bischof Goodenough hier hat mir mitgeteilt, Pater Slattery, dass Sie es sich zur Aufgabe gemacht haben, verschiedene Gemeinden dieser Erzdiözese aufzusuchen ...«

Slattery hörte die Worte des Kardinals wie aus großer Ferne. Er starrte Seiner Eminenz in die Augen, aber in seiner Erinnerung sah er den jungen Monsignore auf jenem Foto, der mit einer schwarzen Kerze in der Hand die Prozession anführte, den jungen Monsignore, der nach dem Pentagramm griff, den jungen Monsignore, der zwischen den infernalischen roten und schwarzen Säulen auf der Kanzel stand, den jungen Monsignore, der sich an einem unaussprechlichen Sakrileg auf dem Altar beteiligte ...

»Mit welchem Recht nehmen Sie sich solche Freiheiten heraus, Pater Slattery ...«

Jeder Nerv und jeder Muskel in Damien Slatterys Körper

spannte sich bei seinem Versuch die Kontrolle über sich zu behalten. Stumm wiederholte er für sich Giustino Lucadamos Anweisungen wie ein Mantra: »Ganz egal was Sie herausfinden, konfrontieren Sie niemals einen kirchlichen Amtsträger damit ...«

»Haben Sie nichts dazu zu sagen?« Seine Eminenz warf Bischof Goodenough einen frustrierten Seitenblick zu. Aureatinis Rat funktionierte nicht. Es war anscheinend nicht so einfach, den Iren herauszukitzeln.

»Konfrontieren Sie niemals einen kirchlichen Amtsträger damit ...« Damien wiederholte sein Mantra und biss schweigend die Zähne zusammen. »Lassen Sie seine offiziellen Befugnisse unangetastet ... die haben das kanonische Recht auf ihrer Seite ...«

»Seine Eminenz spricht mit Ihnen, Slattery!« Bei Bischof Goodenoughs Worten wandte Slattery sich zu dem Hünen mit Doppelkinn. Vielleicht machte sein Rang den Kardinal unangreifbar. Aber Goodenough war die Fleisch gewordene Versuchung! Bischof oder nicht Bischof, er war nichts anderes als ein Gangster, ein Muskelmann. Und er war fast so groß wie Slattery selbst. Groß genug um ein paar ordentliche Schläge auf diese kalten, kleinen Augen zu bekommen ...

»Pater Slattery!« Das Schweigen, in welches der Dominikaner sich hüllte, brachte Seine Eminenz an den Rand seiner Geduld. »Ich habe keine Zeit für solche Spielchen. Sie werden keine Einrichtungen oder Besitzungen dieser Erzdiözese mehr ohne meine ausdrückliche Erlaubnis besuchen. Haben Sie das verstanden?« Die Verwirrung des Kardinals machte plötzlich aufkeimender Panik Platz. Gab es irgendein Geheimnis um diesen Iren? Oder würde er sie angreifen? Anscheinend dachte Goodenough dasselbe, denn er warf einen nervösen Blick in Richtung Tür, als wolle er hinauslaufen.

»Nein!« Slattery hob eine Hand. »Gehen Sie nicht, Exzellenz!«

Nach seinem langen Schweigen schien Slatterys Stimme beide Männer zu erschüttern; sie zuckten zusammen, als habe über ihren Köpfen eine Peitsche geknallt. Von seiner enormen Höhe starrte Slattery auf den in seinem Stuhl gefangenen Kardinal hinab.

»Euer Eminenz.« Seine Worte klangen, wie ein Urteilsspruch aus dem Mund eines riesigen Racheengels. »Sie haben nicht mehr viel Zeit um zu bereuen.«

»Dieser Mann ist eine Gefahr!« Von einer Furcht gepackt, die er noch nie zuvor verspürt hatte – Furcht vor irgendeiner namenlosen Gefahr, die Damien Duncan Slattery verkörperte –, schrie der Kardinal Pater Provinzial George Haneberry über das Telefon an. »Sie müssen nur Bischof Goodenough fragen. Er steht direkt neben mir. Er kann beschwören, dass Slattery uns beide bedroht hat.«

»Aber Euer Eminenz, Kardinal Aureatinis Anweisungen waren deutlich. Wir sollen warten ...«

»Aureatini soll verdammt sein! Dieser Clown hätte uns beinahe umgebracht. Ich schicke Ihnen noch in dieser Stunde eine Zeugenaussage darüber. Wir müssen ihn loswerden. Nicht nächste Woche oder nächstes Jahr. Jetzt!«

Eine Stunde später war die Aussage auf dem Weg zu Haneberry und bestätigte Slatterys Angriff auf Bischof Goodenough. Das war eine Verletzung des kanonischen Rechts, welche in der Rechtsprechung der Erzdiözese von Centurycity nicht geduldet werden würde.

Es war schon nach Mitternacht, als Slattery, immer noch von seinem persönlichen Dämon gepackt und vollkommen erschöpft, die Priorei des Hauses der Heiligen Engel betrat.

Er saß lange Zeit still wie eine Statue auf der Bettkante, bis er den Umschlag bemerkte, der während seiner Abwesenheit unter der Tür hindurchgeschoben worden war. Schließlich erkannte er das vertraute Wappen des Generalmagisters in Rom. Immer noch in seinem Traum befangen, griff er nach dem Umschlag und las die darin enthaltenen Dokumente; Dokumente, die seinen Verstand an den Rand des Abgrunds trieben.

Das erste dieser Dokumente, schon im März in Rom vom neuen Generalmagister unterschrieben und am gestrigen Tag von

Haneberry gegengezeichnet, sprach allem dominikanischen Leben Hohn. »Für die Harmonie im Orden und zum Besten Ihrer eigenen Seele«, hatte Generalmagister McGinty geschrieben, »halten wir es für ratsam, dass Sie einige Zeit außerhalb des Ordenslebens verbringen. Nach einer Probezeit von nicht weniger als sechs Monaten und nicht länger als einem Jahr werden wir erneut über Ihre Lebensumstände beraten. Wir schließen uns Ihnen mit unseren Gebeten an den Heiligen Geist an, auf dass wir gemeinsam Gottes Willen erkennen mögen.«

Weil so ein Ausschluss nicht ohne Grund vorgenommen werden konnte, war ein weiteres Dokument als Begründung beigelegt worden. Dieses, unterschrieben von Seiner Eminenz von Centurycity und von Bischof Ralph Goodenough bezeugt, machte das kanonische Recht zu einer Farce. Offensichtlich nach seinem Besuch in der Kanzlei angefertigt beschuldigte es Slattery eines Benehmens, das besser in eine Bar als in eine bischöfliche Kanzlei gepasst hätte.

Damien sah sich noch einmal das Datum auf den beiden Dokumenten an und ließ sie dann auf den Tisch fallen. Jedes grausame Detail, das »seine Brüder in Christo« für seine Zukunft geplant hatten, stand vor seinem geistigen Auge.

Er war nicht nur ein Ausländer in Amerika, sondern auch noch unerwünscht in seinem Orden. Er würde außerhalb jeder schützenden Mauer stehen. Er konnte nach einem Bischof suchen, der wohlmeinend genug war, ihn in seiner Diözese als Priester aufzunehmen. Er konnte versuchen unerklärbare Briefe wie die Begründung seines Ausschlusses zu erklären; Briefe, die seinen Ruf beschmutzten und alle vor diesem Störenfried, diesem unbeherrschten Mann warnten. Zum Besten der Kirche würde er auf blanke Ablehnung stoßen, bis endlich, weil kein Bischof ihn aufnehmen wollte, der unvermeidliche Erlass zur Rückversetzung in den Laienstand kommen würde. Er würde seiner priesterlichen Befugnisse enthoben werden, man würde ihm die Grundlagen seines Lebens nehmen und ihm sagen, er sollte als Laie leben und selbst für sich sorgen.

Damien hatte es nur geschafft, sich trotz einer entsetzlichen Entdeckung nach der anderen weiterzutreiben, weil er angenommen hatte, dass er sich, einerlei wie viel Böses er auch aufdecken mochte, seiner Operationsbasis sicher sein konnte. Seines Dienstes am Heiligen Stuhl. Vor allem aber seiner priesterlichen Berufung als Dominikaner. Doch nun hatte Seine Eminenz von Centurycity den sicheren Boden unter seinen Füßen in Treibsand verwandelt.

Beim süßen Klang weit entfernter Glocken erwachte Slattery. War es schon Morgen ...? Der Rektor des Angelicum in Rom durfte nicht zu spät zur Messe kommen oder gar Seine Heiligkeit warten lassen ... Immer noch kniend und vollständig bekleidet öffnete Damien die Augen. Hier war nicht das Angelicum in Rom. Der Papst wartete nicht auf ihn. Keine süßen Glockenklänge ertönten. Hier war das Haus der Heiligen Engel in Centurycity und sein Telefon läutete nervtötend.

»Damien! Damien! Sind Sie da? Wachen Sie auf, Mann. Es ist schon nach sechs Uhr. Seelen müssen gerettet und Gnade muss erlangt werden.«

Slattery war noch nie so glücklich über Christian Gladstones Stimme gewesen. »Um sechs Uhr morgens gibt es nur eine schlimmere Sache als einen gesprächigen Iren, und das ist ein geschwätziger römischer Theologe!«

»Selbst schuld.« Chris lachte. »Als ich gestern spätabends nach Hause kam, wartete Ihre Nachricht auf mich. Ich habe darüber nachgedacht. Wollen Sie nicht eine Weile nach Windswept House kommen? Meine Mutter und meine Schwester wollen nach Irland abreisen, das heißt nur Beulah Thompson kocht für uns. Und wir haben uns viel zu erzählen.«

»Sie wissen nicht einmal die Hälfte, mein Junge!« Slattery zuckte zusammen, als er sich von den Knien erhob, weil seine Beine völlig verkrampft waren, und dann noch einmal, als er das Ausschlussdokument sah, das auf dem Tisch auf seine unvermeidlich endgültige Unterschrift wartete. »Ich muss hier nur noch ein paar Dinge zu Ende bringen, aber ich sollte in etwa einem Tag den Staub dieses Ortes von meinen Füßen schütteln können.«

So lange konnte seine dringendste Neuigkeit nicht warten,

entschied Chris. »Eine Sache noch, Damien. Pater Aldo rief mich vor ein paar Minuten aus Barcelona an. Es wird noch eine Weile dauern, bis die öffentliche Bekanntmachung erfolgt, aber Dr. Fanarote hat für Seine Heiligkeit einen Operationstermin festgelegt.«

Damien versteifte sich. »Wie ernst ist es?«

»Das wissen sie erst, wenn sie ihn auf dem Operationstisch haben. Aber die Nachricht an uns lautet, so sagt Carnesecca, dass der Heilige Vater von uns erwartet unsere besten Gebete zu sprechen und die beste Arbeit zu leisten, die wir in unserem Leben je getan haben, und dass er uns im Oktober erwarten wird.«

»Amen, Christian.« Slatterys einziger Wunsch war nun wenigstens lange genug durchzuhalten um die Arbeit zu beenden, die er für Christi Stellvertreter hier begonnen hatte, und nach Rom zurückkehren. »Amen dazu.«

XXXVIII

Lange vor der öffentlichen Bekanntgabe, dass sich der Heilige Vater in der Gemelli-Klinik einer Operation unterziehen werde, griffen in der vatikanischen Kanzlei fieberhaftes Getuschel und allerlei Spekulationen um sich, wie eine Sommergrippe, die alles, was Rang und Namen im Umkreis des slawischen Papstes hatte, infizierte.

Kardinal Cosimo Maestroianni war einer der Ersten, die es erfuhren. Und sein erster Gedanke war Cyrus Benthoek zu verständigen. »Cyrus, vielleicht brauchen wir die ›Gemeinsamen Gedanken‹ gar nicht! Es gibt Gerüchte, dass der Heilige Vater vom Krebs zerfressen sei und die Operation nur dazu diene, herauszufinden, wie lange er noch zu leben hat.«

»Lassen Sie sich von solchen Möglichkeiten nicht ablenken.« Benthoek sah die Sache wesentlich ruhiger. »Wir können es uns nicht leisten, irgendetwas anzunehmen. Wir müssen uns immer daran erinnern, dass unsere Arbeit an den Prozess gebunden ist. Wir dürfen uns von Gerüchten nicht ablenken lassen. Wir müssen auf der Grundlage einer umfassenden Realität arbeiten.«

Und in diesem Fall richtete die Realität Benthoeks Überlegungen noch stärker auf den Zwang das öffentliche Spektakel der »Gemeinsamen Gedanken« auf den Weg zu bringen.

Selbst wenn die Gesundheit des Papstes über die Frage seiner Absetzung entscheiden sollte, argumentierte Cyrus, so würden die »Gemeinsamen Gedanken« doch klarmachen, welche Art von Papst die Bischöfe als notwendig für die Einheit erachteten, welche Art von Papst sie als Anführer akzeptieren würden. Die »Gemeinsamen Gedanken« konnten im nächsten Konklave zum entscheidenden Faktor werden. »Um die Wahrheit zu sagen, Euer Eminenz, ich wäre glücklicher über diese Nachrichten, wenn ich wüsste, dass Sie die ›Gemeinsamen Gedanken‹ schon vorbereitet haben. Damit und mit der Schaffung einer legalen Möglichkeit für einen Rücktritt des Papstes hätten wir alle Eventualitäten berücksichtigt.«

Jeder andere hätte mit einer solchen Dosis Realpolitik bei dem erfahrenen Cosimo Maestroianni einen Sturm der Entrüstung entfacht.

Aber weil da sein engster Freund, vertrauenswürdigster Berater und Kollege in den Begriffen des Prozesses sprach, akzeptierte der kleine Kardinal die darin enthaltene Kritik. Eine Stunde später war ein Brief an Christian Gladstone nach Galveston unterwegs. »Ihre ersten Berichte waren exzellent. Ihre Arbeit in Amerika ist genauso wertvoll wie der Beitrag, den Sie und Ihr teurer Bruder in Europa für das Wohl der Kirche geleistet haben. Daher bedanke ich mich doppelt für Ihre Mitarbeit in der Vergangenheit und in der Zukunft. Wenn es Gott gefällt, wird alles gut enden.«

Eine von Maestroianni hastig einberufene Besprechung mit den Kardinälen Aureatini, Palombo und Pensabene hatte zum Ziel endlich ein brauchbares Dokument für die päpstliche Rücktrittserklärung aufzusetzen. Vor diesen drei Kollegen musste er sich nicht im Geringsten verstellen. »Die Krankheit des Papstes ist ein besonderer Anlass«, betonte er. »Es ist unsere Pflicht, wieder einmal die Frage nach der weiteren Amtsfähigkeit des Pontifex zu stellen.«

»Die Krankheit des Papstes gibt uns die Peitsche in die

Hand.« Der säuerliche Kardinal Palombo drückte es wesentlich direkter aus. »Und Euer Eminenz möchten andeuten, wir sollten damit zuschlagen, bevor er in die Klinik geht.«

»Zum Wohle der Kirche, Eminenz.« Maestroianni mochte solche Ausdrücke eigentlich nicht, aber er hatte einen Job zu erledigen. »Immer nur zum Wohle der Kirche.«

Es war auch zum Wohle der Kirche, dass Maestroianni alles unternahm um seinen Mann unter die chancenreichsten Kandidaten für die Nachfolge des Pontifex zu platzieren. Seine Eminenz gratulierte Kardinal Graziani zu der ausgezeichneten Arbeit, wie er den Entschluss des Heiligen Vaters gelenkt hatte den Jesuitengeneral Michael Coutinho als den nächsten Erzbischof von Genua einzusetzen. Und er dachte laut über die Tatsache nach, dass der Erzbischof von Genua im Allgemeinen den roten Kardinalshut erhielt. »Sie müssen mir zustimmen, Eminenz, dass Coutinhos Qualifikationen hervorragend sind. Ein makelloser Lebenslauf. Höhere Studienabschlüsse in Theologie. Anerkanntermaßen in der Heiligen Schrift bewandert. Immer über die öffentlichen Angelegenheiten informiert. Obwohl er kaum dreiundsechzig Jahre alt ist, hat er doch schon einige Jahre Erfahrung in Sachen innerkirchlicher Regierung. Und sein Aussehen macht ihn zu einer ansehnlichen und würdevollen Gestalt bei öffentlichen Auftritten.«

In der Tat, Graziani blinzelte, sei das alles schon sehr beeindruckend. Aber warum die Eile? Sowohl Genua als auch Coutinho wären nach der Operation und Rekonvaleszenz des Heiligen Vaters immer noch da.

Geschickt und fast unbemerkt trieb Maestroianni den nicht gerade überschäumenden Enthusiasmus des Sekretärs etwas in die Höhe, indem er erwähnte, wer alles schon Coutinhos Beförderung unterstützte. Es sei doch wirklich nicht notwendig, Namen zu nennen.

Natürlich nicht. Graziani blinzelte noch einmal. Aber in seinem Kopf ging er seine eigene Liste durch. Seine Eminenz Kardinal Palombo wäre sicher nicht abgeneigt. Und auch Kardinal Pensabene, der wiederum die Unterstützung der Mehrheitsfraktion im Kardinalskollegium genoss. Und da war auch noch das

Ansehen Maestroiannis selbst. Falls das Konklave zu einem toten Punkt käme, könnten es solch mächtige Männer vielleicht über sich bringen oder es wenigstens in ihrem eigenen Interesse finden, Graziani selbst als Nachfolger auf den Stuhl Petri zu helfen.

Nachdem er sich der Unterstützung des Sekretärs bei Coutinhos schneller Beförderung ins Kardinalskollegium versichert hatte, arrangierte Maestroianni ein kleines ruhiges Abendessen mit einem der vielen Presseleute, die Seine Eminenz jederzeit für ein wenig Insiderinformation zu interessieren vermochte. Im Verlauf eines sehr angenehmen Abends erwähnte der Kardinal den Jesuitengeneral Coutinho als beachtenswert. Ein Mann, der sich Veränderungen und Anpassungen des Kirchenrechtes bei Schwangerschaftsverhütung, Abtreibung und Fötenforschung vorstellen konnte. Der auch der geänderten Einstellung der Kirche zu Homosexualität, verheirateten Priestern und zum Priesteramt berufenen Frauen nicht unfreundlich gegenüberstand. Mit einem Wort, ein Mann der Zukunft also.

Obwohl er erkannte, dass er gerade eine echte Sensationsmeldung in die Hand gedrückt bekam, wollte der Reporter doch etwas mehr über die Zusammenhänge wissen um sie zu verstehen. Aber Seine Eminenz antwortete auf seine Fragen nur mit dem Rat Geduld zu haben. Alles würde sich bald genug aufklären. In Rom klärte sich schließlich immer alles auf.

Nach einem Anruf Cyrus Benthoeks gab Channing die Nachricht so schnell wie möglich nach oben weiter.

»Ich stimme Benthoeks Meinung zu, Professor.« Der Schlussstein sprach so ruhig wie immer. »Nicht etwas so Banales wie Krebs wird unser Verbündeter sein. Dies ist ein Kampf der Titanen, mein Freund. Und der Fürst kämpft eine so entscheidende Schlacht um die Kontolle der Zitadelle des Feindes nicht mit den Mitteln einer verpatzten Operation oder eines schmutzigen Endes durch gedungene Mörder. Also. Wissen wir, wie nahe Maestroianni daran ist, die ›Gemeinsamen Gedanken‹ durchzusetzen?«

»Sehr nahe, Sir.« Channing wollte sich nicht schon wieder

über diesen Punkt mit seinem Anrufer auseinander setzen müssen. »Der Kardinal versichert mir, dass sich die amerikanischen Bischöfe wie erwartet verhielten.«

»Und das Instrument der päpstlichen Rücktrittserklärung?«

»Unsere eigenen Verbündeten sind sehr darum bemüht.«

Kardinal Silvio Aureatini war die logische Wahl um ein legales Dokument vorzubereiten, das der Papst als Garantie unter bestimmten Umständen zurückzutreten, selbst unterzeichnen würde. Mit Maestroiannis Anweisungen und seinem eigenen Gespür für die *romanità* ausgestattet setzte der jüngere Kardinal ein so ausgefeiltes Dokument auf, dass selbst Maestroianni überzeugt war, es würde seinen Zweck erfüllen.

Aber trotz der Bedeutung des Rücktrittsdokumentes hatte Aureatini auch noch andere Dinge im Kopf. Es lag bei ihm, ständig den Kontakt zu den europäischen Bischöfen zu halten um Christian Gladstones Arbeit für die »Gemeinsamen Gedanken« vor seiner Abreise nach Amerika fortzusetzen. Und außerdem war er noch Mitglied der ständigen Kommission, die vom Papst den Auftrag erhalten hatte, ein anderes wichtiges Dokument zu entwerfen – ein neues *Katholisches Glaubensbekenntnis*.

In seiner gegenwärtigen Form mehrere hundert Seiten lang und bereits in einem Exemplar gedruckt, damit der Papst und seine Ratgeber es begutachten konnten, war das *Glaubensbekenntnis* ein sehr heikles Stück Arbeit.

Es musste alle Glaubensgrundsätze enthalten. Und gleichzeitig sollte es wie die Dokumente des Zweiten Vatikanischen Konzils und der neue Kodex des kanonischen Rechts aus dem Jahr 1983 so verfasst sein, dass es dem allgemeinen Standard des katholischen Glaubens entsprach, gleichzeitig aber die größtmögliche Breite an Interpretationen gestattete.

Es war ein Wunder, dass Aureatini noch Zeit fand an Pater Aldo Carnesecca zu denken. Trotzdem gab es da noch diese ständige Unsicherheit wegen Carnesecca; diese Saat des Zweifels stammte aus der im Jahr 1978 erfolgten Sichtung der päpstlichen Dokumente. Und der Kardinal musste sich von gewissen Verbündeten immer noch herbe Kritik gefallen lassen, weil er den Job in Sizilien vermasselt hatte.

Daher wandte er sich mit der gleichen Hingabe, die er all seiner Arbeit widmete, auch einer gründlichen Studie von Carneseccas letzten Missionen für den Heiligen Vater zu. Er ließ ihn beobachten. Es war von Vorteil, dass das Büro des Kardinals seine Ausgaben bezahlte und zumindest *pro forma* Berichte von ihm erhielt. So konnte er Carneseccas Dossier genau verfolgen. Der alte Mann war schlau, kein Zweifel. Seine Berichte über seine Tätigkeit für den Heiligen Vater in Spanien sagten Aureatini nichts Wesentliches. Aber er gab nicht auf. Er durchsuchte Carneseccas Abrechnung Zeile für Zeile, Beleg für Beleg, nach irgendwelchen Hinweisen auf seine Bedürfnisse und Gewohnheiten, nach irgendeinem kleinen Anzeichen der Verwundbarkeit, das nützlich sein konnte.

Und nachdem sich alles andere so schnell entwickelte, war es wirklich Zeit, die Schlinge um Carneseccas Hals zu legen.

Zu Hause in den Staaten fühlte sich Gibson Appleyard betrogen. Er wusste, dass dies keine vernünftige Reaktion war, aber als Giovanni Lucadamo ihn von seinem Horchposten im Raffaele in Rom anrief und die Neuigkeiten über den Gesundheitszustand des Papstes mitteilte, war dies für Gib eher ein persönlicher Rückschlag als nur eine leichte Veränderung in seinen Plänen für die nahe Zukunft.

»Weil Sie ja unbedingt ein weiteres Gespräch mit dem Pontifex erreichen wollten«, holte ihn Lucadamos Stimme von den anderen Seite des Atlantiks wieder in die Gegenwart zurück, »dachte ich mir, dass ich Sie so schnell wie möglich über diese Operationsgeschichte informieren sollte.«

Im Vertrauen darauf, dass Giovanni über jedes Gerücht Bescheid wusste, löcherte Appleyard seinen alten Freund nach weiteren Informationen über diese beiden Säulen: über den »Stuhl Petri und die römische Kirche«. Dann rief er Bud Vance an. Er sagte ihm, dass er eine Besprechung wegen des Präsidentenkomitees für unbedingt notwendig erachte. Es gehe um ein entscheidendes Element der amerikanischen Politik, das als fundamental für die nationale Sicherheit galt. So fundamental, dass es nicht nur über amerikanische Parteigrenzen hinwegreichte, sondern von entscheidender Bedeutung für Wohl und Wehe der G-7-Gruppe war.

Offiziell hieß es *National Security Study – Memorandum 200*: Die Bedeutung des weltweiten Bevölkerungswachstums für die Sicherheit der USA und ihre überseeischen Interessen, aber alle, die sich näher damit beschäftigten, nannten es nur NSSM 200 und 1974 hatte es die amerikanische Politik für die nächsten dreißig Jahre festgelegt.

Als Grundlagendokument hatte NSSM 200 dreizehn Länder aufgelistet, denen eine strategische Rolle als Quellen von für die Sicherheit der USA lebenswichtigem Rohmaterial und als Absatzmärkte für westliche Dienstleistungen und Waren zukam. Es waren dies Indien, Pakistan, Bangladesch, Nigeria, Mexiko, Indonesien, Brasilien, die Philippinen, Thailand, Ägypten, die Türkei, Äthiopien und Kolumbien. Die in diesem Memorandum geäußerte Besorgnis galt der Geburtenrate, die für die Stabilität dieser Länder als zu hoch eingeschätzt wurde.

NSSM 200 war in seinen Empfehlungen einfach und direkt: Finanzierung unter der Hand für diese und andere Länder durch die US-Regierung um Schwangerschaftverhütung, Abtreibung und Sterilisation beider Geschlechter weiter voranzutreiben und die Embryonenforschung zu fördern. Anders ausgedrückt war die Prämisse von NSSM 200, dass die Geburtenkontrolle anderer Ländern für die USA strategisch genauso wichtig war wie die Unversehrtheit ihres eigenen Territoriums oder das Recht ihre fundamentale Freiheit und die Lebensfähigkeit als souveräner Staat zu sichern.

In Anbetracht dieser inzwischen sakrosankten Politik, die Amerikas nationale Sicherheit mit der Bevölkerungskontrolle verband, und in Anbetracht des Zeitplanes für die nächsten Präsidentschaftswahlen musste es neuerliche, ertragreiche Gespräche der US-Regierung mit dem Papst geben. Die Wahl Gibson Appleyards zu dem Mann, der diese Gespräche führen sollte – zum ersten Mann in den offiziellen Bemühungen der USA die Mentalität dieses polnischen Papstes zu ändern –, war Gegenstand heftiger Debatten gewesen.

Der Hauptfaktor, der gegen ihn gesprochen hatte, war Appleyards persönliche Philosophie. Wenn dieser Papst dazu überredet werden sollte, die traditionelle Ablehnung der Kirche von Methoden der Bevölkerungskontrolle, wie sie von der offiziellen Polititik der US-Regierung unterstützt wurden, abzumildern, mochte es nicht klug sein, sich auf einen Mann zu verlassen, dessen Rosenkreuzer-Prinzipien diese Methoden ebenso ablehnten.

Doch Vance war unbeugsam gewesen. Appleyard sei so amerikanisch wie nur irgendwer und er wisse genauso gut wie jeder andere, dass die US-Planer bei ihrer Aufgabe die Zahl der Geburten zu reduzieren keinen mächtigeren Verbündeten als den polnischen Papst finden könnten. Und noch wichtiger, er verstehe, dass es keine ähnlich weltumspannende Organisation wie die katholische Kirche gab. Und er wisse auch, dass keine andere Organisation, nicht einmal die Loge, aus solch prinzipiellen Gründen gegen die amerikanischen Methoden der Bevölkerungskontrolle eintrat.

Und außerdem, hatte Vance seine Kollegen erinnert, habe Gib Appleyard, soweit es den Papst betraf, jedes auftreibbare Wort, das dieser Pontifex seit seiner Amtsübernahme gesprochen oder geschrieben hatte, studiert und durchleuchtet. Und wenn er auch nicht die volle Unterstützung des Papstes für die Politik der USA gegenüber der ehemaligen Sowjetunion erhalten hatte, so sei er doch zumindest mit der Versicherung zurückgekehrt, dass der Papst sich nicht dagegen stellen würde.

Vance hatte die Debatte gewonnen. Man stimmte darin überein, dass – wollte die Regierung auch nur die geringste Hoffnung haben in der Frage der Geburtenkontrolle wenigstens Vergleichbares zu erreichen –, Commander Appleyard der Mann war, den sie entsenden mussten.

Beinahe drei Monate lang hatte Gibson daher seinen neuerlichen Vorstoß ins päpstliche Rom geplant. Er war schon so weit gekommen, dass er die Botschaft angewiesen hatte ihn auf den päpstlichen Terminkalender setzen zu lassen. Und nun stand er vor der Möglichkeit, dass der knappe Zeitplan, den Vance ihm gegeben hatte, böse durcheinander gebracht wurde. Falls Lucadamo Recht behielt – falls die Operation wirklich etwas mit Krebs zu tun hatte –, konnte er seine Vorbereitungen in den Papierkorb werfen.

»So kann es doch nicht enden, Bud.« Appleyard war ganz offensichtlich erregt. »Ich kann mir nicht vorstellen, dass sein Leben mit dem widerlichen Pfeifen eines Herzmonitors oder im Koma endet.«

Auch wenn Vance ihn verstand, so hatte er doch keine Zeit für private Spekulationen. Was dieser Papst dachte und in welche Richtung er seine Kirche steuerte, waren Fragen von eminenter Bedeutung für die politische Planung geworden. Der Admiral war gezwungen seine Überlegungen einer anderen Ebene der vatikanischen Politik zuzuwenden: Was wusste Appleyard über mögliche Nachfolger des derzeitigen Papstes?

»Wenig bis gar nichts.« Gib gestand seine Unwissenheit ein. »Meinem römischen Kontaktmann zufolge kam das so überraschend, dass niemand darauf vorbereitet war.«

»Und welche Vermutungen gibt es im Vatikan selbst? Hat Ihr Mann in Rom von dort irgendwelche Namen gehört?«

»Ein paar Namen. Kardinal Noah Palombo wurde erwähnt. Und Kardinal Leo Pensabene. Aber er gibt nicht viel auf diese Gerüchte. Er zitierte ein altes Sprichwort aus dem Vatikan, dass jeder, der das Konklave als Papst betritt, als Kardinal herauskäme. Es könnte für uns jedoch trotzdem interessant sein. Haben Ihre Leute weiter ein Auge auf die Straßburger Gruppe gehabt?«

»Es hat nicht viel eingebracht.« Vance schob die Akte über die Straßburger Überwachung über den Tisch. »Wir haben ein ausgezeichnetes Team angesetzt, aber jeder scheint sich bislang nur um seine eigenen Sachen zu kümmern.«

»Vielleicht.« Appleyard blätterte blitzschnell durch die Mappen. »Aber was glauben Sie, welche Aufgabe Herr Otto Sekuler hat? Letztes Jahr in Brüssel war er der Sondergesandte der KSZE für die EG. Leute, mit denen ich in Rom gesprochen habe, bringen ihn mit der UNESCO und mit der Leipziger Loge in Verbindung. Er ist auch Vorsitzender einer kleineren regierungsunabhängigen Organisation bei der UNO. Hat irgendetwas mit Weltethik zu tun. Aber nach den Beobachterberichten scheint er ein noch viel seltsamerer Vogel zu sein.«

»Er ist hauptsächlich ein Schwätzer, sage ich.« Vance unterbrach ihn. »Und er ist auf keinen Fall eine Bedrohung der nationalen Sicherheit.«

»Kann sein.« Trotzdem blätterte Appleyard die Akten durch. Sekuler verbrachte viel Zeit in den Staaten und bediente sich reichlich von zwei ausländischen Konten auf größeren amerikanischen Banken in fünf Städten. Er lebte hauptsächlich in Privathotels und war gut bekannt mit so wichtigen Persönlichkeiten wie, unter vielen anderen, dem Kardinal von Centurycity und dem berühmten Gelehrten Dr. Ralph S. Channing. Tatsächlich war Otto Sekuler selbst so etwas wie eine Berühmtheit, der immer wieder als Sprecher bei ein paar Dutzend philantropischen und kulturellen Organisationen auftrat, die von Architekten, Physikern, Ingenieuren, Universitätsprofessoren und sowohl katholischen als auch protestantischen Prälaten unterstützt wurden. Gegen einige dieser Organisationen waren von öffentlichen Stellen Untersuchungen wegen Sektenbildung durchgeführt worden, aber das war auch schon alles, was verlässlich über Sekulers Aktivitäten in den Staaten dokumentiert war.

Gibson schloss die Akte Sekuler und warf sie auf Vances Schreibtisch. »Da war ich ja in netter Gesellschaft.«

»Nicht nur Sie. Falls Sie es bemerkt haben, es gibt viele Aussagen zu seinen Gunsten hier, einschließlich einer von Cyrus Benthoek, der Sekuler großes Ansehen als Weltbürger und Menschenfreund bestätigt.«

Das war kein besonderer Trost für Appleyard. Zeugnisse oder nicht, es gab viel zu wenig verwertbare Informationen; nichts wirklich Greifbares über die Quelle seiner ausländischen Bankguthaben; nichts über seine Vorgesetzten oder ob er überhaupt Vorgesetzte hatte. »Wir haben es mit einem Geist zu tun, Bud. Wir wissen nichts über seine Persönlichkeit. Aber wenn wir schon von Benthoek sprechen, sprechen wir doch noch einmal von diesem Treffen in Straßburg. Bei dem, was wir über Sekuler wissen, stört es mich etwas, dass er zu Gesprächen über die Zukunft des Papsttums eingeladen war. Und es macht mich auch nachdenklich darüber, dass Pensabene und Palombo als mögliche Nachfolger im Gespräch sind.«

»Jetzt reicht's, Gib.« Appleyard verlief sich in Spekulationen und das gefiel Vance nicht. »Mir kommt es so vor, als sei es das Ziel in Straßburg gewesen, die Kirche auf jene Ziele hinzulenken, die wir schließlich alle haben: eine menschliche Gesellschaft der Nationen auf der Basis von geregeltem wirtschaftlichen Wachstum und Entwicklung zu schaffen.

Wenn es Pensabene und Palombo wirklich Ernst damit war, sich der Welt anzuschließen, dann wäre es vielleicht gar nicht so schlecht, einen von ihnen als Papst zu haben.«

»Oder«, widersprach Appleyard bissig, »wir haben es dann mit einem kirchlichen Gangster mit Tiara zu tun. Dieses Treffen in Straßburg war ein hässliches Stück Spaltung. Und außerdem wissen wir wenigstens, mit wem wir es beim slawischen Papst zu tun haben. Ich gestehe zu, dass er in einigen Aspekten konservativ bis in die Knochen ist. Aber man muss auch seine anderen Seiten betrachten.

Zum Beispiel diese Rede, die Kardinal Maestroianni für ihn vor kurzem vor der UNO hielt. Vielleicht haben Sie darüber gelesen, Bud. Er hat sich hundertprozentig dafür ausgesprochen, an der Gemeinschaft der Nationen teilzunehmen. Oder dieser neue Katechismus, an dem er arbeitet. Mein römischer Kontaktmann hat mir eine erste Version davon zugeschickt und er ist im gleichen Stil verfasst wie alle Dokumente, die seit dem Zweiten Vatikanum aus Rom gekommen sind, einschließlich des neuen Kodex des Kirchenrechts, den er '83 herausgeben ließ. Viel Platz für neue Interpretationen all der alten Dogmen.

In mancher Hinsicht ist er geradezu großzügig. Ein echter Manager. Er weigert sich sich in unwichtige Regierungsangelegenheiten einzumischen. Weigert sich sich in die Arbeit der Bischöfe einzumischen. Weigert sich das Verbot der Logenmitgliedschaft durchzusetzen oder Ministrantinnen zu verbieten. Weigert sich häretische Theologen auszuschließen. Weigert sich scheinheilige Aufhebungen von Eheschließungen zu verbieten, auch wenn es pro Jahr schon an die fünfzigtausend oder mehr sind. Er behält Tausende von homosexuellen Geistlichen, während er die Gläubigen beschwört, sich an die kirchliche Sexualmoral zu halten.«

Gibson kam zum Ende seiner Litanei. »Und er weigert sich auf seinem Anspruch auf Unfehlbarkeit zu bestehen oder aus der absoluten Macht, die er als Papst hat, Vorteile zu ziehen. Ganz sicher sieht er sich selbst nur als einen sehr wichtigen Bischof unter viertausend anderen wichtigen Bischöfen.«

Vance hatte verstanden. Appleyard versuchte ihnen zu sagen, dass es besser sei, mit dem Teufel zu verhandeln, den man kannte, als mit einem, den man nicht kannte.

»So würde ich es nicht ausdrücken«, widersprach Gibson ernst. »Dieser Papst ist jeder Propaganda, dass die Religionen am Aufbau der Welt mitarbeiten sollen, weit voraus. Tatsächlich betrachtet er diese Sache als von Gott gegebenen Auftrag an seine Kirche. Und darüber hinaus will er auch noch alle Religionen in seine Obhut einschließen ohne, wie üblich, darauf zu bestehen, dass sie römisch-katholisch werden müssen.«

»Ich glaube Ihnen ja, Gib. Ich lasse mich belehren. Das ist kein Papst à la ›Lächle und ertrage dieses Leben, die Belohnung kommt im Himmel‹. Aber der entscheidende Punkt für die Politik der USA ist nicht die Amtsauffassung dieses Papstes. Es ist die offizielle Haltung seiner Kirche in Fragen der Geburtenkontrolle.«

»Geben Sie dem Mann doch eine Chance.« Gibson wurde etwas weniger ernst. »Darauf wollte ich gerade zu sprechen kommen. Es gibt von diesem Papst Aussagen, dass er dafür ist, die Geburten zu kontrollieren in Hinsicht auf – das ist jetzt kein Scherz! – in Hinsicht auf mögliche Umweltkatastrophen, die durch Überbevölkerung ausgelöst werden könnten.«

»Was?«

Einen Haken hatte die Sache, musste Appleyard zugeben. »Ich glaube nicht, dass er seine Zustimmung zur öffentlichen Finanzierung von Abtreibungskliniken durch die Regierung oder zu Medikamenten wie RU-486 geben wird oder zu offensichtlich widerlichen Experimenten mit Föten. Wir haben es da nicht mit jemandem wie Otto Sekuler zu tun. Wir müssen vorsichtig sein, *wie* Geburtenzahlen begrenzt werden sollen, wenn der Papst mitspielen soll.«

»Sie haben eines vergessen.« Der Admiral warf Appleyard einen ernsten Blick zu. »Wir haben es nicht mit Otto Sekuler zu tun und Gott sei dafür gedankt! Aber wir wissen auch nicht, ob wir es mit dem polnischen Papst zu tun haben werden. Wir wissen nicht, ob er leben oder sterben wird.«

»Ich wette mit Ihnen, Bud. Fünf zu eins, dass der Papst diese Operation stark wie ein Bär überstehen wird. Zehn zu eins, dass ich rechtzeitig mit ihm zusammentreffen werde um Ihre kostbare G-7-Bevölkerungspolitik zu retten.«

»Ich nehme die Wette an, Alter.« Vance schaute auf die Akten über Sekuler und seine hochrangigen Freunde im Vatikan. »Und ich sage Ihnen, dass ich diese Wette gern verliere!«

Pater Aldo Carneseccas Quartier in dem traurigen und größtenteils verlassenen alten Kloster von St. Johannes am Kreuz am Rand Barcelonas lag zwar achthundert oder mehr Kilometer von Rom entfernt. Das bedeutete aber nicht, dass Carnesecca genauso weit von den Aktionen des Papstes entfernt oder eine so unbedeutende Figur war, wie Kardinal Aureatini annahm. Gemeinsam mit solchen päpstlichen Vertrauten wie dem Sicherheitschef des Vatikans, Giustino Lucadamo, oder dem Sekretär des Papstes, Monsignore Daniel Sadowski, war Pater Aldo Carnesecca einer aus jener Hand voll Männern, die vom Papst selbst unterrichtet wurden.

Der Telefonanruf kam, als Carnesecca gerade von seinem Besuch beim Nuntius in Madrid zurückgekommen war, um noch dort die diplomatische Post mit Botschaften speziell für den Heiligen Vater zu erreichen. Die Hauptsorge des Papstes war die Nachricht von seiner Operation so schnell wie möglich an Pater Damien und Christian Gladstone und einige andere Vertraute rund um den Erdball weiterzugeben.

Aber genauso wichtig war ihm der viel geschmähte neue Katechismus. Der Heilige Vater sagte, das *Katholische Glaubensbekenntnis* sei jetzt bereit für eine erste Durchsicht und Korrektur. Monsignore Daniel hatte bereits Kopien an Pater Aldo abgeschickt. Eine sollte er für sich zum kritischen Studium während der Abwesenheit des Papstes behalten und je eine an Slattery und Gladstone schicken.

Carnesecca hatte den Pontifex über seine Arbeit in Spanien unterrichtet, über seine stillen Vorbereitungen für ein Konsistorium der spanischen Bischöfe mit dem Papst, über einen oder zwei Männer, die ihm als geeignete Kandidaten für das Kardinalskollegium erschienen, und über den traurigen Zustand der Kirche in diesem einst so lebendig katholischen Land.

Eines hatte Carnesecca dem Papst gegenüber nicht erwähnt. Er war sich ziemlich sicher, dass er unter ständiger Überwachung stand. Das war nach seinem langen Leben verdeckter Arbeit nicht wirklich neu für ihn und er wusste, welche Vorsichtsmaßnahmen er treffen musste. Aber er wurde des Ganzen langsam müde: des Exils, der ständigen Wachsamkeit und der völligen Einsamkeit.

Die Zeilen des *Katholischen Glaubensbekenntnisses* verstärkten die Müdigkeit in seiner Seele noch. Wie die Dokumente des Zweiten Vatikanums und wie der ungeheuer wichtige neue Kodex des kanonischen Rechts von 1983, spiegelte der Katechismus die veränderte Geisteshaltung der römischen Kurie wieder. Wie diese anderen Dokumente enthielt der Katechismus alle grundlegenden dogmatischen Glaubensfragen. Aber genau wie seine Vorgängertexte war er voll beschwichtigender und irreführender Zweideutigkeiten. Mit anderen Worten, er war ein weiteres wichtiges Dokument, das die Kirche noch mehr für falsche Spiritualität, falsche Liturgien und falsche Doktrinen öffnen würde.

Weil er davon überzeugt war, dass das *Glaubensbekenntnis* selbst nichts anderes war als eine weitere Auseinandersetzung im langen Kampf um die Kontrolle des Papsttums und der Kirche, ignorierte Carnesecca seine eigene Müdigkeit und zwang seine Gedanken zu einer gründlichen Analyse des Papstes.

Carnesecca wusste, dass dieser Papst kein Clown war, der nur so tat, als sei er der Papst. In weltlichen Dingen war er nicht weniger brillant als alle seine Ratgeber. Irgendwann auf seinem Weg, irgendwann, nachdem man ihn zum Papst gemacht hatte oder vielleicht sogar schon davor, musste ein Mann mit diesen Qualifikationen eine schwere Entscheidung über das Papsttum und die Kirche getroffen haben. Eine ganze Woche lang, während Carnesecca nach Granada, Sevilla und Saragossa reiste, während er in Barcelona spazieren ging, während er in seinen Räumen im Kloster St. Johannes am Kreuz arbeitete, sogar während der Mahlzeiten mit dem geschäftigen kleinen Hausmeister des Klosters, Jorge Corrano, und dessen Frau María, blieben Carneseccas Gedanken mit seiner Analyse der päpstlichen Führung beschäftigt, die so vielen als inzwischen restlos kompromittiert erschien.

Für Pater Aldo gab es nur drei ernsthaft mögliche Erklärungen für das Verhalten dieses Papstes.

Erstens, ganz gleich welche Fähigkeiten er als Priester, Prälat und Gelehrter bewiesen hatte, gab es die Möglichkeit, dass Seine Heiligkeit einfach ein unfähiger Verwalter seiner Kirche war. Die zweite Möglichkeit war, dass der Heilige Vater beschlossen hatte, mit den so genannten Progressiven in seiner Kirche und mit den Machtzentren außerhalb der Kirche mitzugehen in der Hoffnung, die Situation an irgendeinem Punkt umdrehen zu können. Mit anderen Worten mitzumachen um weiterzumachen. Die einzige noch verbleibende Möglichkeit war, dass dieser Papst bereits mit festen Vorstellungen über das dritte Jahrtausend in sein Amt gekommen war. Dass er die gesamte gegenwärtige Struktur der Kirche für entbehrlich hielt und erwartete, dass sie durch eine vorerst noch unbekannte Struktur ersetzt werden würde.

Keine dieser Erklärungen war wirklich beruhigend. Aber die dritte Theorie schien für Carnesecca immer noch die wahrscheinlichste zu sein. Es war daher vernünftig, anzunehmen, Seine Heiligkeit habe von Anfang an mit dem Gedanken gearbeitet, dass alles, was mit der Kirche geschah, zu ihrem Besten geschah. Er bedauerte nichts. Er wollte die alten Strukturen nicht wiederherstellen. Wenn das stimmte, war es auch logisch, dass seine Grundidee die war, auf essenziellen moralischen Vorstellungen zu beharren, während er die Ereignisse abwartete.

Wenn das die Politik des Papstes war, beging Seine Heiligkeit in Carneseccas Augen einen gigantischen Fehler. Er übergab die Kirche den Flammen anstatt für sie zu kämpfen, wie das andere Päpste vor ihm getan hatten. Carnesecca war ein zu heiliger Mann um verbittert zu sein. Aber eine Woche Kampf mit solchen Gedanken hatten ihn sehr ernst werden lassen.

XXXIX

Wie die offizielle Ankündigung des Vatikans durch den päpstlichen Sprecher, Miguel Lázarro-Falla waren die Telegramme an die päpstlichen Vertreter auf der ganzen Welt, welche Staatssekretär Graziani versandte, nichtssagend und sollten beruhigen. Auf Anraten seiner Ärzte würde der Heilige Vater am Abend des 29. Juni die Agostino-Gemelli-Klinik aufsuchen um sich einer geringfügigen Operation zu unterziehen.

Am nächsten Morgen war die gesundheitliche Krise des Papstes überall in den Schlagzeilen.

Aber alle Beteiligten spielten die Sache in nicht nur seltsamer, sondern noch nie da gewesener Art und Weise herunter.

Der Vatikan, die katholische Hierarchie in aller Welt, die diplomatischen Missionen in Rom und anderswo, katholische Zeitungen und Nachrichtenagenturen, die internationale Presse – jeder aus seinen eigenen, bestimmten Gründen – wollten das Ereignis als unbedeutend erscheinen lassen. Es gab keine Schwemme von neuen Korrespondenten in Rom, keine Resolutionen oder Verlautbarungen von römisch-katholischen Bischöfen während ihrer verschiedenen Konferenzen. Drei Bischöfe – nur drei – organisierten öffentliche Gebete für einen guten Ausgang der Operation in ihren Diözesen. Als Konsequenz gab es unter den Katholiken keinerlei Aufregung oder Spekulationen. Es gab keine spürbare Mitleidswelle, keine Flut von Anteil nehmenden Telegrammen und Briefen an den Heiligen Stuhl, die Gebete für den Heiligen Vater versprachen.

Es erschien allen als Wunder und verwirrte viele, dass die seltsame Reaktionslosigkeit nach der offiziellen Ankündigung den polnischen Papst scheinbar vollkommen kalt ließ. Er schien sich viel mehr mit dem Druck zu beschäftigen, der auf ihn ausgeübt wurde um der Ernennung des welterfahrenen Jesuitengenerals Michael Coutinho zum Erbischof von Genua unbedingt noch den roten Kardinalshut hinzuzufügen. Wie bei vielen in der langen Reihe der Päpste vor ihm würde der letzte und nachhaltigste Dienst des derzeitigen Papstes an der Kirche die Zusammensetzung des Kardinalskollegiums sein, das seinen eigenen Nachfolger wählen würde. Aber es sah so aus, als sei dies eine weitere Schlacht, die in einem langen Krieg verloren ging. So wie er von Leo Pensabene unterstützt und durch das große Ansehen Cosimo Maestroiannis gestärkt wurde, wäre es überraschend gewesen, wenn Pensabenes Fraktion im Kardinalskollegium nicht ihre Unterstützung des Jesuiten bekannt gegeben hätte, noch überraschender aber wäre es gewesen, wenn Männer wie Aureatini, Graziani und Palombo sich nicht hinter Coutinhos Kandidatur gestellt hätten.

»Die Menschen glauben, der Papst kann tun, was er will«, beklagte sich der Papst bei Monsignore Daniel. »Wenn sie nur wüssten! Der Papst muss auf sein Volk und auf seine Bischöfe hören.«

Während dieser unwirklichen Tage rückte auch plötzlich das Schicksal Pater Damien Slatterys wieder in den Vordergrund. Der Sicherheitschef des Vatikans, Giustino Lucadamo, ließ verlauten, dass Pater Damien sich auf dem momentan sicheren Familienbesitz von Christian Gladstone zurückgezogen hatte. Vom Sicherheitsstandpunkt aus genügte das, bis er seine Mission beendet hatte. Aber zeitlich begrenzte Sicherheit für Slattery war nicht genug. Der Gedanke einen so treuen Unterstützer des Papsttums der zweifelhaften Gnade der Bischöfe zu überlassen, die Vorstellung, dass Pater Damien vergeblich um irgendeinen Winkel bat, wo er seine priesterliche Kutte aufhängen konnte, während Männer wie Coutinho scheinbar unaufhaltsam die Leiter der Macht hinaufstiegen, war einfach unannehmbar.

Es hatte keinen Sinn, über die Ungerechtigkeit zu jammern, die dem Dominikaner widerfahren war. Es gab in diesem System zur Zeit keine Gerechtigkeit, nur Macht. Und in diesem System hatte der Kardinal von Centurycity viel zu viele Verbündete in der unruhigen Kanzlei des Vatikans, als dass der Papst in der Frage des Ausschlusses direkt hätte eingreifen können. Stattdessen setzte der Papst auf einen anderen Plan. Er beschleunigte die gültige Ausarbeitung des Netzwerks von Untergrundpriestern, das Francesca Gladstone vorgeschlagen und Kardinal Sanstefano seitdem unterstützt hatte. Der Heilige Vater stellte den neuen Orden unter Sanstefanos Schirmherrschaft. Im Machtspiel des Vatikans würden es wenige Männer wagen, den Chef der Finanzpräfektur herauszufordern. Amedeo Sanstefano war nur zu glücklich die einfachen Regeln erstellen zu dürfen, durch die dieses neue Netzwerk kontrolliert werden sollte, und sie dem Kardinal Reinvernunft von der Glaubenskongregation zur Bewilligung vorzulegen. Alles musste unter strengster Geheimhaltung ablaufen, teilte Sanstefano seinem verehrten Bruder mit. Selbst Damien Slattery sollte von dem Plan nichts erfahren, bis er im Herbst nach Rom zurückkehrte und man ihn in der Sicherheit des päpstlichen Arbeitszimmers davon unterrichten konnte. Aber alles sollte fertig sein, bevor der Papst die Gemelli-Klinik aufsuchte.

Der Papst sah diese Lösung von Slatterys Problemen nicht als ideal an. Es war nicht seine Schuld, aber Slattery würde in manchen Kreisen immer mit Misstrauen betrachtet werden. Doch der Pontifex hätte keinen besseren Leiter für sein neues Netzwerk von Untergrundpriestern finden können. Und was konnte er unter diesen Umständen schon mehr erhoffen?

Gleichzeitig mit seinen fieberhaften Bemühungen um Damien Slattery bekam Seine Heiligkeit einen Vorgeschmack der Kritik, welche Männer wie Carnesecca und Gladstone – und Slattery, so wie er den Mann einschätzte – an der vagen und großzügigen Formulierungen üben würden, die im neuen *Katholischen Glaubensbekenntnis* zu voller Blüte gelangt waren. Selbst Kardinal Reinvernunft suchte den Pontifex auf und zog die doktrinäre Integrität des Katechismus in Zweifel. Seine Eminenz war besonders wegen der Formulierung eines Abschnitts besorgt, welcher sich eng an die Beschreibung im *Lumen Gentium* von der Hierarchie von Papst und Bischöfen und ihrer Zusammenarbeit bei der Führung der katholischen Kirche anlehnte. Der Heilige Vater wolle die Lehren des Zweiten Vatikanischen Konzils vertreten. Mehr noch, Seine Eminenz wisse wohl, dass der Papst mit der Abfassung von *Lumen Gentium* damals während der Konzilsberatungen viel zu tun gehabt hatte. Aber als Präfekt der Glaubenskongregation, als der kirchliche Amtsträger, dessen Aufgabe es war, für die Reinheit des Glaubens zu sorgen, sei er sehr dagegen, dass Aussagen des Zweiten Vatikanums, welche vom Heiligen Stuhl noch nicht im Lichte der langen Tradition der Kirche betrachtet worden waren, im neuen Katechismus aufschienen. Und er habe keine andere Wahl als respektvoll aber bestimmt auf seinem Standpunkt zu beharren.

Das *Katholische Glaubensbekenntnis* schien nicht schlimmer als andere Kompromisse zu sein, eher besser als manche anderen. Trotz aller Zweideutigkeiten enthielt es immer noch die grundlegenden Dogmen des römisch-katholischen Glaubens. Es war sogar vernünftig, anzunehmen, dass seine Veröffentlichung vielleicht Gutes bewirken würde. Und was konnte ein Mensch unter diesen Umständen mehr erreichen?

Weil der Wille Christi, dem er diente, sehr wohl mit all den Geschehnissen in der Welt zu tun hatte, kümmerte sich Seine Heiligkeit nach wie vor um die Ziele der neuen Weltordnung. Und er war bei den Berichten über EG und KSZE, die ihm von seinen Beobachtern ständig per Diplomatenpost zugesandt wurden, immer auf dem neuesten Stand.

Wenigstens aus dieser Ecke kamen keine Überraschungen. Trotz ihrer Namen und hoch gesteckten Ziele war an den beiden Organisation wenig europäisches Vorausdenken zu bemerken. Beide waren unnachgiebig materialistisch eingestellt. Beide hatten es geschafft, ihr christliches Erbe abzuschütteln. Beide vertraten einen neuen, einheitlichen Parlamentarismus, aber keine erreichte sehr viel. Ja, die KSZE arbeitete sich Zentimeter für Zentimeter an eine Zusammenarbeit aller Staaten heran und der Papst erwartete, dass Russland über kurz oder lang beitreten würde. Aber wenn es um harte Entscheidungen ging, war in der Konferenz für Sicherheit und Zusammenarbeit in Europa nicht viel Zusammenarbeit festzustellen. Immer noch war jedes Mitgliedsland sich selbst am wichtigsten.

Und wie ein verschmähter Liebhaber jagte die EG immer noch ihren beiden Zielen, einer frühen und weit reichenden politischen und finanziellen Union ihrer Mitgliedstaaten und der Abschaffung aller Zölle und Tarife, hinterher.

Es lagen immr noch ein paar arbeitsreiche Tage vor dem Papst, bevor er sich in die Gemelli-Klinik begeben musste, als Seine Eminenz Noah Palombo mit dem bösartigen Zeitgefühl eines Folterknechts verlangte gemeinsam mit einer Delegation älterer Kardinäle vom Papst empfangen zu werden. Wegen der bevorstehenden Abwesenheit Seiner Heiligkeit aus dem päpstlichen Palast gebe es eine Reihe von administrativen Fragen zu klären – nicht zuletzt die heikle Frage einer möglichen Amtsunfähigkeit des Papstes.

Mit steinernem Gesicht tat Palombo sein Bestes um die legendäre *romanità* des Kardinal Maestroianni nachzuahmen, als er die Peitsche der päpstlichen Abdankung über dem Haupt des Pontifex knallen ließ. »Zum Besten der Kirche, Heiligkeit, und im Lichte der gesundheitlichen Krise Euer Heiligkeit zu einer solch kritischen Zeit für die Kirche in verschiedenen Teilen der Welt kam die Mehrheit der Kardinäle Euer Heiligkeit zu dem Schluss, dass einige außergewöhnliche Maßnahmen getroffen werden müssen um die Fortsetzung der Regierungsgeschäfte zu gewährleisten. Eine Garantie gegen Auflösung. Ein legales Instrument, das im Fall der Fälle in Kraft treten sollte.«

Damit erhielt der Papst einen ersten Eindruck von Kardinal Aureatinis letzter Schöpfung. Ohne jedes äußere Anzeichen der Unruhe las er jedes einzelne schlaue Wort des Dokumentes, durch das er im Voraus seiner Abdankung unter bestimmten Umständen zustimmte, falls er es unterschrieb.

Wenn irgendjemand bei diesem Treffen Bestürzung zeigte, so war es nicht der Papst.

Als hätte er diese Unterhaltung vorausgeahnt, parierte der Pontifex diesen deutlichen Versuch ihn zu zwingen mit ein paar eigenen Dokumenten. Er hatte sogar die notariell beglaubigten Gutachten der Ärzte bereitgelegt.

»Wie Sie sehen, Eminenzen«, der Heilige Vater überreichte ihnen die Gutachten zu genauerem Studium, »zieht diese Operation ein paar Wochen Ruhe nach sich. Aber das trifft sich gut mit der üblichen Übersiedlung zu Anfang des Sommers. Tatsächlich werde ich in Castel Gandolfo leichter erreichbar sein und mich auch leichter um irgendwelche Notfälle kümmern können, während ich mich erhole, als die meisten meiner Prälaten während ihrer Sommerferien, und das schließt Sie ein.«

Palombos erster Impuls war es, deutlich zu machen, dass die Abdankungsurkunde nicht für die Zeit der Erholung des Papstes gedacht war, sondern für ernstere Möglichkeiten. Aber weil er den Gutachten der Ärzte nichts entgegenzusetzen hatte, entschloss er sich das Spiel nicht auszureizen. Es würde genügen, das päpstliche Todesurteil unterschreiben zu lassen, wenn die Zeit für die »Gemeinsamen Gedanken der Bischöfe« gekommen war. Daher war es im nächsten Frühling immer noch früh genug – zumindest nach Maestroiannis gegenwärtiger Schätzung. Und im Herbst musste man einfach andere Gelegenheiten nutzen um die Schrauben noch enger anzuziehen.

Mit solchen Gedanken zum Trost brauchte Seine Eminenz nicht lange um seine Haltung wieder zu finden. Bei dem Berg an Problemen, vor denen der Papst in diesen Tagen stand, musste schon die bloße Tatsache, dass eine Delegation von ranghohen Kardinälen ihm diese Urkunde überbracht hatte, Wirkung zeigen – demoralisierende Wirkung. Es gab keinen Grund, sich wegen dieses kleinen Sieges des Pontifex Sorgen zu machen.

Palombo sollte Recht behalten.

Doch der Papst war nicht wirklich demoralisiert. Nur der Zweifel begann wieder an ihm zu nagen. Wieder beunruhigte es ihn, dass er das Gewissen seiner Kardinäle nicht bewegen konnte, dass er sie nicht dazu bringen konnte, Christus, dem heiligen Petrus und dem von den Aposteln überkommenen Glauben treu zu sein. Er wurde von der Sorge gequält, dass er jene, die dem Heiligen Stuhl und dem Glauben treu geblieben waren, ihrem Schicksal überließ, weil er so viele schlechte Bischöfe, schlechte Theologen und schlechte Priester in ihren Ämtern beließ. Und der Gedanke beunruhigte ihn, dass er die Zügel so sehr gelockert hatte, dass Männer wie Palombo dachten, sie könnten sie ihm einfach aus der Hand nehmen.

Weil er immer noch von seiner Politik als Papst überzeugt war, gelang es ihm, sich solch deprimierenden Gedanken zu verschließen. Dies war nicht die erste unruhige Periode seiner Amtszeit, sagte er sich. Wenn er nur lange genug durchhielt, wenn er nur lange genug die grundlegenden Prinzipien von Glauben und Moral bewahren konnte, wenn er nur weiterhin fest zu Christus und der Mutter Gottes aufblicken konnte, während er auf die Zeichen wartete, die in Fatima versprochen worden waren – dann würde alles gut werden für die leidende Kirche, der er diente, und für die leidende Welt, die er so sehr liebte. Wenn er nur lange genug durchhielt ...

Der 29. Juni, jener Tag, an dem er in der Gemelli-Klinik erwartet wurde, war derselbe Tag, an dem er Michael Coutinhos Einzug ins Kardinalskollegium bei einer Zeremonie im Petersdom absegnen musste.

Zu dem Zeitpunkt, als er endlich seine Arbeit beiseite legte und sich auf den Weg zu seiner Verabredung mit Dr. Fanarote und den Ärzten in der Gemelli-Klinik machte, litt der Heilige Vater unter starken Schmerzen. Die Einzigen, die ihn begleiteten, waren sein Sekretär Monsignore Sadowski und sein Sicherheitschef Giustino Lucadamo. Vom nächsten Morgen an, von dem Augenblick an, an dem der Papst in den Operationssaal geschoben wurde, und in den ersten Tagen danach waren Sadowski und Lucadamo zwei der fünf Männer, die ausschließlich die Angelegenheiten des päpstlichen Hauses regeln durften. Die anderen drei Männer – »meine Aufpasser« nannte sie der Heilige Vater – sollten Kardinal Sanstefano von der Finanzpräfektur, der päpstliche Sprecher Miguel Lázaro-Falla und natürlich Dr. Fanarote sein. Der Staatssekretär und die übrigen Kardinäle konnten nichts tun, bis der Heilige Vater wiederhergestellt war.

Lucadamo hatte bereits genaue und gründliche Pläne für diese Zeit vorbereitet, indem er das Krankenhauspersonal gründlich instruiert hatte, einschließlich des Chirurgen und der Assistenzärzte. Während des Krankenhausaufenthaltes des Papstes stand das gesamte Krankenhaus unter strengster elektronischer Überwachung, so wie jeder, der es betrat oder verließ. Jede Person, die mit der Pflege des Papstes zu tun hatte, wie gering ihre Aufgabe auch immer war, musste über jedes Detail ihrer Pflichten Rechenschaft ablegen.

Die Befehle Lucadamos an seine handverlesenen Agenten im ganzen Gebäude waren unmissverständlich. Sie sollten die völlige Kontrolle aufrechterhalten. Sie waren nur ihm verantwortlich. Und in diesem Fall begann und endete die Justiz an den Mündungen ihrer Waffen. »Wenn Sie einen guten Grund zum Verdacht haben, warten Sie nicht darauf, Fragen stellen zu können. Tun Sie Ihr Bestes um keine Leichen zu hinterlassen. Aber auf keinen Fall dürfen wir mit der Leiche des Papstes dastehen.«

Von all den Weltpolitikern und Persönlichkeiten, die so regelmäßig in Kontakt mit dem Heiligen Vater gestanden hatten, brach nur einer das seltsame Schweigen, welches sich ausgebreitet hatte. Als diese unwirklichen, turbulenten Tage zu Ende gingen, war der Papst allein und schon zu Bett gegangen, als ihm spät am Vorabend seiner Operation ein kurzer Brief per Hand überbracht wurde. »Ich kann nicht glauben«, hatte Michail Gorbatschow geschrieben, »dass die Vorsehung des Allmächtigen das Leben Euer Heiligkeit an diesem entscheidenden Punkt der Menschheitsgeschichte beschließen wird.«

Windswept House war für Damien Slattery mehr als nur ein sicherer Zufluchtsort geworden. Von der Eingangshalle, wo der Glockenschlag von Oakey Paul die Stunden verkündete, bis zur Turmkapelle, wo er jeden Morgen die Messe las, war hier etwas, das alles Selbstmitleid aus seinem Herzen verbannte und alle kleinlichen Bedenken auflöste, die seinen Verstand gefesselt hatten. Ein altes Erbe schien das großartige Haus zu erfüllen. Eine unvergängliche Prägung aus jener fernen Zeit, da Christians Ahnen sich entschlossen hatten ihre alten Wurzeln in Cornwall aufzugeben, nicht in Bitterkeit zu versinken, nicht darauf zu warten, dass die Feinde ihres Glaubens sie dem Vergessen übergaben, sondern aufs offene Meer hinauszufahren und einen Platz in einer Welt zu finden, die ganz verschieden war von der, welche sie gekannt hatten.

Trotzdem konnte sich Slattery geistig nie ganz von Centurycity`befreien. Er wusste genauso gut wie der Papst, dass die Anschuldigungen des Kardinals seinen Ruf in den Augen vieler Leute zerstört hatten. Und weil er nicht wollte, dass diese Sache zwischen ihm und Christian Gladstone stand, hatte er seinem Freund die ganze traurige Geschichte frank und frei erzählt.

Es sagte viel darüber aus, wie sehr seine Tätigkeit ihm die Augen geöffnet hatte, dass Christian von Slatterys Geschichte nicht überrascht war. Ganz im Gegenteil, das meiste davon kannte er schon. Vom Anfang bis zum Ende – die Verachtung, mit der man Slattery im Haus der Heiligen Engel begegnet war, seine letzte Auseinandersetzung mit dem Kardinal – glich die Situation, welche Damien beschrieben hatte, aufs Haar der Situation vieler anderer Priester, mit denen Christian gesprochen und deren Angaben er überprüft hatte.

»Es ist das Gleiche wie im Fall O'Reilly.« Christians Gesicht zeigte seinen Widerwillen. Er erinnerte sich an Pater Michaels Klage, dass er nur ein weiteres Mitglied jener Gläubigen sei, die der Mann im Stich gelassen hatte, welcher eigentlich die Lämmer hüten und die Schafe weiden sollte. Das hatte O'Reilly zu ihm gesagt. Und das war es auch, was Christian beklagte, als er aus vollen Rohren auf seinen Papst zu feuern begann.

»Dieser Heilige Vater ist der Schlüssel zu allem.« Christians Gesicht war rot vor Zorn. »Vielleicht hat Pater Aldo Recht. Vielleicht ist dieser Papst ein gehorsamer Diener der Mutter Gottes. Vielleicht beugt er sich dem Willen ihres Sohnes, wie sie ihn in Fatima verkündet hat. Vielleicht sieht er das größere weltpolitische Bild und weiß, dass die neue Weltordnung keinen Bestand haben wird, dass sie die Menschheit so verändern würde, dass die Religion darin keinen Raum mehr hätte, dass die Botschaft von Fatima mit all dem zu tun hat. Aber vielleicht ist er von der Veränderung der Weltpolitik auch nur hypnotisiert. Und in der Zwischenzeit schafft er mehr Probleme, als einer von uns lösen kann!«

»Hören Sie jetzt auf, Chris.« Slattery kannte Christians Temperament, hatte aber noch nie einen solchen Ausbruch erlebt.

Und er begriff nicht, was plötzlich Aldo Carnesecca damit zu tun hatte

»Ich werde es Ihnen sagen, Damien!« Christian nahm den Vorabdruck des neuen Katechismus, den Pater Aldo ihm gesandt hatte, und warf ihn quer durch das Zimmer seinem Freund in den Schoß. »Ich habe mich lange mit Pater Aldo über dieses Geschreibsel unterhalten, das der Heilige Vater als katholisches Bekenntnis unseres Glaubens veröffentlichen lassen will. Ich war beinahe soweit, mich Pater Aldos Standpunkt anzuschließen. Aber jetzt denke ich, dass es nicht reicht. Nennen Sie es einen Katechismus, wenn Sie wollen. Aber es ist eine perfekte Wiedergabe all dessen, was in der nachkonziliaren Kirche zum Himmel stinkt. Das ganze fundamentale Dogma steht hier drinnen schwarz auf weiß – wie immer! Aber es ist nicht mehr zu trennen von dem zeitgeistigen Müll, der gute Priester wie Michael O'Reilly und Sie und Hunderte andere, von denen ich Ihnen erzählen könnte, ans Kreuz nagelt.

Plötzlich ist die Hölle nicht mehr vorstellbar, weil sie nicht zu Gottes butterweicher Barmherzigkeit passt. Alles, was man tun muss um gerettet zu werden – was immer das heute auch bedeuten mag –, ist ein angepasstes Mitglied dieser wankenden Staatengemeinschaft zu sein. Wenn so ein Gerüst noch römisch-katholisch ist, esse ich alle siebenhundert Seiten dieses so genannten Katechismus zum Abendessen!

Also, Pater Damien, erklären Sie es mir. War das alles eine längst geplante Sache, direkt aus dem Busen des Zweiten Vatikanums? Wusste dieser Pontifex davon, von dieser ganzen elenden Unkenntlichmachung des Katholizismus? Oder ist es nur ein Zufall, dass Dokumente des Konzils wie *Gaudium et Spes* und *Lumen Gentium* sich genauso anhören wie das kanonische Recht aus dem Jahr 1983? Und dass sie sich alle so anhören wie dieser neue Katechismus? Der Papst war bei diesem Konzil. Er hat diese beiden Dokumente verfasst. Er ist für sie eingetreten. Auf wessen Seite steht er eigentlich? Warum hat er es zugelassen, dass die Kirche an diesen Punkt der Korruption gerät, seit er Papst geworden ist? Erklären Sie es mir, Pater, falls Sie das können. Haben die Bischöfe hier drüben Recht?

Der Papst und seine Amtsführung sind nicht mehr wichtig, ja? Das ist es doch, was sie denken! Und handelt er nicht genauso?«

Slattery verharrte schweigend. Selbst an jenen Nachmittag im Angelicum, als er und Chris einen anderen Streit über die Motive des Papstes ausfochten, hatte er von dem jungen Geistlichen nicht so harte Wort vernommen. Plötzlich schien Damiens eigene Krise nicht mehr wichtig. »Es gibt noch eine Möglichkeit, Christian.« Trotz ihrer Tiefe war Damiens Stimme nach Christians wilder Anklage nicht mehr als ein Flüstern. »Es ist möglich, dass vom ersten Tag seines Pontifikats an schon alles vorbei war. Es ist möglich, dass die Saat der Apostasie, des Abfalls vom rechten Glauben, bereits gesät worden war und schon in voller Blüte stand. Es ist möglich, dass Christus diese Art der kirchlichen Organisation bereits verworfen hatte. Es ist möglich, dass dieser Papst wie Petrus vom Heiligen Geist eher seiner Schwäche wegen erwählt wurde denn wegen seiner Stärke. Eher wegen seiner Liebe zu Jesus denn wegen seines Verständnisses, welche Art von Königreich Christus von Seinen Geschöpfen errichten lassen will. Anders gesagt, vielleicht hatte der Allmächtige schon genug von dieser Korruption. Genug von dieser Generation. Vielleicht ist es unsere Bestimmung, durch eine neue Generation ersetzt zu werden. Eine andere Art von Katholiken. Eine bessere, wahrhaftigere, reinere Art. Es ist möglich, dass dieser Papst wirklich der letzte Papst dieser katholischen Epoche ist. Und es ist möglich, dass er das weiß, es die ganze Zeit gewusst hat.«

In ein paar Sekunden hatte Slattery alle Theorien über den Papst noch übertroffen, hatte sie alle zu einer Möglichkeit verarbeitet, die so schrecklich war, dass es dem Geist beinahe unmöglich war, sie zu begreifen. Beinahe unmöglich, sie zu akzeptieren. Christian fühlte sich plötzlich wie ein Fremder in dieser altvertrauten Umgebung und suchte nach irgendeinem festen Halt, an den er sich klammern konnte.

»Angenommen, was Sie sagen, stimmt, Damien.« Langsam tastete Chris sich auf dieses neue Gebiet vor. »Gäbe das Seiner Heiligkeit das Recht gute Männer wie Sie ruiniert zu sehen?

Sieht er das als den Willen Christi an? Oder spielt er nur ein großes Spiel mit dem Leben anderer Leute?«

Diese Fragen waren Slattery nicht neu, für ihn waren die Antworten so alt wie die Christenheit selbst. »Ich glaube, er denkt das Gleiche wie ich über Christi Willen. Wenn gute Männer zugrunde gehen, dann lässt Gott dies geschehen. Will es sogar geschehen lassen, wie er die Kreuzigung geschehen lassen wollte. Und aus dem gleichen Grund. Da ist immer dieser große Unterschied zwischen den Prioritäten Gottes und den Prioritäten der Welt. Aus solchem Leid schafft Er größere Wohltaten, als ich oder Sie oder der Papst uns vorstellen können.

Ich nehme an, Sie könnten wirklich sagen, der Papst spielt mit hohen Einsätzen. Und es ist immer schwierig, in einer Welt voller Blitz und Donner, voller Stöhnen und Kindergeschrei Entscheidungen zu treffen. Die menschliche Realität ist sehr unordentlich.«

»Und das ist es dann?« Christian war nicht bereit aufzugeben. »Die Wahl des Papstes ist es, alles auf ein Spiel zu setzen, während die Welt zu unordentlich wird um sie zu regieren?«

»Nein, Chris. Das ist es nicht. Ich kenne auch nicht jede Einzelheit der Politik dieses Papstes. Er streckt seine Hände auf eine völlig neue Weise jeder Art von Menschen entgegen. Das ist ein Teil dessen, was er meint, wenn er vom ›neuen Jerusalem‹ spricht. Wenn diese Politik uns als Einzelwesen schmerzt, wenn wir nicht in die Konziliarkirche passen, die dieser Papst errichtet, wenn wir von seiner Schöpfung an den Rand gedrängt werden, dann werden wir das tun, was Ihre Vorfahren getan haben. Wir werden tun, was die Katholiken immer getan haben. Wir machen weiter. Wir kennen nicht alle Antworten. Soweit ich weiß, ist der einzige Weg zu diesen Antworten auf dieser Erde der Heilige Vater.

Also bleiben wir bei dieser grundlegenden Aussage unseres Glaubens. Der Papst ist Petrus. Solange er lebt, ist der polnische Papst der Stellvertreter Christi auf Erden. Das ist sein Job. Christus wird sich unser und seiner annehmen.

Und solange wir beide leben, sind wir Priester. Das ist unser Job. Wir gehen ein paar Schritte hinter dem Heiligen Geist, immer im Vertrauen auf den Glauben, der uns durch die Apostel vermittelt und durch die Lehren der Kirche über die Jahrhunderte weitergegeben wurde. Selbst unter den schlimmsten Umständen können wir unseren Rücken beugen um unseren winzigen Teil an jener Arbeit zu verrichten, die Christus wissentlich und voll Liebe immer unwürdigen Händen anvertraut.«

»Mit anderen Worten«, ein ganz schwaches Lächeln spielte um Christians Mundwinkel, »Sie sagen mir, ich soll wieder an die Arbeit gehen.«

»Mit anderen Worten«, Slattery warf den Katechismus zurück zu Gladstone, »sage ich Ihnen, Sie sollen damit aufhören, päpstlicher zu sein als der Papst. Lassen Sie uns beten, dass Seine Heiligkeit heil und gesund durch die Operation kommt. Und lassen Sie uns diesem Mann ein Geschenk machen – eine gut getane Arbeit.«

Während sie also auf Nachrichten aus der Gemelli-Klinik warteten und während Chris, immer noch nicht ganz überzeugt durch Damiens feste Verteidigung des polnischen Papstes, weiter mit seinen Vermutungen rang, gingen die beiden Priester gemeinsam den Datenberg durch, den sie gesammelt hatten.

Tag für Tag schlossen sie sich in der Bibliothek ein, studierten ihre Berichte über Namen, Orte und Zeitangaben und analysierten dokumentierte Vorfälle, die sie unabhängig voneinander zusammengetragen und überprüft hatten. Und Tag für Tag wuchs Damiens Überzeugung, dass er Recht behalten würde. Das Material bewies nicht nur, dass homosexuelle Aktivitäten und ritueller Satanismus unter der amerikanischen Geistlichkeit einen hohen Grad an Organisation aufwiesen. Es waren auch die gleichen Namen und die gleichen Orte, die in beiden Datensätzen aufschienen.

So zwingend war das sich abzeichnende Muster, dass Chris tatsächlich eine Karte über das Zusammentreffen von pädophilen Aktivitäten und bekannten satanistischen Gruppen anfertigen konnte. Er war in der Lage alle jene Diözesen – viel zu viele Diözesen in viel zu vielen Teilen des Landes – namentlich zu kennzeichnen, in denen die Namen von pädophilen Priestern identisch waren mit den Namen von Priestern, deren Verbindungen zu satanistischen Gruppen Damien aufgedeckt hatte.

»Das ist ein entsetzliches Bild, finden Sie nicht?« Krank vor Abscheu betrachtete Slattery Christians Karte.

»Das ist das Bild einer groß angelegten Vertuschung. Aber ich verstehe einfach nicht, wie das möglich ist. Von den vielen Priestern und Bischöfen in diesem Land geht es hier nur um eine Hand voll Männer. Aber wir haben im Zentrum der hiesigen Kirche eine riesige, schmutzige Blase. Doch kein offizieller Kirchenmann schreit auf. Sind all die Bösen am Ruder? Oder sind all die Guten blind? Oder sind sie alle solche Schwächlinge wie Kardinal O'Cleary? Fürchten sie, dass der Dreck auch sie überschwemmen könnte, wenn sie die Blase zum Platzen bringen?«

»Sagen Sie es doch einfach, Damien!« Christian konnte Slatterys Gesichtsausdruck inzwischen schon zu gut lesen.

Aber was Damien sagte, war nicht die Antwort auf Christians Fragen, sondern eine ganze Menge eigener Fragen.

»Passt nicht alles irgendwie zusammen, Christian? Wenn man alle Fakten gemeinsam betrachtet: Da ist Kardinal O'Clearys Entscheidung drei nachgewiesen homosexuelle Männer zu Priestern zu weihen. Da sind all diese pädophilen Priester, die von ihren Bischöfen von einer Gemeinde zur nächsten geschoben werden, und die andauernde Weigerung bekannte Missetäter zu laisieren. Da ist dieser spezielle Fonds, den die Bischöfe errichtet haben, um Hunderte von Millionen Dollar bei außergerichtlichen Einigungen zu bezahlen. Da sind die Beweise, die Wodgila gefunden hat und die Centurycity mit Russeton verbinden und Russetons Mutterkapelle mit anderen Diözesen im ganzen Land. Und jetzt zeigt diese Karte auch noch einen deutlichen Zusammenhang zwischen Pädophilie einerseits und rituellem Satanismus andererseits unter den Geistlichen.

Es ist schlimm genug, dass die Gläubigen all diese schmutzigen Spielchen bezahlen müssen und dass die Bischöfe bei Anklagen die Kirche gegen katholische Familien stellen. Aber wenn wir da dranbleiben, könnten wir herausfinden, dass es um mehr geht als nur eine Vertuschungsaktion. Jetzt ist das nur so ein Gedanke von mir. Ich habe keine Beweise. Aber ich denke, die Frage, die man jetzt stellen müsste, lautet, ob es Versuche gibt die Kirche in einen sichern Hafen für bekannte Pädophile zu verwandeln. Und durch diesen Prozess auch noch ein reiches Erntegebiet für satanistische Kulte zu schaffen.

Wenn wir für diese Frage jemals Beweise finden, werden wir vielleicht erkennen, dass dies ein Versuch ist die Kirche moralisch und finanziell in den Bankrott zu treiben. Ein beabsichtigter, ausgezeichnet geplanter Versuch die Kirche von innen heraus zu zerstören.«

Es blieb Christian nichts anderes übrig, als Slattery jene Frage zu stellen, die auch seine eigene Position unhaltbar machen konnte. Wie weit reichte, nach Slatterys Meinung, dieser Versuch in die Hierarchie der Kirche hinauf? »Geht das bis zu Maestroianni und den anderen Kardinälen, mit denen ich gearbeitet habe? Nehmen Sie an, es reicht bis in diese Ebene hinauf?«

Wieder wurde Slattery schweigsam. Und wieder fragte Christian nach. Er war schon so weit gekommen. Jetzt wollte er alles hören.

So leidenschaftslos wie es ihm möglich war, über solche Dinge zu sprechen, wiederholte Damien Lucadamos Vermutungen, die er seit dem Treffen in Straßburg hatte. Vermutungen, die Maestroianni, Aureatini, Palombo und Pensabene mit einem Plan in Verbindung brachten, von den regionalen und nationalen Bischofskonferenzen rund um die Welt eine Serie von Abstimmungen durchführen zu lassen. Laut Lucadamo war dieser Plan der Zünder für irgendeinen Mechanismus, der die Abdankung des Papstes sicherstellen sollte.

Gladstone fuhr zusammen. »Wenn Lucadamo sie alle verdächtigt, dann muss er doch auch mich verdächtigen!«

Slatterys Antwort war Schweigen. Beredtes Schweigen.

Gladstone starrte ihn mit großen Augen an. Er hatte immer gewusst, dass er in Rom nicht viel zählte. Der Name Gladstone, das war etwas anderes und Grund genug für einen Mann wie Maestroianni ihn auf irgendeine zukünftige Rolle vorzubereiten. Bis zum heutigen Tag hatte er keinen anderen Grund finden können, warum Maestroianni ihn praktisch aus dem Nichts für eine Aufgabe ausgewählt hatte, die ihm bei den Bischöfen zweier Kontinente großes Ansehen verlieh.

Jetzt aber hatte Slattery ihm einen anderen Grund genannt.

Wenn Lucadamo mit seinem Verdacht über das Straßburger Treffen Recht hatte, dann wurde Gladstone nicht auf irgendeine Rolle vorbereitet. Dann wurde er jetzt schon benutzt. Als ahnungsloser Bauer. Als unwissender Narr in einem schmutzigen Spiel antipäpstlicher Politik. Die Arbeit, welche er für Maestroianni geleistet hatte, all die heiklen Fragen über ihre Meinung vom Papst, die er den Bischöfen gestellt hatte, all die ausführlichen Befragungen in Maestroiannis Büro, all die Gefälligkeiten, die er den Bischöfen auf Maestroiannis Verlangen hin erwiesen hatte – alles wurde benutzt um eine Verschwörung gegen den Papst zu unterstützen!

»Sie haben ja keine Ahnung, was wirklich läuft!« Christian machte seiner Wut auf Maestroianni und auf sich selbst Luft.

»Sie wissen nicht, wie weit meine Karriere als Handlanger dieser Bastarde bereits gegangen ist! Es sollte alles äußerst vertraulich sein und jetzt weiß ich auch, warum!«

Slattery konnte Gladstone nicht folgen.

»Lassen Sie es mich Ihnen erklären, Damien!« Er konnte sich nicht mehr zurückhalten, er konnte nicht einmal mehr still sitzen. Christian begann hin- und herzugehen. »Ich habe Gefälligkeiten und bestimmt Dinge für dreißig oder vierzig Bischöfe in Europa erreicht. Dinge wie eine Ausnahme bei den Bebauungsplänen in Antwerpen, damit der Bischof oder einer seiner Freunde an einer bestimmten Stelle eine Villa errichten konnte. Dinge wie einen Bericht über die Indiskretionen eines Priesters mit einer Frau verschwinden zu lassen. Dinge wie die bevorzugte Behandlung des Neffen oder der Nichte eines Bischofs bei der Vergabe von Regierungsämtern.«

»Aber wie, Chris?« Slattery war verwirrt. »Wie konnten Sie solche Dinge erreichen?«

»Mein Bruder!« Christian starrte seinen Freund böse an. »Mein Bruder Paul. Er ist Generalsekretär beim Ministerrat der EG. Es ist mir zu verdanken, dass sie uns beide gelinkt haben.

Mich, weil ich in Rom auf jeden Wink Maestroiannis reagiert habe. Und meinen Bruder, weil er in einer Position ist, wo er an den richtigen Schnüren ziehen kann. Und das Schlimmste ist, dass Lucadamo Recht hat! Ich war der, der das alles ermöglicht hat! Ich habe all meine Zweifel ignoriert. Ich habe mich so weit gebracht zu glauben, dass meine größte Aufgabe sei Maestroianni dabei zu helfen, die Einigkeit und Festigkeit der Kirche zu stärken. Ich habe mir gesagt, ich tue das alles ›für die Erhöhung der Mutter Kirche und zum Wohle des Heiligen Stuhles‹, wie es in dem alten Gebet heißt. All der Stimmenfang bei den Bischöfen. All die statistischen Daten. Und auch all die Gefälligkeiten.

Und die ganze Zeit habe ich Maestroianni und den anderen ein gutes Bild über den ganzen bischöflichen Schlamassel geliefert. Ich kann Ihnen sagen, und ich habe es Maestroianni gesagt, wie die Bischöfe zu jeder einzelnen wichtigen Frage stehen und wo ihre örtlichen Probleme liegen. Und als ob das noch nicht genug wäre, habe ich durch all die Gefälligkeiten eine ganze Reihe von ihnen auf Maestroiannis Seite gebracht.«

Christian schüttelte den Kopf und sank in seinen Sessel. Er konnte seine eigene sture Dummheit nicht begreifen. »Sie haben versucht mich zu warnen, Damien. Erinnern Sie sich an das Mittagessen bei Springy? Sie sagten mir damals, wenn es Maestroianni und den anderen darum ginge, die Probleme der Kirche zu lösen, hätten sie schon sehr viel tun können.« In seinem Zorn beneidete Christian Slattery beinahe. »Wenigstens haben Ihre Feinde Sie so unverdaulich gefunden, dass sie Sie ausspucken mussten. Aber ich? Ich bin der perfekte Sündenbock. Aber nicht länger! Maestroianni hat seinen Handlanger zum letzten Mal gesehen!«

»Also so ist das ...« Slatterys Gesicht wurde hart, als er Gladstones Situation vollkommen verstanden hatte. Aber genauso schnell hellte sich seine Miene wieder auf. Vielleicht, so schlug er vor, konnten sie Maestroiannis Spiel gegen ihn richten. »Mit Ihnen als Laufbursche des Kardinals und seiner sauberen Freunde können wir da eine Menge herausholen.«

»Jetzt hören Sie mal, Slattery!« Gladstone sprang wieder aus seinem Sessel auf. »Sie wollen doch nicht vorschlagen ... Sie meinen doch nicht im Ernst ...«

»Nein, nein. Sie hören zu. Vor einer Minute hatten Sie noch keine`Ahnung, was wirklich läuft. Aber jetzt, wo Sie es wissen, sind Sie in einer besseren Ausgangslage als Lucadamo oder sonst jemand, von dem ich weiß, um diese Straßburger Geschichte aufzurollen.«

Früh am Morgen des 30. Juni erhielt der polnische Papst durch Monsignore Daniel die Letzte Ölung. Dann wurde er durch bewachte Gänge in den Operationssaal gefahren, wo unter den wachsamen Augen Giustino Lucadamos das Anästhesiemittel verabreicht wurde.

Seine verschwommenen Gedanken kehrten zu einem anderen Tag in dieser Klinik zurück. Zu einem Tag im August 1981, als Ali Agca ihn auf dem Petersplatz angeschossen hatte. Die Heilige Jungfrau war ihm an diesem Tag erschienen; sie hatte ihn vor den Irrtümern in Russland gewarnt, hatte ihm das Sonnenwunder gezeigt, wie Lucia, Jacinta und Francesco es am 13. Oktober 1917 gesehen hatten. Aber heute war kein Tag der Wunder. Heute gab es nur die Stille. Die Dunkelheit.

»Unsere Gebete wurden erhört, Pater Damien!« Die Nachrichten von Dr. Fanarote waren präzise und wenn sie schon nicht alle Probleme Christians lösten, so befreiten sie ihn doch von der Lähmung durch eine große Sorge.

Das von dem Chirurgen entfernte Gewebe war nahe am Krebsstadium gewesen und es gab die Befürchtung, dass der Papst immer noch diesen geheimnisvollen, resistenten Megalovirus in sich trug. Aber die Prognose war gut. Seine Heiligkeit war außer Gefahr und erholte sich.

»Der Heilige Vater ist mit fliegenden Fahnen über den Berg gekommen!« Christian war so aufgeregt, dass er beinahe vergessen hätte den Hörer aufzulegen.

»Unsere Gebete wurden erhört.« Mit einem tiefen Seufzer der Erleichterung wiederholte Slattery Gladstones Worte. Fanarotes Bericht sagte ihm alles über seinen Papst, was er wissen musste.

Und die Gefühle auf Christians Gesicht sagten ihm alles, was er zu wissen hoffte über den Willen dieses guten, aber geplagten Priesters den einmal eingeschlagenen Weg weiter zu verfolgen. Es war Zeit, wieder an die Arbeit zu gehen.

XL

Es war beinahe zehn Uhr abends, als Pater Aldo Carnesecca ins Kloster von St. Johannes am Kreuz am Stadtrand von Barcelona zurückkehrte. So spät, dass er die Glocke läuten musste, damit Jorge Corrano, der Hausmeister, ihm das doppelt versperrte äußere Tor öffnen konnte. Als María Corrano ihren Mann und Carnesecca reden hörte, steckte sie den Kopf aus der ebenerdigen Wohnung um Guten Abend zu sagen. Sie unterhielten sich darüber, wie kurz der Sommer gewesen war. Jetzt würde es im Kloster wieder sehr still werden, nachdem der September gekommen und die Pilger abgereist waren. »Zu still«, beklagte sich Jorge. »Gar nicht wie in den alten Zeiten.«

Nachdem sie sich Gute Nacht gewünscht hatten, beschloss Carnesecca noch einige Zeit in der Kapelle zu bleiben, bevor er zu Bett ging. Er war müder als gewöhnlich, aber er wollte am Altar noch Dank sagen für die Arbeit dieses Tages. Als er endlich die marmornen Stufen zu seinem Zimmer hinaufstieg, dachte er daran, Gladstone von Jorge und María und ihrer Freundlichkeit zu erzählen. Als er dann alles zum Zubettgehen vorbereitet hatte, war er schon so müde, dass er beinahe die Isocarpin-Augentropfen vergessen hätte, die Dr. Palacio y Vaca ihm verschrieben hatte. Schläfrig griff er nach dem Fläschchen, legte den Kopf zurück und tropfte mit einer schnellen Bewegung – inzwischen war er schon ein Experte darin – je einen Tropfen der Lösung in jedes Auge.

Kaum traf die Flüssigkeit auf dem Auge auf, da stachen Schmerzen – wie glühende Nadeln – durch seine Augen und tief in sein Gehirn. So grausame Schmerzen, dass er gellend aufschrie, auf die Füße kam und immer noch schreiend die Hände vors Gesicht schlug. »Corrano! Corrano!« Er stolperte zur Tür. Musste sie aufmachen. Musste die Treppen hinuntergehen. Musste Hilfe finden. »Corrano!« Wieder und wieder rief er den Namen des Hausmeisters. Die glühenden Nadeln lähmten ihn, lähmten sein Gehirn und seine Muskeln und machten Bewegungen fast unmöglich. »Corrano!« Er stolperte zum Ende der marmornen Treppe, aber die Schmerzen waren zu stark. Sie überwältigten ihn. Er verlor fast das Bewusstsein, verlor jede Kontrolle. Er konnte alleine nicht mehr weiter. »Corrano!«

Der Hausmeister rannte in höchster Eile aus seiner Wohnung und sah gerade noch das Schlimmste. Carneseccas taumelnde Bewegungen ließen ihn in einem schrecklichen, ungelenken Durcheinander von Armen und Beinen das Dutzend Marmorstufen hinunterstürzen. Sein Kopf schlug immer wieder auf den scharfen Kanten auf, als er Stufe um Stufe herabfiel. *»Aaaeey!«* Corrano rannte mit ausgestreckten Armen los, seine Schreie erfüllten nun das leere Haus und hallten von den marmornen Wänden wieder. *»Aaaeey! Qué calamidad! Padre! Padre!«* Aber keine Antwort kam aus dem offen stehenden Mund. Kein Puls in dem unglaublich verrenkten Genick. Kein Lebenszeichen.

Und dann sah er sie. Die Augen! *Ay! Dios mío!* Die Augen! Was war mit dem heiligen Mann geschehen? Was war mit seinen Augen geschehen?

Als der Sommer sich dem Ende zuneigte und die Urlauber den Stränden von Galveston Island Auf Wiedersehen sagten, wurde es auf Windswept House wieder lebendig. Aber die Stimmung war nicht fröhlich. Gar nicht wie in den alten Tagen.

Christian beendete seine letzte Reise und machte sich mit Pater Michael O'Reilly als Hausgast und Helfer daran, seinen Schlussbericht für den Papst zu schreiben. Aber diese Tätigkeit füllte seinen Verstand wieder mit Bitterkeit, einem Gefühl, das er in seinem Leben nicht gekannt hatte, bis zu diesen seltsamen Monaten, die er zu Hause verbracht hatte.

Er zeigte O'Reilly die von ihm angefertigte Karte und teilte ihm auch Damiens Idee mit, dass irgendeine pervertierte Form des religiösen Opfers dahinter stecken mochte. Vielleicht hat

Slattery Recht, sagte er. Vielleicht gab es irgendwo einen theoretischen Punkt, an dem satanistisches Denken in eine tatsächliche Hingabe an den Fürsten dieser Welt umschlug. Sicher wiesen die ungebrochene Einheitlichkeit im Benehmen von einigen hundert pädophilen Geistlichen, die sich untereinander oft gar nicht kannten, und die schreckliche Übereinstimmung von einzelnen unzusammenhängenden Gewalttaten auf einen Gehorsam gegenüber dem Willen einer überlegenen Intelligenz hin.

In diesen späten Sommertagen gab Pater Damien endlich seine gutgläubigen Versuche auf einen Bischof zu finden, der ihn nehmen würde. Er musste auch seinen eigenen Bericht an den Papst fertig stellen. »Der Kardinal von Centurycity kontrolliert die nationale Bischofskonferenz«, beklagte sich Slattery gegenüber Christian bei seiner Rückkehr nach Windswept House. »Und nachdem das die Maschine ist, die jeden einzelnen Bischof kontrolliert, darf es mich nicht wundern, dass ich nichts erreicht habe.« Nun, er hatte schon etwas erreicht. Er hatte einige sehr ergiebige Tage mit Sylvester Wodgila verbracht. Der Inspektor hatte noch mehr Beweismaterial für Slatterys Bericht über geistliche Satanisten zusammengetragen und er wollte auch an der Sache dranbleiben wie ein Hund an seinem Knochen.

In diese Zeit fiel auch die Rückkehr von Cessi und Tricia aus Irland um das Regiment auf Windswept House wieder zu übernehmen. Obwohl sie fast überfloss von Geschichten, die sie erzählen wollte, brachte Cessi als Erstes den Haushalt wieder in Ordnung. Arbeit war schon recht und gut, sagte sie, aber es würde keine ausgelassenen Mahlzeiten mehr geben. Und am Abend würden sie sich alle zusammensetzen wie eine richtige Familie. »Und das gilt auch für Sie, Pater Damien! Und für Sie, Pater Michael!«

Ihre nächste Sorge galt einem sehr willkommenen Brief von Kardinal Sanstefano. Der Heilige Vater hatte ihrem Plan ein Netzwerk aus Untergrundpriestern zu bilden nicht nur zugestimmt, sondern wollte ihn so schnell wie möglich in die Tat umgesetzt wissen. Als Kardinalprotektor des Projektes würde es Sanstefano freuen, wenn Signora Cessi sich um die notwendige unabhängige Finanzierung und um passende Wohngelegenheiten für seine Mitglieder kümmerte und weitere Vorschläge für zusätzliche Kandidaten einbrachte.

Diese Nachricht hätte Cessi beinahe ihre Enttäuschung über das Ergebnis ihres Sommers in Irland vergessen lassen.

Sie hatte solch große Hoffnungen gehegt, dass die Spezialisten, an die man sie in Dublin verwiesen hatte, eine Antwort auf die sich ständig verschlimmernde Augenerkrankung ihrer Tochter finden würden. »Am Anfang sah alles so viel versprechend aus«, erzählte sie Chris und den anderen bei einem der ersten ihrer gemeinsamen`Abendessen auf Windswept House. »Die Erleichterung, welche Tricia verspürte, erschien wie ein Wunder. Sie schlief so gut. Sie konnte wieder zeichnen und malen. Ach, Chris! Ich wünschte, du hättest sie sehen können!« Cessi griff wie in alten Zeiten nach der tröstenden Hand ihres Sohnes. »Ich denke, es war nur die Luft in Kerry. Wie ihr sehen könnt, ist sie heute abend nicht bei Tisch. Es war nur eine vorübergehende Besserung ...«

Während Chris, Pater Damien und Pater Michael an ihren mysteriösen Berichten arbeiteten, verbrachte Cessi Stunden mit Plänen und Telefonanrufen. Sie spürte Kardinal Sanstefano in seinem Urlaubssitz auf um die Details mit ihm zu besprechen. Sie stand in Kontakt mit Glenn Roche in New York. Ihr wichtigster finanzieller Berater sollte einen unabhängigen Fonds einrichten, der das Netzwerk finanzieren würde.

Aber Cessi hatte nie gerne allein gearbeitet. Obwohl sie so beschäftigt waren, zog sie die drei Männer ins Vertrauen. Dies war der beste Weg, der ihr einfiel, um ihre Kandidatenliste so schnell zu vergrößern, wie Sanstefano das wünschte, und es hatte noch andere Vorteile.

Als Cessi Pater Michaels Leidensweg gehört hatte, wurde sie außerordentlich zornig. Und sie wollte unbedingt, dass er auf ihrer Kandidatenliste ganz oben stand. »Unsinn, Pater Michael!«, schob sie seine Einwände beiseite. »Wie können Sie es wagen, vom Papst zu verlangen, dass er Ordnung schafft, bevor er Ihre Situation in Ordnung bringen darf! Falls Sie es noch nicht bemerkt haben, ist dies die schwierigste Zeit für die Kirche und das umstrittenste Pontifikat seit dem sechzehnten Jahrhundert! Und Sie bekommen die Chance der Priester zu sein, der Sie sein sollten. Die Art von Priester zu sein, die wir alle brauchen. Alle, sogar der Heilige Vater. Also bleiben Sie zornig, wenn Sie wollen. Aber seien Sie dabei klug! Seien Sie auf intelligente Art zornig!«

Michael akzeptierte die Zurechtweisung und stimmte Cessis Vorschlag zu. Und auch Chris nahm sich Cessis Schlachtruf zu Herzen. Seine eigene Wut und Abscheu vor der zynischen Art, wie man ihn benutzt hatte, war nicht weniger gerechtfertigt als die O'Reillys. Aber Slattery hatte Recht gehabt. Falls Lucadamo zustimmte, war das Beste, was Christian tun konnte um dem Papst zu helfen, Maestroianni zu täuschen und so viel wie möglich über Straßburg herauszufinden. So sehr es ihm auch widerstrebte, das Beste, was er tun konnte, war zu täuschen, während er vorgab getäuscht zu werden.

Jetzt standen die Dinge besser. Tricia half, wann immer sie in der Lage war. Chris, Damien und Michael waren in den letzten Tagen ihres Aufenthaltes auf Windswept House mit Cessis Projekt ebenso beschäftigt wie mit ihren eigenen. Und jeden Abend versammelten sie sich nach dem Essen in Cessis Wohnzimmer und lauschten und lachten über Pater Damiens viele Geschichten aus dem Irland, das er einst gekannt hatte, aus dem Land der Heiligen und Gelehrten, das ihn geprägt hatte.

Chris lachte genauso herzlich wie alle anderen. Aber er wusste, was sein Freund durchmachte, und besprach seine Gedanken mit seiner Mutter, als sie allein waren. Kein Mann in Slatterys Alter, sagte er zu Cessi, und kein Mann, der sein Leben als Mitglied eines religiösen Ordens und als hoch geehrte Person des geistlichen Lebens verbracht hatte, konnte so plötzlich und willkürlich aus eben diesem Leben gerissen werden wie Damien ohne dabei furchtbar zu leiden. Solche gewaltsamen Veränderungen hatten oft genug Verstand und vor allem Moral sonst gefestigter Charaktere zerstört. Christian wünschte sich, die Zeit auf Windswept House möge zu Slatterys Wiederherstellung beigetragen haben, und er war dankbar, dass dem so war. Diese fröhlichen Abende voller Geschichten und Erinnerungen waren Teil seines Heilungsprozesses, aber auch Teil seiner Vorbereitungen auf die Zukunft.

An einem solchen Abend jedoch, früh im September, machte das allgemeine Gelächter über Damiens Geschichten Cessis frischen Erinnerungen an Irland Platz. »Ach, Pater Damien!« Noch mit Lachtränen in den Augen ließ Cessi ihre Gedanken zum letzten Sommer zurückschweifen. »Ich wünschte, es wäre alles noch so wie in Ihrer Erinnerung.«

In Irland hatte sich nicht alles geändert, gab Cessi zu. Noch nie zuvor war sie in einem Land so ungestörter Ruhe gewesen, solch klarer Luft, solch sanften Sonnenlichts, solcher Frische in Wäldern und Feldern. Pauls Sommerhaus in Lisleton hatte sie mit seiner wunderbaren Anmut überwältigt. Wie auf Windswept House hatte sie in Lisleton eine Spur des Übernatürlichen empfunden, eine fast greifbare Sicherheit, dass die Wasser des Shannon und des Ozeans dahinter sich auf die große weite Welt der Menschen hin öffneten und zu all den unsichtbaren Stränden von Gottes Schöpfung führten.

»Vielleicht«, überlegte Cessi, »ist all das als von Gott geschaffenes Andenken an die einstige Glorie gemeint.« Der sich plötzlich ändernde Tonfall von Cessis Stimme zerstörte die Stimmung, die sie selbst geschaffen hatte. »Und vielleicht werden es die modernen Iren nie ganz vergessen oder vernachlässigen oder zerstören. Aber sie kümmern sich keinen Deut mehr um den Himmel, die Hölle und das Fegefeuer! Die Messen sind schlecht besucht und die meisten Kirchen sind bis zur Unkenntlichkeit erneuert worden. An den meisten Stätten wird der Tabernakel außer Sicht aufbewahrt. Beichtstühle, das Kreuz, der Kreuzweg oder Statuen von Maria und den Heiligen gibt es kaum mehr. In der großartigen Kathedrale von Killarney sind der marmorne Altar und der Tabernakel in Stücke zerlegt und in irgendwelche Kammern und Nischen geräumt worden. All diese greifbaren Dinge, die uns an die Offenbarung binden, werden durch Fälschungen ersetzt. Es sieht so aus, als würde jeder darauf warten, dass das Leben sich in das Märchen von Schneewittchen verwandelt mit den Bischöfen als den sieben Zwergen, die eine fröhliche Melodie der Unabhängigkeit pfeifen.

Und die Geistlichen!« Cessi warf die Hände hoch. »Ich muss Ihnen sagen, Pater Damien, entweder sind es müde, verwirrte und völlig verlorene ältere Männer. Oder sie sind jung, haben keine Ahnung von Theologie und modernistische Ansichten über den Glauben und das Benehmen eines Geistlichen. Die jüngere Generation achtet die Kirche nicht mehr. Sie verstehen die Eucharistie nicht als Opfer und Sakrament, sie haben keine Ahnung, dass sie nicht nur Gnade schenkt, sondern den Ursprung der Gnade selbst enthält. Sie sind antiklerikal und antipäpstlich und den slawischen Papst lehnen sie ganz besonders ab. Sie wollen nicht einmal mehr römisch-katholisch genannt werden.

Sie glauben nur noch an den allmächtigen amerikanischen Dollar und sind in moralischen Belangen genauso freizügig wie die so genannten Katholiken in diesem Land. Körperliche Bequemlichkeit wollen sie. Und Kompromisse haben dazu geführt, dass früher unakzeptable Dinge nun akzeptiert werden. Und die Akzeptanz dieser Kompromisse hat die universelle Wahrheit ihres Katholizismus ersetzt. Es hat lange gedauert, aber der grausame Geist Oliver Cromwells hat im Geist Walt Disneys einen Verbündeten gefunden. Und es sieht so aus, als würden sie den Kampf in Irland gewinnen.«

Sein Kaffee stand kalt und vergessen auf dem Tischchen neben ihm. Chris warf Slattery einen Blick zu. Überall wurde das Leben der Menschen verändert, so wie Bischof McGregor es an jenem Tag in Hardcastle gesagt hatte. Es entstand wirklich eine Welt ohne Grenzen; eine neue Gesellschaft, unabhängig von nationalen Grenzen, Kulturen, örtlichen Erziehungssystemen und örtlichen Traditionen. Unabhängig von den Blutsbanden der Familie, unabhängig von allen sozialen Bindungen, die das Sakrament der Ehe vermittelt. Eine Gemeinschaft ohne geografischen Bereich. Eine Gemeinschaft ohne Nähe, deren Gemeinschaftsgefühl nur in ihren momentanen Erfahrungen und undisziplinierten Erkenntnissen lag. Eine Gemeinschaft, isoliert von den ursprünglichen Quellen ihres Wissens und ohne den Schatten einer größeren Wahrheit hinter dem Sichtbaren, dem Hörbaren. Eine globale Gemeinschaft von Phänomenologen.

Das war schon schlimm genug. Aber Cessis schlimmste Enttäuschung hatte mit Paul und seiner Familie zu tun. Yusai war es ernst damit gewesen, in die katholische Kirche aufgenommen zu werden. Aber Paul hatte sie von seinem Freund Jadot in Gent unterrichten lassen und der hatte ihr Gebete an »Mutter Erde« beigebracht, ihr alles über das »heilige Mahl« erzählt und »ökumenische Tänze« mit Gruppen von Buddhisten und Hindhus organisiert. »Diese ganze Sache hat sie nicht näher an den Katholizismus gebracht, als sie vorher war.«

Cessi kochte vor Zorn. »Jadot hat doch tatsächlich zu ihr gesagt, ein guter Konfuzianer sei das Gleiche wie ein guter Katholik.

Und der kleine Declan, er ist das Opfer der Vernachlässigung durch seinen Vater. Er spricht fließend Englisch, Französisch und Flämisch. Er kann alle Arten von Gedichten aufsagen über kleine Dinosaurier und Seehundbabys – und die hat er alle in den Religionsstunden in Belgien gelernt. Aber er kann in keiner Sprache ein katholisches Gebet sprechen. Er hat eine vage Idee von Jesus als einem Mann, der vor langer Zeit gelebt hat, aber er hat keine Ahnung von den Sakramenten.«

In seinem Bedauern, welche Schönheit Yusais strahlender Seele und Declans Jugend verloren ging, fragte Chris, was Paul zur Unwissenheit seines Sohnes über seinen Glauben zu sagen hatte.

Waren das Tränen, die Cessis Augen über dem kleinen Lächeln so verdächtig glänzen ließen? Keiner wusste es. Paul, sagte sie, war mehr mit irgendeiner Krise in der EG beschäftigt als mit Declans Unwissenheit oder Yusais Konversion.

»Jetzt kommt aber, ihr beiden!« Tricia sah den Ernst und die Traurigkeit Christians und Cessis und versuchte dem Gespräch eine andere Wendung zu geben. »Als Mutter zum letzten Mal so geredet hat, hätten wir beinahe eine dreißigtägige Pilgerreise zu Fuß nach Rom gemacht!«

Cessi begriff den Hinweis so schnell wie alle anderen. Zwischen ihnen allen hatte sich ein so festes Band der Freundschaft geknüpft, dass sie miteinander wetteiferten, wer nun Geschichten erzählte um traurige Gedanken und die vergangene Zeit in neuen Wellen von Gelächter zu ertränken.

Es war schon sehr spät geworden und Pater Damien kam gerade zum besten Teil einer seiner besten Geschichten, als das Läuten des Telefons alle verstummen ließ.

»Vergessen Sie nicht, was Sie sagen wollten ...«, sagte Chris zu Slattery und ging zu Cessis Schreibtisch.

»Um diese Uhrzeit hat sich wahrscheinlich nur jemand verwählt.«

Aber im nächsten Augenblick wussten alle, dass es keine falsche Nummer gewesen war. Chris hörte lange Zeit nur zu. Als er antwortete, war seine Stimme heiser und er sprach nur wenige Worte. Ja, sagte er, er würde es Slattery sagen. Und er würde den nächsten Flug nehmen. Es schien deswegen eine kurze Auseinandersetzung zu geben, aber Chris blieb fest. »Ich muss kommen«, sagte er bestimmt. »Ich chartere ein ganzes Flugzeug, wenn es sein muss, Giusti, aber ich muss kommen. Warten Sie auf mich!«

Als Lucadamos Name fiel und weil es so spät war, wusste Slattery, dass es schlechte Nachrichten sein mussten. Aber er wusste nicht, wie schlecht, bis Chris sich umwandte, bleich im Gesicht und tränenüberströmt.

»Es ist Pater Aldo ...«

Die Hitze in Barcelona war erstickend. Von Giustino Lucadamo begleitet trat Chris in den karg eingerichteten Raum, der in den letzten Monaten seines Lebens Aldo Carneseccas Heim gewesen war, und öffnete die beiden großen Doppelfenster, die hinaus auf den Klostergarten schauten. Ein paar Briefe lagen ungeöffnet auf Pater Aldos Schreibtisch neben seiner Geldbörse, dazu ein paar Notizblätter. Auch sein Gebetbuch und sein Rosenkranz lagen dort. Eine Hand voll Bücher stand in den Regalen über dem Tisch. Seine persönlichen Papiere waren ordentlich in den Schubladen verstaut. Seine Soutane hing im Wandschrank, seine saubere Wäsche lag gefaltet in einer Truhe. Das Bett war aufgeschlagen. Es war das Zimmer eines Mannes, der vor dem Schlafengehen plötzlich weggerufen wurde. Es war schwer zu glauben ...

Während Gladstone langsam durch das Zimmer ging, gab

Giustino Lucadamo ihm die Informationen, die aus erster Hand zu hören er gekommen war. »Der Hausmeister war schwer erschüttert. Aber sobald er seine Sinne wieder beisammen hatte, galt sein erster Telefonanruf nicht den lokalen Behörden, sondern einer Nummer, die Pater Aldo ihm für Notfälle gegeben hatte.«

»Ihre Nummer in Rom?«

»Ja. Aber die Geschichte, die er mir da erzählte, war so seltsam, so gar nicht zu Carnesecca passend, dass ich den Nuntius in Madrid anrief, er solle die Behörden verständigen und ihnen gleichzeitig klarmachen, dass ich zwar ihre Hilfe brauchen würde, die ganze Angelegenheit aber unter die Rechtsprechung des Heiligen Stuhles fiele. Als ich ein paar Stunden später ankam, wartete die Guardia Civil draußen. Nichts war angefasst worden. Alles war genauso, wie Sie es jetzt sehen, außer dass der Hausmeister neben Pater Aldos Leiche am Fuß der Marmortreppe Totenwache hielt.«

Wie Chris es verstand, war dies ein tragischer Unfall, der jedem hätte passieren können.

»Schöner Unfall!« Lucadamo nahm ein kleines Plastikfläschchen aus seinen Taschen und ließ es auf den Tisch neben Carneseccas Papiere plumpsen. »Die unmittelbare Todesursache war eine Durchtrennung der Wirbelsäule. Einfacher ausgedrückt, sein Genick brach bei dem Sturz. Aber als Pater Aldo aus seinem Zimmer rannte – das war das Erste, was Corrano mir erzählte – Carnesecca rannte um Hilfe schreiend aus seinem Zimmer: Seine Augen wurden von einer starken Säure zerfressen. Er hatte entsetzliche Schmerzen und war vollkommen blind. Das war kein Unfall, sondern Mord.«

Gladstone nahm die unschuldig aussehende Flasche. »Dr. José Palacio y Vaca«, stand auf dem Etikett. »Isoptocarpin 0,5 %. Ein Tropfen in jedes Auge morgens und abends.« Er drehte den Verschluss auf.

»Machen Sie sich keine Mühe.« Lucadamo setzte sich auf das Bett. »Es ist farblos und geruchlos. Aber es ist kein Isoptocarpin. Es ist eine Salzsäurelösung. Stark genug um sich binnen Sekunden bis in das Gehirn zu fressen. Er hatte keine Chance.« Das war zu viel für Pater Gladstone um es zu akzeptieren. Fast unglaublich.

Wer würde Pater Aldo töten wollen? Warum? Und wie hatte jemand das Isoptocarpin in seiner Flasche ersetzen können?

Der Sicherheitschef hatte ein paar Antworten. Es wäre an diesem verlassenen Ort nicht so schwer gewesen, eine Flasche gegen eine andere auszutauschen. Normale Überwachung durch einen »Pilger« hätte ausgereicht. Und der Tausch der Flaschen musste jemandem mit Zugang zu Carneseccas monatlichen Berichten und ein wenig Fantasie eingefallen sein, aber das galt für viele Leute im Vatikan. Also war Christians zweite Frage der Schlüssel. Wenn er herausfand, warum, wusste er vielleicht auch, wer.

»Nein, Giusti! Ich nehme das zurück!« Chris sprang aus seinem Sessel auf und begann, wie ein Irrer Carneseccas Papiere zu durchwühlen. »Es ist nicht unglaublich. Das Tagebuch ...«

»Worüber sprechen Sie? Wir haben alles durchsucht. Hier war kein Tagebuch.«

Gladstone riss die Kleider aus dem Schrank. Er nahm die ganze Wäsche aus den Laden. Er holte die Bücher aus den Regalen. Er zog das Bett ab. Er schaut sogar in Carneseccas Schuhe. Und die ganze Zeit versuchte er sich Lucadamo verständlich zu machen. »Nach dem so genannten ›Unfall‹ in Sizilien sagte Pater Aldo zu mir, dass das noch nicht das Ende sein würde! Falls er jemals einen ›erfolgreichen Unfall‹ haben sollte – genau das waren seine Worte, Giusti, ich weiß nicht, wie ich das vergessen konnte! Falls er jemals einen erfolgreichen Unfall haben sollte, sollte ich sein Tagebuch finden und es Ihnen geben. Er sagte, Sie würden die Wahrheit schon ans Licht bringen. Und er sagte, er habe sein Tagebuch immer bei sich. ›Finden Sie mich und Sie finden mein Tagebuch.‹ Das hat er gesagt.«

»Sagte er, was in dem Tagebuch stand? Was es so wichtig macht?«

»Carnesecca sagte, der Unfall in Sizilien habe nichts mit der Mafia zu tun gehabt. Er sagte, Sie hätten eine Theorie darüber. Er sagte mir nicht, welche, aber er sagte, Sie könnten aus den falschen Gründen Recht haben.«

»Und? Denken Sie nach, Mann! Hat er Ihnen irgendetwas Greifbares gesagt?«

Niedergeschlagen schüttelte Gladstone den Kopf. »Er sagte etwas von einer Geschichte, die vor langer Zeit begonnen hatte.«

»Das hilft uns nicht viel!« Lucadamo war inzwischen auch ziemlich frustriert.

»Vielleicht nicht, Giustino, aber ...«

»Con permiso.« Die schüchterne Stimme in der offenen Türe gehörte der Frau des Hausmeisters. »Der Tag ist so heiß, ich habe diesen Krug Limonade gemacht ...« Während die entsetzte María Corrano auf das Durcheinander starrte, das sie angerichtet hatten, nahm Lucadamo ihr mit einem Lächeln das Tablett aus der Hand und stellte es auf dem Tisch ab.

»Armer *Padre* Aldo!« Senora Corrano wandte sich an Christian. Offensichtlich ging es nicht nur um Limonade, aber sie warf ängstliche Seitenblicke auf Lucadamo und schien in seiner Anwesenheit nichts sagen zu wollen.

»Senora Corrano ...« Chris führte María zu dem Stuhl am Schreibtisch und tat sein Bestes um ihr Vertrauen zu gewinnen. Zögernd begann sie eine unzusammenhängende Entschuldigung und Erklärung hervorzustottern.

»Vielleicht hätte ich es Senor Lucadamo sagen sollen ... Er ist auch ein guter Mann ... aber es war an Sie adressiert, *Padre* ... Er hat es mir erst vor ein paar Tagen gegeben ... *Padre* Aldo ... Er sagte, ich solle es auf die Post tragen, falls ... Aber es ist an Sie adressiert, *Padre* Gladstone. Daher dachte ich ... Daher dachten Jorge und ich ...« Die gute Frau zog aus den Tiefen ihrer Schürze ein kleines Päckchen. Sie hielt es ein paar Sekunden lang, so sanft, als hielte sie die Reliquien eines Heiligen, und legte es dann in Christians Hände.

Schon bevor er das Päckchen öffnete, wusste er es. Es war Carneseccas Tagebuch.

Den Rest dieses Nachmittages und weit in die Nacht hinein zwang sich Gladstone die Aufzeichnung über Pater Aldos lange Karriere als ein Mann des Vertrauens im Vatikan zu lesen. Das Tagebuch, ein abgegriffenes, in Leder gebundenes Notizbuch, nicht besonders groß, war ein Journal im engen Sinn des Wortes. In so kleiner Schrift, dass Christians Augen schwammen, überspannten kurze Einträge vier Pontifikate. Es waren Zeile um Zeile knochentrockene Tatsachenberichte. Ein Tag war oft zu einem einzigen Satz komprimiert und ein einziger Absatz enthielt die Geschehnisse einiger Wochen. Aber nirgendwo las Chris von Furcht oder Angst oder der Erwartung von Gewalttaten.

»Es hat keinen Sinn.« Bei einem leichten Frühstück, das María Corrano für die beiden am nächsten Morgen zubereitet hatte, übergab Chris Lucadamo das Tagebuch. »Ich weiß nicht einmal, wo ich anfangen soll.«

»Nun.« Lucadamo blätterte durch das Buch. »Pater Aldo sagte, dass die Geschichte vor langer Zeit begann, also schlage ich vor, dass wir am Anfang beginnen. Rechtmäßig gehört dieses Tagebuch jetzt Ihnen, Pater Chris. Aber ich könnte es mit nach Rom nehmen und kopieren. Sie werden in ein paar Wochen in Rom sein. Dann gebe ich Ihnen das Original zurück. Vielleicht finden wir gemeinsam, was Carnesecca uns sagen wollte.«

»Er wusste es, Giusti.« Christians Worte kamen so leise und unerwartet, dass sie Lucadamo überraschten. »Er hätte das Tagebuch nie aus den Händen gegeben oder zu Senora Corrano gesagt, was er gesagt hat, wenn er es nicht gewusst hätte. Er war so gut, so sanft. Und trotzdem wusste er, dass irgendjemand so hinter ihm her war, dass er für seine Sicherheit nicht mehr garantieren konnte.« Gladstone verfiel in ein Schweigen voller frischer Erinnerungen. Es gab keinen Zweifel, dass jeder Tag von Pater Aldos Leben als Priester ein Sieg Christi gewesen war. Aber jetzt wusste Christian noch etwas anderes. Er wusste, Aldo war als Opfer gestorben.

Der Sicherheitschef war dankbar für die kurze Stille, aber seine Gedanken waren ganz andere. Er hatte keine Erklärung für seinen Fehler. Die schrecklichen Bilder – Pater Aldos Schmerz, seine Panik, seine Schreie, der knochenbrechende Sturz über die Treppe dieses Klosters – würden zum Stoff von Lucadamos Albträumen werden. Bilder, die in einem Mann unkontrollierbare Dämonen wachrufen konnten. Sie konnten für Carneseccas Mörder das rotäugige Gespenst der Rache heraufbeschwören.

»Er wusste es, Pater Chris.« Lucadamo wiederholte Gladstones Worte. Aber der Rest blieb unausgesprochen zwischen ihnen.

Dritter Teil

Nacht

Das Rücktrittsprotokoll

XLI

Die Weltpolitik war, vereinfacht ausgedrückt, das Ein und Alles des Pontifex. Wer das nicht verstand, war auch nicht in der Lage seine Kirchenpolitik, seine Moralbegriffe, seine Art der Öffentlichkeitsarbeit, seine Frömmigkeit und Hingabe und seine Interpretation des Zeitgeschehens wirklich zu verstehen.

Noch deutlicher gesagt: Wer nicht verstand, wie eng die Dämmerung seiner Amtszeit mit der fünfzigjährigen Dämmerung des internationalen Systems, welches man den Kalten Krieg nannte, verbunden war, vermochte auch nicht zu würdigen, mit welch klarem Blick er erkannte, wie schnell das alte System im Dunkel der Nacht versank und wie geschickt es durch ein anderes ersetzt wurde, dessen Landschaft er so deutlich sehen konnte, als leuchte ein hell strahlender Suchscheinwerfer jedes Detail des Bodens aus.

Während der Wochen seiner Rekonvaleszenz in Castel Gandolfo, fast dreißig Kilometer vom Zentrum Roms entfernt, befolgte Seine Heiligkeit ausnahmsweise einmal Dr. Fanarotes Anordnung sich von seiner anstrengenden Amtstätigkeit zu erholen. In relativer Abgeschiedenheit und Stille hatte er Zeit und Grund genug über die Veränderungen nachzudenken – über jene scheinbare Entwicklung, die 1989 begonnen und die Welt auf einen neuen und eindeutigen Kurs gesteuert hatte.

Noch nie in der Weltgeschichte hatten sich zwei so erbitterte und kompromisslose Feinde in so kurzer Zeit und mit so wenigen Umständen miteinander versöhnt und untereinander Vertrauen gefasst wie die früheren Supermächte des Kalten Krieges, der kapitalistische Westen und der jetzt zersplitterte Osten. Der Pontifex war ein zu pflichtbewusster Hirte, als dass ihm die offensichtliche religiöse Bedeutung eines solchen Wechsels in der Weltpolitik entgangen wäre. Und er war ein zu genauer Kenner der Weltpolitik, als dass er bezweifelt hätte, dass in den Jahren seit 1989 die Saat für etwas gelegt worden war, das sich nun auf die Gemeinschaft der Staaten und die römisch-katholische Kirche als Weltinstitution auszuwirken begann.

Der Heilige Vater hätte viele seiner Gedanken in diesen Spätsommerwochen Pater Aldo Carnesecca anvertraut, hätte der nicht ein so tragisches Ende gefunden. Allein Carnesecca schien so etwas wie eine übernatürliche Vision der Kirche und der Stellvertreterschaft Christi besessen zu haben. Sein Verlust an diesem kritischen Punkt des Pontifikates Seiner Heiligkeit war mehr als nur äußerst bedauerlich. Er war unersetzlich.

Monsignore Daniel Sadowski war sich bewusst, dass er kein Aldo Carnesecca war. Aber in seiner Treue, seiner Zuneigung und Sorge um den polnischen Papst war er es, der während langer Sitzungen im päpstlichen Arbeitszimmer die Gedanken des Pontifex teilte. Er war es auch, der die wachsende Besorgnis des Papstes erkannte, mit der dieser die Auswirkungen des endgültigen Friedensschlusses zwischen Ost und West betrachtete, welcher in jüngster Vergangenheit durch zwei dramatische Ereignisse vorbereitet worden war.

Das erste Ereignis war das Pariser Abkommen vom 19. November 1990. Dieses Abkommen hatte der UDSSR Michail Gorbatschows versichert, dass Ost und West nicht länger Gegner waren. Gorbatschows eigener Topstratege, Georgij Arbatow, hatte es noch deutlicher – nach Meinung des Papstes auch verständlicher – ausgesprochen, als er den Kommunismus feierlich für tot erklärt hatte. Der Kalte Krieg war vorbei. Das zweite und viel dramatischere Ereignis war der Staatsstreich in Moskau im August des folgenden Jahres gewesen, als das Sowjetregime Michail Gorbatschows im Grunde genommen beendet wurde. Gorbatschows Rücktritt war am Weihnachtstag erfolgt und Boris Jelzin übernahm die Herrschaft.

Es war ein deutliches Zeichen für die Annäherung zwischen West und Ost, dass Gorbatschow und Jelzin einhellig mit der sowjetischen Vergangenheit gebrochen hatten, es gab keine Kontinuität zwischen dem alten Sowjetregime und der neuen russischen Regierung. »Der Westen musste tatsächlich davon überzeugt werden«, hatte der Papst den entscheidenden Punkt gegenüber Monsignore Sadowski betont.

Das war für die erhoffte wirtschaftliche und finanzielle Hilfe aus dem Westen unbedingt notwendig. Unbedingt notwendig war es auch für die Eingliederung Russlands als Mitglied der neuen Weltordnung. Und am allernotwendigsten war es für die Stabilisierung und Einigkeit dessen, was Gorbatschow das »Europa vom Atlantik bis zum Ural und bis zu den Stränden des Pazifiks« genannt hatte und was Eduard Schewardnadse, der georgische Präsident, als das »große Europa, das vereinte Europa vom Atlantik bis Wladiwostok, den europäisch-asiatischen Raum«, bezeichnet hatte.

Lange vor dem Staatsstreich im August hatte der Papst genau wie jeder andere gut informierte Staatsmann gewusst, dass der Boden für Jelzin und Gorbatschow in ihren neuen Rollen vorbereitet worden war. Bereits 1991 war Jelzin öffentlich aus der kommunistischen Partei ausgetreten und hatte Michail Gorbatschow herausgefordert. Es war Theater der Spitzenklasse und die Sowjets und alle Völker im Westen, die sich um die Fernsehgeräte drängten, waren Zeugen. Während dieser Zeit hatte Jelzin die erste von einigen privaten Reisen durch die Vereinigten Staaten angetreten, Reisen, die ihn auch in das Esalen-Institut geführt hatten, wo er in die Grundprinzipien des Esalen-Programmes – »alles abreißen und wiederaufbauen« – eingeführt worden war. Während dieser und der folgenden Reisen war er auch einer Anzahl amerikanischer Parlamentarier, Bankiers, Großindustrieller und Stiftungsvorsitzender vorgestellt worden.

Michail Gorbatschows zukünftiger Weg wurde genauso gründlich vorbereitet. Noch vor dem Staatsstreich im August kannte er sein nächstes Ziel und seine nächste Rolle. Am Ende würde er im Zentrum der KSZE stehen. Zunächst aber sollte die Gorbatschow-Stiftung – abgekürzt GS – seine Operationsbasis sein. Das Motto der Stiftung, welches Gorbatschow gewählt hatte, lautete: »Der Weg zu einer neuen Zivilisation«.

Schon im April 1991 hatten seine amerikanischen Freunde und Gönner den gemeinnützigen Kern der Stiftung gegründet und ihn Tamalpais Institute of San Francisco genannt. Sie konnten ja auch nicht gut den Namen Gorbatschow-Stiftung verwenden, solange Gorbatschow noch über Russland herrschte! Aber sie konnten zur Kapitalbeschaffung ein Abendessen im New Yorker Waldorf-Astoria Hotel abhalten. Dort, in Anwesenheit Henry Kissingers, erklärten sich Vertreter der Rockefeller-Stiftung, der Carnegie-Stiftung für internationalen Frieden, der Ford-Stiftung und der Pew-und-Mellon-Stiftung bereit, die Gorbatschow-Stiftung mit einem Startkapital von 3,05 Millionen US-Dollar auszustatten.

So waren also, lange bevor Gorbatschow am Ende dieses Jahres offiziell die russische Politik verließ, die Pläne für seine Zukunft gut vorbereitet. Und dies galt nicht nur für die GS in den Vereinigten Staaten. Eine Moskauer Zweigstelle der Gorbatschow-Stiftung – GS/Russland – sollte von Jelzin in der renommierten Internationalen Lenin-Schule eingerichtet werden. Die Vorteile, die diese Institution bieten konnte, lagen in ihrer Lage im Zentrum Moskaus und ihren gut ausgebildeten Mitarbeiterstab von hundert Akademikern, die alle von der Regierung bezahlt wurden.

Was die politischen Antennen des Papstes in jenen Wochen der Erholung in Castel Gandolfo zum Vibrieren brachte, war die Ernte, welche er aus dieser Saat erwartete.

»Sind nicht die neuen Freundschaftsbande zwischen den USA und dem ›neuen‹ Russland unter dem Titel ›Partnerschaft für den Frieden‹ ein wahres Wunder? Da gab es einmal die Sowjetunion. Und jetzt, nach einem Lidschlag, sehen wir Russland und alle seine früheren Teilrepubliken, die so genannte Gemeinschaft Unabhängiger Staaten – GUS. Russland und die GUS werden jetzt vom Westen als Konföderation Unabhängiger Staaten bezeichnet.« Diese scheinbar so plötzliche Neuorientierung souveräner Staaten hatte etwas Bedrohliches.

Amnesie war einer der Hauptfaktoren dieser Neuorientierung. Amnesie hatte in den Köpfen aller westlichen Politiker den Kalten Krieg ausgelöscht. Amnesie hatte die Gulags vergessen gemacht und die hunderttausende KGB-Mitarbeiter: Lagerkommandanten, Wärter, Wächter, Folterknechte, Spitzel, Attentäter, Kuriere, Chiffrierspezialisten und Sondermilizionäre. Vergessen waren die geheimen Flughäfen, die Armeedivisionen, Marineschiffe, Raketen und die logistische Ausrüstung unter KGB-Kontrolle. Amnesie hatte das Wissen um die geschätzten 75 000 sorgfältig eingeschleusten ›Maulwürfe‹ und Doppelagenten des KGB auf der ganzen Welt und besonders in den beiden Amerikas verdrängt, Amnesie hatte sogar die Erinnerung an ungefähr 35 000 amerikanischen GI verwischt, die, von den Sowjets gefangen genommen und vom KGB verhört, niemals nach Amerika zurückgekehrt waren. In den Abkommen zwischen den Vereinigten Staaten und Russland hatte eine einfache Namensänderung des KGB jedermanns Gedächtnis gelöscht.

Der Papst fand all jene Köpfe, die sich mit solch einem Arrangement zufrieden gaben, durch und durch korrupt. Doch gerade sie befanden sich unter den Anführern der neuen Gemeinschaft der Staaten. Und mit ihrer Mitwisserschaft war nun sogar eine noch bedenklichere Abmachung ausgehandelt worden. Mit einem freundlichen Nicken der westlichen Verbündeten wurde es Russland gestattet, die Staaten der GUS zu dominieren, und das in einer Art und Weise, die die westlichen Demokratien bei anderen Mitgliedern der Staatengemeinschaft als unpassend und gegen die internationale Rechtslage gerichtet verurteilt hatten So konnte es geschehen, dass die vergiftete und von Kugeln durchsiebte Leiche Zwiad Gamsachurdias, des frei gewählten Präsidenten des unabhängigen Georgien, in einem flachen Grab verscharrt wurde, weil er versucht hatte unabhängig von Moskau zu regieren. Und deshalb konnte sich Eduard Schewardnadse, Gorbatschows Verbündeter, jetzt als Diktator Georgiens bestätigt fühlen.

Weit entfernt davon, ein solches Verhalten anzuprangern, hatten Amerika, die Vereinten Nationen und alle anderen Großmächte Russland als Mitspieler in der Weltpolitik anerkannt.

Kollektive Amnesie über eine verbrecherische Vergangenheit und stillschweigende Mitwisserschaft bei der Beteiligung an blutigen Kriegen hatte es in der Weltgeschichte schon oft gegeben.

Viel störender war, dass die UDSSR *de facto* immer noch in ihrem alten geografischen und soziopolitischen Einflussgebiet existierte.

Mit Ausnahme der baltischen Staaten und der Ukraine – so hoffte der Pontifex zumindest – war die alte nationale Sicherheitsinfrastruktur der UDSSR nun auch in der GUS am Werk, mit demselben Personal, denselben Hauptquartieren, denselben Privilegien und denselben Methoden.

Nach außen hin hatte Russland seit 1991 ein komplexes System bilateraler Verträge und Abkommen geschaffen.

Im zweiten Quartal des Jahres 1994 hatte dieses System sechzehn europäische Staaten umfasst. Mit Jelzins Arbeit auf der politischen Ebene und der Gorbatschows auf der gesellschaftlichen und philanthropischen Seite war Russland auf dem besten Weg, ein neues Stabilitätsabkommen zwischen der GUS und der sich schnell vergrößernden Europäischen Union, wie die EG jetzt genannt wurde, zu erreichen. Im Gegensatz zur alten schwerfälligen EG und zur Freude Russlands strebte die EU danach, in nicht allzu ferner Zukunft alle Staaten Europas zu umfassen.

Vor diesem Hintergrund waren die Verbindungen auf höchster Ebene zwischen Russland und den USA – Verbindungen, welche von der US-Administration der Neunzigerjahre unter dem Titel ›Partnerschaft für den Frieden‹ stark vorangetrieben wurden – deutliche Vorzeichen schwerwiegendster Art. Als Seine Heiligkeit zum ersten Mal von der ›Partnerschaft für den Frieden‹ hörte, lief ihm ein kalter Schauer über den Rücken, als sei jemand auf sein Grab getreten. Er erkannte sehr wohl die Parallele zwischen der ›Partnerschaft‹ Russlands mit den Staaten der GUS und der ›Partnerschaft für den Frieden‹, die nun Russland und die USA verbinden sollte.

Mehr als einmal in den langen Sommerwochen, in denen er über augenblickliche Gegebenheiten und unmittelbare Bedrohungen nachdachte, gestand der Pontifex Monsignore Daniel, dass er die Geschicklichkeit der Architekten bewundern musste, der ›Meisterkonstrukteure und Förderer‹, wie Kardinal Maestroianni sie nannte, die dies alles in die Wege geleitet hatten.

Kurz bevor der Heilige Vater in den Papstpalast nach Rom zurückkehren sollte, traf Pater Angelo Gutmacher für ein paar Tage unauffälliger Besprechungen in Castel Gandolfo ein. Seine letzten Reisen hatten ihn durch Russland, Kasachstan, Georgien, die Ukraine und Armenien geführt. Er brachte Informationen und Unterlagen aus so verschiedenen Quellen wie von den Prälaten der russisch-orthodoxen Kirche, dem russischen Innenministerium in Moskau, verschiedenen Untergrundbewegungen und aus wichtigen politischen Ämtern, wie dem Bürgermeisteramt von Moskau und dem von St. Petersburg, mit. Er überbrachte auch längliche Briefe von Gorbatschow und anderen Freunden und Bekannten Seiner Heiligkeit. Und er hatte einen Schatz an Informationen aus erster Hand zu bieten, darunter Berichte über eine neue Initiative, die erst jetzt in den früheren Staaten der Sowjetunion und den europäischen Satellitenstaaten in Erscheinung trat.

In seiner ersten und kurzen Sitzung mit dem Papst bestätigte Gutmacher die Analyse des Pontifex.

»Irgendetwas Neues entsteht dort draußen, Heiligkeit. Es geschieht zwar in fast vollkommener Stille. Aber es ist da. Man kann es fühlen. Die Menschen fühlen es. Aber ich bezweifle, dass auch nur ein Drittel von ihnen begriffen hat, was wirklich mit ihren Ländern und Staaten oder mit ihnen als Menschen geschehen ist.«

»Es gibt immer Ausnahmen, Pater Angelo.« Der Pontifex wandte sich vom Fenster und der Aussicht auf das strahlende Blau des Lago Gandolfo ab. »In diesem Teil der Welt gibt es immer Menschen, die Bescheid wissen. Ich bin sicher, Sie haben mit vielen gesprochen.«

»Heiliger Vater, dort draußen sagen sie, dass etwas Form annimmt. Ein neues System ist an der Macht. Die meisten Menschen, mit denen ich gesprochen habe, sind nicht zufrieden mit dem, was geschehen ist, aber sie haben mir gegenüber immer wieder ihr Gefühl betont, dass Ost und West eine definitive Übereinkunft getroffen haben. Dieses Wort haben sie immer wieder verwendet, Heiligkeit. Definitiv.«

Als sich die beiden Kirchenmänner zu ihrer nächsten, etwas längeren Sitzung trafen, hatte der Pontifex die meisten Dokumente studiert, welche Pater Angelo mitgebracht hatte. Und von Anfang an hatte der wichtigste Punkt ihrer Unterredung einen Namen: Russland.

»Sie wissen, Pater Angelo, dass ich eine päpstliche Pilgerreise nach Russland durchführen muss. Ich wollte am Vorabend von Jelzins Machtergreifung gehen. Aber es war mir nicht möglich, die Zustimmung meiner Kardinäle zu erhalten. Und Sie wissen inzwischen auch, dass ich eine absolute Regel aufgestellt habe: Ich brauche die Zustimmung und Mitarbeit der Kardinäle für meine Politik. Selbst dann, wenn es sich um eine Angelegenheit der Heiligen Jungfrau handelt.«

»Und jetzt, Euer Heiligkeit?« Langsam verstand Gutmacher, warum er so dringend zurückgerufen worden war.

»Jetzt, Pater Angelo, muss ich die ganze Idee einer Pilgerreise im Licht von Russlands neuer internationaler Rolle betrachten. Daher lautet meine erste Frage an Sie: Wird sich Russland bald so weit entwickeln, dass es eine Pilgerfahrt des Papstes von Rom in ein Gebiet ›in seiner näheren Umgebung‹, wie Jelzin das formuliert hat, zu blockieren versucht?«

Gutmachers Antwort war ehrlich. »Wie Sie schon angedeutet haben, Heiligkeit, ist es eine Frage des Zeitpunkts. Jelzin war nie unser Freund. Und Russlands Verbündete in der GUS stehen dem Heiligen Stuhl feindlich gegenüber, was wir hauptsächlich dem Patriarchen von Moskau und dem Patriarchen von Konstantinopel verdanken. Trotz allem glaube ich aber, dass Sie eine Chance haben nach Russland und in die Ukraine eingeladen zu werden. Das Zeitfenster ist sehr eng. Und Jelzin wird Widerstand leisten. Aber wenn wir über dritte Parteien genügend moralischen Druck ausüben ...«

»Es steht so viel auf dem Spiel, Pater Angelo, ganz egal, wie ich es zustande bringe, ich muss meine Pilgerfahrt in den Osten machen, meinen ›Trip nach Russland‹, wie Kardinal Maestroianni sie so abschätzig nennt.«

Gutmacher widersprach nicht. Ganz und gar nicht. Wenn man aber bedachte, wie abhängig der Papst von seinen Kardinälen war, konnte man sich nur schwer vorstellen, wie er es schaffen wollte, nach Russland zu kommen.

»Ich werde dafür bezahlen müssen«, gab der Papst zu.

»Aber alle Vorzeichen überzeugen mich davon, dass es an der Zeit ist, den Willen des Himmels in dieser Angelegenheit auf die Probe zu stellen. Und außerdem, Pater Angelo«, die Augen des Papstes zwinkerten schelmisch, »wenn es einen Kuhhandel abzuschließen gilt, ist nicht einmal Kardinal Maestroianni der Heiligen Mutter Gottes gewachsen!«

Die Tage waren immer noch verschlafen und immer noch fehlten in Rom die meisten wichtigen Persönlichkeiten, als Kardinal Maestroianni eine sorgfältig ausgewählte Gruppe von Kollegen in seiner Penthouse-Wohnung empfing.

Ziemlich empört darüber, dass man ihn aus dem schönen Stresa zurückgerufen hatte, kam Kardinal Aureatini als Letzter dieser erlauchten Gruppe an. Wie ein unwilliger Gulliver folgte er dem winzigen Pagen vorbei an jenen Fotos von Helsinki in das ständig mit Büchern zugepflasterte Arbeitszimmer des Kardinals und betrachtete die bereits versammelte Gruppe. Er lächelte Maestroianni selbst und dem Staatssekretär Kardinal Giacomo Graziani freundlich zu. Er begrüßte die drei angeblichen, immer noch inoffiziellen Papstkandidaten, zuerst Kardinal Karmel aus Paris, dann den jüngsten Kardinal, den gut aussehenden Michael Coutinho aus Genua, und zuletzt seinen säuerlichen Kollegen im Vatikan Noah Palombo. Der Wettstreit zwischen diesen dreien würde irgendwann freundschaftlich und hinter verschlossenen Türen gelöst werden müssen. Bei diesem Gedanken tauschte Aureatini ein Nicken mit Kardinal Pensabene aus, dem anerkannten Papstmacher des nächsten Konklaves.

Wegen der äußerst gespannten Atmosphäre, welche in Rom in den nächsten Monaten ganz sicher herrschen würde, hatten alle zugestimmt, dass nichts der unzuverlässigen Parteipolitik oder den Launen persönlicher Ambitionen des Papstes oder anderer überlassen werden durfte. Staatssekretär Graziani hatte es daher für notwendig gehalten dieses kleine Komitee zusammenzustellen um »Seiner Eminenz bei der Auswertung der ersten Ergebnisse der ›Gemeinsamen Gedanken der Bischöfe‹ zu helfen«, wie er es formuliert hatte. Die ersten Ergebnisse besagten natürlich noch nicht viel. Noch nicht. Aber wenn Kardinal Maestroianni Graziani und den anderen glaubhaft machen konnte, dass ein einhelliges Ergebnis der »Gemeinsamen Gedanken« zu erwarten war, konnten auch alle anderen Phasen ihres Planes eingeleitet werden.

Die erste Phase, der Druck, der durch die öffentlichen und in der Öffentlichkeit heftig diskutierten »Gemeinsamen Gedanken« der Bischöfe der katholischen Kirche entstand, sollte der Auslöser für die zweite Phase sein. Und die zweite, die Unterschrift des Papstes unter das Rücktrittsprotokoll zu erhalten, würde die dritte einschließen. Denn dieses Dokument war so umgeschrieben worden, dass es durch die Unterschrift des Papstes zur Apostolischen Konstitution *De Successione Papali* werden würde, welche den Rücktritt dieses Papstes, ob freiwillig oder unfreiwillig, regeln würde.

Es war zum großen Teil der ausgezeichneten Arbeit Christian Gladstones zu verdanken, dass man bereits ein Arbeitsmodell der »Gemeinsamen Gedanken« erstellen und ihre Wirkung als Auslöser für die Abdankung des Papstes einschätzen konnte. Wenn man die ersten Anzeichen richtig deutete, konnte es nicht mehr lange dauern, bis die tatsächlichen Abstimmungsergebnisse von den Dutzenden Ausschüssen für innere Angelegenheiten der regionalen und nationalen Bischofskonferenzen vorgelegt wurden.

Daher war es nach der Ansicht aller Beteiligten höchste Zeit für eine ernsthafte Prüfung. Kardinal Graziani ging es um seine persönliche Absicherung. Er hatte nichts gegen ein wenig sanfte Gewalt und verschiedene Tauschhändel um zu den »Gemeinsamen Gedanken« zu gelangen.

Aber dieses neue Komitee würde dafür sorgen, dass *prima facie* alles korrekt verlief, dass alles vollkommen legal war. Und es würde dafür sorgen, dass im Fall eines Fiaskos andere dafür verantwortlich gemacht wurden. Der Kardinalstaatssekretär würde niemands den Sündenbock abgeben.

Kardinal Palombo hatte einen weniger kleinmütigen Grund für diese Überprüfung der Ergebnisse der »Gemeinsamen Gedanken«. Wenn diese ersten Abschätzungen ergaben, was Maestroianni erwartete, war dies das Signal für Palombo jene Dinge in Bewegung zu setzen, mittels derer er Druck auf den Papst ausüben wollte.

Und Maestroianni war es Belohnung genug, dass seine Anstrengungen die Bischöfe auf einhellige »Gemeinsame Gedanken« einzuschwören endlich Früchte tragen würden. Er hatte keinen Zweifel, dass diese erste Kopfzählung eine erfolgreiche Generalprobe für die tatsächlichen »Gemeinsamen Gedanken« werden würde. Denn dafür musste er dann nur noch sein Netz von Kollegen, Freunden, Beauftragten, Schülern, Unzufriedenen und Bekannten in den vielen Provinzen der Kirche und den vielen Ländern und Staaten, die so lange sein Amtsgebiet gewesen waren, richtig dirigieren.

Eine Stunde nach Aureatinis verspäteter Ankunft hatten alle, was sie wollten.

»Jetzt brauchen wir noch die letzten Ergebnisse, die Pater Gladstone aus den Staaten mitbringen wird.« Tief befriedigt sammelte Maestroianni die Hochrechnungen ein.

»Und wann werden wir die bekommen, Eminenz?« Kardinal Palombo bestand auf einer zeitlichen Abstimmung.

»Innerhalb einer Woche, Eminenz. Wenn nichts Unvorhersehbares geschieht, sollten wir wie geplant im nächsten Frühling bereit sein für das öffentliche Spektakel der ›Gemeinsamen Gedanken‹.«

Am zweiten Tag von Pater Gutmachers Besuch in Castel Gandolfo bezog der Papst auch das Thema Geburtenkontrolle in seine Analysen der Bedingungen im Osten ein. Er informierte Gutmacher, dass bald nach seiner Rückkehr nach Rom eine wichtige Besprechung mit Bischara Francis, der Chefin des UNPFA, des Fonds der Vereinten Nationen für Bevölkerungskontrolle, angesetzt war. Und kurz danach würde auch ein Gesandter der USA namens Gibson Appleyard dem Papst seinen zweiten Besuch abstatten.

»Bei seinem ersten Besuch hatten Mr. Appleyard und ich eine interessante Plauderstunde über die Politik des Heiligen Stuhles

Russland betreffend. Diesmal geht es ihm, genau wie Signora Francis, um die Politik des Heiligen Stuhles die Weltbevölkerung betreffend.«

»Die Politik Euer Heiligkeit in dieser Hinsicht ist doch kein Geheimnis«, meinte Gutmacher.

»Genau, Pater. Es sieht so aus, als müsste ich mich auf einige internationale Kraftproben vorbereiten.« Ein paar Kraftproben mehr bereiteten dem Papst die geringsten Sorgen. »Lassen Sie mich offen sprechen, Pater Angelo.« Der Pontifex stand auf um seine Beine durchzustrecken. »Die amerikanische Regierung besteht darauf, Bevölkerungskontrolle mittels Abtreibung, Empfängnisverhütung und ähnlichen Mitteln zu betreiben. Dazu kommt noch, dass die chinesischen und thailändischen Experimente mit Zwangsgeburtenkontrolle gezeigt haben, dass man mit drakonischen Maßnahmen das Bevölkerungswachstum auf null drücken kann ohne dabei den Lebensstandard der Bevölkerung zu verbessern. Jene, welche die Macht und das Geld besitzen, haben mit anderen Worten eine Technik erfunden, mit der große Teile unserer Welt wirtschaftlich rückständig und als Quelle für Rohmaterialien und faktische Sklavenarbeit gehalten werden können.

Ich habe mir diese Auseinandersetzung mit den Amerikanern nicht gewünscht.« Das Gesicht des Pontifex verfinsterte sich. »Aber ich habe allen Vertretungen des Vatikans und all seinen Gesandten klargemacht, dass ich die künstliche Geburtenkontrolle weder gutheißen noch jemandem erlauben werde sie zu unterstützen oder die Idee Familien auf ein oder zwei Kinder zu beschränken zu verbreiten. Das werde ich Bischara Francis und dem UNPFA sagen. Das werde ich auch Gibson Appleyard und seinem Präsidenten sagen. Das ist ein Krieg, in dem wir werden kämpfen müssen.«

XLII

Rom erschien Christian Gladstone so verändert, als er und Damien Slattery Mitte September zurückkehrten, dass er sich wie ein Matrose fühlte, der zu lange auf See gewesen war.

Zuerst schob er es auf ganz natürliche Dinge. Carneseccas Tod traf ihn hier noch härter, Rom würde ein strengerer und rauerer Ort sein ohne ihn. Und er wurde noch rauer, als er im Angelicum willkommen geheißen wurde, während Slattery, der unter seinen dominikanischen Brüdern jetzt ein Ausgestoßener war, dank der Freundlichkeit des Heiligen Vaters als ständiger Gast eines Gästehauses des Vatikans, der Casa del Clero an der Piazza Navona, unterkommen musste. Und die Ungerechtigkeit wurde auch noch zur Beleidigung, als Pater Bartello, der neue Rektor des Angelicum, Gladstone Slatterys altes Quartier zuwies – »mit Empfehlung Seiner Eminenz Maestroianni«, wie der Rektor ihm sagte.

Aber schon wenige Stunden nach seiner Ankunft begann Christian zu verstehen, dass die Veränderung, die er fühlte, nichts mit persönlichen Sorgen zu tun hatte, sondern mit der seltsamen Stimmung in Kirche und Politik, welche sich wie Smog über die Ewige Stadt gelegt hatte.

Er erzählte Damien, wie Studenten und Mitglieder der Fakultät gleichermaßen Seine Heiligkeit eine lahme Ente nannten. Es tat weh, die mitleidigen Bemerkungen über *»il vecchio Papa«*, den »alten Papst« zu hören. Aber es macht ihn regelrecht wütend, in Magazinen und Journalen die Spekulationen über die Abdankung des Heiligen Vaters zu lesen, wo er danach leben würde und was das kosten würde, welchen Titel er tragen würde, welche kirchlichen Befugnisse man ihm belassen würde, welchen Grad an Autorität er haben würde und welche Neuerungen sein Nachfolger durchführen würde.

Gedruckte Spekulationen dieser Art waren Chris oder Slattery nicht neu. Sogar in den Staaten hatte es in der weltlichen Presse von den katholischen Zeitungen ausgelöste Kommentare dazu gegeben. Aber hier schienen die Pressemeldungen zu einer wahren Flut von Berichten angewachsen zu sein. Man musste kein gelernter Römer sein um herauszufinden, was hinter den unablässigen Kommentaren steckte. In Christians Augen bedeutete dies, dass der Papst für einen ganz bestimmten Teil der vatikanischen Bürokratie und des kirchlichen Roms als Faktor nicht mehr zählte. Es bedeutete, dass jene, die unbedingt etwas verändern wollten, den allgemeinen Eindruck erzeugten und verstärkten, dass entweder der Tod oder eine Abdankung den derzeitigen Papst bald aus dem Pontifikat entfernen würden.

»Es bedeutet«, unterbrach Slattery ihn, als sie unauffällig das immer noch verlassene Sekretariat des Vatikan betraten, »dass jene, die eine Veränderung wollen, mit den Kanälen herumspielen, durch welche die Macht im päpstlichen Rom strömt.«

Als Monsignore Daniel Sadowski sie in der dritten Etage des päpstlichen Palastes willkommen hieß und in das private Arbeitszimmer des Papstes begleitete, waren Gladstone und Slattery hocherfreut Seine Heiligkeit nach der Operation wieder so wohlauf zu sehen. Es war Balsam für ihre Seelen, niederzuknien und den päpstlichen Ring zu küssen. Seine warme Begrüßung zu hören und seine geistige Kraft und Stärke zu spüren ließ sie dankbar sein, dass er noch am Leben war, noch immer ihr Papst war, noch immer ihre sichtbare Quelle der Hoffnung.

Die kleine Gruppe ließ sich in einem Kreis von Stühlen in der Nähe des Fensters nieder, wo sie das Morgenlicht über die Dächer von Rom fließen sahen. Der Papst plauderte mit ihnen ein paar Minuten über das Befinden seiner beiden Mitarbeiter, über Gesundheit, Familie und Freunde, über ihren Eindruck von Rom nach ihrer langen Abwesenheit. Sie sprachen auch über Carnesecca, aber Chris sah keinen Grund Pater Aldos Tagebuch zu erwähnen. Und wie der Elefant im Zimmer, den niemand sieht, blieb auch der laufende Tratsch über den Heiligen Vater unerwähnt.

Als sich die Unterhaltung unweigerlich der generellen politischen Entwicklung zuwandte, fragte Slattery nach der Situation in Osteuropa. »Lassen Sie uns darüber ein anderes Mal sprechen. Wir müssen uns jetzt der dringenden Frage nach Pater Damiens Stellung zuwenden. So lange ich hier bin, Pater Damien, wird es Ihnen weder an Arbeit noch an einem Zuhause fehlen.« Der

Papst griff nach einer Aktenmappe auf dem Tischchen neben ihm.

Vielleicht war Christian die seltsame Atmosphäre in Rom zu Kopf gestiegen, aber als er erkannte, dass der Pontifex die Tatsache nicht ansprechen wollte, dass Slattery keinen Bischof hatte finden können, der ihn in seine Diözese aufgenommen hätte, wurde er plötzlich entsetzlich ungeduldig. Damien verdient von Ihnen mehr als ein solches Versprechen, Heiligkeit, ging es Christian durch den Kopf. Er ist Euretwegen durch die Hölle gegangen, Heiligkeit. Angenommen all der Tratsch ist berechtigt, Heiligkeit. Angenommen Sie sterben über Nacht, Heiligkeit. Was dann? Er leidet unter diesem grausamen Ausschluss, er ist den Hunden vorgeworfen worden, weil er Ihnen treu ist, Heiligkeit. Wie können Sie das zulassen, Heiligkeit?

Aber im nächsten Augenblick verwandelte sich Christians Ungeduld in Reue. Damien sollte die Aufsicht über das neue Untergrundnetzwerk von Priestern übernehmen, an dem Cessi auf Windswept House so eifrig gearbeitet hatte. Das war natürlich nicht das Gleiche wie dem großen Orden der Dominikaner vorzustehen. Aber Chris dachte, dass Damien wenigstens geschützt war, wenn eine so mächtige Persönlichkeit wie Kardinal Sanstefano das Protektorat übernommen hatte. Und es war auch eine gewisse Beruhigung, dass Kardinal Reinvernunft von der Glaubenskongregation die Regel des neuen Ordens bestätigt hatte.

»Eine klare und einfache Regel, wie Sie sehen werden.« Der Pontifex übergab Slattery die Aktenmappe. »Natürlich werden Sie regelmäßig in die Staaten reisen müssen, vielleicht einmal im Monat.«

»Ja, Heiliger Vater.« Diese Aufgabe war offensichtlich Wasser auf Slatterys Mühlen. »Aber das bedeutet auch, dass ich drei Wochen im Monat hier in Rom und zur Verfügung von Euer Heiligkeit bin.«

Dem Pontifex war die Freude über Damiens Begeisterung deutlich anzusehen. Er griff nach den Berichten, welche die beiden Priester für ihn angefertigt hatten. »Das kann ein Wendepunkt sein ...« Der Papst blätterte in beiden Akten, während er sprach. »Es könnten große Veränderungen geschehen ...« Sadowski sah auf die Uhr, und das erinnerte den Heiligen Vater an seinen dicht gedrängten Tagesplan. »Ich fürchte, ich finde heute keinen Moment Zeit zum Lesen. An diesem Morgen kommt Kardinal Palombo mit Vertretern der jüdischen ökumenischen Gemeinschaft aus Dijon. Und nach ihnen kommen zehn amerikanischen Bischöfe ...«

Slattery begann sich schon zu fragen, ob im Zeitplan des Papstes je wieder schöne Augenblicke auftauchen würden, als der Papst ihnen von seinen Plänen für eine kurze Pilgerfahrt zum Heiligen Haus von Loreto in Mittelitalien erzählte.

»Bevor ich nach Loreto reise, werde ich dieses Material gründlich studieren. Geben Sie mir ein paar Tage Zeit.« Der Papst hielt die beiden Berichte immer noch in der Hand. »Dann werden wir uns zu einer ausführlichen Besprechung treffen.«

Gladstone und Slattery verließen das päpstliche Arbeitszimmer in bester Stimmung. Seine Heiligkeit hatte ihre Berichte »einen Wendepunkt« genannt und davon gesprochen, dass er »große Veränderungen« erwartete. Das konnte doch nur seine Absicht bedeuten die Kurienkardinäle und seine ungehorsamen, widerspenstigen und abgeirrten Bischöfe wieder zur Herde zurückzuführen und von den Beamten des Vatikan willigere Mitarbeit zu erzwingen. Das wäre wirklich ein Wendepunkt!

Monsignore Daniels Gedanken waren anderer Natur, als der die beiden Priester beobachtete, wie sie zum Aufzug gingen. Nach ihrer langen Abwesenheit war es ihnen unmöglich, die scheinbar zusammenhanglosen Teile dieses Gesprächs zu einem Ganzen zu verbinden. Trotzdem bedeutete diese Unterhaltung, dass die Weisung von Fatima in den Gedanken des Papstes an erster Stelle stand. Nach der Prophezeiung von Fatima würde das Schicksal der Welt von Russland abhängen. Wenn große Veränderungen sich abzeichneten, dann nahm der Heilige Vater sicher an, dass seine Pilgerreise in den Osten dieser Wendepunkt war.

Vielleicht war es Gladstone und Slattery nicht gegeben, das Netz der Weltpolitik zu überblicken, vielleicht hatten sie kein tiefes Verständnis für das Thema, welches dem Pontifex am meisten am Herzen lag und immer in seinen Gedanken war. Aber sie teilten mit ihm einen Zug, der treue Dienste möglich machte. Sie glaubten an das heilige Amt dieses Mannes, das Papsttum.

Christian Gladstones Terminplan an diesem Tag war nicht erfreulicher als der des Heiligen Vaters. Die Zeit war gekommen um sein Doppelspiel als »Maulwurf« und Schwindler zu beginnen.

Er hatte Kardinal Maestroiannis Büro kaum betreten, als Seine Eminenz ihn auch schon auf das Herzlichste begrüßte und zu seinem üblichen Stuhl führte. Die Vorreden waren kurz.

Wellen der Befriedigung erfüllten bald den Raum, als Maestroianni die vielen Briefumschläge durchsah, welche Christian aus den Staaten mitgebracht hatte. »Ausgezeichnet! ... Ausgezeichnet, mein lieber Pater Gladstone! ... Genau das Material, das wir brauchen!« Nachdem er seine flüchtige Durchsicht beendet und alles weggeräumt hatte, legte der ältliche Kardinal seine Ellbogen auf die Sessellehnen und faltete die Hände unter dem Kinn. Es war ein weihevoller Augenblick für ihn. Wahrscheinlich war dieser junge Priester, so überraschend fähig für einen Angelsachsen, der letzte Schüler, den er auf den Dienst am Prozess vorbereiten würde. »Es ist an der Zeit«, begann Maestroianni ruhig, »dass ich Ihnen erkläre, was wir begonnen haben. Erstens möchte ich Sie fragen, ob Sie den Heiligen Vater seit Ihrer Rückkehr schon gesehen haben?«

»Ja, Eminenz. Ganz kurz.«

»Und Ihr Eindruck?«

»Schwer zu sagen, Eure Eminenz ...«

»Ja. Es ist immer schwer, etwas über ihn zu sagen.« Der Kardinal schien zufrieden, aber nachdenklich, als er seinen Kopf zur Seite neigte und Gladstone ansah, wie eine weise alte Eule, die gerade dabei war, ein Ei zu legen. Und dieser Eindruck war, wie sich herausstellte, gar nicht so falsch. Mehr als dreißig Minuten lang erhielt Christian staunenswerte Einblicke in Maestroiannis Seele. Mit absoluter Offenheit legte Seine Eminenz die außergewöhnlichen Überlegungen dar, die seinen Geist so viele Jahre beflügelt hatten, um den bedauernswert hohen Preis seines Glaubens. Die Augen des kleinen Kardinals strahlten, als er seinen

Traum vom Glauben an den Prozess als der wirklichen Macht hinter den Kräften der Geschichte erzählte. Er schien wie unter Strom, als er von der Notwendigkeit sprach alles Teilende zu unterdrücken und das Werkzeug für einen Geist der Zusammenarbeit in der Welt zu entwickeln.

»Sagen Sie mir, Pater Gladstone, haben Sie in Ihrer akademischen Karriere viel über den großen französischen Staatsmann Robert Schuman gelesen?«

Chris schwindelte immer noch unter der Erkenntnis, wie vollständig Kardinal Maestroianni nicht nur sein Römertum, sondern auch seinen Katholizismus abgelegt hatte. Nicht einmal in seiner Eloge auf die Kräfte der Geschichte hatte er Christus erwähnt, noch viel weniger die Mutter Gottes, die Apostel oder die Kirchenväter. Er begriff ganz und gar nicht, warum Seine Eminenz jetzt nach einem so außergewöhnlichen Katholiken wie Robert Schuman fragte, aber er gab zu, so viel zu wissen wie wohl die meisten.

»Dann, mein lieber Pater«, jetzt wurde der Kardinal ernst, »müssen Sie auch wissen, wie sehr sich Schuman dem Ideal eines neuen Europa hingab. Und Sie wissen genug um die Bedeutung eines ökumenischen Treffens zu verstehen, das im letzten Frühjahr aus Anlass der offiziellen Schuman-Gedächtnis-Feier in Straßburg stattfand ...«

Christians Herz setzte einen Schlag lang aus. War es wirklich so leicht? Wollte der Kardinal ihm wirklich einfach so über das Straßburger Treffen erzählen, welches Slattery auf Windswept erwähnt hatte? Würde er jene Pläne zu hören bekommen, die ihn und seinen Bruder in Maestroiannis Intrigen gegen den Papst zu solch unwissenden Handlangern gemacht hatten?

»Geht es Ihnen gut, Pater Gladstone?« Seine Eminenz bot seinem Besucher ein Glas Wasser aus der Karaffe auf dem Tisch an. »Sie sehen so bleich aus ...«

»Es geht mir gut, Eminenz. Es ist nur die Erregung dieses Augenblicks ...«

»Das verstehe ich gut.« Ihm war eine solche Erregung auch nicht fremd, daher entspannte sich der Kardinal wieder. »Ich merke, Sie begreifen wichtige Dinge schnell. Lassen Sie mich auf den Punkt kommen. Als ein Mann mit Erfahrung wird es Sie nicht überraschen, dass wir uns im Übergang zwischen zwei Pontifikaten befinden. Dem gegenwärtigen, das sich an veraltete Ideen klammert, und einem neuen, das ein besseres Gespür hat für die aufgeklärte Zukunft, welche uns erwartet. Als loyale Söhne der Kirche müssen wir unser Bestes geben um diesen Übergang leichter zu machen. Wenn ich sage ›wir‹, meine ich natürlich die Kirche Christi, vertreten durch die Personen ihrer Bischöfe, den Nachfolgern der Apostel. Petrus und seine Brüder um die alte Phrase zu verwenden.« Der Kardinal bewegte den Kopf, als erwarte er eine Antwort.

Christian traute seiner Zunge nicht, er starrte Maestroianni an und hoffte, dass weder der Ausdruck seiner Augen noch die Röte in seinem Gesicht, ausgelöst durch Zorn und Widerwillen, ihn verrieten. Wenigstens schaffte er es, zu nicken.

Anscheinend war das genug. Geduldig und methodisch erklärte Maestroianni die Grundideen der »Gemeinsamen Gedanken der Bischöfe«, das Rücktrittsprotokoll, die Verbindung zwischen beiden und den Zeitdruck, der auf den Plänen lastete. Er sprach von dem großartigen Beitrag Gladstones zu den »Gemeinsamen Gedanken«. Er drückte seinen Dank an Paul Gladstone aus, für seine rechtzeitigen Interventionen bei der EU im Interesse einiger Bischöfe. »Schlüsselarbeiten, Pater«, gurrte der Kardinal mit heiserem Auflachen, »Blut ist eben dicker als Wasser oder?«

Und das war nicht das Ende der Sache, sondern erst der Anfang. So sicher hielt Seine Eminenz Gladstone für einen jungen Mann mit Weitblick und Zukunft, dass er den guten Pater für den Rang eines Prälaten im Vatikan nominiert hatte. »Dieser Tupfer Violett in Ihren Kleidern und Amtsgewändern wirkt Wunder in dieser Stadt und überall anders.«

»Euer Eminenz sind zu freundlich.« Christian erstickte beinahe an diesen Worten. Das Letzte, was er wollte, war sich mit den Gewändern eines Monsignore auszustaffieren.

»Aber ganz und gar nicht, *Padrecito*.« Die warme Herzlichkeit dieser Anrede durch den Kardinal fiel Gladstone auf. »Ich nehme an, Sie werden weiterhin mit uns arbeiten. Wir haben noch ein paar sehr wichtige lose Enden, um die wir uns kümmern müssen ...« Maestroianni wollte gerade weitersprechen, als Monsignore Manuguerra anklopfte.

»Ich weiß, dass Sie keine Unterbrechungen wünschen, Eminenz.« Manuguerra sah sehr schuldbewusst aus. »Aber Professor Channing ...«

Verärgert, als handle es sich um ein notwendiges Übel, griff der Kardinal nach dem Telefon und bedeutete Christian zu bleiben, wo er war. »Welche Freude von Ihnen zu hören, Dr. Channing ... Ja, ich habe darüber gerade mit einem jungen Kollegen gesprochen ... Ja, ja, Sie haben das richtig verstanden. Die ›Gemeinsamen Gedanken‹ liegen genau im Zeitplan ... Wie bitte? ... Unterstützende Initiativen ... Ich verstehe ... Ja, Dr. Channing. Warum belassen wir es nicht dabei? In dem Augenblick, wo wir zum Handeln bereit sind, werden Sie der Erste sein, der davon erfährt ... Nun ja, natürlich, wenn Sie glauben nach Rom kommen zu müssen ...«

Einen Augenblick lang schien Maestroianni die Anwesenheit Christians zu vergessen. Es war nur ein flüchtiger Eindruck und bei einem solchen Experten in Sachen *romanità* wie dem Kardinal eigentlich unerhört, aber zum ersten Mal, seit er den kleinen Kardinal kannte, hatte Chris den Eindruck offener Feindseligkeit.

»Bitte entschuldigen Sie die Unterbrechung, Pater.« Im gleichen Moment, als er den Hörer auflegte, kehrte der Kardinal zu seinem üblichen Verhalten zurück. »Nun, wo waren wir? Ach ja. Die losen Enden, um die wir uns kümmern müssen.«

Diese losen Enden bestanden zur Zeit aus bestimmten Bischöfen in Spanien und Portugal, welche besucht werden mussten. Pater Gladstone würde ihre Namen und die üblichen Hintergrundinformationen im ersten der Ordner finden, die der Kardinal ihm aushändigte. Im zweiten lagen die aktuellen Hochrechnungen für die »Gemeinsamen Gedanken« und eine Kopie des Rücktrittsprotokolls. »Lesen Sie die beiden sorgfältig und Sie werden besser verstehen, welche Taktik wir anwenden. Halten Sie mich über Ihre Arbeit auf dem Laufenden. Meine Tür steht Ihnen Tag und Nacht offen.«

Christian nahm an, er sei entlassen, steckte die`beiden Ordner in seine Aktentasche und erhob sich aus seinem Sessel.

»Noch einen Augenblick.« Maestroianni warf einen Blick auf seine Uhr. »Ich erwarte gleich zwei Besucher. Wie Sie, *Padrecito*, erkennen sie die Notwendigkeit eines radikalen Wechsels. Ich möchte, dass Sie die beiden kennen lernen. Sagen Sie kurz Hallo und machen Sie sich dann auf den Weg.«

Der erste Mann, in die fließenden weißen Gewänder eines Dominikaners gekleidet, wurde Christian als Pater George Hotelet vorgestellt, Ehrenmitglied der Päpstlichen Akademie der Wissenschaften und Generalsekretär der Internationalen theologischen Kommission. »Der Pater ist auch Theologe im päpstlichen Haus«, erklärte Maestroianni weiter Hotelets Empfehlungen. Der zweite Mann, ein Laie, hatte die Haltung und den Namen eines vornehmen italienischen Aristokraten. »Dr. Carlo Fiesole Marracci, zu Ihren Diensten, *Reverèndo*.«

Wieder lieferte Maestroianni die entsprechenden Empfehlungen. »Dr. Carlo ist zur Zeit Präsident der Päpstlichen Akademie der Wissenschaften und ein hervorragender Demograph. Ein sehr guter Freund.«

Immer gut darin, vertrauenswürdige Kollegen einander näher zu bringen, erläuterte Seine Eminenz, dass Pater George und Dr. Carlo gemeinsam mit sechs anderen Experten der Akademie eine ausgezeichnete Studie über Bevölkerungskontrolle und demographische Trends abgeschlossen hatten. »Sie werden sie bald lesen, Pater, und sehr zufrieden sein.«

Genauso gut darin, Kollegen im richtigen Moment zu entlassen, machte Maestroianni klar, dass dies ein Hinweis an Gladstone war sich zu verabschieden.

Es war ein langer Spaziergang vom Papstpalast zu Lucadamos Büro an der Porta Sant'Anna. Genau das, was er jetzt brauchte, entschied Chris. Er brauchte nach diesem Treffen mit Maestroianni ein wenig Zeit für sich selbst.

Bis heute war es leicht gewesen, Seine Eminenz einfach nicht zu mögen und es dabei zu belassen. Aber nun war nichts mehr so leicht. Die Rede des Kardinals über das düstere, unmenschliche und gesichtslose Ding, das der »Prozess« genannt wurde, zwang ihn zum Nachdenken. Es war sehr enttäuschend, einen so fähigen Mann so weit oben und so weit entfernt zu sehen. Aber als er sich fragte, was mit Maestroiannis Glauben geschehen war, fragte er sich auch, ob mit ihm nicht dasselbe geschehen konnte. Wie sollte es irgendjemand, der im heutigen Rom arbeitete, fertig bringen in Gottes Gnade zu verbleiben?

In einer Stimmung zwischen Traurigkeit und Entrüstung und ohne Antworten auf seine Fragen erreichte Christian die Porta Sant'Anna, ging durch das Administrationsgebäude des Vatikans bis zu Lucadamos Büro und fand dort Slattery und den Sicherheitschef bereits in einem ernstes Gespräch.

»Ich kann nicht mit dem Finger darauf zeigen, Giustino ...« Slattery nahm Christians Ankunft mit einem Nicken zur Kenntnis. »Der Heilige Vater erscheint so voller Leben, aber auch so belastet vom Leben. Er scheint bereit zur Schlacht zu sein, aber zurückgezogen und sanft. Ich habe echtes Feuer in ihm gesehen, als er über das Treffen mit Bischara Francis sprach, aber als er Kardinal Palombo und die jüdische ökumenische Gemeinde von Dijon erwähnte, war da ein Ausdruck in seinen Augen ...«

»Das darf man ihm nicht übel nehmen«, antwortete Lucadamo. »Diese jüdische ökumenische Gemeinde steckt voller antipäpstlicher Schlangen. Aber Sie müssen sich um die Gesundheit des Heiligen Vaters keine Sorgen machen. Die Ärzte sagen, sein Pontifikat kann gut und gerne noch zehn Jahre dauern.«

»Nicht wenn Kardinal Maestroianni etwas dazu zu sagen hat.« Chris ließ sich in dem leeren Sessel neben Slattery nieder und erklärte die Einzelheiten der »Gemeinsamen Gedanken« so, wie Maestroianni sie ihm erklärt hatte.

Lucadamo merkte sich jedes Detail. Er wusste, dass Straßburg der Startpunkt für irgendeine organisierte Abstimmung der nationalen und regionalen Bischofskonferenzen sein sollte. Er wusste, dass die Beziehungen zwischen dem Papst und seinen Feinden in der Kurie einen Tiefstand erreicht hatten und beide Seiten in ihren Einstellungen verhärtet waren. Er hatte zugesehen, wie Auflösungserscheinungen ihren Zoll von der Kontrolle des Papstes über die Hebel der Macht in der vatikanischen Bürokratie forderten. Wie Slattery und Gladstone hatte er all die Veröffentlichungen gelesen, dank derer die Idee einer päpstlichen Abdankung alles Überraschende oder Schockierende verloren hatte. Und natürlich wusste er auch von der Abdankungsurkunde selbst, die verfasst und wieder umgeschrieben worden war.

Aber bis jetzt hatte er nicht verstanden, wie die »Gemeinsamen Gedanken« funktionierten. Er hatte nicht entdeckt, dass sie das Herzstück des Angriffs auf das Papstamt waren; wie das öffentliche Spektakel eines Misstrauensvotums seiner Bischöfe zusammen mit all dem Druck und den Demütigungeo, mit denen Maestroianni und seine Kollegen ihn überhäuften, nur dazu geplant worden war, den Papst zu überzeugen, dass er seine Kirche nicht mehr regieren konnte. »Und der Gipfelpunkt wird sein«, beendete Lucadamo Gladstones Erklärungen für ihn, »dass der Pontifex das Rücktrittsprotokoll unterzeichnet. Haben die es sich so vorgestellt?«

»Ziemlich genau so.«

»Kennen Sie schon den Zeitplan, Pater?«

»Ihr Zieldatum ist der nächste Frühling. Und dank meiner Dummheit sind die ›Gemeinsamen Gedanken‹ eine ganz sichere Sache.« Gladstone ließ seinen Aktenkoffer aufschnappen, während er sprach, und übergab Lucadamo die ersten Hochrechnungen über die »Gemeinsamen Gedanken«. »Ich brauche dieses Material wieder. Ich muss es auswendig lernen, bis ich den Kardinal wiedersehe.«

Lucadamo übergab die Hochrechnungen einem Sekretär zum Kopieren. Dann wandte er sich wieder an Slattery und Gladstone und ließ sich darüber aus, dass Maestroianni stets des Teufels eigenen Zeitplan auf seiner Seite zu haben schien. »Wenn der gegenwärtige Plan des Heiligen Vaters funktioniert, ist er zum Zeitpunkt der ›Gemeinsamen Gedanken‹ in Russland.«

»Russland soll verdammt sein!«, wandte Slattery laut ein. »Der Heilige Vater muss diese Pläne jetzt im Keim ersticken!«

»Wir werden sehen, Pater Damien. Er ist fest zu dieser Reise nach Russland entschlossen, aber Sie werden Ihre Chance bekommen ihn zu überzeugen. Er hat mir gesagt, dass er Ihre Berichte hat. Ich bekomme auch Kopien davon, sobald Monsignore Daniel sie mir bringen kann. Er plant ein Treffen mit uns allen, sobald er sie gelesen hat. In der Zwischenzeit dürfen Sie diese Russlandreise niemandem gegenüber erwähnen! Keiner von Ihnen!«

Trotz Slatterys Ausbruch und Lucadamos überraschenden Neuigkeiten, dass der Papst seine Russlandpläne vorantrieb, war Chris tief in seine eigenen Gedanken versunken. »Da gibt es einen Mann namens Channing. Er ist ein Doktor oder Professor von irgendetwas. Das ist alles, was ich über ihn weiß, außer dass er irgendwie mit den ›Gemeinsamen Gedanken‹ verbunden ist und irgendwelche unterstützenden Initiativen im Ärmel hat.«

»Noch etwas?«

»Vielleicht.« Chris fragte Slattery nach dem Dominikaner George Hotelet. »Er und der gegenwärtige Direktor der Akademie der Wissenschaften tauchten in Maestroiannis Büro auf, als ich gerade gehen wollte. Seine Eminenz war ganz aufgeregt über eine Studie über Bevölkerungskontrolle, die die beiden angefertigt haben.«

»Pater Georgie?« Slattery verzog das Gesicht. »Ja. Ich kenne ihn. Er sieht so aus, als könne er kein Wässerchen trüben, aber er ist ganz sicher ein Teil der Intrige gegen den Papst. Wenn George an irgendetwas teilnimmt, zum Beispiel an dieser Studie der Akademie, dann bedeutet das schlechte Nachrichten für den Papst und die Kirche.«

Das passte, sagte Chris niedergeschlagen. Aber er konnte sich nicht helfen, sich laut zu fragen, was Pater Aldo Carnesecca wohl jetzt von ihm denken würde. »Würde er nicht denken«, beantwortete Christian seine eigene Frage mit einer weiteren Frage, »dass es an Irrsinn grenzt, im Namen des Heiligen Vaters und zur Ehre Gottes zum erstklassigen Schwindler zu werden? Und würde er nicht denken, dass es an moralische Feigheit grenzt, wenn ich in absehbarer Zukunft zum Freund von Männern wie Hotelet werden muss?«

»Sie müssen verrückt sein!«, schrie Slattery Christian an. »Was, beim Höllenfeuer, glauben Sie, wie Pater Aldo seine Karriere im Vatikan fünfzig Jahre durchgehalten hat ohne in eine

Falle zu tappen? Er tat alles, was er tun musste, um zu überleben und so viel Gutes im System zu bewirken, wie er konnte!«

Slatterys Ausbruch traf Christian wie ein Eimer voll Eiswasser. Er erinnerte ihn wieder daran, dass sein weiser und sanfter Freund keinen Weg mehr gefunden hatte um zu überleben. Und das brachte ihn zu seinen Fragen über den Mord an Pater Aldo zurück.

Lucadamo ließ sich nicht lange bitten. Das rotäugige Gespenst der Rache war immer noch in ihm. »Wir haben das Tagebuch kopiert.« Giustino zog das abgegriffene, in Leder gebundene Buch aus einer versperrten Schublade und gab es Chris zurück. »Ich habe selbst die Einträge von ein paar Jahren gelesen und ein paar meiner besten Männer darauf angesetzt, aber bis jetzt nichts gefunden, was einen Mord rechtfertigen würde.«

»Es muss da sein, Giustino. Was immer Aldo uns finden lassen wollte, es muss da sein.«

Lucadamo litt immer noch unter den grausigen Bildern von Carneseccas Todeskampf. Aber er gestand, dass es nicht nur der Mord war, der ihn antrieb den Schlüssel zu entdecken. Vor allem war es die Methode. »Was immer er uns finden lassen wollte, was immer es war, das er gesehen hat, es war so wichtig, dass es nicht ausreichte ihn nur zu töten. Es war so, als ob irgendein Irrer ihm zuerst die Augen ausbrennen wollte, weil er es gesehen hatte. Als ob er jeden Fetzen der Erinnerung aus seinem Hirn brennen wollte.«

»Heiligkeit ...?«

Obwohl Monsignore Daniel das Wort kaum zu flüstern wagte, erschrak der Papst bei diesem Geräusch. War es wirklich schon fünf Uhr morgens?

»Wie viele Leute kommen heute Morgen, Monsignore?«

Sadowski verstand die Frage. Eine der ersten Neuerungen des polnischen Papstes im Vatikan war es gewesen, Gäste zu seiner Morgenmesse um 6 Uhr 30 einzuladen und danach mit ihnen zu frühstücken. Aber der Anblick des Pontifex schockierte den päpstlichen Sekretär so sehr, dass er nicht antworten konnte. Dies war ein Mann, der niemals nach Mitleid oder Mitgefühl für seine inneren Schmerzen gesucht hatte. Aber Daniel sah die Tränenspuren, sah die Berichte offen auf dem Tisch liegen inmitten einem Meer aus handschriftlichen Notizen. Und er erkannte die tieferen Anzeichen des Aufruhrs in diesem Kirchenmann, dem er seit fünfunddreißig Jahren diente.

»Monsignore Daniel?«

»Insgesamt zwölf, Eure Heiligkeit.« Immer noch erschüttert beantwortete Sadowski die Frage. »Die zehn amerikanischen Bischöfe, die Sie gestern empfangen haben, und diese französischen Brüder aus der ökumenischen Gemeinde in Dijon.«

Der polnische Papst rieb sich die Augen, als könne das die Müdigkeit aus seiner Seele vertreiben. »Bitte sagen Sie ihnen ab, Monsignore. Lassen Sie mich heute allein die Messe lesen und frühstücken.« Der Pontifex stand auf, streckte sich und wollte sich gerade waschen und rasieren und auf die Messe vorbereiten gehen, als er sich noch einmal umwandte. »Besser, Sie sagen diese Woche alles bis auf die wichtigsten Unterredungen und öffentlichen Auftritte ab. Es wird so besser sein. Ich werde mich tagelang mit diesen Berichten beschäftigen müssen.«

»Natürlich, Heiligkeit.«

Daniel blieb noch eine Weile im Arbeitszimmer stehen. Er hatte damit begonnen, seine eigenen Kopien dieser Berichte zu lesen, und wünschte sich, sie wie viele andere Dinge dieser Tage im Vatikan einfach fortwünschen zu können. Aber er konnte sich nur die gleiche Frage stellen, die er sich schon tausendmal gestellt hatte. An wessen Schulter konnte ein Papst sich lehnen um seinen Tränen freien Lauf zu lassen?

XLIII

Die grimmigen Fakten, welche Gladstone und Slattery in ihren Berichten dokumentiert hatten, überraschten den Papst nicht wegen ihres Inhaltes. Homosexualität und Satanismus waren zwei der ältesten Viren, die im Körper der Kirche lauerten. Der Unterschied war jetzt aber, dass homosexuelle und satanistische Aktivitäten einen neuen Status innerhalb dieses Körpers erlangt hatten. In gewissen Teilen der Kirche waren ihre Mitglieder aus dem Untergrund gekommen und verlangten das Recht im öffentlichen Forum des Kirchenlebens vertreten zu sein. Ihre offensichtliche Akzeptanz durch ihre Kollegen und Freunde war ein Signal, dass alle, die damit zu tun hatten, aufgehört hatten an die katholische Lehre zu glauben. Manche von ihnen hatten so fremdartige Glaubensvorstellungen, dass man sie nicht mehr zu den Katholiken zählen konnte. Und trotzdem wollte keiner von ihnen die Kirche verlassen, wie Martin Luther dies getan hatte. Aber sie hatten auch nicht vor so gut es ging in der Kirche mit ihren Gesetzen und Doktrinen zu leben, wie Erasmus dies getan hatte.

Plötzlich war es unbestreitbar, dass es jetzt, während dieses Pontifikats, in der römisch-katholischen Organisation ständig Geistliche gab, welche Satan anbeteten, und zwar mit Freuden, dass es Bischöfe und Priester gab, die miteinander Unzucht trieben und Kinder missbrauchten, dass es Nonnen gab, welche die »schwarzen Riten« der Wicca feierten und in lesbischen Beziehungen innerhalb und außerhalb der Konvente lebten. Plötzlich war vollkommen klar, dass während dieses Pontifikats die kirchliche Organisation ein Ort geworden war, an dem jeden Tag, auch an Sonn- und Feiertagen, Akte der Häresie und Blasphemie, des Verbrechens und der Gleichgültigkeit an den Altären begangen und gestattet wurden, von Männern, deren Berufung es gewesen war, Priester zu sein. Nicht nur wurden solch frevelhafte Akte und Riten an den Altären Christi begangen, sondern dies geschah auch noch mit der Mitwisserschaft oder zumindest der schweigenden Erlaubnis von Kardinälen, Erzbischöfen und Bischöfen. Plötzlich setzte der Schock ein angesichts der Listen von Prälaten und Priestern, die daran beteiligt waren. In absoluten Zahlen waren sie eine Minderheit, irgendetwas zwischen einem und zehn Prozent des gesamten Kirchenpersonals. Aber von dieser Minderheit saßen erstaunlich viele in Positionen von Rang und Autorität in Kanzleien, Seminaren und Universitäten.

So schrecklich es auch war, war doch selbst dieses Bild nicht die ganze Ursache der Krise Seiner Heiligkeit. Es waren zwei Tatsachen, welche dem Papst so großes Leid bereiteten: die systematischen organisatorischen Verbindungen – mit anderen Worten das Netzwerk –, welche zwischen homosexuellen Gruppen von Geistlichen und satanistischen Zirkeln hergestellt worden waren, und die ungewöhnlich große Macht und der starke Einfluss dieses Netzwerks.

Die Macht des Netzwerks, die so gar nicht in einem vernünftigen Verhältnis zu der kleinen Zahl hochrangiger Geistlicher stand, war die niederschmetterndste dieser beiden Tatsachen für den polnischen Papst. Gladstone und Slattery hatten Beweise gesammelt, die darauf hinwiesen, dass diese große Macht und der überwältigende Einfluss des Netzwerks auf Allianzen mit weltlichen Gruppen außerhalb des römisch-katholischen Gebietes und auf der enormen Anzahl von Lehrern in Seminaren, Universitäten und katholischen Schulen beruhte, die offen und ganz gezielt von katholischen Lehrinhalten und vom katholischem Dogma abwichen.

Und da war diese dritte Tatsache: Dieser Pontifex, der von Christus berufen worden war die Verantwortung für die Kirche zu übernehmen, hatte diesen Einfluss möglich gemacht. Er hatte die Korruption erkannt. Er hatte sogar seinen Verdacht ausgesprochen, dass irgendeine inzwischen fest verwurzelte Quelle des Bösen in die hierarchische Struktur der Kirche eingedrungen war und große Teile infiziert hatte. Aber es war seine Entscheidung gewesen, Häretiker nicht zu exkommunizieren; verirrte Priester nicht zu laisieren; ungläubige Professoren nicht von ihren Posten an päpstlichen Universitäten zu entlassen. Es war seine Entscheidung gewesen, mit ihnen zu sprechen. Mit allen zu sprechen, überall.

War er, wie Petrus, zu starrköpfig gewesen? Hatte er, wie Petrus, Christus verraten?

»Ja, Monsignore Daniel, ich habe die Berichte gelesen. Letzte Nacht habe ich sie zu Ende gelesen. Danke, dass Sie sie mir gebracht haben.« Kardinal Sanstefano lehnte sich vor um sein arthritisches Bein zu schonen, während er leise in sein privates Telefon bei der Vatikanbank sprach. Er hatte keine Ahnung, warum sich seine Arthritis immer verschlimmerte, wenn Schwierigkeiten bevorstanden, aber Jahre der Erfahrung hatten ihn gelehrt, wie genau sein persönliches Barometer war. »Die Beichte, sagen Sie, Monsignore? Ja, selbstverständlich. Wann wäre es dem Heiligen Vater denn recht?«

Sanstefano war etwas überrascht, dass der Pontifex ihn in die päpstliche Hauskapelle rufen ließ um sich die Beichte abnehmen zu lassen. Jeden Freitag machte sich ein gewisser Pater Jan Kowalski aus der Kirche St. Stanislaus Kostka in Trastevere auf den Weg zum apostolischen Palast, schlüpfte in die kleine Privatkapelle der Päpste und hörte dort die Beichte des Heiligen Vaters. Pater Jan war inzwischen schon in Pension, aber er war ein so beständiger Teil dieses Pontifikats geworden, dass die Sicherheitswachen nur aufmerksam wurden, wenn er einmal nicht erschien.

Andererseits war es nicht das erste Mal, dass Seine Heiligkeit den Leiter der Präfektur für die wirtschaftlichen Angelegenheiten bat ihm die Beichte abzunehmen. Er hatte dies schon zweimal getan. Und weil das jedes Mal ein Zeitpunkt von Krisen und schweren Entscheidungen gewesen war, bereitete sich Sanstefano vor, indem er an die beiden Beichten zurückdachte.

Zum ersten Mal war es spät im Monat Dezember gewesen, kaum zwei Monate nachdem der Papst gewählt worden war. Der neue Pontifex, so kräftig und kaltblütig, hatte mit der üblichen Erklärung begonnen seine Sünden beichten zu wollen. Aber statt seine Seele von ihren Fehltritten zu erleichtern und im Bewusstsein dessen, dass sein Vertrauen durch das Siegel des Beichtgeheimnisses geschützt war, hatte Seine Heiligkeit seine Aufmerksamkeit der Vatikanbank zugewandt. Heute wie damals war es die Unabhängigkeit des IRA, welche den polnischen Papst am meisten interessierte. Die Gründungsurkunde des IRA war so abgefasst, dass nur der Papst selbst in seine Geschicke eingreifen konnte.

Zum zweiten Mal hatte der Papst ein paar Jahre, nachdem Ali Agca ihn auf dem Petersplatz zu töten versucht hatte, Sanstefano als Beichtvater rufen lassen.

Sanstefano war insgeheim davon überzeugt, dass irgendetwas an den weit reichenden Kontakten in den frühen Achtzigerjahren den Papst veranlasst hatte auf einer privaten Unterredung mit seinem Beinahe-Mörder zu bestehen. In einem römischen Gefängnis namens Regina Coeli, zur Ehre der Königin des Himmels so benannt, hatten sich die beiden Männer in eine so leise Unterhaltung vertieft, dass niemand, auch nicht die Geheimdienste in Washington oder Moskau, jemals erfahren würde, worüber die beiden gesprochen hatten. Am Tag nach diesem Treffen hatte der Papst Sanstefano rufen lassen um ihm zum zweiten Mal die Beichte abzunehmen.

Trotz seines Arthritisanfalles kam Sanstefano höchstens ein oder zwei Minuten zu spät. Er steckte den Kopf in Monsignore Sadowskis Büro in der vierten Etage und ging dann in die Privatkapelle nebenan, während Sadowski den Papst informierte, dass sein Beichtvater ihn erwartete.

Diese Beichte war die kürzeste, aber ihre Dauer war nicht von Bedeutung.

»Eminenz.« Der Papst sprach in kurzen Sätzen. Beinahe abrupt. »Sie müssen meine erste Frage als Leiter des IRA beantworten. Stellen Sie sich einen Augenblick lang vor, ich würde den Rat meiner Kardinäle annehmen. Dass ich vom Amt Petri zurücktrete. Wie würde das unsere Stellung auf dem Markt beeinflussen?«

Der Kardinal war katholisch bis in die Knochen. Aber unter dem eisigen Realismus des polnischen Papstes wurde sein Glaube an diesen Katholizismus düster und freudlos. »Wann sollte dieser Rücktritt stattfinden?«

»Irgendwann zwischen heute und meinem fünfundsiebzigsten Geburtstag.«

»Angenommen Ihr Nachfolger ist jemand mit Freunden, wie weder Sie noch ich welche gefördert haben, Heiliger Vater, würde ein Rücktritt in dieser Zeitspanne unsere Stellung auf dem Markt möglicherweise stark verbessern. Wir wissen beide, dass jene, die uns jetzt den Zugang zu gewissen Investitionsgebieten versperren, die Türen am Tag Ihres Rücktrittes weit öffnen würden. *Amici di amici*. Freunde von Freunden ...«

»Meine zweite Frage sollen Sie als einer meiner Kardinäle

und als mein Beichtvater beantworten. Aber dazu muss ich noch etwas erklären. Monsignore Daniel hat mir gesagt, dass Sie die beiden Berichte gelesen haben, die ich Ihnen überbringen ließ. Nun, ich habe mehr als einen Grund um über einen Rücktritt nachzudenken. Aber mein Hauptgrund, der Grund, der mich im Augenblick am meisten beschäftigt, ist der schockierende Zustand, in welchen zu fallen ich Kirchenmännern während meines Pontifikates gestattet habe. Mein Hauptgrund ist daher der, dass ich als Papst nicht länger wirksam sein kann. Nun, Eminenz, kommt die Frage: Was war mein größter Fehler?«

Sanstefano lehnte sich vor und stützte seine Stirn mit einer Hand. »Unzweifelhaft, Heiliger Vater, Ihr Versäumnis, die Doktrinen des Zweiten Vatikanischen Konzils mit Ihrer Autorität und – ich wiederhole es, Heiligkeit, *und* – in Übereinstimmung mit der Tradition auszulegen. Ohne den Schatten eines Zweifels sind die Dokumente des Konzils, so wie sie sich jetzt darstellen, nicht mit dem traditionellen Katholizismus vereinbar. So haben Sie dem Irrtum Vorschub geleistet, ohne zu korrigieren. Das kommt der Amtsverletzung, wenn nicht schon dem Amtsmissbrauch des Papstes nahe.«

»Sprechen wir unter Berücksichtigung meiner Motive von Todsünde oder lässlicher Sünde?«

»Unter Berücksichtigung des Schadens von Todsünde.«

»Sollte ich Ihrer Meinung nach also zurücktreten?«

»Pontifex maximus a nemini iudicatur.« Sanstefano zitierte das alte kanonische Recht. »Niemand kann den Papst richten. Dieses Urteil müssen Sie selbst fällen. Sie ganz allein.«

»Aber ich frage Sie nur nach Ihrer Meinung, Eminenz. Als meinen Beichtvater.«

Sanstefano konnte kaum noch atmen. »Ich kann Ihnen nicht als Ihr Beichtvater antworten, Heiligkeit. Ich habe keine Meinung. Niemand hat in diesem Fall das Recht eine Meinung zu haben. Niemand, der weiß, wo sein Platz ist, würde versuchen zu antworten. Ich habe nur meinen Glauben an Petri Amt. Sie sind der Gesalbte des Herrn. Wer seine Hände an den Gesalbten legt, ist des Todes. So sagt es die Heilige Schrift.«

Es gab nicht mehr viel zu sagen. Beide Männer wussten, was

notwendig war um den Schaden zu beheben und den Fehler auszubessern, wenn es um schwere Schuld ging. Aber beide wussten auch, dass Schadensbehebung und Besserung sich zu einer hohen Rechnung summierten, wenn es um Staats- und Kirchenpolitik ging. Aber genau wie Dr. Fanarote war Kardinal Sanstefano überzeugt, dass der Papst tun würde, was er tun musste, gleich, was es ihn kostete, und sei es sein Leben. Und mit dieser moralischen Gewissheit legte er dem Heiligen Vater seine Buße auf und erteilte ihm die Absolution.

XLIV

Chris Gladstone und die anderen merkten gleich, dass dieses Treffen mit dem Papst im Morgengrauen, zu dem Monsignore Sadowski sie gerufen hatte, etwas Besonderes sein würde. Einerseits versammelten sie sich an einem Konferenztisch in einem kleinen Empfangsraum in den päpstlichen Zimmern in der dritten Etage des Papstpalastes, anstatt sich wie üblich auf den Stühlen im päpstlichen Arbeitszimmer niederzulassen. Andererseits kam der Papst, die Berichte in der Hand, mit einer festen Tagesordnung zu diesem Treffen. Aber am meisten erschrak Christian über die schnelle Veränderung im Aussehen des Heiligen Vaters. Sein Lächeln wärmte noch immer Gladstones Herz. Aber die Blässe seines Gesichts, die Leidensfalten um seine Augen und seinen Mund, der schwere Tonfall seiner Stimme und die herabhängenden Schultern sprachen von etwas viel Tiefergehendem als nur den Anzeichen des Alterns.

Trotzdem war dies ein Treffen von liebenden und sorgenden Freunden, die durch ihre Hingabe an den Papst vereint waren. Nicht einer von ihnen, nicht Christian Gladstone oder Damien Slattery, nicht Angelo Gutmacher oder Giustino Lucadamo, nicht einmal Daniel Sadowski, verstand den Papst und seine Politik wirklich. Nicht nur einer von ihnen hatte von Zeit zu Zeit schwer an seiner Weisheit gezweifelt. Aber das Zusammensein in der Gegenwart des Heiligen Vaters war ihnen trotzdem eine Freude.

Es war eine zusätzliche Freude für Christian und Pater Angelo, einander wiederzusehen, zum ersten Mal seit jenem Morgen in der Turmkapelle von Windswept House, als sie beide sehr verschiedenen Berufungen zu einem Leben im Dienste Roms gefolgt waren. Doch sie hatten nicht viel Zeit Neuigkeiten auszutauschen.

Seine Heiligkeit kam sofort auf zwei wichtige Themen zu sprechen. Mit einem Seitenblick auf Lucadamo gab er zu verstehen, dass er durch Gladstones detaillierten Bericht über die Pläne und über die gegen ihn gerichteten Motive der »Gemeinsamen Gedanken« vollständig informiert worden war. Und er habe, sagte er zu Gladstone, die Dokumente unterschrieben, welche seinen neuen kirchlichen Rang bestätigten. Pater Christian hatte nun das Recht als Monsignore angesprochen zu werden und das zugehörige Violett in seiner Kleidung zu tragen.

Diese Eröffnungen waren zu viel für Christian. Sein neuer Status als Prälat, schoss es aus ihm heraus, sei das direkte Ergebnis dessen, dass er von Kirchenmännern als Verbündeter betrachtet wurde, welche die baldige Beendigung des Pontifikats Seiner Heiligkeit zu erreichen trachteten. »Seitdem ich meinen ständigen Aufenthalt in Rom genommen habe, war ich ihr unwissentlicher Verbündeter. Ich habe Europa und die Vereinigten Staaten als politischer Strohmann für die Feinde Euer Heiligkeit abgeklappert und auch noch meine Familienbindungen missbraucht um Pläne zu unterstützen, die meiner Ansicht nach dem Hirn Satans entsprungen sind. Und trotzdem sitze ich jetzt hier und werde von Euer Heiligkeit und Euren nahe stehenden Beratern vollkommen akzeptiert.«

Ein paar Sekunden lang sagte niemand etwas. Lucadamo brach das Schweigen. »Geißeln Sie sich nicht zu sehr dafür, dass Sie von denen benutzt worden sind. Wir haben Sie auch benutzt. Ihre Informationen über die ›Gemeinsamen Gedanken‹ haben bereits einige entscheidende Lücken in unserem Wissen gefüllt. Aber Sie fangen jetzt erst an zu verstehen, wozu Sie sich bereit erklärt haben. So tief, wie wir im Dreck sitzen, muss unsere Aufgabe die sein, der anderen Seite die Initiative zu entreißen. Und deswegen sitzen wir heute Morgen hier.«

Nachdem Lucadamo ihn aus seinem selbstsüchtigen Zorn befreit und wieder auf den Sinn dieses Gesprächs aufmerksam gemacht hatte, wandte Gladstone sich an den Pontifex, eine Entschuldigung für seinen Ausbruch auf den Lippen. Der Papst erwiderte seinen Blick mit einem warmen Lächeln, das von Zustimmung und Vertrauen sprach. Alles ist verstanden worden, sagte dieses Lächeln. Und jetzt lasst uns zu den wesentlichen Dingen zurückkehren.

Das erste dieser wesentlichen Dinge waren die Berichte, die Christian und Slattery ihm vor ungefähr einer Woche übergeben hatten. Aber die Schlüsse, welche der Papst aus diesen Berichten gezogen hatte, unterschieden sich sehr stark von den praktischen Schlüssen, welche Christian erwartet hatte. »Die Summe aus diesen Berichten zusammen mit den Informationen, die Monsignore Christian uns über die ›Gemeinsamen Gedanken‹ mitgeteilt hat, macht eine Sache klar. Die Opposition hat den günstigen Augenblick benutzt um all ihre Pläne anlaufen zu lassen. Sie sehen, was auch ich jetzt so deutlich sehe, aber sie sehen es von einem völlig anderen Standpunkt aus. Von einem gegnerischen Standpunkt aus.

Sie sehen das drohende Schisma zwischen dem Papsttum und den Bischöfen der Kirche. Sie sehen es nicht nur, sondern haben teil an einem langsamen Sterben des Katholizismus. Es ist nur gerecht festzustellen, dass die Mehrheit der Katholiken den katholischen Wahrheiten mehr oder weniger entfremdet ist. Rom und das Papsttum sind nicht länger das Objekt gehorsamer Hingabe, sondern bestenfalls noch vager und romantischer Verehrung. Eine große Anzahl von Messen und Beichten ist ungültig. Eine ungezählte Menge von Priestern wurde ungültig geweiht. Und ich habe noch nicht versucht festzustellen, wie viele Bischöfe ungültig konsekriert oder inzwischen ungläubig sind.

Christus wird in unseren Tabernakeln nicht länger verehrt, daher hat Er unsere Kirchen, unsere Klöster, unsere religiösen Orden, unsere Seminare und unsere Diözesen verlassen. Warum sollte Unser Herr auch bleiben, wo Er vernachlässigt, beleidigt und verleugnet wird? Er braucht uns schließlich nicht. Nun ...«

Seine Heiligkeit sah jeden Einzelnen an dem Konferenztisch der Reihe nach an. »Falls ich noch irgendeine Zuflucht habe, so ist es der Schutz der Himmelskönigin. Als einen besonderen Akt der Verehrung muss ich – wenn es irgendwie machbar ist, *muss* ich – meine Pilgerfahrt nach Russland und in die Ukraine durchführen.«

Jeder, der in diesem Augenblick dem polnischen Papst zuhörte, verstand die Bedeutung dessen, was er sagte. Selbst Chris Gladstone begriff, dass die Gerüchte, welche Rom überschwemmten, wahr sein konnten. Dass die Zukunftspläne des Heiligen Vaters auch seinen möglichen Abgang von der päpstlichen Szene umfassten. Dass das Ende seines Pontifikates nahe war und mit ihm der Höhepunkt seines politischen Spieles mit den Nationen.

Wie um diesen gemeinsamen Gedanken zu bestätigen sprach der Papst weiter um eine weitere Rechtfertigung – eine weltpolitische Rechtfertigung – für seine Fahrt nach Russland zu geben. Er nannte solche Gründe wie die ernsten und möglicherweise bösen Differenzen über Bevölkerungskontrolle, welche sich zwischen den Vereinigten Staaten und dem Heiligen Stuhl abzeichneten, die genauso ernsten Differenzen zu diesem und anderen grundlegenden Themen zwischen dem Heiligen Stuhl und der UNO sowie zwischen dem Heiligen Stuhl und der EU, die steigende Feindseligkeit von Russland und seinen Verbündeten in der GUS gegenüber dem Heiligen Stuhl.

»Werden Sie während Ihres Aufenthaltes in Moskau Russland der Heiligen Jungfrau weihen?« Damien Slattery wollte eigentlich immer noch, dass der Papst in Rom blieb um den Plan der »Gemeinsamen Gedanken« zu bekämpfen, aber in diesem Augenblick dachte er an das Versprechen der Jungfrau in Fatima, dass die Kirche vor schrecklicher Verfolgung gerettet, jeder Krieg enden und die Menschheit Frieden und Wohlstand erleben würde, wenn der Papst von 1960 Russland unter den Schutz der Mutter Gottes stellte.

»Nein.« Der Papst war deutlich. »Ich bin nicht der Papst von 1960. Sie hat mir das nicht aufgetragen. Ich habe keine Weisung in dieser Hinsicht. Was ich will, ist dem russischen Volk seine geliebte Ikone Unserer Lieben Frau von Kasan zurückzugeben, die sich zur Zeit im Besitz des Heiligen Stuhls befindet. Und ich möchte nach Kiew gehen, weil dort vor tausend Jahren Prinz Wladimir die Russen in den Wassern des Dnjepr einer Massentaufe unterzog.

Aber Sie haben trotzdem Recht, Pater Damien. Meine Reise nach Russland wird bestimmt von den Versprechen und Offenbarungen der Heiligen Jungfrau. Und diese Berichte haben meinen Willen diese Pilgerfahrt anzutreten noch verstärkt. Ich habe vor kurzem Pater Angelo gegenüber erwähnt, dass ich schon lange den Verdacht habe, mein päpstlicher Vorgänger habe Recht gehabt, als er davon sprach, dass der Gestank Satans in die Kirche eingezogen sei. Heute bin ich davon überzeugt. Niemand, der diese Berichte gelesen und die Informationen über den Plan der ›Gemeinsamen Gedanken‹ vernommen hat, kann bezweifeln, dass wir ganz besondere Hilfe brauchen. Vor allem ...« Dieses Mal brach die Stimme Seiner Heiligkeit, aber er fing sich schnell wieder. »Vor allem brauchen wir Hilfe für diesen Heiligen Stuhl Petri, wenn er nicht stürzen und vom großen Dämon übernommen werden soll.«

Gladstone warf Slattery einen raschen Blick zu. Als er vor wenigen Minuten gemeint hatte, der Plan müsse wohl dem Gehirn Satans entsprungen sein, war dies nur eine Redensart gewesen. Aber dem Papst schien es todernst zu sein.

»Daher bin ich fest entschlossen«, fuhr der Papst fort, »meine Pilgerfahrt nach Moskau und Kiew zu unternehmen. Mein einziger Zweck ist die Mutter Gottes um jene besondere Hilfe anzuflehen, die wir brauchen. Sie muss zu ihrem Sohn sprechen. Sie muss Ihm von all den Seelen erzählen, die verdorren. Sie muss noch einmal zu Ihm sagen, was sie auf Erden schon einmal zu Ihm sagte: Sie haben nur mehr wenig oder gar nichts vom Wein des Glaubens übrig.«

Das diesen Worten folgende Schweigen war so tief, wie die Stimme des Papstes gewesen war. Und wieder war es Lucadamo, der die Stille des Raumes mit einem praktischen Hinweis brach. »Heiligkeit, die Nachrichten, welche Pater – ähh – Monsignore Christian uns gebracht hat, bedeuten, dass Euer Heiligkeit sich auf verstärkten Druck einstellen müssen das Rücktrittsprotokoll zu unterschreiben. Wenn wir uns nicht an der Nase zur Hinrichtungsstätte führen lassen wollen, um es mal so zu sagen, müssen wir die Initiative ergreifen.«

»Ich stimme zu, Giustino.« Der Papst nickte, aber sein Hauptziel war klar. »Pater Angelo wird die Ikone aus Portugal nach Rom bringen. Dann wird er Herrn Gorbatschow einen weiteren Besuch abstatten um zu besprechen, was getan werden muss, damit möglichst früh eine Einladung an uns ergeht sein Land zu besuchen. Weil es aber unklug wäre, alles auf diese Karte zu setzen, werde ich den geeigneten Moment wählen um ...«

Gladstone hörte den Rest des Satzes nicht mehr. Vor einer Weile war er bereit gewesen sich dafür zu entschuldigen, dass er von den Feinden des Papstes hereingelegt worden war. Während eines Teils seiner Zeit in den Staaten und vor allem seit seiner Rückkehr hatte er die Rolle des Doppelagenten gespielt, sich mit Halbwahrheiten und Doppelbedeutungen abgegeben. Das einzig positive Ergebnis all dieser Verschlagenheit war der Bericht gewesen, den er dem Heiligen Vater geliefert hatte, mit allen benötigten Beweisen: Namen, Daten, Orten, Bestätigungen, Niederschriften von Tonbandaufzeichnungen und Fotos, um die ganze Brut von korrupten Geistlichen und falschen Gläubigen ausradieren zu können. »Warum«, unterbrach Christian in einem neuerlichen plötzlichen Aufwallen von Emotionen den Heiligen Vater, »warum nur habe ich das Gefühl, dass unsere Berichte in irgendwelchen Schubladen verschwinden werden?«

Alle Augen waren auf Gladstone gerichtet, aber nur Pater Gutmacher schien bereit zu sein auf die Frage seines jungen Freundes zu antworten. »Chris, was glauben Sie, wie lange Sie und Pater Slattery hier in Rom noch aushalten könnten, wenn bekannt wird, wer diese Berichte verfasst hat? Und außerdem würden diese Berichte die Gegner des Heiligen Vaters alarmieren, ihnen zeigen, wie viel wir über ihre finsteren Pläne wissen. Vorgewarnt ist gewappnet. Diese Berichte den Kurienkardinälen zu übergeben hieße für den Heiligen Vater noch größere Schwierigkeiten als zuvor heraufzubeschwören. Sie wären auf jede Initiative, jede Bewegung vorbereitet, die der Heilige Vater gegen sie unternehmen könnte.«

Pater Angelos Argument war nicht gut genug um Christian zufrieden zu stellen. »Sie können nicht auf allem den Deckel halten«, sagte er. »Euer Heiligkeit müsen den Bericht nicht jedem aushändigen. Aber Sie können die Daten verwenden. Sie können etwas tun. Sie können jeden Bischof entlassen, der ein aktiv homosexuelles Leben führt, jeden Bischof, der eine Geliebte hat, jeden Bischof, der Wicca-Nonnen in seiner Diözese belässt, jede Nonne, die ein bekannte Lesbierin ist. Sie können auf eine passende Art und Weise mit jeder Nonne, jedem Priester, Bischof oder Kardinal verfahren, der nachweislich und unwiderlegbar unkatholisch ist.

Bei allem Respekt, Euer Heiligkeit, es könnte mit der Tatsache beginnen, dass eine Anzahl amerikanischer Frauen aus der Hand eines Bischofs, der noch immer seiner Diözese vorsteht, eine Pseudopriesterweihe erhalten haben. Ich habe ähnliche Beweise auch für eine kanadische Diözese vorgelegt. Nach kanonischem Recht sind diese Bischöfe bereits automatisch exkommuniziert. Aber ich empfehle, dass sie durch ein direktes päpstliches Edikt aus ihren Positionen abberufen werden. Der Skandal sorgt schon für Aufregung unter den Leuten, sie wissen, dass etwas nicht stimmt.«

Der Papst hörte Christian mit grimmigem Gesicht zu Ende an. Der Amerikaner hatte immer noch eine ziemlich raue Art die Dinge anzugehen, aber wie der unersetzliche Pater Aldo Carnesecca hatte er keine Angst vor schmerzlichen Fragen. Und weil das so war, antwortete der Papst Christian mit der Offenheit, welche er verdiente. »Was Sie vorschlagen, Monsignore Christian, wäre nur machbar, wenn es in meiner Macht läge, Bischöfe dieser Kirche zu wählen und abzusetzen, Priester zu entlassen und Nonnen aus Konventen auszustoßen.«

»Haben Euer Heiligkeit diese Macht nicht? Als Oberhirte?«

»Offiziell ja, tatsächlich nein.« Der Papst sah Christian in die Augen, wartete auf dessen Anerkennung der Realität. Und schließlich, nach einer Ewigkeit von ein paar Sekunden, nickte Chris und senkte den Blick.

Angelo Gutmacher unterbrach diesen Augenblick bitteren Begreifens mit einem neuen Vorschlag, wie der Papst auf die Daten aus den beiden Berichten reagieren konnte. Seine Heiligkeit sollte eine Enzyklika an die katholische Kirche verfassen, die homosexuelle Aktivitäten und alle Formen des Satanismus deutlich verdammte. Nach den Regeln für solche Briefe des Heiligen Stuhles war jeder automatisch exkommuniziert, der die Gebote übertrat.

Die Idee gefiel dem Papst. Und er begann sie sofort zu erweitern. Während Pater Slattery die Oberaufsicht über Signora Gladstones Gruppe von Untergrundpriestern in den Vereinigten Staaten übernahm, sollte er eine erste Version einer Enzyklika gegen die Missbräuche erstellen. Bei ihrem letzten Treffen mit dem Papst hatte Bischara Francis vom UNFPA die Nachricht überbracht, dass die Vereinten Nationen demnächst mit einer weltweiten Kampagne beginnen wollten um allgemeine Zustimmung zu einer beschleunigten und nachdrücklichen Politik der Geburtenkontrolle zu erreichen. Im Lichte dessen sollte Slattery in die Enzyklika auch solch grundlegende Themen der Sexualmoral wie Empfängnisverhütung und derzeitige Methoden der Bevölkerungskontrolle einschließen.

Dieses Unterfangen sollte so heimlich wie möglich ablaufen, warnte Seine Heiligkeit, aber er gestand auch ein, dass eine *Ex-cathedra*-Enzyklika nicht sehr lange geheim gehalten werden konnte. »Sicher nicht vor dem Kardinalstaatssekretär«, erwähnte er als einfaches Beispiel.

Die Russlandreise war eine andere Sache. Eine, die ein heikles Balancieren bei den Vorbereitungen erforderte. »Ich muss damit bald an die Öffentlichkeit gehen«, sagte der Pontifex, »denn mich nur auf Herrn Gorbatschow zu verlassen, wäre nicht weise. Eine öffentliche Ankündigung meiner Absicht muss zu meinen übrigen Bemühungen beitragen innerhalb des erwünschten Zeitraums eine Einladung zu erhalten. Meine Kardinäle in Rom halten so wenig von dieser Pilgerfahrt, sie sind so sehr gegen die Marienverehrung und gegen Fatima eingestellt, dass ich den richtigen Zeitpunkt wählen muss. Je mehr ich sie überrasche, desto eher kann ich das Gesetz des Handelns an mich ziehen.

Und ich habe Ihre Bitte hinsichtlich der Berichte gehört, Monsignore Christian. Als ich sie in Auftrag gab, hatte ich die Absicht sie dazu zu verwenden, um meine Kurienkardinäle wieder zur Mitarbeit mit dem Heiligen Stuhl zu bewegen. Aber wie Pater Gutmacher gesagt hat, ist das nicht durchführbar. Es gibt einzelne Bischöfe, denen ich den Report unter vier Augen zeigen kann und auch sollte. Aber langsam denke ich, dass wir mehr tun können. Während der letzten Tage habe ich überlegt, ob ich alle meine Kardinäle aus der ganzen Welt zu einem außerordentlichen Konsistorium einberufen sollte. Die Berichte verwenden um ihnen zu zeigen, dass die Kirche in der Krise ist und wir nicht weitermachen können wie bisher. Jetzt, wo so vieles zur Sprache gekommen ist – die Berichte, die Enzyklika, meine Pilgerfahrt in den Osten –, halte ich ein solches Konsistorium für das Gebot der Stunde.«

Pater Damien hatte so seine Zweifel ein geheimes Konsistorium in die Pläne des Papstes einzubeziehen. Sah man sich die Politik an, welche die Kardinäle zur Zeit betrieben, dann wäre es eine beinahe wundersame Bekehrung, wenn sie plötzlich willig mit dem Papst zusammenarbeiten würden.

Gutmacher widersprach. »Die Kardinäle sind wichtig in den regionalen und nationalen Bischofskonferenzen«, argumentierte er. »Und diese Konferenzen werden die Schauplätze der ›Gemeinsamen Gedanken‹ sein. Und es sind die Kardinäle, nicht die Bischöfe, welche den Papst wählen. Wenn es eine Möglichkeit gibt den Verschwörern im Vatikan ein für alle Mal die Initiative zu entreißen, könnte ein geheimes Konsistorium der Kardinäle der beste Weg dazu sein. Meine Frage ist nicht, ob das Konsistorium einberufen werden sollte, sondern, wann.«

Der Pontifex übernahm wieder die Führung des Gesprächs. Er stimmte Gutmacher zu, dass der Zeitpunkt von entscheidender Bedeutung sei. Aber weil in seinen Augen das Konsistorium mit seiner Pilgerfahrt nach Russland verbunden war oder genauer gesagt mit seiner Hoffnung auf dieser Fahrt irgendein Zeichen der Mutter Gottes zu erhalten, musste das Datum offen bleiben, bis der Zeitpunkt für die Pilgerreise bestimmt war.

Soweit es Seine Heiligkeit betraf, war alles besprochen. Er befragte jeden seiner Mitarbeiter mit einem Blick und jeder nickte zustimmend, außer Giustino Lucadamo.

»Ehrlich gesagt, Heiliger Vater, bin ich immer noch besorgt

wegen des Drucks, den man auf Sie ausüben wird das Rücktrittsprotokoll zu unterzeichnen.« Das war der beste Hinweis, der Lucadamo einfiel um anzudeuten, was ihm wirklich Sorgen machte. Er kannte den Papst nicht so gut wie Monsignore Sadowski, aber Giustino hatte den Heiligen Vater genau beobachtet in jener Woche, während der er in die Berichte vertieft gewesen war. Seiner Berechnung nach war es möglich, dass dieser Papst vor so extremen Entscheidungen stand, dass er auf das Pontifikat verzichten mochte, weil seine Fähigkeiten dafür nicht ausreichten. Wenn der Weg, den er heute angedeutet hatte, nicht dazu führte, wenigstens einiges in der Hierarchie wieder in Ordnung zu bringen, mochte er tatsächlich das Protokoll unterzeichnen.

Der Heilige Vater beantwortete Lucadamos Sorge aus einem anderen Blickwinkel. Kardinal Sanstefano hatte ihn an die moralische Notwendigkeit erinnert den Schaden, den seine Kirche genommen hatte, wieder gutzumachen und seinen eigenen schweren Fehler zu korrigieren. Alle Pläne, die an diesem Morgen gefasst worden waren, hatten in diesem Zusammenhang ihre Berechtigung. »Ehrlich gesagt, Giusti, ich mache mir auch Sorgen. Aber wenn mein Abschied das ist, was die Mutter Gottes im Sinn hat – wenn das der Preis für eine echte Reform der Struktur der Kirche und für erneuerten Frieden ist ...« Den Rest – das Undenkbare – ließ er ungesagt.

Jetzt dreht sich alles darum, der Opposition das Gesetz des Handelns zu entziehen. Und in seiner Routinebesprechung mit dem Kardinalstaatssekretär am Morgen seiner Abreise hatte der Pontifex allen Grund mit seinem Eröffnungszug zufrieden zu sein.

»Eine Enzyklika, Heiligkeit?« Seine Eminenz blinzelte etwas stärker als gewöhnlich. »*E bène*. In solchen Fällen ist kluge Beurteilung das Wichtigste.«

»Aber glauben Sie nicht, Eminenz, dass eine kluge Beurteilung verlangt, dass das Papsttum zu solchen Plagen wie homosexueller Aktivität und Satanismus eine Erklärung *ex cathedra* abgibt? Zur Empfängnisverhütung und zum Angriff auf Unschuldige im Namen der Bevölkerungskontrolle? Ist es nicht tatsächlich Zeit für eine solche Erklärung?«

»Heiliger Vater, ich habe immer gedacht, dass die Wahrheit sich leichter durchsetzt ohne zu viel Streit und Geschrei. Und die kategorische Art einer solchen Erklärung *ex cathedra* ruft heutzutage meist viel Streit und Geschrei hervor.«

»Ein Punkt, den auch ich bedacht habe, Eminenz.« Der Pontifex war ruhig, aber bestimmt. »Ich möchte dies in sanftem Ton präsentieren. Aber wir müssen eine Grenzlinie ziehen, vor allem wegen der den Lehren der Kirche zunehmend feindselig gesinnten Ansichten von Regierungen.«

»Das mag so sein, Heiligkeit.« Es war Graziani unangenehm, dass der Papst es ihm so schwer machte, unverbindlich zu sein. »Kein Zweifel, zur Zeit führen wir eine Art Kalten Krieg mit der EU und der UNO, nicht zu sprechen von den Vereinigten Staaten und der großen Mehrheit der heutigen Regierungen. Aber meine Frage ist, ob wir die Situation eskalieren lassen wollen. Schließlich betrachten die Amerikaner die Geburtenkontrolle als strategisch notwendig für ihr Land.« Zufrieden damit, die Last des Argumentierens auf die Amerikaner geschoben zu haben, blinzelte der Kardinal wohlwollend in die Richtung des Heiligen Vaters.

»Haben sie in Amerika nicht eine Redensart, Eminenz, dass man Späne fallen lassen soll, wie sie wollen?«

»Späne? Ach ja. Das haben sie tatsächlich, Heiligkeit.« Der Kardinalstaatssekretär lächelte schwach und erhob sich von seinem Stuhl. Angesichts einer solchen Warnung war das Beste, was er tun konnte, noch einmal seine guten Wünsche für eine sichere Reise des Papstes nach Loreto auszusprechen und einen geziemenden Abgang zu machen.

»Einen Augenblick, Eminenz.« Graziani blieb stehen. »Ich bin sicher, Euer Eminenz stimmen mir zu, dass es nicht bekannt werden sollte, dass ich diesen Brief vorbereite. Die Überraschung könnte ein wichtiges Element für einen Erfolg sein.«

»Ich stimme Ihnen vollkommen zu, Heiliger Vater. Überraschung hat Rom in der Vergangenheit einige Male gerettet. Er wird bis zum`Tag seiner Veröffentlichung ein Amtsgeheimnis bleiben.«

Der Papst sah dem entschwindenden Kardinal nach und überlegte, wie lange es dauern würde, bis jene, die daran interessiert waren, diese Enzyklika zu verhindern, die Neuigkeiten hören würden. So lange wie man brauchte den Korridor zwischen dem päpstlichen Arbeitszimmer und dem Sekretariat entlangzugehen? So lange wie man brauchte um eine Telefonnummer zu wählen?

Nach Lucadamos Überwachungsberichten wussten zumindest einige der Parteien in Europa und Nordamerika von der Enzyklika, bevor der Papst am Nachmittag in Loreto eintraf.

Die Feinde des Papstes und auch die meisten seiner Freunde waren vollkommen überrascht, als der päpstliche Sprecher Miguel Lázarro-Falla für die Mittagszeit des 13. Oktober eine ungeplante Pressekonferenz einberief. Dieser Tag, den Seine Heiligkeit ausgewählt hatte, war der Jahrestag des Sonnenwunders in Fatima im Jahr 1917. In seiner geschäftsmäßigsten Art gab der Sprecher bekannt, dass der Heilige Vater bald all seine Kardinäle aus der ganzen Welt zu einem besonderen Konsistorium zusammenrufen würde. Der Zeitpunkt sei, so Lázarro-Falla, noch nicht festgelegt, würde aber innerhalb des nächsten Jahres liegen. In der Zwischenzeit erwarte Seine Heiligkeit eine offizielle Einladung der Regierungen von Russland und der Ukraine, ihre Länder in seiner rein geistlichen Eigenschaft zu besuchen. Der Heilige Vater wollte als Pilger reisen, nicht als souveränes Oberhaupt eines Staates.

Das Durcheinander an Fragen, das Geschrei der Reporter ließ Lázarro-Falla völlig unbeeindruckt. Er weigerte sich Genaueres bekannt zu geben, verwies alle Frager an den Staatssekretär und die beiden einladenden Regierungen und verschwand geschickt vom Podium.

Schon in guten Zeiten ein äußerst nervöser Mann schien Monsignore Taco Manuguerra kurz vor dem Zusammenbruch, als er zwei Telefonanrufe gleichzeitig beantwortete und Gladstone mit einem Nicken in Kardinal Maestroiannis Büro weiterbat.

»... solche unvorhersagbaren, machiavellistischen Manöver vonseiten dieses veralteten polnischen Mystikers von einem Papst ...« Kardinal Silvio Aureatini unterbrach seinen Protest mitten im Satz, als der Amerikaner das Büro betrat.

»Ach, Monsignore Christian.« Dieses eine Mal war anscheinend sogar Maestroianni überrascht worden.

»Wenn Sie unsere Verabredung lieber verschieben möchten, Exzellenz ...« Es war ein herrlicher Anblick, den Spieß umgedreht zu sehen bei diesen beiden Männern, deren Spezialität Manöver im Hintergrund waren, und Christian genoss jeden Augenblick. »Ich kann zu einem passenderen Zeitpunkt wiederkommen.«

»Unsere Verabredung ... natürlich ...« Maestroianni bot ein Bild der Verzweiflung. »Ich freue mich immer Sie zu sehen, Monsignore. Aber ... Ja ... Könnten Sie einen Termin mit Monsignore Taco vereinbaren ...«

Der Kardinal wurde durch Manuguerras aufgeregte Ankündigung über die Gegensprechanlage unterbrochen, Staatssekretär Graziani sei am Telefon. Keine Gnade für die Bösen, dachte Christian vergnügt, während er die ersten Worte Maestroiannis auffing.

»Aber ich wusste nichts davon, Eminenz ... Ja, ja, ich habe gestern mit Seiner Heiligkeit geplaudert ... Was? ... Nein, nicht ein Wort. Er hat mir die ganze Geschichte des Heiligen Hauses von Loreto erzählt ... Ich wechsle nicht das Thema, Eminenz ... Ich weiß nicht, wer das alles arrangiert hat. Ich schlage vor, Sie sprechen mit dem Mann in Moskau ... Das haben Sie schon getan? Er weiß von nichts? ...«

Chris schloss hinter sich die Tür. Der Papst hatte von dem taktischen Vorteil gesprochen den richtigen Zeitpunkt für seine Ankündigungen zu wählen und Lucadamo hatte betont, wie wichtig es sei, die Initiative zu übernehmen. Nach der Szene zu urteilen, die er gerade erlebt hatte, war ihnen ein guter Anfang geglückt.

»Beunruhigt, Euer Eminenz?« Dr. Ralph Channing ließ sich in Maestroiannis Büro nieder, als gehöre es ihm. »Warum sollte ich beunruhigt sein? Es ist doch eine gute Nachricht, dass der Heilige Vater Moskau und Kiew besuchen will. Haben die Regierungen formelle Einladungen ausgesprochen?«

»Das wissen wir nicht.« Maestroianni, beunruhigt genug für

zwei, war verärgert über die lässige Haltung des Professors. »Die Kommunikation mit beiden Regierungen ist kompliziert und schwierig. Wir werden es in einigen Tagen erfahren.«

»Aber wir werden nicht einige Tage warten, Eminenz. Die eine oder die andere Regierung könnte ablehnen, aber es ist in unserem Interesse, dass die Einladungen erfolgen, weil es in unserem Interesse ist, dass der Heilige Vater diese Reise unternimmt.« Channing erklärte, wie schwierig es für seine Kollegen zu verstehen war, dass sich die Pläne in Rom so hinzogen. Ohne den Tag der Ernte zu erwähnen erklärte er, dass seine Kollegen es für notwendig hielten, unterstützende Maßnahmen zu ergreifen um die letzte Phase ihrer Pläne zu beschleunigen. Und er erklärte, wie ausgezeichnet die Russlandreise des Heiligen Vaters zu diesen unterstützenden Maßnahmen passte.

»Sie sagen, Sie können die ›Gemeinsamen Gedanken‹ über Nacht erhalten, Eminenz. Nun, warum tun wir nicht genau das? Unter der Voraussetzung, dass Seine Heiligkeit das Rücktrittsprotokoll unterschreibt, wird seine Reise gen Osten uns eine ausgezeichnete Gelegenheit für diese unterstützenden Maßnahmen bieten und endlich dieser zu lange andauernden Auseinandersetzung ein glückliches Ende bereiten!«

Maestroianni wusste nun etwas mehr, war aber immer noch beunruhigt über eine Sache. »Können Sie sicherstellen, dass diese Einladungen erfolgen werden?«

»Das soll Ihre geringste Sorge sein, Eminenz, wenn ich Ihre abhörsichere Telefonleitung benutzen darf.«

»Sie meinen jetzt gleich?«

»Ja, Eminenz. Jetzt gleich.«

»Bitte folgen Sie mir.« Der Kardinal führte ihn zu einem Kommunikationsraum, wo er keine andere Wahl hatte, als den Professor allein zu lassen, damit dieser ungestört telefonieren konnte.

Nur zehn Minuten später kehrte Channing in Maestroiannis Büro mit der Ankündigung zurück, alles sei in Ordnung. »Morgen um diese Zeit wird erledigt sein, was wir benötigen.« Er lächelte hinter seinem Spitzbart.

Erst nach einem Mittagessen bei Massimo und einer gründlicheren Besprechung von Channings zusätzlichen Maßnahmen konnte seine Eminenz endlich in sein Büro zurückeilen um mehr über den Anruf des Professors herauszufinden. Monsignore Taco hatte sich zur Siesta zurückgezogen, daher ließ sich Maestroianni hinter seinem Schreibtisch nieder und spielte die Aufnahmen der Telefongespräche dieses Morgens ab. Schließlich fand er dasjenige, welches er suchte. Channing hatte direkt gewählt. Der Kardinal lauschte auf das Läuten des weit entfernten Telefons und setzte sich kerzengerade auf, als die vertraute männliche Stimme antwortete.

»Hallo! Hallo! Hier Sekuler.«

»Hallo! Herr Sekuler!«

»Jawohl!«

»Channing aus New York. Ich spreche aus Rom. Ich habe eine Bitte.«

»Nun gut.« Der Sprecher hatte ins Englische gewechselt. »Einen Augenblick bitte, Dr. Channing. Wir sprechen über eine offene Leitung.«

Seine Eminenz fluchte, als die Stimmen plötzlich verstummten und durch ein leises Summen ersetzt wurden. Dann drehte er mit einem Seufzer den Rekorder ab. Aber Maestroianni hatte eines gelernt: Herr Otto Sekuler erfreute sich offenbar einer wesentlich höheren Position in der Hierarchie, als bei dem Treffen am Schuman-Tag in Straßburg deutlich geworden war. Nun gut, sagte sich Seine Eminenz, alles in allem war die Arbeit dieses Tages nicht schlecht gewesen.

Niemand in der amerikanischen Regierung hob auch nur eine Augenbraue vor Überraschung oder Neugier über die Berichte in den Medien, dass der polnische Papst ein Konsistorium der Kardinäle in Rom abhalten würde oder vorhatte nach Russland und in die Ukraine zu reisen. Im Außenministerium und in den beiden Botschaften in Rom waren diese Neuigkeiten nicht einmal ein Achselzucken wert. Eine weitere Reise des Papstes. Ein weiteres Treffen der Kardinäle? So so. Gibson Appleyard nahm die Ankündigungen zur Kenntnis. Aber er hatte vom derzeitigen Papst ausreichende Versicherungen zu seiner Russlandpolitik erhalten. Und die Nachrichten kamen in einem Augenblick, in dem Gib mit scheinbar für die amerikanischen Interessen viel wichtigeren Themen beschäftigt war: dem langsamen Niedergang der amerikanischen Führungsrolle in Europa, seit die neue Regierung im Amt war, und der neuen kriegerischen Haltung Russlands.

Daher unterstrich kein untergeordneter Beamter diese Nachrichten in den Presseausschnitten für Admiral Bud Vance, noch gab sie jemand dem Sekretär des nationalen Sicherheitsrates weiter, bis der amerikanische Botschafter in Moskau Washington wissen ließ, dass die russische Regierung tatsächlich eine Einladung an den Papst ausgesprochen hatte ihr Land innerhalb der nächsten zwölf Monate als Pilger zu besuchen. Einige Details im Zusammenhang mit dieser Einleitung hatten die Neugier des Botschafters erregt und er zählte sie auf.

Erstens, sagte der Botschafter, sei der Vorsitzende einer bemerkenswert unbedeutenden Mitgliedsorganisation der UNO, der Weltsolidarität für ethisches Denken, im Interesse des Papstes an die beiden fraglichen Regierungen herangetreten. Zweitens sei der Name dieses Vorsitzenden Otto Sekuler und der Botschafter hatte sich daran erinnert, diesen Namen vor einiger Zeit in einem Fragebogen des Ministeriums gelesen zu haben. Drittens sei es die normale Praxis des Vatikans, selbst an Regierungen heranzutreten oder die Vereinigten Staaten, Deutschland oder Frankreich um Intervention zu bitten. In diesem Fall hatte der Vatikan offensichtlich die üblichen Kanäle umgangen und der Botschafter dachte, er sollte seine Vorgesetzten auf diese Sache aufmerksam machen. Deutete das nicht auf eine größere Unabhängigkeit dieses Papstes von den Westmächten und auf einen größeren Einfluss in anderen Gebieten hin, als das Ministerium ihm hatte zugestehen wollen?

Viertens wurde diese Einladung auch noch von einer sehr ungewöhnlichen Seite unterstützt, dem russisch-orthodoxen Patriarchen Kyrill in Moskau. Nachdem Kyrill ein wohl bekannter ehemaliger KGB-Agent und erwiesener Gegner des Papstes und seiner Kirche war, was steckte hinter dieser plötzlichen Gefälligkeit für den römischen Papst?

Es half auch nicht, Admiral Vances schlechte Laune zu heben, als er eines Morgens eine Kopie des Botschafterberichtes auf seinem Schreibtisch fand, zusammen mit einer scharf verfassten Notiz des Ministers: »Wie konnte das passieren, ohne dass ich informiert wurde?«

Fast instinktiv wählte Vance Gib Appleyards Nummer und stellte ihm mehr oder weniger dieselbe Frage: »Was hat Ihr verdammter Papst jetzt vor?«

»Er ist nicht mein Papst, Bud ...«

»Ja, ich weiß. Er ist der Papst aller Katholiken. Aber dank ihm muss ich in ein paar Minuten dem Zehnerkomitee gegenübertreten und danach habe ich ein Treffen mit dem nationalen Sicherheitsrat. Wir treffen uns hier um 11 Uhr 30. Besser noch Sie kommen früher und informieren sich selbst. Ich lasse das Zeug bei meinem Assistenten.«

»Sicher, Bud. Aber können Sie mir einen Hinweis geben, was los ist?«

»Erinnern Sie sich an Otto Sekuler?«

»Ja.«

»Er ist wieder da.«

Gib Appleyard ließ sich in Vances Büro nieder um die Papiere zu studieren, die ihm der Admiral dagelassen hatte. Er fand das Memo des Moskauer Botschafters interessant. Aber wesentlich mehr Zeit verbrachte er mit den Hintergrundinformationen über Otto Sekuler. Das Dossier war immer noch sehr dünn, als hätte er sich mit einem Panzer umgeben. Appleyard erinnerte sich, wie das Haupt der italienischen Großloge, der Großmeister Maselli, seinen Fragen über Sekuler ausgewichen war. Aber die Daten, die vorlagen, zeigten deutlich, dass der Deutsche während des letzten Jahres wirklich bedeutend geworden war. Und das passte zu einer Reihe von anderen Dingen, die Appleyard besonders beunruhigt hatten.

Eines dieser Dinge war die entsetzliche Krise der Logen vor einem Jahr gewesen, welche die Organisation auf beiden Seiten des Atlantiks erschüttert und die brüderliche Verständigung zwischen London und Washington zumindest zeitweise beschädigt hatte. Die Krise, abwechselnd die »Spaltung«, das »Debakel« oder das »Donnerwetter in London« genannt, hatte Appleyard und Vance gleichermaßen betroffen. Auch deshalb, weil die Krise scheinbar nur der Auftakt einer tief greifenden Änderung der amerikanischen Außenpolitik in Bezug auf Europa und die UNO gewesen war, hatte sie beide Männer beruflich und als Freimaurer getroffen.

Die Auswirkungen dessen wurden nun langsam spürbar. Verschwunden waren die eng geknüpften Verbindungen der NATO und der angloamerikanisch-europäischen Allianz. Die USA zogen sich aus den europäischen Verwicklungen zurück und strebten nach globaleren Allianzen. Inzwischen hatte diese neue Anschauung ihren Niederschlag in der Brüsseler Erklärung von 1994 gefunden. Die Europäische Union wurde verkündet, mit weiteren und mehr inneren Zielen als die alte EG. Das neue Eurokorps sollte im Bereich der Verteidigung den Platz der NATO einnehmen und die osteuropäischen Staaten, die ehemaligen Satellitenstaaten der UDSSR, wurden zur »Partnerschaft für den Frieden« eingeladen.

Und der letzte Ausdruck dieser neuen Perspektive war der verstärkte Druck zur weltweiten Anwendung der Politik zur Bevölkerungskontrolle, wie sie im Memorandum 200 des nationalen Sicherheitsrates festgeschrieben war. Jetzt war sie auch die weltweite Politik der UNO.

Dieses ganze »Debakel« bot den Zusammenhang, bemerkte Appleyard, in dem der mysteriöse Otto Sekuler plötzlich bedeutend geworden war. Daher war es nur logisch, anzunehmen, dass er zu den Gewinnern der »Spaltung« gehörte. Aber es erklärte nicht Sekulers Einfluss in den Überresten der ehemaligen Sowjetunion oder warum er dem Papst zu Hilfe kommen sollte. Und vor allem konnte es nicht erklären, warum von all den mächtigen Interessengruppen, die Gib nur einfallen wollten, ausgerechnet Sekuler im richtigen Moment aufgetaucht war um die Einladungen an den Papst zu sichern.

»Hatten Sie einen harten Tag im Sicherheitsrat, Bud?« Ein Blick auf das Gesicht seines Chefs erzählte Appleyard die ganze Geschichte.

Der Admiral sank stöhnend auf seinen Stuhl hinter dem Schreibtisch. »Nicht nur tut mir jeder Knochen von den Prügeln weh, die ich gerade im Sicherheitsrat einstecken musste, ich verstehe auch rein gar nichts mehr. Was ist an diesem Papst, dass eine ganze Sitzung des Sicherheitsrates sich über seine Einstellung zu Kondomen aufregt oder über seine Redereien mit dieser kleinen Nonne aus Indien – ich schwöre bei Gott, ich habe ihren Namen verdrängt.«

»Mutter Teresa?« Appleyard lachte. »Der nationale Sicherheitsrat hatte ein Treffen über Mutter Teresa?«

»Einen Teil des Treffens, aber das war schon genug. Sie hat sich im Weißen Haus ganz sicher ein paar Feinde gemacht!«

»Und was war mit dem Rest des Treffens? Und mit den zehn?« Gibson hielt das Kommunikee des Moskauer Botschafters in die Höhe. »Warum regen sie sich plötzlich so über die Reisen des Papstes auf?«

»Das war nur der Ausgangspunkt.« Vance stapfte durch das Zimmer und schenkte sich ein wenig Kaffee ein. »Die Gerüchteküche besagt, dass der Papst einen Brief zum Thema Geburtenkontrolle vorbereitet. Einen ganz harten. Unsere Leute wollen, dass deswegen etwas unternommen wird. Sonst ...« Erschöpft ließ sich der Admiral wieder an seinem Schreibtisch nieder.

»Sonst was, Bud?«

»Sonst heißt das Krieg zwischen dieser Regierung und dem gegenwärtigen Papst.«

»Ich verstehe.« Gibson fühlt, wie sich seine Eingeweide verkrampften. »Wie lauten unsere Befehle?«

»Ganz einfach. Gehen Sie zu ihm und holen Sie ihn von seinem hohen Ross wegen der Geburtenkontrolle herunter. Mit den üblichen Mitteln.«

Appleyard setzte sich gerader hin. »Die können nicht *alle* üblichen Mittel meinen. Das können die doch nicht ...«

»Oh doch, sie können, Gib. Und sie tun es auch. Bedenken Sie, es ist strategisch! Exekutivbefehl. Seit der Zeit Nixons. Die letzten beiden Regierungen haben das ein bisschen vernachlässigt. Aber jetzt spielt keiner mehr herum. Sie hätten den VP heute

Morgen hören sollen, wie er über die Enzyklika hergefallen ist. Es war hart. Und es war ernst.«

»Irgendein Handel möglich?«

»Das sollen Sie herausfinden. So schnell wie möglich. Aber wenn Sie mich fragen, ob ich einen Handel für möglich halte, lautet die Antwort Nein. Ich denke nicht.«

Auch Appleyard sah keinen Weg irgendeinen Handel mit dem polnischen Papst abzuschließen. Sie standen vor zwei unvereinbaren Extrempositionen. Dem amerikanischen Beharren auf Geburtenkontrolle und dem päpstlichen Bann gegen Geburtenkontrolle. Gib wandte sich ab, weil er fürchtete, Vance könnte ihm in die Augen sehen und die dritte Extremposition erraten, die sich gerade in seinen Gedanken abzeichnete. Wenn irgendjemand von ihm erwartete, dass er dem Papst eine Morddrohung überbrachte oder dass er den Bericht schrieb, der diese makabre Angelegenheit ins Rollen brachte, dann waren sie verrückt. Das konnte er nicht tun. Nicht wegen des Themas Geburtenkontrolle. Nicht wegen irgendeines Themas. Nicht diesem Mann.

XLV

Mitte November sorgte die Aussicht auf ein baldige Reise des Papstes nach Russland für neuerliche Wirbel im Machtgefüge aus Religion, Politik, Geld und Kultur, von dem das päpstliche Rom immer gelebt hatte.

Niemand, der in Rom von Bedeutung war, fragte, warum die bloße Ankündigung einer weiteren päpstlichen Reise, der vierundneunzigsten des Heiligen Vaters, solche Aufregungen und Erwartungen verursachte. Jeder, der in Rom Bedeutung besaß, sah diese besondere Reise als den letzten großen Zug des Pontifex in seinem Endspiel, als letzte Möglichkeit in seinen schwierigen Umständen. Es war ein Spiel, welches sich wohl auszahlen mochte, seine Feinde treffen und entmachten konnte und ihn an die Spitze des Machtgefüges setzte. Oder es mochte den endgültigen Fehlschlag seines Pontifikats bedeuten.

Sicher war es für einen so erfahrenen Römer wie Kardinal Cosimo Maestroianni notwendig, die Dinge zu beschleunigen. Jetzt, wo das Ende in Sicht war, ging es nicht mehr an, dem Papst`die Initiative zu überlassen. Es war Zeit, Bilanz zu ziehen, seine Kollegen neu zu gruppieren und wieder dem Gebot der Geschichte zu folgen.

Maestroianni versammelte drei seiner wichtigsten Mitverschwörer zu einer Strategiesitzung in seinem Büro. Gemeinsam mit den Eminenzen Palombo und Aureatini hörte der kleine Kardinal dem Staatssekretär Graziani zu, der über den jüngsten Besuch des russischen und des ukrainischen Beobachters am gleichen Tag, pünktlich zu Beginn der Amtsstunden, murrte, wobei sie das offizielle Ersuchen ihrer jeweiligen Regierungen überbrachten, der Heilige Vater möge binnen eines Jahres ihren Ländern einen Staatsbesuch abstatten. »Die Einladungen«, betonte Graziani, »waren nicht nur in den Bedingungen identisch, sondern sogar in ihrer Formulierung. In beiden Fällen wurde der gleiche Grund für die Einladung angegeben: der bereits ausgesprochene Wunsch des Heiligen Vaters diese Reise zu unternehmen. Was geht hier vor?« Immer noch zornig und empört darüber, dass der Papst ihn im Dunkeln gelassen hatte, wedelte er mit den beiden Einladungen herum. »Sie bitten tatsächlich um einen Besuch des Heiligen Vaters! Sollen wir das einfach schlukken und die Tatsache akzeptieren, dass die ehemaligen Sowjetbeamten in beiden Regierungen zusammen mit einer Orthodoxie, der der Papst verhasst ist, plötzlich den Wunsch nach dem Segen des Heiligen Vaters verspüren?«

Maestroianni kicherte, weil er den kürzlichen Besuch Professor Channings in seinem Büro vor Augen hatte. Aber was er von Graziani wirklich wollte, waren die neuesten Daten über die Russlandreise des Papstes.

»Es ist eine sehr anstrengende Reiseroute.« Graziani zog den Terminplan des Heiligen Vaters aus einer der Aktenmappen, die er mitgebracht hatte. »Natürlich kann sich noch alles ändern. Aber so, wie es jetzt aussieht, plant der Papst, am 8. Mai in Kiew anzukommen und zur Dreifaltigkeitskapelle in Hruschiw zu fahren. Am 10. Mai hält er sich dann in Kiew selbst auf. Am 11. Mai reist er nach Sankt Petersburg weiter. Am 12. erreicht er das

Troiza-Sergiewa-Lawra, ein Kloster außerhalb Moskaus. Im Kloster wird es einen halboffiziellen Empfang geben, gefolgt von einer ökumenischen Messe, welche Seine Heiligkeit und der russisch-orthodoxe Patriarch Kyrill abhalten. Am späten Nachmittag des 12. wird die päpstliche Reisegruppe nach Rom aufbrechen.«

»Haben Sie nicht etwas vergessen?« Maestroianni griff nach dem Blatt Papier. »Ah ja, da haben wir es. Kurz vor seiner Abreise wird das Holocaust-Gedächtniskonzert dem Papst das Leben noch ein wenig schwer machen. Und ich lese, dass er plant das Generalkonsistorium der Kardinäle, nur zwei Tage bevor er Rom verlässt, zu versammeln. Die Eminenzen kommen am 6. an und richten sich ein. Das Konsistorium beginnt am 7. Mai.«

»Da ist noch etwas Seltsames dabei, Eminenz.« Trotz der Beleidigung, dass man ihm den Zeitplan einfach aus der Hand gerissen hatte, blinzelte Graziani freundlich. »Seine Heiligkeit hat es nicht so gesagt, aber ich habe den Eindruck, er will die Kardinäle in Rom warten lassen, bis er aus Russland zurückkommt.«

»Meinen Sie das ernst?« Maestroianni schien durch diese Möglichkeit elektrisiert. Er konnte es nicht fassen, dass der Papst seinen Gegnern so willig in die Hände spielte.

»Wie ich sagte, Eminenz, es ist nur ein Eindruck, den ich habe. Aber ja,`ich würde sagen, es ist eine ernst zu nehmende Möglichkeit.«

»Nun gut. Dann lassen Sie uns die Bühne für dieses Ereignis ordentlich vorbereiten. Ich habe unser Unternehmen mit einem unserer weltlichen Kollegen besprochen und wir haben eine Reihe von, nennen wir es, unterstützenden Maßnahmen ausgearbeitet. Eine kleine Demonstration, wo die Autorität in der Kirche in Zukunft wirklich liegen wird.« Was Maestroianni plante, sollte nicht weniger als die Fähigkeit der neuen Macht im organisatorischen Zentrum der Kirche unter Beweis stellen auch gegen ausdrückliche Anordnungen des Papstes Veränderungen herbeizuführen.

Während der letzten zwanzig Jahre hatten Bischöfe in allen Teilen der Kirche gestattet, dass Mädchen als Ministrantinnen bei der Heiligen Messe eingesetzt werden durften. Zuerst hatten

Bischöfe und römischen Administratoren darüber hinweggesehen. Dann hatten sie den Einsatz von Ministrantinnen toleriert. Dann hatten sie ihn erlaubt und schlussendlich hatten sie ihn sogar ermutigt. Die ganze Zeit hatte niemand auch nur vorgegeben, es sei legal. Aber inzwischen gab es in den USA Gebiete, wo mehr Mädchen als Jungen Ministranten waren. In einigen Diözesen gab es sogar jährliche Wettbewerbe zur »besten Ministrantin des Jahres«, mit allen Merkmale von Schönheitswettbewerben, außer dass der Bischof die Preise verteilte und es keine Bikiniparade gab.

Der Papst wusste dies. Es war öffentlich bekannt. Trotzdem blieb das päpstliche Verbot in Kraft. Maestroiannis erste unterstützende Maßnahme zielte daher darauf ab, die ganze Angelegenheit der Ministrantinnen dem polnischen Papst ein für alle Mal aus den Händen zu nehmen. Das erforderte ein wenig zusätzliche Beinarbeit bei einigen wenigen Bischöfen, aber das konnte der überaus fähige Monsignore Gladstone durchaus erledigen, wenn man ihn nur richtig vorbereitete.

Die zweite unterstützende Maßnahme zielte auf Themen ab, bei denen der gegenwärtige Papst niemals auch nur einen Millimeter nachgegeben hatte: Bevölkerungskontrolle und die traditionellen moralischen Lehren der Kirche. Mit dem völlig inakzeptablen Konsens konfrontiert, den Bischara Francis' UNO-Abteilung zugunsten einer beschleunigten weltweiten Politik der Geburtenkontrolle formuliert hatte, hatte der polnische Papst bereits mit einem Gegenangriff begonnen. Er hatte in letzter Zeit jede Gelegenheit ergriffen gegen die Haltung hinsichtlich der Bevölkerungskontrolle zu arbeiten und gegen Abtreibung und Empfängnisverhütung Stellung zu beziehen. Und dazu musste man auch noch die kommende Enzyklika bedenken.

Welch besseren Zeitpunkt konnte es also geben um dafür zu sorgen, dass die Studie über Bevölkerungskontrolle des Dominikanerpaters George Hotelet und Dr. Carlo Bellini-Fiesole-Marraccis bekannt wurde, die unter den Auspizien der Päpstlichen Akademie der Wissenschaften erstellt worden war?

»Ich glaube, ich darf sagen, dass diese beiden unterstützenden Maßnahmen bereit zum Einsatz sein werden, lange bevor sich die Kardinäle in Rom zum Konsistorium versammeln.« Beinahe hätte Maestroianni sich die Lippen geleckt. »Dies und dazu die anderen Möglichkeiten, die wir entwickeln können, sollten genügend Druck auf Seine Heiligkeit ausüben, dass er das Rücktrittsprotokoll unterzeichnet – natürlich bevor er nach Kiew abreist.«

»Gladstone hier.« Unwillig meldete Chris sich am Telefon in seinem Arbeitszimmer im Angelicum. Er hatte es geschafft, den größten Teil dieses Tages dafür zu reservieren, um endlich Fortschritte beim Entziffern von Aldo Carneseccas Tagebucheinträgen zu machen, bevor er sich einer weiteren Runde von Rechtskniffen für die Bischöfe Maestroiannis aussetzen musste. Er freute sich nicht über unnötige Unterbrechungen.

»Hier spricht Gibson Appleyard, Pater. Bitte verzeihen Sie die Störung. Vielleicht erinnern Sie sich an mich. Jan Borliuth von der EU war so freundlich mich zu einem Besuch im Haus Ihres Bruders in Deurle zu Weihnachten mitzunehmen.«

»Ja, Mr. Appleyard. Natürlich erinnere ich mich.«

»Ich weiß, dies kommt sehr überraschend. Aber gibt es eine Chance, dass wir beide uns unterhalten können?« Das Schweigen am anderen Ende der Leitung sagte Gib, dass er mit einigem Widerstand rechnen musste. »Es ist wichtig, Pater. Ich soll am Montagmorgen mit Seiner Heiligkeit zusammentreffen, im Auftrag meiner Regierung. Unserer Regierung. Es wäre zu unser aller Wohl, wenn wir uns treffen könnten.«

»Wie wäre es morgen am Nachmittag hier im Angelicum, Mr. Appleyard?«

Gladstone rief Giustino Lucadamo an um herauszufinden, was der Sicherheitschef über einen amerikanischen Regierungsbeauftragten namens Gibson Appleyard wusste.

Giustino erkannte den Namen sofort. Und er wusste von dem Treffen mit dem Papst am Montag – es hatte mit dem Konflikt zwischen dem Heiligen Stuhl und der amerikanischen Regierung wegen der Geburtenkontrolle zu tun. »Wenn er sich bei Ihnen gemeldet hat, dann treffen Sie ihn.« Lucadamo ließ es wie einen Befehl klingen. »Prinzipiell hat er die besten Absichten. Aber er ist keine unbedeutende Persönlichkeit. Ich schicke Ihnen ein vertrauliches Dossier, damit Sie wissen, mit wem sie es zu tun haben. Und ich werde auf alle Fälle eine Kurzfassung der letzten Verhandlungen des Papstes mit der amerikanischen Regierung dazulegen.«

Innerhalb einer Stunde hielt Gladstone die Papiere in Händen und begann sich auf ein Treffen vorzubereiten, welches er eigentlich gar nicht wollte.

Von dem Augenblick an, da sich die beiden Männer in Gladstones Arbeitszimmer niederließen, war ein gegenseitiges Gefühl des Respekts und der Sympathie vorhanden.

Gib nahm an, dass Gladstone sich über ihn informiert hatte, und verließ sich auf seine Einschätzung, dass dieser Priester ein aufgeschlossener Mann war, daher sprach er sofort und völlig offen über sein Thema. »In der Angelegenheit der Geburtenkontrolle ist die Verständigung zwischen dem Heiligen Vater und dem Präsidenten vollständig zusammengebrochen. Ohne ein wenig Hilfe weiß ich nicht, wie ich dieses Verständnis wiederherstellen soll. Können Sie mir dabei helfen, Pater Gladstone? Mein einziges Ziel ist Verständnis zu schaffen.«

Christian entdeckte keine versteckten Hinweise in dieser Frage, keine Zurückhaltung, keine beleidigenden Untertöne. »Ist es Ihre Meinung, Mr. Appleyard, dass keiner der beiden seinen Standpunkt frei wählen kann?«

Gib antwortete direkt auf eine direkte Frage. »Das stimmt, Pater. Seine Heiligkeit handelt in völliger Übereinstimmung mit seinen Pflichten als Papst und den Erwartungen seiner Gönner – im Himmel und auf Erden! Ebenso hält sich der Präsident streng an seine Pflicht und die Erwartungen seiner Gönner.«

Gladstone erhob sich aus seinem Sessel und öffnete das Fenster hinaus auf die Piazza draußen. Er brauchte ein paar Sekunden um sich mit der Frage auseinander zu setzen, die sein Besucher gerade aufgeworfen hatte. »Sagen Sie mir eines, Sir. Zu Anfang dieses Jahres, bevor die von der UNO unterstützten Konferenzen das Anliegen der Geburtenkontrolle so weit vorantrieben, waren viele Berichte, welche den Heiligen Vater erreichten, von seinem Standpunkt aus optimistisch. Berichte, das sollte ich hinzufügen, die von seiner eigenen Gesandtschaft bei der UNO kamen. Was ist seit damals geschehen?«

Appleyards Gesichtsausdruck änderte sich nicht. »Es gab eine Verschiebung des Gewichts, Pater Gladstone. Vom ersten Tag dieser Regierung an war klar, dass der Exekutivbefehl, den wir heute als NSSM 200 bezeichnen, strikt und vorrangig behandelt werden würde. Eine katholische Gruppe, die mit dem Weißen Haus zusammenarbeitet, versicherte dem Präsidenten, dass die amerikanische Hierarchie die Frage der Geburtenkontrolle nicht nur vom katholischen Standpunkt aus beurteilen würde. Und man kann wohl sagen, dass diese Versicherung die Politik des Präsidenten zementiert hat.«

Weil er so viel über so vieles in der amerikanischen Hierarchie erfahren hatte, überraschte Appleyards Aussage Christian nicht.

»Wir müssen bedenken, Pater, dass der Standpunkt des Präsidenten durch diese katholische Gruppe in der amerikanischen Öffentlichkeit gestützt wurde. Aber der Standpunkt selbst kommt aus höheren Kreisen ...«, Appleyard ließ eine oder zwei Sekunden verstreichen, nur eine kurze Pause, damit aus dem Hören der Worte auch Verstehen wurde, »... die zu ignorieren sich kein kluger Präsident leisten kann.« Gladstone dachte einen Augenblick nach und tat dann einen tiefen Atemzug. Ein wenig abwesend nahm er zur Kenntnis, dass das Tageslicht schwand. Die Straßenbeleuchtung war schon eingeschaltet.

»Lassen Sie mich Ihnen gegenüber ganz offen sein, Pater.« Appleyard hoffte, Gladstone würde erkennen, wie ehrlich er diese Worten meinte. »Ich selbst teile die demographischen Befürchtungen unserer Zeitgenossen nicht. Ich kenne keinerlei ernst zu nehmenden wissenschaftlichen Daten, welche aussagen, dass es für die Staaten eine strategische Notwendigkeit ist, den Dritte-Welt-Ländern strikte Geburtenkontrolle und Abtreibung aufzunötigen.«

Appleyard lehnte sich nach vorn. »Was ich Ihnen sagen will, ist Folgendes: ich bin froh, dass jemand von solcher Prominenz wie der Heilige Vater seine Stimme erhebt. Das ist mein persönliches Gefühl. Trotzdem bin ich hier um den Standpunkt meiner

Regierung zu vertreten. Niemand erwartet, dass Seine Heiligkeit nicht gegen die geplante weltweite Bevölkerungskontrolle protestiert. Aber eine direkte Herausforderung der Vereinigten Staaten in diesem Punkt ist etwas ganz anderes. Das bedeutet Krieg. Kriege, auch nicht militärische, töten Menschen. Normalerweise die Unschuldigen.

Ich bin hierher gekommen um Sie um Ihre Hilfe zu bitten den Tod von Unschuldigen zu vermeiden.«

Die folgende Stille zwischen den beiden Männern war ein Schweigen des gegenseitigen Verständnisses. Vielleicht sogar des gegenseitigen Vertrauens. Aber Christian war sich nicht sicher, dass er sich je an solche Schocks gewöhnen würde. Er hatte kaum Zeit gehabt, mit dem Gedanken an einen Rücktritt des Papstes zurechtzukommen, und jetzt wurde ihm eine noch undenkbarere Möglichkeit vor Augen geführt.

»Ich bin Ihnen sehr dankbar, Mr. Appleyard.« Gladstone stand auf. »Seien Sie meiner Mitarbeit versichert. Ich bin überzeugt, der Heilige Vater wird die Position Ihres Präsidenten jetzt besser verstehen.«

Die offizielle Ankündigung der formellen Einladungen nach Kiew und Moskau überschattete die Tagespolitik in Rom und vielen anderen Hauptstädten. Zu dem Zeitpunkt, als Appleyard am Vormittag das päpstliche Arbeitszimmer betrat, war der Papst bereits mit einer Flut von Nachrichten überschüttet worden, welche die erwartete Bandbreite von Glückwünschen bis zu Beschwerden abdeckten.

»Wir wissen, dass ein Besuch in diesen beiden Ländern ein lang gehegter Wunsch Euer Heiligkeit ist.« Gib schloss sich den Gratulanten an. »Ich hoffe, er erfüllt alle Wünsche Euer Heiligkeit.«

Der Pontifex erkannte die persönliche Ehrlichkeit dieses Wunsches, bedankte sich und ging direkt zum Thema dieses Treffens über. »Monsignore Gladstone hat es mir ermöglicht, die Stellung ihres Präsidenten zu verstehen und einzuschätzen, Mr. Appleyard. Und das ist äußerst wichtig.« Der Heilige Vater wählte einen Stuhl nahe dem Fenster und bedeutete seinem

Besucher sich ebenfalls zu setzen. »Genauso wichtig ist es für mich, die Ebenen des Managements in den Vereinigten Staaten zu verstehen. Was ich die Ebene des Makromanagements nenne, im Gegensatz zum Mikromanagement. Natürlich weiß ich, dass diese beiden Ebenen in der tagtäglichen Verwaltung miteinander verschmelzen. Aber es *sind* zwei verschiedene Ebenen.«

Appleyard lächelte. Gladstone hatte offensichtlich alles verstanden, was er ihm gesagt hatte, und war in seinem Bericht an den Heiligen Vater durch und durch gründlich gewesen. Das macht es den beiden Männern leichter, mit den harten diplomatischen Realitäten umzugehen. »Ja, Heiligkeit. Das würde ich auch so sehen. Und die letztendliche Antwort lautet, dass die Bevölkerungspolitik ganz streng ein Produkt des Makromanagements ist.«

»Mr. Appleyard, ich möchte, dass Sie und Ihr Präsident unsere Politik und unsere Meinung auf dieser Seite des Zauns verstehen. In seiner letzten Botschaft hat Ihr Präsident mir vorgeschlagen, dass er und ich zustimmen eine gemeinsame Aussage zugunsten einer allgemein gültigen Regel für Katholiken und Nichtkatholiken zu treffen. Eine Regel oder Norm von maximal zwei Kindern pro Paar. Natürlich habe ich abgelehnt.«

»Heiligkeit, in diesem Augenblick sprach der Präsident vom Standpunkt des Makromanagements aus.«

»Und ich spreche vom Standpunkt Christi aus, dem wirklichen Verwalter und Regenten dieses Kosmos. Und von dieser Perspektive her betrachtet scheint es klar, dass die Geburtenkontrollpolitik der USA, wie sie im NSSM 200 niedergelegt wurde, das Ergebnis von nordamerikanischem kulturellem Imperialismus ist, der jenen Dritte-Welt-Ländern aufgenötigt wird, deren natürliche Ressourcen die USA für ihr Überleben als Großmacht brauchen. Noch schlimmer, die Unterstützung der USA für das neueste Dokument des UN-Fonds für Bevölkerungskontrolle ist eine Schande für die Christenheit und ein ernsthafter Rückschlag für die Menschheit. Es würde Abtreibung auf Verlangen, sexuelle Promiskuität und verzerrte Vorstellungen von Familie legalisieren. Kurz gesagt, es schlägt vor, ausschweifende und individualistische Lebensweisen als Grundlage und Norm für die Gemeinschaft der Staaten einzuführen.«

Appleyard errötete leicht. Der Heilige Vater sprach wirklich ganz offen. So offen, dass er den Amerikaner in die Ecke gedrängt hatte. Er hatte zu Gladstone gesagt, dass er diese Politik seiner Regierung als von Ideologen bestimmt sah, nicht von Fakten. Aber wie der Papst sah auch er sie als gegen die Familie und die soziale Ordnung gerichtet. Doch da gab es auch noch die andere Seite dieser Lage. Er glaubte in diesen Verhandlungen nicht an die Wirksamkeit eines Ultimatums. Deswegen hatte er Gladstone aufgesucht. Aber wenn er eine Krise verhindern wollte, brauchte er die Antwort auf eine Frage. Daher entschied er auf die Offenheit des Pontifex genauso direkt zu reagieren.

»Heiliger Vater, vom offiziellen Standpunkt meiner Regierung einmal abgesehen teile ich persönlich Ihre Beurteilung dieser Situation. Mein Problem und auch das Eurer Heiligkeit ist aber, dass auf der Ebene des Makromanagements die gegenteilige Ansicht vorherrscht. Und auf dieser Ebene gibt es genug Macht um deren Ansicht durchzusetzen.«

»Und weiter?« Der Papst wusste, dass Appleyard nicht bloß gekommen war um das Offensichtliche zu erläutern.

»Es gibt Gerüchte, Euer Heiligkeit. Die dringende Frage ist, ob Euer Heiligkeit die Politik der USA zur Geburtenkontrolle durch die Veröffentlichung einer Stellungnahme *ex cathedra* offen herausfordern werden, welche Abtreibung und Empfängnisverhütung verdammt.«

Mehr als nur Gerüchte, dachte der Papst mit einem Blick in Richtung des Büros von Staatssekretär Kardinal Graziani. Er wandte seine Aufmerksamkeit wieder ganz dem amerikanischen Diplomaten zu und erklärte die Sache so offen, wie er nur konnte. Sie mussten nicht über mögliche Konsequenzen einer solchen Herausforderung sprechen, sagte er. Er hätte sie schon alle überlegt, aber sie wären in seinen Augen bedeutungslos. »Worauf es ankommt, Mr. Appleyard, ist der Zeitpunkt einer solchen Herausforderung. Diese doppelte Einladung aus Osteuropa verändert die Zeitplanung des Heiligen Stuhles. Die Antwort auf Ihre Frage lautet, dass Ihr Präsident in näherer Zukunft keine päpstliche

Aussage befürchten muss, die seine Politik der Geburtenkontrolle als unvereinbar mit dem katholischen Dogma verdammt.«

Gib war erleichtert, aber sehr verwundert.

»Sie fragen sich, Mr. Appleyard«, der Pontifex verstand den fragenden Ausdruck auf dem Gesicht des Amerikaners, »was meine Reise nach Moskau und Kiew mit den Schwierigkeiten zwischen dem Papsttum und dem Präsidenten zu tun hat. Die Erklärung ist einfach: Dass es mir erlaubt ist, diese Pilgerfahrt anzutreten, ist eine direkte Gnade jener Person, die wir Katholiken die Himmelskönigin nennen. Sie ist von Gott selbst aus allen Zeitaltern erwählt worden um unter uns in jedem Zeitalter eine besondere Rolle zu haben. Sie hat all dies in ihrer Obhut. Uns alle. Sie wünscht, dass diese päpstliche Reise, diese Pilgerfahrt, sollte ich wohl sagen, stattfindet. Daher habe ich guten Grund zu glauben, dass sie auf ihre Art und Weise den Anlass meiner so genannten Russlandreise benutzen wird um das Problem zwischen Ihrem amerikanischen Präsidenten und meinem Pontifikat zu lösen.

In der Zwischenzeit aber ...« Jetzt war der Heilige Vater wieder auf einer in Gibsons Augen praktischeren Ebene. »In der Zwischenzeit, wie ich allen Staatsoberhäuptern, auch Ihrem Präsidenten und dem Generalsekretär der UNO brieflich mitgeteilt habe, kann niemand erwarten, dass wir auf dieser Seite des Zauns einen solchen Angriff auf die Werte von Natur, Moral und Religion widerspruchslos hinnehmen. Aber wenn Sie es wünschen, Mr. Appleyard ...« Mit jenem ehrlichen Lächeln, für das der Papst bekannt war, löste er die Spannung des Augenblicks. »Wenn Sie es wünschen, sende ich Ihnen frühzeitig eine Kopie meines geplanten Briefes zu diesem Thema. Und Sie haben mein Wort, dass ich ihn erst veröffentlichen werde, wenn ich nächstes Jahr von meiner Reise nach Russland und in die Ukraine zurückgekehrt bin.«

Die Erleichterung des Amerikaners war klar und ungetrübt. Ein Versprechen dieses Mannes war mehr wert als Gold. Der Krieg war zwar nicht abgesagt worden. Aber wenigstens konnte er Vance berichten, dass es keine unmittelbare Krise gab. Appleyard konnte nicht mehr verlangen.

Mit Maestroiannis Vorschlag im Hinterkopf, so viel Druck wie möglich auf den Heiligen Vater auszuüben, damit er das Rücktrittsprotokoll unterzeichnete, ließ sich Staatssekretär Kardinal Graziani jede Menge guter Gründe einfallen um den Pontifex öfter als gewöhnlich aufzusuchen. Unter den legitimeren dieser Gründe war das Bedürfnis die Hauptereignisse der Russlandreise und die Pläne für das Generalkonsistorium schon zu diesem frühen Zeitpunkt so genau wie möglich festzulegen.

»Dies wird eine sehr anstrengende Pilgerreise, Heiliger Vater. Alle Ihre Kardinäle hier in Rom und im Ausland haben ihrer Sorge um Eure Gesundheit und um die Führung der Kirche Ausdruck verliehen. In diesem gefährlichen Moment im Leben der Kirche brauchen wir die ungeteilte Aufmerksamkeit Euer Heiligkeit.«

Er verstand Grazianis Absicht nur zu gut, daher antwortete der Papst so beiläufig wie möglich. »Ich werde mich auf das Urteil meiner Ärzte verlassen, Eminenz.«

»Natürlich, Heiliger Vater. Aber medizinische Weisheit reicht nur bis hier und nicht weiter. Der Spielraum für Irrtümer ist groß. Als die Berater Euer Heiligkeit und Mitverantwortlichen für das Wohlergehen der Kirche sind die Eminenzen überzeugt, dass ihr Wort der entscheidende Faktor im Urteil Euer Heiligkeit sein sollte.«

Der Kardinal hatte den Heiligen Vater an eine simple Tatsache des Papstseins und der vatikanischen Verwaltung erinnert. Der Papst würde ohne die Zustimmung seiner Kardinäle als seinem Kollegium von Beratern nicht auf seine Russlandreise gehen. So hatte dieser Papst vom ersten Tag seines Amtsantritts an gehandelt. So würde er auch jetzt handeln. Und außerdem verlangte, laut eigener Aussage des Pontifex, niemand Geringerer als die Mutter Gottes die Mitarbeit der Kardinäle für diese besondere Pilgerfahrt.

Er hatte seine Trumpfkarte ausgespielt. Nun blätterte Graziani durch die Aktenmappen in seinem Schoß, zog eine mit der Aufschrift »Rücktrittsprotokoll« heraus und legte sie auf den Schreibtisch des Pontifex. »Haben Sie Verständnis für unsere Sorgen, Heiliger Vater. Lassen Sie mich die letzte Version des

Protokolls übergeben, von dem die Eminenzen hoffen, dass Euer Heiligkeit ihm als päpstlicher Anordnung für die Regelung der Nachfolgefrage zustimmen. Wir *machen* uns Sorgen, wenn Euer Heiligkeit diese anstrengenden Reisen unternehmen. Wir müssen geeignete Schritte unternehmen. Wir tragen auch die Bürde der katholischen Kirche.«

Ein Blinzeln, ein Lächeln. Und der Kardinalstaatssekretär war fort.

»Ich habe gerade meine heutige Lektion gelernt.« Der Pontifex las bereits in dem Protokoll, als Monsignore Sadowski aus seinem angrenzenden Büro eintrat.

»Und welche ist das, Heiliger Vater?«

Der Papst schenkte seinem alten Freund ein sarkastisches Lächeln. »Auch Päpste müssen sich benehmen. Sonst sind ihre Kardinäle nicht nett zu ihnen.«

XLVI

Fast alles in den letzten Wochen dieses und den ersten Wochen des folgenden Jahres hinterließ einen schlechten Geschmack in Gladstones Mund. Als Maestroiannis Mädchen für alles war ihm aufgetragen worden wichtige Bischöfe in mehreren europäischen Städten abzuklappern und danach wieder in die Staaten zu fliegen, wo er mit etwa einem Dutzend hochrangiger Mitglieder der amerikanischen Hierarchie, unter anderem dem Kardinal von Centurycity, zusammentreffen würde. Wie Maestroianni Chris erklärte und Chris Lucadamo erklärte, war seine Hauptaufgabe den Bischöfen wegen der ›Gemeinsamen Gedanken‹ einzuheizen.

»Es sieht so aus, als würden sie die öffentliche Phase der ›Gemeinsamen Gedanken‹ überspringen«, berichtete Gladstone dem Sicherheitschef des Vatikan. »Maestroianni scheint den Zeitplan beschleunigen zu wollen. Er möchte im April die formellen Ergebnisse aller Ausschüsse für innere Angelegenheiten in der Hand haben.«

Lucadamo hatte so etwas beinahe erwartet, sagte er. Wenn der

Kardinal und seine Freunde dem Kardinalskollegium Anfang Mai wenigstens ein einstimmiges Ergebnis der »Gemeinsamen Gedanken« präsentieren konnten, war möglicherweise dies ihr letzter Schritt in ihren Anstrengungen diesen Papst loszuwerden. »Steht noch etwas auf Ihrem Reiseplan, Monsignore?« Giusti schien mit weiteren schlechten Nachrichten zu rechnen.

»Noch mehr Stimmenfang und Politik.« Chris zuckte die Achseln. »Seine Eminenz will anscheinend das Thema Ministrantinnen aufbauschen, aber er hat mir nicht gesagt, weswegen.«

Chris hatte selbst noch eine Frage, bevor er seine Sachen pakken ging. Er dachte immer noch an den Mord an Aldo Carnesecca. Aber nein. Lucadamo und seine Leute hatten noch nichts herausgefunden.

»Sehen Sie es einfach so, Monsignore«, versuchte Lucadamo zu scherzen, »bei all Ihren Reisen verbringen Sie genug Zeit im Flugzeug oder in der Eisenbahn, die Sie dem Tagebuch widmen können.«

Gladstone begann seine wochenlange Reise durch Europa mit einem mehrtägigen Besuch in Guidohuis. Paul war in London, aber Yusai begrüßte ihn mit offenen Armen und Declan war sichtlich begeistert. Christians Ankunft traf mit einem der freudigsten Ereignisse im Leben seines jungen Neffen zusammen. Er war immer noch begeistert von der Höhlenforschung und Deckel sollte in den nächsten Tagen als offizielles Juniormitglied der Königlich Belgischen Gesellschaft für Höhlenforschung aufgenommen werden. Und Onkel Chris sollte unbedingt sein ganz besonderer Gast auf einer von ihm geführten Tour durch die berühmte, als »Kleine Danielle« bekannte Höhle sein. »Bitte komm doch mit!«, bat Deckel, als Yusai sie vom Flughafen nach Hause fuhr. »Daddy musste wegen eines wichtigen Treffens fort und ich wäre so stolz, Onkel Chris. Bitte sag Ja ...«

Chris sagte Ja und er bereute es.

Am nächsten Tag führte ein sehr stolzer Declan Gladstone seinen Onkel und eine kleine Gruppe von Gesellschaftsmitgliedern und Gästen in die »Kleine Danielle«. Sie gingen durch einen

Komplex von Höhlen, rund um Haarnadelkurven, plötzliche Abstürze hinunter und steile Anstiege hinauf. Aber als die Gruppe ihr Ziel erreichte, die gewölbte Kammer namens Sainte Chapelle, hatte der Ausflug Christians Geist sehr gefordert. Er hörte seinen Neffen über »Galerien« und »Vorhänge« reden, aber das Echo der Kinderstimme in der ansonsten völligen Stille der Höhle klang in Christians Ohren makaber. Das Bild unschuldiger Kindheit, die von der Dunkelheit verschlungen wurde, setzte sich in seinen Gedanken fest.

Chris versuchte diese Erfahrung als Teil seiner Stimmung in diesen Tagen abzutun, aber Yusai verhinderte das in aller Unschuld. Sie hatte ihre eigenen Sorgen und sie war dankbar, dass sie sich ihrem Schwager an diesem Abend vor dem Essen mitteilen konnte. »Es geht um Paul.« Sie sah Christian mit einem verlegenen Lächeln an. »Manches Mal in diesen Tagen befürchte ich, dass ich ihn verlieren werde. Im letzten Jahr war er öfter für ein paar Tage fort ...«

Paul untreu? Unmöglich! »Er war schon früher unterwegs, Yusai. Er ist schließlich Generalsekretär des Ministerrates ...«

Yusai schüttelte den Kopf. Keine andere Frau, nichts dergleichen. Es hatte mit Pauls Logenmitgliedschaft zu tun. Irgendeiner Aufregung, irgendeiner Spaltung, die stattgefunden hatte, irgendetwas, das ihn tagelang geistig abwesend und schlecht gelaunt sein ließ.

»Ich war schon so verzweifelt, dass ich sogar begonnen habe Rosenkränze zu beten.«

Christian versprach mit Paul zu reden. Er würde am nächsten Tag mit den Bischöfen von Gent und Brügge und danach mit dem Erzbischof Kardinal Malines von Brüssel beschäftigt sein. Aber am nächsten Nachmittag, bevor er nach Paris weiterreiste, würde er seinen Bruder im Berlaymont-Gebäude treffen.

Chris kannte seinen Bruder. Er hatte auch schon dieses neue Element in Pauls Charakter gespürt, das Yusai beschrieben hatte. Aber was immer es auch war, bei diesem Besuch war keine Zeit um sich damit näher zu beschäftigen. Stattdessen fand im Berlaymont-Gebäude an diesem Abend ein Empfang für eine große Anzahl Würdenträger der europäischen Institutionen und der UNO statt. Paul als Generalsekretär der Europäischen Union musste natürlich anwesend sein und er machte es sich zur Aufgabe, seinen bemerkenswerten Bruder aus dem Vatikan den Kommissaren und einigen wichtigen Kollegen vorzustellen.

Aber nach seinem Abenteuer in der »Kleinen Danielle« mit Declan, seiner Unterhaltung mit Yusai und der Arbeit dieses Tages unter den Bischöfen Belgiens war sein Interesse an Massenveranstaltungen denkbar gering.

Er sah Gibson Appleyard und wollte gerade zu ihm hinübergehen, als Jan Borliuth neben ihm auftauchte, ihn ins Schlepptau nahm und einer kleinen Gruppe vorstellte, deren Mittelpunkt keiner Vorstellung bedurfte. »Michail Gorbatschow, Gründer und Vorsitzender des Internationalen Grünen Kreuzes ...« Chris hörte Borliuths Worte, aber als er den festen Händedruck fühlte, konnte er nur an den polnischen Papst denken. Irgendetwas tief in ihm rebellierte beim Gedanken daran, dass dieser Mann ein häufiger Briefpartner des Heiligen Vaters war.

»Und dies«, setzte Borliuth die Vorstellung fort, »ist Herr Otto Sekuler. Er und Herr Serjoscha Gafin hier sind Mitglieder des Verwaltungsrates von Herrn Gorbatschows IGK.«

Chris hielt Sekuler, einen dürren, glatzköpfigen, bebrillten Mann, der wirkte, als ob er jederzeit Haltung annehmen würde, für einen sehr seltsamen Vogel, den er eigentlich gar nicht näher kennen lernen wollte. Der dunkelhäutige, schlitzäugige Gafin kam ihm dagegen irgendwie bekannt vor ...

»Vielleicht kennen Sie Herrn Gafin von der Konzertbühne«, lieferte Borliuth die Erklärung. »Und Herr Sekuler ist Vorsitzender der Weltsolidarität für ethisches Denken.«

Christian lächelte sich durch ein paar Minuten Belanglosigkeiten. Er dankte Herrn Gorbatschow für die Einladung, ihn im Presidio in San Francisco oder noch besser am Roten Platz in Moskau zu besuchen. »Meine Gedanken und die Gedanken des Heiligen Vaters stimmen vollkommen überein«, sagte Gorbatschow mit glatt polierter Diplomatie. »Der wirkliche Grund unserer neuen Ökumene ist die weltweite Umweltkrise.«

»Ach ja«, stimmte Sekuler zu.

»Es tut mir Leid, eine so angenehme Unterhaltung zu unterbrechen ...« Chris wandte sich um, als Paul hinter ihn trat. »Aber wenn mein Bruder noch seinen Zug erreichen will ...«

Chris war dankbar für die Rettung. Aber er wünschte sich, sie hätten eine Stunde für sich allein gehabt. Er wünschte, er hätte seine Angst um Deckel und Yusais Angst um Paul erklären können.

Dieses Mal liefen alle von Christians Besprechungen irgendwie gleichförmig ab. Die Unterhandlungen wurden strikt unpersönlich geführt. Die wenigen persönlichen Bemerkungen zwischen ihm und den verschiedenen Kardinälen und Bischöfen waren allgemeiner Natur. Niemand bot ihm eine Erfrischung oder eine Mahlzeit an. Und obwohl er der Inhalt der Dokumente kannte, welche er mit sich trug, gab es nur indirekte Anspielungen auf das überbrachte Material. »Ich bin nur ein besserer Postbote, das ist alles!«, sagte er sich selbst, als er seine Runde in Europa beendete und sich auf den Weg in die Staaten machte. »Und noch nicht einmal viel besser!«

Bei seinen Besuchen bei den amerikanischen Kardinälen war es das Gleiche. Nicht einmal seine Besprechung mit Kardinal O'Cleary wich von diesem Muster ab. Von dem Augenblick an, da er seiner Eminenz Maestroiannis beschleunigten Zeitplan zur Durchführung einmütiger »Gemeinsamer Gedanken der Bischöfe« gesehen hatte und dann den Paragraphen las, in welchem Maestroianni jeden Kardinal persönlich für sein Ergebnis verantwortlich machte, wurde O'Clearys Reaktion von Furcht um seine römischen Ambitionen bestimmt, nicht von seiner geschätzten Verbindung zu den mächtigen Gladstones.

Eine Ausnahme gab es: Seine Eminenz von Centurycity. »Sie werden für mich Seiner Eminenz eine Nachricht überbringen, Monsignore.« Der amerikanische Kardinal schob das letzte der von Maestroianni übersandten Dokumente zur Seite. »Sagen Sie ihm, es sei jetzt der richtige Zeitpunkt, die bereits getroffene Vereinbarung zwischen dem Heiligen Stuhl und der amerikanischen Hierarchie zu veröffentlichen, welche die Zulassung von Ministrantinnen in der Liturgie *und* die Ernennung von Dechantinnen als Gemeindepriester enthält.« Der Kardinal lächelte mechanisch. »Ich verlasse mich darauf, dass Sie diese Nachricht wortwörtlich wiedergeben.«

Gladstones Bericht an einen erfreuten Maestroianni und seine Besprechung mit einem grimmigen Lucadamo heizten die Stimmung um die geplante Reise des Papstes noch mehr an.

»Kein Wunder, dass Seine Eminenz diese Mitteilung nicht in schriftlicher Form machen wollte«, knurrte Lucadamo, als Chris ihm diesen Teil der Geschichte erzählte. »Natürlich gibt es keine päpstliche Zustimmung zu Ministrantinnen und ganz sicher keine Erlaubnis ungeweihte Dechantinnen als Gemeindepriester einzusetzen. Das sind nur noch mehr ihrer Lügen und Tricks. Ihr Ziel ist klar, sie wollen weibliche Priester.«

»Das ist nicht ihr einziges Ziel.« Christian dachte langsam schon wie Maestroianni. »Das Ziel ist jede Aussage dieses Papstes zur Gesetzgebung als bedeutungslos abzutun. Und was sie damit wirklich ausdrücken wollen, ist, dass dieser Papst nicht mehr wichtig ist, nicht länger zählt. Es sind die Bischöfe, die zählen. Es sind die Laien. Es sind die römischen Kongregationen. Letztendlich bedeutet diese Botschaft, dass die Kirche über diese mittelalterliche Einrichtung des Papsttums hinausgewachsen ist.«

Trotzdem konnte sich Chris nicht vorstellen, wie diese Botschaft umgesetzt werden sollte. »Ganz sicher können sie nicht einfach ein gefälschtes Dokument veröffentlichen. Es müsste jemandes Unterschrift tragen und Maestroianni ist zu schlau sich so weit vorzuwagen.«

Lucadamos Antwort bestand aus verbissenem Schweigen und das löste in Chris' Gedanken eine Explosion aus. Aldo Carnesecca hatte immer gesagt, es gäbe einen Plan hinter allem, und vielleicht hatte er Recht gehabt. Aber Carnesecca war tot und alles schien außer Kontrolle zu sein. Welcher Plan konnte das sein, der so viel Verachtung für den Papst aufbrachte? In der stillen Explosion dieses Augenblicks wusste Chris, dass Lucadamo keine Antworten für ihn hatte. Es war wie eine Wiederholung der Szene im Arbeitszimmer des Papstes, als er begriffen hatte, dass der Papst seinen Bericht in einer Schublade verschwinden lassen würde. Aber jetzt musste er sich fragen, ob irgendetwas, was er tat, irgendeinen Unterschied machte. Gleichgültig wie viele Beweise er fand und wie verdammend sie auch waren, würde irgendetwas davon eine Rolle spielen?

Als Lucadamo Christians Bericht an den Heiligen Vater weitergab, stimmte der Pontifex ihrer Einschätzung der Ziele seiner Feinde zu. Aber das Problem, welches Gladstone bis zur Grenze der Erträglichkeit quälte, reichte nicht um den Papst von jener größeren Offensive abzubringen, die er nun in Angriff nahm.

Ein Teil dieser Offensive hatte mit der wachsenden Zustimmung zu Bischara Francis' UNO-Abteilung zu tun. Es war immens wichtig geworden, dass Seine Heiligkeit seine Gegenattacken auf dem Schlachtfeld der Geburtenkontrolle verstärkte. Er nahm jede sich bietende Gelegenheit wahr um gegen den Gebrauch von Abtreibung und Empfängnisverhütung zu sprechen. Diese Aussagen waren einmal bittend, einmal aufbegehrend, voller Gebete oder Drohungen, machten Vorschläge oder suchten Schuldige, ermutigten oder verärgerten. Aber sie enthielten immer dieselbe Botschaft: »Zur Zeit läuft ein organisierter Angriff auf die lebenswichtige Einheit des Staates, jedes Staates. Auf die Familie. Und dies ist letztendlich ein Angriff auf jeden Staat, auf die Staatenfamilie und auf die menschliche Rasse.«

Weil der Gegenangriff des Papstes ganz offen verlief, weil er Namen nannte und weil die amerikanische Finanzierung der Geburtenkontrolle in Ländern der Dritten Welt in die Milliarden Dollar ging, wurden die Staaten ganz unvermeidlich das Ziel von Bemerkungen und Kritik.

Der Papst hatte in dieser Sache nur ein Ziel. Er hatte Gibson Appleyard versprochen, dass er seine Enzyklika nicht veröffentlichen würde ohne ihn vorher zu informieren. Aber er hatte sich das Recht vorbehalten jedes andere Mittel zu gebrauchen, das ihm zur Verfügung stand, um die Regierung der Vereinigten Staaten dazu zu zwingen, in dieser schwerwiegenden Angelegenheit Gespräche mit dem Heiligen Stuhl aufzunehmen.

Vielleicht dauerte das länger als erwartet. Bernard Pizzolatto war nicht der hellste Botschafter, den die Amerikaner je auf den Quirinal entsandt hatten. Aber irgendwann begriff sogar er.

»Wenn diese Gerüchtekampagne des Papstes nicht aufgehalten wird, und das bald ...« Pizzolatto ließ seinen Zorn an dem völlig verwirrten Admiral Vance aus. »... dann müssen die Vereinigten Staaten an den Verhandlungstisch dieses Papstes kommen und das bedeutet das Aus für diesen Exekutivbefehl!«

»Was soll das, Gib?« Vance wandte sich an Appleyard.« Wir brauchen da ein wenig Klarheit. Was will dieser Papst mit all den Gerüchten, die er über die Staaten verbreitet? Ist das nur ein Vorspiel? Bereitet er insgeheim doch diesen Brief vor? Bereitet er sich darauf vor, die amerikanische Politik der Geburtenkontrolle zu verdammen?«

»Ich werde Ihnen sagen, was es nicht soll, Botschafter!«, schoss Gibson zurück. »Es wird jetzt keinen Brief des Heiligen Vaters geben. Wenn er so etwas in naher Zukunft vorhat, werden wir es vorher erfahren. Und – ich wiederhole, *und* – wir werden uns jeden Brief oder jedes Dokument anschauen können, bevor er es veröffentlicht.«

»Nun gut.« Pizzolatto fletschte beinahe die Zähne. »Ich denke, man könnte sagen, ich traue diesem Papst nicht in dieser Sache. Oder in irgendeiner anderen!« Damit wandte er sich ab und stapfte aus dem Büro.

Ihren eigenen Überlegungen überlassen wandten sich Vance und Appleyard dem Kern des Themas zu.

»Sehen Sie, Bud.« Appleyard lehnte sich zurück und schlug seine langen Beine übereinander. »Wir wissen alle, dass wir in einem Minenfeld stehen. Ein falscher Schritt und es reißt uns in kleine Stücke. Wir brauchen diese Art von Informationen aus zweiter Hand nicht, die Bernie da auffängt.«

»Sind Sie sich über den Papst sicher?«

»So sicher, wie ich sein kann. Er geht auf einem Drahtseil und es hängt sehr hoch oben. Ich meine, es ist ein tiefer Fall bis dorthin, wohin ihn einige seiner eigenen Leute stoßen wollen. Aber er hat uns sein Wort gegeben und ...«

Vances Gesichtsausdruck ließ Appleyard seinen Satz unterbrechen. Er kannte diesen Ausdruck von früher. Er hieß: Ich weiß mehr, als Sie glauben, Gib! »Los, Admiral. Spucken Sie's aus. Was ist es?«

»Erinnern Sie sich an Ihren alten Freund Cyrus Benthoek?«

»Sicher.«

»Und Professor Ralph Channing?«

»Ich habe ihn nie getroffen, aber ich weiß, wer er ist. Jeder weiß, wer er ist. Und wenn meine Erinnerung stimmt, taucht er auch in Otto Sekulers Akte auf.«

»Nun, die beiden sind gestern hier hereingeweht. Der Sicherheitsrat hat angerufen um sie anzukündigen. Deswegen verwirrt mich Pizzolattos Interpretation der Dinge so sehr. Benthoek und Channing bestätigen, was Sie uns über den Papst gesagt haben. Nicht darüber, dass er sein Wort hält. Sondern über den Druck ihn aus dem Weg zu bekommen.«

»Was genau?«

»Sie sagten, dass wir Ende Mai in Rom einen neuen Papst haben werden.«

Appleyards Atmung setzte für eine Minute aus. »Haben Sie das ernst genommen?«

»Rechnen Sie es sich selbst aus. Der Druck von seinen eigenen Leuten, er solle zurücktreten, der Druck des Weißen Hauses, er solle den Mund halten. Der Druck auf seine zentrale Politik durch die UNO. Die Stimmen, welche seine Einladung nach Russland und in die Ukraine gesichert haben. Die Sprüche von Leuten wie Benthoek und Channing vor dem Sicherheitsrat. Und jetzt diese spitze und persönliche Attacke von Botschafter Pizzolatto.

Ja, ich nehme das ernst. Tatsächlich begreife ich nicht, wie Ihr Papst diesem Druck so lange standhalten konnte!«

Plötzlich und unerklärlich war Gibson so traurig, als hätte Vance gerade den Tod eines geschätzten Freundes verkündet, einer wertvollen Persönlichkeit, eines bewunderten Vorbilds, eines klaren Geistes.

»Geht es Ihnen gut, Gib?«

»Nur ein wenig erschüttert. Sie haben mich mit dieser Vorhersage erwischt ...«

»Ich weiß, Sie mögen den alten Mann.« Der Admiral hatte wirklich Mitgefühl.

»Nein, Bud.« Appleyard nahm sich zusammen. »Man kann niemanden von diesen öffentlichen Führern mögen. Von den ganz wichtigen, meine ich. Ihre Eigenschaft als öffentliche Führer lässt das nicht zu. Aber ...« Er verstummte wieder. Er dachte, er verstünde, warum er sich beraubt fühlen würde, wenn der polnische Papst sein Leben so bald verlassen sollte. Das Problem war, er hatte dafür keine Worte.

Appleyard wusste so gut wie jeder im Außenministerium, wie heikel das Arrangement zwischen der Regierung der Vereinigten Staaten und Russland war. Vance hatte Recht, dass die »Partnerschaft für den Frieden« auf wackligen Beinen stand. Und er hatte glaubhaft erklärt, welche Gefahren für Amerika in den Widersprüchen und Verwicklungen über die Absichten und die Politik des Papstes lagen, die aus dem Vatikan zu hören waren. Gibson setzte immer noch auf den polnischen Papst als Gewinner und das sagte er auch. Aber er sagte Vance auch, dass er Zeit brauchte. Zeit um herauszufinden, was wahr war und was nicht. Zeit um herauszufinden, was wirklich im besten Interesse Amerikas war. Zeit um nach Rom zurückzukehren.

»Tun Sie, was Sie für richtig halten.« Vances Lächeln fiel sehr, sehr schwach aus. »Die Dinge heizen sich auf zwischen dem Papst und dieser Regierung, daher kann ich Ihnen nicht viel Zeit geben. Aber für jetzt ist es Ihre Sache.«

»Mit allem Respekt, Eminenz, ich verstehe nicht, wo Ihr Problem liegt.« Nachsichtig sah Kardinal Maestroianni Kardinal Karmel an. Die anderen Mitglieder von Grazianis Komitee entschieden sich bei dieser Auseinandersetzung nicht mitzumachen. Sie hatten sich versammelt um den neuesten Stand einiger wichtiger Dinge zu erfahren, nur Pensabene und Coutinho fehlten. Aber Kardinal Karmel war niemand, der sich nachsichtig behandeln ließ.

»Mit allem Respekt, Eminenz«, tönte Karmel in seinem berüchtigten Tonfall aus dem Alten Testament zurück. »Sie können über Ihre unterstützenden Maßnahmen reden, so viel Sie wollen. Es bleibt doch eine Tatsache, dass der Pontifex Ministrantinnen stets abgelehnt hat. Vor nur wenigen Monaten hat er Ministrantinnen verboten. Und erst vor ein paar Wochen hat er zu Mutter Teresa gesagt, dass er nie Ministrantinnen gestatten wird. Daher begreife ich nicht, wie Sie sich vorstellen eine anders lautende Aussage zu veröffentlichen und damit durchzukommen.«

»Wir sind über die Jahre mit wesentlich mehr durchgekommen.« Noah Palombo fand es schwer zu glauben, dass ein Mann, der hoffte in nächster Zukunft selbst Papst zu werden, so feige sein konnte. »Diese Methode ist inzwischen alterprobt. Sobald wir etwas an ihm vorbeigeschmuggelt haben und es allgemein Usus geworden ist, wird dieser Papst nicht kämpfen um es rückgängig zu machen.«

»Genau, Eminenz.« Maestroianni lächelte. »Ich habe die Details ausgearbeitet. Zum ersten Mal wird aus dieser Kanzlei eine Aussage kommen, die Ministrantinnen gestattet. Und dieser Initiative auf den Fersen folgt eine Krise über die Vorschläge des Papstes zu Geburtenkontrolle und Bevölkerungswachstum, welche wir arrangiert haben. Sie müssen zustimmen, Eminenz, dass dies zwei gute Beispiele abgibt, wie die Bischöfe zum Wohl der Kirche arbeiten, selbst wenn sie dafür gegen bekannte Standpunkte des Papstes handeln müssen. Warten wir also, wie man so schön sagt, wer zuerst wegsehen muss.«

Das war Karmel entschieden zu geheimnisvoll; er hätte gerne Einzelheiten gewusst. Aber er war deutlich überstimmt. Und Maestroianni hatte es eilig, zum zentralen Thema des Rücktrittsprotokolls zu kommen.

Auf ein fast unmerkliches Nicken des kleinen Kardinals hin begann Staatssekretär Graziani mit einem detaillierten Bericht, wie es ihm gelungen war, das Rücktrittsprotokoll und die päpstliche Reise in den Osten zu verbinden.

»Eminenz!«, unterbrach ihn Maestroianni. »Haben wir jetzt einen endgültigen Text oder nicht? Falls ja, dann zeigen Sie ihn uns bitte.«

»Wir haben tatsächlich einen, Eminenz. Er ist nicht perfekt.

Aber er wird genügen.« Graziani hatte nicht vor Kopien dieses Dynamits in vier verschiedene Paare von Händen zu legen. Nicht ohne gewisse Sicherheitsmaßnahmen. Nicht heute. Mit stattlicher Würde fuhr er fort: »Was wir hier in der Hauptsache haben, durch große Anstrengungen meinerseits, ist ein Text, der deutlich besagt, dass, falls es während seiner Russlandreise zu einer völligen körperlichen Unfähigkeit des Heiligen Vaters kommt die Regierungsgeschäfte zu führen, dies gleichbedeutend damit ist, als sei er legal, freiwillig und für immer vom Papstamt zurückgetreten. Eine teilweise oder völlige Wiederherstellung ist bedeutungslos. Der Stuhl Petri gilt dann als unbesetzt. Wir haben dann *sede vacante* und die normale Prozedur zur Wahl eines neuen Papstes kann beginnen.«

Die Kardinäle Aureatini und Palombo rutschten auf ihren Stühlen hin und her. Sie waren nervös gewesen, weil diese heikle Angelegenheit in Grazianis Hände gelegt worden war, aber anscheinend hatte er sie tatsächlich erledigt.

»Seine Heiligkeit hat jedoch auf zwei Punkten bestanden.« Graziani ignorierte den Blickwechsel zwischen Aureatini und Palombo. »Er besteht darauf, dass dieses neue Gesetz nur einmal angewendet werden kann und nur unter diesen Umständen. Dass es nur auf ihn angewandt werden kann und nur während seines Aufenthalts in Russland. Wenn das Protokoll nicht in Anwendung tritt, bis er aus Russland zurückgekehrt ist, gilt es als verfallen. Es kann gegen ihn nicht wieder verwendet werden und auch gegen keinen anderen souveränen Papst.«

Maestroianni winkte alle möglichen Einwände beiseite. »Wir haben uns nie mehr als eine Anwendung vorgestellt.«

Dem stimmten alle zu und Graziani fuhr mit der nächsten Bedingung des Papstes fort. »Ganz egal, was ich sagte oder tat, ich konnte den Heiligen Vater nicht dazu bringen, das Dokument *vor* seiner Abreise in den Osten zu unterzeichnen. Er wird es mit seinen Initialen versehen. Aber er wird es nur unterschreiben, wenn die Umstände während seiner Reise es unbedingt notwendig machen.«

Es war wieder Kardinal Karmel, der sich beschwerte. Wie sollte ein Papst im Koma irgendetwas unterschreiben? Doch zum zweiten Mal wurde er einfach übergangen. Niemand schien sich seinem Gedanken anzuschließen oder seine Besorgnis zu teilen.

Ganz im Gegenteil, Graziani war bereit diese Sorgen einfach mit legalen Mitteln wegzuerklären. »Wir wissen alle, Eminenz, dass nach kanonischem Recht die Paraphierung eines Dokumentes zur gültigen Unterschrift approbiert werden kann.«

»Ich würde auch eine von Anfang an gültige Unterschrift vorziehen«, meldete sich Maestroianni zu Wort, »aber es genügen auch die Initialen. Wir sind in anderen Fällen schon mit weniger ausgekommen.«

»Ein letzter Punkt.« Graziani sah sie einen nach dem anderen an. »Seine Heiligkeit wünscht, dass das Dokument geheim bleibt, es sei denn, dass es Gültigkeit durch seine Anwendung erlangt.«

»Wir können mit all diesen Bedingungen leben, Eminenz.« Zum letzten Mal sprach Maestroianni für die Gruppe. »Können wir jetzt Kopien haben?«

Zum ersten Mal schlug Graziani Maestroianni in seinem eigenen Spiel. »Natürlich Eminenz. Sobald all die technischen Details abgeklärt sind. Die Klassifikation des Protokolls und so weiter.«

Der kleine Kardinal war versucht darauf zu bestehen. Aber wozu? Dank Monsignore Gladstone waren die »Gemeinsamen Gedanken« eine abgemachte Sache und die Nachricht, welche er aus Centurycity mitgebracht hatte, war gerade zur rechten Zeit gekommen. Der Papst selbst war müde, sicher zu müde um dem Druck der beiden unterstützenden Maßnahmen zu widerstehen. die sein Pontifikat bald treffen würden. Und wenn auch Dr. Channing das Gefühl hatte, dass man an irgendeinem entscheidenden Punkt eine Abkürzung arrangieren sollte, sah es doch so aus, als ob diese Russlandreise, gleich von welcher Seite man es betrachtete, der letzte Versuch dieses Papstes sein würde. Es war daher eine Kleinigkeit, Graziani für einige Zeit seinen Willen zu lassen. »Ganz wie Sie wünschen, Eminenz. Alles zu seiner Zeit, ja?«

XLVII

Mitte Februar begann Damien Slattery zu zweifeln, dass er die Dinge tatsächlich im Griff hatte. Die Russlandreise des Heiligen Vaters lag nur mehr zehn Wochen voraus und er spürte, wie die Spannung in Rom stieg. Aber sein steiler Fall aus dem Schoß der Dominikaner bedeutete unter anderem auch, dass er nicht länger im Zentrum des Geschehens stand, wie das so viele Jahre im Angelicum der Fall war. In diesen Tagen aber, wenn er sich nicht in der Casa del Clero einschloss um an der Enzyklika des Papstes über Abtreibung, Empfängnisverhütung und Homosexualität – sie sollte *Irrtümer und Missbräuche in der heutigen Zeit* heißen – zu arbeiten, reiste er durch die Vereinigten Staaten und kam seinen Pflichten als geistlicher Rektor von Cessi Gladstones rasch wachsendem Korps von Untergrundpriestern nach.

An dem Morgen, als er den Heiligen Vater zu einer besonderen Besprechung aller Neuigkeiten treffen sollte, rief er daher bei Tagesanbruch Chris Gladstone im Angelicum an und überredete ihn zu einem zeitigen Frühstück in Springy's Restaurant. Er sucht Trost und jemanden, der ihn auf den neusten Stand bringen konnte. Was er bekam, war ein Haufen schlechter Nachrichten.

»Ich schwöre bei Gott und all Seinen Engeln«, grimmig machte Christian sich über den Teller her, den Springy ihm hingestellt hatte, »wenn mir noch ein einziger Bischof erzählt, dass er plant für seine Diözese eine neue Aussage über die Missionsaufgabe zu machen, oder eine neue Gruppe ernennen will um zwischenzeitliche und endgültige Ziele des Kirchenlebens zu finden, werfe ich Maestroianni den ganzen Kram vor die Füße und sage ihm, was er damit machen kann!«

»Welcher ist es denn jetzt?«, fragte Damien und hielt Springy seine Kaffeetasse zum Auffüllen hin.

»Dieser scheinheilige und unwürdige Prälat, Seine Lordschaft der Bischof von Nashville in Connecticut. Die Ministrantinnen und weiblichen Geistlichen kommen bei ihm schon zu den Ohren heraus!«

Damien schüttelte den Kopf. »Der Pontifex war bei vielen

Dingen verschwommen, aber darüber war er doch ganz deutlich!«

»Und so waren es auch alle seine Vorgänger. Aber bereiten Sie sich auf etwas vor, mein Freund. Maestroianni plant irgendein gefälschtes Dokument zu veröffentlichen um den Papst in diesem Punkt vor vollendete Tatsachen zu stellen. Ich weiß nicht, wie er das durchziehen will, aber ich weiß, warum. Wenn sie den Heiligen Vater schon zum Rücktritt treiben wollen, müssen sie die Menschen auf die Veränderungen vorbereiten.«

»Haben Sie das Seiner Heiligkeit gesagt?«

»Lucadamo hat das getan. Aber ich fürchte, Damien, dass auch diese Schlacht in einem langen und bitteren Krieg verloren gehen wird.« Chris schob seinen Teller beiseite. »Ich habe über unsere Unterhaltungen auf Windswept House nachgedacht. Wir wollten damals unbedingt gute Arbeit für Seine Heiligkeit leisten. Aber wie wenn man Wasser in den Sand schüttet, ist nichts dabei herausgekommen. Sagen Sie mir eines. Glauben Sie immer noch, dass Christus diesen Mann als Papst will an diesem entscheidenden Punkt der Geschichte?«

»Ja!« Vielleicht wusste Damien nicht mehr über alles Bescheid, aber in diesem Punkt war er seiner Sache so sicher, wie am nächsten Tag die Sonne aufgehen würde.

»Glauben Sie, dass der Heilige Vater immer noch an den Katholizismus glaubt?«

»Ja!«

»Und warum?«

»Wegen des römisch-katholischen Glaubens. Er weigert sich die Grundsätze aufzugeben. Moralisch hält er unsere Einstellung zu Abtreibung, Empfängnisverhütung, Homosexualität, Scheidung und anderen grundlegenden Regeln aufrecht. Beim Dogma verteidigt er all unsere grundsätzlichen Bekenntnisse: die Göttlichkeit Christi, die Privilegien Marias, Himmel, Hölle und das Letzte Gericht. Daran wird er nie etwas ändern.«

»Okay. So hält er sich weiterhin an vier oder fünf moralische Grundregeln. Aber dabei lässt er zu, dass die ganze Kirche in Chaos und Ruin versinkt. Oder wollen Sie behaupten, dass er ein kompetenter Verwalter der Kirche ist?«

»Nein. Inkompetent. Aber ich behaupte, dass er nicht Papst sein könnte, nicht Papst sein würde, wenn Christus das nicht wollte. Und ich bin bereit zu behaupten, dass jeder, der eine Wiederherstellung jener alten bequemen Kirche erwartet, wie wir Sie kannten, als Sie noch kurze Hosen trugen, das vergessen kann.«

»Ich weiß, dass Sie Recht haben. Die alte Kirche kommt nicht wieder. Nicht unter diesem Papst. Nicht unter irgendeinem Papst. Aber ich glaube auch nicht, dass die Bischöfe des Zweiten Vatikanums uns in diesen ständigen Kriegszustand bringen wollten. Also begreife ich nichts. Wir wissen beide, dass der polnische Papst nicht dumm ist. Und wir wissen beide, dass er kein Abtrünniger ist. Aber ich begreife nicht, warum er zulässt, dass das weitergeht, was er selbst als Veruntreuung unseres kirchlichen Lebens bezeichnet.«

Damien hatte keine sicheren Antworten. Vielleicht hatte Christus diesen Papst eher wegen seiner Fehler erwählt denn wegen seiner Fähigkeiten. Vielleicht hatte auch der Papst selbst die Dinge viel zu weit gehen lassen um noch etwas daran ändern zu können. Vielleicht hatte er so viel Macht aufgegeben, weil er wusste, dass das alte System tot war. Aber was auch kommen würde, bei zwei Dingen war sich Slattery sicher.

»Ich wette mit Ihnen um ein Frühstück bei Springy, dass Seine Heiligkeit nicht aufgeben und zurücktreten wird. Er ist als Papst nützlicher als die radikalen Fortschrittsgläubigen wie Coutinho, Palombo, Karmel und mein alter Freund, Seine Eminenz von Centurycity, die schon in den Startlöchern kauern um seinen Platz einzunehmen. Wir beide wissen wenigstens so viel. Und ich schätze, der Heilige Vater weiß es auch.«

»Und weiter?«

»Vielleicht wird dies wieder eine verlorene Schlacht, wie Sie gesagt haben. Aber erinnern Sie sich immer daran, Gladstone, dass der Krieg erst vorbei ist, wenn die Trompete des Jüngsten Gerichts erschallt. Und ganze egal, wie viele Schlachten wir auch verlieren, der Krieg endet mit dem Sieg Christi.«

An diesem Morgen schien der Papst so selbstsicher, dass Slattery bereit war seinen Wettgewinn von Christian einzufordern.

Das war kein Mann, dachte Slattery, der aufgeben wollte. Als Erstes wollte Seine Heiligkeit auf den neuesten Stand der Dinge über den Fortschritt von Cessi Gladstones Projekt in Amerika gebracht werden und diesen Bericht gab ihm Damien nur zu gern.

»Es gibt Schwierigkeiten, Heiliger Vater, und einige Fehler von Einzelnen. Aber als Gruppe hatte das Netzwerk sofort Erfolg in seinem Hauptziel. Unsere Priester versorgen kleine, fest entschlossene Gruppen von Gläubigen in ihrer Nachbarschaft im gesamten Gebiet der Vereinigten Staaten mit gültigen Messen, Beichten und Taufen. Und als organisierte Gruppe sind wir der Entdeckung durch die amerikanische Hierarchie bis jetzt entgangen. Einer unserer Priester, ein ganz junger Mann namens O'Reilly, hat eine Theorie um diesen Teil unseres Erfolges zu erklären. Er glaubt, die amerikanische Hierarchie sei zu arrogant um sich vorstellen, dass jemand absichtlich ihre Autorität missachtet.«

Der Pontifex verzog die Lippen. Er kannte O'Reillys Namen und ein wenig über seinen Charakter wusste er aus Gladstones Bericht. »Übergroßes Selbstvertrauen ist die Schwester der Arroganz, Pater Damien. Ich hoffe, Sie haben das Pater O'Reilly klargemacht.«

»Das hat Cessi Gladstone für mich getan, Heiligkeit.« Slattery lächelte. »Vielleicht bin ich das rechtliche Zentrum dieser Priester. Aber diese große Dame ist viel mehr als nur das finanzielle Rückgrat des neuen Ordens. Sie hat es sich zur Aufgabe gemacht, jedem den Rücken zu stärken, der es notwendig hat, auch dem jungen O'Reilly.«

»Das glaube ich gerne, Pater Damien.« Seine Heiligkeit lächelte ebenfalls. Er hatte seine Erinnerungen an Signora Gladstone und er schien erfreut zu hören, dass sie O'Reilly zur Vernunft gebracht hatte. Noch mehr, er war sich ziemlich sicher, dass sie O'Reilly vor der kirchlichen Grobianen und Gangstern gewarnt hatte, mit denen sie es zu tun hatten. Dieser Gedanke brachte ihn natürlich zum eigentlichen Thema seines Treffens mit Slattery. »Sie kommen gut mit dem Text von *Irrtümer und Missbräuche in der heutigen Zeit* voran, Pater?«

»Die erste Version ist zu ungefähr zwei Dritteln fertig, Heiliger Vater.«

»Gut. Dann habe ich noch eine weitere verwandte Aufgabe für Sie. Eine weitere Enzyklika, die gleichzeitig mit der ersten fertig gestellt sein soll.«

Slattery hörte dem Papst befriedigt zu und fühlte sich privilegiert. Was er wollte, erklärte der Heilige Vater, war eine theologische Bestätigung des jahrhundertealten und beinahe einhelligen Glaubens der Katholiken, dass Maria, die Mutter Gottes, vom Allmächtigen aus der Ewigkeit und für alle Zeit erwählt worden war eine besondere Rolle im irdischen Leben all jener auszuüben, die den Himmel als ihr Ziel sahen. Um dieses Ziel zu erreichen brauchte man besondere Hilfe in Form übernatürlicher Gnade. Durch göttliche Ernennung war Maria die Mittlerin dieser Gnade. Kanonisierte Heilige waren von diesem Glauben geleitet worden. Märtyrer waren dafür gestorben. Päpste hatte ihn gelehrt. Die Kirche hatte es immer angenommen. Jetzt wollte der polnische Vater ihn zu einem Dogma des Glaubens machen.

»Dies ist die Essenz meiner Gedanken zu dieser Sache, Pater Damien. Ich weiß, dass die Zeit kurz ist. Wir sprechen davon, zwei Enzykliken in den zehn Wochen fertig zu stellen, die uns noch vom Generalkonsistorium trennen. Also bleiben nur zwei Fragen? Können Sie es in dieser kurzen Zeit tun, Pater? Und wollen Sie es tun?«

Ob er es tun konnte! Damiens einzige stille Frage war, warum der Papst dafür so lange gebraucht hatte! Sein eigener Wahlspruch verkündete, dass sein Pontifikat der Mutter Gottes geweiht sei. Als Papst und Evangelist der Welt hatte er wie ein zweiter heiliger Lukas diesen Wahlspruch zu praktisch allen Völkern gebracht. Nun wollte er in jenes Land, welches Maria in Fatima besonders für sich beansprucht hatte. Nach Russland, dessen Irrtümer sie vorhergesagt hatte. In die Ukraine, wo sie seit damals viele Male in »der Art von Fatima« erschienen war.

»Habe ich richtig verstanden, Heiligkeit, dass die zweite Enzyklika bis zum richtigen Moment geheim bleiben soll?«

»In diesem Fall, ja. Die ganze Welt weiß über die erste Bescheid. Nur Sie, Monsignore Daniel und ich wissen von der zweiten. Und zur Zeit ist es besser, wenn das so bleibt.«

Als er ging, war Damien in Versuchung zu fragen, wann der Papst beide Enzykliken zu veröffentlichen gedachte. Aber er entschied sich für Zurückhaltung. Es war genug zu wissen, dass der Heilige Vater sich nicht nur darauf vorbereitete, seinen Feinden standzuhalten, sondern dass er die Himmelskönigin als Verteidigerin des Papsttums anrief.

Ostern fiel in diesem Jahr in die zweite Aprilwoche. Als er im Februar in Rom ankam, war Gib Appleyard überzeugt davon, dass er genug Zeit hatte um wieder in die Staaten zurückzufliegen, bevor der übliche Strom an Touristen und Pilgern die Stadt mit Beschlag belegte. Alles, was Bud Vance wollte, war eine Bestätigung, dass vonseiten des Papstes nichts bevorstand, was die Pläne der Regierung umwerfen oder den Präsidenten in eine peinliche Lage bringen konnte.

Aber als er sich an die Arbeit machte, stellte sich seine Aufgabe als wesentlich anspruchsvoller heraus, als er angenommen hatte. Das päpstliche Rom befand sich in einem seltsamen Zustand von Erregung und Verwirrung, der alles sehr viel schwerer entzifferbar machte. Und Gib merkte, dass Politik im Vatikan verschieden von allem war, was er bisher in Peking, Moskau, Paris oder Bonn verstehen gelernt hatte. Kein Zweifel, Männer wie Maestroianni und Graziani waren hinter dem gleichen Ziel her wie alle Politiker: Macht. Aber wie sie das anfingen, machte den Unterschied aus. Ihre Bastion, das Staatssekretariat des Vatikans, war die älteste politische Kanzlei der Welt und sie hatten ihre Lektionen gut gelernt.

Das erste, was Gib wie ein Schlag traf, war das laute Summen von Gerüchten über die Gesundheit des Pontifex, die Rom in eine neue Welle von Spekulationen stürzten. Reporter und Kommentatoren versammelten sich wie die Geier, die etwas zu früh zu ihrer Mahlzeit gekommen waren. Die Atmosphäre wurde zu einem erstickenden Gewebe aus Berichten über die »Schwäche des Papstes«. Armeen »ungenannt bleiben wollender Experten aus dem Vatikan« wurden zitiert, dass der Heilige Vater tödlich erkrankt war – Herzprobleme, den Nachwirkungen einer Reihe von Schlaganfällen, Krebs, Parkinsonkrankheit, Alzheimer. Bewohner des Botschafterviertels wie Bernie Pizzolatto benahmen sich in ihrem Enthusiasmus über den baldigen Tod des Papstes wie die Ghoule.

»Guter Gott, Giovanni!«, beschwerte sich Appleyard beim Besitzer des Raffaele an einem Abend bei Mozart und Wein. »Was ist denn nur los mit eurer Kirche? Wenn der Papst all die Gerüchte hört, die ich höre, schaut er sicher öfter nach, ob er noch all seine Körperteile besitzt.«

»Das bezweifle ich, Gibson.« Lucadamo wusste, an wen er sich um Erklärungen wenden musste. »Es muss für Sie sehr schwierig zu verstehen sein, was man unserem Heiligen Vater antut. Ich weiß, dass Sie ihn sehr schätzen. Aber wie die meisten Päpste hat auch der gegenwärtige Papst Feinde, die begierig auf sein Ableben warten und davon überzeugt sind, dass der nächste Papst *ihr* Papst sein wird.«

Natürlich, wenn Giovanni von den Feinden des Papstes sprach, schloss er darin Kardinal Maestroianni und all die anderen ein, die in Straßburg gewesen waren. Aber das war noch der einfachere Teil. Selbst wenn sie instinktiv ganz genau wussten, welche Bretter der Brücke sie zersägen mussten, konnten sie diese Verwirrung in Rom doch nicht ohne ernsthafte Hilfe angestiftet haben. Aber war es nicht gerade darum bei dem Straßburger Treffen gegangen? Sich nach ernsthafter Hilfe umzusehen?

Während Gibson diesen Gedankengang noch durch aufgefangene Mitteilungen, Geheimdienstberichte und Reisen zu Schlüsselpersonen in Brüssel und London verfolgte, wurde Rom kurz vor Beginn der Karwoche in einen weiteren Anfall von Verwirrung und Aufregung gestürzt, und zwar durch eines der seltsamsten Dokumente, welche jemals die regionalen und nationalen Bischofskonferenzen erreicht hatten. Obwohl es vorgab offiziell zu sein, war es nicht unterschrieben. Und es trug keine Protokollnummer.

Ungeachtet dieser auffallenden Fehler erklärte das Dokument im Namen des Heiligen Vaters, dass der Einsatz von Ministrantinnen vollkommen legitim sei. Dass tatsächlich die ganze Zeit eine solche Zulassung von Ministrantinnen in der Liturgie im kanonischen Gesetz 230 enthalten gewesen sei.

Als das Dokument die weite katholische Welt praktisch überall gleichzeitig erreichte, löste diese Neuinterpretation des kanonischen Rechtes eine Flut von Reaktionen aus. Die dafür waren – offensichtlich die große Mehrheit der Bischöfe und Priester –, waren glücklich über »diesen Schritt um dem Chauvinismus in unserer Kirche ein Ende zu setzen«. Die dagegen waren, erklärten, dies sei eine neuerliche Herausforderung des alten Glaubens der Väter und »ein Schwert der Zerstörung, gezielt auf das Herz der Priesterschaft der römisch-katholischen Kirche«.

Es dauerte noch einige Tage, bis behauptet wurde, das Dokument stamme von der Kongregation für den Gottesdienst des Vatikans. Zu dieser Zeit waren Kardinal Baffis Unterschrift und eine Protokollnummer hinzugefügt worden; Baffi war ein fast schon pensionierter Kardinal, der in der Kanzlei des Vatikan mehrere lästige, aber unbedeutende Aufgaben erfüllte.

Appleyard war kaum von seiner letzten Tour zur Informationsbeschaffung nach Belgien ins Raffaele zurückgekehrt, als Giovanni Lucadamo ihn in seine Privaträume brachte und ihm beide Versionen des Dokuments in die Hand drückte. »Q.e.d., mein Freund!« Giovanni war wütend über den Betrug. »Maestroianni hat nicht nur Öl ins Feuer gegossen, er will die ganze Stadt abbrennen!«

Gib verstand nicht, warum die Ministrantinnen so wichtig waren. Sicher war es für den polnischen Papst einfach, diese Fälschung rückgängig zu machen und als das zu entlarven, was sie war: ein Stück betrügerischen Unfugs.

»Das glauben nur Sie, Gibson.« Giovanni schüttelte den Kopf. »Sie wissen, dass mein Neffe Sicherheitschef des Vatikans ist. Hin und wieder tauschen wir unsere Informationen aus, wenn einer von uns beiden einen alles andere überwiegenden Grund hat.«

»Er hat Sie deswegen angerufen?«

»Anders herum. Ich habe ihn angerufen. Ich habe ihm gesagt, dass das schlicht und einfach Betrug sei, und direkt gefragt, was der Heilige Vater deswegen zu tun gedenkt. Wissen Sie, was er mir geantwortet hat? Er sagte, der Pontifex habe erklärt, solche Betrügereien müssten gestoppt werden. Er sagte, dass der Pontifex beabsichtige diese Sache Staatssekretär Kardinal Graziani und den Kardinälen der betroffenen Kongregation gegenüber zu erwähnen.«

»Und das war's?« Verwirrt starrte Appleyard beide Version des gefälschten Dokuments an. »Er wird nicht widerrufen?«

»Natürlich nicht.« Der Schmerz in Giovannis Gesicht war unübersehbar. »Inzwischen hat diese Nachricht die ganze Welt erreicht. Es gibt eine ›offizielle Kopie‹, unterschrieben und nummeriert, in jeder von über viertausend Kanzleien. Es liegt wahrscheinlich in jeder der neunzehntausend Gemeinden Ihres Heimatlandes und in allen anderen Diözesen und Gemeinden der Welt auf. Es ist ein *fait accompli.* Zu viele Bischöfe und Kardinäle habe es bereits als klugen Schritt gelobt. Der Heilige Vater kann das alles nicht mehr zurücknehmen.«

»Warum nicht?« Gibson wusste nicht, ob er mehr empört war über den Betrug am Papst oder über sein Nachgeben.

»Er hat jetzt nicht die Macht dazu.«

»Sie meinen, er hat sie, aber er will sie nicht verwenden.«

»Das, mein Freund,« sagte Giovanni traurig, »ist eine Unterscheidung, die praktisch keinen Unterschied macht.«

Als ob dieser letzte bezeichnende Punkt der Grund für einen plötzlichen Zusammenbruch seiner Energien war, entschuldigt Appleyard sich und zog sich in die Abgeschiedenheit seiner eigenen Suite zurück. Es gab viel, worüber er jetzt nachdenken musste.

Gibson erkannte, dass seine wachsenden Traurigkeit wegen des Papstes mit mehr zu tun hatte als nur mit Zweifeln an seinem professionellen Urteil. Es hatte zu tun mit Zeit und dem menschlichen Gegenstück dazu, der Reife. Er hatte den Heiligen Vater in der Mitte seines Lebens getroffen, als er seinen reifen Jahren und dem Alter entgegensehen konnte. Er hatte den Papst zur richtigen Zeit getroffen um über viele Züge seines Lebens nachzudenken, über den Ballast in seiner Psyche, der hin und wieder aus den tiefsten Tiefen seiner Erinnerung aufstieg. Über die Fragen, die zu beantworten er sich geweigert hatte, über die

Zweifel, die zu stillen er sich geweigert hatte. Die Ängste, denen er nicht entgegengetreten war. Die Urteile, welche er vermied. Die staubigen Ecken seines Lebens, wo tote Erinnerungen vergessen lagen. Die gleichgültigen Stellen in seinem Geist, welche er aus Faulheit tolerierte. Seine schweigende Entscheidung mit dem Bösen in anderen Menschen zu leben, weil es einfach und üblich war.

Natürlich hatte er schon lange gelernt, mit solchem Ballast fertig zu werden, sodass sein Urteil unbelastet und sein Selbstbewusstsein stark blieben. Aber hin und wieder fühlte er Bedauern. Keine Desillusionierung, nur ein wenig »was wäre, wenn«. Selbst bevor er den polnischen Papst getroffen hatte, hatte er gedacht, wie menschlich wertvoll es wäre, jemanden zu haben, dem er sich ganz und gar öffnen konnte. Jemanden mit der Fähigkeit alles zu verstehen, alles zu verzeihen, alle zu beruhigen und zu befrieden. Jemanden, der in der Lage war alle seine Teile miteinander zu versöhnen und zu vereinigen und ihm zu versichern, dass er für seine Fehler Vergebung erlangen würde. Und Trost für seine Verluste, Sicherheit vor seinen Ängsten und eine Hoffnung für das Ende.

In den letzten Monaten war er dem polnischen Papst näher gekommen, ein überraschender Prozess, der nicht von häufigen Treffen abhing, und seine Tendenz zum »was wäre, wenn« hatte etwas anderem Platz gemacht. Einem tröstlichen Wunsch. Einer Hoffnung vielleicht, dass er in diesem alternden Geistlichen eines Tages den idealen Ablageplatz für den Ballast seiner Psyche finden würde. Mehr als einmal hatte er seit seiner ersten Audienz eine kleine goldene Medaille betrachtet, welche der Heilige Vater den Abschiedsgeschenken beigelegt hatte. Es war nichts Außergewöhnliches daran. Ihr war das Bildnis des Heiligen Vaters und sein Name eingeprägt, gefolgt von zwei Buchstaben. *Pp. Pater patrum.* Vater der Väter.

Das elektronische Piepsen des abhörsicheren Telefons auf dem nahen Schreibtisch riss Appleyard beinahe aus seinem Sessel. »Gibson?«

Wenn man vom Teufel spricht ... »Ich habe gerade an Sie gedacht, Bud. Was gibt's?«

»Das wollte ich Sie fragen, Kumpel.« Vance klang nicht erfreut. »Erinnern Sie sich an die Gerüchte, dass ein paar studierte Größen alles widerlegen wollten, was Ihr Papst über Geburtenkontrolle und die Schwächung der natürlichen Ressourcen gesagt hat?«

»Der Bericht der Päpstlichen Akademie der Wissenschaften?« Plötzlich fühlte Gib sich sehr alt. »Ja, ich erinnere mich.«

»Nun, es sind keine Gerüchte mehr. Er wird erst im Mai veröffentlicht werden, aber ich habe eine Kopie in der Hand. Er heißt *Bericht über Bevölkerungsentwicklung, Wirtschaft und natürliche Ressourcen* und er wirft alles, was dieser Papst jemals über Geburtenkontrolle gesagt hat, über Bord. Hören Sie sich ein paar Sätze an. ›Es ist das Bedürfnis entstanden ...‹, und denken Sie daran, Gib, ich zitiere jetzt die Experten des gegenwärtigen Papstes. ›Es ist das Bedürfnis entstanden, die Zahl der Geburten nicht mehr ansteigen zu lassen ... Es ist undenkbar, dass wir ein Wachstum von mehr als zwei Kindern pro Paar ertragen können.‹ Was sagen Sie zu dieser völligen Umkehr der päpstlichen Politik?«

Appleyard dachte, ihm würde schlecht. »Wenn dieser Bericht wirklich von der Päpstlichen Akademie der Wissenschaften stammt, hat Bernie Pizzolatto wohl einen Punkt gemacht.«

»Für mich sieht er offiziell aus. Er hat Fußnoten und ein Nachwort von Pater George Hotelet O.P., der als Theologe des päpstlichen Hauses angestellt ist. Und die Einleitung ist vom Präsidenten der Akademie selbst unterschrieben. Einer dieser dreiteiligen italienischen Namen. Carlo Fiesole-Marracci.«

Gibson nahm die falschen Dokumente über Ministrantinnen von seinem Schreibtisch und zerknüllte sie in seiner Faust. »Lassen Sie mich ein wenig herumschnüffeln und Sie dann anrufen, Admiral. Aus dem Vatikan kommt in diesen Tagen eine Menge seltsames Zeug, das offiziell aussieht.«

»Gut.« Vance klang widerstrebend und nervös. »Aber denken Sie dran. Die Uhr tickt. Entweder können wir diesem Papst vertrauen, dass er seine Hände von unserer Politik lässt, oder wir können es nicht. Dieses Mal ist es für uns gut gegangen. Aber wir können nicht russisches Roulette spielen.«

Appleyard suchte nach Giovanni Lucadamo, erzählte ihm die Details über den Bericht der päpstlichen Akademie und bat ihn so viel wie möglich darüber herauszufinden. Und dann rief er in einer plötzlichen Eingebung im Angelicum an und fragte nach Pater George Hotelet. Zu seiner Überraschung meldete sich der Dominikaner sofort.

Ja, sagte Pater Hotelet, Mr. Appleyard sei richtig informiert. Der Bericht sei ein detailliertes Argument, allen Familien ein Limit von zwei Kindern aufzunötigen. Aber nein, sagte er, Mr. Appleyard befinde sich im Irrtum, wenn er glaubte, dass es irgendwelche Widersprüche zwischen den Aussagen des Heiligen Vaters und der Akademie der Wissenschaften gäbe. »Sie müssen das verstehen, Mr. Appleyard. Die Sorge des Heiligen Vaters gilt, wie es sein sollte, der menschlichen Ethik. Er spricht aus dem vom Heiligen Geist inspirierten Glauben. Wir von der Akademie hingegen sprechen als Demographen, die mit den nackten Tatsachen des menschlichen Lebens arbeiten. Wirtschaftlichen Tatsachen. Ernährungsfragen. Erziehungsfragen. Mehrere Mal hatte der Heilige Vater beim Zweiten Vatikanum, das war natürlich, bevor er Papst wurde, selbst die Begrenzung auf Zwei-Kinder-Familien empfohlen. Damals ging es ihm um Fakten. Jetzt geht es ihm um Ethik.«

Und ich rede mit einem gerissenen Theologen, dachte Gib. Er dankte Hotelet für seine Geduld, legte auf und goss sich einen doppelten Brandy ein.

Es war beinahe schon Nacht geworden, als Giovanni Lucadamo die Informationen überbrachte, die Appleyard wollte. »Ich habe eine Kopie dieses Berichts«, sagte er zu seinem Freund, »und sie ist authentisch. Aber es gibt ein paar schlechte Anzeichen, fürchte ich.«

»Welche denn?« Gibson nahm das dünnen Bändchen und blätterte darin.

»Nun, erstens wurde der Bericht nicht von der offiziellen vatikanischen Druckerei gedruckt, der Editrice Vaticana. Er wurde von einer Firma gedruckt, die den bekannten Gegnern des Papstes gehört. Ein Laden in Mailand, der Vitaé Pensiero heißt. Und das zweite schlechte Zeichen ist, dass Kardinal Palombo seine Hände im Spiel hatte.«

Schon wieder. Straßburg.

Als Appleyard in seinem Kopf alle Fakten zusammengesetzt hatte und als er das Ergebnis beim Abendessen Lucadamo mitteilte, schienen ein paar Dinge deutlich genug zu sein. Es war offensichtlich, stimmten die beiden Männer überein, dass die Verschwörer gegen den Papst bereit waren die Sache eskalieren zu lassen. Und ihr Zeitplan war mit der Reise des Papstes nach Russland verbunden. Nicht offensichtlich war, wie Maestroianni und seine Bande die Palastrevolte durchziehen wollten. Und auf gar keinen Fall konnte Gibson begreifen, warum der Papst so fügsam war. »Warum verteidigt er sich nicht gegen die Verschwörer, Giovanni? Ich denke, wenn ein Außenstehender wie ich sehen kann, was läuft, dann muss er es doch auch wissen. Ist es ihm gleichgültig?«

Die von diesen Fragen ausgelöste Diskussion dauerte eine Weile, aber sie brachte nichts, was Vance und die zehn zufrieden stellen würde. Spät an diesem Abend kehrte Gibson in seine Räume zurück. Er war nicht bereit, den polnischen Papst schon aufzugeben. Und er hatte genügend Gründe um Vances Sorgen, der Papst treibe ein Doppelspiel, beiseite zu wischen. Aber bei allem anderen, vor allem der Art und Weise, wie der Papst die Sache handhabte, stand er vor einer Wand.

Zum zweiten Mal an diesem Tag entschloss er sich zu einem impulsiven Anruf. Sein erstes Treffen mit Christian Gladstone hatte die gewünschten Ergebnisse gebracht. Gladstone hatte offensichtlich das Ohr des Papstes und er war für Appleyard immer noch der einzige aufrichtige Kleriker im Vatikan. Vielleicht würde eine weitere Unterhaltung wenigstens ein paar der Antworten bringen, die er so dringend brauchte. Einen Versuch war es wert. Denn, wie Vance gesagt hatte, in Washington tickte die Uhr.

Es verwirrte Chris Gladstone und zehrte an seinen Nerven, dass sein Terminplan in den frühen Monaten dieses Jahres überhaupt nicht zu der in Rom herrschenden Aufregung passte und dass die Ergebnisse seiner Tätigkeit so überhaupt nicht mit seiner Loyalität übereinstimmten. Seit er nach Rom gekommen war, hatten ihn seine ständigen Reisen für Maestroianni und sein Auftrag für den Heiligen Vater in Amerika kaum zu Atem kommen lassen. Aber in diesen Tagen, während jeder andere im Trubel der Vorbereitungen für das Generalkonsistorium, das Holocaust-Gedächtniskonzert und der Russlandreise des Papstes gefangen war, verlangsamte sich sein Lebensrhythmus fast unerträglich.

Hin und wieder sandte ihn Maestroianni zu ein paar Bischöfen um noch einmal zu überprüfen, ob die »Gemeinsamen Gedanken« so ablaufen würden wie erwartet. Der kleine Kardinal rief ihn regelmäßig zu sich, manches Mal um noch einmal über die eine oder andere mündliche Botschaft zu sprechen, welche Christian von einigen Kardinälen aus den Staaten mitgebracht hatte, meistens aber um mit ihm zu plaudern. Über den Prozess, das Vorwärtsschreiten der Geschichte und die Architekten und Konstrukteure der Bestimmung der Menschheit.

Chris hielt Giustino Lucadamo über alles auf dem Laufenden, was er von den Plänen des Gegner erfuhr. Aber die Tatsache blieb bestehen, dass, ganz gleich wie viele Informationen er auch aufdeckte, die Gegenseite immer einen Vorsprung hatte und der Heilige Stuhl von allen Seiten bedrängt wurde.

Das einzig Gute in dieser Zeit war, dass er endlich, während die Karwoche näher rückte, Zeit hatte, sich Aldo Carneseccas Tagebuch zu widmen. Obwohl er niemals vergaß, dass er nach etwas suchte, was den Mord erklären würde, wurde Carneseccas Journal zu einem Trost für Chris. Nichts konnte jemals den Platz eines so großartigen Freundes einnehmen, aber stundenlang die Eintragungen zu lesen war ein wenig so, als könne er wieder mit Aldo sprechen.

Es standen natürlich nicht viele Kommentare in dem Buch. Die Eintragungen waren äußerst knapp, es gab Lücken, die Chris nicht füllen konnte. Einiges von dem Material war zu unvollständig um sich entziffern zu lassen. Trotzdem erfüllte alles, was Chris las, fünfzig Jahre trockener Kirchengeschichte mit Leben. Dieses Journal war Aldo Carneseccas Zeugnis seiner Liebe zur Kirche. Gladstone verstand es so und war dafür dankbar.

Sobald das Wetter zum »römischen Frühling« wurde, wie Slattery das nannte – mit blauem Himmel und kleinen weißen Wölkchen, welche von einer angenehmen Brise vorwärts getrieben wurden –, kehrte Christian zu seiner Gewohnheit zurück sein Brevier oben auf dem Dach des Angelicums zu lesen. An genau so einem Tag, mitten unter seinen Gebeten, wurde er wie von einem elektrischen Schlag getroffen.

»Du Idiot!« Christian schlug sich mit der Hand gegen die Stirn, als er die Treppen hinunter in seine Räume lief. »Es lag die ganze Zeit vor deiner Nase und du hast es übersehen!«

Er beschimpfte sich immer noch, als er sich an seinem Schreibtisch niederließ, mit Carneseccas Tagebuch in der Hand, und die Seiten nach den Einträgen durchsuchte, die er brauchte. Das war es, was ihn so lange verwirrt hatte. Es war nicht ein einzelner Eintrag gewesen, von welchem Aldo Carnesecca an jenem Tag in der Gemelli-Klinik gesprochen hatte. Es war eine Reihe von Einträgen gewesen, welche durch einen roten Faden miteinander verbunden waren. Gladstone brauchte zwanzig Minuten um zu finden, was er suchte. Einen weiteren Tag brauchte er um einige Dinge abzuklären und danach einen kurzen Plausch mit Monsignore Daniel zu halten. Dann musste er nur noch Giustino Lucadamo finden.

»Ich weiß nicht, was in diesem Umschlag enthalten ist, Giustino!« Chris hatte es endlich geschafft, Lucadamo allein in seinem Büro zu stellen, am Ende eines hektischen Tages. »Aber ich werde Ihnen sagen, was ich weiß.

Ich weiß, dass beide Vorgänger des Papstes den Inhalt lasen und dann ihrem unmittelbaren Nachfolger hinterließen; daher ist er geöffnet und wieder versiegelt worden. Ich weiß, dass auf dem Kuvert zwei päpstliche Aufschriften stehen. Die erste, vom alten Papst, reservierte den Umschlag ›Für Unseren Nachfolger auf dem Stuhl Petri‹. Die zweite, die der September-Papst hinterließ, besagt, dass der Inhalt den ›Zustand der Heiligen Mutter Kirche nach dem 23. Juni 1963‹ betrifft. Ich weiß, dass dieser Umschlag während der Sichtung der Papiere zu Beginn der Amtszeit des polnischen Papstes noch existierte und dass sowohl Pater Aldo als auch Kardinal Aureatini, damals noch Erzbischof Aureatini, bei der Sichtung halfen. Ich weiß, dass Staatssekretär Vincennes diese Sichtung durchführte und kurz danach bei einem Autounfall ums Leben kam und dass er diesen Umschlag in seinem Besitz hatte. Und ich weiß von Monsignore Daniel, dass der polnische Papst diesen Umschlag nie erhalten hat.«

»Hier, Giustino.« Gladstone zog ein einzelnes Blatt Papier aus seiner Tasche und legte es auf Lucadamos Tisch. »Sehen Sie es sich selbst an. Ich habe die relevanten Einträge Tag für Tag und Wort für Wort kopiert. Wenn Sie glauben, dass ich einen Fehler gemacht oder etwas vergessen habe, können Sie das anhand Ihrer Kopie des Tagebuches überprüfen.«

Der Sicherheitschef lehnte sich vor um das Blatt Papier zu studieren.

»29. Juni 1977. Beichtangelegenheit schlimmster Art.

3. Juli 1977. Privataudienz mit Pp. Beichtangelegenheit. Pp zu krank und zu beschäftigt mit inneren und äußeren Problemen um das Notwendige zu tun. Material versiegelt und beschriftet ›Für Unseren Nachfolger auf dem Stuhl Petri‹.

28. September 1978. Lange Unterhaltung mit Pp über Umschlag des Vorgängers. Stimmt zu, dass kein Papst Kirche durch Vatikan regieren kann, bis Thronbesteigung aufgehoben. Pp wird tun, was er kann, aber versiegelt Umschlag wieder mit zweiter Aufschrift ›Betreffend den Zustand der Heiligen Mutter Kirche nach dem 29. Juni 1963‹. Zur Sicherheit, sagt er.«

Lucadamo sah Gladstone einen Moment lang fragend an. Er erinnerte sich an die Überraschung, als der September-Papst gewählt worden war, und an den Schock bei seinem plötzlichen Tod nach nicht einmal einem Monat. Wenn er sich richtig erinnerte, war der 28. September der Tag vor seinem Tod gewesen. Ohne Kommentar wandte er sich dem letzten Eintrag zu. *»Kardinal Vincennes bei doppelter Sichtung persönlicher päpstlicher Papiere geholfen. EB Aureatini dabei. Alles pro forma bis beide überrascht von wieder versiegeltem Umschlag im ersten Satz von Dokumenten mit zwei päpstlichen Inschriften. Vincennes nahm den Brief an sich. Bin nicht sicher, ob Pp's Versicherung nicht Gegenteil bewirkt.«*

Lucadamo legte das Blatt nieder. »Sie sind ganz sicher, dass der gegenwärtige Papst diesen Umschlag nie erhalten hat?«

»Monsignore Daniel war sich sicher.«

»Und worum geht es bei dieser Thronbesteigung? Irgendeine

Idee, was das heißen soll? Oder hat es mit dem Amtsantritt des Papstes im Vatikan zu tun?«

»Nein. Ich nehme an, das relevante Datum ist der 29. Juni 1963. Aber die einzige Thronbesteigung zu diesem Zeitpunkt, die ich finden konnte, war die Investitur des alten Papstes, der den Umschlag als erster versiegelte und ihn seinem Nachfolger überließ.«

»Und was ist mit ...«

»Giustino.« Gladstone war am Ende seiner Geduld. »Sie haben selbst gesagt, dass Carnesecca etwas gesehen haben muss, das für irgendjemanden so gefährlich ist, dass sie es ihm aus dem Gedächtnis brennen und ihn dafür töten wollten. Und Sie haben angedeutet, dass Aureatini hinter dem Attentat auf Carnesecca in Sizilien gesteckt hat. Das heißt, wir haben mindestens eine Verbindung zwischen diesen beiden Ereignissen. Und wenn diese Verbindung tatsächlich da ist, weiß ich nicht, warum Aureatini so lange gewartet hat um etwas zu unternehmen. Vielleicht hat er gar nicht so lange gewartet. Vielleicht hat er schon vor Sizilien etwas versucht und es ist fehlgeschlagen. Aber eines sage ich Ihnen. Ich werde diesen Umschlag finden. Mit oder ohne Ihrer Hilfe. Ich werde ihn finden und lesen und von da an weitermachen.«

Sobald die Entscheidung gefallen war, standen Lucadamo und Gladstone vor einigen praktischen Problemen. Nach der Sichtung der Papiere eines verstorbenen Papstes, in diesem Fall von zwei Päpsten, wurden weniger bedeutende Dokumente entweder in die spezielle Ablage im Staatssekretariat gebracht oder in die Geheimarchive der vatikanischen Bibliothek. Unter der Annahme, dass der Umschlag so verwerflich war, wie Christians Instinkt ihm das sagte, und unter der weiteren Annahme, dass Kardinal Vincennes ihn nicht vernichtet hatte, konnte man schließen, dass er ihn so weit außer Reichweite wie möglich bringen wollte. Das hieß in die Archive.

Sie entschieden, dass Gladstone die Suche übernehmen musste. Je weniger von diesem Umschlag wussten, desto besser war es. Lucadamo und sein Stab waren vollauf damit beschäftigt, alle Sicherheitsmaßnahmen für die Kardinäle der Kirche, welche sich bald aus allen vier Himmelsrichtungen versammeln würden, für die Tausende vornehmer Gäste, welche am Holocaust-Gedächtniskonzert teilnehmen wollten, und für die Russlandreise des Papstes zu treffen. Und außerdem hatte ihn die frühere Arbeit für den Heiligen Vater, jene Suche, die ihn in den ersten Wochen seines persönlichen Dienstes beim Heiligen Vater so ungeduldig hatte werden lassen, mit den Archiven vertraut gemacht.

»Die Schwierigkeit besteht darin, die Suche so durchzuführen, dass niemand weiß, dass wir auf sein Gebiet vorgedrungen sind.« Lucadamo runzelte die Stirn. »Eine Suche am Tag würde Fragen auslösen und Aureatini hat überall Ohren.«

»Da ist noch eine andere Schwierigkeit«, fügte Chris hinzu. »Wenn ich schon zu einem nächtlichen Einbrecher werden soll, werde ich Schlösser öffnen müssen. Ich muss durch die Haupttür hinein. Und überall sind eiserne Trenngitter. Und einige der Kisten, in denen die Dokumente aufbewahrt werden, sind versperrt.«

Giusti lächelte und schüttelte den Kopf. Das war das kleinste ihrer Probleme, soweit es ihn betraf. Er würde einen Mann nur für Gladstone abstellen. Giancarlo Terragente, sagte er, konnte jedes Schloss öffnen und wieder schließen, ohne dass jemand etwas bemerkte. Und er war ein Zauberer beim Aus- und Einschalten von Alarmsystemen.

Die viel größere Schwierigkeit war der Zeitpunkt. Die Geheimarchive gehörten theoretisch zur Bibliotheca Apostolica, der vatikanischen Bibliothek. Die Archive waren in den Belvedere-Galerien untergebracht, wo auch die Inventare der Kartengalerie, die Halle der Pergamente, der Raum der Inventare und Indices, die Aufzeichnungen der Konsistorien, die Bildergalerie und noch einiges Weitere untergebracht waren.

Die Aufsicht und die Genehmigung für den Zutritt hatte der Kardinal Alberto María Valdés, ein mürrischer Spanier, der für seine Unabhängigkeit von der Politik im Vatikan und seine seltsamen Arbeitszeiten in der Bibliothek beruchtigt war.

»Zufällig weiß ich«, sagte Lucadamo zu Christian, »dass Seine Eminenz in diesen Tagen äußerst beschäftigt ist eine Reihe von Briefen zwischen Päpsten des neunzehnten und zwanzigsten

Jahrhunderts und zeitgenössischen Staatsmänner neu herauszugeben. Er steht um sechs Uhr morgens auf. Um acht Uhr hat er seine Messe gelesen, gefrühstückt und ist schon an der Arbeit in den Archiven. Er macht Pausen zu Mittag, für die Siesta und zum Abendessen, aber der Ort ist nie unbeobachtet und es werden Aufzeichnungen über Besucher geführt. Dann kommt er zurück und arbeitet bis spät in die Nacht.« Der einzige Weg, den Lucadamo sich vorstellen konnte um den jungen amerikanischen Priester in die Geheimarchive zu bekommen, war, einen Platz ganz in der Nähe zu finden, von dem aus man ihn durch die geschlossenen Türen bringen konnte, sobald der Kardinal sich endlich zur Nachtruhe zurückgezogen hatte.

»Warum nicht?« Chris stimmte zu. »Ich bin schon ein Doppelagent. Da kann ich zu meiner priesterlichen Arbeit auch noch Einbruch hinzufügen!«

Es war eine Ironie der schönsten Art, dass der passendste Platz, ganz in der Nähe und doch nicht unter der Aufsicht von Kardinal Valdés, der alte Turm der Winde war, den Paul Gladstone vor über hundert Jahren mit Papst Pius IX. besucht und nach dem er die Turmkapelle von Windswept House erbaut hatte. Christians erster Eindruck von diesem Ort war verwirrend.

Während er beim Licht einer einzigen Glühbirne wartete, erkannte er sofort, wo er war. Der Raum des Meridians. Seine Erinnerung an die Reisetagebücher des alten Glad passten zu allem, was er sah. Er betrachtete die Wände, auf denen die acht Winde als göttergleiche Figuren und ländliche Szenen der vier Jahreszeiten aus dem alten Rom dargestellt waren. Er ging das Mosaik des Tierkreises auf dem Boden ab, welches so angelegt war, dass sich im Lauf des Tages die Sonnenstrahlen durch einen Schlitz in einer der bemalten Wände darüber bewegten. Er sah zu dem Windmesser an der Decke hinauf und wusste, dass er von einer Wetterfahne am Dach bewegt wurde um anzuzeigen, welcher der acht Winde gerade über die Ewige Stadt wehte.

Trotz der unregelmäßigen Arbeitsstunden des Kardinals Valdés gelang es Terragente ziemlich regelmäßig, Gladstone in die Geheimarchive zu schleusen. Sie mussten sich natürlich beeilen, denn irgendwann brauchten auch sie wenigstens etwas Schlaf. Aber nach kurzer Zeit hatten sie eine gewisse Routine entwikkelt. Bei jedem Ausflug wartete Chris geduldig im Turm der Winde auf Terragentes »alles klar«. Dann knackt Giancarlo die Schlösser und mit Taschenlampen in der Hand gingen die beiden in jenen Sektor, den Chris für diese Nacht zur methodischen Suche ausgewählt hatte. Terragente verstand es genauso gut, sich in den Schatten zu verbergen, wie Schlösser zu knacken und einzubrechen, und er war ständig auf der Hut vor anderen Besuchern. Nur ein- oder zweimal musste der Sicherheitsmann sich und Gladstone einschließen und die Schlösser noch einmal öffnen, als sich wieder alles beruhigt hatte.

»Sie sind wirklich begabt, Monsignore«, lächelte Giancarlo, als er ihn nach ihrer vierten oder fünften erfolglosen nächtlichen Suche nach dem geheimnisvollen päpstlichen Umschlag zurück ins Angelicum fuhr. »Mit ein bisschen Praxis könnten Sie der beste Einbrecher im Dienst des Vatikan werden. Nach mir natürlich.«

Christian lachte trocken. Er glaubte langsam, das ganze Unternehmen sei bloße Zeitverschwendung. Es gab nur eine gewisse Anzahl von Orten, wo man alte Papiere lagerte, und die Hälfte davon hatte er schon durchsucht. Vielleicht hatte Vincennes den Umschlag doch vernichtet.

»Unmöglich!« Giancarlo hielt sich selbst für einen Kenner der menschlichen Natur. »Erinnern Sie sich an Ihren Präsidenten Nixon? Er hätte sich viel erspart, wenn er diese Bänder zerstört hätte. Ich weiß nicht, warum er es nicht getan hat. Und ich weiß auch nicht, warum Vincennes den Umschlag nicht hätte vernichten sollen. Aber ich wette mit Ihnen, worum Sie wollen, Monsignore, dass er irgendwo in den Archiven ist. Sie werden ihn finden.«

Vielleicht in hundert Jahren, dachte Chris, als sein Gefährte das Auto vor dem Angelicum anhielt. Aber jetzt war er müde und entmutigt und wollte vor Sonnenaufgang einfach nur noch ein paar Stunden schlafen.

»Wer?« Seine Augen wollten sich nicht öffnen und Gladstone hatte Mühe das Telefon neben seinem Bett zu bedienen. »Wer spricht?«

»Gibson Appleyard, Monsignore, ich rufe aus dem Raffaele an. Es tut mir Leid, Sie so früh zu stören, aber Sie sind nicht leicht zu finden. Ich habe ein kleines Problem und ich dachte, Sie könnten mir wieder helfen ...«

XLVIII

Sieben Kardinäle gehörten der historischen Delegation der Kirchenfürsten an, welche nach formeller Anmeldung zu einer Konferenz mit dem Heiligen Vater erschien, als sich am Montag der Karwoche Dunkelheit über Rom senkte.

Die ganze Angelegenheit war äußerst würdevoll. Seine Heiligkeit, der bereits am Kopfende des Konferenztisches saß, erhielt von jedem Kardinal ein pflichtbewusstes Zeichen der Verehrung. Zuerst kamen die beiden hauptsächlichen Papstmacher, der skelettgleiche Leo Pensabene und der kleine Cosimo Maestroianni. Gleich dahinter die beiden Individualisten, der Franzose Joseph Karmel und der hartäugige Jesuit Kardinal Michael Coutinho, Erzbischof von Genua. Staatssekretär Kardinal Graziani war der Nächste. Dann Noah Palombo, der wie üblich eisige Düsterkeit verbreitete. Als Letzter verbeugte sich Silvio Aureatini vor Seiner Heiligkeit und nahm seinen Platz am entfernten Ende des Tisches ein.

Das begrüßende Nicken des polnischen Papstes war ein brüderlicher Gruß an jeden Einzelnen, aber auch ein Zeichen, dass er jeden von ihnen kannte, so wie er war. Er hatte einigen von ihnen den Purpur verliehen. Er hatte ihr aller Wohlergehen während seiner Amtszeit gesehen. Er kannte ihre Verbündeten im Vatikan und ihre Beziehungen nach außen. Als er von ihrer Verbindung zu den Freimaurern und ihren finanziellen Spielchen erfahren hatte, als er mit anderen Worten genug über sie wusste um jeden Einzelnen absetzen zu können, hatte er nichts getan. Er hatte sie tun lassen, was sie wollten, selbst als sie beständig und deutlich spürbar immer mehr Einfluss auf päpstliche Angelegenheiten und Interessen des Stuhles Petri genommen hatten.

Vor jedem Mann lag eine Kopie des Rücktrittsprotokolls. Denn dieses war das Thema der erhabenen Überlegungen an diesem Abend. Niemand der Anwesenden würde auch nur so tun, als ob es sich bloß um eine persönliche Angelegenheit zwischen dem polnischen Papst und seinen Kardinälen handelte, als ob die Eminenzen den Pontifex einfach persönlich nicht mochten und daher seine störende Gegenwart auf dem Stuhl Petri zu entfernen gedachten. Sondern alle, einschließlich des polnischen Papstes, wussten, dass die Überlegungen dieses Abends eine Bedrohung des Rückgrats des römisch-katholischen Körpers waren: des Papsttums.

Womit sie sich beschäftigten, war daher explosiv, revolutionär und von übler Vorbedeutung. Sehr explosiv. Denn wenn der derzeitige Papst in diesem Fall genauso fügsam blieb wie in vielen anderen Dingen, würde die Macht des Petrus nicht mehr in einer einzigen Person, sondern in einem selbst ernannten Kollegium ruhen. Äußerst revolutionär. Denn diese einmalige Macht würde dann von vielen fehlerhaften Menschen ausgeübt werden, ohne göttliche Rückversicherung. Bis zu diesem Abend war das Papsttum von niemandem beschränkt worden außer der Hand Gottes. Wenn diese sieben Kardinäle erfolgreich wären, würde die Entscheidung fortan die Angelegenheit eines Kollegiums sein. Wenn so viel Macht einmal aufgegeben würde, wer würde sie zurückbekommen? Und wer würde dann noch Grenzen setzen? Von übler Vorbedeutung. Denn, unweigerlich und bedauerlich, hätten dann alle, auch der Heilige Vater, die jahrtausendealte römische Warnung vergessen: Wer immer seine Hand gegen den Nachfolger Petri erhebt, wird des Todes sein.

Der Papst hatte für dieses Treffen dreißig Minuten veranschlagt. Es würde kein einleitenden Manöver mehr geben. Kein Verhandlungen. Keine freundlichen Gespräche. Worüber hätte man noch sprechen sollen? Alle Gründe für und wider eine päpstliche Unterschrift waren *ad nauseam* behandelt worden. Das Einzige, was jetzt noch fehlte, war ein endgültiges Ja oder Nein.

Der polnische Papst lehnte sich kaum merklich vor und las noch einmal das Rücktrittsprotokoll. Sieben Augenpaare sahen`zu, als er die Kappe seiner Füllfeder abnahm. Sahen zu, wie er die Spitze senkte, bis sie beinahe die Unterschriftenlinie berührte ... Dann hielt seine Hand an. »Als Nachfolger des Heiligen Apostels Petrus ...«

Bei diesen Worten des Papstes gefror das Blut in den Adern aller, die ihm zuhörten.

»Als Nachfolger des Heiligen Apostels Petrus greife ich zu dieser außerordentlichen Maßnahme um die Einheit meiner Bischöfe mit dem Heiligen Stuhl zu sichern. Als Bischof von Rom setze ich meine Initialen unter dieses Dokument. Jeder der anwesenden Eminenzen ist ebenfalls Signatar. Dies ist wahrhaft ein kollegialer Akt. Gott helfe uns allen.«

Keiner der Kardinäle wusste genau, welche Unterscheidung der Heilige Vater machen wollte – falls er das wollte – zwischen seiner Rolle als Nachfolger des Apostels und seiner Rolle als Bischof von Rom. Keiner wusste es und keinen interessierte es. Mit einer schnellen Bewegung setzte Seine Heiligkeit die Initialen unter das Protokoll. Dann erhob er sich mit unerwarteter Hast aus seinem Stuhl, weil er nicht warten wollte, bis die anwesenden Vermittler der Macht und Aspiranten auf die Nachfolge ihre eigenen Unterschriften geleistet hatten. Mit Monsignore Daniel im Windschatten war der gültig gewählte Nachfolger Petri verschwunden.

Von seinen Fehlschlägen und dem Mangel an Schlaf ermüdet ging Christian Gladstone mit gemischten Gefühlen an diesem Montagabend zu dem Essen im Raffaele.

Bei ihrem Treffen im November hatte er Gibson Appleyard als anständigen Mann kennen gelernt und er hatte immer noch dieses Gefühl von Sympathie und Respekt, das der amerikanische Gesandte in ihm ausgelöst hatte. Doch die Aussicht auf eine weitere Diskussion über die politischen Schwierigkeiten seines Heimatlandes mit dem Papst gefiel ihm gar nicht und er fühlte sich einem Treffen allein mit Appleyard auch nicht wirklich gewachsen. Es war eine Erleichterung, Giovanni Lucadamo als Gastgeber vorzufinden und somit zu dritt zu sein.

Obwohl sie sich zum ersten Mal trafen, war der ältere Lucadamo eine so bekannte Persönlichkeit des Vatikans, so sehr Teil des Allgemeinwissens und Gegenstand vieler Gespräche, dass Gladstone das Gefühl hatte, einen alten Freund vor sich zu haben. Mehr noch, weil Giovanni Lucadamos Erfolge zur Legende geworden waren, wusste er, dass er in der Gegenwart eines erprobten Kämpfers war, eines Mannes, der über die Jahre bewiesen hatte, dass er ein wertvoller Verbündeter und ein unnachgiebiger Feind sein konnte.

Lucadamo hatte viel über Kardinal Maestroianni zu erzählen, ein Thema, das Christian offensichtlich sehr interessierte. Und das bot Appleyard die Gelegenheit über sein »kleines Problem« zu sprechen, das er Gladstone gegenüber am Telefon erwähnt hatte. »Es ist eine Frage der Glaubwürdigkeit, Monsignore.« Gibson sprach über seine Sache mit einfachen, nicht beschönigenden Worten. »Und wieder sind strategische Erfordernisse der Vereinigten Staaten mit ihm Spiel. Zwei Themen stehen im Vordergrund.«

»Wessen Glaubwürdigkeit?«

»Die Glaubwürdigkeit des Heiligen Vaters.« Appleyard sah Lucadamo mit einer gutmütigen Grimasse an.

»Und welche beiden Themen?« Auch Christian tauschte einen schnellen Blick mit dem Besitzer des Raffaele.

»Geburtenkontrolle. Und Russland.«

Chris lehnte sich zurück und sah seinen Landsmann an. »Aber über Geburtenkontrolle haben Sie mit dem Heiligen Vater doch schon gesprochen.«

»Das habe ich auch gedacht, Monsignore. Aber dieser Bericht von der Akademie der Wissenschaften hat Sand ins Getriebe gebracht. Meinen Kollegen will es jetzt scheinen, dass der Papst, ganz egal was er gesagt hat, doch nicht gegen *ein wenig* Geburtenkontrolle ist ...«

»Vorausgesetzt sie wird nicht mit künstlichen Mitteln erzielt«, unterbrach ihn Gladstone. Maestroianni hatte ihm ganz stolz den Bericht der Akademie gezeigt und der Gedanke daran brachte immer noch sein Blut in Wallung.

Gibson war nicht zufrieden. Er brauchte mehr als nur eine theologische Korrektur. »Das heißt, prinzipiell wäre der Heilige

Vater nicht gegen eine gesetzlich vorgeschriebene Beschränkung auf zwei Kinder pro Familie?«

»Doch, das wäre er schon. Man kann keine Beschränkungen vorschreiben, ohne beim Kindermord zu landen, wie in Maos China. Und vor allem ist es ganz wichtig, sich daran zu erinnern, dass die bevorzugte katholische Methode nicht den Tod eines Kindes in Kauf nimmt.«

»Aber was ist mit dem Bericht der Akademie? Giovanni denkt, er sei Teil eines Versuchs die Autorität des Papstes zu untergraben.«

»Und die katholische Moral zu verweltlichen.« An diesem Punkt schaltete Lucadamo sich in das Gespräch ein und fügte einen weiteren hinzu. »Der Bericht gehört in dieselbe Kategorie klerikaler Politik wie der Skandal wegen der Ministrantinnen. Würden Sie das nicht auch sagen, Monsignore?«

»Der Bericht der Akademie hat anscheinend die amerikanische Regierung erneut auf den Plan gerufen um ihre kostbare Bevölkerungspolitik zu verteidigen. Aber dieser Bericht, genauso wie das gefälschte Dokument über die Ministrantinnen, ist Teil einer Intrige um den gegenwärtigen Papst loszuwerden. Solche Tricks dienen nur der Vorbereitung. Sie können zu Ihren Kollegen in Washington zurückkehren und Sie können ihnen sagen, dass sie diesen Papst nicht verstanden haben. Und weil sie ihn nicht verstehen, sind sie eine leichte Beute für diese Bande von theologischen Gangstern und politischen Unruhestiftern, die ihn unbedingt loswerden wollen.

Was Russland betrifft ...« Christian entspannte sich körperlich ein wenig, aber nicht in seiner Intensität. »Mein Rat ist direkt zum Heiligen Vater zu gehen und ihm das zu sagen, was Sie mir gesagt haben. Sagen Sie ihm, dass Ihre Regierung seinem Wort nicht traut. Und machen Sie von da aus weiter.«

Beide Gesprächspartner Gladstones waren von seiner Ehrlichkeit und der Kraft seiner Gefühle überwältigt. Aber es war seine unzweideutige Aussage über eine Intrige um den polnischen Papst zu beseitigen, die erste Bestätigung aus dem Inneren des Vatikan, die eine spontane und sogar heftige Antwort von Appleyard auslöste.

»Es wird Ihnen schwer fallen, mir auch nur ein Wort zu glauben, Monsignore.« Sein sonst ruhiger und gemessener Tonfall wurde ungewöhnlich eindringlich. »Selbst Giovanni könnte sich schwer tun mir zu glauben. Aber ich werde alles in meiner Macht Stehende tun um den Erfolg einer solchen Intrige zu verhindern.«

Gib hatte Recht. Chris fiel es schwer, ihm zu glauben. Selbst wenn man außer Betracht ließ, dass er Freimaurer war, war er immer noch ein ausgewiesener Gesandter der Vereinigten Staaten. Es war eine Sache, von augenblicklichen Gefühlen übermannt zu werden, eine ganz andere aber, wenn ein Mann vom Rang und den Leistungen Gibson Appleyards sich gegen den offiziellen Standpunkt seiner Regierung stellte.

»Wenn Sie ein solches Versprechen nicht ernst nehmen, machen Sie einen Fehler, Monsignore.« Lucadamo las die Zweifel in Christians Gesicht und antwortete. »Ich habe Gibson in all den Jahren schon mehr als einmal mein Leben anvertraut. Und wie Sie sehen, bin ich immer noch hier um davon zu erzählen!«

Für den Rest der Karwoche steckte Appleyard seine Nase so tief er konnte in die päpstliche Politik. Denn trotz all seiner Erfahrungen in den Affären des Vatikan, die er sich in jüngster Zeit angeeignet hatte, war es eine simple Tatsache, dass er nicht einmal halbwegs genug wusste um für den polnischen Papst eintreten zu können. Auf jeden Fall nicht genug, was in Washington zählen würde. Was er brauchte, waren so viele Informationen wie möglich über die Männer, die den gegenwärtigen Papst ersetzen wollten, falls es wirklich dazu kam.

Aber die Frage war, ob es Gibsons Vorgesetzte in Washington wirklich kümmern würde. Wollten die nicht einen lockereren, weltlicheren, nachgiebigeren Standpunkt im Vatikan? Wenn der moralische Zusammenhang, für den der Heilige Stuhl stand, fundamental, formell und endgültig zerstört werden konnte, würde das die Dinge nicht erleichtern, wenn es um so grundlegende amerikanische Strategien wie Geburtenkontrolle oder so heikle Einsätze wie die »Partnerschaft für den Frieden« ging?

Die Antworten, die Appleyard auf seine Fragen fand, überzeugten ihn, dass Gladstone in noch einem Punkt Recht gehabt hatte. So hektisch die Dinge auch waren – knapp drei Wochen vor Beginn des Generalkonsistoriums und der Abreise des Heiligen Vaters nach Russland –, Gib musste trotzdem um ein dringendes Treffen mit dem Heiligen Vater ersuchen. Wenn er nur die geringste Chance haben wollte seinen Standpunkt in Washington durchzusetzen, musste er dem slawischen Papst das sagen, was er zu Gladstone gesagt hatte, und von dort an weitermachen.

Appleyard würde sich immer an sein Treffen mit Seiner Heiligkeit am 1. Mai als der schmerzlichsten und einsichtsvollsten Unterhaltung seines Lebens erinnern. Ein Treffen, dessen Wert für ihn nicht in den Einzelheiten lag, sondern im Ereignis als solchem.

Zur Vorbereitung auf den hektischen Stundenplan, der in den ersten beiden Maiwochen vor ihm lag, hatte Seine Heiligkeit entschieden sich einige Tage in der päpstlichen Residenz in Castel Gandolfo zu erholen.

»Mr. Appleyard?«

Gib wandte sich zum Eingang der Kapelle. Einem Wink Monsignore Daniels folgend begleitete er den Sekretär des Papstes in einen der privaten Empfangsräume im Erdgeschoss der Villa, wo ihn der Papst lächelnd erwartete. Trotz all der Gerüchte über die entsetzlichen Krankheiten, die angeblich sein Leben bedrohten, sah der Papst erstaunlich gut aus. Gibson verlieh seiner Freude Ausdruck den Heiligen Vater so wohlauf zu sehen.

»Ich bin eigentlich kein Stadtmensch, Mr. Appleyard.« Mit offensichtlicher Freude nahm der Heilige Vater den Gruß des Amerikaners entgegen und wies auf die Albanischerberge, die man durch die geöffneten Fenster sehen konnte. »Solange ich an der frischen Luft in Sichtweite von Wäldern und Bergen spazieren gehen kann, geht es mir gut. Nun ...« Der Heilige Vater wählte zwei bequeme Lehnsessel in der Nähe des Fensters und die beiden ließen sich nieder. »Sagen Sie mir, Mr. Appleyard, warum hat Ihre Regierung solche Angst vor meiner harmlosen Pilgerfahrt nach Russland? Ich versichere Ihnen, ich habe nicht die Absicht, in die russisch-amerikanischen Beziehungen einzugreifen. Warum dieses Misstrauen?«

»Heiligkeit«, Appleyard antwortete genauso direkt, »ich denke, die Männer in den Schlüsselpositionen haben weniger Angst vor Ihnen als vor ihren eigenen Erinnerungen. Sie denken an die Rolle, welche Sie und die katholische Kirche beim Sieg über die Kommunisten in Ihrem Heimatland gespielt haben. Sie erinnern sich daran, wie Sie sie ohne Gewehre oder Kugeln, sondern nur mit Organisation und der Kraft des Geistes bezwungen haben.«

»Aha!« Der Pontifex fuhr mit einer Hand durch die Luft. »Wir sprechen von Äpfeln und Birnen. Ihre Regierung in den`Vereinigten Staaten hat jetzt besondere Beziehungen zu Russland.«

Es passte zu diesem Papst, ihm das Stichwort zu geben, welches er brauchte, dachte Gibson. »Würden Euer Heiligkeit es vorziehen, wenn die Regierung diese besonderen Beziehungen nicht herstellte? Beziehungen, die, das gestehe ich ein, enger und fester sind als alle anderen, die meine Regierung mit anderen Mächten des Westens oder Ostens hergestellt hat.«

»Bevor ich Ihre deutliche Frage beantworte, Mr. Appleyard, lassen Sie mich erklären, wie ich diese neu geknüpften Beziehungen heute sehe.

Punkt eins: Vor kurzem haben russische Kampfmaschinen, bemannt mit russischen Piloten, Bombeneinsätze im Jemen geflogen. Die Saudis haben diese geheime Operation bezahlt und Ihre gegenwärtige Regierung hat sie abgesegnet.

Punkt zwei: Ihre Leute in Washington haben dem russischen Regime grünes Licht gegeben nicht nur Georgien zu beherrschen, sondern sämtliche Staaten der GUS, und zwar sowohl militärisch als auch wirtschaftlich. Das Massaker von Tschetschenien geht weiter, während wir hier miteinander sprechen.

Punkt drei: Die Vereinigten Staaten haben in der UNO dafür gestimmt, der von Russland dominierten GUS den gleichen ›Beobachterstatus‹ wie der NATO zuzugestehen und regionalen Status in der UNO selbst. Das bedeutet die Erlaubnis der UNO, dass Russland sich im ›näheren Ausland‹ und vielleicht irgendwann auch im ferneren aufspielen darf.

Punkt vier: Ihre gegenwärtige Regierung in Washington ist sehr geneigt die neue und geheime Allianz zwischen den USA und Russland zu akzeptieren, welche Jelzins Gesandter Wladimir Schumeiko ihnen angeboten hat. Was die Russen jetzt wollen, ist die gemeinsame Kontrolle mit den USA über ›friedenserhaltende‹ Missionen in der ganzen Welt. Gemeinsame Kontrolle über weltweite Waffenverkäufe. Gemeinsame Kontrolle über den Export militärischer und ziviler Technologie in die Länder der Dritten Welt.

Sie, Mr. Appleyard, haben mich gefragt, ob mir das alles gefällt. Natürlich nicht! Niemandem, der die Realität kennt, wie sie ist, kann das gefallen. Aber heißt das auch, dass ich etwas dagegen unternehmen werde? Oh nein, Mr. Appleyard! Es wird von ganz allein scheitern. Und außerdem, das kann ich Ihnen versichern, das ist nicht die Art von Weltpolitik, die mich zur Zeit beschäftigt.«

Wenn Gibson nach Rom gekommen war um sich Klarheit zu verschaffen, dann hatten Gladstone und der Papst ihm mehr Klarheit gegeben, als er oder seine Regierung das Recht hatten zu erwarten. Das gestand er dem Heiligen Vater auch ein und versprach seine Position zu Hause so deutlich wie möglich darzulegen.

Einen kurzen Augenblick lang teilten der Pontifex und der Diplomat ein zufriedenes Schweigen. Sie genossen die frische Morgenluft und die Geräusche der Stadt draußen vor den Toren.

Aber Gibson genoss noch mehr einen Rest seines früheren Wunsches, eine andere, persönlichere Ebene in seiner Beziehung zum Heiligen Vater erreichen zu können.

Gibson dachte über sein Versprechen an Gladstone nach, dass er alles tun würde um diesen Papst in seinem Amt zu halten. Er dachte auch an all die Namen, die in seinen Unterhaltungen mit dem Papst gefallen waren. Jelzin, Gorbatschow, Schewardnadse, Reagan, Bush, Thatcher, Kohl, Mitterand, Clinton, Mandela. Diese und viele mehr waren entweder direkt oder indirekt erwähnt worden.

Aber von all den Großen schien Gibson nur dieser eine, nur dieser polnische Papst wert, dass man ihn rettete, ihn beschützte, ihn an seinem Platz hielt. Solange ein solcher Mann auf der internationalen Bühne noch mitspielte, solange würden für die Gemeinschaft der Staaten Weisheit, Errettung und Fortschritt möglich sein. »Armes, armes Europa.«

Vor nicht allzu langer Zeit hatte der polnische Papst diese Worte jenem EU-Komitee geschrieben, das damit beauftragt war, den Posten des Generalsekretärs zu besetzen.

»Arme, arme Welt«, hätte er vielleicht schreiben sollen.

Quo Vadis

XLIX

Hammer und Amboss. So fühlte sich in Rom in den ersten beiden Wochen des Mai alles an. So sehr, dass der Papst, noch bevor er aus Castel Gandolfo zurückkehrte, als Zentralfigur in Ereignisse eingebunden war, die jeder zu kontrollieren suchte und die nur in einem vernichtenden Höhepunkt enden konnten.

In diesem Klima hatten Maestroiannis »unterstützende Maßnahmen« die beabsichtigte Wirkung. Die Verwirrung, welche das ungültige Dokument über die Ministrantinnen und der von den Verbündeten Seiner Eminenz in der Päpstlichen Akademie der Wissenschaften veröffentlichte Bericht über Geburtenkontrolle ausgelöst hatten, entzündete den Geist der Medienberichterstatter wie trockene Holzspäne. Zu der Zeit, als die 157 Kardinäle der universellen Kirche in Vorbereitung auf die Eröffnung des Generalkonsistoriums am 6. Mai eintrafen – wenige am 1. Mai, einige Dutzend am 4. Mai und der ganze Rest am 5. Mai –, hatte die Unsicherheit einen neuen Höchststand erreicht. Was ging wirklich vor am höchsten Regierungssitz der Kirche? Wer hatte wirklich das Sagen?

Den Feinden Seiner Heiligkeit zufolge sollte der letzte römisch-katholische Papst durch eine Kombination verschiedener Faktoren aus dem Amt des Papstes entfernt werden: seine eigene schwache Führung, den festen Willen jener, welche die Lektionen der Geschichte gelernt hatten und ihre Pflicht gegenüber der Menschheit kannten, und, obwohl nur wenige unter ihnen es wussten, die verborgene Beharrlichkeit jener Fratres, die den Sand beobachteten, der durch die Stundengläser des Tages der Ernte lief.

Folgte man denen, die immer noch an die römisch-katholische

Kirche als die einzige Quelle ewiger Erlösung der ganzen Menschheit glaubten, stand der Papst am Rand von fast apokalyptischen Veränderungen. Für sie war er nicht der letzte katholische Papst, weil seine Amtszeit die letzte war, sondern weil eine Ära zu Ende ging. Seine Pilgerfahrt in den Osten war nicht nur der Höhepunkt seines persönlichen Dramas als Pontifex und Mensch, sondern signalisierte das Ende dieser katholischen Epoche, welche vor zweitausend Jahren begonnen hatte.

Mitten während all dieser noch nie dagewesenen Aktivitäten kehrte der Heilige Vater mit einer Haltung unerschütterlichen Gleichmuts in den Papstpalast zurück. Erholt und energiegeladen empfing er jeden der ankommenden Kardinäle zu einer persönlichen Audienz; Ereignisse, die in der eigenen Zeitung Seiner Heiligkeit mit großen Schlagzeilen und Fotos auf dem Titelblatt veröffentlicht wurden. Er stellte sich Kardinal Graziani großzügig zur Verfügung, als letzte Einzelheiten des Holocaust-Gedächtniskonzertes und des Konsistoriums ausgearbeitet werden mussten. Und er war, wie vorhersehbar, das Ziel erhöhter diplomatischer Aktivität.

Das Gesicht, welches der Papst während des ganzen Trubels zeigte, sein Lächeln in der Öffentlichkeit, Nachgiebigkeit bei allen Anordnungen des Staatssekretärs für das Generalkonsistorium, seine Befriedigung angesichts der hohen Anzahl von Pilgern und Touristen, die Roms Gassen verstopften und seine Monumente besichtigten, all dies erzeugte eine festliche und feierliche Stimmung. Aber den Vertrauten des Papstes wie Sadowski, Gladstone und Slattery schien es, als hielte der Papst, ohne auf die scharfen Brüche und tödlichen Risse im Wall des Katholizismus zu achten, die von der fortdauernden Feierstimmung doch nur überdeckt wurden, seine Augen auf einen Polarstern gerichtet, der nur ihm allein sichtbar war.

Für Christian war es leicht, die Situation zu beobachten. Als Belohnung für seine guten und treuen Dienste sorgte Maestroianni dafür, dass er immer im Zentrum des Geschehens war. Chris verbrachte jeden Tag lange Stunden im Büro des Kardinals, wo er ihm half dem Besucherstrom aus Beratern, Diplomaten, Abgesandten, Kurieren, Konferenzmitgliedern und unvermeidlichen Neugierigen standzuhalten.

Von Damien Slattery sah Gladstone in diesen ersten hektischen Tagen des Monats nichts. Aber in seiner Rolle als Doppelagent war es notwendig, Lucadamo zu treffen. Aus Vorsichtsgründen und wegen der Aufgaben, die tagsüber auf sie warteten, trafen sie sich spät in der Nacht weit weg vom Vatikan.

Ein solches Treffen markierte einen weiteren Wendepunkt für Gladstone. Am 4. Mai trafen sie sich zu ein paar Brötchen in einem versteckten Café im Bezirk Trastevere. Wie immer berichtete Chris schnell, aber genau über das, was ihm zu Ohren gekommen war. Aber er hatte auch eine Beschwerde. Die Verzögerung bei der Suche nach dem geheimnisvollen zweimal versiegelten Umschlag, der noch immer irgendwo in den Geheimarchiven lag, ärgerte ihn gewaltig.

Der Sicherheitschef zeigte Mitgefühl. Er teilte Gladstones Ungeduld, was diesen Umschlag anging. Aber er erinnerte Chris daran, dass Kardinal Valdés' Zeitplan ungenauer denn je geworden war und dies bis zum Beginn des Konsistoriums wohl auch bleiben würde. Die Suche musste also bis dahin warten. »Und dann«, warnte Lucadamo seinen Begleiter, »werden Sie und Terragente die Suche auf sich gestellt fortführen müssen. Wahrscheinlich bin ich in jeder Stunde, die er auf den Beinen ist, an der Seite des Heiligen Vaters. Von morgen Abend an, wenn die formelle Begrüßung der Kardinäle stattfindet, bis zu unserer Rückkehr aus Russland am 13. Mai werde ich ihn nicht mehr aus den Augen lassen.«

»Trösten Sie sich, Giusti. So wie Maestroianni, Palombo, Pensabene und Aureatini die Eminenzen bearbeitet haben, wird es eine Erleichterung sein, aus Rom wegzukommen. Ich wünschte nur, ich könnte mitkommen.«

»Vielleicht eine Erleichterung für Maestroianni.« Mit einem hässlichen Lachen griff Lucadamo Gladstones Gedanken auf. »Er und Palombo und die anderen können es kaum erwarten, bis der Papst Rom verlässt, damit sie im Kollegium der Kardinäle freie Hand haben. Sie haben die ›Gemeinsamen Gedanken der Bischöfe‹, die sie jetzt als Peitsche verwenden können. Sie haben ihr kostbares Rücktrittsprotokoll mit den Initialen darauf. Was brauchen sie noch? Wenn Seine Heiligkeit abgereist ist, wäre es da nicht ein Akt der Vorsehung in ihren Augen, wenn unterwegs irgendetwas passieren würde, das ihnen erlaubt das Protokoll in ein Gesetz umzuwandeln? *E prèsto!* Das Kollegium der Kardinäle wird zum Konklave und wählt einen Nachfolger für den derzeitigen Papst. *La commèdia è finita!*«

»Ein Mordanschlag?« Gladstone war alarmiert genug gewesen, als Gibson Appleyard diese Möglichkeit angedeutet hatte. Aber hier sprach nicht Appleyard. Das war der leidenschaftslose, realistische, kühle und professionelle Sicherheitschef, der die Wahrscheinlichkeiten eines Desasters kalkulierte. »Sprechen Sie von einem Mordanschlag?«

»Das ist mein Problem, Christian. Ich habe keine Ahnung, was sie planen. Ich weiß nicht, wann oder wie sie es durchführen wollen. Aber ich beginne mit der festen Überzeugung, dass dies die beste Chance ist, die sie jemals haben werden, um diesen Heiligen Vater los zu sein.«

Aber die ganze Idee der »Gemeinsamen Gedanken« diente dazu, die Bischöfe kühner zu machen und den Heiligen Vater zu demoralisieren. Mehr denn je bedrückt von seinem eigenen Anteil an dieser Intrige suchte Christian nach festem Boden unter den Füßen. »Der Plan war ihn zum Rücktritt zu zwingen, nicht ihn zu ermorden. Ich weiß inzwischen, dass diese Bande, mit der ich arbeite, vor nichts zurückschreckt. Seit Aldo Carnesecca weiß ich das. Aber jetzt sprechen wir vom Papst, Giustino. Und außerdem sind Ihre Sicherheitsmaßnahmen auf päpstlichen Reisen immer wasserdicht.«

»Vielleicht. Zumindest so dicht, wie wir sie machen können. Trotzdem habe ich dieses entsetzliche Gefühl im Bauch. Ich kann beinahe Grazianis fromme Erklärung vor Rom und der Welt hören, dass der Papst tot sei oder im Koma liege, zurückgetreten sei oder was auch immer sie arrangiert haben.«

»Seine Heiligkeit muss das auch wissen, Giustino.« Chris klammerte sich an Strohhalme. »Ich meine, haben Sie vorgeschlagen, die Russlandreise zu verschieben, bis das Konsistorium vorbei ist? Ich weiß, es ist schon spät, aber ...«

Lucadamo winkte ab. »Ja, er weiß das auch alles. Das ist einer der Gründe, warum er darauf bestanden hat, dass Pater Damien mitkommt. Wenn etwas passiert, will er nicht, dass Slattery hier bei lebendigem Leib aufgefressen wird.«

Gladstone tat einen tiefen Seufzer. Das hörte sich alles so an, als sei der Papst geradezu begierig darauf, wegzukommen.

»Nein.«

Plötzlich wurde Lucadamo nachdenklich. »Seine Einstellung hat mit Fatima zu tun. Er erwartet, dass ihm die Heilige Jungfrau irgendein Zeichen von Gottes Willen auf dieser Pilgerfahrt schikken wird. Ich bin nicht sicher, was das bedeutet. Irgendein Zeichen von Christi Willen für sein Pontifikat, könnte ich mir vorstellen. Und für die Kirche. Aber was immer es auch ist, Seine Heiligkeit ist zuversichtlich. Er hat mir immer wieder gesagt, ganz gleich, welche Motive irgendjemand haben mag, was immer die Regierungen dazu brachte, ihn einzuladen, welche Motive auch immer Maestroianni und die anderen haben mögen, sie alle haben diese Pilgerfahrt möglich gemacht ›nach Gottes Vorsehung‹. Das waren seine Worte, Christian. Nach Gottes Vorsehung.«

Absolut betrachtet hatte der Pontifex natürlich Recht, das wusste Christian. Am Ende ist alles Teil der Vorsehung Gottes. Betrachtete er aber die letzte Zeit, so machte er sich unsagbare Sorgen, über das, was Seine Heiligkeit mit dem, was Gott vorgesehen hatte, zu tun beabsichtigte.

Am Nachmittag des 5. Mai, einem Freitag, einen Tag vor der Eröffnung des Konsistoriums, übergab Staatssekretär Graziani jeder Eminenz ein von seinem Stab vorbereitetes Dossier. In ihm waren auch die folgenden drei Dinge enthalten: ein sorgfältig aufbereiteter Bericht über die »Gemeinsamen Gedanken der Bischöfe«, gestützt von Beweisen und Aussagen der ehrwürdigen Mitglieder von Grazianis Komitee. Eine Fotokopie von *De Successione Papali*, zusammen mit den Zeugnissen der Kardinäle Graziani, Maestroianni und Aureatini. Und ein Bericht über den Gesundheitszustand Seiner Heiligkeit, der Anlass zur Besorgnis gab. Ein weiterer Brief, vom Kardinalstaatssekretär unterzeichnet, betonte, dass es weder öffentliche noch im Kollegium Diskussionen über diese Dinge geben durfte. Aber es stand den Eminenzen frei, sie privat mit den »zuständigen Autoritäten« zu besprechen.

Um 9 Uhr 30 am Morgen des 6. Mai erschien Seine Exzellenz Alberto Vacchi-Khouras zu einem unangekündigten Besuch bei Abt Augustin Kordecki im Kloster Jasna Gora in Tschenstochau im südlichen Polen. Er war im offiziellen Auftrag als Nuntius von Warschau gekommen. Seine Exzellenz informierte den Abt und wünschte, vor der gesamten Gemeinschaft der Mönche zu sprechen, über eine Sache von äußerster Wichtigkeit.

Der Abt rief den Sakristan in sein Büro. Und der Sakristan beeilte sich, alle Paulinermönche zusammenzurufen. Als sie versammelt waren, erklärte Seine Exzellenz, dass die Nachricht, welche er ihnen mitteilen wollte, mit dem Siegel des Beichtgeheimnisses versehen werden sollte.

Zufrieden damit, dass alle die strengen Strafen für eine Verletzung dieses Vertrauens kannten, freute sich Seine Exzellenz ankündigen zu können, dass Seine Heiligkeit der Papst nach den schweren Anstrengungen seiner Reise nach Russland und in die Ukraine dem Kloster einen privaten Besuch abstatten würde. Um seine Abgeschlossenheit zu sichern, würde seine Heiligkeit mit einigen Begleitern inkognito kommen. Die dem Besucher zugewiesene Suite war für alle gesperrt, außer für die wenigen Mönche, die gebraucht wurden, um den Bedürfnissen des Besuchers nachzukommen. Die päpstliche Reisegruppe würde allein speisen und wenn sie sich auch größtenteils auf ihre Quartiere beschränken würde, so sollten doch die Mönche gewisse Teile des Klosters nicht betreten. Besonders erwähnt wurden die gotische Kapelle Unserer Lieben Frau, die Kirche der Aufnahme in den Himmel, die Bibliothek und das Refektorium.

Für die wenigen fraglichen Tage konnten die Mönche die Kirche zum letzten Abendmahl für ihre Gebete und Messen aufsuchen. Sollte es irgendwelche zufälligen Begegnungen zwischen Mitgliedern der Gemeinschaft und der Reisegruppe geben, so sollte die geheime und der Erholung gewidmete Art des Aufenthalts respektiert werden. Mit anderen Worten, weder Gespräche noch sonstige Kommunikation würde geduldet werden.

»Und so«, Seine Exzellenz erklärte diesen Punkt geschickt, »bitte ich Sie alle eine dreitägige Klausur des Schweigens und der Einsamkeit zu begehen, beginnend am 12. Mai.

Alle Fernseh- und Radiogeräte des Klosters werden weggeschlossen. Kein Mönch wird das Kloster verlassen, keiner es betreten. Alle Telefonleitungen werden für die Zeit des päpstlichen Besuches abgeschaltet. Es soll eine Zeit des Gebets und der Buße sein, während der wir alle Gott bitten wollen, dem Papst und unseren Bischöfen neue Weisheit für ein neues Zeitalter zu schenken.«

Es war kurz nach 10 Uhr 30, als Vacchi-Khouras, der seine Anordnungen buchstabengetreu erfüllt hatte, sich vom Abt verabschiedete und zurück in seine Limousine stieg, um die zweihundert Kilometer nach Warschau zurückzufahren.

Kordecki sah dem schnittigen Mercedes-Benz zu, wie er mit flatternden Fähnchen auf den vorderen Kotflügeln die Auffahrt zur Autobahn hinunterglitt. Wenn der 12. Mai kam, würden er und seine Mönche keine andere Wahl haben, als Jasna Gora abzuschließen, wie verlangt worden war. Von jetzt an bis zum Zeitpunkt, da die päpstliche Gruppe wieder abreiste, war er zum Schweigen verpflichtet. Trotzdem wusste er als Pole, was keiner wie Vacchi-Khouras und keiner seiner Vorgesetzten im Sekretariat des Vatikans jemals verstehen würde: Tief in seinem Inneren teilte Kordecki das Band, das den polnischen Papst mit seinem Volk verband. Sie würden wissen, dass er unter ihnen weilte. Sie würden wissen, dass er in Gefahr war. Trotz der Vorsichtsmaßnahmen, trotz der Sicherheitsmaßnahmen, irgendwie würden sie es wissen.

Um 9 Uhr 30 am Morgen des 6. Mai kauerte sich Christian in der Anonymität eines kleinen Balkons unterm Dach der Audienzhalle im Nervi zusammen um zuzusehen, wie die Fürsten seiner Kirche zur Eröffnung des Generalkonsistoriums des Heiligen Vaters hereinkamen.

Plötzlich schlüpft Pater Damien in den Sessel neben ihm.

»Slattery! Wo waren Sie denn? Sie haben eine Menge verpasst.«

In Wahrheit hatte Damien gar nichts verpasst. Er hatte den Heiligen Vater im letzten Monat jeden Tag mindestens einmal gesehen, bis er Niederschrift und Korrektur der beiden Enzykliken nach den Vorstellungen Seiner Heiligkeit beendet hatte. Dann hatte er den Druck beider Enzykliken rechtzeitig vor Beginn des Konsistoriums beaufsichtigt. Weil er aber geschworen hatte, mit niemandem darüber zu sprechen, richtete er seine Aufmerksamkeit auf die Szenerie unten.

Um genau zehn Uhr traf der Papst ein. Langsam, aber mit festen Schritten ging er zu seinem Platz als Vorsitzender der Versammlung. Mit jenen Gesten, die inzwischen beinahe der ganzen Welt bekannt waren, grüßte er all die wichtigen Kardinäle und all die wichtigen Gäste mit einem Winken der rechten Hand und einem Lächeln. Mit seiner linken Hand berührte er leicht das Brustkreuz, welches an seiner Goldkette hing. Jede Bewegung bot ein Bild des Willkommens, des Selbstvertrauens und der Gesundheit. Seine Heiligkeit eröffnete das Konsistorium, indem er alle einlud mit ihm aufzustehen und ein Gebet an den Heiligen Geist zu richten, das *Venite, Sancte Spiritus*. Dann legte Monsignore Sadowski einen dünnen Ordner auf das Rednerpult vor dem Pontifex.

»Verehrte Brüder.« Der Heilige Vater öffnete den Ordner. »Ich habe hier drei Dokumente, die ich Ihnen zur Betrachtung vorlegen möchte. Die ersten beiden sind Lehrbriefe an die katholische Kirche. Das dritte enthält eine kanonische Abänderung des existierenden Kirchengesetzes, welches das Pontifikat regelt ...« Mit diesem Vorwort begann Seine Heiligkeit eine Rede, die ein fürchterlicher Schlag für das Ego so manch eines Kardinals war und eine Überraschung für alle.

Er begann mit der Enzyklika, welche den Kirchenbann auf Empfängnisverhütung, homosexuelle Aktivitäten und alle Formen des Satanismus zu unumstößlichen Lehren erklärte: Ihre Verletzung zog die automatische Exkommunikation nach sich. Dann ging er zur zweiten über, welche es zum Dogma des römisch-katholischen Glaubens erhob, dass alle übernatürliche

Hilfe Gottes, in der traditionellen Sprache der Kirche alle göttliche Gnade, durch ein besonderes Einschreiten der Heiligen Jungfrau Maria als der Mutter Christi geschah. Sie sei daher als die Mittlerin aller Gnade zu verehren.

Der Text dieser beiden Briefe *ex cathedra* sei noch nicht definitiv, sagte Seine Heiligkeit zu den Eminenzen. Er vertraute ihnen diese Dokumente jetzt an, so dass sie während seiner fünftägigen Abwesenheit in Osteuropa die Texte in aller Ruhe studieren, diskutieren, kritisieren und verbessern konnten. Mithilfe ihrer Mitarbeit, so hoffte er, konnte er beide Enzykliken kurz nach seiner Rückkehr nach Rom am 13. Mai veröffentlichen.

Weniger Zeit widmete der Heilige Vater dem Rücktrittsprotokoll in seiner endgültigen Form. Er habe *De`Successione Papali* für nur einen einzigen Zweck mit seinen Initialen versehen: um die kindlichen Ängste von so vielen seiner verehrten Brüder zu beschwichtigen, dass die Kirche plötzlich ohne gewähltes regierungsfähiges Oberhaupt dastünde. Nach den Bedingungen sei diese Abmachung zwischen ihm und seinen Kardinälen auf eine einmalige Anwendung für einen einzigen Fall beschränkt. Aber auch dieses Dokument könne den Eminenzen Trost für ihre Sorgen und Stoff für ernsthaftes Nachdenken geben, wenn sie es in seiner Abwesenheit gründlich studierten.

»Nun, meine verehrten Brüder ...«

Das waren die letzten Worte der päpstlichen Rede, welche Gladstone hörte. Einer von Giustino Lucadamos Assistenten kam auf den Balkon und berührte ihn genau in diesem Moment an der Schulter. »Es gibt eine Krise, Monsignore. Kommen Sie.«

L

»Wir wissen es nicht, Christian. Declan könnte tot sein. Alle könnten inzwischen tot sein. Wir wissen es nicht!«

Pauls Sohn tot? Dieser lebendige, kläräugige, neugierige, geliebte Junge an der Schwelle seines Lebens von ihnen genommen? Nur Minuten nach dem gequälten Anruf seines Bruders aus

Belgien war Christian in einem von Lucadamo für ihn bereitgestellten Hubschrauber auf dem Weg zum Flughafen. Auch dank Lucadamo wartete die Alitalia-Maschine nach Brüssel »aus Gründen des Mitgefühls, welche ein hervorragendes Mitglied des Heiligen Stuhls betreffen«. Und die bloße Erwähnung von Paul Gladstones Namen als EU-Generalsekretär genügte der NATO um in Brüssel einen weiteren Hubschrauber bereitzuhalten, der Christian schnellstens zum Ort des Unglücks brachte. Die ganze überstürzte Reise vom Hubschrauberlandeplatz des Vatikan bis zum Höhlenkomplex der »Danielle« hatte kaum länger als vier Stunden gedauert. Aber es war eine Ewigkeit für Chris, der zwischen der Bedrohung seines Neffen durch den Tod und der genauso ernsten Bedrohung seines Papstes und des Papsttums selbst hin- und hergerissen wurde. Endlich war er doch in der Lage, seine Gefühle zu kontrollieren und seinen Verstand zum Arbeiten zu zwingen.

Es hatte ein paar Sekunden gedauert, seinen Bruder so weit zu beruhigen, dass er ihm das Wichtigste mitteilen konnte. In abgehackten Sätzen hatte Paul erzählt, dass Declan aus einer Gruppe von jungen Höhlenforschern für einen Dreitagesausflug in die »Große Danielle« ausgewählt worden war. »Wie hätten wir Nein sagen können?« Paul war am Rande des Zusammenbruchs. Declan war so aufgeregt gewesen und alles war sorgfältig geplant worden. Ihr Führer war ein erfahrener Mann. Sie würden mit einem Kontrollcenter über den Höhlen Funkkontakt halten. Die Gruppe würde sich jede Stunde melden. Sie hatten die »Kleine Danielle« am 1. Mai betreten. Am 2. Mai stießen sie in die »Große Danielle« vor. Alles lief bestens. Am 3. Mai, als sie sich auf den Rückweg machen wollten, hatte der Boden gezittert und jeder Kontakt mit den Höhlenforschern war abgebrochen. Eine Rettungsmannschaft war hinuntergestiegen. Nach ein paar Stunden hatten sie die denkbar schlechteste Meldung gefunkt. Ein unterirdischer Bergsturz!

Paul und Yusai hatten die nächsten beiden Tage am Eingang des Höhlenkomplexes zugebracht. Die Königlich Belgische Gesellschaft hatte mehrere Rettungsteams geschickt, die abwechselnd den gefährlichen Versuch machten sich durch den Schutt hindurchzugraben. Aber als Paul angerufen hatte, bestand nur mehr wenig Hoffnung und es wurde schon von Toten geflüstert.

Als Christian in Belgien gelandet war, hatte er das Gefühl, sich durch eine zähflüssige Traumsequenz in Schwarzweiß zu bewegen. Der NATO-Hubschrauber, der ihn zu den Höhlen flog, flog über eine vom stetigen Regen durchweichte Landschaft dahin. Paul und Yusai waren bleich und gramgebeugt. Die Experten, die Christian informierten, ließen einen langen Strom technischer Erklärungen hören. Aber als sie ihn mit hinunter nahmen, damit er einen besseren Eindruck von der Situation bekam, wurde aus all den halbverständlichen Worten harte Realität. Die seismischen Störungen hielten an. Die Bedingungen unter Tag verschlechterten sich. Es wurde sogar gefährlich, in die »Kleine Danielle« abzusteigen. Niemand konnte sagen, was in den Teilen der »Großen Danielle«, die sie zu erreichen versuchten, los war oder als Nächstes passieren würde. Es wurde darüber gesprochen, die Rettungsversuche einzustellen, um nicht noch weitere Leben zu gefährden.

Um Mitternacht riet der Verantwortliche den Gladstones, für ein paar Stunden der Ruhe nach Deurle zurückzukehren. »Wir werden weitermachen, solange es uns möglich ist«, versicherte er ihnen. »Es ist mit dem Hubschrauber nur ein kurzer Flug und beim geringsten Anzeichen eines Durchbruchs verständigen wir Sie.« Vom nebeligen Regen durchweicht kehrten alle drei nach Guidohuis zurück, wo Hannah Dowd und Maggie Mulvahill krank vor Sorgen auf Nachrichten warteten. Als sie sich trockene Kleider angezogen hatten, stand heiße Suppe auf dem Ofen und ein Feuer brannte im Kamin des Wohnzimmers. Sie wussten, dass es für alle eine schlaflose Nacht werden würde.

Yusai sprach nur wenig. Chris spürte einen gewissen fatalistischen Zug in ihren Reaktionen, aber wie auch immer sie dachte, ihr Leid wurde nur von ihrer Selbstkontrolle übertroffen. Sie fand kleine Dinge um sich zu beschäftigen, bis sie sich von körperlicher Erschöpfung überwältigt in einem Stuhl am anderen Ende des Zimmers in stiller Einsamkeit zusammenrollte.

Nicht so Paul. Sobald sie zu Hause waren, wollte er reden. Zuerst plapperte er zu seinem Bruder über die Wahrscheinlichkeit, dass Declan und die anderen noch am Leben waren. Er wusste, dass sie genügend Wasser mitgenommen hatten, sagte er wohl ein Dutzend Mal. Inzwischen war ihnen wahrscheinlich das Essen ausgegangen. Aber was war mit Luft? Und was, wenn sie von dem Felssturz nicht nur eingeschlossen worden waren? Was, wenn er sie begraben hatte? »Mein Gott im Himmel!« Pauls Nerven waren am Ende. »Ich hasse es, ›was, wenn‹ zu denken! Sag mir Chris, warum kann Gott unseren Sohn nicht einfach retten, ohne Wenn, Und und Aber? Was hat mein kleiner Deckel getan um einen solch schrecklichen Tod in der Kälte, der Finsternis und dem Schmutz dieses Lochs zu sterben?«

Ja was, dachte Chris. Er wusste, Paul wollte nicht so sehr mit Gott richten, sondern ein sehr altes Geheimnis verstehen – den Grund für das Leid der Menschen. »Ich glaube nicht, dass die Frage ist, was Deckel verdient, Paul.« Christian gab ihm die einzige Antwort, die er hatte. »Christus ist auch unschuldig. Er *ist* die Unschuld, die Fleisch gewordene Unschuld. Aber Er litt um deine Sünden und meine Sünden und alle unsere Sünden auf Sich als Gottes Sohn zu nehmen.«

»Sühne?« Paul stöhnte und fuhr sich mit den Händen durch die Haare. »Ich kann mir nicht vorstellen, dass Gott seinen Zorn oder sein Missfallen an einem kleinen Kind auslässt, wegen den Sünden seiner Eltern. Ich weiß, ich bin kein guter Katholik, aber ich habe mein Bestes getan unter schwierigen Umständen ... Nein, bei Gott!« Funken flogen und Flammen schlugen hoch, als Paul aus seinem Sessel aufsprang und gegen die Scheite im Kamin trat. »Jetzt ist keine Zeit mehr für Lügen!

»Gott weiß, ich liebe meinen Sohn. Er ist der Stolz und die Freude meines Lebens. Ich würde alles tun um ihn zu retten. Yusai auch.« Er sah zu seiner Frau, die zurückstarrte, erschreckt durch seinen Ausbruch. »Und Gott weiß, ich habe meinem Jungen jeden materiellen Wunsch erfüllt.« Paul setzte sich wieder neben seinen älteren Bruder. »Ich habe mein Bestes getan um ihn auf das Leben in einer Welt vorzubereiten, die verschieden von allem sein wird, was es je gegeben hat. Ich habe auch mein Bestes getan um an der Erschaffung dieser Welt teilzuhaben. Deswegen war meine Aufnahme in die Großloge von Israel so wichtig. Erinnerst du dich, Chris? Ich habe dir davon erzählt. Von Jerusalem und Aminadab und wie nahe ich mich Gott und meinen Mitmenschen auf dieser Bergspitze gefühlt habe. Aber mein Junge ist nicht auf einen Berg gekommen, oder? Er ist da unten in diesem eiskalten, verrotteten Loch!«

Tränen rannen Pauls Wangen hinab. »Ich frage mich, ob du verstehen kannst, wie richtig alles war in diesem Augenblick dort oben auf dem Aminadab. So voller Versprechen. Dann, danach, die ersten beiden Eide waren so einfach. Der Lehrlingsgrad und der Gesellengrad. So leicht, so lohnend. Auch der dritte Eid war noch in Ordnung. Er machte mich schließlich zu einem Meistermauerer, öffnete alle Türen. Aber er kostete mich etwas ganz Besonderes. Und er kostete Declan und Yusai etwas ganz Besonderes. Und weißt du, warum? Weil das Schwören dieses Eides wie das Durchschneiden eines Bandes mit einer Schere war. Es war, als hätte ich irgendetwas in mir umgebracht, etwas, das immer Teil unserer Familie und unseres Lebens auf Windswept House gewesen war.

Nun gut, dachte ich. Nur altmodischer, verbrauchter Unsinn. Lass es los. Und genau das habe ich auch getan. Selbst jetzt und hier habe ich die Chancen meines Sohnes in Erde, Wasser und Nahrung berechnet.«

»Hast du das, Paul?« Christians Stimme war so weich wie das Licht des Feuers. »Hast du wirklich alles losgelassen?«

Wie seltsam, dachte Paul, dass eine so liebevolle Frage seines Bruder ihn wie ein Hammerschlag traf. »Ja.« Er musste wahrheitsgemäß antworten, aber er musste auch klarmachen, was er meinte. »Es geht nicht um mich, Christian. Es geht um Declan. Es geht um das, was ihm zu geben ich niemals auch nur gedacht habe. All die Dinge, die du und ich und Tricia auf Windswept House mit der Luft eingeatmet haben. Ich habe ihn ohne diesen unschuldigen, vertrauensvollen Glauben an die Allmacht Gottes gelassen. An Seine Liebe. An Seine Wunder. Ich habe ihm nie das Beten beigebracht. Ich habe ihn ohne jede Verteidigung dort unten in der Danielle gelassen. Kannst du das glauben?

Vielleicht hast du doch Recht, Chris. Vielleicht hat Gott dieses unser Kind in unsere Hände, Yusais und meine Hände, gegeben und gesagt: ›Dies ist eurer Geschenk von Mir, gebt gut auf ihn Acht‹. Und vielleicht sagt Gott jetzt: ›Wenn ihr nicht besser auf ihn aufpassen könnt, dann nehme Ich ihn euch wieder.‹« All seiner Verteidigungen beraubt war Paul nur mehr der nackte Schmerz geblieben. »Sag mir! Was soll ich tun? Ich würde gerne sterben um Deckel zu retten, wenn es das ist, was Gott verlangt. Ist es das, Chris? Würde das diesen Gott versöhnen, Der uns jetzt Sein Geschenk wieder nimmt? Was will Er von mir? Sag's mir!«

Chris hatte genug gehört. Vielleicht konnte er nichts tun um Declan zu helfen. Aber er würde nicht dastehen und zusehen, wie sein Bruder sich in hilflosem Kummer zerfleischte oder sich mit Zorn und Selbstmitleid bis ins Mark verbrannte. »Hast du dir selbst zugehört, Paul? Hast du die Fragen gehört, die du mir gestellt hast? Warum Gott Sein Geschenk zurücknimmt, fragst du? Nun, versuch einmal die Frage umzudrehen. Sag mir, Paul, warum sollte Gott dir Sein Geschenk lassen? Du hast das Geschenk angenommen und den Geber vergessen. Was, um Himmels willen, hast du für Gott getan, außer Ihm ins Gesicht zu spucken?

Du fragst, was Gott von dir will? Ich habe keine unfehlbaren Antworten, keine speziellen Kommunikees von oben, keine Vorahnung von Dingen, die noch kommen werden, wie Mutter das hat. Aber diese Frage kann ich beantworten. Du warst klug beim Verhandeln mit Mammon. Klug genug um deinen Weg direkt in die Todsünde münden zu lassen. Und jetzt versuche zu tun, was Christus gesagt hat. Du musst nicht einmal halb so klug sein um mit Gott zu verhandeln. Du musst nicht einmal zum Berg Aminadab gehen um einen Handel mit Ihm auszumachen. Sag Ihm, was du willst und was du dafür tun willst. Gib Gott deine Seele zurück und vielleicht gibt Er dir Sein Geschenk zurück!«

»Paul?« Yusai gab als Erste zu, dass sie Katholikin geworden war ohne viel über das Christentum zu lernen. Aber was Chris jetzt gesagt hatte, war ganz einfach zu verstehen. »Paul?«, rief sie ihren Mann ein zweites Mal. Aber es waren ihre Augen, die ihren Mann an ihrer Seite niederknien und sie in seine Arme nehmen ließen. Diese Augen, glänzend von Tränen hilfloser Würde, die in Gottes ganzem Universum einmalig waren. Diese Augen, in denen die Tränen Rachels glänzten.

So blieben sie, diese drei, schweigend in Kummer und Hoffnung, bis das sanfte, aber beständige Läuten des Telefons diesen heiligen Augenblick zerstörte.

»Wie bitte?« Christian war der Nächste am Telefon gewesen, daher hob er ab. »Wie war Ihr Name ?«

»Régice Bernard, Monsignore. Giustino Lucadamo hat mich angerufen. Ich bin ein alter Freund seines Onkels. Er erzählte mir von dem kleinen Jungen, der in dem Einbruch in der Danielle gefangen ist. Haben sie ihn schon gefunden?«

Es sah Gott ähnlich, entschied Chris, einen riesenhaften Stier von einem Wallonen wie Régice Bernard in seinem donnernden Hubschrauber zu schicken, als Zeichen, dass Er bereit war zu verhandeln, wenn auch Paul es war.

Bernard war ganz geschäftsmäßig – entschieden methodisch und bereit zu handeln. Er konnte sehen, dass Paul und Yusai nicht in der Lage waren klare Entscheidungen zu treffen. Also zog er Chris ins Arbeitszimmer und erklärte so kurz wie möglich, was Giustino bereits wusste und weswegen er angerufen hatte. Er war ein gesunder und kräftiger Mittsiebziger, der eine eigene Konstruktionsfirma in seiner Heimatstadt Lüttich betrieb. Als die Deutschen 1940 Belgien überfallen hatten, war er ein kräftiger Junge von noch nicht einmal zwanzig Jahren gewesen. Natürlich war er in die Wälder und in die Ardennen zum Widerstand gegangen. Und weil das Netz von Tunneln und Höhlen, welches bestimmte Teile seines Heimatlandes durchzog, für ihn und die Partisanen überlebenswichtig gewesen war, kannte er beide Abschnitte der »Danielle« wie seine Hosentasche. Wichtiger war, dass er Teile der »Danielle« kannte, die nicht kartografiert waren. Und noch wichtiger war, dass er einen zweiten Eingang in das Labyrinth kannte, rund fünf Kilometer entfernt von dem bekannten Einstieg durch die »Kleine Danielle«. »Tatsächlich«, sagte er zu Chris, »kenne ich Wege in und aus und um diese Höhlen, die diese Höhlenforscher, die die Rettungsarbeiten leiten, krank vor Neid machen würden. Deswegen hat mich Giustino angerufen. Ich sage nicht dass wir den Jungen lebend vorfinden werden. Da gibt es keine Garantie.

Aber wenn es einen Weg gibt um zu ihm zu kommen, dann weiß ich, dass ich ihn finden kann. Also, wenn Sie einverstanden sind ...«

»Und ob ich einverstanden bin!« Chris wusste, wie Hoffnung klang. »Und ich bin dankbar. Lassen Sie uns das Rettungsteam anrufen. Ich versichere Ihnen, dass sie mitmachen werden. Und dann brauche ich eine Minute um meinem Bruder und seiner Frau die Lage zu erklären.«

In der nächsten halben Stunde ging alles drunter und drüber. Régice Bernard bat nicht um die Mitarbeit des Teams bei der »Danielle«, sondern bellte vielmehr eine Reihe von deutlichen Anweisungen zur Vorbereitung ins Telefon. Yusai, wieder voller Hoffnung, rannte davon um Hannah und Maggie zu berichten und sich warme Kleidung anzuziehen. Paul war zu nervös um stillzustehen und bat seinen Bruder draußen mit ihm zu warten. »Ich nehme an, Chris, es ist nicht üblich, eine Beichte zu hören, während man im Gras spazieren geht.« Paul lief neben Bernards Hubschrauber, der am Rand des Obstgartens stand, auf und ab. »Ich weiß noch nicht einmal, ob du die nötigen Beichtbefugnisse hast. Ich meine, ich erinnere mich aus meinen Tagen am Seminar, dass es bestimmte Sünden gibt, die nicht jeder Priester vergeben darf ...«

»Nein.« Christian unterbrach seinen Redestrom. »Es ist nicht üblich. Und es ist nicht üblich, dass ein Bruder seinem Bruder die Absolution erteilt. Aber ich habe die notwendigen Befugnisse und im Notfall sind alle Dinge erlaubt.«

In der Zeit, welche die silbergrauen Strahlen des Tageslichts brauchten um die Wolken am östlichen Horizont an diesem Sonntagmorgen, dem 7. Mai, zu durchdringen, entschied Gott Seinen Teil des Handels mit Paul Gladstone einzufordern. Mit ernstem Gesicht und immer noch voll Angst um seinen Sohn legte der hervorragende Staatsmann seine erste gültige Beichte seit fünfzehn Jahren ab. Er bat von seinen Sünden gereinigt zu werden, die ihren Höhepunkt auf dem Aminadab erreicht hatten, als er Christi Erlösung entsagte aus stolzer, ehrgeiziger Hingabe an das Königreich dieser Welt. Wegen seiner schweren Schuld bat er um eine schwere Strafe. Wegen Christi persönlichem Versprechen der Geduld und endloser Barmherzigkeit bat er um Vergebung und Frieden durch die Absolution seiner Sünden.

Christian erfüllte seine erste Bitte mit einer Auflage, von der beide Männer wussten, dass sie Pauls weiteren Aufstieg aufhalten konnte. Er hatte gerade die zweite Bitte erfüllt, als Régice Bernard, die eifrige Yusai an seiner Seite, auf sie zukam. Chris gab seinem Bruder noch ein paar Worte der Erklärung und zog ihn in eine feste Umarmung. Dann wandte Paul sich ab um Yusai in`den Hubschrauber zu helfen und kletterte selbst hinein.

»Sie kommen nicht, Monsignore?« Der kräftige Belgier nahm die Hand, die ihm sein neuer junger Freund zum Abschied und mit tiefstem Dank entgegenstreckte.

»Was auch immer in diesen Höhlen geschieht, Monsieur Bernard, ich schulde Ihnen etwas, das ich nie zurückzahlen kann. Aber in diesem Augenblick gibt es nicht nur eine Situation auf Leben oder Tod. Ich habe hier alles getan, was ich kann. Ich muss nach Rom zurück.«

Wäre Kardinal Maestroianni noch gläubig gewesen, er hätte gedacht, die Hand Gottes sei am Werk, als der Papst noch einmal nachgab und ihn zum *Camerlengo* ernannte. So wie er war, schrieb er es den Gezeiten der Geschichte zu, seinem eigenen Verhandlungsgeschick und dem Wunsch des Pontifex nach Frieden um jeden Preis. Aber wie man es auch drehte und wendete, als päpstlicher Kämmerer würde Seine Eminenz all die notwendige Autorität besitzen um während der entscheidenden Tage der Russlandreise des Heiligen Vaters zu herrschen.

Aber obwohl die Luft nach Sieg roch, hielt es Maestroianni nicht für angebracht sich zufrieden auszuruhen. Er stand an diesem Sonntag viele Stunden vor dem Morgengrauen auf um noch einmal die Risiken und Alternativen durchzugehen, welchen er und seine Kollegen innerhalb der nächsten sieben Tage gegenüberstehen würden. Um sieben Uhr war er bereit zu einer letzten Besprechung in seinem Penthouse mit den wichtigsten Mitgliedern des Komitees. Vom selben Gefühl des Sieges angefeuert traf Maestroiannis engster Verbündeter Kardinal Silvio Aureatini als Erster ein. Aber die anderen folgten ihm auf dem Fuß: Leo

Pensabene, der Kardinalpräfekt der Kongregation für die Bischöfe, Noah Palombo, Direktor des Internationalen Rates für christliche Liturgie, und Staatssekretär Kardinal Giacomo Graziani.

Erster Punkt der Tagesordnung war sicherzustellen, dass alle fünf Männer über die Pläne und Ausweichmöglichkeiten Bescheid wussten. Sie kannten jedes Detail der Reiseroute des Papstes vom Zeitpunkt der Abfahrt bis zu seiner geplanten Rückkehr am 13. Mai und hatten jeden Grund zu der Annahme, dass Seine Heiligkeit einer akuten gesundheitlichen Schwäche zum Opfer fallen würde. »Oder wenigstens«, wie Pensabene es geschickt formulierte, »höherer Gewalt und dem Spiel der Umstände.«

»Wenn wir schon von höherer Gewalt sprechen.« Maestroianni wandte sich an den Staatssekretär. »Können wir annehmen, dass Monsignore Jan Michalik gründlich informiert worden ist?«

»Sehr gründlich, Eminenz. Ich habe ihn und Dr. Fanarote gestern Nachmittag getroffen.« Voller Stolz gab Graziani seinen Kollegen die Unterhaltung wieder.

Michalik selbst war den Zuhörern bekannt: ein unwichtiger, aber egoistischer Bürokrat im Staatssekretariat. Er war ein großer, knochiger Italiener polnischer Abstammung, sprach fließend Polnisch und hatte die Augen eines Luchses für Kleinigkeiten. Der Monsignore hatte seine Karriere auf seiner beinahe fanatischen Beobachtung jedes Details aufgebaut. Wie erwartet hatte er es als nahezu selbstverständlich empfunden, dass er den Auftrag bekam mit dem Papst als Mitglied seines persönlichen Gefolges zu reisen. Oder, um es genauer zu sagen, als Grazianis persönlicher Wachhund.

Natürlich war Dr. Fanarote weniger entgegenkommend gewesen. Graziani berichtete vom Unglauben des päpstlichen Hausarztes, als ihm gesagt wurde, dass er nicht nur jeden Tag Monsignore Michalik von jeder noch so geringfügigen Änderung im Gesundheitszustand des Papstes berichten sollte, sondern dass auch alle Entscheidungen bei dem Monsignore liegen würden. Fanarote war klug genug gewesen seine Einwände auf professionelle Gründe zu beschränken. Er konnte nichts, was die Gesundheit des Heiligen Vaters betraf, mit einem Dritten besprechen, sagte er, es sei denn, Seine Heiligkeit gab selbst die Erlaubnis dazu.

Unbeeindruckt von Fanarotes Empörung hatte Graziani ruhig festgestellt, dass ein so außergewöhnlicher Mann wie Seine Heiligkeit sicher Verständnis dafür habe, wenn der gute Doktor den Strapazen dieser äußerst ungewöhnlichen Reise Seiner Heiligkeit nicht gewachsen sei. Vor die Entscheidung gestellt Graziani zu gehorchen oder seinen Papst im Stich zu lassen, hatte Fanarote erklärt, er sei der Diener Seiner Heiligkeit. Danach war schnell Verständigung über jede Einzelheit erzielt worden.

»Gut gemacht, Eminenz.« Maestroianni war in der Tat zufrieden.

Es folgte die ebenso befriedigende Wiedergabe des Berichts Seiner Exzellenz Alberto Vacchi-Khouras, des päpstlichen Nuntius von Warschau, über die Arrangements mit Abt Kordecki in Tschenstochau. Alles war dort bereit. Das ließ nur mehr zwei größere, wenn auch weniger schwierige Punkte zur Besprechung übrig: den Umgang mit den Kardinälen während der Abwesenheit des Pontifex und den Umgang mit der öffentlichen Meinung, bis eine Lösung für die Unsicherheit über den Gesundheitszustand des Papstes gefunden worden war.

Zurück im Angelicum fand Christian eine Nachricht von Damien Slattery vor. Aber sein erster Anruf galt Windswept House.

»Höre, Christian Gladstone!« Cessi ertrug die Nachrichten über Deckel mit jener großartigen Haltung, welche ihre Feinde immer irritierte und ihre Freunde lächeln ließ. »Meinem Enkel ist es nicht bestimmt, im Bauch irgendeiner feuchten Höhle umzukommen!«

»Nicht, wenn Régice Bernard das Geringste dabei zu sagen hat«, stimmte Christian zu. »Sobald ich etwas höre, lasse ich es dich wissen. Wir brauche jetzt eine Menge Wunder, Mutter, also bete weiter. Und Tricia auch. Sie hat eine ganz besondere Verbindung zum Himmel!«

Gladstone wollte Slattery gerade zurückrufen, als sein Freund sich aus der Casa del Clero meldete und ihm die Mühe ersparte. Er fragte nach Neuigkeiten über die Suche nach Declan und wies Christians Fragen über die Entwicklung in Rom zurück. »Das Wichtigste zuerst, mein Junge. Lucadamo hat gehofft, Sie würden rechtzeitig für eine letzte Besprechung vor der Russlandreise zurückkommen. Und ich habe noch einen Berg von Arbeit, bevor ich morgen mit dem Heiligen Vater abreise. Vielleicht sehe ich Sie und Giustino heute Nacht nach dem Holocaust-Gedächtniskonzert.«

Spät an diesem Sonntagabend, als die Menge sich zerstreut hatte und die Türen und Tore des Vatikan für die Nacht geschlossen wurden, ging Chris allein zu einem weiteren heimlichen Treffen mit Giustino Lucadamo.

Erst als er in dem Restaurant ankam, das Lucadamo für dieses Treffen ausgesucht hatte, erkannte Chris, dass er schon früher hier gewesen war, damals, als er und Pater Aldo zusammen durch die Straßen von Rom gegangen waren. Er hatte sich gerade in einer ruhigen Ecke niedergelassen und ein Bier bestellt, als Giustino eintraf, von einem ausgehungerten Damien Slattery begleitet. »Wie Sie, Chris, mein Junge«, sagte Damien zur Begrüßung, »lernen wir alle langsam mit wenig Schlaf auszukommen. Aber es muss hundert Jahre her sein, seit ich etwas Anständiges gegessen habe.«

Während seine beiden Begleiter aßen, berichtete Chris alles über die Lage in der »Danielle« und dankte Lucadamo, dass er Régice Bernard um Hilfe gebeten hatte. Aber er wollte über Rom sprechen.

Schnell kam Slattery seiner Bitte mit den wichtigsten Dingen nach. »Sobald er den Eminenzen diese beiden Enzykliken vorgelegt hatte«, erzählte er, »und sobald er das Rücktrittsprotokoll zu einer Gewissensfrage gemacht hatte, gab Seine Heiligkeit bekannt, dass er morgen im Petersdom eine Abschiedsadresse an seine verehrten Brüder und die Öffentlichkeit richten würde. Sie soll um neun Uhr vormittags stattfinden, unmittelbar vor seiner – unserer – Abreise in den Osten.

Sie können sich vorstellen, wie wenig das den Kardinälen gefallen hat.« Slattery kicherte. »Vor allem die beiden Enzykliken. Aber der Heilige Vater war noch nicht fertig. In seiner kühlen, beiläufigen Art machte er noch eine letzte Aussage, die mich beinahe ohnmächtig werden ließ. Ich habe mir jedes Wort gemerkt, Chris, und das werden Sie auch.

›*Bei meiner Rückkehr nach Rom am* 13. Mai‹, sagte er, ›*und bevor die Eminenzen diesen Monat nach Hause in ihre Diözesen zurückkehren, werden wir, das Kardinalskollegium, die Interpretation aller Dokumente des Zweiten Vatikanischen Konzils in Angriff nehmen um sie in Übereinstimmung mit der traditionellen Lehre der römisch-katholischen apostolischen Kirche zu bringen.*‹

Die Kardinäle waren buchstäblich erstarrt vor Schreck. Ich auch. Man hätte eine Stecknadel auf ein Samtpolster fallen hören können.«

Eine Minute lang war auch Christian vor Überraschung wie erstarrt. Sicherlich war eine Abstimmung der Dokumente des Zweiten Vatikanums schon lange überfällig. Aber dass der polnische Papst sich selbst als Teil des Kardinalskollegiums sah, war ein weiterer, selbst zugefügter Schlag gegen seine päpstliche Unabhängigkeit und Oberhoheit. »Das drückt das ganze Problem seines Pontifikats aus.« Christian war zornig.

Giustino Lucadamo verlor die Geduld mit den beiden. Der Sicherheitschef macht sich auch Sorgen um die Unabhängigkeit und Oberhoheit des Papstes, sagte er. Aber aus völlig anderen Gründen. Er habe immer noch die schreckliche Gewissheit, dass irgendwo auf dem Weg der päpstlichen Pilgerfahrt das Rücktrittsprotokoll zur Anwendung kommen würde, aber er wisse immer noch nicht, wie das geschehen würde. Darum habe er Christian sehen wollen. »Pater Damien, ich und der Rest der päpstlichen Reisegruppe werden morgen zum Flughafen Fiumicino aufbrechen, unmittelbar nach seiner Abschiedsansprache im Petersdom. Sobald wir im Flugzeug nach Kiew sitzen, sind die Würfel gefallen. Das wird genau der Moment sein, an dem Maestroianni der Hafer sticht.

Nun, nachdem Sie zur Zeit der Liebling Seiner Eminenz sind, Monsignore, könnte er Sie ins Vertrauen ziehen oder wenigstens eine unachtsame Bemerkung machen. Anders gesagt, er könnte sich Ihnen gegenüber noch rechtzeitig für uns verraten.«

Gladstone bezweifelte das, aber er ging die Frage trotzdem durch. »Angenommen es geschieht wirklich. Sobald Sie fort sind, kontrolliert Maestroianni sogar Ihre Kommunikationseinrichtungen. Wie soll ich dann Kontakt mit Ihnen aufnehmen?«

Lucadamo schrieb seine Antwort auf ein Stück Papier. »Lernen Sie diese Nummer auswendig und vernichten Sie das Papier dann. Es ist eine sichere Leitung im Raffaele. Kämmerer oder nicht, das ist ein Trick, den Maestroianni nicht kontrollieren kann. Mein Onkel wird wissen, wie man mich erreichen kann, und seine Funkgeräte sind so gut wie das Beste, was wir im Vatikan haben.«

Das bezweifelte Christian nicht. Seine Erinnerung an das Abendessen mit Appleyard und Signor Giovanni war noch frisch und ihm schien dieser undurchschaubare Mann jedem Notfall gewachsen. Er lächelte. »Wahrscheinlich ist er auch besser als ich darin, die Geheimarchive zu durchstöbern.«

»Seien Sie unbesorgt.« Lucadamo verzog bei Christians Wink mit dem Zaunpfahl das Gesicht. »Ich habe Pater Aldo nicht vergessen. Und ich habe auch Ihre Suche nach dem Umschlag nicht vergessen. Mein Instinkt sagt das Gleiche wie Ihrer, nämlich dass er wichtig ist. Morgen steht Ihre nächste Nacht in den Archiven auf dem Programm. Terragente weiß schon Bescheid. Er wird Sie um die übliche Zeit im Turm der Winde treffen. Aber danach wird es nicht mehr viele Nächte geben, Monsignore, also sollten Sie sich besser beeilen.«

Christian sah Slattery an und hob fragend eine Augenbraue. Zusätzlich zu den wieder aufgerissenen Erinnerungen an Aldo Carnesecca und der schrecklichen Ungewissheit über Declans Schicksal machten all diese düsteren Vorhersagen und Warnungen ihm schwer zu schaffen. Würden sie einander jemals wieder sehen, wenn die Pilgerfahrt nach Russland erst einmal begonnen hatte?

»Sie kennen Giustino doch inzwischen, mein Junge.« Slattery legte eine kräftige Hand auf Gladstones Schulter. »Er wird dafür bezahlt, pessimistisch zu sein! Und außerdem müssen wir drei uns noch nicht verabschieden. Wir haben immer noch die Abschiedsrede des Heiligen Vaters im Petersdom morgen um halb neun. Und danach müssen wir eben einen Schritt nach dem anderen tun.«

LI

Giustino Lucadamo blieb in seinem Kontrollraum und überwachte den ständigen Strom an Berichten von den Männern des Begleitschutzes. In dem Augenblick, als er wusste, dass der Heilige Vater und seine Begleitung in ihren Limousinen saßen und sicher zum Hubschrauberlandeplatz hinter dem päpstlichen Palast unterwegs waren, schnappte er den schwarzen Koffer, der auf Reisen des Papstes sein ständiger Begleiter war, und rannte mit einem hastigen »Addìo« an Gladstone durch einen geheimen Gang zu den wartenden Hubschraubern.

Zwanzig Minuten nach dem Start in den Gärten des Vatikan stieg die päpstliche Reisegruppe in die weiße DC-10 der Alitalia in Fiumicino. An der Seite des Sicherheitschefs des Vatikans begrüßte der Pilot, der den »eiligen Vater« schon lange kannte, Seine Heiligkeit, küsste seinen Ring und geleitete ihn zu seinem Sitz in der vorderen Kabine. Der treue Wächter aller Geheimnisse, Monsignore Sadowski, folgte kurz dahinter und ließ sich auf einem Sitz in der Nähe nieder. Ihm gegenüber saß der geschwätzige, elegante Pressesprecher, Miguel Lázarro-Falla, neben einem ungewöhnlich schweigsamen Dr. Giorgio Fanarote. Und Damien Slattery tat sich mit Gladstones altem Lehrer und vertrautem internationalen Gesandten des Pontifex, Pater Angelo Gutmacher, zusammen.

Der »Verbindungsmann« des Staatssekretariates blieb unbeachtet übrig. Monsignore Jan Michalik begab sich zu einem Sitz im hinteren Teil der Kabine des Papstes.

Auch an Bord der Maschine, aber durch ein Schott vom vorderen Teil getrennt, warteten schon an die siebzig Passagiere. Größtenteils Laien, aber auch einige wenige Bischöfe unter ihnen, waren sie alle persönlich vom Papst zu dieser Reise eingeladen worden. Sie hatten durch dick und dünn zu ihm gehalten in dem Abwehrkampf, den er seit über einem Dutzend Jahren gegen seine Feinde focht. Es war nur passend, dass sie ihn in der letzten Phase seines päpstlichen Endspiels begleiteten.

Bevor er sich in seinem Sitz neben Sadowski niederließ, begleitete Lucadamo noch den Kapitän ins Cockpit, wo sie und der Rest der Crew einen letzten Check vornahmen. Zwei andere Maschinen warteten auf dem Rollfeld, schon besetzt von den Journalisten, die über die Russlandreise berichten würden. Sie würden unmittelbar nach dem Flugzeug des Papstes starten und es auf der ganzen Reise begleiten, bis zur geplanten Rückkehr des Papstes in sechs Tagen, am 13. Mai. Die Flugpläne der päpstlichen Maschine waren allen Regierungen übermittelt worden, deren Luftraum sie überfliegen würde, sowie der Regierung der Vereinigten Staaten und den Befehlshabern der NATO. Jagdflieger würden das Flugzeug des Papstes auf der ganzen Reise eskortieren. Kein Staat wünschte, dass dem Papst von Rom in seinem Luftraum ein Unfall zustieß.

Um 11 Uhr 30 war die DC-10 in der Luft. Am frühen Nachmittag fand der Empfang des Papstes in Kiew statt: eine tumultartige, nahezu irrwitzige Angelegenheit. Nach einer kurzen Rast und einer Mahlzeit in dem Kloster, das in der Ukraine sein Hauptquartier sein würde, begann Seine Heiligkeit mit seinem Terminplan, der ihn sowohl körperlich als auch emotionell schwer belasten sollte.

In Kiew selbst, einer Stadt der Hügel und der Kirchen, bestand der Heilige Vater darauf, alles zu sehen und jeden zu begrüßen. Die ukrainischen Katholiken, lange unterdrückt, eingesperrt, verfolgt und ihrer Stimme beraubt, begrüßten den Pontifex als ihren Helden und Führer, der jeden russisch-orthodoxen Geistlichen in allen Staaten der früheren Sowjetunion in den Schatten stellte. Wohin er auch kam, lief eine ekstatische Menge zusammen um ihn zu sehen, seine Hand zu berühren, ihn mit ihrem Lob zu überwältigen und seinen Segen zu erhalten. Er las Messen in der Kirche St. Sophia und der Kathedrale St. Wladimir. Er betete in jenem Gebäude, in dem die achthundert Jahre alte Kirche St. Michael untergebracht gewesen war, bis die Sowjets es in ein Politkommissariat umgewandelt hatten. Er bestaunte die Wände der Kiewer Untergrundbahn, die mit den Mosaiken biblischer Heiliger verziert waren. An all diesen Orten sprach der Papst zu den Menschen, schüttelte ihre Hände, beugte sich zu ihren Kindern hinab und berührte ihre Herzen. An all diesen Orten segnete er sie.

Gegen Abend und als Höhepunkt seines Aufenthaltes in Kiew besuchte der Heilige Vater das altehrwürdige Kloster Petscherskaja, wo er zwei Stunden lang allein und ungestört betete, während sich draußen immer noch mehr Menschen versammelten. Ein Abstieg bei Kerzenlicht in die berühmten Höhlen um an den Gräbern früher und lang verstorbener Mönche zu beten, wurde gefolgt von einer Abschiedsfeier, auf der die päpstliche Reisegruppe von der Tanzgruppe Kosatski Sabowi unterhalten wurde.

Dann ging es mit dem Tragflügelboot weiter nach Kaniw, ein Stück oberhalb Kiews am Lauf des Dnjepr, um die eifrige Menschenmenge zu treffen, welche ihn am Grab von Taras Schewtschenko erwartete, ihrem geliebten Dichter, Schriftsteller, Dramatiker, Denker und Revolutionär, der immer noch als Begründer der neuen ukrainischen Literatur und als Restaurator des ukrainischen religiösen Geistes verehrt wurde.

Als die päpstliche Reisegruppe endlich nach Kiew zurückkehrte um dort zu übernachten, schienen alle, einschließlich der zwei Flugzeugladungen von Journalisten, bereits völlig erschöpft von dem raschen Tempo dieser Pilgerreise. Selbst Monsignore Jan Michalik ging sofort zu Bett. Nur Seine Heiligkeit, Giustino Lucadamo und der unermüdliche Reisende Pater Angelo Gutmacher entspannten sich eine Weile zusammen in der Suite des Papstes.

Lucadamo fand dies den geeigneten Augenblick die Sicherheitsmaßnahmen für den nächsten Tag zu besprechen. Aber die Gedanken des Papstes waren woanders. Er war enttäuscht, sagte er, dass »die Heilige Jungfrau bis jetzt noch kein Zeichen ihrer Absichten gesandt hatte. Oder wenigstens ihrer Zufriedenheit mit unserer Pilgerfahrt.« Aber keine Neuigkeiten waren gute Neuigkeiten für Lucadamo. »Heiligkeit«, antwortete er, »ist es nicht ein ausreichendes Zeichen, dass sie und ihr Sohn uns bis hierher sicher geleitet haben?«

»Vielleicht, Giusti.« Der Pontifex sah den treuen Mann an, dessen Aufgabe es war, sein Leben zu beschützen. »Es wird uns inzwischen wohl genügen müssen.«

Aber es war nicht genug. In seinem stetigen Widerstand gegen den Druck seiner Feinde, ihn zum Rücktritt zu zwingen, waren dem Papst die Alternativen ausgegangen. In seinen Augen hing jetzt alles vom Willen des Himmels und der machtvollen Fürsprache der Mutter Gottes ab.

»Stasera, Monsignore, pazienza!« Giancarlo Terragentes Gesicht zeigte einen solch spaßig-melodramatischen Ausdruck, dass Chris Gladstone beinahe in lautes Gelächter ausgebrochen wäre, als er auf der steilen Treppe vorsichtig in den Raum des Meridian schaute. »Geduld heute Nacht, Monsignore! Konsistorium oder nicht, Seine Eminenz arbeiten heute in der *Bibliothèca*.«

Mit diesen Worten verschwand der geniale Schlossknacker über die Treppen hinunter um ein wachsames Auge auf die Situation in den Archiven zu haben und Christian ließ sich nieder um auf das »Alles klar!« zu warten.

Auch wenn er wegen der weiteren Verzögerung seiner Suche nach dem geheimnisvollen Umschlag verärgert war, so wartete er doch geduldig. Um die Wahrheit zu sagen, war er nach dem Irrsinn der letzten Tage froh in Ruhe über die Dinge nachdenken zu können. Doch die meisten Gedanken, die ihm kamen, waren nicht angenehm.

Chris hatte in Deurle angerufen um Neuigkeiten von der Suche nach Declan zu hören, aber es hatte nicht viel zu berichten gegeben. Régice Bernard und ein Team von Sprengstoffexperten der Armee und Höhlenforschern hatte sich in den Höhlenkomplex begeben. Sie erwarteten, heute spät in der Nacht auf Declans Gruppe zu stoßen. Chris sah auf seine Uhr. Es war elf Uhr. »Bald!« flüsterte er den Winden zu, die um den Turm seufzten. »Bald werden wir wissen, ob unser Deckel lebt oder tot ist.«

Weil er sich nicht wieder sinnlose Sorgen machen wollte, wandte er seine Gedanken der Situation in Rom zu. Der Papst war weg und seine Getreuen, wie Slattery, Lucadamo, Sadowski und Gutmacher, ebenfalls. Chris fühlte sich in genau dem Augenblick hier zurückgelassen, in dem Maestroianni bereit war, die Dinge zu einem Höhepunkt zu treiben. Wenn kein Wunder geschah, wenn die Mutter Gottes nicht irgendwie eingriff, wenn Lucadamo Recht behielt und der Papst nicht zurückkehrte, würde Maestroianni als Kämmerer das Konsistorium in ein illegitimes Konklave verwandeln und die ungültige Wahl eines neuen Papstes erzwingen. Was Gladstone gerade durch den Kopf ging, war also nichts weniger als die Zerstörung seiner gesamten Welt.

»An die Arbeit, Monsignore!«

Zuerst erschrocken durch Terragentes Bühnengeflöster, riss Chris sich doch schnell zusammen und ging mit der Taschenlampe in der Hand hinter seinem Gefährten die alte, knarrende Treppe hinunter, durch stille Gänge und in die Geheimen Archive.

»Wenn unser Glück anhält«, flösterte Terragente, als er das Schloss des ersten Gitters knackte, »wird es keine Störungen geben. Aber weil Commandante Lucadamo fort ist und Maestroianni die Befehlsgewalt hat, hat Kardinal Aureatini überall seine Leute postiert. Ich weiß nicht, wovor dieser Mann Angst hat, Monsignore Gladstone, aber es wird geflüstert, dass er so nervös ist wie eine Katze.«

»Wenn unser Glück anhält«, flösterte Christian zurück, »dann finden wird heute Nacht Gold. Es gibt eigentlich nur mehr einen Ort, an dem wir suchen können.«

Chris führte und das Paar kehrte zu seinem sorgfältigen, methodischen Vorgehen zurück. Terragente knackte die Schlösser einer damastüberzogenen Kiste nach der anderen. Während Gladstone den Inhalt einer jeden durchsuchte, hielt der Italiener Wache und lauschte auf das leiseste Geräusch.

Chris untersuchte gerade den Inhalt der wahrscheinlich zwanzigsten Kiste und wollte schon aufgeben, als er einen Stapel alter Akten hochhob – und da war er! Zuerst war er zu betäubt um danach zu greifen, aber er wusste, ein Irrtum war nicht möglich. Mit Ausnahme einer Ordnungszahl, DN413F10, die auf eine Ecke des Umschlags gedruckt und, wie Christian wusste, die Archivierungsnummer war, war jede Einzelheit so, wie Carnesecca sie in seinem Tagebuch beschrieben hatte. Er konnte im Licht seiner Taschenlampe sehen, dass der Umschlag geöffnet und mit schwerem Klebeband wieder versiegelt worden war. Und er konnte die beiden päpstlichen Inschriften sehen.

»Für Unseren Nachfolger auf dem Stuhl Petri.«

»Betreffend den Zustand der Heiligen Mutter Kirche nach dem 29. Juni 1963«, las er die zweite Inschrift.

»L'ha trovata, Monsignore?« Terragente tauchte so leise hinter ihm auf, dass Christian vor Schreck fast in die Höhe gesprungen wäre. Der Italiener betrachtete den Schatz in Christians Hand, aber trotzdem fragte er noch einmal.

»Haben Sie ihn gefunden?«

Zur Antwort streckte Christian den Daumen nach oben. Er verstaute den Umschlag sorgfältig in seiner Jackentasche. Gemeinsam packten Priester und Einbrecher wieder alles in die Kiste, verschlossen sie und sicherten die Türen des Archivs. Dann ging es wieder die Treppen hinauf, den Gang im Erdgeschoss entlang zur Hintertür und hinaus in den Hof ins Freie, so schnell sie ihre Beine trugen.

Am Morgen des 9. Mai, einem Dienstag, fuhr die päpstliche Reisegruppe mit dem Zug weiter, zwölf Stunden von Kiew nach Lvov. Seine Heiligkeit bestand darauf, in jeder Stadt und in jedem Dorf anzuhalten und bei jeder Station, immer mit Monsignore Michalik im Hintergrund, sprach er zu den aufgeregten Massen der Gläubigen, die sich versammelt hatten um ihn zu begrüßen und seinen Segen zu erhalten.

An demselben Morgen erholte sich Christian in seinen stillen Räumen im Angelicum von dem ersten Schock, der ihn in den Archiven befallen hatte. Schließlich ließ er sich an seinem Schreibtisch nieder, befühlte den zweifach versiegelten Umschlag für eine Minute und dann schlitzte er, ohne Nicken oder Erlaubnis von Papst, Bischof oder Priester, das Klebeband auf.

Das Erste, was aus dem Umschlag herausfiel, war ein einzelnes Blatt Papier. Knapp zurechtgeschnitten, um mit den anderen

Dokumenten in den Umschlag zu passen, trug es eine lakonische Warnung in Aldo Carneseccas Handschrift: »Wer immer diesen Umschlag öffnet und dies hier liest, soll wissen, dass er mit dem Geschick der Kirche Christi zu tun hat. Lass ab davon, es sei denn, du hast die Erlaubnis des Apostels.«

Wäre aus den Schatten des Morgens plötzlich die Stimme seines toten Freundes erklungen, hätte Chris nicht mehr erschüttert sein können. Wie es für Carnesecca gewesen war, so war es für Gladstone. Das päpstliche Amt zu verletzen, so abgetrennt und erhöht es über alle anderen Ämter in der menschlichen Gesellschaft war, bedeutete sich in tödliche Gefahr zu begeben. Alles, was direkt und unmittelbar mit dem Apostel zu tun hatte, war sakrosankt. Für Römer und Anhänger des Papstes wie Carnesecca und Gladstone lag eine tiefe Wahrheit in einem alten und groben römischen Sprichwort. *»Chi mangia Papa ...«,* hieß es da, »Wer den Papst isst, wird daran sterben.«

Trotzdem blieb ihm nichts anderes übrig als das privilegierte Gebiet der Auserwählten zu betreten, jener, die von Gott vor dem Anbeginn der Welt dazu bestimmt waren, das direkte Werkzeug Seines Willens zur Erlösung der Menschheit zu sein. Der Rest des Inhalts bestand aus einem zweiten Blatt Papier mit dem Siegel und dem Wappen des Papstes und einer Reihe von Mikrofilmen, die natürliche ohne die Benutzung eines Lesegerätes unentzifferbar waren. Daher konzentrierte sich Christian auf das Blatt Papier, einen Brief, in Latein verfasst und vor beinahe zwanzig Jahren von einem sterbenden Papst gesiegelt. Er las den Text einmal und dann ein zweites Mal. Endlich, starr und bewegungslos, las er die pathetische, beherzte Nachricht noch einmal.

»Diesem Brief beigelegt«, hatte der alte Papst geschrieben, *»haben Wir eine Liste von jenen Unserer Kardinäle und anderen Dienern der Kirche, welche sich freiwillig der Sekte der Freimaurer angeschlossen haben, zusammen mit den Einzelheiten eines* rituale, *das am 29. Juni 1963 in der Capella Paolina stattgefunden hat, während dem der gefallene Erzengel ausdrücklich als ›Fürst, der in Seine Herrschaft kommt‹ inthronisiert wurde, folgend den Plänen und Prophezeiungen der ›Erleuchteten‹.*

Es war Uns nicht gegeben, diese Inthronisation rückgängig zu machen. Wir verfügen weder über die körperliche Gesundheit noch über die spirituelle Stärke. Wir sind es auch nicht wert, für diese Aufgabe erwählt zu werden, denn Unsere Sünden in diesem erhabenen Amt waren zu groß. Wir glauben, dass Uns vergeben worden ist und Wir durch Gottes Hand bei Unserem Sterben gereinigt werden. Aber Wir haben nicht länger das Vertrauen. Daher hinterlassen Wir die beigelegten Dokumente Unserem gesetzlichen Nachfolger in diesem Heiligen Römischen Amt des Apostels. Wir tun dies im festen Glauben an die Wiederauferstehung des Körpers, an das Letzte Gericht und das Ewige Leben. Amen.«

Chris las diesen Brief des alten Papstes nicht deswegen so oft, weil er ihn nicht verstanden hatte. Von seiner eigenen Ausbildung und vor allem aus den Gesprächen mit Slattery wusste er ein wenig über den Aspekt der Inthronisation in satanistischen Ritualen. Genug um zu wissen, dass die, die sich daran beteiligten, mit der Hoffnung lebten in diesem Leben mit dem Erzengel zu herrschen und sich nicht um das Leben nach dem Tod kümmerten. Genug um zu wissen, dass sie sich selbst und die Gebäude und Heime, welche sie benutzten, dem Dienst des Erzengels in diesem Leben weihten. In der Tat genug um zu wissen, dass die Anhänger Satans eine Zeit erwarteten, die sie die Heraufkunft des Fürsten nannten, in der ganze Nationen den gefallenen Engel verehren würden, ihn öffentlich als den Fürsten Luzifer anerkennen würden und als den Sohn des Sonnenaufgangs, als ihren Führer und ihre Gottheit.

Was Gladstone nicht verstehen konnte, war, wie eine solche Zeremonie, ein grausames Ritual, soweit er sich erinnern konnte, das umständliche Vorbereitungen und ein Menschenopfer verlangte, irgendwo in der Nähe des Vatikans, ja sogar in der Paulskapelle durchgeführt werden konnte. Und er verstand auch nicht, was Aldo Carnesecca damit zu tun gehabt hatte.

Wenn solch eine Zeremonie tatsächlich am 29. Juni 1963 durchgeführt worden war, war ein bedeutungsschwerer Tag ausgewählt worden. Es war der Feiertag der heiligen Apostel Petrus und Paulus, der wichtigste römische Feiertag. Die so genannten

Heraufkunft des Fürsten an diesem Tag durchzuführen und das nicht nur im Vatikan, dem Heim der Apostel, sondern auch noch in der Paulus geweihten Kapelle, war ein Akt satanistischer Auflehnung, wie ihn nur der Gefallene Engel und seine Anhänger wagen würden. Schlimmer noch, wenn eine solche Zeremonie wirklich stattgefunden hatte, würde das eine Menge erklären. Einerseits und zumindest würde es die geheimnisvollen Einträge in Carneseccas Tagebuch erklären, die von seinem Treffen mit dem September-Papst berichteten. *»Lange Unterhaltung mit Pp ....«* Chris kannte die Worte auswendig. *»Stimmt zu, dass kein Papst die Kirche durch den Vatikan regieren kann, bis Inthronisation rückgängig gemacht wurde.«*

Was noch bedeutsamer war, es würde erklären, mit welch erstaunlicher Geschwindigkeit die Struktur der römisch-katholischen Kirche zerfallen war. Chris hatte es immer unerklärlich gefunden, dass innerhalb der kurzen Zeit von fünfzehn Jahren, einem leicht definierbaren Zeitraum vom Ende des Zweiten Vatikanischen Konzils 1965 bis zum Ende der Siebzigerjahre, die solide, lebendige Struktur der Kirche sich aufgelöst hatte. Es war, als hätte man zum Beispiel das Wasser aus dem Panamakanal abgeleitet. Denn in dieser kurzen Zeitspanne war die römische Struktur, eine riesige Organisation, welche über Jahrhunderte unter ungeheuren Kosten an Blut und Opfern aufgebaut worden war, plötzlich der spirituellen und moralischen Energie beraubt worden, die sie belebt und zum Geburtsort einer ganzen Zivilisation und einer anerkannten Macht unter den Staaten geformt hatte.

Ganz egal wie unmöglich oder unwahrscheinlich es auch sein mochte, je länger Christian darüber nachdachte, desto mehr erkannte er, dass eine echte Thronbesteigung des gefallenen Engels an einem so heiligen Ort vieles von dem erklären würde, was ihn verwundert und entmutigt hatte. Die Vergewaltigung des Vatikan im Namen des äußersten, Fleisch gewordenen Bösen würde den Verlust der Gnade erklären und die Schläge gegen Gebäude wie gegen Menschen durch den Einfluss des großen Feindes von Gott und Mensch. Und es würde erklären, was mit dem päpstlichen Rom geschehen war, was mit vier Päpsten geschehen war und was mit der großen katholischen Kirche geschehen war.

Es würde das geheimnisvolle Benehmen des alten Papstes erklären, dessen Amtszeit – ohne sein Wissen –, mit dieser Thronbesteigung begonnen hatte und der in gewisser Weise den Zerfall der Struktur der Kirche gestattet und sogar gefördert hatte. Es würde die lächelnde Resignation des September-Papstes erklären, der auf tragische Weise vieles vorausgeahnt hatte, als er von »Versicherung« sprach. Es würde die offensichtliche Ohnmacht des gegenwärtigen Papstes erklären, seine Irrtümer aus Vorsicht, seine für ihn so charakteristischen Ideen, sein Versäumnis die Dokumente des Zweiten Vatikanums mit den Doktrinen und Traditionen der Kirche in Übereinstimmung zu bringen und seine Toleranz gegenüber häretischen Lehren an Universitäten und Seminaren. Es würde die Korruption und Verwesung erklären, welche Christian und Slattery in ihren Berichten an seine Heiligkeit aufgedeckt hatten ...

Tatsächlich konnten die Mikrofilme, welche vor ihm lagen, sogar erklären, was in diesem Augenblick unter den Männern vorging, die beim Generalkonsistorium in Rom ihre Hände nach dem Stuhl Petri ausstreckten, wie Christian schaudernd erkannte. Vielleicht war der Inhalt dieser Mikrofilme der Schlüssel zum Verständnis des ansonsten unerklärlichen und bitteren Hasses eines päpstlichen Thronanwärters wie Kardinal Palombo, des verwässerten Christentums eines *papabile* wie Kardinal Karmel, der Banalität des ehrgeizigen Kardinals Aureatini, der Weltlichkeit eines Papstmachers wie Kardinal Maestroianni, des verbrecherischen Benehmens des Kardinals von Centurycity und der Gedankenlosigkeit so vieler Männer wie Kardinal O'Cleary.

Christian sah den Brief des alten Papstes ein letztes Mal an, bevor er ihn in den Umschlag zurücksteckte. *»Diesem Brief beigelegt haben Wir eine Liste von jenen Unserer Kardinäle und anderen Dienern der Kirche ...«* Seine Zeit des ruhigen Nachdenkens war vorbei. Das Wichtigste und Dringendste in seinem Leben war nun zu erfahren, was Carnesecca entdeckt hatte. Er musste die Namen auf jener Liste wissen. Er musste alles lesen, was so lange in dem zweifach versiegelten Umschlag aufbewahrt worden war. Denn, wenn er Recht hatte, lag die Lösung für die Probleme des polnischen Papstes nicht in Russland. Wenn er Recht hatte, musste der polnische Papst so schnell nach Rom zurückkommen, wie seine Alitalia-DC-10 nur fliegen konnte.

Wie in Kiew wollte der polnische Papst in der Stadt Lwow alles besichtigen und wieder wurde er von der enthusiatischen Menschenmenge an jeder Station seines Weges beinahe überwältigt. Er besuchte die großartigen und wunderschönen Kirchen, die dieses große kirchliche Zentrum schmückten, an dem es einst eine starke Bewegung für die Wiedervereinigung der Orthodoxen und der Katholiken gegeben hatte. Aber der Höhepunkt seines Besuchs war die Messe, welche er in der St. Georgs-Kathedrale für eine Menschenmenge zelebrierte, die Slattery und den anderen so zahlreich wie die halbe ukrainische Bevölkerung erschien.

Während der Tag voranschritt und einigen in der päpstliche Reisegruppe langsam die Energie ausging, begann Monsignore Jan Michalik sich Sorgen zu machen, denn so wie der Papst wartete er auf ein Zeichen. Es gab keinen Zweifel daran, dass die körperliche Anstrengung des Papstes durch seine emotionale Anspannung tausendfach verstärkt wurde. Wie kam es dann, dass er niemals müde zu werden schien? »Warte es ab, Michalik«, sagte er zu sich selbst um seine eigenen Nerven zu beruhigen, »morgen geht es nach Hruschiw. Dann nach Sankt Petersburg und Moskau. Die Menschenmenge und die Aufregung und die Anspannung fordern ihren Zoll. Kein Mann kann dem widerstehen. Er wird zusammenbrechen. Es ist nur eine Frage der Zeit ...«

Gladstone tätigte zwei Telefonate, bevor er das Angelicum verließ. Der erste ging nach Deurle ins Haus seines Bruders.

»Gepriesen sei Gott, Monsignore Chris!« Hannah Dowd war so aufgeregt, als sie sich am Telefon meldete, dass Chris einige Zeit brauchte um sie zu verstehen. Anscheinend hatte Régice Bernards Rettungsteam Declans Gruppe in den frühen Morgenstunden gefunden. Es hatte beim Einbruch in der »Danielle« einen Toten und mehrere Verwundete gegeben, manche davon schwer.

»Declan?«, fragte Chris dringlich. »Was ist mit Declan?«

»Er musste auf einer Trage herausgebracht werden, Pater. Dann wurden sie alle ins Krankenhaus gebracht. Dort sind jetzt auch Mr. Paul und Miss Yusai. Wir warten auf Nachricht. Aber er lebt! Unser kleiner Deckel lebt!«

Chris holte tief Luft, hinterließ eine liebevolle Botschaft mit Segenswünschen für seine Familie, sprach ein inbrünstiges Dankgebet und rief dann in Maestroiannis Büro an, wo Erzbischof Buttafuoco die Pflichten des abwesenden Taco Manuguerra erfüllte.

»Es tut mir Leid, dass ich die Pressekonferenz heute Nachmittag versäumen werde«, schwindelte Gladstone, »aber ich fühle eine Erkältung im Anzug und ich möchte sie noch abfangen.«

»Kein Grund zur Sorge, Monsignore.« Buttafuoco war ganz Mitleid. »Seine Eminenz wird den ganzen Tag im Konsistorium beschäftigt sein. Und auf der Pressekonferenz wird es für die Medien nur den selben alten Brei geben. Kein Grund zur Sorge.«

Zwanzig Minuten später wählte Christian von einer Telefonzelle in einiger Entfernung vom Angelicum die sichere Telefonnummer, die Giustino Lucadamo ihm für das Raffaele gegeben hatte. »Natürlich kann ich helfen, Monsignore!«, sagte Giovanni Lucadamo als Antwort auf Christians Problem. »Ich kenne genau den richtigen Ort, wo Sie diese Mikrofilme ohne Angst vor Störungen lesen können.«

So einfach war das. Eine Stunde später saß Christian sicher in einer ruhigen, gut ausgestatteten Villa zwanzig Kilometer südlich von Rom – dem idealen Platz, wie sich herausstellte, für die entsetzliche Arbeit, welche vor ihm lag. Er hatte völlige Ruhe und einen wunderschönen Ausblick in die römische Campagna aus dem Zimmer, in dem er sich nun einrichtete. Und weil diese Villa dem älteren Lucadamo gehörte, war sie mit jedem nur vorstellbaren Gerät ausgestattet, einschließlich einem sehr effizient aussehenden Lesegerät für Mikrofilme.

Den Rest des Tages, bis weit in die Nacht hinein, vertiefte sich Christian in Fakten und Ereignisse, welche schlimmer und unvorstellbarer waren als bloße unfromme Fantasien. Er achtete darauf, die Anordnung nicht zu stören, in der das Material in dem zweifach versiegelten Umschlag verstaut gewesen war, schob den ersten Mikrofilm in das Lesegerät und begann den Abstieg in eine Welt, die so dunkel und missgestaltet war, dass er seinen Verstand zur Logik zwingen musste, bevor er in den geistigen und emotionalen Regungen ertrank, die ihn überschwemmten.

Der erste Film enthielt ein einzelnes Dokument, ein Zeugnis, verfasst von Pater Aldo auf Verlangen des alten Papstes und in dessen Gegenwart, welches die seltsamen Umstände beschrieb, unter denen die entsetzliche Geschichte über die Thronbesteigung ans Licht gekommen war. Zum zweiten Mal an diesem Tag schien es, als spräche Pater Aldo von jenseits des Grabes, dieses Mal um zu erzählen, wie er am 29. Juni 1977 in ein privates Krankenhaus in Rom an das Sterbebett des Erzbischofs D.-G. gerufen worden war, eines Franzosen, den Carnesecca aus dem Staatssekretariat kannte. Im Angesicht des Todes und mit dem dringenden Bedürfnis nach Absolution hatte der Erzbischof Pater Aldo gebeichtet, dass er viele Jahre Mitglied des satanistischen Zirkels in Rom gewesen war und am 29. Juni 1963 an einem satanistischen Ritual in der *Cappella Paolina* teilgenommen hatte.

Pater Aldo hatte die Absolution verweigert, bis drei Bedingungen erfüllt waren. Erstens musste der Erzbischof so viel wie möglich über das satanistische Ritual erzählen, welches verwendet worden war. Zweitens sollte er alle Namen preisgeben, an die er sich noch erinnern konnte, vor allem die Namen der vatikanischen Beamten und Mitglieder der Hierarchie, die an diesem Ritual teilgenommen hatten. Und drittens musste er Carnesecca gestatten dem alten Papst alles über diesen Teil der Beichte zu erzählen.

Erzbischof D.-G. hatte allen drei Bedingungen zugestimmt. Mehr noch, er gab Pater Aldo die Erlaubnis zwei Aktenordner aus seinem Safe zu nehmen. Einer enthielt eine vollständige Namensliste aller, die bei dem Ritual anwesend gewesen waren. Der zweite enthielt eine detaillierte Beschreibung des Rituals selbst. Erzbischof D.-G. war am 30. Juni 1977 gestorben. In der

Nacht des 3. Juli war Pater Aldo vom alten Papst in Privataudienz empfangen worden, berichtete alles, was der sterbende Erzbischof ihm erzählt hatte, und sah zu, wie Seine Heiligkeit beide Ordner untersuchte.

Weil er bereits bei sehr schlechter Gesundheit war – seinen Ärzten zufolge hatte er nur mehr ein paar Monate in dieser Welt zu leben – und von einem ganzen Berg innerer und äußerer Probleme in der katholischen Kirche belastet wurde, hatte der Pontifex entschieden, dass er nicht ungeschehen machen konnte, was geschehen war, aber sicherstellen würde, dass sein Nachfolger auf dem Stuhl Petri über alles informiert werden würde. Der Plan des alten Papstes, den Carnesecca in seiner kurzen, aber genauen Nachricht eingeschlossen hatte, war einfach genug gewesen. Mikrofilmkopien der beiden Ordner und von Pater Aldos Zeugnis wurden angefertigt. Der Pontifex schrieb einen kurzen erklärenden Brief und steckte ihn gemeinsam mit den Mikrofilmen und Carneseccas deutlicher Warnung in den Umschlag. Darauf schrieb er »Für Unseren Nachfolger auf dem Stuhl Petri«, datierte den Umschlag und versiegelte ihn mit seinem päpstlichen Siegel. Die Ordner selbst wurden versiegelt und sicher in den Geheimarchiven untergebracht.

Das waren die Informationen, die der erste Mikrofilm enthielt. Christian nahm ihn aus dem Lesegerät und schaltete die Maschine ab. Obwohl seine Reaktionen erstaunlich wenig emotionell waren, brauchte er doch einige Zeit um zu verdauen, was er bis jetzt erfahren hatte. Er konnte nur raten, was nach dem 3. Juli geschehen war. Er wusste aus Carneseccas Tagebuch, dass Kardinal Staatssekretär Jean-Claude de Vincennes und Erzbischof Silvio Aureatini eine zweifache Sichtung der päpstlichen Papiere durchgeführt hatten. Zweifellos hatte Vincennes als päpstlicher Kämmerer die Sichtung der Papiere des alten Papstes verschoben, bis die Erregung um die Wahl und Investitur des neuen Papstes sich gelegt hatte. Auch zweifellos hatte Carnesecca gefürchtet, dass Vincennes den Umschlag dem neuen Papst nicht übergeben würde. Wenn Christian annehmen konnte, dass zumindest so viel den Tatsachen entsprach, dann folgte, dass Carnesecca irgendeine Gelegenheit gefunden hatte den besonders beschrifteten Umschlag in die Hände des September-Papstes zu legen.

Auf jeden Fall wusste Christian aus dem Tagebuch, dass Pater Aldo am 28. September 1978 eine »lange Unterredung mit Pp über von seinem unmittelbaren Vorgänger hinterlassenen Umschlag« gehabt hatte. Er wusste weiter, dass Seine Heiligkeit den Umschlag geöffnet und den Inhalt gelesen hatte und ihn mit der zweiten Aufschrift »Betreffend den Zustand der Heiligen Mutter Kirche nach dem 29. Juni 1963« versehen wieder versiegelt und zu Carnesecca gesagt hatte, dies sei eine »Versicherung«.

Schließlich wusste Gladstone auch noch, dass der erfahrene Carnesecca von Vincennes gerufen worden war bei der Sichtung der Papiere von zwei toten Päpsten nach dem schockierenden Tod des September-Papstes nach nur dreiunddreißig Tagen im Amt zu helfen. Er wusste, dass auch Aureatini dabei gewesen war. Er wusste, dass der zweifach versiegelte Umschlag in der Sichtung aufgetaucht war, dass sowohl Vincennes als auch Aureatini bei seinem Anblick erschrocken waren, dass Vincennes ihn an sich genommen hatte und dass Carnesecca befürchtet hatte, die »Versicherung könnte das Gegenteil bewirken«.

Ein leichter Schauder durchlief Christian, als er sich vorbeugte und das Lesegerät wieder einschaltete. Er zweifelte nicht mehr daran, dass die Zeremonie zur Inthronisation stattgefunden hatte. Er hatte das Zeugnis zweier toter Päpste, er hatte das Zeugnis seines geliebten Freundes Aldo Carnesecca über die Beichte eines sterbenden Augenzeugen. Er musste nur noch in Erfahrung bringen, wie sie durchgeführt worden war und von wem.

Vollkommen auf seine Aufgabe konzentriert schob Christian den ersten der verbleibenden Mikrofilme in das Gerät, stellte die Seite scharf und begann zu lesen. Er las sie einen nach dem anderen. Hin und wieder unterbrach er um das eine oder andere Wort zu überprüfen. Aber während der nächsten Stunden erfuhr er jedes entsetzliche Detail über das *rituale*, welches den Fürsten als den Aszendenten am 29. Juni 1963 in der *Cappella Paolina* inthronisiert hatte. Seite um Seite war angefüllt mit den unbeschreiblich verruchten »Anrufungen«, die in beiden Kapellen gesungen worden waren.

Unberührt von der vergehenden Zeit oder den besorgten, wenn auch diskreten Anrufen Giovanni Lucadamos aus dem Raffaele, ohne den fürsorglichen Stab von Bediensteten zu bemerken, der sich um sein Wohlergehen kümmerte, wandte Gladstone sich dem letzten Mikrofilm zu, der noch darauf wartete, gelesen zu werden – der Liste der römischen und amerikanischen Teilnehmer an der Inthronisierungszeremonie.

Gladstone war von den Namen, die er las, nicht mehr schokkiert oder auch nur überrascht. Er würde auch nie wieder darüber erstaunt sein, dass es so viele ungeeignete und unwürdige Geistliche mit ihren unheiligen Ambitionen und ihrer Vernachlässigung der treuen Gläubigen gab. Alles war jetzt erklärbar geworden. Natürlich hatten solche Männer keine Schwierigkeiten Bündnisse mit Ungläubigen einzugehen, mit geschworenen Feinden Christi und aller Religionen. Natürlich hatten sie keine Verwendung für die Offenbarungen, welche die Mutter Gottes in Fatima gemacht hatte. Und natürlich konnten sie es nicht erwarten, die Kirche vom polnischen Papst zu »befreien«.

Wenn Chris tatsächlich noch etwas überraschte, dann waren es die Namen, die sich in der Liste des Erzbischofs nicht fanden. Der Wichtigste unter jenen, die fehlten, war Kardinal Cosimo Maestroianni. Und trotzdem steckte er bis über beide Ohren in der Sache. Denn mit Ausnahme des Staatssekretärs Giacomo Graziani waren alle engsten Verbündeten des kleinen Kardinals im Vatikan in der Liste enthalten. Maestroiannis unbedingter Gehorsam gegenüber dem Fortgang der Geschichte und Grazianis grenzenloser Ehrgeiz hatten die beiden Männer zu Zielscheiben für solche »Berater« und »Mitarbeiter« wie Kardinal Noah Palombo und Kardinal Leo Pensabene gemacht, die unter anderen während der Inthronisation den Blutschwur gegen Petrus geleistet hatten.

Obwohl es sehr spät war und Christian sich am Rande der Erschöpfung befand, starrte er noch eine Weile länger auf die Listen. Oder besser gesagt, er starrte auf zwei Namen: Jean-Claude de Vincennes und Silvio Aureatini. Er hatte so lange über den Inhalt dieses Umschlags gerätselt, warum Männer seinetwegen andere Männer umbringen würden, warum Carnesecca ermordet worden war und von wem. Jetzt hatte er seine Antworten. Giustino Lucadamo hatte Recht gehabt. Was Pater Aldo gesehen hatte, war so bedeutsam gewesen, dass es nicht genug gewesen war, ihn zu töten. Ein Wahnsinniger hatte ihm die Augen ausbrennen wollen, weil er es gesehen hatte, hatte selbst die Erinnerung daran aus seinem Hirn sengen wollen.

»Es ist die einzige mögliche Antwort«, sagte Christian zu sich selbst, als er das Lesegerät endgültig abschaltete. Außer dem alten Papst, dem September-Papst und Carnesecca selbst hatten nur zwei Männer von der Existenz dieses Umschlags gewusst. Aber Kardinal Vincennes war lange tot und begraben, als Aldo umgebracht worden war. Das ließ nur mehr einen übrig. Silvio Aureatini war der Wahnsinnige.

Früh am Morgen des 10. Mai, einem Mittwoch, seinem letzten Tag in der Ukraine, machte sich der Papst gemeinsam mit seinen Begleitern auf die Autofahrt nach Hruschiw. Die Bedeutung dieses Ausflugs für den Heiligen Vater war kein Geheimnis. Das Hauptziel dieses Teils seiner Pilgerfahrt war die kleine hölzerne Kapelle der Heiligen Dreifaltigkeit, wo die Gesegnete Jungfrau erst jüngst wiederholt erschienen war um der Botschaft von Fatima Nachdruck zu verleihen, wie verlässliche Berichte bezeugten.

In der Kirche leitete Seine Heiligkeit einen orthodoxen Gottesdienst zur Segnung Molebens und Parastas. Sie gingen nach draußen zu einem tragbaren Altar, der für diese bedeutsame Gelegenheit aufgestellt worden war. Dort betete der Heilige Vater still und sehr lange mit über der Brust gekreuzten Armen, seine Lippen bewegten sich nur hin und wieder. Er stand so regungslos und sah so intensiv hinauf zur Kirchenkuppel, wo die Jungfrau erschienen war, achtete so wenig auf die Presse und die große Menschenmenge, dass Pater Slattery und Pater Gutmacher sich fragten, ob die Heilige Jungfrau diesen Moment gewählt haben mochte ihm seinen Wunsch nach einer Vision zu erfüllen, ihm ein leitendes Zeichen zu senden.

Augenscheinlich hatte sie es nicht getan. Aber wenn Enttäuschung die Müdigkeit verstärkte, welche er inzwischen sicherlich fühlte, so war dem Pontifex doch nichts anzumerken. Im Gegenteil, er schlug eine Änderung der Reiseroute vor, einen Besuch in den Karpaten im Gebiet von Hutsul. Aber Dr. Fanarote redete ihm das aus. Tief besorgt wegen des hohen Tempos, das Seine Heiligkeit an den Tag legte, und mit einem Seitenblick auf den ständig wachsamen Monsignore Michalik bestand der päpstliche Leibarzt darauf, dass der Papst zu einer Rast ins Quartier in Kiew zurückkehrte, bevor sie sich auf den Weg nach Sankt Petersburg machten.

»Ist dies ein Lächeln des Triumphs, Monsignore?« Giovanni Lucadamo begrüßte Chris Gladstone an diesem Mittwoch nach Sonnenuntergang in seinem Arbeitszimmer im Raffaele.

»Ein Lächeln des festen Entschlusses, Signor Giovanni.« Christian fühlte sich überraschend frisch nach seiner schweren Prüfung in der Villa. Ein paar Stunden Schlaf und viele Stunden des Nachdenkens hatten Wunder gewirkt und seine Gedanken geklärt. »Dank des Dienstes, den Sie mir so großzügig erwiesen haben, weiß ich jetzt, was ich tun muss. Aber ich bin gezwungen Ihnen eine weitere dringende Bitte vorzutragen.«

»Sie sind mir nichts schuldig, Monsignore Christian. Und ich bin froh, wenn ich Ihnen weiterhin helfen kann.« Er hatte diesen jungen Mann als treuen Diener des Heiligen Vaters eingeschätzt, als einen Mann, der mit den römischen Sitten nicht ganz vertraut war, der sich immer noch um Hilfe an andere wenden musste. Aber irgendwie schien der letzte Teil dieser Beschreibung nicht mehr zu passen und es interessierte ihn, was diese radikale Veränderung ausgelöst hatte.

Bevor Chris zu seinem dringenden Anliegen kam, fragte er nach Neuigkeiten von der Reisegruppe des Papstes. Zu seiner Erleichterung vertat der Ältere keine Zeit damit, Unwissenheit vorzutäuschen. Er hatte früh an diesem Morgen über Funk mit seinem Neffen gesprochen, sagte er, und bis jetzt war nichts Ungewöhnliches geschehen. »Der Heilige Vater zeigt Anzeichen von Erschöpfung«, beendete Lucadamo seinen kurzen Bericht, »aber das ist auch kein Wunder. Giustino hält immer noch nach Schwierigkeiten Ausschau. Aber so weit, so gut.«

»Wann werden Sie wieder mit ihm sprechen, Signor Giovanni?« Weil der Vatikan jetzt unter Maestroiannis Kontrolle stand, nahm Chris an, dass Giustino mit seinem Onkel fixe Zeiten zur Kontaktaufnahme vereinbart hatte.

»Haben Sie eine Nachricht für ihn?«

»Ich habe eine Nachricht für den Heiligen Vater. Er muss ohne Verzögerung nach Rom zurückkehren.«

»Oh.« Der ältere Mann stand auf. »Eine Bitte wie diese wird er wahrscheinlich zurückweisen. Aber Sie haben einen guten Zeitpunkt gewählt. Kommen Sie mit mir.«

Gladstone starrte immer noch mit offenem Mund auf die erstaunliche Anordnung von elektronischen Geräten in Lucadamos privatem Büro, als die Kennung des Sicherheitschefs aus Kiew ertönte, gefolgt vom vertrauten Klang seiner Stimme.

»Giustino.« Es war Gladstone, der als Erster sprach. »Wir haben den Umschlag gefunden. Die Informationen sind so schlimm, wie sie es nur sein können. Wenn Seine Heiligkeit nicht zurückkehrt, wenn Sie Recht haben, wenn es wirklich eine Falle ist und er sich überreden lässt, jetzt aufzugeben, dann gewinnt Luzifer und erobert das Zentrum. Wir dürfen das nicht zulassen.«

Weil ihm stärker bewusst war als Chris, dass Funkgespräche abgehört werden konnten, fragte Giustino nicht nach Einzelheiten. Aber er wusste auch, was der römische Papst im Augenblick dachte. »Er ist fest entschlossen bis zum bitteren Ende durchzuhalten. Keine Chance ihn zur Umkehr zu bewegen. In ein paar Stunden reisen wir nach Sankt Petersburg weiter. Und dann geht es nach Moskau zur zeremoniellen Rückgabe der Ikone von Kasan. Er ist überzeugt, dass er irgendwann zwischen jetzt und dann das Zeichen empfangen wird, um das er betet. Er wird nicht umkehren.«

Danach wurden noch ein paar kurze Sätze gewechselt. Nein, antwortete Chris auf die dringendste Frage des Sicherheitschefs, er hatte von Maestroianni nichts Neues erfahren, er hatte ihn tatsächlich kaum gesehen. Ja, sagte Giusti, der Heilige Vater vertrage die Strapazen der Reise bis jetzt gut, aber ihre geplante Rückkehr nach Rom am Samstag liege noch drei anstrengende Tage in der Zukunft.

Und bald hieß es »over and out«.

Gladstones besorgtes Schweigen zeigte deutlich, dass er ein Problem hatte, welches er nicht lösen konnte.

»Es geht nichts über ein wenig Brandy, um die Gedanken eines Mannes zu klären.« Giovanni Lucadamos Einladung war seine zivilisierte Art Hilfe anzubieten.

Während der erstklassige Brandy in ihren Händen wärmer wurde, saßen die beiden Männer an einem offenen Fenster und beobachteten den Verkehr in der Nacht, während Christian sich darüber klar wurde, wie viel er diesem erfahrenen und geduldigen Mann anvertrauen konnte. Die Sache, um die es ging, war sowohl eine Angelegenheit des Heiligen Stuhles als auch ein Beichtgeheimnis. Aber, so entschied er, die Umstände waren so, dass praktische Überlegungen überwiegen mussten. »Bei unserem ersten Treffen«, sagte Gladstone schließlich, »haben Sie und Mr. Appleyard davon gesprochen, dass Sie einander mehr als einmal Ihr Leben anvertraut hätte. Und genau deswegen möchte auch ich mit Ihnen sprechen.«

»Um wessen Leben geht es, Monsignore?«

»Wie Ihr Neffe bin auch ich davon überzeugt, dass dem Heiligen Vater ernste Gefahr droht«, antwortete Chris ruhig. »Aber es steht auch das Überleben der Kirche auf dem Spiel.« In grimmigen, abgehackten Sätzen berichtete Chris von Aldo Carneseccas Entdeckung, von seinen Versuchen zwei Päpste dazu zu bewegen, sich damit zu befassen, und von dem Märtyrertod, mit dem er dafür bezahlen musste. Er sprach von dem *rituale*, das gleichzeitig in Rom und in Südcarolina stattgefunden hatte. Er erklärte die universelle Bedeutung der Inthronisation und die Bedeutung der Verbindung zwischen der »römischen Phalanx« und solchen weltlichen Gegenpolen wie Otto Sekuler. Und er fügte die Tatsache hinzu, dass einige der geistlichen Teilnehmer dieser Zeremonie jetzt als *papabili* im Generalkonsistorium in Rom saßen.

Signor Giovanno begriff das volle Ausmaß von Christians Krise. »Ich nehme an, das Wichtigste ist Sie zum Papst nach Russland zu bringen, bevor ihm etwas Unerwartetes zustößt.«

»Stimmt. Wir können uns nicht den Arrangements fügen, welche die Feinde des römischen Pontifikats getroffen haben. Ich muss dafür sorgen, dass Seine Heiligkeit zurückkehrt um sein Apostolisches Haus zu reinigen. Er mag nicht der großartigste Papst sein, den wir uns erhoffen können, aber er ist der Papst. Und, ohne jetzt blasphemisch sein zu wollen, besser, wir haben einen lebenden Esel als einen toten Löwen. Daher, Signor Giovanni, geht es darum, wie ich zu ihm komme ohne in Rom Verdacht zu erregen.«

»Ich überlasse die Frage der Regierungsfähigkeit Ihnen, Monsignore Christian.« Giovanni schenkte eine weitere großzügige Portion Brandy in Gladstones Glas und in sein eigenes und zündete sich eine Zigarre an. »Von meinem Standpunkt aus – und wenn wir schon von lebenden Eseln und toten Löwen sprechen – geht es darum, Sie in aller Heimlichkeit über internationale Grenzen zu fliegen, und um die Planung.«

In den nächsten paar Stunden nutzte Lucadamo all seine Erfahrungen. Das erste Problem, welches er anging, war der heimliche Flug. Als Erstes, sagte er, und sogar mit einem Pass des Vatikans brauchte Chris verschiedene Visa, aber das war etwas, was Giovanni schnell und ohne Schwierigkeiten erledigen konnte. Zweitens riet er, dass ein gewöhnlicher Flug unter diesen Umständen nicht ratsam war, aber wieder würde es kein Problem sein, für den Monsignore eine Privatflugzeug zu finden, das ihn von einem der kleineren Flughäfen zu seinem Ziel bringen konnte. Aber das Ziel war eine ganz besondere Frage, die es zu entscheiden galt. Weil niemand wusste, welche Art von Falle Maestroianni und seine Mitverschwörer für den Papst arrangiert hatten oder wann sie zuschnappen würde, sagte Chris' Instinkt ihm, sich direkt nach Sankt Petersburg zu begeben. Aber Lucadamo meinte, dass ein so knapper Zeitplan das größere Risiko berge. Besser sei es, darauf zu setzen, dass der Papst es bis nach Moskau schaffen würde. Chris könne vor ihm dort sein und ihm das ganze Problem unterbreiten, bevor er seine geplanten Termine begann.

Was das Argument zugunsten Moskaus entschied, war der nächste Punkt, um den sie sich kümmern mussten. Gladstone stimmte zu, dass sein plötzliches und unerklärtes Verschwinden aus Rom für Maestroianni und Aureatini so gut wie ein rote Fahne wäre. Irgendeine glaubwürdige Ausrede für seine Abwesenheit aus dem Sekretariat musste gefunden werden und es war weniger verdächtig, wenn er sich selbst darum kümmerte. Das bedeutete, Chris würde ein Teil des Donnerstagmorgens im Vatikan verbringen müssen. Und das wiederum hieß, dass er Rom noch nicht einmal verlassen haben würde, wenn der hektische Terminplan des Heiligen Vaters in Sankt Petersburg schon längst begonnen hatte.

Nachdem die grundsätzlichen Fragen bezüglich des Fluges und der Planung geklärt waren, blieb nur noch eine schreckliche Möglichkeit, die Christian in seiner Beschreibung der Inthronisation nicht angesprochen hatte. Lucadamo entschied diese Möglichkeit direkt anzusprechen.

»Ich kann die Schwäche des alten Papstes am Ende seines Lebens verstehen, Monsignore. Und ganz klar, der September-Papst wurde daran gehindert, dem *rituale* mit der ganzen Kraft eines Exorzismus zu begegnen. Aber ist es nicht möglich, dass dem derzeitigen Papst von der Inthronisation berichtet wurde? Dass er es weiß und nichts unternommen hat?«

Diese Frage war eine jener, mit denen Chris in der Villa gekämpft hatte, eine der wenigen, auf die er keine Antwort hatte. Denn so weit er es wissen konnte, hätte Carnesecca zum Papst gehen und ihm die gleichen Informationen geben können, die er auch seinen beiden Vorgängern gegeben hatte. So weit er wusste, hatte der Papst sogar einen Versuch unternommen den Umschlag zu finden. Oder vielleicht war er so sehr mit seinen eigenen seltsamen Vorstellungen von Papsttum beschäftigt, dass er Carneseccas Erklärungen einfach in den Hintergrund gedrängt hatte, so wie er es mit den Berichten getan hatte. Trotzdem änderten all diese »Vielleichts« nichts an der einen Sache, der sich Gladstone ganz sicher war. Er musste zum Heiligen Vater.

»Ich weiß keine Antwort auf Ihre Frage, Signor Giovanni«, antwortete Chris schließlich, »ich werde es vielleicht niemals wissen. Aber ich beabsichtige ihm mit Ihrer Hilfe die Beweise ein für alle Mal zu zeigen. Die Namen zu nennen. Ihn damit zu konfrontieren. Ihn zu schockieren. Ihn zornig zu machen, wenn es sein muss. Jede mir zu Gebote stehende Macht zu benutzen um ihn dazu zu bringen, das zu tun, was schon lange hätte getan werden sollen. Was danach geschieht, liegt bei ihm. Am Ende, wie bei so vielen anderen Dingen, ist es an ihm, die letztendliche Entscheidung zu treffen.«

»Nein, Monsignore«, erinnerte Lucadamo den Priester, »die letzte Entscheidung trifft Christus.«

LII

»Sind Sie verrückt, Monsignore Christian? Sie können Rom nicht verlassen!« Das war die einzige Erklärung, die Monsignore Taco Manuguerra an diesem ansonsten großartigen Donnerstagmorgen für Gladstones Benehmen finden konnte. Verrücktheit.

Aber bei näherer Überlegung entschied er sich gerecht zu sein. Als Kardinal Maestroiannis Sekretär wusste Manuguerra über alle Pläne Seiner Eminenz Bescheid. Manchmal vergaß er, dass andere Menschen, selbst Männer wie Gladstone, die so eng mit verschiedenen Entwicklungen verbunden waren, nicht so viel wussten wie er. »Sehen Sie, *Reverèndo*.« Taco beugte sich vor und senkte seine Stimme. Es war früh und niemand war in der Nähe, aber Jahre der Erfahrung an der Seite Maestroiannis hatten ihn gelehrt, dass man nicht zu vorsichtig sein konnte. »Es muss unter uns bleiben, Monsignore, aber Seine Eminenz hat große Pläne für Sie. Sie würden einen großen Fehler machen, wenn Sie Rom jetzt verließen.«

Christian studierte Manuguerras Gesicht. Seine Absicht war gewesen früh am Morgen aufzutauchen, eine einigermaßen glaubhafte Erklärung für seine Abwesenheit aus dem Sekretariat zu geben und dann nach Moskau aufzubrechen. Wie alle guten Ausreden war die seine einfach und nicht ganz gelogen. Eine unbeendete Aufgabe für den Heiligen Vater, die er vollenden musste, hatte er zu Taco gesagt, würde ihn ein paar Tage aus dem Vatikan wegführen. Nun aber überzeugte ihn die explosive Reaktion des Monsignore, dass er durch diese Unterhaltung vielleicht noch mehr erreichen konnte. Wenn er sich dumm stellte, wer wusste schon, was er noch erfahren konnte?

»Ich kann Ihnen gar nicht sagen, wie dankbar ich Ihnen für Ihren Rat bin, Monsignore Taco.« Auch Chris lehnte sich vor und begann zu flüstern. »Aber ich bin doch nur ein paar Tage weg. Wenn alle klappt, bin ich zurück, wenn der Pontifex am Samstag heimkehrt. Mit dem Konsistorium und allem hat Seine Eminenz doch keine Zeit für einen *minutante* wie mich.«

Das war eine jener Eigenschaften, die Manuguerra an dem Amerikaner immer gemocht hatte. Im Gegensatz zu den anderen aufgeblasenen Mitarbeitern hier wusste er, wo sein Platz war. »Natürlich, tun Sie, was Sie wollen, Monsignore.« Taco stand auf und schloss die äußere Tür seines Büros. »Aber mein Rat ist, bleiben Sie hier. Dies sind aufregende Zeiten!« Der Sekretär kehrte zu seinem Stuhl zurück und starrte auf eine paar Notizen auf dem Schreibtisch. Offensichtlich kämpfte er mit einer schweren Entscheidung. Dann hob er den Kopf und lächelte.

»Ich weiß, dass Seine Eminenz Ihnen bereits gesagt hat, dass wir uns im Übergang von einem Pontifikat zum nächsten befinden.« Der Sekretär des Kardinals lehnte sich mit glänzenden Augen zurück. »Natürlich würde ich normalerweise nicht ein Wort darüber sprechen. Aber es gibt keinen Grund für Sie wegzulaufen um eine Aufgabe für einen Papst zu erfüllen, der nicht zurückkommen wird. Nicht, wenn Sie bleiben und bei uns sein können, bei der Schöpfung, wenn ich so sagen darf.«

»Nicht zurückkehren wird?« Chris täuschte Unglauben vor. »Aber der Zeitplan des Heiligen Vaters steht fest. Die ganze Welt weiß ...«

Welch dankbare Antwort! Manuguerra war so selten der Erste, der bedeutende Nachrichten weitergeben konnte, daher machte es gar nichts, dass sein Zuhörer eine solch geringe Figur im Vatikan war. Außerdem hatte er Grund genug zu der Annahme, dass sich Gladstones Status bald verbessern würde. Es schadete nie, in die Zukunft zu blicken. »Vergessen Sie, was die ganze Welt weiß, mein lieber *Reverèndo.* Lassen Sie sich von mir die nicht öffentlichen Zeitpläne geben. Dann werden Sie wissen, was Sie zu tun haben.«

Manuguerra war in seinem Dienst bei Kardinal Maestroianni bestens ausgebildet worden. In einer doppeldeutigen Sprache, welche undenkbaren Verrat wie die Worte der Heiligen Schrift klingen ließ, kam er zuerst auf den geheimen Zeitplan der Pilgerreise des Heiligen Vaters zu sprechen. Der Pontifex, so vertraute er Chris pietätvoll an, »war dazu bestimmt, eine Zeit der Erholung und der Kontemplation« mit den Einsiedlern des heiligen Paulus zu verbringen, die in völliger Abgeschiedenheit im Kloster Jasna Gora in Tschenstochau in Polen lebten. »Zum Wohl der Kirche«, sagte er weiter, »wie Maria in der Erzählung in der Bibel, hat der Heilige Vater einen besseren Weg erwählt.«

»Er wird in Russland das Rücktrittsprotokoll unterschreiben?« Christian war sicher, dass sein versuchtes Lächeln krankhaft wirkte.

»Oh nein.« Die Wahrheit in dieser Sache, wie Manuguerra sie kannte, war, dass weder Moskau noch Sankt Petersburg vom Standpunkt Roms aus sicher genug waren, dass niemand solch außergewöhnliche Macht einem bloßen Wachhund wie Monsignore Jan Michalik anvertrauen wollte und dass auf jeden Fall römische Bräuche und Formen gewahrt bleiben mussten, selbst in Situationen wie dieser. Und wenn man schon von Bräuchen und Formen redete, so war es auch nicht gut, solche Dinge direkt auszusprechen. Viel besser bewahrte man den Anschein heiliger Absichten. »Nein, nein«, wiederholte Manuguerra, »Seine Heiligkeit hat das Protokoll als Zeichen seiner Gedanken mit seinen Initialen versehen. Aber er wird es unterschreiben und dadurch zum Gesetz machen, sozusagen, mit dem Segen der heiligen Madonna von Tschenstochau. Und er wird das, wie es sich gehört, in Gegenwart seines treuen Dieners Monsignore Vacchi-Khouras tun, dem Gesandten des Heiligen Stuhles in Warschau.«

Chris wollte nicht als allzu begierig auf Einzelheiten erscheinen, aber er konnte sich diese Gelegenheit auch nicht entgehen lassen. »Die zeitliche Abstimmung bedeutet bei so einem Unterfangen alles.«

»Wie schnell Sie begreifen, *Reverèndo*!« Kein Wunder, dass Maestroianni solche Stücke auf diesen Kerl hielt, dachte der Sekretär. »Das Arrangement des Zeitplanes Seiner Eminenz hier in Rom ist genau durch diese Frage sehr schwer gewesen. Er musste Rücksicht auf etwaige Ungenauigkeiten im Zeitplan des Papstes nehmen.«

Schwierig oder nicht, die Arrangements waren so ordentlich getroffen worden wie der Fahrplan eines Zuges. Der päpstliche Nuntius würde sich in Warschau auf den Weg machen, mit dem Protokoll in der Hand und bereit zur Unterschrift in dem Augenblick, da er erfuhr, dass der Heilige Vater im Kloster in Tschenstochau angekommen war. Der tatsächliche Zeitpunkt würde von Monsignore Jan Michalik abhängen. Aber weil alles spätestens am frühen Samstagmorgen erledigt sein musste, war der Zeitplan in Rom auf dieses Datum abgestimmt worden.

»Auf seiner Pressekonferenz am heutigen Tag wird unser guter Freund, Monsignore Buttafuoco, eine Synode ankündigen, die für Samstag acht Uhr einberufen wird.« Monsignore Taco zwinkerte Christian zu. »Die derzeit außerordentlich vielen Bischöfe in Rom sind alle zusammengerufen worden um teilzunehmen und auch die Presse wird eingeladen. Bei dieser Synode wird Kardinal Maestroianni selbst die ›Gemeinsamen Gedanken der Bischöfe‹ der Öffentlichkeit verkünden.

Nun, Monsignore Christian«, Taco klopfte mit dem Finger auf den Schreibtisch, »Kardinal Maestroianni unterschätzt die Bedeutung Ihrer Arbeit für das Zustandekommen der ›Gemeinsamen Gedanken‹ nicht. Er möchte, dass Sie anwesend sind, wenn er das Volk Gottes und die ganze Welt davon informiert, dass eine überwältigende Mehrheit der Bischöfe der Kirche entschieden hat, es sei richtig und gerecht, dass Seine Heiligkeit freiwillig zurückgetreten ist, damit der Heilige Geist einen neuen Apostel wählen kann um die Kirche ins dritte Jahrtausend zu führen.«

Manuguerra unterbrach sich, damit Christian diese außerordentliche Bevorzugung so recht genießen konnte. Aber der Gesichtsausdruck des jungen Amerikaners war so steinern, dass er sich noch einmal in deutlicheren Worten wiederholte. »Wenn Ihre Arbeit für die ›Gemeinsamen Gedanken‹ Ihnen nicht den Hut eines Kardinals gestrickt hat, dann kenne ich Rom nicht.« Mit einem Lächeln und mit einem Auge auf seinen eigenen Aufstieg zitierte er wieder das Evangelium für eine passende Inspiration. »Erinnern Sie sich meiner, wenn Sie in Ihr Königreich kommen, *Reverèndo*.«

»Das wird ein Tag der Freude, Monsignore Taco.« Christian tat sein Bestes um den Anschein aufrechtzuerhalten. Mehr als alles andere wollte er, dass Manuguerra weitersprach.

»Ach, mein Freund, die Synode und die Veröffentlichung der ›Gemeinsamen Gedanken‹ sind nur das Vorspiel zu wirklichen Freuden. Das wichtigste Geschehnis am Samstag wird stattfinden, wenn sich die Kardinäle zu einer Gesamtsitzung des Generalkonsistoriums um zwölf Uhr mittags treffen. Dann wird Vacchi-Khouras das voll unterschriebene und ordentlich gesiegelte Rücktrittsprotokoll an Staatssekretär Kardinal Graziani übergeben haben. Mit Hinsicht auf dieses Protokoll und unter Seiner Eminenz Maestroiannis Anleitung als Kämmerer werden die Kardinäle erkennen, wie gut der päpstliche Rücktritt und die vom Heiligen Geist erfüllte Bewegung der Gläubigen und der Bischöfe zusammenpassen. Das Konsistorium wird sich in ein Konklave verwandeln.«

Manuguerra lehnte sich in seinem Stuhl zurück. »Zufällig weiß ich, dass Seine Eminenz vorhat Sie dazu einzuladen, bei diesem historischen Treffen sein persönlicher Sekretär zu sein.«

Christian fühlte sich plötzlich, als läge eine tonnenschweres Gewicht auf ihm. Alle seine und Giustino Lucadamos Befürchtungen hatten sich bestätigt. Aber Manuguerra hatte gesagt, dass die Ereignisse in Rom deswegen auf Samstag abgestimmt worden waren, weil es im Terminplan des Papstes Unsicherheiten gab. Was immer sie auch vorhatten, um den Papst nach Tschenstochau zu bringen, konnte jeden Augenblick geschehen. Vielleicht sogar am heutigen Tag in Sankt Petersburg. Aber das Protokoll würde Seiner Heiligkeit nicht vorgelegt werden, bis er Tschenstochau erreicht hatte. Und dann auch erst, wenn Monsignore Vacchi-Khouras Tschenstochau erreicht hatte. Also wurde es zu einem Rennen zwischen ihm und Vacchi-Khouras. Ein Wettrennen um festzustellen, wer zuerst den Heiligen Vater erreichte, und ein Wettbewerb, wer überzeugender zu sein vermochte.

»Also, Monsignore Christian«, Taco Manuguerra sprach als

die Seele der Vernunft, »jetzt wo Sie über alles Bescheid wissen, wissen Sie nicht auch, was klüger ist? Ist Ihnen klar, warum Sie in Rom bleiben müssen?«

Tacos Frage kam rechtzeitig. Chris hatte sich schon viel zu weit vorgewagt. Einen ganz kurzen Augenblick lang war er versucht irgendwie Zeit zu erkaufen. Er war in Versuchung Maestroianni eine kurze Notiz zu hinterlassen, welche den glatten Zeitplan durcheinander bringen würde, den er und seine Kollegen ausgearbeitet hatten. Aber es war nur ein flüchtiger Gedanke. Nichts, erkannte Chris, konnte Maestroianni jetzt noch aufhalten. Nicht einmal die Aufdeckung der Inthronisationszeremonie. Nicht einmal die Tatsache, dass seine engsten Mitarbeiter sich an seinem Spiel aus unaussprechlichen Gründen beteiligt hatten. Ganz im Gegenteil, Aureatini und die anderen mussten sich gegen solche Anschuldigungen verteidigen und stattdessen ihn beschuldigen. Daher war solch ein Zug schlimmer noch als nutzlos. Wahrscheinlich würde er Christian selbst zu einem noch wichtigeren Ziel machen, als es Carnesecca gewesen war.

Nein. Was Gladstone brauchte, war das, weswegen er überhaupt gekommen war. Er musste aus Rom wegkommen, mit dem Segen von Kardinal Maestroiannis selbstgefälligem *sec ondo*. »Brillant!« Christian warf Manuguerra einen solch bewundernden Blick zu, dass selbst die Engel erröten mussten. »Der Plan ist wirklich brillant, *Reverèndo!* Und Ihre Erklärung ist sogar noch brillanter. Aber, mein lieber Freund«, Christian lehnte sich in einer Nachahmung von Tacos bester Verschwörermanier vor, »alles, was Sie mir heute Morgen anvertraut haben, macht mein eigenes Geschäft außerhalb Roms nur noch dringender.«

Dem Italiener blieb vor Überraschung der Mund offen.

»Ich wusste, Sie würden das sofort verstehen.« Dankbar nutzte Christian den Vorteil. »Es ist alles sehr, sehr vertraulich. Aber ich darf sagen, dass es unmittelbar mit den Plänen für den Rücktritt des Papstes zusammenhängt. Sie können als sicher annehmen, dass ich alles in meiner Macht Stehende tun werde um am Samstag rechtzeitig zu den großen Ereignissen zurückzukommen. Und seien Sie versichert, Monsignore: Ich werde niemals vergessen, was Sie an diesem Morgen für mich getan haben.

Dank Ihnen ist nun alles viel deutlicher für mich erkennbar. Nun, geben Sie mir Ihren Segen und ich mache mich auf den Weg.«

»Natürlich, *Reverèndo.* Aber ...«

»Kluge Teufel, Ihre Kollegen im Vatikan, Monsignore Christian.« Giovanni musste einfach das Szenario bewundern, welches Christian ihm an diesem Donnerstagmorgen im Raffaele schilderte. »Irgendwie bringen sie den Heiligen Vater nach Tschenstochau. Irgendwie bringt ihn der apostolische Nuntius dazu, das Rücktrittsprotokoll zu unterschreiben um die Gesetzmäßigkeit der Geschehnisse in Rom zu bestätigen. Die Bande im Vatikan hält ein Konklave ab um einen Nachfolger zu wählen. Und das alles ohne einen Tropfen päpstliches Blut zu vergießen und ohne die Würde der Kardinäle auch nur anzukratzen. Einfach großartig!«

Christian wurde bei Lucadamos professionellem Lob zornig. Es war viel zu tun und er wollte endlich anfangen. Doch er hätte sich keine Sorgen machen müssen. Giovanni hatte seine kleinen Eigenarten, aber er ging in seinen Gedanken bereits mögliche Gegenmaßnahmen durch.

»Es kann nicht so viel schwieriger sein, Signor Giovanni«, drängte Chris. »Das gleiche Flugzeug, das mich hätte nach Moskau bringen sollen, kann mich stattdessen einfach nach Tschenstochau bringen.«

»Wenn es nur notwendig wäre, Sie nach Polen zu einem Plausch mit dem Heiligen Vater zu bringen, dann könnten Sie Recht haben. Aber jetzt gilt es auch noch andere Dinge zu bedenken.«

»Und welche?«

»Nun, fangen wir einmal mit dem Problem an den Heiligen Vater zurück nach Rom zu bringen – wenn er dem überhaupt zustimmt. In Moskau hätte man einfach seine normale Alitalia-Maschine benutzen können. Aber Ihr Freund Manuguerra hat deutlich auf den Schlüssel zum Erfolg ihrer Pläne hingewiesen. In Tschenstochau ist der Papst isoliert. Dort wird keine weiße DC-10 auf ihn warten. Wir müssen einen anderen Weg finden ihn so schnell wie möglich nach Rom zurückbringen zu können. Und um nur so weit zu kommen, müssen wir Sie so schnell wie möglich nach Tschenstochau bringen, und das, ohne dass es irgendjemand bemerkt. Das allein braucht schon ein paar Tricks. Nach dem, was Sie mir erzählt haben, wird Maestroiannis Mann – wie war noch sein Name?«

»Michalik, Signor Giovanni. Monsignore Jan Michalik.«

»Genau. Michalik muss das Zeichen zum Start geben, was das auch immer sein wird, lange vor der geplanten Rückreise des Papstes am Samstag. Es ist alles eine Frage der Zeit. Schnelligkeit und Geheimhaltung sind die großen Hindernisse. Wir werden Hilfe brauchen.«

»Sie denken schon an einen bestimmten Plan?«

»Ich denke an bestimmte Leute.« Lucadamo setzte sich an seinen Schreibtisch und griff nach dem Sicherheitstelefon. »An Leute, auf die ich mich in Situationen wie diesen verlassen kann. Aber Sie müssen beten, dass sie ihren Plan, welchen auch immer sie haben, um den Papst nach Tschenstochau zu bringen, schon heute in Sankt Petersburg ausführen wollen. Keine Chance alles rechtzeitig vorzubereiten. Tatsächlich, Monsignore«, Lucadamo wählte nun eine private Nummer in der amerikanischen Botschaft in Brüssel, »werden wir genug zu tun haben um unsere Pläne abzuändern und alles fertig zu haben, bis die Pilgergruppe morgen in Moskau ankommt ...

Ah!« Jetzt sprach Lucadamo in den Telefonhörer. »Sind Sie das, Appleyard?«

Die päpstliche Reisegruppe landete am frühen Freitagmorgen, dem 12. Mai, in Scheremetjewo II, Moskaus internationalem Flughafen. Die beiden Maschinen mit der akkreditierten Presse an Bord landeten kurz danach. Ganz gleich, wie stürmisch der Erfolg des Papstbesuches in der Ukraine gewesen war, ganz gleich, wie herzerwärmend und willkommen sein eintägiger Aufenthalt in Sankt Petersburg gewesen war, jeder, einschließlich Monsignore Michalik, wusste, dass die Spannung bei diesem letzten Aufenthalt der Pilgerreise alles übertreffen würde, was vorher geschehen war.

Denn einerseits wollte die Regierung in Moskau so wenig wie

möglich zu tun haben mit diesem Papst, der den amerikanischen Präsidenten und seine Regierung bei der Bevölkerungskonferenz in Kairo verärgert hatte. Andererseits hatte es zwischen Rom und den Moskauern immer böses Blut gegeben. Und um das Ganze auf die Spitze zu treiben, nachdem die Russen die Völker Osteuropas so lange beherrscht hatten, gab es unter ihnen einige, die es als Beleidigung empfanden, dass gerade der Pole, der so viel dazugetan hatte, ihre Herrschaft zu beenden, nach Moskau kam und ihre heilige Ikone von Kasan als Geschenk mitbrachte.

Der Heilige Vater wurde von einem zweitrangigen Mitglied des Moskauer Außenministeriums nur als privater Pilger willkommen geheißen, nicht als Oberhaupt eines Staates. Dieser Mann überbrachte die herzlichen Wünsche seiner Regierung und gab dann Seine Heiligkeit wie heiße Kohlen an den römisch-katholischen Erzbischof von Moskau und den italienischen Erzbischof weiter, welcher in Moskau den Heiligen Stuhl als Gesandter vertrat.

Innerhalb einer Stunde wurde die Pilgergruppe in die sechzig Kilometer nordöstlich von Moskau liegende Stadt Sergiew-Posad transportiert, wo sie im Troiza-Sergiewa-Lawra, dem vom heiligen Sergius im vierzehnten Jahrhundert gegründeten Kloster, untergebracht werden sollte. Dort wurden dem Papst bestimmte Gemächer zur Verfügung gestellt, welche einst Besuchern aus dem Zarenhaus und in jüngster Zeit hochrangigen Geistlichen der orthodoxen Kirche gedient hatten.

Die formelle Begrüßung des Heiligen Vaters verlief ohne Zwischenfall. Der Empfang war eine halboffizielle Angelegenheit, was hieß, dass kein hochrangiges Mitglied der Moskauer Regierung daran teilnahm. Derselbe glücklose zweitrangige Diplomat, der auch schon am Flughafen hatte antreten müssen, tauchte auf und überbrachte noch einmal die guten Wünsche seiner Regierung, wobei er dieses Mal hinzufügte, er hoffe, dass der Pontifex eine sichere Rückreise nach Rom haben würde.

»Sicher. Sie meinen wohl schnell«, sagte Damien Slattery in hörbarem Flüsterton zu Giustino Lucadamo.

Auch wenn der Empfang nur halboffiziell war, so war er doch ein deutlicher Erfolg. Der päpstliche Gesandte und der römisch-katholische Erzbischof nahmen teil, dieses Mal von den dienstälteren Mitgliedern ihres Stabes begleitet. So gut wie alle Katholiken Moskaus waren anwesend, dazu eine Anzahl Erzbischöfe aus Polen und anderen osteuropäischen Staaten. Die Ankunft der höchsten Prälaten der russisch-orthodoxen Kirche brachte neuerliche Unruhe. Der Metropolit von Sankt Petersburg und Ladoga, der zweithöchste russische Geistliche, war dem Papst von Sankt Petersburg aus gefolgt um seine Verehrung für den römischen Papst kundzutun. Und während die Laune des Patriarchen Kyrill von Moskau weniger mit Verehrung, sondern mehr mit dem dringenden Wunsch zu tun hatte auf alles ein wachsames Auge zu haben, so gab seine Anwesenheit der Angelegenheit doch eine gewisse Würze.

»Ich frage mich, Angelo«, Slattery ging zu Pater Gutmacher, während er beobachtete, wie die russischen Prälaten den Ring des Papstes küssten, »wie viele in ihren Herzen insgeheim bereits Rom anhängen.«

Gutmachers Antwort war sanft, aber sie kam aus dem Schatz an Erfahrungen aus erster Hand, welchen er sich in seinen Reisen für den Heiligen Vater angeeignet hatte. »Ich bezweifle nicht, dass viele von ihnen nur mehr auf ein Wort von weiter oben warten, dass sie nach Rom gehen sollen.«

Die Ankunft von Michail Gorbatschow, dem langjährigen Briefpartner des Papstes, sorgte für große Erregung unter den Gästen und anwesenden Journalisten. Sicher in seiner neuen Würde als Vorsitzender der Gorbatschow-Stiftung und als Zentralfigur der immer mächtiger werdenden KSZE verbrachte er längere Zeit in leiser Unterhaltung mit dem Heiligen Vater. Raissa Gorbatschowa plauderte inzwischen mit einigen bedeutenden Gästen, die unter anderem ein beeindruckendes Kreuz bemerkten, das sie für diesen Anlass angelegt hatte.

Viele, welche an diesem Morgen den Heiligen Vater umringten, machten Bemerkungen darüber, wie sehr er gealtert sei, seitdem sie ihn das letzte Mal gesehen hatten, und bemerkten auch eine gewisse gedrückte Stimmung bei ihm. Aber außer so engen Vertrauten wie Slattery, Gutmacher und Lucadamo erriet niemand, dass das stärkste Gefühl in ihm eine tiefe und schmerzliche Traurigkeit war. Denn er befand sich in den letzten Stunden seiner Pilgerreise und die Himmelskönigin hatte ihm kein Zeichen gesandt.

»Ich frage mich«, hatte der Pontifex vor dem Empfang zu Slattery gesagt, »was dann der Sinn meiner Reise gewesen sein soll.«

Es war weniger eine Frage als eine Feststellung. Aber Seine Heiligkeit schien so unruhig und angespannt zu sein, als erwarte er eigentlich einen schweren Unglücksschlag, dass Damien in seinem Mitgefühl für die offensichtliche Enttäuschung und den Schmerz des Heiligen Vaters antworten musste. »Seid nicht besorgt, Heiliger Vater, Unsere Liebe Frau hat alles in ihrer Hand. Für mich ist ihr größtes Zeichen, ein Zeichen von ihrer Hand, das bezweifle ich nicht, dass Eure Heiligkeit immer noch bei guter Gesundheit sind. Und außerdem war diese Reise zu ihren Ehren so erfolgreich! Wenn Euer Heiligkeit die heilige Ikone Unserer Lieben Frau von Kasan heute Nachmittag an Seine Heiligkeit, den Patriarchen von Moskau übergibt, wird das die Krönung unserer Pilgerfahrt sein und die Himmelskönigin ehren.«

Der Pontifex hatte ihm nicht geantwortet, aber die Traurigkeit, welche sein Herz und seine Seele umgab, war deutlich zu sehen.

Erst am Morgen des 12. Mai, dem Freitag, fand Christian sich in einer von Giovanni Lucadamos Limousinen wieder, die ihn mit hoher Geschwindigkeit in Richtung der Via Appia Antica fuhr. Er saß neben dem Leibwächter, der auch als Fahrer diente, und dachte an die gemütlichen Spaziergänge, die er und Pater Aldo auf dieser klassischen römischen Straße unternommen hatten. *Regina Viarum*, hatte Aldo sie genannt, die Königin der Straßen.

Während sein Auto an den Überresten einer toten römischen Vergangenheit vorbeiraste, den Gräbern der Scipionen, dem Grab der Caecilia Metella, dem Bogen des Drusus, der verfallenen gotischen Kapelle der Caetani, spürte Christian Bedauern und ein Gefühl des Verlusts in sich aufsteigen. Die Scipionen, die Caetani und all die anderen schienen ihm zu sagen, dass auch sie nach Rom gekommen waren, dass auch sie sich endlich von der Stadt verabschieden mussten. Unwillig verabschiedeten.

In einiger Entfernung von der *Domine, Quo Vadis* genannten Kirche, wo, wie die Legende berichtet, Christus dem vor der Christenverfolgung des römischen Herrschers fliehenden Petrus erschienen war und ihn zurück nach Rom in seinen Märtyrertod gesandt hatte, bremste Christians Fahrer ab, bog nach rechts auf eine Landstraße ein und hielt nach einem Kilometer holpriger Fahrt vor einem Landhaus im amerikanischen Ranch-Stil an.

»Hier ist es, Monsignore.« Der Fahrer begleitete Chris noch zur Eingangstür des sicheren Hauses. »Sie wissen, wie es weitergeht?«

Ja, sagte Christian, er wisse Bescheid.

»Dann *addìo*, Monsignore Gladstone.« Der Händedruck des Mannes war fest und herzlich. »Gehen Sie mit Gott.«

Chris sah zu, wie das Auto zurückstieß, sah, wie es verschwand, sah, wie sich die Staubwolken, die es aufgewirbelt hatte, wieder legten, sah sogar dann weiter in die Richtung, als nur mehr einsame Stille ihn umgab. Er hatte nie erwartet sich verstecken zu müssen, auch nur für ein paar Stunden, in diesem Land, das so berühmt war für seine Kunst, sein Heldentum, seine Heiligkeit, seinen Wein, die Liebe und seine Schönheit. Aber, sagte er sich, als er das einsame Haus betrat, dieses Land war auch noch für einige andere Dinge berühmt. Für seine unbesiegbare Grausamkeit, für seine Mitleidlosigkeit, die hinter den Olivenhainen, den Pinien und den Oleanderbüschen lauerte, für den Geruch nach Blut, der sich so oft mit dem Duft der Limonenblüten und Rosen vermischt hatte. Die ewige Gewalttätigkeit Italiens war ein altes Übel, welches das Geschick vieler bestimmt hatte und das immer noch die Guten und die Bösen, die Gerechten und die Sünder, die Unschuldigen und die Verdammten gleichermaßen traf.

Hätte er es sich gestattet, Chris hätte sich verlorener gefühlt als je zuvor in seinem Leben. Ganz sicher war er einsamer. Er warf einen Blick auf das Telefon in dem bequem eingerichteten Haus. Er nahm an, dass es eine sichere Leitung hatte, aber es gab keinen Grund, Signor Giovanni anzurufen. Wie er zu seinem

Fahrer gesagt hatte, wusste er Bescheid. In ein paar Stunden würde ein Hubschrauber kommen und ihn nach Triforo bringen, einem kleinen Militärflugplatz an der Küste, rund dreihundertfünfzig Kilometer nördlich von Rom. Eine Privatmaschine würde ihn gegen Mittag in Triforo an Bord nehmen. Er sollte lange vor Sonnenuntergang in Brüssel sein. Sein Bruder Paul würde ihn dort in Empfang nehmen. Und danach hing sein Wettrennen, den polnischen Papst zu erreichen, bevor Vacchi-Khouras ihn dazu brachte, das Rücktrittsprotokoll zu unterschreiben, von Gibson Appleyard ab.

Die Übergabe der heiligen Ikone Unserer Lieben Frau von Kasan fand am Freitag um zwei Uhr nachmittags im Kloster Troiza-Sergiewa statt. In einer Zeremonie, die eine Viertelstunde dauerte, übergab der Papst den Schatz dem Patriarchen Kyrill von Moskau. »Was zählt, ist«, schloss der Papst seine kurze Rede an den Patriarchen in fließendem Russisch, »dass die heilige Ikone der Mutter Gottes heimgekehrt ist zu ihrem Volk in dieses Land.«

Für kurze Zeit, während Pontifex und Patriarch das *Magnificat* sangen, Marias großartige Lobeshymne und Danksagung an Gott, verspürten alle, die gekommen waren um diesen bedeutenden Moment mitzuerleben, eine zurückhaltende und doch wahrnehmbare Freude der brüderlichen Einheit. Während die Fotoapparate der Presse blitzten und die Videokameras surrten, wurde die Ikone in der Klosterkapelle aufgestellt. Dort würde sie bleiben, bis ihr eigentlicher Aufenthaltsort, eine Kathedrale auf dem Roten Platz, welche im Jahr 1917 von den Kanonen der Bolschewiken zerstört worden war, wieder errichtet werden konnte.

Die Gäste blieben zurück um die Ikone zu bewundern und Seine Heiligkeit folgte Patriarch Kyrill aus der Kapelle zu einem kleinen Salon, in dem für die päpstliche Reisegruppe Erfrischungen bereitstanden. In diesem Augenblick holten ihn Enttäuschung und Erschöpfung ein. Schwindel und leichte Übelkeit waren die ersten Anzeichen.

Immer wachsam, waren Monsignore Sadowski und Giustino Lucadamo sofort an seiner Seite, unmittelbar gefolgt von Damien Slattery und Dr. Fanarote. Und natürlich war auch Monsignore Jan Michalik sofort zur Stelle und konzentrierte sich auf sein Ziel wie eine Suchrakete. Mit so viel Hilfe und dank seines starken Herzens dauerte es nur ein paar Minuten, bis der Pontifex seine Räume erreichte.

Die Übelkeit des Heiligen Vaters wurde schlimmer und legte sich erst langsam wieder. Trotzdem enthüllte Dr. Fanarotes lange und gründliche Untersuchung nichts Ernsteres als tiefe Müdigkeit. Nach vier Tagen ständiger Predigten und Unterhaltungen, Freuden und Frustrationen, zu wenig Schlaf und dauernder Auftritte in der Öffentlichkeit war es ein Wunder, sagte der Arzt, dass Seine Heiligkeit die Wirkung dieser anstrengenden Reise nicht schon früher verspürt hatte. So war es doch allen anderen gegangen!

»Aber Doktor.« Michalik war nicht bereit eine solch harmlose Diagnose zu akzeptieren. Die Zeit lief ab, er konnte es sich nicht mehr leisten. »Ist es nicht möglich, dass Seine Heiligkeit einen leichten Schlaganfall erlitten hat? Einen Anfall von Gicht?«

Fanarote wandte sich vom Bett des Papstes ab, Zornesfalten im Gesicht. »Alles ist möglich, Monsignore. Aber meiner professionellen Ansicht nach ...«

Michalik war nicht an Fanarotes Ansicht interessiert, ob professionell oder nicht. Die Möglichkeit genügte ihm. Augenblicke später stand er im Büro des Abtes und rief im Staatssekretariat an. Einen Augenblick später und er war mit dem Kämmerer verbunden.

»Ich nehme an, er kann reisen?«, stellte Maestroianni die wichtigste Frage zuerst.

»Ja, Eminenz. Und ich nehme an, unsere Leute haben sich um den Transport gekümmert?«

Welch frecher Handlanger Michalik doch war, dachte Maestroianni. »Wir waren an jedem Schritt der Reise bereit«, sagte er bissig, »Sie haben die Zeit ein wenig knapp werden lassen, Monsignore.«

»Aber Eminenz ...«

»Machen Sie weiter, Michalik. Machen wir der Sache endlich ein Ende!«

Als die Leitung mit einem Klicken unterbrochen wurde, das in Michaliks Ohren wie Donner klang, ging er zurück in das Quartier des Papstes. Er befahl allen, auch Dr. Fanarote, ihn mit dem Heiligen Vater allein zu lassen. Slattery und Lucadamo traten vor, als wollten sie kurzen Prozess mit Grazianis Strohmann machen. Aber ein Nicken des Heiligen Vaters ließ ihnen keine andere Wahl als zu gehorchen. Es kam ihnen wie eine Ewigkeit vor, als Slattery, Fanarote, Sadowski und Lucadamo in hilflosem Zorn vor den Räumen des Papstes auf- und abliefen. Sie konnten leiser und lauter werdende Stimmen hören, meist die von Michalik, aber es war unmöglich zu verstehen, was gesprochen wurde.

»Geht es ihm gut?« Pater Angelo Gutmacher stand die Sorge ins Gesicht geschrieben, als er den Gang entlanggelaufen kam.

»Ich habe sie inzwischen beruhigt.« Der Sprecher des Papstes, Miguel Lázarro-Falla folgte unmittelbar hinter Gutmacher. »Aber dort unten gehen eine Menge Gerüchte um, dass Seiner Heiligkeit etwas zugestoßen sei. Was ist los?«

Als sei diese Frage ein Signal gewesen, öffnete Michalik die Türe und bedeutete den sechs Männern, hereinzukommen. »Wir haben neue Reisepläne, meine Freunde ...« Obwohl die ersten Worte des Heiligen Vaters schrecklich waren, als seine Anhänger sich um ihn versammelten, vermittelte er doch den Eindruck die vollständige Kontrolle über seine Situation und seine Gefühle zu haben. Er schien so ruhig – auf eine seltsame Art moralisch aufgerichtet –, dass seine ältesten Freunde sich an den Unternehmungsgeist und den stillen Eifer erinnerten, der seine ersten Reisen als Papst viele Jahre zuvor gekennzeichnet hatte. »Der Monsignore war in Kontakt mit dem Staatssekretariat.« Der Pontifex sah Michalik kurz an. »Wir sollen in einer Stunde nach Tschenstochau aufbrechen. Der Monsignore hat unseren Transport arrangiert ...«

Seine Heiligkeit sah das Aufblitzen in Slatterys Augen und unterbrach sich für eine Sekunde um dem riesigen Iren und den anderen fünf Männern beruhigend zuzulächeln. »Die Welt wird um fünf Uhr römischer Zeit von meinem Zustand informiert werden. Meine Kardinäle haben in Zusammenarbeit mit meinen Bischöfen besondere Arrangements getroffen um mit dieser Situation umgehen zu können. Im Namen der Einheit bin ich bereit den ersten Schritten dieser Arrangements Folge zu leisten. Sie waren meine treuen Freunde. Und jetzt werden wir zusammen Unsere Liebe Frau von Tschenstochau besuchen. Möge die Königin Polens mich und die Kirche beschützen.«

Lucadamo und Slattery tauschten einen kurzen Blick. Lebten sie noch im Mittelalter, hätten die beiden Michalik schon längst in Stücke gerissen, und auch jetzt waren sie sehr versucht, das zu tun. Aber wie schon so oft im letzten Dutzend Jahre und schon länger hatte der Papst sich nachgiebig gezeigt. Wieder einmal, vielleicht zum letzten und schlimmsten Mal, hatte der polnische Papst sich gefügt.

Ungefähr um die gleiche Zeit als sein Freund Damien Slattery mit dem Gedanken an Mord spielte, begann Christian Gladstones kleine Privatmaschine ihren Anflug auf den Brüsseler Flughafen, auf dem ihn sein Bruder erwartete. Minuten später, als sie auf der *autostrade* in Richtung Stadt jagten, wollte Christian als Erstes Neuigkeiten von Declan hören.

»Er hat alles gut überstanden, dank dir und deinen Freunden!« Paul Gladstone schenkte seinem Bruder ein dankbares Lächeln. »Er ist immer noch im Krankenhaus. Aber ich bin ganz froh, dass ihn das Höhlenforschen nicht mehr so interessiert. Er und Régice Bernard sind ganz dicke Freunde geworden und Deckel hat sich entschieden auch ins Baugeschäft zu gehen. Da kann er dann seinen eigenen Hubschrauber fliegen, sagt er, so wie Régice das tut.«

»Ob das wirklich so viel besser ist?« Chris lachte. »Hast du schon mit Mutter gesprochen und ihr alles erzählt?«

»Alles.« Paul nickte, als er von der Autobahn abbog und zur amerikanischen Botschaft fuhr. »Das heißt fast alles. Ich habe sie über Deckel auf dem Laufenden gehalten. Und ich habe ihr von meiner Beichte in jener Nacht erzählt, als Régice uns zu Hilfe gekommen ist. Aber ich habe ihr nichts von deinem irren Wettrennen erzählt. Und wenn wir schon beim Thema sind, bitte sage mir eines. Wie kann es geschehen, dass ein so mächtiges Staatsoberhaupt wie der Heilige Vater von seinen Untergebenen einfach übernommen werden kann? Muss er daran nicht irgendwie beteiligt sein? Ich meine, nicht beteiligt im bösen Sinn, aber ...«

Christian war überrascht, dass ein gewiefter Eurokrat wie sein Bruder so verwirrt sein konnte. »Es ist zu kompliziert um dir jetzt mehr zu erzählen, als ich dir schon am Telefon vom Raffaele aus gesagt habe. So kompliziert wie das, was rund um den großen Vorsitzenden Mao in seinen letzten Jahren geschehen ist, denke ich.«

»Hoffentlich nicht so blutig.« Paul blieb in der Nähe der Botschaft stehen. »Aber du hast Recht. Es ist zu kompliziert, als dass wir in der wenigen Zeit, die wir haben, darüber sprechen können. Appleyard sollte uns inzwischen erwarten.«

Um 15 Uhr 30 am Freitag hob eine gecharterte TransEuropa-Maschine von einem kleinen Regierungsflugplatz südlich von Sergijew-Posad ab. Kaum dass sie in der Luft war, benutzte Michalik das Funkgerät im Cockpit der Maschine um den Kardinälen in Rom den Flugplan zu bestätigen, bevor er sich zu den anderen Passagieren in die Kabine begab. Amerikanische Überwachungssatelliten fingen die Botschaft auf. Schnell lag ein Transkript auf dem Tisch eines Beamten des Außenministeriums in der amerikanischen Botschaft in Brüssel. Und der alarmierte Gibson Appleyard.

Um 16 Uhr Ortszeit wurden die geladenen Gäste des polnischen Papstes zusammen mit den in Moskau wartenden Journalisten von seiner plötzlichen Abreise verständigt. Ihre Flüge nach Rom, so wurde ihnen mitgeteilt, starteten um sieben Uhr vom internationalen Flughafen Scheremetjewo II. Als es einigen der Journalisten nach 17 Uhr endlich gelang, ihre Büros telefonisch zu erreichen, waren ihre Neuigkeiten schon nicht mehr so neu. Alle fünfundachtzig diplomatischen Vertreter des Heiligen Stuhles rund um die Welt hatten bereits gefaxte Kopien des Rücktrittsprotokolls zusammen mit Anweisungen vom Staatssekretariat des Vatikans erhalten die örtlichen Regierungen sofort zu verständigen und die Nachricht um 17 Uhr römischer Zeit an die internationalen Medien weiterzugeben.

Zu dem Zeitpunkt, als der Pressesprecher des Vatikans, Erzbischof Canizio Buttafuoco, mit der für 17 Uhr einberufenen Pressekonferenz begann, hatte die Gerüchteküche ihre Arbeit schon getan. Mehr als sechshundert Pressevertreter aus ganz Europa, Amerika und sogar einige aus Asien waren gekommen. Die in Rom ansässigen Korrespondenten mussten um ihre gewohnten Sitze in der ersten Reihe kämpfen und viele wurden von einem großen Kontingent von Geistlichen und Ordensschwestern verdrängt, die selbst im Auftrag der Presse und zuerst dagewesen waren.

Buttafuoco schwankte zwischen steinerner Miene und hektischen Blicken, als er versuchte die Ordnung aufrechtzuerhalten. Zu dieser Stunde, sagte er und teilte ein gedrucktes Kommunikee aus, träte der Papst freiwillig von seinem Amt zurück. Kein Grund sei genannt worden. Er habe Russland bereits in Richtung eines anderen Ortes verlassen, der später bekannt gegeben werde ...

Weiter kam Buttafuoco nicht. Dann waren sämtliche der Journalisten aufgesprungen, versuchten einander zu überschreien und bombardierten ihn mit einem Hagel von Fragen.

Die Ungewissheit wegen des polnischen Papstes verdrängte alle anderen Neuigkeiten. Berichte mit riesigen Schlagzeilen in allen größeren Zeitungen und ein Strom von Sonderberichten, die das normale Fernseh- und Radioprogramm unterbrachen, verbreiteten sehr wenige Fakten, aber sehr viel Spekulation wie der Blitz rund um die Welt. Die Fakten, die mehr als kümmerlich waren, betrafen hauptsächlich das Kardinalskollegium. Da sie nun als zwischenzeitliche Regierung der katholischen Kirche handelten, würden sich die Eminenzen am Samstag zu Mittag treffen. Unter der Führung Seiner Eminenz Kardinal Cosimo Maestroianni als päpstlichem Kämmerer würden sie nach dem kanonischen Recht und nach dem Gesetz, welches Seine Heiligkeit jüngst hatte in Kraft treten lassen, die notwendigen Schritte unternehmen. Vor diesem Treffen sollte sich noch eine außerordentliche Bischofssynode versammeln, bei der die noch nie dagewesene Situation offen und demokratisch diskutiert werden sollte.

Solche weltweiten Reaktionen waren unvermeidbar. Mehr als

ein Jahrzehnt lang war dieser eine Mann, der weiß gekleidete polnische Papst, von über dreieinhalb Milliarden Menschen gehört und gesehen worden. Niemand konnte glauben, dass er plötzlich das öffentliche Bewusstsein seiner Zeitgenossen verlassen haben sollte. Es war auch nicht möglich einzuschätzen, welche Lücke durch die Entfernung einer solch bekannten Ikone aus ihrer wohl bekannten Nische auf dem öffentlichen Platz der Globalisten gerissen wurde.

»Die wichtigsten Faktoren dieser Situation sind klar, Monsignore Christian.« Gibson Appleyard vertat keine Zeit mit Einleitungen, als er und die zwei Brüder Gladstone sich im Gebäude der amerikanischen Botschaft in Brüssel niederließen, welches er verwendete. »Soweit stimmen die Informationen, die mir Giovanni am Telefon übermittelte, haargenau.«

»Dann haben sie ihn?« Christians Fingerknöchel auf den Armlehnen seines Stuhles wurden weiß.

Appleyard gab ihm das Transkript des Funkspruches von Michalik aus dem Flugzeug an die Kardinäle in Rom. »Die Flugbahn zeigt von Moskau aus nach Südwesten. Der Heilige Vater ist auf dem Weg zum Kloster der Pauliner in Tschenstochau. In der Zwischenzeit lautet die nicht offizielle Erklärung, dass er einen schweren gesundheitlichen Rückschlag erlitten habe und dass jene, welche während seiner Abwesenheit im Vatikan das Sagen haben, sich auf ein Dokument über seinen Rücktritt berufen und selbiges anwenden wollen, das der Heilige Vater vor seiner Abreise nach Russland gesehen und anerkannt hat. Wenn das der Fall ist, Monsignore, wenn er ein solches Dokument unterschrieben hat ...«

»Nein!« Christian unterbrach Gibson grob. »Ich weiß nicht, wie es um seine Gesundheit steht, aber ich weiß, was mit diesem Dokument los ist. Er hat es paraphiert, aber er hat sich geweigert es zu unterschreiben. Darum muss Vacchi-Khouras ihn erreichen. Es ist sein Job, die ganze Sache legal zu machen. Und deswegen muss ich vor Vacchi-Khouras bei ihm sein.«

»Verstanden.« Appleyard akzeptierte Christians Aussage als allem überlegen, was so in Diplomatenkreisen geflüstert wurde.

»Aber ich möchte Ihnen noch eine andere Frage stellen. Angenommen es gelingt uns, Sie nach Tschenstochau zu schaffen, bevor der Nuntius seine Aufgabe vollenden kann. Und weiter angenommen unsere Pläne sind gut genug um Seine Heiligkeit aus dieser Falle herauszuholen. Aber wenn man daran denkt, welch enormer Druck gegen ihn angewandt worden ist, muss ich Sie fragen, ob Sie glauben, dass er überhaupt gerettet werden will.«

Christian wandte seinen Blick nicht von Appleyard ab, als er diese Frage in seinen Gedanken noch einmal durchdachte. Es war eigentlich genau dieselbe Frage, welche ihm sein Bruder auf dem Weg vom Flughafen gestellt hatte. Wie sein Bruder fragte Gibson, ob der Pontifex nicht selbst irgendwie an diesem Rückzug ins Kloster Jasna Gora beteiligt sei, aber er ging sogar noch einen Schritt weiter. Gab es irgendeinen Grund, wollte Gibson wissen, Himmel und Hölle in Bewegung zu setzen um eine möglicherweise unerwünschte Rettungsaktion durchzuführen?

»Ohne ein echtes Gegenargument wird er das, was eigentlich ein Staatsstreich ist, als den Willen des Himmels akzeptieren, denke ich«, antwortete Gladstone. »Ohne ein echtes Gegenargument könnte er das Rücktrittsprotokoll unterschreiben.«

»Und Sie haben ein solches Gegenargument?« Gib war nicht angriffslustig. Aber er riskierte in dieser Sache sehr viel und daher wollte er die Chancen berechnen können.

»In meiner Brusttasche.« Gladstone nahm den zweifach versiegelten Umschlag aus seiner Jackentasche, gab ihn aber nicht aus der Hand.

»Ihr Römer!« Paul sprach zum ersten Mal. Auch er war bis über die Ohren in diese Sache verwickelt und hoffte seinem Bruder wenigstens ein paar weitere Informationen entlocken zu können. »Immer habt ihr eure Geheimnisse!«

»Dreckige Geheimnisse, in diesem Fall«, gab Chris zu und steckte den Umschlag wieder weg. »Apostolische Geheimnisse, die für sich selbst sprechen sollten, wenn der Heilige Vater von ihnen erfährt.«

»Dann wollen wir mal.« Appleyard sah den Generalsekretär der EU fragend an.

»Wir wollen«, stimmte Paul zu.

Gib schob seinen Sessel zurück und überschlug seine langen Beine. »Seit Giovanni mich wegen dieser Krise gestern Morgen aus dem Raffaele angerufen hat, Monsignore Christian, habe ich mich mit einigen meiner Kollegen beraten. Ich habe sie dazu überreden können, dass sie den Interessen der Vereinigten Staaten am besten dienen, wenn der Status quo aufrechterhalten bleibt. Das Prinzip ist Folgendes: Palastrevolutionen, selbst solche im Papstpalast, verschlechtern das weltpolitische Klima. Und zu diesem besonders kritischen Zeitpunkt ist der amerikanischen Außenpolitik mit Stabilität im Weltgeschehen am besten gedient. Daher stehen mir verschiedene Einrichtungen zur Verfögung. Ich war in der Lage die für diese Situation benötigte Zeit und die zur Überwachung nötige Ausrüstung zu bewilligen und sie in Übereinstimmung mit unseren Interessen einzusetzen.«

»Entschuldigen Sie, Gibson.« Christian war nicht in der Stimmung für diplomatische Doppeldeutigkeiten. »Könnten Sie mir das Ganze noch einmal mit einfachen Worten erklären?«

»Mit einfachen Worten.« Appleyard lachte. »Wir können Sie von hier nach Tschenstochau schaffen. Wir haben für Sie einen Platz in einer Militärmaschine, welche Brüssel in einer Stunde zu einem Versorgungsflug in Richtung Tschechische Republik verlässt. Sie sollte sie eine halbe Stunde nach Mitternacht in Prag absetzen. Und Ihren Wettlauf nach Tschenstochau legen Sie in einem tschechischen Armeehubschrauber der HP-C-Klasse zurück. Das ist eine gute Maschine. Russischer Entwurf. Bei einer Flughöhe von ungefähr eineinhalb Kilometern liegt die Standardgeschwindigkeit bei zweihundertfünfzig Kilometern pro Stunde. Mit den Zusatztanks ist er wahrscheinlich ein wenig langsamer, aber er sollte es schaffen. Wenn alles klappt, sollten Sie um drei Uhr morgen früh beim Kloster auf dem Hügel Jasna Gora landen.«

Appleyard nahm eine kleine Karte und gab sie Chris. »Das werden Sie unter Umständen brauchen. Die Flugnummer des Militärtransports steht darauf und der Name des Kapitäns. Auf der Rückseite steht der Name Ihres Kontaktmanns in Prag. Für den Fall, dass Seine Heiligkeit sich dazu entschließt, mit Ihnen nach Rom zurückzukehren, haben wir arrangiert, dass der tschechische Hubschrauber zum Flughafen Radomsko fliegt, dort auftankt und zu Ihrer Verfügung steht.«

Christian nahm die Pläne bis zu diesem Punkt mit einem Nikken zur Kenntnis. Aber da war immer noch das Problem des Transportes nach Rom. Wie Giovanni Lucadamo gesagt hatte, wartete in Polen keine Alitalia-Maschine auf den Heiligen Vater.

»Darum habe ich mich gekümmert, Chris.« Der jüngere Gladstone grinste. »Ich kann nicht zulassen, dass eine Bande kirchlicher Erpresser meine Kirche übernimmt, wenn ich mich gerade entschlossen habe wieder an Bord zu kommen. Daher habe ich eine kleine persönliche Investition getätigt, könnte man sagen. Ich habe eine belgische Passagiermaschine gechartert. Nicht so großartig wie eine DC-10 der Alitalia, aber dafür hat sie andere Vorteile. Sie ist in Privatbesitz, und das hilft jede Menge Schwierigkeiten zu vermeiden. Wir haben uns aber einen passenden Namen für diesen Flug einfallen lassen. Fischer Eins. Die polnische Regierung arbeitet mit uns zusammen. Sie wissen nicht alles, denk dran, aber sie machen mit. Sie haben angenommen, es handelt sich um eine offizielle Angelegenheit der EU, und ich habe nichts dazu gesagt. Auf jeden Fall haben wir die Erlaubnis bei Sonnenaufgang in Radomsko zu landen. Natürlich ist das ein Militärflughafen, daher waren sie am Anfang ein bisschen heikel. Aber wir können zwei Stunden warten. So Gott will, wird das genügen.«

»So Gott will.«

»Das ist die eine Seite der Lage.« Nun übernahm wieder Appleyard. »Die andere Seite ist die, dass es keine Jägereskorte geben wird. Das heißt, Sie sind auf sich allein gestellt, bis Sie den italienischen Luftraum erreichen.«

»Sie erwarten, dass uns in Italien eine Eskorte in Empfang nimmt?« Christian warf den beiden Männern einen angespannten Blick zu.

»Wir wissen, dass das die Feinde des Heiligen Vaters in Rom alarmieren wird.« Appleyard verstand das Problem sehr gut. »Wir werden es so lange verzögern, wie es nur geht, aber nachdem Ihr Ziel Rom ist, müssen wir das italienische Verteidigungsministerium informieren. Und wenn wir das tun, wird man eine

Eskorte stellen. Tatsächlich wird man sogar darauf bestehen. Aber wenn alles nach unseren Plänen verläuft, wenn dieses Gegenargument, das Sie in Ihrer Tasche haben, stark genug ist, wenn wir Vacchi-Khouras lange genug aufhalten können, dann können Maestroianni und seine Freunde nicht mehr viel tun, wenn sie erst von der Rückkehr des Pontifex erfahren.«

Christian war sich nicht sicher, ob er richtig gehört hatte. »Monsignore Vacchi-Khouras aufhalten? Haben Sie das gerade gesagt, Gibson?«

»Radio-Amateure.« Gibson lächelte. »Polen ist voll von denen.«

An jenem Freitag, dem 12. Mai, waren über weiten Teilen Südpolens immer wieder heftige Regengüsse niedergegangen. Wie ein Schleier aus Tränen, den der Himmel am Höhepunkt des Staatsstreiches gegen den polnischen Papst vergoss, fiel der Regen von Wroclaw im Westen bis Lubin im Osten und von so weit nördlich wie Lodz die ganze Strecke nach Süden bis Katowicze nahe der tschechischen Grenze.

Erst als der gecharterte TransEuropa-Jet mit der päpstlichen Reisegruppe an Bord die dunkle Wolkenbank durchstieß, wurden die Lichter der Landebahn eingeschaltet und der Pilot hatte klare Sicht auf das Radomsko-Aerodrom achtzehnhundert Meter unter ihm. Das Flugzeug setzte auf und rollte bis auf hundert Meter an einen Armeehubschrauber heran, der ein wenig abseits von der Landebahn wartete. Auf der anderen Seite der Landebahn standen zwei Jeeps, jeder besetzt mit einem Fahrer und einem einzelnen Offizier in Uniform. Als der Jet glänzend vor Feuchtigkeit stehen blieb, liefen die Maschinen im Leerlauf weiter. Nach einem kurzen abgehackten Wortwechsel begannen sich die Rotorblätter des Hubschraubers langsam klappernd zu drehen. Die beiden Jeeps fuhren schnell zum Heck des Flugzeugs. Der Offizier vom Dienst stieg aus, die Checkliste in der Hand. Der zweite Offizier stellte sich hinter ihn und öffnete seinen Regenschirm. Beide warteten, während die hintere Tür geöffnet und die Einstiegsrampe herabgelassen wurde.

Der erste Passagier, der die Rampe herabkam, war ein mittelgroßer, seltsam eckig wirkender Geistlicher mit schwarzer Soutane und breitkrempigem römischen Hut. Jan Michalik erwiderte den Gruß des Offiziers mit ein paar polnischen Worten, zeigte seinen Pass und stellte sich neben den Mann, der die Checkliste hielt. Dann winkte er die anderen Passagiere heraus. Während jeder einzeln herunterkam, nickte Michalik dem Offizier zu, der pflichtbewusst die Nummern auf seiner Liste abhakte. Denn seine Liste enthielt nur Nummern, keine Namen.

Die drei Laien waren die Ersten. Der Monsignore nickte dem Offizier zu, als jeder den Boden betrat, und winkte sie dann, einen nach dem anderen, zu den wartenden Jeeps. Giustino Lucadamo mit seinem schwarzen Lederkoffer in einer Hand. Der stets elegante päpstliche Pressesprecher Miguel Lázarro-Falla. Ein sehr unglücklicher Dr. Fanarote.

Dann stiegen drei Geistliche aus. Die Narben in Pater Angelo Gutmachers hagerem, traurigem Gesicht leuchteten rot wie die Flammen, die sie verursacht hatten. Damien Duncan Slattery, seine Brauen zornerfüllt gerunzelt, musste den Kopf einziehen um durch den kleinen Einstieg zu gelangen. Monsignore Daniel Sadowski kam als Dritter und versuchte gleichgültig dreinzuschauen, während er mit stummen Tränen kämpfte. Das waren sechs. Der Offizier wandte den Blick nach oben zum Einstieg und suchte nach Nummer sieben. Ja. Da war er. Das Licht der Kabine fiel von hinten auf ihn. Noch ein Geistlicher, nach seinem römischen Hut zu urteilen. Aber dieser war von Regenmantel, Schal und Handschuhen vollkommen verhüllt.

Nummer sieben kam die Rampe langsam herunter, als ob er ein süßes, warmes Gefühl der Heimkehr genießen wollte. Schließlich, als er auf die vom Regen blank gewaschene Landebahn trat, schienen die Gestalten von Michalik und den beiden Offizieren für diesen Pilger zu Zwergen zu schrumpfen. Der weite Raum schien sich rund um ihn bis zum grau-schwarzen Horizont zu öffnen. Die tiefe Decke aus Regenwolken verbarg kein bisschen von seinem geliebten Land vor diesem nach innen gewandten Mann. Er konnte alles sehen, wie in einer stillen Vision, die im Sonnenlicht eines besonderen Segens gebadet wurde. Die Straßen von Wadowice, wo er geboren worden war. Die Türme von Krakau, wo er Bischof und Kardinal gewesen war. Die Felder und Flüsse und die großartigen Karpathen im Süden. Und, ja, die anmutigen Türme des Klosters von Tschenstochau auf dem Hügel von Jasna Gora, wo das heilige Bildnis der Königin Polens das strahlende Versprechen ihres göttlichen Sohnes über das Land und seine Leute ausgoss.

Der Offizier warf diesem siebten anonymen Passagier den gleichen flüchtigen Blick zu wie allen anderen. Er wollte ihn auf seiner Liste schon abhaken, als plötzlich seine Erinnerung einsetzte, seine Augen groß wurden und die Farbe aus seinem Gesicht wich. Er war von diesen Erinnerungen für einen Augenblick ganz starr, ein sonniger Tag einige Jahre zuvor, der Papst stand in einem offenen Wagen, sein Lächeln, er segnete die jubelnde Menschenmenge rund um ihn in der Nowy Swiat in Warschau, seine langsame Fahrt auf dem königlichen Weg der alten polnischen Könige vom Wilanów-Palast vorbei am Palast des Präsidenten und hinein in den neuen Teil der Großstadt Warschau. Niemand, der je diese weiß gekleidete Gestalt gesehen hatte, vergaß dieses unverwechselbare Profil oder fand in sich nicht die Sehnsucht nach dem Segen dieses Vaters.

»Maryjo! Krolówo Polski!« Diese Worte, die traditionelle Anrufung der Polen, wenn sie einer Gefahr gegenüberstanden, sprudelten aus dem Mund des Offiziers, bevor er noch nachdenken konnte. »Maria! Königin der Polen!«

Michalik versteifte sich, als dieser Ausruf das Sicherheitsnetz zerriss, welches um den Transport des polnischen Papstes ins Vergessen gewoben worden war. Hastig winkte er den Pontifex zu den wartenden Jeeps hinüber. *»To panski obwazak!«*, zischte er dem Offizier befehlend ins Ohr. »Tun Sie Ihre Pflicht, Offizier! Registrieren Sie Nummer sieben! Sofort!«

Der Offizier gehorchte unter großer Mühe. Aber nicht einmal das böse Starren Monsignore Michaliks konnte den Heiligen Vater daran hindern, diese machtvolle Anrufung mit der traditionellen dreifachen Antwort zu erwidern, während er über das Landefeld ging. *»Jestem przy Tobie! Pamietam! Czuwam!«* »Wir sind mit dir! Wir erinnern uns! Wir sind wachsam!«

Als der Pontifex die Jeeps erreichte, hatten die Offiziere und die beiden Fahrer die dreifache Antwort aufgenommen. Michalik, außer sich vor Wut, nahm den ersten Offizier fest beim Arm und ging mit ihm im strömenden Regen auf und ab. Mit steinernem Gesicht, ausdruckslosen Augen und heiserer Stimme erklärte er ihm die harten Strafen, wenn die Sicherheit dieser Mission aufs Spiel gesetzt wurde. Als er geendet hatte, nahm er einen zackigen Salut des erschütterten Mannes entgegen, stapfte zum ersten Jeep, kletterte hinter ihm hinein und bellte dem Fahrer einen Befehl zu. Durch die Abgase des Jets, der bereits wieder die Landebahn entlang donnerte, jagten beide Fahrzeuge zu dem wartenden Hubschrauber.

Als die Pilgergruppe in einem schrecklichen Lärm von Motoren und sausenden Rotorblättern vom Boden abhob, schrie dieser Offizier mit voller Kraft noch einmal die Anrufung. *»Maryjo! Krolówo Polski!«*

»Jestem przy Tobie!« Seine drei Kameraden schrien die dreifache Antwort gegen den Wind und den Regen und den Lärm. »Wir sind mit dir! Wir erinnern uns! Wir sind wachsam!«

LIII

Obwohl das Ende des Dramas von der meteorgleichen Karriere des polnischen Papstes noch weit überraschender war als seine unerwartete Wahl vor mehr als fünfzehn Jahren, hatten seine Regisseure es eigentlich viel weniger turbulent geplant. Trotz seines außerordentlichen Bekanntheitsgrades in aller Welt sollte der Übergang aus der Öffentlichkeit und dem Status eines Papstes ins Privatleben in völliger Isolation etwa fünfzehn Meilen südwestlich vom Radomsko Aerodrom stattfinden.

Die sanften Hügel, die sich in diesem Gebiet erheben, formen ein natürliches Becken, in dem Tschenstochau liegt, eine altehrwürdige Stadt mit 250 000 Seelen. Auf einem dieser Hügel, mit Namen Jasna Gora, steht das am meisten verehrte Kloster Polens, ein mächtiger Block aus rechteckigen Gebäuden, umschlossen von hohen Mauern und gekrönt von einem hohen Glockenturm.

Die immer währende Bedeutung des Klosters Jasna Gora besteht in einem Bildnis, das über dem Hochaltar in der gotischen Kapelle Unserer Lieben Frau hängt. Seit mehr als sechs Jahrhunderten war und ist die Schwarze Madonna von Tschenstochau die wahre Königin der Polen. Jasna Gora ist ihr Haus. Und ihr Heim ist die wahre Hauptstadt der polnischen Nation.

Kurz nach Einbruch der Dunkelheit am Abend des 12. Mai näherte sich der polnische Armeehubschrauber mit der päpstlichen Reisegruppe an Bord den Mauern des Klosters Jasna Gora und setzte auf dem riesigen runden Mosaik vor dem Lubomirski-Tor auf. Der Regen hatte aufgehört, aber der Ort schien verlassen. Erst als die Passagiere durch die Doppeltore den Boden des Klosters betraten, kamen Abt Kordecki und sein Gehilfe Pater Kosinski heraus um ihre Gäste zu begrüßen. Obwohl Monsignore Michalik sich vordrängte um die Situation zu kontrollieren, schienen die Mönche ihn nicht zu beachten. Sie erkannten ihren Papst, kannten ihn seit seinen jungen, stürmischen Tagen als Kardinalerzbischof von Krakau und sie gingen auf ihn ein. Beide knieten nieder um den Ring des Fischers zu küssen als Zeichen der Treue gegenüber dem Apostel Petrus und beide küssten die Innenseite seines rechten Fußes zum alten Zeichen des Gehorsams gegenüber dem gesetzlichen Nachfolger des Petrus.

Michalik hatte keine andere Wahl als zu warten, bis der Abt und Kosinski wieder aufgestanden waren. Keine Wahl als zu warten, während der gegenwärtige Papst, sein Gesicht von der Anspannung grausam gezeichnet, lächelte und ein paar Worte zu seinen beiden alten Kameraden sprach. Es kostete ihn allerdings einige Geduld zu sehen, wie die beiden Mönche sich den Begleitern des Papstes zuwandten, als der Heilige Vater sie einem nach dem anderen vorstellte. Nur Pater Gutmacher musste nicht vorgestellt werden. Auf seinen Reisen für den Papst war er hier ein häufiger Besucher gewesen, er wurde von Abt Kordecki und Pater Kosinski als frommer und mutiger Mann Gottes willkommen geheißen. Das gegenseitige Verstehen unter diesen beiden von Narben gezeichneten Veteranen Osteuropas war in der Tat so groß, dass Kordecki nur eine kleine Geste brauchte um zu begreifen, dass Pater Gutmacher ihn einen Augenblick allein sprechen wollte.

Pater Angelos Zusammenfassung der Ereignisse, die den Heiligen Vater nach Jasna Gora geführt hatten, war kurz, aber genau. Offensichtlich war der Heilige Vater nicht hierher gekommen um sich nach seiner Pilgerfahrt nur auszuruhen.

»Pater Abt!« Dieser Moment war zu viel für Michalik. Er war ungeduldig endlich den päpstlichen Nuntius in Warschau anrufen zu können und er machte seinem Ärger Luft.

Kordecki wandte sich mit ausdruckslosem Gesicht zu dem Monsignore. Dieses Kloster hatte Jahrhunderte lang Belagerungen, Kriege, Massaker, Hunger und Verfolgung überstanden. Kein Mann würde hier vor einer solch niederträchtigen Ausrede eines Priesters in die Knie gehen.

»Verehrter Herr.« Abt Kordecki trat wieder an die Seite des Pontifex, aber seine Worte waren an Michalik gerichtet. »Innerhalb dieser Mauern liegt die Verantwortung für alle Menschen und ihre Unterbringung in meiner Verfügung. Ich habe für passende Quartiere für Seine Heiligkeit und seine Begleiter im Haus der Äbte gesorgt.« Er deutete auf den Nordflügel des Gebäudekomplexes. »Aber Sie, Monsignore«, nun wies er auf den äußersten Teil des Südflügels, »werden sicherlich die Abgeschiedenheit im Haus der Musiker angenehmer finden, bis der päpstliche Nuntius eintrifft.«

Abgeschiedenheit? Michalik brauchte einen Augenblick um das Wort zu verdauen. Der Abt konnte doch nicht von klösterlicher Abgeschiedenheit sprechen! Nicht jetzt! Nicht in dem Augenblick, wo er den alles entscheidenden Anruf bei Vacchi-Khouras tätigen musste!

Kordecki begegnete Michaliks Einwänden mit Zurückhaltung. »Bitte verstehen Sie, *Reverèndo*. Monsignore Vacchi-Khouras' persönlichen Befehlen zufolge haben sich meine Mönche in Klausur begeben. Es herrscht *Magnum Silentium*, das große Schweigen. Das bedeutet, dass alle Mahlzeiten in Ihrem Quartier serviert werden und es keine Kommunikation mit der äußeren Welt geben darf. Aber seien Sie unbesorgt. Ich werde in Warschau anrufen.«

Michaliks Mund öffnete und schloss sich ein paar Mal, als er sah, wie Pater Kosinski zu ihm trat – wie ein Gefängniswärter zu seinem Gefangenen. Sein kostbarer Zeitplan ging nicht nur ein wenig fehl, man hatte ihn ihm vielmehr ganz aus den Händen genommen. Man hatte ihn schachmatt gesetzt.

»Euer Heiligkeit werden sich erinnern.« Der Abt sprach leise, während er den Papst und seine Begleiter zum Haus der Äbte führte, wo sie untergebracht werden sollten. »Um neun Uhr ist das Abendgebet. Wir bitten Eure Heiligkeit zu kommen und uns in der Andacht zu leiten.«

»Natürlich erinnere ich mich, Pater. Und natürlich werde ich kommen. Wir werden alle kommen.« Er wandte sich um um Sadowski und Slattery anzusehen, Lucadamo, Gutmacher und Lázarro-Falla und den armen Dr. Fanarote, die alle schweigend hinter ihnen her gingen. »Wir sind zusammen so weit gekommen und haben zusammen so viel erlebt. Wir wollen diesen letzten Abend des Gebets miteinander verbringen, bevor ...« Die Gedanken des Heiligen Vaters waren so durchsichtig, dass Kordecki sich beeilte etwas dagegen einzuwenden.

»Ich bitte Sie um Verzeihung, Heiliger Vater, weil ich das sage. Aber diese Italiener, selbst polnische Italiener wie Monsignore Michalik, die es eigentlich besser wissen sollten, haben nie begriffen, dass wir uns in unserem eigenen Land nicht wie Schafe behandeln lassen. Die Österreicher, die Deutschen, die Schweden und die Russen haben es alle versucht. Sie sind weg. Und wir sind immer noch da, oder nicht?«

Das leise Lächeln in den Augen des Pontifex war Kordecki Antwort genug. Michalik war nicht weg, leider. Aber dank dem Pater Abt war er zumindest für den Rest der Nacht kaltgestellt.

Damien Slattery ließ sich Zeit beim Ausräumen seines hastig gepackten Köfferchens. Seine verzweifelte Sorge galt der Suche nach irgendeinem Mittel, mit dem sich die Falle öffnen ließ, die man dem Papst gestellt hatte. Aber die Schwierigkeit, der er sich gegenübersah, war, dass die Falle erst gar nicht hätte zuschnappen können, wenn der Heilige Vater sich zur Wehr gesetzt hätte, und sie konnte ohne seine Zustimmung auch nicht geöffnet werden. »Es ist eine so kindliche Ruhe und ein Vertrauen in der Einstellung des Heiligen Vaters zu allem, was geschieht«, sagte Slattery zu sich selbst. »Aber hinter dieser Ruhe liegt eine Stimmung, eine Geisteshaltung, die ihn fast außerhalb unserer Reichweite stellt.

Wie soll man sich einem Mann verständlich machen, Papst oder nicht, der alle Argumente versteht, die man ihm liefert, aber scheinbar alles in einen anderen Zusammenhang setzt? Kein Zweifel, er hatte immer schon einen Hang zum Mystizismus. Aber jetzt scheint er auf alles zu antworten, als erkenne er eine andere, hellere Dimension hinter all unseren Worten. Als sei hinter all dem Gerede eine übernatürliche Größe.«

Slattery steckte in seiner Frustration fest und kam nicht weiter, als Pater Kosinski sanft an seine Türe klopfte und ihn bat Abt Kordecki in seinen Räumen aufzusuchen. »Maestro Lucadamo und Pater Gutmacher sind schon dort.« Kosinski sprach leise, als die beiden Geistlichen in den zweiten Stock hinauf gingen.

»Und die anderen?« Slattery nahm zwei Stufen auf einmal.

»Monsignore Sadowski bleibt beim Heiligen Vater. Und der Pater Abt hielt es für besser, Dr. Fanarote und Signor Lázarro-Falla vor dem Gottesdienst ruhen zu lassen.«

Augenscheinlich galt innerhalb von Kordeckis Räumen *Magnum Silentium* nicht. Er, Lucadamo und Gutmacher klebten alle am Kurzwellenradio des Abtes wie Eidechsen auf einem Stein. Damien gesellte sich zu der Gruppe und lauschte unruhig Berichten. Als der Abt nacheinander BBC, die Stimme Amerikas und den polnischen Sender einstellte, wurde es klar, dass alle Welt schon vom Rücktritt des Papstes wusste. Nach den Kommentatoren in Europa und Amerika war der Papst aus Gesundheitsgründen zurückgetreten. Regierungssprecher und Sekretäre von wichtigen Bischofskonferenzen wurden zitiert. Es gab auch schon Spekulationen über das bevorstehende Konklave und die Identität des nächsten Papstes.

Im Großen und Ganzen war der Ton der Kommentare lobend. Einige priesen die Weisheit des Heiligen Vaters in seinem Rücktritt. Und die allgemeine Schlussfolgerung war die, dass der polnische Papst bereits der Geschichte angehörte. »Von nun an wird der ehemalige Heilige Vater die Kirche durch seine Gebete und seine Erfahrung unterstützen«, wurde Kardinal Maestroianni zitiert.

In einigen der Nachrichtensendungen konnte man auch Verwirrendes hören, besonders auf dem polnischen Sender. Berichten zufolge kam es in einigen größeren Städten des Auslands zu Demonstrationen und den unvermeidlichen Gegendemonstrationen. New York, Paris und Mailand wurden erwähnt und auch Rom. Ultrakonservative römisch-katholische Gruppen hatten inzwischen die unterschiedlichsten Aussagen gemacht. Einige erklärten, der polnische Papst sei nie ein gültiger Papst gewesen, andere sagten, er sei während seiner Regierung der Häresie verfallen und habe daher aufgehört Papst zu sein. Neukatholische Gruppen und deren Bischöfe dankten Gott in aller Öffentlichkeit, dass ein so unpassender Papst endlich beschlossen hatte der Entwicklung der Kirche nicht mehr im Weg zu stehen. Moderate katholische Gruppen, die bei weitem die Mehrheit der Katholiken vertraten, erklärten sich als gehorsame Söhne und Töchter der Kirche, die akzeptieren würden, welche Entscheidungen auch immer man in Rom träfe. Offizielle Bischofskonferenzen riefen dazu auf, Ruhe zu bewahren und für die Nachfolge zu beten.

Es waren die polnischen Nachrichten, die den Gerüchten über den Papst den breitesten Raum gaben. Gerüchte, er sei tot. Gerüchte, dass er im Koma in einem Moskauer Krankenhaus liege. Dass er sich als Mönch nach Sergiew-Posad außerhalb Moskaus zurückgezogen hatte. Dass er zurück im Vatikan sei. Dass er in Castel Gandolfo sei. Dass er wegen Krebs in Deutschland behandelt werde oder wegen schwerer Depressionen in der Schweiz. Und der offizielle Vatikan sagte zu solchen Berichten gar nichts und verwies Anfragen an die Pressekonferenz, die am Samstag, dem 13. Mai, nach dem Treffen der Kardinäle zu Mittag, stattfinden würde.

»Wenn wir nicht die Wahrheit wüssten«, Giusti Lucadamo, war der Erste, der sich vom Radio losriss, »könnten wir glauben, es sei schon alles vorbei.«

»Sofern Sie nicht irgendetwas wissen, was ich nicht weiß«, knurrte Slattery, »dann ist auch schon alles vorbei, außer dem Lärm. Sobald der Pater Abt Monsignore Vacchi-Khouras anruft ...«

»Wenn wir den Nuntius nicht zu einer übereilten Handlung verleiten wollen«, gestand Abt Kordecki, »wird der Anruf erfolgen müssen. Aber ich muss mich damit nicht beeilen. Seine Heiligkeit ist nicht an einen genauen Zeitplan gebunden und Verspätungen können leicht erklärt werden. Außerdem hat Maestro Lucadamo gemeint, ein Anruf in Rom sei sinnvoller.«

»Ein Anruf im Vatikan?« Angesichts eines Maestroianni, eines Aureatini und all der anderen im Papstpalast war Damiens zynische Überraschung verständlich.

»Ein Anruf in einem anderen Informationszentrum«, entgegnete Giustino. »Ein Anruf bei meinem Onkel im Raffaele. Normalerweise tauschen wir unsere Informationen nicht so offen miteinander, aber die Situation ist seit längerem alles andere als normal. Und falls Sie glauben, der Vatikan habe dem Raffaele irgendetwas voraus, Pater Damien, dann darf ich Sie vielleicht in ein paar Dingen auf den neuesten Stand bringen. Einschließlich der Nachrichten von unserem Freund Monsignore Christian Gladstone. Laut meinem Onkel hat er in unserer Abwesenheit eine ganze Menge Arbeit geleistet.«

Das Erste, was Lucadamo Slattery auseinander setzte, hatte mit dem Ablauf in Rom zu tun. Nach Aussage Gladstones war der Anruf Michaliks im Sekretariat das Zeichen für den Kardinalvikar den baldigen Rücktritt des Pontifex als Tatsache anzunehmen und seine Verbringung nach Jasna Gora zu autorisieren. Die Neuigkeit vom Rücktritt des Papstes war der Welt in einer Pressekonferenz des Vatikans um fünf Uhr nachmittags römischer Zeit mitgeteilt worden. Ein weiterer Anruf von Michalik, der, den er bei seiner Ankunft hier unbedingt hatte tätigen wollen, sollte Monsignore Vacchi-Khouras von der Gegenwart des Heiligen Vaters in Tschenstochau informieren. Der Nuntius würde sich auf den Weg von Warschau hierher machen um dem Pontifex das Rücktrittsprotokoll zur Unterschrift vorzulegen. Sobald es formell unterschrieben war, hatte das Dokument die Kraft eines apostolischen Gesetzes. Der Kardinalvikar konnte dann das nächste Konklave einleiten.

»Und was, wenn Seine Heiligkeit nicht unterschreibt?« Slattery klammerte sich an Strohhalme und er wusste es.

Inzwischen hatte alle Regierungen Kopien des Dokuments mit den Initialen erhalten, die ganze Welt würde beeindruckt sein von dem friedlichen, harmonischen und demokratischen Übergang von einem Pontifikat zum nächsten. Bei der langen Erfahrung, welche Maestroianni und seine Mitverschwörer mit dem Papst hatten, waren sie offensichtlich überzeugt, dass Seine Heiligkeit überredet werden konnte im Namen der Einheit der Kirche und im Namen des Ansehens des Papsttums als Institution das Rücktrittsprotokoll zu unterzeichnen.

Aber augenscheinlich war Slattery nicht der Einzige, der sich an Strohhalme klammerte. Lucadamo antwortete auf seine Frage mit einer Neuigkeit, die den Iren sprachlos machte. In diesem Augenblick war Chris Gladstone auf dem Weg nach Jasna Gora, mit Daten in seinem Besitz, von denen er hoffte, sie würden Seine Heiligkeit überzeugen, das Rücktrittsprotokoll nicht zu unterschreiben. »Sie würden nicht glauben, welche Anordnungen getroffen worden sind um den Papst nach Rom zurück zu bringen«, fügte Giustino noch hinzu.

»Weiß der Heilige Vater das alles?« Damien hatte seine Stimme wieder gefunden.

»Ich habe es ihm gesagt«, antwortete Angelo Gutmacher, »aber ich bin nicht sicher, ob Chris oder sonst irgendjemand ihn noch davon abhalten kann, zurückzutreten. Wir alle wissen von der Intrige und dem klerikalen Doppelspiel Maestroiannis und seiner Bande. Und wir alle kennen schon lang das Ziel ihrer Politik. Ich weiß, Sie können das nicht einfach verstehen, Pater Damien. Aber Seine Heiligkeit glaubt, dass diese Handlung seiner Kardinäle das Zeichen ist, von dem er gesprochen hat. Er gesteht zu, dass es nicht das Zeichen ist, das er vorhergesehen oder erwartet hat, als er Rom auf dieser Pilgerfahrt verließ. Aber er denkt, Gott könnte wollen, dass er zurücktritt. Dass er auf eine Art mehr für die Kirche tun könnte, wenn er nicht länger der Grund für Streitigkeiten ist.«

»Mehr für die Kirche tun!« Slatterys Frustration brach in der Stille des Klosters hinein wie eine Explosion. »Rom ist nun durchsetzt von den Feinden der Kirche und er glaubt, die Lösung liege darin, sich zurückzuziehen und in Frieden und Einsamkeit zu arbeiten?«

»Er gibt zu, dass er große Fehler gemacht hat.« Pater Angelo nahm den Punkt auf. »Er sagte so etwas. Es könnte sein, dass er genau deswegen denkt, Gott und die Heilige Jungfrau seien fertig mit ihm als Papst, dass sie ihn vielleicht in einer anderen Stellung wollen. Aber die Wahrheit ist, dass er es nicht weiß. Er sagt, die Ereignisse sollten jetzt sein Führer sein. Er will hören, was Christian zu sagen hat.«

»Das will ich auch!«

In diesem Augenblick hob Kordecki die Hand und bat um Stille. Er hatte immer noch ein Ohr bei den Radiosendungen gehabt, als erwarte er eine ganz besondere Nachricht, und jetzt drehte er lauter um eine Sondersendung zu hören, die über den polnischen Sender kam.

Es schien, dass die polnische Polizei in verschiedensten Landesteilen beobachtet hatte, dass sich Menschenmassen in Bewegung gesetzt hatten. Überall waren die Straßen verstopft von Männer, Frauen und Kindern, die teils zu Fuß unterwegs waren, teils in Autos und auf Traktoren, mit Fahrrädern und auf Eseln und Pferden. Sondereinheiten der Miliz und einige Armeebataillone wären in Bereitschaft versetzt worden für den Fall, dass der öffentlichen Sicherheit Gefahr drohte. Aber alles schien ordentlich abzulaufen, alles schien organisiert, als habe tatsächlich ein Signal die Nation auf die Straße gerufen. Und jeder der Befragten hatte dasselbe Ziel: den Hügel Jasna Gora oberhalb der Stadt Tschenstochau. Alle Augen außer denen von Pater Kosinski wandten sich dem Abt zu. Was hatte er zu diesen Nachrichten zu sagen?

»Wir Polen sind dabei, Ihren italienischen Freunden im Vatikan eine sehr alte Lektion zu erteilen.« Abt Kordecki lächelte erst Kosinski an und dann seine Gäste. »Nun. Die Glocke ruft uns zum Gottesdienst. Seine Heiligkeit wird auf mich warten.« Der Abt dreht das Radio ab und erhob sich.

»Pater Kosinski wird Sie in die Kapelle Unserer Lieben Frau begleiten.« Er blieb noch eine Sekunde stehen, bevor er zu den päpstlichen Räumen eilte. »Sobald unsere Gebete beendet sind, kann ich sicher den Anruf beim Nuntius in Warschau machen, denke ich.«

Als die Glockentöne an jenem Abend des 12. Mai verstummten, waren die Bänke in der Kapelle Unserer Lieben Frau in Jasna Gora bereits mit weiß gekleideten Pauliner-Mönchen gefüllt, die in schweigendem Gebet vor dem Tabernakel und dem Bildnis der Mutter knieten, welche über der Präsenz ihres göttlichen Sohnes wachte. Beim Geräusch leiser Schritte im Mittelgang lief ein überwältigendes Gefühl von Hoffnung und Wissen um das Besondere dieses Augenblicks durch die Gemeinde. Wieder in Weiß gekleidet ging der Papst voll Selbstvertrauen zum Betstuhl vor dem Hochaltar. Dort verharrte er in einem Augenblick des Schweigens, kreuzte die Arme vor der Brust und hob sein Gesicht in die Höhe, die Augen fest auf das Gesicht der Mutter Gottes gerichtet.

Endlich kniete der Heilige Vater nieder. Mit klingender Stimme begann er die alte Anrufung: *»Maryjo! Królowo Polski!«*

»Maria! Königin der Polen!« Mit einer Stimme und einem Herzen wiederholten die knienden Mönche die Anfangsworte des Gebets. Und sie zweifelten nicht daran, dass ihr Gebet widerhallte bei den Heiligen im Himmel, den Seelen im Fegefeuer und in den Worten und Herzen von Polens treuen Söhnen und Töchtern überall auf der Erde.

»Euer Eminenz, ich weiß wirklich nicht, warum der Anruf so lange nicht erfolgt ist. Es war der Abt selbst, der anrief, und wir wissen alle, wie sorglos die Klosterbrüder sein können.« Nachdem Kordecki endlich die Ankunft des Papstes in Jasna Gora bestätigt hatte, dachte Seine Exzellenz Alberto Vacchi-Khouras, es sei besser, sich ein letztes Mal mit Kardinal Maestroianni in Verbindung zu setzen, bevor er von der apostolischen Nuntiatur in der Miodowa-Straße in Warschau aufbrach. Dies war schließlich eine einmalige Mission, die, wie Seine Eminenz selbst gesagt hatte, lange in den Geschichtsbüchern verzeichnet sein würde und daher auch die zukünftige Karriere Seiner Exzellenz in der Kurie des neuen römischen Pontifex garantierte.

»Ja, Eminenz.« Der Nuntius fingerte an dem roten Ordner auf seinem Schreibtisch herum. »Ich habe alle Dokumente vor mir liegen und ich weiß auch, welche passenden Bemerkungen ich zu – äh – Seiner Heiligkeit sagen muss ... Ja, Eminenz. Der Beginn einer neuen Ära für die Kirche, ja, natürlich stimme ich mit Ihnen überein ... Nein, Eminenz. Die Verzögerung durch den Abt sollte in unserem Zeitplan keine Schwierigkeiten verursachen. Die Straße von der Hauptstadt nach Tschenstochau ist die beste in ganz Polen. Es dauert höchstens eineinhalb Stunden das Kloster zu erreichen. Sobald ich die Unterschrift des Papstes auf dem Protokoll habe, geht es ganz schnell zurück zum Flughafen Okecie bei Warschau um den speziellen Charterflug nach Rom zu erwischen. Zeit genug für alles.«

Kardinal Maestroianni machte ein ernstes Gesicht, als er in seinem Arbeitszimmer den Hörer auflegte. Es war gut für Vacchi-Khouras, so viel Vertrauen zu haben. Aber als Kammerherr war Seine Eminenz der Einzige, der seine unglaubliche Situation verstehen konnte. Nur er war damit beauftragt, alle Angelegenheiten des Papstamtes als Amt wahrzunehmen und für eine ordentliche Übertragung der päpstlichen Amtsgewalt zu sorgen. Weil er plötzlich doch das Vorhandensein seiner Nerven bemerkte, begann der kleine Kardinal zwischen den Bücherstapeln und den Monografien, die überall auf den Tischen lagen, auf und ab zu gehen. Er konnte heute Nacht einfach nicht zu Bett gehen; nicht mit einer solchen Last auf den Schultern.

Üblicherweise wurde nur dann ein neuer Papst gewählt, wenn der alte gestorben war. Der erschwerende Faktor war dieses Mal, dass die Kirche einen noch sehr lebendigen Papst hatte. Daher war nach kanonischem Recht der Standpunkt, den der Rat für die öffentlichen Angelegenheiten vertrat – das hieß der Standpunkt, den Maestroianni, zusammen mit den Kardinälen Palombo, Aureatini, Pensabene, Graziani und ein paar anderen vetrat –, ungeheuer wichtig: dass nämlich der lebende Papst ganz offensichtlich zurückgetreten war.

Maestroianni versicherte sich selbst, dass die Aktion, welche gerade ablief, nicht nur absolut logisch war, sondern sich auch einer gewissen kanonischen Basis erfreute. Jedes Papst konnte zurücktreten ohne jede Verpflichtung, seine Handlung zu erklären. Und außerdem schuf die Formulierung des Rücktrittsprotokolls den Eindruck, dass Seine Heiligkeit es dem Rat überlassen hatte, zu beurteilen, ob er so amtsunfähig war, dass er sanft »zurückgetreten wurde«.

Nach den Regeln befand sich Maestroianni auf äußerst festem Grund. Denn der polnische Papst hatte ja auch tatsächlich und offen mit einigen Männern seines Hauses über die Möglichkeit eines Rücktritts diskutiert, zum Beispiel mit dem Staatssekretär Kardinal Graziani. Mehr noch, er hatte sich dem Verlangen gefügt die Zustimmung der Kardinäle im Haus einzuholen, bevor er auf seine Pilgerfahrt nach Russland ging. Und jetzt hatte er es zugelassen, dass man ihn und seine Begleiter in die abgelegene, isolierte Stadt Tschenstochau abschob. Er hatte sich nicht geweigert. Er hatte nicht darauf bestanden, nach Rom zurückzukehren.

Wenn es richtig war zu sagen, dass der Erfolg in dieser ganzen Angelegenheit an der Fügsamkeit des Papstes in die Arrangements des Rates für die öffentlichen Angelegenheiten gemessen werden konnte, welchen Grund gab es dann noch zur Sorge? Vom Anfang seines Pontifikats an war es immer die gleiche Geschichte gewesen. Außer bei Abtreibung und Empfängnisverhütung war die Lektion klar und beständig. Der polnische Papst hatte sich immer gefügt.

Er hatte schon genug Zeit auf den polnischen Papst verschwendet. Sehr viel sinnvoller wäre es, die Pläne für jene Ereignisse durchzusehen, die nur noch einige Stunden vor ihm lagen und die er mit allem ihm zu Verfügung stehenden Verstand und mit Würde zu behandeln hatte.

Das Wichtigste, was Seine Eminenz jetzt beschäftigte, betraf die Bischofssynode, die um acht Uhr morgens zusammentreten sollte.

Als er noch einmal die Reihe von Themen durchging, die seiner Erwartung nach während der samstäglichen Synode aufs Tapet kommen würden, ging und kam seine Nervosität in wahren Schüben. Ganz sicher waren einige der Bischöfe morgen schwierig zu behandeln. Ihre Stimmung war festlich, gehoben und triumphierend. Ihre Versammlungen während der letzten Tage waren erfüllt gewesen von ruhelosen Reden und einem ansteckenden Strom von Selbstbeglückwünschungen. Zeitweise hatte es so ausgesehen, als seien sie mehr als nur eine Versammlung einzelner Bischöfe; so etwas wie eine hochorganisierte Anordnung von Parteien und Fraktionen, die sich untereinander in einem Ausmaß abgesprochen und vernetzt hatten, wie es nicht einmal Maestroianni selbst geplant oder erwartet hatte. Der kleine Kardinal hatte tief im Innern das Gefühl, dass er selbst danebenstand. Dass er die Bischöfe vielleicht nicht kontrollieren konnte. Dass er in Wahrheit nicht mehr alles beherrschte.

»Was für eine Idiotie!« Mit aller Gewalt schlug Seine Eminenz die Dämonen des Zweifels in die Flucht. Eine weitere Wiederholung seines Programms für die Synode morgen und das zu Mittag folgende Konsistorium brachte sein Selbstwertgefühl wieder ins Gleichgewicht. Statt jämmerlicher Zweifel fühlte er die ersten Regungen dessen, wofür er so lange gearbeitet hatte. Er begann endlich zu verstehen, wie es sich anfühlte, unter die wenigen Auserwählten der Geschichte gezählt zu werden. Einer der Meisterkonstrukteure der Welt zu sein!

Als sein Mercedes-Benz die Vorstadte Warschaus erreichte und auf der Autostraße langsam an Geschwindigkeit gewann, lehnte sich Seine Exzellenz Alberto Vacchi-Khouras zurück und schloss die Augen. In seinen Gedanken ging er noch einmal die Dokumente durch, die sicher verstaut in dem roten Ordner auf dem Vordersitz neben seinem persönlichen Sekretär lagen. Er wiederholte noch einmal die wohlgesetzten Bemerkungen, welche er dem polnischen Papst zu sagen gedachte. Er stellte sich den Augenblick vor, wenn er nach erfüllter Mission Rom erreichte und eine Kopie des legalen Instruments, *De Successione Papali*, bei sich trug, unterschrieben und gesiegelt von Seiner Heiligkeit in seiner Anwesenheit und der eines weiteren Zeugen.

Er begann sich gerade vorzustellen, welch steile Bahn nach oben sich ihm eröffnen würde, als lauter Verkehrslärm in sein Bewusstsein drang. Seltsam, dachte er, dass so viele Menschen unterwegs waren um diese Uhrzeit. Aber ein träger Seitenblick durch eines der getönten Fenster erklärte alles. Nur jede Menge Traktoren, Lastwagen und Ähnliches, wahrscheinlich die ersten frühen Lieferungen von frischem Gemüse für die Märkte der Stadt.

Der Nuntius zwang sich ganz wach zu werden. Es schadete nie, sich davon zu überzeugen, dass alles in vollkommener Ordnung war. Er drückte einen Knopf um die Trennwand zu öffnen und fragte seinen Sekretär nach dem roten Ordner. Da erst erkannte er, dass das Auto bedeutend langsamer geworden war.

»Wir fahren ja im Schneckentempo, Mann!« Vacchi-Khouras klopfte dem Chauffeur auf die Schulter.

»Ja, Exzellenz. Das ist der Verkehr. Er wird schlimmer, je weiter wir fahren.«

»Schlimmer? Verkehr aus der Stadt sollte nicht schlimmer werden, nicht um diese Uhrzeit.«

»Bitte, Exzellenz. So schauen Sie doch einmal. Dieser Verkehr fährt eindeutig in unsere Richtung. Und er wird eindeutig schlimmer.« Der Nuntius ließ die beiden getönten Scheiben links und rechts herunterfahren. Und sofort drang ein Durcheinander von Geräuschen zusammen mit ein paar Regentropfen von einem neuerlichen Guss herein. Radios schmetterten Nachrichten und Musik. Hupen tönten. Sie waren von einem erstaunlichen Durcheinander von Fahrzeugen umgeben.

»Tun Sie etwas Nützliches!«, schnauzte Vacchi-Khouras seinen Sekretär an, als er die Fenster wieder schloss. »Rufen Sie jemanden an. Finden Sie heraus, wie wir diesem Verkehr entkommen können. Wir verlieren wertvolle Zeit.«

»Ich habe den Vertreter des Diensthabenden in der Nuntiatur erreicht, Exzellenz.« Der Sekretär hielt das Handy in einer hilflosen Geste in die Höhe. »Er sagt, dass weiterhin schwere Regengüsse erwartet werden und die Straßen verstopft sind.«

»Das sehe ich selbst!« Seine Exzellenz wandte sich wieder an den Fahrer. »Da! Nehmen Sie diese Ausfahrt. Wir versuchen auf den Nebenstraßen weiterzukommen und fahren weiter vorn wieder auf die Autostraße.«

Das Manöver funktionierte. Der Mercedes wurde auf einer rumpelnden Landstraße schneller. Aber Seine Exzellenz hatte noch nicht einmal zu Ende geschimpft – er müsse immer das Denken für alle übernehmen –, als sie wieder von einem Verkehrsstau umschlossen waren – Autos, Fahrräder, Motorräder, Männer und Frauen, kleine Mädchen und Jungen zu Fuß, Familien auf Fuhrwerken. Es war, als ob ganz Polen zu einem Mitternachtspicknick im strömenden Regen unterwegs war.

»Holen Sie mir den Innenminister ans Telefon!« Er konnte sich kaum mehr beherrschen; Vacchi-Khouras war kurz davor, seinen Sekretär anzuschreien.

Nach einer halben Ewigkeit sprach seine Exzellenz mit einem verschlafenen Wachmann im Innenministerium in Warschau. Nein, sagte der Kerl, er könne den Innenminister nicht erreichen. Der Minister sei im Ausland. Nein, sagte er, er wisse nicht, wer der stellvertretende Innenminister sei. Ja, er könne für Seine Exzellenz im Luftfahrtministerium anrufen und fragen, ob ein Lufttransport möglich sei. Wo genau denn sich Seine Exzellenz aufhielte? Wo? Irgendwo zwischen Warschau und Tschenstochau? Vielleicht würde Seine Exzellenz wieder anrufen wollen, wenn Seine Exzellenz genau wussten, wo Seine Exzellenz waren. Nach zehn Uhr morgens wäre das am besten. Montag bis Freitag ...

»Ja, Euer Eminenz.« Beim Klang von Kardinal Maestroiannis Stimme dachte der geplagte junge Mann, der Freitag in der Nacht in der Nuntiatur in Warschau Dienst hatte, das Mobiltelefon in seiner Hand müsse sich in Eis verwandeln. »Seine Exzellenz Vacchi-Khouras hat mir befohlen die Nachricht nur Euer Eminenz weiterzugeben ... Ja, Eminenz. Er hat uns während der Nacht einige Male von seinem Mobiltelefon aus angerufen. Sozusagen ständig, könnte man sagen ... Nein, Eure Eminenz. Seine Exzellenz sagt, dass es sehr unwahrscheinlich sei, dass er

Rom gegen Mittag erreichen wird. Tatsächlich nimmt er an, dass er erst gegen Mitte des Vormittags in Tschenstochau sein wird ... Ja, Eminenz. Wir haben die Situation überprüft. Ein außerordentlich starkes Verkehrsaufkommen blockiert die ganzen zweihundert Kilometer von Warschau nach Tschenstochau. Er kann auch nicht umkehren. Ich fürchte, es ist bekannt geworden, dass der Heilige Vater möglicherweise im Kloster in Tschenstochau übernachtet, aber wir haben noch keine Bestätigung für eine Verbindung zwischen diesen beiden Ereignissen ...

Ja, Eminenz, ich werde die Anweisungen weiterleiten. Ja, ich habe sie Wort für Wort aufgeschrieben. Seine Exzellenz soll weiterfahren, egal, wie lange es dauert. Er muss vor Mittag die Unterschrift Seiner Heiligkeit haben. Er soll begreifen, dass die sofortige Anwesenheit des Dokumentes in Rom nicht notwendig ist, sondern die Unterschrift.«

Der Kämmerer war jetzt mehr als nur nervös, als er die Verbindung nach Warschau unterbrach. Totales Verkehrschaos auf der Hauptstraße nach Tschenstochau in den frühen Stunden eines ganz normalen Samstagmorgens? War das in Polen normal? Oder warfen die Dinge, die noch kommen würden, ihren Schatten voraus? Musste er sich darauf vorbereiten, mit großen Volksaufläufen für den Papst umzugehen? Und nicht nur in Polen? Maestroianni erschauerte bei dem albtraumhaften Gedanken von ein paar hunderttausend eifrigen Anhängern des polnischen Papstes, welche die Straßen zwischen den Toren des Peterdoms und dem Tiber verstopften. Er konnte beinahe sehen, wie diese schrecklichen Charismatiker herumsprangen und mit ihren Schreien nach dem Heiligen Geist in jedes Zimmer des Vatikans drangen. Oder noch schlimmer: all diese grässlichen Videokameras, die das Spektakel filmten und den donnernden dreifachen Ruf aufzeichneten: *Papa! Papa! Papa!*

LIV

Noch lange Jahre, nachdem diese erschütternde Zeit vergangen war, erzählten Männer und Frauen in Polen, wie plötzlich, wie aus dem Nirgendwo, sich eine Botschaft von Stadt zu Stadt, von Dorf zu Dorf, von Siedlung zu Siedlung verbreitet hatte: Der polnische Papst ist in Tschenstochau! Unser Heiliger Vater ist in Jasna Gora! Sie erzählten, wie sie losgezogen waren um ihn zu begrüßen, zu schützen, zu unterstützen und ihre Solidarität mit ihm zu beweisen. Sie erzählten, wie in der Stadt Tschenstochau alle Lampen in den Straßen und alle Lichter in den Häusern aufgedreht worden waren, um sie zu begrüßen. Sie erzählten, wie sie sich zu Tausenden und Zehntausenden unter der Wolkendecke dieser stürmischen Nacht auf dem Hügel von Jasna Gora versammelt hatten, wie die Lichter von den Mauern des Klosters auf sie herniedergeschienen hatten, wie sie gesungen und gebetet und geredet und gejubelt hatten. Und sie erzählten, wie die ganze Zeit hindurch eine Art wortloser Dialog zwischen ihnen und der weiß gewandeten Gestalt, vom Licht auf dem überdachten Balkon hoch über ihnen angestrahlt, stattgefunden zu haben schien – wie er und sie zufrieden schienen in der Gegenwart des anderen zu sein, sich aufeinander zu verlassen, eine Kommunion des Glaubens miteinander zu teilen.

»Da draußen muss sich eine Million Leute versammelt haben!« Damien Slattery sprach leise. Sie sahen aus einem der nach Osten gerichteten Fenster in den Räumen des Pontifex auf die Szene hinab und er, Gutmacher, Lucadamo und die anderen Begleiter des Papstes fühlten sich wie Eindringlinge. Es war, als sei der Strom der Gefühle, den sie zwischen der Menschenmenge unten und dem Heiligen Vater ganz allein auf dem nahen Balkon spürten, etwas Privilegiertes, Heiliges, ganz Privates.

»Und tausende mehr werden kommen, mein Freund.« Abt Kordecki trat neben Damien. »Ich habe das schon früher erlebt, bei einem seiner ersten Besuche als Papst. Es war auf dem Höhepunkt der Auseinandersetzung mit dem stalinistischen Regime Polens und er übernachtete hier. Auch damals haben sich die

Menschen spontan um den Hügel von Jasna Gora versammelt. Er stand auf demselben Balkon und Seine Heiligkeit hielt keine formale Rede. Hin und wieder machte er eine Geste mit den Händen oder segnete sie, so wie auch jetzt. Aber nicht einmal verlor er die Kontrolle über die Menge. Solch ein Mensch ist er.«

Als der Pater Abt die Geschichte jenes lange vergangen Tages erzählte, begannen Damien und seine Freunde die Menge als lebenden, atmenden Organismus zu spüren. Die Geräusche von Gesprächen und Gebeten, Rufen und Gesängen und Jubelrufen ließen sie hoffen, dass dies der Wendepunkt war. Dass der Pontifex diese Versammlung von Gläubigen als das Zeichen des Himmels ansah, auf das er gewartet hatte. Dass er nicht einfach den Rücktritt und Rückzug aus dem Amt des Papstes akzeptieren würde. Dass er auf den Heiligen Stuhl zurückkehren und die Regierung wieder aufnehmen würde, die er formell auch noch gar nicht abgelegt hatte.

Und trotzdem, selbst als sie auf die dicht bevölkerten Hänge von Jasna Gora hinabschauten und auf die große Tiefebene hinaus, tauschten Pater Gutmacher und Giustino Lucadamo einen Blick voll gegenseitigen Verstehens. Es war alles andere als sicher, dass irgendetwas, und sei es eine Demonstration von gläubigen Katholiken, den Papst aus seinem seltsamen, fast mystischen Zustand des ruhigen Hinnehmens reißen konnte.

Der tschechische Armeehubschrauber mit Christian Gladstone an Bord flog an den dunklen Konturen der sanften Hügel entlang, bis die Lichter der Stadt und des Klosters in Sicht kamen. Ein paar Minuten später landete die Maschine vor dem Lubomirski-Tor.

»Wir haben Sie kommen sehen, Pater, und wir haben sie erwartet.« Abt Kordecki stellte sich selbst vor, als Gladstone sicher unter den Rotorblättern hervorgekommen war. Der Hubschrauber hob ab und flog zurück zum Radomsko-Aerodrom. Sobald Kordecki sich wieder verständlich machen konnte, ließ er seine Enttäuschung hören. War Monsignore Gladstone nicht gekommen um den Heiligen Vater zu holen? Sollte der Hubschrauber nicht warten?

»Nein, Pater Abt.« Chris folgte Kordecki durch die doppelten Tore. Kein Lächeln, keine Spur von Freundlichkeit lag auf seinem Gesicht. »Das ist nicht der Plan. Sie werden zurückkommen, wenn Seine Heiligkeit es will. Aber *er* muss es wollen.«

»Heiligkeit.« In dem Gang, wo der Pontifex wartete, um ihn zu empfangen, kniete Christian nieder und küsste den Ring des Fischers. Slattery kam als Erster nach vorn, dann folgten Lucadamo, Sadowski, Gutmacher und die anderen. Alle wollten Gladstones Neuigkeiten hören. Aber Damien unterbrach die Begrüßung mit einer kleinen Geste als Zeichen, dass sie dem Beispiel des Abtes folgen und sich etwas zurückziehen sollten. Es war das Beste, Papst und Priester allein zu lassen.

»Nein, Damien.« Obwohl er den Pontifex mit den Augen um Erlaubnis bat, gab Chris eher einen Befehl, als dass er eine Bitte äußerte. »Uns bleibt wenig Zeit, Heiliger Vater. Und ich muss mit Euer Heiligkeit sprechen. Aber wir stehen alle gemeinsam am Rand des Abgrunds. Was jetzt geschieht, geschieht uns allen. Entweder wir gewinnen alle. Oder wir verlieren alle.«

Als Antwort wandte sich der Papst vom Gang ab. Er durchquerte das Wohnzimmer hin zum Balkon, von wo aus er die Lichter von Tschenstochau sehen konnte und Stärke aus der immer noch größer werdenden Menge bezog.

»Wussten Sie, Monsignore«, der Papst nahm Christians Anwesenheit hinter sich zur Kenntnis ohne den Kopf zu wenden, »dass es hier war, im Jahr 1966, als sich über eine Million Menschen versammelte zur Weihe Polens an Maria, ihrer Königin?«

Christian warf einen Blick hinunter auf die Tausende von Lichtern auf dem Hügel von Jasna Gora, auf das dunkle Becken dahinter. Er trat einen Schritt zurück und blickte zu den Männern, die im Zimmer warteten. Pater Gutmacher und Monsignore Sadowski, die sich zusammen niederließen um den Rosenkranz zu beten, Giustino Lucadamo, der an der Ecke eines großen Schreibtischs lehnte, Lázarro-Falla und Dr. Fanarote, die sich leise unterhielten, Damien Slattery, der neben der Balkontür stand, seine Augenbrauen zusammengezogen, sein sonst rötliches Gesicht aschgrau vor innerem Schmerz und Anspannung, seine Augen starr auf Gladstone gerichtet. Doch er wartete vergeblich darauf, dass Chris dem Papst antwortete.

Wie Slattery und die anderen fühlte auch Chris das Band zwischen der Menschenmenge und ihrem Oberhirten. Trotzdem hatte er keine Illusionen. Er wusste besser als jeder andere in der kleinen Gruppe der Getreuen, welch bittere Enttäuschung Geist und Seele des Pontifex heimgesucht hatte. Er hatte ganz hautnah den Hass und die Respektlosigkeit gefühlt, die seine Feinde gegen den Pontifex geschürt hatten, hatte die unangenehme Wahrheit hinter deren Wunsch empfunden dieses Pontifikat zu beenden. Er wusste, welche Erleichterung es dem Heiligen Vater bringen mochte, diesen Hass hinter sich zu lassen, ein für alle Mal frei zu sein von der Bitterkeit, welche die Tage und Nächte seiner Herrschaft erfüllt hatte. Rücktritt und Rückzug versprachen Freiheit, versprachen Linderung und Erleichterung.

Aus all diesen Gründen und weil er wusste, dass das, was er zu sagen hatte, jener Bitterkeit, die diesem Mann so oft entgegengeschlagen war, eine neue schreckliche Dimension verleihen würde, wollte Christian, dass Christi umkämpfter Stellvertreter voll und ganz erfasste, was geschah. Er wollte, dass dieser Papst sich des unerwarteten Stroms an Unterstützung durch eine Nation von Katholiken, die sich spontan unter seinen Augen versammelte, bewusst würde. Dieser Mann, der kurz davorstand, dem Amt des Papstes zu entsagen, dieser Mann, dem versichert worden war, er könne das Volk Gottes als sein Oberhirte nicht länger zusammenhalten, musste begreifen, dass dieses Geschehen nicht nur eine kirchliche, sondern auch eine spirituelle Seite hatte.

»Soll ich mich freuen, dass Sie gekommen sind, Monsignore?« Endlich wandte er sich an Gladstone. Die Frage Seiner Heiligkeit klang, als habe er die Gedanken des jungen Mannes gelesen.

»Nur ein Beinahewunder an gutem Willen gegenüber Euer Heiligkeit hat meine Reise möglich gemacht, Heiliger Vater. Guter Wille von Fremden wie von Gläubigen hat alles möglich gemacht.«

»Alles möglich zu machen wäre mehr als nur ein Beinahewunder, Monsignore Christian.« Der Papst schien auf Streit aus, aber er gab Christian den Anfang, den er brauchte.

»Das Ziel war eine Sache zu ermöglichen, Heiliger Vater.« Gladstone nahm den zweifach versiegelten Umschlag aus seiner Innentasche und legte ihn mit den Aufschriften nach oben auf das Balkongeländer. »Luzifer wurde innerhalb des Bezirks des Heiligen Stuhls im Vatikan inthronisiert. Hier ist die gesamte Dokumentation. Namen. Die verwendeten Riten. Alle Fakten und Daten. Das meiste ist auf Mikrofilm, außer dem Zeugnis des Vorgängers Euer Heiligkeit und einem kurzen Brief Pater Aldo Carneseccas.«

»Carnesecca!« Der Pontifex wiederholte den Namen in tiefer Traurigkeit. Er nahm den Umschlag in beide Hände. Las die beiden päpstlichen Inschriften auf der Oberseite. Sah das Datum. Las Pater Aldos grimmige Warnung. Las den Brief des alten Papstes. »So ...« Er sprach nicht mit Gladstone, er sah ihn nicht einmal an. »Ich wusste ... Kein Wunder, dass wir nicht vermochten ...«

Die Worte des Papstes gingen im anschwellenden Murmeln der Menge unter, aber Christian verfolgte jede Bewegung mit den Augen. Sah, wie der Pontifex den restlichen Inhalt betastete, sah, wie sein Gesicht einen erschreckenden Ausdruck annahm, sah zu, wie er einen Schritt zurück ins Zimmer machte.

»Sie haben die gesamte Dokumentation gelesen, Monsignore Christian?«

»Alles, Heiliger Vater. Jedes Wort bestätigt und beglaubigt, was ich gesagt habe.« Gladstone kämpfte gegen eine Welle der Verzweiflung und Enttäuschung an, die ihn überschwemmte. Die Stimme seines Glaubens erinnerte ihn daran, dass dies der Papst war, der Papst, den Christus zu diesem Zeitpunkt als Oberhaupt der Kirche haben wollte, dass er ihm treu bleiben musste, treu bis in den Tod. Aber die Stimme der Logik mahnte ihn, dass dieser Mann kurz davorstand, sein Geschick als jener Papst, der zurückgetreten war, zu akzeptieren, dass er nur noch einen Millimeter entfernt von der Fügung in Satans *fait accompli* war.

»In diesem Augenblick der Geschichte, Heiliger Vater«, Christian brachte sein letztes Argument vor, »steht nur mehr ein

Mann zwischen uns und dem absoluten Bösen unseres ewigen Widersachers. Als Papst sind Sie der Schild, den Gott zwischen uns und Luzifer gestellt hat. Ich weiß, es muss Ihnen nahe gehen, das gesagt zu bekommen. Aber meine Worte sind nur eine Erinnerung an das, was die Heiligen Jungfrau von Ihrem Pontifikat gesagt hat. Ein Echo ihrer Worte vom ›letzten Papst in dieser katholischen Ära‹.« Gladstone wusste, dass der Papst seinen kryptischen Hinweis auf eine persönliche Offenbarung der Mutter Gottes während ihrer berühmten Erscheinungen in Fatima verstand. Der Heilige Vater glaubte fest an die Authentizität dieser Offenbarung. Und trotzdem schien er in diesem Augenblick nicht willens die Verbindung zwischen der Inthronisation und der Prophezeiung zu sehen.

»Euer Heiligkeit sind kein gewöhnlicher Mann.« Christian betonte diese Verbindung noch mehr. »Euer Heiligkeit sind der einzige menschliche Vertreter des Allmächtigen auf Erden. Warum sonst sollten wir Sie, einen sterblichen Menschen, unseren Heiligen Vater nennen, wenn nicht wegen dieses sakrosankten und heiligen Amtes? Sie persönlich sind dazu verpflichtet, gegen den Hauptwidersacher Ihres Königs zu kämpfen. Aber jetzt wurde der Widersacher der Fürst, dort inthronisiert, wo eigentlich das Allerheiligste sein sollte. Er ist in jenem Haus eingesetzt worden, in dem Sie leben.

Deshalb sage ich es noch einmal, Heiliger Vater. In diesem Augenblick sind Sie der eine Mensch auf Erden, dem die persönliche Macht gegeben wurde Luzifer wieder in Ketten zu legen. Ihn mit eisernen Banden zu binden. Ihn zurück in die Hölle zu stoßen. Und ich sage Folgendes: Angesichts der brutalen Auswirkungen dieser Inthronisation im Allerheiligsten ist es nicht akzeptabel, dass Sie sich zurückziehen wollen. Zurücktreten wollen. Den letzten Akt der Unterwerfung vollziehen.«

»Habe ich denn eine gangbare Alternative, Monsignore?« Der Pontifex ließ seine Arme hängen.

Gladstone schüttelte den Kopf. »Wenn Euer Heiligkeit wählen hier eingesperrt zu bleiben, dann nicht. Der apostolische Nuntius wird kommen. Wenn er kommt – angesichts der gegen Euer Heiligkeit gerichteten Kräfte, angesichts dessen, wie weit Euer Heiligkeit schon zugestimmt haben mitzumachen –, glaube ich nicht, dass Sie in der Lage sein werden die Unterschrift auf dem Rücktrittsprotokoll zu verweigern. Wenn Euer Heiligkeit hier im Kloster bleiben, wird das ganz sicher geschehen.«

»Ich wiederhole noch einmal, Monsignore.« Immer noch gefangen im Netz seines Denkens erweiterte der Papst einfach nur den Rahmen seiner Frage. »Habe ich eine gangbare Alternative?«

»Fragen Euer Heiligkeit danach, ob Sie die Möglichkeit haben hier ohne Schwierigkeiten wegzukommen?«

»Das ist nur ein Teil davon ...«

»Stimmt, Heiligkeit, aber ein wichtiger. Und die Antwort heißt Ja. Der Hubschrauber, der mich hierher gebracht hat, wartet auf dem Radomsko-Aerodrom. In weniger als einer Stunde wird ein gecharterter Jet aus Belgien landen. Euer Heiligkeit ist als dem rechtmäßigen Nachfolger des Fischers ein neues Flugzeug zur Verfügung gestellt worden. Fischer Eins. Der Pilot hat die Erlaubnis zwei Stunden auf dem Boden zu warten. Wenn Sie das wünschen, Heiliger Vater, können Sie vor Sonnenaufgang an Bord dieses Flugzeugs sein. Lange bevor der apostolische Nuntius ankommt. Euer Heiligkeit können in Rom sein, bevor die letzte blasphemische Täuschung der Kirche und der ganzen Welt heute Mittag Wirklichkeit wird.«

»Warten Sie, Monsignore! Warten Sie, bitte!« Der Pontifex lehnte nicht rundweg ab. Gladstones Vorschlag kam einfach zu abrupt, war zu viel um plötzlich und auf der Stelle verstanden zu werden, dazu musste er sich zu schnell von seinem alten Denken befreien. »Sie kennen mich, Monsignore. Sie wissen, wie ich vorgegangen bin. Das Zwingendste war für mich immer die Einheit der Kirche. Aus diesem Grund habe ich meinen verehrten Brüdern, den Kardinälen, zugestimmt. Ich habe es vorgezogen, in ihrem Urteil ein sicheres Zeichen dessen zu sehen, was der Herr von mir will. Ich habe immer nach einem Zeichen von Gottes Segen im Verhalten derer gesucht, die mir in unserem Dienst am Herrn am nächsten sind. Glauben Sie, dass Ihre Ankunft hier und diese plötzliche Versammlung der Polen um Jasna Gora ein Zeichen des Himmels sind?«

»Nein, Heiligkeit!« Bis jetzt hatte Christian bestimmt gesprochen aber ohne Leidenschaft, als sei er nur gekommen um eine Reise vorzuschlagen. Nur seine Augen hatten den Sturm der Gefühle verraten, der in ihm tobte. Aber eine solche Frage unter diesen Umständen war zu viel.

»Das sind keine übernatürlichen Zeichen, Heiliger Vater! Ich und die anderen, die mit mir gehandelt haben, haben aus freiem Willen getan, was wir getan haben. Dass wir bis jetzt Erfolg hatten, ist ein starker Hinweis für uns, dass Gott unseren Dienst angenommen und unsere Pläne gesegnet hat. Aber es war unser Tun aus unserer Entscheidung heraus. Und so auch für die Menschen, die sich um diesen Hügel versammelt haben. Die Polen sind bewegt vom Geist als Gottes Volk. Aber es ist ihre freie Entscheidung, sich hier um Euer Heiligkeit zu versammeln.«

Zu diesem Zeitpunkt war jedem von den sechs Männern, die hinter ihnen im Zimmer standen, klar, dass Gladstone den Papst zwang sich aus der schlichten Hinnahme zu lösen. Dass der Papst, so oder so, eine Entscheidung würde treffen müssen, dass er über die Zukunft seines Pontifikats entscheiden würde, über ihre eigene Zukunft, über die Zukunft der Kirche.

Der Papst trat langsam wieder zum Balkongeländer, von wo er hätte auf die Menschenmenge hinuntersehen können. »In diesen Tagen, Monsignore Christian, habe ich lange über die Worte meditiert, die Jesus zu Petrus gesagt hat; dass ihn, wenn er einmal alt geworden sei, andere binden und dorthin führen würden, wohin er von selbst nicht gegangen wäre ...«

»Heiliger Vater!« Wenn dies eine Abschiedsrede sein sollte, wieder und noch dichter verwoben mit Worten über Zeichen vom Himmel, dann wollte Chris sie nicht hören. Er hielt nichts mehr zurück. Sein gesamtes Sein – Verstand, Nerven, Herz und Seele – hing nur noch an einem dünnen Überlebensfaden. »Bitte denken Sie auch nicht im Entferntesten daran, dass das auf Sie mit zutreffen könnte, was Jesus damals zu Petrus gesagt hat! Niemand hat Ihre Hände gebunden. Niemand hat Sie gezwungen irgendwohin zu gehen, wo Sie nicht hingehen wollten. Sie haben sich einfach dem Ergebnis einer Verschlagenheit gefügt, der Sie nichts entgegenzusetzen hatten. Es ist wahr, dass Sie der gewählte Nachfolger Petri sind. Dass Sie in diesem Sinn Petrus sind. Es ist wahr, dass Petrus es sich einmal in den Kopf setzte, Rom zu verlassen. Ganz sicher dachte er, es sei das Beste für die Kirche. Wenn er dem Tod entkommen konnte, würde die Kirche davon profitieren. Und wir alle kennen die Geschichte, wie Christus selbst Petrus auf seiner wilden Flucht aus Rom auf der Via Appia Antica entgegengetreten ist. Ihn getroffen hat. Ihn ermahnt hat. Ihn auf seinen Posten zurückgeschickt hat. Und in seinen Tod.

Aber bitte, Heiligkeit. Es gibt auf Gottes ganzem Erdboden nichts, was Ihre Lage von heute mit der des Petrus von damals vergleichbar macht. Dies ist nicht die Via Appia Antica und die Männer, die bereitstehen, den Stuhl Petri zu besetzen, sind weder Linus noch Klemens oder Kletus, die den Platz des Petrus einnahmen. Dies ist ein vergessener Winkel der Erde, der von den Feinden der Kirche Christi ausgewählt wurde. Dies ist das Loch, in dem Männer wie Maestroianni und Palombo und Aureatini Sie begraben wollen und mit Ihnen das Papsttum als Institution.

Nein, Heiliger Vater! Sie haben gestattet, dass man Sie überredet zum Wohle der Kirche das Urteil von Renegaten im Rat anzunehmen. Durch Ihre eigene Wahl haben Sie zugelassen, dass man Sie in die Einsamkeit zwingt. Aber wenn Sie noch weiter zustimmen, wenn Sie auf den Nuntius warten, dann haben Sie die Aufgabe Ihres Postens endgültig vollzogen. Eine Aufgabe, die sich über fünfzehn Jahre hingezogen hat.«

»Aufgabe, Monsignore?« Der Pontifex fuhr zurück. Er wusste, dass Gladstone ein Mann mit Temperament war, aber noch nie hatte ihm jemand solch harte Worte ins Gesicht gesagt. »Aufgabe? Fünfzehn Jahre lang? Ganz sicher nicht!«

»Doch, Heiliger Vater. Ich bestehe darauf, dass Sie mich in dieser Sache anhören!«

»Ich höre Sie an, Monsignore! Wie habe ich meine Gläubigen aufgegeben?«

»Besser als sonst irgendjemand innerhalb oder außerhalb der Kirche wissen Sie, was die Statistiken zeigen: dass sich die Kirche im Niedergang befindet. Von innen heraus korrupt wird sie an den Rand gedrängt, ersetzt und zerstört als öffentliche Institution und als persönliche Religion. Euer Heiligkeit wissen das. Wir haben dafür gesorgt, dass Sie es wissen. Wir haben Ihre Ohren mit Tonbandberichten gefüllt und Ihre Augen mit Videofilmen. Wir haben auf Ihrem Schreibtisch unsere Studien ausgebreitet. Aber selbst ohne diese Berichte wissen Sie es. Als der bestinformierte Mann der Christenheit wussten Sie, dass eine Mehrheit von Katholiken von unseren heiligen katholischen Traditionen weggezerrt wird. Sie wussten, dass man sie in eine neue Form von Christentum führte, welches keiner Ihrer Vorgänger als Katholizismus erkannt hätte. Nicht Papst Pius XII. Nicht Pius XI. Nicht Pius X. Nicht Pius IX. Keiner von ihnen.

Und was haben Sie getan um diesen Verfall aufzuhalten, Heiligkeit? Sie sprechen von Ihrer Suche nach der Einheit. Aber Sie haben die Seminaristen häretischen Lehrern überlassen. Sie haben die gläubigen Gemeinden abgefallenen, ja sogar unmoralischen Bischöfen und Kardinälen überlassen. Sie haben Ihre Schulkinder einem nicht katholischen Schulsystem überlassen und Ihre Nonnen einer zerstörerischen Welle des verweltlichenden Feminismus. Sie haben keinen von ihnen beschützt. Nicht einmal unsere heiligen Gebäude. Sie habe es gestattet, dass unsere eigenen Kirchen und Kapellen des Altars und des Tabernakels beraubt werden, des Beichtstuhls und der Statuen. In all dem haben Sie sich ständig gefügt. Und jetzt stehen Sie kurz davor, sich der Auslöschung Ihres eigenen Amtes zu fügen.«

Gladstone unterbrach sich so plötzlich, wie er begonnen hatte. Wo lag der Sinn? Er konnte spüren, wie sich der Papst in das Allerheiligste seines Geistes zurückzog. Seine Worte waren wie Steine, die auf Blech fielen, Geräusche und nicht mehr.

In dem Schweigen, das zwischen ihnen lastete, kam Farbe in das Gesicht des Pontifex. Kein Zorn, nein, sondern ein tieferes Gefühl, das nur er kannte. Eine schreckliche Bewusstheit. Ein Gefühl des vollkommenen Alleinseins. Hinter ihm war das gesamte Volk Gottes, für welches er, als Papst, der einzige Vertreter des Allmächtigen auf Erden war. Vor ihm war der Abgrund von Gottes unmessbarem Wesen und unendlicher Macht.

»Nur ein einfaches Zeichen der Absichten Gottes.« Die Worte

kamen stockend, sanft von den Lippen des Pontifex. »Die ganze Zeit habe ich auf ein Zeichen des heiligen Willens Gottes gewartet.«

Die Wirkung auf Christian war niederschmetternd. Er stand vor einem Fehlschlag und die Realität dieser Situation traf ihn so grausam, dass sein Gesicht weiß wurde. In diesen beiden Sätzen hatte der Papst eine Zusammenfassung seiner Einstellung gegeben. Er hatte die Regel ausgesprochen, nach der er seine gegenwärtige Situation beurteilte, Christians Worte, seine nächsten Taten.

Chris fühlte das verzweifelte Bedürfnis den Himmel um Hilfe anzurufen, eine Sehnsucht nach Gebet, die schmerzhaft war in ihrer Intensität. Der Druck, der sich seit Tagen in ihm aufgebaut hatte, drohte seiner Kontrolle zu entgleiten und sich in Verzweiflung zu verwandeln. War das alles, was er erreicht hatte? Diesen Papst, das mit der meisten göttlichen Kraft versehene lebende menschliche Wesen, sich feige zurückhalten zu sehen? In einer konkreten Situation, in der die Sicherheit und Integrität der Kirche Christi auf dem Spiel stand, brachte er nicht mehr aus ihm heraus als ein fragendes, inständiges Bitten um ein Zeichen? War er so weit gekommen nur um Zeuge zu sein, wie der Papst – der Mann, der als die wahre Säule des Willens aller Katholiken es mit der ganzen Welt aufnehmen sollte – auf den Zustand eines zögernden Siebzigjährigen reduziert war, der mit dem Allmächtigen handeln wollte?

Seine eigene Entschlusskraft war fast gebrochen. Christian kämpfte gegen seine Gefühle. Er suchte mit den Augen im Gesicht des Pontifex. Er sah all die Verheerungen durch den Lauf der Zeit, die mitleidlosen Zerstörungen des Alters. Vor kurzem war dieser Mann ein zorniger Löwe gewesen, den die Vorsehung auf die UDSSR losgelassen hatte, und er hatte diesen Koloss bis zur Auflösung zerstört.

Und dann, wie vom Donner gerührt, verstand Christian. Mitgefühl, das älteste Kind der wahren Liebe, ließ neue Einsichten in seine Seele fließen über diesen bekanntesten Papst des zwanzigsten Jahrhunderts. Einsicht in viel mehr als seine nie in Zweifel gezogenen moralischen Tugenden und seine ungewöhnliche weltpolitische Voraussicht. Einsicht in seine seltsame Bestimmung. Einsicht vor allem in seine schlimmsten Schwächen.

Dieser Pontifex hatte seinen großen Sieg über den sowjetischen Marxismus errungen. Und er hatte es Millionen von Lebenden und noch weiteren Millionen Ungeborener möglich gemacht, der grausamsten Tyrannei zu entkommen, die bis heute von bösen Herzen ausgedacht worden war. Aber er hatte diesen Sieg im Namen der menschlichen Solidarität errungen. Und als er das einmal getan hatte, als dieser Papst einmal erfolgreich gehandelt hatte im Namen der menschlichen Solidarität als dem unzerstörbaren Bindemittel menschlicher Brüderlichkeit, menschlicher Identität als einer Familie, da waren er und sein Pontifikat in den Aufbau dieser Solidarität hineingezogen worden. Daher war die essenzielle Mission der katholischen Kirche verstümmelt worden. Denn aus heiligem Prinzip sollen Papst und Papsttum nicht als Surrogate menschlicher Solidarität handeln, sondern für das Königreich und die Herrschaft Jesu von Nazareths als des Herrn über die menschliche Geschichte. Trotzdem hatte er sich als Papst und in seiner Verwaltung des Pontifikats mit einem rein menschlichen Ziel identifiziert.

Im Gleichklang mit diesem humanitären Gefühl sprach er nie davon, dass Jesus von Nazareth der König der Nationen war, sondern von der Solidarität, von der er hoffte, dass sie durch übernationale Organisationen gestärkt werden würde. Er präsentierte sich auf den Treffen der Nationen nicht ständig als der Stellvertreter Christi auf Erden. Seine liebste Beschreibung seiner selbst war so entwaffnend, so harmlos: »ich, ein Sohn der Menschheit und Bischof von Rom«. Auch lehrte er die Wahrheit des römischen Katholizismus nicht als den expliziten Willen Jesu Christi, sondern als ethische Regeln, als Bedingungen, die vom menschlichen Verstand für die Sicherheit der Solidarität der menschlichen Familie abgeleitet wurden.

Aber zu sagen, dass der Papst von den Umständen gezwungen sei, hieß nicht, dass er nicht auch aus freiem Willen handelte. Im Gegenteil. Niemand konnte den Glauben dieses Mannes an die göttliche Person und Rolle Jesu von Nazareth und an die Passion bezweifeln. Niemand konnte seine persönliche Integrität anzweifeln oder seine innere Frömmigkeit. Aber es war seine Wahl, dass er die Sprache seiner Zeitgenossen sprach, nicht in den altbekannten Worten der Päpste von Rom, welche die Wahrheit über Gott verkündeten. Es war seine Wahl, dass er die Ikonen des Katholizismus aus seinen heiligen Gebäuden entfernte, sogar das Blut und den Leib Jesu Christi entfernte in einer Anstrengung fremder Religiosität und heidnischen Riten von Ungläubigen entgegenzukommen. Es war seine Wahl, sich viel zu oft in der Gesellschaft von nicht katholischen Geistlichen aufzuhalten, die niemals seinen katholischen Glauben teilten, und in der Gesellschaft von unkatholischen Theologen, denen katholische Frömmigkeit fremd war.

Nun, am Abend seines Pontifikats, war es nicht mehr einfach für ihn, die Grenzen menschlicher Solidarität zu überwinden um die alte Botschaft traditionellen Papsttums zu verkünden. Es schien ihm nicht mehr einzufallen, das Papsttum als seine Waffe zu verwenden. Daher die Leichtigkeit, mit der er über Rücktritt und Rückzug nachdenken konnte, im Angesicht einer Verschlagenheit, die er nicht ermessen konnte.

Diese ganze Flut des Verstehens durchströmte Gladstone in Sekunden. Er wusste jetzt, wo dieser rätselhafte Papst stand. Und er wusste, es gab nur zwei mögliche Mittel, ihn umzudrehen. Ihn zu überreden nach Rom zurückzukehren, wenn auch nur für die Zeit, die nötig war um die Inthronisation ungeschehen zu machen, dies musste man ihm als grundlegende Pflicht gegenüber der menschlichen Solidarität, die er so deutlich zum Sieg geführt hatte und deren Gefangener er jetzt war, ans Herz legen. Und als eine direkte Konsequenz seiner Verehrung Marias, der Mutter Jesu, der er sein Pontifikat geweiht hatte.

»Heiligkeit.« Christian nahm noch einmal all seinen Mut zusammen. »Heiligkeit, wir müssen nicht um ein Zeichen bitten – um Christus, der Ihnen in all seiner Glorie erscheint, oder die Sonne, die noch einmal am Himmel tanzt. In einem gewissen wahren Sinn haben Euer Heiligkeit dies nicht verdient. Aber was jetzt wichtiger ist, Euer Heiligkeit brauchen es auch nicht. Wir stehen noch nicht vor der Apokalypse. Noch nicht! Vor einer Minute habe ich die Worte der Jungfrau Maria vom ›letzten Papst dieser katholischen Ära‹ erwähnt. Wenn Sie das als authentische Aussage der Mutter Gottes akzeptieren und vor allem wenn Sie in diesem Zusammenhang die Männer ansehen, die in Rom Papst werden wollen, sind Sie dann nicht auch der Letzte, der in der Lage ist, die heilige Basilika und den Vatikan von allen Spuren der Inthronisation Luzifers zu reinigen?

Sie haben darauf bestanden, dass, vom Anfang unserer Erlösung durch Jesus Christus an, Gott entschieden hat, in der Welt durch Seine Gesegnete Mutter zu handeln. Wieder und wieder haben Sie gesagt, dass Sie selbst von Gott als Papst erwählt wurden um der besondere Diener Seiner Mutter zu sein. Wenn Sie immer noch vollkommene Hingabe an sie beanspruchen, ist es dann nicht Ihre Pflicht, den ältesten Feind der menschlichen Rasse zu bekämpfen? Dann kann es nicht sein, Heiliger Vater, dass Sie sich abwenden. Dass Sie sich weigern die einzigartige Macht auszuüben, die Christus Ihnen verliehen hat. Dass Sie sich aus Ihrer Bestimmung davonstehlen der letzte Papst dieser katholischen Ära zu sein. Dass Sie Luzifer und seinen Agenten in der Kurie freie Hand lassen ihren blasphemischen Schmutz auf Altar und Tabernakel, auf Priestertum und Papsttum zu schmieren.

Treten Sie zurück, wenn Sie wollen, Heiligkeit. Aber noch nicht jetzt! Um Ihrer eigenen unsterblichen Seele willen können Sie uns nicht nackt und schutzlos zurücklassen um dem gefallenen Engel gegenüberzutreten, der nach Petri eigenen Worten uns alle verschlingen will wie ein ausgehungerter Löwe. Sie können nicht daran denken, uns unter diesem Ansturm des Bösen zurückzulassen. Sie können sich nicht aus dem Papstamt verabschieden in dem Wissen, dass Sie dem größten aller Feinde die Herrschaft überlassen haben.«

Christian hatte nicht mehr zu sagen, hatte nicht mehr zu geben. Er hatte keine Kraft mehr. Als er unbeweglich neben dem Papst stand und auf dessen Entscheidung wartete, begann sein Geist Bilder aus seinen frühesten Unterhaltungen mit Aldo Carnesecca heraufzubeschwören. Von diesem einfachen, großherzigen Priester, der die Taktiken im weltweiten Kampf jenes Geistes begriffen hatte, der Christian beinahe verschlungen hätte.

Chris wandte sich ab vom Papst, wandte sich ab von der Menschenmenge. Wandte sich zu Angelo Gutmacher, der sein zernarbtes Gesicht in inständigem Gebet gesenkt hatte. Er dachte an die letzte Woche, welche er und Pater Angelo vor einem halben Leben zusammen auf Windswept House verbracht hatten. Er sah wieder all die Männer und Frauen, die in so großer Zahl gekommen waren und nach Rat suchten, nach Trost, nach gültigen Sakramenten, die sie nirgendwo anders mehr finden konnten. Er erinnerte sich, wie Gutmacher vor Sonnenaufgang in die Turmkapelle gekommen war, wie er Chris gerügt hatte, ihn sogar beschämt hatte, weil er zögerte den Ruf in den Dienst als Priester in Rom anzunehmen. Er erinnerte sich an Gutmachers Worte über die Gefahren in Rom und darüber, was die Gnade Gottes zu erreichen vermochte. Er erinnerte sich daran, wie Cessi ihn an diesem Morgen in der Turmkapelle des alten Glad umarmt hatte und ihm gesagt hatte, echte Gladstone, die sie war, dass Rom ordentlich durchgeschüttelt werden musste.

Er erinnerte sich daran, wie seine eigene Mission für den Papst in den Staaten mit solch großen Hoffnungen begonnen hatte, wie er daran geglaubt hatte, dass der Heilige Vater tatsächlich wissen wollte, wie viel Missbrauch es in seiner Kirche gab, dass er wirklich etwas unternehmen würde. Er erinnerte sich daran, wie zornig er gewesen war, dass der temperamentvolle, unbeherrschte O'Reilly den Wölfen vorgeworfen worden war von Geistlichen mit schwachem Willen, während sie sich einer systematischen »kirchlichen« Deckung sicher sein durften. »Wenn der Heilige Vater in dieser Diözese seine Pflicht tut«, hatte sich O'Reilly beklagt, »dann kann er meine Angelegenheit in Ordnung bringen.« Das war nicht viel verlangt gewesen. Wie all die Menschen da draußen auf dem Hügel von Jasna Gora wollte O'Reilly das, was versprochen worden war. Einen Führer. Einen Hirten, der alle Tage bei seiner Herde weilen würde.

Gladstone richtete seinen Blick auf Damien Slattery, der noch immer an der Türe Wache hielt, und dachte daran, wie auch er nach Windswept House gekommen war, nachdem sein Dienst als Priester zuerst in Rom in den Schmutz getreten und von jenem abtrünnigen Kardinal in Centurycity zerstört worden war. Wie er trotzdem seinen Mut wieder gefunden hatte und darauf bestanden hatte, in Amerika gute Arbeit für den polnischen Papst zu leisten. Aber das Gesicht des großen Iren war jetzt so verzerrt von Schmerz und Verwirrung, dass Chris mit wenigen Schritten an Slatterys Seite trat.

»Chris, was denken Sie?«, flüsterte Damien heiser. »Kommt er oder kommt er nicht? Und was tun wir, wenn er entscheidet hier zu bleiben?«

In Chris' Herz wurde es plötzlich kalt. Er hatte für Slattery in seinem Elend kein tröstendes Wort. »Wir gehen allein zurück, Damien, und wir werden ans Kreuz genagelt. Aber haben wir je verstanden, was diesen Mann antreibt? Sie kennen ihn so gut wie ich. Hat er jemals wirklich unsere Schmerzen gelindert? Hat er uns nicht immer im Zweifel gelassen? Dass wir nicht sicher sein können, ob unsere Priesterweihen gültig sind, nicht sicher sein können, dass man römisch-katholisch sein muss um gerettet zu werden? Er hat uns in schwerem Zweifel gelassen über so viele wichtige Dinge, zugelassen, dass wir an diesen schweren Zweifeln zugrunde gehen.

Aber ich werde weitermachen.« Jetzt sprach Chris durch seine Tränen. »Vielleicht bringe ich ihn dazu, sich einen Ruck zu geben. Aber ich weiß es nicht, Damien. Wir sind jetzt so viele und wir sind alle auf dem Weg in ein lebenslanges Desaster. Ich weiß nur, dass er uns Stück für Stück aufgegeben hat, in kleinen wie in großen Dingen. Wird das jetzt anders sein? Ich weiß es nicht ...«

Chris ging wieder zum Balkon. Er hob seine Augen zu dem schweigenden Papst, während brennende Fragen durch seinen Geist rasten.

Kann das Ihre Antwort sein, Heiliger Vater? An Carnesecca? An Slattery und Gutmacher? An uns alle? Schweigen?

Ist das alles, was am Ende herauskommt, Heiligkeit? All Ihre Jahre als Papst? All die Millionen Kilometer päpstlicher Pilgerreisen? All die Milliarden Männer, Frauen und Kinder, die Ihr Gesicht gesehen und Ihre Stimme gehört haben? All die breiten Ströme von Reden, die Sie in so vielen Sprachen gehalten haben, all die Städte, die Sie gesehen haben, all die Staatsmänner, die Sie besucht haben und die zu Ihnen gekommen sind?

Wird das alles auf das hier reduziert, Heiliger Vater? Auf Ihre Klausur auf einem einsamen Hügel im südlichen Polen, auf den Befehl der verschlagenen Feinde Christi?

Kann das wirklich der Wille Christi für Sie sein, Seinen Sprecher, Seinen persönlichen Stellvertreter auf Erden? Können Sie wirklich glauben, dass der Gott, der kam um sich für uns kreuzigen zu lassen, Ihnen ein Zeichen geben würde, auf dass Sie sich der kleinlichen Intrigen kleinlicher Menschen unterwerfen? Oder dem dunklen Willen jener finsteren Kräfte, denen diese Männer dienen?

Ganz sicher müssen sich Euer Heiligkeit diese Fragen stellen, bevor Sie gestatten, dass die letzte Seite dieser schrecklichen Geschehnisse umgeblättert und das Kapitel Euer Heiligkeit in der Geschichte für immer geschlossen wird ...

»Jetzt, Heiliger Vater, ist der Augenblick der Wahrheit.«

Gladstone tat einen weiteren Schritt hinaus auf den Balkon des Klosters Jasna Gora. Einen Schritt näher zu dem polnischen Papst.

»Noch ist die Morgendämmerung nicht angebrochen, aber es ist nur mehr eine Frage von Minuten, Heiliger Vater ...«

Christians Stimme ging unter in einem lauten Jubelruf der Menschenmenge. Einige Fernsehteams hatten es bis Tschenstochau geschafft und hatten gerade ihre Scheinwerfer aufgedreht um die Szene zu beleuchten.

Immer noch schweigend hob der Papst seine Augen zum Morgen.

Der leichte Regen hatte aufgehört. Die Wolkendecke begann aufzureißen und gab den Blick frei auf den hellen Sternenteppich, der sich über ihr spannte.

Aber Gladstone hatte es gesagt. Noch war kein Zeichen der Morgendämmerung am östlichen Himmel zu sehen.

